神医扁鹊

郑一民◎著

河北出版传媒集团
花山文艺出版社

图书在版编目（CIP）数据

神医扁鹊 / 郑一民著. —石家庄：花山文艺出版社，2013.4（2023.9 重印）
ISBN 978-7-5511-0875-1
Ⅰ. 神… Ⅱ. 郑… Ⅲ. 传记小说—中国—当代
Ⅳ. I247.5
中国版本图书馆CIP数据核字（2013）第080122号

书　　名： 神医扁鹊
作　　者： 郑一民

策　　划： 张采鑫
责任编辑： 卢水淹
责任校对： 李　伟
封面设计： 景　轩
美术编辑： 胡彤亮
出版发行： 花山文艺出版社（邮政编码：050061）
（河北省石家庄市友谊北大街330号）
销售热线： 0311-88643299/96/17
印　　刷： 北京一鑫印务有限责任公司
经　　销： 新华书店
开　　本： 710×1020　1/16
印　　张： 41
字　　数： 750千字
版　　次： 2014年1月第1版
2023年9月第2次印刷
书　　号： ISBN 978-7-5511-0875-1
定　　价： 98.00元

目　录

引　子

在茫茫千里太行山中段，有一片绿树参天、雄浑壮丽的连绵大山，那里百鸟争鸣、百兽群聚，被称为古蓬山，是一处凝聚天地之精、日月之华的天然药库。在古蓬山东麓山脚下，有一个古老而充满传奇的村庄，它的名字叫“神头”。

神头村中，有一条由山泉汇成的清凌凌称襄水的小溪穿村而过，将只有一百多户人家的小山村分成两半。河南岸的村庄，原名叫焦子村，世代以伐木烧焦为生；河北岸的村庄，原名叫狼家庄，世代以打猎为业，因中华医祖神医扁鹊生前长期生活在这两个村中，死后将其头埋在这里，两村才合并更名为“神头村”。在神头村村西襄河北岸古柏掩映的阳坡上，有一座历史久远、规模宏大的国家级重点文物保护庙宇群，那便是始建于战国初年，重建于汉唐，经历代修缮，名播海内外的中华伟大医学始祖神医扁鹊的陵墓和享堂——扁鹊祠所在地。

神医扁鹊，是世人对逝者的誉称。他姓秦名越人，生于鄚邑（今河北任丘市鄚州镇），建业于古蓬山（今河北内丘县鹊山）。他生活在诸侯争雄的春秋战国时代，以古蓬山为基地，游医齐、燕、代、中山、晋、卫、虢、韩、魏、赵、鲁、秦等十二国，精通内、外、妇、儿、五官等各科医术，创“问、闻、望、切”四诊法，以“切脉独取寸口”名扬青史，开中华医术以授徒相传之先河，以解奇症救赵简子、虢太子、四望齐桓公、割治秦武王痼疾和治邯郸带下病、雒阳耳目痹、帝丘鼠疫、咸阳儿瘟等业绩名彰古今，在医、巫相争的困苦中首倡“六不治”之医道，著《八十一难经》等医著传世，被世代尊奉为神医、扁鹊、医祖和医圣。

古蓬山是扁鹊的第二故乡，也是他的封地和采药制药、授徒传业、开创中华医德医术奇迹之地。他在秦国惨遭奸人李醯等杀害后，普天震惊，众弟子冒死千里盗头，刻木体凿石穴安葬于蓬山扁鹊祠旁。青山为其戴孝，襄河为其悲咽，焦子村狼家庄和蓬山一带民众感念他一生普救众生的恩德和致力医学进取的贡献，为他立祠建庙，并在他遇害的农历三月一日和安葬的农历十月一日立庙会公祭，世代以神崇祀至今。他一生收有十二个弟子，子豹被残害于秦国咸阳，大弟子子容寿终于故乡鄚州，小弟子虢太子愤慨时世出家修行，剩余子术、子仪、子舆、子阳、子游、子越、子同、子明、子信九弟子在尊师训游医天下中年年应时而至祭祀他的英灵，日久天长竟化为几搂粗的参天巨柏，被誉为“九龙柏”。他们一字排列屹立在祠前顽石上，与药石、手术石、洗肠沟、捞肠沟、仙人洞、回生桥、佚妹柏、药泉、碑刻、庙宇、陵墓等形成震聩世人心灵的人间奇观，并衍生出许多脍炙人口、催人泪下的传说故事，广传于大河上下、长城内外，汇同全国各地的神医扁鹊遗迹和传说故事构成一种风情独特的文化现象，共同彰显和述说着这位伟大医祖的史实和传奇人生，颂扬着他探索中华医学奥秘的艰难坎坷和矢志不渝的献身精神。

古语讲，非常之人必有非常之故事。秦越人创建惊天伟业的一生，堪称卓越奇绝。他生前被誉为“神医扁鹊”，死后被民间奉为“神”立祠祭祀，宋封“神应侯”，元封“神应王”，史册称他为中华医学伟大先驱和奠基人。然而，却很少有人知道开创和谱写人类这一伟大奇迹的秦越人，童年却因生活所迫，是从在鄚邑城内一家小客栈当做杂活的临时小伙计，踏上人生之路的……

第一章
长桑君夜收义子

春秋后叶一天，初夏的阳光照耀着大地，在齐国北疆边陲鄚邑城外，一条柳树成荫的路上走着一个骑毛驴背着药葫芦的老人，驴身上一边挂着一个袋囊。那老人鹤发童颜，名叫长桑君，是一名云游四方的游医。他一边醉心地望着路两边绿油油连天的庄稼和在地里锄草劳作的农人，一边摇摇晃晃捋着飘拂的白胡须哼着小曲："茫茫兮天地，渺渺兮人生。习习兮夏风，茂茂兮禾耕……"

这时路边庄稼地中，一个中年妇人突然发出"哎呀"一声惊叫倒地。

长桑君闻声倏然离开驴背，似箭一样奔向倒地人。他发现一条核桃粗的青花毒蛇正蜿蜒离去，左手顺手抄起蛇尾，右手轻轻一捋，那毒蛇霎时变成一根四尺长的僵棍躺在地上。

那中年妇人见了吓得额出惊汗，坐在地上龇牙咧嘴，双手抱着脚腕哀求："老人家，俺被蛇咬了，您能到前面村里叫俺孩子他爹快来救俺吗？"

长桑君并不答话，两眼如炬盯查毒蛇牙留下的浸血印痕和迅速变肿变黑的脚腕说："你别动！我来给你放毒消肿。"

那中年妇女疑惑地问："您是郎中？"

老人闪眉一笑，从身上背袋中取出一把骨制小刀，在那红肿发黑处划了一下，就双手用力挤了起来。

那中年妇女痛得咬牙冒汗，嘴里发出一串"嗯、啊"的叫声。

几滴黑血落地后，那老人又从背袋中取出一个竹筒，拔下筒塞向伤口上倒了一小堆药粉，扯出一根布条裹上，拍拍手上沾的药粉，笑着说："没事了，三天后保你完好如初！"

那中年妇女抓起扔在地上的锄杆拄着站起，感激地说："老人家，您姓啥名谁，俺咋谢您哪？"

老人家摆手淡淡地说："治病救人乃医家之本，何谈谢字啊！"说着扬长而去。

那中年妇女望着轻飘如云的长桑君背影，惊愕地自语："啊，俺咋遇到活神仙了？”

长桑君听了也不回头，笑笑骑上驴，继续哼唱摇晃着奔往鄚邑城。

鄚邑城坐落在白洋淀之畔，虽是齐国边陲小城，由于地处水陆交通要冲，经济发达，商贸繁荣，喝买叫卖，人来人往，一片热闹景象。在商铺林立的南街上，有一挂着“李家客栈”招牌的客店。店主李商笑眯眯坐在柜台后，一边手端茶碗喝水一边观瞧着两个店伙计打扫卫生。

两个店伙计，一大一小，大的叫蝎子，小的叫秦越人。大的用鸡毛掸子掸桌椅上的尘土，小的手拿笤帚清扫地上尘土，一会儿钻到桌下，一会儿搬动桌椅，满脸汗水。

蝎子每当秦越人走近，就故意用力在桌椅上摔鸡毛掸子。

秦越人在尘土飞扬中灰头土脸、连连咳嗽。他实在难忍，从桌下钻出说：“蝎子，你咋专冲俺掸土？”

蝎子赔着笑脸说：“俺没看见，没看见。”说着扯下肩上的布巾在秦越人脸上抹了几下，秦越人顿时变成了大花脸。

这时外出玩耍的店主儿子李醢进门，看到秦越人脸上白一道黑一道满脸成了黑菊花，高兴地拍手跳脚大喊：“快看哪！越人成大花脸了，越人成大花脸了！”

李店主哈哈笑得前仰后合，把口中含的水都喷到柜台上了。

秦越人羞得满脸通红，捂脸转身跑向后院。

李醢紧追着欢叫：“越人成大花脸了，越人成大花脸了！”

蝎子嬉笑着用手中布巾去擦柜台上店主喷出的水，李店主喘笑指着蝎子说：“你小子真毒！故意往人家孩子脸上掸土，还给人家画个大花脸！”

蝎子红了脸说：“掌柜姐夫可别瞎说，可别瞎说。”

李店主阴笑着说：“你蒙别人可蒙不了我！快躲躲吧，小心越人回来跟你拼命！”

蝎子点头哈腰说：“谢掌柜，谢姐夫！”急忙从侧门溜走。

长桑君牵着毛驴在街上溜逛，他一会儿问问菜的价钱，一会儿问问粮的价格，一会儿蹲在药材摊前观瞧，不知不觉走到南街李家客栈前。他驻足看着“李家客栈”四个字思忖了一会儿，便牵驴向店门口走去。

坐堂的李店主见有客人临门，一边冲内喊：“越人快出来，有客了！”一边满脸堆笑迎了上去，上下打量仙风道骨的长桑君和驴身上的行囊说：“老人家辛苦了，是住单间还是住通铺？”

长桑君观望一圈清洁整齐的店堂问：“单间多少钱，通铺多少钱？”

李店主笑着说：“单间管饭一天一枚钱，通铺不管饭，三天一枚钱。”

长桑君问：“如果常住，价钱怎么算？”

李店主笑眯眼说："若住单间，三天两枚钱。"

从后院跑进的秦越人热情走到长桑君面前说："老伯，在鄚邑城内，俺们李家客栈可是最干净最便宜的店了！您把驴交给我，俺去后院给您加草添料。"

长桑君望着面前诚挚、天真、俊美的少年笑笑，将手中的缰绳交给秦越人。

李店主脸上乐成了一朵花，用手示意说："客官请随我来，保叫您吃住满意不想走。"

长桑君手捋胡须相随。

李店主将长桑君领进一个临街有窗的房内。房内窗下有一几案一蒲团，左为睡床，右立一个多格板架，进门拐角处放着一个盛水的陶盆。长桑君在陶盆中洗过脸，刚要坐下，秦越人肩扛手提着驴驮的行囊进门。

长桑君吃惊地上前搭手，望着压得脸红脖粗的秦越人说："小家伙，你真有劲呀，这么重的东西，咋就一下子扛进来了？"

小越人上气不接下气将东西稳稳放到地上，喘笑着说："店里规矩，客人的东西，俺们不能随便拆动。"

长桑君疼爱地问："你叫啥，今年多大啦？"

秦越人不好意思地说："俺叫秦越人，十二岁零三个月。"

长桑君又问："在这店里多长时间了？"

秦越人说："还不满五个月。"

长桑君满意地点点头，暗中想落脚这家客栈选对了，随手捞出水盆中的汗巾拧了一把，笑着递向小越人说："快坐下歇歇，擦擦汗吧。"

小越人喘息着摆手说："不，不。"又接着说，"老伯，您赶路累了快歇着，告诉俺这些东西咋摆放，俺帮着打理打理。"

长桑君也不客气，指挥小越人解开绳索，将装药品的袋袋一一摆在屋内木架上，将装木简的袋子放在几案上，将一个小木箱放在土炕一角，将散乱的绳索缠好挂在墙上木橛上……一切就绪，小越人又手脚麻利地打扫干净地上的尘土，将盆中用过的脏水换成清水，替客人放好枕头、铺好被褥，再给桌子上的茶碗续满茶水，然后冲眯眼靠墙坐在蒲团上的长桑君微微一笑，悄然离去。

长桑君是个久闯江湖之人，虽阅历过无数店家和店小二，还是第一次看到这样勤快、干练、懂事、周到、精细的年轻人。当时社会，医家还是个不被人重视的职业，特别是游医，犹如四处乞讨的流浪汉，更被人瞧不起，进客栈能给安排留宿就算高看重待了，平时生活、房间卫生全靠自理。小伙计秦越人虽然离去，长桑君眼前还闪着他那张稚嫩、红润、腼腆、汗水滴答的面孔和纯朴、勤快、干练、懂事的身影。他环视被小越人规整得井然有序、打扫得一尘不染的房间，顿时有一种宾至如归的氛围，心中暗忖：这个店主一定是个精干忠厚之人，不然怎么能调教出如此讨人喜欢的小伙计呢……

长桑君思忖着刚要躺下，院内突然传出驴“咴儿咴儿”的嘶叫声。他急忙赶到后院，只见一个少年正骑在自己的驴背上用鞭子抽打，然那驴只转圈不跑动。

闻声而至的小越人见了，上前抓住驴缰绳生气地喊：“少掌柜快下来，这是客人的驴，怎么能随便乱骑呀？”

那少年把眼一瞪说：“少管闲事！”继续扬鞭打驴。

长桑君正要发作，李店主慌忙跑来，一边从驴身上往下拽少年一边说：“让你在屋里读书练字，咋跑出来骑驴啦？”

那少年撒娇地大哭道：“我就是不读书，我就是要骑驴！”

闻声而至的李店主妻子荞麦上前哄着说：“醯儿听话、醯儿听话，娘给你冲了蜜水鸡蛋汤，咱们快回屋喝去！”才将那少年拉走。

但那少年边走边回头恶狠狠地指着秦越人说：“你小子光坏我好事，俺让爹把你开了！”

秦越人低着头不发一语。

李店主向长桑君解释说：“这是我的儿子李醯，望您别介意，快回房休息吧。”

长桑君没有说话，觉得这个店主还算通情达理，只是觉得那个叫秦越人的小伙计太委屈了，长叹一声离去。

鄚邑城西门外，有个叫七间房的小村。在一座泥墙草顶的农家院堂屋内灯下，坐着白天在地里被蛇咬的那个中年妇女。她叫秦刘氏，伸着裹布的伤脚坐在炕上，一手拿针一手拿鞋底在做针线。

“吱呀”一声屋门推开，进来秦越人说：“娘，您咋还没睡呀？”

秦刘氏抬头看见儿子，笑着说：“你不回来，娘咋睡得着哇？”

秦越人望望屋内其他地方问：“俺爹呢？”

秦刘氏无奈轻叹一声说：“唉，你爹又去尧山贩药材了。”

秦越人发现娘脚腕上裹着布，立马扑到炕前抱住娘的脚问：“娘，您的脚腕咋啦？”

秦刘氏咬着牙“咝咝”抽着气放下手中的针线，推开儿子的手说：“你别摸，娘今天上午在地里锄地被蛇咬了！”

“啊——”秦越人大惊问，“是毒蛇还是草蛇，找人看了吗？”

秦刘氏眼涌热泪说：“是一条四尺多长的青花毒蛇。若不是逢到一位过路的白胡子老头挤出毒液，娘恐怕就再也见不到你了呀！儿啊——”说着泪如雨下，抱住秦越人的头哽咽。

秦越人眼圈发红，用手擦着娘的泪水说：“那老人姓什名谁，儿要去谢人家！”

秦刘氏止住哽咽说："他救娘后，不留名姓，就走了。"

秦越人疑惑地说："他长得啥样儿，娘还记得吗？"

秦刘氏说："白胡子、白头发、白眉毛，慈眉善目，满脸红光。俺给你爹和乡亲们说了，大伙都说俺逢上仙家了。"

秦越人眨眨眼，想说今天住到李家客栈的长桑君，但又把话压回去了。

秦刘氏上下打量儿子的脸色问："儿啊，你有啥心事了？"

秦越人摇摇头说："没有。"

秦刘氏盯着儿子躲避的眼神说："知儿莫若母。没有，咋能是这气色？是不是李掌柜又给你气受啦？"

娘的话捅到秦越人的心坎，秦越人泪水一涌扑到娘的怀里哭起来。

秦刘氏抚摸着儿子的头说："常言道，端人家的碗看人家的脸，寄人屋檐下怎敢不低头？当店小二就是伺候人的差事，手脚要勤快，眼里要有活，客人给个脸子，掌柜的打两下骂几句是常事。俗话说，不打不骂不成器。不管遇到啥难啥苦，都得忍！"接着又说，"你爷爷在世时常讲，吃得苦上苦，方为人上人。爹娘只有你这一根独苗，为啥舍得让你去当店小二？就是要历练你的品性和待人处世，将来好有出息呀！"

"娘——别说了。"秦越人从母亲怀里仰起头抹着泪说，"孩儿记住了，俺一定不让爹娘失望！"

清晨醒来，秦越人已忘记昨天的不快，手脚麻利替娘做好饭，又高高兴兴回到李家客栈开始了新一天的忙碌。

红日东照，长桑君在客栈门口一棵槐树下用竹竿挑起一个招牌，招牌由一根麻绳串四块角对角染成红色的正方形木板，最上面一块木板中间涂了一个拳头大的黑心儿象征膏药，其他三块木板上各画一个药葫芦，在微风中飘来摆去。招牌下铺一褥单大小的布，上面摆着各种药材和用药材制成的膏、丸、散。

长桑君坐在药摊后的一个小木箱上，身边放着一根藤木拐杖，既不看街上来往行人，也不看驻足药摊前观看的人，侧身手捧《黄帝内经》竹简读。

李店主看了说："老先生，你得站起来吆喝呀，不然谁知道你是游医啊？"

长桑君抬起头笑笑，继续低头看《内经》。

蝎子见长桑君心不在药摊上，趁乱伸手想摸两贴膏药，但刚抓住膏药就被长桑君闪电般抄起的藤木拐杖摁住手斥道："再敢放肆，我就打断你的三只手！"

蝎子嘿嘿笑着放下膏药说："俺跟你闹着玩哩，俺跟你闹着玩哩。"

目睹这一幕的李店主吃惊地睁大眼，对尴尬溜进店门的蝎子小声说："这老头不是个凡人，你少招惹他！"

蝎子恶狠狠地说："放心吧姐夫，俺要让他自个儿滚蛋！"

李店主瞧一眼门外继续低头读医简的长桑君，回身抓住蝎子严肃地说："他带来两个大包裹，你要敢把这个财神爷赶走，我立即将你开了！记住没有？”

蝎子丧气地点着头溜进后院。

一墙之隔的长桑君听到店堂内的对话，耳朵动了动，嘴角露出一丝冷笑。

艳阳高照，长桑君药摊前围满人群，有的买药，有的问病，有的观看，他和颜悦色回答人们的问题。有的顾客拿药要给钱，他只指指药摊上的一个木盒，让顾客自放自找。秦越人手端一碗水，分开众人送到长桑君面前，双手呈上笑着说：“老伯，天热喝碗水吧。”

长桑君感激地点点头，接过碗一饮而尽。

这时一老妇扶来一双目失明青年，含泪说：“郎中您给看看，俺儿这是咋了，两眼突然就看不见东西啦？”

秦越人见了赶快转身从店内搬来一个小凳让那青年坐下。

长桑君站起，翻看那青年眼帘、观瞧舌苔，然后诊其三部九候脉象后说：“他的眼病由焦急生怒而起。”

老妇人连说：“对呀，对呀！昨天他弟被人打，他要去找人家算账，被一家人拦住，一夜翻腾不睡，天明就双目失明了。”

长桑君说：“性急恼怒伤肝脏，造成经脉不调而致。”

老妇人眼流热泪说：“这可咋治啊？”

长桑君笑笑说：“您别急，我让你儿子一个时辰后复明！”然后他从身上背袋中取出一根骨针，找准那青年头上的“目窗”穴位和两眼的小眼角“睛明”穴位、大眼角“瞳子髎”穴位，眼皮上的“鱼腰”穴位、眼下“承泣”穴位各扎一针，又从药摊上取出一包“密蒙花散”，刚要去店堂取水，秦越人已端碗送到面前。他将那药粉倒进青年口中，让他饮水咽下说：“你靠在旁边树上，闭目休息一个时辰。”

众人闻言围得里三层外三层，等待观看奇迹出现，长桑君却坐回小木箱上继续看《内经》。

那老妇人忐忑不安地扶着闭目靠在树上的儿子，不敢抬头观看众人。众人热议中，有人喊：“一个时辰到啦！”

那青年慢慢睁开眼睛，望着周围一双双好奇的眼睛，站起抱住母亲说：“娘，俺又看见东西了！”

众人顿时惊议蜂起：“这真是手到病除哇！”“这个白胡子老头治病如神！”“没两下子，谁敢在大街上摆摊治病啊？”……

老妇人热泪涌流指着长桑君说：“儿啊，是这位郎中让你的眼复明了呀！”

那青年立时跪下说：“感谢郎中救治之恩！”长桑君站起扶起那青年笑着说：“区区小技，何足挂齿。”

秦越人敬佩地望着长桑君兴奋地说：“老伯，您真神了！”

长桑君却当作没听见，一心忙着接待争相求医的患者……

傍晚，李店主一家围桌而坐。李店主边高兴地嚼着饭菜边用筷子指着蝎子说："我猜得咋样，这长桑君果然不是个凡人。你看到没有，他今天一天的进项，顶咱们开十天店！"

蝎子转着眼珠说："姐夫，我有个主意，能让他常年住在咱们店里！"

李店主停止咀嚼，盯着蝎子说："说说看？"

蝎子故意停了一会儿说："从明天开始，不让那老头在街上摆摊了，让他在咱们店堂里给人治病。"

李店主媳妇把眼一瞪说："那怎么成！乱七八糟的啥人都进店，脏不说，把病带进来咋办？"

李店主却笑着说："你真是头发长见识短。开店是为啥？赚钱。如果咱让那老头在店堂里卖药诊病，等于给咱们到处散帖子呢！远处的人来看病必住店，近处的人来看病必喝水吃药，那样咱还可以收一份水钱呢。"

店主媳妇转嗔为喜说："对呀，俺咋没想到这一层呢？"

李店主不接媳妇的话，转转眼珠神秘地小声说："我还有个主意。"

蝎子和店主媳妇齐声问："啥主意？"

李店主思索着说："让咱们儿子李醯跟着他学医。"

正在狼吞虎咽的李醯闻言，把筷子一摔说："俺不跟糟老头学医，俺要当掌柜的！"

李店主与妻子、蝎子听了哈哈大笑。

李店主向妻子挤挤眼，妻子拿起儿子摔到桌上的筷子送到儿子手中疼爱地说："心肝宝贝，咱不学医，咱当掌柜的，你爹跟你闹着玩哩，快吃吧！"

夜深了，住店房客都入睡了，在灯下翻看医简的长桑君却全无睡意。他眼前不断浮现秦越人街头送水、给患者搬木凳、站在人群中目不转睛观瞧他给人诊病卖药的情景，摇头笑着自语："这真是个懂事、善解人意的孩子！"

"当当"两声轻轻敲门声，长桑君放下医简站起打开门。灯光中站着手提陶壶、笑嘻嘻的秦越人说："老伯，您忙了一天，俺给送壶开水，烫烫脚吧。"

长桑君笑着连忙闪开身说："快进来、快进来！"

秦越人将壶中的热水倒到门后的陶盆中，端到床前说："您坐下洗吧，等您洗完了俺把脏水倒了，再换盆干净水。"

长桑君将小越人不同寻常的举止看在眼里，一边脱掉鞋袜将脚放进水盆中一边有意问道："小家伙，你也喜欢医术？"

小越人闻言，知道自己偷看长桑君治病的事被发觉了，不好意思地红着脸低下头说："不、不，俺只是奇怪，那些疼得哼叫不止的病人，咋叫您摁几下、扎几下，为啥就不疼不叫了？"

长桑君哈哈笑着说："这就像虾米吃青泥，一物降一物哇。"

小越人用脚拧着地，用手搓着衣角，仰起脸又问："那，那些蒺藜草、死蝎子、簸箕虫，让人吃到肚里不扎人吗？"

长桑君闻言，笑得前仰后合，停下后问道："你咋知道那是药材？"

小越人转转眼珠认真地说："俺爹是收药材的。"

长桑君听了一怔，闪闪眼睛问："家里几口人？"

小越人拘束地用手抓着垂在胸前的桃木小葫芦说："仨人，俺爹、俺娘和俺。"

长桑君盯着小越人手中的紫红色小葫芦说："好漂亮的小葫芦，能摘下来让我瞧瞧吗？"

小越人小心地从脖子上摘下，递到长桑君手中说："这是俺爹从尧山一个老道人那儿求的，让俺戴着它保平安。"

长桑君点点头，一边仔细观察那只雕刻精美的小葫芦一边自语："这葫芦是尧山伊祁真人精选桃木老根所雕，有辟邪禳灾之效。"

小越人吃惊地问："您咋知道？俺爹也这样说。"

长桑君并不答，仍然自语："世人用它保平安，医家却用葫芦装药盛水解路途之急……"

小越人听着长桑君的讲述，突然冒问："老伯，俺长大后也能学医吗？"

长桑君闻言眨眨眼，上下打量秦越人问："你想学医？"

小越人低头拧身边"嗯"边点头。

长桑君严肃地说："学医可是苦差事。没家没业，还被人瞧不起。"

小越人说："只要能救人，俺不怕苦。"

长桑君盯着小越人看了一会儿，把小葫芦还给小越人，边擦脚边说："天不早了，快点收拾收拾去睡吧。"

小越人端着洗脚盆恋恋不舍地关上门走了，长桑君望着合上的门久久沉思——游医多年，长桑君一直想找一个忠厚灵性可靠可以接续医业和托付终身之人，但诸侯争霸、战火频起，民苦世艰、行居无定，一直没有发现可信赖之人。小越人的出现，既打乱了他生活的平静，又勾起他寻找托终之人的心病。

几天后的清晨，长桑君以外出应诊之名，骑着毛驴离开李家客栈。他在鄚邑城外转了一圈，日上三竿时来到了七间房村。坑洼不平的街道两旁坐落着参差不齐的土墙茅顶农家院落，鸡跑狗叫，一派穷贫景象。一棵椿树下坐着俩老人在聊天，长桑君凑上前问："老哥，这是什么地方啊？"

老人们停止说话，打量着白发白胡子、身后背着水葫芦的长桑君，一个姓孟的老人站起说："这是七间房村。老哥从哪里来，要找谁呀？"

长桑君说："俺路过，想坐会儿歇歇脚。"

孟老头热情地说："那快到凉里来。"说着给长桑君在树荫下让出一块地方。

长桑君坐下笑着问："这村咋叫七间房这么个怪名呢？"

孟老头说："先辈们开村的时候穷，只盖了七间房，就落了这么个名字。"

长桑君又问："现在有多少人哪，都干些啥营生？"

孟老头说："现在有五六十家了，一百多口人。有的种粮种菜，有的做小买卖，有的到鄚邑城里当小工打零活。"

长桑君转转眼珠说："听说你们这村里有个卖药材的？"

孟老头说："你咋知道？他姓秦，住在街西头，那可是户忠厚人家呀！"

另一个姓赵的老头接话说："你要买啥药，就找这户人家。老少不欺，诚信善良。"

长桑君乐着说："人们都说世上最不愁吃穿的有两种人，一是劫道的二是卖药的。秦家一定是个富户了？"

孟赵俩老头听了，把头摇得像拨浪鼓，赵老头说："这话你可说错了！别处卖药的是啥样儿俺不知道，秦家不赚黑心钱。乡亲们吃啥药他白送，朋友们有啥难他帮衬，一年下来也就落个肚儿圆。"

孟老头说："秦家落户这村已三代，辈辈都是好名声。他要有钱，还舍得让独生子到城里客栈里当店小二伺候人？"

长桑君哈哈笑着说："俩老哥别往心里去，我是瞎聊。"

孟老头认真地说："瞎聊行，可不能坏了人家名声啊！"

长桑君站起拱手赔罪说："对不起俩老哥了，我该赶路了。"说着牵起驴离开。

赵老头在身后叮咛说："老哥记住了，再到生地方可不能信口开河呀！"

长桑君回头拱手点头，心里却乐开了花。

夏阳西斜，秦越人跪在长桑君住室地上，用笤帚打扫几案下尘土，发现几枚钱币，一一捡起擦净，放在几案上。他清扫整理木架上的药袋和杂物，又发现几枚钱币，也一一捡起放到几案上，又给桌上的碗中斟满开水，才带上门离去。

外出归来的长桑君推开门，扫视炕上叠得整齐的被褥，架上井然有序的药袋，地上一尘不染，门后盆内的清水，桌上冒着热气的水碗，最后将目光落在几案上那摞闪闪发光的钱币上。他走上前数了一下，与自己故意扔的钱数一个不少，嘴角欣慰地笑着坐下翻阅医简。

"当当"两声敲门声后，进来端着饭菜的秦越人，"老伯，快吃点东西吧。"

长桑君望着向桌上放饭菜的秦越人说："越人，我这个人很邋遢，每天都给你添乱。送你两枚钱，去给爹娘买点吃头吧！"说着递上两枚钱。

秦越人惊慌地摇手后退着说："这可不成，这可不成！"

长桑君诚挚地笑着将两枚钱硬塞进秦越人手中说："我诚心送你，有何不可？"

秦越人将手中的钱放在几案上说："照顾好客人，是俺的本分，怎能再收您的钱呢！"说着，转身欲去。

长桑君知道秦越人不会接受，笑着转转眼珠说："你别走。不要就算了，但你得帮我办件事。"

秦越人转身望着长桑君说："请您吩咐。"

长桑君从兜里拿了十枚钱和桌上一个木简说："这是十枚钱，你按照木简上写的，去帮我买一些药材来。"

"行！"秦越人答应一声，接过钱和木简离去。

长桑君吃过饭正洗手脸，肩背手提各种药材的秦越人满脸汗水地推门说："老伯，药材买来了！"

长桑君吃惊地盯着秦越人上下打量一会儿，一边翻看各种药材一边问："越人，这药材你是从哪儿买的？"

秦越人惊慌地说："从西街药市买的。老伯，买错了吗？"

长桑君弯腰翻看着药材，笑着站起说："这药材都是好药材，我很满意。"

"哪——"秦越人不知说啥好。

长桑君意味深长地眯着眼说："我是说，你家也是卖药材的，这么多药材为啥不回家去买呢？"

秦越人恍然明白，扭捏着红脸说："这可不成。俺爹知道了要骂俺的，外人知道了会说俺心里不干净。"

长桑君闻言，面露喜色，亲昵地拍拍秦越人肩头说："店里没活了，你就来跟我学制药吧！"

秦越人兴奋地一跳说："谢谢老伯，谢谢老伯。"

坐在柜台之后的李店主看到秦越人满脸喜色从长桑君住室走出，心里很诧异，不停地转着眼珠思忖，他高兴什么呢？夜深人静，李店主躺在炕上，翻来覆去难眠，眼前总是闪现着一个又一个患者向长桑君那个小木盒里扔白花花银两的场面和长桑君与秦越人说笑着在一起制药谈医的场面。

妻子荞麦在黑暗中发现丈夫翻来覆去不睡，笑着掀开丈夫的被子，将光溜溜的身子贴上去，用胳膊拦住他的头问："你是否又想那事了？"

李店主拨开她胳膊说："你想哪儿去了？店里天天人来人往，忙得手脚不落地，还有那心思？"

妻子"咯咯"笑着说："你骗谁，没那心思，你咋翻来覆去的睡不着呢？"

李店主说："我在想一件正事。"

妻子不相信地亲昵抱住李店主笑问："一个大男人夜里不睡，有啥正事？你说给俺听听。"

李店主推开妻子，黑暗中盯着妻子的眼睛小声说："你发现没有，住在咱们店里的那个白胡子老头，每天看病卖药的进项比咱们还多。"

妻子不解地转着眼珠说："他多不多，与咱有啥关系，人家也不会把挣的钱给了咱。"

李店主不屑地发出一个"哧"的鼻音，坐起用手指着妻子说："说你傻，你还不认。一天到晚就知道吃穿打扮，就不知道动动脑子，如何让他的钱变成咱的钱？"

妻子不服气地反驳："你精，你说用啥办法能叫他把钱交给咱？"

李店主沉思了一会儿，胸有成竹地说："我想了多日了，既不能抢，也不能杀人越货——"

妻子知道丈夫已有了将客人长桑君的钱财据为已有的良策，兴奋地坐起扑到丈夫怀里亲了一口说："快告诉俺，你有啥高招了？"

李店主抚摸着妻子光滑的脊背，意味深长地说："我想让咱们醯儿，认他为义父。"

妻子眨眨眼抬脸斥道："你疯啦！咱的儿子凭啥认他个穷游医为义父？再说了，不沾亲不带故，人家也不会答应啊？"

李店主扭脸望着黑漆漆的窗外思索着说："我还没正式问。不过，已从侧面打听清楚他的身世了。"

妻子忙不迭追问："他啥身世？"

李店主拍拍妻子后背，盯着妻子放亮的眼睛，胸有成竹地说："他今年56岁，无妻无子，以游医四方为生。人老都想有个靠头，现在他常叫越人到他屋里说话帮忙。若让醯儿认他为义父，他再不用找外人说话帮忙了，也不用四处漂泊流浪了，长年住在咱们店中行医……"

妻子荞麦不待丈夫说完，就眉飞色舞地插话："那样，他挣的钱就变成咱们的钱了？"

李店主狡黠地笑笑说："何止是他的钱。"

妻子迷惑地问："那他还有更值钱的宝贝？"

李店主说："比宝贝更值钱！"

妻子追问："那是什么？"

李店主盯着妻子看了一会儿，老谋深算地说："我让醯儿跟他学医，不光让他把挣的钱全留下，还要把他的医术变成咱李家立身传世的传家宝！"

妻子被丈夫的如意算盘和精密设计激动了，一边连连亲着丈夫，一边佩服地说："你真是个鬼精！让那糟老头子成了咱家的摇钱树！"

李店主嘿嘿坏笑着，一把将妻子推倒压在身下……

夏天的雨，下起就不停，变成了阴雨连绵天。上午没有患者来诊，长桑君伏案翻动医简，不时挥笔在医简上注记着什么。

李店主笑眯眯推门而进，长桑君抬头询问："店家哪儿不舒服？"

李店主摇摇头，拉个凳子，坐在长桑君对面说："我见今天没人求诊，怕你寂寞，来聊会儿天。"

长桑君笑着将手中的笔和医简放到一边，笑着说："好哇。虽然天天在一个屋檐下，还真没闲工夫聊聊天。"

李店主说："怎么样，在这儿住得还习惯吧？"

长桑君笑笑说："挺好的。"

李店主又问："饭菜是否可口？若想吃点啥告我一声，我让李醯娘亲手给你做。"

长桑君摇摇头笑着说："都挺好的，哪敢劳掌柜夫人关照哇，真是折杀老朽了！"

李店主笑笑往前凑凑说："自从您进店那天起，我就把您当一家人看待了。"然后笑着将话锋一转说，"有一件事，我一直压在心里，没有机会对您讲。"

长桑君眨眨眼问："什么事？直说无妨。"

李店主望着长桑君闪动的眼神，极其知己地叹口气说："唉，看到您这么大年纪，天天这样忙碌，我真是于心不忍哪，可又帮不上忙。这些日子我为老哥想了很多，不如让小儿李醯认您当义父，早晚生活上也好有个人照应，咱们以兄弟相称，这里就是您的家了呀。"

长桑君皱皱眉头，呵呵笑着婉言谢绝说："感谢李店主一番好意。只是我云游四方惯了，不习惯常住一地。"

李店主急忙解释说："那也不要紧。您外出行医，就让醯儿相随伺候着，顺便也让他跟您学点医术。"

长桑君闻言一惊，然后沉下脸郑重地说："李店主不要再说了，百年之后的事，老朽自有安排。"

李店主精心谋划的"发财梦"被长桑君拒绝，悻悻离去。

荞麦自昨晚听了丈夫的如意计谋，哼着小曲打扫完屋内，又收拾出多日积的脏衣服洗起来。这时李店主气呼呼推开门，扫一眼正坐在小木凳上洗衣的妻子，一边躺在炕上一边自语："真是给脸不要脸！老东西把自己当成香饽饽了！"

妻子见了慌忙用衣襟擦去手上水，关切走到炕前坐到丈夫身边用手抚摸着丈夫起伏不停的胸口说："咋了，那糟老头不肯上套？"

李店主余气未消地说："岂止不上套，还当面给我吃了个大窝脖，真是气死我了！”

妻子气愤地说：“他不干，咱还不干呢！堂堂店掌柜的儿子，凭啥巴结他个糟老头子？”

李店主沉思着说：“你不懂，少瞎掺和。”

妻子生气地站起身，两手一拍说：“啥叫瞎掺和，啥叫俺不懂！你被人家耍了，还冲俺发火？俺现在就叫蝎子把那糟老头赶出店门去！”说完就要走。

李店主猛然坐起一把拽住妻子说：“你只知其一，不知其二，将那老东西赶出去容易，谁来给咱招揽生意？没人住店挣不了钱，一家人去喝西北风啊？”

妻子不服气地说：“那你给俺说清楚，啥叫其一啥叫其二？”

李店主苦笑一下说：“你知道那老头为啥拒绝收醯儿为义子吗？”

妻子睁大眼睛盯着丈夫问：“他心里想啥，俺哪知道？”

李店主一字一句说：“因为秦、越、人！”

妻子不解地说：“他个小瓜蛋子！人家收不收醯儿为义子，碍着他啥事？”

李店主笑笑说：“这你就不懂了。”然后认真地说，“那老头不收醯儿为义子，是因为他喜欢秦越人！你没看到那老头见了秦越人就像见了亲儿子，满脸都是笑纹；秦越人没事，一有空就往那老头屋里跑？”

妻子扑闪着眼睛想了一会儿说：“对呀，俺咋没往这层想呢？”然后气愤地一跺脚说，“这好办，俺让蝎子把那小瓜蛋子开了去！”

李店主皱着眉头说：“咋开，人家孩子没错没非、规规矩矩的。开了，街坊四邻咋议论咱？咱咋向他爹娘说理由？”

妻子着急地说：“这不行，那不行，你说咋办？咱不能眼瞅着那小瓜蛋子坏了咱醯儿的好事啊！”

李店主扯过妻子在耳朵上嘀咕了几句，荞麦高兴得眉飞色舞说：“当家的，这事交给俺办，你就静听好吧！”说毕转身而去。

李店主望着妻子扭动的屁股，狡黠地笑着……

夜幕降临，明灯初掌。秦越人肩搭布巾、手端木盘，盘上放着沙壶和碗，额头爬满汗珠，汗水浸湿衣衫的前胸和后背，挨屋给住客房间送水。

李店主笑着走进店堂柜台后面坐下，望着忙碌的秦越人问：“吃饭没有？”

秦越人笑笑说：“谢谢掌柜惦记。俺把各房的开水送完再吃。”

李店主点点头嘱咐说：“天黑了，脚下小心点，别烫着人。”

秦越人响亮地答：“掌柜放心吧，俺记着哩！”

话音刚落，从店堂通往后院的左门中冲出掌柜的儿子李醯。秦越人赶紧收步转身，李醯却故意踩住秦越人的脚用力一拧，秦越人“哎呀”一声惊叫，手举在空中木盘上的沙壶和碗“啪”地落地，碎片四飞，开水洒了一地。这时从店堂通往后院的右门中走进蝎子“哎呀”一声坐在地上，用手撩了一下地上的流水到脚上惊叫："烫死人啦、烫死人啦！"

李店主见了拍案而起，大喝："秦越人你想干什么？我刚刚说你几句，你就摔壶摔碗用开水烫人？"

秦越人哭着捂着脚说："俺没。"然后用手指着跑向后院的李醯背影说："是你儿子故意踩俺的脚……"

长桑君和众客人应声而出，有的扶秦越人，有的扶蝎子，有的帮着收拾地上的壶碗碎片。

蝎子龇牙咧嘴流泪尖叫："痛死俺了、痛死俺了！秦越人，老子要躺到你家炕上去养伤！"

李店主怒瞪双目指着秦越人说："你小小孩子还敢嘴硬？不光要给蝎子养伤，还得赔我的壶和碗！"

秦越人呜呜哭着说："真的不怨俺，真的不怨俺啊！"

长桑君查看了蝎子的脚说："你这脚不红不肿，怎么就痛死了？"

蝎子擦把泪瞪眼说："痛不痛与你有啥关系，滚一边去！"

长桑君又查了秦越人的脚对众人说："大家看看，这孩子的脚真被人踩过，现在都肿起来了，腿上还有被溅起的开水烫得红点呢！"

众人观看后，对怒气不消的李店主劝道："店家，他还是个孩子，饶了他吧。"有的说："这小伙子既勤快又懂事，世上难找哇！"有的说："万幸今天都没大伤，掌柜的宽宏大量，别跟半大孩子一般见识。"有的说："沙壶和碗也值不了多少钱，店家就从他工钱里扣吧，算给他个教训！"

蝎子站起说："说得轻巧，沙壶和碗不值钱，谁给店里买几百？如果掌柜的连摔壶摔碗烫人也不罚，那明天俺也要摔壶摔碗用开水烫人了！"

愁苦地站在一旁的李店主摊着双手说："大家都听见了，如果今天不处罚秦越人，今后我这店还咋开？别说我这店只是个小店，就是趁金趁银，也搁不住这么糟蹋呀？"

众人看到这种情况，再难劝说了；长桑君耸着眉头想张口，却突然明白这是店主借故发怒，要赶走自己喜欢的秦越人，默不作声静观其变。

李店主见众人不再说话，背手在地上走了两步说："按说秦越人这孩子，在店里干得不错，大伙也喜欢他，可事已至此，我既不能不给各位客官面子，也不能破店里的规矩。"他停了一会儿，走到秦越人面前说："这样吧，你摔的壶和碗由工钱顶，给蝎子养伤的事就算了。但是你再不能留在店里，从现在开始就收拾收拾自个东西回家吧！"

秦越人闻言犹如五雷轰顶，张着嘴只流泪不出声，转身奔向后院抱出一个薄被子，一步一回首在众人注目中凄楚地离开店门，走进夜幕中。

夜深了，一盏油灯下，长桑君双眉紧蹙坐在桌前，眼望竹简却无心研读，一会儿拿起，一会儿又放下。然后便站起烦乱地在屋内走来走去思忖着，窗户上映现着他不断变化的身影。街上和店内都没了响动，他吹灭灯，悄然打开屋门走进店堂，发现油灯下的蝎子正趴在柜台上沉睡打鼾，蹑手蹑脚拉开店门溜出，又轻轻带上店门……

灯光下，经过一天劳累的秦家父母正蹲在灶前吃饭，看见儿子秦越人眼睛红肿、失魂落魄地抱着被子进门，父亲秦福寿立即放下碗筷站起追问："你咋抱着被子回来了，出了什么事？"

母亲秦刘氏接过儿子怀中的被子问："吃饭没有，咋连行李也拿回来了？"

"娘——"秦越人长泣一声扑到母亲怀里哭着说，"俺、俺被李掌柜赶出来了呀——"

父亲闻言，上前一把将儿子从妻子怀里扯出来说："给我跪下！实话告诉我，你究竟犯了啥错？"

秦越人跪地擦着泪抬脸望着父亲说："俺打碎了店里的壶和碗。"

秦父顿时怒火起，抬手"叭"地扇了秦越人一巴掌，斥道："这还不是错！为啥不小心端好，店里壶和碗是让你随便打碎的吗？"

秦越人惊悸地捂住脸，委屈地盯着父亲哽咽说："不是俺不小心，是掌柜的儿子故意踩俺脚……"

父亲不待儿子讲完，又抡臂扇了一巴掌说："违了店规还敢狡辩？今天我就打死你这个没出息的东西！"说着拳打脚踢。

妻子扑上去死死抱住丈夫哭着说："你打吧，连俺也打死，咱就一个儿，你把他打死了，谁给咱养老送终啊，呜呜呜……"

丈夫一把推开妻子，从地上抄起一根棍子，指着秦越人骂道："咱秦家世代诚信善良，你个小兔崽子竟被人家赶出店门，你让爹娘的脸往哪儿搁，今后还咋出门见人哪？"说着挥棍抽打。

秦越人惨叫着在地上滚来滚去，妻子秦刘氏哭天号地用头撞着丈夫拦挡。

这时，门外突然闯进一个白胡子白头发的老人，用手抓住秦父举在空中的棍子喝道："住手！"

秦父一惊，望着面前素不相识的老人问："你是何人，为何管俺的家事？"

那老人稍一用力，夺下秦父手中的棍子扔在一旁说："哪有你这当父亲的，不问青红皂白，就乱打儿子！"

秦父不解地说："我打自己儿子，碍你什么事了？"

老人沉下脸说："你儿子讲的都是实话！他被人算计了，又遭你毒打，世上还有没有天理呀？"

秦父惊讶地转着疑惑眼珠，用手指着老人问："你、你是谁？"

秦越人从地上爬起，用身体护住老人，对父亲说："他叫长桑君，是住店的游医！”

秦刘氏停止哭泣，用泪眼打量老人后惊喜地说：“孩他爹，他就是给俺挤出蛇毒的那个仙家呀！”

长桑君笑笑说：“我担心小越人回家再受委屈，就尾随而来，果然不出所料。”

秦父红脸“唉”了一声，拱手赔礼说：“让老人家见笑了，俺是恨儿不成器呀！”

秦刘氏揽住秦越人，心疼地摸着儿子胳膊和头脸上红肿的伤疤嗔道：“你看你把孩子打成啥样了？动手就没轻没重的。”

秦父羞愧地拉住秦越人的手，眼涌热泪说：“儿啊，爹打你，爹也心疼啊！”

秦越人泪如雨下哽咽着说：“俺知道，爹是为俺好。”

秦父猛然醒悟什么，转身抱歉地笑着对长桑君说：“老人家快上坐。您救了越人娘，又洗去越人的冤屈，是我们秦家的恩人哪！”

长桑君摆手说：“兄弟言重了，区区小事何足挂齿。”

坐下后，长桑君放眼扫了一圈屋内简陋朴实的陈设，语声平静地说：“既然进了秦家门，老朽有一事相求，不知当讲不当讲？”

秦父连忙说：“您是秦家的恩人，别说一事，就是八事十事，在下也当尽力而为！”

长桑君瞧一眼惊异望着自己的秦越人，捋着胡须看着秦家夫妻说：“我在鄚邑行医多日，目睹越人言行举止，是个学医的料。我想收他为义子，传授医术，不知你们能否应允？”

秦父闻言，惊喜地连说：“好、好！您不嫌弃劣子，在下求之不得呀！”

秦母兴奋地搓着双手说：“老天有眼，让俺儿碰上了大恩人啦！”

秦越人被长桑君的意外之语惊呆，秦父转身扯一把儿子喝道：“发啥呆，还不赶快拜叩义父！”

秦越人泪流满面扑上前，“扑通”一声跪倒，头磕地说：“孩儿秦越人，拜叩义父！”

长桑君欣慰地笑着，将秦越人扶起揽进怀里。

第二章
惩过失约法三章

清晨，卧室内，李店主与妻子、儿子坐着小凳，围在地桌前吃饭。李店主喝下最后一口粥，将碗筷放下站起身，向门口走了两步，转回身吐口嘴里的饭渣，对妻子荞麦说："吃过饭上街割点肉，买只烧鸡打罐酒，中午炒俩好菜！"

儿子李醢高兴地拍着巴掌说："好、好！俺想吃鸡吃肉！"

妻子不屑地用手扒拉一下儿子的头说："少添乱！"然后转身盯着丈夫说："不待亲戚不过节，割肉买鸡还打酒，不行！"

李店主伸手摸摸儿子的头说："我有正事。"

妻子沉脸大声说："有啥正事？不就是找你那几个狐朋狗友胡吃海喝吗，俺不伺候！"

李店主赔笑走到妻子身边，附耳小声说："把秦越人赶走了，我要叫那个老头上套，收咱儿子为义子。"

妻子转转眼珠问："一顿饭能让他回心转意？"

李店主站直身子说："常言说，拿人家的手短，吃人家的嘴短。我和蝎子又说又劝，把他灌迷糊了，还怕他不乖乖入瓮？"

妻子瞪眼不语沉思了一会儿，脸色由阴转晴说："反正钱是你们李家的，你不心疼俺也不心疼。"

李店主笑着说："那咱说好了，这事成败全靠你做菜的手艺了！"

妻子嗔道："人家来吃饭，也不是来看俺。"

李店主"嘿嘿"笑着弯腰附耳说："一个没有尝过女人滋味的孤老头，吃了你这么漂亮女人亲手做的菜，不喝酒也得醉迷眼！"

妻子潮红着脸说："少贫嘴，该干啥干啥去！"

李店主得意地转身要走，蝎子急赤白脸地推开了门说："姐夫，那糟老头子不见了！"

李店主惊讶地问："他没与你一块吃早饭？"

蝎子摇摇头说："没有。"

李店主又问："那你咋知道他不见了？"

蝎子说："我吃过饭还不见他人影，就去敲门，一推门发现屋里也无人。"

李店主用手摸着下巴，在屋内转着圈自语："他能到哪去呢，有人请他去看病……"

荞麦撇嘴对兄弟说："你姐夫刚才还让我买肉打酒多炒俩菜，中午要请那糟老头来吃饭哩。现在倒好，连人也不见了，还吃个屁！"

在地上转圈的李店主突然一怔，睁大眼睛一跺脚说："咳！咱们失算了！"

妻子不解地说："咱们失啥算？糟老头不来吃饭，咱们省啦！"

蝎子问："姐夫，你猜他会到哪儿去呢？"

儿子李醯不耐烦地放下碗说："你们猜吧，俺去玩啰！"

李店主顺势坐到炕沿上，摇着头说："如果我没猜错，他很可能去找秦越人了。"

蝎子眼睛一亮说："有可能。俺早就发现那老东西与那小瓜蛋子关系不一般。"

妻子不屑地撇嘴说："一个到处游荡的糟孤老头子，一个被咱们开了的穷小子，他们俩到一块喝西北风啊？"

李店主思索着对妻子说："事情可不像你想得那么简单！"

荞麦不服气地说："有啥复杂的？秦家穷得叮当响，连自己儿子都养不起，还会留个糟老头子在家里吃饭？"

李店主思忖了一会儿抬起头望着妻子和蝎子说："昨晚咱们赶走小越人，今天那老头就不见了，准是要收小越人为徒弟，咱们得赶快去追！"

蝎子说："追个球！鱼找鱼，虾找虾。叫我说，趁着这机会把那糟老头也赶出店去算了？"

李店主生气地说："赶出店，你能给我招徕生意？你能教醯儿学医术？真是一对蠢货！"

妻子见丈夫发火，不敢再言，蝎子也垂下头。

李店主站起身，从兜里摸出两枚钱递给蝎子说："快去买两只烧鸡，随我到秦家去，把那糟老头子和秦越人都请回店里来！"……

七间房秦越人家内，斜阳照炕，长桑君打个哈欠，伸展着手脚醒来，望一眼窗外的太阳对正弯腰扫地的秦越人说："啊，太阳都这么高了，咋不叫我一声呢？"

秦越人闻声，赶忙拿起炕前的鞋笑着递给长桑君说："干爹，俺想让您多睡会儿。"

长桑君穿好鞋，接过秦越人递上的布巾，在水盆中一泡捞起，擦着睡眼。

秦父笑着进门问："老哥，夜里睡得好吗？"

长桑君将擦过脸的布巾交到秦越人手中开心地笑着说："我游医三十多年，只有这一夜睡得最香最舒坦，真有一种到家的感觉啊！"

秦母双手端着一碗刚冲的飘着香油的蛋花汤，送到长桑君面前说："老哥快趁热喝了，补补身子骨。"

长桑君接过碗，用鼻子嗅着香油、葱花和蛋花的气味说："真香啊！"然后望着秦刘氏说："弟妹，越人既是我的义子，咱们就是一家人了。我立个规矩，从今往后再不能单给我额外做吃的，你们吃啥我吃啥，行不行？"

秦刘氏咯咯笑着连连点头说："行、行，俺听老哥的。快喝吧，鸡蛋汤凉了就腥气了。"

长桑君喝完蛋花汤，用手捋着胡须说："老子说，祸莫大于不知足。老朽今生能收越人这样的孩子为义子，足矣。"

秦父说："您别光夸他，其实这孩子还有不少毛病。有时犟起来，宁死不认输。"

长桑君眯眼笑着说："不瞒老弟老妹，老朽最看上的就是他这一点。一就是一，二就是二，不违心不贪利，不媚势不鄙微，表里如一。学医行医，就需要这种品格呀！"

秦刘氏满脸堆笑说："你们别光顾说话了，饭做好了，咱们吃饭吧。"

长桑君笑笑说："不忙，我先到院里活动活动手脚。"说着，向屋外走去。

旭日初照下，秦家院内长桑君踢腿蹬脚，打着自创的健身拳术，一招一式如闪电疾风。秦家父母和越人迷醉地观瞧。长桑君收势，秦父笑着称赞说："老哥真是好拳脚哇！"

长桑君摇摇头，仰脸笑望着土墙茅顶的房屋说："老了。搁十年前，像这样的房子，一蹿就上去了！"

秦母说："老哥是个行医人，咋还练拳脚呢？"

长桑君皱一下眉说："乱世多难，人心难估。一个游医，如果不会点拳脚，不知道要受多少欺辱哇。"

秦母说："您那天从驴背上飞下来救俺，像闪电一样，俺还以为是神仙下凡呢！"

长桑君哈哈笑着说："我这点三脚猫功夫，都是跟师兄伊祁真人学的。"

秦父惊喜地问："伊祁真人是您师兄？"

长桑君点点头说："怎么，你认识他？"

秦父说："我每年到伊祁山一带收药材，都到他修行的道观去拜访，他还送了我一个小桃木葫芦呐。"说着从越人脖子上摘下来递给长桑君。

长桑君仔细地观瞧着说："他做的这种小葫芦，轻易不送人，越人可要好好保存哪。"说着又给秦越人挂在脖子上。

秦越人用右手紧紧攥住小葫芦，认真地点头说："俺记住了，干爹。"

秦刘氏说："快进屋，你们边吃边说吧。"

秦家堂屋内，一张小地桌上放着小米菜粥、贴饼子和咸菜。长桑君坐上首，秦父与儿子两边相陪，秦刘氏坐在灶台前端碗边吃边笑眼瞧着三个男人。

秦父夹块咸菜咬一口，思索着说："老哥，你真的要搬出李家客栈，到寒舍来行医吗？"

长桑君说："李店主不仁不义，我住在那里还有啥意思？"转而问，"怎么，老弟有难处？"

秦父摇着头说："没有，巴不得你长年住呢！只是觉得家里破破烂烂，缺吃少喝，怕照顾不好委屈了老哥呀。"

长桑君笑笑说："你这就见外了。游医人四海为家，哪像官宦富贵之人那么讲究，只要与舒心人相处，就是吃糠咽菜心里也高兴舒坦啊！"

秦父兴奋地说："那好，咱们吃过饭就一块去李家客栈搬东西。"

语音刚落，李店主笑嘻嘻带着儿子李醯和手拎烧鸡的蝎子进门，拱手说："福寿兄，我带儿子和内弟来给你赔罪来了。"转而又装作惊讶地说，"哎呀，长桑君先生，店里店外到处找你吃饭，原来你在这里吃呢！"

秦父秦母迎上说："不知李掌柜光临，快进屋坐！"

长桑君也站起拱手说："感谢店主惦念。"

李店主瞧着桌上的菜粥、饼子和咸菜说："福寿兄，你咋用这些东西待客呀？"扭头对蝎子说："快把刚出锅的烧鸡呈上，让长桑君和越人父母尝尝鲜！"

蝎子将手中的烧鸡向桌上放，被秦父坚决推回说："越人打碎店里壶和碗还没去赔，哪敢让李掌柜破费呀！"

李掌柜用力抓住秦父的手说："你不收，是你瞧不起我！打碎壶碗的事我查清楚了，责任不在越人，是小儿李醯莽撞和蝎子的过错。今天我就是带他们来当面说清赔罪的，请越人还回店里当伙计！"

李醯凑到秦越人身边，拉住秦越人的手小声说："是俺撞的你。你回店里，俺给你好吃的。"

秦越人闻言，眼里又涌出委屈的泪花。秦家父母没想到李掌柜会登门认错赔礼，张着手望着长桑君说："这、这……"不知说啥好。

长桑君微微一笑，对秦父说："这好办。既然李掌柜知错，送的礼你就收下。"然后话锋一转说，"但越人不能再回你李家客栈了！"

李店主惊奇地问："为什么？"

长桑君停了一会儿说："实话实说吧。老朽已收越人为义子，准备离开贵店，教他学医术！"

李店主毕竟久经世事，转转眼珠忧苦着脸说："长桑君先生啊，本店可没有半点对不住你呀！你若离开本店，我咋向那些患者们交代呀？"

长桑君知道善良的秦家父母无法拒绝，思忖了一会儿说："若想让老朽不离开贵店，只有一个办法。"

李店主转忧为喜说："您讲，只要您留下，本店免去您的住店钱！"

长桑君说："店钱我会一文不少照付。"

李店主猜不出长桑君的心思，问："那是啥事？"

长桑君捋着胡须说："越人可以回店，但不再当店小二，而是跟着我专职学医。如果李掌柜同意这个条件，我就继续住贵店；如果不同意，老朽今日就结账离开！"

李掌柜闻言如掌拍脸，若不同意前功尽弃，若同意等于赔了夫人又折兵，但为了保住店内客源和再寻机让醯儿跟长桑君学医，把牙一咬，面露笑容说："恭敬不如从命。就依先生所言，让越人陪你住店！"

蝎子听了，一跺脚自个走了。李醯听了，高兴地喊："越人哥回店，又有人陪我玩了！"

长桑君和秦家父母脸上露出开心的笑；秦越人流下激动的泪水。

长桑君在李店主陪同下回到李家客栈，再不让秦越人当干杂活的小伙计了。他白天教秦越人识药、辨药，粉碎药材，配制丹、丸、散；晚上教秦越人识字、写字、背诵医简，讲解医简、药理，传授三部九候切脉法，观气色、闻气味、问病因等诊技奥妙。李醯也跟着一块学。李店主看了，笑眯了眼。

蝎子见了，碍着姐夫的面子，第一天忍了，第二天也忍了，第三天气得将手中笤帚往地上一摔说："老子也不干了！"跑向后院去找姐姐荞麦告状……

坐在柜台后喝水的李店主看到这一幕，不屑地自语："你不干，正好滚蛋！三条腿蛤蟆难找，两条腿的人，有的是！"他并没把蝎子不干的事当回事，中午笑眯眯走进卧室，看到凉锅凉灶，妻子荞麦竟嘟嘴坐在炕沿上做针线，没有做午饭，生气地说："天都晌午了，你为啥不做饭？"

妻子荞麦把手中的针线活向炕上一摔，对李店主说："这倒好，你大鬼没逮住，又引来一个小鬼。老娘不伺候！"

李店主把眼一瞪说："你懂个屁！这叫欲擒故纵。"

妻子说："你只会纵，哪会擒？"

李店主狡黠地一笑说："你到那老头屋里看看，看我擒住没有？"

妻子一怔，慌忙向门外跑去。她三步并作两步跑到长桑君住室前，将脸贴在门上，从门缝向里观望：

屋内一患者躺在炕上，长桑君给患者切脉三部九候，李醯与秦越人站在旁边观看。长桑君切脉、取药送走患者后说："人身共有穴位三百六十一个，分十二经脉，三部九候为十二经脉之要冲，故切三部九候之脉而知其病因。”

秦越人问：“切三部九候之脉有什么感觉，就能判断出人有病呢？”

长桑君说：“人的经络遍及全身各器脏各部位，十二经脉分管不同器脏和部位。哪个脏器和部位出现病象，都会反映在脉动上。脉象不同于常，就是有病的反映。”

李醯问：“啥叫脉象正常？”

长桑君笑笑说：“人一呼，脉行三寸，一吸，脉亦行三寸。一日一夜，凡一万三千五百息。如果不是这个数、这个感觉，那就说明人有病了。”然后对秦越人和李醯说，“你们俩互相切脉，找找感觉。”

李醯躺在炕上让秦越人切脉，秦越人躺在炕上让李醯切脉，二少年兴奋地互相切磋。长桑君望着两个天真、可爱、好学的少年，慈祥的脸上欣慰地笑着……

荞麦看着看着，脸色由阴转晴，满脸兴奋，悄然离开。

忙碌了一上午的李店主无饭可吃，便躺在炕上睡去了。妻子荞麦笑着进门，扑到丈夫身上，擂一拳说：“真有你的！”

李店主猛然坐起问：“又有啥事了，一惊一乍的？”

妻子笑眯着眼说：“那糟老头果然上套了，正教咱儿子切脉呢！”

李店主长出一口气说：“我以为啥事呢，早学两天了。”然后又躺下了。

妻子亲昵地将身子压住丈夫埋怨说：“这么好的事，你咋不早告诉我呢？”

李店主伸手将妻子揽进怀里，醉眯着眼亲一口说：“我想给你个惊喜。”说着将手游走到妻子衣下，去摸妻子的奶，解妻子的腰带。

妻子嗔笑着一把摁住他的手说：“你疯了，大白天的！”

李店主固执地抓住腰带不放说：“我想了。”

妻子羞红着脸说：“开着门呢。”

李店主说：“儿子在学医，蝎子忙，没人进来。”说着扒光妻子衣服，甩掉自己衣裳，像一只情兴勃发的狼扑向星眸半闭仰卧床上、娇喘微微正在撇开双腿的妻子身上……

日月如梭，不知不觉又过去两个多月。盛暑中午，长桑君与秦越人正在房中吃饭，一叫栓子的青年急火火推开门说：“大夫，俺娘吃了上午拿的药，疼得在炕上打滚，您快去看看吧！”

长桑君闻言放下手中的干粮站起，对秦越人说：“背上医包跟我走！”

大街上，栓子在前面跑，长桑君和秦越人紧跟，街上行人惊愕地望着三个人。不知发生了什么事。

栓子家是个狭窄的小院。正屋炕上一位50多岁的老妇一边喊着：“疼死俺了！”一边在炕上翻来滚去，脸上淌着豆大的汗珠。家中的二女一男紧张又无奈地围在炕前掉泪。

长桑君进门坐到炕沿，用手摁住老妇人的头，看了眼帘、舌苔，一边诊脉一边问："家母患的何病？"

栓子满脸慌色说："痢疾。"

长桑君又问："吃的什么药？"

栓子不解地说："就是上午您给俺开的药哇！"

长桑君疑惑地怔住神问："药渣还在吗？"

栓子说："在。"

长桑君说："快取来我看看！"

栓子三步并作两步从门外双手捧回倒掉的药渣说："这就是。"

长桑君用手拨着药渣，顿时额浸惊汗说："这是中毒！"他用眼剜了下秦越人怒声说："包上带回！"然后扯过秦越人肩上的医包，取出"黄连丸"20粒、"大通散"30粒，亲手给老妇人送到嘴中服下，按摩脐下三十壮，又取出骨针扎中腕、左命关二穴，半个时辰老妇人方平静不叫，渐复正常。

秦越人忐忑不安站在一旁，不知义父为何发怒、出惊汗、不让自己帮忙。

栓子娘转危为安，一家人脸上露出笑容。栓子取出银子要付药资，长桑君摆摆手满脸愧色地说："恩主不要羞我！老朽差点误了你家母亲性命，哪敢再收资费呀？"说毕背上医袋扬长而去。

秦越人紧追说："义父，让我背着吧。"长桑君理都不理，只顾前行。

回到李家客栈住室，长桑君将医袋放在几案上，回身关上门，一脚将不知所措的秦越人踹倒在地怒斥说："跪下！你可知错？"

秦越人茫然瞪眼跪地，望着长桑君说："义父，孩儿不知。"

长桑君伸手将秦越人手中拿的药渣包夺过来扔到地上说："你仔细看看，这都是些什么药？是我开的治痢疾方子吗？"

秦越人趴在地上，将药渣收拢在一起，一一仔细辨认，立时惊得张口结舌额头浸出汗珠说："这、这，俺配的黄连、当归咋变成葛根、桑叶了呀？"

长桑君顿时大怒，抄起拐杖劈头便打说："你贪玩粗心怎能学医？今天给我说不出原因，就打死你！"说着没头没脸狠狠抽打。

秦越人痛得"啊啊"大叫，在地上滚来滚去。

众住客闻声拥进房门，抓住长桑君的手杖劝说："年轻人哪有不办错事的，老人家你不能往死里打呀？"

乐滋滋站在人后观看的李店主见儿子也跑来往里挤，一把扯住斥道："快回屋待着去！"李醯一步一回首胆战地离去。

长桑君气得抖着胡子指着秦越人说："我天天叮咛你，药关人的性命。今天若不是抢救及时，栓子他娘就没命了呀！"说毕，抱起秦越人平时包好放在木架上的一摞药包扔在地上说："今天看在众人面上，不再打你。你抱着这些药，到院里跪着背《百物相克经》去！什么时候找出错的原因，再回来见我！”

满身血迹的秦越人，从地上捡起一包包药，抱在怀里，流着泪向院内一瘸一拐地走去。

李家客栈院内，盛暑烈日晒得地烫物燥。秦越人跪在烈阳下背《百物相克经》：狗肉与蒜相克，刺激肠胃中毒；白萝卜与木耳相克，生皮癣、老年斑；羊肉与西瓜相克，伤元气、降疫力；蜂蜜与大葱相克，同吃是毒药，伤眼失明；牛肉与栗子相克，呕吐；兔肉与芹菜相克，脱发；圆葱炒蒜是砒霜……

烈日下，秦越人晕倒爬起继续背，再晕倒再爬起继续背，口唇干裂，满脸汗水，头发打结，身上流着鲜血的伤口结成发亮的黑痂。

站在阴凉观瞧的众人，流露出同情、怜悯的目光。

李店主与妻子、蝎子站在卧室内窗前，边隔窗观瞧边幸灾乐祸地议论着。蝎子说：“这老家伙心真狠，再晒下去非出人命不可！”

荞麦说：“活该！晒死才好，晒死了咱醯儿独自跟他学医！”

李店主幸灾乐祸说：“秦家只这一根独苗，真出点啥事，秦家父母不会饶了这老东西，等着瞧热闹吧！”

夹在他们缝中的李醯吃惊地看看父母，又担心地望着秦越人。

骄阳如火，秦越人如禾，在烈日热地蒸烤下萎缩、发抖、打蔫，随时会有生命危险。长桑君皱眉坐在住室内桌前，凝视着手中医简，心中翻滚着巨澜……

房客甲进门说：“老先生，那孩子已晕倒几次了，饶了他吧。”

长桑君闪闪眉，不为所动，继续读医简。

又一房客乙进门劝道：“长先生，不能再让秦越人在太阳下跪晒了，时间长了会出人命的！”

长桑君放下医简，神色严肃地转身说：“我的心与你们一样。可我不让他受罪，他就不知道抓错药的恶果，将来行医不知会害死多少人命啊？”

二房客无言对答，互相瞧瞧退出。走到门外，房客甲摇着头说：“这老先生真是铁石心肠！没人能说动了！”

房客乙说：“咱们去找孩子的爹娘来求情吧？”

房客甲说：“这是个办法。走，我跟你一块去！”二人离开店门。

二位房客还没走出鄚邑城，晴空一声炸雷，狂风骤起，黑云像翻滚的浪涛遮住太阳；又一个闪电炸雷，黑云像被捅破的锅底，下起瓢泼的大雨，地上的泥水打着漩涡汇聚成流。他们顶着风雨，向城外七间房村奔跑。

李家客栈院内，跪在风雨中的秦越人顿时变成了落汤鸡。他抱在怀中的药袋在雨水中化为烂泥，袋中的药犹如散花飘荡在泥水中，被水载着流向门外。他惊慌地用双手捂在胸口，牢牢摁住两堆药，跪在泥水中一动不动继续背《百物相克经》，任雨淋风打水泡。

站在房内和屋檐下观望的人群七言八语，有的说："刚受暴晒又遭雨淋，这孩子非病不可！"有的说："古话讲，严师出高徒。这回可真开眼了。"

乐滋滋翘腿坐在柜台后喝茶的李掌柜，望见两房客领着浑身雨水的秦家父母进门，忙站起对众人说："快闪开、快闪开，秦家父母来啦！"

秦家父母穿过人群，望见雨中跪诵的儿子，心如刀绞。秦母大叫一声："儿啊——"就要扑了过去。

秦父伸手死死拽住说："不能过去！老哥这样惩罚他，一定有惩罚的道理！"

秦母哽咽着说："那是俺身上掉下的肉哇，俺去替他跪着！"

秦父泪如泉涌说："你以为我不心疼？我们当父母的能替孩子受罪，能替孩子长记性记教训吗？"

秦母擦着泪说："那咱们就不管不问了？"

秦父眼涌泪说："常言道，小树不科不长。咱们既把儿子交给了老哥，就得任打任骂任惩罚！这件事，咱们不能管。"说完，扶着一步一回首的妻子离开李家客栈。

夜幕降临，雨停了。跪在泥水中的秦越人头上蚊虫如蚁，他不打不拍仍在背《百物相克》，只是声音越来越小越弱……

端着碗在门口边吃饭边观瞧秦越人的李醯突然大叫："爹，快看，越人又晕倒了！"

李店主用筷子敲了一下儿子的头说："少废话！进屋吃饭去。"

众房客闻声奔出，七手八脚将秦越人抬进长桑君住室放到炕上。

长桑君眼涌热泪，向众人拱手说："谢谢各位、谢谢各位！"

灯光下，秦越人一动不动闭目躺在炕上。长桑君脱去秦越人的泥水湿衣，用沾温水的布巾小心翼翼擦着秦越人身上的泥污和伤口，然后一手端着药碗一手用一根鸡尾毛沾着碗中的药糊，热泪涟涟向被自己打伤的伤口上涂着药。放下药碗，他又从医袋中抽出骨针，扎秦越人的"巨阙"穴和"中脘"穴，泪水犹如断线的珍珠掉在秦越人身上……

"啊——"秦越人叫了一声，缓缓醒来，看见义父满脸泪水，鼻子一酸，说了声："干爹，我错了！"便抱住长桑君痛哭不止。

长桑君慈祥地抚摸着秦越人的湿发与泪脸，长长叹了口气，严肃地说："孩子，不是义父心狠，实在是药关患者性命啊！一味药配错，那不光是一条人命，还关系一个家庭的完美幸福。我们行医之人，每时每刻，都要把患者当作自己的亲人看待，像对待自己的兄弟姐妹和父母一样。"

秦越人连连点头，擦着眼泪说："干爹，孩儿一定牢记您的教诲，再不敢粗心大意了。"

长桑君疑惑地说："我看了你包的药，有的是按方子配的，有的不是按方子配的，有的包得很规矩，有的包得很松散，是不是李醯包的与你包的混在一起了？"

秦越人闻言哭得更痛更伤心。长桑君深情地拍拍秦越人的肩头说："人不怕犯错，就怕不汲取教训。今后不管谁与你一块包药，都要认真检查一遍。想当年我学医也经历了无尽苦难——

"我23岁的时候，因拿错药使一患者死去，被患者家人打得死去活来；

"27岁，因扎错针穴，使一名患夜盲的壮汉双目失明；

"32岁，因救治一个被摔伤腿的官家子弟，接骨错位，被抓进大牢……"

灯光下，秦越人听着义父长桑君对往事的痛切回忆，忘记了伤口的疼痛，敬慕地盯着义父那饱经沧桑的脸，不断闪动双眼，一会儿痛苦，一会儿流泪，一会儿担忧，一会儿敬佩。

从回忆中回到现实的长桑君，庄重而严肃地说："年轻人就像野地里一棵树，不修理长不成材。为了使你终生不忘今日的教训，我要给你约法三章！"

秦越人理解地点点头："行！"

长桑君说："第一，学医先学做人，以德立世；第二，普救众生，不图省力、不贪富贵；第三，攻术要精益求精，不畏艰难生死。"

秦越人挣扎着起身，大礼跪拜说："干爹放心，孩儿一定终生牢记这三条法章！"

长桑君满意地笑笑，拉起秦越人，端起桌上已凉成一坨的饭菜说："你在外面跪着，义父也无心进食。天色不早了，咱们一块吃点东西吧。"

秦越人接过义父递上的碗筷，心中又涌起阵阵热浪，含泪说："干爹，俺一定当个像您一样的好郎中！"

第三章
蒙病难临终留遗训

卧室灯下，李店主愁苦地坐在椅子上，妻子荞麦端着一盘煎鸡蛋对嘟着嘴的儿子央求："小祖宗，听娘的话，快吃点吧！"

李醯把身子一拧盯着李店主说："他不让我去认错，俺就是不吃！"

荞麦把手中的盘子放在桌上，拍着儿子肩头说："好儿子，那错不能认！你要认了，糟老头会像打秦越人一样打你的呀？"

李醯梗着脖子说："打就打！本来是俺把药抓错了。"

荞麦把眼一瞪说："傻儿子！秦越人那呆子没咬你，糟老头也没发现是你干的，咋能自己去顶黑锅呢？"

李醯哭着说："越人哥都快死了，你们咋还说这种话？"

李店主顿时气恼，"叭"地一拍桌子说："敢！你若走出这屋门半步，老子就打断你的腿！"

李醯听了无奈地捂住脸，坐到地上"呜呜"地哭起来。

蝎子慌慌推开门，看看姐夫又看看姐姐说："这是咋啦，冲孩子撒啥气？"

李店主一脸不耐烦地问："说，又有什么事？"

蝎子走近李店主小声说："姐夫，那老头把秦越人又救活了，现在俩人正吃饭呢。"

李店主和妻子闻言惊愕地问："真的？"

蝎子说："我亲眼看见的，这还有假！"

李醯听了停止哭泣，从地上悄悄爬起来，端上母亲放在桌上的煎鸡蛋，蹑手蹑脚溜出屋门。

长桑君住室内灯下，坐在炕沿上的秦越人将一个馒头只咬了几口，又放回桌上。长桑君将他放下的馒头又拿起，送到秦越人手中说："越儿，再吃几口。"

秦越人推开说："干爹，俺真不想吃了。"

长桑君脸色沉重地说："俗话说，人靠五谷杂粮养，一顿不吃饿得慌。你已经两顿没吃东西了，身上又受了伤，你不吃，叫义父咋咽得下呀？"说着，眼圈发红。

秦越人接过馒头刚要咬，李醯端着一盘煎鸡蛋进门说：“越人哥，就着煎鸡蛋吃吧。”

秦越人诧异地站起，上下打量着扭捏的李醯说：“你、你怎么来了，你刚才叫我什么？”

李醯羞愧地红着脸说：“俺、俺叫你越人哥。”

秦越人慌忙说：“这可使不得，你是少掌柜呀！”

李醯低下头说：“今天的事，都怪俺，是俺……”

长桑君闻言眼睛一亮，站起拉住李醯的手，笑着打断说：“事情都过去了，不要再提了。”然后扯过越人的手，将两个少年的手搭在一起说，“从今往后，你们要互敬互爱，当一对好兄弟好不好？”二人点点头。

长桑君说：“那就拉拉手！”

二人四手相牵在屋里转了一圈，越人笑了，李醯笑了，长桑君捋着胡子也笑了，桌上的灯跳着闪烁的火花。

年轻人的外伤，说好就好。五日后清晨，吃过早饭，长桑君望着已恢复神色的秦越人说：“越儿，今天我带你到城外田野去采药吧？”

秦越人高兴地说：“干爹，咱们到哪圪垯去采药？”

长桑君说：“地荒草多的地方。”

秦越人回住屋拿出荆筐和镢锄，正好碰上李醯。李醯问：“越人哥，你要干啥去？”

秦越人说：“我跟俺干爹去采药。”

李醯听了兴奋地说：“我也跟你们去！”

秦越人为难地说：“野地里又热又远，你爹让你去吗？”

坐在客堂柜台后的李店主听了，笑着说：“去吧、去吧。”

于是长桑君在前，秦越人和李醯在后，一块向鄚邑城外走去。

阳光下田野，长桑君弯腰从地里拔起一棵马齿菜，对跟在身边的秦越人、李醯说：“这马齿菜也是一种药材，开黄花结白籽，性寒味酸，有清热解毒、消肿、消炎、止渴利尿的效能。”

秦越人说：“夏天，俺娘在地里干活每天都拔一兜子，到家用开水煮煮，捞出来拌上蒜泥和醋，可好吃了！”

李醯吃惊地说：“这种菜哪能人吃，俺娘都是用它喂猪。”

长桑君笑笑说：“马齿菜有药效，这是古人发现后传教民间的。酷暑盛夏，人最容易得病，有了这种当菜吃的药，就把一些病消除了，所以农人们身体才又壮又结实。”

秦越人感慨地说：“古人真是了不起呀！”

李醯问："这种菜为啥叫马齿菜呢？"

长桑君眨眨眼说："因为它的叶子形状很像马的牙齿，有的地方也叫马耳菜。"

李醯弯腰从地上拔了一棵，仔细观瞧着说："越人哥你看，它的叶子真像马的牙齿和耳朵呢！"

秦越人凑到李醯跟前说："这种菜也叫晒不死。"

李醯问："咋又叫晒不死呢？"

长桑君说："它看着水灵娇嫩，外表却有一层像亮漆一样的光皮儿，遇到强光就反射，所以即使将它从土里拔出来，放到太阳下晒也不死，一遇水土又扎根活了。"

李醯兴奋地说："这马齿菜真好玩，我要拿回去在院子里栽上试试。"

长桑君说："我们行医人就要有马齿菜的品质，不管遇到啥困难，都要坚强活着。"

李醯发现前面草丛中有一棵开黄花的蒲公英，快步走过去拔下来问长桑君："先生，这蒲公英是药材吗？"

长桑君接过观瞧后说："它不仅是药材，而且浑身都是宝。"

李醯吃惊地说："啊，它也是药材呀？俺只知道它能玩吹伞。"

长桑君说："它春天发芽早，穷人们称它'芽芽葱'，既当粮食又当菜，药用有清瘀解热效能；到了秋天黄花变成'白头翁'，风一吹种子就像一个个小白伞到处飘荡，不怕风吹雨打、日晒脚踏，落地生根，来年又叶茂花艳。它就像我们游医，四处漂泊，到处为家，虽居无定所，生存艰辛，却万难不离其宗、千苦无怨无悔！"

秦越人听了连连点头。李醯却不解地自问："游医住在客栈，蒲公英随风满天飘，这俩咋能相比呢？"

长桑君不答话，径直向前走……

对于忙人来说，时光就像流水，不知不觉长桑君和秦越人在李家客栈过了三年。一个秋日上午，患者少，长桑君坐在案前手捧《黄帝内经》，对端坐面前的秦越人与李醯说："背诵《黄帝内经·灵枢篇》。"

二人齐声背诵："黄帝问于岐伯曰：于子万民，养百姓，而收租税；余哀其不给，而居有疾病。余欲勿使被毒药，无用砭石，欲以微针通其经脉，调其血气，荣其道顺出人之会……"

长桑君满意地点头说："《黄帝内经》是我们的医宗，其言之深，其论之妙，非诵即懂啊。你们要常诵常思，在诊患中探之真谛。"

这时一脚步踉跄壮年推门进，指着脖子求诊。长桑君放下手中医简对站起搀扶患者的秦越人说："你来诊。"

秦越人一怔，让患者坐在凳子上，观察其气色、舌苔，又用手探摸其颚下和咽喉，诊其脉后说："这是喉痹，须放血。"说毕，他望询在一旁观诊的义父。

长桑君点点头，而患者却瞪着眼嘶哑地说："此为热症，应用凉药，咋能放血呢？"

秦越人笑笑说："你六脉细，肿疼难吞咽。若用凉药，痰见寒则凝，六脉复沉，咽喉会更肿的。"

患者又说："那用热药呢？"

秦越人说："若用热药，犹如抱薪救火也。"

患者又说："若放血，几日能好？"

秦越人说："咽喉肿疼，因热血沉积于肺而致。若放血，肿胀渐消，一个时辰后即可食粥。"

患者闻言点点头。秦越人用温水清洗肿胀处后，从医袋中取出骨刀刺于肿胀处，李醯端一陶盒接于出血处，黑紫之血滴了约有一盒，肿胀立消，疼痛大减。秦越人在刀口处涂上消炎止痛促长药粉，用布条裹好后说："你现在可以喝粥了。"

患者摸摸脖子，咽口唾沫，轻松笑着说："真能咽东西了！"

长桑君开心地笑了，李醯兴奋地抓住秦越人的手说："越人哥，你成郎中啦！"

秦越人羞涩地摇着头。

俗话说，天有不测风云，人有旦夕祸福。五年后的严冬，大雪盖地，将鄚邑城内外变成了银色世界。燕国突然举兵伐齐，马队战车如洪涛而涌，厮杀惨叫尸横遍野，兵锋所指村焚城毁，逃难的人群携老抱幼四窜。鄚邑城内外人慌马乱，背扛肩挑男呼女叫，争相拥向城外……

黄昏的李家客栈院内，停着一辆装着箱子、行囊的马车，车上坐着神色慌乱抱着包袱的荞麦，对一手抓马缰焦急望着店堂的蝎子说："弟弟，快催催你姐夫和醯儿！"

蝎子转身冲店堂喊道："姐夫，快上车吧，再晚就出不了城啦！"

李店主和儿子李醯走出店堂后门，转身对送行的长桑君说："先生，我劝您还是跟我们一块走吧。大兵压境，连官吏们都逃了，鄚邑兵少将寡难躲劫难哪！"

李醯着急地说："先生，您就听俺爹的，上车到外地躲躲吧！"

长桑君笑捋胡须说："你们放心走吧，我有越人照护，没事的。"

李店主说："我是诚心相邀啊！战火无情，越人还有父母，哪顾上三个老人哪？"

长桑君说："人的福祸自有天定。我老朽已是古稀之人，这些年借住在贵店行医已知恩，不想再给李掌柜添麻烦了。"

李店主羞愧地说："先生是否还记恨我往日之错？你对醯儿的尽心教诲，已使我深悔不该当初了。"

长桑君摆摆手说："过往之事，老朽早忘记了。你还是快点上车赶路吧！"

妻子荞麦急火地说：“你们磨叽啥，再磨叽燕兵就打进城啦！”

李店主眼睛一热，从腰里解下一串钥匙递给长桑君说：“先生执意不走，我就把这店托付给您老人家了！”

长桑君向后躲着说：“这可不行！你们走后，我也要与越人搬到七间房去住。”

李店主伤感地说：“我这一走，也许一年半载，也许漂泊异乡再难回来了。如果战火不毁小店，您和越人就住在这里行医吧，也算我对往日不恭的赔礼！”

长桑君闻言一惊，打量着李店主那凄楚诚挚的神色接住钥匙说：“店主既讲此话，老朽与越人就代为看管，你们何时归来，还是店的主人。”

李店主眼盈热泪向长桑君拱手说：“先生保重！”

长桑君也回敬拱手说：“店主保重！”

李醯跪下说：“拜谢先生授术之恩！”

长桑君扶起李醯，让跟在身后的秦越人将手中拎的布袋交给李醯说：“这袋中是救治各种疾患的丹、散、丸，备在路上之需。你现在已是20多岁的小伙子了，一定要照顾好双亲！”

李醯点点头说：“俺记下了。”

长桑君又叮咛说：“你虽不是我的义子，已学得不少医技。不管走到哪里，都不要忘记医家以德为先的古训！”

李醯点着头擦泪离去。秦越人挥手说：“李掌柜、少掌柜保重！”

李醯回首擦着泪说：“越人哥，你一定照看好先生！”

秦越人说：“放心吧！俺等着你们回来！”

长桑君望着载有李店主一家人的马车出门，转身对秦越人说：“越儿，快回屋收拾东西！咱们回七间房。”

秦越人惊愕地说：“干爹，咱们走了，谁给李店主看家呀？”

长桑君说：“顾不了那么多了！躲过战乱兵灾，咱们再回来！”

秦越人闻言跑回住屋，背出长桑君已打理好的医箱、行囊，与义父加入向城外奔逃的人群中。

鄚邑城城门外涌的人流，像愤蜂的箱口。秦越人与长桑君挤出城门，正好逢上来接他们的秦家夫妻。秦越人惊喜地说：“爹娘，你们咋来了？”

秦福寿一边接过儿子肩上的大包裹一边说：“人家都在逃，我和你娘不放心，就来接你们。”

长桑君感慨地说：“这大雪寒冬闹兵灾，不知又有多少人要死于苦难了！”

秦刘氏说：“长大哥，只要咱们一家人在一块，俺这心就落地了！”

夜灯下，秦家夫妻安顿好长桑君和儿子越人，正在吃饭，村中就嚷叫成一片。村外举着火把的燕军马队从远处拥来，村民有的披着被子、有的抱着孩子、有的背着老人向野外奔逃。秦家父母听了，慌忙背起包袱搀着长桑君跑出屋门，站在院内皂角树下，焦急地望着厢房门口。秦越人浑身尘土从厢房奔出问：“爹，你们咋还没走哇？”

秦父关切地问：“你把你干爹交给你的东西都藏好了吗？”

秦越人拍着身上尘土说：“藏好了！”

秦母说：“你干爹不让丢下你，非等你一块走不可。”

秦越人猫下腰说：“干爹，天太黑，让俺背着你吧！”

长桑君拄着拐杖说：“不用、不用，我还能走。”

秦父说：“老哥，别客气了，就让他背上吧！”

秦越人背起义父冲出家门融入逃难乡亲中，秦家父母紧紧相随，但他们刚刚到村西口就听有人喊：“快往村南树林里跑，燕军从东北方向杀过来了！”

秦越人闻言立即转过身向村南跑，混乱的人群如炸窝的蜂，呼儿唤女在雪地里奔逃。天黑雪厚，秦越人有时脚下打滑，有时遇坎趴地，有时深一脚浅一脚，顾不上观瞧前后左右逃难人，也不顾义父让他停脚，一口气向南奔。

夜幕中，秦越人跑了大约三里多路，被一片荆草荒坟挡住，才将义父放下，擦着汗粗喘向身后看着自语：“俺爹娘咋没跟上呢？”

长桑君揉着被箍痛颠麻的双腿责怪说：“我叫你停你不停，他们准是被逃难人冲散了！”

秦越人在黑暗中找到一簇荆草茂密处，清除积雪，将义父搀扶进荆丛中坐下说：“义父，您先在这儿歇会儿，俺去找找他们。”

话音刚落，两队举着火把、喊着杀声的军队，在他刚跑过的雪野上厮杀在一起。长桑君一把将秦越人拽进荆丛说：“你还站着看，不要命了？”

秦越人焦急地说：“俺爹娘——”

长桑君说：“你这时去寻只能白白送死！没听到有乡亲们的哭叫声，也许他们早躲起来了。”

秦越人倚在义父身旁，焦急地从荆草缝中盯着交战的原野。刀枪撞击的火星，惨死者的凄号，飘散的鲜血腥气，使秦越人心中惴惴不安。

长桑君抚着他的肩头说：“人遇大事不可急，静心才能出奇迹。”

燕军渐渐败退了，齐军吹起胜利号。天渐渐亮了，到处横陈着尸体残肢的雪野上恢复了平静。秦越人扶着冻得直打冷战的义父，走出荒坟中荆丛。长桑君不忍目睹战争留下的凄惨，对秦越人说：“越儿，咱们先去看看李家客栈吧。”

秦越人点点头，扶着义父向晨曦中冒着滚滚浓烟的鄚邑城走去。

经过战火洗劫的鄚邑城内，街道两旁皆是残垣断壁，到处都是哭天号地的骂声，李家客栈已成一片废墟，焚灰中仍冒着未熄的缕缕余烟。长桑君手拄拐面对焦土，从兜里摸出一串钥匙悲愤仰天叹慨：“诸侯争雄民遭殃，乱世何处有故乡啊？”

秦越人也凄语："都烧毁了！李掌柜他们回来，到哪去安身呢？"

一阵旋风扬起黑尘焚土，将天地搅成混沌，秦越人用身体护住长桑君说："干爹，咱们回七间房吧。"

长桑君颤抖着胡须，用手推开秦越人，嘴里嘟嘟囔囔，在生活了十年的李家客栈前街道上踟来蹰去，突然瘫软在地。

"干爹！"秦越人大叫一声，伸手从地上将长桑君上身拉起。

长桑君哆嗦着嘴唇说："越儿，天灾犹可忍，人患世代遣啊！"说毕，身抖如筛糠，竟昏迷过去了。

秦越人蹲身将义父从地上拽起，背在身上慌忙向城外疾奔……

清晨，幸免于难的秦家院内，秦父满头大汗从门外进来问："他娘，长大哥和越儿回来了吗？"

秦母睁大双眼说："咋，你没找到他们？"

秦父喘息着擦汗说："我问遍全村人，都说没看见。只有孟家二小子林儿说，乱夜中他见有个背人的年轻人往南跑了，天黑人乱没看清是谁。"

秦母惊怔了一下说："那还等啥，你叫人快去村南方向找吧！"

二人还没出门，林儿进门迎住说："秦叔，越人哥和他干爹回来了！"

秦母惊喜地问："他们在哪儿？"

林儿说："秦叔刚离开俺家，俺爹回来了，看见越人哥背着他干爹从鄚邑城出来了。"

秦父说："林儿，快跟着叔迎迎去！"转身又对妻子说："他娘，马上点火烧水做饭！"

秦母笑着说："快走吧，家里事不用你操心！"秦父和林儿在街上快步急奔。

七间房村村外大路上，秦越人背着昏迷发烧的长桑君，望着初阳下炊烟袅袅的村庄，一步一步艰难地移动着，口中喷着白气，从湿发中向下滴答的汗水在雪地上洇出一个又一个斑点。他看见父亲和林儿从村中奔来，张口欲喊却喊不出声，瑟瑟发抖的腿一软，跪在地上。

林儿与秦父飞奔而至，林儿抢上前抱住秦越人背上脸色通红的长桑君说："越人哥，你干爹咋啦？俺来背！"

秦越人张张干裂的嘴，话却讲不出口，身子一歪倒在地上。

秦父一腿跪地将儿子从地上扶起焦急地叫着："越儿、越儿！你咋啦？"

秦越人睁开疲极的眼睛说："爹，俺干爹病了，快、快回家吃、吃药——"

秦父抱住儿子，看见儿子身后雪地上那一串汗水浸出的斑坑，心疼地含泪点点头。

这时从村中又跑出几个乡亲，有的帮林儿背长桑君，有的背起虚脱无力的秦越人，快步奔往村中。

站在门口忧心张望的秦刘氏看到众乡亲和丈夫背着长桑君和儿子秦越人进村，赶紧转身回屋在炕上铺被放枕。

众人将长桑君和秦越人放到炕上，帮着打水擦洗捏手脚。秦福寿望着炕上躺着昏迷不醒的长桑君和儿子秦越人，搓着手不知如何抢救。急匆匆从门外走进的秦母，一手端碗一手抱起秦越人的头向嘴中送水。秦越人如久旱饮甘露，大口大口地喝着，地上站着揪心的秦父和众乡亲。一碗水进肚，秦越人挣扎着起身问："俺干爹呢？"

秦父苦着脸指指躺在炕里的长桑君说："他昏迷不醒、浑身发烫，怎么也喂不进水去！"

秦越人一惊，转身扑向义父，用手试额温、翻眼帘、诊脉后，对父亲说："爹，快去取俺的药包来！"

秦父转身而去，秦母着急地问："你义父咋病成这样啊？"

秦越人摇头忧心说："天寒地冻，快七十岁的人哪吃住这样折腾啊？"

秦父取来药包，秦越人慌忙接过从中取出骨针，先灸接藏真气的"食窦穴"保固不死，又灸脐上五寸五分"巨阙穴"、脐下三寸"关元穴"，然后用筷子撬开长桑君牙关，灌服"姜附汤"。

长桑君慢慢睁开眼醒来，转着眼珠问："越儿，咱们这是在哪里呀？"

秦家父母看到长桑君苏醒，兴奋地不待儿子答就说："老哥，在咱们自己家里！"

长桑君扭头看见秦家父母和众乡亲，长出一口气，眼中立时流下两行泪水说："多亏越儿了，否则老命休矣！"

秦父上前拉住长桑君的手说："老哥只是夜受风寒，好好将养几天就好了。"

长桑君凄然一笑说："给你和弟妹添乱了。"

秦母笑着说："一家人咋叫添麻烦。俺已熬好小米粥，这就去端来。"

长桑君摇摇头说："我不想吃东西。"

秦父着急地说："不吃东西哪行，您都一天一夜没进食了？"

秦越人泪流满面说："干爹，俺刚才给您灸了'食窦''巨阙''关元'三穴，服了姜汤。"

长桑君点头说："这三穴都是救急救危之处，姜汤辛而温不出大汗。遇此症，切忌大热大补和凉药啊！"

秦越人点点头用手抚摸义父额头说："烧还未退。"

长桑君说："你去把我的那个小箱子取出来。"

秦越人下炕出门，秦母端着粥碗进门对长桑君说："老哥，趁热吃点吧。"

长桑君坐起接过粥碗，吃了几口又放下说："我浑身酸痛，实在没胃口。"

秦越人抱着小木箱进门，坐到炕沿，双手送到长桑君面前说："干爹，要不俺给您熬点'湿渗汤'喝吧？"

长桑君打开箱盖，翻看了一下写满字的锦布，思忖着说："行。湿渗汤暖脾胃，驱风寒，祛瘴疫、除风湿。"

但药吃了几天，由寒冻和愤慨形成的病魔好像赶不走的怪兽，仍然苦苦折磨着长桑君，不见好转。三个多月后一个清晨，在案板上切菜的秦母见儿子越人端着屎盆从长桑君住室出来，对拉着风箱烧火的秦父说："老哥的病都三个多月了，也不好，这可咋办哪？"

秦父愁苦地说："能咋办，他不让外人来瞧病，天天只吃自己配的药。"

秦母凑近丈夫放低声音说："我听人说，这种病吃冬不吃春……"

秦父不待妻子把话讲完就停下拉风箱，生气地打断说："闭上你的臭嘴！老哥是越儿的干爹，你咋能咒他死呢？"

秦母冤枉地说："俺哪是那意思？俺是说咱得赶快请郎中来给他看看哪！"

秦父神色转愁说："我都提多少次了，老哥坚决不同意。"

妻子纳闷地问："为啥呢？"

秦父说："咱这地方哪有医术超过老哥的？他信不过。"

秦母看见儿子倒完屎盆子回来，招手叫到近前问："你干爹的病轻点没有？"

秦越人苦着脸说："还是那样。"

秦母问："他没再给自己开个新药方？"

秦越人说："开了，吃了都不见效。"

秦父吃惊地说："你让义父指点着，再给他针灸针灸。"

秦越人含泪低头说："针灸了，也没效果。"

秦家父母听了惊睁着眼，你望我，我望你，再不敢问下去。

又一天夜幕降临了。灯光下，骨瘦如柴面色发黄的长桑君靠在炕上的被子摞上，扭来扭去。秦越人手端水碗凑到长桑君身边问："干爹，您觉得哪儿不舒服？喝口水吧。"

长桑君伸手接过碗放在身边炕席上，双目死死盯着秦越人看了一会儿，招手让他坐到近前说："越儿，干爹恐怕不行了。"

秦越人闻言热泪喷涌而下说："干爹，孩儿无能，不能解除您的病痛啊！"

长桑君摇摇头说："生老病死乃人之常情，与你无干。"

秦越人说："明天，我去把鄚邑城内的几个郎中都请来，给您会会脉。"

长桑君固执地摇头说："不用了。人说人活七十古来稀，义父今年已六十九岁了。这是人生的一个大坎，看来我是过不去这个坎了。"

秦越人哽咽着说："是孩儿不孝，那天夜里没有照护好您，让您受了风寒……"

长桑君再摇头说："战祸寒冬，岂是儿过？再说义父之病非常疾，而是由忧愤攻心造成多病迸发。"然后伸出皮包骨的手拉住秦越人的手继续说，"越儿，我观察你十余载，忠厚仁义、赤诚如一，刻苦学术、钻研有心，将来必有大成啊！"

秦越人摇着头说："孩儿只盼干爹早日康复，跟着您学医，将来能给乡邻治个杂症就知足了。"

长桑君颤抖着手，眼涌浮泪说："干爹时间已不多了，你听我说。"他轻咳了几声接着说，"义父游医三十余载，虽救人无数，却没什么钱财，只有平生搜集记述的一些秘方，现在交给你！"说着，从胸口衣服中掏出一个锦囊送向秦越人手中。

秦越人正要拒绝，长桑君又指着炕头的一个小木箱说："那箱子里是义父几十年搜集研读的先贤医家圣籍，读懂的我都加了注释，未读懂的就交给你继续研读吧。"

秦越人闻言慌忙大礼跪倒，含泪哽咽道："干爹只是偶感风寒，精心调理就会好的。孩儿少德无才，刚刚懂得医家皮毛，岂敢受此重托呀？"

长桑君摇头挥手，抖着胡子继续说："儿啊，我已老了，自知不久人世，可世上不能没有良医呀——"说完老泪纵横、泣不成声。

秦越人激动地扑上前抱住义父说："孩儿本一野人（春秋战国指农人）蛮子，经干爹调教才入医门。此已是终生难报之恩，焉敢有非分之想啊？"

长桑君双手捧住秦越人的脸，火炬一样的目光在他脸上扫来扫去，深情地盯着他双眼说："儿能如此看待自己，正是义父所望啊！俗话讲，天外有天，山外有山。学而知不足，行而知德浅，方能有所成啊！"然后亲切地将秦越人揽入怀中告诫道："黄岐著《内经》，给后人留下除瘟解患良方，被后人尊为救生之祖。今权贵虽鄙医，但世人莫不需。所以，我们行医之人要永远立身于民，以普救众生为本！"

秦越人理解地连连点头说："孩儿记住了，孩儿一定牢记干爹教诲。"

长桑君听了突然精神矍铄，满脸笑容自嘲自乐地说："医家、医家，就是要以四海为家，治疾除患为乐呀……"那一夜，长桑君与义子秦越人相拥而谈，牵手而语，好像有说不尽的话。

秦越人依偎在长桑君身旁如沐甘露，一会儿眼含热泪，一会儿为义父喂水捶背，一会儿频频点头，一会儿誓言告慰，一直到窗外放亮。这时长桑君语声突然变弱："越、越儿，师、师父，要走了。你、你要孝、孝敬爹、爹娘，善、善待医、医家衣、衣食父、父母啊——"话音渐渐断不成句。

秦越人大惊抱住义父，将耳朵贴在长桑君嘴边聆听。长桑君将脑袋一歪，微笑着死在秦越人怀中。秦越人凄声大叫一声："义父——恩师啊！"号啕大哭。

第四章
继医业大义治乡瘟

俗话说，有钱难买黎明觉。阳春三月黎明，伺候长桑君一冬一春又办完安葬事宜的秦福寿夫妻太累了，他们正在沉睡，突然大门外传来“啪、啪”的急促敲门声。他们睡眼惺忪穿衣出屋，打开院门，发现门外站着几十个病容倦态的陌生人，吃惊地问：“你们这是——”

里长孟德友老汉走前几步说：“福寿兄弟，这些人都是周围各村的乡亲们，来找越人瞧病的。我给大伙解释说，家里刚办完丧事，可他们说啥也不肯走。”

秦父不解地问：“咋一下子有这么多病人哪？”

一个拄着拐杖的老汉说：“这都是燕齐大战闹的。死了那么多人，天一热死尸都发了，像瘟疫一样传，俺村里已死了两个人啦！”

另一个说：“俺庄一天就躺倒十几个，头痛发烧，水米不进。快让越人郎中去救救大家吧？”

秦父为难地说：“越人他干爹刚埋了五天，还没过头七哩，哪能外出行医啊？”

拄拐杖的老汉愁苦地说：“这瘟病刚冒头，若不快点治，咱们这片地方不知要死多少人哪！”

众人附言说：“是啊、是啊，俺们担心的就是这事儿！”有的说：“咱们这一带，人们信服的就是长桑君先生和越人郎中。长桑君先生过世了，越人郎中再不救乡亲们，那就只有两条道了！”有的问：“哪两条道？”刚才说话的人说：“那还不明摆着，一个是带着全家老小到外地去讨饭躲瘟，一个是待在家里等死！”有的说：“那还了得。离开生活了几辈子的家，到异地外乡去讨饭，谁还把咱们当个人哪？”有的说：“要不，咱们去鄚邑城里找官府。”拄着拐杖的老汉气愤地说：“别提官府！他们只知道要税要粮，哪管咱们这些穷百姓死活呀？我听说，鄚邑城昨天就封了城门，只准出不准进了！”

孟德友老汉听着大家的议论对秦父说：“这事是该管。那瘟病要传到咱七间房，乡亲们可咋过呀？”

秦父上愁地说：“老哥你知道，越人这孩子自小性子犟。他说要为义父恩师守孝三年，现在连一七还没过就让他脱掉孝衣去治病，我这当爹的还真张不开口哇？”

孟德友老汉着急地说：“那咋办？咱也不能看着那些夺命的瘟病往咱村里串哪！”

秦父皱眉思忖了一会儿，对孟老汉说：“老哥，要不这样，您叫上林儿去坟上劝劝他。他敬重您，又自小与林儿是好朋友，也许能说动。”

孟老汉点点头说：“现在也只有这个办法了，我现在就回家，叫上林儿到坟上找越人去！”然后转身对七言八语的众人说：“父老乡亲们，听我说：大家别着急上火，谁家死了亲人不满五七也不能出门，何况越人侄儿给义父守孝连一七还不到呢！既然大家都信服他，瘟病来得急，俺刚才跟他爹商量了，去坟上劝劝，大伙都耐心等会儿行不行？”

众人闻言齐声说：“俺们跟您一块去求他！”

于是，众人跟在孟老汉身后，向村外走去。

春阳下，由黄土堆起的坟丘上插着被风吹败的灵幡和哭丧棒，坟前插的一块木板上用墨笔书写着九个大字：“义父恩师长桑君之墓”。木板前摆着祭品、燃着祭香，跪着浑身孝衣的秦越人。坟的左前方，用苇席搭着一个庵棚，庵棚内一堆干草，草上放着一条破被。

孟老汉和林儿领着众人远远看见坟前跪着的秦越人，不忍呼叫，直到走到近前林儿才小声喊：“越人哥！”

秦越人听到呼声和脚步声，扭头观看，见是孟伯伯和林儿带着一群人围在身后，赶快站起相迎说：“林儿、孟伯，咋来这么多人，村里出了什么事？”

孟老汉叹口气说：“大事不好了！咱们周围村里发生了瘟病，大家一清早就到家里找你去瞧病。”

林儿附言说：“好几个村里都死人了，越人哥快想想办法吧！”

秦越人惊愕地望望众人对孟老汉说：“孟伯，侄儿在守孝哇。”

孟老汉说：“我知道你在守孝，也不愿来找你，可咱这片就你是个郎中，你得救救乡亲们哪！”

秦越人说：“鄚邑城里不是有好几个郎中嘛，咋不去找他们呢？”

林儿接话说：“官府听说起瘟病了，把城门封了，只准出不准进！”

秦越人指指通身孝服说：“孟伯、林儿兄弟，不是越人不愿治瘟病救乡亲们，这、这孝子不守亡灵，可是悖周礼违祖规呀？”

众人闻言有的失望，有的面露怨色，有的说：“是啊，穿着孝衣去给人治病，人家谁也不会让进门。”有的说：“脱了呗！”有的说：“谁敢脱孝衣？让人知道了，不打死也得骂你是个不孝逆子！”有的说：“这都是让周礼祖规闹的，让死人治活人！”

孟老汉生气地说：“狗屁周礼祖规！我就不相信，周天子的爹娘死了，他会天天守着尸体哭、不理朝政不管国事了？”

人群中有人喊道：“说得好！天子不理朝政不管国事，王位早被人夺了！”

孟老汉说：“大侄子你想想，人死不能复生，咱不能守着亡灵看活人死啊？”

这时秦家父母领着秦越人儿时伙伴墩子的娘来了，不等秦越人与父母说话，墩子娘便扑通一声跪下哭着说：“越人，快救救你墩子哥吧！清晨起来还欢欢实实的，说病就倒下了！”

秦越人闻言顿时额冒惊汗。秦父上前拉住儿子的手忧苦地说：“刚才你孟伯与众人说的话，我和你娘都听见了。爹娘不能让你当不孝逆子，也不忍眼看着墩子和众乡亲遭难不管哪！”说毕，两行热泪喷涌而下。

众人齐声哀求说：“秦郎中，救救俺的亲人吧！”然后齐齐跪下。

秦越人望着墩子娘和众人祈求的目光，为难的泪水如泉涌，转身扑到义父长桑君坟前哽咽着跪地拍打着黄土哀号：“义父恩师啊，孩儿该咋办哪——”便晕倒在地。

“越儿——”秦家父母尖叫一声便扑了过去。林儿喊着“越人哥”，孟老汉喊着“大侄子”，也扑上前去。

众人七手八脚将秦越人抬进坟旁庵棚，喂水、掐人中，秦越人方缓缓睁开眼。

孟老汉对围观的众人挥手说：“大家都回吧，待有了啥结果，俺会派人告诉乡亲们的！”

众人悻悻离去，庵棚内只剩下秦家父母和孟老汉、林儿四人守着秦越人。

孟老汉蹲到已恢复神志坐起的秦越人面前柔声问：“大侄子，刚才众人下跪相求的情景你都看见了，你心里究竟咋想的？”

秦越人长出一口气说：“孟伯，您从小看着侄儿长大，义父教我学医十二载，形同父子、恩重如山。侄儿若不尽孝守节，被人骂作不孝逆子，今后这一生可咋立世为人哪？”

孟老汉点点头说：“你待师如父，乡邻皆知。你尽孝守节，大伯也支持。可眼下，墩子染瘟，他娘快五十岁了给你当众下跪，你也不能不顾及乡亲们的哀求和苦难哪？”

秦越人含泪点头说：“孟伯、林儿弟，爹、娘，你们都先回去，让我静静，再想想。”

孟老汉站起身说：“好啦，大伯就等你这句话。”

秦父说：“你孟伯久经世事。他说这些话都是为你好哇！”

秦越人连连点头说：“爹，俺知道，你们走吧。”

林儿说：“越人哥，俺留下陪你吧。”

秦越人摇头说：“不用。”目送着爹娘和孟老汉、林儿的背影。

众人走了，秦越人却再也难恢复平静了。他坐在义父恩师坟前，痛哭流涕，述说众乡亲遭到瘟疫的紧急病情，从上午到傍晚竟没吃一口饭。

夜，天上星空灿烂，明月高悬，秦越人从坟前回到坟旁的庵棚内，躺在庵棚草堆上，一会儿仰望星空冥思，一会儿翻来覆去。夜深了，他迷迷糊糊合眼睡去——

长桑君从空中飘然落地，手拄拐杖怒冲冲走进庵棚。

秦越人慌忙迎上跪拜说："孩儿拜见义父恩师！"

长桑君手指秦越人怒骂道："大胆逆子！为何我刚走几天，你就背弃义父遗训？"

秦越人惊愕地摆手说："孩儿不敢，孩儿不敢哪！"

长桑君怒瞪双目斥道："还敢强辩？瘟病蔓延，庶民涂炭，你心中没有众乡亲，贪生怕死，还伪词推诿，分明是逃避医家之责！"

秦越人委屈地流泪说："周礼祖规让孩儿守孝三年，现在一七未尽，儿子怎敢冒天下之大不韪呀？"

长桑君说："你不急民患所需，不救儿时兄弟，怎叫普救众生、立身于民？"说毕，举杖狠狠向秦越人头上打去。

"啊呀！"秦越人一声惊叫从草堆中坐起。他扫视四周，四周依然如故，并无义父身影，摸摸头上除了惊汗并无被打伤痕，方知刚才是做噩梦。但再无睡意，起身走到庵棚外，跪在长桑君坟前自语："义父恩师，您梦中所言，是告诉孩儿普救众生为大、侍亲守孝为小么……"

秦越人的哭诉还没讲完，这时一阵微风吹来，在长桑君坟头上旋起一阵尘烟，打着旋飘向远方。

秦越人连连叩首说："孩儿明白了，孩儿明白了！"说着给义父长桑君坟头连磕三个响头，然后站起去庵棚收拾行李。

秦家堂屋炕上，秦刘氏对望着窗外明月呆神不语的丈夫秦福寿说："他爹，你咋还不睡呀？"

秦福寿扭头瞧眼妻子说："我睡不着。"然后长叹一声说，"唉，那么多人到坟上去求越儿治病救人，这可不是小事啊！他若不答应，村里若真死了人，咱们还咋有脸出门哪？"

秦刘氏说："咱儿讲得也不是没有道理，天下哪有守孝人给人治病的呀？"

秦福寿说："理是这个理儿，我总觉得这时候不去救人，会给他一生留下话柄的！"

秦刘氏凄苦地说："他与他干爹，形同父子，这时候让他不守孝，也太难为咱儿了！"

秦福寿说："墩子是越儿自小的好伙伴。墩子娘当着那么多人，都给越儿跪下了，叫我这心里七上八下的！”

秦刘氏说：“孩子不是说再想想吗？也许明天他能想通。”

秦福寿说：“啥也别说了，咱们睡吧。明天，我去给墩子娘赔礼去！”

秦家夫妻刚入睡，“当当当、当当当！”突然传来叩门声。

秦家堂屋亮起灯，秦父披衣走出屋门，边走边问：“谁呀，咋半夜又来叫门呀？”

秦越人说：“爹，俺是越儿。”

秦父慌忙打开门，望着月光下身穿孝服、手抱行李的儿子吃惊地说：“越儿，你咋半夜回家来啦？”

秦越人张张嘴，话未出口泪如泉流。

秦福寿接过儿子手中抱的被褥说：“快进屋，到屋里说！”

秦越人随父进屋，对爹和正穿衣裳的娘说：“干爹给俺托梦了，骂俺忘了遗训，不让俺给他守孝，让俺去救众乡亲哩。”

秦父长叹一声说：“你干爹真是个仁义之人哪！他在地下，还惦念着众乡亲的生死苦难啊！”

秦母笑着说：“快吃点东西，好好睡会儿，天明咱就开诊。”

秦越人说：“不用了。俺现在就去看墩子哥！”说毕脱下孝服，找出医包背上就出门了……

太阳初升，一个医幌又挂在秦家门口门檐下伸出的木棍上，在风中飘来荡去。秦家门前人来人往，院内用席搭的凉棚下，秦越人给一个又一个患者翻眼帘、看舌苔、诊经脉。

秦母笑吟吟跑进跑出，给来看病的乡亲们送水找座；秦父拿着越人开的药方配药、取药；秦越人忙得水顾不上喝、饭顾不上吃，仍然难解络绎登门的患者之忧。

诊患的忙碌送走了一天的时光。灯光下，秦父扶着累得脚步踉跄的儿子走到炕边，秦越人身子一歪便躺下了。秦母端着一碗刚冲的蛋花汤心疼地喊道：“儿啊，先喝下这碗鸡蛋汤再睡！”然而秦越人已发出鼾声。

秦父望着炕上疲惫困倦的儿子，在地上走来走去说：“这怎么得了呀，刚一天就把他累成这样了？”

秦母将手中的蛋花汤送到丈夫面前说：“你也够累的，快趁热喝了吧。”

秦父皱着眉说：“我喝啥鸡蛋汤，给越儿留着！”

秦母说：“鸡蛋汤哪能放，一凉就腥气了！”

秦父不耐烦地说：“凉了不能热热？”

秦母嗔一眼丈夫说：“真是个老抠！连碗鸡蛋汤也舍不得喝。”

秦父瞪着眼说：“我不抠，你能天天给我下鸡蛋？”

秦母“扑哧”一笑说：“好、好，俺不跟你吵，等着越儿醒来热热喝，行吧？”

深夜，炕上熟睡着秦家三口人。黑暗中沉睡的秦越人在炕上打了下翻身，一只脚“咚”的一声落在一个小箱上。他惊然而起，立即点燃灯，扯过箱子打开，取出长桑君留下的锦囊，在灯下如饥似渴地翻阅，一会儿沉思，一会儿微笑，然后兴奋地“啪”地拍一掌箱子，大喊道：“治瘟病的办法找到了！”

秦父秦母闻声惊叫而起。秦父望着儿子斥道：“你不好好睡觉，深更半夜的，乱拍乱叫什么？”

秦母惊愕地问：“越儿，你是否发癔症了？”

秦越人兴奋地笑着说：“爹、娘，俺找到治瘟病的奇方了！”

父亲闻言接过儿子手中的锦布，一家三口在灯光下观看长桑君留下的锦囊。秦越人指着锦布上的字说：“义父在上面写得很清楚，用川附、桂心、当归、甘草等药相配，就能治愈瘟疫（即霍乱）吐泻、腹臌胀、脾疟黄疸、气厥发昏等症！”

秦父激动地说：“这老哥真是个神仙哪，连他身后要发生的瘟病都留下治的方子了！”

秦越人说：“爹，俺想了，明天不再给瞧病的人一个个写方子抓药了。”

秦父一怔，眼睛发亮说：“对！在咱院里支口大砂锅，按这个方子配上药，把药熬上，凡患瘟病的来了就给他盛一碗喝！”

秦越人点点头，感动地说：“知儿者，亲爹也！”

秦母说：“四邻八村的人都来喝药，哪得多少柴、多少药哇？”

秦父笑笑说：“把我从尧山贩来的药材，全搬出来，用多少取多少！至于柴火嘛——”

秦越人接话说：“让林儿弟叫上全村的年轻人，到村外去拾去捡！”

秦母说：“天明俺就找你孟伯伯，让他找俩精细人，帮着垒灶、打水、熬药！”

秦越人高兴地说：“爹、娘，我说咱们别睡了，现在就去准备垒灶的坯和配要熬的药吧？”

秦父说：“行！你赶快写方子配药，我和你娘去搬坯垒灶。”

灯光下，秦越人挥毫在木简上写着药名和用量。秦父秦母在院内搬坯垒灶。

天蒙蒙亮，秦家院内支的大沙锅下燃起柴草，锅内沸腾的药水发出“咕嘟、咕嘟”声。浓烈的药味从秦家院内飘往四方，闻味而至的患者排队等着喝药，从院内一直延伸到大门之外。孟老汉、林儿等众乡亲得知秦越人配出了治瘟的药方和赊药救人的招数，有的挑水、有的劈柴、有的烧火、有的搅动锅内药水，秦家院内像赶集一样繁忙热闹。

晨阳初照，将诊桌搬到大门口的秦越人，每诊过一个患者就发给一截小木棍，拿着小木棍的人走到药锅前将木棍交给秦父，秦母就给交棍的人从锅里盛一碗药汤。

喝过药汤的人将碗交给俩洗碗人，乐呵呵边走边说：“这秦郎中真聪明，一家解了百家愁哇！”有的说：“俺听说，秦家为治乡亲们的病，连家底都搭上了！”有的说：“这秦家真是积了大德了呀！”

三日后，墩子娘领着墩子进门，走到秦越人面前说：“快谢越人的救命之恩！”

墩子拱手说：“谢越人弟救俺！”说着要下跪。

秦越人慌忙站起，拉住墩子的手笑着说：“墩哥你干啥！你想当这么多人给俺弄难看哪？”

墩子笑着说：“俺是真心谢你哩。”

秦越人指指墩子娘说：“要说谢，俺得谢你娘。她那天在坟上一跪，把俺都跪傻了！”众人听了哈哈大笑。

墩子娘红着脸一扬手说：“大侄子，这话可别再提了！俺那是被墩子的病吓得乱了魂儿，才跪的。”

墩子挽着袖子说：“兄弟说吧，叫哥干啥？”

满头汗水的林儿招手说：“墩哥，别问他了，快来帮俺劈会儿柴吧！”

墩子抡起斧头边劈柴边问林儿：“林弟，那锅里熬的都是啥药，咋这顶事？俺喝了三碗就好了。”

林儿边擦汗边笑着说：“都喝三碗了，还不知道药叫啥名儿？”

墩子认真地说：“俺真不知道？”

林儿嘿嘿乐着大声说：“俺告诉你吧，那叫救——生——汤！”

众人听了大笑，秦越人愣神闪闪眉说：“这个名字好！咱这药，就叫救生汤！”

孟老汉笑着说：“林儿，快找块木板来。让我把这三个字写上，你挂到门外墙上去！”

灿烂阳光下，秦家大门外左侧墙上挂起一块白木板，上写着“救生汤”三个黑色大字。众人围着观看议论：

老人甲说：“这秦郎中真有绝招，发明了救生汤，救了一方人啊！”

老人乙说：“名师出高徒。俺听说，半仙长桑君临终前把秘方绝招都传给他了。”

老人丙说：“光师父传不行，还得靠个人修炼。从‘救生汤’这个药看，秦郎中的医术不比他去世的师父长桑君差！”

老人丁说：“什么差不差，他就是活着的长桑君！”

药效真如秦越人所想，喝过“救生汤”的患者病情渐渐好转。二十日后，虽然秦家院内锅内的药仍然发着“咕嘟”声，院内却没了排队的人。用木棍子搅着锅内沸药的孟老汉说：“看来，今天没人来喝这救生汤了。”

劈柴的林儿问：“爹，那今天还劈柴呗？”

孟老汉瞅一眼儿子说：“不用劈了。”

林儿高兴地跳起说：“越人哥，咱们把瘟病治住了！”

秦越人笑着点头说：“乡亲们，这几天大伙都忙着帮俺治瘟病了，耽搁了不少地里的活儿。今天就回家下地吧！”

众人笑着刚要出门，鄚邑城内南街的董财主领着烧饼刘、酥鱼赵、烧鸡张等人进门。

秦越人看见这些住在李家客栈左右的老熟人，兴奋地迎上前去说：“董叔，烧饼刘、酥鱼赵、烧鸡张，你们几个咋结伴来了？”转身对孟老汉和爹娘说：“孟伯，爹、娘，这些人都是俺在鄚邑城里的朋友，李家客栈的邻居们。”

孟老汉和秦家父母慌忙笑着说：“大家屋里坐、屋里坐！”

董财主抽鼻子嗅着院内浓郁的药味，上前抓住秦越人的手哈哈笑着说：“大侄子，秦郎中，你现在可是名震鄚邑城乡的名医了啊！”

秦越人红着脸摆手说：“董叔，这话可不能随便说，外人听了会笑话俺的。”

董财主把眼一瞪说：“谁敢笑话你？成百上千的老百姓们喝你的救生汤把病治好了，良心能让狗吃了！”

烧鸡张说：“咱南街30多染瘟病的人，就是喝你这救生汤好的。”

酥鱼赵说：“街坊们念你的好，推董财主带着俺们来找你，要请你回鄚邑城里行医哩！”

烧饼刘说：“董财主挑头，街坊们凑份子，在李家客栈那块地儿上给你盖了几间房。”

秦越人闻言大惊说：“还有这事？”

董财主说：“千真万确。你秦郎中在那地儿上把医幌子一挂，不光招人气儿，还是咱鄚邑城里一道景呢！”

众人听了哈哈乐着笑。董财主笑眯着眼说：“咋样，今天俺们就给你搬家吧？”

秦越人惊愕地说：“啊，今天就搬哪，太快了吧？”

烧饼刘笑着说：“你也不是大财主，有啥搬的？连秦大伯秦大娘，今天就搬到鄚邑新房里去住！”

秦父摇着手说：“要去，让越人去！我和他娘在这旧房里住惯了。”

董财主说：“秦哥，要去就一块去！你们不去，越人行医谁给他打下手，谁给他做饭吃？”

孟老汉说：“董财主说得对。一家人哪有分两下住的？既然盖了新房，你们都搬过去，咱村人进城卖菜赶集也有个落脚喝水的地方！”

秦父思忖了一会儿说：“好。越儿，咱们就听你孟伯和董财主的！赶快收拾东西，咱们进城当回城里人去！”

于是众乡亲七手八脚把家里东西搬上董财主赶来的车上，就锁门告别七间房众乡亲，走向鄚邑城。

第五章

开古训创诊脉“独取寸口”

盛夏清晨，搬进鄚邑城内新医坊生活的秦母满脸笑容，起床后便到灶下烧火做饭，烟囱中冒出袅袅青烟。

秦福寿系着衣扣走出房门，走到正扫院子的秦越人近前说：“越儿，这瘟病也治住了，家也搬了，病人也少多了，爹想趁不忙再去趟尧山进点药材去。”

秦越人直腰笑着说：“爹，是该进药材了，治瘟病都把咱家的存货快用光啦。”然后又说，“吃过饭，俺想到城外村里转转，看看那些喝救生汤的人，留没留下啥后遗症儿？”

秦母边拉着风箱烧火边怨道：“你爷俩都走了，这新屋新舍的，就光剩俺个看家婆啦？”

秦父呵呵笑说：“你不是与左邻右舍都熟了吗？”

秦母说：“熟是熟，可你爷俩不在，俺在这生地方总觉瘆得慌。”

这时烧饼刘一手扶着僵垂的胳膊龇牙咧嘴地进门说：“越人哥，俺胳膊突然不能动了，快看看是咋回事啊？”

秦越人扔下扫帚，奔上前说：“兄弟你站着别动！”说着用手捏摸那僵直右臂的肩轴处问：“是这儿疼吗？”

“是、是！”烧饼刘龇牙咧嘴皱眉吸着冷气说，“哥，你的手可要轻点呀！”

秦越人笑笑说：“兄弟，你身后咋还带只大花狗呢？”

烧饼刘一扭头，秦越人用力将那僵直的胳膊突然往下一拽，又飞速向上一顶说：“好了！”

烧饼刘只觉得尖痛酸麻一下，瞪眼望着秦越人不相信地说：“咋俺还没觉出疼，你就治好啦？”

秦越人笑着说：“不信，你动动胳膊。”

烧饼刘小心挪动胳膊，果然能动了，又用力往上抬，也真抬起来了，咧嘴笑道：“哥，你真神了，只拽一下就给俺治好了！”

秦越人笑着说："好是好了。上午干活，你别让这只胳膊用大劲儿，让它恢复恢复。"

烧饼刘感激地说："哥，以后有啥事你就招呼一声，兄弟随叫随到！"说着转身向外走说，"俺回店给你拿点刚出炉的热烧饼去！"

秦越人一把拽住烧饼刘，严肃地说："兄弟，这可使不得，你要送烧饼来，下回胳膊再脱臼俺可不管了！"

烧饼刘连连点头说："行、行，算老弟欠你的！行吧？"

秦父秦母望着两个年轻人满脸堆笑。

烧饼刘要走，秦母招呼说："大侄子，别走了，坐下歇会儿一块吃，俺家饭马上就好啦！"

烧饼刘笑着打趣说："那可不行。吃了你家饭，俺欠越哥的更多了！"说着快步离去。

秦母瞧一眼丈夫说："你别光当甩手掌柜站着啦，快进屋收拾桌子，准备吃饭吧！"

秦福寿瞪一眼妻子说："越儿，你看你娘，自搬到这儿住，她的话格外多！"

秦刘氏咯咯笑着说："俺就是话多！越儿当了郎中，又搬到城里这么宽敞的新房新屋，俺高兴！"

秦越人笑着一边帮助娘端饭一边说："高兴好，高兴少生病。"

秦刘氏笑眯眼说："还是俺儿疼娘，比恁爹强！"

秦福寿笑笑不说话，进屋去放地桌和小凳。

堂屋当门一张小地桌前坐着秦父和越人，秦母将一筐贴饼子放到桌中间说："快吃吧，吃了你们各走各的人。"

秦父瞋一眼说："咋，想赶俺爷俩走哇？"

秦母笑着欲答话，从门外进来两个光背赤脚扛着两支划桨的水乡人，进门即跪下说："秦郎中，快去救救俺村的乡亲们吧！"

秦越人放下手中刚咬一口的贴饼子，起身扶起二人问："你们是哪里人，村里发生了什么病？"

一个四十多岁的汉子说："俺叫柴老大，葛城（今安新县）柴庄人，五天前村里突然出现一种怪病，现在已躺倒四十多人，家家哭叫连天！"

秦越人吃惊地问："啥症状？"

柴老大说："眼皮肿，浑身痛像针刺，手脚麻木发胀，有的身上像烂疮一样流脓血。"

秦越人说："你们坐下喝口水，我收拾收拾药袋马上走！"

秦父秦母站起从锅里盛了两碗稀米汤，递给二人说："来不及烧水了，你们就喝碗稀米汤吧。”

二人接过碗，还没把米汤喝完，秦越人背着一个小木箱子和一袋子药说：“咱们走吧！”

二人上前抢着小木箱和药袋说：“秦郎中，交给俺们背吧。”说着就向门外走去。

秦母拿着几个贴饼子，追到门口说：“越儿，带着你们路上吃！”

秦越人接过饼子装进兜里，快步去追两个水乡人。

盛夏的白洋淀风景如画，秦越人和两个水乡人乘坐一条独木舟。柴老大在前一手抱着小木箱一手拦着药袋，秦越人在后，划舟人将木桨往水中一插，唱一声：“水神爷爷让条路来哟，飞桨动。鱼虾兄弟快躲藏也，别毙命！”独木舟就像箭一样驶进汪洋碧波。

木舟一会儿穿过苇地，一会儿穿过荷塘，一会儿飞越浪花，一会儿路过柳行，景色虽美，秦越人却无心观赏。他一会儿倾身凑到柴老大面前询问各种病者症状，一会儿又紧锁眉峰低头沉思暗语：“这究竟是一种什么病呢？”脑际不断闪现自己跟义父治过的浑身浮肿病人、手脚麻木病人、溃疮出脓病人、浑身刺痒病人，又闪现《黄帝内经》上的各种记述……

日近正午，秦越人跟柴老大登岸，还没进家门，闻讯的患者便一个个被搀扶背架盈门而至。

柴老大满脸愁苦地说：“乡亲们，你们得让郎中坐下喘口气、喝点水，再诊病啊！”

秦越人挽着袖子笑笑说：“大哥别怪乡亲们，谁家有病人也着急。”然后冲众人说：“大家静一静，看病得一个一个来。你们最好给亲人们找个坐物坐下，我挨个给大伙诊看，行不行？”

众人说：“行。”有的从柴老大家借坐物，有的回家取坐物。病人们有的靠墙而坐，有的躺在席上，有的靠在亲人怀里。

秦越人弯下腰，一个个翻眼帘、看舌苔、观脓肿、探气息、诊脉动，连诊二十余人，站起身对紧跟身后的柴老大与众患亲属说：“这种病俗称‘浮肿’，医家称‘疠风’。因暑月睡卧湿地或过劳后入水冒风而中阴气所致，又因叮咬的蚊虫吸血四处传播而造成疾患泛滥。”

柴老大说：“用啥药，咋治啊？”

秦越人说：“只肿痛麻木服‘胡麻散’，如果有紫斑和溃烂，再加服‘换骨丹’，连服五日即见效。”说毕回屋打开药袋向大家分发“胡麻散”和“换骨丹”。

柴老大拦住说：“秦郎中，先别发药。俗话说，亲兄弟明算账。这诊费和药钱咋算？俺好帮着收。”

秦越人笑笑说："诊病不收费，至于药钱吗，五天后病好就交三枚钱；如果病不好，分文不取，我再给吃药人三文钱！"

柴老大着急地说："天下哪有这事儿？您收这点钱，还要给人赔钱，连自个儿的吃喝也混不住哇！"

秦越人笑着解释说："乡亲们都很穷，有病的家里更难，我只收药的成本。"

众人听了议论纷纷。有的说："这郎中准有真本事，没两下子不敢放这大话。"有的说："鄚邑的瘟病就是他治好的，咱村这病对人家是小菜一碟！"有的说："郎中仁义，咱们不能让人家吃亏，等病好了大家都多给点钱。"众人说："行，就这么办！"说着，就要扶着亲人回去。

秦越人拍拍手说："乡亲们先别忙着回家，药就在这里吃。吃过药后，我再给吃药人做做针灸！"

众人听了，争相寻水吃药。

柴老大招呼大家说："乡亲们帮帮手，你们谁家有开水就拿来，没有的就在俺家灶下点火烧水喝。谁也不能挤，吃过药坐在原地等着，挨着个进屋叫秦郎中针灸！"

柴老大屋内，向阳的炕上铺了干净的被褥，一个老婆婆闭着眼手脚紧张地躺在炕上直打战，窗外门口聚满向屋内观看的人头。秦越人从衣袋里抽出一根三寸长的骨针，观看人群顿时发出"呀"的一阵嘘声。有人打个冷战说："这么长的针呀，扎进肉里那得多痛啊！"

柴老大摆摆手说："别说话！"

秦越人不闻议论声，情聚神定，一手拿着骨针，一手摸着老婆婆身上穴位，和颜悦色地问："老人家，您扎过针灸吗？"

老婆婆皱着眉紧张地摇头。

秦越人又问："您几个儿女啊？"

老婆婆睁开眼说："三儿二女。"

秦越人再问："他们都干啥活呀？"

老婆婆说："老大、老二种地，老三打鱼哩。"

秦越人又接着问："俩闺女呢？"

老婆婆说："都出嫁了。"

秦越人说："老人家起来吧，针灸完了。"

老婆婆疑惑地坐起说："俺咋还没觉得疼呢，就完了？"

秦越人笑着说："刚才给您扎了心俞、肺俞、脾俞、肝俞、肾俞五穴，您觉得浑身轻松点吗？"

老婆婆下地来回扭扭脖子，又走了几步，举胳膊抻抻腿，笑着说："轻松多了，真轻松多了！”

秦越人又问：“四肢还麻木吗？”

老婆婆笑眯着眼说：“不麻了、不麻了！”

她走出门外，等候的人们围住问：“那么长的骨针扎进去啥感觉？”

老婆婆笑着说：“痒乎乎、麻乎乎、胀乎乎。”

有人问：“疼吗？”

老婆婆乐着说：“俺光顾答郎中问话了，没觉出痛。”

有个老头逗老婆婆说：“苇子娘，针扎在你身上的肉里，你没觉出痛，那你觉出啥了？”

老婆婆瞋一眼那老头说：“老不正经，咋净往歪处想呢！”

众人听了哈哈大笑。

一个与老婆婆岁数相仿等待针灸的女患者说：“老姐姐，你告诉我，那郎中的手是否特狠？”

老婆婆眯眼回忆着摇头说：“不狠、不狠，软软的，轻轻的，好像一个虫子在身上爬。”

众患者听了，紧张的心情一下轻松了。

夕阳余晖下，柴老大院内站着黑妮、香椿、秋菊、荷花等几个年轻媳妇和姑娘，聚在一起嘀嘀咕咕地议论着。她们看到一个又一个针灸后的人兴冲冲离去，眼中射出焦急、哀怨和失落的目光。

秋菊丧气地说：“咱们回吧，再等人家也不会给咱们针灸的。”

黑妮心不甘地说：“不能走。俺得等那郎中出来当面问问，都是来看病的，为啥两样待？”

荷花一撇嘴说：“你们没看见，那郎中给别人瞧病时，摸摸这儿摸摸那儿，看得可仔细了。轮到咱们几个，只问两句话，瞧一眼就完事儿，太不公道了！”

香椿若有所思地说：“你们发现呗，那郎中见了咱们这些年轻媳妇和闺女们，都不敢睁眼正眼看，是不是他不会治咱们年轻女人的病啊？”

秋菊眨眨眼，神秘地小声说：“俺觉得，那郎中可能还是个雏。”

荷花怔怔地问：“啥叫雏？”

秋菊嘎嘎笑着，拍一下荷花说：“你还是个黄花闺女呢，你不懂！雏，就是没挨过女人身子的男人。”

荷花羞红着脸低下头，再不敢说话了。

黑妮瞪一眼秋菊说：“别说那些没用的话了，咱们到底该咋办吧？”

香椿说：“还能咋办，咱们都等一天了，咋也得落个明白才回家呀！”

秋菊说：“对。要不咱们病死了还不知是咋回事呢？”

这时柴老大从屋里出来，看到几个年轻媳妇和姑娘还站在院里，就说：“你们几个怎么还没走哇？”

黑妮说：“柴叔，不是俺们不走，病还没看完呢，咋走？”

柴老大说：“不是都给你们吃过药了吗？”

秋菊上前一步说：“是吃药了，可还没给俺们号脉和针灸啊？”

柴老大摇摇头说：“俺跟你们说几遍了，咋还不明白呢？不是人家秦郎中不给你们诊脉、针灸，是不能啊！”

黑妮气愤地说：“咋不能？都是人，都掏一样的钱，为啥单单撇下俺们几个年轻女的？”

柴老大愁苦着脸说：“还能为啥，为周礼呗！”

秋菊不服地说：“周礼咋啦，周礼就不让俺们年轻女人活啦？”

“唉！”柴老大长叹一声说，“周礼规定，男女授受不亲。那诊脉得摸人身上的‘三部九候’，针灸得撩起衣裳用手摁肉找穴位扎穴位。人家秦郎中是个正派人，敢去碰你们这些大姑娘小媳妇的身子吗？”

黑妮说：“俺都生俩孩子了，不在乎！”

柴老大皱着眉说：“你不在乎，可人家郎中在乎。再说了，你男人在乎呗？村里其他人在乎呗？若为这事村里人闹起来、打起来，俺咋收场啊？郎中还能不能在咱村待住？乡亲们还治不治病？”他见几个年轻媳妇和姑娘都不吱声了，又接着说，“俺说你们都回吧。秦郎中虽说没给你们诊脉、针灸，可放出治不好病还要赔钱的话。你们就放心回家吧！”

几个姑娘媳妇互相看看，无奈地离去。

这时，一个浑身浮肿、名叫狗子的四十多岁汉子呻吟着被人扶进门。秦越人扶他躺在炕上，翻眼帘、瞧舌苔、诊脉后，便一手拿起一根骨针一手撩起狗子的衣襟欲针灸，发现遍身赤肿、左臂黑肿如蛇形，立即放下骨针问：“狗子，你身上发肿有几天了？”

狗子呻吟着说：“九天了，浑身发麻像针扎。”

秦越人又问：“这胳膊上的黑肿有几天了？”

狗子说：“两天。夜里睡时只觉得左胳膊发胀，天明就肿成这样了。”

秦越人点点头说：“我再给你号号脉，然后再针灸行吗？”

狗子点头说：“俺听郎中的。”

屋里人听了，既紧张又好奇，争相探身伸脖观瞧。

秦越人闭目凝神，用右手三指先探上部三候脉息，再探中部三候脉息，又探下部三候脉息。探了一遍，又探第二遍，当他的右手三指再次停按在狗子的手腕寸口处时，神情突然一惊，心跳猛然加快，睁眼看看左右又将右手三指按在狗子手腕寸口处。按过右腕后，他又按左腕寸口，然后又再次诊脉三部九候，最后再次将右手三指按在狗子手腕寸口处，嘴角浮现一丝兴奋的微笑，但很快又消失了。

柴老大神色紧张地问："秦郎中，他——"

秦越人睁开眼，声音颤抖着说："没大碍。他患病时间长了，须加大药量，再多灸两穴。"

众人听了，松心地出了一口长气。

送走一个又一个患者，天也黑了。灯下，柴老大与秦越人草草吃过晚饭，便上炕睡去。这一天，他从天不明就去接秦越人，回来后又马不停蹄帮助照应众乡亲和患者，实在太累了，躺下不久便发出鼾声。秦越人虽然也很累，然而却毫无睡意。他一会儿伏案翻阅医籍，一会儿兴奋地在地上走来走去，一会儿又闭目用手探摸自己的寸口之脉，眼前不断闪现着给狗子诊脉的画面与感受，不自觉地自语："这寸口之脉，怎么会与诊脉三部九候的脉象结果一样呢？圣籍《经脉别论》《脉要经微论》为何对这种现象没记述呢？干爹生前咋没提过此事呢……"

他不相信自己的发现，努力回忆着跟着义父恩师给人诊脉的一个个感受，在鄚邑治瘟诊脉时的一个个感受，又用自己右手三指感受自己左手腕的寸口脉穴，再用左手三指感受自己右手腕寸口脉穴，突然兴奋地悟出："人一呼，脉行三寸；一吸，脉亦行三寸；脉行五十度周于身，复合于手太阴。而手太阴之脉动，恰位于'寸口'！"这种发现使他既吃惊又亢奋异常，反复在自己身上试验感受，废寝忘食至窗外发亮……

柴老大睁开眼坐起，望着仍在右手摸着左手寸口的秦越人，吃惊地问："秦郎中，天都亮了，你咋一夜不睡呢？"

秦越人惊慌地掩饰说："俺忘时间了，俺忘时间了。"

经过几天诊治，柴庄的"疠风"病日渐平息。吃过午饭，柴老大擦着满脸汗水望一眼当空的烈日和院内打蔫的树叶，一手提起装满水的沙壶，一手摘下挂在屋檐下的锄头说："秦郎中，这几天光忙着照看乡亲们的病了，俺趁日头毒去锄锄地里的草。"

秦越人放下手中的蒲草扇说："柴大哥，俺跟你一块去吧。"

柴老大说："这可不行。你都五六天没喘气儿了，昨天夜里又一夜没睡，好好睡会儿吧，说不清谁家病人还来找你哩！"

秦越人说："上午我都挨家查了，吃过药的人病情都好转了，俺还是去吧，多个人手多锄点儿地。"

柴老大说："这暴日烈晒的，让郎中去给俺锄地，乡亲们知道了还不骂死俺？"

秦越人笑着说："俺没那么金贵，在家也常下地干农活哩！"

柴老大认真地说："这事坚决不行！你听我的，赶快去歇会儿！"说着快步离家了。

秦越人用凉水擦把脸，进屋搬个小板凳，就着炕沿看医籍，想继续寻找寸口脉穴的医理，但他太累了，看着看着便趴在炕沿上睡着了。

"秦郎中，快救救俺闺女吧！"门外一声惊呼，秦越人闻声惊起，发现一个浑身流汗的壮汉背着一个姑娘进门，后面跟着心急如焚的母亲。秦越人用双手揉揉睡眼快步迎上说："快放到炕上，怎么病的？"

那母亲擦着泪哭说："俺闺女早晨下地还活蹦乱跳的，中午不见回来吃饭，她爹去找她，见她躺在地里已经不省人事了啊——"

放下姑娘的壮汉一边用胳膊擦汗一边对女人斥责："别号叫了！"扭头对秦越人说："秦郎中，俺叫宋芦根，就是咱柴庄人。闺女为啥不省人事了，俺也说不清，您快给看看吧？"

越人听了倾诉病情，望望昏迷不省人事的姑娘，急忙挽袖伸手欲去翻看眼帘和诊脉，看到门外拥进几个看热闹的人，又惊悸地将手停在空中收回，无奈地摇摇头。

姑娘父母不解地慌问："咋，俺闺女无治啦？"

秦越人面露难色地垂下头说："大叔大婶，俺不能给你闺女诊脉啊。"

壮汉柴芦根瞪着眼问："为啥不能诊脉，怕俺不给钱？"

秦越人抬起头，同情地望着壮汉说："不是。"

壮汉追问："那是为什么？"

秦越人尴尬地红着脸说："周礼规定，男女授受不亲。"

姑娘母亲听了放声大号："可怜俺闺女菱花，死得不明不白呀！"

壮汉芦根愤怒骂道："什么狗屁歪礼，这是不让俺闺女活呀？"

秦越人低头无语。

姑娘母亲扑通一声跪地哀求："秦郎中，俺就这一个闺女，您得想法子救救她呀！"

姑娘父亲在地上焦躁地转了两圈，把脚一跺说："郎中不必拘礼，穷人不讲那些歪道道！只要能救活俺女儿的性命，该咋诊就咋诊！一切后果俺担着！"

姑娘母亲哭着接言："对、对！俺还指望闺女养老送终呢，她要活不成，俺二老活着还有啥意思啊？求求您，救救她吧！"说完连叩响头。

众人见状挤眉弄眼，却大气不敢出。秦越人扶起姑娘母亲，眼圈发湿。

壮汉芦根跺着脚说："秦郎中，还犹豫啥，赶快诊脉吧！时间再长，俺闺女真就没命了呀！"

秦越人望着两位父母那可怜焦急、哀求的目光，再次挽起衣袖。先依古训诊脉"三部九候"，又取手太阴"寸口"脉动印证，结果完全一样，便对宋家父母说："你闺女因酷暑劳作，湿热攻心而晕厥（中暑）。"

秦家父母急问："咋治？"

秦越人说："外凉敷，内灌阿胶丸、当归芍药汤，加服来复丹、荜澄茄散，再以针灸灸其中脘穴，可使她解暑苏醒。"

秦家父母火急地说："那您就快点用药吧！该咋治就咋治，有人敢说三道四喷狗粪，俺就跟他拼了！"

秦越人取出药袋，找出所用之药，交给姑娘母亲，但姑娘紧闭牙关不开，药无法喂进。秦越人便一手托住姑娘的头，一手用筷子撬开姑娘牙关喂服，然后用一块白布裹手，针灸姑娘的中脘穴位。

姑娘母亲抱着女儿的头连声呼唤："菱花，快醒醒吧，急死娘了哇——"

宋父走里磨外，六神无主，怒声冲围观的人群喊："看什么看！都滚一边去！"

众人惶然散去，站在远处观瞧。

两个时辰后菱花姑娘轻咳一声，长长出了口气，渐渐苏醒睁开眼睛。宋母热泪横流抱住女儿说："妮啊，你可吓死娘了呀！"

一直紧皱双眉的宋父脸上也露出了笑容。

围观之人闻声又拥到屋门口，争相议论啧啧称颂："这秦郎中真是神医呀！""他要不悖周礼，菱花这回准没命啦！""菱花这闺女的命真大，逢上敢担风险的好郎中了！"

菱花姑娘听着众人的议论，羞红着脸起身下炕说："谢谢秦郎中救命之恩。"

秦越人不好意思地笑着说："不用谢、不用谢！"

菱花笑着被父母搀着走了，众人也跟着散去。

秦越人转身进屋，立即伏案在木简上记下再次验证"独取寸口"的诊脉体会。

第六章
互敬慕水乡结连理

昨夜落了一场大雨。大雨过后的天空格外明媚，一阵阵水汽浓重的凉风，使盛暑中的人们格外舒畅。雨后不能下地，宋芦根坐在院里编苇席，妻子喜滋滋在院里边洗衣服边说：“他爹，那秦郎中救了咱闺女，坚决不收钱，咱咋谢人家呀？”

宋芦根说：“人家不收钱，咱也不能亏人家。你抽个时间，把咱们腌的那些咸鸭蛋挑个大的捞出来，煮煮，给人家送一篮子去。”

“送个屁！”女儿菱花红着眼圈从门外跑进院里，嘟噜着脸冲爹娘发火说，“都怨你们！俺没脸出门了！”说着，跑进屋里趴在炕上“呜呜”哭起来。

爹娘不知所以对看了一眼，赶紧放下手中的活儿进屋。

菱花父亲问：“你这是咋啦，刚才出门时还高高兴兴的，咋转眼回来就又哭又叫的？”

母亲坐到炕沿上，摸着女儿起伏的后背说：“妮儿，到底是咋回事，街上人谁欺负你了？告诉娘，俺去找他！你的病刚好，不能生气儿。”

菱花听了父母的话，“呜呜呜”哭得更凶声音更大了。

芦根生气地说：“哭啥哭！爹娘养你这么大，让你给甩脸子哩？”

菱花母亲补充说：“不是你爹生气，你不说出来，爹娘咋给你出气？”

菱花抬起头坐起，擦着满脸泪水说：“都怨你们！”

菱花娘拍着巴掌说：“你这可冤死人了！你上街，爹娘又没跟着，咋怨俺们了？”

菱花脸一红说：“谁让你俩找郎中给俺诊脉、针灸的？”

菱花爹听了一笑说：“哎，原来是为这事啊。”

菱花哭着说：“这事还小吗？你们去街里听听，大伙说得多难听，俺以后还咋有脸出门啊，呜呜呜……”

菱花娘解释说：“那不是俺跟你爹吓得没办法了嘛！”

菱花说：“没办法就让生人随便摸俺身子？”

宋芦根沉下脸说："一派胡说八道！爹娘要不求郎中给你诊脉、针灸，你还能活到这会儿吗？"

菱花娘说："诊脉针灸咋啦？爹娘都在跟前看着，人家秦郎中也没一点儿不本分，摁你穴位针灸还用布裹着手呢！"

菱花羞红着脸说："裹着布也是摸俺啦！"

宋芦根说："你以为人家秦郎中愿意给你诊脉、针灸呀？那是你娘给人家下跪哭着求，你爹打了包票，人家才肯动手的！"

菱花扭扭身子说："那俺出去再逢到村里人问，咋说？"

宋芦根说："实话实说！"

菱花捂住脸流着泪说："俺一个闺女家，没法说出口。"

菱花娘气愤地从炕沿站起，边向门外走边说："谁家王八羔子、长舌头老婆乱嚼舌头，俺去街里骂他们去！"

宋芦根追上瞪眼拉住说："你还嫌不乱咋的？想叫全村人再嚼你的舌头哇！"

菱花听了，生气地咣当一声关上门，又爬到炕上"呜呜"地哭起来，任爹娘拍门呼叫怎么也不开门了。

夜幕降临，躺在炕上的菱花，扑闪着大眼望着窗外的明月和星空，脑海不断闪现秦越人手裹着布摁自己肚子、用筷子撬自己的牙、用骨针扎自己的头、手、腹的情景，觉得曾被秦越人摸过的地方突然痒痒的、麻麻的，还有点发烫，羞得用手捂住脸笑。一会儿脑海又出现大街上人们像看稀罕动物一样望自己的一双双眼睛、交头接耳指着她议论的情景。更可恨的是那秋菊坏笑地问话："菱花，那秦郎中摸你身子时是啥感觉，给俺讲讲呗？"黑妮的话更呛人："俺几个等了一天，那秦郎中也不摸。他一准看你长得漂亮水灵，才摸呢！"她想回忆一下秦郎中长得啥模样，可咋回忆也记不清楚……菱花翻个身闭上眼，眼前还是赶不走那些烦乱的情景和声音，还是睡不着，不觉自语："这倒霉事咋让俺摊上啊！今后可咋办呢……"

柴老大屋内炕上，一盏放在窗台上的麻油灯跳着火花，秦越人坐在灯下，用小木箱当桌铺开一块布巾，在上面记述着诊疠风病的体会。旁边躺着在熟睡中打着鼾声又咬牙吧嗒嘴的柴老大。

秦越人扭头瞧一眼柴老大笑笑，又伏身在布巾上记述。当他记述治疗菱花中暑病症时，眼前闪现菱花俊俏、秀美、白净、羞涩的面容和宋家父母憨厚、纯朴的身影，不觉自语："这真是和美幸福的一家人哪。"摇摇头又伏身写下去……

清晨，日照西墙，菱花娘从砂锅里往筐里捡着煮熟的咸鸭蛋冲厢房喊道："花儿，还不快起来，锅里饭都凉啦！"

菱花打开门，揉着睡眼望望天说："娘，俺咋老睡不醒呢？"

菱花娘嘟囔说："病了两天把你病懒了！太阳照墙了还睡不醒，将来出了嫁咋当媳妇哇？"

菱花嘟着嘴撒娇说："咋又提这事，俺不是说了嘛，不嫁人。"

菱花娘说："哪有姑娘不嫁人的，爹娘能养你一辈子？"

菱花发现娘往筐里捡的一个个硕大白净的咸鸭蛋，惊喜说："娘，咋煮这么多咸鸭蛋，不留着卖了？"

菱花娘瞋一眼女儿说："俺闺女病了，煮着让俺宝贝闺女吃哩。"

菱花笑眯着眼蹲到娘身边，拿一个煮破流油的咸鸭蛋边剥边靠在娘身上吃着说："俺知道娘疼俺，可俺一个人哪吃了这么多呀？"

菱花娘"哧"地一笑，用手点着菱花的额头说："你想得美！这是送给人家秦郎中的！"

菱花一怔，羞红着脸说："凭啥给他送？"

菱花娘说："人家给你吃药又针灸，一文钱不要。你爹让挑一篮子腌出油的咸鸭蛋，去谢人家哩！"

菱花用手卷着辫梢不好意思地问："谁去送？"

菱花娘剜一眼女儿说："能谁去送？你爹下淀去放鸭子了，家里就剩咱娘俩，你不去娘就去呗！"

菱花红着脸小声说："谁说不去啦。"

菱花娘望着女儿说："这还差不多。都十八岁大闺女了，也该替爹娘担点事了。"

菱花涨红着脸，用身体摇着娘的身体说："娘，您又瞎说呢——"

菱花娘用手指点着女儿的额头笑说："俺拿你真没办法！快给人家秦郎中送去吧，早去早回。"

菱花挎起篮子，走了两步回首说："娘，中午你可得给俺做好吃的！"

菱花娘瞋一眼女儿说："就知道吃！吃成大胖子，嫁不出去，可别怨娘。"

菱花脸一红，快步离开家门。

柴庄街头。上午，打扮得鲜鲜亮亮的菱花挎着一篮咸鸭蛋，挺胸甩辫走在大街上。

秋菊、黑妮、香椿、荷花等几个正在树荫下纳鞋底做针线的女人远远看见，一齐把好奇的目光射向菱花。

秋菊一边抽针引线一边笑着迎上去上下打量说："哟，菱花妹子今天打扮得这么漂亮，又扤这么多咸鸭蛋，这是去送给谁呀？"

菱花把头一扬说："送给谁也不给你！"

黑妮围着菱花转一圈，连连发出"啧啧"声说："大伙看看、大伙看看，人家这模样、这身条、这打扮，简直是仙女下凡哪！"

秋菊接着说：“该凸的地方凸，该凹的地方凹，明眉大眼粉嘟嘟的脸，哪个俊小伙见了不喜欢！”

荷花问：“菱花姐，扤这么多咸鸭蛋去走亲戚呀？”

菱花把垂在胸前的大辫子向身后一甩说：“俺去给秦郎中送鸭蛋。”

秋菊等人听了，顿时惊得张口结舌睁大眼。

柴老大门口，秦越人扶着拄拐棍的苇子娘走出门口，将手中的三包药送到老人手中说：“大娘，别忘了，一天煎一包，分早晚两次熬着喝！”

老婆婆抱住药回头笑着说：“郎中回吧，俺记住了。”

秦越人笑着叮咛：“路不平，大娘走慢点儿！”

老婆婆脸上笑成一朵花，颤抖着身子自语：“这郎中真是少见，比亲儿亲女儿想得还周到哩！”

秦越人瞅着老人渐渐远去的身影转身刚要进门，背后传来“秦郎中！”的甜甜呼声。他扭头见一个扤篮子的姑娘脚步匆匆从另一条街上赶来立时站住，仔细端详后，惊讶地说：“是菱花呀，你又哪儿不舒服了？”

菱花涨红着脸低下头，又抬起头把胳膊上扤的篮子往前一举说：“俺娘让俺来给你送咸鸭蛋哩。”

秦越人连连摆手说：“不用、不用。你们留着自个儿吃吧！”

菱花瞋一眼秦越人说：“俺拿来了，还能扤回去？”说着就低头走进了院门。

秦越人紧跟身后说：“真的不用，俺吃得挺好的！”

菱花转身打量一眼秦越人，从篮子里拿一个咸鸭蛋塞进他手里说：“你打开尝尝，保准你吃了还想吃哩！”

秦越人手拿鸭蛋不解地问：“为啥？”

菱花笑着说：“你吃吃就知道了！”说着进屋将一篮子咸鸭蛋放在炕上，瞧了一圈说，“你看看这屋里乱的，也不知道收拾收拾。”说着就动手扫地擦桌子。

秦越人不好意思地张着手说：“我来、我来，这些脏活哪能让你干呢？”

菱花睨一眼秦越人说：“你快到门外去吃鸭蛋吧。”俨然成了屋里女主人。

秦越人也许紧张，也许心不在焉，在门框上磕了一下鸭蛋，一小块一小块抠着蛋皮。

菱花收拾完屋子走出，见秦越人满手都是鸭蛋皮碎渣，还没吃，笑着说：“你真笨！”说着从秦越人手中夺过，只两下就将蛋皮与蛋清分开了，嗔怪着塞进秦越人手里。

秦越人感激地望一眼菱花，羞涩地咬一口，蛋油四溢溅得满手满脸。他兴奋地嚼着说：“真香啊，都是油！”

菱花望着秦越人脸上手上的蛋油笑得前仰后合，递上一块布巾说："快擦擦吧，难看死了！"

秦越人尴尬得脸红脖粗地问："这鸭蛋咋这么香这么多油哇？"

菱花收住笑说："这是俺爹用家传秘方腌的。"

秦越人拟张嘴再说话，院墙上突然传来仿声说："这鸭蛋咋这么香这么多油呀？"

另一个仿声接着说："这是俺爹用家传秘方腌的。"引起一片嘻嘻哈哈的笑声。

秦越人和菱花慌忙扭头向门外张看，原来说话声和笑声是秋菊、黑妮等几个趴在墙头上的人发出的。秦越人顿时羞得跑进屋里，菱花捂着红脸跑出大门。

吃过晚饭，在田间劳累一天的宋芦根就上炕睡了。明月照在炕上，手拿羽毛扇躺在枕头上望着窗外明月的菱花娘，翻个身用手推推四仰八叉进入梦乡的丈夫芦根说："哎，妮她爹，醒醒，俺给你说个事儿！"

宋芦根眼也不睁地推开妻子的手说："明天说吧。"

妻子说："不行，就得今天说！"

宋芦根睁开眼说："啥事这么急？"

妻子小声说："这两天好几个乡亲来给咱菱花提亲哩。"

宋芦根揉揉眼问："都是啥人家？"

妻子说："一个是村东的赵家，一个是村北的柴家，还有柳庄韩家的二小子。"

宋芦根思忖着说："这三家倒都是正经人家。你问过咱闺女没有？"

妻子说："问了。"

宋芦根说："她啥意思？"

妻子说："她说谁也不嫁。今天还把柳庄来的韩家媒人挡在门外，不让进门呢！"

宋芦根翻趴在炕上抬起头说："这还了得！她没说为啥？"

妻子忧心地说："她说相不中。"

宋芦根不屑地说："婚姻大事，哪能全由她做主？"

"唉——"妻子叹口气说，"俺正为这事上愁哩。咱就这么一个闺女，俺不想难为她。"

宋芦根说："不难为她，也不能让她随便把媒人挡在门外呀？"

妻子迟疑地说："俺觉得，她心里好像有人了。"

宋芦根一怔问："谁？"

妻子思考了一会儿说："十有八九，是看上给她治病的那个秦郎中了。"

宋芦根惊愕地坐起，盯着妻子说："你这当娘的可不能乱猜，有啥根据呢？”

妻子说：“自那天俺让她去给秦郎中送了一篮子咸鸭蛋，这两天她天天往柴老大家跑，每次回来都又笑又乐的，好像换了个人似的。”

宋芦根眨巴眨巴眼，用手拍了下脑袋突然想起什么似的说：“噢，原来街坊们是为这事跟我开玩笑啊！”

妻子直着眼问：“街坊们开啥玩笑？”

宋芦根说：“这两天早晨出门、傍黑回来，人们老冲我笑，还问我啥时喝咱闺女喜酒呢。”

妻子着急地说：“看看、看看，让我猜中了吧！这可咋办哪？”

宋芦根沉闷了一会儿说：“要说那秦郎中，也真是个人物！模样长得眉清目秀，顺顺溜溜，为人处世也忠厚仁义，就是不知道他家里是啥情况？”

妻子说：“人再好，也离咱柴庄好几十里路呢，你舍得把闺女嫁那么远？”

宋芦根说：“咱俩别瞎猜乱叨了，明天问问咱闺女再说吧。”

这时屋门“吱呀”一声响，黑暗中走进菱花说：“爹，别问了，您与娘说的话俺都听见了。”

菱花娘赶紧坐起身笑着说：“闺女，那你说说，心里到底咋想的？”

菱花靠在门上低着头拧着脚尖说：“就听俺爹的吧。”

菱花娘着急地说：“俺不想让你嫁得离家那么远！”

菱花不高兴地转身“哐当”一声关上门，边走边说：“除了他，俺谁也不嫁！”

爹娘望着合上的屋门，听着院里的脚步声，互相看看，不知说啥好……

柴老大屋内。清晨，窗外下着淅淅沥沥的小雨，秦越人披衣坐在炕上，手拿医简，目光却盯着炕头那篮子咸鸭蛋发呆，眼前不断闪现菱花的笑声、俏脸、倩影和说话声。

柴老大手端两碗水饺进门说：“兄弟，别看书啦，该吃饭啦！”

秦越人一惊，放下手中医简眼睛发亮地问：“啊，今天咋吃水饺哇？”

柴老大笑着说：“下雨天下不了地，咱俩也改善改善生活呗。”

秦越人不好意思地下炕说：“大老爷们捏饺子，也真难为你了。”

柴老大哈哈笑着说：“家里没女人，啥都得学会自个儿干！”

秦越人说：“柴大哥人缘这么好，咋不找个伴呢？”

柴老大摇摇头说：“甭提了。爹娘在世时给俺娶了个媳妇，但没过几年得痨病死啦。从那以后，不是闹兵灾就是闹天灾的，也就没那心思了。一个人过也挺好，自个儿吃饭全家饱！”接着又笑着问，“大兄弟，你娶媳妇了呗？”

秦越人红着脸说：“没。”

柴老大惊奇地说：“你一表人才，又是个有名气的郎中，为啥不娶媳妇呢？”

秦越人低下头说：“俺给义父恩师守孝三年，三年中不想谈婚事。”

柴老大点点头，边吃边说：“你真是个有情有义的人，哪家闺女能摊上你这么个男人，是她的福气。”接着问，“俺听说您师父是个半仙，不管啥病只要他摸摸捏捏就好，隔着衣服和肚皮就能看见人的五脏六腑，走路就像插着翅膀飞，是真的吗？”

秦越人笑笑说：“那都是人们瞎编乱传的。但俺义父的医术却是常人难比的，经他治的病，没有药到不除的！”

柴老大吃光饺子，抹把嘴说：“你来俺村治痨、痨，痨什么来着？”

秦越人笑着说：“痨风。”

柴老大不好意思地说：“对，治痨风。俺就看出，你的医术也像个半仙。”

秦越人摇摇头说：“俺这点雕虫小技，比俺义父可差远啦！”

柴老大两眼闪光说：“不是俺夸你，村里真有人说你是活神仙呢！”

秦越人摆着手说：“这是瞎说、这是瞎说。”

柴老大认真地说：“你没看见，那些老头老太太和大姑娘小媳妇们，看到你眼都直了？”

秦越人红着脸说：“柴大哥，这个玩笑可开不得呀！”

柴老大由衷地说：“不是开玩笑，俺村里的人们，不管男的女的，是真的敬服您啊！”

秦越人害怕柴老大越说越离谱，提起行医包说：“柴大哥，你先收拾，俺到那几个还没好利索的人家再看看！”说着戴上草帽快步走进细雨中。

柴庄街头，淅沥细雨中，秦越人头戴草帽身背药袋挨家串户去查看病患。在一家炕头，他为一老人诊脉；在另一家厅堂，他为一病妇针灸。人们留他吃饭，他婉言谢绝；人们送他鸡蛋、鲜藕、菱角，他坚辞不收。人们用感激敬佩的目光送他，他谦虚地笑着。

雨中一座门楼下站着手提一个小布兜焦躁不安的荷花，不断探头向街的两厢张望着。她远远看到头戴草帽身背药袋的秦越人走来，跑过去红着脸将手中的布兜塞进发愣的秦越人手中说：“这是俺家腌的咸鸭蛋，送给您尝尝！”

秦越人欲推回，荷花已跑远。

又一座门楼下站着抱孩子观街景的秋菊，她看见秦越人从雨中走来，笑着连连招手说：“哎，郎中兄弟，你过来一下。”

秦越人走到近前一边逗着“啊啊”叫的孩子一边问：“大嫂，家里谁不舒服？”

秋菊瞅一眼秦越人，笑眯着眼神秘地说：“俺给你说，村里好几个俊妹子可是喜欢上你了，你看上了哪一个？告诉俺，俺帮着去说说。”

秦越人惊愕得脸红脖粗连连后退说：“你、你，你咋说这话？”转身快步钻进雨雾中。

秋菊望着秦越人的狼狈相，乐得嘎嘎大笑。

脸红心跳的秦越人回到柴老大家中，手忙脚乱地整理着药品、器械和医简。

柴老大一身雨水从大门外进来，吃惊地问：“兄弟，下雨天，你收拾东西干啥呀？”

秦越人停下手，不自然地笑笑说：“俺出来十几天了，想雨一停就回去。”

柴老大说：“咋能说走就走哇，村里还有好几个病人没好呢？”

秦越人脸一红说：“刚才俺到各家看了，都留下药啦。”

柴老大转着眼珠打量秦越人问：“兄弟告诉俺实话，是否有人跟你过意不去了？说出来，俺去收拾他！”

秦越人连连摇手说：“没有、没有，乡亲们都挺好的。”

柴老大疑惑地问：“哪是为啥？咋会突然想起要走呢？”

这时宋芦根披着滴水的蓑衣笑嘻嘻进门问：“老大，大声小叫地跟秦郎中吵啥呀？”

柴老大扭头盯住宋芦根说：“宋叔您说说，秦郎中平白无故说要走哇？”

宋芦根吃惊地望着秦越人问：“秦郎中，这是为啥呀？”

秦越人尴尬地红脸说：“乡亲们的病都好差不多了，俺也想家了。”

柴老大说：“这不是理由！”

宋芦根将蓑衣挂到门上，坐到炕沿上，上下打量了一会儿神态不自然的秦越人，对柴老大说：“老大，你出去转会儿，俺跟秦郎中说个事儿。”

柴老大边往外走边回头说：“宋叔，人俺交给您了，您可得把他拦住哇！”

宋芦根点点头，见柴老大出了街门，转身对弯腰往小箱里装医简的秦越人说：“俺是个直性人，不会拐弯。”

秦越人停手望着宋芦根说：“宋叔有啥话就直说吧。”

宋芦根咽口唾液，轻咳一声说：“俺家菱花看上你了，不吃不喝在家闹脾气哩。”

秦越人惊慌地睁大眼，盯着宋芦根口吃地说：“这、这，俺、俺没想过……”

宋芦根笑笑说：“俗话说，男大当婚女大当嫁，这没啥稀罕的。俺来，就是想问问，你是咋想的？”

秦越人涨红着脸说：“俺正在为义父恩师守孝……”

宋芦根截住秦越人的话说：“这俺知道。婚姻大事你自己也做不了主儿，还得问爹娘，是不是？”

秦越人点点头将头垂下。

宋芦根说："只要你同意，你爹娘那头，俺托人去说。"

秦越人羞涩地抬起头："这、这——"慌乱得不知如何答好。

宋芦根伸手将秦越人拉到炕边坐下语重心长地说："菱花看上你，一是你人好，二是你救了她。这世道讲究男女授受不亲，她一个姑娘家，让你摸过身子，村里人说啥话的都有，她再无心嫁别人了。再说了，论模样论人品，俺闺女也是方圆四乡闻名的俊闺女，也配得上你。"

秦越人听了点点头。

菱花父又接着说："按说，这些话俺应托个媒人来讲，可她娘不放心，非让俺来找你讨个实底儿。"

脸红得像一块红布的秦越人闻言，立即起身下跪，但张着嘴却不知说什么好。

菱花父笑着将秦越人搀起说："你啥也不用说，啥也不用称呼，有你这一跪，俺就知道你的心迹了。"

三天后，秦越人要走了，柴老大和宋芦根领着众乡亲一直送到码头上船。菱花站在送行人群中，用深情的目光盯着渐渐远去的小船。秦越人站在船上，频频向送行的众乡亲们挥手告别。

秋高气爽，艳阳高照。七间房秦家大门左右挂出两盏写着"喜"字的红灯，由红绸结的同心结花坠在门檐正中，红绸的两端垂在门檐的两侧。院内支着炖肉菜蒸馒头的大锅，锅旁摆着两排地桌，桌的周围摆放着小凳、蒲墩等，帮忙的乡亲们人进人出、熙熙攘攘。

掌事的孟老汉喜眯着眼对穿着新衣、笑得合不拢嘴的秦家父母说："兄弟弟妹，你俩算熬出来了。越人今年娶媳妇，明年你们就等着抱孙子吧！"

秦父张着嘴笑，秦母眉飞色舞地说："看大哥说的，俺的孙子，还不是您的孙子？"

孟老头开心地哈哈大笑说："对、对，也是我的孙子！"

远处传来长号响，林儿跑进院内对孟老汉、秦家父母说："爹、叔、婶，新娘子下船上轿了！"

孟老汉挥手对院内人说："走！大伙到门口迎迎去！"

秦家父母也跟着走，孟老汉回头笑着说："你俩不能去！哪有公公婆婆去门口迎儿媳妇的？"

秦家父母对望一眼，只好笑眯着眼停住脚。

七间房村外路上，两支扎着红布的长号，伴着鼓点被吹鼓手吹出喜悦的欢乐。秦越人骑在一头披红挂彩的毛驴上，身后跟着头蒙一块红盖头、坐在用两根长杆绑一个小木椅子亮轿上的新娘子菱花。亮轿左右和轿后跟着柴老大、苇子、秋菊、黑妮、香椿、荷花等一大群送亲人。

轿到秦家门口，秦越人在众目盯视和欢笑中将菱花从亮轿上抱进院内，放在一块崭新的苇席上。看热闹的人群挤满秦家院内外。

孟老汉高喊："一拜天地！"秦越人与菱花面南而跪三叩首；孟老汉又喊："二拜祖灵！"秦越人与菱花转身面北，对着挂在墙上上书"秦氏列祖列宗之灵位"的木板跪下三叩首；孟老汉再喊："三拜高堂！"秦越人拉着菱花走到站在秦氏宗牌旁的父母面前双双下跪。

秦家父母兴奋得眼涌泪花扶起儿子儿媳连说："行了、行了。"

孟老汉又喊："新郎揭去新人盖头，见过众乡邻！"

秦越人掀掉菱花头上红盖头，与菱花一块向众人拱手弯腰行礼。

围观的众人盯着美貌鲜亮的菱花顿时惊喜议论，有的说："哎呀，越人媳妇这么漂亮啊！"有的说："啧啧，这身段，这容貌，真是天仙下凡哪！"有的说："快看，皮肤白得像蛋清，脸红得像荷花！"

林儿说："人家那地方，天天吃鸭蛋、吃嫩藕，能不白不红吗！"

墩子娘逗乐说："林儿，将来让你新嫂子从她那儿，给你也说一个。"

众人听了哄然欢笑。菱花羞得扭捏着不敢抬头。

夜幕降临了，散去喧闹声的秦家院内只剩下秦福寿夫妻和儿子儿媳。秦刘氏笑眯着眼说："越儿，都热闹一天了，你和菱花早点睡去吧。"

秦越人红脸瞧一眼菱花，低头离开堂屋，菱花紧步相随。他们走进新房，菱花回身插门，秦越人便从背后将菱花紧紧抱住。菱花娇喘着，像一团软泥倒进秦越人怀里。秦越人抱起菱花，吹灭灯，二人便滚进炕上被褥中……

夜深了，经过肌肤之亲的秦越人将自己脖子上挂的小桃木葫芦摘下来，挂到菱花的脖子上，一边替菱花擦着幸福的泪水一边说："这是俺爹从尧山一个道人那里求来的护身符，俺把它送给你，保佑咱们俩白头偕老！"

菱花哽咽着从自己脖子上摘下一个菱角饰件，挂到秦越人脖子上，紧紧抱住丈夫说："从今天开始，俺就是你的人了，一生一世跟着你！"

秦越人一手拦着菱花，一手抚摸着菱花挂在自己脖子上的饰件问："这是什么木料做的，怎么形状这么古怪呀？"

菱花羞笑说："这是菱角护身符，能驱邪保平安。俺爹用针一针一针捅掉里面的肉，用了一个多月才做成的。"

秦越人听了，激动得热泪奔涌，紧紧将菱花抱在怀里说："越人能娶你为妻，终生足矣！"

第七章
遭忌恨五庸医登门问罪

秋日午后，坐落在鄚邑城内十字街口坐北面南的气派的张氏诊坊厅堂内，有五六个男女求诊患者。他们有的席地而坐，有的倚墙而靠，有的站着，有的在地上走来踱去，不时用焦急的目光扫一眼屋内通往后院的关闭着的门。

“吱扭”一声响，门打开了，走进一个肩搭布巾、手提陶壶的无精打采的少年。众人立刻拥上前问：“张郎中睡醒了吗，啥时出来接诊？”

少年连连打着哈欠，不耐烦地一边关门一边说：“等着吧，快了。”说毕便走到屋东侧的地案前，将陶壶放下，扯下肩上的布巾去擦长约五尺、宽约三尺的地案。

那案上摆着《黄帝内经》、砚台、笔筒和成摞的木简，木案后的墙上挂着一幅在布上画的“八卦推背图”，图下近案处放着用锦缎绣的坐蒲。

那少年擦过地案，又往案上放了一个碗，斟满水，便站到通往后院的门侧，垂手恭立。

患者甲说：“小伙子，张郎中咋还不出来啊？俺从上午都等到现在了。”

患者乙说：“俺家距鄚邑城还有十几里路哩，郎中再不出来，就得走夜路了！”

求诊者丙说：“俺爹得的是急病，还等着郎中去看哩！”

求诊者丁是个抱孩子妇女，急切地说：“俺这孩子烧得脸都红了，哪能再拖再等啊？”

这时身穿青布衫、手端一个小木盒的郎中张野打着哈欠拉开门走进厅堂。他扫视一圈求诊患者说：“医坊重地，何人喧哗呀？”

众患者一拥而上，张野沉下脸说：“这样没规矩，成何体统！”

求诊者丁说：“张郎中，快给俺孩子看看吧，烧得都一天水米不进了！”

张野走到地案后坐下，用手示意患者丁抱着孩子到近前，伸手试了额温，翻看眼帘，查看舌苔后问：“你带了多少银子？”

抱孩子妇女面露难色说：“俺只有二枚钱。”

张野将欲诊脉的手抽回说："两枚钱，你还来治孩子的病？"

抱孩子妇女惊慌地问："那得多少钱？"

张野沉着脸伸着手指说："至少半两银子！"

抱孩子妇女眼涌热泪跪下说："张郎中，看在街坊面上，先救救孩子，回去俺给您借了送来行不行？"

张野严肃地说："本医坊概不赊账！你去别处找人治吧。"扭脸冲站着的患者们说："下一个。"

求诊者丙慌忙走上前说："在下久慕张氏三代祖传医术。家父突然肚痛难忍，特来请您到舍下去面诊。"

张野抬头指着厅堂正墙上挂的一块木板说："本人只坐堂接诊！"

求诊者丙扭头观瞧，只见那木板上写着"本医坊概不赊账，本郎中坐堂应诊"十四个大字，转回头赔笑说："在下医资从优，还望劳动大驾！"

张野沉脸说："不是我架子大。我张氏三代坐堂而诊，若谁叫就去，那不成了南街秦越人一样的乡野游医了吗？"

众人闻言惊愕，纷纷悻悻离去。

张野望着离去的身影，气愤地拍案大骂："世风败坏，人心难估！想拿我张野当游医耍，宁肯饿死，也决不与那下三烂货为伍！"

坐落在张氏诊坊斜对过街上的另一家医坊，姓丁名二，相距不过三十步，既没张氏诊坊的宏大气派，也没张郎中财大气粗。两间小屋外间是诊坊，里间是卧室；卧室内半间土炕，半间堆着日用杂物、木箱和零散药材；诊室内只有一张地案和案上的一堆木简。

郎中丁二长得贼眉鼠眼，坐在案后望着门外，时过半晌，不见有人来求诊，就从案下拿出一块画着棋盘的布巾铺展在条案上，然后从坐垫下抓出一把一节手指长光滑小木棍，摆在布巾棋盘上自己给自己下起棋来。

妻子田寡妇挑着两个卖菜的筐子进门，看见丁二又趴在案子上玩下棋，将筐子向门口一扔，怒冲冲上前一把扫掉案上的棋盘与棋子，指着丁二说："丁二你给俺听好了！再看见你玩这败家的玩意儿，俺就把你赶出家门！"

丁二惊慌地站起赔着笑脸说："不是俺想玩这东西，从早晨到现在没一个病人登门，俺实在闷得慌啊！"

田寡妇余气未消地坐到案子上流泪说："人家都说，嫁汉嫁汉穿衣吃饭。你说说，自你甜言蜜语住到俺家里，钱、钱你挣不来；活、活儿不会干。一天到晚不是骗人，就是变着法儿玩。一个大活男人靠俺一个妇道人走里跑外养活着，你还要脸不要脸哪？"

丁二涎着脸媚笑走到田寡妇面前，弯腰拍着妻子肩头说："我的好宝贝，俺不是正在学医行医吗？"

田寡妇剜一眼丁二，仰脸拧着脖子说：“你那算啥学医行医？用锅底黑拌桃树胶当膏药，用趟土面加点甘草粉搅和搅和就当驱寒散卖，纯粹是哄人骗人哩！”

丁二听了，慌张地扫一眼门外，赶紧用手捂住田寡妇的嘴说：“我的亲娘哎，你小声点！让外人听见还不把咱这两间房给砸了！”

田寡妇生气地打掉丁二的手说：“那你说说，既知道这是坑人害人的坏事，为啥不走正道，还天天那样做呢？”

丁二连连点头作揖央求说：“好、好！我的好老婆，我听你的，以后再不干骗人哄人的事了！行吧？”

田寡妇不屑地扭着脸说：“狗改不了吃屎！”

丁二嬉笑说：“你消消气儿，好好歇会儿。今天做饭刷锅洗碗的事全由我干！”说着去门外拿回田寡妇扔的扁担和菜筐。

田寡妇望着那贼眉鼠眼的背影，伤心地流着泪水自语：“俺真是瞎了眼！咋往家里招了这么一个不成器的货啊！”

张野听到斜对过同行家的哭闹声，既不去劝说也不理，摇摇头仍在暗自生气，转身对惊悸不已站在一旁的侍童说：“关门！”说毕向内室走去。

度过一夜煎熬的张野，清晨起床洗漱后，站在门口观察着街上纷乱的人流，见一个又一个昔日熟识的患者路过门口连招呼也不与他打，向南街秦越人医坊方向走去，气得走里磨外。

小侍童打扫好地案说：“张郎中，您坐下歇会儿吧。”

张野瞪大眼怒斥：“滚出去！”

妻子乖女端着饭菜从后门进来，见了说：“你冲小孩子发什么脾气？快吃饭吧！”

张野一掌打翻说：“老子不吃就饱了！”

滚热的粥汤飞溅到乖女胳膊上立刻烫起几个燎泡。乖女一边“啊呀”惊叫一边扬手跳脚大骂：“张野你个挨千刀的，老娘不跟你过了！”说着用头向张野撞去。

张野踉跄几步，抓住妻子头发踢倒地上拳脚相加。

乖女一边愤怒厮打，一边哭骂：“俺嫁给你这个混蛋，算倒了八辈子霉！病人不找你来看病，凭啥冲俺撒邪气？有本事，你也学学人家秦郎中！”

张野闻言，如掌扇脸，放开妻子，张口结舌跌坐在地上，捶胸顿足羞泪横流说：“你、你个贱人，敢、敢把我与一个乡野游、游医相比！”

乖女毫不示弱说：“游医咋啦？人家治瘟救了多少人，你吓得装病躺在炕上，连屋门都不敢出，还标榜三代名医哩！羞不羞？”

张野涨红着脸指着妻子说：“你、你气死我了！我要休了你！”

乖女捂着胳膊上烫的燎泡骂：“张野你个王八蛋！你不休俺，就不是你娘养的！”

这时，郎中丁二贼眉鼠眼地走进门，看见夫妻二人的惨状，赶紧扶起乖女，查看着胳膊上一串燎泡说：“张兄，你咋把老婆烫成这样啊？”

张野从地上站起，指着乖女说：“我要休了这个贱人！他把我与乡野游医相比！”

丁二嘻嘻笑着问：“哪个乡野游医？”

张野说：“就、就是南街那个姓秦的庶人！”

乖女哭着说：“没人来找他看病，他就冲我撒野发脾气！”

丁二拍手说：“你们都别闹了！说来说去都是那个姓秦的过。他不来鄚邑城开医坊，咱们天天吃香喝辣被人供着。现在别说吃喝了，连过去攒的钱也快用光了。俺家那口子，也是天天给我甩脸子、闹脾气！”

停止哭闹的乖女一边擦泪掸土一边嘟囔说：“不是俺娘儿们埋怨你们，鄚邑城你们五个行医人，个个都是窝囊废！俺就不信，五个大老爷们，联联手还治不了一个外来年轻人？”

张、丁二人闻言互相瞧瞧，好像突然明白了什么，赶紧关上门。

丁二说：“张兄，嫂子讲得有道理呀，咱们鄚邑城的医家，应该联手与秦越人斗！”

张野思忖着说：“这是个办法！丁二，你去通知各医家们，晚上我做东，叫大家一块来商议商议。”

丁二笑着说：“好嘞！这事交给我，你就准备酒菜吧。”说着离去。

秋夜灯光下，乖女与田寡妇笑嘻嘻在张氏医坊后院正房内向由两张地案拼成的方地桌上摆着丰盛菜肴。

张郎中和丁郎中笑容可掬站在门口拱手迎接宋、卢、刘三位郎中：“快请屋里坐，快请屋里坐！”

大家入座，酒过三巡，张郎中用眼示意丁二。

丁郎中叹口气说：“唉——咱们今日相聚恐怕是最后一次了呀！”

宋、卢、刘三位郎中听了，不解地愣神瞪眼。卢郎中说：“丁老弟，今天为啥这么丧气呢？”

丁郎中摇摇头说：“自从南街来了乡野游医秦越人，到咱们几家医坊来看病的人越来越少，我现在连生活都顾不住了，哪还有钱请大家再聚会呀？”

宋郎中哀叹说：“这几月，俺全家人也是靠吃老本过日子呢。”

卢、刘二位郎中说：“是啊，俺们也一样。”然后转头望着张野说：“张大哥德高望重，你得帮俺们想想办法呀？”

张野苦笑着说：“我这人只是个医虫，没有丁老弟脑子活，让他出个主意吧！"

众人说："对、对，丁郎中你就动动脑子，想个法子吧？"

丁二轻咳一声说："既然哥几个瞧得起小弟，那我就说几句，错了就当我放了个屁！"

卢郎中说："丁二，你就别卖关子了。有啥招，快说吧？"

丁二转转眼珠，望着众人说："别人不仁，咱也不能义。秦越人既然逼得咱们没法活，咱们也得治治他，不能让他舒坦了！"

宋郎中说："咋治，各行各的医，各吃各的饭，他又没有招惹咱们？"

张野皱皱眉说："听丁老弟接着说。"

丁二瞅一眼宋、卢、刘三位说："我想了多日，有三个主意：第一，咱们找一乞童，先让他吃猪肉，再吃菱角，二物相克肚疼不止，雇俩人抬去请秦越人医。若他治不好或乞童疼死，借机告到官府，将秦越人打入大牢！"

刘郎中吃惊地问："那第二呢？"

丁二转转眼珠说："这第二嘛，找俩远处朋友冒充李家店主亲戚，让乖女带着去索要地产，赶秦越人搬出鄚邑城或让他交租金，得了租金咱们五人分！"

卢郎中兴奋地问："还有第三呢？"

丁二思忖了一会儿说："如果前二计不成，咱们五人一齐出马，由张大哥带着去找秦越人论医理！当面羞辱他诊脉'独取寸口'是离经叛道，歪门邪术、不遵古训，将他搞臭！赶出鄚邑城。咋样？"

五位郎中本为生计所愁，听了个个眉开眼笑，同意依计而行。

两天后清晨，秦越人刚开门不久，便有两个壮汉抬着一个肚子疼得哭叫不止的半大小子撞进门求治。

秦越人翻看眼帘、查鼻息、舌苔，又闻气味，按腹诊脉象，吃惊地眨眨眼睛说："这孩子是误食猪肉与菱角两种相克食物而致，若再晚来一个时辰，神仙也难救其命了！"说毕转身对妻子菱花说："快取'金液丹'十五粒来！"

菱花取药端水送到丈夫面前，秦越人亲自灌服，然后又附以针灸、按摩。半个时辰后乞童大泄，肚疼渐消。

秦越人问："孩子，你怎么吃了猪肉又吃菱角呀？这可是相克的毒药哇！"

乞童哭着说："俺是个要饭的。昨天夜里，一个大人将俺叫到一个破屋里，给了二枚钱，让俺就着猪肉吃菱角。"

秦越人听了，扭头欲寻找送乞童的那两个壮汉责备，然而那二汉早已不知去向了。秦越人纳闷自语："讨饭人本来就够可怜的了，是谁拿一个孩子来耍弄呢？"

妻子菱花敏感地说："这准是有人故意陷害咱们的。正常人哪敢拿孩子的命开玩笑哇？"接着又说，"那俩汉子一进门，俺就觉得神色不对。你正给这孩子按摩，他们就惶惶走了，俺还以为是去家里取钱呢！”

秦越人凝思着自语：“是谁干出这种缺德事呢？”

事情刚过三天。下午秦越人正在诊患，乖女带着一个老婆婆和一个背行李的青年登门。她笑嘻嘻向秦越人介绍：“秦郎中，这是李店主的姐姐宋李氏和外甥宋水瓮。他们接李店主的信，叫他们来住店看家哩。找错地方了，找到俺们家，俺就把他们领来了。”

秦越人闻言，停诊冲屋内喊：“菱花快出来，李店主姐姐和外甥来了，先领他们到屋里喝水去！”

菱花出来上下打量一下二人问：“李店主的家信能拿出来让俺看看吗？”

那叫水瓮的青年拿出一块揉皱的布函交给菱花说：“俺本不想来，可俺家房子夏天被暴雨冲塌了。又无钱再盖，现在无处安身，才来接舅父的家产的。”

菱花接过宋水瓮手中的布巾信，发现已被泥水泡过，字迹并不清晰，好几处破损已无字了，转着眼珠思忖，迟疑站住不动。

秦越人却大度地笑笑，一边给人瞧病一边说：“你先领他们到后面屋里歇着。告诉娘抓紧收拾东西，明天咱们就搬回七间房去。”

菱花因外人在场不好明言，只好对那母子二人说：“走吧，跟俺到后面去，见见俺娘。”

乖女见秦越人痛痛快快留下那母子二人，高高兴兴离去了。

自乖女领着宋李氏母子去找秦越人索要李家店产，张野与宋、卢、刘、丁四位郎中就坐卧不安盼等佳音。乖女一推开门，丈夫张野就迫不及待地迎上问：“咋样？秦越人是交房子还是交房租？”

乖女咯咯笑着说：“交房子！”

张、宋、卢、刘、丁五人闻言，顿时兴高采烈。

丁二兴奋地说：“嫂子马到成功，大功一件，咱们得庆贺庆贺呀！”

宋郎中说：“今天庆功宴的钱，我掏了！”

卢郎中说：“不行、不行，今天的钱应由我掏！”

刘郎中说：“你们俩别争了。北街那个饭馆是俺内弟开的，咱们到他那儿吃，钱由我出！”

宋、卢二人还要争，张野摆摆手说：“大家别争了，今天咱们就听刘郎中安排吧！”

秦越人是个仁义之人，向来不贪任何人的便宜。自宋李氏母子拿着李店主的信进门，就决定搬回七间房秦家老宅行医，尽管细心妻子对此事持疑，他也不动摇，关门歇诊后连夜收拾搬家行装。

清晨，一辆牛车停在门口，秦越人与妻子、母亲向车上搬东西。那李店主的姐姐宋李氏与儿子宋水瓮，既不上手帮忙也不说话，站在一旁得意地笑着注视秦家三人搬东西装车。

烧饼刘看见，跑来问："秦哥，不好好住着，咋搬家呀？"

秦越人说："李店主姐姐带着儿子来了，要接房产。"

烧饼刘说："她接啥房产？李家客栈早被燕兵烧了，这房子是董财主挑头出钱，俺们大伙凑份子盖的，与他李店主有啥关系？"

秦越人一怔，不知说啥好了。

这时董财主和酥鱼赵、烧鸡张等也闻讯赶来。他们围住在一旁观看的李店主姐姐与外甥问："谁告诉你们这房子是李店主的？"

那母子俩见众人情绪激动，紧张地靠在一起不敢答话。

董财主说："把李店主的来信拿出来，让我看看！"

宋水瓮听了，紧捂着胸口衣襟，不肯拿出来。

烧饼刘上前一把抓住宋水瓮的衣襟厉声问："你拿不拿出来？再不拿老子就揍你！"

宋水瓮闻言吓得浑身发抖，不情愿从胸口掏出那块字迹不清的布，交给烧饼刘。

烧饼刘把它递给董财主说："董叔，你看看这上面都胡写些啥？"

董财主打开看了看，笑着对众人说："李店主的字我认识，这根本不是李店主写的字，是有人冒名李店主，用泥水泡、石头磨，造的假信！"

围观众人听了顿时群情激昂。烧鸡张立即变脸大怒，指着那母子二人斥问："说实话！是谁造的假信？是谁让你们拿着假信来骗人的？"

宋李氏和宋水瓮听了，霎时头冒冷汗，吓得浑身筛糠、神色慌乱低头不语。

烧饼刘再次抓住那青年宋水瓮的衣襟追问："说不说？不说老子马上打断你的腿！"

宋水瓮闻言霎时尿水顺腿流，张口结舌瘫坐在地上。

母亲宋李氏扑通一声跪下，连连叩首说："俺说、俺说，千万别打断俺儿的腿呀！"

众人齐声斥问："快说！"

宋李氏痛哭流涕说："俺叫宋李氏，俺儿叫水瓮，是城北十里李家庄人。昨天有个长得贼眉鼠眼的瘦高个儿，找到俺家里花钱雇俺娘俩冒充李店主的姐姐和外甥，来这里要房产的。"

烧饼刘气愤问："他姓啥叫啥，给了你们多少钱？为啥叫你们来干这种缺德事儿？"

宋李氏哭着从兜里摸出一小块银子说："他没告诉俺名和姓，只给了俺三两银子，说事成了再给俺三两。为啥干这事他没告诉俺，呜呜呜……"

众人听了大眼瞪小眼，不知该咋处置这母子俩了，往下该去找谁了。

烧饼刘说：“董叔，咱们该咋办吧？”

董财主思忖一会儿说：“这八成是有人忌恨秦郎中了。”

秦越人疑惑地说：“我除了行医治病，没得罪过什么人呀？哪来忌恨呢？”

董财主笑笑说：“你没得罪过人，并不等于没人忌恨你。你别忘了，古人有句话，叫同行是冤家呀！”

秦越人点点头，忽然好像明白什么，又好像什么也不明白。那母子俩见众人不盯着他们，悄悄溜着墙根快步逃去。

董财主说：“烧鸡张、烧饼刘，你们哥几个，帮越人把车上的东西卸下来，搬回去！其他人都散吧。”然后转身对秦越人说：“大侄子，从现在开始，你要注意留意观察周围的人和事，这是有人想把你挤对出鄚邑城啊！”

秦越人听了，吃惊地睁着大眼。

话分两头说。张野自从妻子乖女口中得知秦越人答应搬出鄚邑城退还李家店产的消息，就沉浸在兴奋和快乐中。清晨，日照西墙，甜美睡了一夜的张野坐在床上正穿衣裳，丁二走进屋内笑着说：“张大哥，日头都照腚沟子了，你咋才起床呀？”

张野弯腰系着鞋带说：“昨晚多喝了两口，睡沉了。你这么早就登门，有事？”

丁二又问：“嫂子呢？”

张野揉揉睡眼说：“出去了。”

丁二转转鼠眼嬉笑着凑到近前说：“昨晚他们三个都在，有件事俺没敢开口，赶早来找你商量商量。不然，等刘郎中、宋郎中、卢郎中他们都来了，张哥就难办了。”

张野站起举臂伸个懒腰问：“啥事让你这样为难？”

丁二收住笑，认真地说：“昨天咱们商议的时候，只说秦越人交了房租后五人分，没说咋分，也没商量将秦越人赶走后他那几间房子咋处置？”

张野点点头，在地上踱了几步站住说：“这俩事是没说太清。”转转眼珠盯着丁二问，“你有啥想法？说说看。”

丁二思忖着说：“按说吧，咱们五个人是同行，一根绳上的蚂蚱，不应讲厚薄。可那主意是咱俩出的，找他们来也是在大哥家里，又是你摆的席。如果将秦越人的房子卖了，让他们三个人也与大哥和我一样平分卖房钱，那大哥您可是吃大亏了呀！”

张野在地上又走了两步说：“当然不能一样……”

话还没说完，妻子乖女急火火推开门进来又关住门说：“大事不好啦！”

张野一怔，惊慌地问：“出了什么事？”

乖女瞅一眼丁二，喘着气说：“秦越人不离开鄚邑了，被董财主和南街的一伙人拦下，又搬回那几间房里了！”

丁二紧张地瞪着鼠眼问：“李庄那母子俩呢？”

乖女生气地说：“别提他们了！他们被众人围着，跪在地上直磕头求饶。”

丁二额头冒汗又问：“他们把我供出来没有？”

乖女剜一眼丁二，说：“好像没，但把你雇他们的事都说了！”

丁二擦把额头的惊汗长出一口气说：“我的娘，好险啊！”

张野盯着妻子问：“他们现在在哪里？”

乖女泄气地说：“俺看见他们顺着墙根往城外跑了。”

这时，“啪、啪”两声响，门外传来敲门声。丁二闻声浑身发抖，张野小声斥道：“抖啥？快藏到屏风后头去！”

乖女神色惶惶打开门，门外站着笑嘻嘻宋、卢、刘三位郎中。乖女松口气，身体一软靠在门上。

宋郎中瞧一眼红着脸喘息的乖女，又瞧一眼一脸严肃站在屋内的张野，嬉笑着说：“张大哥，大白天的，你们两口子关着门在屋里干啥呢？”

张野不理睬，挥手说：“进屋坐吧。你们不来，正要让丁二去叫你们哪！”

三人齐问：“叫俺们啥事，商量卖秦越人那几间房子？”

张野说：“商量个屁！”扭头冲屏风后喊：“丁二出来！给他们仨说说。”

丁二走出屏风垂头丧气地说：“咱们煮熟的鸭子飞啦！”

刘郎中不解地问：“咋又扯上鸭子了？”

丁二说：“李庄那母子俩把事办砸啦。秦越人让董财主领着一伙人给拦下，又住回那几间房里了！”

宋、卢、刘三人吃惊地愣着神。刘郎中缓过神盯着张野问：“张大哥，那咱们的庆贺宴不就白吃了？”

宋郎中说：“刘老弟掏的钱，咱们摊！”

卢郎中说：“这不是摊不摊的问题，事情太让人闹心憋气了。”

丁二说：“没那么便宜！二计不成，咱们不是还有第三计吗？”

张野在地上转了一圈，一跺脚说：“对，就用第三计。咱们五个人趁那姓秦的小子惊魂未定，现在就找上门去与他论医理！让他羞愧难容，自个滚出鄚邑城去！”

丁、宋、卢、刘四人听了，立时又兴奋得摩拳擦掌……

日过半晌，秦越人一家在众人帮助下安顿好器物，对等待诊治的患者抱拳致歉说：“对不起大家了。家里出了点事，让各位久等了！”

众患者笑着说：“没事、没事，谁家也免不了有棘手事儿。”

秦越人笑着说：“哪位来得最早，过来让我诊脉吧。”

一个青年搀着一个老婆婆说：“俺娘这几天老不想吃东西，秦郎中给看看是为啥？”

秦越人挽袖，翻眼帘、看舌苔，伸出右手三指诊脉寸口。

这时，张、丁、宋、卢、刘五位郎中气冲冲登门。

患者们见来者不善，纷纷躲避。

秦越人停止诊脉，站起笑着不卑不亢地说：“各位同行请坐。今日登门，有何指教啊？”

丁郎中率先指责：“秦越人，你懂不懂脉经？为何只给这位老人家诊脉寸口，而不诊三部九候呢？”

秦越人笑笑说：“俗话说，把戏个个会耍，各自巧妙不同。我诊脉寸口而不诊三部九候，自然有我的道理！”

丁二说：“你一个乡野游医，懂啥医理？你这是离经叛道、以邪术骗人！”

张郎中插话说：“《内经》上讲，‘三部九候’诊脉法是医家始祖黄帝、岐伯定下的法典圣经！你擅改祖法、不遵圣训，这是欺师灭祖、不知天高地厚！”

宋郎中随声附和说：“张郎中是三代世家，讲得句句是祖训真言。你违背医宗圣典，就是医家败类、歪门邪道！”

刘郎中接话说：“常言说，人高难过天。你一个乡野游医胆敢擅改医祖圣训，简直是癞蛤蟆想上天！”

卢郎中讥笑着说：“秦越人，你也不在水里照照自己是个啥东西，光天化日之下敢在鄚邑城里挂牌冒充郎中行医，还知道不知道这世上啥叫羞耻二字呀？！”

闻讯而出的菱花，不堪丈夫遭讥讽谩骂，气愤地挺身欲上前理论，被秦越人拉住。然后秦越人笑笑说：“诸位既来论医理，那在下也当着众人说几句。古人讲，事在人为，是不是真理？你们既然张口闭口祖训圣典，那我问你们：禹不治水，哪有九州？黄帝、岐伯不探医药，哪有《内经》传世？难道你们能说他们也是离经叛道，欺师灭祖、不知天高地厚吗？”

张郎中在五人中岁数最大且以三代世家自居，手捋飘须，自信质问：“他们是先贤圣人，你一个乡野游医能与他们相比吗？历来道出有源，你擅改先贤古训，就是离经叛道！”

他们争论得面红耳赤，门口观看的人越聚越多。这时有一女子搀扶一位嘴歪眼斜、四肢无力、口流涎水的中年男子来求治。

秦越人招呼病人坐下后说：“满口狡辩，不如当面检验。”

张、丁齐声说：“你想怎么检验？”

秦越人说：“就是这个刚进门的病人，你们诊脉‘三部九候’，我诊脉‘独取寸口’。咱们各自把结果写在木简上，让在场的众人推出两个代表查看，若结果一样，说明诊脉“独取寸口”不是歪门邪道；若我诊断结果与你们的结果不一样，在下情愿当众砸牌子关门，永不行医！如何？”

众人齐声说：“好哇！是骡子是马，当场遛遛嘛！”

围观者中有人喊：“你们看，咱鄚邑城最德高望重的俩老人走过来了，咱们就请他们来当中人行不行？”

大伙扭头看，发现是宗大爷和耿大爷也赶来瞧热闹，齐声说：“好！这俩人公道正直还认得字。”

好事者将二人扶到人前，宗大爷笑着说：“当中人行。我得问问争事双方同意不同意？”

张、丁、宋、卢、刘五位郎中都认得二位老人，兴奋地互相观瞧后说：“俺们同意！”

秦越人也说：“我也同意。”

耿大爷望望双方说：“我把丑话说在前面，既然都同意，俺们俩判谁对谁错，你们可不能反悔闹事啊！”

秦越人与张、丁、宋、卢、刘六人连连点头。

在众目睽睽之下，张、丁、宋、卢、刘五郎中挽起袖子，依次对求医患者按“三部九候法”诊脉。他们你诊了我诊，然后一面切磋一面由张郎中执笔向木简上斟词书写。

秦越人待五郎中离去，不慌不忙坐下，拿过患者的手放在案上，凝神聚精独取“寸口”之脉，还未等张郎中等五人将商讨的结果写完，就将写好的木简交到宗、耿二位老人手中。

两位中人看了秦越人写的结果，又看张郎中等五人写的结果，反复比较后说道：“这两个诊断除个别字不同，结果完全一样！患者是因疲劳过度而气虚麻痹中风，只是——”

五郎中以为二位老人看出秦越人书写的木简上有错误，不待中人说完就齐声发问：“只是什么？”

两位中人环视一圈众人，大声说：“秦越人写的诊断结果，用词更精练准确、字体更漂亮！”

众人一片欢呼，五郎中闻言羞愧地狼狈而逃。

第八章

走丱兮巧用偏方除绦虫

丱兮城亦称“古州”，是春秋时代齐国的一座名城，坐落在今黄骅市西南与盐山相邻之地。该城的繁华远胜丱邑，买卖兴隆，人来人往。东街是菜市，夏日雨后，街两厢蹲着挑担、背筐摆摊卖各种菜果蛋禽的农人，挎着篮子的妇人们漫步其中，有的挑菜，有的论价，有的观瞧，好不热闹。

日过半晌，一个浑身黝黑、只穿短裤、名叫吕三的汉子笑嘻嘻手提一破筐，筐内放着一堆爬满绿头苍蝇的鱼虾，向菜市走来。那蝇群随着他的脚步，飞起落下，落下又飞起，像驱不散的蜂群紧紧相随，浓烈腥臭之气使人们纷纷捂鼻躲避。

吕三看到有一空当，站脚正想蹲下，菜农甲指着放下菜而逃的顾客说：“吕三，你小子能不能有点德行，找个人少的地方卖你的臭鱼烂虾？顾客都让你给熏跑了！”

吕三不以为然地笑着放下筐向下蹲着说：“俗话说，臭鱼烂虾、臭鱼烂虾，不臭不烂不腥，那还叫鱼虾吗？”

菜农乙将摊在地上的菜装进筐子里，边拎着筐向远处走边嘟囔：“都臭得生蛆了，谁还买，他有病啊！”

吕三哈哈笑望着离开的背影说：“老哥你甭埋汰，还真有人好这一口。别看现在又臭又腥苍蝇叮，拿到家里用水冲冲，放点葱姜大料一炖，那香味，左邻右舍都流口水呢！”

众人望着笑，没人接话。

这时来了一个四十多岁挺着大肚子名叫玉芳的女子，她不看那些水灵灵还沾着露珠的新鲜蔬菜，也不看鲜果蛋禽，用鼻子嗅着鱼虾臭味儿，步履艰难地直奔吕三，还没到近前就笑眯着眼招呼：“吕三，咋两天都不见你人影儿呀？”

吕三笑着站起说：“俺渔网破了，在家修网哩。”

玉芳兴奋地走到近前想蹲下瞧，但只弯弯腿又直起腰问：“今天咋就带来这点鱼虾呀？”

吕三丧气地叹口气说："昨天刚下海，渔网就被烂树枝子挂破了。"说着用脚踢踢筐说："就捞上这点鱼虾！"

爬在鱼虾身上叮咬的绿头苍蝇群被那一脚一震，"嗡"的一声飞起，腥臭味顿时弥漫四周。

玉芳惬意地用鼻子吸了几口腥臭气说："你别再等主了，俺全买啦！"

吕三惊喜地连连点头说："行、行。大嫂先走，俺给您开剖开剖洗洗，一会儿就送您家去！"

玉芳笑眯眼点点头，转身挺着肚子一扭一摇地离去。

菜农甲吃惊地望着那笨拙的身影，用嘴努努问吕三："吕三，那女的是谁？你亲戚呀？"

吕三摇摇头说："俺要能攀上这样的富亲戚，早不打鱼了！"

菜农甲说："不是亲戚，咋那么熟呢？"

吕三笑笑，小声说："她是咱丱兮城内开盐庄的财主申大盐的媳妇。"

菜农甲吃惊地说："啊！卖盐的申大财主！你咋认识他媳妇哇？"

吕三神秘地说："她好臭鱼烂虾这一口。一顿饭没有，就闹脾气哩！"

菜农乙围上来问："那么有钱的人家，咋吃这臭腥东西呢？"

吕三一仰头说："这就是萝卜白菜各有所爱！"

菜农甲问："她家里那么有钱，挺着大肚子，还亲自来买东西，咋不叫下人来呢？"

吕三正色说："这话你可说错了。"

菜农乙问："咋错了？"

吕三认真地说："申财主有钱不假，可家里没一个下人！洗衣做饭、照顾老小，都是这个挺着大肚子的媳妇干。人好着呢！"

菜农甲问："吕三，你咋对申财主家知道得这么清楚哇？"

吕三自豪地说："俺三天两头往他们家里送鱼虾，能不知道嘛！"

申盐商的家，也真像吕三说得那样，坐落在丱兮城的西街上。一座坐北面南的大院，既无宏堂大屋，也无显门高台，两扇大门分开左右，可通车马。玉芳艰难地走到门口，一手扶腰一手扶住门柱喘息，远远跟着手提臭鱼烂虾筐的吕三。

街斜对过一棵茂盛的槐树下，坐着几个做针线抱孩子闲聊的妇女。妇女甲双手抱着孩子喂奶，用嘴向申家大院和远处提筐的吕三努努嘴说："大伙快看，那个卖鱼虾的又来啦！"

妇女乙吃惊地说："申财主刚走一会儿，他就得到信儿了？"

妇女丙笑着说："肚子都大得成锅了，还能干那事吗？"

妇女丁贼笑着说："啥干不干的，心上人摸摸也舒服哇！"

妇女甲说："这玉芳也真是的，年轻的时候不风流，咋四十多有仨孩子了，又挺着大肚子，还干这种丢人败坏门风的事呢？”

妇女丙说：“俺就是想不通，那申财主五大三粗，出来进去喝五吆六的，咋能忍受自己的老婆给戴绿帽子，不管呢？”

妇女乙说：“叫俺说，也不一定不管，管不了呗！”

妇女丁说：“你说得对，俺住在他们家隔壁，夜里常听到申财主发脾气、玉芳哭哩！”

玉芳扭头盯一眼那群七言八语的妇女们，泪如泉涌，哽咽着快步奔进门去，扑到炕上，扯一个被单蒙住头呜呜哭起来。

儿子长锁和两个妹妹见了，急忙上前问询，但玉芳只是哭不答话。两个妹妹急得说：“哥，你快去叫咱爹吧，咱娘准是病啦！”

长锁下炕要走，被玉芳一把拽住说：“不要叫你爹，娘没事！”说毕又蒙头哭起来。

三个孩子不知如何是好，也跟着啼哭流泪。儿子长锁哭了一会儿，对两个妹妹说：“你们去给娘做点吃的吧。”

两个女儿手脚麻利，做了鸡蛋面条端到娘面前说：“娘，您吃点东西吧。”

玉芳起身将两个女儿揽在怀里流泪说：“娘要不在家，你们要像伺候娘一样，照顾好你哥和你爹！”

两个女儿听话地点点头，不解地问：“娘咋说这话？您要到哪儿去呀？”

玉芳哽咽说：“娘要回姥姥家，我说的话你们可记住了？”

两个女儿说：“俺也要跟娘去姥姥家！”

玉芳擦把泪说：“不行。你们要留下，给你爹你哥洗衣做饭！”说毕又哭起来。

天黑了，申大盐满脸疲累归来，看到儿子长锁站在门口焦急张望，急忙上前问：“锁儿，你不在家帮你娘做饭，站在门口干啥？”

长锁扑进爹怀里哭着说：“俺娘不吃饭，只哭，说明天就回姥姥家，再不回来啦！”

申大盐一惊问：“为啥？”

长锁擦着泪说：“不知道，娘不说。”

申大盐听了，几步奔进屋里。

夜灯下，申财主愁眉苦脸地望一眼放在炕沿上的凉饭和默默站在炕前抹泪的三个儿女，坐到躺在炕上蒙头哭泣的妻子身旁说：“玉芳，你在街上又遇到啥烦心事啦，说说。不言不语、不吃不喝地蒙着被子哭，孩子们也跟着哭，这日子还咋过呀？”

玉芳听了，“呜呜呜”哭得更凶更痛了。

儿子长锁哀求说：“娘，你心里有啥事，就给俺爹说说吧！”

两个女儿上前扯着被子说："娘，您别哭了，您一哭俺们都想哭！"

申财主生气地说："你说不说，不说我就去盐庄了！今天进的盐还没苫席呢。"

玉芳停止哭泣，掀开被子坐起望着丈夫说："你把俺休了吧！"

申财主听了一怔，两个女儿听了放声大哭，儿子气愤地质问："爹，您为啥要休俺娘啊？"

申财主不解地瞧一眼三个儿女，又盯着妻子严肃地说："玉芳，今天当着三个孩子的面，你得把话说清楚。放着好日子不过，为啥提出让俺休你呢，俺啥时候说过要休你呀？"

儿子长锁问母亲："娘，俺爹没说要休你，您咋提出这种话呀？"

玉芳泪水涌流，咬咬嘴唇挥手对三个孩子说："你们都去睡吧，俺单独跟你爹说。"

三个孩子不情愿地一步一回首走了，申财主凑到妻子近前说："孩子们都走了，你心里有啥话都说出来吧。"

玉芳用手摸着像九个月身孕的大肚子，泪如雨下说："俺这大肚子病，吃啥药也治不好，俺没脸再活下去了！"

申财主松口长气说："哭来闹去，原来是为这事啊！"

玉芳擦着泪说："这还是小事？你知道外面的人咋说俺，都用啥眼神看俺？"

申财主笑笑说："管他们说啥呢，只要俺不信，谁说也没用！"

玉芳说："树活一张皮，人活一张脸。俺不愿让外人因为俺糟骂你！"

申财主瞪着眼问："他们糟骂我什么？"

玉芳红着脸低下头说："说俺背着你偷汉子，给你戴绿帽子。"

申财主咯咯笑着说："你跟俺过了二十多年了，年轻水灵的时候不偷汉子，都成黄脸婆了，又挺着这么大的病肚子，咋偷汉子？咯咯咯，谁信？"

玉芳一本正经地说："俺给你说正经事哩，你还笑？唾沫也能淹死人哩！"

申财主收住笑说："老婆，别人不了解你，俺还不了解嘛！再过两年，咱锁儿都该娶媳妇了，你都要当婆婆了，还信那些风言乱语？"

玉芳一脸忧凄地说："俺恐怕等不到那时候了。这肚子天天往大里长，说不定哪天就长崩了。"

申财主紧张地盯着妻子问："咋，你觉得长得又快了？"

玉芳扯过丈夫的手，撩起衣襟往灯下凑凑说："你看看，肚皮胀得都快成一张馒头皮了！"

灯下，申财主伸手抚摸着妻子又鼓又胀硬邦邦像阳光下的大西瓜一样泛着亮光的肚子，吃惊得冒出冷汗说："这、这可咋办哪？"

妻子玉芳用手摸着丈夫的头，哀凄地说："俺知道你疼俺，把方圆能请的郎中都请了，吃的药也能用车拉了，可老天爷不让俺与你白头到老哇，俺又不想让左邻右舍的人糟骂你，才让你把俺休了哩！呜呜呜……"说着又哽咽着哭起来。

申财主将妻子疼怜地揽进怀里，两眼流泪说："玉芳，仨孩子不能没有娘，俺不能没你这个妻子。只要能治好你的病，就是把盐庄卖了，俺也心甘情愿哪！"

玉芳呜咽着说："俺知道，俺知道。"

这一夜，申财主与妻子玉芳说说哭哭，哭哭说说，直到天明。申财主望着窗外的曙光，突然笑着说："孩他娘，俺想出给你找郎中治病的招数了！我现在就去盐庄，你再睡会儿吧。"

玉芳迷惑地问："你想出啥招数，说给俺听听？"

申财主嘿嘿笑着穿鞋说："不告诉你。"站起走到门口又回头说，"俺保证，三天之内准给你请个好郎中来！"

玉芳不相信地摇摇头，望着丈夫离去的背影自语："好郎中都被你请遍了，哪里还有好郎中？"

清晨，太阳升起，五间土墙茅顶的申家盐庄前聚满各地来贩盐的盐商。

盐商甲望着紧闭的大门说："天都这时候了，这盐庄咋还不开门呢？"

盐商乙说："申掌柜是个勤快的人，每天天刚亮就开门，今天是否没盐可卖呀？"

盐商丙说："俺刚才隔门缝往里看了，盐垛像山似的，有盐。"

盐商丁说："听说他女人病了，是不是顾不上卖盐了？买了盐，俺还得赶几十里路哩。"

盐商甲说："不会。申掌柜这个人讲诚信，家里再有事也不会让客户们久等的。"

盐商乙扭头指着街上说："快看，申掌柜带着伙计们来了！"

众人转身看，果然是申掌柜带着三个伙计向这里走来。眼尖的盐商丁自语："他咋沉着脸，手里还拿着一块木板呢？"

盐商甲说："是不是盐要涨价？过去每涨价他就往门口挂块木牌。"

盐商丙说："不会吧，要涨价一清早就该挂上牌了。"

申掌柜和伙计们在众人的议论声中穿过人群，伙计们开锁开门准备卖盐，他转身将手中的木牌挂到门口墙上，只见那木板上用墨笔写着："拙妻病重，寻求良医，有推荐名医者，重赏盐一车！"十八个大字。然后神色凝重地拱手向众盐商说："各位商家朋友，你们走南闯北见识广、熟人多，谁知道哪里有名医，给俺介绍一个。今天你们买多少盐，本盐庄免费赠送！"

盐商甲问："申掌柜，大嫂得了什么病，要找啥样郎中啊？"

申掌柜凄苦地说："不瞒诸位，贱内肚子胀如鼓，把周围的郎中都请遍了，药吃了不少，病不见好。昨夜俺苦思冥想了一夜，才想出这么个笨法子，有劳各位同行帮忙啦！"说毕泪水潸然而下。

盐商丁说："俺饶邑（今饶阳县）有个袁郎中，行呗？"

申掌柜摇摇头说："此郎中俺已请过。"

盐商甲说："俺武垣（今河间市）有个陆郎中，行呗？"

申掌柜再次摇头说："这个郎中俺也请过。"

盐商丙说："俺鄚邑有个秦郎中，请过没有？"

申掌柜眼睛一亮说："这个人没请过。兄弟快说说，这人的医术咋样？"

盐商丙兴奋地说："那秦郎中可叫神了！"他对走到近前的申掌柜和围听的众人说："你们听说过俺们鄚邑闹瘟病呗？成百上千的人都是他治好的。他师父是个半仙，临死时将治病的绝招都传给他了！周围找他瞧病的人，每天都挤破门子！"

申掌柜急切地问："兄弟，你认识这个人吗？咋能找到他？"

盐商丙说："认识，他给俺爹看过病。人可和气了，不管贫贱富贵，谁去了都一样！穷庄稼人找他看病，他还白送药哩。"

申掌柜听了，激动地扭头对屋内伙计喊："吕大！出来一下。"

两手沾满盐末的吕大快步出来问："掌柜的，啥事？"

申掌柜说："你去后院把那两匹马牵来，带上十两银子，跟着这位兄弟去趟鄚邑，把秦郎中赶快请来！"

吕大紧张地睁大眼红着脸说："掌柜的，俺、俺不会骑马呀？"

申掌柜在地上转了一圈说："那快去叫你兄弟吕三，他会骑马！"

吕大跑走了，盐商丙说："掌柜的，俺骑马回鄚邑，俺的盐车咋办哪？"

申掌柜拍一下盐商丙的肩头说："兄弟放心去吧！等你回来，俺让吕大满满装一车，给你白送去！"

两天后下午，两个骑马人来到申大盐门前。在街上做针线抱孩子的妇女们看到其中一匹马上坐着吕三，顿时议论蜂起，尾随拥往申家院内。

申掌柜闻声急忙迎出屋门。吕三边擦汗边指着身后马上人说："申掌柜，这位就是郎中秦越人！"

秦越人跳下马，与申掌柜寒暄几句，便走进申掌柜卧室。他先观望羞涩不安坐在炕沿上的玉芳焦枯发黄的容颜和气色，又翻眼帘瞧舌苔，再问患病经过和感受，又让取来吐泻之物仔细观瞧和闻诊，方取寸口之脉凝神相诊。

吕三把住屋门，不让外人进屋。申财主和家人子女围在左右观看，紧张得大气不敢喘，唯恐秦越人说出乡邻风传之恶果，再无法出门。

片刻之后，秦越人放下那妇人右腕寸口，微微一笑说："贵妻既非孕事，也非疑难杂症。”

申财主不待秦越人讲完就插话问道：“那她的肚子，为何天天往大里长呀？”

秦越人摆摆手笑笑道：“我问你，你妻子平时是否喜欢吃发臭的鱼虾？”

申财主吃惊地反问：“是啊，你怎么知道？”

秦越人说：“你给我讲讲，她从什么时候开始吃的？是不是越吃越多？”

申财主惊愕地转转眼珠答道：“这事说来已快一年了。去年夏天客户送来几条海鱼，因为天热很快就发臭腐烂了。我让她扔了，她舍不得，就背着我偷偷吃了。从那开始，她就老说肚子有点疼，一疼就想吃鱼虾而且越吃越多！”

秦越人眨眨眼睛说：“这就对了！那发臭的烂鱼，正是她肚子肿胀之源啊。”

申财主不解地问道：“肚子肿胀怎么与臭鱼有关呢？”

秦越人说：“那鱼发臭发烂，就是蚊蝇叮咬留下的霉菌蛆虫作祟。这蛆虫中有一种绦虫，因蒸煮时没煮死，吃到人的肠胃里就复活生长、繁衍子孙。他们越长越大、越生越多，就把人的肚子撑大了。”

申盐商不相信，摇头自语：“这蚊蝇从哪带来的绦虫呢？煮鱼水都开了绦虫咋煮不死呢？”

秦越人笑笑说：“这好解释。叮过死猪烂狗的蚊蝇，又飞来叮咬死鱼，就将猪狗身上的寄生绦虫虫卵带到死鱼身上了。鱼肉鲜嫩，开锅即熟，而绦虫虫卵需高温久煮方死。你妻子不懂这个道理，为了不浪费，就将绦虫卵吃进自己肠胃里了。”

申财主明白了病因，赶紧追问：“秦郎中，您可有治愈的办法吗？”

秦越人盯着申财主及全家人沉思了一会儿说：“办法倒有一个，只是不知道你妻子敢不敢吃一种毒药？”

申财主全家齐问：“什么毒药？”

秦越人说：“砒霜。”

一家人闻言“啊”的一声，吓得目瞪口呆。

儿子长锁着急地说：“爹，砒霜这种毒药太厉害了！前街冬子娘就是吃这种药七窍出血死的，说啥也不能用这种药害死俺娘啊！”

两个女儿也对申财主说：“爹，这个郎中坏，他凭啥叫俺娘吃毒药？”

申掌柜望着神态自若安坐一旁的秦越人，不像个坏人，哀求说：“秦郎中，您看能否改用其他药呢？”

秦越人思忖了一会儿，在木简上写出了“圆葱炒蒜”四个字，交给申财主说：“如果不用砒霜，在下只有这个偏方了。”

申财主读着药方，愁脸变成了笑容说：“这圆葱、蒜到处都有，好办！”

儿子长锁怒眼抱怨秦越人："秦郎中，有这样好方子，你为啥还用砒霜来吓俺们全家人呢？"

秦越人笑笑说："这圆葱和蒜，虽都是人常吃的好蔬菜，但把它们放在一起炒了吃，就变成了毒药，效果与砒霜一样。"

全家人听了，顿时又瞪眼摇头不语。

儿子长锁说："爹，您可千万不能信这个郎中的胡言乱语，让俺娘吃圆葱炒蒜哪！俺只有这一个娘，娘若死了，俺姊妹们仨可咋过呀？"说着竟呜呜呜哭起来。

申掌柜六神无主，愁苦地在地上转圈儿。

秦越人见全家人担心吃了他的药病人死去，叹口气说："既然你们不肯让病人用这个偏方，在下也没有其他良方了。愿你们一家保重，告辞了！"说着起身收拾东西欲走。

申掌柜妻子见了，死死拽住哭道："先生，您不能走哇！我愿吃！我不怕死！孩子他爹，你快拦住秦郎中啊！"

申掌柜知道妻子吃这种药是死，不吃也是死，就眼涌热泪抱住三个孩子道："儿啊，既然你娘决心已定，咱们就满足她的心愿吧。按秦郎中吩咐，快去买圆葱和蒜！"

儿子长锁无奈地哭着，一步一回首向门外走去。

街坊邻居得知鄚邑来的秦郎中要让申财主妻子玉芳吃砒霜，纷纷上门围观，刹那间就将申家大院挤得水泄不通。

秦越人亲手洗切炒圆葱蒜，炒后盛了满满一碗，送给病人。

玉芳泪如泉涌却毫不犹豫，狼吞虎咽吃光，然后一一抚摸儿女嘱咐他们说："娘若死了，你们不要怪郎中，也不要怪你爹，这是娘自己愿意吃的。"然后哽咽着拉住儿子的手说："儿啊，今年你十七了，娘不在了，你可要照顾好你爹和两个妹妹啊！"

儿子长锁泣不成声点头说："娘，俺记住了。"

玉芳又哀恋地望着丈夫说："自俺嫁到你申家，你待俺情深义重。俺走了，你再找个良善人，千万别亏待咱们仨孩子啊——呜呜呜……"悲泣如泪人。

申掌柜紧紧抓着妻子的手，泪水横流中连连点头。

秦越人坐在一旁，安然地喝着水，全然不理一家人的生死离别悲诉。

诉完心中牵挂的玉芳，闭眼安静躺下，申掌柜与三个子女默默站在炕前。

大约过了一个时辰，玉芳突然就大汗淋漓、在炕上翻滚疼叫不止："娘啊，老天爷呀，疼死俺啦！"

申掌柜和三个子女及围观的乡邻们见秦越人仍在一旁安然喝水，全不把玉芳的惨叫放在心上，个个怒目而视。

儿子长锁按捺不住胸中的愤慨与悲怒，抄起门后一根打狗棍，指着秦越人大骂："你、你是杀俺娘的凶手！今天俺要把你个王八蛋劈了！"

话音未落，长锁手中棍子刚举到空中，在炕上翻滚的玉芳突然跃身而起大叫："俺、俺要拉屎！"随着话音只听"秃噜噜"一声响，那屎已拉在裤子里，顺着裤筒流了满炕。

众人伸脖向前观瞧，只见臭烘烘黄汤稀屎中大小绦虫在翻滚蠕动，其中一条最大的比筷子还粗，长似小蛇，惊骇得争相掩鼻后退。

玉芳见了吓得颓然倒地，昏了过去。

秦越人却不顾脏臭，急忙撬开玉芳的嘴，灌服早已备好的"保命延寿散"。

申掌柜和三个子女七手八脚清除炕上秽物，给玉芳换上干净衣裳，摇晃玉芳身体哭喊："娘（玉芳）啊，你死得好惨哪！"

约有半个时辰，玉芳轻轻呼出一口长气，慢慢睁开眼睛，望着丈夫和三个儿女有气无力地不相信问："俺、俺咋又看见你们了？"

儿子长锁兴奋地说："娘，您又活了！"

丈夫申掌柜眼流热泪说："孩他娘，是秦郎中救了你呀！"

玉芳伸手摸摸已扁平如初的肚子，面露笑容扭头寻找秦郎中，挣扎着要起身："郎中，您是俺的救命恩人哪！"

秦越人急忙上前将她摁住说："不要动！你肚子里的虫子刚排出，身体很虚，要好好养几天。"

申掌柜拉着三个孩子跪下说："感谢秦郎中救贱内之恩啊！"

秦越人扶起申掌柜说："不敢当。救人治病乃医家之本！"

一直站在门口观看的吕三说："申掌柜，快给秦郎中找身干净衣裳换换吧，他身上到处都是大嫂的屎！"

躺在炕上的玉芳闻言羞得赶快用被子盖住脸。

秦越人尴尬地笑着，申掌柜红着脸去箱子里翻找衣裳……

丱兮西街大槐树下。阳光西斜，妇女甲抱着孩子眉飞色舞地用一只手比画说："哎呀，你们看到没有，玉芳肚子里的虫子有那么长！"

妇女丁说："那秦郎中敢用毒药下虫子，真是吓死俺了！"

妇女乙说："咱们一直说玉芳偷汉子把肚子搞大了，真是冤枉人家了！"

妇女丙说："这真是有冤难辩的事。要搁俺那口子，甭说请郎中来瞧病，早把俺打死了！"

妇女乙说："人家申掌柜就是心眼大，甭管外面人说啥，就是不相信那些糟蹋话！"

妇女丁说："听说申掌柜不让那秦郎中走了，要在家里腾两间房子挂牌行医哩。”

妇女甲说：“这么神的郎中，远近的人知道了，来看病的还不挤破门！”

路过的姜侯府管家黑狗儿看到众妇人热议站住脚，嬉皮笑脸走到妇女甲面前说：“好骚的娘们儿，怀里的孩子还没奶大，又让野汉子们挤破门啦？”

妇女甲沉下脸说：“黑管家，俺们说正经事呢，你咋老往歪处想啊？”

黑狗儿嘿嘿笑道：“娘儿们能有啥正事？除了生孩子，就是干那事呗！”

妇女丙往地上唾口唾沫说：“那些肮脏事，只有那些穿绸衣住烟巷的下三烂才想哩！”

黑狗儿问：“那你们刚才那么热闹说啥呀？”

妇女甲说：“申掌柜从鄚邑请来一个神医，明天要挂牌行医哩！”

黑狗儿闻言一愣，转转贼眼，兴颠颠离去。

在丱兮城东街有一座豪华气派的姜侯宫。老侯王虽已去世多年，侯孙姜云仍然霸居侯宫作威作福、蹂躏一方。

清晨，侯府之主公子姜云，在厅堂左拥右抱正与几个妻妾嬉笑戏闹，管家黑狗儿从门外走来。黑狗儿进门下跪：“奴才狗儿，拜见公子。”

姜云停止调笑问：“狗儿，我说的事你办得咋样了？”

黑狗儿苦脸垂头说：“奴才连着几天在城内明察暗访，实在找不到有钱人家了。”

姜公子生气地大骂：“混账东西！连银子也找不来，老子养你还有何用？滚！”

“是、是！”黑狗儿吓得拱着手后退出门。

倚在公子怀里的宠妾蜜桃起身柔媚地伏在公子耳上说：“公子，你不能让他滚。他走了，谁给咱们去找钱哪？”

姜公子转转眼珠，又冲退到门外转过身的黑狗儿背影喊：“回来！”

黑狗儿急忙转身进门，跪在地上问：“公子还有何吩咐？”

蜜桃不待姜公子说话，妖声媚气地说：“狗儿呀，你知道不，再过仨月，就是咱公子的四十大寿。你找不来银子，这大寿可咋过呀？”

黑狗儿瞄一眼蜜桃，连连点头说：“奴才知道、奴才知道！这就带人挨家挨户去征银子。”

姜公子不高兴地说：“都是些穷鬼，挨家挨户能征多少银子？你要找大户去征去罚！”

蜜桃附话说：“像开盐庄的申财主啦，就得多交多罚。”

黑狗儿为难地说：“上个月刚罚申财主二百两银子，连家底都端了……”突然他停止说话，兴奋地转着眼珠思忖片刻说，“公子，有了，咱们有了来钱门路了！”

姜公子惊喜地催问："啥门路，快站起来说说！"

黑狗儿站起身笑眯着眼说："那申财主从鄚邑请来个医术如神的秦郎中，在他家门口挂牌行医，城里城外来瞧病的人挤破门，日进斗金！"

姜公子听得两眼放光，众妻妾听得兴奋异常。

蜜桃撒娇说："公子，这回有了钱，你可得兑现答应给俺买首饰的事！"

其他妻妾也跟着说："公子，还有你答应俺的哩！"

姜公子挥挥手说："去、去，你们都回各屋歇着去！本公子要与黑管家商量正事。"

众妻妾含嗔含怨离去，蜜桃走到屏风口回首睨了黑狗儿一眼，黑狗儿会意地笑着点下头。

姜公子见众妻妾离去，招手叫黑狗儿到近前问："狗儿，你有啥好主意，咋让那郎中把钱送到咱侯府里呢？"

黑狗儿嘿嘿笑着走到姜公子近前，附耳如此这般小声嘀咕了一番，姜公子叭地一拍面前几案说："好！就照你说的办！"

第九章
宿荒野狗群救乞童

初夏上午，天上飘着淡云，宽敞的申家院内挤满了男男女女、老老少少等候让秦越人诊病的人群。

东厢房内，秦越人坐在一张迎门的几案之后，给坐到案旁的患者翻眼帘、看舌苔、诊脉息，门口围满观瞧的人群。

长锁提一个大沙壶，两个妹妹拿着碗给等候瞧病和吃药的人送水。

这时，突然一辆豪华马车驶进院内，车后跟着两个仆役。从车上跳下侯府管家黑狗儿，一招手，车后一仆役从车内捧出两匹绫绢，绫绢上放着一块闪闪发光的纹银。

众人见是姜侯府管家黑狗儿进门，纷纷躲闪让路。

黑狗儿目无旁视，走到东厢房前，高声唤道："哪个是秦越人？"

秦越人虽出身贫寒，却有一股正直不媚之气，鄙一眼眼前一身官家打扮傲慢强横的黑狗儿神情，慢慢站起说："在下就是秦越人，长官哪儿不舒服？"

黑狗儿见面前之人身穿布衣、貌不惊人，顿时把侯府管家架子端得更大说："我乃姜侯府管家，我家公子闻你医术超群，特赏纹银十两、绫绢两匹，命你立即随车进府、日夜伺候！"

以普救众生为本的秦越人，向来视钱财为粪土，更厌烦官府权贵那种做派与生活，扫一眼黑狗儿身后仆役手中的东西，不卑不亢地说："俗话讲，无功不受禄。越人虽贫，尚有饭食；茅屋虽是借住，亦可御风雨。请你带回礼品，禀告姜公子，就说在下是个云游四方的乡野游医，富贵之堂不敢登！"说完，拂袖坐下继续诊患。

黑狗儿一向依仗侯府之显赫作威作福，哪受过这种抢白凌辱，顿时大怒："大胆刁民！竟敢目无王亲，拒不听传。"然后转身对二位随役说："小子们听令，立即将他绑缚上车！"

那两个仆役欲上前抓秦越人，却被愤怒聚起的众患者挡住。

黑狗儿见众人怒目相视，自知人少不是对手，一边后退一边骂道："好个乡野村医，胆敢聚众抗官！等我禀报姜公子，再来收拾你！”说完，驱车而去。

众人顿时议论纷纷。

长锁放下大沙壶，对两个妹妹说：“你们快进屋看好咱娘，让她别着急生气。俺去叫咱爹！”

申掌柜闻讯惶惶骑马赶来说：“恩人哪，姜侯府这条疯狗咱可惹不起呀？”

秦越人不慌不忙地一边继续给病人瞧病一边笑着说：“申掌柜不用担心。我一郎中，一不犯法，二不越货，他们能把我咋样？”

申掌柜急得跺脚说：“恩人不知，他们依仗老侯之威，欺男霸女、抢财劫货、无恶不作。乡亲们早恨透他们了，可没人敢惹啊！您还是赶快收拾东西逃走吧！那姜公子是这一方霸主，若被他抓进府去，您就是有理也百口莫辩哪？”

秦越人说：“我若逃走，这些从四处赶来瞧病的乡亲们咋办哪？”

申掌柜急得头上冒汗说：“顾不了那么多了！恩人快骑上这匹马走吧，您不能再耽搁了，不然您有个好歹，俺一家就是千古罪人哪！”

众人也跟着劝说：“秦郎中，您就听申掌柜的，赶快骑马逃命吧！”

秦越人虽难平胸中气愤，也只好在众人相帮下打点行装。

众人七手八脚将秦越人装药品的袋子绑在马背上，身体虚弱的玉芳用布巾包着一兜煮鸡蛋和干粮，在儿子长锁搀扶下走到秦越人面前说：“恩人，带着路上吃吧！”

秦越人跨上马，拱手对申掌柜一家和众人说：“越人谢过申掌柜和各位乡亲啦！”

申掌柜扬手一拍马臀说：“快走！”

那马仰头一声长鸣，秦越人便抓紧缰绳冲出大院，向城外奔去。

初夏的卯兮城外原野上，没膝的庄稼中一条土路，秦越人驱马疾行。

十来个骑马人挥刀握枪拥出卯兮城，勒缰望着四方，黑狗儿用马鞭一指在绿野中疾驰的秦越人大喊：“在那边，快追！谁捉住秦越人，回去有赏！”十几匹马争先恐后狂奔。

秦越人回首望一眼身后尘土飞扬、马嘶人叫的追兵，在一个三岔路口打马向另一个方向跑去。

残阳将坠时，他闯进一片被战火摧毁的残破村庄，举目四望，到处都是荒草残墙，远不见炊烟，近不闻人声，再不敢贸然前行了。他寻来转去只找到一个有半个屋顶的破房，便搜寻一堆茅草坐下安身。夜幕降临，天上繁星点点；明月初升，地上虫鸣声声。微风习习中，他吃了一点玉芳赠送的干粮，就疲困地进入梦乡——

梦中，一会儿是水波荡漾的白洋淀，一会儿是义父长桑君在田野手把手教自己辨药，一会儿是妻子菱花给自己摊煎饼卷小葱、虾酱、鸡蛋，一会儿是姜侯府管家黑狗儿带兵将自己团团围住。黑狗儿手举马鞭、恶狠狠向他抽来，他“啊呀”一声大叫，惊悸而起。

他慌乱扫视四周，空旷荒野上并无一个人影，正想再次躺下，却突然传来凄厉的“救命啊、救命啊”哭叫声和群狗“呜汪、呜汪”的狂吠声。医家普救众生的品质使他骤然站起，捡起一根断木，闻声而寻。

月光下，秦越人穿过一片片荒草、一道道残墙，发现几只野狗正在撕咬一个惨叫的孩童，便立即举起断木大叫着冲了过去。野狗突遭木棒袭击，号叫着四散逃离，他抱起鲜血淋淋、奄奄一息的孩童，原来是一个十二三岁的男孩。那男孩在他怀抱中颤抖着呻吟了几声，便昏了过去。他感其鼻息、翻其眼帘、诊其寸脉，知其因饥饿、惊吓而昏厥，便快步将他抱回自己栖身之处，打开药箱为他灌服“回生丸”，再为他涂药包扎伤口，接着掐其人中、按其脚心。一个时辰后，那位男孩慢慢睁开眼睛，用微弱乞语说：“饿——疼。”

秦越人找出申掌柜妻子玉芳赠送的馒头掰一块，塞到男童口中，然男孩只咀嚼了一下就又吐出，张着嘴发出“水”字。他知其久饿、流血失水，心急地四处张望，但茫茫荒野深夜哪里有水可找呢？他思索了一下，就将馒头放入自己口中咀嚼成糊，然后口对口送入男孩嘴中。

半个时辰后，男孩恢复神志，秦越人关切地询问：“孩子，你叫什么名字？是何方人氏，怎么来到这荒野败村呢？”

男孩坐起哭诉道：“俺叫茄子，就是这村人。爹娘被燕兵杀死后，俺无家可归，就四处讨饭，昨天好不容易找到家门，村中已房毁屋塌，没有一个人了，便躺在俺家门口的荒草中睡着了。”

秦越人眼含热泪将孤童乞儿紧紧揽在怀中，望月长叹、浮想翩翩。虚弱伤痛的孩子呻吟着，又在他怀中睡着了。他便轻轻将男孩放在用野草铺的草堆中，自己也侧身倒下在旁边睡去。

旭日东升。秦越人在迷睡中听到“呜呜”的哭声，急忙睁眼坐起，却发现身边不见夜里救的男孩了。他站起寻着哭声寻找，那男孩正跪在昨天夜里被狗群撕咬的地方面对一片破墙焚灰哭泣：“爹、娘，你们都走了，房子也烧了，俺今后跟谁过，在哪儿住，咋活呀，呜呜呜……”

秦越人轻手轻脚走到那满脸鼻涕泪水的孩子近前，用手扶住孩子颤抖的肩头说：“孩子，别哭了，死去的人不能复活。一会儿我给你点干粮和钱，你去投奔亲戚去吧。”

那孩子翻身扑到秦越人身上，抽泣着说：“您从狗群里把俺救出，是俺的救命恩人哪！可俺没有亲戚可投哇？”

秦越人吃惊地说：“你没有姥姥、姨姨、舅舅、姑姑吗？”

孩子哽咽着说：“有，都是这个村的。燕兵夜里进村，见人就杀，见东西就抢，他们全被杀死了呀——呜呜呜。”哭得撕心裂肺。

秦越人不解地问：“那你，是怎么逃出去的呢？”

男孩哭着说：“燕兵砸门，俺爹俺娘叫俺从墙洞里爬出去跑到村外，俺趴在一个土坑里，亲眼看到全村人都被杀死了，房子被点火烧了，呜呜呜……”

秦越人揽住男孩肩头问：“那你今后打算到哪里去呢？”

男孩哭着说：“俺没地方可去了。您救了俺，就是俺的亲人哪！”

秦越人怔神说：“这、这——”

那男孩起身跪下哭道：“您就收下俺吧！俺一辈子跟着您、伺候您，给您当儿子！”

秦越人扶起男孩说：“孩子，不是我不收你，而是我家有妻子和父母——”

男孩固执地抹着泪说：“俺不要名分，只想跟着您这个救命好人，有口饭吃，不然又会被野狗咬死、被乱兵杀死呀——”说着扑进秦越人怀里，又要下跪。

秦越人双手将男孩揽进怀里安抚说：“好、好，你别哭了。我带你一块走，回家跟父母、妻子商量后再定，行不行？”

男孩点点头说：“俺给您当下人，保证好好伺候您全家，不惹您生气！”

秦越人无奈地牵过马，将男孩抱上马背，自己跨上马揽住男孩，二人边说话边奔往鄚邑方向……

时近中午，秦刘氏摸着两个鬓角对双脚踏着石轮在石槽中粉碎药材的丈夫说：“当家的，从早晨起来，俺这俩鬓角一直蹦蹦跳，是否咱越儿在外面又遇啥难处了？”

丈夫剜一眼妻子说：“臭嘴娘们儿，净瞎说！他去给人瞧病，又不是出去打仗，能有啥事？”

妻子自语：“俺这心里慌慌的，总觉得哪儿不对？”

菱花端着盛稀饭的瓦盆，盆上放着盛高粱窝窝和两盘青菜的筐子，笑吟吟进门说：“爹、娘，该吃午饭了。”她见秦刘氏正在用手揉鬓角问：“娘，您又想儿子了吧？”

秦刘氏放下手，嗔怪着说：“俺想，你不想？一天到门口望儿回，一听到门外有动静，就向外跑！”

菱花羞红着脸说：“他都走九天了，也该回来了。”

秦福寿拍拍手上的药尘，站起来笑着说：“你们都别想。当游医的，出去就由不了己。越儿又不是孩子，他会自个照顾自己的。”说完向门外走去。

秦刘氏冲丈夫的背影喊：“哎，饭都端来了，你还往哪走？”

秦福寿头也不回地说：“你们先吃，我出去透透气儿。”

秦刘氏笑眯着眼对儿媳指指丈夫的背影说：“啥透透气，又去城外路口望他宝贝儿子的影子了。”

菱花说：“爹在屋里忙活半天了，也该到外面活动活动手脚了。”

秦刘氏不以为然地说：“他心里那点小旮旯，俺还不知道。别看他嘴说得轻松，心里比谁都惦记儿子！自他从尧山贩药回来，天天晚上念叨，越儿咋还不回来呢？”

菱花咯咯笑着说：“他爷俩都仨月不见了，能不想吗？”

这时，烧饼刘进门，将手中布巾兜的几个烧饼往饭桌上一放说：“婶、嫂子，你们又说啥悄悄话哩，这么热闹？”

秦刘氏笑着逗乐说：“说啥哩，说你哩！”发现烧饼刘放在饭桌上布巾里的烧饼，沉下脸收起烧饼塞到烧饼刘怀里说：“大侄子，你咋又送烧饼来？快拿走！不然，让你叔看见又该训俺了！”

烧饼刘接住又放下说：“越人哥不在家，侄子孝敬婶几个烧饼，他训也白训！”

秦刘氏坚持让烧饼刘拿走，说：“俺老白吃你的烧饼，越人回来也会不依的！”说着就将烧饼往烧饼刘怀里塞。

烧饼刘急得瞪着眼推辞说：“要那样说，他年年给俺一家老小看病吃药，还没要过钱哩！”

菱花转转眼珠，扯住烧饼刘说：“兄弟，别争了，俺劝俺娘留下。行呗？”

秦刘氏不解地望着儿媳，生气地说：“不行！”

菱花笑着走到秦刘氏面前扶住肩头说：“娘，您听俺说。俺去把俺娘前天送来的咸鸭蛋给刘兄弟拿几个，算咱两家交换着吃，行不行？”

秦刘氏转气为喜，点头说：“这办法好！你爹再训俺，俺也有话说了。”

烧饼刘坚决不拿咸鸭蛋，菱花沉脸说：“你要不要俺的咸鸭蛋，你走了俺也得把烧饼给你送回去！”

烧饼刘无奈地接住咸鸭蛋正要走，秦越人牵马进门。

烧饼刘看见秦越人，兴奋地跑上前说：“哥，你可回来了！婶和嫂子天天站在门口往城门口看。”

菱花红着脸，站在门口不好意思上前问话，秦刘氏惊喜得眉开眼笑上前上下打量儿子说：“儿啊，你咋走了这多天？从哪牵来一匹马呀？”

秦越人不愿让母亲知道自己遇到的闹心事，笑着说：“这马是丱兮城申掌柜的。那里病人多，就多住了几天。”

秦越人瞅一眼红着脸直直望着自己的妻子，菱花羞得边转身进屋边说：“快进来洗洗，吃饭吧。饭刚端上桌。”

秦刘氏发现儿子身后站着一个破衣烂衫低头拧脚浑身伤口的半大男孩，吃惊地问：“越儿，这是谁家孩子？咋有这么多伤呢？”

秦越人回身拉过男孩对母亲说："这是俺在半路上逢到的一个孤儿，叫茄子。"然后对茄子说："茄子，快喊奶奶。"

那茄子眼含热泪双膝往下一跪说："奶奶，茄子给您磕头！"

"哎。"秦刘氏拉起茄子上下打量着蓬头垢面、破衣烂衫、浑身伤口的茄子，心一酸两眼涌泪说："这么周正的孩子，咋被糟蹋成这样啊？"

茄子闻言，"呜呜"哭着扑进秦刘氏怀里。

菱花听到哭声奔出屋门，看见婆婆抱着一个破衣烂衫、浑身伤口的陌生男孩垂泪，上前从婆婆怀里拉过那男孩说："娘，俺去给他洗洗，换身衣裳。"

秦刘氏用衣襟擦着泪说："越儿，看见你爹了吗？"

秦越人一怔，兴奋地说："没有。俺爹从尧山回来啦，他在哪儿呀？"

秦刘氏吃惊地说："你爹到东城门外路口去接你了，你没看见？"

秦越人闪闪眉说："俺是从南门进来的，没过东门。"说毕把马缰往烧饼刘手里一塞说："兄弟帮我看好马，俺去找俺爹！"

烧饼刘赶忙拽住秦越人的手说："越哥，俺可没侍弄过这大牲口，还是你来吧。俺替你去找大叔！"

亲人相聚时光短。家里多了个男孩，秦家父母走里磨外围着茄子转。茄子换上干净的新衣，吃了两顿饱饭，脸上也有了笑颜，不停地喊着爷爷、奶奶，秦福寿和秦刘氏响亮地答着，脸上喜成一朵花。秦越人看在眼里，愁苦得少言寡语。菱花却时常脸红不自在。

吃过晚饭，伺候两个老人和茄子睡下，菱花回到自己住房，吹灭灯上炕脱衣，偎在秦越人怀里望着丈夫布满愁云的眼睛问："你有心事？"

秦越人眨眨眼笑着说："没。"

菱花盯着丈夫不自然的眼神说："那你这回回来，咋出来进去老阴沉着脸不说话呢？俺猜你准有啥事压着心哩！"

秦越人叹口气说："唉，不是上愁茄子这孩子以后咋办吗？"

菱花思忖着说："你担心家里多张嘴，咱养不起？"

秦越人摇摇头说："多个人吃饭是小事，俺是担心外人咋看咱！"

菱花一颗忧心落地说："俺觉得这孩子挺懂事的，浑身那么多伤，咋劝也不歇着，把家里家外打扫得干干净净。"

秦越人感慨地说："这孩子太可怜了，爹娘和亲人全被乱兵杀死了，村子也烧毁了。昨天夜里若不是逢巧被我遇上，恐怕就被野狗们咬死撕着吃了！"

菱花吃惊地含泪说："还有这事？他的命真苦！世上没有一个亲人了，今后可怎么过呀？"

秦越人说："要不，俺高兴不起来呢。"

菱花问："那，你打算咋办哪？"

秦越人说："先给他治好伤，然后给他点钱，送他回去。"

菱花忧心地说："他一个十二三岁的孩子，村毁家亡，又无亲人可投，回去也没法活呀？"

秦越人愁苦地说："咱们都是穷人，家里从来没留过外人，也不能让他当扛活的杂工，乡邻们知道了还不笑话咱们？"

菱花莞尔一笑说："俺看，你想送也送不走了。"

秦越人不解地问："为啥？"

菱花坐起来望着丈夫说："吃饭时，你没见咱爹咱娘的眼神和举动，一个劲给那孩子往碗里夹菜添饭，那亲热劲儿，就像对待自己的亲孙子似的。"

秦越人也坐起身，望着妻子说："那你说，该咋办呢？"

菱花低着头思忖了一会儿，自责地说："俺知道，咱爹咱娘是盼着抱孙子哩，可俺还没给他们生……"

秦越人抱住妻子说："净瞎想。你刚过门两年多，咋光想生孩子呢？"

菱花将脸贴在丈夫脸上摩擦着说："老话说，娶妻生子。你们秦家三代单传，谁家当爹娘的不盼子孙满堂啊？"

秦越人笑着说："会有的，就怕你生了一个又一个，累得成了黄脸婆！"

菱花用手捶着秦越人说："俺给你说正事呢，你咋能乱说？！"

秦越人亲昵抓住妻子的手，求饶赔笑说："好、好，咱们说正事，那你说茄子伤好后咱们咋办吧？"

菱花迟疑着说："叫俺说，不能让那孩子走，留下吧。"

秦越人一怔说："留下，乡邻们还不戳咱脊梁骨？说咱们与那些权贵财主们一样，家里用着使唤人！"

菱花"哧"地一笑，用手指戳着秦越人的额头说："你真是个一根筋！除了治病制药啥都不知道了。"

秦越人愣住说："我咋是一根筋？"

菱花观瞧着丈夫那认真的样儿，笑着问："你哪来的医术？"

秦越人闪闪眉说："跟随俺干爹长桑君学的呗。"

菱花听了，咯咯乐着说："对呀！你干爹能收你为义子，你就不能收那男孩为义子？"

秦越人吃惊地摇着头说："不成、不成，这可不行！"

菱花收住笑，一脸肃色问："为啥不行？"

秦越人认真地说："义父长桑君满腹经纶，不光医术超群，还精通古今大事。收我为义子时已五十六岁，我今年才二十八，医技刚入皮毛，更不懂古今大事，哪敢收义子呀？同行们知道了，还不当笑料传哪？"

菱花也认真地说："俺只说让你收那男孩为义子，也没说让你教他学医术，咋不行？不然，那孩子在家里走进走出，让街坊邻居们咋称呼呀？再说了，你让那孩子已经喊咱爹咱娘爷爷奶奶了，你还不是他义父啊？”

秦越人闻言怔着，不知如何回答了。

菱花亲昵地偎到丈夫怀里说：“还有一个理由。”

秦越人不解地问：“还有啥理由？”

菱花羞红着脸说：“俺在娘家时听人说，娶了媳妇不开怀，先收养一个，这叫‘引生’。”

秦越人不屑地摇摇头说：“这都是瞎说！生不生娃，与收养个孩子有啥关系？”

菱花从秦越人怀里挣起，一脸严肃地说：“你别不信，俺村有两户就是收养一个娃后，女人才开怀哩！而且，一生就连生好几个。”

秦越人沉思了一会儿问：“照你这么说，我只有认茄子为养子这一条路了？”

菱花偷偷乐着躺下说：“收不收在你，俺可没逼你！”

秦越人不语，在黑暗中坐着出神地望着窗外……

躺在被窝里的菱花望着丈夫那可亲可爱的样子看了一会儿，伸出胳膊推推秦越人，亲昵地说：“你还瞎想啥？还不快躺下。”

秦越人一怔撩被钻进被窝，不好意思地揽住妻子说：“你刚才说得有道理，咱爹咱娘绝不会让茄子走的！”

菱花笑着说：“不光不让茄子走，还得让你给他起个名呢！”

秦越人转着眼珠自语：“起名，起个啥名呢？”

菱花笑眯眼，用手抚摸着丈夫的额头说：“天地世道不给这孩子生路，你可要给他起个好名儿！”

秦越人眼睛一亮说：“有了！咱让他叫子容吧！”

菱花一怔，不解地望着丈夫问：“子容？子容是啥意思？”

秦越人哈哈笑着说：“子容，就是天地世道不给这孩子生路，咱们给！你我收容他为义子！”

菱花兴奋地笑着紧紧抱住丈夫亲着说：“你真会起名儿。”

第十章
献毒计黑狗儿自遭惨死

西斜的日光犹如金霞，给姜侯府披上辉煌，照着院内挎刀持枪站立各处的府丁。大厅门廊上挂着一排鸟笼，各种珍奇鸟儿在笼中飞来蹦去，欢快地叫着。喜滋滋的姜公子身后跟着一个端木盘的侍女柳叶，木盘上放着两个平底圆形黑漆木钵，一个盛着清水，一个盛着活虫。姜公子不时从木钵中取出活虫或清水，挨个向鸟笼中的食钵中送去。那些鸟儿好像通人性，每当姜公子送进水或虫，就献媚地啾叫。

姜公子走到一个鹦鹉笼前，还没送水和虫，那鹦鹉就叫道："我好想你！我好想你！"

姜公子哈哈乐着学鸟叫说："我也想你、我也想你！"

那鹦鹉拍着翅膀叫："俺想亲你！俺想亲你！"

姜公子笑得前仰后合说："这鸟儿，真是个猴精！"

那鸟叫道："你猴精、你猴精！"

这时，没有追擒住秦越人的黑狗儿满脸汗水带着十几个府丁进院。

姜公子将手中送虫和水的小勺儿放到侍女柳叶端的木盘中，兴奋地迎上问："怎么，抓来了？"

黑狗儿双手打拱，"扑通"一声跪下颤声说："禀公子，那、那秦郎中，他、他跑了！"

姜公子顿时由喜容变成怒脸说："混蛋！十几个府丁抓不来一个郎中？为啥不追呢？"

身后笼中的鹦鹉也跳着叫："混蛋！混蛋！"

黑狗儿额冒惊汗说："追了。俺们追了五十多里，不见踪影。"

姜公子大吼道："他一个大活人，还能上天飞了，入地遁了？"接着指着跪在黑狗儿身后的府丁们说："说实话！你小子是否又带着这帮人，到城外找地方逍遥去了？"

黑狗儿连连用头叩地说："小的不敢！小的不敢！"

姜公子大骂道：“我养你们这群废物有啥用？连个郎中也捉不来，真是该杀！”说完气得在地上转来转去。

那笼中的鹦鹉也跟着叫：“该杀！该杀！”

跪在地上的黑狗儿闻言浑身打战，连向紧张站在一旁的侍女柳叶努嘴挤眼、用手指后院。那侍女柳叶本是黑狗儿的相好，明白了用意，急忙转身跑向后院。

姜公子怒气不息大喊：“来人！给我把这帮混蛋绑起来！各打五十大棍！”

站在周围的府丁们闻令一拥而上，将跪在地上的黑狗儿与十几个府丁摁倒五花大绑。众人正要拷打，住在后院的宠妾蜜桃在侍女柳叶的搀扶下来到院内。她笑吟吟走到姜公子身边用手抚着姜公子发喘的胸口，怒声斥道：“黑狗儿你这奴才看看，把公子气成啥样了？公子若有个好歹，俺可与你清不了！”然后转换媚颜，又笑劝姜公子说：“公子你是侯孙龙脉，哪能与这些奴才一般见识呢？黑狗儿是管家，你把他绑了，谁给咱张罗吃喝，谁给你置办四十大寿哇？”

姜公子在蜜桃的甜言奉承中，胸中的怒气渐消，对五花大绑被两个府丁摁着的黑狗儿说：“无能的奴才！好好一桩财路，全让你们这帮混蛋办砸了！你说，本公子该咋处置你吧？”

黑狗儿连连叩头说：“奴才任打任罚，将功赎罪、将功赎罪！”

蜜桃趁机对众府丁说：“你们还愣什么？还不快松绑放人！”

那鹦鹉也跟着叫：“松绑放人！松绑放人！”

众府丁闻言，立刻给黑狗儿和十几个府丁解除绑绳。黑狗儿与众府丁跪下说：“谢公子不杀之恩，谢公子不杀之恩！”

姜公子并不答话，抱住蜜桃肩头转身，笑着问：“宝贝，我赦了这帮奴才，你咋谢我？”

蜜桃媚笑着踮脚在姜公子脸上亲一口说：“今晚，俺让你玩个够！”

黑狗儿见姜公子和蜜桃进屋了，站起向身后的府丁们说：“都散吧！”然后向立在门口笑着看自己的侍女柳叶招招手。

柳叶羞红着脸走到近前，黑狗儿从怀里掏出一把散碎银子塞到柳叶手里说：“这是今天从几家商户里敲来的，你留着用吧。”

柳叶红脸拧着身子小声说：“晚上，俺还在老地方等着你。”

黑狗儿无力地拍着膝盖上的土说：“改天吧，今天俺太累了。”

暮色中，姜侯府大门左右檐下各挂一盏写着“姜”字的点燃红灯。黑狗儿走出大门，对挎刀守护在门两侧的府丁吩咐：“夜里经点心，别睡着了！”

两个府丁拱手齐声说：“管家放心，小的不敢！”

黑狗儿站在台阶上向左右瞧瞧，然后背手哼着小曲，摇摇晃晃顺街向自己家住的方向走去。刚穿过一条街要拐弯进巷，从墙角黑影里窜出一人当街拦住，黑狗儿惊慌地后退着说：“你、你，要干什么？”

那黑影笑着柔声说："黑弟，俺是你姐夫张野呀！"

黑狗儿站住脚惊喜地说："啊，姐夫！哪阵风把你吹来了？你不进家站在这黑影里干啥呢？吓我一跳！"

张野"嘿嘿"笑着说："俺下午就到了。你不在家，家里只弟妹一个人，不方便，俺就在这儿等你。"

黑狗儿兴奋地拉住张野的手说："咱俩可是一年多不见了。快回家，咱们好好喝几盅！"

黑狗儿家堂屋。一盏灯下，张野与黑狗儿对坐几案前，几案上摆着四个炒菜和一坛酒、两只陶盏。黑狗儿妻子笑着说："姐夫，俺的手艺不好，你将就着吃，多喝点！"

张野感慨地说："这年头，能吃上这么好的菜、喝上这么好的酒，就算享大福了！"

黑狗儿对妻子说："你和孩子们早点去睡吧，俺与姐夫好长时间不见了，有好多话要说呢。"

黑狗儿妻子弯腰施礼说："姐夫，那俺就不陪了，你慢慢吃、慢慢喝！"说毕转身进了卧房。

黑狗儿提坛边向陶盏里倒酒边问："姐夫，俺姐和孩子们还好吧？"

张野笑着说："还好。你姐忙着照顾我，俺怕累着她，让俩孩子跟着奶奶回乡下老家去住了。"

黑狗儿又问："这几年不是打仗就是闹灾的，郎中生意不错吧？一定赚了不少钱。"

张野端起陶盏，将酒一口倒进肚里，摇着头说："别提赚钱了，你姐夫现在都快吃不上饭啦！"

黑狗儿吃惊地说："你是三代世家郎中，家住十字街闹市，名震远近，还能挣不上钱、吃不上饭，怕我借你钱吧？"

张野听了潸然泪下说："唉！那是驴粪蛋外面光，心中的苦处一言难尽哪！"

黑狗儿瞪着眼不平地说："怎么，有人敢欺负你？告诉兄弟，我带几个府丁去把他灭了！"

张野抹把泪说："说来让你笑话。不光你姐夫我，鄚邑城里几个医家，都让一个外来的乡野游医把饭碗给夺了！"

黑狗儿不相信地说："一个乡野游医能有多大本事？他是啥样人，敢夺姐夫你的饭碗，吃豹子胆了？"

"唉——"张野长叹一声说："他要真有本事，姐夫也就认栽了！可他不按医规行事，治病处事尽是损招！"

黑狗儿吃惊地问："他都用啥损招？"

张野说："穷人看病吃药不收钱，诊脉不诊三部九候只诊寸口，不管谁家里有病人随叫随到，还结交了一帮三教九流护着，简直成了鄚邑城里一霸啦！"

黑狗儿不明白地问："他看病吃药不收钱，那他吃啥喝啥，从哪儿来进项呢？"

张野苦笑着说："问题就在这里。从表面看他不要钱，其实收入比谁都多，那些病人为了感谢他，恨不得把家里值钱的东西都送给他。软刀子杀人，真阴毒哇！"

黑狗儿转转眼珠问："那他一天能有多少进项呢？"

张野说："病人天天盈门，不说日进斗金，也得有百八十两银子吧！"

黑狗儿兴奋得两眼放光问："他姓啥叫啥，住在哪里？"

张野见内弟来劲了，神秘地瞧瞧左右，凑到黑狗近前小声说："他姓秦名越人，住在鄚邑城南街路东新盖的一个院里。"

黑狗儿吃惊地一愣，睁大眼自语："原来是这个人哪！"

张野惊愕地盯着黑狗儿问："咋，你认识他？"

黑狗儿咧着苦瓜嘴说："因为他，姜公子今天差点没把我杀啰！"

张野疑惑地瞪大眼睛问："他与姜公子是亲戚？"

黑狗儿气愤地说："狗屁亲戚！姜公子想抓他为侯府挣钱，哪知道这小子鬼机灵，当我带着府丁赶到他行医的申财主家时，他早跑了。我追了五十多里，也没看见人影，回府就被姜公子骂得狗血喷头，还上绑要打要杀呢！"

张野紧张地说："后来咋又把你放了呢？"

"唉！"黑狗儿叹口气说，"还不是平时我收买的人内中照应着。"

张野余气未消地说："太便宜姓秦那小子了，真该让姜公子把他抓进侯府，为鄚邑城除一害！"

黑狗儿转转眼珠问："姐夫，那姓秦的家里，真的像你说得那么有钱吗？"

张野说："这还有假？鄚邑城内的几个同行天天盯着他，给他计算着哪！"

黑狗儿若有所思地盯着张野自语："姜公子快过四十大寿了，侯府里缺钱，用啥办法能把姓秦的钱搞到手呢？"

张野闻言心中暗喜，笑笑说："我到丱兮来找你，就是为这事！"

黑狗儿迫不及待地说："快说说，你有啥绝招儿？"

张野思忖说："我这招，也挺损，就是不知道姜公子肯不肯配合？"

黑狗儿大包大揽说："姜公子现在最急最上愁的事就是钱。只要能弄到一笔钱，就是让他给人磕两头也干！再说了，不是还有我这个侯府管家吗，只要略施小计，不怕姜公子不言听计从。关键看你的招数高不高、灵不灵？"

张野听了，连忙起身走到黑狗儿身旁，附耳小声嘀咕着。

黑狗儿一会儿兴奋得眉飞色舞，一会儿吃惊得皱眉张嘴。

说出多日酝酿心中的毒计，张野心畅神舒地站直身。黑狗儿抬头仰脸盯着张野问：“姐夫，这事事关姜公子性命，你有把握吗？”

张野自信地笑着说：“我行医三十多年，许多绝招秘方都是祖上所传。要没十拿十稳的把握，姐夫敢出此计吗？我就是害谁，也不能坑自己的内弟你哪！”

黑狗儿站起思索着，不放心地问：“姐夫，万一那槐毒发作，可咋办呀？”

张野正色说：“没有万一！”说着从怀里掏出一布包交给黑狗儿说，“这是我研制的一种特效解药。一旦出现万一，你就马上将包中的药丸给姜公子服下，半个时辰后，一切皆烟消云散，康健如初！”

黑狗儿瞧着手中的药丸，兴奋得两眼放光端起几案上两只陶盏，将一只递给张野说：“姐夫，你就静等好吧！来，咱们干！”

张野喝干酒，将陶盏放在几案上，对黑狗儿认真叮咛说：“兄弟，你可千万记住喽！这件事最重要的是掌握好量和度，服解药的时间。否则，可就真要出人命了！”

黑狗儿点点头，将手中药丸放进兜内，转转眼珠贼笑着问：“如果让他人不死，又失去主事能力，那得用多大量啊？”

张野会意地说：“表弟的心意我明白。那侯孙姜公子本是吃喝嫖赌的无能之辈，全仗着祖辈荫功作威作福。他若落个半残，正好由你掌权。对不对？”

黑狗儿笑眯着眼微微点头。张野立即上前，咬住内弟的耳朵又说了几句，黑狗儿顿时心花怒放，连干数盏，醉得不省人事。

张野见黑狗儿中了一石二鸟之计，天不亮，就悄悄离开丱兮城。

黑狗儿一觉醒来，已日照三竿，瞧瞧左右，冲屋内喊：“老婆，姐夫呢？”

妻子闻呼进门，一手拿着湿巾递给黑狗儿一边说：“姐夫见你还在睡，没敢惊动，说家里还有事，已经走了。”

黑狗儿笑笑说：“这人不够意思，咋不吃饭就走了呢？”然后就穿戴整齐出家赶往侯府。

侯府后院。清晨，侯孙姜云正在花丛中散步、赏花。

黑狗儿见了便屁颠颠上前跪倒说：“在下给公子请安！”

姜云早忘了昨日之气，指着一簇盛开的石榴花说：“狗儿，快来看看，这花都开了！”

黑狗儿献媚地眯眼用鼻子闻着说：“真香、真好看啊！”

姜公子看着闻着，突然情绪低落说：“花虽开得好，可过寿的银子还没着落呀？狗儿，你又有啥新招，给爷说说。”

善于察言观色的黑狗儿，转转鼠眼故卖关子说：“招，在下夜里倒是想了一个，就是不知道爷想听不想听？”

姜公子眼睛一亮，笑着说："想听、想听。"

黑狗儿瞧瞧左右，上前附耳小声嘀咕着。

"哈哈哈……这是个高招！"侯孙姜云大笑说，"事不宜迟，你快去准备，咱们明天就去鄚邑！事成之后，赏你纹银十两！"

黑狗儿经姜公子一夸一奖，得意的鼠眼眯成了一条缝儿，浑身的骨头都麻酥酥美滋滋的，连连点头说："谢公子，谢公子！"

姜公子挥手说："别谢了，快去办吧！"

黑狗儿笑着后退说："这就去，这就去！"转身向外跑去。

两日后近午，秦越人正给盈门的患者们诊病，酥鱼赵挑着酥鱼挑子慌慌张张跑来报告说："越人老弟，丱兮方向来了一队官兵，已经进了鄚邑城，听说有个啥公子来找你看病哩！"

自拒绝了侯孙姜云的礼物和聘请，秦越人就做好了他们来挑衅闹事的准备。他怕爹娘看见担惊受怕，就站起身走到在一旁配药的妻子菱花身边小声说："媳妇，你带着爹娘赶快回七间房，我在这儿对付他们！"

菱花说："俺不走。俺要跟你在一起！叫赵哥送咱爹娘去七间房吧！"

酥鱼赵说："行！你身边也得有个人照应！"说着，就往后院去叫秦家父母。

这时烧饼刘和烧鸡张等也赶来，烧饼刘说："越哥，你和嫂子该干啥干啥，俺去招呼众街坊准备家伙。他们来了不找事则罢，如果来横的，决让他们占不了便宜！"说完就跑向大街。

众街坊听说从丱兮来了人马，怕秦越人遭受意外，都暗中准备好木棍，聚在秦越人医坊周围各店家，如果官兵敢动秦越人，就跟他们拼个你死我活！在乱哄哄的人群背后一个茶馆里，隔窗站着一胖一瘦两个得意的身影，一个是郎中张野，一个是郎中丁二，幸灾乐祸地伸脖观望。丁郎中边喝茶边说："张哥，热闹就要开始了！"

张郎中美滋滋跷着二郎腿说："这是开场，痛快的还在后面呢！"

骑马路过茶馆门口的黑狗儿发现姐夫张野在门内窗下向他招手，拍马靠近摆手挤挤眼小声说："等着瞧好吧！"

官军越来越近了。众人发现，他们手中既没有刀枪，又没有拿剑戟，其中还有女的……手拿擀面杖的烧饼刘自语："奇怪呀，咋不像抓人动武的样子呢？"

酥鱼赵说："也许是真来看病的，没别意思。"

大家你一言我一语正在议论猜测，由众府丁蜂拥的一辆豪华马车已停在秦越人医坊前。从马上跳下了黑狗儿，他一反在丱兮申财主家的凶相，恭恭敬敬地来到秦越人的泥屋前，双手打拱，深深地弯腰一躬唤道："秦郎中在家吗？"

"在。"秦越人不慌不忙，跨出门栏还礼说，"黑管家有何事情，请说吧。"

黑狗儿苦着脸说："我家公子昨夜得了急症，求治无效，特来请你诊断。"

秦越人不凉不热地说："好吧，那就请搀进寒舍来。"

跟随在车旁的侍女仆役，七手八脚把裹着锦袍绸被的侯孙姜云从马车上慢慢抬了下来。

侯孙姜云脸蒙绣巾，哼哼呀呀叫个不停，像一摊泥一样歪倒在秦越人接待患者的木椅上，断断续续地说："郎中救命、郎中救命！只要……断出……本公子的病，赏黄金、黄金百两。"

越人虽恨黑狗儿在丱兮时的无理，焉有见死不救之理。他挽起袖口，伸出右手三指，先用中指取定姜公子右腕突起的一块高骨（即骁骨茎突）内侧的关部（中），再以食指取寸部（前），无名指取寸部（后），闭目静思切起脉来。过了一会儿，他又用左手三指切姜公子左腕脉象。秦越人惊奇地在内心自语："这脉象不浮不沉，不大不小，不疾不迟，来去从容，一息四五至的整齐脉律，不像有病啊？姜公子为何呻吟不止呢……"

为了进一步判断姜公子的病情，秦越人决定用望、闻、问、切四诊结果综合判断姜公子是何病何因，对伺候在一旁的侍女说："请揭去公子脸上的绣巾，我要查看一下公子的面相气色。"

那侍女应声："是！"双手慢慢掀起蒙在姜公子脸上的绣巾，还没拿掉便"啊"的一声尖叫，扔下绣巾跑到人后去了。秦越人接着去掀掉蒙巾，顿时惊得目瞪口呆：只见一个妖怪似的黄绿色头脸呈现在众人面前。

站在秦越人身后的菱花见了，吓得捂脸打战，抱住秦越人的胳膊。

守卫在周围的众仆役看了，吓得"啊、啊"惊叫着也连连后退。

一心一意要为姜公子解除疾病痛苦的秦越人，不看则可，一看怒从心生，慧眼闪了闪，平静的脸上顿时露出了愠怒和气愤之色。他一言不发，放下衣袖，站起来走到窗前凝视长空自语："天作孽犹可活，自作孽不可救！"

一直不离秦越人身边的黑狗儿，狡黠地眨着鼠眼紧紧追问："秦郎中，我家公子究竟得的是什么病啊？你怎么不诊病就站起来了？"

秦越人目望窗外，不语不理。

"说呀！"黑狗儿见秦越人闭口无词，以为秦越人被他精心伪装的病象病态难住了，气焰顿时嚣张，凶相毕露地冷笑着挖苦说，"秦越人！都说你诊病如神，区区小疾不知是何症？你长年谋财图利，欺骗善良，该当何罪呀？说！"

众侍从如狼似虎将秦越人团团围住，按照黑狗儿事先吩咐齐声逼问："不说，休想活命！"

菱花见状，急忙用身体护住丈夫说："你们抬来一个恶鬼，休想赖人！"

秦越人用手抓住妻子的手，使劲攥攥说："不要乱讲，我自有办法！"

闻声拥来的左邻右舍见秦越人一言不发，大眼瞪小眼，都暗中为他捏把汗，不知如何替他说话。

黑狗儿以为秦越人真被姐夫张野献的计难住了，恶狠狠指着秦越人说：“今天当着众多观看人，你要说不出一、二、三来，本管家就砸碎你的医幌，查抄你的家产，将你捆绑送往官府治罪！”

秦越人本不想理这帮无耻之徒，但却不忍姜公子死而不明其因，就转身盯着已停止呻吟的姜公子问道：“公子被人愚弄，大祸临头，你可知原因吗？”

姜公子笑笑，迷惑不解地反问：“我有何祸？谁敢愚弄我？”

秦越人说：“你满脸满头涂了槐花水。此水甚毒，现已侵入五脏六腑。只怕——”

“只怕什么？”姜公子盯着秦越人问。

秦越人声严色厉地说：“只怕你活不到明天了！”

“哈哈哈……”姜公子不以为然地摇头摆手，浪声大笑后说，“不是本公子活不到明天，恐怕是你活不到明天了吧？”

秦越人怒火难息地说：“你真是个不可理喻之徒哇！”

“大胆狂夫！竟敢咒骂侯孙！”黑狗儿两眼冒火，指着秦越人怒气冲冲地说，“你休想用诡言吓人。如果公子明日安然无恙，你当何罪？”

秦越人说：“公子若明日还安然无恙，我甘愿入侯府终身为奴！”

侯孙姜云伪装病情，本想毁了秦越人的名声，使其在鄚邑无存身之地，借趁机查抄他的家产为已有，将他绑回侯府做自己的独家摇钱树；今见他先提出立约为奴，愿终身为自己所使，高兴得满脸堆笑说：“好、好！咱们一言为定，明天见！”然后对黑狗儿吩咐：“狗儿，招呼众人回府！”说完，不用任何人搀扶，竟乐呵呵自己起身向门外走去。

围观众人见从门内走出一个黄绿色头脸像妖怪一样的人，纷纷躲避。姜公子得意地瞧瞧众人，大摇大摆登上车，招呼众仆役欢快而去。

走在最后的黑狗儿，奸笑着对秦越人说：“老子今晚再让你睡个安稳觉。明日到了侯府，看本管家咋收拾你！”

秦越人嘲讽地冷笑说：“黑狗儿，你恐怕今夜就不得安生了！”

黑狗儿跨上马，回头狞笑说：“那好，咱们明天见！”

车队走远了，众街坊围住秦越人说：“秦郎中，快快收拾东西跑吧！”

烧饼刘着急说：“哥，医坊由俺和众街坊看着，你与嫂子逃吧，躲过这一劫再回来！”

秦越人坦然笑道：“众街坊不用担心，侯府明天忙着办丧事，没有人顾上再来了！”

众人疑疑惑惑不肯散，秦越人向大家拱手说：“谢众位街坊父老兄弟关照越人了，大家散去吧！”

张郎中和丁郎中见众人离去，狡笑着也悄悄溜回自己家门。

姜公子在众人蜂拥下走出鄚邑城，想到明日将有数不尽的银两搬进姜侯府，秦越人从此成了自己的奴隶，心里比喝了美酒还舒畅惬意，笑着对跟在车旁的黑狗儿说："明天搬回秦越人的银子，今天来的人都有赏！"

黑狗儿听了，兴奋地转身对众人说："大家听到呗？公子说明天每人都有赏！"

众侍从齐声欢呼："听到了！谢公子恩赏！"

姜公子陶醉地观赏着四野的景色说："这鄚邑田野，景色还挺美！"

黑狗儿笑着对驾车的说："让马跑慢点，叫公子看个够！"

日光西斜中，姜公子的马车快乐而行。

俗话说，乐极生悲。事情也真有灵验，在秦越人医坊姜公子为了实现其阴谋，精神并不觉不适；一路与侍女仆人说笑，也没觉累。远远望见卯兮城，他忽觉得浑身火烧火燎，犹如烈火四窜，越走越烦躁不安，便大喊："停车、停车！"

黑狗儿跑到车前问："公子有何吩咐？"

姜公子龇牙咧嘴地说："我咋觉得浑身如火烧，心慌意乱呢？"

黑狗儿闻言一惊，原来光顾高兴了，忘了给姜公子吃解药了，顿时吓得额头浸汗说："不会吧？刚才不是还好好的吗？"

姜公子说："现在不行了，你快给我吃解药！"

黑狗急忙从怀里掏出解药说："公子只要把这药吃了，保管平安无事！"

姜公子在侍女服侍下，将药喝进肚里说："快点加鞭，让马跑快点儿！"

黑狗儿转身上马，扬鞭对众侍从说："快马加鞭！"

马队疾驰，刚走不远姜公子在车内又大喊："停车，快停车！"

黑狗儿急忙勒马近前问："公子有何吩咐？"

满头大汗疼得在车上打滚的姜公子问："狗儿，这解药咋不顶事啊？我、我痛得更加厉害了，撕心裂肺呀！"

黑狗儿满额惊汗说："咋会不顶事？我姐夫可说万无一失啊！"

两个侍女看到姜公子浑身痉挛、蜷缩抽搐成一团，吓得掉泪打战，躲在车角不敢近前。姜公子咬着牙盯着黑狗儿怒问："你、你这个奴才，是、是不是，与你、你姐夫，合伙、合伙，要害、害死我呀？"

黑狗儿吓得跪在地上连连磕头说："奴才不敢，奴才不敢！"

姜公子瞪着眼指着黑狗儿，对两个侍女说："快、快叫人，把他绑、绑了！交、交给夫人！"

二侍女打着战冲车外喊："快来人，把黑狗儿绑了！押回府交给夫人！"

几个侍从一拥而上，将黑狗儿五花大绑摁在地上。两侍女惊叫："啊！不好了，公子昏过去了，公子昏过去了！”

众侍从听了，打马如飞，蹚起一阵尘烟驶往丱兮城。

究其因，是侯孙姜云为赚取秦越人及钱财将槐花水涂得过多、面积过大，而黑狗儿想让他变成残废故意拖延服药时间，才使那解药难起抑毒之效了。

自姜公子离府去鄚邑，姜公子的妻妾们便沉浸在欢乐中。他们齐聚在侯府大厅里，欢颜笑语谈论着让姜公子给自己置办什么样的首饰和衣裳。

这时，守门一府丁进门奏报：“禀各位夫人，公子大人回来啦！”

众妻妾听了一齐拥向大门迎接，只见黑狗儿被五花大绑，众侍从个个神色慌乱，顿时惊愕不知所措。马车停到侯府门前，众侍从七手八脚，将奄奄一息的姜公子抬进府内。

姜公子被抬进侯府大厅，放在他日常抱妻拥妾的坐榻上，惊汗如泉、气沉神躁，一会儿昏迷不省人事，一会儿痛苦得鬼哭狼嚎，不断地发出“杀、杀黑狗儿，是、是他、他害、害死了我呀！”的惨叫声。

众妻妾像热锅上的蚂蚁围在公子周围，有的哭天抹泪，有的呼叫：“公子醒来、公子醒来！”但姜公子一阵不如一阵，果然不到天亮就咽气挺腿了。

众妻妾扑到姜公子身上呼天号地。在众妻妾中宠妾蜜桃最有主意，她流着泪站起，对两个相随的侍女怒喝：“跪下！告诉我，公子究竟因何而死？主意是谁出的？”

两侍女吓得连连磕头，侍女甲说：“槐花水是黑狗儿端进府的，也是黑狗儿让奴婢给公子抹的！”

侍女乙补充说：“黑狗儿说，多抹点，把头发也染成绿色，吓死秦越人！”

蜜桃气愤地问：“黑狗儿现在何处？”

二侍女齐声说：“路上公子已让人把他绑了，现在就跪押在门外。”

蜜桃听了，急步到大庭门口怒喊：“众侍卫！”

站在大庭两厢的侍卫闻言拱手说：“奴才在！”

蜜桃咬牙切齿说：“把黑狗儿押进来！砍头祭公子亡灵！”

黑狗儿如筛糠般跪地哀号求饶：“奴才冤枉、奴才冤枉啊！坏主意，都是鄚邑郎中张野出的呀！”

蜜桃悲咽一声，愤怒大喊：“杀！”

众侍卫闻令，立即举刀挥手，黑狗儿“哎呀”一声惨叫，鲜血喷溅中人头落地……

第十一章
庆寿诞夫妻叙衷情

秋日下午，张野额上放湿巾、身盖薄被躺在炕上，哀凄地呻吟着，妻子乖女泪流满面坐在一旁啼哭。丁、卢、宋、刘四位郎中进门，纳闷地望着二人悲苦状走到炕前。卢郎中自语："张兄几天前还精神矍铄，咋一下子病成这样了呢？"

宋郎中对乖女说："嫂子别光哭，你们去丱兮，究竟发生了什么事啊？"

乖女抹把泪，气愤地指着丁、卢、宋、刘四个郎中说："都是你们几个，一天到晚撺掇他去治秦越人，现在可好，秦越人没赶走，把俺兄弟的命也搭上了！俺那惨死的可怜兄弟呀——呜呜呜……"哭得惊天动地。

四位郎中闻言大惊，丁二盯着乖女问："黑狗兄弟怎么啦？你咋说他死啦？"

乖女哽咽着说："让断子绝孙的侯府给杀啦！留下俺弟媳妇和俩孩子，今后的日子可咋过呀？老天爷呀，你为啥这样对待俺那苦命的兄弟啊——呜呜呜，俺也不活啦！"说着便站起用头去撞墙。

卢郎中一把拽住说："嫂子，你这是干啥？要死也给俺们说句明白话呀！赶不赶秦越人，咋与黑狗兄弟有勾连了？"

乖女披头散发，指着炕上的张野说："你们问问他，都是他出的馊主意，让人家把俺兄弟砍头了哇——我那冤死的兄弟啊，呜呜呜……"

卢郎中转身问张野："张大哥，这究竟是咋回事，你得说句话呀？"

张野摇摇头，摆手说："啥也别说了！我是鬼迷心窍，才害了俺黑狗兄弟啊！"

乖女站起，咬牙切齿地说："不行！今天当着众人，你必须给俺说清楚！为啥要害死俺兄弟？！"

张野挣扎着坐起，哀求说："孩子他娘，你别逼我了！内弟被冤杀，你以为我不后悔、不难过吗？"说着泪如雨下。

刘郎中不解地说："大哥、嫂子，你们越说俺们越糊涂，黑狗兄弟是侯府的管家，咋能随便被人杀了呢？"

乖女抹把泪说："他不说俺说！你们三番五次赶不走那姓秦的，他就给俺兄弟出主意，让姜公子脸上抹槐花水来鄚邑讹诈姓秦的，结果不光毒死了姜公子，也让侯府把俺兄弟砍头祭了亡灵！”

四位郎中听了吓得目瞪口呆，一齐将目光射向张野。张野脸红脖粗羞愧地垂下头。

卢郎中胆战地颤声说：“张兄，你、你咋敢轻易用这种毒招哇？”

张野闻言，双拳向头上一捶，仰天大叫一声：“都是我的错呀！我混球，让鬼迷了心窍！”然后昏倒在炕。

丁、卢二位郎中急忙上前抢救，宋、刘二位郎中趁机惶然离去。

乖女指着昏倒的丈夫说：“你少装死吓人！不给我报杀弟之仇，俺让你家破人亡！”

卢郎中生气地说：“嫂子，少说两句吧！张哥都不省人事了，你还逼他呀？”

丁二说：“报仇也得等张兄活了呀。快拿‘鹿茸丸’，救人要紧！”

乖女气呼呼走到药架前，拿出一个木盒向地上一扔说：“你们救吧！救活他，俺也跟他没完！”说着又坐在一旁哭起来。

丁、卢二郎中给张野灌下药丸，见张野清醒复常了，也悄然离去。

第二天清晨，郎中丁二手提一陶罐，罐上横放着几根油条，敲门。

乖女蓬头散发两眼红肿打开门。丁二笑着走进张野诊房问：“张兄昨晚吃药后，好点呗？”

乖女阴沉着脸说：“还那样。”

丁二问：“夜里醒过没有？”

乖女不耐烦地说：“他爱醒不醒，与俺有啥关系！”

丁二说：“俗话说，一日夫妻百日恩。他病成这样，你不管他谁管？”

乖女说：“谁爱管谁管！他就是好了，俺也不跟他过啦！”

丁二将手中陶罐放在张野坐诊的几案上，从陶罐盛一碗豆浆、拿一根油条递到乖女面前说：“你从昨天到现在，还没吃东西吧？快趁热吃点吧。”

乖女把碗一推说：“不报杀弟之恨，俺没胃口！”

丁二转转鼠眼说：“嫂子，昨晚当着卢郎中俺没好意思问，现在没有外人，你给我说说，今后究竟打算怎么办哪？”

乖女抬头望着丁二说：“还能咋办，反正俺不与张野这个王八蛋过了！”

丁二笑着说：“你不跟张野过，娘家兄弟也不在了，你一个女人家咋过？”

乖女转转眼珠，盯着丁二说：“谁能杀了害死俺兄弟的仇人，俺就跟了他！”

丁二眯着眼说：“如果我替你杀了仇人呢？”

乖女不相信地瞅着丁二说：“你有家有业有老婆，肯替俺报仇？”

丁二走上前，拉住乖女的手说：“你知道，对田寡妇那贱人，我早烦了！只要你答应跟着我，我就去替你除了那姓秦的！”

乖女眼睛一亮，站起上下审视丁二说：“此话当真？你啥时除？”

丁二思忖着说：“除姓秦的，不是一件简单事。他周围有一帮穷鬼护着，得慢慢寻找机会。”

乖女丧气地坐下说：“那你啥时除了，俺就啥时跟了你！”

丁二说：“一言为定？”

乖女说：“决不反悔！”

丁二说：“好！那你就早点做准备吧。事一成，我就带你远走他乡！”说毕转身而去。

乖女惊疑地望着丁二离去的背影流下两行热泪……

中秋八月，晨，秦越人与妻子菱花正在卸门板迎诊，柴家庄的船人泥鳅扛着船桨走进门说：“菱花，你母亲明天五十大寿，你爹让俺来接你们两口子早点过去哩。”

菱花闻言一惊，兴奋上前迎住说：“泥鳅哥！快进家、快进家。”转身笑着对丈夫说：“一天到晚忙得晕头转向，俺咋把娘过生日这件事给忘了呢？”

秦越人笑笑说：“你忘了，俺可没忘，早叫子容把庆寿的礼品买好了。”他放下门板，拉住泥鳅的手说：“泥鳅哥，咱们可有日子没见啦。快进屋，边吃边聊。”

秦越人陪着泥鳅走向医坊后院堂屋。泥鳅打量着宽敞干净的院落说：“哎呀，您这家里，咋这干净亮堂利落呀？”

秦母闻声从灶房走出，秦越人说：“娘，菱花娘明天过生日，派泥鳅哥来接她。”

秦母笑着说：“娘家哥是贵客，快进屋。”然后又对堂屋丈夫喊：“当家的，来客了，快陪着坐会儿，俺再添俩菜！”

秦父拍着手上的药粉从屋里走出，笑呵呵说：“快屋里坐着，快屋里坐着！”然后又冲院里喊：“子容，给客人倒碗水。”

秦越人说：“爹，您先陪泥鳅哥坐着，俺去把医坊收拾一下，马上过来。”秦父点点头，越人离去。

子容提着沙壶拿着碗进门，放在桌上倒满说：“您请用。”

泥鳅望望子容，又望着秦父说：“大伯，这孩子俺咋没见过呢？”

秦父笑着说：“这是越人前几天刚认的义子，叫子容。”

泥鳅释然地笑着说：“俺说咋面生呢！原来是您老收了个大孙子啊。”

秦父哈哈笑着说：“俺这孙子，可懂事孝顺了。”

子容不好意思地红着脸低头离去。

菱花帮秦母炒好菜，端进堂屋，又快步到诊坊去叫秦越人和子容。她见丈夫正在打扫地上尘土，爱昵地上前夺过笤帚问：“哎，你都给俺娘买啥啦？”

秦越人笑笑转身向屋内喊道：“子容，快把昨天我让你买的东西拿出来，让你干娘看看。”

“好嘞！”子容应声，笑着将各种糕点、衣料搬出，放在秦越人的医案上。

菱花惊喜地抚摸观瞧说：“你咋买这么多呀？”

秦越人说：“五十大寿是人生的一个节。二老只有你这一个宝贝闺女，咱要热热闹闹庆祝一番！”

秦母在堂屋喊：“菱花，你咋还不叫他们来吃饭呢？都快凉了！”

菱花、越人与子容笑吟吟进门，秦母睨一眼说：“看把你们高兴的！仨人磨磨蹭蹭不出来，在前面屋里又嘀咕啥哩？”

秦越人说：“没说啥，收拾乱七八糟东西哩。”说着就坐下伸手抓筐子里的饼子。

秦母伸手上前一拍儿子的手说：“看你那爪子脏的，还是郎中呢，快去洗洗！”

秦越人尴尬地望一眼泥鳅，笑着与菱花、子容去洗手。秦越人边洗手边小声对菱花说：“都怨你，慌得连手也忘了洗，叫娘挑了眼！”

菱花咯咯笑着说：“俺可没说叫你不洗手。”

子容说：“怨俺，忘了给干爹打水。”

秦越人瞅一眼子容，笑着说：“小鬼头，敢笑话干爹！”

子容瞧瞧干爹干娘，笑着跑了。秦父幸福地望着坐下吃饭的儿子、儿媳和干孙子容，放下碗说：“你们慢慢吃，吃了早点和泥鳅侄子上路。”

秦母一边给儿子越人往碗里添饭一边笑着嘟囔说：“都快三十岁人了，又有了干儿，洗个手还让娘操心，俺真是上辈子欠你的！”

秦越人羞赧地抬起头说：“娘，您就饶了我吧，以后吃饭再不忘洗手了还不行吗？”

秦母眉开眼笑地说：“你有媳妇又有儿，俺把你交给菱花和子容了，以后再不说你啦！”

菱花涨红着脸说：“娘，俺和他都听您的。”

子容瞧瞧众人，笑着低头猛喝稀饭。

秦父手提一罐酒、一罐腌肉、一罐虾酱从院内进门说：“菱花，这是我和你娘的一点儿心意，你们也一块带去，祝亲家母寿比南山、福如东海！”

菱花慌忙站起，不好意思地接过公爹手中的东西说：“爹，越人买了，您和娘还操心破费啥。”

越人母亲疼爱地盯着儿媳激动的双眼说：“自你进咱家门，里里外外操尽心，邻里都说俺摊上个打着灯笼难找的好儿媳。越人要不知道孝敬你爹娘，看我和你爹咋收拾他！”

越人父亲说："别净说没用话了。趁着时辰还早，吃过饭，越人快点收拾收拾，陪着菱花回娘家吧。"

菱花问："他走了，咋接诊？"

越人母亲说："关两天门！"然后拦住子容说："俺和你爹守着家，也让俺孙子到四周好好耍两天。"

夫妻二人遵命，将各种礼品装到一个篓子里。

子容说："干爹，让俺背着，送送您。"然后秦越人和菱花、子容便随着泥鳅离家向鄚邑城外走去。

秦父秦母站在门口，醉心地望着四个越走越远的身影。

正在街头与人说话的丁二，远远望见秦越人夫妻和子容跟着一个扛船桨的汉子走向鄚邑城外，像个幽灵一样不远不近也相跟出城。

整日忙于接患治病、配方做药的秦越人，很少有时间毫无牵挂地漫步于田野风光。他望着路旁枣红梨黄的果园、谷穗弯头沉重摇曳的田野，兴奋地舒展双臂连吸几口田野的新鲜空气，顿觉心旷神怡，顺手从路边芦苇丛中扯下一根芦苇，剥去叶皮，两头一掐，做成两个笛子，一个给子容，一个自己吹起来。

菱花见丈夫高兴，也扯根芦苇做笛子吹。三支笛子犹如一个合奏队，"吱吱哇哇"，引得路人与田野中收割干活的人惊奇地注目观望。

到了码头，菱花轻轻一跳便站在晃动的小船上。泥鳅接过子容肩上的背篓送上船。

秦越人回首抚摸着不舍离去的子容头叮嘱："好好玩两天，我们很快就回来了。"又说，"有时间去七间房翻晒一下刚收的药材，如果闹天就用席苫上，别让雨淋了。"

子容连连点头承诺："俺记住了。干爹，您快上船吧。"

秦越人手扶着泥鳅伸出的船桨跳上船。泥鳅将桨插入手中，喝一声："水神爷爷让条路也，飞桨动；鱼虾兄弟快快躲也，别丧命！"独木舟箭一样驶入碧水连天的白洋淀中。

子容望着在碧波中远去的干爹干娘，一直摇手目送。

躲在一棵大树后的丁二，见载着秦越人夫妻的小船越走越远，惊喜地转动着鼠眼，边转身快步返回鄚邑城边自语："天赐良机、天赐良机呀！秦越人，我要让你家毁爹娘把命丧！"

秦越人虽生在距白洋淀不远的七间房村，却从没机会快乐地欣赏淀内风光。这次陪妻子回家给岳母祝寿，神怡情欢，望着那在碧波中跳跃的鱼群蹦虾、空中飞翔的各种觅食水鸟和鱼鹰、打鱼人撒网收网捕上的在日光下跳动的鱼虾；一片片浓密的芦苇、一片片在水面摇曳的荷叶和莲蓬、岸边一排排披着柔发的柳林……真是如游画中、痴迷如醉，竟情不自禁地哼起儿时歌谣：

“日光当空农人忙，月光当空田走狼；野人（农人）盼着五谷丰，诸侯盼着夺地称王；你忙我忙不一样，混混沌沌过时光。”

菱花虽与越人同枕两年多，还是第一次听到丈夫唱歌谣，幸福地依偎在他的肩头，甜美地开心笑着……

柴庄码头，菱花母亲手搭凉棚眺望着波涛中独木舟上渐行渐近的女儿女婿，身旁站着身材魁梧的丈夫宋芦根。

菱花远远望见母亲，兴奋地挥手大喊一声：“娘——”热泪盈眶。

母亲大呼一声：“闺女——”泪流如注。虽说两家相距并不远，自女儿出嫁当母亲的时刻惦念，人世间那种母女连心之情犹如泉喷浪涌，使望者感动。

船靠岸还没停稳，菱花便喊着“娘”，跳着上岸扑向母亲怀里；岳父接过女婿手中的背篓，一家人谈笑如久别重逢。

泥鳅目睹一家人欢聚，感慨亲情血浓，摇摇头，嚎一声渔歌：“娘想妮儿来，妮儿想娘，母女相见泪汪汪；谁家没有出嫁女，谁家没有娶妻郎；娶妻别忘父母恩，嫁郎别忘亲爹娘！”撑杆将船像箭一样又驶向淀中。

菱花和越人随爹娘回到家中，看到一切如故的院景陈设，亲切地这儿摸摸，那儿瞧瞧，乐得笑声不断，话儿格外多。秦越人代爹娘向岳父岳母问候后，讲述着这两年行医情况。岳父宋芦根笑眯着眼，听不够看不够地盯着女婿女儿，问这问那。岳母咯咯笑着说：“老头子，别光顾说话了，让孩子们先进屋歇会儿吧！”

宋芦根不好意思地笑着说：“对，歇会儿、歇会儿。菱花，快领越人到你屋里歇会儿！”

菱花好像没听见，仍在四处观看。菱花娘走上前，笑着拍一下女儿的肩头说：“别看了，啥也没变！快领越人到你屋里歇会儿，娘这就去做饭。不叫，你们别出来！”

菱花羞红着脸瞧一眼秦越人，向自己当闺女时的住屋走去，秦越人紧步相随。进了屋，菱花随手关上门，扑进秦越人怀里。秦越人一惊，紧张地说：“别、别这样，咱爹娘都在院里呢！”

菱花妩媚地撒娇说：“不，俺就让你抱抱俺！”

秦越人羞红着脸抱住菱花亲吻着说：“真拿你没办法。”

菱花幸福得脸涌红霞说：“抱紧俺，使劲亲！”

宋家团聚欢乐，鄚邑城内却如常喧闹。上午，店铺林立的鄚邑城十字街头，呼买叫卖，一派繁荣，只有门楼显赫的张郎中家大门紧闭。门旁房檐上挂着书写“三代祖传郎中张野”字样的医家招幌，在风中荡来晃去。

一脸喜色的丁二东瞧西望回到鄚邑城内，顾不上观瞧街景，也顾不上与熟人说话打招呼，直奔张野医坊。他向左右望望，急促地拍响门环。

时间不长，那大门启开一条缝儿，张野妻子乖女神色紧张地伸出脑袋，向左右观瞧了一下，将丁二拉进门。

随着一声“咔哒”门插响，那大门又紧紧闭上了。丁二贼笑着紧紧抱住乖女亲一口说：“宝贝儿，机会来了！”说着将手伸进乖女衣内摸索。

乖女指指院内上房，小声说：“你答应俺的事还没办，休想白占老娘便宜！”说着挣脱丁二的手，整理散乱的头发。

丁二嬉笑着说：“我来看看张兄。”乖女无言，二人一前一后向院内上房走去。

医师张野头裹湿巾，身盖薄被，哀凄地呻吟着躺在炕上闭目冥思。他恨老天不公，既生张野，何又生秦越人；后悔自己被丁二怂恿驱使，为内弟黑狗儿出馊主意让侯孙姜云涂槐花汁，更恨那姜云为显示病重不照吩咐办而过度涂槐花汁致使自己命丧，而侯府不问青红皂白枉杀了内弟黑狗儿祭灵；庆幸内弟临死没有供出毒计是自己出的，可内弟的鬼魂却夜夜来索命……

丁二蹑手蹑脚地进门坐到床头，伸出一只爪子似的瘦手，抓住呻吟中张野的手。张野惊悸坐起作揖大叫：“内弟饶命、内弟饶命，那馊主意不是我出的，而是——”

丁二嘿嘿笑着截住张野的话说：“张兄，别紧张、别紧张，俺来给你诊诊脉。”

惊汗滴答的张野看清是丁二，厌恶地长叹一声又躺倒呻吟。

丁二对“三部九候”诊了一番，知道张野确实病入膏肓，却对站在一旁的乖女挤挤眼说：“没大碍，张兄是惊吓过度而至。快去取静神丸来，让他服50粒。”

乖女转身到药房去找，张野睁开眼，死死盯着丁二发亮的鼠眼迟疑地看了一会儿，问道：“你、你又要干什么伤天害理的坏事？”

丁二只笑不答，看到张野要发急了，弯身附耳小声说：“我刚才发现，秦越人陪着妻子回娘家拜寿去了！”

张野一怔说：“他们去拜寿，与你我有啥关系？”

丁二奸笑说：“他医坊里，只剩下他爹娘和那个要来的孩子了！”

张野吃惊地说：“咋，你想杀害秦越人的父母？”

丁二目露凶光说：“这是天赐良机呀！”

张野惊悸地转着眼珠说：“你咋能生出这种歪心呢？”

丁二拍拍张野的肩头，恶狠狠地说：“张兄，俗话讲无毒不丈夫！这可是千载难逢的机会呀。”

张野骨碌碌转动了一会儿眼珠道：“你也太歹毒了！虽说秦越人与咱们有争财夺患之恨，他的父母可与咱们无冤无仇啊！”

丁二不屑地说："你内弟因他丧命，咱们五家郎中因他衣食无着，生意日下，还不是冤不是仇吗？！咱们斗不过秦越人，就拿他父母开刀！让这个乡野村医家破人亡，看他还咋行医？"

张野摇摇头，思忖着说："这几天我躺床上一直在想，过去之事是咱们因忌生恨，而非秦越人之过。你我都是行医之人，决不能再干那谋财害命之事了！"

丁二笑笑说："张兄既已反悔，这种事我绝不牵连你！我今天来，只向你借点银子花花。看在多年交往的分上，你不会不借吧？"

张野说："我没银子，有银子也不会借给你。从现在开始，你是你，我是我，咱们二人一刀两断了！"

丁二恶毒地冷笑说："既如此，张兄休怪我无情！今后我不干坏事则罢，只要干就要写上你的大名！"

张野气愤地指着丁二说："你、你太坏太恶毒了！"

丁二坏笑着说："你今天才知道我太坏太恶毒，晚了！不出两天，我就让全城人都知道，是你杀了秦越人的爹娘！"说毕甩袖而去。

这时乖女端着水、拿着药进门，正与丁二撞个满怀。乖女气愤地说："你眼瞎了？把药和水都撞洒了！"

丁二忙堆笑脸说："都是让你那胆小无能的丈夫气的！"

乖女惊愕地问："为啥？"

张野气得抖着手大骂："丁二你个混蛋！滚、滚出去！今后再不要进我家门！"

丁二转身走到门口，回头恶笑着说："张野，你不替乖女报仇，我替！秦越人爹娘死了，你也休想安宁！"说毕摔门而去。

乖女见丁二气愤离去，紧步追出屋门。

在张野诊房内，乖女追上抓住丁二问："你真要给俺兄弟报仇？"

丁二点点头贼笑着问："咋，你答应我的话，不会也不算数吧？"

乖女扑进丁二怀里，紧紧抱住说："你只要杀了秦越人，俺就跟着你过！"

丁二眉开眼笑，在大门后一边亲吻乖女一边叮咛："宝贝，早点儿收拾好细软，明夜初更我来接你！"然后二人咂唇呷舌互相抚摸一会儿，开门迅速离去。

将女儿女婿迎进门，宋芦根夫妻笑得一直合不上嘴。第二天是菱花娘的生日，中午，宋家堂屋地桌上摆出了一桌丰盛的水产宴。腰扎红布带的菱花母亲喜盈盈被女儿女婿相拥扶上正座；站在一旁的岳父憨笑着招呼女儿女婿入席；二老居上，女儿女婿分坐桌子两边。

秦越人笑着举杯祝说："不孝儿婿祝娘笑口常开、福寿无疆！祝爹结实健壮、长寿安康！"

菱花眼含泪花举杯说："不孝女儿，祝母亲父亲寿比南山、福如东海！"

宋芦根举杯说："愿越人医术超群，多救苦难人；愿闺女贤惠孝敬，当一个好儿媳！"

菱花母亲举杯说："愿俺女儿女婿恩爱幸福、早得贵子！"

宋父与女儿女婿碰杯后一口喝干说："对呀。"然后盯着越人问："越人，菱花都进你们家门快三年了，咋还没孩子呢，你没给她看看？"

秦越人羞得低下头说："爹，她还小哩，不着急要孩子。"

宋父说："那可不行，这事得抓紧。"

菱花羞红着脸，瞅一眼爹说："爹，这事您就甭管了！"然后附身向母亲耳边娇言。

母亲哈哈笑着说："老头子，少说闲话，快喝酒吧！"

一家四口共举杯："祝两家人老少平安、团圆幸福！"

受过秦越人恩治的乡邻，得知他来为岳母祝寿，纷纷手提家中特产前来祝贺探望。柴老大进门便高声大喊："秦郎中，你不够意思啊！有了丈母娘就把大哥忘了！咋不打声招呼，你们就吃上了呢？"

一家人慌忙站起，秦越人笑着说："柴大哥，忘谁也不能忘你呀。吃过饭后，俺与菱花还要去看你哪！"

柴老大说："咋，吃过饭后才去？你怕你柴大哥管不起你饭？"

秋菊、黑妮、香椿等一群年轻妇女笑闹着进门说："菱花，娶你时，俺们可都是送客（qie）！你攀了高枝，咋把穷姐妹们都忘了？"

秦越人与菱花连连向大家拱手致歉说："众位父老乡亲、兄弟姐妹，你们都是我与菱花的恩人，俺们哪敢忘大家呀！"

菱花上前搂住秋菊笑着说："嫂子的嘴越来越厉害了，光盯着俺挑理儿，俺给你赔不是行不行？"说着用手去胳肢秋菊的痒痒肉。

秋菊嘎嘎笑着躲来闪去。宋芦根热情地招手说："乡亲们都来了，也省得俺去一个个请了！快快都坐下一块吃，谁也不能走！"又扭头对菱花和越人说："你们快把带来的东西和家里准备的吃头都拿上来，让乡亲们都尝尝！"

众人席地而坐，分享秦越人与菱花带来的各种贺寿食品，谈笑风生。秋菊拿起一块切开的黄灿灿流油的咸鸭蛋送到秦越人面前逗笑说："秦郎中，这咸鸭蛋是俺爹用家传秘方腌的，保准你吃了还想吃哩！"

秦越人听到秋菊模仿菱花当年到柴老大家送咸鸭蛋的话，立时羞红了脸。菱花捣一拳秋菊嗔怪道："你咋还记得这些陈芝麻烂谷子的事呢！"

黑妮说："咋，在娘家还护着女婿？"

众人听了开心大笑。

菱花娘擦着笑出的泪花，对丈夫芦根说："你看看，人们说仨闺女一台戏，她们闹得大伙都没法吃饭说话了！”

丈夫宋芦根笑眯着眼说：“闹喜、闹喜。乡亲们这是借着逗闺女女婿，让咱老俩乐和高兴哩！”

回到生养之地的菱花，看什么都亲切引起回想，见谁都笑盈盈乐不够。她拜访了左邻右舍的婶子大娘，看望了当闺女时的姐妹和嫂子们，一天忙得脚不落地、笑声不断。秦越人却在菱花家中接诊治患，没有时间走出家门。晚饭后，菱花娘笑着对菱花说：“你这一天多，简直疯了！剩越人一个人在家给乡亲们瞧病，连门都没迈出一步。趁太阳还没落，你陪他到白洋淀大堤上走走，透口气儿吧！”

菱花睨一眼秦越人，乐着说：“俺这两天，光在村里转啦，也正想去大堤上看看呢！”

宋芦根嘿嘿笑说：“你们都去、你们都去！洗碗刷锅的事，我帮你娘做！”

晚霞中，秦越人与妻子菱花漫步在白洋淀岸边，一会儿小声交语，一会儿亲昵地嬉笑打闹，不知不觉走到了岸边当年越人应诊的柴老大门前。越人止步冥思，当年他在这里诊患和抢救菱花的情景画面又一幅幅浮现眼前——

屋内屋外躺满“浮肿”的患者，秦越人为他们诊脉、喂药、针灸、按摩。

痊愈的患者手提鲜鱼、鲜虾、鸭蛋等特产向秦越人表达感激。

秦越人手捧医简在灯光下研读、思索，感受发现诊脉寸口的兴奋与惊喜。

岳父岳母哀求秦越人诊治昏厥的妻子菱花。他用“三部九候”、“独取寸口”在妻子身上比较效果。

妻子菱花给他送来香美的饭菜，在帮助他打扫房内卫生、晾晒药材中用暖昧的目光偷偷观瞧他……

醉心故乡美景的菱花突然发现身旁没了丈夫，回头寻找，见他站在那座曾诊患的院门前发呆，恍然明白了什么，快步走上前笑着拍了一下他的肩头说：“咋的，又在想你第一次摸俺身子的事哩？”

从冥思中惊醒的秦越人连说：“不、不。”

菱花斜眼媚笑道：“还说不是，看你那美劲儿，脸都红了！说实话，你当时对俺是否就有了歪心啦？”

越人慌乱解释：“天地良心。不是岳父岳母苦苦哀求，吓死我也不敢用‘三部九候’法给你诊脉呀！”

菱花故意嘟起嘴反问：“那你为啥诊了‘寸口’又诊‘三部九候’，还不是趁机瞧俺黄花闺女的身子？”

越人立时沉脸辩解说：“那是因为当时刚发现‘寸口’这个脉穴，怕不准才又诊‘三部九候’的！”

菱花嘻嘻笑着，用指头点了一下丈夫的额头说：“真是个呆子，连好赖话也听不出来！俺连人都给了你，还怕你摸身子？故意逗你玩哩！”

越人闻言笑道："好哇，拿自己丈夫开心，今天非给你点颜色看看不可！"说着伸手去抓快步前行的菱花。

菱花咯咯笑着小跑，但终被抓住。秦越人正要胳肢她的腋窝，菱花喘着扑进秦越人怀里悄声求饶说："别闹了，俺俩月都没来那个了。"

越人闻言，惊喜地马上给菱花诊脉，然后兴奋地冲天大喊："是个儿子！我要当爹了！哈哈哈……"畅快大笑。

菱花忙用手捂住他的嘴，用眼扫了一下周围，嗔怪道："喊啥，你想让全村人都知道哇？"

越人甜美地说："怕啥，女人怀胎生子天经地义。"

菱花说："啥天经地义，这都是你收子容为义子，'引生'引来的。"

秦越人兴奋地说："不管咋来的，你要当娘我要当爹了！"

菱花却担忧地说："怀是怀上了，谁知能不能生出来呢？"

越人自信地说："有我这个郎中保驾，你就放一百个心吧！"

菱花不满地说："还说放心呢，俺天天在你身边，你咋不知道俺怀上了呢？"

秦越人愣了一下，忙道歉说："对不起，我一天到晚只顾忙治病制药了——"

菱花不待越人将话讲完，就埋怨道："俺看，你就是个灯下黑。只知道关心病人，不知道关心俺。"

秦越人连连点头："对、对，灯下黑、灯下黑！我真是忽略爱妻了。"

菱花一撇嘴故意说："还爱妻呢，连俺怀孕都不知道，你说该咋罚你吧？"

越人亲昵地搂住妻子肩头，深情地亲一口说："从今往后，我要让你……"

菱花用手捂住丈夫的嘴说："俺不要你发誓！知道你心里疼俺爱俺，就知足了。"

秦越人抓住菱花的手，激动地连连吻着说："老婆，你给你爹娘说说，咱们明天就回家吧。"

菱花不解："说好住三天的，咋刚住两天就要走哇？"

越人亲口妻子说："我要赶回去，把这个喜讯早点告诉咱爹娘。他们可是盼孙欲穿哪！"

菱花理解地点点头，二人在暮色中相依向菱花家走去。

儿子儿媳去给亲家母拜寿，诊房关门了，家里异常清静寂寞。落日余晖中，秦福寿在院内收拾晒了一天的药材，整齐地堆放在堂屋的窗下。秦刘氏腰扎围裙笑盈盈从灶房走出说："你咋不搬到屋里呢？省得夜里闹天再折腾。"

秦福寿抬头望望晴空说："闹不了天。这些药材还没干透，明天还得晒呢。"

秦刘氏说："当家的，家里少了越儿两口子，俺这心里空落落的。"

秦福寿笑笑说："没出息！儿子和媳妇刚走一天多，你就想啦？"

秦刘氏嗔怪说："你不想？走里摸外像掉了魂似的！"

秦福寿说："想也没用，快做你的饭吧！"

秦刘氏刚进灶房，子容提着一个用芦苇编的鸟笼子进门说："爷爷您歇着，让俺收拾吧！"

秦福寿笑眯着眼说："子容，这一天又到哪儿玩了，玩得痛快呗？"

子容兴奋地说："痛快。俺还捉了两只小鸟呢！"说着将鸟笼子递给秦福寿。

秦福寿笑着提起鸟笼子瞧着说："嗬，真不简单！这还是两只好鸟呢！"

子容说："爷爷，那俺逗它们，它们怎么不叫呢？"

秦福寿仔细端详说："这是两只正在学飞的小鸟，还没学会叫呢。"

子容说："俺想把它们养大，让它们天天给爷爷奶奶叫！"

秦福寿笑着摸摸子容的头说："好孙子！连出去玩也想着爷爷奶奶。"

子容得意地笑着，一边向靠墙的窗下垛药材一边说："爷爷，俺刚进城时，看到有两个人在咱门口转悠呢。"

秦福寿一怔说："长得啥样？"

子容说："一老一少。老的有四十多岁，少的有十七八岁。"

秦福寿说："你没问他们是干啥的？"

子容说："俺走到门口时，他们就离开了。"

在灶房盛饭的秦刘氏接话说："到咱家门口的人，准是来看病的。一看诊房关着门，就走了呗！"

秦福寿将鸟笼子挂在院内一棵香椿树的枝上，对子容说："管他呢！快去洗手，吃饭吧。"

郯邑城外。傍晚，丁二蹲在一片荆棘芦苇丛中，紧张地向外张望着。他远远看到大路上来了两个鬼鬼祟祟的一老一少，在向周围寻觅观望，站起"啪、啪、啪"连拍三声响掌。

那一老一少听了，急忙离开大路，向他站的荆棘芦苇丛走来。

丁二迎上问："豁子，你们认准秦家门了吗？"

豁子笑笑说："不就是南街路东那家医坊吗？"

叫苋草的年轻人举举两手提的罐子说："俺叔还买了两罐麻油呢！"

丁二转转眼珠说："你们打算什么时候动手？"

豁子盯着丁二问："先别说动手的事。银子，你带来了吗？"

丁二从地上提起一个布包说："五十两银子，都在这个包里了！"

苋草接过布包打开，一堆散碎银子闪着亮光，兴奋地数着说："你这银子，咋都是散的呀？”

丁二不高兴地说：“不管是不是散的，够不够五十两？”

苋草笑笑说：“银子数量够了，但你还没给这两罐油钱呢？”

丁二一瞪眼说：“咋，油钱还得让我另出？”

豁子沉脸说：“杀人放火是死罪！俺们为你放火杀人，油钱你不出，谁出？”

丁二一愣说：“油钱，也含在那五十两里了！”

豁子生气地从苋草手中夺过包银子的布包，往地上一扔说：“好！你不出买油钱，另请高明吧！”说着拉住苋草就要走。

丁二满脸堆笑，从怀里摸出二两银子送上说：“豁子，别生气！我给你加上油钱，还不行吗？”

豁子停住脚步，接过银子说：“这还差不多。请人办事，没见过像你这么抠搜不懂事的！”

丁二赔笑拱手说：“我错了、我错了！但二位一定要把事办利落呀。”

豁子凶笑说：“这点你放心！拿谁的钱，替谁报仇消恨。屋里人烧不死，俺们绝不离开！”

菱花与秦越人回到家里，屋内已掌灯。宋芦根边吃饭边笑问：“越人，白洋淀的傍晚，是否跟你们那里不一样？”

秦越人兴奋地说：“太美了，蓝天连碧波，夕阳照芦苇摇，鱼跳虾蹦，小船轻飘，真像仙画美景！”

菱花听了，深情望着丈夫哧哧笑。

端着碗吃饭的菱花娘嘎嘎笑着说：“让俺女婿这么一说，咱们这地方的人，都成活神仙咯！”

宋芦根嘿嘿笑着说：“啥神仙不神仙的，反正咱这地方的水和土，都养人！”

一家四口说笑中吃过晚饭，菱花娘边收拾碗筷边说：“俺生日也过了，你们也忙活了一天，早点睡吧。明天，让你爹找条船，再到淀里转转！”

菱花听了，笑着拽一下秦越人向自己住屋走去。

秋日深夜，一轮皎洁的明月高悬在碧空，用爱抚的手向大地散发着炫美的光波，抚慰万物都进入梦乡。甜蜜地搂着妻子菱花鼾睡的秦越人，突然“啊呀”一声惊叫坐起。

菱花不知发生了什么事，慌忙点亮灯，望着满头汗水、神情发呆的丈夫用布巾擦着他脸上的汗珠问：“你哪里不舒服，是酒喝多了还是做噩梦了？”

秦越人摇摇头，迟疑地望着窗外的月光说：“我梦见俺爹娘——”话只讲了半句就咽回去了。

菱花释然一笑，疼爱地将丈夫揽在怀里安慰道：“你这是日有所思，夜有所梦。俺给爹娘说好了，天一亮，俺爹就划船带咱们到淀里转，转够了就顺便送咱们回家。你再睡会儿吧。”

然而秦越人躺下再难入睡，眼前总是闪现着父亲终年收购、打理药材和母亲辛勤操劳、慈祥持家的身影。秦越人自我感慨：“俺爹娘这一辈子，吃舍不得吃，穿舍不得穿，把心全操在俺这个儿子身上了。”

菱花点点头说：“俺摊上这样的公婆，真是上辈子积下的福分哪。”

秦越人说：“自你进了俺家门，二老高兴得天天合不拢嘴。他们要知道你已给他们怀上了孙子，准喜得连觉也睡不着了。”

菱花笑着说：“高兴归高兴。你回去可得给爹娘说清楚，不能为这事啥也不让俺干了！”

秦越人说：“说，俺准说，听不听俺可做不了他们的主儿。”接着又说，“你躺好，让我再摸摸咱们儿子。”

菱花躺平，秦越人把手放在菱花肚子上，摸了听，听了又摸说：“咋没一点儿动静呢？”

菱花咯咯笑着说：“刚怀上两个多月，他都有动静，那不成精了？亏你还是郎中哩！”

秦越人嘿嘿笑着说：“俺不是盼他快点长大吗？”

菱花说：“再急，也得等十个月。”

秦越人说：“十个月后，俺还得让你生！”

菱花笑着说：“行。只要你养得起，俺给你生个十个八个的！”

秦越人摸着菱花肚子说：“你别动，让俺再听听！”

菱花把丈夫的头揽在自己肚子上说：“天快亮了，别折腾了，快点睡会儿吧。”

秦越人用嘴深情地亲吻着妻子光滑温柔的腹部，心中涌起一股股热浪说：“俺实在睡不着。”

菱花被丈夫爱抚得娇喘体颤、欲火攻心，但她努力控制自己，羞赧地说：“俺娘说，刚怀孕孩子还没坐牢，咱俩不能太亲热。”

秦越人闻言停止抚摸，不好意思地离开妻子自语：“我知道。”

菱花望着丈夫窘迫失落的激情，用胳膊将他揽进怀里，心疼地说：“回到家你又忙着诊病制药。来，俺抱着你，稍迷糊会儿吧！”

秦越人在妻子爱抚和依偎下，眼睛发沉，渐渐进入梦乡……

第十二章
遭暗算双亲遇难

柴家庄皎月当空，鄚邑城却乌云罩顶。白天喧闹的大街小巷，在无月的夜晚格外清静，万物都沉醉于梦乡。伸手不见五指的半夜，突然刮起西南风。豁子与苋草犹如两个幽灵，靠着墙根溜向秦越人医坊大门。

在秦越人医坊斜对面，一棵大树后，站着丁二和乖女。丁二拉住乖女的手，指着街对过贴墙移动的两个黑影小声说："看到呗，那俩黑影就是我雇的放火人！"

乖女紧张地说："他们要放不成呢？"

丁二说："放心吧，这俩人都是江湖上的惯匪！"

乖女盯着那俩黑影说："你看，他们怎么不动了？"

丁二瞧瞧说："那是在观察周围动静哩。"

乖女说："你看，他们又动了，马上就到门前了！"

丁二拽一下乖女说："咱们快离开！大火一着，街坊四邻来救火，会发现我们的！"

乖女固执地站住不动说："俺不走！光看见俩黑影，咋证明你替俺兄弟报仇了？"

丁二赔笑说："等大火着起后，咱们再来看呀！"

乖女说："火着了，咱们还看啥？"

丁二奸笑说："看结果！"

乖女不解地说："那时候来看，你就不怕被人发现了？"

丁二嘿嘿笑着说："那时候，人们都忙着救火哩，谁还顾上看咱们呢？"

乖女思索了一会儿，笑笑说："你真是个鬼精！"

丁二嬉笑着用一只胳膊揽住乖女肩头，亲一口说："我不精，你能看上？"

乖女拱进丁二怀里说："讨厌！"二人悄然离去。

两个黑影溜到秦越人医坊门前。黑暗中，豁子放下手中盛炭火的火罐，从身上摸出一个铜片，插进门缝，轻轻拨动着。门插"咔嗒"一响，豁子回头对苋草说："门开了。你小心脚下，别弄出响声！"

两手各提一个麻油罐的苋草紧张地点点头说："俺知道。"

豁子将身体贴墙下蹲，将手中铜片装进兜里，又摸出一根鸡尾毛，在苋草提的麻油罐内蘸了蘸，就向两扇门轴下的石墩轴窝抹去。他连抹几次后，提起火罐顺墙站起，伸出一只手慢慢推着门扇。那门，就悄无声地打开了。

豁子蹑手蹑脚跨进院内观察着，上房传出"呼噜——呼噜"的鼾声。

紧跟豁子之后的苋草，提着两罐麻油进门后小声问豁子："叔，往哪儿倒？"

豁子从苋草手里接过一罐麻油，指指传出鼾声的上房窗下药材垛说："你这罐油，倒窗下那垛柴上去！千万别弄出动静。"

苋草听了，就弯腰悄步向正房窗下的那垛药材摸着走去。

豁子转身溜进敞口的灶房，往柴草上泼着麻油，然后又轻轻抱起几个柴捆放到正房门口，便将火罐中的炭火倒了上去，吹燃。

苋草见豁子点燃柴草，急忙跑过去引来火种，放到高高堆在窗下浇麻油的药材垛上。

干燥的柴草本是易燃之物，加上麻油助燃，西南风吹，顿时烈火冲天引燃门窗和茅草秫秸搭建的房顶。豁子和苋草看到大火燃起，像兔子一样窜出秦家大门，向野外跑去。

正在酣睡中的秦福寿，被突然而起的火光和浓烟呛醒，悚然坐起大喊："越儿娘！着火了，快跑！"然后冲窗外大喊："着火了！快来救人哪！"

从睡梦中惊起的秦刘氏跳下炕，扑向屋门。门外燃烧的大火犹如热浪将她推回熏倒，火舌吞燎着她的肌肤和头发。秦刘氏疼痛地在地上翻滚凄叫："他爹，你快跑哇！别管俺啦！"

秦福寿闻声扔掉扑打窗口火的手中衣被，跳下炕扑向火中妻子说："越儿娘，俺不能丢下你呀！"抱住满身烈火的妻子向墙角翻滚。

在诊房睡觉的子容听到爷爷奶奶的惨叫声，一蹦而起光脚跑出门，看到熊熊烈火吞燎着爷爷奶奶的住房，一边喊着："快来救人哪——"一边奔进火海哭叫："爷爷奶奶，你们在哪啊？"

这时燃烧的大火已将一根房梁烧断，屋顶犹如天降的巨石将秦福寿夫妻和子容压在尘埃和烈火中。

子容从落土中钻出，哭喊着："爷爷奶奶、爷爷奶奶！"用双手在尘土和烈烟乱火中拼命刨扒。

烧得浑身火伤的秦福寿抱着已窒息而昏的妻子秦刘氏从烟火落顶中拱出头，对子容说："子容，快、快，把你奶奶抱出去！"

子容哭喊着："爷爷奶奶，咱家哪来的大火呀？"抱起秦刘氏跑向院内。放下后，又翻身冲进屋内去抱爷爷秦福寿。

浑身燃着火苗的秦福寿被断梁压住腿，知道只凭一个半大孩子难以救出自己，还有一块被大火烧死的危险，一把推开子容说："别管我！快去炕上找你干爹的医书和药箱，搬出去！"

子容闻言急忙跳上炕，用双手在炕上的尘土乱火中扒着，抱起长桑君留给义父的医书和药箱跑向屋外，摔倒昏迷在地。

闻讯而至的众乡亲有的向火上泼水，有的抢救昏迷不醒的秦刘氏和未烧毁的东西。烧饼刘抱起浑身烫伤昏迷的子容摇晃着，着急地说："子容、子容，你爷爷呢？"

子容睁开眼，有气无力地说："还、还，在、在屋里！"说毕又昏了过去。

烧饼刘放下子容，对泼水的烧鸡张和酥鱼赵等人说："先别泼水，秦大伯还在屋里呢！"烧鸡张、酥鱼赵闻言，放下盆子跟着烧饼刘冲进屋内火中……

"着火啦！大家快起来救火啦！""秦家医坊着火了！"的呼喊声此起彼伏，打破鄚邑城深夜的平静和寂寞。重病在身的张野被街上惊慌奔跑声和大喊救火的呼声惊醒。他挣扎着起身打开屋门，望见远处冲天的大火，知道是丁二所为，向妻子乖女住房大喊："乖女！快起来、快起来！丁二放火了，快去告诉秦越人！"但渺无回音。

他踉跄着推开乖女住房，只见屋内箱柜凌乱，不见妻子身影，恍然明白妻子已让作恶的丁二拐跑了，捶胸长叹道："贼夫淫妇！一对不得好死的奸人啊！"

对丁二暗中与妻子勾搭来往，他早有所闻，只因没有抓住真凭实据和忌家丑外扬毁掉世代门誉，而没挑明理论，方落得今日之果。思前想后，羞愤攻心，张野一口鲜血飞溅，晕倒在地……

夜幕烈火中，丁二牵马和乖女站在一巷口阴影中，远望着秦越人医坊的大火和救火救人的忙乱人群，开心地笑着。

一手揽着乖女的丁二兴奋地亲一口乖女说："咋样，你满意了吧？"

乖女吓得瑟瑟发抖，抱住丁二说："满意，就是没烧死秦越人！"

丁二狞笑说："你得了吧，别得寸进尺！"然后说，"快上马，我们现在就远走高飞！"

丁二把乖女抱上马鞍，跨上马将乖女抱在胸前，在夜色中扬鞭而去。

烈火被扑灭了，秦福寿被烧死了，秦刘氏也没救活。灯笼火把中，众人看着被烧成一片焦土颓墙的秦越人医坊和躺在地上惨不忍睹的秦福寿、秦刘氏尸体，一片唏嘘悲凄。

烧饼刘望着木雕一样站在院内的董财主哭着说："董叔，越人哥和嫂子不在家，这可咋办哪？"

董财主拧眉思索一会儿说："当务之急，三件事！一是快去柴庄把越人两口子叫回来！二是赶快制办寿衣，装殓越人爹娘！三是落叶归根，赶快去通知七间房的孟哥和赵哥，在秦家老宅搭灵棚！”

烧饼刘说：“俺去柴庄叫越人哥菱花嫂子！”

酥鱼赵说：“俺去七间房报丧！赵老汉是俺远房亲戚。”

烧鸡张说：“俺去叫醒各家娘儿们，连夜做寿衣！”

从昏迷中醒来的子容坐起哭着说：“董爷爷，让俺干啥呀？”

董财主上前拉起子容，泪流满面说：“你、你，守着你爷爷奶奶，看好你干爹的医书和药箱！”

黎明，天刚麻麻亮，秦越人和菱花正在沉睡，大门外突然传来“当、当、当”急切敲门声。

夫妻二人慌忙起床打开大门，原来是一身泥水和泪水的烧饼刘来报信：“哥、嫂，快回家吧，医坊着了火，大伯大娘被火烧死了！”

秦越人闻言犹五雷轰顶，踉跄几步被闻声而至的岳父岳母扶住。他顾不上向岳父岳母和众乡邻说辞别话，便发疯一样向村外码头跑去。

妻子菱花和烧饼刘紧随其后。

他们怎样上的船、怎样到的家，秦越人脑际一片空白，全不记得。曦阳高照，当他在烧饼刘搀扶下，踉跄着奔到被烧成一片灰烬的鄚邑城内医坊时，便与妻子扑向已被子容和众乡邻从火海中抬出装殓好的父母遗体上号啕大哭：“爹呀、娘啊，是谁放火把你们烧死了呀——”

菱花凄叫：“老天爷呀，为啥让俺爹娘死得这样惨哪——”

秦越人哀号：“你们死了，俺与菱花咋过呀——”

菱花捶地悲泣：“俺冤死的爹娘啊，是谁丧尽了天良放火烧死你们哪——”

二人哭声撕心裂肺，众人凄然落泪。

这时孟老汉已带着七间房众乡亲赶到。他望着被烧成一片焦土的秦越人医坊和躺在地上的秦福寿夫妻惨尸，颓然悲泪如河，哽咽着搀起秦越人说：“越儿，你要挺住哇！快去抬你爹娘入棺，回咱们七间房！”

秦越人和菱花哀号着，在众人搀扶下将爹娘尸体装棺，一步一泣随众人离开鄚邑城，走向七间房。古俗，死于非命之人不能在家中停灵，经孟老汉与众乡亲商议，决定当日埋葬福寿夫妻。

在众乡邻匆忙搭建的灵棚内，秦越人与妻子重孝守在灵棺旁。棺前祭烟焚灰飘，祭案上摆满各种祭品，一杆白布引魂幡在风中飘摇。

一班班前来吊唁的人望着哭成一团的秦越人夫妻，含泪告祭亡灵。

秦越人与菱花哭累了，哭哑了，满脸泪水却发不出声。

“呜——呜——呜——”，三声悲号嘶鸣，在孟老汉、赵老汉指挥下，两具棺被烧鸡张、烧饼刘、酥鱼赵等壮汉们抬起出棚。凄厉的鼓点和悲号声如泣如诉。

秦越人被林儿和墩子架着，打着灵幡跪地摔盆，菱花被墩子娘扶着哭得死去活来。沿街送行的人们擦泪观望致哀，身穿重孝的义子子容将挎篮中的祭食不时抓起扬向四周，儿童们争相抢食。

感念秦家二老一生恩德的乡邻们，为表达对他们惨死和离去人的留恋，在灵棺行进中，不时搬一条长凳横在街头，挡住送葬队伍。长号手和鼓手们卖力地敲打和吹奏，秦越人夫妻和子容跪地以悲泣作揖相谢。众乡邻给他们夫妻身上加赠祭布，表示对生者慰藉逝者恋念和尊重后，再扶起放行。

浩浩荡荡的送葬队伍，穿过七间房街道，来到村外秦家祖茔。秦越人夫妻及亲友跪送秦家父母双棺徐徐安落墓坑。

秦越人在孟老汉引导下，用木锹向坑中棺盖上扣的陶盆扬土三锹，然后众人挥锹填土，一座新坟霎时而起。

在众人填土中，秦越人与妻子菱花，分领男、女送葬亲友，男队绕坟右转三圈，女队绕坟左转三圈，称为“圆坟”。

圆坟后，二队会合由秦越人与菱花站在新坟前，众亲友站在秦越人和菱花之后，面向新坟拱手、跪拜叩首，哭祭辞行。

回到七间房门前，秦越人携义子子容跪谢众乡邻帮助安葬父母之恩……整个过程，完整再现了冀中民间古老丧礼。

红日高照，昨夜吐血晕倒在地的张野从昏迷中醒来，已日过中天。他强力挣起回到住室，信手抓来一块白布，伏桌挥毫将所知丁二害秦越人父母的始末记在白布上，然后拿出床头匣盒中仅有的几两散碎银子，连同写好的布函一并用一块蓝色布包好，欲亲自送往秦家吊唁秦越人父母、道歉昔日心胸狭窄、设计逼秦越人离鄚邑之错，但他已没有那个力气和能力了，扶墙走到诊坊就虚汗淋漓。

张野靠在自己门内，观瞧来往行人，直到暮色降临才发现一个可靠的熟人，即曾抱孩子到门下求治的就诊者丁，立即招手说：“大妹子，你过来一下，俺有事相求！”

那妇女早忘记昔日张野因钱少而不给孩子治病的事，望着骨瘦如柴、有气无力的张野吃惊地问：“张郎中，你咋病成这样啦？”

张野强打笑颜，喘着粗气说：“街坊，你别记我往日之错。”

那妇女笑着说：“那事俺早忘了，有啥事，你快说吧？”

张野喘着气说：“今天夜里，你让你丈夫，把这个包，送到城外七间房，秦越人家去。我走不出门，就拜托你了！”说着眼涌热泪双手打拱。

那妇女接过包裹吃惊地问：“为啥夜里送，现在不行吗？”

张野凄苦地摇摇头说："你就按我说的做，很重要。今天不方便，就明天送。一定天黑深了，再送去呀！"

那妇女连连点头说："放心吧张郎中，俺一定按你说的办！"

望着那妇人离去的背影，张野好像心中一块石头落地，虽然感到精神轻松了，却羞于再活人世。他踉踉跄跄回到屋内，跪在先祖灵位前，哭泣着说："列祖列宗，不孝儿干了不耻人伦事，再无脸活在人世了！我去找你们，当面教训打骂吧！呜呜呜……"哭够说够了，他挣扎爬起，费尽九牛二虎之力，将一条绳子用长杆穿于梁上，然后扶椅登上一只小凳，将头伸进绳套内，一脚蹬翻凳子……

古习，父母去世埋葬后，孝子孝女儿媳及孙儿要戴孝在父母生前住室内守灵三日，孝子孝女戴孝而坐不得脱衣躺卧，除上厕所不得离开，史称"守孝""守灵""思亲"，民间称"感念父母恩"。

又一个夜幕降临，昏黄灯光下，身穿重孝的秦越人流着泪水痴呆地坐在迎门案几上一块书写着："显考秦福寿妣秦刘氏之灵位"木牌前的一个蒲垫上，义子子容跪在一侧，一会儿向灵牌前的陶盆中续祭香，一会儿向长明灯中添油拨焚芯灯花。

有孕在身的菱花，不能坐在灵牌前，只能坐炕上垂泪。

林儿、墩子、烧饼刘等亲友，有的依墙依物打盹，有的出来进去。

眼睛红肿、泪水涟涟的菱花下炕，手端一碗水，跪到丈夫身边声音嘶哑地说："你、你喝点水吧。"

秦越人望着哀凄憔悴的妻子泪如雨下，摇摇头说："你去、去那边屋里躺会儿吧。"

菱花哽咽着说："爹娘待俺如亲生，俺哪能不为爹娘尽孝守灵啊——"说着泣不成声，手中端的碗中水溅落到丈夫身上。

众人见夫妻二人说话，纷纷起身离开。秦越人接过水碗放到地上，疼爱地拉住妻子的手用泪眼盯着妻子说："你有身孕，已经两天两夜没有合眼了，万一有个好歹，我咋向咱爹娘在天之灵交代呀？"

菱花虚弱地一歪，就势倒靠在丈夫身上，仰头望着公婆的灵牌捶地泣涕道："爹娘一生善待乡邻亲友，宁肯委屈自己，没做过一点伤天害理亏心之事，为何遭此毒手，让俺爹娘这样惨死啊——"说着哭着晕昏在地。

秦越人慌忙将妻子放平身，抱其头于怀中，掐其人中，按其中脘，对子容说："快！给干娘喂水！"

子容端起地上水碗，用木勺将碗中水一勺一勺送进菱花嘴中。

众人闻声进屋，望着渐渐苏醒的菱花，放心地松了一口气。

林儿着急地说："越人哥，不能再让嫂子在这儿守灵了，你得劝劝她去歇一会儿呀！"

挣扎着坐起的菱花凄苦地咧咧嘴角，与秦越人并排坐在灵牌前，流着泪说："爹娘只有俺这一个儿媳，俺不守灵，咋对得起二老生前对俺的疼爱和恩德呀？"

墩子说："弟妹，你对爹娘的孝敬，乡亲们都看在眼里记在心里了。可你现在怀着孩子，不能像正常人一样守节尽孝哇！"

菱花哭着说："你们别劝了。越人是俺丈夫，他的爹娘就是俺的爹娘，他咋尽孝俺就该咋尽孝！"说毕仰天长泣。

众人劝不住菱花，请来孟老汉。孟老汉一脸严肃进门，先向秦家父母灵牌位作一揖，然后向长明灯内添油，又从兜里掏出个麦秸秆拨拨灯芯后，郑重站在牌位前说："福寿兄弟、刘氏弟妹，老哥求你们一件事。儿媳菱花有孕在身，两天来哭得死去活来，陪伴越儿守灵几次晕倒。你们若真有灵，为保住秦家血脉，可怜儿媳的一片孝心，同意大伙劝她离开灵堂，就让长明灯灯芯连爆三个火花！"

众人闻言毛骨悚然，一齐把惊疑的目光聚向那盏灯火摇曳的长明灯。那长明灯也真神了，在孟老汉的话落音后不久，"叭、叭、叭"果然连爆了三个火花。

众人惊得瞠目结舌，秦越人与菱花连连哭着叩首说："爹、娘，俺们想你们啊！都是儿子（儿媳）没照顾好你们哪！"

孟老汉轻咳一声，声音哽咽地说："侄媳菱花，你都亲眼看见了。不是大伯和乡亲们非得让你离开灵堂，是你冤死爹娘的在天之灵，让你离开呀！"

菱花哭喊着说："爹娘，为啥不让俺守灵呀？是俺不孝不敬，不愿意看到俺吗？"

孟老汉厉声说："不是你不孝不敬，也不是他们不愿意看到你！是你的孝心感动了亡灵，他们心疼你，让你好好保住秦家血脉！"然后冲墩子娘和老伴喊："你们俩，快把菱花架走！"

墩子娘和孟老汉老伴一人架住菱花一只胳膊劝道："侄媳妇，听你孟伯的话，到东房歇会儿去吧！"

菱花哽咽着抓住秦越人的胳膊摇着说："郎君，你、你快帮俺给爹娘求个情，让俺留下吧！"

秦越人欲张嘴，孟老汉抢话说："谁也别再说了。爹娘显灵的事，儿女们不能不遵命啊！不遵就是不孝！"说毕对抓着菱花胳膊的老伴和墩子娘说："还等啥！快把菱花扶到东屋去，守着她！让她吃点东西，睡一会儿，头七还得上坟哩！"

众人也附言："越人家里，你就听孟大伯的话吧。""菱花嫂子，不照老人显灵的事办，就是不孝哇！"

菱花不敢再坚持，在两个老妇人搀扶下一步一回首流着泪说："郎君，你、你一定替俺给爹娘多上香、多磕头啊！"

看到怀孕的菱花离去，众人心中松了一口气，除了陪秦越人守灵的子容和林儿，各自都在屋内靠墙或卧炕而眠。

清晨，秦家院内皂角树下坐着愁眉苦脸的孟老汉。

赵老汉背着手进门，走到孟老汉跟前蹲下笑着说："老哥，你真有办法！用装水的麦秆拨拨灯，就把谁也劝不下的事解决了！"

孟老汉紧张地瞧瞧左右说："你小声点！俺要不用这绝招，菱花再出点啥事，那可又是两条人命啊！叫越人往下咋活啊？"

赵老汉点点头说："俺知道。"又说，"事都解决了，你咋还愁眉苦脸的呢？"

孟老汉说："越人媳妇是没事了。可你想过没有，鄚邑城里那医坊是新屋新舍，又没啥明火，咋就平白无故着火了呢？而且着火的时间恰恰是越人两口子不在的后半夜里？"

赵老汉皱着眉头说："你是怀疑有人故意放火，将秦兄弟两口子烧死的？"

孟老汉点点头说："这几天，俺一直在想，这个人是谁呢？咋对秦家有这么大的仇气呀？"

赵老汉说："为这事，俺盘问过子容和烧饼刘。"

孟老汉说："他们咋说？"

赵老汉说："子容那一夜睡在医坊，是被大火和福寿两口子的惨叫声惊醒的。他一边喊人救火救人，一边冲进火里去救被烧成火人的爷爷奶奶，又冒死冲进火里抢出越人的医箱医袋和医书，没看见放火人的踪影！"

孟老汉又问："烧饼刘咋说的？"

赵老汉说："烧饼刘说，越人在城里人缘挺好，他爹娘都是街坊们敬重的人。如果说有谁与他们有过节，就是城里那几个郎中，他们眼红越人的医术高，找越人看病的人比他们多，前些日子曾闹过点别扭，也都摆平了。"

孟老汉思忖着说："常言道，同行是冤家呀。俺琢磨着，问题八成可能就出在这里！"

赵老汉吃惊地说："现场没人看见，也没留下啥证据，咱们咋办呢？"

孟老汉沉思了一会儿说："俺想叫烧饼刘回城里打听打听，看看出了这么大事后，那几个郎中都在干啥？有啥反常举动没有？然后咱们再商量咋为秦家两口子报仇，出这口恶气！"

赵老汉说："这是个办法。但这事不能让烧饼刘去办，他性子直暴，弄不好还会滋出新事来的。"

孟老汉点点头说："你说的有道理。我与城里来帮忙的这几个人接触少，派谁去合适呢？"

赵老汉眨眨眼说："叫酥鱼赵去吧。他是俺远房的一个亲戚，这人办事说话沉稳心细，又经常走街串巷卖酥鱼，让他去既不显山又不露水。咋样？”

孟老汉赞同地点头说：“行。就这么办，你去找他说说吧。”

赵老汉站起要走，孟老汉扯住他衣袖说：“告诉酥鱼赵，千万不能打草惊蛇，走漏风声！”

赵老汉点点头转身离去。

鄚邑城内街头，下午，酥鱼赵挑着两个沙罐走街串巷，边走边喊：“酥鱼哟、酥鱼哟，刚出锅的酥鱼哟，又便宜又鲜美！”他将担子停在卢郎中医坊门口，笑着说：“卢郎中，刚出锅的酥鱼，买点不？”

卢郎中笑着摇头说：“昨天买的还没吃完呢，下次吧。”

酥鱼赵挑担经过宋郎中门口，宋郎中正在送患者出门，酥鱼赵说：“宋郎中，买几条酥鱼尝尝吧？”

宋郎中说：“这几天身子骨不大好，没胃口，改天再买吧。”

酥鱼赵挑担站在刘郎中门口，大门关着，便大声喊：“刘郎中，您喜欢吃的酥鱼刚出锅，要不要？”没有回声，便又喊了一遍，自语：“咋没人应声呢？”

旁边一个摆摊卖杂货的说：“别喊了，俺见他一大早就带着媳妇出门了。”

酥鱼赵挑担走到田寡妇门口，对正关门的田寡妇说：“嫂子，人家都开门，您咋关门哪？”

田寡妇头也不回地说：“人家是过日子哩，俺家是过鬼哩！”

酥鱼赵说：“咋？丁郎中又惹嫂子生气啦？”

田寡妇锁好门，一脸怒气挑起两个卖菜筐说：“生他娘个蛋气！从今往后他休想再进俺家门！”说着气哼哼离去。

酥鱼赵挑担走到街斜对过的郎中张野门口，望望大门虚掩的医坊门，问坐在旁边布店门口等顾客的孙掌柜：“孙掌柜，张郎中咋没开门呢？”

孙掌柜瞧瞧左右，小声说：“兄弟不知道？这家出大事啦。”

酥鱼赵一怔摇摇头。

孙掌柜小声说：“他小舅子黑狗儿被侯府杀啦。自从丱兮奔丧回来，就病倒不起了，已经七八天不露面啦！”

酥鱼赵吃惊地睁大眼说：“还有这事儿？那他媳妇乖女呢？”

孙掌柜摇摇头说：“前几天是又哭又骂，这两天也听不见哭骂声了。”

酥鱼赵转转眼珠，挑着担子顺街直奔七间房。

夜灯下，秦家堂屋灵牌前坐着浑身孝服的秦越人。经过三天两夜思亲、悼亲折磨，他虽然已度过悲痛欲绝的时光，身体却极其虚弱，无精打采地闭目哀泣。周围坐着孟老汉、赵老汉、董财主、林儿、墩子、烧饼刘、烧鸡张、酥鱼赵等亲友乡邻。

孟老汉说："越儿，刚才你赵叔和酥鱼赵都说了，这几天俺们了解的情况就是这样。守灵三天，明日就满，下一步咱们咋办，你得拿个主意呀？"

秦越人眼含热泪说："孟伯、赵伯、董叔、赵弟，你们为冤死的爹娘做了这么多，俺从心眼里感激、永世不忘。但报此仇不是一朝一夕之事，咱们得抓住真凭实据，才能到官府申冤报案啊！"

墩子说："杀父害母之仇不共戴天！官府若不管，俺就去放把火，将害死秦叔秦婶的人也烧死！"

烧饼刘说："俺跟墩子兄弟一块去，豁着命也得杀死凶手！"

赵老汉思忖着说："大伙的气愤俺都理解。此事正像越人侄儿刚才说的，报仇得有真凭实据。不然，仇没报了还会被恶人反咬一口！"

孟老汉说："这事今天就议到这儿，大伙先回去休息。等明天越儿行过送灵礼，咱们再细商量！"

众人离去，灯下只剩秦越人，他望着父母的灵牌自语："爹、娘，究竟是何人为啥要纵火烧死你们哪？能告诉孩儿吗？"然而万籁无声。

夜深了，秦越人在苦思冥想中刚刚眯住眼，子容神色慌张地提着一个包裹进屋，走到秦越人面前悄声说："干爹，有人往咱门口扔了一个包裹。"

秦越人闻声睁大眼睛问："谁扔的？"

子容胆怯地盯着干爹的眼睛小声说："俺没看清，他跑了。"

秦越人要站起，但几天过分悲痛和进食少，虚弱的身躯晃了晃又摔倒在地。

子容"啊"的一声惊叫，抱住秦越人连声呼叫："快来人哪，俺干爹又晕倒了！"

菱花和孟老汉、赵老汉、林儿、墩子、烧饼刘、烧鸡张、酥鱼赵等众亲友都闻声惊醒，从门外奔进屋内围住秦越人。

菱花要掐丈夫人中，秦越人睁开眼摆摆手，挣扎着站起吩咐："子容，快快把包裹打开！"

灯光下，子容打开包裹，里面放着几两散碎银子，还有一块写满字的白布。

秦越人抓起白布，就在灯光下看起来，众人弯腰伸头一齐观看白布上的字，只见上面写道：罪人张野叩拜越人贤弟，吾利令智昏，被奸人丁二蛊惑……

信中文字在秦越人脑海形成一幅幅鲜活画面：

五日前的鄚邑城内，人来人往；

秦越人夫妻和义子子容背篓跟在船工泥鳅身后，一路与熟识人打着招呼向鄚邑城外走去；

正在闹市与人交谈的丁二，扭头发现秦越人一行，便贼眉鼠眼远远跟随在他们身后，尾随出鄚邑城；

白洋淀码头，秦越人嘱咐子容；

丁二躲在一棵树后观瞧，待秦越人登船，他像一个拾到元宝怕人发现的窃贼，贼笑着溜回鄚邑城内……

秦越人读完信，望着落款上“罪人张野跪拜”六个字，立即站起说：“林儿、墩子，赵兄、刘张二弟，咱们一块去捉拿丁二。将他扭送到官府，为俺爹娘申冤报仇！”

众人闻言，立即抄起棍棒，蜂拥奔出家门。

夜色中，鄚邑城内大街上走着一群气势汹汹的青年人。烧饼刘一手拿棍一手高举着火把，带着秦越人、林儿、墩子、酥鱼赵等来到田寡妇门前。烧鸡张伸手“当、当、当”敲门：“快开门、快开门！”

睡梦中的的田寡妇听到门响和门外众人的说话声，急忙穿衣打开门，吃惊地望着手拿棍棒气势汹汹的众人问：“你们深更半夜敲门，想干什么？”

墩子说：“俺们捉拿放火杀人犯丁二！”

田寡妇惊愕地转着眼珠问：“他在哪放火了？杀了谁？”

烧饼刘说：“他放火烧了南街秦家医坊，烧死了秦家父母！”

田寡妇闻言坐地拍腿大号：“丁二你个挨千刀的，咋干下这种断子绝孙的事呀！”

林儿问：“他现在在哪儿，我们要扭送他去见官！”

田寡妇哽咽着说：“他已经几天不见踪影了呀——我的天啊，俺咋瞎了眼，碰这么个杀人犯哪！”

墩子和烧饼刘到屋内搜了一圈，出来对秦越人说：“越弟（哥），屋里没人！”

秦越人向众人招招手说：“走，咱们去看看张郎中。”

大家又一齐奔往街斜对过张野医坊。

张家大门虚掩，一伙人嚷嚷着直奔后院卧房。卧房的门大开着，案儿上点一盏灯，房梁上悬着上吊的张野。

走在前的林儿惊慌地后退说：“越哥，张郎中上吊了！”

胆大的墩子和烧饼刘进屋解下张野的吊绳，将张野放在地上，烧饼刘摸摸鼻孔说：“越哥，他一点儿气儿也没有了，浑身都僵了，已经死啦！”

秦越人上前再次摸张野的鼻息和寸脉后，惊愕地转身跪在门口冲茫茫夜空大呼：“天哪——当个好郎中，为啥这样难哪？！”

第 十 三 章
忍悲痛戴孝行医

守灵三日后是送灵日。秋日清晨，蓝天飘着淡淡的白云，阳光透过白云给大地罩上和煦温热的光辉，照着竖有“显考秦福寿妣秦刘氏之墓”木牌的新坟。

重孝裹身垂泪的秦越人怀抱书写着“显考秦福寿妣秦刘氏之灵位”的灵牌，重孝裹身垂泪的菱花双手捧着点燃的祭香，站在父母的坟前，子容双手端放着祭品的条盘跟在秦越人和菱花身后。他们身后跟着抱秦家父母生前使用过的被褥、枕头、服装等遗物的林儿、墩子、烧鸡张、烧饼刘、酥鱼赵和众亲友乡邻。

坟前左侧一字站着孟老汉、赵老汉、董财主三位长者。孟老汉神色庄重地说：“福寿兄弟，刘氏弟妹，孝子秦越人、孝媳菱花、孝孙子容三日守灵已满，今日由众亲友乡邻陪同，来给你们送灵！”哽咽了一下又说，“儿是孝子，媳是孝媳，孙是孝孙，乡亲们有口皆碑！昨夜查出凶手，纵火烧死你们的是鄚邑城内的丁二。俺已带越儿报官缉拿，你们放心去吧，越儿由俺与众乡邻照应！”然后转脸冲泪流满面的秦越人和菱花喊：“孝子奉上灵牌，孝媳献祭香！”

秦越人依依不舍将怀中父母灵牌摆在坟前木牌之前，菱花将手中祭香插在灵牌前的土堆中。

孟老汉又喊：“孝孙献祭品！”

子容上前跪地，将条盘举过顶，再放在地上，然后将盘中的五碗祭食一字摆到祭牌前。

孟老汉再喊：“众亲友送放遗物！”

林儿、墩子、烧饼刘、烧鸡张、酥鱼赵上前，恭立鞠躬后，将手中拿抱的被褥、枕头、服装等堆放在祭品前。

孟老汉又喊：“孝子、孝媳、孝孙，向亡父亡母行三跪叩首告灵大礼！点燃亲人遗物！”

秦越人、菱花、子容三人扑通一声跪地，一边行三跪叩首大礼，一边悲涕长号。秦越人用火石打燃林儿递上的火绒，引火点燃父母生前遗物。熊熊烈烟中他哭号道：“爹呀娘啊，不孝子给你们磕头赔罪送行！”

菱花哭号道："爹呀娘啊，你们遭冤而死，让俺与越人咋过啊——"

子容哭着说："爷爷奶奶，你们遭害都是俺的过呀，没有经心看好家！"

众人目睹三人死去活来的悲诉，个个热泪盈眶。赵老汉擦着泪扯一下孟老汉说："老哥别光顾哭了，该咱们众人行送灵礼了！"

孟老汉长泣一声，满脸老泪纵横说："众亲友乡邻，福寿两口子，生前是咱们的好兄弟好邻居，咱、咱们，给他、他们跪、跪下送灵吧！"

众人闻言如墙倒一般跪下啼哭，凄号一片。

送灵归来，时近中午，清除灵堂痕迹的秦家堂屋内，秦越人浑身孝衣躺在炕上，身旁坐着眼睛红肿、同样孝服裹体的菱花，菱花身旁站着重孝垂泪的子容。孟老汉进屋说："越儿起来，刚才进门已向天地行过卸孝礼，你和菱花、子容去把孝衣脱了吧。"

秦越人坐起垂泪说："孟伯，俺想穿到过了'七七'再脱。"

孟老汉说："不行，这不合规矩。过了守灵日，你们再穿重孝，亲友乡邻们就不好进门了。再说了，吃午饭的时候，你还得带着子容给众亲友乡邻敬谢恩酒哩！"

秦越人无奈脱下孝衣，却抱在怀里垂泪。

孟老汉对菱花说："侄媳妇，快拿走收起来。一会儿董财主还要带人来看越人呢！"

菱花从越人怀中扯过孝衣，连同自己的交给子容说："你抱到东屋里藏起来。"

子容刚离开，董财主领着一个人进门说："越人侄儿，你看谁来看你来了！"

秦越人急忙下炕，擦着泪上前拉住来人的手惊奇地说："啊！申掌柜、申大哥，你咋来了？"

菱花看到陌生人进门，低头慌忙离开出屋。

申掌柜眼涌泪花歉意地说："二老遇难的事，俺昨天才听说，没赶上给恩人的爹娘送葬守灵。"

秦越人眼圈一红说："事情都过去了。"然后不解地问，"这事咋传到丱兮了呢？"

申掌柜说："你还记得鄚邑那个贩盐的吗？俺派他来请你给俺媳妇看病的那个人，昨天他去贩盐告诉俺的。"

孟老汉说："这真是好事不出门，冤事传千里呀！"

申掌柜说："秦郎中不光治好俺媳妇的奇病，还为丱兮除了两害，丱兮人都把秦郎中传神了！"

孟老汉惊奇地说："他为你们那里除了两害？俺咋没听说过呀？"

董财主笑着说："那不是除，是坏人自作自受！"

孟老汉疑惑地说："你们越说俺越糊涂了，究竟是咋回事啊？"

董财主说："你听说卯兮有个姓姜的侯府呗？"

孟老汉说："听说过。咋，这事还与侯府有牵连？"

院里人听到屋里说得热闹，纷纷挤到门口听。

董财主说："侯府有个管家叫黑狗儿，是鄚邑城里那个上吊的郎中张野的小舅子。"

孟老汉说："这事俺听说过，他还带着人来讹过俺越人侄子哩。"

董财主说："对了。就是那次讹，他们俩回到卯兮都死了！"

孟老汉吃惊地问："好好的人，咋死了呢？"

申掌柜说："这俩人一个无恶不作，一个欺男霸女，卯兮人都恨死他们了，称他们是二害！"

孟老汉盯着秦越人问："大侄子，这么大的事，你咋没给老伯露一句口风呢？"

秦越人摇摇头说："孟伯，不是侄子不说，是这事儿实在与侄儿无关。"

孟老汉说："那申掌柜咋说你为卯兮除了两害呢？"

董财主说："我替越人侄子说吧。姜公子与黑狗儿见找越人看病的人多，以为他是个大财主，就往脸上涂了有毒的槐花汁来诈财。结果财没诈着，姜公子中毒死了，黑狗儿因献毒计被杀头祭亡灵了！是不是这样，越人侄子？"

秦越人吃惊地望着董财主问："董叔，您咋知道的？"

董财主自豪地说："人常说，近朱者赤，近墨者黑。你叔成天跟你这个郎中打交道，还能看不出其中的旮旯？"

众人听了开心地嬉笑，申掌柜认真地说："不管背里是啥道道，反正俺卯兮的人就认定这俩坏蛋是秦郎中给除的！"

林儿、墩子齐声喊："对，就是俺哥（弟）除的！"

秦越人严肃地说："林儿、墩哥，这话可不能瞎说。"

董财主说："大侄子，别光说话了，申掌柜跑了大几十里路，你还没让人家坐呢！"

秦越人脸一红说："对不起、对不起，申掌柜快坐、快坐！"

申掌柜坐到炕沿上，从怀里掏出十两银子送到秦越人手里正色说："恩人，家里遭这么大的难，俺啥忙也没帮上，这是给二位老人的祭钱，你收下！"

秦越人推托说："你能这么远来看俺，我就感激不尽了，哪能收你的钱呢？"

申掌柜说："兄弟，你救了俺媳妇玉芳，就是救了俺全家！按说该来给恩人的二老送葬守灵，俺没赶上，你得让俺表表心意吧？"

秦越人还要推，孟老汉拦住说："越儿，按古礼，别的礼可以不收，送给过世人的祭钱不能推！"

董财主说："老哥说得对，这是规矩！推祭钱就是打送钱人的脸，要与送祭钱的人一刀两断。"

秦越人热泪一涌，双膝下跪说："那俺替爹娘谢申掌柜的深情厚爱！"

申掌柜慌忙扶起秦越人说："好兄弟，俺申大盐能交上你这个郎中，也是前世修来的缘分。你这一跪，不是折俺的阳寿吗？"

董财主笑着说："好啦，这事就算过去了。我也给越人带来一件礼物，也得收下。"说着冲门外喊："烧饼刘，快拿进来！"

烧饼刘抱着一个新做的医幌进门，送到秦越人面前说："这是董叔让城里有名的李木匠做的。哥那块旧招牌被火烧了，今后就挂这块新的行医吧！"

秦越人双手抱住医幌，顿时泪如泉涌，哽咽着说："董叔，乡亲们，俺爹娘去世了，你们、你们就是俺的爹娘和亲人啊！"说毕双膝又要下跪。

董财主和申掌柜一边一个将秦越人搀住说："人心都是肉长的，你待乡亲们一尺，乡亲们就该回报你一丈啊！"

秦越人流涕说："可俺没给大伙做啥呀，受此厚爱让俺的心咋安啊？"

孟老汉说："你行医这些年，既没攒下金，也没攒下银，还落得个双亲被害，可你用你的医术和品行攒下人心了！"

众人齐声说："对！攒下人心了！"

"七七"在煎熬中度过。烧过"七七"纸，秦越人依然无精打采，无法从丧父丧母之痛中解脱。吃过晚饭，他坐在夜灯下的几案前，翻看着子容从大火中抢出的义父恩师留下的医简。

陪坐一旁的妻子菱花，起身倒了一碗水，端着放在几案上说："子容这孩子真不简单，他从大火中背出娘，又冒死抢出这些医简、医箱和你的行医包。"

秦越人放下医简，端起碗喝口水说："我认下这位义子，认对了。不然，不光爹娘丧生，义父恩师留下的这些比命还贵重的先贤医籍就再也见不到了。"

菱花倚在丈夫肩头说："这孩子忠实可靠、勤快细心，现在认的字比我都多了，以后你应教他学点儿医术。"

秦越人说："我想从明天开始，就教他识药辨药。"

菱花将脸贴在丈夫脸上说："'七七'过了，你也该开门应诊了。"

秦越人说："古人讲，孝子要守孝三年。刚过'七七'就接患应诊，乡亲们看了是否会说三道四啊？"

菱花说："俺听孟伯说，守孝三年，是指不远离家门，没说啥事也不让干哪？"

秦越人点点头，伸出一只胳膊揽住妻子说：“你怀着身孕，竟跟我受这么多苦难，真是难为你了。”

菱花说：“嫁鸡随鸡，嫁狗随狗，你的苦难就是俺的苦难。爹娘只有你这一个儿，俺这一个儿媳，生前那么疼俺，俺要不知父母恩，咋配当你的媳妇哇？”

秦越人眼圈发红说：“不知咋回事，自爹娘去世后，俺一会儿见不到你，就心慌意乱的。”

菱花用指头点着丈夫的额头娇嗔说：“咋，秦郎中也学会说甜甜话了？”

秦越人红着脸说：“不是甜甜话，经过这场大难，俺总觉得与你的心贴得更紧更瓷实了！”

菱花幸福地涌着泪水倒在丈夫怀里说：“你摸摸咱们的孩子吧，他天天在肚子里踢腾呢。”

秦越人将手伸进妻子衣下，摸着鼓鼓的肚子惊喜地说：“都这么大了？他真踢腾呢！”

菱花骄傲地说：“都快五个月了，能不闹腾吗？再有五个月，你就要当爹了。”

秦越人抱起妻子的头，把脸贴在妻子脸上说：“你是俺们秦家的功臣啊！只是爹娘再无法看到他们的孙子了。”说着，又潸然泪下。

菱花用手擦着丈夫的泪水说：“你想爹娘，俺也想，就像孟伯说的，咱们不能光在眼泪中过日子。你该振作起来，把日子过得更好，让爹娘在天之灵高兴、安心！”

秦越人说：“俺也明白这个理儿，可就是控制不住自己的思念情绪。”

菱花说：“你天天坐在那儿想，越想越伤心。如果干点什么分分心，也许就好点儿。”

秦越人思忖了一会儿说：“我听你的，明天就开门应诊吧！”

初冬清晨，一群南飞大雁在碧空中排成“人”字形“啊、啊”叫着从上空掠过，院中皂角树上发黄的枯叶在阵阵凉风的吹拂中不时从摇曳的枝上飘落。

正在清扫院落的子容，见义父从屋内出来，停手问道：“干爹，今天是碾药还是晒药材？”

秦越人望着满院飞舞的落叶说：“不碾也不晒了。你去把董叔前些天送的新医幌拿出来擦擦吧。”

子容迟疑发愣，秦越人哽咽了一下说：“还不快去！”

闻声而出的菱花，对子容说：“快去，按干爹的吩咐办。”

子容小声问：“干娘，那还咋守孝三年哪？”

菱花望望大步向门外走去的丈夫背影说：“昨天烧‘七七’纸回来，他一夜未睡，在灯下老翻看你抢出的那箱子医简，说要遵师训，以普救众生为本。也许他开门应诊了，窝在心中的悲痛就轻点了。”

子容点点头，手脚麻利地从屋内取出董财主送的新医幌。

那医幌，由四块木板相串组成，最上面一块是漆成黄色的葫芦形，下面四块为菱形，每个菱形中间用黑漆漆了个烧饼大的圆；葫芦形代表医家云游四方的药箱，漆有圆形黑漆心的菱形代表着患者常用的膏药。子容将医幌仔细擦过后，送到义父面前。

秦越人一块一块地抚摸着，眼中泪水不觉滴落在一块块板上。

子容怕义父过分伤心，说：“干爹，我去挂上吧。”

秦越人点点头，看着子容用杆子将医幌举起，挂在大门口左侧檐头的挂钩上。

医幌被风吹动，飘来荡去，犹如一团烈火，点燃秦越人熄灭多日的医人职责与使命。他苦笑着说：“子容，你去把堂屋收拾一下，今后咱们就在那里应诊接患吧！”

子容兴奋地说：“得嘞！”向堂屋跑去。

清晨，从各家各户走出的人们看到秦家门首飘荡的医幌，聚在一起兴奋地议论：“越人又开诊啦！”“他这是要报答乡亲们哩！”“真是个仁义有良心的人哪！”

背着柴草从村外走来的孟老汉站住脚，眯眼望着那飘荡的医幌自语：“越人这孩子成熟啦！终于从失去爹娘的悲痛中走出来了。”

秦家堂屋（医坊），秦越人头扎孝带、腰缠麻绳、脚穿孝鞋，坐在一张案几之后，弯腰指着案上的一摞木简对坐在案侧抄写的子容说：“世上万物相附而生，也相克而存。学医要先学识药辨药，学识药辨药要先懂得百物中哪些药物相克，这是当一个郎中的最基本知识。”

子容点点头问：“干爹，相克是啥意思？”

秦越人说：“相克，就是互不相容。二物相遇，同时食用，不仅失去原有的药效，还会生毒伤身，甚至毙命！”

子容吃惊地睁大眼。

秦越人严肃地说：“这可不是危言耸听！对《百物相克经》，你不光是抄写，还要牢记于心，熟用于每时每刻啊！”

这时墩子娘笑着进门说：“大侄子，你们爷俩又说啥密话哩？”

秦越人站起说：“没啥，俺俩正聊百物相克经。大娘，您哪儿不舒服？”

墩子娘用手摸着后背说：“俺老觉得这后背发紧发箍，抬手猫腰疼得使不上劲儿。”

秦越人让墩子娘坐下，翻眼帘、瞧舌苔，诊脉寸口后又用手按压脊背后说：“没大碍，您是夜里着凉受风了，我给你做做火灸按摩吧。”

墩子娘不解地问："火灸是啥？"

秦越人说："火灸就是用手蘸着燃烧的酒，给您做按摩。"

墩子娘惊悸地说："哎呀，俺可不敢做那玩意儿！变成火的酒，还不把俺背上的老皮烫成一片片大泡？"

秦越人笑着说："大娘，烫谁，当侄子的也不敢烫您哪，您要害怕就算了。"

这时又有几个进门求诊的，都想看稀罕，在一旁怂恿说："墩子娘，你就让越人火灸火灸呗。让俺们大伙也开开眼，看个新鲜！"有的说："墩子娘，你还不相信越人的话，他跟你家墩子是啥关系？俺想叫他给俺火灸，他还舍不得用这绝招呢！"

墩子娘望望众人，又望着秦越人说："越人，既然大伙都说了，那俺就试试？"

秦越人笑笑说："您趴到炕上吧。"

墩子娘不好意思地往炕上趴着说："大侄子，还脱衣裳呗？"

众人听了嘎嘎大笑。

秦越人说："不用脱，只撩起后背就行。"说毕，他转身从屋侧一个柜子里拎出一罐陈年黄酒，向子容拿来的碗内倒了少半碗，给墩子娘背上罩了两层布巾，便用双手沾着燃烧的酒在墩子娘背上从上到下不停地像弹琴一样往返摁压按摩起来。

那燃烧的酒火随着秦越人双手上下左右移动，冒着蓝色的火焰发出"呼呼"响声。众人屏声静息瞪着惊讶的大眼，唯恐墩子娘发出烫伤的惨叫声，然而她却在秦越人的火灸中慢慢睡着了，还发出轻微的鼾声。

半碗酒用尽，秦越人揭去罩在墩子娘背上的两块布巾，放下她撩起的衣裳说："大娘，做完了，起来吧。"

墩子娘揉揉眼睁开坐起，望望左右说："这就完啦？"

秦越人说："大娘，您下炕伸伸胳膊腿扭扭腰，看是不是轻点？"

墩子娘下地，举举胳膊弯弯腰笑着说："哎，大侄子，你这办法还真灵，俺的背不紧不箍了、胳膊腿也用上劲了！"

众患者围着墩子娘问："墩子娘，疼不疼，你咋睡着了呢？"

墩子娘嬉笑着说："俺背上跟放了个热沙布袋似的，热乎乎的一阵阵舒服，能不瞌睡吗？"

众人听了大笑，秦越人听了咧着嘴乐，子容用崇敬和叹慕的目光望着义父。

俗话说，奇事如风。"秦郎中戴孝开诊"的消息，在患者们的进出中从邻里传往外乡，从鄚邑城外传往鄚邑城内的大街小巷。患者们在家人陪同或搀扶下，从各地拥往七间房秦家宅院。

坐在一张条案后的秦越人，虽然面色少了往日的慈祥与微笑，却多了凝重与深沉，诊脉断患仍然一丝不苟。

子容忙里忙外，一会儿当秦越人的助手，一会儿按照秦越人开的药方取药、抓药、收钱。

开门应诊确让秦越人减少了思亲的痛苦，但忙碌的诊患工作却使他虚弱的体力不支。两日后下午后半晌，菱花笑眯眯坐在炕上窗前正缝小儿衣裳，秦越人踉跄进屋，往炕上一扑，趴下呻吟："哎呀——老婆，累死我了！"

菱花急忙放下手中活计，紧张地凑到丈夫身边问："你咋了？哪儿不舒服？"

秦越人龇牙咧嘴用双手捋着腰说："浑身酸疼，跟散了架似的。"

菱花一边为他捶背一边心疼地数叨："你这人，一干事就忘了自己。这么多天没应诊，咋不知道悠着点呢？"

秦越人"咝咝"吸着冷气说："那么多患者，哪有悠的工夫哇？"

菱花埋怨说："刚三天就累成这样，以后可咋办哪？"

秦越人说："这么多天没接诊，积的患者多，也许以后就少点。"

菱花说："要不你先出去转两天，缓缓气儿。有人来找，俺就说你出去游医了。"

秦越人摇摇头说："不行。病人们大老远冲咱来，咱哪能躲呢？"

菱花叹口气说："唉，这不行那不行，俺真拿你没办法！"

秦越人说："你别捶了，快去做饭吧，俺饿得心慌。"

菱花听了，赶快下炕，走到门口喊："子容，快过来一下！"

"来了！"子容应一声满脸尘土从堂屋跑出来问，"干娘，啥事？"

菱花笑着问："你在那屋忙啥呢？"

子容说："俺在打扫病人们扔下的东西，准备明天用的药哩。"

菱花说："你干爹累得腰疼腿酸。你快去洗洗手，进屋给他捶捶背，按摩按摩胳膊腿儿！"

"好嘞！"子容答应一声，转身去洗手。

傍晚，腰扎围裙的菱花，在灶房向一张方地桌上摆着饭菜。荆筐内放着几张葱花香油大饼，一盆小米绿豆稀粥，一盘大葱炒鸡蛋、一盘虾酱。她眯眼笑笑，冲屋内喊："子容，饭做好啦！快叫你干爹一块来吃饭！"

子容应一声："知道了！"扶着秦越人走出屋门。

秦越人进门眼睛发亮，嗅着香味眯眼瞧一眼菱花说："真香啊！"还未等落座就伸手去抓饼。

子容说："干爹，您坐着，俺给您拿。"

秦越人摇头说："不、不，我自个儿来。"说着抓起一张饼，用筷子剜了一坨虾酱一坨鸡蛋往饼上一抹，卷起来了就狼吞虎咽地吃起来。

子容愣神大睁着眼望着干爹饿狼一样可笑吃相不知说啥好。

菱花捂着嘴“哧哧”笑。

秦越人连吃两张、喝了一碗粥，伸手还想拿饼吃，菱花嗔怪着用手拦住说：“你多日进食少，不能再吃了！”

秦越人红脸停住手，擦擦嘴笑着盯看在一旁嬉笑的子容说：“子容，干爹的吃相是否太难看了？”

子容急忙掩饰说：“不、不，您吃得多，俺和干娘都高兴！”

秦越人不好意思地摇摇头，将话题一转说：“子容，明天你陪我去乡下转转吧。”

“行、行。”子容高兴地连连点头。

菱花见多日少有笑脸的丈夫饭量大增、精神大好，眼涌热泪说：“你们在乡下多转几天，也省得病人们大老远往家里找。”

秦越人点点头说：“我转两天透过气儿，就回来啦。”

初冬田野，晨曦高照。为办父母的丧事，秦越人已快两个月没有走出家门了，望着初冬空旷的田野和蓝天，竟有一种重回人间的感觉，舒畅地伸臂呼吸了几口原野清新空气，快步向前走去。他的身后跟着背药箱的子容，穿田越野，走进一个又一个村庄。他们接患诊疾、交谈聊天，形同父子，不知不觉迎来大雪纷飞的冬日。

一日清晨，住在村野小店的秦越人和子容起床后推开门，望着满天飞雪发惊。子容打个冷战，缩着脖子说：“干爹，这大雪，还没停呢，咱们咋办哪？”

店小二眯着笑眼揣着手说：“下雪天留客天。你们就再多住几日呗！”

秦越人走出屋门，望着茫茫雪野说：“子容，雪再大今天咱们也得走！你干娘一个人在家里，不知道急成啥样哩？”

子容从屋内背出药箱和行囊，给店家算了店钱说：“走！干爹，今天咱们一定赶回家。”

店家笑着说：“这里距鄚邑七间房还有四十多里路呢，你们可想好咯，路上可没我这么便宜的店住！”

秦越人笑笑说：“谢谢店家的关照。”就与子容钻进雪海。

刚走不远，秦越人就在雪地上滑倒了，那店家在身后哈哈大笑。

子容扶起义父，拍着身上的雪问：“干爹，您没摔着吧？”

秦越人活动着手脚说：“没事。”

子容从路旁树上折下一根木棍递给义父说：“干爹，您拄着慢点走。”

二人在雪海中一会儿一前一后，一会儿并肩挽手前行，艰难地跋涉着。傍晚，秦越人喘着粗气驻足望着风雪中的鄚邑城说：“总算快到家了！”子容问：

“干爹，咱们是绕城过呢，还是穿城走？”

秦越人一手拄棍一手擦着额头热汗说：“穿城过，可以少走二里路。”

城内的道路经人踩马踏，更滑更难走。子容搀着义父，偶然回头，发现身后跟着两个衣不遮体的十一二岁乞儿，小声对义父说：“干爹，咱们身后跟着俩要饭的孩子。”

秦越人回头瞧瞧说：“这大冷的天，要饭的人更难要到吃头了。咱们走快点，不然跟的人还会多！”

然而他和子容脚步快，两个讨饭孩子也快；他与子容脚步慢，他们也慢。秦越人和子容驻足转身，两个乞儿竟跪地伸出残碗哭说：“大爷，给口吃的吧！”

秦越人端详两个骨瘦如柴、满面污垢在风雪中伸出的瑟瑟发抖的红肿冻手，如针刺心，连忙将他们扶起，对子容说：“你去前边的饭店，给这俩孩子买几个烧饼吃。”

子容快步买回四个烧饼递给两个乞儿说：“吃了烧饼，你们快去找个地方住下，不然会冻坏的！”

两个乞儿口咬烧饼，磕头如捣蒜说：“谢谢恩人，谢谢恩人！”

秦越人眼睛一热，快步向前走去……

吃过晚饭，菱花又站到大门口，顺着大街向风雪飘舞的远方焦急地张望着。住在街对过出来关街门的林儿看到，走过来说：“嫂子，这么冷的天，又下着雪，你咋又出来等俺哥了？”

菱花忧心地说：“雪越大俺越担心，他咋还不回来呢？”

林儿说：“嫂子别着急，你身子笨了，快回家等着吧！他今天若再不回来，明天俺到路上接接去。”

菱花叹口气说：“唉，你哥这人，在家让人操心，出门也让人担心。”

林儿笑着说：“嫂子放宽心，有子容与他在一起，不会有事的！”

菱花不好意思地笑笑说：“林儿兄弟快忙去吧，俺这就回屋。”说着又向远方望一眼，才恋恋不舍转身关上门向屋内走去。

林儿边向回走边自语：“越人哥真是摊上个好媳妇！”

菱花回到屋内还是六神不宁，她点亮灯，坐在炕上做起针线来，一走神，针刺破手指。她用嘴嘬着鲜血自语：“夫君，这么大的雪，你和子容现在哪儿呀？咋二十天了还不回来啊？”

这时门外突然传来“啪、啪”的敲门声。菱花一怔，兴奋地下炕打开屋门，冲大门喊：“来了！谁叫门哪？”

子容抖着身上的雪，跺着脚说：“干娘，是干爹和俺回来了！”

菱花三步并作两步打开门栓，惊喜地涌着泪说：“你们咋冒这大风雪回来呀？可把俺担心死啦！”

秦越人激动地上前扶住妻子说：“你小心点，脚下雪滑。”

菱花擦把泪说：“你与子容快进屋换衣裳，架旺火暖和暖和！俺去烧水烫脚、做饭。”

秦越人望着妻子笨重的身体一扭一扭向灶房走去，叮嘱：“慢点儿，别扭着！”

子容快步上前扶住干娘说：“干娘，您小心点！俺换上衣裳就来帮着烧火做饭。”

菱花笑着推开子容说：“你快进屋换衣裳吧，俺没那么娇贵。”

丈夫和子容回来了，菱花一颗悬心落地，吃过饭打发子容睡下，就回屋爬上炕铺被窝。灯下，她一边放枕头一边对在屋内走来走去的丈夫说：“你走了一天的雪路，累了，快点脱了睡一觉解解乏吧。”

秦越人皱眉叹气说：“唉，我心里堵得慌。你先睡吧，俺先看会儿医简。”

菱花一怔，望着丈夫问：“你这些日子在外面，又碰上啥不顺心的事啦？”

秦越人摇摇头说：“要说行医，没啥不顺心的。只是路过鄚邑城时，看到的两个可怜人，真让人心痛欲碎呀！”

菱花眼睛一亮说：“咋，发现害死咱爹娘的丁二了？”

秦越人长叹一口气说：“不是丁二，是两个在街上讨饭、谁遇见就会掉泪难忘的凄苦孩子！”

菱花问：“啥样孩子，让你这样牵肠挂肚的？”

秦越人说：“十二三岁，手脚都冻得青紫流脓裂着大口子，在风雪中给人磕头乞食……”

菱花同情地说：“世道这么乱，成天攻攻杀杀的，没了爹娘的孩子咋能不可怜呢！”

秦越人愤愤不平地说：“王侯争霸，贪官弄权，强抢豪夺，百姓困苦，撇下那些没家没亲人的孩子们怎么活呀？”

菱花眼里含着泪花摸着自己的肚子说：“但愿咱们孩子出生后，能遇上好世道。”

秦越人拥住妻子，疼爱地抚摸着说：“你怀着身孕，早点睡吧。我把医袋里被雪打湿的医简和药晾晾再睡。”

菱花听话地点头，上炕脱衣钻进被窝躺下，但哪里睡得着，一双眼一会儿盯着房顶眨，一会儿扭头盯着丈夫看。

秦越人说要晾雪打湿的医简和药，但打开医袋后并不翻动，眼前闪现的净是那两个乞儿的身影。忽听院内有响动，他起身打开门并不见人影，只有漫天大雪伴着刺骨寒风在院内呼啸飞舞，边掩上门边自语：“没有人哪，哪来的响声呢？”然后便吹灯脱衣上炕钻进被窝中。

黑暗中，妻子菱花悄然溜进丈夫被窝紧紧将他抱住，秦越人抚摸着妻子的脸，吃惊地问：“你、你咋哭了？”

菱花哽咽一声说：“我的亲人，俺天天盼你归，夜夜想你回，你不睡，俺咋能睡得着哇……”话未说完，成串泪水滴在丈夫怀中。

秦越人动情地紧紧抱住妻子，一边抚摸着妻子光滑颤动的脊背一边安慰说：“古人讲，家有贤妻，胜过金玉食衣。你这样疼我爱我，越人终生足矣！”

妻子将头偎在丈夫怀中，讷讷道：“你一外出行医，俺就空落落的，好像丢了魂儿，天天站到门口向村外路口张望。”

秦越人深情地亲吻着妻子的头发说：“夫妻连心，我何不想天天相陪你呀！只是义父恩师临终有嘱，医家本分所驱，为夫实难两全啊！”

菱花用脸摩擦着丈夫的鼻子、眼睛说：“俺不盼你在外挣多少钱，也不盼你多么显贵，只要看到你安全归来，俺就一块石头落地了。”

秦越人激动地流着泪说：“越人有你这样的贤妻相伴惦念，再苦再累心也是甜的。”

菱花幸福地将身子贴到丈夫身上，让他摸着又大了不少的肚子，甜蜜睡去。

清晨，雪停了，秦越人夫妻还在睡梦中，子容便起来扫雪了。他将庭院的积雪堆成两个雪山，清扫出通往秦越人夫妻住室的路，又清扫通往西厢房灶房的路，然后到柴棚去抱柴，欲点火烧水。然而当他伸手去抱柴草，却发现柴草中有两个冻僵的孩子，吓得扔下柴草连连后退，惊叫着奔向义父门前敲门：“干爹，快起来，咱们柴棚有两个冻死的孩子！”

秦越人夫妻闻声，慌忙披衣而起打开屋门问：“在哪儿？”

子容领着干爹干娘向柴棚边走边说：“就在咱家柴草堆里！”

秦越人拨开乱草顿时愣住了，那两个孩子竟是昨天傍晚在鄚邑城内见过的两个讨饭儿。秦越人摸摸鼻息、寸脉，断定是冻昏，伸手抱起一个交给子容说：“快！将他们抱到堂屋炕上！”然后又抱起另一个对妻子说：“你，快去点火熬姜汤！”

菱花慌张向灶房走去。

两个冻昏的孩子直挺挺躺在堂屋炕上。子容说：“干爹，盖上被子烧热炕捂捂吧？”

秦越人摇头说：“不！你去院里端一簸箕雪来，用冻雪搓他们的手脚！”

子容惊愕地问：“那不越搓越冷吗？”

秦越人说：“用冷雪搓冻脚，会越搓越热，让肌肉和血管慢慢恢复。此时若用热水敷，热炕捂，那就会要了他们的命！”

子容点点头从院内端来一簸箕冻雪，便与义父为两个冻僵的孩子搓起手脚来。他与义父的手被冰雪冻得红紫凉得刺心，而两个乞儿却渐渐苏醒。

菱花端来姜汤，与子容一勺勺给两个孩子喂服。

两个孩子恢复知觉了，秦越人让妻子给两个孩子找来厚衣服换上问：“你们是哪里人氏？怎么跑到我家柴棚里了？”

孩子甲说：“俺不知道是哪里人，自小四处讨饭吃。”

菱花问：“你们都叫什么呀？”

孩子乙说：“他叫大萝卜，俺叫小萝卜。”

子容笑着说：“咋叫这名字，你们是弟兄俩？”

孩子甲不好意思地说：“俺们俩是路上碰到的，就结伴一块讨饭。”

孩子乙说：“他喊俺小萝卜，俺就喊他大萝卜。”

秦越人凄笑着说：“那你们咋跑到我家柴棚的呢？”

孩子甲红着脸低头小声说：“您在城里给了俺俩四个烧饼，俺们就偷偷跟来了。”

孩子乙说：“他说你们是好人，叫俺和他一块跳墙进院的。”

秦越人听了哽咽不语，菱花只擦泪水。

秦越人知他们无家可归，思忖了一会儿问妻子：“这可咋办呢？”

菱花止住泪说：“还能咋办！两条人命不能刚救活，又让他们去冰天雪地里再冻死，先给他们吃饭治伤吧。”

第十四章
让生死爱妻命丧白洋淀

冬日上午，墙角还堆着残雪，太阳暖融融的，天空碧蓝无风。秦越人满头汗水，在院内打着从义父恩师长桑君那里学来的自创拳脚，一会儿踢跳腾挪，一会儿劈腿撇叉。

子容与大萝卜、小萝卜在旁边跟着秦越人的动作和姿势比画。菱花靠在阳光下的卧房门口，醉心地笑着观看。

子容对收势擦汗的秦越人说："干爹，俺咋老打不响飞脚呢？"

秦越人笑着说："打飞脚关键是腿与臂的配合，飞腿要有力，双臂挥动要直要快，在手与脚接触的一刹那发出有力的碰撞声响！"说着，他又就地示范打了个"啪、啪"连二响的飞脚。

子容按照义父讲的要领再打一次，果然好多了。

小萝卜说："干爹，俺也会打！"说着就打了个连二响飞脚。

秦越人一怔，待小萝卜落式后问："你刚才喊我什么？"

小萝卜红着脸说："俺跟着子容哥喊走嘴了。"

秦越人笑笑说："练吧、练吧！学几手拳脚，出了门少受欺负。"

三个年轻孩子就像三只小老虎一样，在院里练起拳脚。

这时孟老汉、赵老汉领着林儿、墩子进门。孟老汉笑着说："大老远就听着院里闹哄哄的，原来是练拳脚呀！"

林儿和墩子责怪说："秦哥（弟），这练拳的事咋不招呼俺呢？"

秦越人笑着迎上说："你们俩别添乱。"然后冲二位老人问："孟伯、赵叔，找俺啥事？快屋里坐。"

孟老汉说："就在这儿说吧，外面亮堂暖和。"

菱花对子容、大萝卜、小萝卜用手指指堂屋，三个人跑进堂屋搬出三个蒲团来。子容送到孟老汉面前说："孟爷爷请坐。"

大萝卜送到赵老汉面前说："赵爷爷请坐。"

小萝卜送到秦越人面前说："干爹请坐。"

秦越人听了神情又一怔，然后笑了。孟、赵二老汉将这一切全看在眼里。

三个孩子又要进屋搬坐物，被墩子、林儿拦住说："别搬了，俺们不坐。"

赵老汉笑眯眼望着子容和站在子容左右的大萝卜、小萝卜三个生龙活虎的半大小子，羡慕地对秦越人说："这真是三只小老虎哇！你们两口子真会调教，他们越来越懂事，真是令人喜欢羡慕呀！"

子容与大萝卜、小萝卜听了，红脸低头慌忙躲到墩子和林儿身后。

林儿抓住小萝卜笑着往前推着说："别不好意思，赵爷爷这是夸你们仨呢！"

孟老汉摆摆手说："林儿别闹，让你赵叔说正事儿。"

赵老汉轻咳一声，清清嗓子对秦越人说："一年一度的腊祭（即今日春节前身）快到了。刚才俺与你孟伯召集村里几个老人，在一块嘀咕了一会儿，商量今年搞点啥乐和事，人们就提到你。说你成天走村串乡的，见识广，让俺们来找你出出主意？"

秦越人笑笑说："赵叔，年年腊祭不都是您领着大伙祭天地祈福禳灾吗，我可不懂这里面的道道啊？"

孟老汉说："祭天地祈福禳灾的事你不用管。俺与你赵叔找你，是想让你出个新点子，祭祀仪式后再干点啥更有趣的乐和事儿，让乡亲们热闹热闹！"

秦越人皱着眉头说："这可让我为难了，俺压根就没想过这方面的事儿？"

林儿说："哥，那你就说说外乡人都是咋腊祭的呗！"

秦越人思忖说："我走的地方也不多，也没亲眼看过，只是行医时聊天听人讲过一些。"

墩子说："那你就把听过的事给俺们讲讲呗。"

秦越人望着孟、赵二位老人说："咱们东边胡屯（今文安县境内），那地方踩高跷；咱们北边俺媳妇葛城那地方，往白洋淀里放荷花灯；咱们西边高阳邑（今高阳县）那地方唱小曲；咱们南边，卯兮那地方跳麒麟。"

孟老汉突然一拍大腿，兴奋地说："大侄子，别说了，俺有主意了！"

赵老汉惊奇地说："你有啥主意？咱们几个在你家商量的时候，咋不说出来呢？"

孟老汉转转眼珠望望赵老汉又望着秦越人说："刚才俺是没主意，让越人侄子这一讲，俺有啦！"

赵老汉不屑地一瞥说："你满脑袋高粱花子，肚里吃的是高粱面窝窝头，喝的是高粱米粥，还能放出一个馍馍屁？"

孟老汉笑着说："俺今天就给你放一个馍馍屁！"

赵老汉不相信地急眼逼着说："你放、你放，放了叫俺闻闻！没有馍馍味，俺跟你没完！"

秦越人、墩子、林儿等见两个老人较上劲儿，好奇地等着听下文。

孟老汉笑望众人说："越人刚才讲的，你们明白呗？"

墩子摇摇头，子容与大萝卜、小萝卜也摇头。

孟老汉说："各地过腊祭，都是根据当地的环境条件和老辈子传下的东西，要摆的乐和玩意儿！"

赵老汉说："那还用你说！"

孟老汉不气不急笑着说："咱们也把咱们村现有的东西，在腊祭的时候亮出来，不就行了吗？"

赵老汉睨一眼孟老汉说："你净睁着眼说白话，咱村要有可耍的玩意儿，咱们还用来找越人侄子问吗？"

孟老汉"咯咯"笑着说："正是找了越人，俺才知道腊祭耍啥新玩意儿了！"

赵老汉愣住神，转着眼珠想了一会儿，一拍脑袋，忽然明白了，脸红脖粗指着孟老汉说："哎呀！你个老东西，净玩弯弯绕，今天又让你把俺给绕进去了！"

孟老汉乐得哈哈大笑，指着赵老汉说："当着这些晚辈们，你说！俺今天放这个屁，有没有馍馍味？"

赵老汉羞赧地乐着摇头认输说："有馍馍味、有馍馍味，俺认输！"

秦越人与菱花望着俩老人笑，墩子、林儿与子容、大萝卜、小萝卜却大眼瞪小眼如堕五里雾中。

墩子着急地一跺脚说："孟伯赵叔，二老别打哑谜了，说句透亮话好不？叫俺们也明白明白！"

孟老汉笑得捂着肚子站起说："咱们村今年腊祭的乐和玩意儿呀，就是让越人带着你这帮年轻人打拳！"

秦越人急忙站起说："孟伯，俺这拳脚都是三脚猫功夫，自己练练壮壮筋骨还行，哪能叫乡亲们看笑话呢？"

孟老汉正色说："你别推辞。俺之所以想让你带着村里年轻后生们练拳脚，是因为还有别的意思呢。"

秦越人怔住还没开口，赵老汉站起上前扶住秦越人肩头说："你孟伯说得对！现在是乱世，这家来这块地上争，那家来这块地上抢，散兵如狼，恶吏如虎。村里年轻人如果练上拳脚，不光图自个身子骨强壮结实，也是保护全村人安全、出门少受人欺负哇！"

秦越人敬服地点点头。

林儿和墩子对孟老汉说："爹（大伯），俺们现在就去村里招呼年轻人们，来跟越人哥（弟）学拳脚！"

子容和大萝卜、小萝卜听了，兴奋地互相打闹，菱花笑着深情地望着丈夫。

冬天对农人来说是个闲季。村中青年小伙子们听说秦越人要教拳，纷纷聚往秦家院内。灿烂阳光下，院内沿墙摆放着棍棒刀枪，秦越人短衣打扮在做着各种拳式。

一群青年后生随着秦越人踢腿出拳，学拳脚。

秦越人喊着："一、二、三、四、五、六……"口令。

排成队形的年轻后生随口令发出"哈、嘿"的叫声。

子容给大萝卜、小萝卜纠正姿势。

林儿与墩子棍棒相交……

秦越人望着龙腾虎跃的练拳后生们会心地笑着。

菱花望着丈夫和练拳众人，脸上漾着自豪和幸福。

赵老汉和孟老汉站在院角，兴奋地交谈着。

人忙天短，不知不觉又黑天了。秦越人送走众人，走进卧房。灯下，炕洞内燃烧的劈柴发出"噼啪"声，菱花笑着递上汗巾说："这一天折腾的，把你累坏了吧，快擦擦汗。"

秦越人兴奋地说："两三年不打拳啦，一练还真又找到感觉了！"

菱花用手拍着丈夫身上的土说："你跟俺成亲几年了，咋没告诉俺你会拳脚呢？"

秦越人笑笑说："这都是义父生前教俺的防身术。这几年不是忙治病就是家里出事，哪得机会说呀？"

菱花嫣然一笑说："孟老伯这人真有心机，不光把赵叔装了，还逮了你个公差！"

秦越人佩服地说："那当然。要不，村里人为啥推他当里长呢！"接着又说，"有两件事，我一直想与你商量，这些天忙着练拳脚，也没顾上说。"

菱花喜滋滋盯着丈夫问："啥事？"

秦越人望着妻子说："第一件呢，上午练拳时，我教子容打飞脚，你听到小萝卜喊我啥来呗？"

菱花笑着说："听到了。他喊你干爹！咋，你想也收他为义子？"

秦越人一怔说："今天一天，他好几次这样称呼我了。有两次还是当着孟伯赵叔的面喊的。"

菱花吃惊地瞪着眼说："俺也挺纳闷，这孩子咋就自己改口了呢？"

秦越人神色一沉说："自他叫了以后，我这心里一直扑腾。"

菱花眨眨眼问："你觉得大萝卜、小萝卜这俩孩子咋样？"

秦越人思忖着说："从相处这二十多天看，这俩孩子都挺勤快懂事的，也肯吃苦，就是不知道长大了咋样？"

菱花笑笑说："小孩们的品行，就是跟着好人学好，跟着坏人学坏。只要从小多调教、管严点，长大不会两样儿。"

秦越人沉思一会儿说："你发现没有，自他们进门，子容就跟这俩孩子挺亲热，整天形影不离的。熬过冬天，若让他们离开，恐怕子容也会舍不得呢。"

菱花一怔说："咋？你真想也收他们为义子啊？"

秦越人神情忐忑地说："这些天我心里一直在翻腾。如果让他们走，他们硬不走，或者走了又跑回来，咋办？对这没爹没娘连家是哪里也不知道的孩子，我真不知道该如何处理好？"

菱花郑重地说："这可是件大事。你抽个时间找孟伯、赵叔商量商量，让他们也帮着出出主意。"

秦越人说："我上愁的就是这事。这俩孩子长得水灵又机灵，二位老人见了他们就眉开眼笑，老在我面前夸这俩孩子好。若问他们，准不同意让这俩孩子走。"

菱花抚着自己的肚子，开玩笑说："你已经有一个义子了，若再收俩义子，咱们的孩子就成小四了！"

秦越人说："所以我才犹豫不决呢。"

菱花问："还有一件事呢？"

秦越人说："第二件就是到腊祭，子容就年满十六岁了。按照周礼，该给他举行成人礼了。"

菱花说："子容这孩子，这几年跟着咱们吃了不少苦，不仅冒死在大火里抢救爹娘，还抢出义父留下的医简和你行医的用具。搁一般孩子，碰到这种大灾大难，吓都吓傻了，哪还有这胆量？"

秦越人点点头说："苦难见真情、危艰显人品啊！子容虽非你我亲生，我们要像亲生一样给他办个体面的成人礼！"

菱花说："你打算怎么办呢？"

秦越人说："让赵叔主持，邀上村里人参加，让子容拜宗牌，给大伙敬个酒，吃顿祝贺饭呗。"

菱花迟疑着说："这当然好。俺只是担心——"

秦越人不解地问："你担心啥？"

菱花说："你给子容办得这么体面，今后再收了义子是否也这么办？如果厚此薄彼，不光乡亲们议论，义子们心里也会觉得不平哩。"

秦越人点头说："你说得有道理。可咋样做才能让家里家外都舒心呢？"

菱花眼睛一亮说："俺有个主意，不知行不行？"

秦越人说："你说说看。"

菱花说："义子咱就子容这一个了，今后再不收义子。"

秦越人说："那大萝卜、小萝卜咋办？"

菱花笑着说："收徒弟。你收多少俺都没意见，反正不能让俺肚里的孩子当小四，那样太委屈咱们自己的亲骨肉了！"说着，竟然落下两行热泪。

秦越人拍拍妻子的肩头，说："我也想过收徒弟，但自古医家无此先例呀。我怕外人和同行们知道了，会说三道四啊？"

菱花擦着泪说："这俺不管。哪个当娘的也自私护犊子！再说了，世上的事都是人闯的。你诊脉寸口，也有人找上门闹事，现在不都认了吗？为啥在这件事上就怕这怕那的呢？”

秦越人望着妻子转转眼珠，陷入沉思……

收徒传医术是件大事。秦越人思考了几天，又找孟伯赵叔商量，决定上坟祭祀义父恩师长桑君，在坟前举行收徒仪式，在家里为子容办“成人礼”。

冬日上午，阳光下茂密杂草荆棘中还积满残雪。孟老汉和秦越人带着子容、大萝卜、小萝卜向村外长桑君的坟走去。

远远望见那座熟悉的坟丘，秦越人的眼睛立时湿润了。

孟老汉瞧一眼秦越人说：“时间过得真快，转眼间你义父已去世七年多了。”

秦越人抑制着心中的悲痛说：“俺义父一生两袖清风，不仅传我医术，还让我懂得如何做人！不知他老人家，能否同意我收徒之事？”话音刚落，那坟头草丛中飞起一群麻雀，“啾啾”叫着在空中盘旋飞向远方。

孟老汉兴奋地说：“好兆头！老坟卧雀，后辈多小（小子）。那啾啾的叫声，就是长桑君在天之灵对你的回答呀！”

秦越人闻言快步奔到坟前，肃立拱手下跪。

子容将提篮中的供品摆上，小萝卜将点燃的祭香送到秦越人手中。

秦越人郑重诉告：“义父恩师在上，徒儿越人禀告，按照您的教诲，弟子时刻不忘立身于民、普救众生。但世事艰险，双亲惨遭恶医丁二纵火害死。为承师业，儿子已将诊坊搬回七间房了。两个月前，我又收留了两个流浪街头的乞儿，一个叫大萝卜，一个叫小萝卜。他们都是无亲无家的孤儿，品行端正，立志学医。弟子与妻子菱花商量，特请村中里长孟伯为证，拟收他们为徒。今天带义子子容和他们一块来向您禀报，您若同意，就托梦暗示徒儿！”说毕起身站立一旁，对子容、大萝卜、小萝卜说：“给师爷长桑君，行拜祖大礼！”

三个年轻人闻声而跪，口称：“徒孙子容（大萝卜/小萝卜）叩拜师爷！”

说来神奇，当子容、大萝卜、小萝卜第三次叩首称“叩拜师爷”时，那群远飞的麻雀群又回到坟的上空，啾啾叫着盘旋。

古人迷信鬼神，以为这是亡灵同意的暗示，秦越人急忙再向坟丘下跪叩首连说：“孩儿谢义父恩师恩准！孩儿谢义父恩师恩准！”

孟老汉肃声对三个惊慌张望的孩子说：“还不快叩谢师爷应允之恩！”

子容和大萝卜、小萝卜立即“扑通”跪倒作揖说：“谢师爷收留、谢师爷收留！”

孟老汉说：“名不正则言不顺。越人，你给大萝卜、小萝卜赐个名字吧！”

秦越人望着大萝卜、小萝卜思考了一会儿说：“你们师哥叫子容，你们的名字也以‘子’字开头，大萝卜改名子术，小萝卜改名子仪。”

孟老汉不待兴奋的大萝卜、小萝卜讲话，又说：“新徒弟向师爷宣誓！”

三个孩子举起右手齐声高喊：

"苍天在上，黄土作证，徒孙子容、子术、子仪，向师爷发誓：我愿生为医家人死为医家鬼，刻苦学医技，立志救众生，不贪富贵官财，永远立身为民。敬师如父，遵规如矩，救民不怕困苦，诊患精益求精。若违医德医规，任凭师父惩除！"

秦越人望着三个孩子那虔诚的神态和发自内心的誓声，眼中闪出兴奋的泪花。

那三个孩子向师爷长桑君宣誓后，孟老汉又说："向师父秦越人行拜师大礼！"

三个孩子又齐刷刷跪倒秦越人面前道："师父，请受弟子子容（子术/子仪）三拜！感谢收容教养之恩！终生侍师如父、侍师母如母！"

秦越人一一将他们扶起，严肃地说："从此，咱们就是一家人了，要患难与共，共兴医业。"

然后秦越人坐在长桑君坟前，三个弟子围坐身边，向他们讲述自己随长桑君学医和长桑君行医的奇闻轶事——

长桑君骑着毛驴云游四方，救治苦难患病百姓被称为"半仙"；

长桑君在鄚邑街头为一失明青年患者复明；

秦越人因拿错药而遭师父怒打并在暴雨中昏厥；

长桑君为使秦越人永记教训，为他约法三章；

长桑君为求医术精益求精，每日在油灯下研读、注释古医书至深夜；

长桑君临终前拉着秦越人的手再三叮嘱："医家就是要以四海为家""永远立身于民""以普救众生为本"……

俗话说，好事成双。秦越人白天在义父恩师长桑君坟前举行了收徒仪式，晚上就给义子子容举行成人礼。秦家堂屋灯下，当屋一张几案上竖立着写有"秦氏列祖列宗之灵位"的宗牌，宗牌前摆放着供果，香炉中燃着祭香。

宗案左旁坐着满脸笑容的秦越人和妻子菱花，子容一身新装羞涩地站在秦越人夫妻背后。

子术、子仪忙着给进屋的众乡亲搬坐具。

赵老汉笑嘻嘻进门说："越人，你搞得好隆重呀！"

菱花笑着说："俺只有子容一个干儿，能不隆重吗？"

坐在祭牌右侧的孟老汉笑着说："就等你这个主持人了，大家都等着喝子容成人酒哩，快点开始吧！"

众人哄然一笑，赵老汉干咳一声，严肃地说："少安毋躁！现在成人礼开始。面对众乡邻亲友，请秦子容向秦氏列祖列宗行三叩大礼！"

子容跪地拱手三叩首说："孙子秦子容，拜叩爷爷奶奶和列祖列宗！"

拜毕后，赵老汉又喊："向义父义母拜谢教养之恩！"

子容移步秦越人和菱花面前，扑通一声跪下，双眼泪如泉涌说："乞儿子容，拜谢义父义母收养教育大恩啊！"然后泣涕着三叩首。

秦越人与菱花眼涌泪花扶起子容说："吾儿请起。"

赵老汉又喊："请里长孟哥，讲成人规。"

孟老汉望着擦泪的子容，笑笑说："人长到十六岁，是一个大坎。从今天开始，子容就算成人了。成人有三规：第一规，说话办事要担当家庭和社会责任；第二规，孝敬双亲、爱护兄弟姐妹；第三规，从今天开始，男可论婚、女可谈嫁，担负延续家族香火重任。秦子容，你能做到以上三条吗？"

子容声音洪亮地说："能！"

赵老汉扫一圈众人说："大家都听见子容的誓言了吗？"

大伙说"听见了！"

赵老汉说："那好。从今天开始，你们就是他行为的监督人！他要做不到，咱让他跪到祖宗牌位前把自己拉的屎吃进去，行不行？"

众人齐声起哄："行！"

子容脸涨得通红。

赵老汉喊："大萝卜、小萝卜，快端祝贺酒来！"

大萝卜闻声跑向灶房，小萝卜嘟着嘴对赵老汉说："赵爷爷，俺有大名了，您不能再喊俺小萝卜了！"

众人听了又哄笑。

赵老汉疑惑地说："你有大名了？俺咋不知道？"

孟老汉笑眯着眼说："是有大名了。今天上午，在长桑君坟前，越人正式收大萝卜、小萝卜为徒弟了。他给大萝卜赐名子术，给小萝卜赐名子仪！"

赵老汉兴奋地说："好哇！越人侄子这是家兴业旺双喜临门哪！咱们一块祝贺！"

"一块祝贺！"众人手举酒盏碰在一起。

秦越人乐得咧着嘴笑，菱花满脸笑开了花。

秦家添了子容、子术、子仪三个半大小子，秦越人出来进去脸上都漾满笑容，在举家欢乐中迎来一年一度的腊祭。

腊日上午，七间房十字街头，一堆用新劈木柴条堆的祭火坛像塔一样竖立在阳光下，泛着亮光，散发着新木特有木香。祭火坛之后摆着一张硕大祭案，上面摆着香炉和丰盛祭品。

街道两旁聚满来自周围各村扶老携幼观看的人群，人们兴奋嘈杂地议论着。

腊祭队伍由两支长号开路，由北向南走向十字街头，围观的人们伸头张望。

悠长洪亮的号手之后，由赵老汉扮的天神脸上涂画着朱红与黄交汇的图案，身披红布袍，怀抱一桃木剑，显得威武神圣。他身后一左一右跟着由子容和墩子扮成的神将。子容黑衣黑脸手持打魔黑鞭，墩子白衣白脸手持劈鬼银斧；他们身后由秦越人率领着一群手持柳棍、嘴里发出"噢、噢、噢"呼叫声的众青年组成的驱鬼逐魔喽啰队。

队伍来到祭案前，手持令旗的里长孟老汉高喊："全体肃静！上祭香！"

天神赵老汉迈着八字步走到祭案前，拿起三炷祭香点燃，插到香炉中，袅袅青烟犹如三条通天之绳，飘向碧空。

待赵老汉回到队列，孟老汉又喊："七间房父老乡亲们，跪拜天地各路神仙！"

众村民闻声在祭案前面南跪倒。

孟老汉再喊："一叩首，祈求天上各位神仙保佑全村风调雨顺、人畜兴旺、五谷丰登！二叩首，祈求地上各位仙家保佑全村老少安康、出入平安、无灾无难！三叩首，祈求各家祖灵护佑子孙鼎盛、家兴业旺！"

众村民随孟老汉之声三拜后，孟老汉将令旗一举再喊："为驱逐藏在各处的邪鬼恶魔，请天神带领黑白二神将和众喽啰，到全村各家搜查捉拿！"

两支长号向东吹，搜查捉拿队伍奔向东街，从东街捉出满脸涂黄、白线勾眼由子术扮的天魔；

两支长号向西吹，搜查捉拿队伍奔向西街，从西街捉出满脸涂黑、白线勾眼由林儿扮的地魔；

两支长号向北吹，搜查队伍奔向北街，从北街捉出满脸涂蓝、白线勾眼由子仪扮的人间恶鬼。

三个恶鬼魔被绳子拴着，在搜查捉拿队伍的押解下，返回十字街。路上，两支长号吹着凯旋调，押解队伍高举柳棍在空中摇着，发出"噢、噢、噢"的欢呼声和尖叫口哨声，围观的村民像潮水一样涌来涌去。

三个被绳缚的恶魔邪鬼蹦蹦跳跳，不时做着不甘认输的吓人鬼脸和动作，一会儿瑟瑟发抖向押解队求饶，一会儿又突然窜入人群拉拉扯扯，吓得大人连连后退，小孩子抱着大人的腿躲在身后惊叫。其中尤以子仪动作滑稽可笑、精妙活泼令人叫好。

队伍回到祭案前，孟老汉举起令旗高喊："三个恶魔邪鬼已捉到，点火娱神焚鬼！"

天神赵老汉对左右二天将发令："黑白二将听令！"

墩子与子容迈步上前躬身打揖说："末将在！"

赵老汉说："点燃祭火！"

墩子与子容大摇大摆，一副天将气派，从孟老汉手中各取一支火把，走到柴塔前点燃引火，将火把插进湿柴缝中，柴塔顿时浓烟滚滚、火苗四蹿。

孟老汉在浓烟滚动中把手中令旗一挥说："将三个恶魔邪鬼投进火堆，大家围火欢庆胜利！"

林儿和子术、子仪立时被众喽啰围住，迅速脱下身上罩的鬼魔服往火中一扔，从人缝中溜走。

鬼魔服顿时被大火吞燃，化为烈火灰烬。全村男女老少围着熊熊燃烧的火塔欢叫跳闹，然后手拉手正转三圈逆转三圈。

这时，秦越人已带领村中年轻人在祭案前拉起拳场。他第一个摆式亮拳，腾跳踢挪、旋转飞脚，众乡亲连声叫好。

然后林儿、墩子、子容、子术、子仪等轮番上场，有的单耍，有的对打，有的耍棍，有的耍枪，将腊祭活动又推向一个新高潮。

村民甲说：“今年这腊祭，可真让人开眼啦！”

村民乙说：“咱七间房这热闹劲儿，鄚邑城里也比不了！”

村民丙说：“这帮年轻人，真给咱们村的人长脸长精气神儿！”

村民丁说：“装扮天魔和恶鬼的那俩半大小子，俺咋觉得眼生呢？”

村民甲说：“那是越人刚收的俩徒弟，一个叫子术，一个叫子仪！”

村民丁问：“咋没看见他救的大萝卜、小萝卜呢？”

村民甲说：“你真眼拙，子术、子仪就是大萝卜、小萝卜呀！”

村民丁惊喜地说：“这半大小子们，只要吃几顿饱饭，几天就变个样，俺都认不出来了！”

村民丙说：“你看那小萝卜精的，装啥像啥，啧啧，真是把恶鬼演活了！”

村民乙说：“那子容也不赖呀！扮天将比墩子还有派头哩。墩子虽然个高块大，却没人家子容那气势和精神头！”

村民丙说：“秦家三代单传，这一下就多了仨小子，菱花再生一个，在咱们这村里，可就是头家旺户了！”

村民甲说：“这都是命！该人家秦家发啦。”

被墩子娘扶着在人群中看丈夫和众人打拳的菱花听着众人议论，脸红得像喝了酒，对墩子娘笑着说：“大娘，俺回呀，早点回去给他们烧水做饭去。”

墩子娘拽住菱花衣袖说：“再看会儿呗，村里今天吃大饭（即大锅会餐），难得这么热闹哩！”

菱花笑着挣开墩子娘拽扯的手说：“不了，您看吧。俺去给他们爷四个烧锅洗涮水去。”边说边转身向回走。她骄傲地挺着肚子，脸上洋溢着少有的欢愉自豪笑容。

回到家中，菱花耳畔还在响着众乡邻的赞慕和欢笑声，忍不住自己也“咯咯”笑着乐。丈夫收子容为义子，“引生”自己怀了孕；丈夫收子容、子术、子仪为徒，受到乡邻们一片赞扬羡慕声，这里面也有自己一份功劳呢！吃过饭，烧好水，她坐在炕上窗下边做针线边快乐地哼着小曲：“茇茇草、茇茇草，茇茇头上搭仙桥；人人都从桥上过，不知仙桥牢不牢；好人过了成神仙，坏人过了掉下桥……”

过完腊祭热闹的秦越人推门进屋，兴奋地说：“好新鲜哪，你还会唱谣？”

菱花红着脸说：“咋，只许你在街上亮拳，不许俺在家里唱个谣？”

秦越人扯下绳上的布巾擦着脸上的尘土说：“真痛快！没想到俺这三脚猫功

夫，还让乡亲们给叫好啦！”

菱花边下炕边说：“俺在锅里烧了水，你去盛点热水洗洗，换身衣服吧。”

秦越人说：“不用了，汗都落了。”

菱花甜笑问：“子容他们仨呢？”

秦越人自豪地笑着说：“这仨小子，都玩疯了！还在街上跟年轻人们耍哩。”

菱花美滋滋地说：“这仨孩子今天真给咱们争了脸，街上人都夸他们好呢！”

秦越人开心地说：“身边跟着仨小子，谁见谁羡慕，出来进去都觉得气壮神足哇！”

菱花笑眯着眼说：“看把你美的！俺再给你生一个，你是不是出门就不知道迈哪条腿了？”

秦越人哈哈笑着说：“别生一个，最好生俩。那咱们秦家就是五虎罩门的大户咯！”

菱花红着脸瞅一眼丈夫说：“半大小子，吃傻老子。三个徒弟就够你紧巴了，五个儿子还不把你熬汤喝了？”

秦越人陶醉地说：“真要能有五个儿子，就是把我熬汤喝了，那也心甘情愿哪！”

菱花嘟沉下脸说：“净说傻话！把你熬汤喝了，俺咋办，跟谁过日子啊？”

秦越人赔礼说：“夫人勿怒，就是有一百个儿子，俺也不能慢待你这个知疼知热的贤惠妻呀！”

菱花破嗔为喜说：“你就会用甜话打发俺。俺看你是有了三个徒弟，就不把俺放在眼里了！”

秦越人正色说：“天地良心！在俺心里，你比谁都重要，走到哪儿，都让俺牵肠挂肚哇！”说着上前拥住妻子。

菱花倚在丈夫怀里说：“俺有个事想和你说说呢。”

秦越人说：“说吧，只要我能办到，都应允。”

菱花仰脸盯着丈夫的眼睛说：“俺现在一天比一天身子笨了，再有三个多月就该生了。俺想抽时间再回娘家一趟，看看爹，顺便把娘早点接来，好照应你与三个孩子的生活。”

秦越人动情地望着妻子说：“行。我也早想过这件事，你是头胎孩子，没个老人在身边俺也不放心。只是这事得再往后拖拖，等到冰化春开，俺与你一块回去接咱娘，行不行？”

菱花点点头，幸福地抱住丈夫。

甜美的日子就像风，转眼就到了阳春二月中。路边小草爆出嫩芽，柳树枝条已发软显绿。暖融融的春阳下，通往白洋淀堤岸渡口的路上走着挺着肚子用一只手扶后腰的菱花。他的身旁是秦越人，身后跟着背着礼筐的子仪。

菱花用布巾擦一下额头的浮汗，对身旁的丈夫埋怨说："俺说把厚袄脱了吧，你非让俺穿着，刚走这几步路就出汗了，身上黏糊糊的！"

秦越人笑着说："走路热，坐下就凉了。我扶着你吧。"

菱花拨开丈夫的手说："大天白日的，叫人看见多难看！"

子仪紧走几步说："师娘，俺扶您吧。"

菱花笑着说："谁也不用扶，俺行！"说着继续前行。走到堤前一棵树下，她扶住树干喘着说："这肚里孩子咋不消停呢，一个劲地踢腾俺。"

秦越人心疼地说："你靠在树上歇会儿吧，再有几步路就到渡口了。"

菱花擦着汗自语："要换成薄衣服，就不会这么累了。"

秦越人笑着说："都怨我，只怕路上风大把你吹着，哪知刚开春的天就这么热呢。"

菱花睨一眼丈夫说："你们男人当爹多容易，这女人要想当个娘，真是受死罪啦！"

秦越人连连点头说："对、对——"话还未讲完，远处传来"快逃""快跑"的惊叫声。他举目四望，发现西北方向烟尘滚滚正向渡口方向卷来，在田野干活的人们如惊兔四窜。

这时一农人跑过身边说："秦郎中快跑吧，流匪又出来打食啦！"所谓"流匪"，就是小股外出抢劫财物的土匪，常在青黄不接季节出没于荒野渡口打劫路人。

子仪惊慌地说："师父，咱们快往家跑吧？"

菱花看看左右说："往回跑来不及了！咱们还是到南边荒苇地里躲躲吧！"

秦越人与子仪两人架着菱花离开大路，踉踉跄跄钻进荒苇地，脚踏泥水藏身在一簇野荆荒苇丛中。

骑马挥刀的流匪来到渡口，见人就砍，见财就抢。船家争相离岸远遁，奔逃的百姓有的跳水，不少人正向他们藏身的荒苇地跑来。流匪们挥刀跟着追杀过来。

惊慌失措的秦越人正不知如何奔逃，这时从荒苇丛中驶来一网鱼的木筏，欲划往白洋淀深处。菱花眼尖，发现是同村人泥鳅，便高喊："泥鳅哥，快来救俺们！"

泥鳅认出是菱花和救治过自己父亲的秦郎中，一撑杆将木筏划至近前吃惊地问："秦郎中、菱花，咋是你们？快上来！"

秦越人和菱花、子仪登上木筏。泥鳅用力一撑，待木筏驶进淀中后又问："菱花，你身子这么笨了，咋与秦郎中跑到这儿来了？"

脱离危险的菱花回头望一眼哭爹叫娘的荒苇地，长出一口气说："哎呀，吓死俺啦！俺是回娘家，哪知还没到渡口就碰上这流匪打食的倒霉事啦！"

泥鳅笑着说："算你们命大，正好遇上俺。"

秦越人用手抠着鞋上的泥，后怕地说："真险哪！你再晚来一会儿，俺们就没命了！"

泥鳅稳住晃动的木筏说："你们别乱动！这木筏不比船，吃不住晃动！"

秦越人、菱花和子仪闻言，吓得再不敢动弹了。

承载着秦越人、菱花、子仪和泥鳅的木筏，像一个缓缓行进的乌龟，驶向白洋淀深处。泥鳅小心地撑着划竿，一点儿一点儿地向前移动，然而，单人网鱼的小木筏终不能承载四人，在行至白洋淀中深水区时由于划杆之力撑不住筏重，木筏便开始缓缓下沉。

秦越人望着渐渐没入水中的木筏，站起说："这木筏载不了四人，我下去吧！"说着就要向水中跳。

泥鳅一把抓住，黑脸说："胡闹！你一用力，这木筏沉得更快了！"

不识水性的子仪紧紧抱着师父带给师娘父母的礼筐，惊悸不知所措。

面对危机，菱花为救丈夫和徒弟子仪说："你们都别动！"毅然翻身滚入水中，一边奋力向近处一块苇地游，一边回头说："泥鳅哥，你照看好越人和子仪，他们不会水！"

泥鳅见了喊一声："菱花！你有身孕，水太凉不能下水呀！"急忙放开秦越人跳水去救。

秦越人见了大惊，带着哭音喊道："菱花，你不能让凉水激呀！"忘记自己不会水的危险，相随着扑向妻子。

子仪在打漂木筏上吓得站立不稳向四处惊呼："救命啊！救命啊！快来人救俺师父、师娘啊！"

秦越人本不识水性，没有抓住妻子，反自己呛水被淹下沉。

抓劝菱花回筏的泥鳅见状，一手死死挽住菱花，一手伸向秦越人抓捞，但一人之力难撑两个穿着厚衣服的溺水人之重，无法靠近木筏。

在这生死关头，菱花知道夫妻二人只能活一人，毅然挣脱泥鳅之手，哭着说："泥鳅哥，俺求求你了，快去救越人吧！乡亲们不能没有他这个郎中啊！"说着用力蹬着双腿离开，想凭自己的水性和力量游到前方的芦苇地。

泥鳅趁机双手托起秦越人送上木筏，子仪抱住被水呛昏的师父大哭："师父你快醒醒啊，师父你快醒醒啊！"

泥鳅双手用力将秦越人翻转腹朝下，对子仪说："快拍背，快拍背！"

子仪用双手拍着师父哭喊："师父，师父！"

泥鳅看到秦越人吐出呛水身动，才转身去追菱花。但出身水乡、戏水如玩的菱花，终因惊吓和在初春凉水中用力划游而动了胎气，腹部疼痛难忍，在游弋中喘叫着渐渐下沉。待泥鳅追到她下沉之地，将她从水底捞出，送回木筏时已气绝身亡。

从呛水中醒来的秦越人发现下身流血不止的妻子已死，扑上去悲呼一声："爱妻啊——是我害了你呀——"再次晕厥倒在木筏上。

第十五章

解困境携徒去尧山

即将分娩的爱妻菱花在白洋淀突然暴死，犹如巨石砸面，秦越人一病不起。花开花落一年多过去，他的病情不仅不见好转反而日益加重，且神烦心躁，常常无故发怒。孟赵二老汉忧心如焚，时常来探望和陪伴劝说。初夏夜晚，七间房秦家堂屋灯下，秦越人披头散发、形容憔悴身盖一条薄被、闭目淌着泪躺在炕上，竟坚决拒食三个弟子送上的饭。子容无奈，暗使眼神让子仪去叫孟赵二老汉。

孟老汉进门，手端一碗卧着两个鸡蛋的稀面坐在秦越人身旁说："越儿，吃点东西吧。老不吃东西，身体哪顶得住呢？"

秦越人摇摇头，眼中又涌出一股泪水。

站在孟老汉身旁的赵老汉劝说："越人哪，人死不能复生。你就是把自己作践死，菱花也不能活过来呀！"

秦越人闻言哽咽泣涕。站在炕前的子容、子术、子仪三个弟子目睹师傅悲凄病状，也跟着垂泪。

孟老汉满脸愁云说："越儿啊，哪个人一生不遇到几桩悲惨事呢？再苦再难，活着的人也得向前走哇！"

赵老汉擦把泪说："这秦家只剩下你和三个徒弟了，你若站不起来，让三个孩子靠谁过呀？"

秦越人听了，呜咽一声号啕大哭。三个弟子也跟着放声流涕。

子容满脸泪水说："干爹，您就听孟爷爷、赵爷爷的话，吃点东西吧！"

子术子仪也附和着说："师父，俺求求您，吃点东西吧！"

秦越人烦愤地一挥说："滚！你们三个给我滚出去！"

三个弟子吓得连连后退，噤声惊望。

孟老汉气得将碗向炕沿上一蹾说："越人！你这是干什么？你心中悲痛，孩子们心中好过吗？这一年多，他们跑前跑后伺候着你，你冲他们发什么火撒什么气？"

赵老汉也跟着说："没这仨孩子，家里出了这么大的事，你能得这样吗？"

秦越人怒火未消地说："我就是不想活了！一家人全死了，俺活着还有啥意思？孟伯赵叔你们别劝了，我是真不想活了呀——”说毕捶胸哀号。

孟老汉愤然站起，指着秦越人骂道：“你个不知好歹的混账东西！堂堂男子汉咋能说出这种无情无义的话呢？你死了，谁承秦家香火，谁给众乡亲们看病？大家疼你爱你，把你秦家的事当作自家的事来办，就换来这种结果吗？就是你爹你娘你义父活着，听了你说这种混账话，也要用家法揍你！菱花活着，也不会与你这种男人白头到老！”说完愤然离去。

赵老汉望着噤若寒蝉坐起的秦越人说：“大侄子，你孟伯刚才说的话有点重。可你好好想想吧，若你心里没了众乡亲，乡亲们还惦记你干啥？人活着，就是互相帮衬，千万不能光为自己想啊！”说完也背着手走了。

秦越人望着离去的背影，又将目光落在门口不知所措的子容、子术、子仪身上，泪如泉涌哽咽着说：“容儿，是干爹昏头了啊！”说着昏然倒下。

子容、子术、子仪三个惊叫着：“干爹（师父）——”扑了过去。

子容掐人中，子术按摩腿，子仪喂水，秦越人缓缓睁开眼，将三个弟子揽进怀里，流着泪有气无力地说：“师父让师娘的死悲昏了头，你们别在意——”

三个弟子哭着说：“俺们不能没有师父。师娘不在了，俺们就是你的儿子啊！”

秦越人点点头，泪如雨下。

子容端起孟老汉放在炕沿的稀面说：“干爹，您吃几口东西吧。”

秦越人接过碗，泪水如断线的珍珠落在碗中……

孟老汉回到家中，余气未消地在地上转来转去，坐在灯下炕上做针线的老伴停住手中活计，笑着问：“又与谁斗气了，脸黑得像涂了炭似的？”

孟老汉站住说：“还能谁？越儿这个混账东西，真是气杀我了！媳妇死了一年多了，不吃不喝，谁劝也不听，还说自己也不想活了！”

老伴吃惊地睁大眼说：“这孩子，咋说出这种不吉利话呀？他若再死了，好好一户人家就绝了香火啊！”

沉着脸进门的赵老汉说：“绝不了。有老哥刚才敲打他那几句话，他就死不了！”

孟老汉叫赵老汉坐下问：“我走了，他又说啥混话了？”

赵老汉坐在一个小凳上说：“没说啥。俺让他想想，他心里没了众乡亲，乡亲们还惦记他干啥。”

孟老汉说：“说得好。别以为没了杀猪的，人们就得吃带毛肉了！”

孟老汉老伴说：“越儿的命也真苦，爹娘去世刚半年多，媳妇孩子又没了。家里连丧四口亲人，咋能不伤透心呢？”

赵老汉说：“这事搁谁头上，一年半载的也真难过这道坎儿。”

孟老汉点头说：“人哪，都是在苦难中历练出来的。越人若能过了这道坎，将来也许是个人物；若过不了这道坎，他这辈子就算废了！”

孟老汉老伴叹口气说：“唉，就算过了这道坎，一个男人带仨半大小子，家里没个烧水做饭、缝缝补补的人，日子也煎熬难过呀！”

赵老汉眼睛一亮说：“大嫂子提醒的对，咱们该托人给越人再张罗一个媳妇。也许家里有个女人，就把他心中的悲痛冲淡了！”

孟老汉赞同地点点头说：“凭他的医术、模样、品行，找一个续亲不会难。”

孟老汉老伴说：“凭越人的条件是不难，可他家里还有仨半大小子啊，恐怕就不好说了。谁家闺女肯进门就当仨孩子的后娘呢？”

赵老汉说：“叫俺说，那是那闺女没眼光。有仨半大小子不假，都是越人收的徒弟，又不是前窝生的。谁家闺女若能找上越人这样有名的郎中，那是她的福分，一辈子不愁吃喝，还有仨徒弟伺候着。”

孟老汉思忖着说：“这是个正事。老弟，咱们留心打听打听，找就给他找个比菱花各方面不差的媳妇！等他神情好转了，咱们就去给他提提。”

孟伯和赵叔气愤离去，使秦越人不仅病情加重，还背上沉重精神负担，常常整夜难眠。初夏清晨，形容憔悴躺在被窝中的秦越人挣扎着欲起身，起了几次又倒下。

子容急忙上前问：“干爹，您要干什么？”

秦越人喘着粗气，不好意思地说：“我想尿尿，你去把大虎（即尿壶）拿来吧。”

子容翻身下炕，从门背后取来大虎交给义父。

秦越人尿完后，交给子容。子容将大虎提到门外，又端来一盆温水，用布巾蘸着给义父擦洗手脸。

子仪端着熬好的药汤进门说：“师父，药熬好了，趁热喝吧。”

秦越人点点头，子仪用小木勺一勺一勺喂师父，子容在旁边用布巾擦着溢出嘴角的药汁。

这时，子术进门说：“师父，饭做好了，是现在吃还是等会儿吃？”

秦越人喝完药说：“等会儿吃吧。”

子容、子仪要下炕，秦越人扯住子容的衣服说：“你们都别走，我有话说。”

子容、子术、子仪闻言，聚到秦越人身边。

秦越人望着三个懂事勤快的年轻人，感激地说：“这一年多，多亏你们照应了。”

三人齐声说：“这是应该的，俺们是您的儿子啊！”

秦越人眼涌泪珠说：“师父这病，恐怕一时半会儿好不了，可你们不能荒废了时光啊！”

子容流泪点头说："俺知道。这几天正教两个师弟背《百物相克经》呢。"

秦越人对子术子仪说："不光背，还要熟记于心。"

子术、子仪连连点头说："弟子记下了！"

秦越人接着说："子容是师兄，要担起门户，带好两个师弟。学医是一件苦难事，一定要从识药辨药开始，来不得丝毫疏忽哇！"

三个弟子认真点头。

秦越人又说："背熟《百物相克经》，子容就带着子术、子仪边识字边抄写《黄帝内经》，一人抄一份，也算师父送给你们的礼物。边抄边学，不懂的地方就来问我。"

子容泪如泉涌说："干爹，您咋说这话呀，让儿子心里发毛害怕啊！"

秦越人苦笑一下说："我的病，我知道，不能不想到万一呀！"

三个弟子闻言，扑到秦越人身上说："干爹（师父），没有万一！您一定会好的！"

秦越人从被中伸出骨瘦如柴的手，抚摸着三个弟子的头说："在茫茫人世上，我们四人能相识相聚为一家人，也是前生的缘分。家中连丧亲人，我又病成这样，让你们跟着受苦受罪，师父心中实在不安哪！"说着又泣不成声。

子容捧住秦越人的手放在自己脸上哽咽着说："干爹，儿子不能没有您哪！你要放宽心，好好养病！"

子术哭着说："师父，俺一定听您的话，听师兄的话，不让您着急生气。"

子仪呜咽着说："师父就是俺亲爹，俺会像儿子一样孝敬您！"

秦越人激动地点着头说："我知道，我知道。你们都是懂事孝顺的好孩子！别哭了，都去学字读医简吧。"

子容、子术、子仪不断回首望着师父，忧忧离去。

秦越人病情日重，使子容、子术、子仪三个孩子成了没有主心骨的水中漂叶。他们虽然遵师命不敢不学字攻读医简，个个心里都惊悸不安。一日上午，子容、子术、子仪又走进师父讲医的院内东厢房，愁眉苦脸伏案抄写《黄帝内经》。子仪抄了一会儿，停笔说对子容："师兄，师父病成这样，咱们是不是去鄚邑城里给他请个郎中看看哪？"

子容摇摇头说："干爹的病是心病，不是郎中们能看好的。俺给他提过去请郎中的事，他不同意。"

子术说："师父的病一天比一天重。咱们就是不请郎中，也该告诉孟爷爷赵爷爷，给鄚邑城里他那些朋友们报个信儿。不然，万一有个好歹，咱们咋向他们交代啊？"

子仪说："孟爷爷、赵爷爷自那天生气走后，好长时间不来了，还会来吗？"

子术说："咱们去求求吧。咱们一求，老人们的气消了，就来了。"

子容点点头，思忖着说："你们说得对。也许请亲友们来看看，干爹心里会亮堂点，病好得就快了。"然后小声说，"你们在家照应着师父，我现在就去找孟爷爷赵爷爷。我回来了，你俩再去鄚邑城找董爷爷和烧饼刘他们。行不行？"

子术、子仪说："行！"

子容蹑手蹑脚离开厢房，望着悄无声息的堂屋，悄然溜出大门。时间不长，就领来孟老汉和赵老汉。两位老人沉着脸，一句话也不说，就向秦越人住的堂屋内走去。

秦家堂屋内炕上，骨瘦如柴的秦越人身搭一块布单，闭目躺着。

子容领着孟老汉、赵老汉进门说："干爹，孟爷爷赵爷爷看您来啦！"

秦越人挣扎着要坐起，几次又倒下了。

子容上炕扶起义父，秦越人喘着气吃惊地问："你、你们，咋、咋来啦？"

孟老汉慌忙上炕，惊愕地打量着已脱了人形的秦越人，眼涌泪花说："越儿，你病成这样，咋不让孩子们告诉大伯呀？"

秦越人直眼望着孟老汉，双眼泪水如注，垂下头喘说："孟、孟伯，越儿、越儿无脸，再、再见您呀！我想、我想，登门去认罪，可、可下不了炕、炕啦！"说着吃力抬起如柴双手作揖连连点首。

赵老汉擦把泪说："你孟伯是为你好，那天才说了那几句重话的。"

秦越人又向赵老汉拱手点首说："赵叔，侄、侄儿知、知错了！"

孟老汉上前深情拉住秦越人的手说："唉，你这孩子，让俺咋说你呢？"

秦越人喘泣着说："家，我、我已托付子、子容了。您、您二老，多、多照应……"说完晕了过去。

子容一边哭叫着"干爹"一边按摩抢救，秦越人才渐渐恢复了知觉和平静。

孟老汉、赵老汉看到秦越人已奄奄一息、命危旦夕，随时就会撒手人间，擦着泪离开秦家。二人回到孟老汉家，孟老汉老泪纵横坐到凳子上拍膝哀泣说："完了、完了，越儿真没救啦！"

赵老汉哭丧着脸说："好好一家人啊！前年腊祭的时候乡亲们都还羡慕呢，刚过一年多就、就要根断户灭了……"

这时董财主领着烧饼刘、烧鸡张、酥鱼赵进门。孟老汉站起迎上说："你们咋来了？去看越人了？"

董财主点点头，擦泪跺脚说："三个月不见，他咋就脱了人形了呢？"

烧饼刘悲慨地说："不到一年，家中连死四口人，连没见过面的孩子也走啦，越哥是觉得没活路了，才病成这样的呀！"

酥鱼赵流泪说："烧死他爹娘的凶手丁二至今还没捉到，他心里也憋了一口气。是气怒愤相串，把他压垮了呀！"

董财主盯着抽泣垂泪的孟老汉赵老汉说："二位大哥，你们别光顾哭哇，说说咱们该咋办吧？”

赵老汉哽咽着说：“还能咋办？他家里只有仨捡来的孩子，咱们早点帮着准备后事吧，呜呜呜……”泣不成声。

董财主从身上掏出五两银子对孟老汉说：“孟哥，秦家连着办丧事，他又病了一年多，已家空财尽了。你拿着这点银子，该买啥就让乡亲们买啥，也算我这个当叔的尽点力吧！”

孟老汉接住银子，抹一把脸上的眼泪鼻涕说：“他有你这么个叔，也算他的福分。这些年，你为他没少操心出力呀！”

董财主哽咽着说：“不谈钱。人生在世，我能交上越人这么个有出息的侄子，也算值！”

众乡亲闻讯纷纷登门看望。来看秦越人的人，一班又一班哭着走了，子容、子术、子仪三个孩子已知大事不好，日夜守候在堂屋照看着师父秦越人。

深夜灯下，大炕上秦越人身旁靠墙坐睡着子容、子术、子仪。秦越人从昏迷中醒来，翻个身，就灯观看着手中攥的妻子菱花新婚之夜赠送的菱角饰件，连连叹气流泪，然后又昏然睡去。

紧挨秦越人的子容听不到干爹的叹气抽泣声，一惊坐起。他仔细观察，义父还有气息，手握菱角饰件已睡，布单压在身下，露出消瘦的上身，就将自己的布单拿起轻轻盖到义父身上。然而布单刚刚盖上，秦越人“啊呀”一声惊叫坐起。

吃惊的子容和惊醒的子术、子仪，害怕地望着两眼圆睁、双手紧抱肩肘、浑身颤抖、满脸流汗的秦越人问：“干爹（师父），您怎么啦？”

秦越人揉揉眼，瞧瞧上下左右，看着三个弟子说：“我、我梦见你们师娘了——”

“啊！”子容惊讶地问，“师娘说些什么？”

秦越人打了个冷战说：“她、她骂我自私，忘了天下人，对不起众乡亲！说爹娘生气了，她也不跟我过了。”然后不好意思摸着自己的脸，继续说，“她背着一个小包袱要走，我去拉，她、她就狠狠打了我一巴掌……”

三个少年弟子闻言瞠目结舌、惊神变色，只觉得身上凉飕飕，发根发胀。

秦越人知道孩子们经不起噩梦惊吓，晃晃头苦笑着道：“你们说，师父是那样人吗？”

三个弟子惊悸地睁着大眼，摇摇头否定。

秦越人举起双臂打个长伸，叹口气自语：“唉，医家、医家，大难压头也不能忘了以医为本哪！”

子容惊喜地说：“干爹，您说话不喘啦，有底气啦！”

秦越人咧咧嘴苦笑，用手揉揉干瘪的肚子，望着三个弟子问：“家里、家里还有现成吃头没有？我这肚子里一直拧着的气结，突然散开了，咕噜咕噜叫，想吃点、吃点东西。”

子术、子仪兴奋地一跳下炕说：“师父，您等着，俺这就去给您做！”

秦越人半夜喝了一碗鸡蛋汤、吃了一小块馍，病情大好，子容、子术、子仪三个孩子兴奋不已。清晨，子仪正在扫院子，子术在做饭，子容担着两只木筲要出门挑水，迎头碰上孟老汉和赵老汉满脸凄色进门问：“子容，你干爹现在咋样了？”

子容放下担子兴奋地说：“孟爷爷、赵爷爷，俺干爹好啦！”

孟老汉吃惊地不相信问：“昨天都那样了，咋一夜就好了？”

赵老汉疑惑地说：“别是回光返照吧？”

子容笑着说：“孟爷爷赵爷爷，真好啦！他夜里喝了一碗蛋花汤、吃了小半个馍，现在正在屋里吃早饭呢！”

孟老汉疑惑地正要再问，屋里传出秦越人的声音：“子容，是孟伯、赵叔来了吗？快让他们进来。”

孟老汉和赵老汉快步迈进屋门，打量着放下碗正要下炕的秦越人，惊喜地上前扶住说：“大侄子，你真好啦？”

秦越人笑着点点头，举手让座说：“孟伯赵叔快坐！昨天夜里，这些天一直在肚里拧着的气结，突然散开了！”

赵老汉两眼放光说：“谢天谢地，你可把俺俩老头吓煞了！”

孟老汉补充说：“俺们连棺材和寿衣都给你备下啦！”

秦越人吃惊地望着二位老人问：“真的？”

赵老汉说：“这还能有假？昨天看你那上气不接下气的样子，也就这两天了。董财主留下五两银子，让连夜置办的。”

秦越人红着脸不好意思地说：“让孟伯赵叔受惊操心了。”

孟老汉笑着说：“你这个犟小子，就是一根筋！钻进死胡同里，任谁也拉不出来。非得自己捋把顺了，才爬出来！”

秦越人摇摇头，羞涩地说：“不是俺捋顺了，是菱花在梦里打了我一巴掌，把积在肚里的忧气打散了！”说着眼圈又湿了。

赵老汉笑着说：“大侄子大难不死，必有后福哇！”

秦越人苦笑着说：“我这人就是个多灾多难的命，哪里还有什么福哇？”

孟老汉挥挥手说：“咱不谈这些了，谈点正事。”

秦越人不解地眨着眼问：“啥正事？”

赵老汉笑笑说：“菱花去世也一年多了，你的病也好了，往后日子打算咋过呀？”

秦越人羞涩说：“能咋过，带着徒弟们行医呗。”

孟老汉说：“就你们这四个光棍汉，谁缝缝补补，谁料理家务，谁伺候你们吃喝？”

秦越人低着头还没说话，赵老汉接着说：“菱花去世后，俺与你孟伯托人又给你说了两门亲事，一个是韩庄朱家的，一个是柳庄杨家的。这两家闺女人品都不错，模样长得也水灵精神……”

秦越人抬起头，眼汪泪珠打断赵老汉的话说：“赵叔别讲了。我的心里只有菱花，今生再不成婚了！”

孟老汉不满地瞅一眼秦越人说：“又说傻话哩！男子汉顶家立户，不娶妻怎么延续家门香火？”

赵老汉认真地说：“俺与你孟伯亲自去打听的。那两家都是正派人家，老实勤快的庄稼人，闺女都是村里拔尖的俊女子。”

秦越人哽咽一声说：“纵是天仙美女，哪能与俺菱花相比呢？我心里再装不下别人了！”

孟老汉生气地说：“就是你爹娘在世，碰到这情况，也不会同意你不再续娶的！”

赵老汉劝道：“家里家外没个女人操持，谁来烧茶、做饭、缝衣？你带着徒弟外出游医，谁给你照看门户？”

秦越人摆手摇头说：“孟伯赵叔不用再劝，我已在菱花坟前发过誓，今世决不再娶！”

孟老汉说：“你不要净说傻话。不再婚，哪来子女，等你老了，谁来跪灵送终？”

秦越人长叹一口气说：“这件事我在病中已想好，子容、子术、子仪三个弟子，就是我的儿子。百年之后，就由他们来安葬。”

孟赵二位老汉看到这情景，只好摇头叹气地离去。

秦越人的病日见好转，但天却热得难挨。酷暑似蒸笼，大病初愈的秦越人受不住屋内闷热，拄棍到院内皂角树下乘凉活动手脚，让热风吹着被汗水打湿的衣衫。

子仪一手提蒲团一手端碗走到近前说：“师父，坐下歇着，喝碗水吧。”

秦越人接过碗饮了一口，又吐到地上问：“这水，怎么一股臭泥味呢？”

子仪紧张地望着师父说：“瓮里没水了。俺怕您出汗多，渴，就从瓮底上盛了点水烧开端来了。”

秦越人不高兴地说：“子容、子术呢？为什么不挑水呢？”

子仪低头用手搓着衣角小声说：“村里井里没水了，他们一早就去白洋淀挑水了。”

秦越人吃惊地问：“这么大的事，为啥不告诉我呢？”

子仪说：“师兄不让告诉您，怕您着急伤身。”

这时子容和子仪担着筲进门，看见秦越人在院里，不好意思地说：“干爹，您咋出来了？”

秦越人走到他们担的筲前，望着只有少半筲的泥水问：“白洋淀也没清水啦？”

子容红着脸说：“从腊祭到现在，天上没掉一滴雨，白洋淀的水也少多了。深的地方进不去，浅的地方人们争着挑，水都成泥汤了。”

秦越人吃惊地望着三个徒弟问：“那你们每天给我喝的水，咋没泥味呢？”

子仪欲说，被子容、子术瞪了一眼，三个人低着头谁也不说话。

秦越人走到子仪面前，扶住子仪的肩头说：“告诉师父，到底是咋回事？”

子仪哇的一声哭着扑到秦越人怀里说：“那是师兄每天从泥水里撇出来的清水，放在罐子里，专门给您喝的。”

秦越人惊愕地问：“那你们仨，每天就喝这泥水呀？”

子仪点点头说：“师兄不让告诉您。”

秦越人眼涌热泪抱住子仪，望着子容说：“容儿，你们不该瞒着我喝泥水呀！”

子容上前安慰义父说：“干爹，没事儿，俺们年轻身体好。”

秦越人说：“咱们既是一家人，就该同甘共苦。从现在开始，你们吃什么我吃什么，你们喝什么我喝什么！”

子容扑通一声跪下说：“干爹，您的病还没好利索，不能糟蹋身体呀！”

子术、子仪也跪下说：“师父，您就听师兄的吧！”

秦越人望着空中如火的骄阳，忧心地说：“大旱之年必大疫。我们得赶快备药，救乡亲们啊！”

秦越人是个说干就干的人。烈日炎炎中，他不顾自己大病初愈的虚弱，第二天便将开诊行医的医幌又挂在门檐上。门旁的墙上还挂出一块木牌，上写“赈药”二字。扶老携幼的患者闻讯，从四面八方聚往门前。

患者盈门，秦越人诊脉、开方，子容按摩、针灸，子术、子仪称药、取药，却拒收任何人的费用。

患者不忍，争相留资，却被秦越人坚决拒之。

争执之声惊动街邻，孟老汉和赵老汉带着墩子、林儿进门。林儿说：“吵什么吵，俺哥病刚好就给大家看病，你们咋还与俺哥吵呢？”

乡邻甲着急地说：“不是吵，看病拿药秦郎中说啥也不收钱！”

乡邻乙说：“这旱年灾月的，谁都不容易，俺哪能白吃他的药呢？”

赵老汉笑笑，用手止住众人申述说：“越儿，这就是你的不对了！看病拿药付钱，天经地义。你秦越人又不是大财主，赈哪门子药，分文不收今后如何生活呀？再说了，这是病人的一片心意，少收可以，但不能一分不要啊！”

孟老汉说：“你知道乡亲们苦，不忍心收大伙的费用，向大家赈药，这我理解。可这事要传出去，方圆几十里的人都来找你看病拿药，你赈得起吗？从哪来钱再买药材？本村乡亲们可以便宜点，但不能一分不收哇？”

众乡亲也一片附和声：“是啊、是啊，俺们就是这个意思。你治病救人已恩重如山，俺们不出一分钱，于心何忍哪？”

秦越人苦涩地摇摇头，眼含泪水说：“大家不要再争了。我越人能有今天，全靠众乡亲抬爱。父母遭害，妻子惨死，都是众乡邻帮助料理的，你们谁要过俺一分钱呀？现在大旱无雨，杂病横行，越人就是倾家荡产，也要救众乡亲于苦难啊！”

众人还要劝，秦越人摆摆手说：“乡亲们的盛情我领了。越人这样做，一是感念众乡邻对我秦家人的厚爱恩德，二也是用这样的方式来纪念我惨死的亲人哪！望各位父老乡亲成全我。”说毕，双手抱拳而跪。

众人理解了秦越人的心迹，齐手将其扶起。

乡邻甲说：“咱村有越人这么个郎中，是大伙的福哇！”

乡邻乙说：“越人这孩子，跟他爹娘一样，都是世间少有的实诚人！”议论着恋恋离去。

孟老汉背着手离开秦家，边走边嘟囔说：“这越儿一根筋的犟劲又上来了！等着瞧吧，有他着急上愁的时候哩！”

紧跟孟老汉身后的赵老汉说：“他的心情俺明白。可这大旱之年，光凭心意咋能长久哇？”

墩子说：“孟伯赵叔，要不，俺和林儿去帮他敛钱吧？”

孟老汉回头说：“算了吧！瓜熟得长，人熟得磨。让他自己尝尝患者如蚁的滋味吧！”

事情也果如孟老汉所料，七间房秦越人看病吃药不要钱的消息，就像长了翅膀，很快传遍四面八方。二十天后清晨，来自四面八方的患者像赶集一样，拥满秦家门前和七间房街道。

清晨，子仪打开门，人们便像潮水一样涌进院内。

子术惊得目瞪口呆，回头冲屋内喊：“师兄快出来，咋来这么多病人啊？”

子容闻声而出，站在屋门口喊：“各位父老乡亲！大家不要乱，看病得一个一个来，你们一下子拥进来，俺们还咋诊脉看病啊？”

子仪神色慌张地走近说：“师兄，外面的人把街都挤满了。”

子容听了惊愕得不知再说什么，这时秦越人从堂屋内走出来对子容说：“还愣什么，快开诊接患吧！”

子仪说：“师父，您还没吃早饭呢？”

秦越人不屑地说：“这么多病人盈门，还吃什么饭？先诊病吧！”

但刚过半晌，满脸汗水的子仪就拿着几个木简进屋，走到正为一老妇患者诊脉的秦越人跟前说：“师父，您别开方子了，咱药房没药啦。”

秦越人一怔，放下患者的寸口，瞪眼望着子仪问：“昨晚不是还有不少药吗？”

子仪说：“昨天是有不少药，可今天您已开了一百多个方子啊！剩下的药，已抓不齐了。”

秦越人正思索如何办，那位被诊了一半又停的老妇旁边一壮汉站起来说：“秦郎中，俺背着俺娘从几十里外赶来看病，你不会让俺白跑吧？”

秦越人尴尬地说：“不是白跑，是药配不齐了。”

那壮汉扶起老妇愤然说：“你没药了，还开什么医坊？这不是骗人吗？”

子容停下按摩走到扶着老人的壮汉前，和颜悦色地说：“这位大哥别着急。你也看到了，今天来得病人多，药不够是正常现象，等有了药再来看吧。”

那壮汉气愤地说：“说得轻巧！盛暑骄阳，俺背着娘走几十里路到这里来，容易吗？你们挂着‘赈药’的牌子，说没药就没药了，这不是骗人是干啥？”

子容正色说：“大哥说话不能这么难听。今天来看病的人，你看见俺们收过谁的钱？咋能说赈药是骗人呢？”

壮汉搀起娘边向外走边对围在门口和等候在院里的患者们说：“大家都走吧！这家医坊没药了，赈药是骗人哩！”

一向少言的子术，气愤地拦住壮汉说：“大哥你得把话说清楚！俺们药配不齐了是真，咋能说赈药是骗人呢？”

那壮汉愤怒地说：“俺就说你们赈药是骗人！你能把我怎么着？”

他见子术不语，进一步逼视说：“老子今天不光说你们是骗人，还要把你们门口挂的牌子砸了！”说着松开搀扶娘的手，怒冲冲向门外奔去。

壮汉娘伸手呼叫：“儿啊！咱可不能干毁人名誉的事啊！”踉跄追赶。

那壮汉从墙上扯下写有“赈药”二字的牌子摔在地上，一脚踩碎，背起娘扬长而去。

众患者见了也潮水一样跟着散去。

没了患者的医坊顿时变得冷落和寂静，秦越人像个木雕人呆呆坐在医案之后，周围站着垂头丧气的子容、子术、子仪三个弟子……

突然，董财主带着烧饼刘、烧鸡张、酥鱼赵进门。秦越人吃惊地起身迎住说：“董叔，你们怎么来啦？”

烧饼刘抢话说：“董叔听说有人砸了你的牌子，就带我们赶来啦。是哪个王八蛋干的？告诉俺们，去收拾他！”

秦越人苦涩地摇摇头说：“算了，我也不知他姓啥叫啥是哪里人。”

董财主疑惑地问：“咋会出现这种事呢，没伤着你们吧？”

秦越人摇摇头，为难地说：“没有。患者多，断药了。”

董财主松心地说：“没伤人就是万幸！这灾年的灾民就像一堆柴，引火就着哇。”停顿一下问，“往后有啥打算吗？”

秦越人说：“我一个郎中，还能干啥，行医呗。”

烧饼刘说：“你没药了，咋行医？”

秦越人无奈地说：“我准备带着仨徒弟去采药，边采药边行医。”

董财主摇头说：“现在赤地千里，庄稼都旱死了，白洋淀也快干了，地上长的能吃的东西都被灾民当粮食挖了，哪里还有药材可采呀？”

秦越人惊愕地望一眼董财主，又茫然垂下头。

董财主同情地说：“要搁往年，叔可资助你点本钱，但现在连叔的日子也难过呀！”

秦越人点点头说：“我后悔当初没听孟伯赵叔劝告，坚持挂出赈药牌子，才落得今日结果呀！”

董财主说：“你想赈药救治一方，这没错。问题是患者日增，已成江河之势。官府赈粥尚愁无米下锅，你一个郎中，如何担得起大灾之年四面八方的求治人啊？”

秦越人羞愧地点头说：“董叔批评得对，我对病患估计不足，把自己看高啦！好心不得好报。”

董财主语重心长地说：“常言说，不听老人言后悔在眼前。人办事不能只凭好心，要量力而行。你现在已过了而立之年，身边又有三个弟子，不是毛头小伙子了，今后遇事可要三思而后行啊！”

秦越人眼涌热泪说：“侄儿记下了。俺这就去向孟伯赵叔认错！”

这时孟老汉沉着脸进门说：“不用去了！你赵叔和墩子、林儿正挨家叫人，帮你到野外去采药呢。你和子容他们快点出去，教给乡亲们怎么辨药采药吧！”

秦越人上前紧紧抱住孟老汉哽咽着说：“孟伯，侄儿错了！”

孟老汉拍拍秦越人肩头说：“唉，叫俺说你啥好呢！仁爱之心可嘉，就是遇到大事时头发昏啊！快去吧，大伙还在街里等着你们哩。”

酥鱼赵说：“孟伯、董叔，白洋淀水都快干了，俺也没鱼可酥了，也跟着去找药吧？”

烧鸡张和烧饼刘说：“现在也没鸡（面）可烧（做烧饼）了，俺俩也去吧？”

孟老汉挥挥手说：“都去吧。多个人多个帮手！”

董财主望着离去的背影，对孟老汉忧心地说：“老哥，立秋都过了，这老天爷还不下雨，再熬下去非出大事不可呀！”

孟老汉愁苦地说：“古话讲，流民成群便是寇啊！我真担心秋后无粮、饥民造反，那天下可就要大乱哪！”

烈日下，赤地无垠的田野上，秦越人带着乡亲们在沟坎荒地中寻找药材；子容带着几个乡亲挖芦根、茇茇草；子术、子仪与几个乡亲背着筐穿行在田野中，直到日落他们才疲惫地回到家中。

秦家堂屋灯下，晒得唇裂皮爆的秦越人望着地上的几个挎筐内刚铺满筐底的药材，双眉紧锁叹着愁气。

子容腿软力疲地坐在秦越人旁边说：“干爹，这一马平川的地上，就是把地翻个个儿，也难找到咱们急需的药材了。”

子仪说：“俺们几个年轻人，把往年咱们采药的地方都跑了，也只挖到这点药材。”

子术说：“真邪门了，连过去伸手就能揪几把的药材，也不见踪影啦！”

子容说：“地里长的东西，没人揪得快，能吃的东西都被饿疯的人当粮食挖着吃了。”

这时天上突然传来“隆隆”的雷声，子仪兴奋地跑到门口指着天空说：“师父快看，黑云滚过来了，天要下雨啦！”

秦越人和子容、子术慌忙到门口观看，黑云果然夹着电闪雷鸣从北向南压来。秦越人望着翻滚的黑云说：“农谚说，云彩向南，下雨行船。受尽旱灾折磨的乡亲们，又要受洪水之害了呀！”话音刚落，雨点便噼里啪啦落地，转眼变成了瓢泼大雨。

子容发愁地说：“咱们就这点药材，雨后再来个患者盈门，哪可咋承应啊？”

子仪说：“若按方子抓，咱们这些天采的药材，顶多支应两三天。”

子术说：“俺觉得抓药熬药喝的办法有点浪费。熬两次就倒了，用啥法子，能使这些药多治点病人呢？”

子仪眼睛一亮说：“我们把这些药材轧成粉，配制成治各种病的药丸、药粉，这样就可以多治些患者。”

子容疑惑地说：“那样，药是变多了，可每服药的剂量少了，还能达到原来的效果吗？”

秦越人闪闪眼帘说：“你们这些问题提得好！这就需要咱们对各种成分的药粉用量，试着配兑。”

子仪说：“师父，下雨了，咱们也出不去了，明天就开始配药吧？”

秦越人笑着点点头。

但人的美好想象，总是与现实有差距的。尽管秦越人和三个弟子变着法儿，将现有药材用到极致，仍然是杯水车薪，不能满足日益增多的患者需求。

秋日深夜，秦越人躺在炕上，听着蛐蛐烦人的鸣叫，望着窗外的星空明月冥思，药少患多的尴尬使他翻来覆去无法入眠。苦思冥想中，他脑海突然闪现出风尘仆仆的父亲押着几辆装满各种药材的独轮车从远方归来的情景——

秋末的午后，太阳西斜，微风宜人。刚刚六岁的小越人，正在院中玩打“地牛”。母亲一边做针线活一边陶醉地望着他笑。突然，远方传来“吱吱扭扭”的声音，母亲停住针线活，竖耳听了一阵，兴奋地将手中针线活扔到筐子中，站起身扯起正全神贯注甩鞭打“地牛”的小越人说：“快，你爹回来了！”

不待小越人捡起旋转的“地牛”，就被扯到大门口。母子翘首远望，通往西方的路上，远远出现一群影影绰绰的身影，那身影越来越近，那“吱吱扭扭”的响声也越来越大。走近了，看清了，果然是父亲押着几辆装满药材的独轮木车回来了。小越人像燕子一样奔跑叫喊着：“爹、爹——”奔跑着扑上前去。

满脸尘土和汗水的父亲发现，惊喜地叫着：“儿子、儿子！跑慢点！”快步上前将他抱起，亲一口高高举起问，“你咋知道是爹回来了？”

小越人搂着父亲的脖子，一边用小手替父亲擦汗一边说：“娘说你回来了，她听见‘吱吱扭扭’小车叫。”

父亲涨红的脸如喝老酒，问：“你娘呢？”

小越人回头望望家门口说：“娘回家给你做饭去了。”

父亲连亲他几口：“真是个懂事的孩子！这些天没惹娘生气吧？”

小越人天真地说：“没有。娘说俺可听话了，还偷偷给俺煮鸡蛋吃呢！”

那些独轮木车一共有五辆，辆辆装着像山一样的药材，长蛇一样停在七间房秦家门口。父亲指挥脚夫们将车上的一袋袋一捆捆的药材搬进家中库房。小越人形影不离地跟随在父亲身后跑进跑出地发问：“爹，你从哪儿运来这么多药材呀？”

父亲笑笑说：“尧山。”

小越人又问：“尧山是什么地方？”

父亲说：“很远、很远的西边山里。”

越人又天真地问：“山里有老虎吗？”

父亲蹲下身摸着他的头，望着他扬起的小脸上那双天真可爱的眼睛说：“那里没有老虎，满山遍岭都是药材。”

沉醉在冥想中的秦越人回忆着回忆着，自己“咯咯”乐了，不由自语：“上天真是无绝人之路啊！”他觉得这是父亲在冥冥中指点自己解困的方法，思忖了一会儿，心里暗暗形成一个对他一生和中医事业来说具有里程碑意义的重大决定。

窗外刚刚泛亮，秦越人就披衣走出屋门，冲堂屋喊：“子容，你们咋还不起来呢？”

黎明甜睡中的子容、子术、子仪三个弟子，不知师父有何吩咐，急忙穿衣下炕，揉着发涩的睡眼开门奔到秦越人面前问：“干爹（师父），有啥事？”

秦越人盯着三个弟子看了一会儿，微笑着说：“师父思忖了一夜，终于找到了一个解决咱们困境的办法！”

三个弟子闻言，兴奋地齐声问：“啥法？师父快给俺们讲讲。”

秦越人让三个弟子坐下，反问道：“你们说，咱们当郎中的最担心的是啥？”

三个弟子答："缺药哇。"

秦越人点点头说："对！现在慕名来找我们求治的人越来越多，可家中存药越来越少，想采买又无银两，去采挖又无药材可采挖。医术再高，无良药也难除疾病呀！看到患者因无药而痛苦，我真是如针刺心啊。开诊坊接患者，药是基础和关键。为解决药缺钱少之困，我决定带你们去尧山寻药采药！"

三个弟子闻言，立时高兴得两眼放光。他们中子容最大，刚满十八岁，子术、子仪还不到十五岁，三个孩子童心未泯，长年伴师父诊患制药，多么想到外面世界去走走看看哪，眉开眼笑说："干爹（师父），尧山在哪里？咱们什么时候去？"

秦越人沉思一会儿说："尧山在哪里？师父也没去过，寻药采药更是件艰难事，也许一年，也许三载方回，家中虽无什么产业，也需有人留下照看应诊。"他望着三个弟子停了一会儿说："我考虑再三，决定让子容留下照应门户，子术、子仪随我外出，一边学医辨药，一边轮流将采的药材送回来。"

子容闻言，先惊愕后失落地说："干爹，您不在，俺哪顶得起门户哇？"

子术、子仪却兴高采烈。秦越人站起，爱怜地抚摸着同时站起的子容肩头说："你跟我已学医五载，个子都快赶上干爹了。医理医术虽不能说精，一般症状也都能应付了。"

子容哽咽着抱住义父说："干爹，您是俺的再生恩父，孩儿不是不愿看家守业，只是放心不下您的衣食安康啊——"说着抽抽搭搭哭起来。

秦越人笑笑，拍着子容的后背说："干爹知道你的孝心。你待人处事谨慎忠厚，诊患稳妥细致，留下你守家我放心哪！"不待子容张口，又接着说，"作为男子汉，十八岁也到了该顶门立户、独闯世界的时候了。"

子容摇着头说："俺虽跟干爹五年，也只是学得医家一些皮毛，哪敢自己开诊呀？"

秦越人抬手擦去子容的泪水，又拉他坐下，动情地说："天下没有包治百病的良医，义父也不是能妙手回春的神仙，医理医术全靠自己在诊患中感悟啊！比如咳嗽，有风寒咳和风热咳之分；风寒咳无痰、少痰，而风热咳痰多、痰黏，良医究因施药，庸医观形断诊……"

三个弟子围在秦越人身旁，犹如待哺的雏鸟，忘记了时间和即将分离的痛苦。特别是子容，一边不断眨动眼睛一边将义父的话一字不漏地用信手拿来的木棍写在院内地上……

在繁忙的外出筹备和对子容的细致交代中，又迎来落日西下。傍晚灯下，秦越人在堂屋迎门摆了一桌丰盛的家宴。让子术、子仪请来德高望重的孟老汉、赵老汉和墩子、林儿等一帮同龄伙伴。

赵老汉进门吃惊地望着满桌的酒菜说："大侄子，这大灾之年，不节不喜的，你请哪门子客呀？”

林儿说：“越哥，你有了啥喜事，快给俺们说说呗！”

秦越人手端酒杯说：“孟伯赵叔，咱们先喝酒，喝了俺再说。”

孟老汉瞧瞧愁眉苦脸、一言不发的子容和兴高采烈的子术、子仪，说：“越儿，你又要出啥幺蛾子？”

秦越人笑着说：“喝酒、喝酒！”

敬过三杯酒后，秦越人说：“俺把孟伯赵叔和墩子哥、林儿弟和大家请来，是想给你们商量一件大事。”

赵老汉说：“你行医，俺种地，起早贪黑，夜里烂睡，能有啥大事？”

秦越人盯着望着他沉思的孟老汉说：“我这个郎中，这些年没少让孟伯赵叔和众乡亲操心担忧。世道不济，今年大旱又大雨，明春得杂病的人一定会更多。大伙都知道，俺家里没药了，咱这块地方又采不着，又没钱买药材。这些天我愁得老睡不着觉，咋也不能眼看着众乡亲再受病痛折磨啊！昨天夜里我琢磨了一夜，决定留下子容看家，带着子术、子仪去尧山采药，运回来用。”

赵老汉吃惊地说：“你连盘缠也没有，眼看冬天就到了，尧山离咱们这儿二百多里，你到那里用啥买药、还咋采药呀？”

秦越人笑笑说：“我不直接去尧山，边行医边走路，路上挣点钱，到那里能收购多少先收购多少，等到开春再上山采药。”

孟老汉忧心地说：“自古就是医家坐坊治病，买药行医。哪有当郎中的乞讨着去行医挣钱，再去买药采药的事呢？”

秦越人红脸说：“俺也知道这些，可咱没有钱去买药材呀。在家歇着不如外出游医，自己去采药更放心更便宜。”

众人闻言唏嘘叹息，可又无理由阻拦。

秦越人举杯邀众人同饮后，眼涌泪花说：“孟伯赵叔，你们是看着我长大的长辈，也是在危难中照护秦家的恩人！这次远行，也许短时间难归。虽留下子容守护祖业应诊，但他毕竟年轻，还望各位前辈像照护越人一样，时常照护我儿子容。”说毕泪水如注。

孟老汉动情地说：“这不用你嘱咐，子容也是我的孙子！”

赵老汉说：“你不用担心子容，能在外面照护好自己，俺们就放心了。”

林儿说：“对呀！越哥，你大病一场，刚好不久，能顶住吗？”

秦越人强装笑脸说：“这大伙放心，我对自己身体有数。”然后叫过子容说：“容儿，你给孟伯赵叔和众乡亲磕个头，谢过众乡亲！”

子容跪下磕头说：“子容给孟爷爷、赵爷爷和众乡亲磕头，感谢多照应！”

墩子和众人扶起子容，说：“都一个村住着，哪那么多客气！有事一招呼，大伙都会来帮忙的。”

子容站起，又一一向各位老人敬酒。

秦越人含泪拱手接着说："孟伯赵叔，侄儿还有一事相托。"

孟老汉神色严肃地说："还有啥事，说吧！"

秦越人瞅一眼子容，声音嘶哑地说："子容虽不是我亲生，却是经父母同意认下的义子，今年已十八岁了。常言道，男大当婚女大当嫁。我走后，望孟伯赵叔和各位长辈留心，帮他说一门亲事。"

子容羞红着脸流下泪水说："干爹——"

孟老汉高声抚住子容肩头，说："这事，就包在我和你赵叔身上了！"

深秋清晨，太阳刚露出笑脸，秦越人便与子术、子仪两个弟子背着行李踏上离家之路。说是游医挣钱去尧山买药采药，其实与外出讨饭的流民差不多，三个人穿着带补丁的旧衣破衫，各背一个搭兜和一床旧被，凄苦寒酸的样子看了让人心酸掉泪。聚在村口送行的人们有的往两个弟子兜里装煮熟的鸡蛋，有的往手中递馒头、饼子，有的还哭出声来叮嘱他们："越人啊，你们一定早日回来呀！"

秦越人带着两个弟子拱手跪地说："感谢众乡亲相送！孟伯赵叔保重！"

孟老汉赵老汉眼含热泪将秦越人扶起挥手说："快走吧、快走吧！"

秦越人忍住悲泣站起，恋恋不舍地松开孟伯赵叔发抖的手，转身头也不敢回快步向前。身后跟着子容、子术、子仪三个弟子。

走到原野十字路口，秦越人转身说："容儿，送父千里终有一别，你也回去吧！"

子容闻言，哽咽着扑进秦越人怀里说："干爹，让俺再送您一程吧！"

秦越人流泪说："你已送了我十里，不能再送了！再送，干爹的心就碎了呀！"

子容哭着说："俺实在舍不得干爹走哇！"

秦越人用手擦着子容的泪水说："你舍不得干爹，干爹哪舍得你呢？找到药材，我便带着子术、子仪尽快回来。家，全托付给你了！"说完推开子容，哽咽着大步前行。

子容望着义父和师弟渐行渐远的身影，"扑通"一声跪下大声哭喊道："干爹，容儿给您磕头了！"又补充说，"子术、子仪师弟，你们可要照顾好俺义父恩师啊！"

子术、子仪流泪回首挥手说："师兄，你放心吧！"然后一步一回头向子容挥着手。

子容望着义父和师弟们远去的身影，坐在地上捶地大嚎……

第十六章
瞻圣迹真人指点立宏愿

阳春三月一上午，秦越人手牵一头小毛驴，带着子术、子仪两个弟子登上阳邑（即唐城，今唐县）城外一座盛开着灿烂桃花的丘顶。他放眼远眺太行山东麓连绵相衔披红挂绿的丘陵，顿时觉得心旷神怡。

子仪惊喜地指着说："师父快看，这满山遍野到处都是桃花呀！"

一路游医几个月沉闷寡言的秦越人望着像海浪一样波澜起伏的桃花世界，脸上也绽出少有的笑容说："春天到了，万物开始峥嵘了。"然后伸开双臂深深吸一口山野的新鲜空气和桃花的香味说："我听家父生前说，尧帝开创的古唐国就在太行山东麓的群山中，到处都是桃树，我们可能到了尧帝的故乡了。"

子仪惊讶地说："啊！咱们从齐国到燕国，又从燕国到古唐国，三个月就走了三个国家呀？"

秦越人沉思着感慨地说："不知道这古唐国，现在又属哪个诸侯管辖？"

在平原长大的子术、子仪从没见过大山的磅礴雄伟和壮美，顾不上听师父的感慨，兴奋地奔进桃花林，嗅着花香，欣赏着一片又一片花的美景，观瞧着采蜜的蜂蝶，如临世外桃源。

子术突然指着山下桃林深处说："师父你看，那山凹桃林中好像有座城？"

秦越人罩手瞧了瞧说："真是座城！走，咱们下去看看。若真是唐城，咱们就到目的地了，先去拜拜尧帝庙。"

阳邑城由黄土夯成，石砌的城门上方镶嵌着刻有"仁厚"二字的牌额。城内既无华楼丽阁，也无悍兵骄吏，来往男女衣着朴实、友善谦恭。子术子仪惊奇地欣赏着异城风情，不知不觉到了午时，秦越人走进路旁一小客栈，店主与一小二立即热情堆笑迎上说："三位客官请到里面坐，是吃饭还是住店？"

秦越人说："吃饭。"

店小二接过秦越人手中的驴缰说："把驴交给俺吧，俺到后院去给牲口添草料。"

店主谦恭地弯腰将秦越人师徒三人引到一个盛满净水的陶盆前，递上布巾说：“三位客官请擦擦脸。”然后用手中的布巾掸去旁边桌前座位上的尘土，又提沙壶向三个碗内斟上水说：“客官一路辛苦了，想吃点什么呀？”

秦越人环视了一下朴实干净的店内，发现桌子、凳子、柜台等一应家具全是细腻红润的桃木所做，舒心地说：“三碗葱花面，一张香油饼。”

店主说一声：“好嘞！”就冲内厨喊道：“三碗葱花面，一张香油大饼，快做快上嘞！”

店家欲转身离去，秦越人问道：“请问店家，此地可是唐尧的古城吗？”

店家笑着说：“客官猜对了。古代叫唐城，现在叫阳邑。”

子仪接话问：“这唐城城外咋到处是桃树桃花呢？”

店家自豪地说：“小兄弟不知，这都是先贤尧帝留下的胜景呀！春天遍地花，夏秋满树果。”

子术惊奇地说：“尧帝咋喜欢桃树桃花呢？”

店家眨眨眼说：“不光尧帝喜欢，连尧帝之前的夸父也喜欢。夸父生前就以桃木为杖，弃之为‘邓林’。邓林，就是俺们这里的桃树林呀！到了尧帝，就把桃树种到满山遍野了。”

子仪不解地问：“尧帝为啥喜欢桃树呢？”

店家兴奋地说：“这桃树可是浑身是宝呀！根、叶、花、桃仁、桃肉、桃毛可入药，能消瘀化血、祛邪杀虫；桃木可驱鬼避邪、镇宅禳福、做家具盖屋，枝杈可当柴烧，桃果脆甜能润肺充饥，树上排出的液汁能制成桃胶，连桃木和桃中生的蠹虫也有驱邪气的药效。因为桃树有这么多好处，俺们这地方就称桃木为‘德木’，也叫‘伊祁木’。”

秦越人第一次听人把桃木讲得这样精细神奇，很感兴趣地问：“桃木为何又叫‘伊祁木’呢？”

店家自豪地说：“听老辈子人讲，因为尧帝姓伊祁，俺这片地方就叫伊祁山。伊祁山上长的桃树，自然就叫伊祁木啦！”然后笑笑说，“俺说得不一定准，客官们别笑话俺。”

这时候，店小二已将三碗葱花面、一张热腾腾的香油大饼端到桌上。店家客气地用手示意：“请客官慢用。”就站回柜台里去了。

这大饼厚有一指，大如小锅盖，三个大碗似盆，碗中葱花面起尖似小山，散发着诱人的香味。子仪惊讶地说：“咋这大碗这厚饼呀？”

子术用脚在桌下踢了一下子仪，小声说：“少说话，快吃吧！”

但三人只吃了三碗面就饱了，一张饼纹丝未动。子术去算账，店家只要了两文钱。子术惊讶不解说：“店家，你咋只收两文钱呀？”

店家笑笑说：“公买公卖，老少无欺。”

子术说：“还有驴的草料钱呢？”

店家满脸堆笑说："凡在本店吃饭客官的牲口，草料免费。"然后又将那张大饼用一块布包上，递到子术手里说："客官带上，留着路上吃吧。"

这时，店小二已将喂饱的驴牵到门口，交给秦越人说："客官你们走好，欢迎下次再来。"

秦越人笑笑说："谢谢照应。"将手中驴缰绳交给子术。

离开店门，在阳邑大街上，子术边观察行人和市景边小声问："师父，俺咋觉得这地方的人，与咱们鄚邑和路过的燕国哪些地方不一样呢？"

秦越人笑笑说："当然不一样。你们师爷在世时曾给我讲过，这古唐国是闻名天下的仁义诚信之乡，民风俭朴，士无鲜衣，女无冶容，居无垩丽，食无精凿，热情好客，待己讲究勤俭持家，待人讲究仁义忠厚。今日所见，果非虚言哪！"

子仪恍然若明地说："师父俺明白了，城门上嵌的那'仁厚'二字，就是提醒人们时刻不要忘记仁厚诚朴的古风吧？"

秦越人点点头说："对。史书上将尧帝留下的这种民风，称为'唐尧遗风'。可惜这种古老美德，在更朝换代中都被那些争王夺霸的人破坏了！"

子仪指着前方大街一座大门前的一个高大奇异石柱说："师父，您看那是什么？"

秦越人望着那巍然耸立的巨大石柱，心中也很惊奇纳闷，快步走过去，绕柱转了一圈，只见上面镌刻着十七个大字："颤颤栗栗，日谨一日；人莫踬于山，而踬于垤。"皱眉凝思，难解其意。

这时从街上走来一位白发鹤颜背插一把宝剑的道人。秦越人便上前拱手施礼请教："仙家请留步，能赐教在下此柱为何人何事所立吗？"

那道人上下打量了一下衣着朴实的秦越人和他身后一个背着行囊一个牵着毛驴的两个小伙子问："你们来自何方，为何对此柱关切瞩目啊？"

秦越人诚挚地说："在下鄚邑人氏，是一乡野游医，为寻药来到此地，见此柱古朴非凡，特请教仙家指点。"

那道人眨眨眼问："游医既是鄚邑人，那贫道向你打听两个人可否？"

秦越人慌忙拱手施礼道："请仙家提示。"

那道人说："一个叫长桑君，也是一名游医；一个叫秦福寿，是位药商。你们可曾听说过？"

秦越人闻言大惊，疑惑地上下打量着仙道说："长桑君便是在下的义父恩师，秦福寿正是在下的家父哇！仙家如何认识？"

那道人用慧眼再次仔细打量秦越人，惊喜地说："那你，就是长桑君的义子秦越人了？"

秦越人惊喜地点点头说："仙家真是神人啊，怎么连在下的贱名也知道哇？”

那道人兴奋地“呵呵”笑着，上前拉住秦越人的手说：“贫道乃尧山伊祁真人。与长桑君同师修道，师弟因不甘深山寂寞，才外出云游行医的。你父福寿每年进山收购药材，因此相识啊。”

秦越人闻言，急忙大礼跪倒当街拱手称：“师伯在上，请受愚侄越人三拜！”

子术、子仪也急忙跪倒口称：“徒孙子术（子仪）参拜师爷！”

伊祁真人将秦越人和子术、子仪扶起，见围观的人越聚越多，就扯扯秦越人衣袖说：“贤侄，此处不便多言，请随贫道到观中细叙。”

秦越人听了点点头，师徒三人便跟随仙道沿街而去。

春阳西斜中，秦越人师徒三人在伊祁真人引领下来到一座道观。这道观坐落在阳邑城外青松翠柏遍布的尧山一山凹中，几棵参天古柏下坐落着三间茅屋，茅屋之后有一修行山洞。伊祁真人领着秦越人师徒三人参观过道观，指着山顶一座宏伟的庙堂说：“那就是誉满天下的尧庙。住下后你们再上去拜瞻。”然后将他们领进茅屋内说，“你们就在这里住下，屋内有粮有锅，想吃什么自己做。”说毕离去，钻进房后山崖上的修行洞中去了。

秦越人打量屋内，清净、简朴、洁雅，对子术子仪说：“这道家修行之地极其讲究。我们住在这里，你们不可大声喧哗，乱走乱窜翻动东西！”

子术子仪说：“师父放心，弟子记下了！”

三人吃了在小店剩下的饼，喝点水，子术子仪到屋外打草喂驴观景，秦越人便坐在地铺上拿出医简看起来。

这时伊祁道人进门说：“贤侄不在鄚邑行医，为何来到这里呢？”

秦越人慌忙站起，眼涌热泪说：“不瞒师伯，弟子近年连遭不幸，先是爹娘被恶人纵火烧死，接着又是妻子和未出生的孩子惨死白洋淀；家乡先遭大旱又遭洪涝，民不聊生，行医无药，才在无奈中一路讨要治患来到尧山，想在这里采药度日。”说毕泣不成声。

伊祁真人望着垂泪不止的秦越人劝道：“贤侄不必过分悲伤。人死不能复生，纵使生者天天哀涕，也难将他们再唤回人间啊。”

秦越人哽咽道：“愚侄只是想不通，义父恩师本无病，却因战乱生疾而丧生；父母勤快一生、事事与人为善，却遭暗算惨死火海；爱妻贤惠孝敬、勤俭持家，却因躲乱兵带孕溺水而毙命。天下好人，为啥这样命短难活呀？”

伊祁真人神色庄重地说：“人生不平事，十有八九。道家讲今生，就是说每时每事，都要立足现实。沉迷往事，会消沉意志又伤身；不识现状，难找准前进方向和措施；目标不明，缺乏动力和斗志。贤侄能从一个又一个灾难中站起，讨饭到尧山来采药，苦难中不忘普救众生，这就是对死去亲人的最大告慰呀！”

秦越人擦把泪水说："理是这个理儿，可愚侄每忆亲人惨死之状，真是死的心都有哇——"说着又哽泣不成声。

伊祁真人笑笑说："人经历苦难，看似痛苦，实是磨炼和财富。古人讲，天欲降大任于斯人也，必先劳其筋骨，苦其心志，就是这个道理呀！"然后郑重说："就这一点来讲，贫道当祝贺你呀！"

秦越人流着泪说："师伯不要笑话愚侄，我已落魄成乞讨度日，还有啥值得祝贺之事啊？"

伊祁真人说："一个经历过各种苦难磨炼的人而不倒，仍在探觅和生活，他的人格和品性就是千金难买的财富啊！道家为什么讲修炼？修炼就是让人去自觉找苦吃，去苦难中磨炼自己的意志和心性……"

秦越人怔着眼，第一次听到有人将苦难二字对他作这样深刻而精辟的解释，止住泪水，像一个饥饿待哺的婴儿，全神贯注听着伊祁真人的教诲，愁眉忧绪渐渐展开。

落日霞光中，打草放驴归来的子术和子仪，听到师父在屋内一会儿哭，一会儿述说，子术愁苦地坐在古柏下一块石头上，手拿一根木棍，低头在地上划来划去，子仪烦乱地在地上走来走去。

屋内突然又无声无息了，子仪站住对子术说："师兄，你听师父咋没声了，咱们进去看看吧？"

子术抬起头盯着茅屋摇摇头说："不行。师父说了，这道家之地不让咱们乱说乱窜！现在师父正与伊祁真人师爷谈事，咱们更不能干扰！"

子仪说："师父来到阳邑，心情刚好点。伊祁真人师爷若向师父打听长桑君师爷，和爷爷奶奶、师娘去世的事，再勾起师父心中的伤心事可咋办呀？"

子术含着泪说："自爷爷奶奶被烧死，师母和肚里的孩子在白洋淀被淹死后，师父虽强打精神开诊治病，哪有过笑脸哪？"

子仪长叹一声，眼圈发红蹲到子术身边，用头倚到子术肩头说："不到一年时间，家中连死四口人，搁谁也受不了呀！"

子术流着泪说："师父的亲人死得太惨了！爹娘被烧成焦人，师母为救你和师父，连再有一个月就出生的孩子也带走了。师父的伤痛，是刻骨铭心啊！"

子仪哽咽出声说："都怨俺！那时如果我跳下去，师母和她肚子里的孩子就不会被淹死啦！"

二人缄默，默默相依盯着茅屋，太阳渐渐沉入西山之后。

茅屋内发暗了，伊祁真人摆摆手说："咱们不谈家事了。你在阳邑城内不是问那根石柱是何人何事所立吗！我给你讲讲吧。"

秦越人抬起泪眼望着伊祁真人说："那字体太古怪罕见了，我琢磨了半天也没弄明白是啥意思？"

伊祁真人平静地问：“贤侄听人说过‘谏木’二字吗？”

秦越人点点头说：“义父恩师生前曾给愚侄讲过，说那是尧帝治国时留下的圣迹。”

伊祁真人说：“那立在阳邑城中的石柱，就是尧帝治国时立的‘谏木’哇，又叫‘诽谤木’。”

秦越人吃惊地说：“啊！那就是‘谏木’哇，咋变成石柱了呢？为何又称‘诽谤木’呢？”

伊祁真人说：“这事说来话长。那十七个字念：‘颤颤栗栗，日谨一日；人莫踬于山，而踬于垤。’‘颤颤栗栗，日谨一日’，就是说当部族首领的人，说话办事每日每时都要小心谨慎。‘人莫踬于山，而踬于垤’，这句话的意思是，一个人可以很顺利走过大山，而在一个小土坎前却可能跌倒在地！”

秦越人惊讶地说：“噢，原来是这个意思啊。”

伊祁真人接着说：“尧帝将这些字写在木柱上，立于王宫门前，本意是提醒告诫自己，当帝王的说话办事要有责任感，每日每时都要谨慎小心，人虽然能办好一个又一个大事，但很可能因一件小事失误就跌倒在地。这就是尧帝治国时给自己立的著名的‘尧戒’！为了避免治国中失误，他觉得光提醒自己还不够，还要广开言路，征集天下人对国事的意见，就在宫门外‘尧戒’木柱旁又立一木柱，让人把评说朝政的意见直接写在上面，每天来察看采纳有利于兴国利民的意见，由此才使天下大治，被世人誉为‘谏木’。因为在谏木上留意见的人中，有的用语很尖刻，也称为‘诽谤木’。后世人为永远保留这一圣迹，就将‘尧戒’刻在石柱上，用石柱代替了原本的两根本柱。”

秦越人听了如醍醐灌顶，顿时心情开朗，钦佩地说：“这尧帝真是一位千古难得的圣贤之君啊！”

伊祁真人将话锋一转，神色严肃地说：“常言道，穷则独善其身，达则兼善天下。尧帝以德、智、勤开创一代盛世，留下唐尧遗风千古颂；贤侄既已立志普救众生，永远立身于民，何不遍访天下，集四海医家奇术于一身，著书立说开医家之新河呢？”

秦越人吃惊地盯着伊祁真人说：“愚侄只是个乡野村医，外出寻药也是被困境所逼，哪敢有遍游天下、著书立说之想啊？”

伊祁真人笑笑说：“天下本无路，因人走多了才有通途。黄帝岐伯著《内经》，也是集天下之奇症验方而成。人是天地之灵秀，盖世之精华，只要不怕艰难困苦，世上没有不成之事呀！否则，就是一介混天度日的懦夫了！”

秦越人闻言如响雷击顶，低头沉思了一会儿说：“师伯所言极是。可这万难之事，岂是愚侄这样的凡夫俗子敢想的呀？”

伊祁真人眨眨眼说：“贤侄可听说过，孔丘开儒家之先河，墨翟（墨子）立墨家之学派吗？”

秦越人点头说：“略有所闻。愚侄生活在穷乡僻壤，并不知其详？”

伊祁真人说：“当今世事，周天子日衰，群雄蜂起，既是群雄逐鹿之世，也是诸子百家争鸣之世。你为什么就不能承先贤之医籍，集当世之验方，致力著一部传世的医书，把医学发扬光大呢？”

秦越人连连摇头说：“不行、不行。我一个乡野游医，哪能做那些名播天下贤达们的事呢？”

伊祁真人正色说：“做人，最重要的是不要瞧不起自己！泰山不让土壤，方能成其大；河海不择细流，方能有其深。比如道家修行，成仙者贵在坚持不懈、甘于寂寞，而这种坚持和寂寞源于内心的信仰和力量。古人讲，胜人者力，自胜者强。说的就是这个道理呀！”

秦越人说：“我不怕苦，也不怕难，可这万难之事从何做起呢？”

伊祁真人说：“访老问古，拜瞻唐尧圣迹！”

秦越人听得浑身燥热、如雷轰顶，崇敬地盯着伊祁真人说：“义父恩师授我医技为人，师伯给我拨开人生乌云，指出立世之路啊！”说毕，跪地叩谢。

送走伊祁真人，子术、子仪急忙进屋点灯、点火做饭。他们看到师父站在门口望着夜空中的繁星发呆，不敢多问。吃过饭，子术、子仪上炕睡了，秦越人又一个人坐到门外望着夜空冥思……

清晨，阳光初照，精神焕发的秦越人草草吃过早饭，便带着弟子子术、子仪攀山去瞻仰尧帝圣庙。

子仪扯一下子术的衣袖指着前方大步向前的师父说：“师兄，你看师父今天好像变了个人，比咱们走得还快！”

子术笑笑说：“别多嘴，师父难得这么高兴。”

子仪说：“师父昨天哭今天笑，不知伊祁真人师爷都给师父吃了啥仙药？”

子术说：“我说让你别多嘴，你咋老爱瞎想呢？”

子仪不服地说：“师父常说遇事要多思，这咋能叫瞎想啊？”

子术说：“需要咱们知道的事，师父会告诉的。师父不告诉的事，当弟子的就不能多问。”

子仪刚要反驳，秦越人回头笑着说：“两小伙子还没我走得快，在后边磨蹭啥？”

子术、子仪跑步跟上师父，秦越人盯着两个弟子问：“你们俩嘀嘀咕咕的，背后又议论我啥话？”

子仪推一把子术，憨直的子术红着脸说：“他说昨天伊祁真人师爷给师父吃了仙药，师父变了。”

秦越人哈哈笑着说：“你们说说，我哪儿变了？”

子仪说："您开心了，笑多了，精神了。"

秦越人点点头郑重地说："对了。这几年家中一桩事连着一桩事，我总走不出死去亲人的阴影，一想起来就伤心落泪、无精打采。昨天听了师伯的一番教诲，真是如醍醐灌顶、大梦方醒啊！就像蚕蛹变成了蛾，只想着展翅向空中飞呀！"

子术吃惊地睁大眼睛问："师父，师爷啥话这么管用啊？"

秦越人伸开双手拍着两个弟子的肩头，故作神秘地笑道："天机不可泄露。"

子仪搀住师父说："师父，您也给俺们说说呗，让俺们也沾点道仙味儿。"

秦越人放目扫视四周山峦起伏的群山说："过去我只知道看病救人，解除家乡乡亲们的病痛，从现在开始要放眼天下，重新安排人生了！"

子术不解地说："那咱们不回鄚邑老家了？师兄和乡亲们还等着咱们往回送药材呢！"

秦越人眨眨眼睛说："回老家，但不是只带药材，还要把天下的医术带回老家去！"

子术、子仪听了如堕五里雾中。

秦越人沉思了一会儿又自语："人活一世，心中不能只装着亲情、乡情，还要装着天下和后世啊！"

子仪兴奋地说："师父，既有那么大的事等着咱们去做，咱们还去拜尧庙干什么呢？"

秦越人胸有所定地说："我们不仅拜瞻尧庙，还要访老问古，遍访伊祁山中唐尧的所有圣迹！"

子术说："那咱们不采药了？"

秦越人笑着说："采药。一边拜瞻唐尧圣迹，一边采药，用古人的开创精神和美德，去探索医学之奥秘！"

子术和子仪惊讶地望着师父，不知说啥好了。

秦越人挥挥手说："傻愣着看啥，快向山上攀哪！"

时光快如梭。半月后，阳光灿烂的春末，道观古柏下，一张石桌周围坐着伊祁真人和秦越人师徒三人，石桌上摆着一把沙壶和四只碗。伊祁真人捋着飘飒的白须说："贤侄，这些天你们都到哪里去转了？"

秦越人拱手说："禀师伯，愚侄与两个徒弟在伊祁山中走了五个山峰。"

伊祁真人问："哪五峰？"

秦越人说："俺们登尧山拜瞻了尧庙，到庆都山观瞻了'尧母洞'、'狼啸洞'、'鸟湖河'、教子岩、望子亭，在丹凤山看了'龙母泉'、尧帝封侯处，又上青龙山看了'尧泉'、'后稷坡'、'伏亭'，最后到了大茂山，看了'恒山积雪'、通天河、黄帝向太乙真人问道处、神农向太乙真人求教'本草'处。"

子仪接话说："在一个路过的土丘上，俺们还看见一颗五六搂粗的老槐树！"

伊祁真人笑笑说："这五座山中，圣迹最多最古老的当数大茂山。那是太乙真人修炼成仙之处，不仅炎黄二帝曾问道于此，颛顼帝曾掌管那里的收藏，帝喾在此发现异兽，唐尧、虞舜也曾在此狩猎，夏禹治水就源于此山的恒水（今名通天河）。还有就是我们所在的尧山。尧帝在此立国，集伯益、王亥、后羿、女丑、皋陶、后稷、苍壁、黄琮、羲仲、羲叔、和仲、和叔、木倕、丹朱、仪狄、许由等天下英贤，可以说这里每条沟、每个坎、每块田、每条路，都有他们留下的汗水和脚印呀！这才有了千古颂扬的唐尧盛世！"

子术问："先贤唐尧那么圣明强大，怎么没有留下城池宫殿呢？"

伊祁真人严肃地说："唐尧生活的时代，人们还在懵懂开化中。他不像现在的周天子和诸侯们，征调天下能工巧匠修坚城筑豪宫。尧帝虽贵为一代圣贤，却一日三餐吃糙米饭、喝野菜汤，连吃剩的食物也舍不得扔掉，穿衣打扮与常人无异。因此，至今阳邑人还保留着士无鲜衣、女无冶容、居无垩丽、仁义忠厚、勤俭持家的民风。"

子仪问："那时的侯王有玉玺宝鉴吗？"

伊祁真人笑笑说："没有。"

子术疑惑地问："那他们以什么凭证领导天下呢？"

伊祁真人神色庄重地说："帝挚封尧为唐侯时，只给了三件信物：一条放羊鞭子，一件用草编的葛衣，一面用兽皮做的侯王旗。"

子仪惊讶地说："啊！当侯王还这么苦这么难哪？"

伊祁真人说："正因为他们不怕苦、不畏难，才留下被世代称颂的'唐尧遗风'，才有了今天人间的繁华！"

秦越人说："在拜瞻圣迹中，愚侄听了当地老人们讲述尧帝创业之难，才明白一个人该如何活在世上。只想到家和亲人的人，只是一只井底之蛙；只有心中装着天下的人，才活得有意义，才能有所作为！"

伊祁真人兴奋地闪着目光说："贤侄，你能有此感悟，正是贫道所望啊！"

秦越人羞涩地说："愚侄只是空有感悟，却不知往下的路该咋走？"

伊祁真人笑着拉住秦越人的手，站起说："你随我到屋后洞中，贫道另有话说。"

子仪望着离去的伊祁真人和师父背影，对子术说："师兄，不知这回师爷又要给咱师父吃啥灵丹妙药哩？"

子术说："别乱猜！师爷一定是有重要事与师父单独商量。"

伊祁真人拉着秦越人转到道观屋后，钻进一个柴门掩口的山洞。此洞坐落在三间茅屋道观之后的山崖上，依山凿就，有一柴门掩口。洞深约有两丈余，高约八尺，前窄后宽，窄处只容一人进出，宽处一丈五尺左右，洞侧有一天然窟窿透进一束灿烂阳光。洞内桌椅皆为石块搭就，洞角由两块石头支的木板上铺着一领破席，席上放一截磨得发亮的圆木枕，并无被褥；洞底靠壁地上有一荆条编的圆形坐垫，大约是伊祁真人面壁静坐修炼之处。

伊祁真人指着一块石头说："贤侄请坐。"

正在惊奇打量洞中陈设的秦越人慌忙说："师伯请坐。"

伊祁真人坐后笑着说："你第一次看到道家修炼之处吧？"

秦越人点点头说："真是贫寒如洗呀！"

伊祁真人哈哈笑道："贫道、贫道，我十五岁出家投师修道，在此洞已度过五十八个春秋了。"

秦越人惊讶地说："师伯如此坚贞不移，令愚侄汗颜惭愧啊！"

伊祁真人说："人各有志。只要胸中有把不熄之火，再苦再难的生活，也觉得是幸福甜美的！"

秦越人感慨地说："凡尘之人只求妻贤子孝、衣食温饱，哪知道家这样清苦如洗啊？"

伊祁真人笑道："苦不苦，不同的人有不同的感受。为志而苦，苦就是甜；为甜而甜，甜也是苦。小人逐利，君子逐志。人活在世上，要有志向，为志而苦，为志而献身的人，那才是大丈夫哇！"

秦越人诚挚地说："师伯的谆谆教诲，已将愚侄领入一个新的世界了。"

伊祁真人说："你刚才在外面问贫道，今后的路怎么走？"

秦越人说："是。拜瞻唐尧圣迹后，愚侄一直在思索，作为一个医家如何像先贤那样生活呢？"

伊祁真人笑笑说："读书。"

秦越人先惊喜后垂头说："愚侄现在连饭都是吃师伯的，哪还有条件去读书哇？"

伊祁真人转身用手向石壁上一个木橛按了一下，那石壁便像一扇门一样慢慢打开了，露出一个堆满一摞摞木简的洞坎。他指着洞坎内的木简说："这是贫道几十年云游各地搜集来的百家典籍。其中既有治世之术、兵家方略，也有天文地理、儒道墨说和医家经典。你既来到尧山，就把它们好好读读吧。"

秦越人惊喜地站起，望着那一摞摞木简，两眼放光说："师伯，我一定认真研读这些先贤医典！"

伊祁真人严肃地说："错！是要认真研读这些所有典籍！"

秦越人不解地说："我一个医人，读这些治世之术、兵家方略、天文地理、儒道墨说有何用呢？"

伊祁真人情挚意切地说："天下百行百业虽然各有其术，却同理相辅！你若想有一技之长，必须博学广通。作为医家，不懂治世之术、兵家方略，如何与那些权谋之人相交？不懂阴阳八卦学说、金木水火土五行之术，如何感悟天地万物变化与人病的关系呢？不懂天文地理、儒道墨说，如何探索人的内心世界和自然环境对人病症的影响呢？”

秦越人望着伊祁真人，张口结舌无话可答。

伊祁真人继续说：“儒家讲‘仁’，道家讲‘慈’，墨家讲‘兼爱’，都是一个医家应具备的品德呀！”接着他又说，“贫道收藏这些典籍，并不轻易示人。今天让你研读，是觉得你是个可造之人！”

秦越人激动地说：“师伯如此厚爱，愚侄如何敢受啊？”

伊祁真人说：“先贤编撰典籍，本是叫后人继承发扬。你读此书，会使你的医术插上翅膀！”接着又说，“贫道将你叫到洞中，一是告诉你，要想成为一代名医，必须博览古今各种典籍才能使你的医术和胸怀升华；二是告诉你，贫道明天要外出远行了！”

秦越人吃惊地说：“啊，师伯何时归来呀？”

伊祁真人笑笑说：“道友相聚，不以时日为准，而是以探磋参悟为乐。也许半年，也许一载，也许时间更长。”

秦越人拱手说：“那愚侄就遵师伯之命，在此守护道观，认真拜读这些旷世之著，等待师伯归来！”

伊祁真人正色说：“你可要记住，贫道归来，还要考查你的学业呢！”

秦越人点头而跪说：“愚侄记住了，一定不负师伯厚爱！”

第二天天还没亮，秦越人便起床去给伊祁真人送行，但洞穴空空，已不见伊祁真人踪影，显然早在深夜离去。他懊悔自己睡得太死，竟没听到一点儿动静。其实，已修炼成半仙的伊祁真人，行如风，动如影，即使秦越人坐在身旁，恐怕也难发现他何时离去的。伊祁真人走了，但他嘱咐的话还句句响在耳畔。从此，他带着子术、子仪白天上山采药，夜晚开始攻读百家典籍的生涯。师徒三人，天天早起晚归，顶风冒雪采药打柴；雨雾中，他们在山野中寻觅、在山崖上攀爬；阳光中，访老问贤翻晒药材。度过春、夏、秋、冬，又迎来春和夏。

夜，奔波劳累一天的弟子子术、子仪睡了，成了秦越人一个人的世界。灯下，他在伊祁真人洞中如饥似渴翻阅历代典籍，一会儿兴奋，一会儿沉思，不时做着注录。冬夜在簌簌发抖中不懈攻读，夏夜在蚊虫叮咬中坚持夜读……

秦越人天天晚上一个人钻进伊祁真人洞中，点灯不睡的奇事，使子术、子仪纳闷儿不解。一夜又一夜，子仪终于憋不住了，一天深夜，他站在窗前望着屋后亮灯的山洞说：“师哥，师父天天夜里在那山洞内亮着灯，他都干啥呢？”

子术站在子仪身后望着说：“能干啥？读书呗。”

子仪说：“咱们带来的医简师父没拿，他哪有医书可读呢？”

子术说：“俺也不知道。”

子仪说："是不是师父在修炼道功呢？"

子术生气地说："别胡说。师父每天让咱们做木简，准是写医书哩。"

子仪说："师兄，咱们以送木简为名，不敲门，闯进去看看吧？"

子术说："不行。师父不叫咱们进去，一定有不让进的原因，咱们不能不听师父的话。"

一直望着窗外洞口看的子仪突然惊喜地说："师兄快看，师父出来了！"

子术兴奋地望一眼走出洞口，在夜幕中打拳活动手脚的师父说："走，咱们快去看看！"

专心打拳的秦越人听到脚步声，扭头发现是子术、子仪走来，收住势问："你们俩不睡，半夜起来干啥？"

子仪笑着说："俺们看师父打拳呢？"

秦越人说："这打拳有啥看头，快去睡吧！"

子术说："师父，那您为啥天天夜里不睡呢？"

秦越人笑笑说："我看书呢。"

子仪说："您看啥书，能让俺们学呗？"

秦越人思忖着说："师父还没读懂，等我懂了再教你们。快去睡吧，明天还要采药呢！"

子术、子仪听了，悻悻离去。从此，再不敢去打搅师父读书了。

初夏的晚霞中，云游一年多归来的伊祁真人看到茅屋前满院子晾晒的药材，生气地皱起眉头，走向茅屋后的山洞。

他气呼呼推开山洞门，走进洞内，看到石桌和床板上堆满一摞摞新注写的木简，脸上顿时转阴为晴，露出欣喜和灿烂的笑容。他顾不上旅途劳累，坐在石块上翻阅秦越人阅读百家典籍写下的感悟和体会，一会儿眉毛飞扬，一会儿凝神沉思，一会儿喜笑出声，一会儿拍腿叫好。

傍晚，带着子术、子仪采药归来的秦越人发现山洞门虚掩、里面亮着灯光，知道师伯归来了，赶紧拎着砂壶兴奋地奔往洞前，用手"当当"两声轻轻叩门。

伊祁真人惊悸而起打开门，发现暮色中站着满身风尘的秦越人，兴奋地说："啊！贤侄，你到哪里去了？"

秦越人红脸憨笑着说："师伯，愚侄不知您今日归来，没有远迎，还望恕罪！"

伊祁真人笑着将秦越人拉进门说："贫道离开一年多，贤侄可是读书采药双丰收哇！"

秦越人谦恭地说："让师伯见笑了。愚侄夜晚读书，白天与两个弟子采药治患，时刻盼着师伯归来考查。"

伊祁真人笑着摇头说："不用考查了！贫道刚翻过你的读书注疏，你研古思今、参悟人生真谛，很有见解呀！"

秦越人红了脸说："师伯休羞愚侄，读了这些书使我感到枉活了三十多年啊！"

伊祁真人笑着说："你不光读书有获，还采了不少药材呀！"

秦越人说："行医人见了药材，就像农人见了成熟的庄稼，不采下总有一种失职罪过感。"

伊祁真人满脸笑容点点头说："贤侄能有此感，说明你爱医之深、思患之切。但要当一个胸怀天下的医家，岂能只看到手中的麻雀，而忘记天上的仙鹤呢？"

秦越人转转眼珠跪下诚挚地说："这一年多在研读诸子百家典籍中，愚侄对医理医术已有了新的感悟，决定遍访天下，在治患中搜集民间验方，当一个为黎民百姓解除疾苦的良医！"

伊祁真人扶起秦越人说："凡成大事者，必吃常人不吃之苦，必受常人不受之难，必知常人不知之事。这三点贤侄已具备了，但想成为一名真正医家，遍访天下，却非一件易事啊！"

秦越人坚定地说："读先贤之典，百家之籍，真是受益匪浅！书中所讲虽非医事，却使人茅塞顿开，对人世人生有了新的理解和感悟。愚侄觉得既非治世之才，也非儒道墨学之士，只有倡先贤之医理医术医德，才是我的最爱。纵有千难万险而不悔！"

伊祁真人说："为医者先要明药。神农不尝百草，如何有《神农百草》问世；黄帝、岐伯不历百症，如何写出《内经》？"

秦越人说："愚侄在读师伯搜集的历代典籍之余，带领两个弟子在群山中采药，就是想仿效神农、岐伯等先贤探查医药之秘啊。"

伊祁真人摇摇头说："俗话讲，天外有天，山外有山。这唐尧之地虽然药材不少，但还称不上是天然药仓。"

秦越人迫不及待地问："师伯，那哪里还有比这里药材更多的地方呢？"

伊祁真人闪闪眼帘说："从这里沿着太行山麓南行，穿过中山国的灵寿、番吾（今平山县）、石邑（今井陉）和房子（今赞皇、临城），在晋国边界的原始森林中有一座蓬山，那里才是药材遍野呀！"

秦越人兴奋地说："那愚侄过几天就带着两个弟子去蓬山！"

伊祁真人说："那蓬山可是又高又险，林茂人稀，豺狼虎豹众多，你不害怕生死系一线吗？"

秦越人神色坚毅地说："民之所欲，天必从之。只要能找到医治患者的药库，纵然死在深山荒野，愚侄也死而无憾！"

伊祁真人灿烂地笑着说："贫道让你研读圣典和百家之籍，就是盼你生发这样的壮志，说出这样的话呀！"说着伸手将秦越人紧紧抱住。

伊祁真人拉着秦越人坐下，秦越人张嘴欲述说这一年多的思念之苦，伊祁真人用手止住，神色严肃地说："一年前贫道留你住在道观，今日我告诉你，明天就得带着两个徒弟离开这里！"

秦越人闻言大吃一惊，眼涌泪水说："师伯，侄儿哪里错了？任打任罚，您为何要赶愚侄走哇？侄儿还想在这里再研读诸子百家，向您请教啊？"

伊祁真人沉脸说："不行！你现在就回屋收拾东西，明天一早就离开！"

秦越人哭着跪下说："师伯，这究竟是为什么呀？"

伊祁真人一挥手说："没有为什么！你快离开，本道要休息了！"说着躺到木板床的光席上，闭眼睡去。

秦越人无奈站起身，擦着泪黯然离去。

他刚走到洞口，伊祁真人说了句："你不用担心你采的那点药材，贫道会找人送回你七间房老家的！"

秦越人听了，如锥刺心，踉跄奔向茅屋……

晨阳初照，子术背着行李，牵着驮医简的小毛驴，与子仪站在道观出口。

伊祁真人拉着秦越人的手站在道观院中，从身上掏出一个精雕的桃木小葫芦送给秦越人说："这是贫道用伊祁木（即桃木）做的护身符。当年我曾送给令尊一个，今天再送一个给你，保你事业有成、一生安康！"

秦越人如获至宝，双眼涌泪紧紧抱在怀中说："师伯的大恩大德和教诲，愚侄将终身铭记！"

伊祁真人说："临别贫道送你一句话：攻业在专，求术在痴。不求生前身后名，只愿了却胸中志！"

秦越人扑通一声跪地泣谢："师伯——"

伊祁真人却不待秦越人讲话，转身扬长而去。

子仪上前搀起师父，怜惜地望着满院成堆的药材问："师父，咱们采的这些药材咋办哪？"

子术见师父不答话，拽一把子仪说："少说话。师爷昨晚说了，让顺路人捎给子容师兄。"

秦越人满脸泪水，仰头迎着朝阳，泪水在脸上闪闪发光，哽咽着下山奔向远方，身后跟着背行李的子术和拉驴的子仪。

第十七章
寻药源夜栖蓬山仙人洞

秦越人带着子术、子仪两个徒弟离开尧山伊祁真人道观，晓行夜宿，穿行在丘陵山壑中。在闷闷不乐蹚河爬山中，他突然明白了，伊祁真人让他立即带着徒弟离开，那是怕他贪恋道观生活的安逸，沉醉于诸子百家学说的争辩，满足于尧山采药的些许收获，逼着他去闯更大的世界，在艰难创业中去实践和检验诸子百家学说的是与非。于是，离开伊祁真人道观时的抱怨、不解和悲凉，顿时化为蹚河攀山的无尽力量。

初夏时节，他们来到虎头山（今内丘县西北）下。子仪擦汗指着绿树葱郁的前方一座山说："师父，这座山是不是蓬山呀？"

秦越人手拄木棍站住，仰脸观瞧着说："这一座山连一座山，一条沟连一条沟，到处都是绿树葱葱，师父也闹不清走到什么地方了！"

牵驴的子术说："师父，咱们都走了一个多月了，可别走过了。找个人问问吧？"

子仪手拄膝盖喘着气说："这深山老林里，地广人稀，到哪去找人问哪？"

这时突然传来山歌声："你走那个山梁俺走沟，咱二人定计呀摆摆手。阳坡里高粱背坡里莜，因为想你野地里哭。山雀落在葛针上，扎痛你来俺也跟着抖。万里蓝天遮乌云，啥时能让俺再见你的人！"

子仪兴奋地指着山坡上一个放羊人说："师父你看，那儿有个放羊的坐在石头上唱歌哩！"

秦越人笑着说："走，咱们找他聊会儿去，问问路！"

那放羊汉子见三个陌生人向自己走来，疑惑地站起问："你们是哪庄的，俺咋没见过呢？"

秦越人笑着说："俺们是过路的，听你唱得好，想与你坐会儿。"

放羊汉子脸一红说："俺一个人放羊闷得慌，瞎编乱吼哩，你别笑话俺。"

秦越人说："真是唱得好！俺们头一回听到这么有滋味的山歌。"

放羊汉子笑着说："你们从哪里来，要去哪里呀？"

秦越人说：“俺们从鄚邑来，要到蓬山去。”

那放羊汉子不解地问：“鄚邑是哪里，俺咋没听说过这地方呢？”

秦越人说：“鄚邑是齐国的一个城，离这儿有几百里路。”

放羊汉子吃惊地睁大眼说：“啊，几百里呀！那你们去蓬山干啥？那里是深山老林，走几十里路都不见一个人影儿。”

子术子仪听了浑身紧张，秦越人笑着说：“俺们去找药材。”

那放羊汉子说：“那里的药材是多，可从来没有人敢去采呀？”

秦越人哈哈笑着说：“俺们去了，不就有人采了。”然后话锋一转说，“大哥，你能告诉俺们，往蓬山的路咋走吗？”

那放羊汉子忧心地转着眼圈说：“俺劝你仨还是别去了，那里山高路险野兽多，太危险了！俺这里山上药材也挺多的，就在俺们这儿采吧。”

子仪胆怯地问：“大叔，您去过蓬山吗？”

放羊汉子连连摇头说：“没去过。仨俩人，哪敢去那地方呀？”

秦越人好言相劝说：“俺们几百里路来了，咋也得到蓬山去看看哪。你就给俺们指指路，也许到那里转转俺们就回了。”

那放羊汉子说：“过了这座山，往西再走两天，看到山最高树最多最密的那座山，就是蓬山！”

秦越人指着面前的山说：“大哥，这座山叫啥名啊？你咋称呼是哪庄的？”

放羊汉子说：“这座山叫虎头山（今河北内丘境内）。俺叫王毛旦，就是山下王家庄的。”

子仪嘻嘻笑着问：“大叔，毛旦是啥意思，您咋叫这名儿？”

王毛旦认真地说：“毛旦就是椿树上那一嘟噜一嘟噜的花和籽。俺娘生俺时，正是椿树开花结籽的时候，就给俺起了这么个名儿。”

秦越人笑着说：“谢谢大哥了，那俺们就走了。”

王毛旦说：“你还没告诉俺你的名姓呢，咋走哇？”

秦越人郑重地说：“我姓秦名越人，是个游医。”然后指着子术子仪说，“这俩年轻人是我的徒弟。”

王毛旦忧心地说：“秦大哥，你愣去蓬山俺也拦不住。可俺把丑话说前面，你们出了啥事，可别怪俺没提醒你们呀！”

秦越人笑着说：“放心吧王大哥，俺们不会怪你的。”然后又说，“大哥的山歌唱得挺有味的，啥时再见面，你再给俺们唱几段！”

王毛旦红着脸说：“别笑话俺了，快赶路吧！”

虎头山海拔九百八十米，距蓬山直线距离二十多里，走山路却长达六十余里。秦越人手拄木棍带着子术子仪两个弟子，登上虎头山山顶，极目远瞧，巍峨葱郁的蓬山就在眼前：奇峰连亘的山脉犹如一条腾地而起的昂首巨龙，耸立在太行山脉群峰之巅，直插碧云霄汉；煤山、罐山、南天亮山、寨山等分列主峰左右，呈马蹄形环抱一条滔滔奔涌蜿蜒东去的襄水，云绕雾缠、气象万千。他兴奋地指着蓬山对子术子仪说：“你们看，这蓬山真是气象非凡，藏龙卧虎之地呀！”

子仪眉飞色舞地说：“师父，师爷伊祁真人，咋会知道这儿有一座人间药库呢？”

子术接话说：“师爷游遍天下，天下好地方都在他心里装着呢！”

秦越人意味深长地说：“师伯不仅是给我们找到一个采药的好地方，还让我们站在这人间仙境的高山上，时刻看天下想天下哩！”

子仪说：“师父的意思是说，咱们在这里采了药材，不光运回鄚邑，还要卖给各地的医家吗？”

秦越人说：“不是卖，是要用这里天赐之药，医治天下人之疾！”

子仪说：“师父，咱就这一头小毛驴，咋向外运药啊？”

秦越人思忖着说：“不是用一头毛驴运，而是用上百上千头毛驴拉着车向外运！”

子术说：“那咱们这头毛驴干啥呢？”

秦越人凝思了一会儿说：“下了这座山，咱们就把它送人换成盐和粮食。”

子仪惊讶地说：“师父，这驴跟了咱们两年多了，咋能舍得送人呢？”

子术手揽驴头心疼地说：“是啊，它一路给咱们驮东西，咱们可不能将他送人哪！”

秦越人用手深情地摸着驴头说：“我也舍不得将它送人。但你们想过没有，蓬山山高路险、野兽众多，如果我们带着一头驴上山，不光是路艰难行，还会招来野兽袭击！我们自已生死尚难保，哪还忍心让驴成为野兽们争抢的嘴中餐呢？再说了，我们进山后，也许一个月也许半载，山中不缺食物，可哪有盐可寻啊？人的身体长期缺盐，就会少气无力，咱们还如何采药如何抵御野兽袭击呢？”

子术子仪听了，无话可答。

秦越人继续说：“我们用驴换盐换粮，既是权宜之计，也是给这头有恩于我们的驴找一条生路。等我们采药治病有了钱，还可以把它赎回来！”

子术子仪听了师父之话，一颗悬心落地，虽不忍舍驴，也默默同意了，争相寻找精草鲜果饲喂……

蓬山，位于晋国东南边界太行山中部东麓（今内丘县西部），近瞧，荆棘遮目、古树参天，野果成串、奇花争艳，百鸟争鸣、奇兽乱窜。秦越人带着子术子仪两个徒弟背着行囊在山林中攀爬，兴奋地观东瞧西，目不暇接、如醉如痴。

子仪惊喜地说：“师父，你看这天上飞的，地上跑的，树上结的，土中长的，都是治病所需的好药材呀！”

子术惊讶地说："天哪！这里真是一座天然药材库哇！"

秦越人弯腰顺手拔起一棵带根茎的植物，在溪水中洗净，举着对子术、子仪说："这就是白芷。叶子类菊叶，根像白萝卜，花似伞色淡黄，药用有止血、消肿痛、生肌润肤之效。"说着咬一口，递给子术说，"你们尝尝，嘎巴脆还有点甜味呢！"

子术咬一口嚼着，又递给子仪说："真像师父说的，挺好吃的。"

子仪连咬两口说："又解渴又顶饿。"

秦越人又弯腰拔了一棵叶子像韭菜的植物，在溪水中洗净问两个弟子："你们猜，这是什么药材？"

子仪说："野山葱。"

子术说："俺没见过，说不上来。"

秦越人说："这药材名叫黄精。根白似葱头，只有在深山近水的溪畔方有，是一种补品。听义父生前讲，山民采到后当作鲜果生吃，有强身壮力、延年益寿作用，所以山里人都长寿。你们尝尝吧。"

子仪连连摇手笑着后躲说："俺可不敢。年轻人吃补品，鼻子会冒血的！"

子术接过掰一小块放进嘴里品尝说："又脆又甜。"然后还给秦越人说，"师父，您吃吧。以后俺每天给您采两棵，让您把身体养得壮壮的！"

秦越人放进嘴里嚼着说："这药材，都是聚天地之精华而成。人若常年生活在这种地方，就是不吃药，天天闻这满山遍野的各种药材味，也会成为长寿翁！"

子仪咯咯笑着说："如果咱们都不老了，回鄚邑后，师兄和乡亲们都不认识咱们了咋办？"

子术笑瞅一眼子仪说："就你话多。"

秦越人说："医药、医药，医离不开药，药离不开医。我这些年行医，虽然也采药辨药，还是第一次亲眼看到这么丰富广漠的药源！其中许多药，连我也叫不上名儿，更不知道其药性药效了。"

子术说："师父，那咱们就边采药边品尝查药性吧？"

秦越人点头说："对。咱们不仅要探查清蓬山一带的各种药源，还要查清那些不识之药的药性药效！"

子仪吃惊地说："师父，要查清这大山连小山、小山连河川、一眼望不到边的蓬山药源，那得多少年啊？"

秦越人说："为了天下患者，就是十年八年我们也认了！"

他们师徒三人边观赏各种药材边谈笑议论，饿了摘点野果吃，渴了喝几口山泉水，兴奋地从一座山峰转到另一座山峰，从一片古林奇岩转到另一片古林奇岩。一向老成持重的秦越人竟情不自禁地哼唱起故乡民间盛传的《诗经》中唱谣来："秩秩斯干，幽幽南山。如竹苞矣，如松茂矣。兄及弟矣，式相好矣，无相犹矣。似续妣祖，筑室百堵，西南其户，爰居爰处，爰笑爰语。……"

这本是西周初期文臣墨客为祝贺周王宏伟宫殿落成时的一首颂诗，秦越人却借助诗中对王宫周围优美山水景色的描绘来抒发此时此刻的欢娱和陶醉心情。面对梦想的实现，大自然的恩赐，谁能不快乐异常呢！

师徒三人犹如逛仙山珍园，只顾采拾罕见的珍贵药材，绘图记录山形和药材分布，竟忘了疲惫与时间。太阳落山了，夜幕降临了，子术提着沉重的口袋，望着四周发黑的山林说："师父，咱们不能再采药画图了，天都黑了！"

坐在一块石头上画图的秦越人抬起头，惊讶地说："啊，天咋黑了呢？"

子仪也惊叫着说："师父，咱们的行李还挂在下边那个山头上的树上呢！"

秦越人望着四周，在地上转着圈说："都怨我、都怨我！光顾采药画图了，把时间给忘啦！"

子仪着急地说："师父，咱们快按原路返回吧？"

子术说："天这么黑了，哪里还看见走过的路呢？"

子仪急火地说："下不了山，没有行李，咱们夜里咋睡呀？"

秦越人用手扶着头说："你们别慌，让师父想想！"

夜幕降临，在深山老林中不同于平原，由暮色到夜临有个缓进过程，即使伸手不见五指仍可摸索前行，而这里的夜犹如要杂耍的突然给器物罩上了一块黑布，从白昼到夜临竟在一瞬间，不仅黑不辨东南西北，而且还伴着浓稠潮湿的大雾。平原的夜只给人寂寞和孤独，而这里的夜还带给人阴森、惊悸和可怕。在夜色与浓雾笼罩中，奇峰深谷密林中不时传来各种野兽的嘶鸣与争斗的一阵阵瘆人叫声。

子仪惊惶地偎到秦越人身旁说："师父，俺害怕！咱们快找个地方躲起来吧？"

子术也发奓腿抖，不知所措。

秦越人护住两弟子说："你们不要怕，把采拾的药材都放到地上！"

子术舍不得，紧紧抓着布袋说："师父，这可是咱们一天的成果呀，被人拿走或被风刮跑咋办？"

秦越人坚决地说："顾不了那么多！你赶快放下，从身边树上折两根棍子，你与子仪一人一根，以防万一！"

子术放下采药袋，摸黑折了两根棍子，一根交给子仪说："拿着，有野兽来，就用棍子打！"

他将另一根递给师父，秦越人拒绝说："这根你拿着！"

子术说："师父，那您拿啥？"

秦越人说："把你采药的镢头给我。"然后说，"现在咱们三人手拉上手，子仪在中间，子术断后，我在前面探路，去找个住处！”

子仪说：“俺拉着您的手，您就无法探路了。”

秦越人说：“那你就抓着我的腰带！”接着又严肃叮嘱说，“你俩可听清楚了，不管遇到啥危险情况，坚决不能松手！我们师徒三人，要死全死、要生全生！”

子术、子仪在黑暗中望着师父紧张地点头。

秦越人大声叮咛说：“子仪，你用手抓牢我的腰带！我要向前走了！”

说毕，他一手挥动手中挖药的小镢头砍着荆棘藤蔓，一手探摸着身旁的树木和岩石，一步步在山岩林海中探路。一会儿脚下石落深涧，一会儿手抓荆棘出血，一会儿胸贴悬崖，一会儿脚蹬岩缝。砍哪，走呀，摸呀，攀哪，不知道过了多长时间，在藤蔓杂棘中终于找到一个二尺见方的黑窟窿。

秦越人停住探摸，将身子倚在一棵粗壮的树干上，回头对身后子术说：“子术，快打火镰点燃蜡烛！看看这儿是不是一个山洞？”

子术点燃蜡烛，火光在黑暗中照亮了眼前——

这里果然是一个山洞。山洞口只能容一人进出，坐落在一处悬崖绝壁上，周围怪石嶙峋，藤蔓遮掩，秦越人所倚之树是一棵弯曲的老桑树，树下是万丈深渊，顿时冷汗浸额。

秦越人一手举着蜡烛，探身向洞里观望：深不可测，一股股森人冷气自洞中飘出。茫茫夜海中，此时此刻的秦越人是退不能退，进不敢进，又不敢告诉身后两个弟子险情，便沉气壮胆说：“你们千万抓好，小心脚下，咱们今夜就住这个山洞啦！”然后冒险拉着两个弟子大胆向洞内钻去。

不进洞不知道，进去后师徒三人是又惊又喜。那山洞洞口虽小，洞内却高有丈余，宽敞可容七八人，既有平整的依山巨石可为床，又有滴答的山泉可饮，洞的一角还堆着一些零乱的干柴，显然曾有人在这里住过。

子仪兴奋地说：“这真是个好地方啊，比咱鄚邑的房子还结实呢！”

子术说：“这是上天保佑咱师父，让咱们摸黑摸出个住处来！”

秦越人擦着额头惊汗，用手中蜡烛点燃洞中干柴，发现那山洞底部还有一个小洞，不知通往何方。

子术说：“师父，俺钻进去看看吧？”

但又渴又饿的秦越人再无精力冒险和探查了，更不敢让弟子冒险，就对子术说：“算了！快拿出你背囊中的干粮、野果，咱们喝点泉水，快睡吧！明天再察看。”

三人吃饱喝足后，便鼾然进入梦乡。

清晨，子术、子仪还在甜睡秦越人已坐在山洞洞口。他既兴奋又惊奇地遥望着满目青山翠树和山涧云雾，轻轻“啊呀”了一声，竟将沉睡的子术、子仪惊醒。

子术子仪揉着涩眼翻起身，发现阳光已照进洞内，洞外百鸟争鸣，师父正坐在洞口出神地观望山景哩。二人急忙钻出山洞，顿时被脚下的万丈深渊吓得连连后退，又被大森林的晨景迷醉吸引，小心走到师父身旁，依偎到师父身边问："师父，您在想啥呢？"

秦越人笑笑，摸着两个弟子的头说："真是老天相助哇！"

二人不解地问："师父，您又发现什么了？"

秦越人闪着动情的眼神说："咱们是瞎猫闯进金銮殿了。"

子仪闪着疑惑的眼帘说："哪有金銮殿？无吃无喝，咱们都睡在山洞里了。"

秦越人拍拍子仪的头说："光想吃。我说的金銮殿，就是咱们睡觉的这个山洞啊！"

子仪仍然不解，又问："山洞咋能与金銮殿相比呢？"

秦越人并不责备，平静反问："你想想，咱们出门在外之人，最需要什么呀？"

子仪说："住处呗。"

秦越人点点头说："这山洞不仅是不花钱就能安住的客栈，还能存放咱们采挖的药材，不怕刮风，也不怕下雨，还不是金銮殿吗？"说着站起边向洞内钻边讲："走，我领你们参观参观咱们金銮殿的后院和楼房去！"

二弟子刚从洞内出来，心想都在里面睡过了，不就是能坐七八个人的山洞嘛，还有啥好看的？但师命难违，紧步相随。

秦越人进洞后并不停步，照直向昨晚看到的洞底那个距地面三尺左右、尺半见方的黑窟窿钻去。那窟窿里又是另一番天地：此窟窿里有上下两个口，他们由下口进入，穿过了一段蜿蜒曲折只能容一人弯腰行进的窄洞，里面又是一个硕大的天然穹窟。这个穹窟比第一个洞还要大，能容纳十几个人；洞顶和四壁上爬满密密麻麻的蝙蝠，地上的蝙蝠屎约有尺厚；在洞壁的一侧上方有一个盆大的天窗，从天窗向外看，绿树起伏成浪，飞云翻滚如河，百鸟啾鸣，泉流叮咚，云团时聚时散，气象万千，恰似由天庭观看人间壮丽山河美景。

子仪惊喜地拍手说："天哪！太美了，这简直是琼阁仙境啊！"

子术也兴奋地说："恐怕周天子和诸侯们，也没见过这么好的景致！"

秦越人伸手抓起地上一块蝙蝠屎望着那挂满四壁的蝙蝠感慨地说："这蝙蝠也是一种药材，可治久咳不愈，疟疾、淋病、目翳等，它的粪便叫'夜明砂'，可治目疾。医籍说：'得而服之，使人神仙。'上天把这些取之不尽的良药赐给我们，给个诸侯我也不做呀！"

两位弟子第一次看见这么多的蝙蝠与蝙蝠屎，又听师父把蝙蝠药效讲得那么神，惊讶地望着师父说：“师父，您咋知道这里有洞有蝙蝠呢？”

秦越人神秘地眨眨眼，边向回走边问：“你们猜猜？”

子术说：“师父准是昨晚等俺们睡了，一个人钻进来发现的。”

子仪说：“不是，是师父昨晚看见蝙蝠飞判断的！”

秦越人哈哈笑着说：“都傍边又都不对。是天快亮时，有一只野狼在洞口号叫，将我惊醒。我怕它引来狼群，就将洞中那堆柴火抱到洞口点燃。狼跑了，天亮了，你们俩还没睡醒，我就钻进这洞中洞里来查看，才发现了这洞中洞内藏的宝藏！”

子仪吃惊地说：“师父，夜里真有狼来吗？”

秦越人说：“没有狼，我哪舍得把洞中的干柴抱到洞口烧呢？”

二位弟子听了，这才发现昨晚看到的洞中那堆柴火不见了，洞口确有一堆还冒着余烟的灰，顿时目瞪口呆，互相瞧瞧，对师父充满了敬佩与感激。

秦越人不待两个弟子说话，又说：“还有叫你们惊喜之事哩！”说着他又扒着洞壁上的窝坑，攀进刚钻过洞口的上边另一个窟窿里。

二位弟子紧步相随而登，进去后又是一个景色不同的洞——

这个洞又不同于刚看过的挂满蝙蝠的洞和那个夜里睡的洞。那两个洞都是天然形成的，而这个洞是人工开凿的。洞室方方正正，东西长约一丈二三，高度正好可容人在室内行走，四壁布满条条凿痕，显然是人工开凿。西壁借山石而凿成可躺一人的石炕，与墙相连、浑然一体；东壁上方开有尺许左右的通气采光亮窗，窗下有依石而凿不可移动的石桌、石凳，站可远眺，坐可读书写字；室内冬暖夏凉，干爽宜人。

子仪惊讶地说：“师父，这是何朝何代，哪家道、仙人凿得呀？”

子术惊喜地说：“这是不是伊祁真人师爷给咱们准备的呢？”

秦越人笑而不答，一会儿在石炕上躺躺，一会儿在石凳上坐坐，又从石窗口向外张望沉思，然后转身盯着两位惊喜地摸这摸那的弟子问：“你们说，咱们昨天夜里像瞎子一样，在这野山密林中摸来摸去，竟摸到连做梦也想不到的这么好的栖身安家之处，是不是天上掉肉饼，叫花子闯进金銮殿了？”

子术、子仪兴高采烈地连声说：“是金銮殿，是金銮殿！”

子术补充说：“师父，从今天开始，俺俩住在下面那个大洞里，您就住在这个洞里吧！这儿安静，还能看书写字。”

秦越人点点头说：“走！咱们现在就去取行李，找回我们昨天采挖的药材！”

师徒三人走走停停，停停走走，顺着昨夜蹚出的痕迹，终于在长满荆棘杂树的一块山崖上，找到了昨夜扔下的三袋采挖的药材，又到另一山头取回挂在树上的行李。他们回到昨夜住过的山洞前，秦越人指着面前一块长约三丈宽约两丈多的荆棘丛说：“今天咱们就把这块山地平整出来，以后就在这里晒药打拳练身！”

子术说：“师父，这事就交给俺和子仪干吧，您去整理昨天画的蓬山地形图和药材分布图吧。”

秦越人叮嘱说：“清除的杂树不要扔掉，垛在一旁当柴烧。”

年轻小伙子，总是有使不完的劲。不到两个时辰，一块平整的台地在子术子仪的清除中展现眼前，一垛垛杂树柴堆在台地边沿。他们打开布袋向台地上晾晒着采挖的药材。从此，他们师徒三人就以这个山洞为家，开始了在蓬山采药查药源的生活。

初秋，一个多云的下午，秦越人师徒三人坐在一块岩石上，身旁堆着新采的药材。秦越人手拿几种刚采到的人参对两个弟子说：“这参，有人参、苦参、元参、红参等多种，浑身都是宝。虽然都有主补五脏之效，疗效却各有所长。比如说元参，主治腹内寒热、积瘀不散、育后虚损，而苦参因味苦性寒，则主治胸闷憋气、疼痛痞塞之症。从我们采挖的地方看，他们大多生长在两山之间的高坡地上，且距流水不远。”

子术拿起一个像参的药材问：“师父，这叫什么参哪？”

秦越人仔细观察一下说：“这不叫参，是‘商陆’，味辛，性平，主治水肿胀满，疝瘕、痹等症。它虽外形与参相似，也长在相同环境里，药性和用途却大不相同。”

子术望着身旁堆放的各种形状药材，感慨地说：“这识药辨药，真是大有学问啊！”

秦越人说：“所以学医必先通药、懂药！”

子术点点头，又转身对趴在一块石头上用笔向一块布巾上标画的子仪说：“子仪，你可要把师父刚才讲的话，在图上标画仔细了！”

子仪抬头笑笑说：“放心吧师哥，俺不光标了这些药生长的地方，还画了图呢。”

子术看到子仪用心，松心地观赏着周围山景风光，突然指着不远的一处悬崖说：“师父，您看，那半腰的坎地上长着一片红参，我去把它们挖下来吧？”

秦越人扭头顺着子术指的方向看，那块突出的悬崖坎地距沟底二丈有余，犹如月牙形缠在山腰下部，盛开的红参花像一片小高粱，在微风中摆来摇去，兴奋地说：“真是红参，数量还不少呢，去挖吧！”又补充说，“小心点。”

子术应一声，拿起小镐头、背上采药篓子就要走。

正在伏身标图的子仪站起说：“师哥，你来标图，让俺去吧！”

子仪身高体轻、臂长善攀，每遇到攀岩爬高之事总是率先而上。子术欲争阻，秦越人笑着对子术说：“那就让子仪去，你来标图。”

子仪闻言，兴奋上前接过子术手中的采药器具，将手中的笔交给子术，欢快地大步向悬崖奔去。子仪想显示自己攀岩本领比子术强，让师父叫好，观瞧了一下岩缝、突石，犹如猿猴一样轻盈地爬上那块坎地，挖采起红参来。那坎地是由经年风尘积落而成，底硬土暄很好挖掘，子仪挖出一棵大如萝卜的红参，兴奋地举起向师父和子术炫耀："师父师兄快看，这红参都快成精了！"

秦越人高兴地叮嘱："你小心脚下！"

子仪边埋头继续挖边说："师父，您放心吧！"

也许是子仪求功心切而大意，也许是经受风吹日晒的悬崖岩石早已风化松动，子仪话音没落多久，只听"哎呀"一声尖叫，就从两丈来高的悬崖台地上掉下来了。

闻声而起的秦越人和子术，飞步赶到子仪落地的山涧，子仪正满额惊汗在地上龇牙咧嘴地翻滚，握在手中的镐头和红参还不肯扔掉。

秦越人伸手按住他那僵直颤抖的左腿摸了摸，对子术说："快去拿药袋来，顺便找些夹骨木棍来，子仪的腿摔断了！"

子术大惊，转身飞快跑去。秦越人边为子仪点穴按摩边安慰："不用担心，师父一定会治好你的腿！"

子仪咬牙点头说："俺知道，能挺住！"那子仪也真坚强，尽管头上汗如雨滴，却不哭不叫。

在秦越人精心按摩下，子仪疼痛减少了，子术也提着药袋抱着从树上折下的木棍到了。

秦越人从药袋中取出"复骨止痛丸"让子仪服下，又撕开裤腿在断骨处敷上"接骨膏"，把拿来的木棍截成尺许，绕腿排成一圈，抽出自己的腰带扯成一个个细条接起来，将排成一圈的木棍缠绕固定好，笑着对子仪说："不出十天，保管你的腿完好如初！"

解除惊吓和痛苦的子仪笑了，在一旁目睹和协助师父包扎治疗师弟断腿的子术也眉展嘴翘了。

子仪挣扎着想站起来，子术摁住说："你别动！俺背你回山洞。"

子仪负伤了，留在洞内养伤，采药查药源的事只有秦越人和子术了。他们早出晚归，在蓬山四野忙碌着。

秋日中午，躺在山洞草铺上的子仪看见满头大汗归来的子术进洞便洗手做饭，笑着说："师哥，俺帮不上忙了。"

子术擦把汗瞅一眼子仪笑着说："你好好歇着。师傅说了，这几天让俺好吃好喝好好伺候你，让你快点好！"

子仪不好意思地说："等俺好了，我把做饭的事全包了！让你也轻松轻松。"

子术嬉笑着说："你我是患难弟兄，大萝卜伺候小萝卜，是应该的！"

子仪咯咯笑着说："谁让你是俺哥哩！"

片刻工夫，子术将一碗野山葱炒野鸡蛋送到子仪面前说："快趁热吃吧。"

子仪一怔说："师父还没吃呢。"

子术指指锅内说："俺给师父留着哩！"

这时秦越人从洞外进来，看着大口嚼咽的子仪笑着说："你多吃点，吃了好好睡一觉。"

子仪说："师父，您也歇一天吧。"

秦越人说："这几天天好，我还得与子术抓紧时间去采药查药源。"

吃过午饭，子术又与师父出洞去查药源了。子仪美美睡了一觉，觉得多日攀山采药查药源的辛苦全跑了。他先是躺在铺上观山洞外天空的云彩变化，后又自个与自个下柴棍棋，一会儿平躺望洞顶，一会儿侧躺看洞口的树枝树叶动、听鸟叫，日子过得轻松又愉快。但年轻人耐不住寂寞，前三天还好，饿了吃子术放在身边的食物，渴了喝点洞中的泉水，到了第五天就神烦意躁了。他将下棋的木棍打得四飞，然后用衣服蒙住头"呜呜"哭起来。

秦越人傍晚归来，见他情绪异常，还以为是断腿折磨所致，并没理会。

第七天，子仪已能拄着木棍在洞内走动了。师父和师兄离开后，他便移身到洞口观瞧山景风光，但看着看着突然双目圆瞪：

一只巨大的苍鹰在山涧追逐一只小鹿。那惊惶的小鹿蹿来跳去跃上一处峭壁，苍鹰紧追不舍似箭一样向小鹿扑去。小鹿慌不择路跃往一处长满荆棘的悬崖，但前蹄扒住的岩石却支撑不住它沉重的身体，开裂如崩下滚，小鹿随着落石惨叫着落向万丈深渊。苍鹰落在小鹿身上，用嘴撕咬着悲鸣的小鹿。

子仪惊悸目睹此景，猛然忆起自己落崖的惊险，霎时冒出一身冷汗，"哇"的一声号啕大哭。回想两个多月中在这深山野林的种种险遇，真是后怕呀！进山两个多月，还没见到一个人影，住山洞喝泉水、捉毒蛇吃野菜也就罢了，一不留心就要命丧黄泉！我们采药治病救人，可谁管我们的死活呀……他起身回到洞内，委屈地躺在石床上哽咽难止，再也不想起来了。

傍晚，秦越人和子术归来，见子仪面壁而卧，没有声息，以为他病了，说："子术，你给子仪诊诊脉，看是否着凉感冒了？"

子术摸摸子仪的额头，号号脉说："师父，没有发烧，好像不是病了！"

秦越人说："那可能是心烦，让他躺着吧。"

子术架火做饭端到子仪面前，子仪一把推开说："我不吃！"

秦越人上前询问："子仪，子术给你把饭做好，端到面前，为啥不吃呢？"

子仪带着哭腔说："师父，俺想下山。"

秦越人闻言一愣，神色严肃地问："为什么？"

子仪坐起扭捏了一会儿说："我的腿残了，再不能爬山了。"

秦越人闻言，立时猜透子仪的心里，用鼻子"嗤"了一声说："你是被断腿吓怕了吧？"

子仪仰脸望着师父逼人的目光申辩："不是，俺是想减少师父和师哥的麻烦。"

秦越人提高声音说："胡说！明明是贪生怕死、想借机离开，还敢狡辩？"

子仪垂下头说："我想到山下住一段，待腿好了再回来。"

秦越人声重气严地说："行。你只要离开这里，就永远不要回来！"说毕，饭也没吃，就进了那个不知哪朝哪代道仙之人凿的洞内去了。

子术急忙追喊："师父，您劳累了一天，还没吃饭呢！"

秦越人不理不睬，连头也不回。

昏弱的灯光下，气愤的子术张皇不知所措，在地上转了一圈，伸手将子仪一把扯起问："子仪，你为啥要下山、惹师父生气，你还有良心吗？师父把我们两个冻死的孤儿救活，又手把手教我们做人学医术，比亲爹还亲！师娘为了救你，连命都没了！你把腿摔断了，师父亲手给你接骨敷药，把好吃的都留给你。你腿快好了，能拄着棍走了，你要扔下师父和俺下山，你还是人吗？当初师父收留咱们时，你是咋说的？在师爷坟前发誓，你是咋发的？敬师如父，遵规如矩！生为医家人，死为医家鬼！你现在是啥？是逃兵、是怕死鬼！是背师叛道！狗屁不如！俺瞎了眼，认你这个小萝卜、烂萝卜为兄弟！你是个混蛋！"说毕"啪"地打了子仪一巴掌，一把将他推倒在地。

惊愕的子仪手捂被打的脸，瞠目结舌、羞血奔涌。他从没被子术辱骂和打过，也从没听过师兄子术讲过这么多话，顿时犹匕首插胸，心慌神乱。他望一眼发怒的子术，耳畔又响起师父"你只要离开这里，就永远不要回来"的话，立时"哇哇"大哭起来。

子术怒斥道："你号什么？滚、现在就滚！俺永远不想再见到你这个忘恩负义之人！"

在痛哭中醒悟的子仪后悔不迭，流着泪上前抓住子术手说："师兄，俺错了！都是俺昏了头，害怕再摔伤才想下山哩！你替俺向师父求求情，把俺留下吧！俺再也不胡思乱想了！"说着跪下给子术磕头说，"师兄，看在咱们都是讨饭孤儿的情分上，你就替俺求求师父吧？"说毕又哇哇大哭。

秦越人躺在洞内石炕上，一边听着两个弟子的对话和哭诉，一边思前想后是否对刚十五六岁的两个孩子要求太严苛了。他没想到一向寡言少语的子术会讲出那么多牵心动情的心里话，对子仪发自肺腑的哭声和诚实的检讨，也渐渐冲淡胸中的怒火，眼眶发湿，起身披衣从自己的洞内回到两个弟子所在的前洞，一边抚摸着子仪哽咽颤抖的身体一边自责地望着子术说："师父只想寻药了，为你们两个孩子想的少了。”

子术、子仪闻言齐声说：“不，师父是对的。没您亲自领着我们辨药采药，我们哪懂得这些医家知识啊？”

秦越人点点头说：“话又说回来，做个以医为业之人，不亲自掌握各种药材的生地品性，很难成为一个良医呀！不要说你们在这里学到许多知识，连师父也大开眼界呀。”

子术流泪跪下说：“师父，是俺不对！俺不该骂子仪打子仪。”

秦越人拉起子术语重心长地继续说：“先师长桑君生前常告诫我的一句话，就是‘怕死不学医，怕苦不当徒’。我们在这深山老林虽苦，但一想到今后行医有用不完的各种药材，世间的众多患者因我们采挖的药材救治而愈，再苦、再累、再险，也是值得的！”

子仪擦着悔过的泪水，给师父下跪说：“师父，俺错了，您原谅俺吧！今后再不怕死怕苦了！”

秦越人伸手将他搀起揽住说：“年轻人贵在知错。作为行医之人，时时事事不能忘记肩负救治天下患者之责。我为啥要弃家舍业来到这几百里外的蓬山，攀山冒险住在这荒山洞里探药源呢？”

二弟子齐声说：“为解除世上百病之苦！”

秦越人深情地望着两个弟子，满意地点点头说：“庸医逐利，良医逐病。不吃百般苦，不识百药味，哪能修成良医呀？昔日神农尝百草，岐黄著《内经》，吃的苦，遇的难，比我们要多得多。想想先贤，还有什么苦难、凶险不能忍受呢？”然后话锋一转，仰望洞天自语，“自听了义父恩师长桑君临终训言，越人就立志成为一个良医。在尧山听了师伯伊祁真人教诲，越人就把一己之安乐置之度外，不求富贵不求官，只愿人间疾患少。虽然到蓬山只有两个多月，为师对今后生活已有了新的安排。”

二弟子好奇地齐声发问：“师父又有啥新安排？”

秦越人收回目光，严肃地盯着两个弟子说：“我带你们到蓬山，原本是寻药源解天下病患之需和让你们辨药识药。但自看到这片上天赐给人间的天然药库，我决定长期住下来，把这里当作故乡和弘扬医学之基地。”

二弟子吃惊地反问：“长期住下来？咱们不回鄚邑啦？”

秦越人点点头，胸有成竹地说：“我们要在这里建家立业，首先要查清蓬山药源，让它成为天下各地医家的药库；二要在这里教徒训徒，让更多像你们一样投身医家的青年成为良医；三要——”

子术子仪不待师父说完就惊奇地问：“还有三？”

秦越人不好意思地笑笑，思忖了一会儿坚定地说：“这三嘛，要利用在这里探查发现的各种奇药，探索诊治在世间遇到的各种疑难杂症，仿效先贤，总结自己行医的感悟、体会，著一部《难经》留给后世人！”

子术、子仪听了，激动地眉开眼笑、摩拳擦掌。

秦越人说：“天不早了，你们早点睡吧。”说毕回自己洞中去了。

秦越人走了，子术子仪却被师父胸中蕴藏的弘扬医学的宏大计划感染了，被师父那种一心为患的伟大献身精神感动了，二人躺在草铺上热切地交谈着。

子术由衷敬佩说：“师父真是个了不起的人！他想的事，比天还大呀！”

子仪说：“师父心里，咋会装这么多这么大的事呢？”

子术说：“在尧山一年多，师父天天夜里关在伊祁真人师爷洞里看书，准是那些书告诉他的。”

子仪说：“俺觉得，自从见了伊祁真人师爷，师父的心就变大变宽了。”

子术说：“伊祁真人师爷真有办法！给师父谈一次，师父就变一次。”

子仪思索着说：“俺觉得，不光是谈话，一定是伊祁真人师爷让师父吃了仙丹灵药了！”

子术笑笑说：“你咋老想仙丹灵药呢？”

子仪说：“好好一个人，不吃仙药，咋能说变就变，变得这么快呢？”

子术说：“世上哪有仙药？谁见过？如果有，早被帝王诸侯们抢着吃了！”

子仪说：“师父今晚的一席话，让俺对‘医家’二字，有了新的感悟！”

子术一惊问：“啥感悟？”

子仪说：“当个医家，不能光想着自己，要心里时刻装着天下患者，救人治患大如天！”

子术笑着说：“那你，以后还想下山去住几天呗？”

子仪红脸发誓说：“自此以后，就是用棍打，俺也不会离开师父和蓬山了！一辈子跟着师父学医术，一定要成为一个像师父那样的良医！”

子术兴奋地拍拍子仪，亲昵地说：“咱俩想一块儿了。小萝卜，你永远是俺好兄弟！”

第十八章
治顽症结缘焦子村与狼家庄

在蓬山东麓山脚下的山坳中，有一条由山泉汇成的小河，叫襄河。沿襄水河岸有两个隔河而居的山庄：一个叫狼家庄，位于襄水北岸，世代以打猎为业；一个叫焦子村，位于襄水南岸，以伐木炼焦为业。两个村庄都不大，各二三十户人家，过着远离闹市、自给自足的生活。

秋日傍晚，焦大与儿子狗蛋正在村口炭窑中向外出木炭，狼家庄猎人韩三手拿猎叉、身背弓箭慌慌张张从蓬山山林中跑出来。

焦大站起身，望着踉踉跄跄不断回首惊慌张望的韩三问："韩三，慌啥？又撞上大物（大野兽）了？"

韩三看到村口出炭窑的众乡亲，擦把汗站住脚喘着粗气说："哎哟，我的娘啊，真是吓死俺了呀！"

焦大和众乡亲闻言，纷纷抄起棍棒围向前。焦大关切地问："咋，是老虎还是黑瞎子？"

韩三脸色蜡黄蹲在地上喘着说："比老虎、黑瞎子可厉害多啦！"

秋子不屑地说："瞎说！山上还有比老虎黑瞎子还厉害的大兽？"

韩三急眼争辩说："俺骗你们干啥？都吓死俺了！"

焦大紧张地问："那是啥怪兽？"

韩三望一圈众乡亲，又回头望一眼绿树茂密的蓬山，神秘地小声说："不是怪兽，是神仙！"

"啊——"众人听了齐声发出惊愕的叫声。

一向以胆大力强著称的焦大听了哈哈笑道："你小子，大白天里说梦话！你要能碰上神仙，那是你撞大运了，还能吓成这样儿？"

韩三苦着脸说："我的焦大哥也，俺真是碰上神仙了！谁骗你，谁是这个！"说着用手作乌龟爬地状。

焦大收住笑声，认真地说："那你说说，你在哪儿碰见神仙的，那神仙长得是啥模样？"

秋子也附言说：“对呀，你给大伙说说呗。”

韩三站起身，再回望一眼茂林遮天的蓬山，向众人招招手。大家聚拢到他近前，他小声说：“今天上山，挺顺利，俺连打三只野鸡，为追一只被射伤的狍子，跑到蓬山顶上那片老树林里。抬头一看，娘哎，立时把俺吓傻啦！”

秋子吃惊地问：“你看见啥啦？”

韩三咽口唾沫说：“俺看见，山崖上有三个红光满面的陌生人！”

狗蛋好奇地问：“那仨人长得啥样？”

韩三转转眼珠说：“俺躲在一棵大树后观瞧，一个慈眉善眼、黑发黑须的大汉，身穿一件灰长衫，腰煞一条飘带，身后跟着两个岁数个头跟你差不多，长得都挺秀气的年轻人。”

秋子问：“他们在干啥？”

韩三说：“他们一人手里拿个小扒锄，慈眉善眼的大汉背个水葫芦，手拿着一棵盘子大的灵芝草，两个年轻人一人拎个布袋。他们这儿瞧瞧，那儿看看，一会儿蹲在一棵山花前嘀嘀咕咕，一会儿又铺开一块布在上面画什么。那俩年轻的，都听那个慈眉善眼大汉的，他指东，他们往东，他指山崖，他们就向上攀，手脚飞快，身轻如燕！几丈高的悬崖，几下子就蹿上去了！”

焦大笑笑说：“别是外地人来采药材的吧？”

韩三摇头撇嘴说：“不像！若是采药材，这满山遍野都是，何必爬到那么险的地方去呢？”

秋子说：“你觉得他们像干啥的？”

韩三思忖着说：“俺就是为这事纳闷呢？说他们是父子吧，那俩年轻人与那大汉长得又不像；说是采药的吧，他们又不真采，还在布上画着什么呢？”

狗蛋说：“韩叔，你咋不走近去问问呢？”

韩三瞪着大眼说：“哎呀，还敢走近去问？这深山老林里，他们若是歹人，把俺害了咋办？”

焦大说：“那你咋说碰到神仙了呢？”

韩三咽口唾沫说：“你们听俺往下说。俺觉得事怪，想弄清他们究竟是干啥的，就藏到一处乱荆丛中偷偷盯着看。”

狗蛋吃惊地问：“您又看到啥了？”

韩三说：“他们摘树上的野果吃，捧山沟里的泉水喝！”

秋子不以为然地说：“咱们上山干活，不也吃野果喝泉水呀？”

韩三着急地说：“你别打岔！奇怪的事还在后面呢！”

狗蛋一怔问：“还有啥怪事？”

韩三瞧瞧左右，又回望一眼蓬山说：“俺从上午跟到他们下午，太阳西斜的时候，一个年轻人说：‘师父，咱们回家吧。’三个人就说说笑笑、飘飘悠悠地走了。”

狗蛋追问说：“他们往哪走了？”

韩三神秘地说：“俺也觉得怪呀，这深山老林哪来的家呢？就紧跟快赶悄悄跟在他们身后，看他们究竟往哪里走？哪知道，跟着跟着把俺吓傻啦！”

秋子吃惊地说：“咋，他们驾着云彩上天啦？”

韩三惊悸地说：“没上天，他们钻进咱们蓬山顶上那个谁也不敢靠近的仙人洞啦！”

焦大惊愕地问：“真有这奇事？”

韩三信誓旦旦地说：“俺若说半句假话，天打五雷轰！”

众人目瞪口呆，惶然离去。

焦大家和儿子狗蛋回到家，已是晚饭时刻，洗洗手脸就进了父母住的堂屋。妻子见了，急忙掀锅，将饭菜端上桌。灯下，一张地桌前坐着焦大娘、焦大、焦大媳妇秀谷、儿子狗蛋、女儿小梅吃饭。

秀谷一手端着碗一手用筷子扒一口饭咽下，对正闷头吃饭的丈夫说：“他爹，你听说了呗，狼家庄韩三在山上看见了仨神仙。村里人都嚷遍了，说再不敢上山打猎砍树烧炭了，惊动了神仙就要大祸临头啦！”

狗蛋兴奋地说：“俺和爹是第一个听到的！”

焦大瞪一眼儿子说：“吃你的饭，少说废话！”

焦大娘瞅一眼儿子说：“咋不能说？狗蛋今年都十七啦，已经到了说媳妇成家的岁数了，还像训小孩子一样训孩子！”

焦大赔着笑脸说：“娘，俺不是不让他说，是怕他话多惹是非。”

焦大娘说：“你爹躺在炕上啥也不能干了，孩子到顶门立户的时候了，家里事村里事，该让他掺和的就让他多掺和掺和。”

焦大爹名叫焦大庆，三年前病倒卧炕。他在炕上坐起流着口水指着儿子说：“听、听，听你娘的！”

焦大急忙站起扶爹躺下说：“爹，您好好躺着，俺听娘的，让狗蛋多历练历练！”

这时，韩大山带着儿子韩三、秋子等众乡邻进门，焦大媳妇、狗蛋、小梅赶紧搬座让座。

焦大站起问：“韩叔，你们咋来了？”

韩大山边进屋边说：“你爹好点呗？”

焦老汉在炕上坐起挥着手说：“兄、兄弟，坐、坐。吃、吃药不少，还、还这样，让、让你惦、惦记啦。”

韩大山拉住焦大庆的手说：“大庆哥你歇着，俺与大侄子商量点事儿。”

焦大喝下碗中最后一口粥，放下碗问：“韩叔，啥事？说吧。”

韩大山叹口气说：“还能啥事，仙人洞来神仙的事呗。村里人都吵翻天了，家家户户都到山神庙里烧香磕头去了！”

焦大说：“俺也正为这事犯嘀咕哩。咱们不招不惹他们，神仙们还能跑下山来欺负咱们这些老实巴交的庄户人？”

韩大山皱着眉说：“按说不会。神仙都是救苦救难的人，要不咋叫神仙呢？”

秋子说：“神仙也有好神仙和坏神仙。”

韩大山说：“俺担心的，就是怕山上那仨神仙是坏神仙！咱焦子村、狼家庄，祖祖辈辈都是靠山吃饭的人。如果不让大伙上山砍树烧炭、打猎物，往后日子可咋过呀？如果上山砍树打猎物，万一冲撞了仨神仙，咱们往哪儿逃往哪儿躲呀？”

韩三补充说：“俺爹就为这事上愁，来找大哥你商量哩。这可是关系两村人生死存亡的大事啊！”

焦大望着韩大山说：“韩叔，您有啥想法呢？”

韩大山思忖着说：“老话说，人怕好话，神怕敬。俺想多备点供品，与你一块带着众乡亲上山，去供供那仨神仙，替乡亲们讨个安心话。”

焦大惊愕地说：“韩叔，俺是个粗人，干点力气活还行，哪会磕头烧香求神仙呀？”

秋子说：“两村人，数你身魁力壮、胆大心细，能拔起胳膊粗的酸枣树打散群狼。你要不挑头，这两村人谁还敢去呀？”

焦大说:“俺不是不敢去，俺怕办不好这求神的事，落埋怨。”

韩大山说：“大侄子，别推了，算叔求你了。为了两村的父老乡亲，叔也把这条老命豁上了！”

焦大说：“那咱们去多少人？都带啥供品？”

韩大山说：“供品你不用操心，由叔办。去多少人，让谁去，你从两村里挑。”

韩大山用手指数着日子说：“后天是初九，吉利日。咱们明天准备一天，你也把挑出的人叫到一块说道说道，千万不能惹是非。后天吃过早饭，咱们就抬着供品上山！行不行？”

焦大点点头说：“就按叔说的办。明天吃过早饭，三弟和秋子就召集两村的年轻人到俺家里来吧！”

焦大到门口送走韩大山、韩三、秋子等人，转身刚进院，妻子秀谷迎上说：“他爹，你真答应带头上山去见神仙啦？”

焦大一怔说：“不答应咋办？老韩叔都豁上命了，咱还能后退？”

妻子一拍大腿，带着哭腔说：“俺的娘哎，你是不想叫这家人活了呀！那神仙哪是咱们凡人敢惹的呀？”

焦大脸一沉说：“号叫啥？是福不是祸，是祸躲不过！全村人若不好，咱家的人还能有好吗？”

妻子擦着泪说：“二叔在咱屋里等着你哩，你去给二叔说吧。”

焦大跟在妻子身后，进了自己住的东厢房。

灯光下，长得身单力薄的焦二庆迎上说：“侄子，这么大的事，你咋不把家里人聚到一块商量商量就答应了呢？”

焦大不高兴地说：“二叔，你来了，咋不到上屋一块听听啊？”

焦二庆叹口气，坐到板凳上说：“不是二叔不去，怕你爹听了村里的事着急呀。”

焦大一愣问：“村里还有啥事？”

焦二庆压低声音说：“好多人家，都准备明天带着老婆孩子投亲靠友去外边躲难了！”

焦大不屑地说：“往哪躲？神仙们都会腾云驾雾，两条腿还能跑过神仙？再说了，神仙们都是好人，咱们去拜拜，说不定还能给这两个村带来好事呢！”

焦二庆转转眼珠说：“好事谁不想，就怕万一是坏事啊？”

焦大沉着脸说：“二叔，您给俺说说，咱们这片人为啥一提仙人洞三个字，就神慌心乱呢？”

焦二庆思索着说：“这事说来话可长了。我小的时候，与你爹听你爷爷讲，也不知道是老辈子哪个朝代了，天上一个神仙犯了天条，被玉帝贬下人间。那时候，咱们这一带山上没有树，连根草也难见。玉帝为罚他，就把他扔在这块山上思过。”

秀谷吃惊地说：“山上日头毒，又没草没树的，那还不把他晒死饿死啊？”

焦二庆说：“是啊，人们也都这么担心。可他是神仙下凡呀，他不会盖房，就找个山洞藏身睡觉，渴了喝山上下雨存下的臭水，饿了就从石缝里找枯草充饥。”

秀谷又问：“那后来这山上咋又变成满山绿树了呢？”

焦二庆说：“那神仙为赎罪，就天天在山上植树种草。也不知又过了多少年，小树长成大树，就满山披绿、清水长流、野兽飞鸟乱窜啦！”

秀谷再问：“那后来呢，神仙咋不见啦？”

焦二庆喝几口焦大倒的水说：“玉帝派天神来查访，知道他被打下凡间后没再干坏事，还把一座寸草难见的荒山变成青山秀水了，就以功抵过又把他召回天庭了。他离开那天，骑着白鹤，驾着彩云，在咱们蓬山这片天上还转了三圈呢！从此他住过的那个山洞，就得名叫‘仙人洞’了！”

焦大问：“那神仙走后，后来有人去看过那仙人洞没有？”

焦二庆摇摇头说：“没有，肯定没有。谁敢去看神仙住过的地方啊？”

焦大说：“那俺咋听说，一百多年前，有伙人去过呢？”

焦二庆恍然想起什么说：“噢，是有这么回事。那还是在你老老爷爷的时候，有一伙霸匪想占山为王，看上了咱蓬山这块地方。他们想把匪窝安在仙人洞里，但几十个人刚走到洞口，就被洞内蹿出的一条比大梁还粗的毒蛇吸进肚里吃了，连骨头渣也没留下！从此，再没人敢靠近仙人洞洞口了！即使上山伐木打柴、捕鸟狩猎，人们也都绕着那块地方走。”

焦大半信半疑地说：“二叔，俺咋觉得人们把那地方传得太神太邪乎了呢？”

焦二庆摇着手说：“可不是邪乎！一辈一辈人都是这么讲的。所以俺才觉得你答应挑头去仙人洞拜神仙的事，有点欠考虑呢！”

这时焦大娘推门进来说：“你们关着门子说啥哩，这么热闹？”

焦大笑着起身将娘迎到炕上坐下说：“二叔在给俺们讲仙人洞哩。”

焦大娘瞧着儿子说：“你爹也为这事睡不着，让娘来嘱咐你几句。”

秀谷焦急地说：“娘，你快说说他吧，这个茶大胆谁的话也不听！”

焦大瞪一眼妻子，转身问娘：“娘，俺爹说啥话来？”

焦大娘心重地说：“你爹说，这可是性命关天的大事啊！让你见了神仙，要好话多说，千万不可使性子耍蛮力！”

焦大恭敬地说：“娘，俺记下了。您和爹放心吧！”

焦大娘说：“你爹对你不放心，还让俺明天一早去找你二叔跟着上山呢。这下好了，老二正在这里，不用俺再去请了。”

焦二庆脸色慌张地说：“大嫂，这可使不得呀！你知道，俺从小胆小，哪敢去拜神仙哪？”

焦大娘把脸一阴说：“咋，你敢看着亲侄子去冒险不帮把手？这可是你哥再三叮嘱的事啊！”

焦二庆擦着额头的惊汗说：“既然哥说了，就是死，俺也与侄子手拉着手！”

焦大娘笑着说：“这还差不多，像个当叔的样子！”

经过两天筹备，九日清晨，太阳刚上两竿，韩大山、焦二庆就衣装整齐来到村西口。韩三与秋子抬着拴红布的大食盒，焦大带着二十多个手拿猎叉、棍棒的青壮年相随，人们齐聚在焦子村狼家庄村西上蓬山的山路前。

众乡亲担心亲人一去不回，蜂拥着相送，有的掉泪，有的叮咛儿子、丈夫。狗蛋手拿一根木棍，拉住焦大的衣角说：“爹，您让俺也跟着去呗！”

焦大说：“昨天你爷爷奶奶说了，咱家出了俩人，让你留在家里看家哩！”

狗蛋眼含热泪，固执地抓着爹的衣服不放，说：“你总说让俺历练哩，遇事就把俺甩了，啥时候能历练呢？”

焦二庆看到后说：“要不，让孩子也跟在后面去开开眼吧！当着这么多乡亲，拉拉扯扯的，叫外人看见多难看！”

焦大皱皱眉说：“二叔，这可是您应承的。俺爹俺娘要怪罪，您可得帮着担待点！”

焦二庆点头转向狗蛋严肃地说：“狗蛋，咱可说好了，只准你跟在后面看！真有啥险情出现，就赶快撒丫子往山下跑。你爹你娘可就你这一个儿啊！”

狗蛋兴奋地点头说："行！俺听二爷的。"

这时韩大山冲众人扬手说："乡亲们都回吧！求仙拜神也不是啥孬事，大家哭天抹泪的，让神仙看见了会不高兴哩！"

众人闻言立时停止哭泣，恋恋不舍望着拜仙队伍远去。

远离尘世，忙于采药查药源的秦越人师徒，早忘了自己生活的日子是几月几日了。红日高照，他们又像往日一样，先摊晒昨天采回的药材，再背上采药篓上山。秦越人蹲在洞外摊满各种药材的台地上，边摊晒边向弟子子术、子仪介绍这些药材的药性、用法与用量……

突然远处传来说话声。子仪一愣站起，向远处张望搜寻了一会儿，指着山下脊梁说："师父快看，山下来了一伙人，边走还边说话呢！"

秦越人站起，看着山下纳闷地说："人还不少呢，他们来干什么呢？"

随着师父站起的子术说："他们还抬着一个挂红布的大柜子呢！"

子仪说："好像向咱们这个山头走哩。"

子术手搭凉棚眺瞧，惊奇地说："师父，真是向咱们这里攀登哩！"

子仪补充说："打头的是两个被人搀着的老人。"

秦越人惊愕又不解地自语："真是怪事。咋一下子出现这么多人呢？他们是来瞧病的？可在这深山老林里没人知道我们是郎中啊？"想到这里，他突然好似醒悟什么，啪地一拍大腿兴奋地喊道，"很可能是子容带人来取药了！"然后一挥手招呼俩徒弟说，"走！咱们赶快回洞去洗洗脸，换身干净衣服！别让他们笑话咱们像叫花子。"

子术、子仪闻言高兴地犹如听到过腊祭的鼓号声，一蹦多高，拥着师父向山洞走去。

多年职业养成的习惯，秦越人尽管采药、碎药时像个土猴儿，一旦接患或出门都要脸净手净装束整洁。师徒三人经过一番精心梳理打扮，可以说个个神采奕奕、面貌一新。待他们走出洞口，那队登山人也挤挤拥拥踏上了洞前台地。

前头引路的韩三发现从仙人洞内走出三个穿长袍大袖的身影吓得连连后退说："爹、焦叔，快看！俺那天看见的，就是这仨神仙！"

气喘连连被人搀扶的韩大山和焦二庆看到仙人洞口的一块大石头上站着一位满脸红光的中年人，黑须黑发正笑眯眯向他们张望，他的身后左边站着一个虎头虎脑的青年，右边站着一个眉清目秀的青年，同样满脸红光喜滋滋地向他们张望，赶紧推开搀扶的青年们，掸尘整衣、拱手向前施礼道："我等是山下狼家庄、焦子村的山民，受众乡亲委托，前来拜瞻大仙！"

翘首观望的秦越人，目光正在那伙人中寻找子容和熟识的乡邻身影，闻听他们是来拜瞻大仙，连忙摇手笑道："你们认错人了。在下姓秦名越人，只是一位带着弟子上山采药的乡医。”

子术、子仪看到韩大山、焦二庆二位老人虔诚跪拜的情景，乐得前仰后合哈哈大笑。

韩大山、焦二庆两位老人听说他们不是“大仙”，顿时脸红神傻不知说啥咋办了。

跟在他们身后的焦大和众青年听说面前站的三个人不是“大仙”，霎时胆子大了，一齐拥向前问：“那你们为啥穿得这么体面、个个红光满面呢？”

秦越人走到众人面前乐着解释道：“穿戴整齐乃医家本分，至于红光满面嘛——全靠这山里野果药材泉水滋养啊！”然后反问道，“你们为何要把我们说成大仙呢？”

焦大伸手从人后扯出韩三说：“嘁，全都让这小子给蒙了！”

韩三不服，争辩说：“不是仙，你们咋敢住在仙人洞呢？”

子仪不解反问：“明明是个山洞，哪来仙人洞呢？”

缓过神的二位老人上前，韩大山说：“你们身后之洞，就是仙人洞啊！老辈子有位上天神仙，就住在这个山洞里。”

焦二庆说：“那仙家是位犯了天条的天神，被玉帝惩罚，放到这荒山野岭上思过。他担水植树种草，才有了今天满山绿树的蓬山。”

子术、子仪大惊，望着师父说：“师父，果然被你猜中了！”

焦大盯着二位弟子问：“你师父猜中什么了？”

子术笑着说：“俺师父看到洞中有凿痕，石床、石桌、石凳，就断定此洞为古代道仙之人所开。”

韩三惊悚问：“那洞中原来住的一条大毒蛇呢？”

子仪说：“哪有毒蛇？里面干干净净，只有灶台和一个滴水泉。”

韩三不信说：“没有毒蛇？你们敢让我们大伙进去看看吗？”

秦越人笑着说：“这山洞又不是我们凿的，你们随便看！”

众人听了一齐拥向洞口，但走到洞口又止步了。

世代生活在蓬山脚下的狼家庄、焦子村村民，只听过一代又一代老人们讲的仙人洞传说，并不知洞中是啥样、里面有什么东西。众人在洞口挤来挤去，却不敢进洞。

焦大对秦越人师徒说：“你们先进去，俺们第一次钻这洞，有点怕。”

秦越人笑着说：“这山洞本就是你们蓬山人的，俺们暂时借住。”他钻进洞内回首招呼大家，“你们快进来看吧！”

挤在前面的秋子，走到洞口又惊悸地退回来说：“俺还是有点怕。”

秦越人说：“子术、子仪，快带乡亲们进来吧。”

子术、子仪带着众人进了山洞。焦大惊讶地观瞧着灶台、滴泉、石桌、草铺等说："哎呀，这么好的去处，咱们世世代代守着，咋就没发现呢？"

韩三说："早知这里能住人，下雨下雪打猎，俺就不愁没地方歇身了！"

人们一边惊奇地观看一边议论着……

焦大虽然长得五大三粗，心却很细，在众人兴奋参观议论中拉住子仪的手走到一旁问："小兄弟，你们咋找到这个洞的，又怎么敢住进来呢？"

子仪说："别提了。刚上山时，俺们只忙着采药了，天黑迷在山里。山林里狼嚎兽叫，师父便带着俺们乱摸慌找藏身处，就瞎猫闯进了这金銮殿……"

古人迷信，尽管师徒三人讲得实实在在、没有半点虚假，焦子村、狼家庄的人们却从那耸人听闻的经历中断定这三个人不是平凡之辈，不然黑灯瞎火咋就会闯进仙人洞了呢？定是上天神仙暗中相佑，才让他们找到这么神圣的安身之处。

韩大山和焦二庆二位老人看了他们洞中存放的药材和洞外晾晒的药材，断定秦越人一定不是个普通医家，就恳切地说："秦郎中，俺们狼家庄、焦子村地处偏远，也有一些病人。你既会治病，就跟俺们下山，去帮助瞧瞧吧！"

与当地百姓接触、边治病边采药，本就是秦越人的心愿，只是到蓬山不久，还没来得及造访周围村庄，听了相邀之言，慨然应允说："蒙两位前辈和众乡亲瞧得起，在下就恭敬不如从命了！"

子术说："师父，那咱采的这些药材咋办？"

秦越人说："你留下看家，翻晒药材，让子仪跟我下山。"

子仪难忘一个多月前的刻骨教训，恳切地说："师父，让师兄随您下山，俺留下看家吧！"

秦越人明白子仪是要用行动来证明自己痛改前过，点点头叮咛说："我们走后，你不要再去探查药源了。除了翻晒药材，就研读《黄帝内经》，晚上一定要挡好洞口！"

子仪眼涌热泪说："师父多保重，别累着。"

秦越人拍拍子仪肩，对子术说："把这些日子采挖的新药多带点！"

子术说："师父放心，俺都装好了。"

众人听了，抢着背药袋和药箱器具，谈笑着拥着秦越人和子术下山了。

金秋十月午后，焦大家的四合院内，一棵结满红彤彤柿子的树下，一张地桌周围坐着韩大山、焦二庆、焦大和秦越人、子术，桌上放着一把大沙壶和几只晾着热水的碗。偏远山村很少有生客，人们听说从蓬山仙人洞来了两个人，争相拥往焦家看稀罕，院内院外站满了唧唧喳喳、指指点点拥挤的男女老少。

站在东厢房门口的韩三媳妇臭妮瞧着黑须垂胸的秦越人和脸色发羞的子术，对焦大媳妇秀谷说："嫂子，你瞧这俩人，真像俺那口子说的，人长得周正顺溜，一副仙家相。"

焦大媳妇惊奇地说："山里也没有粮食，不知道他们都是吃啥东西，滋养得红光满面的？”

臭妮笑着说：“哪还用问，仙人洞里的仙气熏得呗！”

狗蛋在娘背后插话说：“娘，您还没见留在山上那个小伙子呢，长得更水灵漂亮！”

韩大山轻咳一声站起笑着说：“大伙别再唧唧喳喳了，都看清楚了，住在仙人洞的是人，不是神仙，是从鄚邑来的采药郎中！俺和焦家叔侄俩把他们请下山，是来给乡亲们瞧病哩。谁家有病人，就回去叫来吧？”

秦越人站起向众乡亲们拱手说：“俺姓秦名越人，这位是我的徒弟子术，大伙叫我们名也行，称郎中也行，反正别再称神仙了！”

众人听了哈哈笑。韩大山摆摆手说：“笑啥！人见人有啥笑的？”

秦越人继续说：“从今天开始，俺们就住在这位焦大哥家里，家里有病人的，你们就送来瞧瞧，行走不方便的打声招呼，俺们就上门去诊。”

秋子问：“治一个病人，收多少钱？”

秦越人扫视一圈众人说：“医术是俺师父传下的，药是从咱们蓬山采的，治咱们焦子村、狼家庄人的病，分文不取！”

众人听了，有的兴奋，有的疑惑。

秋子娘说：“这不沾亲不带故的生人，看病吃药不要钱，天下哪有这好事？不是不会看病，来蒙咱们吧？”

站在秋子娘旁边的另一个老太太说：“不认识人的药，可不能随便吃！吃死了咋办？”

焦大说：“乡亲们，看不看病，你自己做主，咱可不能瞎怀疑人家呀！”

韩三笑笑说：“焦大哥，那你还等啥？郎中在你家里，就让他们先给焦大伯看看吧！”

焦大迟疑着说：“俺爹那病，都两三年了，还是先给乡亲们看吧。”

秋子有意当着众乡亲试试秦越人师徒的本事有多大，说：“焦大哥，你就别推了！秦郎中吃住在你家里，你若不让他先给大伯瞧病，乡亲们谁还好意思进门啊？”

众人也随声附和说：“对呀，连你都不敢让这秦郎中瞧病，俺还咋敢带病人来呀？”

秦越人明白这是众乡亲信不过自己的医术，笑着对焦大说：“焦大哥，大伙说得有道理。我就先给大伯瞧病吧！”

焦大不情愿地说：“你要看，就看吧，俺爹在堂屋炕上躺着哩。”

秦越人使个眼神，子术就拎着医包跟师父走向上房堂屋。

焦大娘正在炕上给丈夫焦大庆喂水，看到秦越人与子术进门，赶紧下炕说：“你快给俺这老头子看看吧，都躺了快三年啦。”

秦越人笑着问：“找人看过吗？”

焦大娘说："看过、看过，吃了不少药，就是不见好。巫医说，在房上睡觉亮身露体，冲撞了过路的夜神，但到山神庙里一次次烧香上供，那神仙也不显灵？真是愁煞人了！"

门里门外拥满屏声静息观看的人群。秦越人边听焦大娘陈述边观察口眼㖞斜、言语蹇塞、半身不遂的焦老汉症状，嗅闻他呼出气息之味，然后仔细翻眼帘、瞧舌苔，再挽袖伸手用右手三指按住焦老汉的手腕寸口闭目凝神诊脉，接着让焦老汉卧炕平躺灸脐下"关元"三百壮后，对子术说："按'八风汤'配药三服。"又对焦大娘和焦大说："大伯这病叫'中风'，因劳累过度、邪气入脏，损其真气而致。"

焦大问："咋治？"

秦越人笑笑，接过子术送上的三服"八风汤"配药，交给焦大说："这是三天的用药，每天晚饭前煎服，伴酒入口。"又扯过药箱取出"八风丹"数了一百五十粒，交给焦大说，"服药后不要吃东西，待半个时辰，再用酒服五十粒'八风丹'，连服三天。"

焦大看着手中的药，又看看秦越人，疑惑地问道："你也不认真给俺爹号号脉，给这么点药，就算看完啦？"

子术解释说："刚才俺师父按着寸口，已经诊过脉了。"

焦大不相信，瞪着眼睛说："俺请的郎中，都号脉三部九候，光号脉就得一两个时辰哩。你师父只摸摸俺爹的手腕，咋就算号脉了？俺好吃好喝待你们，你们可不能骗俺山里人哪！"

子术不服气地说："诊脉独取寸口，是俺师父的发明，咋能说是骗你呢？"

秦越人笑着拍拍焦大的肩头说："是不是骗人，三天后再说。"

焦大望着胸有成竹的秦越人问："你啥意思，是说俺爹吃了你的药，三天后准能有好转？"

秦越人点点头，用眼扫视了一下屋内外观瞧的众人说："若老人家吃了我的药，三天后病情不见好转，你和乡亲们就把我们捆起来送官！咋样？"

一个当医生的敢在异乡异地的患者家人面前夸下这样的大口，焦大不好再说什么。众人看到这种情景，有的说："这住在仙人洞里的郎中，可能真有两下子！"有的说："这三天咱们可得把这两个人看好了，绝对不能让他们偷偷溜了！"

秦越人耳听众人议论，虽有点委屈生气，却并不在意，他笑着对窃窃私语的众人说："哪位还瞧病？请到前面来。"

人们闻言就像潮水一样后退散去了。

喧嚣的焦家院内没了众乡亲的谈笑议论，显得格外冷清寂寞。秦越人与子术无事可干，就帮着狗蛋和小梅打扫整理院落。

焦大说："秦郎中，你歇着吧，这些杂活让狗蛋和小梅干吧！"

秦越人笑笑说："我也是穷苦人出身，在家也常干活哩！"

焦大吃惊地问："郎中还干家务活？"

秦越人说："不光家务活，连地里活也干呢！"

焦大转转眼珠说："你咋不在家乡行医，跑到俺这地偏人稀的蓬山来了呢？"

秦越人说："俺们那里连遭旱、涝两个大灾，为了找药，俺就带着两个弟子来蓬山了。"

焦大说："俺这地方啥都不缺，就是缺个好郎中。人们有了病，不是找巫婆神汉，就是到山神庙里烧香磕头！"

秦越人笑着说："乡亲们对我还是信不过呀。"

焦大说："这你得担待点。俗话说不相识不敢交。山里人实诚，说话办事都是直来直去的。"然后话锋一转问，"秦郎中，你给俺透个实底儿，俺爹吃了你的药，病真的能好吗？"

秦越人笑笑说："我讲了，三天后再说。"

白天说过去就过去了，焦大安排秦越人、子术与儿子狗蛋进屋休息后，也回屋上炕。灯下，躺进被窝里的焦大两眼呆呆望着房梁。秀谷推推丈夫说："你不睡，又在想啥哩？"

焦大说："这秦郎中也是个受苦人，就是不知道医术咋样？"

秀谷说："俺看他那个沉稳劲儿，好像治好咱爹的病有把握。"

焦大说："他要真能治好咱爹的病，俺得想法把他留在咱村里。"

秀谷说："你没听人家讲，是个四处串乡的游医，你想留就留下啦？"

焦大说："人心都是肉长的。咱们待他实诚，他还能不领情？"

秀谷说："那你明天就给他提提吧？"

焦大说："明天还不行，得等三天后，爹的病真有好转了再说。"

秀谷说："那你这三天真要守着秦郎中师徒俩呀？"

焦大说："老话说，害人之心不可有，防人之心不可无啊。这三天，咱们好吃好喝好待承，不说守，也得形影不离，以防万一呀！不然，爹的病好坏放一边，咋向乡亲们交代啊？"

秀谷说："他是个大活人，你咋守？"

焦大说："俺与他聊天，陪他到村外转转景，让他那个徒弟跟着狗蛋干些杂活。"

焦大夫妻主意已定，两个人就要配合做戏。第二天早饭后，秀谷拿着用过的碗筷，喜滋滋从堂屋出来，走到仰头望天的焦大身旁小声说："他爹，咱爹昨晚吃了秦郎中给的那药，有点效，爹说麻木的左腿有知觉了！"

焦大笑笑，对儿子狗蛋说："你今天与你娘把院里树上的柿子摘摘吧。"然后冲西屋喊："秦郎中，今天没啥大活，俺陪你到村外地里转转吧？"

秦越人笑着走出门说："好哇，俺也想出去看看哩。"他见狗蛋正提篮拿钩上树，就对跟在身后的子术说："你在家帮着狗蛋摘柿子吧。"

子术兴奋地说："行。"就开始攀树。

攀上树的狗蛋笑着回头问："子术哥，你们老家有柿子树呗？"

子术说："俺那块都是平地，有桃有杏有梨有枣，就是没有柿子树。"

狗蛋一边用钩拧着柿子问："俺这地方好呗？"

子术用篮接着说："好。俺师父说不走了，要在这里安家授徒哩。"

狗蛋问："你师父有几个徒弟？"

子术答："仨。除了俺和子仪，老家还有个师兄叫子容。"

狗蛋问："你咋投师学医了呢？"

子术说："俺是个讨饭的孤儿，是师父救了俺的命，收在身边的。"

狗蛋问："你那俩师兄弟，家里都是干啥的？"

子术说："也都是师父救的孤儿。"

狗蛋惊奇地问："你师父咋净收孤儿做徒弟呢？"

子术眼圈一红说："俺师父这人可好了，到处救苦救难，连家都不顾了。"

狗蛋一怔问："那他爹娘和媳妇能同意，家里事谁管？"

子术叹口气说："师父的命太苦了。为行医，把全家人的命都搭上了，现在就剩俺仨徒弟了。"

狗蛋吃惊地说："行医，咋还把全家人的命都搭上了呢？"

子术眼涌热泪说："他爹娘被坏人害死，他媳妇为救师父被水淹死了。"

狗蛋同情地说："他的命真苦！当郎中咋还这么多难啊？"

子术说："当个庸医容易，当个好郎中真是很难啊！"然后转话问，"咋，你也想学医当郎中？"

狗蛋笑笑说："俺还没想好。一天到晚在这大山里烧炭，觉得挺憋屈的。"

秀谷仰头说："狗蛋，你们俩别光顾说话，小心点脚下，别掉下来！"

狗蛋低头冲娘笑笑说："放心吧，娘！"

深秋的田野，虽少了春夏的生机和茂绿，却到处都是丰收的金黄与喜悦。灿烂阳光下，焦大边陪秦越人在田野中漫步边说："秦郎中，你老家离俺们这里几百里，你咋知道俺蓬山有药材呢？"

秦越人笑笑说："这是俺师伯伊祁真人告诉的。"

焦大又说："你们老家没有山，来到俺们这荒山野岭的地方，习惯呗？"

秦越人说："习惯。行医人走百村路，吃千家饭，随遇而安。"

焦大说："深山老林里，就你们师徒仨住在仙人洞里，整天也不见个人影儿，害怕呗？"

秦越人笑着说："刚开始是有点怕。但每天一看到这满山遍野的药材，啥都忘了！"

焦大说："夜里睡在山洞里，大物（野兽）们去没去闹腾？"

秦越人说："头一晚上就来了一只狼，嗷嗷叫。我就在洞口点了一堆火，天快明时它就跑了！"

焦大说："狼怕火，也怕圈。你回去时带点白灰，在洞口石壁上画几个圆圈，狼看了怕套住，就不敢靠近了！用荆条编几个圈，沾上白灰水，挂在洞口树上，也行！"

秦越人惊喜地说："谢谢焦大哥指点。俺们老家一马平川，很少见到狼，真不知道咋对付这种凶物。"然后话锋一转，指着农田里残留的几十颗高粱、谷子等不解地问，"焦大哥，这里的人家，咋不把地里的庄稼收净呢？"

焦大笑笑说："你是说那些剩在田里的庄稼呀，那是留给鸟兽们吃的！"

秦越人惊奇地问："农人们辛苦种的庄稼，咋舍得留给鸟兽们吃呢？"

焦大说："俺们这里，自古就是这样。人们认为，地上长的东西，有人吃的，也应有鸟兽一份。不光地里庄稼这样，连树上结的果子，摘的时候也要每棵树上留十几个呢！"

秦越人瞧着近处柿树顶上果然每棵树上有十几个红彤彤的柿子挂在上面，感叹说："这蓬山人，真善良啊！"

焦大笑着问："秦郎中，你喜欢俺们这地方吗？"

秦越人点头说："喜欢。这里山清水秀，简直是世外桃源啊！"

焦大一怔问："世外桃源是啥？"

秦越人"呵呵"乐着说："世外桃源就是神仙们住的地方啊！"

焦大转转眼珠，若有所思问道："这么好的地方，你和徒弟们还走吗？"

秦越人笑着说："只要乡亲们不赶我们，我们就不走了！"

焦大惊喜地问："真的？"

秦越人观瞧着周围的茫茫山野和绿树说："这里满山遍野都是药材，一个医家能找到这样的药库，那是前世修下的祖德呀！"

这时狗蛋站在村口喊："爹，秦郎中，回来吃饭啦！"

焦大笑着说："秦郎中，回去吧！俺儿子叫咱们吃饭呢。"

秦越人意犹未尽地望着原野说："这么好的地方，真是让人看都看不够啊！"

又一个清晨，起床洗脸后，秦越人笑着走进焦家堂屋，站在炕前问坐在炕上的焦老汉："大伯，昨晚吃了第二服药，有啥感觉没有？"

焦老汉笑着说："好多了、好多了。吃了头服药，这腿、这腿就不麻能动弹了。昨晚吃了第二服药，今天这腿能屈能伸了！"说着亮出左腿屈伸给秦越人看。

秀谷见了转身冲院内惊叫道："他爹，你快进屋看看，咱爹口不喎斜了、说话也利索多了！"

闻声而至的焦大兴奋地看着爹说："真是口不喎斜了！您说句话叫俺听听？"

焦老汉红着脸不好意思地说："干啥大惊小怪的，爹、爹是好多了！"

焦大移目秦越人，欲说感激话，秦越人摇摇手对焦老汉说："大伯您躺好，我再给你做做按摩和针灸。"

子术递上骨针，秦越人用手探摸着穴位，一一扎了下去，然后开始按摩。

焦老汉服药后的第三个清晨，天刚麻麻亮，焦大与媳妇还在睡梦中，突然从上房堂屋传出女儿小梅的惊喜叫声："爹、娘！你们快过来看看，俺爷爷能下炕走路啦！"

焦大与媳妇秀谷闻声，一边系着衣扣一边奔往上房。

秦越人与子术听了，也急忙穿衣起床，出屋相跟而至。

鱼白晨色中，焦家堂屋内，焦老汉笑眯眯在地上走来走去，焦大娘兴奋地擦着泪水对儿子焦大说："谢天谢地，你爹他又能下炕走路啦！"

焦大乐得搓着两只手感激地对进门的秦越人说："秦郎中，您真是个活神仙呀！三服药就治好俺爹得了三年的病！"

秦越人笑着说："我是啥神仙？是药对症让大伯恢复了健康！"

焦大媳妇秀谷激动得眼涌泪花说："郎中兄弟，俺全家人可咋谢您呀？"

焦大也说："对呀，俺全家该咋谢你呀？"

秦越人摇头笑着说："焦大哥，你两口子说这话就见外了。药是咱蓬山的药，兄弟只不过将这些药往一块调兑了一下，哪值得说谢呀？"

焦大由衷地说："古人讲，知恩图报。您不让俺报，俺认你当兄弟行不行？"

秦越人哈哈笑着说："那好，俺现在就给你这个大哥磕个头！"说着就要下拜。

焦老汉急忙上前拦住说："这可使不得！他一个穷烧炭的，哪吃住您这活神仙一拜呀？"

焦大也上前拉住秦越人说："俺爹说得对，俺可受不起您磕头。但从今天开始，这个家就是你的家。你缺啥用啥就到家里来拿，行医采药有啥难事，就告诉俺一声，大哥保证为你两肋插刀！"

秦越人感激地说："有你这句话，兄弟就知足了。"然后又郑重地说，"大伯的病是见好了，但真恢复还得个月二十天。我再开点药，坚持吃。在没有完全恢复前，不能干力气活，不能再着凉受风了。"

焦大娘抹着泪说："放心吧！只要能下炕走动，他就是全好了，俺也不会再让这个老头子干力气活啦！"

焦老汉笑着说：“哪有那么娇贵，庄户人不让干活，那还不憋出新病来！”

众人听了哈哈大笑。

上午，阳光灿烂。得知在炕上躺了三年的焦老汉能下地走路说话正常了，焦子村狼家庄的乡邻们，扶老携幼奔往焦家观看。焦老汉和全家人呼邻招友。

韩大山笑咧着嘴说：“老家伙，你躺了三年能站起来，这真是古来稀有的事啊！”

秋子打趣说：“焦大伯，这准是秦郎中把仙人洞的仙气带给你了！”

韩三兴奋地说：“俺自看见秦郎中第一眼，就觉得他这个人不是个凡人！”

秦越人哈哈笑着说：“不是你带着人上山去拜大仙，俺还不知道这山下有个狼家庄焦子村哩！”

焦大不好意思地笑着说：“秦兄弟别怪俺山里人莽撞见识少，乍看你这模样和胡须，俺们大伙当时真以为你是神仙下凡呢！”话音一落，逗得众人齐声哄笑。

秦越人红着脸摆摆手说：“兄弟别取笑越人，我明明是个人，哪里会像神仙呢？”

焦大认真地说：“不是说逗话，你看你这红光满面的模样，飘到胸口的胡须，真有点像在深山老林修炼的仙道人架势呢！”

秦越人呵呵乐着说：“这模样是爹娘给的，这气色是蓬山山里野味和药材养的，这胡子吗——是因为几个月没东西修剪，长的！”

众人听了又是一阵大笑。韩三说：“这回下山了，俺找个人帮你把胡子修整修整吧？”

秦越人捋着浓黑的长须说：“算了吧，习惯了！若把胡子修变样了，你们又有理由编派我了，说神仙会变，转眼就不见胡子了！”

众人听了，跟着嬉笑。

这时，来了几个瞧病人，焦大说：“咱们别闹了，让俺兄弟快点给乡亲们瞧病吧！”

大家让开座位，秦越人就坐在院中地桌前给人诊起脉来。

事情也真奇，焦子村狼家庄的男女老少不管是啥病，只要让秦越人诊诊脉、吃几服他给的药或扎几次骨针、捏巴捏巴，几天时间就病消如初了。乡亲们再不把他当仙人洞里来的神仙了，却当成亲人了，亲切地称他为“秦郎中”。

秦越人和子术背着药箱在街头像在七间房老家一样，亲切与人交谈，串户诊患；患家热情留客，秦越人向山民长者请教治病偏方，俨然成了一家人。

近午，子术背着从各家收集的冬瓜皮、南瓜瓤、大葱根等药材，跨过由几根圆木搭成的桥，从襄水北岸狼家庄走到襄水南岸的焦子村村西山坡前，回头向跟在身后的师父说：“师父，这些药材都挺湿，捂在袋里会发霉的，俺去找个地方摊开晒晒吧？”

秦越人说："你说得对，药材一霉就不能用了。"

子术说："那俺背到焦伯伯家里，摊院里吧？"

秦越人说："不行。这些药材都是各家丢弃的废物，会招苍蝇的！"

子术说："哪咋办？"

秦越人观察着周围，指着山坡上一块巨大光滑平石说："先在河水里洗净，然后摊到那块大石头上面晒！晒干了，再背回去。"

于是师徒二人将袋中东西倒在襄河岸边，在水里冲洗，再放到巨石上，分门别类摊晒起来。子术高兴地说："师父，这块石头又大又平，今后咱们就在这里晒药材吧？"

秦越人摸着光滑平整一尘不染的巨石说："不光晒药材，还可以在上面扎碎药材，制作丹、散、丸呢！"

子术笑着说："那它就成咱们露天药房了！"

秦越人说："药房不敢称，晒药、碎药绝对是难找的好地方。"说毕向周围观看着说，"子术，你看这周围景色，多美呀！"

子术醉心地欣赏着说："师父，这蓬山咋这神奇呢？不仅满山遍野到处都是药材，还给咱们备了遮风挡雨的仙人洞，晒药制药的大石头！"

这时秋子娘抱着孙子走过来问："秦郎中，你们师徒俩在这大石头上干啥呢？"

秦越人笑着说："俺们从各家收了点药材，在这儿晾晒呢！"

秋子娘惊奇地打量着大石头上的冬瓜皮、冬瓜籽、大葱根、南瓜瓤、蒜核、竹叶等说："这些各家扔的东西，也是药材呀？"

秦越人说："是药材。冬瓜皮下药，能利便，籽可润容补气；大葱根可止咳，蒜核可消炎，竹叶煎汁可治头疮、脱肛……"

秋子娘兴奋地说："这么多用处哇！俺回去告诉各家娘儿们，把这些东西都给你们留着！"说毕抱着孩子离去。

秦越人说："谢谢大婶啦！"

秋子娘扭头说："谢啥！能治病的东西，就不能让各家当没用的扔了！"

子术动情地望着秋子娘的背影说："师父，这蓬山人可真热情实诚啊！"

秦越人点点头说："今后，咱们哪里也不去了，就在蓬山这块地方安家创业啦！"

子术指着附近柿子树顶上剩留的十几个红彤彤的柿子和周围地里剩余的十几棵高粱、谷子说："师父，您看，这几棵树上的柿子没摘净，地里的庄稼也没收净。俺去帮着收收吧？"

秦越人望望树上又望望地里剩下的庄稼笑着说："不是这里的人没收净，是这里的人善良有爱心。"

子术不解地问："浪费果实和庄稼，咋是善良有爱心呢？"

秦越人说："第一次看到这情况，我也觉得奇怪。那天焦大哥陪我到村外转，就特意问了这事。”

子术说：“焦伯咋说呢？”

秦越人说：“你焦伯告诉我，老天爷让地上长的、树上结的东西，不光是叫人吃哩，还有天上飞的鸟地上跑的山鸡兔子一份哩。他们不把地里庄稼和树上果实收净，就是给它们留下过冬的吃头。”

子术惊奇地说：“世上咋还有这么善良的地方啊！”

秦越人说：“不光焦子村狼家庄，你焦伯说，这蓬山一带的人都是这样！”

子术感叹说：“这种风气，真是天下少见啊！”

秦越人说：“这就是先贤圣籍上所讲的‘天人合一’，人与天地万物和谐相处哇！”

子术望着树上的柿子和地里的剩余庄稼，对蓬山的了解和热爱又深了一层。

转眼间，秦越人与子术在焦子村狼家庄住了二十多天，患者越来越少了，天气也渐渐发凉。他们惦记守在仙人洞里的子仪，也担心变天难回山，一日午饭后，秦越人笑着对焦老汉和焦大说：“焦伯伯，焦大哥，村里没啥病人了，我和子术想吃过饭就回山上洞里了。”

焦老汉还没张口，儿子焦大就着急地说：“这可不行！俺要是将你们放走咯，村里人知道了，还不骂俺？”

焦老汉笑着说：“俺儿这句话说得在理儿。你们治好了村中那么多病人，不收一文钱，哪能说走就走呢？”

秦越人说：“天气很快要入冬了，我惦念山上的弟子子仪呀！”

焦大说：“这好办，明天俺就带俩人上山，连东西带人一块给你搬下山！”

秦越人笑笑说：“我们几百里来蓬山，是采药查药源的，哪能坐在屋里不干事猫冬啊？”

焦老汉思索了一会儿说：“你们非要回山上也行，但今天不能走，俺得把大伙叫来，给你们送送行！”

秦越人听了，无法推托，只好说：“焦伯伯，那我就听你安排，晚上给乡亲们坐坐，说会儿话，明天吃了早饭就上山！”

焦老汉笑着说：“好！儿子，快去通知众乡亲，今晚都到咱家来！”

焦大听了，立即站起出门。

灯下，焦家堂屋内，焦老汉、焦二庆、韩大山、韩三、焦大、秋子等围桌而坐。桌上摆着丰盛的晚餐。焦老汉举杯说：“秦郎中，不，大侄子，你在俺焦子村狼家庄待了快一个月，治好这么多人的病，俺得代表乡亲们谢谢你呀！”

韩大山、焦二庆也跟着举杯说：“对。秦郎中，你得把这杯感谢酒喝了！”

秦越人一饮而尽说：“要说感谢，我得感谢众乡亲。这二十多天，好吃好喝好待承，还让我学到不少东西。乡亲们把我和弟子子术当亲人待，我们就把这里当家了。哪些地方做得不到的，还得请乡亲们多担待！”

韩大山说：“看你说哪里话，俺们现在都把你和子术当自己村里人了！”

秦越人说：“这些日子我串家诊病，发现焦子村的人常年烧炭、搬运炭，不少人得了咳喘肺病；狼家庄常年攀山打猎，不少人落下伤残。这些病如果治疗及时，都能好。回到山上后，我与俩徒弟再研究配制点膏、丹、丸、散，送下山分发给各户，让大家常备着用。”

焦老汉说：“你想得太周到了，乡亲们知道，不定多高兴呢！”

韩大山说：“这冬天快到了。乡亲们知道你明天要回山上仙人洞，争着往俺和焦大哥家里给你送过冬的粮食和萝卜白菜，明天由焦大带着三儿、秋子几个年轻人一块给你背上山。你看还缺啥，俺们再准备。”

秦越人动情说：“乡亲们太客气了，比我自己想得都周到。大伙还有啥事让我做的，都说说？”

焦大站起扯过儿子狗蛋推到秦越人面前，眼圈发红说：“兄弟，你治好俺爹的病，俺无法回报，一家人昨夜商量半天，俺爹俺娘和俺决定，把狗蛋送给你当儿子，早晚伺候你！”说完不待秦越人说话便对儿子狗蛋说：“快跪下！叫干爹。”

秦越人慌忙站起阻住说：“这可使不得！你就一个儿子，让他跟了俺，谁照顾你和大嫂、大伯、大娘啊？”

焦大不容推辞地一挥手说：“反正俺把他交给你了，你想咋打发就咋打发吧！”

秦越人为难地不好再张口，韩大山笑笑说：“要不这样吧，咱们也别让秦郎中为难。我说个主意，让狗蛋拜秦郎中为师父，也像子术一样，跟着学医吧！也算秦郎中给咱这山里人教个郎中。行不行？”

焦老汉、焦二庆闻言兴奋地说：“这个主意好。大侄子你就收下俺这孙子吧！他挺愿意跟你学医的，这几天老缠磨俺，向你开口呢！”

秦越人闪闪眉头，高兴地说：“好！那我就再收一个徒弟！”

狗蛋兴奋地跪下磕头说：“弟子狗蛋给师父磕头！”

秦越人扶起狗蛋说：“学医可是又苦又难，你能受得了吗？”

狗蛋说：“再苦再难俺也不怕！”

秋子对秦越人说：“秦郎中，狗蛋既是你徒弟了，你也得给他起个新名吧？”

站在一旁照应众人的狗蛋娘不解地说：“狗蛋多好听，起新名干啥？”

秋子说：“嫂子，这你就不懂了。狗蛋学了医，就是郎中了。不起个新名，人们咋称呼，喊他狗蛋郎中？”

众人听了嬉笑。秦越人思索了一会儿说：“狗蛋，你平时都有啥嗜好？”

狗蛋不假思索地说：“俺喜欢赶大车。”

秦越人笑笑说：“那就叫子舆吧！舆，就是驾车，会赶车的郎中。”

狗蛋兴奋地赶紧又磕头说：“谢师父，谢师父！”

第十九章

斗巫医巧用药饼除瘟疫

初冬上午，自焦子村狼家庄归来，秦越人便把探查蓬山地区药源之事交给了子术、子仪、子舆三个弟子，专心整理在蓬山发现的各种药材的药性和生长环境。为查证实地考察与古籍记述的差异，弟子们上山后他找出义父恩师长桑君临终赠予的《黄帝内经》和记述的偏方、感悟布巾翻阅。

俗话讲，睹物思人。屈指算来，义父恩师长桑君已去世十五载，在这十五年中他既经历了人生中的许多坎坷与苦难，也阅历了无数奇病杂症，昔日20多岁的小伙子已成了三十八岁的中年人，身边已有了子容、子术、子仪、子舆四个弟子。秦越人手抚义父恩师的遗物，那过往之事犹如一幅幅画面再展眼前——

夏日之夜，长桑君推门拦住父亲高举之棍，讲述他被李店主赶出店门之屈，宣布收他为义子；

恩师长桑君临终之夜在炕上拉着他的手反复叮嘱，普救众生，永远立身为民；

众乡邻有钱出钱、有力出力在李家客栈旧址上修盖新医坊；

焚后残屋前父母惊瞪双眼的遗骸；

妻子从水中捞出后手握桃木葫芦的那鼓胀流血的孕身；

家乡先旱后涝，患者盈门，无药可用被患者砸毁“赊药”木牌；

大灾之年身背行李离开故乡，孟伯、赵叔率众乡邻在村口含泪送行；

弟子子容跪在大路上，捶地号哭恋恋不舍望着他与子术、子仪离去……

秦越人抑制不住自己涌动翻滚的情感，“啊”的一声仰面望着住室石桌上方窗外的蓝天，放声大哭，泪流满面。那一幅幅画面太刻骨铭心了，那一双双恐怖、可怜、难舍、期盼、激励的眼睛太让人难忘了。

他痛哭了一阵，犹如排出沉甸甸积压在胸中的怒涛和思念，擦干泪，又埋头到摊在石桌上的医简中。也许是往事的巨大激励，也许是多年探药和行医实践使他对前人的医著早就有了新的感悟，一会儿提笔在竹简上加注，一会儿皱眉凝思，竟忘记了饭食与时间。

探查药源和采挖药材的三个弟子归来，发现师父仍在伏案书写，未敢惊动。做好晚饭，子仪冲师父住室喊道："师父，天黑了，快下来吃饭吧。"

秦越人闻言放下手中笔，伸个懒腰向石桌上方的窗口一望，原来明亮的蓝天已麻麻发暗了，这时才知道自己在石桌前整整坐了一天，连午饭也忘了吃。他沿着子舆新做的木梯下到洞前说："时间过得真快呀。"

子术指着早晨外出时放在灶台上的饭菜问："师父，您又忘了吃午饭吧？"

秦越人不好意思地笑笑说："坐下就忘了时间了，真是饿坏了。"不等子仪掀开的锅中蒸气散开就伸手拿了一馍，但还没有送到嘴里，就烫得松手掉在地上。

烧火的子舆慌忙伸手捡起，边吹着馒头上的尘土边笑着对盛饭的子仪说："师兄，快给师父拿个新的，这个我吃。"他怕师父来要，抢先咬了一口。

子术、子仪哈哈笑着，一个给师父摆放座位，一个将盛好的饭菜双手递到师父手中。

秦越人用筷子夹了一块山葱炒野鸡蛋放在子仪掰开的馍中，狠狠咬一口自语："今天的馒头真香啊！"

三个弟子望着师父那狼吞虎咽的吃相，乐得嘻嘻直笑。

秦越人畅快地咽到肚里问："你们笑什么？"

子术用眼神止住两个师弟的笑声，心疼地说："师父，不是今天的馒头香，是您太饿了。"

子仪也附言说："您天天废寝忘食，身体哪能受得了呢？"

子舆也劝道："师父，俺爹说了，人是房子饭是炕，屋里没炕空得慌。"

秦越人点点头，知错地说："今天是看医籍入迷了，以后再不这样了。"

这顿饭，秦越人吃得真多，三个馍一碗菜，还喝了两碗汤。

明月初升，繁星满天。饭饱汤足的秦越人提议："咱们到洞外走走吧。"

子仪高兴地说："好嘞，咱们陪师父赏赏蓬山夜景。"三个弟子相随而出。

因为忙着整理蓬山药性医简和为狼家庄、焦子村职业病研制膏、丹、丸、散，他已经有好几天没出洞了，看到洞外平地上堆得小山一样的各种药材，吃惊地问："嗬，你们从哪采来这么多药材呀？"

子术扭头瞧着子舆说："这功劳应归于子舆。他熟悉这里的地形和药材分布，只要看了样品，就知道哪里最多。力气也大，每天不装满背篓不回来。"

子舆不好意思地低下头说："都是俩师兄教的，俺就是有傻力气。"

秦越人上前拍拍粗壮憨实像一头小牛一样的子舆肩头，心里想："这个徒弟收对了。"讲出的话却是："寒冬快到了。我们咋把这些药运下山，送给子容呢？"

子舆在与子术、子仪一块查药源、采挖药材中，早已得知师父时刻惦念在老家鄚邑城外七间房行医的大师兄子容，不等两个师兄答话就毫不犹豫地抢着说："师父，把这个事交给俺吧？"

秦越人皱皱眉问："交给你，这么多药材你咋运？"

子舆蛮有把握地说："俺回村一趟，招呼一群小伙子来，背下山。"

秦越人问："背下山后怎么办呢？"

子舆自豪地说："俺赶着牛车，亲自送往师父老家去！"

子仪惊讶地问："你会赶车？"

子舆嘿嘿笑着说："俺本来就是赶车的。俺爹烧炭，俺给人家送炭。要不，师父咋给俺起名叫子舆呢？"

秦越人哈哈笑着说："对了、对了，你是个会赶车的郎中。你不说，我还忘了呢！"

子舆害羞地垂下头说："师父，俺还不是郎中呢。"

秦越人拍拍子舆肩头说："只要你好好学习，会是的！"然后转目对子术、子仪说："子舆没有去过鄚邑，那里水多淀大，你们俩去一个跟着带路，路上也好有个照应。"

子术说："让子仪去吧，他都半年多没下过山啦。"

子仪说："师父，还是让师兄去吧，他沉稳识路。"

秦越人满意地笑着说："那就让子术去吧。以后外出游医的机会有的是，再让子仪去。"

说干就干。第二天一早，子舆就下山叫来一群年轻小伙子，大家你背我扛、肩挑手提，就将秦越人师徒四人多日采挖晒干的药材运下山。

寒风拂面中，一架装得像小山一样的牛车，载着由蓬山山上运下的各种药材，由子舆挥鞭驭车。子术身背一搭袋，跪地向秦越人磕头辞别说："师父保重！"

秦越人扶起子术说："你们一路小心，早歇早起，不可与人争执。"

子术站起说："师父俺记下了！"然后对子仪说："师弟，俺与子舆不在，你可要照顾好师父啊！"

子仪说："师兄放心，俺一定尽心尽力！"

子术转身拱手向送行的焦子村、狼家庄众乡亲们说："焦爷爷和众乡亲都回吧！俺与子舆会快去快回的！"

焦大说："路上遇到啥事，赶快回来报信儿，俺们好去帮你们！"

子术说："知道了。焦伯，您多照看俺师父！"说毕，转身追车而去。

秦越人与子仪回到蓬山仙人洞的第五天，一场鹅毛大雪将蓬山变成了银色世界。秦越人望着满天飞雪说："这深山的雪景，真壮观哪！"

站在师父身后的子仪说："大雪封山，咱们再不能下山了，山下的人也不能上山了。"

秦越人说："咱们正好利用这段清净，一边读研先贤医籍一边把蓬山药材分布图绘出来！”

子仪说：“师父，咱们不是绘了一张图吗？”

秦越人说：“那是咱们边探查边绘的草图，既乱又不准确。这次咱们要绘一张传世之图，任何医家看到这张图，就知道自己要找的药材在哪个地方。”

子仪说：“那咱们就先画蓬山山势沟壑，再标药材分布。”

秦越人说：“对。今后再发现什么新药材，随时填注。”

于是子仪取出一块白布铺在地上，师徒二人便勾画起来。十几日后，一张蓬山山势药材分布图便挂在洞壁上。

子仪兴奋地说：“有了这张图，我们今后采药可以少走很多冤枉路。”

秦越人笑着说：“不仅是少走冤枉路，我们还可以依据这些药源，配制新的膏、丹、丸、散。”

子仪说：“那咱们现在就干吧？”

秦越人说：“不，咱们先读注先贤医籍，然后再研究配制药的事。”

于是师徒二人捧读医简，不时交谈着感悟体会，在木简上注写着……

山洞中冬暖夏凉，秦越人与子仪天天忙于绘制蓬山药源图和研制膏、丹、丸、散，查医籍探讨医理名方，不知不觉度过了寒冬，迎来新的一年。

初春，天气开始变暖，冰雪开始融化。在洞外台地上打拳打得头冒热汗的秦越人收势后问子仪：“子仪，子术与子舆走了多长时间了？”

子仪停下拳脚说：“到今天，已经三个月零七天了。”

秦越人思忖着说：“按说，他们该回来了呀，咋还没有信儿呢？”

子仪说：“大雪封山，他们可能无法上山。”

秦越人纳闷地说：“雪开始融化了，咋不见狼家庄的猎人们上山打猎呢？”

子仪说：“师父，要不俺今天下山去看看？”

秦越人说：“这山沟里的雪还没化，你一个人下山，我不放心，再等几天看看吧。”

一日中午，正在吃饭的秦越人和子仪听到洞外山林中有说话声，便走出洞口站在突岩上向远方观瞧，果然山下有五六个人正向他们住的山洞方向艰难攀进。

走在最前面的人看到站在突岩上张望的秦越人和子仪，举起手中拄着的木棍高喊：“师父——俺是子舆。山路滑溜，您千万别动，俺们马上就上去了！”

秦越人要下去相迎，被子仪紧紧拽住胳膊。那几个人影越走越近，原来是焦大带着子术、子舆和两个村民上山来了。满头大汗的子术、子舆兴奋地大喊着：“师父——”奔到面前跪下。

秦越人瞧瞧子术又瞧瞧子舆，边扶他们站起边动情地说：“这么长时间没你们消息，师父真想你们哪！”

子术子舆扑进秦越人怀里说："俺们也想师父哇！"

秦越人还没来得及问老家和子容情况，护送两个弟子上山的焦大和两个村民便扑通一声跪地说："兄弟（秦郎中），你快下山去救救乡亲们吧！"

秦越人如掌击面，愣神中慌忙搀起焦大和两个村民问："山下发生了什么事？"

子术接话说："师父，山下发生了瘟疫！"

子舆擦着额头的热汗接着讲："村中已死了四个人！"

秦越人眨眨眼着急地望着焦大说："大哥，这么大的灾情，你们咋不早来报信儿呢？"

焦大一拍大腿说："咋不想来报信儿？大雪封山，无路可登啊！"

秦越人又问："这瘟病有多长时间了？"

焦大沮丧地说："二十多天了。村里人躺倒的将近一半，牲畜家禽死了有三分之二。也不知从哪来了个神汉，说焦子村砍树、狼家庄打猎，冲撞了山神。山神发怒了，让家家户户杀鸡宰羊去山神庙里上香、上供、送钱，给山神爷赔罪、重塑金身，不然就要灭村了！"

秦越人恼怒地皱着眉头问："村里人相信吗？"

焦大苦着脸说："谁敢不信？住在蓬山脚下的人，世世代代都信奉山神爷，眼看着活蹦乱跳的人和牲畜家禽病的病、死的死，哪能不害怕呀？都争着去烧香磕头求平安哩！"

秦越人听了，来不及多说，就冲着三个弟子吩咐："快收拾药箱，多带咱们新研制的那些膏、丸、丹、散和治瘟药材！赶快下山。"

三个弟子一齐动手，将各种备用药品装了整整四大背篓，便跟随着焦大和二村民急步流星地向山下走去。

阳春一月末，虽然柳条发软、杏枝含苞了，但此时的焦子村和狼家庄已没了去年秋天的生气与热闹。村外田里没有干活的人们，村中也没有鸡鸣狗叫，没有小孩们的追逐打闹和家长们的吆喝嬉笑，一切都静悄悄气沉沉的，好像没有人烟居住一样。

中午，秦越人师徒走进焦大家中，焦大就与两位上山的村民挨家挨户去传话给各家，请乡亲们来诊病，但直到午饭做熟仍无一人登门。

气愤的焦大在地上转来转去，然后双手抱头往地上一蹲说："这人们都中邪了，咋只信巫汉神婆不信医啦？"

秦越人安抚焦大说："大哥别着急，也许病重，病人出不了门，我现在就和子术、子仪、子舆挨家去看病人。"

焦大怒气不平地说："不能去！要去，也得吃了午饭再说。"

午饭后，秦越人师徒四人走在焦子村狼家庄街上，竟发现家家门户紧闭，街上没有一个人影儿。秦越人感到既奇怪又纳闷儿，对弟子们说："你们挨家去敲门！"

子术、子仪、子舆挨家喊："婶子大娘，俺师父下山来看病啦，你们开开门！""叔叔大伯，开开门，俺师父来瞧病人啦！"但任你叫拍，就是没人应声开门。

子术在街上远远看见秋子，喊道："秋子叔，你家有得病的人呗？"

秋子瞅一眼子术、秦越人却不答话，快步慌慌离去。

秦越人来到猎户韩三门前，亲自敲门："韩三兄弟，我是秦越人，来看看你和韩大伯。"家内也无人应声。

子舆敲门说："韩三叔，俺师父听说你媳妇病了，来给她看看，快开门吧！"家内还是无人应声。

子术说："刚才俺听见家里有说话声，咋现在连声音也没了呢？"

子舆生气地说："给人治病还得说好话，求爷爷告奶奶的！师父，咱们回家去吧！"

秦越人惊异自语："这些乡亲们是咋啦，咋就不说话不开门了呢？"

敲不开门，见不到人，秦越人无奈带着弟子又回到焦大家中，焦急地问焦大："焦大哥，家家不开门，连熟人见了我们也躲着走，这到底是咋回事啊？"

蹲在地上生气的焦大张张嘴，"咳——"地长叹一声，双手捂住垂下的头，再也不抬头不吭气了。

秦越人问不出究竟，急得搓手转圈说："大哥，越人究竟哪里得罪了众乡亲，你得给我说句实话呀？"

从儿子焦大领着秦越人师徒进门，一直躲在屋里的焦老汉实在憋不住了，冲出堂屋，"哎"地跺一脚，下决心似的说："大侄子，你别问他了，俺告诉你实话吧！不是你得罪了谁，是有人编派你是得罪山神爷的恶鬼，谁再让你看病，就全家死光！"

秦越人闻言大惊，三个弟子齐声怒问："是谁造谣污蔑俺师父呢？"

久经世事的秦越人看到三个弟子急了，反而转惊为笑了，摆手制止，走上前扶住焦老汉坐下说："大伯，我是人是恶鬼，不是哪个人说了算。您告诉我，他是谁，为啥编派说我是恶鬼呢？"

焦老汉咽口怒气说："说你是恶鬼的人，就是那伙在狼家庄村西山神庙里，跳大神的巫汉铁磨头和巫婆们！瘟病把人闹慌了，狼家庄几个人从山外请来这帮人。他们听说焦大带人上山去请你来给大伙治病，就一边作法跳神，一边挥舞着宝剑指着蓬山对祭拜山神爷的众乡亲说：昨天夜里玉皇大帝给他托了梦，恶鬼就是住在山上仙人洞里的人，山神爷已与你们打了七天七夜。众乡亲砍树烧焦，捕杀山神饲养在山上的生灵，只要虔诚地献上供品和重塑金身的钱财，灾难可免；若是让藏在仙人洞中的恶鬼下山进家门，山神爷就会发怒惩罚，让全家人死光！”

子仪气愤地说：“过去说俺师父是神仙下凡，现在又说俺师父是恶鬼害人，这世上还有真理吗？”

子舆闻言气得摩拳擦掌说：“师兄们，抄家伙，咱们去找那巫汉巫婆们理论算账去！”

秦越人咯咯笑着说：“原来是这么回事啊。我说怎么家家都插着门呢，连韩大伯、秋子也不敢与俺们照面了。”

焦大气愤地说：“别提韩大山！那巫汉铁磨头就是他带人从山外请来的！”

秦越人吃惊地问：“会有这事？”

焦老汉点点头说：“他也是被瘟症吓慌了，想救乡亲们。”

子仪说：“救人也不能请巫汉来祸害人哪！”

子舆手拿棍子说：“俺去问问他，再去找那铁磨头算账！”

秦越人摆手止住子舆说：“算了、算了。咱们没工夫跟巫婆巫汉生闲气，还是赶快了解瘟情症状，给乡亲们配药送药，救治越快损失越少哇！”

子术上愁地说：“师父，咱们见不到病人，去哪了解瘟情症状啊？”

秦越人在地上踱来踱去自语说：“看不到病人，若能找到几只死猫死狗看看，也行啊！”

焦大惊奇地问：“从死猫死狗身上也能看出人的病？”

秦越人说：“凡是瘟病，不是动物传人，就是人传动物。如果人和动物都死，说明他们的病毒一样。咋，大哥有办法找到死猫死狗？”

焦大说：“俺们村里死了鸡狗猫啥的，都扔到村北的大沟里。”

秦越人兴奋地招呼三个弟子说：“子术，快背上我的医褡兜，咱们现在就去村北沟里看看！”

焦老汉紧忙上前拦住说：“大侄子，现在不能去！要去，得等到夜深人静。不然，这事传到那巫汉耳朵里，不定又给你编派啥恶话哩！”

秦越人愣了片刻说：“大伯说得有道理，咱们决不能再给巫婆巫汉们留下造谣蛊惑乡亲们的口实，还要办得密不透风！”

子舆说：“师父，咱们是办好事，还怕他们造谣污蔑？”

秦越人说：“不是怕。现在是巫术横行的时代，连天子诸侯也把巫师们捧上天，我们没必要惹那麻烦！”

焦老汉忽然想起什么，说：“还有一件事，大侄子也一定要小心谨慎！”

秦越人一怔问：“什么事？大伯请讲。”

焦老汉瞧着秦越人和三个徒弟说：“郎中也是人。瘟病能传染焦子村狼家庄的人，也会传染你们。你们既去为众乡亲探查瘟病原因，也要想到自己的安全哪！”

秦越人闻言，感动地说：“大伯，您说得对，我只想如何查病因了，差点忽略这件事！”然后对三个弟子说：“你们每人准备一块布巾，叠成三层，用水浸湿。进沟时，将它捂在自己的鼻子和嘴上，不管遇到啥情况，决不可拿开！”

子术、子仪、子舆听了，认真地点头。

夜深了，伸手不见五指，从焦家院内悄悄走出秦越人与子术、子仪、子舆四个身影。他们走走停停，四处张望，犹如幽灵蹑手蹑脚来到焦子村狼家庄村北大沟口。带路的子舆凑近秦越人小声说：“师父，到了。”

秦越人示意三个弟子用湿巾捂好鼻子与嘴后，对子舆说：“你留在沟口瞭望，有人来了就学声猫叫，我们仨好躲起来。”

子舆申述说：“师父，叫师兄留下吧。沟内路我熟，知道人们爱往哪块地方扔死物。”

秦越人思忖一下说：“那好，你带路，叫子仪留下瞭望。”说完，三人便手手相牵摸黑向沟内走去。

大约走了有百余步，一群飞蝇“嗡”地飞起，子舆站住不动说：“师父，俺踩住一个东西！”

秦越人对身后的子术说：“快点灯笼，我看看是个什么？”

子术点亮灯笼举到蹲下的秦越人面前，子舆一抬脚，秦越人惊愕地往后一闪，子术话已出口：“啊，是个死孩子！”

秦越人恢复平静，趴在地上一边用手解开包裹尸体的破布一边说：“别出声！将灯放低点！”

子术将灯笼交给子舆，与师父一块观瞧儿尸：那小孩大约一岁多，肚子肿胀如鼓，口流带血的唾液。秦越人观瞧后对子术说：“拿骨刀来！”

子术从褡兜中取出骨刀交给师父，秦越人说：“按住手脚！”

子术便一手摁住儿尸的双肩一手摁住儿尸的双腿，秦越人用骨刀划破儿尸胀腹，从腹水中取出五脏仔细观瞧：儿尸的脾肾已变黑发臭，肺肿有血。然后秦越人又翻看儿尸的眼帘，撬开嘴察看舌苔，又检查红肿肛门后说：“这是一种‘阴毒伤寒’。生前胸闷咳血、发热头痛，腹肿呕吐，暴泻不止，造成脾肾大伤、表乱本败而死！”

他将沾满血污的手插进土中清洗着对子术说：“你将这个儿尸挖个坑埋掉吧。”

子舆说：“师父，不用埋。这条沟里各种死尸多了，向来没人埋。”

秦越人心情沉重地说：“腐尸不埋，必招飞蝇叮咬。叮咬过死尸的飞蝇，再飞回村中叮咬人畜之食，也是瘟病传播的重要渠道啊！”

子术埋掉儿尸，对凝立而思的秦越人说：“师父，咱们快抓紧时间看吧，若时间长了恐有人来。”

秦越人说：“不用看了。明天清晨，你和子仪、子舆早点起来，天亮前把这沟中的人畜死尸，全用土埋咯！”

子术点点头说：“师父放心！”

夜幕中，秦越人师徒四人返回焦家院内，用水仔细清洗手脸后，进屋便点灯讨论起治“阴毒伤寒”的药方来。灯下，秦越人伏案在木简上写下川附子、吴茱萸、肉桂、琥珀、辰砂、麝香六味药名，对围在身边的子术、子仪、子舆三个弟子说：“你们按这个方子，将六味药按比例配好粉碎，加蜂蜜制成药丸，连夜给有病人的家中送去！”

子仪说：“他们不开门，咋送呢？”

秦越人眨眨眼说：“用布包三十粒，放在门口，或扔到院内。”

子术说：“师父，咱们去哪儿找布袋呀？”

子舆说：“俺去叫醒俺娘俺妹俺奶奶，让他们赶快做！”

这时焦大推门进来说：“这事你们不用上愁，交给俺吧！”

秦越人吃惊地说：“大哥，你怎么还没睡啊？”

焦大说：“为了乡亲们的病，你们连命都不要了！夜查死尸，又连夜配药做药，俺哪能睡呀？”

子舆问：“爹，您咋知道的？”

焦大说：“你们深夜去北沟查死尸找病因，你爷爷奶奶不放心，怕村里有人为难，让俺悄悄跟在后面照看哩。”

子仪吃惊地说：“焦伯，俺站在沟口放哨，咋没看见您呢？”

焦大笑笑说：“俺藏在沟口那片乱棘丛里，距你只有三丈远。你们说的话、干的事，俺听得看得一清二楚！”

秦越人严肃地说：“大哥，这些事你知道就知道了，千万不能向外透半点风声啊！死儿的爹娘若知道我给他们的孩子开膛破肚，非给我拼命不可！”

焦大点点头说：“放心吧老弟。今夜的事，连俺爹俺娘和媳妇，也不会让他们知道的！”

秦越人松口气，对三个弟子说：“你们快抓紧时间制药送药吧！”

子仪说：“师父，咱们这药制出来，叫啥名呢？”

秦越人转转眼珠说：“这些药大多是草药，就叫‘草神丹’吧！”

焦大说：“这个名字好！”然后又说，“秦老弟，明早埋死尸的事你就别管了，多睡会儿，俺带着他们三个年轻人去！就是村里人有人看见，也不敢说俺啥！”

秦越人感激地点头说：“知我者，焦兄也！”

焦家在忙，韩家却在愁。自秦越人带着弟子们来敲门不开后，韩大山和儿子韩三就如坐针毡，六神不宁了。深夜灯下，韩大山愁苦地用双手抚着头坐在凳子上。

韩三站在地上着急地说：“爹，您说句话呀！臭妮病成这样，三天都水米不进了，俺该咋办哪？”

韩大山抬起老泪纵横的脸说：“爹有啥法？神也求了，供也上了，钱也捐了，她还不见好，咱、咱只有认命了呀！”

韩三不甘地说：“您下午找铁磨头，他是咋说的？”

“唉——”韩大山长叹一口气说，“他、他说，因为俺和你挑头去仙人洞拜过恶鬼（秦越人），说尽好话，山神爷也不肯放过咱们家呀！”

韩三流着泪水说：“您上百里路把铁磨头从山外请来，天天好吃好喝好待承他，他咋也得报答报答咱哪？”

韩大山擦着泪说：“不是他不报答，俺亲眼见他把头都磕破了，是山神爷不应承啊？”

韩三说：“叫俺说，秦郎中上午来敲门，您就该开门让人家来给俺媳妇瞧瞧，也许让秦郎中开点药吃了，病会好转的。”

韩大山哽咽着说：“当爹的咋会不想让儿媳的病快点好哇？爹是担心前罪未免又添新罪，才没敢让秦恶鬼师徒进门，怕山神爷知道会加重你媳妇的病啊！”

这时只听院内“咚”的一声响。韩三跑到院内捡回一个布包在灯下打开，包内包着三十粒药丸，顿时眼睛放亮说：“这准是秦郎中扔进来的药！”

韩大山吓得浑身发抖说：“你快扔掉、你快扔掉！咱们再不能与恶鬼沾边了呀！”

韩三将药抓起说：“也许这些药，能救臭妮的命呢！”

韩大山哆嗦着嘴指着儿子说：“逆子！铁磨头说了，你媳妇若不死，那、那噩运，就、就要降到你和我身上啊！”

韩三嘟囔道：“焦大哥也是挑头上山拜仙的人，他又把秦郎中请来住在他家里，他家咋没遭噩运呢？”

韩大山眼流悲泪说：“铁磨头说了，不是不报，是时候不到！你赶快把这些药扔了，不然爹就撞墙死给你看！”

韩三连说：“好、好，俺扔、俺扔！”转身向屋外走去。他回头不见爹跟着，慌忙将手中的药袋放进怀里，从地上捡起一块石头扔向院外街中，回身转回屋中说：“爹，您听到响声了吧？俺扔了。”

韩大山放心地点点头说：“扔了好！天不早了，你去睡会儿吧。俺明天再去求求铁磨头，让他再求求山神爷。唉——”

韩三垂头离去，回到自己住房。夜灯下，他发现妻子臭妮正趴在炕沿痛苦地呕吐着，地上一堆污秽散发着恶臭。他赶紧将备在一旁的灶膛灰捧几捧撒在污物上，问：“你咋把吃的东西全吐啦？”

妻子臭妮无力地喘着说：“他爹，俺恐怕难过今夜了！”

韩三将妻子放平，盖上被子，用手摸着妻子滚烫的额头说：“你咋净说丧气话呢？”

妻子喘着眼涌泪水说：“不、不是俺丧气，是俺觉着真的活不成了。”

韩三紧张地说：“你、你，觉得比昨天又重了？”

妻子点点头说：“秋子娘死那天，俺去看了，咽气前也是这样儿。”

韩三心慌意乱地问：“她是啥样儿？”

妻子哽咽着说：“胸闷咳血，肚胀头痛，时冷时热，吐泻不止，下边出血。”说着从下身抽出一块布巾说，“你、你看看，俺下边也出血了——”

韩三见了泪如泉涌，双手抱住妻子的头说：“你、你若有个好歹，俺和仨孩子可咋过呀？”

妻子用手抚着丈夫的头说：“好歹仨孩子被他姥姥接走了，不然也会传上这种病的。俺死了，你带着爹，也搬到山下俺娘家去住吧！待、待这瘟病过了，你、你们再带着孩子们回来。”

韩三闻言紧紧抱住妻子哽咽。

妻子流涕着说：“你、你怀里，是啥东西？硌、硌得俺，好疼！”

韩三猛然想起什么，松开妻子从怀里掏出一个小布袋，悄声对妻子说：“这、这是秦郎中从墙外扔到咱院里的药。爹让俺扔出去，俺偷偷把它藏在怀里了。你、你敢不敢吃吃试试？”

妻子流着泪说：“俺、俺都是将死之人了，还、还有啥、敢不敢？敢。”

韩三忧虑说：“爹说，怕你沾上恶鬼，让你的病加重？”

妻子说：“重，还能重成啥样？最多也是个死！既然有了药，咱就试试吧。”

韩三倒了一碗水，从布袋内取出药丸，一个一个数着，送进妻子嘴里说：“你若病情加重，可别怨是俺害了你呀？”

妻子瞅一眼韩三说：“你呀，啥都好，就是遇事没主意，事事听你爹的！”

韩三低头不语，妻子合眼说：“俺累了，想睡会儿。”

韩三说：“你睡吧，俺守着你。”但守着守着，他也歪在炕上睡了。

窗外麻麻发亮，臭妮醒来，见丈夫和衣歪倒在身边睡着了，用手推推说：“他爹，你醒醒。”

韩三揉着睡眼问：“咋，你觉得不行了？”

妻子凄然一笑说：“不是。俺觉得发烧轻了，呕吐也好多了。”

韩三惊喜地问：“真的？”

妻子点点头说：“你今天再去给秦郎中要点药吧？”

韩三吃惊地睁大眼说：“俺爹知道了，非跟俺拼命不可！”

妻子哀求说：“俺求求你了，偷偷去要，别让你爹知道。”

韩三点点头。吃过早饭后，韩大山又去山神庙求铁磨头了，韩三趁机溜出门。

清晨，忙了一夜的秦越人到村外去活动手脚，子舆见了紧紧相随。秦越人扭头问："你跟着我干什么？回去歇会吧。"

子舆红肿着眼说："俺怕有人为难师父。"

秦越人笑笑说："不会的。咱们没偷没抢，也没干坏事，他们为啥为难我？你去街里转转，看看乡亲们吃没吃咱们夜里送的药，有人开门呗。"

子舆听了，转身向街内走去。

师父和子舆离去，子术、子仪继续制药。子仪望一眼两眼熬得通红，一夜无话的子术说："师兄，你歇会儿吧，两眼都红成烂桃了！"

子术笑笑说："多制点药，就多救一个病人。咱们还是抓紧时间制药吧。"

这时，子舆气愤地抱着一堆药袋进门，子仪停下制药，惊奇地问："你从哪抱来这么多药哇？"

子舆嘟着嘴，把怀中药袋往炕上一扔说："能从哪，从街上捡得呗！"

子术吃惊问："怎么，乡亲们没吃，把药都扔街上了？"

这时秦越人焦大进门。焦大望着炕上的一堆药袋说："这真是造孽呀！把好心当成驴肝肺了！"

子舆说："叫俺说，凡是不肯吃咱们药的人家，咱们再不送了。病死活该！"

秦越人正色道："此话不可讲。我们是治病救人的郎中，不能与那些不懂医术的患者一般见识！"

子仪上愁地说："他们信巫不信医，咱们咋治？"

秦越人问子术："昨晚一共送出多少袋？"

子术说："五十三袋。"

秦越人又问子舆："捡回多少袋？"

子舆说："捡回四十五袋。"

秦越人眼睛一闪说："这说明，有的患者还是相信咱们的！"

子仪忧心说："师父，只有少数人吃咱们的药，那多数病人可咋办哪？"

子舆心沉地说："俺刚才在街上捡药，听到又有两家死人啦。"

秦越人皱眉在地上转了两圈说："止谤莫如自修。当今的世情，若想让人信医不信巫，只有魔高一尺道高一丈了！"

子仪苦脸说："师父，既然乡亲们不信咱们，咱们还回山上采药查药源吧？"

秦越人严肃地说："我们从几百里外丢家舍业来蓬山采药查药源，是为啥？是为救治天下病患。如果知难而退，岂不是世浊吾已昏？如何实现伊祁真人师伯，对我们的嘱托和厚望啊？"

子仪说："那我们现在干啥呢？"

秦越人思索着说："如果人在山野中遇上风伴大火，你该怎么办？"

子仪不假思索地说："马上跑、赶紧躲。"

秦越人苦笑一下说：“往哪跑，再快你还能赶上风？往哪躲，四周都是火！”

子仪不解地说：“那只有被大火烧死了？”

焦大“忒”地一笑说：“傻小子！冲着大火跑哇。”

子仪不解地说：“那不被烧死得更快？”

秦越人伸手拍拍子仪肩头说：“只有冲火跑，才能受伤最小，才能躲过灾难！才能返回身扑灭大火！”

子术、子仪、子舆听了如堕五里雾中，瞪着眼不知再说啥。

焦大转转眼珠说：“俺听明白了。你们师父的意思，是不能向巫汉巫婆们屈服，要与他们斗！”

子舆兴奋地说：“爹，棍子俺早准备好了，您说咋斗吧？”

秦越人用手摸摸子舆的头说：“斗，不一定用棍子去打。”

子舆说：“师父，不打，那哪还叫斗哇？”

秦越人说：“咱们大伙想想办法，如何能让人信医不信巫，治好乡亲们的瘟病呢？”

焦大说：“古人讲，知彼知己，百战不殆。俺看要想让乡亲们不信他们，只有抓住他们祸害乡亲们的罪证把柄！”

秦越人眼睛一亮说：“走！子舆跟我到村外转转去。”

子术、子仪和焦大望着秦越人离去的背影，怅然无语。

襄河北岸在一块约一亩大的山坳中，坐北面南坐落着一座通体三间由石块垒就、石板罩顶的山神庙，虽不宏伟高大却香火十分旺盛，青烟缭绕、人进人出。到这里进香祭拜的有狼家庄、焦子村村民，也有附近村庄的村民。艳阳高照的上午，正是拜祭的高潮。一个身披巫袍、长发齐腰的巫汉，一手摇动环形响铃、一手挥舞着桃木剑，一边在庙前空地上跳来奔去，一边发出瘆人的怪叫。跟随他的有三个巫婆，两个随着他的舞动与叫声推波助澜，一个站在山神爷塑像的供桌旁收香火钱。

在襄河南岸田野散心的秦越人见了，带着子舆走近襄河，站在一棵大树下隔岸观看了一会儿，用鼻子发出一声“嗤”，厌恶地骂道：“恶巫，骗子！”

襄河只有五丈多宽，秦越人站处距山神庙顶多也就十几丈远。子舆听了小声劝道：“师父小声点儿。俺这地方敬山神比啥都重要，让他们听见会找咱们闹事的。”

秦越人苦笑感慨道：“正是这种愚昧，才夺去了许多人的性命啊！”

子舆说：“乡亲们把辛辛苦苦挣的血汗钱，送给这些巫婆神汉们也不心甘，可世世代代就是这样过的呀！”

秦越人长出一口胸中的怒气说：“总有一天，我要让人们在事实面前信医不信巫！”

子舆担忧地说：“师父，这巫汉神婆们闹得乌烟瘴气，‘草神丹’没人敢吃，乡亲们越死越多，今后这焦子村狼家庄可咋办哪？”

秦越人皱眉凝望着襄水对岸山神面前熙熙攘攘的香客们，突然被神庙前一个挑着担子卖烧饼的人所吸引。

艳阳下，不少香客争相购买烧饼，带回家给病人吃……

秦越人转了转眼珠，猛然转身一拍子舆的肩膀说：“走！快回家，我有办法了。”说毕大步向村中走去。

子舆不明白师父说的是啥事啥办法，快步紧跟相随追赶。

焦大家西屋内，坐在凳子上围桌制作“草神丹”的子术和子仪，一边做着药丹一边望着成堆的药丹议论。子仪说：“咱们做了这么多药没人吃，可惜了这些药材啊！”

子术抬起头说：“你没看见，师父都两天睡不好觉吃不好饭了，千万别多嘴。”

子仪心疼地说：“跟师父这么多年了，俺还不知道师父的脾性。这两村本来人不多，连死十几个患瘟病的人，他咋能不上火着急呀？”

子术张嘴正要再说，秦越人满脸喜色迈进门：“你俩不好好制药，在背后议论我啥坏话呢？”

子仪、子术闻言，慌忙放下手中拿着的药料，站起躬身诚实答道：“师父，俺们正议论这些药……”

秦越人不待二人讲完，挥挥手让他们坐下，笑着说：“我只是开个玩笑，看把你们紧张的。”紧接着吩咐道，“你们别做药了，让子舆赶着车，到平原村子里去买几袋白面、两罐香油来！”

三个弟子闻言吃惊地睁大眼睛问：“师父，买那么多白面香油干啥呀？”

秦越人神秘地眨眨眼，嘿嘿乐着说：“做烧饼吃呗！”

子舆“啊”的一声，不相信地问师父：“师父，您是觉得俺娘做的饭，不合胃口哇？”

秦越人笑着摇摇头，招手把几个弟子叫到近前小声说：“白面烧饼在山区是稀罕物，只有待客和给病人改善生活才舍得吃。如果咱们把治瘟病的药搅和到面里，烙成烧饼白送给乡亲们，大家一定抢着吃！”

三个弟子听了如雷贯耳，顿时明白了师父刚才进门高兴的原因，但将药放在烧饼中让患者食用而治病的办法还是第一次听说，齐声问：“师父，这么好的绝招您是咋想出来的呢？”

秦越人扭头盯着子舆意味深长地说：“是山神庙里那几个装神弄鬼的巫汉神婆教给的！”

憨直的子舆连忙更正说：“不是，是师父看到山神庙前有个卖烧饼的，才想出来的。”

遇事善思多问的子仪，看到困扰师父几日的难题解决了，虽然高兴却又愁涌眉头。他望着喜形于色的师弟子舆和师兄子术，迟疑地看了眼师父，不好意思地自语：“办法是好，可咱们去哪里弄钱，去买白面和香油呢？”

秦越人听了立时面色阴沉。

子术却一拍巴掌，高声说：“哎呀！这几天光忙着制药救乡亲们了，有件事还没来及向师父禀报哩。”

秦越人抬头将目光盯向子术，子术忙对子舆说：“你快去把子容师兄给师父捎的包裹拿出来！”

子舆闻言，几步奔到墙角，搬开一块石板，从石板下的地坑内扯出一个沉甸甸大包裹来。他将包裹提到桌上打开，里面竟是几件崭新的厚衣服。

秦越人拿起厚衣服，那厚衣服中竟夹着一堆白花花的银子，银子下面压着一个账本，账本里夹着一块用绸布书写的信。

子仪惊叫：“啊，这么多银子啊！”

子术笑着说：“这些银子，是子容师兄用咱们送的那车药材卖的钱。师兄知道师父在蓬山生活艰难，一分不留，还搭上他这几年行医积攒的钱，让我和子舆带回来交给师父。焦伯伯带着我们上山请师父时，怕山陡路滑出事，就藏在这屋的地窖里了。现在我们去买白面香油，正好用上……”

秦越人顾不上听子术讲述，也无心清点那堆白花花的银子，伸手抽出夹在账本中的绸布信，便展开读起来：

义父恩师大鉴：

不肖儿徒子容，遥跪问安。自您离去，儿徒犹如失去爹娘的孤儿，日思夜念，寝食难安，梦中常湿枕衫。五年啊，天天望眼欲穿，遇节站迎街头，腊祭路口盼归，不见您的身影和音讯，几次想弃家去寻，但临别嘱言儿不敢擅动。每年清明，都上坟给爷爷、奶奶、干娘和师祖献供上祭香，腊祭请回家中供奉。鄚邑这几年风调雨顺无大疾，孟爷爷赵爷爷和村中乡邻常来打探您的消息。子术、子舆送来的药材，除留应诊之用，全让董爷爷帮着卖了，连同家中余资一并呈上，诊坊账目让子术带去。受您之托，孟爷赵爷给儿子说了一门亲事，女方是位农家之女，包裹里的厚衣服就是她为师父和子术、子仪做的。家中安好，只盼义父恩师安康，早日归来，解儿徒渴思之苦啊！

跪拜

大安

不孝儿徒子容叩上

子容的信情挚意切，秦越人边读边情愫起伏、热泪盈眶。

子术上前劝道："师父，我和子舆把您对师兄的惦念都告诉了，师兄夫妻恩爱，日子过得挺好。"

秦越人一边擦泪一边笑着说："子容成家立业了，独撑门户了，师父是高兴啊！"然后话锋一转说，"既然有了银子，你就带着子仪、子舆早点出发，去买香油白面吧。快去快回！"

三个弟子应一声："师父放心！"就出门套上牛车离去……

三个弟子走了，秦越人走进堂屋。坐在地上与老伴、儿子、儿媳、孙女一块挑拣粮种的焦老汉对他说："大侄子，你满脸喜色，有啥好事啦？"

秦越人笑着说："大伯，我想出一个让乡亲们吃药的招儿。"

焦大兴奋地说："兄弟，快说说，俺能帮啥忙？"

秦越人说："俺已让子术他们三个到山外去买香油白面了。我想把配草神丹的药粉搅在白面里，用甘草水和面，烙成烧饼送给患病乡亲们吃！"

焦老汉惊喜地说："这个办法好哇！神不知鬼不觉，还把治瘟病的药吃进肚里了！"

焦大拍着胸脯对秦越人说："只要你在面内兑好药量，垒灶台、和面打烧饼、向各家病人分发的事，就交给俺们全家吧！"

秦越人说："我来找你们就是这个意思。但有一点大伯大娘和大哥大嫂一定要记住！"

焦大问："啥事？"

秦越人说："乡亲们若问，只能说是你们焦家送乡亲们吃烧饼，千万不可露出是我和三个弟子用它来治病的底呀！"

秀谷不解地说："为啥？这是你想出来给乡亲们治病的法子，面和香油又是你掏钱买的，他们还能不知情？"

秦越人说："现在巫汉神婆作祟，如果说是我配的药饼，再让子术他们三个弟子掺和，经巫汉神婆一编派，乡亲们有的恐怕就不敢吃了。让不让大家知道这烧饼是哪里来的是小事，关键是让有病的人吃进肚里，治好大家的病，才最重要啊！"

焦老汉说："大侄子说得有道理，咱们就照越人说的办。你们谁也不可透出半个字！"说完就招呼说，"焦大娘，你和儿媳妇、小梅，去准备柴草、烙烧饼的鏊子、擀面杖、簸箩等家什，焦大去运坯垒灶搬案板！"

全家人兴奋地开始行动。秦越人说："谢谢大伯和全家了！"

焦老汉动情地上下打量秦越人说："你真是个天下难找的仁义人啊！搭钱搭药救人，还不留姓名！"

秦越人苦笑说："只要能治住乡亲们的阴毒伤寒病，留不留名是小事。我担心这种办法，能不能达到预想的效果？"

焦老汉笑着说："心想事成。吃药烧饼的人，就是没有直接吃药去病快，也一定会有作用的！"

山神庙前，阳光灿烂、香客熙攘。在一座新垒成的烧饼灶前，焦老汉和面，焦大娘烧火，焦大媳妇烙饼。焦大手握擀杖，一边将案板敲得叮当地擀饼，一边按照事前秦越人的暗中吩咐高声吆喝："各位乡亲，来往香客，俺焦大这两年蒙众人照护，赚了点钱。现在各家遭瘟难，俺烙烧饼给各家得病的人吃，一个病人一天送两个，连送三天，不要钱！"

焦大闺女小梅附和着爹说："婶子、大娘、嫂子、哥哥们，凡有病人的人家自报人数，按人数分发！"说着手拿烧饼向围观的人们送发。

地处偏远山区的狼家庄和焦子村及其周围的村民们，因土地贫瘠，庄稼多为谷子、高粱等杂粮，除了过节一年中难得吃上一顿白面，看到焦家烙出的那焦乎乎、暄腾腾、刚出炉的香油热烧饼，真是垂涎欲滴呀！

正愁无法给病人改善生活的人们，争先恐后上前报领。

民风古朴的山民们也真实诚，感念焦家的乡情恩德，有一说一、有二说二，绝不多报冒领。有哪家中病人无法来领烧饼的，焦大就让女儿小梅挎着篮子送上门去。

三天过去了。来领烧饼的人少了，到山神庙磕头烧香送重塑山神爷金身钱的人更少了。

吃过烧饼的人病情好转了，不明白其中奥秘，都说家中病人吃了焦家烧饼好了，纷纷登门到焦家表示感谢。焦老汉向来感谢的人们笑着说："大家不要感谢俺焦家，这都是秦郎中想出来的给大家治病的主意！他搭钱买来白面香油，掺上治瘟病的药，让俺全家给乡亲们烙烧饼吃！不是俺烙的烧饼有神力，是秦大夫放在烧饼中的药，治好了大家的瘟病啊！"

众人闻言大惊，纷纷向秦越人师徒叩谢说："感谢神医救了俺的亲人啊！""秦神医大恩大德，俺们世代不忘！"

秦越人拱手说："众乡亲是我们师徒的衣食父母。行医人的职责就是治病救人，只是我们无法及时救治那些患病的人，使许多不该去世的人去世了，我心中感到惭愧和悔恨啊！"

众乡亲们说："这不怨你，都怨俺们被铁磨头那个巫汉，编的假话欺哄了！"

秋子哭着说："秦郎中，要说有愧是俺有愧呀！那天俺在街里碰见你，若让你去给俺娘看看，她也不会死呀！俺那冤死的娘啊——"说着竟当众哭起来了。

秦越人扶住秋子说："人死不能复生，兄弟节哀！老弟今后，千万不可再轻信那些巫汉神婆之言了！"

秋子擦着泪说："俺悔死了呀！大哥千万别怪罪，俺是让巫汉们编的恶话吓昏头了啊！”

秦越人拍拍秋子的肩头说：“咱们是好兄弟，我这个郎中还是你从山上叫下来的呢！再哭，我就不认你是兄弟了？”

站在旁边的焦大说：“秋子，别嚎了，以后遇事再别犯傻啦！”

秋子抹着泪和众人走了。

秦越人坐到院内刚想喝口水，韩大山领着儿子韩三和儿媳臭妮进院。三人一句话不说，进院后就扑通跪到秦越人面前号啕大哭。

秦越人慌忙站起去扶韩大山、韩三和臭妮说：“韩叔，您这是干啥呀？世上哪有长辈给小辈人下跪的？”

韩大山固执不起，用手抽着自己的脸说：“俺不是人，都是俺给乡亲们招来的祸根啊！”

子术伸手去阻止韩大山抽脸，焦老汉气愤地将子术扯到一边说：“让他抽！让他抽！这个老东西是该好好反省反省了！”然后指着韩大山说，“你说说，你都快六十岁人了，干的都是啥事？从山外请来个巫汉，天天好吃好喝好待承，让两村死了十几口子人！还跟着编派秦越人的坏话，你罪孽大了！好好打打自己的脸吧，让你这混账脑袋也清醒清醒！”

焦大和子术、子仪、子舆不敢再拉，秦越人上前抓住韩大山的手说：“韩叔，别打了！知道错了就行，今后再别听那些巫汉神婆们忽悠了。人有病得治，磕两头烧烧香哪能好呢？”

韩大山擦着泪说：“从今往后，俺再不信巫，一切都听俺大庆哥的！”

韩三也流泪说：“俺爹真是后悔死了！可他死要面子，就是不肯拉下脸来认错。”

臭妮哽咽说：“俺的病，就是吃了秦郎中夜里扔到院里的药治好的，不然也早见阎王了！”

秦越人拍拍韩三的肩头说：“过去的事，就过去了。咱们还是好兄弟！”

韩三发誓说：“秦大哥，俺现在就招呼几个人，去把铁磨头灭了！”

秦越人笑笑说：“不用。我断定到不了明天，铁磨头那伙人就自己跑了！”

夜幕降临，没了香客的山神庙清冷又寂寞。没有人来送香火钱了，巫汉神婆们也不跳神弄鬼了。一盏残灯下，铁磨头一面向行囊中装着银子，一面对三个慌乱的神婆说：“还不快收拾东西跑，等着人来打呀？”

一个神婆说：“咱们是神，他们谁敢来打咱？”

铁磨头背起行囊说：“俺可是走了，你们不怕打就留下吧！”说着钻进山沟乱树林中，仓皇而去。

三个神婆看了，慌忙背上东西跟上。在夜色中他们就像几个惊慌的鬼影，躲躲闪闪逃离狼家庄和焦子村。

第二十章
游邯郸众人感恩赠颂匾

春末傍晚，晚饭后秦越人坐在焦家院内地桌前边喝水边观察着柿子树上绽放的绿枝嫩叶和在绿叶中飞来跳去的几只啾叫不止的鸟雀。子术、子仪、子舆围坐在师父身旁谈笑着，子术瞧着师父疲惫而有所思的神情说："师父，这些日子您太累了，今天早点休息吧。"

秦越人收回目光，笑笑说："大好春光，万物都在峥嵘，咱们咋能休息呢？"

子仪说："师父，那今天您给俺们讲什么呀？"

秦越人思忖着说："今天就谈谈巫和医。"

子舆兴奋地说："好！俺就弄不清，那些巫汉巫婆为啥也标榜是医呢？"

焦老汉、焦大和焦大娘、焦大媳妇、女儿小梅听到秦越人要讲巫和医，也都围上前坐下听。

秦越人瞧一圈众人说："上古时代，天地未分之时混沌为一。二仪立，方有阴阳之分。阳定位，清气腾起称为天，浊气降而称为地，所谓天公地母。有了天地，便有了世间万物，也有了人间善恶丑美之别。追溯巫的起源，始于帝挚分封驩兜。那驩兜，是黄帝儿子帝鸿氏的子孙，秉性凶恶，专喜与恶人相交，做一些巴结奉承贼盗残忍之事。由于他无知无识，祸国殃民，人们就说他无'七窍'，还给他起了个绰号，叫'浑敦'，庶民百姓就喊他'混沌'！"

焦大媳妇秀谷问："啥叫无七窍？"

秦越人说："无七窍这是个形容词，就是说他有耳不辨是非，有鼻不辨香臭，有眼分不清善恶，有心心术不正，有头有五脏却不干正事。他与当时一个叫孔壬（绰号穷奇）和一个叫鲧（绰号梼杌）的，被称为'三凶'。这三个人想得到帝挚的信任、夺帝挚的帝位，就从各地挑选了一些美女去迷惑帝挚。帝挚也真被他们迷昏头了，封驩兜为司徒，总理朝内一切民政大事。但驩兜还不满足，又让帝挚册封南方玄都九黎氏之地（今荆州、扬州之南一带）为其领地，让其子苗民代为驻守治理，形成父子二人朝内外互应的权势。那玄都九黎氏部族人，天性聪明机智、强悍好斗，驩兜父子担心无法制服，就让他的狗头军狐功来出主意。狐功出了仨主意：一叫‘立威’，就是用重刑，割鼻子割耳朵在脸上刺字，史书称为‘黥’‘劓’‘椓’；二叫‘施惠’，这个施惠不是给庶民百姓们好处，而是‘废除吃人之礼教，社交公开’、‘打倒买卖式婚姻，自由恋爱’，所谓恩威并施；第三个叫‘神道设教’。所谓神道设教，就是用巫术来迷惑束缚人的精神和行为。创造这种方法的人叫‘咸’，他生活在大荒之中，以能与鬼神对话和附体为幌子，自称活神仙，被聘为国师，随驩兜的儿子苗民到封地，由此使巫术便在各地蔓延。所以后世的人都称咸为咸巫，或巫咸！”

子舆惊叹地说：“师父，这下俺明白了，原来巫是坏人传教的呀！”

秦越人用手在地上写了个巫字说：“你们看这巫字的写法，在工字两侧各加一个人字，就像一个人舞动的两只大袖子，多像铁磨头在山神庙跳神时穿的法衣呀！一般百姓不知其中的奥秘，以为穿上这种衣服又蹦又跳的念咒语，就神鬼附体了，就变成神仙的化身了，其实他就是人装的！”

焦大娘说：“大侄子，那一辈又一辈的人，为啥还信他呢？”

秦越人笑着说：“这好解释。巫的祖师爷咸，也是个很有本事的人。他武艺高强，尤以轻功气功见长，常年生活在深山荒野，识得许多药物，对跌打损伤、断肱折足、痈疽疥疮等外症，有许多验方绝招！所以他指空中鸟，鸟能落下；指柴草，草能燃火；给人治外伤、骨伤常有奇效。一般人见到这种现象以为是神鬼相附而致，其实为非凡轻功气功和多年积累的医学经验而出现的奇迹。”

子仪问：“师父，巫汉巫婆们常说医巫是一家，是不是由此而来？”

秦越人说：“对。”说着他捡起一个木棍，在地上写了一个“毉”字，指着说：“你们看这个‘毉’字，上面是医，下面是巫，就说明在很古的时候，医巫是一家！”

子术纳闷地问：“那后来咋分开了呢？”

秦越人说：“天下事，合久必分，分久必合。医巫虽分，但巫直到今天，还打着医的幌子。可惜的是，巫的后人们只注重其表和骗人骗财的把戏，而少了其先辈那种对轻功气功和外伤骨伤治疗的探索！”

秦越人喝了几口水说：“大娘刚才说，为啥一辈又一辈人到现在还信巫，这好解释。世上的事，只有好与坏，成与败两种结果。病好了、灾消了、孩子生了，巫说神仙显灵了、护佑了；病没好、灾没消、孩子没生，巫汉神婆们就说你心不诚、神仙不答应、香火钱不够，反正两种结果求者只能有一种，而在巫汉神婆嘴里，哪种结果都凿凿有理儿。是不是这样？”

焦大娘和秀谷兴奋地齐声说：“就是这样哩！大侄子（兄弟），你咋把这理儿解得这么透亮啊？”

秦越人呵呵笑着说：“巫汉神婆们骗人，就是利用人们这种心理。所以咱们把两村得瘟病的人治好了，铁磨头他们就不跳不蹦了，连招呼也不给乡亲们打，便连夜逃跑了！”

焦老汉一家人听了乐得哈哈大笑，子术、子仪、子舆佩服地望着师父，眼中闪着火焰一样的光。

秦越人又说：“医，不同于巫。医以《内经》为宗为据，治病救人。但因世间良医少，枉死者半。做一个真正的医家，就要不断学习、不断探索。所谓‘学’，就是将无知变有知；所谓‘习’，就是将无能变有能。世有百态，人有百病，古贤圣籍虽可据，但还有许多疑难杂症没讲深讲透，甚至还没有记述。我们当郎中的，就要因时因地因症状而探索啊！”

焦老汉感慨地说：“听你这一席话，让俺眼界大开。人们说你是神医，真是名副其实啊！”

秦越人谦虚地摇手说：“我哪敢称神医，不过多读点先贤留下的典籍罢了。”

小梅双手托着脸瞪着天真可爱的大眼问：“神医叔叔，咱们这次用药烧饼治瘟病，算不算探索呀？”

秦越人乐得哈哈大笑说：“鬼丫头！你咋也拿叔叔开心？用药饼治瘟症，这是前无古人的事，当然算探索啦！”

小梅兴奋地靠到奶奶身上说：“奶奶，你听到呗，咱们也探索啦！”

众人跟着笑。

子仪说：“师父，小梅的话让俺想到一个问题。”

秦越人问：“啥问题？”

子仪说：“咱们能用药饼治住瘟症，也能用这种形式治其他的病吧？”

子术不等师父开口便说：“不光治病，还可以配几个防病的方子，将药研成粉，放到食物里。比如冬春防感冒的药啦，夏天防中暑什么的。”

焦大两眼放光说：“这个办法好！病还没来就把他挡住了，再也不用熬药喝药了，多省事！”

秀谷睨一眼丈夫说：“看把你美的，以为自己也是郎中呀？”

秦越人笑笑说：“焦大哥讲得对。好郎中不光会治病，还得会防病！”然后感叹说，“孔子说三人行必有吾师，一点儿也不假呀！”

子舆说：“师父，那您同意子术师哥说的办法了？”

秦越人点点头，望着三个弟子说：“配防病方子的事，就交给你们仨。做烧饼的事，还是让焦大哥一家干吧。”

焦大说：“那俺家不成开烧饼铺的啦？”

焦老汉说：“只要能让乡亲们壮实，开烧饼铺就开烧饼铺！”

小梅说：“这烧饼叫啥名字呢？”

秀谷说："叫越人烧饼！"

子仪说："叫焦家烧饼。"

秦越人摆摆手说："大家别争。叫我说，既不叫'越人烧饼'，也不叫'焦家烧饼'，咱们就叫它'蓬山烧饼'！咋样？"

众人齐声叫好鼓掌："好！就叫蓬山烧饼。"

夜色浓了。焦老汉望望天上的星星，说："咱们别聊了。越人累了一天，让他赶快去休息吧。"

这时，远处突然传来隐约悲泣声。秦越人迅即站起，子舆侧耳听了听说："好像从村东传来的！"

秦越人一招手说："子仪，快背上药箱，跟我去看看？"说着便向门外走去。

那悲声发自焦子村村东一座烧炭的窑主为脚夫们开的客栈内。所谓客栈，其实与村民住房无异，都是平顶石头屋。

夜色中秦越人和子仪走到近前，隔窗向点着灯火的屋内观看，八九个汉子围着一堆炭火，有的喝闷酒，有的哀叹，有的落泪抽泣。

秦越人推门而入，众人惊讶地站起："啊，秦神医，您咋来了？"说着赶快掸土让座。

秦越人用目光把众人扫视一遍，最后落在那个正用衣襟擦泪的汉子身上，关切地问："这位兄弟，你觉得身体哪儿不舒服？"

那汉子一边擦泪水一边感激地说："不、不，俺没有不舒服。"

秦越人笑着眨眨慧眼，不解地问："那为啥流泪哭泣呀？"

脚夫们知道躲不过神医的眼睛和关心，又知道他关心民间疾苦，是个连巫汉神婆都怕的人，便让秦越人和弟子子仪坐下来，七嘴八舌地讲起来。那擦泪的汉子说："俺叫柱子，邯郸人。俺那家乡——"话未讲完又哭起来。

喝闷酒的汉子说："俺叫碾子，柱子兄弟说不出口，俺就替他说。俺那地方，世俗败坏，刁吏奸诈，他们欺男霸女、横行乡里，好多妇女都得了那种无法讲出口的脏病！"

在一旁哀叹的另一个汉子气愤地接着说："妇女们得了那病，不能生养不能干活，天天流脓血，还传给男人们。好好的人家，不少都绝户断代啦！"

另一个汉子愁苦插话说："村里男人们都不敢出门，出门怕女人被糟蹋祸害。可不出门挣钱，咋养一家老小呀？"说着说着，几个人竟放声大哭起来。

秦越人被众人的哭诉震惊了，时而惊愕，时而气愤，时而痛心，时而沉思，那一幅幅惨景犹在眼前……

柱子见神医不讲话，招呼大家跪下哭泣道："神医，您救了焦子村、狼家庄的众乡亲，也去救救俺们那里的女人吧！"说毕，磕头如捣蒜。

秦越人一一搀起众人，神色沉重地说："你们何时走？我带弟子随你们去邯郸！”

众脚夫闻言，兴奋地破涕为笑说：“明天、明天！”

春末的清晨，暖洋洋的红日高悬东天。一队推车挑担的脚夫，满载着焦炭，由焦子村走出，沿着弯曲的山路，伴着“吱吱呀呀”的扁担颤和独轮车车轴响，欢快地奔向远方。子舆赶着装载药品的牛车，挥鞭吆喝着犍牛走在脚夫队后。秦越人与弟子子仪跟在车后，边谈笑边走路。

脚夫们负重赶路的辛苦，在秦越人师徒的陪伴下变得轻松。初夏晚霞中，秦越人和弟子们随脚夫柱子、碾子走进他们在邯郸近郊的故乡方家庄。这个村庄距邯郸还有十几里，是个以农为业的村庄，没有客栈，师徒三人就落脚在柱子家中。

柱子家中有六口人，母亲董氏，妹妹小娥，妻子苦菜，十一岁的儿子豆丁和八岁的女儿小花。柱子擦着汗对母亲董氏说：“娘，快点做饭吧，俺把蓬山秦神医请来啦！”

母亲董氏高兴地跐着脚喊：“豆丁、小花，快来帮奶奶烧水做饭！”

小豆丁和小花从屋里跑出，见爹正帮着三个陌生人往西屋搬东西，跑到奶奶跟前小声问：“奶奶，他们是什么人哪？”

奶奶笑着说：“他们是你爹请来给你娘和姑姑治病的郎中。”

小豆丁一边打水、搬桌子、摆凳子一边不时观瞧着三个陌生人；小花洗碗、烧火当奶奶助手。

秦越人洗过手脸，顾不上喝水休息，就带着子仪子舆进屋去瞧卧病的柱子妻子苦菜和妹妹小娥。

霞光中，土墙茅顶的屋内，只有简陋的家具，充满污秽之气。脸上苍白、瘦弱虚喘的苦菜和小娥躺在土炕上，听到进门的脚步声，挣扎着想起身相迎，但努力几次又瘫在炕上。

秦越人摆手示意病人不要动，仔细观瞧了她们的气色，翻看眼帘，又让她们张嘴伸舌看了舌苔，便挽袖伸出右手三个指头诊脉寸口，然后转身对站在身后的子仪、子舆说：“此为‘带下病’。子仪取‘延寿丹’十粒让苦菜服，取‘保命丹’二十粒让小娥服；子舆煎‘胶艾汤’一服，让二人分服。然后你们为她们灸脐下三百壮，早晚各一次。”

子仪、子舆不敢怠慢，各自遵师言而行，先伺二患者服药再灸脐下三百壮。

夜幕降临了，摆在院内的方地桌上点着一支蜡烛，烛光下放着葱花大饼、香椿炒鸡蛋、小葱拌豆芽和小米粥。

柱子走进屋内，望着正忙的秦越人师徒热情招呼说：“秦郎中，饭做好了，先吃饭吧！”

秦越人摆摆手说：“再等一会儿，做完按摩针灸再吃饭。”

柱子回到院中，用布巾将烙饼和菜罩上，拉过儿子豆丁、女儿小花问："爹不在这些天，你娘和姑姑好点呗？"

小花摇摇头，豆丁含着泪花说："她们都不吃东西，俺姑说她不想活啦。"

柱子用双臂揽住俩孩子，眼睛发潮说："俺从蓬山请来神医，你娘和你姑这回就有救了。"

豆丁不解地问："你咋叫他们神医呢？"

柱子说："神医，就是啥病都会治，一治就好。"

这时，秦越人师徒三人走出屋门。柱子急忙推开两个孩子说："快，去给神医们打洗脸水、盛饭！"然后笑着说，"快坐、快坐，赶紧吃饭吧。"

豆丁急忙端水送上湿巾，小花揭去桌上盖布盛饭。

经过长途奔波和诊患辛苦的子舆，接过小花递上的大饼便吃，秦越人却手拿大饼望着两个可爱懂事的孩子眼涌泪水。

子仪一边瞧师父一边心有所思地一口一口咬着手中烙饼。

吃过饭，子舆去铺炕打行李，秦越人将子仪叫到一边问："子仪，看你吃饭心不在焉的样子，想什么呢？"

子仪眨眨眼睛，红着脸低头小声说："没想啥。只是看到师父为两个淋病患者用药不一样，想不明白？"

秦越人笑着拍拍子仪肩头说："子仪真是大有长进哪！你能遇疑而思，正是为师对你们几个年轻人所望啊。"然后抚着子仪肩头边向屋内走边说，"虽说二人都是淋症，却有轻重、溺血、淋血之分。淋血，肾气不足、包络凝滞，因不通水道而致，服保命丹可愈；溺血，火热内积、真水已涸，方致阴血不静、流入膀胱，造成小便出血，服延寿丹方可扶壮保命。"

子仪边听边点头，心中充满对师父精湛医术和医理解析的敬佩。

柱子家西屋灯下，子舆望着进门的师父和子仪说："师父，您洗洗脚早点睡吧，今天太累了。"

秦越人洗过脚，躺在炕上继续讲，但讲着讲着便睡着了。

子仪子舆怕惊醒师父，轻轻替师父脱下鞋袜，擦洗脚上的尘土，盖上被子，就和衣躺在旁边睡下了。

夜，对病人和医生来说都是漫长的。清晨一起床，秦越人洗过手脸，就带着子仪、子舆到柱子妻子、妹妹房中为患者做二次治疗。师徒还没顾上吃早饭，碾子领着村中几位长者进门。

众长者拱手大揖施礼道："久闻神医大名，昨日天晚不敢来打扰。您不远百里前来为妇人们治疾，我们深表感激！"

秦越人回礼说："游乡治病乃医家本分。在贵地若有不到之处，还望各位长辈和众乡亲指教。"

众人连连摇手说：“不敢、不敢。神医能光临俺们这片瘠土，已经是一方人的福分了！”

碾子是个直性子，插话说：“大家都别客气了，各家病人都急等着秦神医去瞧呢！”

秦越人说：“碾子说得对，等闲下来再聊，快带我们去瞧病人吧。”

柱子拦住说：“你们起来就给俺媳妇、妹子治病，还没吃早饭哩！”

秦越人笑着推开柱子说：“看病事大，吃饭事小，等看完病人，再一块吃饭吧。”

碾子带路，几位长者相陪，秦越人身后跟着背药箱拿器具的子仪和子舆两个弟子，一家一家进门诊治患病妇女们。时间快如梭，不知不觉红日西落。由于患者多，进了这家走那家，秦越人只想多治几个患者，竟忙得忘了吃饭。

傍晚，当秦越人和子仪、子舆回到柱子家中，柱子娘和众乡亲精心准备摆放在院内方地桌上的饭菜已凉了。

秦越人抱歉地说：“让各位长辈久等了！”

一位长者说：“你为给妇女们治病，一天都没吃饭了，快坐下歇歇吧！”

另一位长者说：“柱子娘，赶紧把饭菜再热热。”

大家七手八脚地重新加热，当饭菜又端上桌，秦越人已靠在墙上睡着了。这一天他太累了，自蓬山一路颠簸进了方家村，昨晚并没恢复体力，加之早饭午饭未吃，就忙着走家串户诊患，一天没得片刻休息，再好的身体也四十多岁的人了，谁能顶得住哇？

村民们看到秦越人累成这样，不敢打扰，纷纷离去。

子仪轻轻推推师父，心疼地说：“师父，醒醒吃点东西吧。”

秦越人睁开眼，攥拳伸双臂向上使劲举了几举说：“我咋睡着了？”然后又看看周围问，“碾子和那几位前辈呢？”

豆丁“哧哧”笑着说：“他们见您睡着了，都走了。神医快吃饭吧，吃了饭再到屋里去睡。”

秦越人感激地说：“小家伙，挺知道心疼人呢。坐下一块吃！”

豆丁说：“俺吃过了。”

秦越人问：“你爹呢？”

豆丁说：“在门外把门哩，他不让人再来打搅您。”

秦越人接过子舆双手送上的葱花烩面和馒头，草草吃过，放下碗筷站起身正要走向住屋，却听到柱子媳妇苦菜在屋内喊道：“豆丁，快叫你爹来一下，俺和你姑想下地走走。”

豆丁兴奋地冲门外喊一声：“爹，俺娘叫您呢！”便拉着奶奶妹妹进屋。

柱子应声：“知道了！”从大门外直奔屋内。

秦越人愣了下神，全没了困意，便紧步跟上。子仪和子舆见了，也放下碗相跟进屋。

在窗外落日余晖的照耀下，屋内炕沿上坐着穿戴整齐的苦菜和妹妹小娥。她们俩已经半个多月没下炕了，柱子见了又吃惊又高兴埋怨道：“你俩不好好躺着，咋起来啦？”

小娥不好意思地说：“哥，天天在炕上躺着，都躺烦啦。”

媳妇苦菜说：“吃了神医两服药，俺俩觉得身上有点劲了，下边也流的少了，身上燥，就想出屋去透透气儿。”

柱子不知所措，站在柱子身后的秦越人盯着二人的脸色，上下打量，眨了几下眼面露喜色。

柱子娘兴奋地说：“柱子，你媳妇和小娥的病真见好啦！”

两个女子在众人观望审视下，竟羞涩地垂头扭捏起来。

秦越人走前一步，扯过一个木凳坐下，又让柱子搬一条板凳来，示意姑嫂二人坐下说：“你们俩伸出左手，放在炕边枕头上，再让我诊诊脉。”

小娥推推嫂子，苦菜就将左手放在秦越人面前的枕头上。

秦越人眯眼诊过苦菜寸口，又看舌苔和眼帘，再诊小娥。然后兴奋地站起对众人说：“二人之病，已去之六七，在屋内走走没问题，但还不能出屋门。”

柱子娘闪着泪花说：“谢天谢地，俺苦菜和小娥总算能下地了！”

从人缝中挤到前面的小豆丁拉着妹妹小花，兴奋地喊声“娘”，扑向苦菜怀里亲昵地紧紧抱住，扭头仰脸天真地问：“神医，俺娘和姑姑都下炕了，咋还不让出门啊？”

两天的接触秦越人对这两个勤快懂事的孩子留下很深印象，亲切地伸手抚摸着小豆丁的头说：“小家伙，别着急，我再给你娘和姑姑开服药吃，也许明天就能出门了。”说毕他对子仪、子舆吩咐：“停服延寿丹、保命丸，改用鹿茸丸，各服三十粒，再灸脐下三百壮，加灸关元。”

秦越人亲自看着苦菜与小娥服药，指导子仪、子舆两个弟子按摩针灸。

柱子感动地说：“神医，您这样精心给俺媳妇和妹子治病，俺全家可咋感谢您哪？”

秦越人笑笑说：“柱子，你咋忘了在蓬山答应我的话？”

柱子茫然说：“啥话？”

秦越人说：“不能说谢字！”

柱子尴尬地说：“俺没忘，可俺不说心里压得慌啊！”

秦越人瞧瞧柱子娘和豆丁、小花，对柱子说：“天不早了，你快照顾老人和孩子们睡吧，也许明天苦菜和小娥会更好了！”

苦菜和小娥的病见好了，秦越人松了一口气，夜里睡得格外香甜。清晨，秦越人还在睡梦中，院内传来年轻女子的说笑声，慌忙招呼子仪、子舆起床。他们打开门，原来是苦菜和小娥正在灶房忙着做早饭。

姑嫂二人发现神医和两个弟子正惊喜地观瞧她们，忙放下手中家什，双双流泪上前跪倒："感谢神医救命之恩！"

秦越人搀起她们说："病虽大好，但不能劳累，需将养三五日方可复原。"

小娥点头称："是。"

苦菜却哽咽说："俺也知道气力还不足，可病了这么多日子，全靠俺年迈婆婆支撑这个家，实在于心不忍哪！"

闻言而出的婆婆笑着插话说："净说让神医笑话的话。你和小娥病了，娘不操心谁操心？"

这时，一对像燕子一样的儿女从屋内奔出喊着："娘，你和姑姑真好了？"扑向苦菜和小娥。

苦菜眼涌热泪，揽住两个孩子的头说："豆丁、小花，快给神医爷爷磕头，是他救了娘和姑姑的命啊！"

豆丁和小花跪到秦越人面前磕头如捣蒜说："谢神医爷爷，谢神医爷爷！"

秦越人和两个弟子急忙拉起豆丁小花说："真是两个孝顺懂事的孩子啊！"

豆丁仰脸望着秦越人说："俺也要孝顺您！"

秦越人哈哈笑着逗豆丁说："你为啥孝顺我？"

豆丁转转眼珠，认真说："俺要跟神医学医，长大也救人治病！"

众人闻言都愣了，谁也没想到十一岁的孩子会讲出这种话。

从门外挑水归来放下担子站在旁边的柱子看到秦越人皱眉，一把扯过豆丁，忙向秦越人道歉说："孩子小不懂事，神医千万别见怪啊！"

秦越人笑笑说："这真是个有志气的孩子。"

柱子娘忙打圆场说："豆丁，快和妹妹去打水，让神医和徒弟们洗脸吃饭。"

秦越人接过小花仰脸递上的布巾，一边将布巾按进豆丁端来的盆内水中一边好像在思考着什么……

一月后，神医秦越人治愈方家庄花柳病的消息，就像春天的风吹遍邯郸城内外，各地患者争相而至，方家庄人满为患。为接诊四乡患者，柱子、碾子领着众乡亲在柱子家门前空地上搭了一棚屋，棚屋前挂起医幌，秦越人师徒坐在棚屋内接待各地求治者。

时过半晌，一辆马车来到棚前，从车上跳下邯郸城内闻名学士虞生。他整衣正帽，进门向正诊患的秦越人施礼道："秦神医如雷贯耳，在下虞生受邯郸城内众人所托，特来拜请！"

秦越人站起还礼道："山野村医，悬壶济世，不敢称'神'。有何需求，请直讲。"

虞生示意身后之人送上礼品说："城内众多患者，渴盼神医带弟子前往，妙手回春哪！"

秦越人笑笑回言道："邯郸乃晋国重镇，城内人才济济，还缺行医之人吗？"

虞生情切词恳地说："医家虽不少，尚无能解妇人之痛者。我等已为神医安排好行诊之所，万望能怜惜患者之祈。"

方家庄一带妇人的带下症已愈，秦越人也有心带着弟子们到晋国这座边陲重镇邯郸去开开眼界，便回言道："医家以治患为本，虞先生既来诚请，越人恭敬不如从命。"

方家庄的村民听说秦越人师徒要离开去邯郸城，纷纷聚来送行。特别是那些被治愈的妇女们，争相将家中可赠之物送到子舆停在柱子家门口的牛车上。

秦越人拱手向门口拥来的众乡亲客言话别。

在屋内帮着子仪整理捆绑行装的小娥小声问："子仪哥，你们还回来吗？"

子仪擦把额头汗水说："行医人，哪里有患者就在哪儿安家，可能回不来啦。"

小娥红着脸说："那俺和嫂子想你们了咋办？"

子仪使劲扎着行李绳不假思索地说："你们进趟邯郸城，不就见到俺们了。"

小娥脖红脸涨地垂下头："俺不是那意思。"

子仪不解地抬起头，盯着小娥问："那是啥意思？"

小娥站起身，将一个小布包塞到子仪怀里说："给你的。"然后捂着脸跑了。

子仪忙着捆绑行装，来不及打开看，就将它顺手掖进自己的行李卷内。

这时，帮助子舆装好药物的柱子、碾子等进屋帮助往车上搬行李，子仪便提起行李和药箱一同向外走装车。虞生请秦越人上自己赶来的马车，秦越人说："谢谢。众乡亲来送行，我还是坐牛车吧。"

阳光下，马车在前，牛车在后，众乡亲蜂拥相随，一直送秦越人师徒到方家庄村东口，难舍难离之情令人观而动容。

走到村口，秦越人拦住众人拱手说："送君千里，终有一别。众乡亲再不要送了！"说毕登上子舆的牛车向众人挥手告辞。

在热泪涟涟送行人群中，尤以柱子一家显眼：柱子眼含热泪向缓缓远去的车辆和扭头挥手的秦越人师徒挥手，苦菜和小娥相拥哭成了泪人儿，柱子娘不断用衣襟擦着眼中泪水，小花撇着嘴一手抓着母亲苦菜的衣角一手在空中乱挥，小豆丁用牙咬着下唇努力不使自己哭出声，但目光却像被线牵着直直盯着渐渐远行的车和人。

春秋中叶初的邯郸，是晋国南疆偏北的一座军事重镇。由于他地处中原和东西南北交通要道之咽喉，人口稠密、经济繁荣，城高墙厚、戒备森严，甲明戟亮的官兵威武把守插着“晋”字大旗下的城门，严格盘查每一个来往进出之人。

虞生下车向一挎剑将官讲着什么。那将官挥手让兵士们闪开，放虞生的马车和子舆的牛车进城。

邯郸城内果然不同于城外的方家庄，一条由石条铺成的大街两旁店铺林立，门楼店檐前挑挂着式样不同的招幌旗，街上来往行人衣着鲜亮，喝买叫卖之声此起彼伏。生平第一次目睹城市繁华的子仪和子舆，左顾右盼、目不暇接地观瞧着繁荣的街景，时而惊喜，时而议论。秦越人虽然也是第一次到邯郸城，却没有两个弟子的惊喜和兴奋，神色凝重地注视着车两厢的一切，似乎在考虑生活在这么繁荣漂亮地方的人们为什么会容忍淋症玷污……

在东西、南北两条大街交叉的十字街头，有一座坐北面南的高大门楼，门楼高挑一面写着“滏阳客栈”的招旗，门前聚集着几十个人，在一个头戴方巾、身穿锦服的人带领下伸脖子向街的远方眺望。

这穿锦衣之人，姓董名安于，乃晋国权臣赵简子家中的舍人，奉命管理邯郸防务，官称邯郸令。董安于和众人发现虞生的马车出现、越行越近，纷纷掸衣整帽。

马车尚未停稳，虞生跳下，抱拳向董令官报道：“禀董令官，神医已请到。”说毕回身指着由子仪、子舆扶下车的秦越人说，“这就是从蓬山来的，神医秦越人和他的两个弟子！”

众人在董令官带领下齐声打躬作揖说：“久闻神医大名，欢迎秦神医携弟子光临邯郸！”

秦越人谦恭回礼：“在下秦越人，有幸光临贵地，还望各位多多关照哇！”

董令官说：“神医盛名远播，肯屈尊来小城邯郸，乃一方子民之福哇！”

秦越人说：“越人乃山野村医，恐有负众望。”

董令官上前拉住秦越人的手边拾级走向客栈大门边说：“神医不必客气，众妇人盼您如盼甘霖哪！”

秦越人正要再言，两个奔跑的壮汉用木板抬着一患者喊着：“秦神医救命，秦神医快救命啊！”跑到面前。

秦越人瞧了眼已昏迷的患者，顾不上进客房，便说：“快抬进客栈厅堂！”

那患者是位二十七八岁的青年，模样俊俏、衣装讲究，牙关紧闭、目无瞳光。众人见状，屏声静息观望，都想目睹神医超人医技。

秦越人挽袖闭目诊脉，然后翻眼帘、试鼻息，又用手隔裤摸了摸那青年两腿之间的阴囊说：“此为阴毒。为何不早日医治？”

一壮汉擦着脸上的热汗说：“俺们跑了两处医坊，都不给治，路上听说秦神医住到滏阳客栈了，就一路跑来了！”

另一壮汉惊疑地问：“神医，啥叫阴毒？”

秦越人扫一眼众人说：“此人好房事，肾虚而受冷气袭，初时腹痛烦躁，重而阴囊缩，才造成昏厥如死。”

二壮汉闻言连连点头说：“神医说得对，神医说得对。俺这小兄弟啥都好，就是爱这一口。没娶媳妇他天天跑春楼，半月前娶了媳妇就不出屋了。清晨起来他媳妇只说他肚子疼不吃饭，哪知道刚过两三个时辰，就昏迷不省人事了。俺们爹娘死得早，只有这一个小兄弟，神医您可要救救他呀！”说毕双双跪倒。

秦越人搀起二人说：“他昏闷的时间太久了。能不能救活，越人也无把握。”

二人痛哭流涕说：“只要神医尽心，救不活他，俺们也不怨您。”

秦越人点点头，吩咐一直站在身旁的子仪、子舆说：“子舆速取‘保元丹’二粒，煎姜汤灌服；子仪灸关元一百壮。”

二弟子领命各司其事。

秦越人刚落座接过店小二送上的茶碗，还没来得及饮一口，一妇人哭抱着一个欲死的五六岁小儿进门跪求：“神医，快救救俺的孩子吧！”说完泣不成声，歪倒在地，相跟而至的丈夫赶紧上前相扶。

秦越人放下茶碗，从倒地妇人怀中接过奄奄一息的小儿，放在自己腿上上下观瞧一番，闻闻小儿呼出的气息，诊脉后抚摸着小儿鼓胀的腹部问在一旁抽泣的母亲：“你们让这个孩子，吃了什么生冷东西？”

妇人流着泪瞧一眼丈夫说：“没有哇！俺儿子吃早饭时还活蹦乱跳的，上午跟他爹到城外去浇菜地，回来不久就躺倒地上口吐白沫，成这样了。”

扶着妇人的丈夫红脸低头小声说：“孩子要吃杏，我就从菜地旁的杏林里摘了十几个青杏给了他。”

秦越人笑笑说：“原因就在这里。青杏苦涩伤脾，大人尚不可食，年幼小儿吃下十几颗青杏，焉能不肚子胀闷成疾？”

那妇人闻言，当即痛骂丈夫：“你个挨千刀的！你想把咱们孩子害死啊？”

秦越人摆摆手说：“不要争吵，当务之急是救你们儿子的命！”说毕他向服侍阴毒患者服过药的子舆说：“去取全真丹五十粒，再加少许麝香，给这孩子服下。”然后，他便将小儿交给那妇人揽好，亲自为孩子灸左命关二十壮。

不到半个时辰，那被灸的孩子在母亲怀中缓缓醒来说：“娘，俺要拉屎！”

那妇人急忙抱孩子到门外，众人紧相随看究竟。那孩子蹲在地上，只听得“咕噜噜”一阵响，就“秃噜秃噜”拉出一堆青色稀屎，仔细辨认果然是青杏碎渣。

众人见状，无不叹服秦越人的医技，正要称颂，子仪在屋内喊道：“师父快来，这位患者醒过来了！”

众人跟随秦越人一同奔回客栈厅堂，那个青年在两个哥哥搀扶下，已从柜台起身站到地上，看到秦越人进门便“扑通”跪地说：“感谢神医救命之恩！”

秦越人将他扶起说：“年轻人，身体乃人生之本，今后再不可贪恋房事。否则，就是神仙在世也难救你性命啊！”

众人闻言哄笑，那青年脸红脖粗正要说什么，一辆轿车停在门前。两位女仆从车上搀下一位神色呆痴恍惚的老婆婆，跟在一位大腹便便的中年人身后走进滏阳客栈的厅堂。

这位中年人是邯郸城内一位著名布商，姓尚名丁，素以孝闻名。他扫视一圈屋中众人，先向邯郸令董安于施礼说：“草民尚丁，见过令官大人。”

董安于挥挥手说：“不要客气，快给秦神医说说你母亲的病情吧。”

尚丁走到秦越人面前躬身施礼道：“在下尚丁，家母久病不愈，得知秦神医光临邯郸，特来求治！”

秦越人回礼说：“不要客气。请扶你母亲坐到椅子上。”然后先观其气色，又诊其寸口之脉后问，“你母亲是否遭受过意外惊吓？”

尚丁闻言一惊，躬身回复：“神医所言极是。三个月前，家母到亲戚家观看跳傩，当场晕倒，回来便病倒了……”

秦越人打断尚丁的叙述问：“是否夜夜噩梦不断，日日少食难安？”

尚丁连连点头说：“对、对，您咋知道？”

秦越人笑笑继续说：“巫说冲撞神灵、恶鬼缠身，医说元气殆尽、命数难逃。”

尚丁一拍大腿说：“您说的一点儿不假呀！俺找过不少郎中，他们说俺娘气数已尽，无药可治了；俺也请过不少巫汉神婆，他们说俺娘路撞神灵、恶鬼索命，神仙也救不了俺娘的命了！俺幼年丧父，是俺娘要饭讨吃，一把屎一把尿把俺拉扯长大。现在俺有业有钱了，可俺娘还没享几天福，就病成这样了，往后的日子俺可咋过呀？神医，只要您能治好俺娘的病，倾家荡产俺也心甘！”说着泣不成声跪地作揖。

秦越人被他的赤诚孝心感动，双手将尚丁搀起说：“先生不必着急，越人不才，愿尽力使贵母复康。”

尚丁惊喜地说：“神医，俺不在乎家业钱财，花多少钱都行！只盼俺娘活得健康快乐呀！”

秦越人动情地说：“就冲你这份孝心，本医不收你一文钱！”说毕吩咐子舆：“快取‘睡圣散’十粒、延寿丹二十粒，用姜汤喂服这位孝子之母！子仪灸巨阙穴二百壮、关元穴五十壮。”

待子仪、子舆做完针灸按摩，秦越人又点燃艾香，亲自再灸关元穴。

那老妇人服药后安然入睡，两个时辰过后，待秦越人手中的艾条燃尽，老妇人竟慢慢醒来坐起，神清意爽、全然没了病态。

众人目睹治疗全过程，皆惊呼："哎呀，这蓬山神医真是个活神仙哪！""药到病除，妙手回春啊！"

尚母望着议论纷纷的众人，盯着儿子尚丁问："儿啊，咱们这是在什么地方呀？咋这么多人围着娘看哪？"

尚丁满脸泪水，扑到娘怀里说："娘啊，您可清醒了，吓死儿了呀！"

尚母不解地问："娘咋了，你咋把俺领到这里来了？"

尚丁哭着说："您已三个多月不省人事，是蓬山来的秦神医，让您恢复健康的呀！"

尚母闻言说："哪个是秦神医？你还不快磕头谢救母之恩！"

尚丁转身跪地磕头问："神医，您两个时辰就治好俺娘三个多月的病，俺替俺娘给您磕头谢恩啦！"说毕吩咐侍女："快去把车上那箱银子搬来！"

秦越人一边搀扶尚丁一边说："快快起来！我可是讲过不收你分文的，你若让人取医资，今后再有病别怪本医不治！"

尚丁情挚意切地说："秦神医，俺是真心实意要谢你救母之恩哪！"

秦越人言诚语恳地说："钱财都是身外之物。本医之所以愿冒险救治你母，是因为你是个孝子！"

尚丁擦着泪说："娘啊，咱们是逢到仁义神医了！"

尚母站起说："救命之恩不可不报，今日不报来日报！"

尚丁点点头说："儿记下了。"

一直在一旁观瞧的虞生问："秦神医，尚母患的是何症啊？"

秦越人用汗巾擦着脸上的热汗和手上的艾灰说："此为'神痴病'。年迈体衰、元气虚弱之人，因突遭惊吓而妄想忧恐，致邪恶之气乘虚而入，造成神态痴醉失常而致。久拖不愈，将耗尽精气而逝。"

那尚丁闻此言，将家人从车上抱来一木盒银子双手捧送到秦越人面前说："恩人哪，您救俺娘如同救俺全家，些许小资还是收下吧！"

秦越人牵住尚丁的手说："越人行医，只为天下人安康，岂能借机谋财呀？"

众人目睹秦越人师徒连救三命，不图钱财的高风亮节，感动得唏嘘叹佩。有的说："神医医技如神，德比圣贤啊！"有的说："救人不图钱财，古今少见哪！"

秦越人正欲复言，邯郸令董安于摆手止住大家和正向门厅拥挤的患者和观众说："大家静一静。神医自到这店中，连饭还没顾上吃一口，大家有什么话要说，有什么病要治，也得等神医吃了饭安顿好住处再说呀？"说完，便分开众人请秦越人师徒向后院走去。

秦越人医技如神，连救三人命的消息像旋风一样吹遍邯郸城内的大街小巷。有病者争相来求治，无病者争相来观看，霎时间就将滏阳客栈外围了个水泄不通。

秦越人师徒的住室安排在二楼。吃过午饭，店家领他们到楼上休息，走在前面的子仪推开窗户看到门前和大街上如蚁的人群，惊讶地回头说："师父、师弟，你们快来看，比赶庙会的人还多呢！"

子舆自小在偏远山区长大，哪见过这么多人相聚，惊得目瞪口呆说："天哪！邯郸城咋有这么多人呀？"

秦越人望着那兴奋涌动的人群，两眼涌着泪花自语："久旱盼雨，乱世缺医。天下苍生太需良医了！"

楼下人群中有一个在方家庄被秦越人治愈的患者，抬头发现窗口的三个人，指着秦越人说："大家快看，那个岁数大的长着长胡子的，就是蓬山来的秦神医！"

于是"神医、神医"之声在楼下人群中滚动，大家争相观瞧。

秦越人激动地向大家挥手，人们纷纷招手欢呼："神医！神医！"

秦越人关上窗户，回身对要打开行李铺卧具的子仪、子舆说："放下东西，咱们赶快下楼接诊吧！"

子仪站起说："我和子舆下去，师父先歇一会儿吧。"

秦越人不满地瞪一眼子仪说："百姓乃我们衣食父母，哪有面对这么多来瞧病的人，躲在屋内歇息睡觉的医家呢？"说毕快步下楼。

子仪子舆见了，快步赶紧追随。

这么多人围了客栈，店主兴奋不已。为使秦越人师徒接患方便，他将往日迎客的厅堂中柜台等让伙计们撤走，摆上三张床、三张几案、六个坐团，几个伙计把守着进出之门。为使街上人群看到神医师徒瞧病的过程，让伙计们将临街的板门和窗户全部打开。

秦越人看了，感激地向店家说："谢谢店主精心关照！"

店主兴奋地说："神医能下榻敝店，已是万分荣幸。为您提供接患方便，是在下应尽之责！"

秦越人入座开诊，病人由前门进，后门出，诊完一个再进一个。

秦越人不讲诊治费用，让病人根据自己情况交纳，由一店员代收，秩序井然。

被诊过的患者拿着药兴奋地向围观的群众讲述被诊治的经过和感受，待诊的患者用期待目光盼望快点轮到自己。

日光西斜，师徒三人正在全神贯注地诊治病患，大街人群中掀起一片骚动。人们纷纷让开一条路，布商尚丁带着家人抬着一块写着"蓬山神医"四个金色大字的匾，来感谢秦越人救治母亲康复之恩。

秦越人闻讯站起，到门口扶起跪地的尚丁说：“区区小技，何劳这样彰显啊？”

尚丁说：“救俺娘康复，在神医是小事，可在俺全家是顶天的大事啊！”

秦越人动情地说：“愿天下儿女，都成为像你一样的孝子！”

尚丁摇摇头，说：“做儿女若不孝敬爹娘，那是猪狗不如呀！”然后又冲众人拱手道：“乡亲们帮帮忙，替俺把这块匾挂到这店门上！”

众人七手八脚中，将写着“蓬山神医”四个金字的木匾悬挂在“滏阳客栈”的门首上。

众人欢呼叫好，尚丁拱手向大家说：“秦神医救命不图报，治病不图钱，是天下难找的仁义神医啊！俺送这块匾，是代表咱邯郸人对秦神医的敬仰和尊重！大家说对不对？”

众人齐声说：“对！”于是邯郸民众将对秦越人师徒的尊敬和爱戴之情由心中传向天地四方。

送走了落日和患者，夜已深了，劳累一天的秦越人躺在床上却难以入睡，望着窗外的明月星空，心潮起伏：邯郸人太热情了，太朴实可亲了，他们是滴水之恩涌泉相报呀！一定多住些时日，治愈使千家万户愁苦哀痛的花柳病和各种民间杂疾……

这时，只有一道木板相隔的外间房中传来子舆的鼾声和子仪的翻动东西的叹气声。秦越人悄悄起身下地，黑暗中轻轻推开隔板上的小门走进外间两个弟子下榻房内，移步走到子仪床前，借着朦胧的月光，发现他双手抱着一个布包侧身躺在床上，正在出神地望着窗外明月愁苦叹气。

子仪突然看到师父站在床前，慌忙坐起张口欲言，被师父用手制止，指指正甜睡的子舆，亲切地拉住他的手，二人蹑手蹑脚回到内间秦越人住房。

秦越人点亮灯，瞧着扭捏不语用脚尖拧着楼板的子仪小声问：“都累了一天了，为啥还不睡呢？”

子仪望一眼师父低下头说：“不为啥。”

秦越人不解地眨眨眼说：“是不是为下午下楼时，师父批评你？”

子仪红着脸说：“不是。”

秦越人盯着爱徒子仪不寻常的神色问：“那为啥呢？”

子仪羞涩地将手中的布包递到师父手中说：“为这个。”

秦越人打开布包，里面是一双新鞋和一双绣着一对鸳鸯的鞋垫，忽然明白了，嘻嘻乐着说：“快告诉我，这是哪家闺女送的？”

子仪拧了拧身子说：“离开方家庄时，小娥塞到俺行李中的。当时没看，晚上打开行李睡时才发现。师父，这可咋办哪？”

秦越人眯着眼问：“你打算咋办？”

子仪抬起头望着师父说：“俺打算抽个时间再去趟方家庄，给小娥送回去。”

秦越人用手中的鞋垫拍一下子仪的头，笑着说：“傻小子！人家这是向你求婚哩，你送回去小娥的脸还咋见人？”

子仪惊慌地说：“哪咋办？”

秦越人说：“啥咋办，只要你同意，就应了呗！”

子仪认真地说：“俺正跟着师父学医哩，哪能成家呢？不行、不行！”

秦越人郑重地说：“学无止境。你跟我一辈子，就一辈子不成家啦？”

子仪说：“哪师父为啥拒绝孟爷爷赵爷爷提亲，不再成家呢？”

秦越人闪闪眉，叹口气说：“因为师父的心已被你师母占了，再不能容下其他人！你一个大小伙子，咋能说出这种话呀？”

子仪固执地说：“师父不再成家，俺也不成家！”

秦越人沉脸说：“胡说。师父心中有你师娘，你心中有谁？”说毕将子仪拽到身边坐下，又说，“俗话讲，男大当婚，女大当嫁。行医之人也是人，不成家立业咋有后人承师业呢？小娥生在乱世，被人欺负，不是她的过。在方家庄行医一个多月，师父觉得她是一个勤快善良懂事的好姑娘，既然她已表明心迹，你就应允了吧。”

子仪小声说：“子术师哥还没成家呢，俺不想想这事儿。”

秦越人自责地说：“子术未成家，一是还没遇上合适的人，二是怪师父一天到晚忙着治病探药著书，忽略了你们两个人的婚事。这件事倒提醒我，该帮着给你们张罗成家了。”

子仪还想辩解，秦越人说：“你不要再讲，只告诉师父一句话，你喜欢小娥姑娘吗？”

子仪思忖了片刻，羞怯地点点头。

秦越人拍拍子仪的肩头说：“在几个弟子中，师父最看重的是你。你聪明、好学、多思，虽然刚到蓬山时也有错行，但自那以后刻苦钻医技、事事敢担难，只要坚持下去，将来必有所成！”

子仪闻言泪流满面，喊声：“师父——”扑进秦越人怀里哽咽着……

第二十一章
回蓬山祥鸟群聚誉扁鹊

从春末到夏，由夏到秋，又由秋到冬，当又一个春天来临时，秦越人师徒已在邯郸行医十个多月。折磨邯郸妇女们的花柳病治愈了，他们也想回蓬山了。阳春二月中旬的一天黎明中，子舆赶着牛车，载着师父秦越人，在蒙蒙黎明暗色中悄悄离开邯郸城。

清晨的田野，二月的阳光虽然变暖，严冬的余风仍然寒冷。子舆兴奋地抚摸着牛车上成箱的笔墨绢布说："师父，这么多笔墨拉回蓬山，可够咱们用一阵子了！"

秦越人一边观赏着还有残雪的麦田和原野说："在邯郸这十个多月，我们学到不少先贤医籍上没有的东西，回去要认真梳理总结一下。"

子舆说："还有那些从民间搜集的验方。"

秦越人说："对。民间验方都是庶民百姓多年实践积累的医学知识，对修订注释先贤医籍是珍贵的第一手资料。"

子舆说："在诊脉治患中，有许多医理俺还是不太明白？"

秦越人说："有了这十个多月的诊患经验，回去后再研读《黄帝内经》，你与子仪都会茅塞大开的。"

这时，只听后面传来"秦神医慢走！秦神医慢走！"的呼喊声。

子舆向后观瞧，只见两匹蹚着尘土的飞马箭一样追来，紧张地说："师父，有人追咱们呢！"

秦越人搭手远眺后说："停下车。很可能是尚财主发现咱们离开了，追来送行。"

飞马跑近，从马上跳下尚丁和虞生，喘着气说："秦神医，您回蓬山，咋也不给俺们打个招呼就走哇？"

秦越人笑着从牛车上跳下说："二位贤弟，在下正是怕惊动你们和众乡亲，才悄悄离开的。"

尚丁擦着汗抱怨说："您在俺们邯郸救了数以千计的人，这样不声不响就走了，岂不让俺们落下个不仁不义的骂名？”

虞生补充说：“是啊，城内人知道您天不亮就走了，都聚在滏阳客栈骂店主呢！”

秦越人抱拳笑着说：“罪过、罪过！越人怕惊动大家送行，没想到给店主又添麻烦了。”

虞生喘口气说：“俺们受众人之托，请您回去与众乡邻告别哩！”

尚丁说：“俺已在邯郸最大的诸子饭店备下送行宴，您一定回去吃了再走哇！”

秦越人摇头赔礼说：“邯郸众乡亲和二位贤弟的深情厚谊，在下领了。俺们已过了曲梁（今永年），马上就要进入邢邑（今邢台市）地界了，怎能再回呀？请你们代我们师徒向众人赔罪吧！”

尚丁带着哭音说：“俺娘听说您走了，骂俺是个忘恩负义的小人，说不把您请回去就不让俺进门了！”

秦越人扶住尚丁的肩头动情地说：“你母亲真是个令人羡慕的娘亲！请你转告老人家，越人若再来邯郸，第一个就去拜见她！”

虞生说：“您何必在乎这一两天呢，还是跟我们回邯郸，与众人见见面告个别再走吧？”

秦越人说：“从去年春末到现在，我们已在邯郸待了十个多月，家中弟子多次来信催回，实不能再耽搁了！”

这时，跟在尚丁、虞生身后的一辆马车已驶到近前停下。尚丁眼涌热泪拉住秦越人的手说：“恩人既然去意已决，就请把这车上的东西带上吧！”

秦越人望着马车上一摞布匹和一盘纹银，一口袋烧饼馒头和用布包着的一大块熟牛肉，吃惊地说：“贤弟，我一个乡野游医，你送我点吃的东西还讲得过去，送这么多布匹和银子干啥用啊？”

尚丁不容推辞地说：“您干啥用俺不管，这是俺娘和俺的一点儿心意！您若不要，就别走！”说着上前抓住子舆牛车的牛缰，对赶马车的伙计说：“快把东西搬到这个车上来！”

那驾马车的伙计不敢怠慢，手抱肩扛从马车上往牛车上搬东西，虞生和子舆也跟着帮忙。秦越人跺着脚说：“尚老弟，你、你这是让我做不义之人啊？”

尚丁笑着说：“您叫俺做了不义之人，俺也得让您做回不义之人。”

虞生说：“秦神医，您就听尚丁的吧。不然，他回家进不了门，他娘还得让他把这些东西给您送到蓬山去呢！”

秦越人对尚丁告饶地说：“兄弟，布我收下了，你把银子拿回去好不好？”

尚丁得意地说：“不行。一样都不能少，必须都拉走！不然，您就别想走！”

秦越人无奈地苦笑着说："我和子舆三更天就出城，就是怕你和乡亲们送东西，结果还是被你和虞学士追上了。"

尚丁查看着牛车上的东西问车夫："那件最重要的东西呢？"

车夫一拍脑袋说："哎呀，俺咋把最重要的东西忘了呢？"说完从车后解下一个用被子包得严严实实的扁平长方形东西。

秦越人不解地问："这是什么？"

虞生笑着说："这是尚财主给您挂在滏阳客栈门额上的那块匾！"

秦越人吃惊地说："尚老弟，你咋把它也拉来啦？"

尚丁兴奋地说："俺要让'蓬山神医'这块匾跟着您，走到哪里挂到哪里！"

秦越人动情地抱住尚丁说："你真是个令人难忘的仁人孝子啊！"

尚丁泪流满面说："秦神医，俺一个卖布的，能结识您这位大哥，真是三生有幸啊！"

秦越人说："你让我永远难忘邯郸！"

尚丁解下腰上佩剑说："俺将此剑赠你，一是路上防身，二是给你留个念想。"

秦越人拍拍尚丁肩头说："咱们永远是好兄弟！"

秦越人和子舆回蓬山了，遵师命与小娥成亲的子仪，住到方家庄柱子家里了。他虽与小娥度着新婚蜜月生活，然而并不快乐，离开师父他像一个被遗弃的孩子，整日愁眉不展。夜灯下，子仪躺在方家庄柱子家西屋炕上流泪发呆盯看房梁……

新娘小娥脱衣钻进被窝，偎到新婚丈夫子仪身边说："你哭啥哩，是不是觉得俺不是黄花闺女，后悔娶俺啦？"

子仪摇摇头说："不是。俺想师父和子舆了。"

小娥用手擦去子仪脸上泪水，揽住丈夫脖子把脸贴在丈夫脸上说："你咋像个孩子，刚离开师父三天，就想成这样？"

子仪哽咽着说："俺是一个在风雪中冻死的孤儿，是师父救了俺的命。他像待亲生儿子一样，教俺认字学医做人，十年多形影不离。他让俺与你成亲，可他还是孤身一人啊？"

小娥同情地眼涌泪花说："像秦神医这样的好人，为啥不再成家呢？"

子仪说："他一心探药行医教徒，把全部心思都用在治病救人上了，唯独不想他自己。"

小娥说："这真是世间少有的奇人哪！"

子仪侧过身，望着妻子俊美幸福的神色说："俺想明天就去追赶师父和子舆。”

小娥吃惊地睁大眼，上下审视丈夫说：“刚结婚三天你就走，是不是不喜欢俺了？”

子仪抱住妻子说：“俺恨不得天天与你相守，咋会不喜欢你呢？”

小娥流着泪说：“你喜欢俺，咋还要走？”

子仪说：“俺不放心师父。”

小娥说：“娶俺那天，你师父不是说，让你在家多住几天吗？”

子仪说：“我的宝贝。师父那样说，可做弟子的不能那样做呀！”

小娥紧紧抱住丈夫，哭着说：“俺不管！你是俺丈夫，俺不能让你走，你走了俺咋过呀？”

子仪用嘴舔着妻子脸上的泪水说：“俺哪舍得离开你啊？可为了成为一个良医，俺必须像师父那样不贪恋夫妻的一时恩爱和欢乐。”

小娥回吻着丈夫说：“那你把俺也带上，俺给你师父烧火做饭洗衣裳……”

刚尝到新婚甜蜜的子仪被妻子吻得浑身燥热，欲火如炽，不由一时兴起，翻身趴到小娥身上。小娥战栗呻吟，紧紧抱住丈夫，娇喘着发出欢叫……

回蓬山的兴奋和开心，使秦越人忘记行医的艰辛和劳苦，他与子舆一边闲聊一边赶路。他们走走停停，两天后近午，子舆一边打着响鞭吆喝黄牛一边望着邢邑高大的城墙说：“师父，您看那邢邑城，咋比邯郸还高大呢？”

秦越人捋着胡须笑着说：“这邢邑古称‘井地’，也叫‘井邑’。”

子舆惊奇地问：“啥叫井地？”

秦越人说：“井地，就是以打井种田立国的地方。商代的先祖曾长期生活在这一带，到第七世，由第十四王祖乙以此为都建立了邢国，历祖乙、祖辛、沃甲、祖丁、南庚五王。周灭商后，为广建屏藩，封周公第四子靖渊（又名苴）为邢侯，治辖此地。邢为国，邯郸为城，当然邢邑的城郭要比邯郸邑的城郭高大宏伟了！”

子舆又问：“那井地为啥又改称邢邑了呢？”

秦越人笑笑说：“不是改。这邢字就是由井字演变而来的。”

子舆不解地再问：“这邢字与井字，咋看不出有像的地方啊？”

秦越人说：“仓颉造字由象形始。邢邑没有成国都前叫井地，成为国都后建了城墙，就把井围在城内了，开国之君祖乙为显示国都的重要和权势，就对井字进行了改造，去掉井字出头的两竖，旁边又给它加一个耳朵，意思就是住在这个有井的被城墙围住的城里能够听到四面八方的声音，表明他是管理统治这块地方的主人！”

子舆钦佩地说：“师父，您咋知道这么多呀？”

秦越人意味深长地说："子舆，你不能只当一个会赶车的郎中，还要多读些书，做一个通晓古今的郎中啊！"

子舆点点头，忽听路旁村中传出悲凄哭灵声，抬头指着一群身披孝衣、哭天号地从村口拥出的人群说："师父快看，送葬的过来了！"

古丧俗，凡灵棺路过之地，人们都要停下手中活计肃立注目送行，表达对逝者的哀悼。秦越人对子舆吩咐："快将车赶到路旁停住！"

子舆刚将车在路边停住，送丧队伍已走到近前。秦越人和子舆肃立注目，哭丧人群之后由八个壮汉抬着一口用几块薄板钉就的灵棺，边缓缓前行边从板缝中滴答着血滴。

秦越人见了顿时大惊，待灵棺过后急忙走到路中观察落地血迹，又用手指沾起闻闻，便快步跑到送葬队伍前伸臂拦住说："停下，赶快停下！"

送葬人不知发生何事停止哭泣，指挥送葬的管事公孙刘见了，怒火冲天指着秦越人大骂："哪里来的疯汉，赶快滚开！"

秦越人正色说："你们不能把活人埋掉哇！这是犯法的！"

送葬人和围观的听了，顿时乱了。怒不可遏的公孙刘闻言，挥手狠狠扇了秦越人一巴掌说："胡说八道！人已死了三天，怎能说是活人呢？！"

子舆冲上前用身体挡住师父揪住公孙刘怒问："你凭什么打人？"

这时人群中跑出两个拿着打狗棍和破碗的讨饭孩子，也用身体护住秦越人说："他不是疯子，是蓬山神医！"

子舆发现其中一个是豆丁，却顾不上说话。

秦越人擦着嘴角的鲜血对众人说："我刚才察看了棺材中滴出的血，鲜红有生机，断定此人未死，尚可救！"

公孙刘瞪着眼指着秦越人四人说："哈哈，连讨饭花子也跳出来拦路了？你们也不撒泡尿照照自己，都是什么东西？敢当着众人说疯话、妄称神医骗人！"

秦越人苦笑一下，拱手耐心解释说："大汉息怒，棺中之人确实还活着，并非在下说疯话！"

公孙刘哈哈笑道："既然你把话说到这份上了，今天老子就让你死得明明白白！"他扫一眼越来越多围观的人接着对秦越人说，"今天当着众乡亲，我问你几句话。你若敢应承，俺们就不下葬了！"

秦越人点点头说："先生请讲。"

子舆着急地拦住师父说："师父，遇上这种横竖不懂的人，咱们还是别与他们争了，快赶路吧！"

秦越人固执地推开子舆说："不。听他讲些什么？"

公孙刘笑笑说："你挡了灵棺，耽搁了下葬良辰吉时，想走也走不了啦！"

秦越人说："我既敢拦灵棺，就没想走！你有什么话，说吧？"

公孙刘说：“你知道当街拦灵是大忌不？”

秦越人说：“知道。”

公孙刘又说：“你知道灵棺抬起不能落地不？”

秦越人说：“知道。”

公孙刘再说：“如果灵棺落地，打开灵棺里面的人是个死人，你该当何罪？用何赔偿？”

秦越人说：“在下甘愿被众人乱棍打死！”又指着路旁的牛车和车上的东西说，“用这辆牛车和车上的东西赔偿！”

公孙刘惊愕地继续问：“你与棺中人沾亲带故？”

秦越人摇摇头说：“我既不与他沾亲也不带故，素不相识。只是一个路过此地的郎中！”

公孙刘说：“郎中我见得多了！棺中之人，就是被邢邑城中郎中断定已死的人！”然后冲围观的众人拱手说：“各位父老乡亲们，大家都听到了吧？这个疯郎中说了，开棺后里面是死人，就让我们乱棍打死他，牛车和车上的东西归我了！这是他红口白牙当众应承的，你们到时给俺做个证好不好？”

众人齐声说：“行！俺们给你做证！”

公孙刘转身对抬灵棺的汉子们喊：“落地开棺！”

子舆和豆丁紧张地围住秦越人，不让他走近棺材。

秦越人生气地推开他们说：“闪开！怕什么？”

子舆与豆丁只好退后一步站到秦越人身后。

死者丈夫公孙午听了，扑到灵棺上号哭说：“不能开棺哪！不能开棺哪！开棺又得搭上一条人命啊，俺媳妇她入土难安啊！”

此时的公孙刘已被秦越人的许诺和路旁的那辆牛车及车上的东西所蛊惑，对抬棺材的汉子们说：“把他架开，开棺！”

几个壮汉听了，一齐上前把挣扎流涕的公孙午架开。

秦越人走上前，打开棺盖，揭掉罩在棺内死者身上的罩布，一个挺着大肚子的孕妇映入眼帘。他仔细观瞧死者的气色，翻看眼帘，辨闻气味，手探气息和颚下温，再诊寸口之脉后对满脸惊汗的子舆说：“这是假死！快取骨针来。”

子舆跑回牛车取来骨针递上，秦越人找准中脘穴，一针扎了下去，那死尸便动了动，众人吓得连连后退。

秦越人伏下身子，又在不同穴位扎了几针，那死尸便慢慢睁开眼睛惊愕地望着四周众人说：“俺、俺咋躺在棺材里呀？”

公孙刘见了，惊得瞠目结舌。那妇人丈夫公孙午满脸喜泪扑上前抱住妻子的头说：“媳妇，你真的没死啊？”

秦越人站起对公孙刘说：“你还愣什么？快招呼人把这位妇人抬到背风处，

叫个接生婆来，她要生了！”

公孙刘一边擦着惊汗一边挥手说：“听这位医家的，快把午媳妇抬到村头那个牲口棚里！”

春阳高照下，众人七手八脚将那死而复生的孕妇从棺材中抬出，一溜小跑奔向牲口棚内。公孙刘又从附近叫来一个接生婆去接生。

秦越人对子舆说：“去车上抱一匹布来，把牲口棚的窗户门口遮住！”

子舆闻言，回身从车上抱起一匹布撕开，在众人帮助下挂到牲口棚的门和窗户上，牲口棚内传出那妇人痛苦的号叫声。接生婆慌慌从牲口棚内走出说：“俺没办法了，她生不出来！”

众人闻言大惊，公孙午扑通一声跪到双眉紧锁的秦越人面前，连连磕头说：“神医，您救人救到底，再救俺媳妇一回吧？”

秦越人扶起公孙午说：“不是本医不救，男女授受不亲。我一个男郎中只能救她活命，焉能去接生啊？”

众人听了，默然不语，公孙午哭得凄惨欲死。

公孙刘急得在地上转圈，然后扑通一声拱手跪到秦越人面前哀求说：“神医大人大量，别记在下刚才莽撞无礼之过！救救俺弟媳吧，一切后果由俺承担！”

众送葬人也跟着跪下祈求说：“神医救救俺婶子（嫂子/弟妹）吧！”

围观众人也附言：“神医，您就看在众人面上，救救这个可怜的女人吧！”

秦越人为难地说：“既然众人都说了，在下就冒一次悖逆周礼之过！”说着招呼接生婆说：“请您与在下同往。”

接生婆不好意思地红脸说：“俺没与男人一块接过生。”

公孙午说：“大婶子，俺求您了，就委屈委屈随神医去吧！”

接生婆听了，不好意思地涨着羞脸跟在秦越人之后再次进了牲口棚。

躺在牲口棚内的孕妇，有气无力地在一堆草料中呻吟着，身下的草已被羊水和鲜血染红。秦越人蹲下仔细观察了孕妇的气色，对孕妇说：“你别紧张，放松点。我给你做做按摩。”

孕妇感激地点点头说：“谢谢神医把俺从死人中救回来！”

秦越人笑笑说：“你本来没死，是因为昏厥不醒而被人误认为死了，才闹出埋葬的笑话。”然后又说，“你怀的是个男孩，一定要坚持住！”

孕妇惊喜地说：“真的？”

秦越人点点头，一会儿缓按摩，一会儿加大力度快按摩。

孕妇宫缩加快、骨盆大开，满脸汗水咬牙坚持说：“俺、俺快撑不住了，要生了！”

秦越人抬头向惊奇地在一旁观看的接生婆问：“热水和接生的东西都准备好了吗？”

接生婆慌忙说："准备好啦！"

秦越人停止按摩，从医袋里抽出一根骨针对孕妇说："我一扎，你就用力，记住了吗？"

孕妇点点头咬住牙。

秦越人按住会阴穴，手起针落，孕妇"啊呀"一声大叫，一个男婴就随声坠地了。

接生婆剪去婴儿脐带，双手抱起吃惊地说："真是个男孩，真是个男孩呀！"然后又惊悸地望着秦越人说，"这、这孩子，他咋不哭哇？"

秦越人接过，右手抓住男婴的双脚，头冲下提起，轻轻在婴儿后背一拍，那婴儿便"哇、哇、哇"地啼哭起来。

接生婆惊喜不解地问："神医，为啥您一拍他就哭了呢？"

秦越人把婴儿送回接生婆手中说："他母亲羊水破得早，婴儿久闷不出而窒息。我将他头冲下拍背，意在激活五脏功能，打通他喉咙的憋气。"

聚在牲口棚外的众人，听到牲口棚内传出婴儿的啼哭声，个个喜上眉梢连声交赞："这郎中真不简单，连救两命啊！""午媳妇和孩子真是福大命大呀，硬让这个过路郎中从死人堆里拉回来，又变成活人啦！"

子舆和豆丁脸上漾着自豪的笑。

公孙刘抓住子舆的手问："兄弟，听说话你们不像本地人，为啥路过俺这地方啊？"

子舆还记得公孙刘打师父那一掌，不屑地说："你不是要乱棍打死俺师父吗，还问俺们是哪里人干啥？"

公孙刘拱手赔罪说："俺错了，有眼不识泰山，兄弟别跟俺一般见识啊！"

豆丁不待子舆答话便说："俺那会儿不是告诉你了吗？"

公孙刘转转眼珠说："你告诉俺啥了？"

豆丁说："你打人时，俺不是告诉你，他是蓬山秦神医吗！"

公孙刘忽然明白了，一拍头后悔地说："原来是蓬山神医秦越人啊！"

子舆嘟囔说："不是他，谁有这么大的胆量、这么高的医术？"

众人闻言大惊议论，这个说："咱们只听说秦越人医术如神，今天可是亲眼见了！"另一个说："把这样的人称神医，真是名副其实啊！"

公孙刘连连给子舆拱手作揖说："大哥，大人不记小人过，神医出来，你可得帮俺多说几句好话呀！"

这时秦越人从牲口棚走出，身后跟着抱新生婴儿的接生婆和产妇。

公孙刘、公孙午见了，惊喜地领着脱下孝衣的送葬人齐齐跪下说："感谢秦神医救命之恩！"

秦越人扶起公孙刘、公孙午笑着说："快领产妇回家吧。她身体虚弱，需要好好将养。”

公孙午去扶妻子，公孙刘说：“秦神医，在下已让家中备下饭菜，请您带弟子赏光！”

秦越人笑笑说：“你的好意在下领了。我们还要赶路，就不再打扰了。”

公孙刘说：“神医连救两命，不吃饭哪成呢？”

秦越人笑着说：“先生不必客气。今后再遇事，千万不要不问青红皂白，就发怒动手哇！”

公孙刘涨红着脸羞愧地低下头说：“神医所教极是，神医所教极是！”

辞别邢邑外众乡亲，秦越人又登上牛车与子舆扬鞭打牛赶路。子舆从车上一个布袋内摸出一个烧饼又撕下一块牛肉递给秦越人说：“师父，快吃点东西吧，晌午都过半晌了。”

秦越人咬着烧饼和牛肉说：“刚才拦棺时，我发现了豆丁，现在咋不见他了呢？”

子舆说：“他从家中带着一个叫蔓菁的孩子跑出来，要去蓬山找您学医。一路要饭来到这邢邑城外，见公孙刘不问青红皂白动手打您，就要与公孙刘拼命，被俺拦下了。”

秦越人一惊说：“那现在他们到哪儿去了呢？”

子舆说：“您从牲口棚出来，他就拉着蔓菁跑了，俺也不知道他们去哪儿了？”

秦越人担心地说：“在这人生地不熟的地方，别迷路走丢了？”

子舆说：“俺想不会。他们能从方家庄跑到这里，一定也会找到蓬山哩。”

日光西斜，秦越人正靠在尚丁给的布匹上迷糊打盹，子舆突然指着前方十字路口一个土丘说：“师父快看，那土丘上坐着两个孩子，有一个像豆丁！”

秦越人揉揉睡眼搭手远眺土丘说：“就是豆丁。”然后挥手喊道：“豆丁，等等我们！”

豆丁闻言站起，像燕子一样奔来，不待秦越人跳下车，就拉着另一个孩子跪在牛车前拦住去路说：“神医，俺要跟您去蓬山学医！”

秦越人跳下车，伸手拉豆丁说：“小家伙，你咋不告诉父母，就跑到这儿来了呢？”

小豆丁挣脱秦越人的手说：“您不答应，俺不起来！”

子舆上前劝拉道：“快起来，别惹俺师父生气。”

小豆丁拧着身子说：“秦神医不答应，俺就不起来！”

秦越人哈哈笑着说：“咋，你还赖上我了？”

小豆丁强辩说：“不是赖，是真心要跟您学医哩。”

秦越人眯着眼盯着豆丁说：“你还小哩，等再长两年再学医吧！”

小豆丁坚决地说："俺不小了，已经十二了。"

秦越人听了笑得前仰后合说："十二岁还不小？"

小豆丁说："不小了！俺姑父说了，神医也是十二岁学医的。"

秦越人瞧一眼旁边嘻嘻笑的子舆，有意调侃道："好哇，原来是子仪把我给卖了。我不收你，还得把他开了！"

豆丁哭着上前抱住秦越人的腿说："神医不能把俺姑父开了！俺来学医，与他没关系呀！呜呜呜……"哭得很伤心。

子舆欲劝师父，秦越人摆手止住说："小豆丁，我给你开个玩笑，看把你紧张的。"然后又问小豆丁，"你说说，你为啥要学医？"

小豆丁说："治病救人。"

秦越人认真地说："学医可是苦差事啊，没家没业，四处奔波！"

小豆丁说："俺不怕吃苦，也不要家，神医走到哪儿俺就跟到哪儿。"

秦越人笑着问："那你不要你爹娘啦？他们同意你跑出来学医吗？"

小豆丁低着头用手搓着衣角想了一会儿，小声说："要爹娘，也要学医。"

秦越人说："你说实话，是不是偷着跑出来的？"

小豆丁羞涩地说："是。俺是偷跑出来的。"

秦越人严肃地说："那怎么行？你爹娘奶奶找不到你，还不疯了？你跟着我到蓬山可以，等你爹再来运木炭时把你领回去！"

小豆丁哇的一声大哭说："俺就是不回去！您救了俺娘俺姑和全村人那么多人的命，俺要伺候您报答您一辈子。"

秦越人为难了，将两个孩子扔在这前不着村后不着店的地方，不忍心；若领回蓬山，他们硬不走，咋办呢？就望着子舆说："子舆，要不你把这俩孩子送回去吧，我自己赶着车回蓬山。"

小豆丁不等子舆说话，就说："不行！谁送俺也不回去。送回去，俺还要跑到蓬山来找您！"

秦越人无法劝回小豆丁，就指着旁边跪的孩子问："豆丁，这个孩子是谁家的，怎么也跟你一块跑出来了？"

小豆丁擦把泪，看一眼身旁的小伙伴说："他叫蔓菁，是个讨饭的，没爹没娘，在俺村两年多了，常和俺一块玩，俺就叫上他做伴来了。"

那讨饭孩子可怜巴巴说："神医收下俺吧，俺是个没人要的孤儿，也想跟您学医哩！"

目睹此情此景，秦越人无奈地笑笑说："好吧。你们都站起来吧！"

豆丁一蹦而起，扑到秦越人怀里。

秦越人摸着豆丁的头说："你别高兴，到蓬山我还得考验你们一段，合格了，才能定收不收你们当徒弟哩！"

豆丁心满意足地说："行！"

蔓菁羡慕地站在一旁却拘谨不敢多言。

秦越人说："那你们还站着干啥，快上车吧！"

豆丁上车后偎在秦越人怀里说："秦神医，您同意俺们去蓬山了，得给俺们赐个名儿。"

秦越人说："你们不是有名吗？"

豆丁说："俺俩的名字太难听，人家听了都笑。"

秦越人思忖了一会儿说："好，那我就给你们起个新名吧！"

豆丁紧追着问："叫啥？"

秦越人说："你叫子阳，他叫子豹，行不行？"

两个孩子高兴地大叫："行！"

豆丁冲蔓菁喊："子豹！"

蔓菁红着脸答："哎。"又喊豆丁："子阳！"

豆丁笑着响亮地答："哎！"

秦越人和子舆望着两个孩子嬉笑，开心得满脸灿烂。

自师父带着子仪、子舆去邯郸，蓬山仙人洞中只剩下子术一个人。他白天采药，夜晚读书，度日如年盼着师父师弟早日归来，但又一个春天来了，还不见师父师弟们的影子，于是就将十个多月中采挖晒干打整好的药材往山下背，一来打探师父师弟们消息，二来做着为看守老家七间房秦家祖居的师兄子容送药材的准备。一日太阳西斜，子术在焦家院内一垛似墙的药垛前，正蹲在地上捆扎从山上运下的药材，出屋收晾晒被褥的秀谷问："子术，你师父有信儿吗？"

子术笑笑说："没有。大娘，想儿子了吧？"

秀谷笑着说："他们都出去快一年了，咋还不回来呢？"

子术说："俺向来运炭的人打听了，他们现在住在邯郸城内滏阳客栈里，天天患者盈门。"

秀谷嘟囔说："这邯郸人也是，得啥病不行，偏偏得什么花柳病！真是吃饱了撑的！"

子术说："不是邯郸人愿意得这种病，是诸侯们的乱兵祸害的。"

这时，一个要饭花子一样的人拄着一根棍子一瘸一拐进院喊："师兄，大娘！"

子术闻声站起迎上前惊喜地抓住来人说："啊！子仪，你咋成这样啦？师父和子舆呢？"

秀谷也扔下手中要抱的被褥跑上前上下打量，眼涌热泪说："子仪，你咋变成要饭花子了？你师父和俺狗蛋呢？"

子仪吃惊地睁大眼问：“咋，师父和子舆还没回来？”喘口气又说，“师父和子舆五天前就离开邯郸，回蓬山了，咋还没到呢？”

子术生气地说：“你咋不跟着照护师父？一个人回来了呀？”

子仪羞红着脸不好意思说出与小娥成婚的事，尴尬地说：“师父让俺晚回几天，俺放心不下，就追他们来了。可一路上，也没看到他们的人影儿？”

子术一跺脚说：“走的时候，俺再三嘱咐你照护好师父。这倒好，师父不见了，你一个人回来啦！”

秀谷忧愁地说：“子术侄子，别埋怨他了。子仪都累成这样了，快让他坐下喝口水吃点东西，歇会儿吧！”

子术端来一碗水，拿来一个米面饼子送到子仪面前说：“快吃点东西吧。你咋脏成这样啊？”

子仪一口气将水喝完，咬了一口饼子却无心再吃了，眼涌泪水说：“师兄，俺想追上师父和子舆，就紧跑快赶。四天四夜没敢住店，渴了喝点河水，饿了讨口饭吃，困了就在路边树下躺会儿……”话未讲完就泣不成声。

子术心痛地拍拍子仪肩头说：“别难过了。你好好睡一觉，明天咱俩一块去路上迎师父。”

其实，子术子仪在焦家相聚，互诉惦念师父秦越人之情的时候，秦越人正与新收的徒弟子阳、子豹坐在子舆赶的牛车上，边赶路边说笑往蓬山赶呢。但老牛拉重车，不知不觉又红日西斜。二月末的天说黑就黑，本想赶个村庄歇脚，却在丘陵相连的密林峡谷中迷路了。

子舆望着越来越暗的夜色说：“师父，辨不清东南西北了，咱不能再往前走啦！”

秦越人思忖了一下说：“咱们别走了，找一处山坳凑合一夜吧！”

子舆将牛缰交给子阳说：“豆丁，你好好牵着缰绳别动，俺去那边山崖看看，找一个能睡觉的地方。”

子阳说：“你放心吧师兄，有俺和子豹在，保证保护好师父！”

子舆笑笑说：“好哇，师父还没正式收你为徒弟呢，就喊上俺师兄了？”

秦越人笑着说：“快去吧，再啰嗦就啥也看不见了。”

子舆在杂树丛中摸了一会儿，兴奋回来说：“师父，找到了，那个山脚树丛里正好有个山窝窝。”

子舆将牛车赶到山窝前，支好车，卸下牛拴在车轮上，与子阳、子豹抱来枯枝烂草，折来一些树枝点燃篝火，一边向铺满杂草的山窝里铺被褥一边说：“豆丁、蔓菁睡里面，师父睡中间，俺在外面挡着。”

豆丁、蔓菁第一次经历山野生活，一边兴奋地折树枝拾柴一边说：“师哥和师父睡里面，俺俩在外面守着！”

秦越人望着两个生龙活虎不知疲累的孩子和越堆越多的木柴说："听子舆的。你们俩快吃点干粮睡觉去！"

子阳、子豹一人烤了俩烧饼，吃了一块牛肉，就躺在草铺上睡着了。

秦越人说："子舆，这荒山野林夜里常有狼豹出没，你可要把牛拴好，睡觉经心点！"

子舆笑着说："师父放心吧。对付野物俺有绝招！"

但刚入睡不久，大约半夜时光，黄牛突然发出"咴儿咴儿——"的凄叫挣蹬。

子舆和秦越人闻声跃身而起，篝火余光中发现七八只闪着绿灯一样眼睛的恶狼正在步步向拴着黄牛的大车逼近，被牢牢拴在车轮上的牛已骚动惊悸不安。

子舆抄起鞭子，一个箭步跳上牛车，甩鞭向走在最前面的头狼狠狠抽去。只听"叭"的一声，被抽中的头狼凄厉发出号叫后退，群狼却闪着凶狠绿眼、龇牙张嘴一齐向子舆扑来。

子舆抽出邯郸布商尚丁赠送师父的宝剑，一边挥舞着护住受惊的黄牛，一边冲身后保护两个惊醒小师弟的师父喊："师父，快给火加柴！狼，最怕火！！"

秦越人听了，急忙向篝火中添柴，用树棍挑起，将火架旺。

随着熊熊大火的噼啪燃烧和子舆的声声恶鞭响，狼群后退了，但它们却形成半圆蹲视着车上拴的牛和车后的人，轮番发出瘆人的号叫。

子阳、子豹没见过狼群，吓得缩成一团哭叫打战。

子舆高喊："别怕！快举起燃烧的木柴在空中画圈！狼怕火圈！"

秦越人拍拍两个发抖的孩子说："你们千万别动别跑，师父去画火圈！"说着，从篝火中抽出一根燃烧的树枝，在空中画起来。

两个孩子见师父和师兄们镇定自若，情绪渐渐稳定，一边往烈火中添柴，一边也学着秦越人的样子举起燃烧的木柴在空中画圈。

秦越人笑着问："你们怕不怕？"

二人摇摇头，打着冷战说："有师父、师兄，俺们就不怕！"

秦越人笑笑说："我第一次见到狼群，也害怕。见得多了，就不怕了。"接着又说，"我们行医之人，食住无定所，什么艰难困苦都会碰到。想学医，就要豁出自己的身家性命！"

小子阳和子豹听着师父的教诲，望着师父那双充满智慧的眼睛和胸前飘动的长须，好像突然长大了、更懂事了，连连点头。

子阳说："师父歇会儿吧，有俺和蔓菁俩人画圈就行了！"

秦越人开心笑了。

天亮了，狼群走了，师徒四人也没睡意了。他们从车上拿出馒头、熟肉在火上烤着，边吃边议论夜里的惊险。

子阳兴奋地问子舆说："师兄的办法真灵！你从哪学得吓狼绝招呢？"

子舆自豪地说："这可不能告诉你，是家传秘方！"

子豹问："师兄，是不是你们山里人都不怕狼啊？"

子舆望一眼师父，笑笑说："山里人也有被狼吃掉的！狼，只怕不怕狼的人，怕有智慧的人！"

秦越人笑着说："你们子舆师兄讲得很对。学医也是一样，只有不怕吃苦和困难的人，才能成为良医！"

子阳、子豹听了，认真地点着头。

秦越人迷醉地欣赏着周围的山林溪水说："这山野树林中，虽有危险，却到处都是治病除疾的良药哇！"

突然，子阳惊奇地指着不远处河滩里一棵大树说："师父，快看，那棵树有几搂粗！"

大家齐眼望去，果然是一棵罕见的参天大树。

晨阳中，秦越人带着子舆、子阳、子豹走过去，发现那树冠约有几亩大，干直枝粗，伸向四方的树枝上绑着一条条红布条。

子舆惊奇地说："师父，俺在蓬山长大，咋没见过这种树呢？"

子阳问："树上为啥拴这么多红布条呢？"

秦越人围着树身转了一圈，说："来，咱们几个人手拉手量量，看它有多粗？"

子阳用力伸着胳膊说："师父，抱不住，还得三四个人才能搂住呢！"

秦越人抬头望着那树伸向四方粗大的枝干说："这棵树恐怕有上千年了！"

子阳用脚蹚着树下约有半尺厚的枯叶，发现枯叶中躺着不少鸽子蛋一样大小的黄色果子，拿起一个尝尝，甜酸中稍有苦涩味，说："师父，您看这树下还有落果呢？"

秦越人拿起尝尝，又抓起状如蝴蝶的叶子闻闻，清新淡雅，还有一种微香，再次仰望着那高大的树冠凝神自语："这是什么树呢？我到蓬山快十年了，怎么没发现呢？"

这时，有一老一少两个提叉背弓的猎人走来，见树下有几个人转来转去，就上前发问："你们是从哪来的，围着俺们的神树转来转去干啥？"

秦越人闻言拱手上前打躬道："在下秦越人，敢问二位老乡，这树叫什么名字吗？"

二人闻言，连忙拱手道："啊，原来是秦神医在此啊，我等无礼了。"

秦越人摆手笑道："我走遍蓬山大沟小川，从未见过这种树，老人家能给我们讲讲吗？"

年长猎人笑着说："此树名叫白果树，浑身都是药材呀！"

秦越人听了大惊，立即再次拱手说：“请老人家坐下细讲，请老人家坐下细讲。”

年长的猎人坐下继续说：“细讲俺也讲不清。听老辈人讲，这树只有南方有，在北方只有俺们这里有一棵，乡亲们称它为神树。”

子舆说：“为啥称它是神树呢？”

年少猎人说：“它的叶子春天碧绿如翠，秋天金黄似玉，是一道难得一见的景观。人们有病吃它的果、喝它的叶汤治病，无病吃它的果、喝它的叶茶健身壮力，世世代代护佑着一方。这样的树，还不是神树吗？”

秦越人好奇地问：“都是啥样病症，来吃这树上果子、喝这树上叶汤呢？”

年长猎人说：“这可多啦！像喘咳多痰啦，梦遗便频啦，妇女下部多淋不洁啦，小儿惊悸多食啦，也有吃多了中毒昏迷的。”

子阳插话问：“人们为啥往树枝上拴这么多红布条呀？”

年长猎人说：“拴红布，一是求老天保这棵树世代繁茂，二是感谢这棵树保佑一方人身健安康。”

秦越人仔细打量着树的上下问：“这树有多少年了？”

年长的猎人笑笑说：“那俺可说不清楚。从我记事起，它就这么粗这么大。俺活了六十六年了，它还是这么粗这么大！”

秦越人点点头说：“谢谢二位了。”然后对子舆说：“捡些白果、白果叶包起来，带回蓬山。”

站在旭日高照中，远望蓬山就在眼前，秦越人师徒盼归的心绪由急切变得轻松愉快了。子舆任缰由牛，车子在山路上慢慢前行。初进大山的子阳、子豹好奇地望着路旁的奇石怪树、野藤春花，不断问这问那，秦越人和子舆兴奋地回答着……

三月初的蓬山阳光格外温馨，蓝天如洗，晴空万里。日近半晌，焦大与妻子正在院内荆席上摊晒柿皮，突然发现空中出现成群结队的飞鸟。那飞鸟成千上万，“喳喳”叫着犹如翻腾的滚浪，在碧空中盘来旋去。

妻子仰脸望着空中的鸟群，惊喜地指着说：“当家的快看，从哪儿飞来这么多扁（喜）鹊呀？”

焦大抬头，兴奋地站起望着说：“啊，真是扁鹊、真是扁鹊呀！”

当地人称“喜鹊”为扁鹊，视为吉祥之鸟、报喜之鸟，偶有喜鹊落在房前屋后的树上叫，就认为有喜事临门，喜鹊群聚欢叫着在村子上空中盘旋更是千年难逢的吉兆景观。焦大妻子顾不上放下手中的柿皮，激动地冲屋内喊：“爹、娘、闺女，快出来看，扁鹊罩顶了！”

二位老人闻声而出，扶着门框惊喜地观看空中的鸟群。

焦大娘惊喜地喊道：“天哪！哪来这么多扁鹊呀？”

小梅跳着脚说："这些扁鹊就像滚来滚去的云团！"

焦大爹激动地抖着胡子说："儿啊，这是千年难遇的奇观哪！咱们村怕是要有大喜事降临了！"

焦大不以为然地说："咱们这么个小山村，能有啥大喜事呢？"

这时焦子村和狼家庄村中已人声鼎沸，看不够这一奇观的人们已从家中奔向街头，欢叫着议论着。

焦大媳妇搀住婆婆胳膊说："娘，街上人都喜翻了，咱们也到街上去看看吧！"

小梅不跟大人走，飞步登梯上房观瞧。

街上聚着一伙一伙的人群，有的指着空中鸟群说："哎呀，这至少有几千只扁鹊呀！"有的说："这喜兆若应在谁家，不出侯王也得出个丞相啊！"

站在房头盯着空中观看喜鹊的小梅突然指着村外的大路叫："爹、娘，快看，俺哥和秦神医他们回来啦！"

人们顺着小梅指的方向向村东大路上看去，果然有一辆牛车和几个人影正向村子走来。

站在高处观望的秋子辨认出黑须飘胸的秦越人和子术、子仪、子舆，兴奋地指着远方说："没错，车上坐的是秦神医，地上走的是他仨弟子！秦神医车上咋还有俩半大小子呢？"

人们闻声，扶老携幼争相奔往村口观瞧。

站在人群中的焦老汉恍然明白什么，激动地涌着泪花说："这就对了，这就对了！这些扁鹊，是在招呼大家来迎接我们的恩人秦神医呀！"

站在焦老汉身旁的韩大山说："老哥这话说得有理，神医走到哪里，哪里就吉祥安康啊！"

焦大听着两位老人议论，兴奋得热血沸腾喊道："对、对！这是老天爷给咱们送的兆示，秦神医就是扁鹊，扁鹊就是秦神医呀！"

于是，人们欢呼雀跃挥手："神医扁鹊、扁鹊神医！"此起彼伏之声犹如浪涛，在山野回荡，在碧空回响。

第二十二章
尝鸟粪师徒发现“五灵脂”

回到蓬山的秦越人，在焦子村焦家吃过午饭，与众乡亲闲聊了一会儿，留下子舆在家里与亲人团聚几天后去给鄚邑七间房子容送药材，便带着其他弟子上山回蓬山仙人洞了。在邯郸行医十个多月，积下很多医案和搜集到不少民间偏方，秦越人与子仪留在洞中潜心整理，子术便带着子阳、子豹一边学习采药辨药一边识字读医经。

时间对繁忙的人来说，犹如流水，转眼就夏尽秋来。初秋上午，子术坐在仙人洞中，手拿医卷对坐在对面的子阳、子豹说：“这几个月你们先学了识药辨药，又学了《黄帝内经》和望、闻、问、切四诊之术，今天考考你们刚学的师父著的《脉经》。谁回答，何为脉、何为经？”

子阳说：“俺答。人体气血流动的血管为经，血液因心脏跳动（收缩）而产生冲击的跳动为脉。”

子术问：“人有多少经，多少脉？”

子阳答：“人有十二经，一日一夜一万三千五百息。”

子术问：“何为脉息？”

子阳答：“脉搏跳动的次数为脉息。”

子术问：“脉有强弱、深浅、快慢，分几种？”

子阳答：“分浮、沉、迟、数（shuò）四种。”

子术说：“十二经皆有动脉，为何独取寸口就能决五脏六腑生死吉凶？子豹答。”

子豹一怔说：“寸口者，脉之大会，手太阴之脉动也。人一呼脉行三寸，一吸脉亦行三寸，呼吸定息，脉行六寸。人一日一夜，凡一万三千五百息，脉行五十度，周于身。漏水下百刻，营卫行阳二十五度，行阴亦二十五度，为一周也，故五十度复会于手太阴。寸口者，五脏六腑之所终始，故法取于寸口也。”

子术笑笑说：“脉有尺寸，何谓也？”

子阳抢答道：“尺寸者，脉之大要会也。从关至尺是尺内，阴之所治也；从关至鱼际是寸内，阳之所治也。故分寸为尺，分尺为寸。故阴得尺内一寸，阳得寸内九分。尺寸终始，一寸九分，故曰尺寸也。”

子术又问：“脉有太过，有不及，有阴阳相乘，有覆有溢，有关有格，何谓也？”

子豹抢答说：“关之前者，阳之动也，脉当见九分而浮。过者，法曰太过；减者，法曰不及。遂上鱼为溢，为外关内格，此阴乘之脉也。关之后者，阴之动也，脉当见一寸而沉。过者，法曰太过；减者，法曰不及。遂入尺为覆，为内关外格，此阳乘之脉也。故曰覆溢，是其真脏之脉，人不病而死也。”

子术又问：“脉有阴阳之法，何谓也？”

子豹说：“呼出心与肺，吸入肾与肝，呼吸之间，脾也其脉在中。浮者阳也，沉者阴也，故曰阴阳也。……”

这时秦越人笑眯眯从洞内石室走出说：“子术，不用再考了，看来他们学习很用心。”

子术歉意地说：“师父，俺们是否干扰您整理医案了？”

秦越人摇摇头说：“医案我已整理完毕。”

子阳兴奋地说：“师父，俺们虽会背，离用还差得远哩。您再给俺们讲讲吧。”

秦越人捋着胡须说：“从会背到会用，还有很大距离，需在诊患中慢慢探索和感悟。”

子豹搬个木墩让师父坐下，秦越人亲切地望着子阳、子豹说：“世上为啥庸医多而良医少？盖经络不明，无以识病症之根源，究阴阳之转变。如伤寒三阴三阳，皆有部署，百病十二经脉可定生死。懂得经络，方明病灶，然后用药径达其处，才能奏效。”

子阳惊讶地说：“这经络对治病这么重要哇！”

秦越人严肃地说：“望、闻、问、切四诊法，虽都很重要，唯切脉之术为要，也最难掌握。先贤望而知病者，皆因熟其经络故也。庸医们不明经络，不懂切脉之奥妙，只读得药性病机之理籍，很难准确辨别病症之所在。所以世上很多行医之人，常以药试之法，偶有稍愈，便居功而傲；若试药无效，反致患者生新病，此皆不知经络故也。”

子术说：“师父常讲‘学医不知经络，开口动手便错’这句话，就是提醒我们，诊脉一定要精益求精！”

这时，采药归来的子舆出现在洞口说：“师父，您出来一下，咱这儿出怪事啦！”

秦越人等闻言，急忙鱼贯出洞。

秋阳下，仙人洞台地上晒满各种药材，子舆的采药篓扔在台地靠近洞口一个用荆条依杂树围编的荆笼外。子舆指着荆笼里两只啄食的野鸡说：“师父您看，咱这两只被蛇咬伤腿的鸡不拐了，前几天俺与子仪师兄从山崖上带回扔在笼里的那块鸟粪也不见了？”

秦越人仔细观察着在笼内惊慌跳动的野鸡，又用木棍赶赶那笼中野鸡，惊奇地说：“这两只鸡的腿真不瘸了！”回头问子阳、子豹：“你们俩都喂过它们什么东西？”

子阳、子豹说：“没喂什么呀，就是咱们吃的剩饭剩菜。”

秦越人又问子舆：“你那天带回那块鸟粪，我没顾上看，还记得是什么颜色什么味道吗？”

子舆回忆着说：“颜色发黑，不轻不重，味道有点像发腐的鸽子屎。”

子豹说：“俺扒开看了，里面还有不少蚂蚁呢，就扔到这野鸡笼里了。”

秦越人站起问子舆：“还记得在哪块山崖上采得吗？”

子舆说：“记得，在咱们左边那个鑵山山头背后的悬崖上。当时子仪师兄发现一只翅膀受伤的老鹰在那里啄着吃，就让俺用树枝扒了一块带回来了。”

秦越人兴奋地对众人说：“走，咱们看看去！”

站在仙人洞口看鑵山，好像就在眼前，真要走过去还有十几里路程。秦越人带着子术、子舆、子阳、子豹赶到近前，仰头观望，只见在距地面十几丈高的山背阴悬崖陡壁上，有一个天然石缝，缝口堆满一圈类似燕子窝的鸟粪坨，弟子子仪脚蹬嶙石，正一手抓着一棵从岩缝中生出的小树树干，一手正掰着一块块鸟粪往身上背的袋子里装。

秦越人见了高喊：“子仪，小心点！”

子术说：“师弟别动！俺与子舆去山顶往下放吊绳！”

子仪听到师父师兄说话，回头瞧一眼师父和众人笑笑说：“俺正愁没法把这窝鸟粪全带回去呢。你们把吊绳从山顶扔下来，俺就把它连锅端了！”

子阳紧张地说：“真危险啊！俺看了都眼晕。”

子豹说：“子仪师兄胆子真大，敢一个人攀这么高的悬崖！”

秦越人说：“奇药往往长在人迹罕至之处。想采到它，就必须不怕生死和危险！”

子阳脸红脖粗，子豹说：“师父，俺上去帮帮师兄吧？”

秦越人说：“不行。悬崖绝壁，一人尚且难保生死，决不可二人同时置于危险之地！”

子术将绳子一头牢牢系于一棵大树上，将绳子另一头慢慢系下说：“子仪！抓到绳子后，在腰里系个死结！”

子仪说：“知道了。”抓住绳子后系于腰间，然后双手去掀鸟粪说，“这坨鸟粪真大，里面还有两只小鸟呢！”

秦越人说：“子仪，尽量别把鸟巢弄碎，连小鸟一块掀下来！”

子仪说：“放心吧师父。”然后又冲子术、子舆喊：“师哥，找个布单系在绳上滑下来吧，这样就能将鸟粪巢整个包住拿回去了！”

子舆闻言立即脱去上身衣服，用手晃着说：“师哥别急，俺把褂子顺绳溜下去！你用它包鸟粪吧！”

子仪接住子舆的褂子，将一大坨鸟粪牢牢包好，系在绳子上说：“师哥，你们先把鸟粪和药袋拉上去，再放绳拉俺！”

子术说：“子仪，你千万抓牢了，不要动！”

子仪说：“知道了，快拉吧！”

用子舆褂子包的鸟粪和子仪的药袋拉上来了。秦越人立即蹲下观瞧：那鸟粪巢散发着浓烈的血腥腐味，有三种形状三种颜色，最上面一层成颗粒状，颜色灰黄带血丝，爬满蚂蚁；第二层还是颗粒状，颜色灰黑，仍有蚂蚁蚕食；最下面一层结块发干，颜色黑红发亮。

子阳、子豹蹲在地上，惊奇地随着秦越人对鸟粪翻动观看问：“师父，这鸟粪会是药材吗？”

秦越人不语，小心掰下三种不同形状不同颜色的鸟粪，分别放在嘴里仔细品尝后，一一咽下，闭目感觉那鸟粪对五脏六腑和经脉的影响变化。

子仪被子术、子舆拉上山顶了，围到闭目不语的秦越人身边，问子阳、子豹：“师父怎么啦？”

子阳紧张地说：“师父吃鸟粪了！”

子术问：“吃了多少？”

子豹指着三种不同颜色不同形状的鸟粪说：“各吃了酸枣大一块。”

子术说：“子舆，你先和子阳、子豹把这坨鸟粪运回去，找件衣服穿上，我和子仪守着师父。”

子仪指指子阳背的药袋说：“袋里有两只小鸟，注意别让它们飞了！”

子阳点点头，与子舆、子豹抬着鸟粪巢、背着药袋走了。

子仪说：“师兄，咱们也尝尝这鸟粪吧，看它有没有药力？”

子术说：“不行。等师父说了感觉，咱们再尝！”

秦越人慢慢睁开眼，子术急忙问：“师父，您有啥感觉？”

秦越人回味着说：“麻麻的，热热的，味道辛苦，五脏烘热，好像有止痛、杀毒、刺生作用。”然后问子仪：“你是啥时候发现这种鸟粪的，为何要冒险去采？”

子仪回忆说：“有两个多月了。那天俺和子舆在这片山上采药，发现一只翅上流血的老鹰落在这个山崖上啄食鸟粪，就觉得很奇怪。于是每天留心观察，发现不仅那只老鹰每天来这里吃鸟粪，还有跛腿的小鸟和受伤的松鼠也来这里吃鸟粪。几天后，那只老鹰不来了，又来其他受伤的动物，俺就想把这种鸟粪采回去仔细观察观察。”

子术说：“咱们捉的那两只被蛇咬伤的野鸡，吃了你和子舆捡回去的那坨鸟粪，腿不拐了！”

子仪惊喜地说：“是吗，我还没注意呢！”

秦越人说：“子仪，你发现这是什么鸟的鸟粪吗？”

子仪回忆着说：“没看仔细。这种鸟白天不归窝，只有天黑时才回，落在那块山崖上直叫唤。”

秦越人说：“你能学学它叫的声音吗？”

子仪不好意思地说：“好像是‘冻死我、冻死我’，声音挺惨的，俺也学不像。”

秦越人闪闪眉说：“按你说的，这鸟粪很可能是寒号鸟的鸟粪！”

奇怪的寒号鸟巢和两只小寒号鸟，一时间成了师徒们议论的话题。午饭后，秦越人和子术、子仪、子舆在台地上翻晒药材。子阳、子豹就将子仪从悬崖峭壁上采回的大鸟粪坨巢和两只振翅欲飞的小鸟放进一只新编的大荆条笼中，又向笼中放了盛水盛米的碗。

两只小鸟不安地在笼中奔来飞去，但时间不长，就出现一个奇怪的现象，成群的蚂蚁从四面八方爬向笼中的鸟粪坨，黑压压爬在鸟粪上贪恋地蚕食，小鸟不吃碗中的米，却香甜地啄食爬满蚂蚁的自己拉出的粒状粪便。

子阳惊奇地向在一旁翻晒药材的师父师兄喊：“师父师兄快来看！这两只鸟真怪，不吃俺们给它的米，专吃自己拉出的屎和蚂蚁！”

子舆看了不屑地说：“寒号鸟，就是这种东西，靠吃自己的屎活着。”

子阳问：“师父，俺老家咋没寒号鸟呢？”

闻声近前观察的秦越人说：“这寒号鸟生活在深山老林里，是鸟类中最懒的一种鸟，比鸽子小，比麻雀大。它每天白天只想着飞和玩。别的鸟搭窝储食，它既不搭窝也不储食，晚上随便找个山崖山窟窿睡觉，冻得它受不了，就叫‘冻死我、冻死我’，直叫得口中出血。饿得它受不了，就吃自己的粪便，吃了拉，拉了吃，反复吃拉。蚂蚁闻到它粪中有血腥味，就爬来吃它的粪便，它就连蚂蚁一块吃到肚里。”

子阳不屑地说：“这种懒鸟，听了就让人恶心！饿死活该！”

秦越人说：“世上的事就是怪，这种鸟偏偏饿不死。”

子豹不解地问：“那为啥呢？”

秦越人说：“它的粪便中有营养，蚂蚁也有营养。”

子阳吃惊地睁大眼睛说：“蚂蚁还有营养，俺不信！”

秦越人笑笑说：“别看蚂蚁小，不起眼，能搬起比自己大几倍的动物尸体和粮食。它吃五谷杂粮，又吃各种动物尸体，能没营养吗？”

子豹忧悒地说：“那么多蚂蚁吃到肚里，不咬肠胃吗？”

秦越人说：“不会。蚂蚁吃到肚里，就被胃产生的液体杀死了。”

子阳疑惑地问：“师父，这蚂蚁身上也没肉，从哪儿来的营养呢？”

秦越人说：“这蚂蚁不仅营养丰富，还有药效。”

子阳诧异地问：“蚂蚁还有药效哇？”

秦越人说：“传说古人就有医家用它治病，有强骨、杀毒、壮肾、健力药效。寒号鸟吃那么多有药效的蚂蚁，拉出的粪便也应该有药效。”

遇事喜欢多思的子仪说：“师父，咱们做个实验吧？”

秦越人闪闪眉问：“你想怎么做？”

子仪说：“把咱们养的那两只野鸡的腿再弄断，让它们一个吃这爬满蚂蚁的鸟粪，一个吃结成块的干鸟粪，看哪个好得快？”

秦越人思忖了一会儿，说：“行。”

子舆闻言说：“折断鸡腿的事让俺干！”说着就走向野鸡笼。

子术说：“等会儿，先编一个荆片，把两只鸡在笼内隔开。”

子阳、子豹马上到台地边折了一抱荆棘杂树条，编了个荆片竖到野鸡笼中，将一个鸡笼变成了两个鸡笼。

子舆抓住的两只野鸡挣扎惨叫，被折断一条腿扔进笼中。

子仪掰下一块结块的干鸟粪用脚碾碎，放进左侧笼内；子术抓了一把带蚂蚁的粒状湿鸟粪放进右侧笼内。

两只断腿的野鸡见了，犹如溺水儿童发现浮木，顾不上惨叫，争相啄食。

秦越人站在旁边，边观察边说：“子阳、子豹，你们俩一人观察一只野鸡，仔细记录它们吃这些鸟粪后的变化！”

子阳、子豹兴奋地说：“好嘞！”

小寒号鸟不吃米，争吃自己的屎和蚂蚁现象，使秦越人决定让弟子子舆拧断野鸡腿检验寒号鸟鸟粪药效的实验。这种新鲜事，霎时成了众弟子兴奋议论的一个话题，总有说不完的猜测。仙人洞内灯下，秦越人与几个弟子边吃饭边说：“如果两只野鸡吃了鸟粪，断腿恢复了，我们在蓬山就又发现了一种新药。”

子术说：“恐怕还不只一种，有许多咱们连名字还叫不上来的野草、野果、野根、野虫，说不定也有药效呢？”

子仪说：“不光地上长的，俺觉得，连山上的一些石头，也有药效哩。”

秦越人兴奋地放下碗说：“你们说说看？”

子仪说：“比如云母石，味甘性温，有纳气坠痰、止血敛疮效能；山洞里的钟乳石，有益气补虚、益阴安中、明目下乳、定咳平喘效能；寒水石，有解热止渴效能；花蕊石，有化瘀止血效能；黄石（即含铜矿石），有散瘀止痛效能，多啦！”

子术接着说：“还有山下满山坡长的有毒‘老鼠愁’，有麻醉功效；到处可见的酸枣树，它的果、面、仁、叶，有养肝、宁心、安神、敛汗疗效；还有松柏树的叶、果、籽，都等着咱们去探试药性呢。”

子仪说：“俺听焦爷爷讲，这蓬山酸枣仁，个大、籽实、红中透亮，是天下一绝，好多贩药材的不远百里，来这里购买。”

子阳说：“还有咱们那天发现的白果树。”

子舆惊讶地说：“照你们这么说，俺蓬山到处都是宝啦？”

秦越人说：“对。这蓬山天上飞的，地里长的，山上跑的，自然形成的山石土壤泉水草木，真可谓处处是宝！这几年，我们只注重探查先贤医籍上记载的各种药材，却忽视了对古人未知药物的探查。今后你们在采药中，一定要注意在这方面的发现和探查。”

子术子仪说：“弟子记下了！”

这时，子阳一惊站起说：“师父您听，外面好像有动静？”子术听了听，抄起棍子就冲向洞外。子仪、子舆、子阳、子豹也抄棍相随而出。

明亮的月光下，仙人洞外台地上，一只野猪正哼哼着拱放鸟粪坨和两只小鸟的笼子，野猪身后还有一只闪着绿眼的狐狸。

子术举棍大喝一声：“打！”子术子仪手中的两根棍子便同时狠狠落在野猪脊背上。

野猪惨叫一声倒地，号叫着翻滚挣扎，子舆双手飞快抓住野猪双耳，用力摁在地上发现，那野猪只有三条腿挣扎，一只腿是残的，不能用力。

子术、子仪又连打几棍，那断脊的野猪就只哀号不挣扎了。

追赶狐狸的子阳、子豹指着逃跑的狐狸说：“师兄快看！那狐狸用三条腿跑！”

子舆松开抓猪耳的手，兴奋地说：“这只大野猪，可够咱们吃一阵子啦！”

秦越人笑着捋着胡须说：“一只跛腿野猪、一只三条腿狐狸，都来拱放有寒号鸟粪的笼子，说明一个问题！”

子阳好奇地问：“师父，说明啥问题？”

秦越人说：“这寒号鸟的粪，确实是一种难得的疗骨伤的神奇药材啊！”

子豹瞪着眼问：“师父咋知道的呢？”

秦越人望望子术，用眼示意让他讲。

子术说：“伤腿的猪和三条腿的狐狸夜里来偷吃寒号鸟的粪，说明这种鸟粪一定有疗伤接骨助长药效！”

秦越人说：“子术讲得对……”话未讲完，子阳大叫：“师父，俺被蛇咬了！”

月光下，果然有一条青花蛇正在吃力地蜿蜒向台地边沿爬去。

子豹看到挪动的大蛇，吓得连忙向子舆身后躲。

子仪喊声：“子阳别动！”扑上去双手抓住子阳被咬的腿，掐住被蛇咬处，用嘴吸着毒血。

子舆举棍追上蛇要打，秦越人喊一声：“子舆闪开！”便一个箭步上前，右手抓起蛇尾，左手顺着蛇身飞快一捋，那蛇便像一根僵棍一样躺在地上。然后转身对子舆、子豹说："你们去看看，如果我没猜错，这条蛇也是因受伤来吃鸟粪的！"

子舆蹲下仔细观瞧说："师父，这蛇背上真有两处被鹰啄的伤口！"

子豹擦着惊汗说："师父，那蛇咋被您一捉，就变成僵棍了？"

秦越人笑笑说："不是蛇变成僵棍了，是我一捋将它身上的骨骼捋瘫了，它就僵直不能动了。"

子舆惊奇地说："乖乖！师父，您这绝招，是啥时候练的呢？"

秦越人笑着说："说起来，我这捉蛇的绝招，还是跟你们师爷长桑君学的。他用这绝招救过俺娘的命。"

子舆说："师父，这绝招，您能教给俺们呗？"

秦越人说："这好学，关键是手快。在右手拎起蛇尾的一刹那，左手飞速直线均力捋蛇身，蛇血猛然回灌蛇的头部，它就晕了！手捋过的蛇骨骼，就瘫了。这时候将它放到地上，它就成僵棍了！"

子舆说："师父，那俺用那条蛇练练吧？"说毕弯腰就要去抓蛇。

秦越人急说："慢！"然后扭头，对子术说："你盯着，千万别让蛇再咬伤子舆！"

子术点点头，对子舆说："你一定记住师父讲得要领。先用木棍练，然后再抓蛇练！"

子舆兴奋地抄起一根木棍在月下练起来，子豹也捡起一根木棍跟着练。

用嘴吸出子阳小腿蛇毒的子仪问："师父，给子阳敷点啥药好呢？"

秦越人望一眼龇牙咧嘴流泪的子阳，蹲下看过伤口后说："蛇毒已排净了，不用敷药了，就让他吃一块干鸟粪吧，扶到洞里去休息。"

子阳闻言惊叫："啊！师父，吃鸟粪还让俺去休息？俺不去！"

子仪笑着说："鸟粪是药，吃了药你不休息干啥？"

子阳抹着泪说："他们都练捉毒蛇，俺也得练！俺不能让那蛇白咬俺。"

秦越人笑着说："子阳有这志气，好。子仪，你就教他练捉蛇吧！"

子阳化怨为乐说："谢师父！"就跟着子仪学练捉蛇。

三天后清晨，奇迹出现了。秦越人在仙人洞内正与几个弟子准备出洞上山探药，去洞外喂野鸡的子豹兴奋地进洞说："师父，那个吃干鸟粪的野鸡腿不拐了！那两只小鸟也会叫了！"

秦越人问："它叫啥？"

子豹说："冻死我！"

秦越人说："果然是寒号鸟！走，咱们瞧瞧去！"

旭日东照中，师徒几个走出仙人洞，子豹指着正在啄食的两只野鸡说："你们看，这只吃干鸟粪的野鸡，腿不瘸了！那只吃爬满蚂蚁的粒状鸟粪的野鸡还有点跛。”

走在最后拄着棍子观瞧的子阳将手中棍子一扔说：“师父，俺被蛇咬伤的腿也好啦！”说着蹦蹦，在地上转了一圈。

秦越人兴奋地拍拍子阳肩头说：“这寒号鸟粪，果然是疗骨肉之伤和排毒的好药哇！”

子仪说：“师父，既然咱们验证这寒号鸟鸟粪有药效，您给它起个名字吧？”

秦越人点点头思忖着说：“有道理。你们说，咱们给它起个什么名字呢？”

子阳说：“叫‘懒鸟粪’吧？”

子舆说：“不行、不行，病人一听说是鸟粪，谁还肯吃呀？”

子豹说：“叫‘懒鸟粮’吧？”

子舆说：“也不行，明明是鸟屎，哪像粮食呢？”

子仪说：“这寒号鸟粪是在悬崖石缝里采的，咱们叫它‘云中膏’吧？”

子术说：“这个名字还傍点边，但听着有点玄。咱们还是听师父的吧！”

秦越人闪闪眉说：“子仪，你给我说说，你和子舆咋发现这鸟粪的，为啥第一回只拿回一块？”

子仪回忆着说：“三伏天的时候，俺和子舆去那片山上采药，子舆发现那儿落着一只折翅鹰在吃东西，就仔细观瞧。一开始以为是老鹰抓住窝里鸟，在撕吃呢！但看着看着就眼发直了，那老鹰是在吃鸟屎哩，而且它落的山崖上还长着两棵大灵芝，于是便攀上去采了。当时觉得，老鹰吃鸟屎这事很新鲜奇怪，便顺手掰了一块鸟粪拿回来了！”

子舆补充说：“是这样。拿回来才发现那鸟粪里还有蚂蚁，觉得放哪儿也不合适，就扔到野鸡笼里了！”

秦越人若有所思地闪闪眉问：“你们从那山崖上一共采了几棵灵芝？”

子舆说：“五棵，两棵大的，三棵小的。”

秦越人兴奋地一拍腿说：“名字有了！”

子仪惊喜问：“叫啥？”

秦越人扫视一遍众弟子一字一顿地说：“叫‘五、灵、脂’！”

子阳疑惑地问：“师父，为啥叫五灵脂呢？”

秦越人说：“五棵灵芝指引的地方，采到的药！把灵芝的‘芝’字，改成膏脂的‘脂’。脂，就是寒号鸟反复吃排出的鸟粪！”

子术兴奋地拍手说：“这个名字好！既文雅又有深意，还符合咱们找到这个药的经过。”

子仪思索着说：“这个名字是好！可咱们咋把结成块的寒号鸟鸟粪，与刚拉出来的鸟粪区别开呢？”

子舆兴奋地说：“这好办。咱们把结成块的鸟粪叫‘五灵脂一号’，刚拉出来的寒号鸟屎叫‘五灵脂二号’，吃过又拉出来的那层鸟粪叫‘五灵脂三号’。”

子阳、子豹拍手说：“这样使用时就有区别了，俺赞成！”

秦越人说：“子舆这个想法有道理。不同形状的鸟粪疗效不一样，名字应该有区别。但我觉得还是不够妥帖，容易让那些庸医们和药商们以次充好，钻空子骗人。”

子阳说：“那怎么办呢？”

秦越人说：“如果咱们把这种药定为两个等次，一个叫‘灵脂块’，一个叫‘灵脂米’呢？”

子术说：“还是师父想得周到。凡结块的咱们就叫它‘灵脂块’，凡成粒不结块的，咱们就叫它‘灵脂米’！”

子阳子豹兴奋地拍手说：“噢，咱们的新药有名字了！”

秦越人说：“子仪，你把这种药的药性、药效仔细整理一下，与子舆整理的白果树药性、药效，一起标在咱们蓬山药源分布图上！”

子术说：“那咱们近来发现的那些植物根、果、叶、花、籽药效，和各种石头、土的药效，是否也标在图上呢？”

秦越人说：“可以。但对每种药的产地分布，药理药性药效，治愈患者的例案，要注写清楚。不仅我们使用方便，也给天下医家和后世医家，提供一个可靠借鉴！”

这时，十几个手拿棍棒刀枪、破衣烂衫的壮汉抬着一个浑身血迹、昏迷不醒的人走上台地，大喊：“秦神医救命！秦神医救命啊！”

秦越人率领众弟子迎上去问：“你们何方人氏，为何来到这里？”

打头的一个人扑通跪下说：“在下杨五，黑山寨（今内丘青山村）二当家。俺大王因抗击官军，身负重伤，特来求神医救治！”

秦越人上前查看了昏迷之人的伤口和脉动说：“此人失血过多，命已系黄泉。能否救活，越人可没有把握呀！”

众人听了齐齐跪下说：“求神医救救这位好汉吧！他是为救俺全村父老，才被官军打成这样啊！”

秦越人一向厌恶暴兵恶吏欺压百姓，招呼大家站起问：“此人姓什名谁，为何与官军交战？”

杨五拱手说：“我家大王姓刘名孝天，绰号刘枣棍，因不满贪官污吏横行，占山为王，杀富济贫。他得知官军在黑山村烧杀抢掠、奸淫作恶，便率领众弟兄去救众乡亲。恶仗打了三天三夜，他负伤倒地，才被俺们抬着冲出重围。万望神医怜惜这位好汉，救他一命吧！”

秦越人再次查看刘枣棍伤势后，站起对众人说：“你们若信得过我，就把这位伤者留下，二十天后还你们一个好汉！若信不过，你们就抬走另寻他人去医治吧。”

众人听后愣神，杨五连连作揖说：“信得过、信得过！”然后扭头招呼身后随从说：“山猫，快将医资奉上！”

腰挎刀的山猫上前从背囊中取出一把碎银子跪下说：“请神医笑纳！”

秦越人瞧一眼银子正色说：“我答应救治这位伤者，是敬佩他是一位抗暴安良的好汉。若想用银子救他性命，请你们马上把他抬走！”

杨五着急地跪地落泪说：“秦神医，您是否嫌少？俺们兵败被抄，只有这点银子啊！”

子术上前扶起杨五说：“杨头领想错了！俺师父治病救人，向来不图钱财！既然他说不收，你们还是拿回去吧。”

杨五无奈地对手捧银子的山猫说：“那就听神医的。待大王伤好再说！”然后一指人群中一个扛枣木棍的壮汉说：“郝壮，将大王兵器交给神医！”

子阳急忙上前接住，看了看说：“这枣木棍算啥兵器，俺蓬山到处都是，你们留下它有啥用？”

杨五拱手说：“小兄弟不知，这枣木棍是俺大王的心爱之物，昼夜不离身边。他若醒来见不到枣木棍，会坐卧不宁的！”

秦越人剜一眼子阳，对众弟子说：“快将伤者抬进洞内！”

子舆子仪连忙接过用两根木棍和杂布缠绑的担架，向洞内抬去。

秦越人冲众人一拱手说：“在下不送了，各位请回吧！”

阳光照顶，背银子的山猫回望一眼正向仙人洞走去的秦越人师徒说：“这神医师徒们真怪！住在破山洞里，还不要咱们的银子，他们吃啥喝啥，用啥给咱们大王养伤呢？”

原来扛枣木棍兵器的郝壮说：“那小徒弟还瞧不上咱大王的枣木棍，他知道这根枣木棍，打死多少贪官污吏和官兵啊！”

心事重重的杨五说：“少废话！啥破山洞，那就是被世代人传颂的仙人洞！神医不要咱们银子，那是品德和气节！”

郝壮听了惊讶地说：“啊，那就是世人神传的仙人洞啊？”

杨五不理睬，山猫赔笑说：“二当家的别生气。你说咱们下山后干啥吧？”

杨五思忖了一会儿说：“你和郝壮下山后找个老乡家里住下，采买点吃头，每天上山去看一趟大王。俺和众弟兄们返回黑山，去召集被打散的弟兄们！”

仙人洞内，子术、子仪、子舆、子阳、子豹围在师父身后，观看秦越人给刘枣棍检查伤口、诊脉寸口。秦越人放下寸口，皱着眉头说：“此人真是危险了呀！”

子术紧张地问：“还治吗？”

秦越人说：“治！先取保命延寿丹十粒，给他用姜汤服下。”

子仪取过药和姜汤水，子舆用筷子撬开刘枣棍紧咬的牙关，秦越人一手按摩着刘枣棍的腹部一手捏着他的咽喉，让子仪一一送下。

服药后，秦越人对子阳、子豹说："脱掉他的血衣，清洗伤口！"

子阳、子豹扒去刘枣棍的衣服后，用白布沾着加盐的温开水清除伤口周围的淤血和污垢。子阳边清洗边吃惊地说："师父您看，这伤口里有草木灰！"

秦越人观瞧后说："这是紧急中用来止血留下的。快取骨刀和夹子来，彻底清除！"

找出骨刀和夹子的子术说："师父您看着，让俺和子仪来吧！"

秦越人点点头，子术用骨刀拨开伤口，子仪用夹子细心清理草木灰。

站在旁边观看的子豹小声说："师父快看，伤口中的血又涌出来了！"

秦越人扭头对子舆说："子舆，快取马勃（俗称马皮包，球形，内有黑色粉末，天然止血良药）来！给清理过的伤口撒上止血！"

子舆转身取来，掰开马勃球，将黑色粉末撒进伤口，那浸血立时凝住。

子仪指着刘枣棍后背上一个长约一尺的伤口对秦越人说："师父，这个伤口太长太深了，即使愈合也要留下一个大疤！"

秦越人仔细观察后对子术说："这是官兵在背后砍的，再深一点儿就与五脏透了！"思忖了一下说，"子术，你去把鸡肠线拿来，用骨针给他缝上！我们不能让好汉留下大疤。"

子术取来鸡肠线，穿在骨针上，子仪用双手挤住涂了药粉的伤口，子术一针一针地穿肉缝合。

秦越人对子舆说："子术缝好后，你用白布缠住，每天换一次药，在伤口没有愈合前，绝不可解开！"

子舆点点头，用白布转腰缠住刘枣棍的大伤口。

一切处理完毕，秦越人望着死人一样躺在地铺上的刘枣棍，对众弟子说："虽说给他服了保命延寿丹，伤口上了药，此人生死还是未卜之数。五天之内，你们要每天按时服药换药，精心观察他的各种微小变化！"

五天后清晨，旭日东升，霞光万丈。子术、子仪、子舆、子阳、子豹在洞外台地上练拳，腾挪跳旋，一招一式，练得满头大汗。秦越人坐在台地一角，面东抱双手为环于腹前，闭目而坐，吞吐吸纳运气丹田。

子阳擦着汗指指师父问子术："师兄，师父咋坐在地上闭眼不动呢？"

子术笑笑说："师父是在练气功。"

子阳问："咱怎么不练气功呢？"

子术说："气功不是谁想练就能练的，只有把拳术练到炉火纯青之人，才能练气功。"

子阳又问："练气功也能健体防身吗？"

子术说："不光是健体防身，还能疗伤治病。"

子阳再说："师兄，气功这么神奇啊！俺啥时候能练呢？"

子术说："你好好练拳吧。什么时候练气功，师父会告诉你的。"

这时，山猫背着一口袋烧饼馒头、郝壮提着一篮子鸡蛋走上台地。

子豹上前拦住说："站住！你们怎么又来啦？"

山猫苦着脸哀求说："小兄弟，俺们回去睡不着觉，日夜惦念俺大王。他到底咋样了，你让俺们看一眼行不行？"

子阳也奔到他们面前拦住说："不行！俺师父说了，让你们二十天后再来。"

郝壮眼含泪珠说："俺们只看一眼，将这些吃的东西放下就走！"

子豹说："那也不行！人不能看，东西也不能留！"

山猫说："那俺跟你师父说句话行不行？"

子阳说："不行！俺师父正在练气功呢。你们还是快走吧，惹俺师父生气了，就不给你们大王治伤了！"

山猫、郝壮听了，只好一步一回首悻悻离去。

下山路上，郝壮忧心地说："二当家把咱们留在山下，是专门照料大王的。时间都过五天了，他们连看一眼也不让咱们看，这可咋办哪？"

山猫说："能咋办，咱们回去睡觉呗！"

郝壮说："如果二当家的来了，问咱们大王的伤治得咋样了，咱们咋回答呀？"

山猫哀凄说："没法回答。人家不让咱看，咱有啥办法？"

郝壮说："山猫，要不咱们也回黑山寨吧，把实情报给二当家的，省得出了事落埋怨！"

山猫一愣，笑笑说："都说你郝壮浑身力气，不愿动脑子，这不是想得挺周到的吗？"

郝壮红着脸说："俺给大王扛了三年枣木棍，咋也得开点窍哇。"

山猫、郝壮来看刘枣棍，虽然秦越人没说话，可耳中将二人对刘枣棍的热爱和惦念之话听得一清二楚，心中对洞中仍然昏迷之人油然产生一股痛怜和敬重。夜灯下，秦越人手抚一根胳膊粗、长约七尺、被粗手磨出光泽、两头箍着黄铜箍圈的枣木棍，望着仍然昏迷的刘枣棍凝思："这刘枣棍究竟是个什么样的人呢？为什么送他来的人对他那样崇敬爱戴？天天爬十几里山路来给他送吃喝？他为何不用刀枪，而把枣木棍当作兵器和心爱之物呢？……"

子术打量着这几天日渐消瘦的师父说："师父，您早点休息吧。俺们几个会轮流守护他的。"

秦越人摇头驱散冥思，笑笑说："今天是第几天了？"

子术说："第五天了。"

秦越人说："如果没有意外，他今天夜里该醒过来了。"

正在给刘枣棍双臂做按摩的子阳突然停下说："师父、师兄快看，他的眼皮动了一下！"

子术俯身观察后说："是有颤动！"

秦越人仔细观瞧刘枣棍的气色，翻看眼帘，又诊脉寸口后说："他的五脏功能和肌体正在恢复，但身体虚弱。子术，你再给他灸灸中脘穴和前顶穴吧。"

子仪说："师兄你灸中脘，俺灸前顶穴。"

二人刚灸一半，刘枣棍渐渐苏醒睁开眼。他瞧瞧左右，有气无力地说："棍、棍。"

秦越人马上把枣木棍送到他身边，拿起他一只手放在血迹斑斑的枣木棍上。

刘枣棍侧脸将头偎在枣木棍上，双眼泪如泉涌。

秦越人轻声劝道："你的伤口还没愈合，身体虚弱，千万不能激动！"

刘枣棍点点头，一会儿静静流泪，一会儿笑颜醉迷。

子阳紧张地说："师父，他是不是魔怔了？"

秦越人摇摇头说："不是魔怔，是他在回忆与官兵惨烈厮杀的经过。"

子仪问："师父，还继续给他灸摩吗？"

秦越人说："不用了。当务之急是让他安静，摆脱惨烈回忆，让伤口尽快愈合！"

子术说："那就给他服点镇定安神药吧？"

秦越人点点说："取'五灵脂'和'四神丹'各五粒服下，让他再睡三天三夜。"

子舆听了，马上取来"五灵脂"和"四神丹"交给子仪。

子仪给他服过后说："师父，是否再喂他点人参稀米汤，不然三天时间肚子太空了。"

秦越人点点头说："不可多喂，半碗即可。"

子舆、子豹端来人参小米稀汤，刚喂半碗，刘枣棍便睡着了。

秦越人长出一口气说："刘枣棍渡过鬼门关了。这几天你们都辛苦了，今晚好好睡个安稳觉吧。"然后又说，"记着，每天按时给他的伤口清洗换药！"

奇迹总遂人愿产生。又过了三天，刘枣棍果然醒来，并在秦越人师徒精心照料下日渐好转康复，但不管他睡觉或吃饭，手中总要握着那根七尺长胳膊粗的枣木棍，任谁说也不让枣木棍离开身子半步。你可以摸他的手和脸、头和脚，但不能拿他的枣木棍耍玩。否则，就给你发火发怒。众弟子明白了刘枣棍的忌讳，从没人去触动枣木棍。

二十天后上午，秋阳和煦，仙人洞台地上的两根木桩上挂着"蓬山地形药物分布图”，秦越人正站在图前给弟子们讲解药性药理，刘枣棍手拄枣木棍走出仙人洞。

众人见了纷纷站起，秦越人走上前问：“枣棍，你不好好歇着，咋跑出来啦？”

刘枣棍不好意思地笑着说：“子阳、子豹天天让俺吃野猪肉炖白萝卜，吃得俺这身上热烘烘的，实在在洞里待不住了，出来透透气儿，活动活动手脚。”

子豹冤枉地说：“刘大王，你可不能冤枉俺，俺啥时候让你吃白萝卜啦？”

刘枣棍说：“那肉锅里一块块白疙瘩，不是白萝卜是啥？”

子阳笑着说：“那不是白萝卜，是一种叫白芷的药材！”

刘枣棍红着脸说：“俺说咋觉这蓬山的白萝卜与俺黑山那儿白萝卜不一个味呢，原来是药材啊？”

秦越人说：“白芷有促使肌肉生长，消肿排瘀功效。你的伤口正在愈合，多吃一些有好处。”

刘枣棍感激地说：“俺一个落难汉子，被神医从死人堆中救活，还这样照护，真是不知道咋感谢您和众徒弟呀？”

秦越人说：“枣棍，咱们都在一起吃住二十天了，你咋还说这客气话呀？”

刘枣棍眼圈发红哽咽道：“俺没家没亲人，与您素不相识，您和徒弟们像亲人一样照护俺，俺心里实在不落忍啊！”

秦越人拍拍刘枣棍的肩头说：“你是落难好汉，我是乡野游医，咱们都是天涯沦落人，有啥不落忍的？”

刘枣棍抹把泪珠说：“话是这样说，可俺哪能与您相比呀？”

秦越人示意刘枣棍坐下说：“有啥不能比的？我治病救人是为天下人安康，你抗暴惩恶、保护庶民百姓，都是做有利苍生之事。”

子术见师父要与刘枣棍交谈，招呼几个师弟悄悄离开进洞。

刘枣棍望着起伏的山峦和蓝天说：“您游医天下解民苦，俺是被逼无奈，才走上这条占山为王之路啊！”

秦越人说：“好兄弟，你能给我讲讲为啥占山为王、用枣木棍当兵器吗？”

刘枣棍望一眼秦越人，双眼泪如泉涌回忆往事——

一个五岁的讨饭乞儿，一手拿着打狗棍一手拿一只破碗，走村串户讨吃度日；他一会儿被富人放狗追咬，一会儿跪在门前乞讨；他走进黑山城，善良山民向他手中送干粮稀饭；一个白发苍苍的刘姓孤婆将他叫进石墙茅顶破屋，收为干儿；八岁时，孤婆因无钱交丁税，被恶吏打死，焚毁茅屋；深夜，他躲在焚后破屋墙角哭泣，众乡邻给他送来衣食，劝他活下去；十六岁，他被抓丁，不堪忍受痛打和污辱，雨夜逃出兵营；潜回黑山村路上遇到一位年迈侠客，拜师学艺；侠客去世后，他聚集几个讨饭花子，在黑山密林搭屋而栖，杀富济贫，没有兵器，就折树为器；黑山酸枣树遍野，又结实又应手，他就选择了枣木棍；十几年中，他用这根枣木棍杀死无数贪官恶吏，暴兵劣绅，视为生死伴侣，白日手不离棍，夜晚抱棍而眠；中秋前夕，他得知两队官兵为争夺黑山村，奸淫烧杀、抢财夺物，率领80多个弟兄下山与官军拼杀；激战三天三夜，因寡不敌众负伤逃出，被弟兄们抬到蓬山来找神医求治……

秦越人抚摸着刘枣棍激动的后背说："你真乃义士也！乱世之中，难得有你这样惜民爱民的好汉了！"

刘枣棍说："俺是吃百家饭长大的，不能眼见乡亲们被祸害不管哪？"

秦越人感慨地说："当今世势，周天子王室日衰，群雄蜂起争霸夺地，战祸连年，庶民百姓哪有宁日可过呀！"

刘枣棍皱眉说："俺就想不通，那些王公贵族、诸侯富豪们，不缺吃不缺穿，为啥还要打杀抢掠祸害穷苦百姓们呢？"

秦越人说："究其根，只有两个字。"

刘枣棍惊奇地问："哪两个字？"

秦越人说："一曰昏。君王昏而无能，王室衰，宗主无权威，而致天下大乱、烽火连年；二曰贪。小官想当大官，小富想当大富，权臣想当诸侯，诸侯想当天子，欲望无穷而穷兵黩武。归纳一句话，就是为权和钱！因此人们说，春秋无义战！"

刘枣棍敬佩地说："俺不识字，不知道天下事，只知凭着良心处世做人，保护一方人。您这一席话，让俺明白不少事理呀！"然后两眼放光望着秦越人说，"秦神医，您懂得这么多，以后就跟俺去黑山寨当军师吧？"

秦越人笑笑摇头说："人各有志，不可强勉。"

刘枣棍好奇地问："您的医术已名扬四方，还有啥志向啊？"

秦越人思忖着说："我虽走了一些地方，治了一些患者，可对整个天下来说，还只是沧海一粟哇！"

刘枣棍不解地问："您这么大的名气了，为啥还要外出去游医呢？"

秦越人看一眼刘枣棍，又望着远方说："我立志要游遍天下，搜集整理各地医学知识，著一部医书留给后人。"

刘枣棍惊讶地问："那您再外出，准备到哪里去呢？"

秦越人说："晋都绛邑。"

第二十三章
切微脉奇诊晋相赵简子（上）

晋国是春秋时代雄踞北方的大国，战将如云，文臣成群，不仅众多小国相附，连周天子也高礼相待不敢得罪。初夏灿烂晨曦中，晋定公端坐在豪华气派的宫殿宝座上，志得意满地观瞧满殿的文武群臣。

分列左右的众文武拱手跪拜：“大王万安、万万安！”

晋定公笑着挥挥手说：“众卿平身！”

他扫视这些辅佐自己成就霸业的亲臣爱将，心中充满了自豪和雄气，但当目光发现首辅大臣赵鞅的位置上不见熟悉的身影，顿时眉头皱起。

这赵鞅，字简子，名虽为相卿，实际掌管着晋国的一切军政大权，生杀予夺说一不二，他不到朝如何商议军政大事呢？晋定公扭脸向站在案侧的掌庭官尹铎问道：“赵爱卿因何未到哇？”

晋王发问，掌庭官也在纳闷儿，赵鞅未按时来早朝还是第一次，连忙躬身说：“下臣这便差人去问。”说毕便下殿遣人前往。

晋国虽说威播诸侯，但因属下诸大夫在攻伐赏封中势力日渐强大，而使侯王的威望和势力一天天衰落。在晋国诸大夫中，当时权势最显赫的有三人，一是相卿赵简子，二是副相卿魏桓子和韩康子。他们虽是王下之相（亦称大夫），实则是以家族为根基的结党聚势的权臣，不仅相互争斗谋权邀宠，还时刻窥视着侯王之位。因此，当晋王派人去问询赵简子不上朝原因和催他快来时，朝堂上便互相交头接耳议论蜂起。

韩康子瞅一眼魏桓子，凑近低语：“这赵简子，不知在家里又策划什么阴谋诡计呢？”

魏桓子笑笑小声说：“只要你我二人联手，他休想一手遮天！”

韩康子说：“趁他不在，咱们应把昨天商量的增补家兵的奏案提出来，让大王点头通过！”

魏桓子怂恿说：“那你就快说吧。”

韩康子为难地说：“还是你说吧。大王昨天在演兵场上，还夸你有智有谋、堪当大任呢！”

魏桓子甜美地点下头，转头冲自己的亲信宠臣任章使一个眼神。

任章便立即出列奏道：“禀大王，臣有一事要奏。”

晋定公闪闪眉说：“爱卿请讲。”

任章说：“在剿灭智氏家族之乱中，魏韩两家损兵折将。而这两家一家守护着晋国西疆，一家守护着南疆，急需增补兵员战将，以防敌国窥视。下臣将理由尽写案中，请大王阅准！”说毕呈上奏章。

晋定公接过奏章看了看放下说：“此事，待赵相卿来了再议吧。”

任章固执地说：“往日朝议，其他大夫不在也照样议事。晋国是大王的晋国，难道赵相卿不在，就不能商定国事了吗？”

赵简子亲信阳虎闻言，走出站班大声说：“大王，任大夫此话甚谬。其意在挑拨大王与赵相卿的关系！”

韩康子亲信段规站出说：“大王，在下倒觉得任大夫所言极是。大王应该下诏，给韩、魏二副相卿增兵添将才是！”

赵简子亲信老臣沈攸之出列说：“若因剿灭智氏家族之乱而增兵补将，大王知道，在这次国难中损失最重的当数赵相卿啊！他倾尽全力，仅晋阳（今太原）一战，就折兵将两万余人。若给韩、魏二副相卿增兵补将，大王应先给赵相卿增补才对！”

任章鼓舌道：“臣听说，在剿灭智氏后，赵相卿已在封地晋阳一带扩军，不可再增！”

阳虎正欲再言，被派去到赵简子府上打探情况的内侍满头大汗奔进朝堂跪下禀告：“禀大王，赵相卿病昏在床。”

晋王闻言犹五雷轰顶，怔了片刻急忙吩咐：“快宣太医前去诊治！”然后望着乱纷纷的朝堂说：“赵爱卿因病不能上朝，今天就散朝吧！”说毕惶惶离去。

晋王为何慌乱并说出此种话来？因为没有赵简子在朝堂，做出的任何决定都是不算数的。他刚即位三年不敢得罪这位有智有谋、权横朝野的晋国首辅大臣。

众人闻言，跪拜晋王后便纷纷离开朝堂。

初夏阳光中，走出朝堂的文臣武将在大街上分成三伙：一伙以阳虎为首，带着张孟谈、尹铎、原过、沈攸之等，出门后急急奔往赵府看究竟；一伙是魏桓子、任章等，出门后蜂拥着满脸得意的魏桓子去魏府；一伙是韩康子、段规等，出门后跟着喜形于色的韩康子去韩府。那些没有入伙的朝臣望着三大氏族团伙的背影，心事重重、脚步踟蹰，不知做何选择。

权臣赵简子府宏伟壮丽，高墙严围，殿堂楼阁在阳光下泛着权高位重的亮光，数十名手持兵刃的守兵神色威严地列队于大门两旁。门内人进人出，慌张而繁忙。奉王命而至的太医姬飞、豫四，背着医箱匆匆来到门前，被守将领着，匆匆走进大门。

赵简子卧室宽敞典雅，一张铺着锦缎被褥的大床上，躺着双眼紧闭、不省人事的赵简子，旁边围坐着哭成泪人儿的妻妾凄声呼唤，几个儿子六神无主、慌乱焦急地在地上走来走去。门将楚隆领着两位太医进门，众公子急忙迎上："恭迎太医，请速为吾父诊脉！"

两个太医虽说奉王命而来，在赵府却是战战兢兢。他们笑脸打拱说："公子们不必客气，在下定当尽力！"说毕走到赵简子床前，轮流观气色、翻眼帘、瞧舌苔、试鼻息，然后把脉三部九候。二人先是神色发愣，后是神情慌乱，互相对视一眼，张口瞪眼无语。

大公子赵无恤发问："太医，吾父患的是何病？用何药调治？"

二太医听到问话张口结舌，迟疑地交换眼神后，太医姬飞慌乱地说："各位夫人、公子，在下行医半世，从没见过这种症状，你们还是另寻名医来诊吧！"

太医豫四擦着惊汗吞吞吐吐说："脉、脉微如丝，四肢无、无知，瞳、瞳光暗淡，在、在下不敢妄判……"

在赵简子几个儿子中，最有主见和胆识的当数赵孟，字襄子，号毋恤。他怒声喝道："真是两个蠢材！难道吾父之病就无治了吗？"

二太医战战兢兢跪地哀告："公子息怒、公子息怒！在下昏庸无能，我们马上回宫奏请大王，再派太医来诊。"说毕背上药箱仓皇出门而逃。

此时正是散朝后阳虎领着赵简子的亲信们相拥来到赵府门前。他们看见夹着药箱弯腰低头惶惶走出门口的二位太医，阳虎伸手拦住问道："二位太医慢走！相卿身患何病？你们为何不治而走？"

姬飞凄苦发抖说："老将军息怒，在下回去禀告大王，再派太医来诊！"

阳虎等知道大事不好，急忙进门向赵简子寝室奔去。

夏阳当空，逃离赵府的二位太医，回头望望那气氛森严的赵府大门，姬飞擦着惊汗说："我的娘哎，咱们再晚走一步，小命就被这帮虎狼之将留在赵府了！"

太医豫四打着冷战说："这赵相卿权势太大了，把守府门的将士比大王宫殿还威武雄壮啊！"

姬飞哀叹说："权再高势再大，这回恐怕也要树倒猢狲散了！"

豫四吃惊地瞧瞧左右说："全朝文武大臣，一半都是赵相卿的亲信，他死了还有他几个儿子呢。"

姬飞嘿嘿狡笑道："阳虎、沈攸之这班老臣，个个战功显赫，就怕赵氏那几个黄口小儿，使唤不动他们呀？"

豫四忧心地说："若是这样，刚刚平息智氏之乱的晋国，又要朝野不安了？”

姬飞说：“何止朝野不安？恐怕是天下大乱、血流成河了！”

这时从街旁一巷内走出韩康子宠臣段规，笑嘻嘻接住话头说：“二位太医，真没想到你们不仅是治病救人的当今名医，还是忧国忧民之士啊？佩服、佩服哇！”

二太医惊讶地望着段规说：“啊！段大人，您怎么在这儿呀？”

段规瞧瞧左右，一手拉住一位太医的手说：“我在此已等候二位多时了！街上人多眼杂，咱们借一步说话。”说着将二人拉到巷内一棵大树后问，“大王派二位去给赵相卿诊病，你们为何不到两个时辰就离开了？”

二太医闻言，惊得瞠目结舌：“这、这——”

段规笑笑说：“二位不用害怕，你们刚才议论之话我已听到。”

太医豫四惊悸地问：“你、你听到什么了？”

段规拍拍豫四肩头说：“你不用担心，我不会把你们的话告诉任何人的！”

姬飞不解地问：“那你把我们拉到这里干什么呢？”

段规神秘地一笑说：“赵相卿是我们晋国的栋梁。我只想了解他得了什么病，何时能康复？”

两位太医互相瞧瞧，低头不语。

段规从怀里掏出两锭银子，向二太医手中一人塞一锭说：“你俩刚才所说赵相卿之话，若让赵公子和阳虎、尹铎知道，你们恐怕就——”说着用手在脖子上做了个杀头的动作。

二太医闻言立时额冒冷汗、浑身打战说：“段大人，千万不可、千万不可呀。大人想问什么，在下实说罢了！”

段规转转眼珠说：“那你们就告诉我实话吧！赵相卿究竟得了什么病？病况如何？”

豫四瞧瞧左右无人，说：“赵相卿已昏迷不醒，在下诊不出是何病。”

姬飞说：“他已不省人事，脉微瞳暗，恐怕再难复生了！”

段规吃惊地问：“此话当真？”

二太医发誓说：“在下若有半句假话，天打五雷轰！”

两位太医仓皇离去，阴云顿时罩满赵简子寝室。赵夫人泪流满面抓住公子毋恤的手说：“儿啊，太医诊不出你父是何病，这可咋办哪？你快快差人再去寻找名医吧。”

公子毋恤紧锁双眉愁苦地扶住母亲说：“娘，孩儿也是心焦如焚啊！”

哥哥无恤哭着说：“弟弟，咱们去求大王颁诏，广招天下名医来治吧？”

毋恤说：“哥哥，你想过没有？晋国为天下霸主，名医群聚。王宫太医是名医中最技高望重之人，尚不能治，其他庸医焉有妙手回春之术？再说了，咱父乃晋国首辅重臣，外有秦、楚、齐窥视，内有韩、魏二家时刻寻机夺父权灭赵氏家族，岂敢轻易发出广招名医之榜，让天下知道父亲已病危，昏迷不省人事、无法再理国事啊？”

赵夫人闻言涕泣道：“天哪！这不行，那不行，谁来救我的夫君呐？”

这时阳虎率领张孟谈、沈攸之、尹铎、公孙龙、高共、原过等亲信文臣武将进门说：“末将拜见夫人和各位公子！”

公子毋恤垂泪迎住说：“阳伯伯和诸位爱卿，快想法救救家父吧？”

阳虎扶住公子毋恤说：“贤侄不要悲伤，下臣等定会全力保相卿安危！”说毕率众人走近床前观瞧无声无息死人一样静静躺在床上的赵简子，顿时惊愕慌乱。

多年跟随赵简子历经政局动乱、战事厮杀的老臣阳虎躬身向赵简子夫人和公子无恤、毋恤施礼道：“敢问夫人、公子，赵相卿因何故病重如此啊？”

赵夫人长涕一声：“阳老将军，连太医都找不出病因，我一个妇道人家哪会知道是为啥呀！”说毕泣不成声。

公子无恤也跟着哭泣说：“全家人六神无主，请众爱卿帮助寻找良医！”

阳虎纳闷地问：“没有任何因由，相卿为何会病成这样呢？”

公子毋恤诉说道：“昨日家父并无不适，从演兵场回来还饮酒观舞。今日清晨起来，只说头发胀发麻，阳穴突跳，穿上朝服刚走出卧房，便晕倒在地，昏迷不醒、人事不知了！”

老臣阳虎转转眼珠问：“昨天在演兵场上，赵相卿可与那韩康子、魏桓子二人一块吃酒用饭吗？”

公子毋恤明白阳虎担心韩、魏二大夫暗中下毒，摇摇头说：“侄儿时刻记着阳伯伯叮咛，在演兵场上我一刻也没离开家父左右。那韩魏二人确实提出要宴请家父，都被婉言谢绝了。”

阳虎点点头，又问：“那昨晚在家中所饮之酒为何人所送？”

公子毋恤说：“家中之酒皆为家酿窖藏，并无用过他人之酒。”

阳虎又问：“清晨起来，赵相卿曾食过何物？”

公子毋恤摇摇头说：“他只喝了一碗小米粥，就要更衣上朝，并无食过他物。”

阳虎说：“那粥为何人所熬，何人所盛？”

毋恤苦笑一下说：“此粥为家母所熬，由我亲盛。全家人皆食此粥，并无病者，家父之病，绝与此粥无关！”

众人听完公子毋恤叙述发病始末，你瞧我、我瞧你，如堕五里雾中，个个愁眉紧拧。

老臣沈攸之愁苦地转着眼珠说："这就怪了！没有任何征兆，怎么说病就不省人事了呢？"

阳虎说："公子，让夫人守着相卿，咱们众人到厢房去商议办法吧。"

于是公子毋恤先行，众人相随离屋……

世上的事，总是有悲有喜，有愁有乐。赵简子府忧凄缠心，晋国另一权臣韩康子府中却喜气洋洋。韩康子上朝归来，大宴众家臣，酒足饭饱之后他走进豪华宽敞的府堂上，坐在案几后听亲信段规讲述路截二太医，介绍的赵简子病状。韩康子听了，兴奋地一拍几案站起说："赵简子命不保夕，真是天赐良机呀！"

段规问："主人，是否把这个消息告诉魏桓子，一块商讨共灭赵氏家族之计？"

韩康子站起，在地上踱了几步，一挥手说："不！我们先暗中准备，这次绝不能让魏胖子再抢了先机。"

段规说："主人所虑极是。但太医姬飞与魏桓子交往甚密，若暗中将这一消息告诉魏家，咱们岂不被动？"

韩康子转转眼珠说："你提醒得对。要不，你以探望魏母之名先到魏府去一趟，从侧面打探一下。若他不知赵简子将死之事，你啥话也不用讲；若他已知赵简子病情，就说受我之托邀他共商灭赵大计。行不行？"

段规点点头拱手说："这样最妥，在下遵命！"便匆匆离开向魏府奔去。

与韩康子同样高兴的，还有晋国另一权臣魏桓子。魏桓子的高兴不是笑在脸上，而是付诸行动。下午，日常只有几个侍卫守护大门的魏桓子府，突然增兵添将，不仅大门加强戒备，而且府堂周围站满刀明戟亮、威风凛凛的亲兵。府堂内，迎门屏壁上画着阴阳八卦图，魏桓子一脸肃穆端坐在屏壁前的宽大几案之后。几案前的两侧蒲团上左文右武坐着魏氏家族的文臣武将，大家肃容正坐侧脸望着魏桓子，等待主人讲话吩咐。

魏桓子轻咳一声说："关上门！"护守亲兵便把府堂大门合上。

魏桓子扫视一圈注目等待他讲话的众亲信说："我得到宫中太医确切密报，赵简子已不省人事，再难复生了！"

众人闻言先是大惊，然后便兴奋议论。有的说："报应！他太专横跋扈、目中无人了！"有的说："天佑我家主人！大王这回该让您主持朝政了！"有的说："韩康子那小子，会不会跳出来与咱们主人争首辅之位呢？"有的说："就他那点兵力，我一个人就把他收拾了！"有的说："就是赵简子死了，赵氏门下那伙文臣武将也不好对付！"有的说："要灭赵氏，我看还是联合韩家一块干！"……

魏桓子听了一会儿议论，举起双手示意说："大家安静！据密探报告，赵家上下现在已乱成热锅上的蚂蚁。我将大家招来，就是商议咱们怎么办？”

一将官站起说：“擒贼先擒王！请主人给我三千兵马，趁着赵府混乱，我去把他们杀光斩净！”

一文官站起说：“主人，奴才认为此时用兵剿杀赵府不妥。赵氏门下兵多将广，很可能早有准备。如果攻而不下，倒给赵氏提供在大王面前进谗之由！”

谋臣任章站起说：“主人容禀，在下以为，当下之急是联络韩康子，共谋灭赵之计！”

魏桓子点点头，正欲讲话，一守门将官推开门奏道：“禀主人，韩家大夫段规，携礼来见！”

魏桓子转转眼珠一笑说：“先带他到偏殿等候。”说毕站起叮嘱：“任大夫你来主持，大家继续商议，我去去就回。”

任章拱手相送说：“主人小心，那段规之徒狡诈鬼道，很可能是来打探消息的！”

魏桓子转身拍拍任章肩头说：“爱卿放心！”

段规进魏府看到不同寻常的守备，就猜到魏桓子正与众家臣家将在商议大事，门将不让他进正殿而领到偏殿候见，便猜出魏府此时此状的举动定与赵简子病危的消息有关。他刚坐到偏殿几案前饮茶，就听到身壮体肥的魏桓子沉重的脚步声，慌忙站起拱手说：“在下段规，拜见魏副相卿！”

魏桓子笑着挥挥手说：“段大夫坐吧，府内有点家事，让你久等了。”

段规狡笑着说：“魏副相卿，恐怕不是家事是国事吧？”

魏桓子凝住笑，上下审视段规正色道：“怎么，韩康子派你来刺探本府事务？”

段规满脸堆笑拱手赔礼说：“不敢、不敢，吓死小人也不敢过问魏副相卿的家事啊！”

魏桓子恢复仪态逼问：“那你刚才说，不是家事是国事，什么意思？”

段规笑笑说：“在下不过是妄猜。”

魏桓子说：“作为一个大夫，说话要有根据，不可信口胡言！”

段规收住笑容说：“魏副相卿，不是在下妄议。你府内外三步一岗五步一哨，重兵森威，待客不在正堂而在偏殿，岂能不引人生疑多想？”

魏桓子一怔，心说：“这段规果然狡诈鬼道。”嘴中讲出的却是：“段大夫，韩康子派你来干什么？就直说吧。”

段规知道自己已猜中魏桓子在密谋反赵之事，便直言道：“赵简子已病入膏肓，魏副相卿乃当朝之柱，我家主人特派我来请教对策？”

魏桓子笑笑说：“韩副相卿有何高见呢？”

段规闪闪眼帘，装出一副虔诚的样子说：“我家主人势单力薄，愿听魏副相卿调遣！”

魏桓子哈哈笑道：“如此说来，我们是一家人了？”

段规诚挚地打躬作揖说：“在下就是代家主，来领魏副相卿之命的！”

魏桓子招手叫段规上前，附耳小声低语。

段规连连点头说：“是、是！”

权臣赵简子病危，不仅牵动韩、魏两家重臣，连晋王定公午也寝食难安。夜，灯火辉煌的宫灯将豪华气派的晋王寝宫照得如同白昼。宠妃玉姬浸泡在内室撒满花瓣的浴池中，细腻洁白的肌肤犹如羊脂玉翠，在灯下泛着迷人的亮光。两个宫女手拿木瓢向玉姬身上轮番倒着流水，池旁堆着鲜艳华丽的宫装。

玉姬仰卧水中，用手抚摸着自己挺拔的双乳，幸福地眯眼回忆着与晋王恩爱经过……

一个宫女推门走近浴池说：“禀王妃，大王正向寝宫走来。”

玉姬闻言惊喜地坐起说：“快扶我出水更衣！”

两个宫女将玉姬从水池中扶起，擦去身上水珠，灯火辉煌中她就像一个冰雕的玉人儿。

一宫女给她拿来衣裳，她将一件薄如蝉翼的丝衫罩在身上，玉体犹如裹在云雾中，在灯光下时隐时现。然后喜滋滋轻移莲步走进寝宫，见大王六神不安正在屋内走来走去，便笑吟吟幽灵一样扑了上去说：“大王啊，你可把妾妃想煞了呀！”

晋定公见到美貌无比的宠妃，脸上顿时绽出笑容，他紧紧抱住亲吻着玉姬发湿的香发说：“宝贝，寡人也想你呀！”

玉姬用嘴吻着晋定公的脖子和胸口撒娇说：“大王，快抱我上床吧！”

晋定公抱起爱妃玉姬将她放在床上，脱掉自己衣衫，伸手撩开玉姬罩衫，惊喜地说：“啊，你没穿内衣？”

玉姬娇羞地将晋定公的头拦在胸前双乳上呻吟说：“妾、妾妃想给你个惊喜……”

晋定公兴奋地用嘴嘬住玉姬乳头，爬上身去。玉姬激动地伸出双臂紧紧将晋定公抱住，但晋定公只动了几下，便“啊呀”一声大叫，下泄如注，瘫倒在玉妃身上。

玉姬紧张地用手捧住晋定公的脸问：“大王，您怎么啦？”

晋定公从玉姬身上翻下躺在床上说：“爱妃，寡人力不从心了！”

玉姬坐起擦掉身上污物，将脸偎在晋定公脸上说：“大王昨日还像只猛虎，今天怎么就不行了呢？”

晋定公苦着脸说：“赵相卿病危，魏、韩二副相卿蠢蠢欲动，我晋国恐怕又要刀兵相见、朝野难安了！”

玉姬吃惊地问："昨天妾陪大王到演兵场，还见赵相卿壮壮实实，怎么突然就病了呢？"

晋定公忧心地说："太医们诊不出是何病，只说再难康复了！"

玉姬紧张地说："大王，那韩、魏两家要趁机灭赵夺您的王位吗？"

晋定公说："夺寡人之位他们还不敢，但借机灭掉赵氏家族，恐怕已成定势了！"……

夜深了，赵府正堂灯火通明，赵家的文臣武将个个愁眉苦脸、忧心忡忡。

家将楚隆进门禀报："禀公子、阳将军，据密报，韩、魏两家今夜聚集家臣，正在魏府密谋联手灭赵！"

阳虎神色严肃地挥手说："知道了。你再加派暗探，昼夜盯住韩、魏两家的动静，有何情况随时来报！下去吧。"

公子毋恤神情慌乱地说："阳伯伯，各位爱卿，韩魏两家想借家父之病发难，咱们该如何应对呀？"

阳虎笑笑说："公子不必着急。就咱们赵家实力，即使韩、魏两家联手，也不在话下！当前要事，是要千方百计稳住大王。只要大王不偏向韩魏两家，谁也翻不起大浪！"

谋臣张孟谈说："老将军所虑极是。只是大王宫中有不少韩魏两家耳目，咱们如何隔断宫中之人与韩魏两家联系呢？"

公孙龙思谋着说："不仅要隔断宫中耳目与韩魏联系，还要加强府中护卫和都城城防守备，以防万一！"

阳虎说："大家说得都对。我看这样吧，尹铎去城外精选赵家亲兵三千，替换现在守护王宫的禁军，严防死守不准任何宫人外出！宫中所有用项，皆由赵家亲兵送入！"

公子毋恤说："这个办法好！那就拜托尹叔叔了！"

尹铎拱手说："奴才遵命！保证一只鸟也不让它飞出宫门！"

阳虎说："任命公孙龙为都城绛邑统领，总管城内一切军政大事，明松暗紧，严格盘查进出之人。抓到可疑之人，送到城外赵家兵营审讯！"

公孙龙拱手说："末将遵命！请公子和阳老将军放心！"

阳虎又说："高共速回晋阳，广集粮草，守好赵家大本营！"

高共拱手说："末将遵命！"

阳虎又说："原过将军，你速到城外左营，选精兵两千，协助楚隆守护王府！敢有靠近者，格杀勿论！"

原过拱手说："末将遵命！"

阳虎又说："张孟谈多谋，沈攸之年迈经验丰富，与本将在府中照护相卿一家老小、协助公子处理军国大事！”

张孟谈、沈攸之拱手说：“在下遵命！”

张孟谈思忖着说：“阳老将军，在下觉得还有一事要做。”

阳虎说：“请讲。”

张孟谈说：“在下建议速给相卿辖地各令官发一密函，让他们就近盯住韩魏两家辖地的动向，早作应变准备，以防事临而慌乱。”

公孙龙附言说：“末将觉得此事很有必要！”

阳虎点点头，说：“此事就由沈大夫烦劳吧！”然后问公子毋恤说：“这样安排是否妥当，请公子定夺！”

公子毋恤说：“就按阳伯伯吩咐，大家分头行动吧！”

众人应声站起向公子毋恤拱手说：“末将（奴婢）领命！”然后出门而去。

领命而出的赵家文臣武将，犹如由中枢神经发出的信息波，顿时搅动了晋都绛邑城内外。城外赵家兵营，一队队威风凛凛的兵将骑马列队奔出兵营大门。

尹铎指挥赵家亲兵接管王宫各门守护；公孙龙率领兵将登上绛邑城楼接管防务，指挥加哨布岗；高共连夜启程奔赴赵家大本营晋阳；派往各地的信使如射出的箭连夜奔向四方。夜幕犹如一个魔箱，将阴谋和阳谋都变得神鬼莫测，恐怖而可怕。

留守在赵府的张孟谈、沈攸之和阳虎等，则聚在赵府厢房。灯下，老臣沈攸之坐在案前望着窗外明月自语：“咱们相爷患得，究竟是什么病呢？”

原过忧心忡忡说：“相爷这是日夜操劳国事太累，积劳成疾呀！”

楚隆说：“我听街上人们议论，这是那些被咱们剿杀的智氏亡魂不散，暗中作祟！”

素有军师之称的张孟谈听着众人的议论闪闪眉，向老臣阳虎拱手道：“老将军，依相卿之贵相，其病非我等常人能判。是否请国师来做做法事，问神卜吉、驱邪降魔呢？”

阳虎思忖着说：“这几年相爷带我们守卫晋阳，讨伐智氏，确实杀伐过重。仅决汾水淹智氏一役，就死了十几万人。虽然智氏一族该杀，那些听令的家人将士却是枉死之徒。前些日子相卿曾与在下说过，今年冬至祭天时，要为那些亡灵举行个祭仪。请国师来做做法事，倒是一个值得考虑的办法。”

众人听了附和说：“老将军说得对！明天咱们就奏请大王，派国师来做法事吧！”

阳虎转身对原过说：“原将军，你现在马上去王宫告诉掌庭官尹铎大人，请他去禀告大王，派国师来做法事！”

原过拱手说：“在下遵命！这就进宫去找尹大人，奏请大王下旨。”

为了迎接国师来做法，第二天上午，偌大卧室中只剩昏卧床上的赵简子一人，家中男女老幼全部离去。遵照国师吩咐，当屋摆一硕大香鼎，香鼎前摆一条案，案上竖着一个写着“天地十方各界神灵”的牌位，牌位前一字摆放着三牲和祭品。

国师姓吐名浑，只有卜算国家大事和侯王灾病才亲自作法，今天能为赵简子驱魔求神是受晋王所遣。他挽高髻插金簪，身穿蓝袍持利剑，肩披长发戴鬼面，脚蹬云鞋腰挂骨板，先向香鼎献焚香，再向神牌行祭礼，然后坐团蒲念咒语，接着便跃然而起在室内舞动宝剑跑来跳去，一会儿发出“嘿、哈”的喝声，一会儿又怪叫流涕，充满阴森骇人之悸。

卧室虽宽敞，但经不住祭香缭绕，浓烈的烟雾犹如阴云随着国师吐浑的舞跳在室内滚来荡去。国师声嘶力竭汗湿衣巾，室外之人屏声静息、心如手揪。

这法事从上午一直做到第二天太阳高照，整整一天一夜，尽管国师手中宝剑挑破赵简子床上的条条锦被、冲赵简子发出一次又一次的哀叫怒斥，赵简子依然如故像死去的人一样毫无反应和动静。

天亮了，太阳上了三竿，折腾了一天一夜的国师吐浑在几个弟子搀扶下气喘吁吁、脸色蜡黄地走出赵简子的卧室，立时瘫坐在地上。憋闷在室内的祭烟，犹如开闸的洪水奔涌而出。

赵简子的亲信爱将在老臣阳虎和公子毋恤的带领下，将国师吐浑团团围住问：“相卿（家父）冲撞了何方神灵，可获宽恕？”

吐浑上气不接下气地摇头摆手说：“赵相卿上犯天怒，在下百般恳求好话说尽，诸神还是不开言哪！”

众人闻言大眼瞪小眼，一片慌乱。

这时门将楚隆进门，见众人神色慌乱拱手小声说：“禀公子、阳老将军，在下有军情相报！”

赵毋恤和阳虎闻言一惊，急忙拉起楚隆走进赵简子卧房内的内室。

国师吐浑趁机从地上爬起，带着侍从惶惶离开赵府。

所谓赵简子卧房内室，是赵简子在紧急情况下与要臣亲信商议密谋军国大事的重地，常人难得进入。它设在卧室之后，只有两间大小，装饰豪华，内中用锦缎铺就的地铺上只放一条几案，几案后为赵简子之座，几案前有五个锦团。

公子毋恤和阳虎进屋后来不及就座，阳虎便问楚隆：“韩、魏两家又有什么新动向？”

楚隆说：“据内线密报，韩魏两家昨夜已结成联盟，今夜要派出信使到封地去，集结兵将来绛邑！”

公子毋恤神色紧张地说：“看来，他们要动手了！”

阳虎皱眉思忖了一会儿，从几案上拿起一块调兵令牌说：“楚隆，你现在就去传令公孙龙，在四城门外各暗设伏兵二百。凡骑马出城可疑者，皆捕获押送赵家老营审问！快去！”

楚隆接过令牌拱手说：“末将遵命！”

公子毋恤望一眼离去的楚隆，转身对阳虎说：“阳伯伯，我赵氏家族安危，全系您一身了！”

阳虎动情说：“公子此话差矣。老臣自投在赵氏门下，二十余载备受恩宠。俗话讲，养兵千日，用兵一时。此时正是老臣效力尽忠之时啊！”

公子毋恤苦着脸说：“家父之病看来一时半时难愈，往下该如何是好呢？”

阳虎正色说：“相卿在，相卿为主。相卿万一不测，你就是赵氏家族之主啊！”

公子毋恤吃惊地望着阳虎说：“家中还有长兄无恤和众多兄弟，毋恤岂敢有非分之想啊？”

阳虎说：“赵家男丁虽多，相卿要传位于你的征兆已众人皆知。你一定要稳住心神，渡过这内外交困的难关啊！”

毋恤感激地说：“谢阳伯伯厚爱。国师祈神未果，侄儿再找何人来为家父医治呢？”

阳虎说：“贤侄不要着急。为臣马上去叫几个老臣，咱们一块商议！”

夜又来了，平时灯火通明的晋都绛邑城头却一反常态，黑漆漆夜色中没有一丝灯光，城门口也只有几个兵丁守门。公孙龙在黑暗中坐在城楼内的帅案之后，周围站满持刀握戟、屏声静息的兵将。

一将军进门禀道：“禀大人，据四门守将报，共有十二个骑马人出城！”

公孙龙笑笑说：“好！立即放三支响箭！”

将军说：“遵命！”转身喊道：“放响箭三支！”

语音落，三支冒着火光带着哨音的响箭射向夜空。黑暗的四城城楼顿时灯火通明。灯火中，城门和城墙上突然站满赵家亲兵。

埋伏在四城外树林中的赵家兵将，看到空中三支带着哨音的响箭，城楼灯火大亮，一齐喊着“杀”声冲出，团团围住韩魏两家派往各地的十二名信使，不由分说揪下马，绑缚押往赵家兵营……

虽然韩魏两家派往各地调兵遣将的信使全部落网了，但赵简子的病状却使赵府上下更加忧愁。第四日上午，阳光灿烂，昏迷卧床的赵简子仍然不省人事。公子毋恤望着毫无复活希望的父亲泪如雨下。

满脸愁容的阳虎劝道：“公子珍重，此时千万不可乱了心性啊！”

毋恤哽咽着点头说：“家父至今不知患得何病，今天已是第四天了，仍然不省人事，叫我怎能不心焦如焚啊？”

阳虎也垂泪说：“公子不可过分悲伤，还是早点准备后事和应付变乱为重。"

毋恤抽泣着说："阳伯伯，您去告诉原过，让他按昨晚咱们的商定，抓紧找人打造灵棺和购买祭品吧！"

阳虎点头擦着泪说："公子请放心，一切都在准备中。"

这时门将楚隆拱手向公子毋恤报道："禀公子，邯郸令董安于归来求见。"

公子毋恤和阳虎及守候在赵简子床前的沈攸之、张孟谈等众文武闻言大惊。

董安于是多年跟随赵简子的亲信侍臣，因暗中筹划边境重镇邯郸防务任邯郸邑令，他这时回来一定是边疆发生了什么大事。公子毋恤立即站起说："快快请进！"

浑身风尘的董安于三步并作两步跑到公子和文武群臣前，拱手下跪说："奴婢安于，叩见公子和列位大人！"

阳虎不待公子答话，迫不及待将董安于扶起拉到一旁肃声问："邯郸出了什么事？"

阳虎这样急迫发问，是因为他知道邯郸是相卿赵简子暗中经营的屯兵聚粮反晋自立之地，若是那里的政治意图被韩、魏二大夫和晋王得知，不仅是赵世家族要被诛灭九族，所有跟随赵鞅的文臣武将都将被斩杀剿灭。董安于喘口气说："邯郸无事。在下接到密报得知相卿病危，便星夜赶回探望！"

赵公子和阳虎得知邯郸无事，惶心稍平，便引董安于一齐奔往赵简子床前。

赵简子还是昏迷不醒、不省人事。董安于看到主人病成这样，忍不住悲痛之情，哽咽一声："相卿啊——我的主人！您咋病成这样啊？"便哭喊着扑了上去。

阳虎去拽董安于，董安于啼哭着说："相卿病成这样，咋还不快请太医来诊治呀？"

公子毋恤流泪拉起董安于说："不是不治，而是太医也束手无策呀！"接着又指着屋内的香案香鼎说，"国师吐浑驱魔求神一天一夜，仍无效果。我等日夜守候，正在筹备后事啊。"说毕仰天哀叹，"老天啊，天下之大，医家之多，为何没人能治家父之病呀？难道上天还要让我赵世家族，再遭程婴救孤之难吗？"

众文武闻言俱哀叹唏嘘，董安于擦着泪水说："公子、阳大人，怎么不请当今名医，神医扁鹊来给相卿治病呀？"

众人听了，顿时振奋议论："是啊，咋忘了去蓬山请神医扁鹊呢？"有的说："那秦越人只是个串村走户的村野游医，哪有本事治相卿之病啊？"有的说："传说他医技如神，就怕他听了相卿的病状，也不敢来呀！"

尹铎说："蓬山是咱们晋国之地，若派人去请，他敢不来，就把他绑上抓来！"

阳虎摇摇头说："老臣也曾想过去请扁鹊，但蓬山路遥山险，没有十天难返回。现在相卿命在旦夕，只怕请他的人还未赶回，相卿便……”

董安于上前抓住老臣阳虎之手，打断他的话说：“老将军，在下打马进城时，在街上恍惚看见神医扁鹊带着弟子，就在咱绛邑城中啊！”

众人闻言立时又兴奋议论起来。张孟谈说：“天下竟有这样的巧事，真是天佑我们相卿啊！”

公子毋恤闪着亮眼问：“安于，你认识这个人吗？他真像人们传得那样医技如神吗？”

董安于擦去脸上泪水说：“奴婢在邯郸，亲眼目睹他连救三条人命，邯郸百姓送他‘蓬山神医’大匾。奴婢还听说，他在邢邑将一下葬孕妇救活，并当众产下一子。太行山东黎民称他为活神仙，誉他为喜鹊，意思就是他走到哪里就给哪里人带去安康快乐。他在邯郸行医近一年，治好了家家户户上愁的花柳病！”

阳虎兴奋地抓住董安于的手说：“既然你认得他，那就赶快带人去街上找吧！”

董安于答应一声：“奴婢领命！”便领着几个兵丁奔出赵府大门。

晋国都城绛邑（今山西省翼城县）大街上，艳阳高照。作为春秋大国之都，绛邑城内店铺楼阁林立，街上人来人往、喝买叫卖一派繁荣。秦越人和弟子们都是第一次进入这样繁华之地，目不暇接地观瞧着周围的一切。

秦越人决定带弟子们来晋国都城有两个目的，一是拜会生活在大国之都的名医切磋医技，二是在游医中搜集散落民间的偏方秘方为著《难经》积累素材。跟着他的弟子有子仪、子舆和子阳，子舆、子阳各牵两头毛驴，驴身上驮着行囊，子仪陪在师父身旁。

师徒四人边走边指点议论着，子舆兴奋地说：“俺觉得邯郸就够大了，没想到这绛邑比邯郸还要大得多！”

子仪说：“邯郸只是晋国的一个边城，哪能与都城相比呢？”

子阳指着前方一座雕梁画栋插着锦旗的三层楼阁说：“师父快看，那就是晋王的宫殿吧？”

秦越人捋着胸前的花白胡须，拍拍子阳的头笑笑说：“那不是宫殿，是一座酒楼。”

子阳惊讶地自语：“啊，酒楼就这么大这么漂亮啊？”

子仪凑到子阳身边，用手指着那楼檐上飘荡的锦旗说：“你看那上面写的字。”

子阳念道：“晋都大酒楼。”然后又自语，“这么大的酒楼，哪得有多少人来吃饭哪？”

一直忙着向来往行人和街两旁建筑观瞧的子舆接话说：“你真是个小土帽！

那酒楼不光是吃饭的地方，还让人住哩。”

子阳翻翻眼，再不敢说话了。

秦越人扫一眼情绪霎时低落的子阳，对子仪、子舆说：“咱们也破回例，今天就住到晋都大酒楼吧。”

子阳顿时兴奋地仰脸望着师父问：“师父，咱们真住这个大酒楼哇？”

秦越人没答话，照直向晋都大酒楼走去。

子仪拽一把发愣的子阳说：“师父还能说假话，快跟上！”

酒楼小二看到有客人走来，满脸堆笑上前迎接：“四位客官，是吃饭还是住店哪？”

秦越人笑笑说：“既吃饭也住店。”

店小二说：“那你们就把牲口交给我，快进店歇着吧！行李我给你们送进房间去。”然后冲门内喊道：“客官四位，快开门迎客咯！”

子舆子阳把手中驴绳交给店小二，兴致勃勃跟在师父身后，向笑吟吟打开门伸手迎接的另一个店小二望着，拾级而上刚要进门，身后传来“神医留步！神医请留步哇！”的急切呼唤声。

秦越人转过身，发现邯郸邑令董安于正气喘吁吁招手向这里跑来。

子仪、子舆在异地遇到旧识，紧跟师父迎了上去。秦越人惊喜地上前拉住董安于问：“董令官，你怎么不在邯郸，也跑到绛邑来啦？”

董安于喘着摆摆手，拉住秦越人说：“详情待会儿再说。您现在赶快跟我走，去救我家主人！”

站在门口迎接的店小二不高兴地说：“官人，您咋能这样？俺们的客人还没进门，你就要将人劫走呀？”

跟在董安于身后的赵简子亲兵把眼一瞪说：“这是赵相卿的贵客，岂能住在你这店内？”

店小二闻言，吓得连连赔笑后退。

董安于一挥手，另外兵丁抢过另一店小二手中牵的驮着行囊的驴。

秦越人纳闷地问：“董令官，你家主人是谁，得了什么急症？”

董安于拽着秦越人的手说：“神医快跟我走！救人如救火呀！”

于是一伙人便脚步匆匆，消失在乱纷纷行人中。

等候董安于请神医扁鹊的赵简子府内，公子毋恤和众臣如坐针毡向门外张望着。赵简子妻妾围在依然人事不省的赵简子床前垂泪哭泣。

公子毋恤和阳虎等文臣武将看了，犹如热锅上的蚂蚁，在地上走来走去。

这时家将楚隆双手捧着一卷竹简进门跪报：“禀公子、阳将军，公孙大人送来审问韩、魏两家信使交代的笔供和信简！”

公子毋恤接过交给阳虎，对楚隆说：“知道了！你退下吧。”

老臣阳虎一边翻看竹简一边对公子毋恤说："公子，果然如咱们所料。韩魏两家真是要调兵来绛邑，与咱们拼个你死我活！"

公子毋恤气愤地说："他们这是要趁家父病危，将我赵家赶到绝地呀！"

阳虎说："公子不必担心，绛邑城内外已布下天罗地网了！"

公子毋恤苦笑说："有阳伯伯和众爱卿在，侄儿不担心韩魏两家翻天，是担心安于即使找来扁鹊，也难治愈家父之病啊？"

众人听了，个个面露慌色。几个沉不住气的臣子看到这种状况，唯恐赵简子去世牵连自家前途与性命，趁人不注意或借口家中有急事惶惶向赵府大门外溜去。

正在赵府举府慌乱、忧愁如焚之时，董安于满脸大汗领着秦越人师徒进门。他深施一礼跪禀："禀公子、阳将军，奴婢已将神医扁鹊找到请来了！"

众人望着董安于身后身穿布衣、风尘仆仆、貌不惊人的秦越人及其弟子和身后的四头驮行囊的驴，顿时大失所望，交头接耳窃窃私语。但事已至此，也只好以礼相待、期盼奇迹了。

老臣阳虎拽一下失态的赵公子，毋恤强挤笑容，拱手相迎道："久闻神医大名，望施绝技救家父性命于危难！"

老臣阳虎上前指着赵公子介绍说："这是晋国赵相卿公子赵孟。我们盼神医如甘霖哪！"

秦越人自踏进府门就知道这是一家非同寻常的官府，听到"赵相卿"三个字一怔，已知到了晋国权横朝野的赵简子之家了，掸衣整冠后拱手弯腰说："在下村野游医秦越人，拜见赵公子和各位大人。不知赵相卿身患何疾？"

老臣阳虎示意赵简子妻妾退下，指挥家仆们为秦越人师徒打水清洗后说："神医是第一次来绛邑吧？先喝茶，再谈病情。"

秦越人擦着洗后的手脸说："医家以治病为要，诊过病后再喝茶不迟。"

子仪、子舆、子阳望着室内从未见过的陈设和豪华、文武群臣的威严和气势，既惊奇又慌张，净过手脸后拘束地站在秦越人身后。

阳虎把这一切都看在眼里，笑着对恭立床两侧的侍女说："打开帐围。"然后将秦越人引到赵简子床前说："赵相卿四日前，突然不省人事，虽然遍请名医，却无人敢断症下药，特请神医来救治。"

秦越人坐到赵简子病榻前，用手止住室内的喧哗议论之声，闪目从头到脚将赵简子仔细观看一遍，翻看了眼帘、试了气息，便轻轻掀起被角，用手摸准赵简子的"寸口"，认真切起脉象来。接着又重新察看赵简子的面部神色，翻开眼帘仔细端详，附耳细听赵简子的气息，闻他呼出之气的气味，然后便半闭双目思忖起来……

众人如在朝堂恭候圣裁，探身弯腰、屏声静气，一双双如灯的眼睛紧紧盯着秦越人的一举一动。

大约有多半个时辰后，秦越人微微一笑点了点头，便睁眼站起。

大家认为他也没诊出赵简子患的是何病，起身要走，立时将目光由关切换成了怒目和惊悸，像害怕听到预料中的噩耗，个个在衣袖中暗攥着出汗的手掌，武将则手扶剑柄。

赵府两个医官，从没见过这种奇怪的诊病方法，惊疑中互相挤眉弄眼，庆幸有人替自己担当了无能的责任，想看赵公子和文臣武将们如何处置这四个不知天高地厚的乡野游医。

但秦越人并没走，从容不迫地站起身后，用炯炯的目光一扫，便从众人的表情中发现了那害怕听到噩耗的心理和悍将怒不可遏的凶气，特别是赵公子那种绝望的气色和两个医官的卑鄙用心，心中只觉得好笑，可又没有一个人敢上前来问。

他慢慢放下自己那挽起的衣袖，正要吩咐慌乱站在一旁的子仪去取医具，这时一直默默站在人群中观看的董安于，上前深深施了一礼，急切地问道："神医，我家主人究竟患的什么病啊？应该如何诊治，何时能康复哇？"

秦越人肃穆的脸上呈现出慈祥的微笑，再次环视了一下悲切、焦急、疑惑、惊恐、愤怒的众人，胸有成竹地说："诸位不必担心。赵相卿得的这种病，叫'血脉病'，劳累过度所致。"

众人闻言顿时七言八语。有的说："血脉病，血脉病怎么会不省人事啊？"有的问："你治过血脉病吗？保证没看错吗？"有的说："你给我们讲讲，啥叫血脉病？患血脉病为啥几天几夜昏迷不醒？"有的说："别是看不出是啥病，编个怪名来唬我们吧？"有的说："连太医都诊不出是啥病，你凭什么断定是血脉病呢？"

赵府医官甲也趁机兴风作浪，嘿嘿笑着说："我行医四十余年，从没听说过有血脉病这个病症啊？"

医官乙说："我研究《内经》几十年，先贤医籍中也无血脉病的记载呀！"

老臣阳虎沉下脸，用手止住大家议论，上前正色问道："神医既知我家相卿之病，可有治愈之策？"

秦越人笑着点点头。

第二十四章
切微脉奇诊晋相赵简子（下）

俗话说，外行看热闹，内行看门道。赵简子府内的府医也非等闲无能之辈，听了秦越人对赵简子病情的诊断既吃惊又迷茫，特别是对秦越人那种自信和坦然神态很不满。两位府医对瞧一眼，府医甲对阳虎说："阳老将军，您可不能被这个乡野游医的狡言骗了！他连三部九候的脉象都不会诊，只摸摸寸口，就断定是血脉病，这也太离谱了吧？"

府医乙附言说："汝之技非岐黄正派，乃乡野小技耳！老将军断不可被其蛊惑！"

武将闻言拔出剑，文臣闻言攥紧拳，一个个将愤怒目光射向秦越人。

公子毋恤气得一跺脚说："来人！"立时从门外冲进四名武士。

子仪、子舆、子阳惊慌地用身体将秦越人护住。

老臣阳虎笑笑，拦住公子毋恤说："秦神医，你对二位府医的话有何解释？"

秦越人神平气静地捋捋胡须，推开护着自己的弟子们，笑着走前一步说："皆在本医意料之中，并不见怪。"

谋臣张孟谈说："神医既然自信诊断准确，那就给公子和众人讲讲你断病的根据和医理吧，以解众人疑虑！"

秦越人笑笑在地上踱了几步说："诸位都是治国的文臣武将，我若讲医理，会认为我故弄玄虚。我给大家举一个血脉病的医案讲讲吧。"

董安于端起几案上一碗水说："请神医喝了水再讲。"

秦越人用手挡住说："谢谢董令官！大家都等着听，还是讲完再喝。"他扫视一圈急切注目的众人说，"作为晋国大夫，大家可能都听说过，在一百四十年前的周惠王年间（前676～前652），秦穆公任好曾得过一种病，七天七夜卧在床上，不省人事，昏迷不醒。"

将军原过不屑地说："你就告诉我们你断病的理由，少扯那些没用的古事！"

秦越人笑笑说："将军不要着急，请让我把话讲完。"

阳虎挥手止住众人说："大家不要插话，听秦神医讲！"

秦越人说："秦穆公昏迷七天七夜后，自己慢慢苏醒过来，告诉守在身边的公孙支和子舆等人说：'我到玉皇大帝那里去了一趟，非常快乐。我之所以在那里待那么长的时间，是因为有好多东西要学习。玉帝告诉我：晋国还要大乱，五代不得安宁。这以后将称霸诸侯，但建立霸业的君主未老就死了。接替君王霸业的儿子很好，可是这个国家的男女关系败坏！'公孙支听后，暗暗记下藏了起来。秦国史册上关于这件事的记载，就是由此而来的。晋国历史上发生的献公之乱，文公称霸和襄公率的部队因为淫乱而被秦国军队在淆（今河南瓮关）地打败，这是大家都知道的史实。"

秦越人见众人情绪安定认真听，停了一会儿继续说："现在，赵相卿所得的这种病，和过去秦穆公所得的病一模一样！你们既不要给他乱用药物，也不要惊慌失措，到处求神问卜，那样反而会坏事。让他静静地躺着，现在已经第四天了，我断定过不了三天，他一定会自己醒过来！醒后，也会说一些离奇古怪的事儿。"

晋国的文臣武将对秦穆公大病之后预言晋国几代大王兴衰之事，几乎都应验了，人人皆知。在场的文臣武将和赵简子家人，虽然对秦越人的话心存疑虑，可又没有其他良策可施，加之怕担负责任，谁也不吭气。

足智多谋的老臣沈攸之唯恐秦越人师徒借机溜走，与公子毋恤耳语几句，赵公子立即吩咐："楚隆，快给秦神医师徒安排住房，热情款待！"

楚隆闻命，领着秦越人师徒向赵府西侧院走去。

公子毋恤扯一下欲相随而去的董安于，等到秦越人师徒走出寝殿门后，叮嘱说："你不要回邯郸了，形影不离陪同秦越人师徒，绝不允许他们走出府门半步！"

董安于心领神会说："奴婢遵命！"去追赶秦越人。

所谓赵府西侧院，是赵简子接待各国私朋密友而修建的别馆。院内只有五间客房，庭院内奇石异花，房内典雅华贵，四周有高墙与外界相隔，门口有手持刀枪兵丁把守，是个院中之院，优美而安静。

午饭后，秦越人在董安于陪同下在院内边散步参观边说："这赵相卿真是个高雅志远之人哪！"

董安于笑笑说："秦神医怎有如此感慨呢？"

秦越人指着院内的建筑和山石花卉说："你看这房舍花木、亭石廊榭，无不彰显着主人的胸怀和大志啊！"

董安于感慨地说："我家主人虽现在贵为晋国首辅相卿，先人却是几起几落，受尽磨难！"

秦越人笑着说："董令官，邯郸一别又过了两年多了，咱们坐到那亭内聊会儿天吧！"

董安于说："好哇，我正想向您请教医术哩。"

秦越人坐下说："我听说，赵氏先祖与西秦之主为同一始祖？"

董安于说："听我家主人讲，立始之祖名大业，为帝颛顼之妻苗裔女修所生。大业娶少典之女为妻，生下大费。大费因辅舜、禹有功，被禹赐嬴姓。传八代至费廉，费廉生二子，一曰恶来，一曰季胜。恶来承嬴姓，即秦国之主这一支；季胜之子孟增因幸于周成王，被赐名皋狼。皋狼有子衡父，衡父有子造父，皆奉于周。造父善于识马养马驾马，深得周穆王宠信，在平息徐国徐偃王叛乱中有功，被赐赏赵城（今山西洪洞县）。由此，家祖以地易姓为赵。"

秦越人说："赵氏先祖真是令人尊敬的显赫先辈呀！"

董安于说："造父传六世至奄父，名公仲，为周宣王近侍。宣王在重振朝威中，征讨四夷，奄父以战功晋为'御'。昏庸无道的幽王即位，奄父之子叔带不甘迫害，方离周入晋，辅佐晋文侯。"

秦越人说："由此看来，赵氏先人皆为正直有为的贤臣哪。"

董安于说："正因为正直不阿、一心报国，才连遭不幸！"

秦越人说："我只听说有程婴救孤之难，难道赵家还有世人不知之苦吗？"

董安于叹口气说："晋国虽疆土广阔，但多年内乱不止啊！先有曲沃武公弑晋侯缗，又有献公之乱。"

秦越人说："曲沃武公弑君之事我知道，献公之乱主要指什么呢？"

董安于说："所谓献公之乱，主要指两件大事。一件是周惠王十六年（前661年）献公作二军，灭耿（今山西河津市东南）、霍（今山西霍县西南）、魏（今山西芮城县北）三姬姓侯国。事成后，献公将耿地赐予赵氏先祖赵夙；第二件事是周惠王二十二年（前655年），晋王献公宠妃骊姬，欲废长立亲子奚齐，设计陷害公子申生弑父。献公闻知大怒，不问青红皂白欲杀三位公子，长子申生自缢身亡，三子夷吾收掉封地囚禁，二子重耳逃往其母故里狄（今晋东南）。先祖赵衰匡扶正义，冒死相随保护公子重耳。重耳在外漂泊二十余载，周襄王三十六年（前636年）归晋为晋文公，感念赵衰多年辅佐之功，三次推贤荐能不就帅位之德，赐阳原为封地，方成为晋国重臣。"

秦越人感叹地说："赵相卿先祖不趋炎附势，勇于冒死辅明主，不图高官富贵，堪称世人之楷模啊！"

董安于说："赵氏家族世代以此为荣为训，深得朝野赞誉和尊敬。先祖赵衰去世后，文公以其子赵盾为中军元帅，主持朝政。赵盾承其父之德，在纳贤荐才中'制事典，正法罪，辟狱刑，董逋逃，由质要，治旧洿，本秩序，续常职，出滞淹'，才使文公时代国盛兵强、名震诸侯成为霸主！"

秦越人说："赵盾在赵氏列祖中，当是一位顶天立地的英雄！"

董安于说："英名是落下了。但在乱世中主政，外有列强攻伐，内有宗族权臣相争，侯王更替，真是日日如履薄冰啊！相卿每谈及这段家史，就潸然泪下，慨叹不已！”

秦越人说：“我听说，赵氏家族中也曾发生过内乱，此传言是真的吗？”

董安于摇头凄然说：“所传不假。”

秦越人说：“董令官能给在下讲讲吗？”

董安于说：“先祖赵盾去世后，赵氏家族中虽有不少人仍在朝中任要职，但地位大不如从前了。这时，智、韩、魏、范等家族势力迅速扩展，而任下军副帅的赵盾之子赵朔却因病去世。赵盾的三个弟弟赵括、赵同、赵婴齐，虽在军中任大夫，却没有能挑起赵氏家族大业的栋梁。特别是这时候又发生赵婴齐与赵朔遗孀赵庄姬私通的丑闻，赵括、赵同不能容忍这种叔与侄媳乱伦辱没家门的丑事，逼迫赵婴齐离晋。赵庄姬怀恨在心，便向晋景公诬称赵括、赵同要叛乱，招之景公斩杀了赵氏一族600余口。只有赵朔、庄姬之子赵武因随母生于君宫中，才幸免于难哪！这才有了‘程婴救孤’的悲壮。”

秦越人动容感慨道：“这是天不灭赵哇！”

董安于说：“中军元帅韩厥得知赵氏之冤，以成季（赵衰）之勋，宣孟（赵盾）之忠，而无后，力劝景公复立赵氏，才有了赵氏家族的复起和今日的显赫。”

秦越人说：“赵氏的家族史正应了一句古话。”

董安于说：“什么话？”

秦越人说：“盛极必衰，衰极必盛！”

董安于动情地说：“但天有不测风雨。正当我家主人上承祖德、下承众望，重振祖辉之时，却突然昏迷不醒，不省人事。神医，您一定要将赵相卿救活，使他康复哇！”

秦越人点点头说：“忠良之后自有天佑！相卿之病，三日之内定会有奇迹发生！”

在赵府上下恐慌，暗中为赵简子准备后事和盼秦越人所讲之话出现奇迹的焦虑中，夜色中的魏桓子府内却灯火辉煌，欢天喜地。魏府正堂上，一群舞女搔首弄姿，欢快地舞蹈着。魏桓子笑眯眯坐在画着阴阳八卦图屏壁前的案几之后举杯，对坐在两厢的文武家臣说：“明天大家就要奔赴杀场了，我特设家宴给各位壮行。来，大家干杯！”

众文武一齐举杯说：“祝我主功成名就，早就首辅！”

待众人饮毕，任章站起说：“我家相卿为励三军奋勇杀敌，每军特颁饷银一万两！”

众将兴奋地拱手说：“谢家主隆恩，我等誓将赵氏家族斩尽杀绝！”

魏桓子笑着摆手说：“众将身负重托，成败全凭各位效力！今日一醉方休，来日我还要论功重赏！”

众将齐拱手说：“请家主静候佳音，我们定会旗开得胜！”

这时门将栾力进门禀告：“禀主人，韩康子带家臣段规求见！”

魏桓子一怔，尚未想好如何应对，韩康子已神色惶惶进门。

韩康子扫一眼狂舞的舞女和魏家文武群臣，气愤地说：“魏胖子，大事尚无进展，你怎么就在家里摆起庆功宴了？”

魏桓子虽然势大于韩康子，但岁数却比韩康子小，慌忙站起，挥手对众人说：“快快散去，我与韩相卿有要事相商！”然后笑着迎上说：“不知韩兄大驾光临，有失远迎！这几日朝中无事，与家臣们小聚消遣。大哥有何事深夜造访，请坐下讲。”

韩康子余气未消地说：“老弟呀，你虽兵多将广，也不致如此张扬啊！”

魏桓子拱手赔礼说：“是、是。什么大事劳您大驾亲临寒府，发这么大火啊？”

韩康子嘟沉着脸说：“还能有什么事？咱们前夜派出的信使，至今已两天两夜了，还无一人归来，你不觉得奇怪吗？”

魏桓子吃惊地问：“老兄，你听到什么消息了？”

韩康子说：“前夜信使走后我不放心，今天上午又让家奴扮作农人出城，到我家封地去询问，方知将官并未见到信使！”

魏桓子惊得双目圆睁问：“难道咱们派出的信使，全被赵氏抓去了？”

韩康子忧心地说：“全部抓去不可能，但只要抓住一人，咱们的谋划就被赵氏全知道了！”

段规补充说：“事成于密而败于泄。因此我主才上火着急连夜到贵府，找魏相卿商议对策！”

稳住情绪的魏桓子又恢复了平时的蛮霸和悍勇说：“既如此，我们两家今夜就会兵一处，给他赵家拼个鱼死网破！”

段规说：“此举不妥。赵家既抓了咱们信使，那阳虎、沈攸之等老将谋臣，恐怕早已布好让咱们起事的陷阱！”

魏桓子说：“那咱们就兵围大王宫，逼大王下诏解除阳虎、沈攸之这帮赵家权臣之职！”

韩康子凄苦地说：“我已派人打探过，守护大王宫的兵将，已全换成了赵家亲兵！”

魏桓子转脸问任章：“此事你怎么没向我禀报呢？”

任章拱手说：“前天您让在下去宫中打探消息，回来就向相卿禀告过，宫门已由赵家亲兵把守，不让进宫了。”

魏桓子转转眼珠回忆不语，段规说：“不仅大王王宫被赵氏亲兵守护，连都城绛邑的统领也换成赵氏亲信公孙龙了！”

魏桓子着急地说：“韩老兄，那咱们现在怎么办哪？”

韩康子思忖着说："依我之见，咱们暂不动兵，再观察一两天，待赵简子死讯传出，再趁机下手！"

魏桓子不甘地说："那就太便宜赵氏家族这帮龟孙了！还得让他们再多活两天！"

段规说："在下还听到一个消息，赵氏家臣董安于，请来蓬山神医扁鹊，已领进府内为赵简子诊病。"

魏桓子不屑地说："太医姬飞、豫四已断定赵简子再难复生了。那狗屁扁鹊只不过是一位乡野游医，岂能使死人再活过来！"

韩康子忧心地说："我真担心夜长梦多、节外生枝啊？"

魏桓子说："你我两家箭已上弦，不管发生什么变化，也绝无回头路可走了！"

韩康子说："那我们什么时候再碰面？"

魏桓子问任章："赵简子已经病了几天了？"

家臣任章说："今天已经是第五天了。"

魏桓子眨眨眼对韩康子说："那就后天上午，我到贵府，最后决定起兵时间！"

在赵府别馆客房内，秦越人手捧医简坐在灯下，看似读书，实则脑海中惊浪如潮……

住在另一房间的子仪、子舆和子阳三个弟子，心中也不平静。他们相邀走出住室，推开了师父的住室门。

秦越人放下医简问："你们不在房中读书，跑出来干什么？"

子仪说："俺们想问问师父，咱们什么时候离开这里呀？"

秦越人闪闪眉说："这里好吃好喝待承，你们怎么想到要走呢？"

子舆说："师父既断定这赵相卿没有什么病，咱们在这儿待着，不是瞎浪费工夫吗？"

子阳说："这里到处都是兵，连门也不让出，还不如住到外面客栈呢！"

秦越人笑笑说："你们以为这里是什么地方，想出去就能出去吗？"

子舆吃惊地说："咋？他们把咱们圈在这个院里了？"

秦越人沉脸说："这赵相府是晋国的军机重地。没有赵公子和那帮文臣武将发话，不要说离开，就是擅自迈出这院门一步，恐怕就要人头落地了！"

子阳惊叫说："啊！这不是把咱们当囚徒对待了吗？"

子仪说："小声点！听师父讲。"

秦越人心情沉重地说："说句你们不愿听的话，我们师徒四人现在已是案上之俎，随时都会有生命危险！"

子舆不解地问："咱们是他们请来看病的，又没偷没拿，凭啥想杀就杀？"

秦越人长出一口气说：“俗话讲，伴君如伴虎。赵相卿虽说不是君，在晋国却是一人之下万人之上，生杀予夺只是一句话的事。”

子阳说：“既然这样，那师父为啥还跟着董令官进这相府呢？”

秦越人说：“医家以治病为本分。赵相卿虽是晋国首辅，也是有七情六欲之人啊！他有病，我们怎能拒之不医呢？”停了一下又说，“在几十年行医中，我曾遇到不少危险，只有这次一直心悸不安哪！”

子阳不解地说：“董令官和给咱们送饭送水的人都挺和气的，不像是要杀人的架势啊？”

秦越人正色说：“那是表象！”

子仪紧张地说：“师父，那咱们怎么办哪？”

秦越人镇定地说：“既入虎穴，既来之则安之！一切都看赵相卿的病情如何变化了。”

子阳忧心地问：“师父，那昏迷了几天几夜的赵简子，真的还能活过来吗？”

秦越人闪闪眉说：“按常理应该没问题。但人的病千变万化，也有不测之忧。听天由命吧！”

子仪、子舆、子阳听了，惊愕地瞪着眼。

这一夜真难挨。子仪、子舆、子阳回到住室，一点儿睡意也没有了，怕门外隔墙有耳，又不敢交谈说话，只好看着房梁和窗外的星星月亮出神发愣。

在艰难苦熬中，秦越人和子仪、子舆、子阳三个弟子终于迎来赵简子昏迷不醒的第七天黎明。自秦越人进赵府断定赵简子未死这三天，对等待赵简子醒来的文臣武将和赵简子妻妾子女来说，真是度日如年啊！虽然遵照秦越人的劝告，他们再不请医用药物和求神弄鬼，心里却是如坐针毡。两天过去了，只剩下这最后一天了，赵府中焦急、沉闷的气氛，怀疑、慌乱之色可以说与时俱增。

清晨，公子毋恤怒冲冲走进殿门，对眼睛通红在地上踱来踱去的老臣阳虎和沈攸之气恼地说：“这叫啥神医？既不给家父用药，也不让再请医来诊，每天上午只到床前看看，按摩几下！家父若有不测，我非千刀万剐此人不可！”

阳虎说：“不可莽撞！再等一日再说。”

沈攸之虽也忧心如焚，却安慰赵公子道：“我观秦越人那安然自信神色，好像不是个没有把握的凡常庸医。”

赵公子余怒未消说：“我不管他是什么，家父若有好歹，即使神仙我也要宰了他！”

阳虎说：“公子放心。再等一天，若相卿之症状仍不见好转，就是你不杀他，老臣也要让他师徒四人命归西天！”

公子毋恤说：“阳伯伯，你一定让董安于把姓秦的四个人盯紧了！千万别让他们跑了！”

阳虎说："公子放心吧！他们就是插翅，也难逃出府门半步！"

红日初照赵简子寝室，正当群臣在正殿用各种诅咒之词发泄对秦越人之恨，埋怨公子毋恤、阳虎、沈攸之轻信狂徒之语的情绪开始滋生蔓延的时候，七天七夜不省人事的赵简子，突然"哎哟——"一声，长长地嘘了一口气。

赵夫人听了惊喜地热泪如泉，对守在身边的侍女说："快去叫公子和群臣！"

赵简子慢慢睁开眼，扭头瞧瞧流泪的妻妾说："你们都哭什么？"

赵简子妻妾们哭着扑上前说："夫君，你可吓死我们啦！"

赵简子说："我想喝水。"

妻妾们把水送上，赵简子喝毕问："我怎么吓死你们了？"

赵夫人流着喜泪说："你昏迷了七天七夜，不省人事啊！"

赵简子皱皱眉不解地问："真的吗？"

赵夫人擦着泪水说："当然是真的，家里都开始为你准备后事了！"

赵简子笑笑坐起。

这时公子无恤、毋恤和阳虎、沈攸之等文臣武将进门，惊喜地围住赵简子泪流满面说："相卿啊，您果然如神医扁鹊所料，三日内醒来呀！"

赵简子仍然不解地眨眨眼说："快让我吃点东西，我饿了。"

赵夫人忙叫侍女端来一碗人参莲子汤，亲自一勺一勺地喂下。

赵简子顿觉神清气爽，望了望站在病榻周围的亲臣信将，发现他们都用惊喜的目光看着自己，心里很舒畅，神气地眨了眨眼，说："我到玉皇大帝那里去了一趟，真快活呀！和各位神仙一块游览了无边无际、变幻无穷的美丽天庭。仙女们载歌载舞，那声音美妙无比，娇姿动人，不同凡世的音乐，煞是喜人哪！"

众人听了个个毛发发奓。

他望了望人们惊讶的神色，继续说："正在高兴的时候，猛然发现一只黑熊向我扑来！玉帝命我将他射死，我搭起弓箭，一箭射去，果然射中，那黑熊就死了。接着又来了一只棕褐色的马熊，我又射了一箭，将它也射死了！玉帝非常高兴，赏给我一个方形的竹盒，而且都有附言——"

众人听了，一齐伸长脖子、睁圆双眼等着观看。

赵简子瞧了瞧众人那奇异的目光，慌忙用手按了按盖在身上的锦被，好像那里面真的藏有玉帝赏的宝盒，然后神秘地压低了嗓门说："我看见我的儿子们站在玉帝旁边。玉帝指着一只长尾巴的犬说：'它比你儿子还要有胆识，是一员难得战将，也赐给你吧！'玉帝还告诉我：'晋国且世衰，七世而亡。你们赵氏将在范魁（春秋战国时代的地名，在今山西、河南、河北三省交界的地方）之西，打败卫国，这是非赵世家族不能做到的一件大业！'"

在场人听完赵简子讲述，望着他神采奕奕的表情，果然与神医扁鹊事前断言的情况一模一样，个个目瞪口呆、面面相觑，认为赵氏兴旺乃是天意，在钦佩扁鹊神奇预言的同时，阳虎率先跪倒拱手说："相卿逢凶化吉，洪福齐天！"

众臣见了，纷纷拱手跪地恭贺："相卿有天神相助，必成大业！"

赵简子眉开眼笑地回视大家说："成大业还赖众卿相助，有洪福大家共享。"

阳虎站起，兴奋地对尹铎说："尹掌庭官，快将赵相卿无病消息，禀告大王！"

尹铎拱手说："是！在下这就回王宫。"

谋臣沈攸之笑说："慢！要多带几个侍从，沿街高喊'赵相卿无病'！"

门将楚隆高兴地说："沈大夫，此事交给我吧！"说毕转身离开寝殿。

一直站在众臣之中，没有机会说话的董安于在高兴之余，瞧瞧没人注意就悄然溜出寝殿。他走进赵府别馆自己的住房内，将赵简子病醒后说的话，一句一句如实记录在一块布锦上，反复看了几遍，当作不可多得的天机藏进一个匣盒中。

夏阳高照，在赵府上下一片欢腾中，尹铎骑马奔出赵府大门。在尹铎之后跟着十几个骑马的侍从，高举报安奏呈边奔跑边喊："赵相卿无病！赵相卿梦游天庭！"

多日寂静，连走路说话也小心翼翼的绛邑街头众人听了，个个惊愕。于是赵简子无病、睡游天庭的消息，很快从赵府传向都城大街小巷……

赵简子命不保夕，韩、魏二重臣在暗中调兵遣将拟趁危灭掉赵氏家族，使晋王如坐针毡。他不上朝、不召见臣子、不料理国事，整日在后宫与嫔妃们沉醉于酒色中。其实，他不是不想上朝、不想料理国事，而是王宫四门全被赵家亲兵们把死了！清晨醒来，忧心忡忡的晋王无精打采地歪躺在卧榻上，传来国师吐浑，听他扬手高谈，借此排解胸中忧愤和郁闷。这时，一宫侍快步跑进跪报："禀大王，尹掌庭官回宫，赵相卿的病全好了！"

晋王惊喜而起问："你听谁说的？"

宫官呈上手中拿来的报板说："这是赵公子派人送来的报安奏呈。"

晋王接过侍从宫官手中的报板，只见上面写着："臣赵鞅恭请王安，小疾已愈，拜谢王念。"

喜形于色的晋王放下报板，冲跪在庭上的宫官吩咐："快去准备车辇！寡人要马上去赵府，探视赵爱卿！"

于是浩浩荡荡的晋王御驾走出宫门。

按照韩康子、魏桓子谋划约定，赵简子昏迷不醒的第七日，是他们联手起兵灭赵氏家族的日子。上午，韩府正堂门外站着四名手扶挎剑的将官，周围站满手持兵刃的卫兵。室内，一张宽大的案子前站着韩康子与魏桓子二位权臣，他们指点着案上地图上标注的城堡山河，聚精会神地策划着剿灭赵简子家族和亲信军旅的方案。

家将智奴神色慌张地推开门，拱手报道："禀二位大人，大事不好！"

韩康子和魏桓子闻言一愣，扭头盯着额流惊汗、躬身奏报的智奴问："何事如此惊慌？"

家将智奴抬头望着韩、魏二位大夫，语不成声地说："那、那赵简子，又、又活过来了！"

韩康子不相信，转转眼珠问："昏死七天之人，怎会复活？你这消息是从哪里听来的？"

智奴直起身说："现在满城都在议论，赵简子睡游天庭，得到玉帝赐的'宝盒'！"

魏桓子惊讶地瞧一眼韩康子，怒斥："一派胡言！定是赵简子那群狐朋狗党害怕咱们剿灭，编造谣言来蛊惑民心、动摇我军斗志！"

智奴委屈地说："刚才奴才在大街上看到，大王已摆驾出宫，前往赵府去探视了！"

韩康子闻言大惊问："可是你亲眼所见？"

智奴点点头说："小人奉主人之命，这几日一直盯在王宫门口，亲眼看到大王带着王妃和国师吐浑等，在禁卫军护卫下，乘御辇前往赵府！"

韩、魏二人听了顿时心惊肉跳、心慌意乱。二人在地上转了几圈，小声嘀咕了一会儿，对那恭候命令的智奴说："快传侧殿诸将，到这里来见！"

诸将列队而入，段规和任章也慌慌而进。

韩康子向魏桓子点点头，魏桓子神严色厉地对众人说："众将听令！情况有变，各自速回军营督军，不得擅动！违令者，斩！"

众将官不知所以，你瞧我，我瞧你，看到韩、魏二位副相卿神色凝重、一脸严肃，不敢多问，便惶然离去。

韩康子招手说："段大夫留步！"

段规转身上前拱手躬身问："主人有何事吩咐？"

韩康子神色慌乱地说："你，快去准备礼品车辆！随我和魏副相卿去赵府拜望赵相卿！"

段规惊愕地说："怎么，主人要与赵氏家族和好啊？"

韩康子气愤地说："不要多问。快去！"

骄阳下，沉寂多日、戒备森严的赵府大门前，突然兵少客多了。得知赵简子康复的晋国文臣武将们，犹如赶庙会一般，抬着各种礼盒，这班进、那班出。赵府守门将官楚隆满面笑容，应接不暇。

晋定公带着王妃和国师吐浑走出赵府，赵简子率领家人和家臣在门外拱手相送。

晋定公拍拍赵简子的肩头说："爱卿好好保养几日，待身体恢复，再上朝议事。"

赵简子满脸喜色说："感谢大王厚爱和关心！臣一两日后，就进宫拜谢大王眷惦之恩！"

晋定公恋恋不舍登车后挥手说："爱卿一定保重啊！"

赵简子领众家臣拱手弯腰相送说："大王保重！大王万安！"

围观百姓和来往朝臣见了，个个露出羡慕和敬重目光。

兴致勃勃的赵简子送走晋定公和国师吐浑等，在公子无恤、毋恤和阳虎、沈攸之等文臣武将陪同蜂拥下回到迎宾堂，刚刚落座。守门家将楚隆领着韩、魏二副相卿进门。

赵简子急忙带着公子毋恤等拱手笑脸出迎说："哎呀，二位副相卿，小小疾患，怎么也把你们的大驾惊动了，罪过呀罪过！"

阳虎、沈攸之、张孟谈、董安于等家臣文武站在一旁对韩、魏二人怒目而视。

韩、魏二人满脸喜色拱手说："赵相卿乃我晋国栋梁，累出劳疾，焉有不看之礼呀！"然后示意随从将一块巨大玉寿石和几盒食品抬进堂内。

韩康子补充说："区区薄物，不成敬意，乞望相卿海涵笑纳。"

赵简子哈哈大笑着，上前挽住韩魏二副相卿的手说："你们太客气了。我们三人亲如兄弟，共侍大王，哪需这些俗人之礼呀？"

韩魏二人尴尬地笑着说："相卿说得对、相卿说得对！我们是兄弟。"

喧嚣热闹的一天在迎来送往中过去了。夜幕降临，赵府又恢复了往昔的森严与平静。院内卫兵来往巡逻，劳累的家人们都睡了，只有赵简子的寝室还亮着灯光。

灯光下，老臣阳虎说："相卿醒来就操劳国事，今日早些安歇吧。"

赵简子笑着摆手说："不急。我昏睡这几天都发生了哪些大事？"

阳虎说："要说大事，就是韩、魏两家联手密谋灭赵！"

赵简子回忆着韩康子、魏桓子二人在自己面前的谦恭拘谨的样子，自语："这韩、魏二人，很会做戏呀？"

公子毋恤愤怒地说："岂止是做戏！父相昏睡这几天，他们紧锣密鼓调兵遣将。您若再晚醒一两日，我们赵家恐怕又要遭灭门之灾了！"

赵简子点点头，突然用眼睛盯着董安于问："你怎么不在邯郸盯着，回来干什么？"

老臣阳虎笑笑说："亏他回来了。若不是他及时回府，请来神医扁鹊，相卿恐怕真就没命了！"

赵简子吃惊地问："是蓬山秦越人吗？他给我吃了什么药？"

董安于嘻嘻笑着说："他没给你吃药，只是断定相卿七日之后必醒！"

赵简子不以为然地说："那我好不好与他有何干系呀？"

阳虎解释说："关系大了！您七日昏迷不醒，太医诊不出您是何病而逃，国师吐浑求神驱魔一天一夜无效，凡医不敢登门问津，夫人公子和群臣束手无策、心急如焚，只好暗中准备后事。那韩魏两家又借机发难，内外交困，真是紧急万分啊！臣与公子毋恤和众文武商议，在调兵加强城防和大王宫殿护卫的同时，已派信使知会各地兵将早做应变准备。安于接到密信星夜赶回，才请来神医扁鹊。他给相卿诊脉后，断定得的是与几十年前秦穆公一样的‘血脉病’，七日后必醒，禁止给您用一切药物和驱魔求神，这才使相卿躲过这入殓下葬的生死之灾祸呀！”

赵简子闻言大惊说：“天下竟有这样的神奇之医？他现在哪里，我一定要见见他、重谢他！”

公子毋恤不好意思地低头说：“孩儿怕他是骗子，已将他们师徒囚禁在府中别馆了。”

赵简子生气地说：“胡闹！哪有囚禁救父之命恩人的道理啊？”

阳虎笑着劝道：“相卿息怒，公子也是以防万一。不要说当时公子有疑，连老臣也怀疑神医扁鹊所言有诈哪！”

赵简子听了，消气说：“今日天晚了，那就明日召见吧！”

众人听了，拱手退出寝殿，各自安歇去了。

翌日早饭后，子阳手提壶走进秦越人住室，边向几案上茶碗斟水，边对手拿医简坐在几案后看书的秦越人说：“师父，今天门外咋没把守大门的兵了呢？”

秦越人笑笑说：“有卫兵咱们看书，没卫兵咱们也看书。你关心这些事干啥？”

子阳不满地说：“这赵公子也真势利。他爹病没好，怕师父跑了，让董令官日夜盯着，内外重兵守护，不让咱们走出院门；他爹病好了，连董大人也不露面了！”

秦越人说：“小孩子家，不要瞎猜！他们会来的，不光董令官，赵公子也会来的。”

话音刚落，果然董安于推开门拱手说：“秦神医，相卿公子赵孟前来拜望！”

随声进门的赵公子毋恤，用大礼跪地说：“感谢神医救家父之恩。这几日多有得罪，万望海涵！”

站在一旁的小子阳见状瞠目结舌，他不知师父为何料事如神。

秦越人放下手中医简，站起上前扶起赵公子笑道：“公子快起，如此大礼要折杀越人了。”

赵公子拉住秦越人的手说：“神医料病如神，救家父于生死危难，挽晋国于内乱，在下将永铭大恩！”

秦越人淡淡一笑说：“治病救人乃医家之本分。相卿之症，非越人高明，而是多年为国事操劳过度，不得休息，才致血脉滞疲而不省人事。”

赵公子感佩道：“若非神医识破症结，执意禁止庸医巫师近前，我等恐怕就成害死家父的千古罪人了！”

秦越人淡然一笑，对赵公子说：“事已过去，不再提了。公子亲临，有何教诲？”

董安于插话说：“赵相卿知您是他的救命之人，特派公子来请神医相见！”

赵公子接着说：“家父已在正殿恭候。我奉家父之命，来请神医和三位弟子，望能不计冒犯赏光！”

秦越人捋捋长须说：“相卿太客气了，那在下就只好从命了。”然后对子阳说：“快去叫子仪、子舆。”

子阳叫来子仪、子舆，秦越人师徒便在赵公子、董安于陪同引领下，离开别馆向赵府正殿走去。

殿门之外站着威风凛凛手握刀枪的兵将。赵简子端坐迎门大案之后、刻画着麒麟屏壁之前的雕花包金锦团坐椅上，两边分站着文臣武将。赵公子、董安于领着秦越人师徒进门拱手弯腰禀道：“禀父相（主人），神医扁鹊师徒晋见！”

赵简子笑着起身相迎道：“恩人来到，快快赐座！”

秦越人率领三位弟子拱手跪拜说：“山野村医秦越人，拜见赵相卿。”

赵简子满面喜色上前将秦越人扶起说：“恩人快请起，坐下说话。”

秦越人坐到侍从送来的圆墩上，子仪、子舆、子阳三个弟子站到师父身后。

回到雕花包金锦团坐椅上的赵简子说：“神医医术高超，真是古今罕见哪！我想留你在晋国任太医，不知意下如何？”

秦越人站起拱手道：“感谢相卿抬爱。只是在下过惯游医生活，不愿在王宫受束。”

赵简子笑笑说：“神医既有宿愿，我不强留。”然后扭头对侍从说：“取黄金一百两、白银五百两，锦缎二十匹，赏赐秦神医！”

众侍从闻声捧出黄金白银和锦缎，呈送到秦越人师徒前。

小子阳从没有见过这么多贵重罕见之物，惊奇得两眼放光，子仪、子舆也惊喜相望。

秦越人却再次向赵简子拱手说：“相卿厚意在下领了，但所赐之物太贵重了，越人断不敢受哇！”

阳虎不解地问：“相卿诚心所赐，神医岂有不受之理？”

秦越人神色平淡地说：“越人行医，只为众生疾除福乐寿长，岂能贪财图赏啊？”

性情暴烈的武将原过有点生气地说：“相卿的赏赐，是你最大荣光，怎敢委言推辞呢？”

秦越人正要答话，赵简子摆摆手说：“大家不要多言。神医既不肯受赏，定有不要之由，请神医讲出来，我一定满足你！”

秦越人苦笑了一下说：“相卿，在下并无他意呀？”

赵简子不相信，闪闪眼帘问："游医之人，没有钱财，如何生活啊？"

子仪拱手接言道："我们住在蓬山，那里有吃有喝有药材。"

赵简子听了点点头，转着眼珠思忖了一会儿说："好！那我就把蓬山赏赐给秦神医！"

沈攸之闻言大吃一惊，拱手向赵简子奏道："相卿，那蓬山可是四万亩山河啊！"

赵简子不屑地挥手说："四万亩算什么！我晋国北至大漠，南至黄河，还在乎那四万亩荒山野林吗？"

秦越人连连摆手辞赏说："这可使不得呀，越人更不能从命了！"

赵简子有点不高兴地说："在晋国，我说出去的话，还没人敢不遵！你治好了我的病，挽救了赵世家族和晋国，这么大的功劳，还不值四万亩山林吗？"然后冲案侧的侍官说："起草诏书，赐蓬山四万亩山林给秦神医为安身之地！"

殿上文武群臣望着赵简子那说一不二的神色，再无人敢开口多言。

秦越人还没想好如何再辞之词，志得意满的赵简子又说："我听孟儿（毋恤）说，你和徒弟们是骑着驴来绛邑的？"

秦越人拱手说："是。"

赵简子笑笑说："你是当今名医，又生活在晋国，怎么能骑驴呢？一会儿我让楚隆陪你去军营挑几匹战马，今后来往绛邑更方便！"不待秦越人答话他又说，"还有一件东西送你。孟儿，快去把鲁侯送我那盒金针取来！"

毋恤取来一个精美小木盒，呈与父亲。

赵简子打开木盒说："这盒金针一共十二枚，是诸侯会盟会上鲁侯送我的医家之物。我已保存多年，今日也赠予你吧！"

秦越人曾听义父长桑君讲过，鲁国金针是春秋时代的医家之宝，却从未见过。但此时他面对赵相卿将如此珍贵又不容推辞之物慷慨馈赠，真是陷入收与不收的两难尴尬，不知说啥好了。

董安于上前推一下发怔的秦越人说："秦神医，还不快上前接过，感谢相卿恩赏！"

秦越人脸色一红上前接过赵简子手中的金针盒，跪下说："越人拜谢赵相卿的厚爱和恩赏！"

赵简子哈哈笑着说："小事一桩！晋国是你的家，愿你在这里多住些日子，到处走走，以后常来常往。"

第二十五章

遇盗匪落难汤邑学艾灸

赵简子之疾奇迹般痊愈和对秦越人的慷慨赏赐，使秦越人的名字和医术蒙上种种神奇的光环，轰动晋国朝野。拜辞赵简子后，为了摆脱权贵们的邀请和纠缠，他带领弟子们离开绛邑，一边在民间治患搜集验方，一边寻找名医切磋医技，不知不觉就到了夏末。一日，师徒四人骑马翻越太行山脉，顺着漳河来到太行山东麓番吾（今峰峰矿区太仓村）村外。一座长满荆棘的山丘将道路分为两条，一条向东偏北通往邯郸，一条向南偏东通往殷商废都朝歌（今河南安阳市）。

秦越人骑马勒缰站在山丘上，放眼远望一马平川的大平原，轻松地长出一口气，跳下马背，擦着汗水对相跟下马的子仪说："子仪，咱们就此分手吧。你带着子阳回方家庄，我与子舆去朝歌看看。"

子仪、子阳说："师父，我们还是跟着您同去朝歌吧，回来再顺路回家不迟。"

秦越人摇头笑望子仪说："你俩别说傻话。你结婚三天就回蓬山，小娥天天都在牵挂惦念你呢！"又望着子阳说："你离家已两年多了，爹娘和奶奶早就望眼欲穿盼归了。"然后又说，"过去师父没有安身之地，也无法照护你们。现在赵相卿把蓬山赐给我，那里就是咱们的家了。你们回去多住些日子，把小娥也带回蓬山。我与子舆逛逛殷商旧都，也要赶回蓬山建医坊著《难经》。"

子仪、子阳含泪跪辞师父说："望师父保重！"然后告别子舆上马而去。

子舆挥手说："子仪哥，别忘了代俺向嫂子问好，向子阳全家问好！"

子仪勒马回头叮嘱："子舆，你一定要照护好师父哇！"

子舆调笑说："快放心走吧！小娥嫂子正在村口向你招手呢！"说毕笑着打马追着师父向另一条路奔去。

朝歌是殷商王朝败落之地，烈日下，虽然荒草遍野，杳无人迹，残基颓垣仍彰显着一代帝都的霸气。秦越人从一处残基走到另一处残基，子舆牵着马相随。

秦越人捡起一块被战火焚烧变形的残戈仰天自语："谋王争霸，使多少辉煌化为灰烬，使多少无辜百姓惨遭杀戮而丧生啊！”

子舆以为师父有事吩咐，拉马近前问：“师父，您刚才说什么，俺没听清？”

秦越人笑着摇摇头，继续在荒草残基中寻觅着什么。

子舆曾听师父讲过姜子牙助周武王伐殷纣王和妲己祸国、殷纣王昏淫残暴的故事，无事找事说：“师父，那姜子牙真了不起，这么大的商国都城，硬让他指挥的军队给扫成平地了！”

秦越人没想到子舆也会对历史发出感慨，顺口说道：“一代贤臣哪！不求荣华不图富贵，了却君王天下事，留得生前身后名！”

子舆怔神转转眼珠，正想问师父说的话是啥意思，竟发现三十丈开外的齐腰荒草中，有几个时隐时现提刀拿棍的人正猫腰向他们悄悄围来，大喊一声：“不好，有歹人！师父快上马跑！”

秦越人闻言大惊，几步跨到子舆身边，抓缰上马，正欲抖缰向殷都正北的邯郸方向跑，却发现那北面被惊动的荒草中也站起几个提刀拿棍人正向他们围过来。

跨上马的子舆向东、西、南、北扫了一圈，用手一指说：“师父，向南跑！”于是两匹马就像箭一样奔向正南。

这伙盗匪约有十几人。他们发现殷墟荒草中有两匹驮着行囊的马匹，断定是远方来殷墟寻宝的有钱人，就摆成“U”形阵势围了上来。眼看到手的钱财和马匹跑了，岂肯罢休，便跨上马挥刀叫喊着：“追！别让这俩肥货跑了！”一路紧追不舍。

这废都殷墟，当时是晋国与卫国相邻的边界地区，盗匪横行、劫财害命之事不断，百姓大多逃难，地荒人稀。秦越人与子舆逃出殷墟，那伙盗匪仍然穷追不舍，只好一路打马南下。

听到背后没了马嘶人叫声，子舆在一棵树前勒住马缰说：“师父，劫匪甩掉了，咱们下马歇会儿吧！”

秦越人擦着惊汗说：“好险啊！再慢一步咱们就命丧殷墟啦。”

子舆笑着说：“赵相卿送给咱们的马是战马，一般的马追不上！”

秦越人感叹说：“当时我还推辞，现在看来，是要对了！”

这时，从路旁庄稼地里又蹿出一伙徒步劫匪拦住去路大喊：“何方客商？此树为我栽，此路为我开，留下买路钱，爷爷饶你们不死！”

子舆闻言双手一抱将师父又送上马背说：“师父别慌！俺冲上去把他们引开，你趁机打马继续往南跑。俺摆脱劫匪后再去找您！”说毕，不待秦越人说话便抽出腰挎的宝剑，跳上马就挥剑杀了过去。

劫匪没想到被劫之人还有兵器和武功，团团围住子舆砍杀。

秦越人狠打坐马，趁机一路狂奔而去。

子舆见师父已走远，大喊一声："老子不与你们玩了！"一剑刺中一个拿棍的劫匪，打马向西跑去。

劫匪没有马，望着远去的子舆背影愤愤说："唉，今天真倒霉！财没劫住，倒让他砍伤咱们一个兄弟！"

子舆跑出二十余里，不见再有人追，便掉转马头向南去寻师父。

落日霞光中，秦越人打马加鞭一路狂奔，待跑进汤邑境内，已伸手不见五指、人疲马乏了。那匹马长时间奔跑，不加草料不得休息，一声哀鸣倒地，任你怎么抽打，口吐白沫躺在地上打战，再也站不起来了。

秦越人抬头望望阴云密布的夜空，不见子舆追来身影，担心夜幕中再遇劫匪，就解下马背上的行囊背起，在漆黑夜色中钻进庄稼地里摸索着向远方奔逃。

然而，祸不单行，正当他欣喜看到一个有亮光的村庄时，却一脚踩空，"哎呀"一声掉进一口枯井内，不仅被井底乱石碰破头脸，连脚也崴了，顿时疼痛钻心昏了过去。待他醒来，仰头上望茫茫夜色不见星光，手摸四壁和周围乱石杂草，想站起来可浑身疼痛疲乏已没有一点儿力气了，不由哀叹："天哪，越人一生治病救人，为何落此下场啊？！"说完又昏了过去。

清晨，散尽阴云的天空，太阳犹如一个火球挂到东方天空，向大地散发着生机勃勃的夏日光辉。年刚十八岁的桃花俊俏、精灵，手挎荆篮、肩扛锄头走进开花结蕾的农田。她一边哼着小调《诗经·鄘风·桑中》"采集女萝去哪方？在那卫国朝歌乡。猜猜我心中在想谁？漂亮大姊本姓姜。约我等待在桑中，邀我相会在上宫，淇水口上远相送。……"一边愉快地挥锄锄着农田中的杂草。

"救命啊、救命啊——"突然一串微弱的呼救声，使桃花愣神住手。

她寻声走到田旁的枯井前，站在井口往下一瞧：一个四十多岁、留着长须、头脸上流着鲜血的人，正在仰脸呼叫："救命啊，谁来救救我呀？"声音微而弱。

她惊悸地问："你是什么人？怎么掉在枯井里了？"

那人听到有人问话，有气无力地说："我是过路人，夜里天黑难辨脚下，掉进了这口井里。求求姑娘，快叫人来救救我吧！"

那枯井有一丈多深，桃花既无力救出落井人，也忌讳漫天地里与一个陌生男人去接触，她说一声："你等着，俺回村去叫人！"就向家中跑去。

桃花父亲姓夏名子济，满头白发，仙风道骨，是当地一位名医，尤以艾灸闻名，被誉为"艾仙"。初阳凉风中，他坐在院内的榕花树下，正在一张小地桌上卷制艾香，周围阳光下摊晒着一片片刚采摘的新鲜艾叶。

桃花上气不接下气地跑进门说："爹，有人落井啦，快、快去救人！"

艾仙一怔说："都大姑娘了，还这样慌张。谁家孩子又掉井里了？"

桃花喘着气说："不、不是孩子，也不是咱村的，是一个陌生人，掉到咱家地旁的枯井里了。头上脸上都是血，话都说不清啦！好吓人。"

艾仙闻言而起，一边收拾抢救器材药品一边对桃花说："还愣着干啥？还不快去村里叫几个年轻人，一块去救人！"

桃花和艾仙带着几个青年来到那个枯井前，四个年轻小伙子站在井口拽着绳子，将一个年轻人系下井，用绳子缚住满身泥土、满脸血迹、呻吟不止的秦越人，拽出井口，放在一块门板上，又从井内提出他的包裹行囊。

艾仙检查了伤情说："不要紧，都是外伤，抬到家中再上药吧。"

几个小伙子抬着门板上昏迷呻吟的秦越人，跟着艾仙向村中走。桃花背着从枯井中取出的秦越人行囊殿后。

在土墙秫秸顶的艾仙家堂屋内，众人将秦越人抬到明亮窗下的炕上，走了。艾仙送走众人，接过女儿桃花递上的湿布巾，擦洗着闭眼昏迷的秦越人头脸上的一道道污垢泥土，然后又接过女儿桃花递上的消炎止痛艾粉敷到伤口处，用净布一处处包好。接着又挽起秦越人的裤腿，脱掉鞋袜，检查崴伤的脚骨。

红肿紫亮的秦越人脚腕，犹如被气吹得一般，由于错骨，淤血过多，长时间得不到救治已经有点发炎发僵了。

艾仙用手轻轻一摸，昏迷的秦越人疼得"啊"的一声大叫醒来，想伸手去制止又晕倒炕上，干裂的嘴唇里发出"水、水——"的细弱微音。

艾仙对女儿桃花说："这个人失血过多，快去端一碗米汤来喂他！"

桃花从锅里盛了一碗早饭剩下的米汤，正好不凉不热。她跪在炕上用木勺一勺一勺向秦越人嘴里送去。

秦越人如饥渴的羔羊，咽了一口又一口，把满满一碗汤全喝进肚里后，闭着眼长长出了一口气，瘫到炕上说："割开肿处，放出淤血，再正骨。"

艾仙听了一怔问："你、你也懂医？"

闭着眼睛的秦越人苦笑着摇头说："让您见笑啦，大胆下刀吧。"

艾仙闪闪眉，坐到炕沿将秦越人的伤脚移到炕沿外，接过女儿桃花取来的一把铜刀，对女儿说："你去拿一个盆来，接在脚下，然后摁住他这只腿！"

桃花取来一个陶盆放在地上，双手摁住秦越人崴脚的腿。艾仙将手中的刀在灯上烧了烧，擦净刀上熏黑，又用手试了一下温度，便一手扶住伤脚一手挥刀向秦越人红肿紫亮的脚腕肌肤刺去。

割开的皮肤犹如裂开的地皮，积瘀的脓血如小河流到桃花放在地上的盆中，足有一大碗。

秦越人咬着牙忍受剧痛，额头上滴着成串的汗珠，又昏了过去。

桃花咧着嘴扭着头不敢观看。

艾仙放下刀，擦擦手上的脓血对女儿说："你用力摁住他的腿，我要正骨了！”

桃花点点头加大双手摁的力度，艾仙双手抱住秦越人的脚，用力一搬，只听“咔吧”一声响，秦越人“啊呀”一声惨叫，被崴的脚脖子复原了，人却又昏了过去。

艾仙给割开的伤口涂上消炎止痛化瘀的艾粉，用布巾包好，擦着脸上的汗水对女儿说：“中，这是个经过苦难的硬汉子！搁一般人，准疼得鬼哭狼嚎了！”

桃花收拾着东西说：“这个人还挺懂医术的，知道开刀先挤瘀血再正骨。”

艾仙诙谐地笑道：“行医人救了行医人，等他清醒了我得好好与他聊聊。”他见女儿桃花要端满是脓血的盆子去到外面倒掉，用手制住说：“留着，等他醒了让他看看！”

女儿嘟着嘴放下手中盆说：“中。反正您见了同行比啥都亲！”

艾仙笑着逗女儿：“你不亲，那你为啥叫爹去救他呀？”

女儿瞅一眼父亲，喊声：“爹，您说啥呢？”就红着脸跑了出去。

艾仙摇摇头，点燃一支大枣粗像蜡烛一样的艾香放在炕沿上，端详着昏迷的秦越人自问：“他是从哪来的医家呢？咋摸黑赶路掉倒枯井里了……”

挤去脓血包扎好伤口的秦越人昏睡了。艾仙和桃花观察他无大碍了，回到院中。中午，他们父女坐在院内一棵榕花树下一张小桌前吃饭，桃花嚼着馒头说：“爹，这人昏迷大半天了，咋还不醒呢？”

艾仙说：“他不光是昏迷。脓血一出，脚不痛了，心松了，困乏疲劳劲也上来了，让他多睡一会儿吧。”

桃花问：“爹，您看他像哪里人呢？”

艾仙摇摇头说：“他还没说话呢，爹也闹不清。”

桃花说：“他的行李里还有好多木简，像医书？”

艾仙闻言一惊，笑着自语：“身不离医书的郎中，很可能是个串乡游医。”

桃花说：“爹，他脚上这伤，没有十天半月好不了。他醒了，您让他住哪儿呀？”

艾仙说：“他一个外乡人，能到哪儿去找住处？就让他和我一块住在堂屋炕上吧。”

桃花不情愿地说：“让一个外人住家里，多不方便哪！”

艾仙笑笑说：“救人一命胜造七级浮屠。我们行医之人，怎能将无家可归的患者推出门外呀？”

桃花低头不语。

艾仙停了一会儿说：“吃过饭，我到前街去看看闹肚子的秃子爹。你收拾完东西，去给炕上的病人伤口烤烤艾灸。”

桃花嘟着嘴说：“您不在家，俺一个女孩家，咋好意思去给一个不认识的男人做艾灸呢？”

艾仙笑着说：“你还学医哩！医家治病还在乎男女吗？”

桃花听了红脸低头不语。

父亲走了，桃花遵照父亲的吩咐，收拾好碗筷锅灶，便进屋给秦越人做艾灸。日光西斜，她手拿燃烧的艾香精心熏烤着秦越人的伤口。安睡半天多的秦越人在艾香的灸烤下缓缓醒来，用鼻子嗅着屋内弥漫的艾香好闻气味轻声自语：“哪来的艾香味呀？”

桃花闻言手一抖，一坨艾香灰落在秦越人伤口上，赶紧用嘴吹去，然后望着秦越人努力想睁开的眼睛冲屋外喊：“爹，他醒啦！”

巡诊归来的艾仙听了，兴奋地奔进屋内炕前，瞧一眼渐渐睁开眼睛的秦越人，对女儿说：“先别灸了，快去给他做点吃的来。”

秦越人转头瞧瞧周围，将目光停在满头白发、仙风道骨的艾仙脸上问：“老人家，我这是在哪里呀？”

艾仙笑笑说：“俺这里是汤邑夏家庄。你落在枯井里，被俺闺女发现，叫人救出抬到了家中。”

秦越人眼涌热泪，挣扎着欲起身说：“感谢老人家搭救之恩！”

艾仙将他摁下说：“你身体虚弱，伤口未愈，好好躺着吧。”然后话锋一转问，“你是何方人士，为何流落此地掉进枯井呢？”

秦越人羞愧地摇摇头说：“在下齐国鄚邑人，姓秦名越人，路遇劫匪，奔逃中夜落枯井……”

艾仙闻言大惊，不待秦越人将话讲完，就下炕整衣拱手道：“哎呀，原来是神医扁鹊光临寒舍呀！在下照护不恭，万望海涵啊！”

秦越人羞红着脸坐起说：“老前辈不要妄听传言，笑话越人。在下只是个山野游医，连自己的伤病都治不了，还称什么神医呀？”

艾仙充满敬佩地说：“先生在蓬山用药饼除瘟疫，在邯郸救治花柳病，在邢邑拦棺救产妇，在晋国切微脉奇诊赵简子，天下皆知，争相美谈，神医扁鹊之名当之无愧呀！”

秦越人正欲再言，这时桃花笑吟吟端着热腾腾的大葱炒鸡蛋和馒头进门说：“饭来了，快吃点东西吧！”

秦越人闻声观面，顿时悚然色变，目瞪口呆地指着桃花问艾仙：“你、她——”

艾仙不知何故秦越人突然神情大变，以为他又坠噩梦，说：“她是俺的女儿桃花，就是她听到你在枯井中呼救，回村叫人把你从井中抬回家的。”

秦越人听了顿时如霜打一般垂下头，不敢再看桃花，也不敢再问了，饥腹咕咕的肠胃驱使他接过桃花递上的饭菜，便低头狼吞虎咽地吃起来。

桃花看了“哧哧”笑。艾仙站起扯把女儿用眼示意让她离开，然后对秦越人说：“你慢点吃，不够再让桃花给你做！”便跟在女儿之后离开房内。

走出堂屋的艾仙回首望一眼屋内，凑到灶房女儿桃花近前问：“闺女，这秦越人咋见了你，就神色大变了呢？”

桃花瞅一眼爹说：“俺又不认识他，他变啥？”然后笑着说，“看他那吃相，哪像个神医呢！”

艾仙说：“人不可貌相。他是太饿了才失态的。”

桃花说：“俺原来还以为，神医扁鹊一定是个像您一样的白发老头呢，没想到他这么年轻就那么大名气了？”

艾仙沉脸说：“女孩家，不可妄言！”

桃花不高兴地说：“俺只是给您说说，也没向外人讲。”

艾仙不语，抬头望着院内树上的榕花凝思。

落日后发暗的堂屋内，吃饱饭菜的秦越人精神大好，然而脑海中却巨浪翻滚。他呆呆望着房梁陷入无尽烦思：那桃花的音容笑貌、脸庞眼睛、眉毛嘴鼻，一举一动、一笑一颦，咋那么像自己死去十几年的妻子菱花呢？难道她没死，还是又转世再生了？世上不乏长相相似之人，为何桃花与菱花竟一模一样不差分毫呢……一个个疑惑犹如谜团和巨浪使秦越人烦躁难安。

蒙蒙夜色中，他从胸前衣襟中掏出新婚之夜妻子菱花赠送的菱角雕刻的小饰件握在手中，在炕上翻来覆去观看，一会儿盯着房顶发呆，一会儿盯着窗外出神，一会儿闭目冥思：

新婚之夜，菱花在被窝里含着喜泪将菱角饰件从脖子上摘下挂到秦越人脖子上说：“这是俺爹送俺的护身符，俺让它保护你一生平安！”

初夏白洋淀堤上，喘笑的菱花扑到秦越人怀中娇嗔说：“你还是个郎中哩，天天和俺睡一个炕，连俺怀上了都不知道！”

在乱兵追杀中，划行在白洋淀波浪中的木筏渐渐下沉，怀孕八个多月的菱花用力掰开秦越人死死抓住她的手说：“俺会水，你好好待着！”说完纵身跳入波浪中……

“菱花——”秦越人思着想着，突然发出一声大叫，便抱头号啕大哭。

在院内灶房吃饭的艾仙和桃花，不知发生了什么事，慌忙跑步奔进堂屋内点亮灯。灯下，艾仙惊慌地拍着秦越人抽动的躯体说：“秦神医，你是不是做噩梦啦？”

桃花不知问啥话好，急得在地上搓着手走来走去嘟囔：“一个大男人，咋像个孩子，说哭就哭成这样啊？”

秦越人只顾埋头大哭，既不停止也不抬头说话。

艾仙无可奈何地摇摇头，对女儿说：“他的伤口可能疼痛难忍。你去睡吧，我给他再做做艾灸。”

桃花走了。艾仙点燃艾香，给秦越人做起艾灸。秦越人在艾仙的精心按摩和艾灸中渐渐平息泣涕而睡去。

清晨，变阴的天空下起淅沥小雨。正在灶房做饭的桃花见爹手拿草帽、身背药箱走出屋门，问："爹，饭马上就熟了，你要去哪里呀？"

艾仙边向头上戴草帽边说："昨天村里有几个人闹肚子，我去看看吃药后好点呗？"

桃花说："拉肚子又不是什么大病，吃过饭再去吧？"

艾仙说："这病来得太突然，听说附近各村也在闹呢，我得去看看。"然后又说，"刚才我摸了摸秦神医的头，好像有点发烧，脚上的伤口还肿着，你做好饭，再给他做做艾灸，等我回来一块吃。"

桃花点点头，手拉风箱向灶内送着柴草。燃烧的火焰中锅盖冒着缕缕蒸气。

躺在堂屋炕上用被单蒙头的秦越人听到艾仙与女儿的对话和艾仙离去的脚步声，掀开被单露出头，看一眼窗外的雨天，呆呆望着房梁出神。这一夜他没睡好，可又不敢惊动艾仙，静静躺着回思往事和突然出现的桃花音容笑貌。他听到桃花进门的脚步声，赶紧用被单又将脸蒙上，装着熟睡的样子。

桃花瞧瞧仍在熟睡的秦越人，笑笑从炕上荆筐中取过一支艾香点燃，坐到炕沿上，一手摁着秦越人的脚腕，一手用艾香熏烤。

秦越人在桃花那温柔小手按抚和艾香温热炙烤下，波浪翻滚的脑海又渐渐平静了，慢慢揭开头上被单，两眼如灯一样盯着桃花看。

桃花笑着瞅一眼盯着自己看的秦越人，不好意思地红着脸问："秦神医，您昨天大叫那一声，可把俺爹吓坏了，为啥事哭得那么痛呢？"

秦越人脸涌红潮眨眨眼无语，待艾灸做完，挣扎着要下地。

桃花递给他一根木棍，他拄着在地上走了几步靠在炕沿上问："桃花，你们是本地人，还是外来人呢？"

桃花不假思索地说："本地人呀，俺们祖祖辈辈就住在这个庄里。"

秦越人又问："你姓啥？"

桃花好奇地说："俺姓夏呀！咋，你不相信？"

秦越人怔了一下说："不是。"然后迟疑地问，"你知道有个叫菱花的人吗？"

桃花调皮地笑笑，摇摇头说："这个名字好听。她是哪里人？俺没见过。"

秦越人听了很失望，叹息一声自语："她是我已去世十六年的妻子！"然后将话锋一转问，"你姓夏，你爹怎么姓艾呢？"

桃花听了，笑得前仰后合、眼涌泪花说："差了、差了，您弄差了！"

秦越人不解，认真地盯着桃花问："哪差了？"

桃花擦着泪花说："俺爹姓夏名子济，因为他治病常用艾药、艾灸，人们才喊他艾仙的。"

秦越人羞红着脸道歉说："是我错了、是我错了！"

桃花咯咯笑着说："你钻到啥牛角尖里了？竟把俺爹说成姓艾了？"

秦越人不好意思地摇头说："我瞎猜，想错了。"然后抬起头盯着桃花问，"桃花，你能给我讲讲用艾治病的方式方法吗？"

桃花收住笑容说："中。"便指着手中燃烧的艾香说，"这叫艾香，是用晾晒干的艾叶加大葱、蝉蜕碎末卷的。俺爹用它做艾灸，就像俺刚才用它给你熏烤红肿伤口，有驱毒消炎功效。"

秦越人闪闪眉说："这艾草，除了做艾香，还有其他用法吗？"

桃花指着秦越人头上伤口和脚腕伤口说："有。俺爹给你这伤口上上的药粉，叫艾药。加黄枝子、乌药、桃木枝心、樟木枝心等，与干透的艾叶碾碎过箩而成。大伤口直接撒药粉包扎，小伤口把药粉用酒调成糊状，涂在伤口上，有除毒、消炎、化瘀、止痛、生肌疗效。还有艾膏、艾丸、艾散等，都是以艾为主药，加不同的辅药，治不同的症状。俺爹还把这些记在木简上，叫《艾经》。"

秦越人一闪亮眉说："《艾经》？"然后平静地问，"我们老家那地方也有艾草，咋没你说得这么神奇呢？"

桃花自豪地说："艾和艾不一样。俺夏家庄的艾草天下无比，每年都有好多医家来俺这里买艾草呢！"

秦越人点点头问："你们这里的艾草长在什么地方？为什么这里的艾草比其他地方艾草药效好呢？"

桃花笑笑说："俺也说不上来。只知道俺这片地上长的艾草比其他地方好！俺爹做过实验，用其他地方的艾草做的艾药，就没俺这儿疗效好。"

秦越人闪闪眉说："等我能走路了，你一定领我去村外看看，你们这儿的艾草长得啥样？"

桃花不屑地说："不用领，你只要出了村，到处都能看到！"

秦越人感慨道："听你这么一讲，你们这儿的艾草真是一种奇药哇，百益而无一害！"

桃花兴奋地说："那当然。要不，人家为啥叫俺爹艾仙呢！"

秦越人沉醉地眯眼打量了桃花一会儿，思忖着说："那你，就是艾姑了？"

桃花羞红了脸说："您咋知道的？"

秦越人开心地笑着说："你爹是艾仙，他的女儿自然就该称艾姑了！"

桃花望着秦越人那饱含敬意和爱慕的眼神，突然明白了什么，用小手轻捶秦越人的腿说："您是神医，还叫俺露傻讲艾经，真坏！"

秦越人"哎呀"咧了一下嘴说："艾姑饶命、艾姑饶命！越人是真心向你学艾经啊！”

桃花噘着嘴说：“那中，俺不打你了，但您得把诊脉寸口的绝技教给俺！”

秦越人连连点头说：“行、行。”然后伸出右手翘起食指、中指、无名指三个指头说，“所谓诊脉寸口，就是用这三个指头的第一节按住人的手腕寸口处，感受人一呼一吸的脉搏变化。”

桃花问：“这种诊脉法与古人三部九候诊脉有什么区别呢？”

秦越人说：“没区别。古人用‘三部九候’法诊脉，也是感受脉象在全身要害之处的变化。”

桃花不解地问：“既然没区别，为何你用诊脉寸口而不用三部九候法呢？”

秦越人笑笑说：“人一呼，脉行三寸，一吸，脉亦行三寸，脉行五十度周于身，复会于手太阴，所以诊寸口太阴之脉而知全身脉象。这种诊脉法，不仅比三部九候法快捷方便，而且准确失误少！”

桃花听了兴奋得如获至宝，反复在自己寸口感受脉动之妙……

淅淅沥沥的小雨中闷热而潮湿。秦越人拄拐移到门口边瞧落雨边思忖什么。

满脸雨水的艾仙领着两位老人急匆匆进门。秦越人发现艾仙和两位老人的脸上神色焦急，连忙询问：“艾仙前辈，出了什么事，为何急成这样？”

桃花急忙上前接过父亲肩上的药箱说：“你的草帽呢？怎么把衣裳都淋湿了！”

艾仙拍抖着身上的水珠对两位愁眉苦脸的老人介绍说：“秋生大哥、榆树兄弟，他就是当今神医扁鹊，你们快把乡亲们的病情给他讲讲吧！”

二位老人跪地说：“神医，您快救救乡亲们吧！”

秦越人赶紧伸手扶起二老人问：“发现什么病？快告诉我。”

秋生叹口气说：“唉，这病说来已有七八天了。开始是拉稀，人们没当回事，后来就拉脓带血了！”

榆树补充说：“吃了艾仙配的药，本来已好转，哪知道刚过两天又犯了，再吃什么药也不见效了！”

艾仙苦着脸说：“刚才我在村里转，听乡亲们说，这病现在已蔓延到十几个村子，死了三个人。看到乡亲们那受苦受难样儿，真是急煞人哪！俺就带着这两位老人回来，求您给赐个良方。”

秦越人听了急切地说:“治病救人乃医家之本，那就快带我去瞧瞧症状吧！”

桃花抢先站到父亲和秦越人中间说：“爹，不中！他这伤敷上药刚一天多，天又下雨，万一着水感染了咋办？”

艾仙欲言，秦越人说：“桃花姑娘，百姓受难，咱们医家哪还能考虑自己的安危！快扶我去吧。”

秋生和榆树听了，向门外一招手，一个用椅子绑的亮轿已停在屋门口。

几个人架着秦越人坐进亮轿，大家便快步出门走进雨雾中。艾仙和桃花背着药箱快步紧随。

他们走进村中一家农舍。一家三口躺在炕上呻吟，地上一个陶盆里盛着拉出的粪便和呕吐的秽物。头缠包伤布、脚裹厚厚布巾的秦越人，手拄木棍、单脚弹移身体上前，仔细观察病人排泄呕吐之物，难闻的气味使周围群众掩鼻发呕。

艾仙和桃花成了行动不便的秦越人助手，一会儿帮助翻看患者眼帘和舌苔，一会儿跑里跑外接送闻讯而至的病人。

秦越人连诊五人后说："这是肠痃症！因连日阴雨闷热潮湿，霉菌猖獗，造成湿热之邪，内伤脾胃导致腹痛发热而痢发。轻者为痢，重者惊厥伴脓血，救之不及时，脱水失血、阳衰阴毒而毙命。"

艾仙和众人紧张地追问："用啥药治呢？"

秦越人闪闪眉，挥毫在木简上写下三个字"金液丹"，又注明"硫磺十斤，用铜锅熬化，麻布滤净，倾入水中，再熬再倾，七次后放入陶罐封口，外以盐泥八分厚阴干。先慢火煅红，次加烈火，一炷香后取出寒炉，埋地中三日取出制为丸。"他将药方交给艾仙说："成人每日五十丸、小儿每日十五丸，连服三次即愈。"

艾仙、桃花看后连称："好方、好方！"

但秋生、榆树二位老人和众乡亲听了却眉愁沉脸不语。

艾仙问："乡亲们咋都不说话？是信不过神医这个方子，还是有啥难处？"

秋生长叹一声眼涌泪水说："唉——神医的方子谁能不信？可这大雨连阴天的，大伙去哪儿找那么多硫磺和药材呀？"

榆树跟着说："再说了，现在天天都在死人，哪还能再等三天呀？三天中不知又有多少人就撒手黄泉了！"

艾仙和桃花惊愕地望着愁眉难展、心急如焚的众乡亲，又把目光投向在聆听中沉思的秦越人。

秦越人发现大家都在用祈求焦渴的目光盯着自己，浑身犹如针刺一般发痛发烫。他皱眉低头思忖了一会儿，抬起头迟疑地对众人说："在下还有个刚从民间搜来的偏方，不知道是否有效果？"

众人兴奋地望着秦越人说："中。神医快讲，只要能救众乡亲性命，纵使卖地卖房俺们也认了！"

秦越人淡淡一笑说："那倒不必，只是不知此方灵不灵？我也是在晋国游医中刚听人讲的。"

桃花盯着秦越人着急地说："您快讲啊，用啥药、咋配制？"

秦越人说："马齿菜一斤煮熟，紫皮蒜十头捣碎，加醋凉拌吃。一日三餐与饭同下，连吃三日肠痃可愈。"

众人听了，有的相信，有的摇头，有的丧气地说："这叫啥神医？出这种馊主意！"有的说："马齿菜遍地都是，如果它能治好肠疵病，还要郎中干啥？"

艾仙用手止住大家的议论说："大家不要乱讲。秦神医刚才说了，他也是刚从民间听来的偏方。大伙不妨回去试试，吃了不行，咱们再另想办法嘛。中不中？"

众人你瞧我、我瞧你，无人答话，悻悻四散而去。

秦越人从众乡亲不屑的眼神和冷淡的神色中，感到众人的失望和不信任，回到艾仙家中，都没了食欲，也没了说话交谈的勇气。黑暗中躺在炕上，与艾仙各自怀着心事睡不着。

艾仙佩服秦越人对病症的判断，可担心秦越人说出的民间偏方不灵，绞尽脑汁思索着治肠疵的新药方；秦越人救人心切，本来开出的"金液丹"治肠疵万无一失，可一向谨慎的自己不知道犯了哪根筋，在众人的急切和渴望中竟突然说出一个刚从晋国绛邑搜集的连自己也没验证的民间偏方来！蒜肯定有消炎止痛杀菌作用，马齿菜是否也有神奇的化瘀克毒扶脾胃疗效呢……

夜越来越深了，躺在另一个房子炕上的桃花心情也不平静。她在炕上翻来覆去睡不着，一会儿听着窗外的雨滴答声，一会儿睁眼望着房梁，对秦越人诊脉寸口的敬佩被他唐突说出的用马齿菜加蒜治肠疵的举动全破坏了，不由抱怨说："什么狗屁神医，什么破偏方，还不如俺爹医技高呢！还叫什么扁鹊，简直是只狗屁不懂的老家雀！乡亲们用了你的偏方若有啥好歹，不管爹咋拦着，俺也要把你赶出家门！本姑娘再不伺候你这个废物了！"

不管人们各自有什么心事和怨愤，日月还是照常起落，白天与黑夜还是照常更替。又一个清晨，雨还在下。桃花做好早饭，站在厨房门口喊："爹，您出来一下。"

艾仙从堂屋走进厨房。桃花端着盛好的饭菜双手送到爹面前说："吃饭吧。"

艾仙转身说："我去叫秦神医。"

桃花嘟着嘴说："什么狗屁神医，别管他！您快坐下吃，吃了俺陪您去看那些得病的乡亲们！"

艾仙笑笑坐下说："鸡肚小肠。"

桃花气鼓鼓说："俺不管啥肠，再不伺候这个徒有虚名的人！"

艾仙瞪一眼女儿说："别瞎说！"然后语气转平说，"他昨天夜里一夜没睡，那就叫他多睡会儿，你把饭给他留在锅里吧。"

桃花瞅一眼爹说："知道了！您就把他当神仙敬着吧！"

夏家堂屋炕上，一夜未眠的秦越人听着艾仙父女的对话，流下两行热泪，用被单蒙住脸哽咽着……

他听到吃过早饭艾仙和女儿桃花又背着药箱外出了，就下炕拄着拐在屋内走来走去。焦躁不安中一会儿站在门口观天，一会儿靠门愁思。他想去看看昨天那些患者，但脚伤和雨天不能外出；他想干点什么，可身为客人不敢随便挪动屋内任何东西，忧心如焚在屋内踟蹰……

这一个白天真长啊！夜幕降临了，他见艾仙父女归来，急忙迎上去问："病人们怎么样？"

愁眉苦脸的艾仙摇摇头，桃花剜他一眼就跑进厨房去做饭。

他羞愧地退回屋内，又躺在炕上。

饭做熟了，艾仙在屋外叫他说："秦神医，快起来，出来吃饭吧。"

用被单蒙头的秦越人动也不动说："我不饿。"

桃花听了气愤地说："爹，不用叫他！还有功摆架子啦，咱们自己吃！"

艾仙摇摇头，无趣地嚼着饭菜。

桃花的话犹如刀锤刺进秦越人心中，再无颜面出屋和回话，羞愧得蒙住头，在悲泪和悔恨中睡去。第二天天刚亮他便起床，发现炕上又只剩他一个人了，赶紧下炕拄拐出屋。

雨停了，秦越人拄拐站在院内左右观瞧，厨房无人，桃花的门也关着，很显然艾仙父女又去村中瞧病人了。他饿了，移步厨房掀开桃花留在锅内的饭，却无心再吃，靠在灶台旁的墙上望着锅中的饭哀叹垂泪，时间一长竟顺墙溜倒在墙下的柴堆上昏昏睡去了。

"吱呀——"一声柴门响，传来桃花银铃般的叫声："秦神医，好消息！"

秦越人慌忙睁开眼，四周一片漆黑，又一个夜晚降临了。

桃花跑进屋内点亮灯，惊叫："爹，秦神医跑啦？"

相随进屋的艾仙望着空无人影的炕自语："他脚伤未好，雨刚停路又滑，为啥离开呢？"然后对桃花说："快去叫人，沿着路追！"

桃花点点头，一个箭步冲出屋门。

秦越人拄着拐杖从灶房探出身子，声怯力弱地说："别找了，我在这儿。"

桃花闻言吓了一跳，望着拄着拐杖从黑乎乎灶房走出来的秦越人惊讶地说："哎呀，黑灯瞎火的，您咋在灶房里呀？"

秦越人不好意思地摇摇头说："我、我……"不知道如何解释。

夜色中，艾仙出来与女儿一起将秦越人扶进亮灯的屋内问："你是不是饿了，等不及俺们，自己去做饭啦？"

秦越人红着脸摇头说："我、我在厨房里睡着了。"

桃花笑着给他拍身上沾的杂草问："您咋睡在灶房里呢？"

秦越人不愿说出真情，转移话题迟疑盯着桃花反问："你刚进门时，好像说有好消息？"

艾仙笑着说："好消息、真是好消息！那些吃了马齿菜拌蒜的病人止住泄啦，原来不相信的人也开始吃了。"

秦越人长出一口气，眼涌热泪说："好险啊！对这个偏方，我也没有十分把握。自那天唐突说出口，这两天就坐卧不安哪！"

艾仙笑笑说："这是行医人的通病。不见患者病情好转，我也是寝食无味！"然后对女儿说："快去做饭，炒俩菜，今天爹要与秦神医喝两盅！"

桃花离去又迅速返回，手里端着已发干的馒头和坨成一坨的饭菜说："爹，你看，他连早饭也没吃。"说完用责备的目光盯着秦越人。

秦越人脖红脸涨垂下头。

艾仙知道他是因牵挂病疫无心进食，诙谐地说："咱们不也没吃中午饭吗，放一块吃更香！"

秦越人拱手赔礼说："这两天丑相百出，让前辈和桃花姑娘见笑了。"

艾仙哈哈笑道："天下医家是一家，谁都有着急上火、废寝忘食的时候。"

秦越人情真意切地说："得逢前辈，越人真是因祸得福哇！"

艾仙眨眨眼睛笑道："穷家寒舍，又遇肠疵突发，小女性躁语尖，只怕委屈了神医，哪还有福可言哪？"

秦越人感恩地说："前辈和令爱不仅救我一命，还让我懂得艾用之妙。"

艾仙摆摆手说："谈不上！治伤医患是我们医人之责。至于用艾之术，都是老朽祖上传下的一些庄户人小技，哪值得神医夸赞啊？"

秦越人求知若渴地说："医之博大，处处有师啊！前辈，越人想拜您为师学艾经。"说着就要弯腰下跪，却因伤口未愈，不能如愿跪地。

艾仙急忙搀住说："神医名扬天下，誉播诸侯，你拜俺为师，岂不折杀老朽了呀？"

秦越人诚挚地握住艾仙的手说："前辈，越人是真心实意想拜您为师学艾经啊。期望能赐我拜读您的大作《艾经》，以传佳技于天下！"

艾仙先吃惊后兴奋，盯着秦越人看了一会儿说："怎么，秦神医也知俺有《艾经》？"

秦越人笑而不答，用渴求的目光祈求着艾仙。

艾仙起身到自己医坊抱来一捆木简放到秦越人面前说："这是我整理的俺祖上三代人用艾治患的感悟，只可惜老朽文墨不足，请神医指点斧正！"

秦越人如获至宝，兴奋地用手抚摸着眼前的木简说："奇书、奇书，晚辈一定认真拜读！"

秦越人负伤在艾仙家养伤，烈日下，可苦了寻他的弟子子舆。灰头土脸的子舆牵着马，焦急地在汤邑城内人群中四下观望，逢人便问："大伯，看到一个四十大几岁、留着长胡子、牵马的人呗？”

一位老人家上下打量一下子舆，摇摇头走去。

一个挎着菜篮子拉着孙子的老婆婆走过来，子舆又迎上问：“大娘，这两天看到一个四十多岁、留着长胡子、牵马的人呗？”

老婆婆瞅一眼子舆，把头摇得像拨浪鼓，拉着孙子慌慌离去。

子舆狠狠揪一下自己头发，眼含热泪自语：“真是该死！七八天了还找不到师父，这可咋办哪？”

街旁一个卖西瓜的好奇地说：“小伙子，这几天你老牵着马在这街上转来转去的，把啥值钱东西丢啦？”

子舆心烦地瞅一眼卖西瓜的说：“不是丢东西，是把人丢啦！”

卖西瓜的问：“是老人还是小孩，男的还是女的？”

子舆停住脚说：“一个四十大几岁，留着长胡子、牵着一匹马的男人！”

卖西瓜的听了笑道：“咳，我以为是啥人呢，原来是这样的人哪！”

子舆兴奋地两眼放光说：“大哥看见了？快告诉俺，他往哪个方向走了，住在哪家客栈里？”

卖西瓜的嘻嘻笑着说：“他不是老人也不是小孩，四十大几岁还牵着一匹马，你找他干啥？”

子舆认真地说：“那是俺师父！大哥要知道，快告诉俺吧？”

卖西瓜的不紧不慢地说：“叫我说，你这是婆婆不急媳妇急。他一个大男人还能丢了？用不着去着急上火的！”

子舆生气地说：“唉！闹半天是你没见哪？”

卖西瓜的笑着说：“你看把你急的，嘴上都爆皮了。坐下吃块瓜，消消火，告诉俺你师父是干啥的，帮着分析分析，再向来买瓜的人打听打听，说不清不等你把西瓜吃完，就找到你师父下落了！”

子舆为找师父，已经几天没睡好觉吃好饭了，看到西瓜更口干舌燥，就买了半个西瓜坐下吃起来。

这时来了一个送西瓜的瓜农，卖西瓜的说：“柳三，你这两天都忙啥，咋不给俺送瓜啦？”

柳三放下担子用衣襟擦着汗说：“哪还顾上送瓜呀，俺那片正闹拉肚子呐！”

卖西瓜的说：“听说挺厉害，还死了好几个人？”

柳三凄苦地说：“死了五个人。十几个村子一块闹，连艾仙也没辙了！”

卖西瓜的问：“现在咋样，治住了呗？”

柳三兴奋地说：“治住了。来了个瘸腿老头，出了个偏方，不花一分钱，就把家家户户上愁的拉肚子病治住了！”

子舆闻言一惊，放下吃了半块的西瓜，站起问："那瘸腿老头长得啥样？"

柳三转转眼珠说："俺没看见，是听人说的。"

子舆又问："他用啥偏方？"

柳三吃惊地说："咋，你也闹肚子？"

子舆苦笑说："俺没闹肚子。俺想知道他用啥偏方？"

柳三笑笑说："说起来挺可笑，他用满地弯腰就能揪一把的马齿菜，煮熟后拌捣碎的蒜！"

这用马齿菜拌蒜治肠疵症的偏方，是子舆与师父一块在晋国民间搜集。他闻言，兴奋地抓住柳三的手问："大哥，你是哪村的，离这儿多远？"

柳三不解地说："夏家庄的，出城往西离这儿三十多里。咋啦？"

子舆顾不上回答，顺手从兜里掏出两块散银子，一块扔给卖西瓜的，一块塞到柳三手里说："谢谢二位啦！"抓起马缰飞身上马而去。

柳三扬手着急地喊："兄弟，俺不是给你送瓜的，不能要你的银子呀！"

卖西瓜的眯眼瞧着手中闪亮的银子说："这小子准是疯了！我这一堆瓜，也值不了这块银子啊？"

此时的子舆，已无心听背后人议论了，扬鞭打马一直奔向汤邑城西夏家庄。

太阳西斜，夏家院内秦越人依树坐在榕花树下的一个由麦秸编的坐墩上，将伤脚放在另一个坐墩上，让艾仙检查脚腕上开刀的伤口。

艾仙打开缠裹的布，仔细观察着伤口说："伤口已经结痂了，红肿也消了不少，痊愈走路还得十天。"转身对女儿说："桃花，你再给秦神医做做艾灸。注意别离太近了，烤伤肿皮。"

桃花点点头，回屋取来点燃的艾香，坐在伤脚前精心熏烤着。

这时子舆牵马进门，看到艾仙父女在为师父疗伤，眼涌热泪快步扑上前喊声："师父——"拱手跪地说："弟子没有保护好您，让您受苦了！"

艾仙父女见了惊然站起，望着泪流满面跪地移步抱住秦越人伤脚的陌生小伙子不知所措。

秦越人坐直身子惊喜地说："子舆，你咋找到这儿来了？"

子舆哽咽着说："那天看到师父跑远，俺刺伤一个劫匪，就向西跑去，然后转头南下到汤邑。问遍所有客栈，不见您的踪影，就天天在街上向路人打听。今天遇到一个叫柳三的送瓜人，方知您在夏家庄，就快马赶来了。师父，您这伤是劫匪砍的吗？"

秦越人不好意思地说："是赶夜路掉到井里崴的。"然后指着艾仙父女说："多亏艾仙前辈和女儿桃花将我从枯井中救出，抬进家内救治，才没丧生。快起来拜谢艾仙前辈和桃花姑娘救师之恩！"

子舆擦把泪站起，双手打拱"扑通"跪地说："晚辈子舆，拜谢艾仙前辈和桃花姑娘救俺师父的大恩大德！”

看到年轻小伙子给自己下跪磕头，桃花羞得躲到父亲身后。

艾仙笑着扶起子舆道：“名医手下无弱徒，真是个忠孝双全的弟子啊！”然后又说，“你陪您师父说会儿话，我与小女去村中转转，看看那些吃药的患者。”说毕让桃花背上药箱向门外走去。

秦越人闻言说：“子舆，你快随前辈去看患者吧，有话咱们晚上再说。”

子舆拱手说：“弟子遵命！”转身向门外追去。

阳光下，夏家庄街头，艾仙边走边问：“子舆，你师父共有几个弟子？”

子舆答：“六个。师兄子容、子术、子仪，师弟子阳、子豹和俺。”

艾仙又问：“你们都住在蓬山吗？”

子舆说：“不。大师兄子容住在鄚邑七间房老家行医，俺们五个跟师父在蓬山。”

艾仙说：“听人说，赵简子将蓬山四万亩地赐给你师父，是真的吗？”

子舆说：“是真的。俺师父治好他的病，他要留俺师父在晋国当太医。师父不肯，他就把师父常年采药的蓬山赐给俺师父了。”

艾仙转转眼珠，又说：“当太医，那可是享不尽的荣华富贵啊？”

子舆说：“俺师父视荣华富贵为粪土，只求解除天下人的病痛疾苦！”

桃花听了充满对秦越人的钦佩，插话问：“蓬山漂亮吗？”

子舆兴奋地说：“漂亮。那里山清水秀，一座大山连着一座大山，到处都是森林和奇花野草。天上飞的，地上跑的，树上结的，土里长的，遍地药材。俺师父要以蓬山为基地，游医天下著《难经》！”

桃花一怔，问：“《难经》是啥？”

子舆说：“就是把医治天下疑难杂症的经验写成书。”

艾仙点点头，又问：“你师父家中还有什么人？”

子舆望一眼艾仙说：“没有别人了，只他一人。”

艾仙吃惊地问：“那他父母兄妹和妻子儿女呢？”

子舆难过地涌出泪花说：“师父三代单传。爹娘被凶徒纵火烧死，妻子和未出生的儿子在躲乱兵中为救师父跳水淹死了。”说着流出成串泪珠。

艾仙点点头又问：“那他为何不续娶呢？”

子舆擦着泪说：“师父难忘师娘，一心行医救治天下患者，把俺们几个徒弟当儿子。”

艾仙仰天感慨道：“这秦神医，真是一位心系天下的难得良医啊！”

桃花听了脸红心跳，慌忙低头。

子舆来了，秦越人与子舆搬到夏家东屋住。秋日深夜灯光下，多日奔波劳累的子舆躺到炕上便酣然入睡。秦越人瞧眼子舆笑笑，坐在炕上案儿前全神贯注翻阅起艾仙著的《艾经》木简来，他一会儿双眼如灯，一会儿凝神沉思。

桃花端着一碗飘香的蛋花汤，蹑手蹑脚推开门，悄悄放在案几上，站在秦越人的背影里，注视着秦越人的一举一动。

秦越人完全进入木简所记述的文字中，全然没有发现眼前桌上的蛋花汤和身后站着的桃花。

桃花被秦越人那种忘我读《艾经》的神情感动，胸口起伏涌起阵阵热潮，并有一种扑上去抱住他的冲动，然而想到自己还是个未出嫁的闺女，便捂着羞红的脸惶惶离去了。

秦越人听到脚步声和屋门响，才发现灯下桌上那碗还冒热气的蛋花汤，扭头注视着在门缝外夜幕中消失的熟悉身影，心里既感动又失望，口中自语："桃花、菱花，为啥不是一个人呢？"顿时又陷入对爱妻的绵绵思念——菱花、桃花两张脸交替映显脑海……

经过艾仙父女一个多月的精心治疗和照护，秦越人的脚伤完全康复了。一个阳光灿烂的上午，秦越人扔掉拐杖，笑吟吟走出屋门想到外面去转转。一脸严肃的桃花拦住说："俺爹出门前说了，您的伤还没恢复好，不能出去，今天还得继续治疗！"

秦越人笑着说："我的伤已痊愈了，不用再治疗了。今天，我想去庄外转转看艾草。"

桃花严肃地绷着脸说："不行，艾草过两天俺领你去看！"说毕指着厨房内灶台后面一个崭新的小木屋说，"你今天钻进这个小屋里，把衣服脱了，先在里面蒸两个时辰艾浴，再做艾灸！"

秦越人惊讶地眨着眼问："艾浴，什么叫艾浴？《艾经》上没有这个疗法呀？"

桃花说："这是俺爹刚发明的，还没往《艾经》上写呢。你说蒸不蒸吧？"

秦越人一是对艾仙新发明的"艾浴"好奇，二是盛情难却，学着地方话笑着说："中！俺听你的中不中？"说完就走进灶房，上前拉开那个用木板铆钉搭建的小木屋上的木门钻了进去：顿时一股热浪扑面。

他透过水雾和热气观瞧：

小木屋内约有四尺宽五尺长，上下四周全用厚木板镶钉，只有顶上有五个核桃大的圆孔通气，地上铺着一层新鲜艾草，艾草上放一个燃烧的炭火盆和一个三尺多高的椭圆形大木桶，里面盛着艾药泡的热水，四壁挂着艾草，简直是个艾的世界。

桃花见秦越人进了小木屋，两眼笑成一朵花，故意装出严肃说："把您的衣服脱了，放到门外头来！坐到木桶里药水中，泡两个时辰。"

秦越人闻着浓郁水雾中的艾香，脱掉衣服鞋袜，从小门放到门外，泡进木桶内的艾药汤水中，顿时筋舒血畅、神清气爽，犹如浸在仙液圣水中。

桃花蹑手蹑脚走近小木屋，悄悄拿走秦越人脱下的衣服鞋袜，将自己怀中抱的连夜裁缝的新衣新鞋新袜放下，像一个得逞的小偷，窃笑着将秦越人散发着汗臭和男人气息的衣服抱起，捂到鼻子上深深闻了一会儿，才走回院中放到水盆中洗起来。

她一会儿扭头瞧一眼那艾浴小屋，一会儿又醉心地哼起诗谣来："采集女萝去哪方？在那卫国朝歌乡。猜猜我心中在想谁？漂亮大姊本姓姜。……"

红日高照，艾仙满脸荣光地领着子舆进院，瞧一眼快乐的女儿说："看把你高兴的！秦神医呢？乡亲们来看他来了！"他们身后跟着秋生、榆树二老汉和提着篮子、拿着鸡蛋、抱着鸡、提着肉的一群男女。

正往绳上抻拽洗过衣服的桃花羞红着脸迎住爹和众乡亲说："你们咋都来了，带这么多东西干啥？"

秋生笑着说："乡亲们吃了秦神医说的马齿菜拌蒜这种不花钱的药，闹肚子病的人都好了，乡亲们说啥都要来谢谢恩人哩！"

子舆说："俺和艾老前辈拦都拦不住。俺师父呢？"

桃花把爹拉到一边，红脸指指灶房里的小木屋小声说："他正在蒸艾浴呢。"

艾仙点点头，转身对子舆说："子舆快招呼各位乡亲们到屋里坐，你师父有点事，一会儿就来啦！"又转身对桃花说："闺女，快把爹刚焙的艾茶泡上，让大家尝尝鲜！"

众人谈笑着进屋入座，桃花跑到灶房敲敲小木屋的门说："快点穿衣裳吧，乡亲们来看你了！"然后抱着一摞碗奔进堂屋。

秦越人听到院内的嘈杂声和桃花敲门说的话，赶紧从艾汤中站起，将小木门推开一条缝拿进衣服和鞋袜，立时愣住了：这些衣服鞋袜全是新做的！可此时此刻顾不上询问了，急忙穿上出来，向上房走去。

众人见了慌忙站起迎到门口，望着头发胡子上还滴着水珠、从上到下一身新衣、满脸红光的秦越人，还没说话就"哈哈"笑起来了，连艾仙和子舆也喜得咧开嘴乐。

秦越人不知众人为何发笑，上下瞧瞧并无裸露不礼之处，问："咋，乡亲们不认识俺秦越人啦？"

秦越人没想到自己这一问，众人笑得更欢了。

秋生和榆树二位老人忍住笑，用手止住大家说："都别笑了，再笑秦神医就不好意思了！"

秦越人盯着二位老人问："二位前辈，快告诉我，大伙为啥笑成这样啊？"

秋生老人上前拉住秦越人笑眯眯地说："你这身打扮，像个新郎官！"

“轰”的一声，众人顿时又掀起一阵笑浪。

秦越人红着脸，羞得简直无地自容，心中暗怨桃花不商量就将旧衣换成新衣，可又觉得浑身暖烘烘热乎乎。

躲在人群背后的桃花，听到“新郎官”三个字，看到秦越人的尴尬狼狈相，一张羞脸简直成了红布，低着头拧着脚用手搓着衣角，再不敢抬头看人了。

久经世事的艾仙把这一切都看在眼里，立刻明白了女儿暗藏的心事，也突然明白了秦越人被抬回家昏迷中睁开眼第一次看到女儿桃花时的那种惊讶与尴尬的原因，心中暗语：“俺要成全女儿的心愿！”

伤愈后的秦越人带着子舆，白天跟着艾仙走乡串户诊患，晚上潜心研读探求《艾经》之奥秘，日子过得繁忙而快乐。但无论干什么，桃花犹如一个驱不散的影子，时刻闪现在脑海和眼前。一日，一位前来求诊的患者带来蓬山正在盖医坊的消息，勾起他思归思弟子之惦，便吩咐子舆打点行装。

艾仙知道无法再挽留秦越人师徒了，在他们要离开的前夜，在堂屋摆了一桌美食送行。艾仙上座，秦越人与桃花一左一右对坐，子舆坐在师父下首。

艾仙动情地举杯说：“秦神医明天就要走了，俺真是不忍分离呀！”

秦越人眼圈发红回敬：“越人落难，承蒙前辈和桃花姑娘救治照应月余，传授《艾经》，在下终生难忘啊！”

艾仙摆摆手说：“救人治病本是医家本分。我一个乡野村医，能与当今名医共治一方肠疾，已是三生有幸了！”

秦越人说：“前辈这样讲，就折杀晚辈了！我读您的《艾经》，那才叫茅塞大开呀！”

酒过几巡后子舆说：“师父，俺吃好了，去庄外遛遛马，您陪前辈慢慢喝吧。”

艾仙正愁如何支开子舆，见子舆离开兴奋地举杯说：“来，咱们再饮一杯！”

秦越人举杯与艾仙、桃花碰杯后一饮而尽。

艾仙望着脸色潮红的秦越人看了一会儿，郑重地说：“老朽心中有一事相求，不知神医肯允否？”

秦越人眨眨眼，信誓旦旦说：“前辈是我的救命恩人，甭说一事，纵使百事千事，越人也应允照办！”

艾仙瞅一眼女儿桃花，深情地说：“老朽已是年过花甲之人，只有桃花一女，时刻牵挂着给她说个本分人家，但世事艰难总不如愿。昨日征得女儿同意，决定将她许配给你。”

桃花听父亲说出自已心中秘密，羞得捂住发烫的红脸低下头。

秦越人却闻言大惊，站起连连摆着手说：“老前辈，其他事您尽管吩咐，此事断断不可！”

艾仙不解地望着秦越人说：“你先妻已去世十六年，桃花女大当嫁，有何不可呢？”

秦越人红着脸争辩说：“桃花年刚十八岁，越人已四十有余，怎能相配呀？”

桃花听到秦越人推辞，抬头深情又怨恨地用眼盯着他。

艾仙沉脸不悦，反问道：“神医是嫌小女丑陋，不堪相与，还是已有意中人待娶呀？”

秦越人急得连连摇头说：“老前辈不可妄言，在下绝无待娶之人。桃花貌美如仙，聪明贤惠，应该找一个年龄相当的如意郎君哪！”

桃花按捺不住胸中涌动的激情说：“不。除了你，俺谁也不嫁！”

艾仙为难地对秦越人摊开手说：“你听听，你若不答应，叫老朽百年之后，如何去见亡妻呀？”

秦越人眼涌热泪望空自语：“我已在爱妻菱花坟前发誓，终身不娶！今日若违背誓言，咋回故乡，怎么面对亡灵，如何在世上行医为人啊？”

艾仙听了秦越人那发自肺腑的声音，更敬佩秦越人的品格，思忖了一会儿说：“你不肯违誓，桃花非你不嫁，那只有一个法子了。”

秦越人和桃花闻言，一齐望着艾仙。

艾仙叹口长气，疼爱地瞧一眼女儿说：“那就让桃花更名‘佚妹’，与你以兄妹相称，伺候终生！只是、只是这样，太、太委屈俺闺女了呀——”说完颓然泪如雨下、泣不成声。

事已至此，秦越人再无法推辞，哽咽一声忙跪倒说：“义父在上，请受儿子三拜！”说着连磕三个响头。

艾仙扶起秦越人，抱住泪人儿一样扑来的女儿桃花，三个人哭作一团。

第二十六章
迁新居盘古梳今著《难经》

秋日下午，狼家庄村西襄河北岸的山脚下赫然出现一座用石条砌墙、白灰勾缝、秫秸草泥罩顶的宏伟大院。站在襄水南岸、手拄拐杖兴奋地隔河观瞧的焦老汉，对站在身旁的韩大山说："老东西，去年扁鹊罩顶那天，我就说咱这两村要有大事发生，不出侯王也要出个宰相。咋样，应了吧？"

韩大山笑眯着眼连连点头说："是、是，你猜对了、你猜对了！这有了封地的人，就是侯是王啊！"

焦老汉说："自打见到秦神医第一眼，俺就觉得他不是个凡人！"

韩大山抖着山羊胡子说："能住在仙人洞里的人，那都是天上的星宿下凡哪！"

焦老汉笑着眨眨眼，扭头盯着韩大山说："这时候你知道说他是星宿下凡啦？那年闹瘟疫，你还跟着铁磨头说他们师徒是恶鬼呢！"

韩大山不好意思地羞红脸说："老哥，你咋哪把壶不开提哪壶呢！这么多年过去了，你咋还记恨俺哪？"

焦老汉笑笑说："不是记恨。俺是看到这座新大院，想起秦神医能有今天，是多么不容易呀！"

韩大山感慨地说："他真是冒着生死闯出来的天下名医啊！"

焦老汉说："现在好了，有家有业有封地，再不用四处游医颠簸了！"

韩大山说："要说秦神医这人，真是个有情有义之人。他捎给子术的信中，第一条就讲明免除咱蓬山人所有的捐税！"

这时帮助修房盖屋的众乡亲从新落成的大院里走出，焦大夫妻走在最后。焦大对送行的子术、子豹说："这下可好了，你师父和你们总算有个安身之处了！"

焦大媳妇秀谷"嘎嘎"笑着说："啥安身之处，这就是他们的家！今后谁有个啥灾病，再不用登高爬山了，抬脚就到。"

子术向众人躬身拱手说："这都是众乡亲帮忙！感谢大伙呀！"

走在人群中的秋子听了，笑着回头说：“感谢啥，这都是你师父给赵简子看病挣来的。要说感谢，俺狼家庄、焦子村的人，应该感谢你师父才对哩！”

子术眨眨眼，不明白秋子的话是啥意思，愣住神不知如何回答。

焦大抬手拍一下子术的肩头解释说：“傻侄子！这还不明白？从官府来颁赵简子诏令那天起，世代生活在咱蓬山的众乡亲，都住在你师父的地上了，从此再不受官府欺压了！”

子术恍然大悟说：“哦，原来是这样。我说乡亲们咋干得那么起劲呢！”

站在襄河南岸观瞧走出众人的焦老汉听了议论，举起手中拐棍大声对子术说：“子术，给自己的恩人建房修屋，哪个不卖力，看我不打断他的腿！”

子术感激地笑着说：“焦爷爷，您咋站在外面，不进去坐着呢？”

焦老汉笑着挥手说：“你快回去歇会儿吧！不用送大伙，这些日子把你和子豹累得也不轻。”

焦大过河上前扶住爹说：“不是说让您在家里歇着嘛，咋又和韩叔一块跑出来啦？”

韩大山兴奋地说：“你爹惦记新医坊，就叫俺陪他出来看看。”

焦老汉说：“儿子，这可是给咱们蓬山的恩人盖房啊，一石一木你都要给俺盯紧了，绝不能糊弄人！”

焦大笑着说：“爹，韩叔，你们就放心吧！乡亲们把吃奶的劲都用上了！”

焦老汉和韩大山听了，开心地呵呵笑着……

子术望着远去的众人和焦家父子、韩爷爷三人的背影，心中充满了感激自语：“这蓬山人，真是可亲可敬啊！”

站在子术身旁的子豹说：“师兄，咱们新医坊都盖好了，咱师父咋还不回来呢？”

子术扭头眺望远方的大路忧心地说：“是啊，这些日子我也老想师父呢！”

子豹跑上门口一块高石上，伸脖远望着大路，兴奋地说：“师兄快看！有一辆车和一个骑马的人，正向咱焦子村狼家庄走呢，是不是师父他们回来了？”

子术跳上高石，仔细观瞧了片刻后，高兴地说：“你的眼真尖！像是师父，咱们到村口迎迎去！”说毕就与子豹向村口跑去。

落日余晖中，挥鞭驱马的子仪在车上远远看到村口站着师兄子术和师弟子豹，将马车交给子阳说：“你赶车，我骑马，先向师兄报个信儿！”说毕打马奔了过去。

子术、子豹见了高喊：“子仪（师兄）——”飞步前迎。

子仪跳下马抱住张臂迎上的子术说：“师哥，俺想死你们了！”

子术亲昵地拍着子仪的背说：“你和师父怎么才回来呀？可把俺和子豹盼苦了！”

子仪闻言吃惊地推开子术问："咋，师哥，师父和子舆还没回来？"

子术一怔说："车上坐的不是师父吗？"

子仪不好意思地红脸低下头说："车上是子阳和妻子小娥。俺们跟师父离开晋国后，穿过太行山，在漳河北岸齐家岭番吾村外岔路口分手。他让俺和子阳去邯郸方家庄接小娥，他和子舆去殷商故都朝歌看古迹，怎么还没回来呢？"说完跺着脚悔恨不已，"怨我呀怨我，不该离开师父，只让子舆一人相随！"

子术安慰子仪说："有子舆跟着师父，想来不会有啥大事。"转而高兴地说，"根据师父从绛邑让人送回的图，蓬山众乡亲已帮助咱们盖好新医坊了！弟妹来蓬山，这是喜上加喜，今晚我们几个师兄弟要好好庆祝一番！"说完吩咐子豹："你快回去烧火做饭吧！"

蓬山新医坊坐北面南，依山而建，宏伟气派，在落日余晖中散发着特有的泥石芳香。整个建筑分内外两个院落，前院大门两侧一边是接患诊病处，一边是药房，正房五间中间一间是过道，左右各有两间住房；东厢房五间，三间库房两间为厨房，西厢房五间中三间为马厩两间为停车和堆放杂物处；内院正房五间，东西厢房各三间。

子术陪着子仪、小娥和子阳，边观看边介绍房屋用途说："内院五间正房为师父迎客、讲医、住宿和著书存书处。前院四间正房，两间你们夫妻住，两间我住。子阳、子豹住在内院东厢房，负责照应师父起居生活。"

子仪、小娥、子阳兴奋地摸摸这儿，瞧瞧那儿。子仪赞佩地说："师兄你真不简单哪，还懂得修房造屋！"

子术笑笑说："哪是我懂，全靠焦叔一家和众乡亲帮衬啊！"

小娥插话说："子术师哥，从今往后，吃饭和缝缝补补的事，俺全包了。你和各位师弟，就一心跟着师父学医、给人治病吧！"

子豹两手沾着面从厨房走出来，问子术："师兄，咱们吃啥？"

子术笑着问子仪："弟妹喜欢吃啥？"

小娥不待子仪答话就上前拉起子豹说："这事交给俺，你只管烧火就成！"

小娥做饭手脚利索，不一会儿就饭熟菜好。一盏麻油灯下，灶房中围地桌坐着子术、子仪、子阳、子豹师兄弟四人。小娥将盛着猪肉粉条炖冬瓜的陶盆放在桌上，又用荆筐端来切成条块的成摞葱花香油烙饼放到众人面前说："子术哥，你们快吃吧，尝尝俺的手艺咋样？"

子仪用勺子盛了一碗菜，又拿了一块饼递给子术说："师兄请用。"

子术接住醉心地闻闻说："弟妹烙的饼、炖的菜，真香啊！"

子豹边大口吃边说："香、就是香！比俺做得强多了。"

子仪深情地望一眼小娥，小娥红着脸嗔道："瞧啥，还不快吃！"

子仪窘得将伸出的手又停下了，子术、子阳、子豹见了哈哈窃笑。

但吃着吃着子术的嘴停下了，他望着不断爆出火花的麻油灯灯捻自语：“师父和子舆现在在什么地方呢，是啥事绊住他们不能回来呢？”

众人听了都停住了咀嚼，你瞧瞧我，我瞧瞧你，顿时陷入沉闷、思念与忧心。

子仪放下手中的碗筷对满脸沉重的子术说：“师兄别担心啦，明天俺就骑马去找师父！”

子阳、子豹也争说：“我也去！”

子术思忖了一会儿，抬起头正要说话，焦大哈哈笑着进门说：“你们谁也不用去找啦！你们师父和子舆都回来了，还给你们带来个叫佚妹的漂亮师娘呢，现在正在俺家里吃饭哪。”

众人闻言又惊又喜，放下碗筷，一块随焦大奔往焦家。

焦家正房内，两盏明亮的麻油灯把屋内照得如同白昼，屋内笑声朗朗。吃过饭的秦越人和焦老汉盘腿坐在炕上，正向闻讯前来看望的众乡亲讲述他这几个月在晋国的见闻和轶事，看到子术、子仪、子阳、子豹和小娥进门忙下炕，几个弟子齐齐跪地说：“弟子拜见师父！”

秦越人激动地将子术扶起，眼涌泪花说：“子术，师父想你们啊！”

子术流着泪抓住秦越人的手说：“师父，您咋在外待了这么长时间哪？”

秦越人摇摇头说：“一言难尽！”

子舆插话说：“师哥，师父这次外出遇到三次大难！”

子术惊愕地问：“啊，都遇到什么大难，快给我们讲讲？”

子舆说：“第一次是给赵简子看病，把师父、师兄子仪、师弟子阳和俺四个人像囚犯一样关在一个小院里，差点没把俺们四个人杀了！”

子术关切地问：“第二次呢？”

子舆说：“第二次是俺陪师父看殷商废都，荒草丛中突然跳出一伙劫匪，三面包围，一路追杀，又差点没要了师父和俺的命！”

子术又问：“那第三次呢？”

子舆指着佚妹说：“这事得问咱师娘，她比俺清楚。”

子术等众弟子将目光一齐射向羞涩低头站在师父旁边的漂亮佚妹。

秦越人用衣袖沾去泪珠说：“师父在逃劫匪追赶中，马被累死了，深夜摸黑赶路，掉进一口枯井里。脚崴了，头脸受伤晕昏过去。幸亏遇到艾仙父女，将我从井中救出，抬回家中治疗，方得重生！”说毕指着默默站在一旁的佚妹介绍说，“这就是救师父的艾仙之女桃花，她现在更名佚妹，既是师父的义妹，也是你们的师娘。”

众弟子闻言再次跪倒，齐声说：“弟子拜见师娘！”

年轻的佚妹看到比自己还大的越人弟子跪下称自己“师娘”，羞得用手捂住脸说："羞煞人了！别喊师娘了，就叫俺佚妹吧。"

焦老汉咧嘴笑道："萝卜不在大小，只要长在背（辈）上，这个规矩不能变。你们几个可听好了，谁敢对你师娘不尊，小心俺的拐杖！"

众人哄然大笑。

子术严肃地说："焦爷爷和众乡亲放心，俺们会像尊敬师父一样尊敬师娘！"

子仪、子阳、子豹也跟着说："俺们一定像尊敬师父一样尊敬师娘！"

焦老汉看到他们师徒团聚，流着喜泪说："越人侄子大难不死，又喜结良缘，必有后福哇！"

众乡亲齐声说："对、对，必有后福！"

秦越人说："众乡亲的祝福我领了！"然后话锋一转问，"子术，我听焦大爷讲，咱们的新医坊建成了，快领我去看看吧！"

子术点点头，在众人送行中陪着师父师母离开焦家。

明亮的月光下，秦越人在众弟子的蜂拥下走进新医坊，巡视着新建的房舍院落，满意地对子术说："子术，辛苦你和子豹了。"

子术拱手弯腰说："弟子是照师父捎来的画图施工的。师父若觉得哪儿不合适，弟子再改建。"

秦越人点点头说："挺好，师父想得就是这个样子！"然后问，"建这么多房舍，一共花了多少银子啊？"

子术从怀中掏出一块写满字迹的布巾呈给秦越人说："统共八十三两四钱，弟子都记在上面了。"

秦越人皱皱眉，不相信地问："这么大的工程，怎么只花这点钱呢？"

子术解释说："石头、木材都是就地取材。帮忙的乡亲们坚决不要工钱，八十多两银子主要用在每天饭菜和买油漆上。"

秦越人感慨地说："蓬山人忠厚实诚，重情重义，是我们师徒永远都不能忘记的恩人哪！"

子术说："官府来颁布赵简子诏书时说，住在蓬山四万亩封地上的百姓们，都是您的子民，每年要向师父交纳税捐。"

秦越人闻言一挥手说："胡闹！哪有让医家衣食父母向医家交纳捐税之理呀？"

子术问："弟子已按您来信吩咐，向焦子村狼家庄的乡亲们讲了，不收捐税。俺担心官府知道了来追问，咱们如何答复呢？"

秦越人在地上踱了两步说："赵相卿既然把地赐封给我秦越人，那就得我说了算。不光焦子村狼家庄的乡亲们不纳捐税，凡生活在蓬山四万亩地上的乡亲们，都不纳税捐！"

众弟子听了连声拍手叫："这太好了！乡亲们听了准高兴！"

秦越人笑笑，继续参观。

子术说："师父，您赶路累了，今天早点休息吧，明天再仔细看。"

秦越人点点头，神色严肃地说："从现在开始，我们有了自己的家了！今后就以此为基地，游医天下。"

子仪补充说："还要著书立说。"

秦越人转身望着众弟子说："我们有了这么好的医坊和蓬山天然药库，不是过舒适日子，发财致富，而是要解天下疾患之苦，给后世留下探索医学之经！"

众弟子拱手齐声说："弟子记下了！"

秦越人满意地笑着，走向二进院内正房自己的住室。

离开故乡十几年，秦越人在异乡终于有了自己的家，心情格外高兴。这一夜，他睡得特别香，直到第二天上午，灿烂的阳光照耀着蓬山大地方醒。起床后，他又在住室内仔细看起来：五间住室内有两道隔墙，东一间为卧室，西两间为存放医简的库房兼书房，中间两间为客厅和向弟子们讲授医术医理的地方，墙上挂着两张图，一是蓬山药源分布图，一是天下地域图。众弟子看到师父师娘在屋内走动，结伴进门问候。秦越人让弟子们在客厅坐下说："为师从医三十六载余，从没敢想到能有这么漂亮的医坊和家。赵相卿既将蓬山赐予我，咱们师徒就要在这里干出一番名垂千古的事业来！"

子术搬个蒲墩，请师父坐下。秦越人扫一眼众弟子继续说："医药、医药，医家离开药不能称医，药离开医就是杂草一堆。做一个医家，首先要精通药。我与子术、子仪到蓬山，就是从查药辨药开始游医天下的。"

子术插话说："禀师父，您外出这几个月，在乡亲们帮助下，弟子已将蓬山一带的药源基本查清了。"然后指着墙上的图说，"弟子都标在这张图上了！"

秦越人盯着子术说："你说说看。"

子术从师父住室储藏医简库房中搬出一捆木简放在师父身旁的案几上说："根据咱们多年探察和乡亲们提供的线索验证，蓬山已查实的药物，有植物药五百六十九种，动物药二百一十八种，土石药一百零五种，共八百八十二种，弟子全记在这些木简上和标在墙上这张图上了。"

秦越人兴奋地望一眼墙上的挂图，抚摸着木简说："这可是大功一件哪！有了这座天然药库，我们游医天下，就没了后顾之忧。"

子仪笑着说："师父，有了蓬山这八百八十二种药，今后咱们行医再不上愁无药可用了！"

秦越人点点头，又说："我们普查蓬山药源，不仅为行医！昔黄帝、岐伯著《内经》，神农氏尝百草，给世人留下除瘟解患的良方，方被后人尊为救生之祖。今贵人虽鄙医，但世人莫不需。医家虽无力治乱世，却有责救苍生于苦难，留新悟于后世！”停顿了一下，又接着说，“在多年游医中，师父发现许多古籍遗漏的疑难杂症，也发现民间藏有许多世代相传的偏方秘方。从现在开始，大家不管走到哪里，都要注意搜集民间偏方验方，我要集中精力把多年积累的行医经验和教训整理出来，传给天下医家。”

众弟子听了，摩拳擦掌兴奋异常。

根据秦越人的吩咐，吃过早饭后众弟子各自忙碌。中午，子阳在医坊门外青石墙上挂起一块醒目的原色木板，上面用黑墨书写着：“本医坊诚征民间各种祖传治病疗疾偏方秘方，患者赐方无偿赠药，常人献方付币两铢。”

前来求治的患者和闻讯而至的蓬山山民，争相观看。民众中有人喊：“子阳，俺们不识字，给俺们说说这板上写的话，是啥意思呀？”

站在木板旁的子阳指着木板上的字念一遍后说：“各位父老乡亲们，字的意思是说，凡来俺们这里看病的，献一个家传的治杂病偏方，吃药不要钱；没病的人献一个方，给币两铢！”

有人说：“治孩子哭夜的偏方算不算？”众人听了哄然大笑。

不待子阳答话，又有人说：“治孩子睡觉尿炕的方算不算？”

还有的说：“治生孩子后不下奶的方算不算？”

另一个说：“治被蝎子蜇了消肿止痛的方算不算？”

子阳摆手止住大家问话说：“俺刚才说了，只要不是找郎中开的方，俺这里已有的方，是自家独有的偏方，都算！”

众人七嘴八舌议论着，有的回家取偏方，有的去找朋友亲戚求偏方。

站在人群中的焦二庆笑着说：“这神医扁鹊真是聪明过人啊，这么一折腾，把全天下治病的绝招都掌握了！”

站在旁边的秋子接话说：“焦叔，这话你可说错了！秦神医能把赵简子一个死人救活，啥医术不懂？俺听说，秦神医这样做，不是为自己，是想把各种偏方编成书，传给天下人哩！”

站在人群中的韩三听了说：“乖乖，那可是积大德救苍生的大好事啊！”

众弟子忙着应诊接患和制药，秦越人和佚妹却钻进医籍库房整理和翻找医简，做着著书的准备。他们打开地上成捆的木简，拿起这个看看，拿起那个读读，将挑出的木简放到身后几案上。帮助寻找著书资料的子仪，将师父翻过的木简收起，又摊开新的木简……

夜深了，灯光下秦越人坐在堆满医简的几案前，一会儿手捧医简沉思，一会儿挥笔疾书。他的身旁地上堆着一摞摞写好的医简，也散落着用过的零乱堆在一旁的医简。佚妹端一碗茶水望着丈夫手脸胳膊上被蚊子咬得一个个红斑，既心疼又不敢劝阻，无奈轻轻放下，悄悄点燃一支艾香叹着气转身。

秦越人扭头瞧一眼佚妹，笑着说：“你早点睡吧。”然后又埋头写起来。

佚妹摇摇头，悄无声地蹲在他背后，一手扇扇驱赶蚊蝇一手收拾归整着写好和用过的医简。

十天过去了，又十天过去了。一个多月时间，秦越人就像一只不知疲倦的陀螺，日夜沉心在编著医书中。他的身后，被佚妹归整好的医简犹如列队的士兵整齐地排列成一行，《扁鹊内经》《扁鹊外经》《扁鹊脉经》《扁鹊针经》……

深秋半夜黑暗中，子术披衣在院内一会儿望着师父书房内的灯光，一会儿忧心地在地上走来走去。子仪悄悄走到师兄身边小声问："师兄，师父又一夜未睡？"

子术点点头叹口气说："已经一个多月了，夜夜如此，哪受得了呀？"

子仪忧心地说："连师娘劝师父也不听，咱们可怎么办哪？"

子术思忖了一会儿说："去把子舆、子阳、子豹都叫起来，咱们一块进去跪求，师父不答应咱们就不起来！"

这时，小娥端着两碗刚冲的蛋花汤来到近前说："俺也跟着去！"

秦越人书房内，灯光下，埋头疾书的秦越人接过子术双手跪呈的飘着葱花香油的蛋花汤用鼻子闻了闻，喝了一口说："真香啊！"看到子术不起，身后还跪着子仪、子舆、子阳、子豹和小娥，放下手中的碗，生气地问："你们这是干什么？"

子术含泪抬头望着师父，用祈求的哑音说："师父啊，您已经一个多月日夜写书啦，再不能这样熬下去了呀！"

子仪也眼涌热泪说："您再不睡觉休息，俺们就永跪不起！"

子舆、小娥、子阳、子豹也齐声相附坚决地说："对，俺们就永跪不起！"

秦越人生气地"叭"的一声，将手中端的蛋花汤碗向桌子上一蹾，又将另一只手中握的笔往案上一摔说："咋，你们要逼师？"

子术等众弟子惊悸地哭着说："弟子不敢！俺们只是求您珍重身体，每天睡会儿再写！"

秦越人气愤地一跺脚说："你们、你们，咋不理解师父呢？快起来！"

众弟子低头不语。站在一旁的佚妹哽咽着说："你就听一回弟子们的劝说吧！"说完捂脸跑往卧室内，放声哭起来。

秦越人一怔，明白了弟子们的一片赤诚心迹，激动地站起身要扶众弟子，但弟子们执意不起。他无奈地摇摇头，叹口长气说："好！我答应你们，这就去睡行不行，快起来吧。"

众弟子闻言面露喜色站起。

子术动情地说："师父哇，俺们不只求您现在去睡，以后每天还要睡几个时辰。您不比俺们年轻人，现在已是四十多岁的人了啊！"

子仪等齐声附和说："师父，俺们劝您保重身体不是为自己，而是为天下患者啊！”

秦越人闻言，眼中发潮说：“你们的心意为师都懂，我也知道年龄不饶人，可人间病患期盼有良方啊——”说着又要坐下写。

卧室内传来佚妹的“呜呜”哭声，他无奈地又站起来了，瞧一眼不知所措的众弟子，苦着脸摇摇头挥手说：“你们都走吧，师父不写啦！”便向卧室走去。

众弟子见了，悄然离去。

夜灯下，陈设简陋的卧室内，佚妹趴在炕上一夜未动的被窝和枕头上痛哭流涕。秦越人走进室内炕前，抚摸着佚妹起伏颤动的后背说：“别哭了，以后我每天睡几个时辰，再不熬通宵了！”

佚妹依然痛哭不止。

秦越人疼爱地伏身，将佚妹拽起抱进怀里，一边用布巾替她擦着泪水、梳理散乱的头发一边说：“我知道你和弟子们心疼我，怕我把身体熬坏了。以后我再不这样了，还不行吗？”

佚妹哽咽着说：“你每次都这样说，可过后还是我行我素，从来不管别人的感受！”

秦越人低头吻着佚妹的头发和额头赔礼说：“我错了，以后听你的。”

佚妹用双臂紧紧箍住秦越人，把脸贴在秦越人胸口，泪如泉涌说：“夫君，我不能没有你呀，弟子们也不能没有你！你天天没明没夜著书，若累出个好歹，让我和弟子们可咋过啊？”说着“呜呜”又哭出声。

秦越人眼圈发红哀求说：“我的亲妹妹，求求你别哭了。外面的弟子们都听着呢，让我还咋出门哪？”

佚妹拧着身子说：“我就哭！听见就听见，反正你心里只有著医书！”

秦越人闻言一震，顿时醒悟冷落年轻妻子之过，苦着脸说：“我都认错了，你还不饶，让我再说啥呢？”说着也泪水成串落在佚妹头上。

佚妹止住哭声坐直身子说：“那你说，以后咋办吧？”

秦越人疼爱地抱住佚妹说：“还能咋办？你说咋办就咋办呗，还不中？”

佚妹红着脸擦去秦越人脸上的泪水说：“那以后你每天白天著书，晚上睡觉！”

秦越人迟疑一下说：“我觉少，夜里睡两个时辰就够了。”

佚妹嗔脸撒娇说：“不中。没有你，俺一个人睡不着！”

秦越人哭笑难言说：“那就再增一个时辰，睡三个时辰行不行？”

佚妹嘟着嘴抹把泪说：“俺又不是给你做买卖的，你用不着一点儿一点儿往上添！”

秦越人情深意浓地拍拍佚妹说：“我的好夫人！有你这样年轻漂亮的妻子，谁不想夜夜抱着到天亮，可这著书立说之事，岂能容夫妻恩爱而延误啊？”

佚妹转转眼珠说："那也中，但你必须每天清晨到院里打会儿拳！"

秦越人点点头将佚妹再次拥入怀中，亲吻着说："就照你说的。咱们快脱衣睡觉吧。"

佚妹立时转气为喜，脱掉衣服兴奋地钻进秦越人的被窝里……

清晨，起床后的子舆、子阳、子豹在院内洗盥。子舆一弯腰，"咚"地放了一个响屁。子阳、子豹二人互相瞧一眼，哄然大笑。

子舆沉脸说："这有啥好笑的？人放屁说明气血通达、身体健康！"

子阳捂着鼻子躲开说："好臭、好臭！师兄，你放的屁咋这么臭哇？"

子舆却自得地说："屁是屁也，五谷杂粮之气也。未放前滚上滚下，放后呛人熏己。人闻捂鼻而去，狗闻摇尾而来！"

躲过屁味正向回走的子阳停住脚步说："师兄，你咋骂俺呀？"

子舆"嘎嘎"笑着说："谁骂你来？你不是捂着鼻子走了吗？"

子豹看到二人为屁斗嘴，乐得笑弯腰。

子术闻听院内说笑，沉脸拉开门，一边穿衣一边怒声说："闹什么！你们不知道师父还在睡吗？"

子舆、子阳、子豹闻言立时收了笑。走出卧室的子仪也责备说："子阳，就你声音高！都十七八了，还像个孩子。"

子术肃声说："今天早晨谁也不能大声说笑，都在前院干活，让师父多睡会儿。"

这时，佚妹笑吟吟走进前院说："没事，你师父早醒了，正在写医书哩！"

子术吃惊地说："师娘，您咋不让他出来活动活动手脚呢？"

佚妹红脸说："他哪肯听我的！自己编了一套健身术，在炕上练了一会儿，就又去写书啦！"

子阳兴奋地问："师娘，师父又编了啥健身术，能教给俺们练呗？"

佚妹笑着说："这事，你们得去问你们师父。"

时光如梭。眼看就要入冬了，天空突然下起淅淅沥沥的小雨，坐在书案前的秦越人望着窗外条条雨丝凝思了一会儿，转身问抄写书稿的子仪："子仪，子阳、子豹这两个孩子，最近学习怎么样？"

子仪停住笔说："挺用功的，已经能接患出诊了。"

秦越人若有所思地说："年轻人容易自满，切记不要让他们刚有点滴进步，就忘乎所以！"

子仪点头说："弟子记下了。"

秦越人说："这几天闹天，要让他们多读点书。不仅读先贤医籍，还要读天文地理、阴阳五行、周易八卦。"

子仪说："这两天，他们被《诗经》这部书迷住了，每天都争论不休！"

秦越人说："《诗经》是一部好书，但要挑出来看，不能被其中记述的各种奇事和奇风异俗迷住了。"

子仪思考着问："师父，《诗经》中有很多诗篇，都是怨骂苛政暴虐的，周天子为啥还让这种书流传呢？"

秦越人闪闪眉说："你这个问题提得很好。这部看似是记录各地民风民俗和历史故事的书，实际是一部观古鉴今的书！"

子仪惊讶地说："啊，它还有这种作用啊？"

秦越人点点头说："对。周天子之所以让学士们编著这部书并广传天下，是因为周厉王实行苛政国人大暴动。那次暴动差点葬送了周王朝，后继天子周宣王为汲取这次教训，用'观风俗，知得失'的方法及时纠正朝政之弊，才搜集整理各地民间'里巷歌谣之作'编出《诗经》来。"

子仪凝思着问："那读《诗经》要注意什么呢？"

秦越人说："《诗经》中的精华，为《国风》和《小雅》。《小雅》中收录的大部分是权贵儒士之作，小部分为民歌民谣，而《国风》大部分为民歌民谣，只有小部分作品为权贵儒士之作。这些作品都从不同侧面不同角度，反映了当时社会各阶层人士的呼声，堪称政者之镜！"

子仪敬佩地点头说："师父，听了您的释析，弟子对《诗经》的意义理解更深了。"

秦越人说："医虽不是政，却同样须知民情通风俗。这不仅是在行医中要与当地民众打成一片，也是了解病情和使患者心情舒畅的需要！比如在绛邑问病，你说个'我'字，晋人便觉得你是自家人；在你师娘老家汤邑，你回答行不行说个'中'字，吃饭说个'叨'字，那里的人便觉得亲切。"

子仪豁然所明地点着头。

在旁边抄写医书的佚妹停笔，睨一眼丈夫笑着说："你们谈《诗经》，咋把俺老家说话的事也扯上了？"

秦越人笑笑说："咋，我说错了吗？"

佚妹瞅一眼秦越人说："你说得对，继续说，俺听着呢！"

秦越人说："医家学会入乡随俗，也是行医治患的一种必备本领。在诊患中你与患者谈古论今，拉拉民风乡情，不仅拉近感情与距离，还可以减轻患者的痛苦。"

子仪见师父高兴，半开玩笑说："师父，俺有个民情，不知当不当讲？"

秦越人一愣，闪闪眉说："说来听听。"

子仪迟疑了一下说："大伙听说您新创了一套在炕上健身的绝招，都想学学，您能教教俺们呗？"

秦越人哈哈笑着摇手说："那叫啥绝招？那是我没工夫出去练拳脚，自己瞎编了几个动作疏通筋骨血脉玩的，不行不行。”

佚妹嘻嘻笑着说：“既然弟子们有兴趣，你就做给大家看看呗！”

秦越人对佚妹说：“我那是针对自己情况健身的，只适合中老年人。他们都还年轻，学这干啥？”

子仪笑着说：“俺们现在年轻，早晚也有岁数大的时候，现在学了防老呗！”

秦越人见佚妹支持、子仪期待地望着自己，瞅着窗外思忖了一会儿说：“那好，反正下雨天大家也不能到户外活动。子仪，你去把子术他们几个叫来，我现在就做给你们看看！”

子仪说声：“好嘞！”兴奋站起离去。

秦越人笑着用手指点着在一旁哧哧笑的佚妹说：“你呀，又在背后把我卖了！让徒弟们来看我的丑态怪相。”

佚妹咯咯乐着说：“谁让你老夸这办法神呢！”

秦越人止住笑说：“不是我夸，你说，我用这办法健身有没有效果？”

佚妹羞红了脸说：“有、有！你练得壮得像头牛！”说毕捂脸跑向卧房。她手脚麻利，转眼工夫将屋内打扫得整洁利索，炕上顺炕沿铺了被褥，被褥上放着一只枕头。

众弟子拥进门，齐站炕前。秦越人躺下示范说：“这种健身法很简单，平躺炕上，主要活动三个部位：一是腿，二是臂，三是耳朵。大腿直立，双臂上伸，同时甩动小腿和小臂，各甩动一百次，小腿脚后跟要踢到屁股蛋，小臂在空中摆动幅度要大；然后以双手的拇指与二指各捉一个耳朵，以耳垂为主进行拽扯按摩一百次。”说毕，秦越人进行示演：小腿与小臂在甩动中筋骨“嘎巴嘎巴”作响，特别是小腿脚后跟踢得屁股蛋也“啪、啪”出声；耳朵被按摩扯拽得通红发紫发亮。

子阳望着师父天真可笑的动作问：“师父，这么简单的动作，能起到健身效果吗？”

秦越人笑笑起身说：“这种运动看似简单，其实是一种全身运动。特别是在清晨醒后起床前做，效果最好。睡了一夜的身体，经过这种活动，血脉通达，筋骨轻松，五脏生津，浑身舒坦！不信，你们试试？”

活泼的子阳抢先躺到炕上学着师父的样子做，可怎么用力甩小腿也难踢到屁股蛋，就问：“师父，俺咋踢不到屁股蛋呢？”

秦越人笑着说：“练几次就踢着了。这说明你的筋还没抻开，不够长软。”

子阳起身后，子舆又躺下做，边做边说：“真是呢，这几个动作看着简单，做起来还真费劲哪！”

秦越人说：“子术子仪，你们给子阳、子舆号号脉，他们的脉象现在准是气壮神盛！”

子术子仪给子阳、子舆诊脉寸口后兴奋地说：“师父，真像您说的，他俩脉象都气壮神盛！”

秦越人笑着说：“如果做完这些动作再喝一碗温开水，效果会更好！”

子仪问：“师父，这种健身法叫啥名呢？”

秦越人一怔说：“这我可没想过，就叫它健身三招吧！”

子豹惊奇地问：“师父，您啥时候琢磨的这种健身法呢？”

秦越人深情地看一眼佚妹说：“我在你师娘家养伤的时候，躺在炕上没事干，瞎琢磨的。”

佚妹闻言满脸红晕说：“你咋又把俺扯上啦？”

子术子仪子舆子阳子豹听了，“嘿儿嘿儿”乐。

冬天来了。在一个阳光明媚的上午，佚妹将秦越人写的医书摆在书房内一条长案上。那些被精心摆放的一摞摞木简，整齐得像列队待检阅的士兵，《扁鹊内经》《扁鹊外经》《扁鹊针经》《扁鹊陷冰丸方》《扁鹊肘后方》《扁鹊脉经》《扁鹊疗黄经》《扁鹊枕中秘诀》《扁鹊指归图》等九部医著。

闻讯而至的子术和子仪兴奋地观瞧着。子术说：“师父，现在九部医著完成定稿，您可以歇口气了。”

秦越人捋着胡须笑着摇头说：“九部书虽成，也只能算完成一半。案上正写的这部书，才是师父最大的宿愿啊！”

子仪探身瞧一眼，吃惊地问：“师父要写《难经》啦？”

秦越人点点头说：“对。比起这些已经完成的医著，《难经》可以说是最难写的，也是师父最看重的一部医著！”

子术敬慕地翻着堆在几案上的木简，惊愕地说：“师父，您啥时候写了这么多呀？”

秦越人皱皱眉说：“已写了三十一难，再往下写总觉得底气不足。”

子仪关切地问：“师父，这些年咱们搜集了那么多民间偏方，整理了那么多医案，还不够用吗？”

秦越人笑笑说：“就我们搜集整理的素材看，写一部医书很容易。但我所想的《难经》，不是只记录一些普通医案，讲一些人人皆知的医理，而是要从古今众多医案中梳理出世上最令医家苦恼的病状和医理！”

子仪说：“师父，要不俺们再去各地查寻医案吧？”

秦越人摆手说：“先不急，等我实在写不下去了，再说吧。”

子术眼睛突然一亮说：“师父，咱们山上仙人洞里还有不少过去整理的医案呢！我去找几个乡亲上山把它们搬下来吧？也许对您著《难经》有用。”

秦越人闻言，双眼立时放着亮光说：“好、好！我咋把藏在那里的宝贝给忘了呢？你快去吧。”

冬日阳光下，子术带着子舆、子豹和韩三、秋子等八九个山民背着成捆的医简，从山上仙人洞往山下搬运。子术站在山崖上说：“乡亲们，大家一定要小心，千万别掉一根医简！”

秋子笑着说：“放心吧子术，就是把俺自己掉下山，也绝不会掉秦神医的一根医简！”

众人齐声说：“对，这是神医的宝贝，俺们谁敢不小心呀？”

仙人洞所藏医简，是秦越人带着子术、子仪游医从各地搜集来积攒的。秦越人兴奋地翻阅着一捆捆医简，一会儿两眼笑成一朵花，一会儿伏案挥笔疾书，一会儿又手抚医简拧眉沉思。

佚妹蹲在他身后地上，悄悄将秦越人看过的医简整理在一起。坐在室内另一张几案前的子仪，则在帮助抄写师父已写出的《难经》医稿。

从清晨到傍晚，从掌灯到黎明，几天后，秦越人书案上又堆起一摞摞新写的医简，又进入废寝忘食的境界。子仪不敢劝说，佚妹也无可奈何。

一天中午，子术蹑手蹑脚进屋，走到佚妹面前小声问：“师娘，该吃午饭啦。”

佚妹小声说：“再等等，他正写得兴奋呢！”

子术问：“现在写到多少难了？”

佚妹笑着指指在旁边抄写的子仪说：“你去看看。”

子术移步子仪面前，子仪捧起正抄的木简递给子术说：“师兄你看，已经写到五十九难啦！”

子术兴奋地说：“照这个速度，腊祭前师父就把《难经》这部大著完成了？”

子仪说：“如果不出意外，差不多。”

秦越人停住笔，向上抻抻疲劳的双臂扭头笑问：“谁在吹牛哇？”

子术笑着说：“俺来请师父吃午饭。”然后又说，“师父，您写得好快呀，都到五十九难了！”

秦越人满脸喜色说：“多亏你从山上搬回这些医案啊。走，咱们去吃饭！”

走进医坊前院厨房，秦越人坐到众弟子相围而待的一个长条地桌前，桌上几个陶盘中盛着刚煮出的热腾腾饺子。他兴奋地抄起筷子，夹起一个饺子放进嘴里问：“小娥，今天为啥给我们改善生活呀？”

小娥一边用木勺在锅里搅着刚下锅的饺子一边笑吟吟地说：“师父，今天是冬至，是个吉日。俺老家那地方，这天人们都吃饺子，意思是猫冬咬春！”

秦越人若有所思地说：“日子过得真快呀，一眨眼就到冬至了。”

子仪笑着说："您天天在屋里写书，早忘了时间了。"

秦越人用眼望着子术说："冬至是阴极之至，阳气始生之日。"

子阳不解地问："师父，这句话是啥意思啊？"

秦越人说："冬至，是一年中各种节气的接点！《夏历》说，气始于冬至，周而复始。冬至一到，冬季就到了极点，然后就一天天变暖了！"说毕又望着子术问："子术，给子容准备的药材，送去了吗？"

子术说："送去了，刚过八月十五就送去了。子容师兄惦念师父，本来要随车来看您，听说您在日夜忙着著医书，就说等您闲了再来。"

秦越人点点头，情动意牵地说："我也很想他呀！快二十年没见面了。"然后话锋一转说，"子术、子仪，我记得咱们鄚邑一带，好像冬至这天是吃面条，对吧？"

子术、子仪兴奋地说："是，还有一句民谚哪！"

子舆问："啥民谚？"

子术说："好像是，'吃了冬至面，一天长一线'。"

子仪说："对！就是这句话。"

子舆笑着说："俺蓬山也是这句话！"

子豹迷惑地问："啥叫'一天长一线'哪？"

子术说："意思是说，冬至这天是一年中白天最短的一天，黑夜最长的一夜。从这天开始，白天的时间就一点一点变长、黑夜就一天天变短了！"

小娥笑着说："那好！中午咱们吃饺子，晚上俺就给你们擀面条吃。祝贺白天时光一天天变长、黑夜一天天变短！"

众人听了哈哈笑。

快乐与苦恼好像是孪生兄弟，总是互相转换、形影不离。一个冬日飘雪的上午，佚妹到前院子仪住房内，帮着小娥给众弟子做新衣，书房内只剩下秦越人一个人。他坐下不久又站起，将书架上一捆捆医简翻得乱七八糟，烦躁地将手中的笔和木简扔在桌上，在地上走来走去。忽然好像想起什么，又焦躁地翻动着木架上的医简。时近正午，子仪手端饭菜轻轻推开门，将饭菜放在书案上，看到书案上大大写着"难经"二字，兴奋得两眼放光说："师父，《难经》完成啦？"

秦越人却未答话，仍在不停地翻动木架上医简。

子仪小心上前问："师父，您想找什么医籍，让我来吧。"

秦越人愁容满面转过身，叹口气说："子仪，我无法再写下去啦！"

子仪吃惊地问："为什么呢？"

秦越人指着案头堆放的医简说："我本想梳理总结在行医中遇到的前人医籍上没记载的各种疑难杂症，但写着写着无法再写了！"

子仪纳闷儿地说："师父缺什么医案，我去找！"

秦越人自责地说："不是我的问题。对许多疑难杂症的病理、治法和用药，连我也一知半解、说不清楚，咋敢落笔写成书哇？"

子仪闻言大惊，安慰师父说："世上百人百症，就是同一病症，也有男女、老少、地域、湿热之分。"

秦越人说："是啊，正因为这样为师才感到术有不足、理有不明啊？"

这时佚妹推门进来问："你们师徒俩又讨论什么？"

子仪说："师父说，写《难经》又遇到难解之疑。"

佚妹问秦越人："是哪方面的？"

秦越人沮丧地坐到蒲团上说："比如老人的耳目痹病、儿童杂症，还有不少医理医术问题需要去验证啊？"

佚妹闻言，眼睛一亮说："在家时俺常听爹说，周都雒阳（今河南洛阳）一带老人们，患耳目病的人挺多。"

秦越人沉思了一会儿说："医书关系众多患者安危和性命，自己不精通的疑难杂症决不能入书！现在凡我能写的疑难病症都写完了，若想再写，看来咱们还得到各地去游医探索了。"

佚妹劝道："就是外出，也得过了冬天，待明年开春万物复苏再出去呀。"

秦越人着急地说："那又得等两三个月啊？"

子仪劝慰师父说："师娘讲得对。万物复苏之时，也是百病滋生蔓延之时。若探寻奇症之秘，师父也只有等来春了。"

秦越人无奈地摇摇头……

不管世上人多勤奋，也无法挽住时光的脚步。秦越人在繁忙和焦躁中，迎来一年一度的腊祭日。虽然天空飘着雪花，一年一度的腊祭却将焦子村、狼家庄带入节庆的红火和热闹中。这两个村都是靠山吃饭的村民，"腊祭"以祭山神为主。山神庙清扫得干干净净，门窗油漆一新，门两旁的框上挂着用桃木板书写的对联：上联是"祭天祭地祭山神"，下联是"人康兽丰林木旺"，横批是"普天同庆"。

天还未明，从附近各山庄前来山神庙拜祭和观看腊祭活动的人就熙熙攘攘。庙内供案摆着山鸡、山羊、野猪、柿饼、核桃、栗子、山梨及各种面食和"八大碗"菜肴等丰盛祭品，石鼎中插满密如筷子林的祭香烟雾缭绕。庙前空地上用一段段圆木搭起一座方形篝火塔。

辛苦了一年的人们个个打扮得干净鲜亮，笑吟吟中互相拱手祝贺。男孩有的用木棍挑着荆编的灯笼，有的拿木雕的刀枪打闹玩耍；女孩头上有的插着红色碎布缝扎的花，有的扎着红布条或红线绳，他们在家长带领下聚集到庙前，等待观看和参加两村人一年一度的献香祭仪和娱神表演。

腊祭山神庙由焦子村狼家庄两村轮流主持，今年的主持是焦子村的焦大。打扮一新的焦大喜气洋洋来到山神庙前，向众乡亲拱手祝贺："乡亲们吉祥、乡亲们吉祥！"

韩大山笑着说："大侄子，你这个主祭人咋才来呀？乡亲们都到齐了，就等你下令了！"

站在韩大山旁边的焦大庆说："儿子，你请秦神医没有？他是蓬山之主，他不到咱们可不能开祭呀！"

焦大笑着说："爹，俺知道。几天前就向秦神医报告了，他准来！"

焦大庆说："你派人再去请请。"

焦大用眼扫了一圈闹哄哄的人群，喊："秋子，你快去催催秦神医他们，就等他们啦！"

秋子答应一声："好嘞！"向蓬山医坊跑去。

人说，丈夫的穿衣打扮是妻子的脸。佚妹对秦越人参加腊祭活动格外上心，吃过早饭便在住室内给秦越人梳理头发，又找出新缝制的衣裳换上。满面红光的秦越人上下瞧着一身新装对佚妹说："你看你把我打扮的，咋像个新郎官啊！"

佚妹红脸用拳在秦越人身上轻捶一下，笑嗔道："讨厌！你再说新郎官这个词，俺就把新衣裳给你脱咯！"

秦越人猛然忆起在佚妹家换上新衣裳被众人取笑的事，哈哈乐着说："都过去这么长时间了，你咋还脸红害羞像个姑娘啊？"

佚妹羞红着脸刚想再用拳捶秦越人，子术带着众弟子进屋说："师父师娘在上，弟子子术（子仪/子舆/子阳/子豹/小娥）给师父师娘磕头！祝师父师娘腊日快乐！"

秦越人和佚妹忙将大家搀起说："天天守着，哪还讲这些俗礼呀？"

子仪认真地说："腊日给师父师娘磕头，这是古礼，不能免！"

秦越人笑着说："你们听，外面多热闹，咱们快到村里与乡亲们一块热闹去吧！"

众弟子蜂拥着师父刚要出门，秋子进门说："秦神医，乡亲们都集合到山神庙前等您哪，焦大哥派俺来催你们快点去哩！"

秦越人满脸笑容说："好！我们现在就去。"说着率先出门。

秋子惊讶地打量着一身新衣的秦越人说："秦神医，您这身衣服好漂亮啊！是谁给您做的呀？"

子阳指指紧跟秦越人身后的佚妹说："还能有谁？俺师娘呗！"

子术扭头瞅一眼子阳说："少说话，今天是腊祭！"

零星飞雪好像兴奋剂，给山神庙前聚集的众乡亲既带来清新又带来快乐。唧唧喳喳人群中，焦大媳妇秀谷发现秦越人率领弟子们向庙前走来，推一下身旁的韩三媳妇臭妮说："快看！秦神医他们来啦。"

众人闻言一齐将目光投向秦越人师徒。

为了著医书，秦越人已经好几个月未与乡亲们相聚了，他看到大家兴奋的目光，高兴地挥手快步上前与大家打招呼：“乡亲们好！越人祝大家快乐安康！”

众乡亲齐声说：“秦神医好！俺们祝秦神医快乐吉祥！”

焦老汉等几位长者上前拉住红光满面、神采奕奕、一身新装的秦越人的手，上下仔细打量一番说：“越人侄子，俺咋觉得你与原来不一样了呢？”

秦越人哈哈笑着转一圈说：“哪不一样了，秦越人还是秦越人嘛！”

焦大媳妇眼尖，说：“模样没变，只是白头发白胡子多了，黑头发黑胡子少了！穿得新崭崭、挺括括，慈眉善眼更像天上下凡的神仙啦！”

大家听了哄然大笑，齐声说：“说得对、说得对，就是白头发白胡子多了，真像个活神仙！”

天天与师父相处的众弟子，平时只忙着接患治病、帮助师父整理医简著书，并没注意师父胡须头发的变化，此时经众人一说，再瞧师父果然是黑头发黑胡子少了、白头发白胡子多了，顿时心中涌起股股热爱、痛惜、敬佩之情。佚妹听着众人议论，惊讶地盯着丈夫那在不觉中变白的头发和胡须，眼中涌出疼爱的泪花。

秦越人兴奋地抚着白发白须打趣说：“不管白头发白胡子，还是黑头发黑胡子，都是我秦越人！”说完，走到手持令旗愣愣站在人群中观瞧自己的焦大面前说：“主祭官，还愣啥，快开始吧！”

焦大惶惶醒神说：“开始、开始！”然后冲众人喊：“各位父老乡亲，快列队祭山神爷咯！”

喧闹的庙前顿时鸦雀无声，排列成队。

焦大严肃地站到山神庙门前喊：“请焦子村长老焦大庆、狼家庄村长老韩大山，代表两村男女老少向山神爷敬香！”

焦大庆和韩大山手捧祭香进庙，拱手鞠躬上香后，焦大又喊：“众乡亲向山神爷跪拜三叩首！”

随着众人的跪地，他又喊道：“一叩首，感谢山神爷保护焦子村狼家庄风调雨顺，五谷丰登；二叩首，求山神爷保佑两村男女老少壮实安康；三叩首，求山神爷护佑蓬山山林繁茂、猎物肥美！”

待众人站起后，焦大再喊：“祭仪已毕！点燃神火（篝火），抬杠箱、跳傩舞开始！”

话音一落，山神庙前的那堆由一段段木棍搭的祭火顿时点燃，由秋子带领的抬杠箱就登场扭起来，抬杠箱队之后跟着韩三带领的傩舞队，山神庙前顿时成了红火热闹的海洋。

抬杠箱，是蓬山一带一项古老的娱神娱人民俗活动。杠箱由木板钉成，上不封口，内盛各种祭品，由绳系于两根扁担，扁担和箱子上披红带插五彩野鸡翎挂响铃，四人抬着走八卦步，边走边扭舞。他们一会儿前进，一会儿后退，一会儿跳挪，一会儿翻花。箱上的红布飘带、响铃和野鸡翎在颤悠悠扁担抖动中令人眼花缭乱，发出爽朗悦耳的响声。抬杠箱活动最少两个杠箱，多则四、六不等。四箱以上者，有两箱坐着童男童女。抬杠箱者表演主要在行进中，以动作变化多扭得美而箱中祭品不掉为荣为胜为骄。其蕴意表达献祭者的虔诚和路途艰难而不怠，是由原始祭神信仰而演化的一种民间节日自娱的奇风异俗。

由韩三带领的跳傩队，男女老少齐上阵，个个戴着自制的各种木雕野兽、禽鸟或神鬼面具围着燃烧的篝火尽情地跳着娱神娱人的傩舞。他们一会儿互相调闹打斗，一会儿排成各种队形穿插游走，手中的骨板和腰挂的响铃发出有节奏的抖动和欢响。围观的群众不时被他们古怪滑稽、刚猛威武的动作逗得哄然大笑。

秦越人和佚妹及众弟子边观瞧边开心地笑着。

子阳兴奋地指着欢快人群说："师父，您看那伙抬杠箱的，扭得多好看！"

秦越人笑着说："你们别光看，也下场去扭去跳哇！"

子阳听了，拉起子豹就加入到抬杠箱队伍中，跟在后面学着扭起来。子舆见了，拉起了子术和子仪去跳傩舞。

这时焦大拿着两个面具走到秦越人面前说："秦神医、弟妹，你夫妻俩也下场跳跳吧？"

秦越人笑着说："我都老胳膊老腿了，还能跳得动吗？"

焦大将手中拿的两个面具，一个塞到秦越人手中，一个塞到佚妹手中说："腊祭跳傩无老少！你们看，俺娘俺媳妇都在跳，俺爹和韩叔还在边上跳呢！"

秦越人向站在庙门口的焦大庆和韩大山看一眼，对还在犹豫的佚妹说："跳就跳！今天咱们也年轻一回！"说着将手中的傩脸戴到自己头上，拉一把焦大说："走！咱俩与年轻人们一块乐和乐和！"二人便加入到跳傩人群中。佚妹见了，也笑着戴上面具悄悄融入跳傩人群中。

跳傩的人见秦越人和焦大加入，佚妹也学跳傩，跳得更欢更有劲了。

秦越人像个小伙子，在傩队中兴奋地奔来跑去，虽然动作拙笨不协调，不一会儿就满头大汗，仍然跳得如醉如痴。佚妹天生丽质聪明，跳得优雅而柔美。

乡亲们指指点点，笑得前仰后合；众弟子第一次看见师父和师娘跳傩舞，乐得笑咧了嘴。佚妹偷瞧一眼众人，又瞧丈夫那忘我的形态，眼中涌出开心的泪花。

第二十七章
报医恩众人捐建回生桥

腊祭过后，蓬山连续三天下雪。厚雪犹如一床巨大的被子，让天地成了望不到边的白色世界。大雪预示着来年风调雨顺，但却给出行人带来艰辛与苦难。一日上午，焦大庆正坐在住屋炕上与老伴剥玉米，孙女小梅急火火跑进门说：“爷爷奶奶，又有俩人掉襄河里了！”

焦大庆一愣说：“谁家的？捞上来没有？”

小梅说：“是外地来看病的娘俩，现在正捞着呢！”

焦大庆老伴吃惊地说：“这大冷的天，在冰水里一泡，没病也得冻出来病呀！老头子，你快去看看吧。”

焦大庆边向外走边说：“自入冬，这襄河里已掉下去十几个人了，这可咋办哪？”

小梅追上爷爷扶住说：“爷爷，您可小心点，脚下滑！”

祖孙俩走出大门，一股冷风迎面袭来。小梅打个冷战，紧贴爷爷身上。焦老汉抬头观看，冬阳下，被厚厚白雪覆盖的焦子村狼家庄之间，一条宽约三丈的襄河奔淌着清冽的流水，冲刷着两岸的顽石厚冰自蓬山流向远方的丘陵平原。观看和抢救落水人的焦子村和狼家庄的男女村民们聚集在两岸，焦大、韩三、秋子等十几个青壮年跳进河沟，用绳索和木棍正在打捞着落水人。

落水的妇人在冰水冲刷中东倒西歪，双手紧紧抓着一个六七岁哭叫成一团的男孩。

焦大伸着一根木棍喊：“大妹子，快抓住棍子！”

韩三、秋子等年轻人在两岸用力拉着一条绳索拦住被水冲刷的落水母子说：“快！快抓住棍子！不然就把你们冲走冻死啦！”

那落水妇人一手抓着孩子一手抓住棍子说：“俺、俺快顶不住啦！”

焦大听了跳进水里，抓住那落水妇人的一只手，用力向岸上拖，然而脚下一滑自己也栽倒冰水中。

岸上观看人群发出一片惊叫：“焦大，快抓住绳子啊！”

赶到岸边的焦大庆和小梅见了，惊叫："儿（爹）啊！"也摔倒在地。

小梅一边拉爷爷一边哭叫："大伙快救俺爹呀！快救俺爹呀！"

焦大顾不上自己，将母子两个拼命推上岸去。

众乡亲抓住，将他们拖上岸边雪地。

这时秦越人带着弟子子术、子仪、子舆、子阳、子豹赶来。子术飞步跳下河水，扶起焦大，子仪、子舆等奋力将他拽上河岸。秦越人对众弟子和乡亲们喊："快！将他们抬进医坊！"

一群人便抬着落水母子和焦大，慌忙向医坊奔去。

宽敞明亮的蓬山医坊诊房内，炭火熊熊。秦越人随着被抬的落水母子和焦大进屋，对惊愕不知所措的佚妹、小娥说："快去拿衣裳，煮姜汤！"然后又吩咐子阳、子豹说："抱柴加炭架旺火！"

众人七手八脚给落水母子和焦大脱去湿衣，换上干净衣服，秦越人便指挥众弟子分别给三个落水人做按摩搓手脚。

慌慌奔进诊室的秀谷哭着扑向焦大说："我的人啊！你可不能有个好歹呀！"

焦大上下牙打战说："别、别哭，没、没事！"

这时小娥端来姜汤，大家急忙给落水母子和焦大喂服。

焦大喝下一碗姜汤后，打一冷战说："我的娘，那河水真是冰冷刺骨哇！"

一直守候在儿子身边的焦大庆，疼爱地摸着焦大的头说："你觉得咋样？"

焦大笑笑说："喝了这碗姜汤，缓过点劲来了。"

秦越人一手端碗，一手抓着一把药丸，对焦大说："这是三十粒鹿茸丸，就着姜汤喝下去，温补下元，疏通血脉。"

焦大又接过姜汤，服下药后说："谢谢秦老弟，给你添乱了。"

秦越人深情地说："谢啥，你义勇救人，令越人敬佩！"

焦大说："这是应该的。在咱们蓬山，谁碰上这事，都会这么做的。"

焦大庆望着儿子，欣慰地笑着。秀谷瞅一眼说："就你爱逞能，把俺吓得腿都软啦！"

焦大嘿嘿笑着说："软啥，这不是挺好吗？"说着向上伸伸有力的双臂，然后说，"俺栽倒水里时听到小梅喊叫了，咋不见她呢？"

秀谷说："咱娘知道你救人倒在河里了，非要来看你，俺怕路滑，叫小梅去守着她奶奶了。"

焦大听了焦急地说："那咱们快回家！别让俺娘着急出来，路上摔着！"

秀谷担心地说："你刚吃了药，能走吗？"

焦大不在乎地说："俺喝了两碗姜汤，又吃了秦兄弟的鹿茸丸，浑身热乎乎的，没事！"

秦越人笑着回身又抓了一把鹿茸丸，送上说：“晚上睡觉前和明天早饭后，再各吃三十粒，保你健康如初。”

焦大口还没张开，子仪走近说：“师父，那母子俩情况不好，您去看看吧！”

秦越人拱手对焦家人说：“焦伯、焦哥、嫂子，我不送了。”

焦大庆说：“你快去忙你的，不用管我们。”说着一家三口向门外走去。

在诊房套间内，落水母子躺在两张木板上，母亲喘着粗气脸色通红发烫，儿子紧闭双目昏迷不醒。六神无主的子术看到秦越人进门说：“师父，他们俩情况不好！”

秦越人闪闪眉，先为落水妇人诊脉，又为其子诊脉，翻看眼帘后说：“妇人因惊吓和在冰水时间长，寒气凝于下焦而造成气血下降不畅，风寒湿三气合而成痹，服紫金丹十粒，灸其中脘、下焦各五十壮。其子本患肺伤寒，因惊吓和水冰而昏厥，先灸中脘，再灸关元三百壮，灌服华盖散、黄芪建中汤。”

子阳、子豹配药喂药，子术、子仪施灸。一个时辰后，母子二人才渐渐苏醒。落水妇人起身拜谢说：“谢神医救命之恩！”

秦越人笑笑说：“你们是何方人氏，为何冒雪来医坊啊？”

落水妇人双眼涌泪说：“俺叫木梳，乃山下仙人村人氏。丈夫外出，俺儿昨夜高烧不止，当地无人敢治，天明就来蓬山找神医。不料河上桥木冰雪太滑，便落入水中……呜呜呜。”说着哽咽流涕。

秦越人安慰说：“你别哭了，孩子刚醒，需要好好调治。”

木梳哭着说：“俺带的钱和干粮都被水冲走了，没钱治病了呀？”

一直守在母子身旁照应的佚妹上前扶住木梳说：“大嫂，俺们不收你钱。”

木梳吃惊地问：“那你们要啥？”

佚妹笑着说：“啥也不要！你就安心住在俺这里，等孩子病好了再回去。”

木梳不相信地说：“天下哪有这种便宜事，不要钱，还让俺娘俩白吃白住在这里看病？”

子阳说：“婶子您放心吧，俺师娘说的都是实话！”

木梳上下打量年轻漂亮的佚妹说：“大妹子，你咋这么年轻就成师娘了呢？”

佚妹闻言羞得满面通红，捂脸转身跑出屋去。

落水妇人见了，吃惊地睁大眼对众人说：“你们大伙都见了，俺可没说师娘半句孬话呀？”

秦越人笑笑说：“她走是有别的事，与你没关系！”

落水妇人听了，才放心去照看发烧的儿子。

晚霞照窗，佚妹还趴在炕上抽泣流泪。秦越人走进屋内脱去袍子，笑着坐到炕边拍拍佚妹抽泣的后背说：“你咋哭起没头了？”

佚妹打开秦越人手说：“都是你！”说着哭得更凶了。

秦越人望了一会儿佚妹，神色庄重地说："佚妹，你是否后悔嫁给我了？如果后悔了，我明天就让子舆赶车把你送回夏家庄去。"

佚妹哽咽着坐起，吃惊望着秦越人说："俺都与你过了半年多啦，你、你咋说出这种话？"

秦越人皱皱眉说："患者无意一句话，你就哭成这样，让我说啥呢？"

佚妹抹着泪说："俺好心伺候她安慰她，她却当着那么多人羞辱俺！你不帮着俺说话，还说要把俺送回去，你还有良心吗？"

秦越人笑着说："叫我说，这事全怨你。"

佚妹一怔问："咋怨俺？"

秦越人说："你就不该冲木梳叫大嫂！"

佚妹说："她比俺大，俺不喊她大嫂喊啥？"

秦越人说："咱们刚回蓬山那天晚上，焦伯就向众乡亲和弟子们说了，萝卜不在大小，只要长在背（辈）上。对弟子们喊师娘，你适应了，可一接触外人，你又把自己当成年轻姑娘了，按岁数去称呼，能不让人多想乱问吗？"

佚妹听了破涕为笑，用手捶着秦越人说："你坏、你坏！"

秦越人伸手拥住佚妹说："当初我之所以不敢答应娶你，就是因为担心你过不了咱俩年龄差异这一关哪！"

佚妹将脸贴在秦越人胸口上说："俺愿意！"

秦越人抚摸着佚妹的头发说："以后说话办事，要像个师娘的样子，不能动不动就发闺女脾气。"

佚妹点点头说："俺知道了。"

这时子仪敲门说："师父师娘，该吃晚饭啦。"

佚妹赶紧从秦越人怀里站起来，一边整理头发擦泪一边说："知道了，俺们马上去！"

秦越人用手指点一下佚妹额头说："鬼机灵。"

佚妹咯咯笑着抓起炕上的袍子，往秦越人怀里一塞说："快穿上！"

落水母子和焦大虽然都在秦越人师徒救治下康复了，但架在襄河上那座由几根圆木搭的桥却成了焦子村狼家庄村民们每天都要议论和精心打扫的地方。清晨，焦大、韩三、秋子等分别从两岸清理着架在河上的几根圆木上的结冰。韩三头冒热汗抬头说："焦哥，这木头上的冰太厚太滑了！别说背着孩子背着东西过这桥，就是年轻人空手走，一不小心也得滑倒掉河里去！"

秋子说："下雨也一样，不是水大把这几根木头冲走啦，就是湿木头打滑把人掉河里了！"

焦大忧心地说："这一年，前后掉到河里三十多人了。真要闹出人命，那事可就闹大啦！”

秋子笑着说：“叫俺说，把咱两村的人腿都接长点，不管它下雪还是下雨，一迈就过！”

韩三说：“净瞎说！好好人，腿咋能接长？就是咱们焦子村、狼家庄的人腿接长了，外地来看病人的腿谁给接长？”

焦大郑重地说：“这几天夜里俺老想这事儿。秦神医的名气这么大，来找他看病的人越来越多，咱们得赶快想个办法，不能让这破桥坏了咱们蓬山名声！”

韩三一怔说：“焦哥，你想出啥办法啦？”

焦大神严色肃地说：“修桥！”

秋子惊讶地问：“你刚才说什么？”

焦大说：“修一座石头桥。”

秋子撇着嘴说：“你拉倒吧！修石头桥是想办就能办的事啊？你见谁用石头修过桥？”

韩三思忖着说：“俺也想过这事，可石头桥是个啥样子，咱们哪会修哇？”

焦大神定意坚地说：“咱们是没修过石头桥，可咱们用石头盖过房，用盖房的办法垒桥呗！”

秋子说：“要说从山上伐几棵树，咱们两村的人就办啦！要是修一座石头桥，就凭咱们俩村这几十户人家，既没那个力也没那个钱！”

焦大说：“这俺知道。可眼看着年年往这襄河里掉人，实在担心出人命啊！再说了，如果真修一座石头桥，不光咱们两村人四季来往方便，各地来看病的人也不用再担心掉河里了！”

秋子说：“焦哥，俺就想不通，你为啥非要修石头桥呢，修木桥不更省劲更快吗？”

焦大说：“修木桥是容易，可经不住年年发洪水冲啊？如果年年修一座木桥，那花销，加起来也不比修石头桥小！再说了，来找秦神医看病的人，有骑马骑驴的，有推车赶车的，木桥也吃不住马踏车轧呀？”

韩三沉思着说：“这可是件大事，咱们得把村里老人们叫在一起，好好商议商议。”

焦大说：“那就今天上午吧，在俺家里，吃过早饭你们就去叫人。”

秋子说：“焦哥，咋这么急呀，怎么也得让人们思虑思虑再商量吧？”

焦大说：“这事不能等。修桥的事若定下了，现在就得上山开山运石，赶在明年雨季前修好。不然，山洪一来，想修也修不成了！”

韩三说：“是这个理，但不能白天召集老人们。”

焦大不解地问：“为啥？”

韩三说：“白天召集动静太大，事还未办，全村人就都知道啦。”

焦大说："那就晚上吧！"

为了迎接众乡亲到来，焦家早早就吃了晚饭。晚饭后，秀谷和小梅把堂屋打扫干净，又加了一盏灯，搬好坐物烧好水，就回东屋厢房了。焦家堂屋内灯火明亮，地上放一个火盆，熊熊燃烧的蓝色焦炭火焰将屋内熏烤得暖烘烘。众人来后，围坐在火盆周围，边烤火边议论着。

韩大山端起地桌上的碗喝口水问正给大伙倒水的焦大："大侄子，这大冬夜里你把俺们这些老头子都叫来，有啥事商量，说吧？"

焦大放下手中沙壶，笑着说："大伯大叔们，白天俺与韩三、秋子几个年轻人商量了一件事，拿不准，把你们这些长辈叫来给参谋参谋。"

焦二庆说："小子，有啥事你就直说，这些都是自己人，不用拐弯抹角的！"

焦大望一圈众人盯着自己的目光说："大伯大叔们都知道，这襄河把咱们这几十户人家隔成两个村。虽说有木桥，不是被水冲就是被雪冻，今年一年已掉河里几十口子人了，传出去也坏咱们两村的名声。现在来找秦神医看病的人越来越多，为了便于通行，俺们几个年轻人商量，想修一座石头桥，不知道行不行？"

韩大山兴奋地说："这修桥铺路是好事啊，俺觉得行！"

焦二庆不满地剜一眼韩大山说："这事可得掂量掂量！修木桥吧，咱们还凑合，用石头垒桥，咋着修，谁干过呀？"

有的说："咱庄户人有的是力气，冬天闲着也是闲着，开山运石没问题，可这花销从哪里来呀？"有的说："秦神医开着这么大的医坊，只要他出银子，咱们就出力气！"有的说："那可不行。人家没收过咱们一分捐税，吃药看病也从没要过谁家一分钱，咱们咋能张开口向秦神医要钱呢？"

焦大庆听了一会儿众人议论，轻咳一声说："乡亲们都说了，俺也说两句。俺儿提出在襄河上修一座石头桥，这可是咱焦子村狼家庄两村人，多少辈子都盼的好事啊！我同意修，但不能向秦神医要钱。人家是咱们的恩人啊！闹瘟病那年，要不是他和弟子们用药饼救大家，乡亲们不知道要死多少人哪！"

韩大山插话说："焦大哥说得对。咱们不仅不向秦神医要钱，还不能让他知道修石头桥这件事儿！"

焦二庆反驳说："你拉倒吧！修桥这么大的事，谁能瞒得住？"

韩大山红脸说："俺的意思是，开始备料什么的，各家都给老婆孩子说好了，谁也不能透出去，悄悄干！"

秋子说："韩叔，那吃喝花销从哪来？"

韩大山说："你平常在家就不吃饭了？吃了饭就去开山运石，还有啥花销？"

焦二庆问焦大："小子，你们想把桥建在哪儿呀？"

焦大说："建在蓬山医坊前。来往看病的人方便，咱们两村人来往也方便。"

焦大庆赞成地说："这个地方选得好！"

焦二庆说："哥，这建座石桥可不是说话的。就咱焦子村狼家庄这百十来口子人，得建到猴年马月呀？"

焦大庆说："我想这样，咱们两村人先挑头干起来，然后再通知周围各村派人来帮忙。"

韩三说："焦大伯，那咱们要盖的石头桥是啥样呢？"

焦大庆说："这我也说不来。你和焦大明天先带两村年轻人上山去采石头。石桥是啥样，俺们这几个老头子在家里再琢磨琢磨。"

焦大和韩三兴奋地说："行！"

焦大庆叮嘱说："石头是硬的，肉是软的。谁家都有老有小，这天寒地冻的，雪厚路滑，你们年轻人可千万注意安全哪，不能出任何事儿！"

焦大和韩三说："爹（焦大伯），您放心吧！"

山民无虚话，商定的事，第二天就动手干起来。开山的开山，运石的运石，几天工夫，白雪覆盖的襄河两岸上就各堆起一堆新开的石块。

清晨，秋子和一青年用木棍抬着一块绳子拴的石头正向石堆慢慢走。开门打扫医坊门前场地的子阳看见，惊喜地问："秋子叔，你们抬这么多石头干啥呀？"

秋子擦把汗笑着说："盖房哩！"

子阳问："谁家盖房哩？"

秋子一怔说："俺家。"

子阳望着石堆转转眼珠，又问："你家盖房，咋不把石头抬到你家门前，为啥都放到俺医坊前的河两岸了？"

秋子怕子阳再追问，连忙说："这里地方大。"说毕扔下石头惶惶离去。

子阳纳闷地望着秋子匆匆离去的身影和山路上陆陆续续的抬石人，返身跑进医坊。不一会儿又领着师父师娘和子术、子仪、子舆、子豹出来观看。

子术边观瞧一块块新开的石块边惊讶地自语："这大冬天里，他们咋运来这么多石头，想要干啥呢？"

子仪说："就是秋子家盖房子，也用不了这么大这么多石头哇？"

秦越人闪闪眉说："我明白了，他们这是要在咱们医坊前的襄河上修桥！"

子豹不解地说："旁边不是有木桥吗？咋还修石桥呢？"

秦越人皱眉说："快回去吃饭！吃过饭，子术、子仪跟我去找焦大伯。"

冬日上午，焦大庆、焦二庆、韩大山等七八个老人聚在焦家堂屋内，正在用木棍在地上画着桥图，秦越人带着子术、子仪进门。

焦大庆等一惊，没想到秦越人这时候突然登门，慌忙站起说："越人侄子来了，快炕上坐。"

秦越人沉着脸说："焦大伯，您不够意思啊！在医坊门前修石桥这么大的事，为啥不告诉越人呢？"

焦大庆红着脸掩饰说："这不是刚开始备料吗，还没来得及去跟你商量呢！快坐，坐下说。"

秦越人眼睛发红、声音发哑说："越人视大伯和众乡亲为亲人，你们却把我当外人，是不是想把我们师徒赶出蓬山哪？"

焦大庆动情地说："越人，你咋说这话呢？俺们悄悄修石桥，就是要让你们永住蓬山哪！"

韩大山着急地说："秦神医，你误会大家的好意了！俺们这样做，一是不想让你为这些杂事分心，二也是表达蓬山众乡亲对你的深情厚谊啊！"

秦越人心情激动地望着众位老人说："既是这样，你们就更应该告诉越人呀！"

焦大庆笑笑说："你来了正好，省得俺们找啦！俺们现在正合计建个什么样子的石头桥呢，你经多识广，快来参谋参谋吧？"

秦越人破怒为喜，蹲在地上观看几位老人用木棍画的几个石桥形状说："我只是个医人，哪懂得建桥哇？"

焦二庆说："你走了那么多地方，还记得别处的桥是啥样子呗？画出来让俺们大家瞧瞧。"

秦越人思忖了一会儿，站起说："各位大伯大叔，咱们别在这儿画了，现在一块到医坊。我让弟子们将见过的桥都画在布上，放在一块比较行不行？"

焦大庆兴奋地说："这是个办法。让俺们这几个没出过远门、没见过几座桥的人，憋在屋里瞎琢磨，还真琢磨不出一个头绪来！"

秦越人笑着站起，用手招呼说："那就走吧！"

众人便笑着跟着秦越人、子术、子仪向门外走去。

回到医坊，秦越人召集众弟子到客堂，让大家回忆画出在各地游医见过的各种桥图。年轻人干事快，不一会儿工夫，就将各自见过的桥画在布上送到师父屋中。秦越人将众弟子回忆画出的各地桥图，一一摊放在几案上，便与焦大庆、韩大山、焦二庆等几位老人仔细观瞧比较着一张张画图议论起来。子仪伺候在旁，佚妹给众人碗中添着热水。

众人商量事，时间跑得比马还快。焦大庆抬头望望院外日光说："晌午了，咱们快回家吃饭吧，下午再来商量。"

秦越人拦住众人说："各位前辈，大家谁也不能走，中午都在我这里吃饭！"

韩大山说："那哪成？一下子添八九口子人。"

秦越人说："怎么，你们怕我管不起饭？"

这时子阳、子豹和小娥已端着南瓜猪肉炖菜和馒头、碗筷进门。子阳笑着说："各位爷爷，开饭啰——"

焦二庆说："秦神医，这可不行！人家开山抬石头的都回自己家里吃饭，俺们哪能在你这里吃啊？”

秦越人笑笑说：“我都让子术安排了。从今天起，凡是上山开山运石的人，中午、晚上都在咱医坊里吃饭！”

焦大庆一惊说：“这怎么成？各村来开山运石的人上百口子，你管得起呀？”

秦越人说：“乡亲们冒着严寒踏雪开山运石，我秦越人若连饭都不管吃，那还叫人吗？”

焦大庆说：“你的心情大伯理解，可这不是一顿两顿饭的事，是几个月呀？”

秦越人动情地说：“我就是把所有家当卖了，也要管大家饭吃啊！”

这时，焦大端碗边吃边进门对父亲说：“爹，各村乡亲们听说医坊管饭吃，来得人更多了！”

焦大庆剜一眼秦越人，一跺脚说：“唉！越人侄子，这回你可惹大乱子了！”

秦越人茫然望着焦大庆，如堕五里雾中，不知道自己错在哪儿了……

在襄河上修石桥，这是自古未有的事；修桥是为各地来看病的人方便，更是蓬山人向秦越人师徒表达感谢的机会。各村庄民众，多年找秦越人师徒治病吃药，秦越人坚决不收取任何费用，早就憋足了报答之情，听说这座石桥修在蓬山医馆门前，青壮劳力蜂拥而至。白天，成行的人群从山上雪路上往下抬着一块块巨石。人们欢笑着喊着劳动号子：“往下抬呀，慢慢走哇；修大桥啊，用石垒呀；襄河上面，方便走呀；来往客人，再不愁哇！”

襄河两岸石块堆成小山，十几个农人在修整石块。焦大庆、韩大山、焦二庆等几位老人，用绳子和木棍丈量河道河岸，选定桥基位置。

韩大山直起腰说：“焦大哥，这桥，咱们是修在河宽的地方呢，还是修在河窄的地方呀？”

焦大庆说：“修在不宽不窄的地方。”

焦二庆纳闷地问：“哥，为啥修在不宽不窄的地方呢？”

焦大庆说：“河宽的地方用料太多，河窄的地方水流太急。”

韩大山笑着用眼瞄着说：“你们看，这河不宽不窄的地方，正冲着蓬山医坊的大门呀，太好了！”

焦二庆问：“桥冲门，咋就好了？”

韩大山思忖着说：“风水上这叫，箭落金宅，大路通天！”

焦二庆笑着说：“拉倒吧！你还懂风水？”

韩大山自豪地说：“不能说懂，知道点。”

焦二庆说：“俺见人家修房盖屋，冲路的地方都立着一个影壁墙，这桥直冲着大门犯克呗？”

焦大庆笑笑说：“你转身看看，河南岸正好有个青石大山坎，那山坎就是咱蓬山医坊的天然影壁墙！”

焦二庆转身瞧瞧惊喜地说："还真是哩！进人进车都在桥头前转向，出人出车也要过桥后转向，真是天作之合呀！"

韩大山笑着说："老二，这回服了吧？俺说将桥选在这里好，你哥也是这样想哩！"

好事总有曲折，将愿望化为现实总有许多意想不到的困难。二十日后，夜灯下，秦越人疲惫地歪依在客堂几案前，佚妹推推几案上盛饭的碗说："快吃点吧，再不吃就凉啦！"

秦越人坐起端碗，强打精神说："没想到修桥的事，这么难这么累？"

佚妹说："俺老家有句话，叫修房盖屋脱层皮。这垒石桥的事，比盖房修屋可难多了大多了！"

这时子术进门说："师父，咱没钱买粮买菜了。"

秦越人一惊，又放下碗问："怎么，咱们存的银子都花完啦？"

子术点点头。

秦越人问："怎么花得这么快呀？"

子术脸涌愁云说："咱们本来就没多少银子。这些年咱们连着外出游医，只有出项没有进项。手头攒下的这些银子，还都是大师兄卖药材送来的呢。"

秦越人说："剩下的钱，还够几天开销？"

子术忧愁地说："按现在每天吃饭的二百多人计算，顶多三四天吧。"

秦越人大惊说："这么大的阵仗，那可咋办哪？"

佚妹沉思了一会儿说："俺有一个办法。"

秦越人急切地说："啥办法，快说！"

佚妹为难地说："立马找银子，只有把咱们的马和车卖了！"

子术脸色惊悸地说："不行！卖了车和马，您和师父再外出游医时咋办哪？用啥给子容师兄送药材？"

秦越人闪闪眉说："顾不了那么多了，解决眼前之急要紧。子术，明天你就与子舆去把车和马卖了吧！"

子术眼涌热泪说："师父，就是把车和马卖了，钱也不够修石桥用啊？"

秦越人说："能支撑几天算几天，反正不能让开山运石修桥的众乡亲们，饿着肚子干活！"

子术点点头，含泪离去……

焦老汉虽说没与青年们一块上山采石抬石，天天盯在现场跑前跑后指挥，十几天下来也累得腰酸腿痛。夜灯下，晚饭后他趴在炕上"哼哼"，老伴边给他捶腿边说："给你说别上山去抬石头，你偏去，累着了吧？"

焦大庆说："我没抬石头，只到山上看了看。年轻人们开山取石，俺不放心哪！"

老伴嘟囔说："你不是那个岁数了，别逞能了！累趴下，还得俺伺候你！"

焦大庆叹口气说："唉！越人把家底都拿出来让乡亲们吃，大山领着几个老人在丈量桥址挖根脚，开山取石的都是一帮年轻人，你说我不操心行吗？"

这时子舆掀开门帘进门，愁眉苦脸地说："爷爷，俺师父让俺明天去卖马和车哩。"

焦大庆一听坐起问："你说啥？越人让你去卖马和车，为啥？"

子舆眼含泪花说："医坊没钱买菜和粮了。"

焦大庆着急地说："那也不能卖马和车呀？没了车和马，他以后还咋外出行医呀？"

子舆说："师父说顾不了那么多，反正不能让开山取石修桥的乡亲们饿肚子。"

焦大庆一拍炕沿说："胡闹！你带我找他去！"

焦大和秀谷听到上房中爹生气，进门问："爹，出啥事了，您要去找谁？"

焦大庆气愤地抖着手说："找秦越人去！他当初不听我劝，非要一天管大伙两顿饭，现在没钱买菜买粮了，要让子舆下山去卖车和马！"

焦大吃惊地说："有这事？"

焦大庆瞪着眼说："你问问狗蛋，他刚告诉我的。"

子舆擦把泪，望着惊瞪双眼的父母说："爹，是真的！"

秀谷惊慌地说："你师父没积蓄，咋敢说出一天管那么多人吃两顿饭的大话呀？"

子舆哭着说："师父给穷人看病，向来不收一分钱。这几年带着我们到各地行医，把积的钱都花光了。"

焦大问："那他这些天管大伙吃饭的钱，是从哪来的？"

子舆说："这是俺去鄚邑给子容师兄送药材，带回来的那点卖药材钱！"

焦大吃惊地说："俺看他那慷慨大方劲儿，还以为有的是钱呢？"

焦大庆瞅一眼儿子说："亏你还与他是兄弟呢！相处这些年了，你还不知道秦越人这个仁义人，每遇事，恨不得把所有的难都自己担咯！"

焦大着急地说："爹，那现在咋办哪？开山取石正在劲头上，若让大伙撤了劲儿，再组织可就难了呀？"

焦大庆蹙着眉说："你让我想想。"过了一会儿说，"修石桥的劲儿决不能撤！"

焦大说："那咋办？二百多口子人，每天都要吃喝呀！"

焦大庆转着眼珠思忖着说："现在，只有两个办法了。"

焦大迫不及待地问："哪两个办法？"

焦大庆说："第一个办法，还像开始那样，干完活各回各家吃饭。"

焦大摇摇头说："这个办法恐怕不行。"

焦大庆问："咋不行？"

焦大说："您想想，咱焦子村狼家庄的人可以干完活回自己家吃饭，外村外庄那些人咋办呢？再说了，这事若让越人兄弟知道，他脸上能挂住吗？您说说第二个办法吧？"

焦大庆沉思一会儿说："明天挂出一块告示牌。凡是蓬山人，有钱出钱，有粮出粮，有菜出菜，都拿到医坊一块做着吃。秦越人他也无法拦，这是大家自愿的，反正不能让他卖车和马！你说行不行？"

焦大兴奋得两眼放光站起说："这个办法行！俺现在就去找人做告示牌。"

焦大庆说："等等。你先去把你大山叔几个老人叫来，先在一块合计合计，明天好分头给乡亲们解释。"

焦大拉起儿子子舆说："走，咱们俩叫人去。"说毕向门外夜幕中走去。

秦越人让子术、子舆下山去卖车卖马，自己心中也七上八下痛恋不舍。这一夜他没睡好，天一亮就起床，走进前院，看到子术、子舆正给马喂草饮水，问："你们俩怎么还没走哇？"

子舆笑笑说："俺们饮好牲口就走。"

子术说："下山就卖了，俺们得让它们吃饱喝足咯。"

这时一群背粮、挑菜、提篮的焦子村、狼家庄众乡亲们拥进门。他们进门也不说话，将手提肩背的粮、菜、鸡蛋、蘑菇、干果等，纷纷放到厨房前。

秦越人吃惊地说："乡亲们，你们这是干什么？为啥送来这么多东西呀？"

韩三媳妇臭妮说："秦神医，修了石桥你走俺也走，这是大家的事。你天天管大伙饭，就不兴俺们也尽点心意？"

秦越人正色说："大家的心意我领了，东西都得拿回去！"

臭妮把腰一叉说："咋，俺们这些东西是有毒，还是没你医坊的东西好？"

秦越人苦笑着说："弟妹，越人不是说大家的东西不好。乡亲们都是受苦的穷人，你们给了我，一家老小吃啥呀？"

臭妮扫一眼低头乐的众乡亲说："俺们吃啥不用你管！你说收不收吧？"

秦越人摇头摆手说："越人实在不能收哇！医坊里啥都不缺，大家还是拿回去吧。"

臭妮说理直气壮地说："你救俺们的命，给俺们老老少少看病，没要过俺们一分钱。俺们咋就不能送点东西，让干活的人们吃呢？"然后转身对送东西的众乡亲说："乡亲们，东西放下了，咱们走！"说着众人一哄而散。

秦越人赶忙招呼子术、子舆说："子术子舆！快拦住乡亲们，让他们把东西带走！"

话音未落，又有两伙送粮送菜的乡亲进门。

秦越人急得一跺脚说："子术、子舆！快去叫焦大伯和韩叔来！"

子术子舆还没走出大门，焦大庆、韩大山背着手笑嘻嘻进门说："不用叫了，俺们来啦。越人，找俺俩啥事啊？"

秦越人皱眉指着堆在院内的粮菜等东西说："你们看、你们看，乡亲们送来这么多东西，咋办哪？"

焦大庆笑笑说："能咋办，送来就给大伙做着吃呗！"

秦越人说："这修桥管饭的事，哪能让乡亲们捐献哪？"

韩大山笑着说："叫俺说，这是众乡亲们的心意，你也别急了，就按焦大哥说的，把这些东西做给大伙吃吧！"

秦越人闻言不知所措，抖着双手说："这、这……"

焦大庆笑着说："这啥？你的苦处我知道！修一座石桥可不是一件小事，就这些东西还差得远呢！"

这时刘枣棍风尘仆仆进门，拱手下跪说："小弟刘枣棍，拜见神医大哥！"

秦越人惊奇上前扶起说："枣棍，你咋来了？"

刘枣棍站起抱怨说："秦大哥，你不够朋友哇！修石桥这么大的事，咋不让人告诉俺呢？"

秦越人脸色发红说："你又不会修桥，我告诉你干啥？"

刘枣棍说："俺是不会修桥，可俺手下有二百多弟兄，有能工巧匠，有力气！再说了，修桥得花钱，您天天给人白治病，哪来钱修桥哇？"

秦越人一怔，强装硬气说："我还是管得起大家吃饭哩！"

刘枣棍笑着说："秦大哥，您就别打肿脸充胖子了！焦子村村口大路上，都挂出让乡亲们献粮献菜的告示牌了，还想瞒着小弟呀？"

秦越人闻言大惊，脸红脖粗望着焦大庆、韩大山问："这事我咋不知道，是谁干的？"

焦大庆正色说："俺和村里几个老人商量着干的！为修石桥，你都要子舆去卖车卖马了，乡亲们能答应吗？昨天夜里，俺们几个老头嘀咕了半天，才想出了这么个馊主意。"

秦越人眼涌热泪说："焦伯韩叔，你们不该瞒着我，让穷乡亲们来献粮献菜呀！"

韩大山拍着秦越人肩头安慰说："献粮献菜是应该的。修了桥，大伙走，每家每户都应该尽点力！"

刘枣棍明白了事情原委，一拍胸膛笑着说："韩叔，从现在开始，再不用让乡亲们献粮献菜了，修桥的吃喝花销俺全包啦！"

秦越人急忙接话说："这可使不得！你手下二百多穷兄弟，也得吃喝呀？"

刘枣棍笑笑说："俺山寨里的钱，都是抢官府和那些富豪们的，用在修桥上，俺高兴，俺愿意！再说了，俺的命都是您给的，在您门口修桥，就该俺出钱出力！”说着向站在身后的寨丁们一招手：“弟兄们，快抬上来！”

十几个寨丁挑着粮食、猪肉、牛肉、羊肉和银子，整齐堆放到众人前。

焦大庆兴奋地说：“这下，再不用上愁修桥的吃喝花销了！”

刘枣棍满脸红光说：“俺还挑了六十个身强力壮有手艺的工匠人，也留下帮着开山运石修桥。桥修不好，不准他们回去！”

众人上愁的事顷刻化解，韩大山激动地说：“刘大王，你真乃义士呀！”

秦越人动情抱住刘枣棍说：“兄弟，哥替众乡亲谢谢你了！”

木梳丈夫灶火和木梳拉着痊愈的孩子站在诊房门口，看到众乡亲为修桥争相献力的动人情景，上前跪下说：“秦神医，俺感谢您救俺妻子和孩子！”

秦越人急忙扶起说：“快回家吧，以后注意别让孩子再着凉。”

灶火说：“俺让他们娘俩走，俺要留下来修石头桥！”

秦越人一怔说：“这可不行！他们娘俩刚好，还需要你照顾哩。”

灶火着急地说：“俺没钱，但有力气，您就让俺尽份力吧！”

秦越人还要劝，焦大庆拦住说：“你别劝了，劝他也不会走。”然后转身问：“灶火，你都会干啥？”

灶火说：“俺是在外面帮人盖房的，会砌根脚！”

韩大山笑着说：“正缺这方面人哪，你就跟着我砌桥根吧！”

灶火兴奋地说：“好咪！”就向门外跑去。

秦越人对焦大庆说：“焦大伯，你们这让我说啥好呢？”

焦大庆捋着胡子说：“啥好不好，这叫众人拾柴火焰高！”

事实也真应了焦大庆的话。众乡亲们一冬的辛勤劳作和刘枣棍的慷慨资助，使建桥速度大大加快。初春阳光下，众人铺砌石桥基石，抬着一块块巨大条石向基石上堆砌。那桥，像被春风吹着的草木，一天一个样儿。时光挨到初夏，一座横跨襄河的单孔石桥，在众人紧张施工中终于建成。桥下流的清水，好像为众人唱祝歌，欢快地打着旋，发出“哗啦哗啦”的笑声。

众乡亲围着落成的石桥欢呼跳跃，空中飞着成群的喜鹊。

焦大满脸泪水跳脚说：“石桥修成了！石桥修成了！”话音未落，襄河上空出现七彩虹霞。

韩三哽咽说：“老天出彩虹，也来祝贺咱们啦！”

秀谷、臭妮相依抹着惊喜的泪花。几个老太太笑得合不拢嘴，一群男女孩子在桥上兴奋地奔来跑去。焦大庆抚着激动颤抖的胡须笑着，对站在身旁的韩大山、秦越人、佚妹、刘枣棍和众弟子说：“吉兆啊！咱们把老天爷感动了！”

秦越人眼涌热泪说：“奇迹，从此再不担心来看病的人掉下襄河了！”

韩大山说：“焦哥、秦神医，你们别光顾高兴了，咱们桥建好了，叫啥名呀？”

秦越人说："这是蓬山众乡亲用心血和汗水修的桥，叫同心桥行不行？"

焦二庆说："好，同心桥这个名字好！"

韩大山眨眨眼说："名字是好名字，俺咋觉得不够劲呢？"

焦大庆笑着说："你们再想想，咱们修这桥的目的是干啥的？"

焦二庆说："为咱们焦子村和狼家庄两村人，来往方便呗！"

韩大山说："你只说对了一半，不只是为咱焦子村、狼家庄两村人，而且是为各地有病的人，来咱蓬山医坊找秦神医看病方便！"

焦大庆点头说："这就对了，桥名应该把这两个意思都包括进去！"

焦二庆迷惑地说："那叫啥名，叫方便桥？"

焦大摇摇头说："这个名太俗了。你想想，人们为啥来看病，让秦神医看过后又咋着？"

一直站在旁边观瞧天上彩虹和飞舞喜鹊的刘枣棍突然插话说："神医大哥能把死人看活，能让伤者康复，能让病者痊愈。叫俺说，这桥应叫救人桥！"

焦大庆胸有成竹地笑着说："枣棍这话傍边儿了！"

韩大山说："焦哥，你别这也不行，那也傍边儿了，你心里有啥旮旯，说出来让俺们大伙听听呗？"

焦大庆笑着说："从修桥那天开始，我就想这个桥名。翻来覆去半年了，也没想出个合适的名字。刚才听了枣棍那几句话，突然有名了！"

众人一齐望着焦大庆问："啥名？"

焦大庆一字一顿地说："叫回、生、桥！"

刘枣棍一怔问："焦伯伯，为啥不叫救人桥，叫回生桥呢？"

焦大庆说："就像你枣棍说的，越人能把死人救活，能让伤者康复，能让病者痊愈，那还不是'回生'吗？"

刘枣棍听了兴奋地双手一拍说："对呀！俺咋就没想到这个词呢？这'回生'两个字，是比'救人'这俩字有嚼头！"

韩大山大喊一声说："众乡亲们听好了！刚才焦大哥给咱这桥起了个名。"

众人停止欢笑，一齐将目光射向韩大山问："啥名？快告诉俺们呗！"

韩大山清清嗓子大声说："叫回生桥！回来的回，活着的生，意思是说，走过这座桥去找秦神医看病，就能起死回生！"

众人闻声立时欢腾成一片，一齐将目光射向秦越人高喊："秦神医、回生桥！秦神医、回生桥！"

秦越人激动得双眼涌泪，拱手向众人转圈致谢说："越人谢谢众乡亲了！愿乡亲们家家康乐，老少平安！"

第二十八章
过虢国妙术救活虢太子

石桥落成，了却秦越人一桩心事，再不担心来往患者落水之忧了。盛夏过后，他安排好医坊事宜，将坐坊应诊之事交给子仪、子豹，便带着佚妹、子术、子舆、子阳又外出游医了。这次外出，他们经邢邑过邯郸，到汤邑夏家庄拜望艾仙后，又到卫国帝丘察看鼠疫后的遗症，再到韩、魏二国访民疾拜同仁、搜集民间验方，不知不觉又迎来一个春天。

阳春三月一日上午，秦越人与佚妹坐在子舆赶的马车上，醉心地欣赏着大路两旁山峦田野中的麦田、油菜花，子术、子阳骑马相随，来到东虢国都成皋（今河南荥阳虢亭）城外。

子阳一手挽缰一手指着前方一座插着锦旗、站着持枪兵丁的城池问："师父您看，那城头插的旗上写的是啥字啊？"

秦越人举目远眺那面在风中飘荡的大旗说："哦，这个字念虢（guó）。"

子阳又问："虢字是啥意思？"

秦越人捋着胡须说："这虢字，可大有讲头。它本是西北高原上雍地（今陕西宝鸡一带）的一个地名，因周天子分封诸侯而成为国名和姓氏。"

子术疑惑地插话问："师父，那怎么将虢国的旗插到这里了呢？"

秦越人眨眨眼，很满意弟子们遇事喜欢刨根问底的劲头，沉思一会儿说："我听说这虢国有两个，一个叫西虢，一个叫东虢。西虢由周先王季子的三儿子姬仲创立。他是周文王的胞弟、周武王的亲叔叔，多年在朝中担任太宰，因辅王治国有功，被封到虢地立国为君，其权势仅次于周天子，是一个一等诸侯大国。至于前面这个城，我猜很可能就是东虢了。"

子阳问："东虢和西虢都是姬仲创立的吗？"

秦越人笑着说："不是。东虢由姬仲的弟弟姬叔创立，只是个四等子男小国。"

子阳又问："姬叔和姬仲都是周天子家族中的同胞至亲，又是亲兄弟，为啥封地有大有小呢？"

秦越人忆思着说：“我在尧山伊祁师伯洞中读藏书时，曾看过这件事的记载。他们虽都是周文王的弟弟，姬仲文韬武略超群、功勋显赫，所以被封在周王朝发祥的雍地，担当京都镐的西北屏障。而姬叔暴横贪婪，腐化无能，周天子不放心，怕他惹祸，就在京畿附近给他赐了一块采邑之地，称为‘东虢’。”

子阳点头自语：“我说咋觉得前面的国都比晋国的绛邑小呢，原来是个小侯王呀。”

子术问：“师父，姬姓是王姓，又封在雍地，为啥要改称‘虢’呢？”

秦越人说：“周天子初封时，并没把雍地全给了姬仲，而是把雍地的虢地给了姬仲。按照周天子立的制度，不管你原来多么显赫，分封到何地就以封地的地名为国为姓。哥哥姬仲被封到虢地，弟弟姬叔自然也要相随姓虢，为了区别兄弟俩的封地，才有了西虢东虢之称。”

子阳问：“师父，咱们是绕城而过呢，还是到这东虢城里看看再走？”

秦越人看看天笑着说：“天快晌午了。既然来到东虢城前，咱们还是进去转转，吃顿饭再走吧。”

子术、子阳听了师父吩咐，打马向前去与守城门的兵士交涉进城。

东虢的都城规模繁华虽无法与晋国都城绛邑相比，但却精致典雅，尤其守城兵将的威仪绝不亚于大国之军容。春阳下，宏伟的宫门两旁排列着威武雄壮的手持刀枪的侍卫，几个宫侍正向宫门上挂着庄严肃穆的白色帷帐，一朵由白布白绫扎成的巨大白花垂在宫门檐头上，宫内传出阵阵撕心裂肺的哀号，街上行人稀少，神色凄惶的文臣武将穿行于宫门中。

冷清清的街上走着秦越人师徒。子阳观瞧着街道两旁稀稀拉拉只有零星客人的店铺，纳闷儿地说：“这虢国咋没人呢？”

眼尖的佚妹在车上推一下秦越人，指着前方挂着白花白幛的宏伟虢国王宫大门说：“快看，那里好像在办丧事？”

秦越人跳下车，边走边观察说：“看这架势，准是王宫里死了什么人？”

这时腰挎宝剑的守宫将官栾力拦住近前观看的秦越人师徒说：“快快离开，王宫禁地不许停留！”

秦越人拱手弯腰施礼说：“敢问将军，宫中何人去世？”

那将军转转眼珠，怀疑地望着秦越人上下打量问：“你们是何方人士，怎么连太子去世这么大的事也不知道啊？”

子术接话指着师父介绍道：“我们乃过路游医，这是俺师父秦越人。”

将官栾力闻言大惊，上下打量秦越人说：“你、你就是人们传说的神医扁鹊？”

秦越人点头捋着胡须笑道：“正是在下。”

栾力哀叹一声跺脚说：“神医啊，您咋不早来半天呢？”

秦越人吃惊地问："怎么，太子已去世半天了？"

将官栾力哽咽着说："太子仁义忠厚、聪慧爱民，可惜年刚十五就暴病仙逝了！"

秦越人闪闪眼帘说："将军节哀。能否告诉在下，太子因何病而逝呢？"

将官栾力擦把眼泪说："太子喜文爱武一向健康，清晨起床后在宫院习练刀枪，突然栽倒不起。还没等把太医请来，就咽气蹬腿了，呜呜呜——"

秦越人边听边凝神思忖，待那将官讲完后上前安慰说："将军节悲。在下听了你的讲述，觉得太子之死定有蹊跷，愿进宫近前观诊，也许尚有一线生还之机。"

将官栾力闻言破涕为喜，跪下向秦越人磕头说："在下王宫守将栾力，先叩谢神医。这就进宫禀报！"说毕起身向宫内跑去。

佚姝望着离去的将官忧心地劝阻秦越人说："夫君虽好意，万一那虢太子果真死去，恐那暴横虢君不肯饶恕我们哪！"

子术附和说："师父，俺觉得师娘说的有道理。咱们只是路过这里，还是不进宫趟这没底浑水好！"

秦越人笑着捋捋胡须说："俗话说，不入虎穴焉得虎子。行医之人不冒常人不敢冒之风险，哪能解开这世上难症奇症之真谛呀？"

虢国王宫太子殿内，挂满挽幛白绫，一张巨大的床上躺着穿戴整齐的虢太子尸体，一侧放着油漆一新的灵棺，周围站满身穿孝服、低头垂立的文臣武将和宫女侍从。

国君和王后坐在太子尸体两侧，拉着长声呼唤："儿啊，你死得不明不白呀！""丢下母后和父王，俺们可咋活呀——"哭得死去活来。

年近六十岁的国君，虽然妻妾成群，女儿众多，儿子只有这一个，眼看就要成人接位的太子突然暴毙，真是五脏俱焚、痛不欲生。

一群巫师在国师的带领下，在浓烈祭烟中，疯狂地在太子灵床前跳来舞去，做着超度亡灵的祈祷。各种埙笛、乐磬和编钟齐鸣，整个大殿沉浸在哀凄忧伤中。

神色哀凄站在虢君身后的宫中总管中庶子被国师推了一把，赶紧弯腰附到虢君耳边说："大王，国师说入棺吉辰已到。"

暴怒的虢君转身，用泪眼瞪着中庶子斥道："滚出去！再敢多嘴，就杀了你！"

王后见了一手抓住太子的手，一手拍着灵床悲呼："老天爷呀，你连俺也一块收走吧！没了太子，虢国靠谁传国继位呀？"

中庶子战栗着退到太子殿门外，呆然而立。

国师与众巫师虽然汗流满面、声嘶力竭，听到虢君对中庶子的怒骂，只好继续舞来跳去。

把守宫门的将官栾力慌慌跑到宫中总管中庶子面前说：“禀大人，神医扁鹊来到宫前，提出要进宫观诊太子。”

中庶子借机发泄被国君辱骂之气说：“人都死半天了，还观诊个屁！”

将官栾力解释说：“他说太子死得突然，定有蹊跷，也许还有救治的一线生机。”

中庶子听了，转转眼珠，再不斥面前将官，神医扁鹊大名他早有耳闻，赵简子死了七天他都能救活，也许刚死半天的太子还有希望呢！他望一眼太子殿内那乱糟糟的舞动和哭声，悄悄扯了下把守宫门的将官栾力的手说：“走，快领我去见见神医扁鹊！”

红日当空，虢国王宫门外站着焦急向宫门内张望的秦越人师徒。中庶子远远望见白发白须、精神矍铄的秦越人，快步上前拱手施礼说：“在下中庶子，宫中总管。久闻神医大名，今日相见果然仙风道骨、气貌非凡哪！”

秦越人施礼道：“大人既是宫中总管，可知太子身患何疾仙逝吗？”

中庶子不仅是宫中总管，也懂得一些卜、星、相术和医术，再次拱手答道：“据太医诊断，太子患的是血气不和之症。血气交错，不得宣泄，暴发于外，便成为中害；精神不能遏制邪气，邪气蓄积不得泄除，造成阳缓而阴急，暴厥而死。”

秦越人进而问道：“太子死去有多长时间了？”

中庶子是个正直之人，仰慕神医扁鹊，不忍心让一代名医担风险，遭暴蛮国君伤害，悲声答道：“大约有四五个时辰了，恐怕神医也无力回天了？”

秦越人闪闪眉，思忖了一会儿又问：“现在收殓了没有？”

中庶子哭道：“没有。大王只此一子，虽过吉时，仍与王后抱着尸体哭泣，不准入殓灵棺！”

秦越人急切地说：“既未入殓，总管可否带在下去看一看太子呢？”

中庶子闻言大惊，疑惑说：“太子已经暴厥，众太医唯恐躲祸不及，没有一人再敢上前。汝有何仙法妙术，能使太子再死而复生啊？在下劝神医万不可贸然惹火烧身！”

秦越人明白中庶子担心自己遭到不测，不相信太子有生还奇迹，眨眨眼神色庄重地说：“我既提出要去看太子，就不怕引火烧身！救人要紧，你还是快去向大王通报吧。”

中庶子见秦越人对所提问题避而不答，固执自信坚持要诊视已死去的太子，心中虽不悦，仍关切地劝道：“神医虽医术超人，何必固执去诊视一个死人呢？我曾听说，上古的时候有个医术高明的医师叫俞跗，他治病不用汤液醴酒，不用针砭和推拿按摩，就能一下子拨开迷雾，看出疾病所在，循着五脏的俞穴，割剖肌肤，分理结扎筋脉，能用手挑动脑髓，去掉进入膏肓的陈病，浣洗肠胃和漱涤五脏，培养病人的精神，改变病人的形态，被誉为医圣。可他也只是医治活人之疾，而未有治死人之患的先例呀？”

子舆闻言怒火中烧说：“怎么，你敢瞧不起俺师父？”

子术黑着脸说：“俺师父只是说去瞧瞧暴厥的虢太子，并没说一定能使他死而复生啊！”

子阳说：“你敢在俺师父面前说古论今讲医理，实在不知道自己吃几碗干饭了？”

佚妹扯一把丈夫说：“夫君，既然人家瞧不起咱们，还是快点赶路吧！”

秦越人笑而不语。

中庶子见秦越人弟子们怒色相驳，心诚意挚地拱手赔礼说：“神医明鉴！在下讲述上述话，正是十分仰慕您，理解您一片急于救患的心迹。可太子已死半天了，就是俞跗在世恐怕也难使他复生了！我家大王性情暴躁，万一事与愿违，在下担心您大祸临头、有口难辩，毁了一世英名啊！”

秦越人听了中庶子的话，双手一抱说：“感谢总管一片好意。”然后微微一笑说，“实话相告，听了您的介绍，越人凭多年行医经验，越发觉得太子并未真死，只是命系黄泉。可未见其人其状，一时也难于说清楚其中奥妙，因此才恳求到现场去诊脉查看啊！”

中庶子担忧地说：“我劝神医还是不进宫好！那么多太医都断言太子已死，现在已穿好丧衣，只等入殓下葬了。明明是个火坑，我哪能干那将好人置于危地之事呢？”

子术上前说：“师父，总管话已至此，我们还是快点赶路去雒阳吧！”

秦越人摇摇头，固执地对中庶子说：“总管，你若不信我的话，请你速回宫去仔细观看一下太子！附耳会听到他仍有耳鸣，观鼻会发现他鼻孔涨大，用手摸他两大腿内侧，很可能还会有温热之感呢！”

中庶子听了秦越人的阐述，额头顿时出了惊汗，半信半疑愣神不语。

门将栾力推一把中庶子说：“总管大人，您别发愣了！快按神医之言，进宫去瞧瞧太子吧！”

中庶子恍然醒悟拱手说：“神医稍等，我去去就来！”说毕转身疾步向宫内跑去。

虢太子殿中，虢君夫妻仍在哭，国师领着巫师们仍在喊在跳，祭香仍在燃，群臣侍从仍在哀凄垂立。走进殿门，中庶子像个怕挨打的孩子，从人缝中挤到虢君身后，又战战兢兢靠近太子尸体。他不敢惊扰哭得泪眼模糊的国君和王后，按照神医扁鹊的吩咐，先听耳，后观鼻，再将手伸进太子裤子中去摸大腿内侧，顿时目瞪口呆，果然如神医扁鹊所料，便扑通一声跪倒在地上说：“大王，太子有救了！”

殿中人闻言大惊，纷纷转脸用眼盯着中庶子，王后擦着泪不相信地问：“你、你刚才说什么？”

虢君震怒地抓住中庶子的头发怒喝：“大胆！你是不是疯了？今天救不活太子，寡人就用你的头祭太子亡灵！”

中庶子浑身打战说：“大、大王，太子他、他真没死啊——”

虢君松开中庶子的头发，双眼如剑锋盯着中庶子问：“你有啥根据？”

中庶子站起，惊悸地望着虢君说：“我、我刚才听了太子耳朵，看了太子鼻孔，摸了太子大腿内侧。”

王后惊骇地问：“你发现什么？”

中庶子说：“太子果然耳朵有耳鸣，鼻孔涨大有微动，大腿内侧有温热。”

虢君吃惊地问：“谁让你这样做的？”

中庶子神色慌乱地说：“神、神医扁鹊。”

虢君闻言，立时平息悲怒，双目放光问：“神医扁鹊现在哪里？”

中庶子余悸未消说：“就、就在王宫门外。”

王后闻言惊叫：“我儿有救了！我儿有救了！”

虢君松开手，一推发愣的中庶子，挥手说：“还不快去请来！”

中庶子奔向门外，虢君扫视一下殿内众人吩咐：“国师，带着你这帮乱跳乱叫的人滚出去！百官列仪，随寡人迎接神医扁鹊！”

中庶子跑出殿门，一边擦着惊汗一边向王宫外奔去。他见了秦越人，兴奋地说：“秦神医，您所料一点儿不假，太子果然耳朵有鸣声、鼻孔涨大、大腿内侧有温热！大王让在下请您和众弟子进宫！”

话音刚落，虢君已率文武百官来到宫门。他深施一礼说：“久闻神医扁鹊大名，如雷贯耳！在太子蒙难之际，神医光临敝国，真乃天赐洪福哇！乞您展神术，救吾儿于垂危——”说着哽咽不成声，欲施大礼跪求。

众文武一齐跪下说：“求神医救救我们太子啊！”

秦越人快步上前将虢君扶住说：“大王，万不可屈尊和悲伤。快领在下去看太子吧！”

虢君一把挽住秦越人的胳膊，边向宫中走边流泪说：“太子清晨起来还活蹦乱跳，在院中只练了不到半个时辰的武艺，就突然昏倒在地死了，真是急煞寡人了呀！”

秦越人拍拍虢君的手说：“刚才我听中庶子讲了，太子这病，很可能是医家所讲的‘尸厥’，俗称‘假死’。这种病是阳入阴中，脉象缠绕胃腑，经过阳维和阴维的经络分别下行，进入三焦、膀胱，形成阳脉下行、阴脉上争之症，才造成气闭而不通。”

虢君一怔说："人气闭而不通了，那还不是死了呀？"

秦越人笑笑说："人体上有绝阳的脉络，下有破阴的赤脉，阴破阳绝虽出现神色改变，形态像死了一样，其实很可能并没有死！"

群臣听了窃窃私语，虢君听了面露喜色，擦把泪说："神医，你一定要使吾儿复生啊！"

秦越人眨眨眼，思忖着说："这种病，凡是阳脉入了胆脏，还能救治；若是阴脉入了胆脏，就不可救了！这些情况，都是五脏蹶中时，突然发作的，懂得其中奥秘的医师就可以使其死而复生，不懂得这个道理的人，就可能把活人当死人葬了。"

众人听着虽然点头叹服秦越人医理阐述深明，但对他能否救活太子都捏着一把汗。王宫太医听了如堕五里雾中，灰溜溜躲到人后不敢抬头，唯恐大王询问对秦越人所言的看法，将责任落在自己头上。

中庶子怕虢君再提问耽搁时间，上前搀住秦越人的另一只胳膊催促说："神医，快快进宫去救太子吧！"

近午时光，虢太子殿内超度亡灵的国师与众巫师已离去，只剩下侍从宫女。坐在太子床头垂泪的王后见大王挽着神医扁鹊的手进门，慌忙跪迎："神医快救救我儿吧！"

秦越人扶起王后并不讲话，直奔太子灵床。

穿戴好入殓衣裳的虢太子，安详地躺在灵床上。秦越人仔细观察着太子的脸色，翻看眼帘、鼻翼，弯腰伏身听耳鸣，伸手到裤内摸了大腿内侧，然后挽袖诊"寸口"脉象，大约过了半个时辰，方仰天长长吁了一口气。

虢君迫不及待地问："神医，吾儿还有救吗？"

秦越人正色说："果如在下所料，太子已命系一线了！"

佚妹、子术、子阳听了，顿时额出惊汗。

王后闻言哽咽一声长泣下跪说："神医，你千万要救救俺可怜的儿啊——"

秦越人眼望虢君严肃地说："大王，太子昏厥时间过长，阴脉活跃。能否救活太子，在下已无十分把握。大王若信得过越人，只有冒险一试了？"

虢君闻言老泪纵横泣不成声。中庶子着急地说："大王，您不能只顾悲伤了，快发话呀！再耽搁时间，恐怕一线希望也没有了！"

虢君一跺脚说："神医，你就看着治吧！"

秦越人扭头沉脸对站在近前的弟子子阳说："快取针来！"

子阳慌忙从褡裢包中取出三根长约半尺的铁针和赵简子赠送师父的那盒金针，将金针盒交给佚妹，三支大铁针交给子术。

子术接过三根大铁针，在磨石上磨了磨，在宫女端的清水中滤净，又在子阳点燃的蜡烛上烧过，用手试了一下热度方双手递呈师父。

秦越人一手拈针，一手探准太子的太阳、少阳和阳明三个经穴，一一扎了下去，在里面捻捻后再拔出。站在身旁的子术，待师父每抽出一根针，就双手捏住针眼挤出一串黑紫血珠。

秦越人将用过的大铁针交给子阳，又取过佚妹手中的金针盒，取出几支金针分别扎了虢太子的百会、胸会、听会、气会、臑会等八个穴位。

虢君、王后和站在周围观看的众大臣，看到大大小小的针一会儿扎进太子的头、一会儿扎进太子的四肢、胸腹，个个龇牙咧嘴、目瞪口呆，屏声静息不敢发出一丝声响。

扎完针，秦越人长出一口气，站起擦把额头汗水，对弟子们说："子术做头、颈按摩，子阳做胸腹按摩，子舆做足底按摩。"

三个弟子遵照吩咐，各自对虢太子实施按摩术。

惴惴不安一直盯着秦越人一举一动的虢君王后张口欲问，被秦越人摆手制止。他犹如期待派出将军凯旋的指挥官，伫立床前静静观察着太子的反应。

大约过了半个多时辰，太子清冷发黄的脸上渐渐有了血色，僵直的四肢开始发软。

子术惊喜地说："师父，他的耳朵开始发热了！"

子舆用手指摁着太子的脚心也惊喜地说："师父快看，他脚心也有温气了。"

秦越人不答话，用眼神命令他们继续按摩。又半个多时辰过去，太子的手脚抽搐了一下，口鼻中便发出微弱的低吟，紧闭的眼睑也开始微微地翕动，然后便渐渐苏醒了。

三弟子根据秦越人的手势，停止按摩，观察着太子每一个细小变化。

虢君、王后和众文武的脸色也由沉重、紧张、担忧逐渐露出喜色。

虢君王后惊喜地欲扑上前呼唤，秦越人用手止住说："再等等，待他恢复一会儿，你们再说话！"然后对佚妹说："喂他几口温开水。"

围在旁边观看的众侍女，急忙端来一个玉碗，佚妹接过用小银勺连向太子口中送了几勺水。太子咽下后，慢慢睁开了眼睛。他在围在床周围的众人中发现了父王和王后，轻轻地呼唤了一声："父王、母后——"

虢君和王后便一齐扑上去，惊喜交加泪如泉涌，颤抖着手喊道："儿啊，你吓死父王（母后）了呀！"

中庶子兴奋地拍着手叫："太子活了、太子活了！太子死而复生了！"

文武群臣也惊喜争相向前观看。

太子挣扎着被侍女们扶起，扑向父王母后哭成一团。

虢君王后紧抱太子，唯恐得而再失。

秦越人和佚妹上前，分别拉起虢君和王后说："大王和王后要克制激情，不要让太子再受刺激。”然后转身让子阳拿来药袋，从中倒出三十粒黑色药丸，又从另一个药袋中倒出十五粒紫红色药丸，交给子术说：“用温开水给太子服下。”

中庶子好奇地问：“神医，这是何药治何病啊？”

子术接话说：“此黑色药丸叫‘金液丹’，红色药丸叫‘保命延寿丹’，是我师父新配制的，可治尸厥、气厥等三十多种疾病。”

服药后的虢太子，很快进入梦乡。秦越人看后满意地笑笑，扭身对站在太子床前的一个宫女说：“取干净白布一尺，扯成四块，泡在开水中。”

待那宫女端来泡布的铜盆，佚妹立即取出拧干，一一摊放在秦越人面前的几案上。

秦越人扯过地上的药箱打开，取出五种药末混合搅拌均匀后，分摊在两块布上，对子阳说：“包好，热敷于太子的两肋下。”然后又取出八种药末混搅拌后，分摊在另外两块布上，对子术说：“你将它包好，敷于太子前额和后颈。”

虢宫太医看得瞠目结舌，不敢问话。

中庶子虽粗懂医术，也从来没见过这种熨疗之法，忍不住发问：“神医啊，太子既已服药，为何又用熨疗之术呢？”

秦越人笑笑欲答，子阳抢先说：“这叫‘五分之熨’和‘八减之齐’，是俺师父针对危难之症，特意配制的扶阳壮气之疗法。”

中庶子又问：“为何敷于两肋下的药包放五种药，而放在前额和后颈的药包放八种药呢？”

子术淡淡一笑说：“这个道理很简单。不同的部位、不同的经穴，当然要用不同的药物来调治了！”

众人闻言惊愕，再没人敢多问，如看把戏，期待奇迹发生。

果然，敷熨不到两个时辰，虢太子长嘘一声再次醒来。他伸开双臂向空中抻了抻，好像久睡而醒，瞧瞧周围的人说：“我咋觉得浑身热烘烘的，像刚练过武功一样，血脉蹿涌呢？”说毕竟自己坐起来了。

众人惊喜大呼：“太子好了、太子好了！”

虢君和王后再次上前拉住太子的手说：“儿啊，是神医扁鹊给你服了神药，用了‘五分之熨’、‘八减之齐’绝技，才使你死而复生啊！”说毕喜泪涕流。

中庶子兴奋地说：“秦神医给你扎了十一针，挤出的血都是黑的！”

王后擦着泪说：“神医的弟子们，整整给你按摩了快两个时辰啊！”

众大臣边说：“没有神医扁鹊，众臣恐怕再难见太子了！”

中庶子神动情切地说：“太子，您能死而复生，是神医扁鹊救了你的命啊！”

太子闻言，四处张望说：“哪位是神医扁鹊？我要感谢他的救命之恩！”说着不顾病体虚弱，要挣扎下床拜谢。

白发白须的秦越人慈祥地笑着，将太子摁住说：“在下就是秦越人，太子刚刚复生，身体虚弱，万不可妄动！”

太子紧紧抓住秦越人的手说：“神医，救命之恩，不能不谢呀！”

秦越人笑笑说：“救人之危，乃医家之本，何足言谢？太子现在神亏气损，最重要的是安心休息和静养啊！”

目睹秦越人救太子全过程的虢君王后与文武群臣们，闻声一片唏嘘声。大家围住秦越人纷纷伸出拇指称赞：“天下神医，果然名不虚传哪！”“真是岐伯转世，俞跗再生啊！”“神医扁鹊真是走到哪里，就给哪里带来吉祥安康呀！”“医术如神，妙手回春，简直是活神仙哪！”

秦越人谦虚地拱手感谢大家的称赞说：“过誉了、过誉了。越人只是一位乡野游医，哪敢与先贤们并名而提呀？”

众弟子听着众人的议论，个个喜眉笑眼，感到既荣光又自豪。

这时，与太子叙过悲思忧焚之情的虢君站起，上前动情地拉住秦越人的手，上下打量身着洗得发白灰布衫的秦越人和他身后衣着朴实的弟子们说：“秦神医，你救了太子，就是救了虢国呀！宫中金银财宝，任你取任你拿！”

秦越人摆摆手说：“越人救太子，是急患者所需，绝不是为财宝而来。”

虢君心诚意坚地说：“寡人讲话，一言九鼎，绝非戏言。神医不必客气！”

秦越人摇摇头说：“大王若如此，那是小看越人了。当务之急，还是抓紧时间调理太子之疾吧！”

中庶子扭头瞧一眼正在宫女伺候下进食的太子，问：“秦神医，太子已醒，已开始进饭食了，还需要调理吗？”

秦越人点点头说：“太子虽复生，但受损的血脉器脏仍然虚弱无力，还没脱离危险期。尚需五天治疗，二十天恢复，方能康健如初！”

虢君听了连连点头，对中庶子说：“快去王宫国宾馆给神医师徒安排住处和饭食，好生伺候！”

中庶子躬身答：“是！”

秦越人拽住欲走的中庶子说：“这倒不必。总管若安排住处，最好让我与弟子们住在太子殿的侧房，以便日夜观察太子的病情变化，防止再生变故和复发，也好及时抢救治疗！”

虢君惊讶地说：“那哪成？那些房子陈设简陋，都是伺候太子的侍从和宫女们住的地方！”

秦越人笑笑说：“行医之人不讲食宿，以治患方便为先。不要说宫中侧房，就是茅屋荒野，对我们师徒来说也是常有之事。”

在场众人听了，个个感动，人人崇敬。这个说：“这秦神医不仅医技超群，医德高尚也世上少有啊！”那个说：“他不贪财不图利，不讲吃穿，一心为患，堪称大师风范哪！”另一个说：“世上医生若都像扁鹊这样，那人间要少多少病痛死难啊！”

秦越人师徒将行囊搬进太子殿旁侧房内时，天已黑了。子阳点亮灯，观看了一下陈设简陋的房内，将神色疲惫的师父和师娘扶到土炕上坐下。子术心疼地望着师父说：“师父，今夜由我守着太子，您与师娘早点安歇吧！”

秦越人摆摆手说：“不用。太子经过服药和治疗后虽说苏醒，但因昏厥时间过长，阴阳之脉并未正常，随时会有反复和险情发生。这第一夜，就由我和你师娘守着，观察他服药后的各种变化。子术你们三个，都去睡吧！”

子术、子舆、子阳听了齐声说：“不行。师父，您和师娘休息，俺仨守着太子！”

秦越人沉脸说：“虢太子这种病，实属罕见。若出现反复，恐难再治，还是我守着好！”

子术知道师父的话不容争辩，也知道虢太子之病若出险情也只有师父可力挽狂澜，便对佚妹、子舆和子阳说：“要不这样，师娘和你们俩去睡，由我陪着师父守护太子！”

秦越人点点头，下炕向门外走去。

佚妹疼爱地望着夫君背影，叮嘱子术说：“子术，有啥情况你马上叫我们！”

子术回头说：“知道了，师娘您早点休息吧。”

只剩下佚妹的屋内空荡荡。她躺在炕上，呆呆望着窗外天上的明月，一件件游医治患的往事又浮现在眼前，久久难以入睡……

与佚妹住房一墙相隔的另一侧房内，炕上躺着子舆和子阳。子舆侧身在炕上看了会儿窗外的明月，转过脸注视着身旁还没入睡的子阳看了一会儿，深情地说：“子阳，咱师父真是个天下难找的好人哪！”

子阳感慨道：“他心里只装着患者，从来不顾惜自己的生死！”

子舆说：“刚看见死人一样的虢太子，把俺吓一跳，心里只后悔没在宫门外拦住师父。没想到师父只扎几针下去，又把一个死人救活了！”

子阳也后怕地说：“你没见，师父让俺拿针的时候，俺的手直发抖哇！”

子舆说：“师父真是活神仙哪，这是俺亲眼看见他救的第四个死人了！”

子阳吃惊说：“还有哪三个？”

子舆说：“你咋忘了？第一个在邢邑城外拦住的那个要下葬的孕妇，第二个是刘枣棍，第三个是赵简子。”

子阳无限向往地说：“咱们啥时候能修炼成师父这样的医技和胆量呢？”

子舆说：“慢慢练吧！师父的这种本领，可不是谁想有就有的！”

子阳转着眼珠自语："师父平时对咱们要求那么严厉，可每遇到难症险症，他就冲到前面独担！"

子舆说："那是品格、是德行！真令人钦佩叹服啊！"

同样的夜，同样的事，不同的人有着不同的思谋和追求。秦越人将穿好葬衣的太子救活，虢君五脏俱焚之心又恢复了平静。在豪华寝宫明亮的宫灯下，他躺在锦被团拥的巨大卧床上已打着鼾入睡。兴奋俊美的王后脱去衣装，娇羞地推一把虢君说："大王，你咋躺下就睡着了呀？"

虢君睁开眼，转身将裸体的王后揽进怀里说："太子死而复生，寡人一颗悬心落地，能不神松觉甜吗？"

王后笑着用玉手抚摸着虢君的脸说："太子大难不死，大王和虢国必有后福！"

虢君亲吻着王后的娇容，抚摸着她洁白光滑的玉体说："你给寡人生了个好儿子呀！"

王后将玉体贴住虢君，紧紧抱住回吻着说："儿子是我生的，可命是秦神医救的。你一定要重谢人家呀！"

虢君迷醉地观瞧着王后发颤的身体说："寡人已经说了，宫中财宝任他取任他拿。"

王后娇喘着说："我是说，大王要想法把秦神医留下来！"

虢君闻言一怔，一把将王后推开，怒声问："怎么，你看上秦神医啦？"

王后委屈地涌泪说："大王说哪里话？妾是担心太子的病再复发，想让你把秦神医留下当太医，你想到哪里去了？"

虢君明白自己曲解了王后之话，将王后重新拉入怀中抱住，道歉说："爱妃别生气，寡人是怕失去你无人相伴呀！"

王后破涕娇笑说："那你同意将秦神医留下当太医了？"

虢君笑眯着眼，望着王后那洁白如玉在灯下泛着亮光、散发出阵阵郁香的胴体说："爱妃的话，寡人哪敢不照办？但你得谢谢我。"

王后眣眣媚眼，嗔笑道："咋谢？"

虢君兴奋地翻身将王后压在身下说："这样谢！"

王后顿时心旌摇荡，双手捧住虢君的脸，笑吐舌尖送上，双腿勾住虢君的两臂，任其咂吮冲撞……

夜深了，明亮的灯光下，虢太子再次醒来。坐在太子寝床前的秦越人望着子术给太子诊脉检查、配药喂药。

太子不好意思地说："让我自己来吧。"

子术说："你身体还虚弱，让俺喂吧。"说着一勺一勺将药汤送入太子嘴中。

太子感激地说："神医，你们师徒这样精心照护我，让我心里很不安哪！"

秦越人笑着说："你现在是病人，还没脱离危险期，不能乱动！"

太子动情地说："你们也睡会儿吧。像这些倒水喂药的琐事，就交给宫女和侍从们干吧。"

秦越人慈祥地说："不是不让宫女们喂药，而是要观察你服药前后的神情变化。"

太子眼涌泪花说："你们是我的再生父母，大恩大德终生不忘！"

秦越人笑笑说："你刚服过药，安心睡吧！我和子术今夜守着你。"

子术见闭上眼的太子发出轻轻鼾声，扶师父坐到太子卧床前绣团上小声说："师父，您靠床边上打会儿盹，由俺盯着观察太子的变化。"

秦越人摇摇头说："这第一夜不能大意，还是咱俩一块观察吧。"

子术知道无法劝睡师父，便小声说出了心中的疑问请教："师父，您咋听了中庶子介绍，就断定太子不是真死而是尸厥呢？"

秦越人笑笑说："这是经验。凡暴昏者必有隐因，即常言元气将脱、命系悬丝也。中庶子验证了太子尚有耳鸣、鼻涨和大腿内侧有余热症状，我才敢断定太子非真死而是尸厥！"

子术又问："那师父诊脉后，为何不先用药而先用针灸呢？"

秦越人捋捋胡须说："夫病有浅深之分，治亦有缓急之别。若急病用缓药，是养杀人也；缓病用急药，是逼杀人也。师父先针灸，再让你们推拿按摩，而后用药，就是因为太子之病已在生死立待间。前三针放血，后八针活血，其意皆在先消其邪壮之气，才能用药再扶其五脏之母脾和生命之根肾。"

子术敬佩地连连点头，又问："那您先灸太阳、少阳、阳明三穴，再灸百会、胸会、听会等八穴，又有何讲究呢？"

秦越人兴奋地闪闪眼帘说："子术真是钻进医家真谛了。今后再遇类似病患，为师要让你亲自体验！"

子术红脸低头说："师父别笑弟子愚笨，俺真是不懂啊。"

秦越人伸出手亲切地拍拍子术肩头说："俗话云，'学医不知经络，开口动手便错'。人的头部，是所有经络的中枢。先扎太阳、少阳、阳明三穴，就是刺激其中枢经络恢复运转；再灸百会、胸会、听会等八穴，是接通中枢经络与五脏六腑和全身各处经络活动的恢复……"

子术两眼如灯，聆听着师父对医治虢太子尸厥之症的精辟阐述和深入浅出的解析，犹如拨开迷雾见太阳，心中涌起一股股尊师敬师崇师的热浪。

世事不负精心人。二十五天过去了，虢太子在秦越人师徒日夜精心调理治疗下，健康完全恢复如初了。夏日清晨，东升的骄阳给虢宫披上金光。虢太子又开始在宫院内耍剑舞枪，矫健的身影翻来飞去，汗湿衣衫，周围站着两名侍卫和两名宫女伺候。中庶子急匆匆跑到近前拱手说：“禀太子，神医扁鹊今天要带着弟子们走了，大王请您到大殿前送行！”

虢太子闻言，忙将手中的剑交给侍从，边擦汗边问：“父王和母后不是说要留秦神医在宫中当太医吗，他们怎么又要走呢？”

中庶子说：“大王和王后苦苦挽留，可怎么也拦不住，秦神医坚持要走！”

虢太子连外衣也顾不上穿，大跑奔往虢王大殿。

红日东悬的虢王大殿门前，子舆拉着驾车的马，子阳牵着两匹坐骑站在殿门一侧的院角，秦越人带着佚妹、子术在向虢君辞行。

虢君挽住秦越人的手，苦苦哀求说：“神医是嫌我虢国小还是照顾不周，为什么非要离开呢？”

秦越人笑着说：“大王待我等为上宾，天天美酒佳肴，怎能说不周呢？”

虢君执意劝道：“虢国虽小，却地处京畿沃地，上有天子照护，下有庶民勤作，你我终生都有享不尽的荣华富贵。神医偌大年纪，何必偕妻带徒，再受流浪颠簸之苦呢？”

秦越人语重心长地说：“越人本是一游医，决意离开贵国，既不是为游山玩水，也不是想攀什么大国权贵，而是想遍寻天下奇症，探索医家未解之谜！”

虢君不解地说：“天下如此之大，神医哪能走得过来呀？再说各地都有医家，你何必操那份闲心呢？”

秦越人笑笑说：“人各有志，大王就开恩成全在下吧！”

虢君脸色不悦说：“寡人是诚心诚意要留你当太医呀！你这样匆匆离去，传出去，诸侯们还认为我量小不能容人哪？”

秦越人神色庄重地说：“实不相瞒，游医天下是越人的志向！我想多走些地方，寻找天下同行切磋医术中的疑难。”

虢君闻言哈哈大笑说：“这个理由更不成立！神医医术如神，誉播四方，天下哪还有值得你访问学习的人哪？”

跟在虢君身后的文武群臣齐声附和：“大王说得有理，秦神医就留在我们虢国吧！”

秦越人抱拳感谢众人说：“谢谢众位文臣武将的好意。常言道，天外有天，山外有山。越人虽粗懂医术，但还有很多不懂的疑难杂症啊！”

这时虢太子跑到近前拱手跪下说：“秦神医，您千万不能走啊！”

秦越人上前欲搀太子，太子却固执不起说：“救命恩人哪，您就应了父王和众大臣的请求吧！”

众大臣趁机再劝说：“秦神医，俺们太子已给您跪下了，您就留下吧！”

秦越人动情地扫一眼虢君和众臣，也屈膝跪到太子面前说：“太子此话差矣！非越人使你死而复生，而是你本来没有死啊！越人不过是对症而治，使太子摆脱了危险，恢复健康罢了，何敢担救命恩人之誉，受太子这大拜之礼呀？”

虢君知道留不住秦越人，惋惜地叹口气说：“神医执意要走，吾儿也不要再为难神医了。”说毕上前扶起秦越人和太子，然后盯着秦越人看了一会儿说，“神医志在天下，寡人敬佩，不能强留。但寡人有一事相求，万望能成全！”

秦越人闪闪眼眉，说：“大王有何吩咐？请讲。”

虢君举目在子术、子舆、子阳三个弟子身上扫了一遍，最后将目光落在子术身上说：“寡人留不住神医，那就求神医把你这个弟子，留在虢国当太医吧？”

秦越人听了大惊，子术欲言推辞，被他用手止住，思忖了一会儿说：“大王既有此意，我就将爱徒子术留下，但我也有一个要求！”

虢君目的达到，高兴地说：“秦神医请讲，只要寡人能做到，多少要求也应允！”

秦越人眼圈发红、声音发哽，难割难舍地拉住子术的手说：“子术，是我从鄚邑老家带出的弟子，已跟我学医二十余载，至今尚未成家。望大王给他选一良善女子，成婚安家！”

虢君毫不犹豫地说：“秦神医放心！这事包在寡人身上，我马上叫中庶子去办！”

秦越人热泪涌流，双臂紧紧抱住子术哽咽说：“子术，你就留在虢国吧！”

子术用力抱紧师父哭道：“师父，弟子离不开您啊！”说着泣不成声。

秦越人抹把泪推开子术，招呼佚妹、子舆、子阳一齐跪下说：“越人率弟子拜辞大王！”

虢君上前扶起秦越人师徒，对中庶子说：“传谕护卫军列队摆仪，寡人与太子要率文武百官，送秦神医师徒至城外十里长亭！”

中庶子拱手弯身说：“在下得令！”转身对守宫将军栾力喊道：“大王有令，传令护卫军摆队至十里长亭，送神医扁鹊师徒！”

虢君手挽秦越人步行走向宫门，身后跟着佚妹、子术、子舆、子阳，众文武列仪相随。挎刀握枪的护卫军犹如两条长蛇摆于大街两旁，从虢王王宫宫门一直伸延到城外十里长亭。

走出王宫大门，虢君见秦越人的马车破旧，转身对中庶子说：“快去将寡人新造的那辆御车赶出来！送给秦神医乘坐！”

秦越人欲辞，虢君摆手说：“你听我的。有辆好车，神医游医天下更快！”

子术趁机将师父拉到一边着急地流泪说：“师父，您咋能答应把弟子留下呀？今后路上谁照护您和师娘啊？”

秦越人眼涌泪花，深情拍着子术肩头说：“师父哪舍得让你留下呀？你看大王那架势，若不将你留下，决不会放我们师徒离开虢国的！再说了，你已学成术就，也该成家立业、治患一方了！”

子术闻言哽咽着泣不成声跪下说：“师父，弟子实不敢想，离开您的日子今后怎么过呀？”

秦越人擦着泪水说：“你跟着我二十多年，形同父子。让你留下，如同剜我心哪！若有机会，一定回蓬山看看我和你师娘！”

佚妹泪流满面说：“子术，你要理解师父的难处和良苦用心哪！”

子术泪流如河点头说：“俺知道，师父师娘是为俺好！可俺……”

这时，中庶子赶来虢君赠秦越人的新马车。这车是虢君新做的御车，外包铜皮锃光闪亮，轴由铜做，轮嵌铜钉，上有罩顶围帐，由两马驾驶，漂亮美观、气派宽敞、结实耐用。

秦越人听着虢君的介绍，众人已将旧车上的东西搬到新车上。

秦越人拱手说：“谢大王厚赐！”

虢君说：“不用客气，秦神医请上车吧！”

城中百姓闻讯神医扁鹊要带着弟子们离开，扶老携幼拥满道路两旁，指指点点争相观瞻神医师徒风采。

前有护卫军锦旗仪仗号角开路，中有虢君和太子相陪，后有文武大臣相随，送行队伍浩浩荡荡。

子舆、子阳第一次目睹和享受尊贵国宾待遇，兴奋地瞻前望后。

秦越人与佚妹端坐在子舆赶的双马新车上扫视着街道两旁攒动的人群。子阳笑容灿烂骑马相随，子术愁苦满脸忍泪送师。

子阳探身问坐在师父身旁的佚妹说：“师娘，咱们那天进城时，街上很少见到行人，今天哪来这么多人哪？”

佚妹笑笑，侧弯身对子阳小声说：“那时忙着为太子办丧事，人们哪有心思出来逛街呀！”

子阳又说：“人们都说虢王骄横蛮暴，看他对师父的虔诚实在……”

子舆不待子阳将话说完，望一眼车前并马而行的虢王和太子，用鞭杆戳一下子阳，低声说：“少说话。他对师父好，那是师父救了他儿子的命！”

默默骑在马上跟在车后的子术听着街上的喧闹和师弟的对话，不停地用衣袖擦着一串串难以抑制的离别热泪，一句话不讲，也不抬头看人……

第二十九章
尊老人雒阳城乡留美誉

辞别虢君，秦越人情绪低落而沉闷，脸色凄楚无语。佚妹与子阳想让他摆脱突然失去爱徒子术的痛苦，故意谈天说地，却丝毫无效。马蹄嗒嗒，车轮滚滚，师徒四人在寡言少语中穿山越岭，过村跨河，终于走进雒阳境内。

这雒阳（洛阳）的田野与虢国的田野，犹如两个世界。盛夏的烈日如火一样曝晒着大地，干旱的田野上风卷沙尘，路旁田中无苗，树木叶蔫无神。浑身尘土的子阳抬头望一眼空中的骄阳，用衣袖擦着脸上的泥汗对坐在马车上打盹的秦越人说：“师父您看，这雒阳地面咋旱成这样啊？”

坐在马车上的秦越人闻声睁开眼，沉脸瞧着周围荒凉景色，忧心地说：“看来这里入春还未下过雨呢，农人连庄稼还没种上。”

子舆说：“这周天子脚下咋还不如一个小虢国呢？相距不到二百里，一个青山绿水，一个荒地遍野，真是两个天地呀！”

秦越人说：“虢国地处中原，土肥水美，自然山绿田丰；这雒阳周围丘壑相连，山上少树河中少水，怎能不尘暴四扬呢？”

佚妹说：“夏天都到了，地里连苗还没安上，庶民百姓们可咋活呀？”

子阳不以为然地说：“周天子管着普天下，让诸侯们纳粮进贡呗。”

佚妹睨一眼子阳说：“诸侯进贡，只能便宜那些王侯权贵们，谁管穷苦百姓们的死活呀？”

秦越人心情沉重地说：“夏初本是各种疾病暴发肆虐之时，加上天旱地荒，不知多少庶民又要遭受疾病折磨了！”

子阳沉默了一会儿，突然指着前方炊烟袅袅的一个小土城说：“师父快看，那里有座小城！”

秦越人抬头望望小城和天空说：“天已过午，马也出汗了，咱们赶到那座小城，吃顿饭歇歇脚再走吧。”

子舆扬鞭在空中打了个响鞭，喝声：“驾！”师徒四人便在滚滚尘烟中疾驰，不一会儿就走进那座小土城。

这座小城叫李店。几位无精打采的老人在街头一个树荫旮旯里有一句无一句地闲聊，周围跑着几个追逐玩耍的儿童。

一位三十多岁叫梅豆的中年妇女，气呼呼上前抓住一位快乐地在地上打滚的男孩，揪着衣领提起，边打边说：“小兔崽子！让你出来叫你爷叨（吃）饭哩，你咋连家也不回啦？”

男孩边挣扎边哭说：“娘，俺叫了，爷不应声！”

梅豆扫一眼正靠在墙角低头打盹的一位老人，生气地拽着孩子边走边说：“老不死的，连叨饭也叫不动了，那就饿着吧！”

被拽的孩子边走边回头用力喊：“爷爷，别睡了，快回家叨饭吧！再不回，俺娘就不让你进门啦！”

梅豆一把将孩子拎进门，回头咣当一声将大门关上。

一位被关门声惊动的老汉扯扯仍在打盹的马老汉喊道：“老马头，你还不快回家，再不回去又要睡在街上了！”

老马头闻言慌忙站起身向家中走去，然而任他拍门门却不开，只好坐在门旁的一块石头上垂泪。

上述一幕恰被坐车骑马走进街内的秦越人师徒看到。子阳不解地问：“师父，这地方的人咋这样对待老人呢？”

子舆气愤不平地说：“这周天子脚下，是周礼制定之地，还没俺蓬山人懂孝道哩，连老人也不知道尊敬！”

佚妹扯一把子舆，惊奇地说：“子舆，你发现没有，这里的老人说话声音特别大！”

秦越人闪闪眼眉对佚妹说：“不是说话声音大，是他们的耳朵有病。”然后对子阳说：“子阳，你去找个店，咱们就住在这里不走啦！”

子阳跳下马，将马缰交给子舆，就向几个正在树荫旮旯里聊天的老人走去，深施一礼问道：“请问老伯，这村里有客栈吗？”

一个拄着拐杖的老人用手罩着耳朵大声反问：“啥，你还没有叨饭哩？”

子阳笑笑说：“不是说吃饭，是问这村里有没有客栈？”

老人们停止聊天，惊奇地打量面前的陌生人，疑惑地互相交换目光。

一个老人用手指指耳朵说：“小伙子，你大声点，俺们耳朵背！”

子阳笑着上前附到老人耳上，大声说：“大伯，这村里有客店吗？”

老人点点头说：“噢，有、有。”然后揉揉布满眼屎的昏花眼睛，指着前方说，“往前走，到十字街右拐，路西有个林家客栈。”

子阳拱手说：“谢谢大伯。”便转身向回走，路上又好笑又纳闷自语，“这地方的人，咋都这样呢？”

从十字街右拐不远，路西果然有一家林家客栈。店主林六看到车马停在门前，笑盈盈迎上，将秦越人师徒领进一个小套院，恭敬地指着两间正房和两间东偏房说："客官请进！"

秦越人掸掸身上的尘土，坐到房内几案旁的蒲团上，端碗喝了一口店主人斟的水，亲切地说："店家请坐。"

店主笑眯着眼摇摇头说："不用、不用。客官需要啥，尽管吩咐！"

秦越人问："这里距雒阳还有多远？"

店主笑答："还有七十里。"接着问，"客官从哪里来，是到雒阳经商还是拜官？"

秦越人笑笑说："店家怎么会断定我们是去雒阳经商和拜官呢？"

店主赔笑说："客官坐着满载的双马铜车，随从骑马，不是显贵之人定是富商啊！"

秦越人听了哈哈笑道："店家，你猜错了！我们是串村走乡的游医，从蓬山来，想到雒阳去学习医技。"

店主闻言一惊问："啊！你从蓬山来，那你们见过神医扁鹊吗？"

秦越人欲答，洗盥完毕的子阳进门插话："店家，给你说话的人，就是俺师父神医扁鹊呀！"

店主听了大惊，慌忙跪倒说："在下有眼不识泰山，不知神医光临小店，万望见谅！"

秦越人起身将店主扶起说："在下只是一名游医，哪敢受店家如此大礼呀？"

店家兴奋得两眼放光说："神医把死了七天的赵简子救活，又救活穿好丧衣的虢太子，天下都把您传成神啦！"

秦越人谦虚地说："店家别信传言，那都是世人恭维之词。"接着话锋一转说，"在下有件事不明白，想请教店家？"

店主连忙说："请神医提示，在下定当如实相禀。"

秦越人眨眨眼睛说："我们在街上看到不少老人患耳病，是何原因哪？"

"唉——"店家长叹一声，忧心忡忡地说，"天下人都知道雒阳地厚人勤，盛产米粮，哪知种田人的疾苦哇？他们终年早起晚归，操劳农桑，生产的米粮都孝敬了周天子，自己却得不到温饱！王要修宫建苑，侯要筑城盖殿，将雒阳附近的树木都砍光了！这里本是黄土，没了树木遮盖，风大天旱四季尘土遮天，哪有不得病的？可怜辛勤一世的老人们，到了晚年却变成目不明耳不灵啦！"

子阳插话问："这李店距雒阳这么近，应是礼仪之乡。为何年轻人不疼怜老人，还敢当街谩骂训斥呢？"

店家羞愧地摇摇头说："这事说来话长。自周礼颁布，雒阳是闻名天下的礼仪之乡。但诸侯日盛，不将周天子放在眼里，有的公然拥兵自立，有的不听周天子号令，进出洛阳的派头比天子还威风哩！连诸侯都不尊天子讲礼仪了，庶民百姓还会尊敬老人吗？加之患了耳目病的老人行动迟缓、反应迟钝，一些年轻人日久生厌，就把老人当成负担了。”

店家的话使秦越人驱淡了对子术的惦念，捋须感慨道：“世人只慕年轻好，哪知年轻终有老。老人一生为儿女，儿女该知他是家中之宝哇！”

店主连连点头说：“神医所言极是。常言道：百善孝为先。不敬不孝，天地难容。眼看老人耳聋眼花，当儿女的真比剁指还疼啊！但苦于求医无门、求治无钱，加之连年干旱、战火不断，生活无着而生厌。神医若痛惜一方民疾之苦，施妙术使老人除疾，当是周人再生父母哇！”说毕跪地而求。

秦越人扶起店主说：“在下既落脚贵店，就是想留在这里，医除这些老人的耳目病！店家可不要嫌烦嫌乱哪？”

店主连连磕头说：“神医能住在俺这村野小店里行医，那是俺祖上积下的阴德。不仅不嫌烦乱，还要一日三餐好生伺候不收分文！”

秦越人拉起店主，认真地说：“治病救人是医家的本分。但你若不收我们的店钱，在下只好另寻他处去安身了！”

店主连连赔礼说：“神医不要误会，我也是想为治好乡亲们的病，尽一点儿微薄之力呀！”

秦越人脸露笑容说：“你的心意我理解，但店钱一定要收！”

店主无奈地点点头。

吃过午饭，子阳与店家将一块写着字的木板挂在大门旁的墙上。三三两两的民众聚到门口木板前问：“林店主，你又有什么新鲜事要告诉乡亲们了？”

林店主满面堆笑指着木板吊大家胃口说：“这回的好事，保证家家都有份，人人都高兴！”

一个老人揉着眼睛说：“林掌柜，别卖关子了，快念给大伙听听是啥事吧？”

林店主清清嗓子指着木板上的字大声念道：“兹有蓬山游医秦越人住本店行医。凡老人患耳目痹病者，免费医治！”

不待店主念完，人群中就交头接耳嚷成一片。“林店主，你啥时候把蓬山神医请来了？可别瞎蒙俺们哪！”“蓬山游医秦越人，那是神。哪是谁想请就能请来的？”“不对！木牌上写的郎中名字叫秦越人，不是神医扁鹊！”“不对、不对。秦越人就是神医扁鹊！”“人们都传神医扁鹊治好赵简子、虢太子，那咋没人说是秦越人治好赵简子、虢太子的呢？”“这你就不懂了！秦越人是人家的真名真姓，神医扁鹊是大家对他的誉称！”“这名扬天下的神医，只给有钱有势的王公贵族们治病，哪会来咱们这穷村小地方呢？”“扁鹊是啥意思？谁知道给大伙说说呗！”“扁鹊就是喜鹊！”“为啥把喜鹊说成扁鹊呢？”“这你就外行了！俗话说，十里不同风，百里不同俗，一个地方一个方言。听说蓬山那地方，就把‘喜’字念‘扁’！”“噢，原来是这样啊！俺还以为扁鹊是神仙变的一种鸟呢？”……

子阳听着众人的议论乐得“哧哧”直笑。

一个青年人突然指着店主身后的堂屋说：“大家快看，一个白胡子老头带着一男一女出来啦！”

店主赶快闪开门口，指着向众人走来的秦越人说：“乡亲们，这就是大伙常念叨的，神医扁鹊秦越人！”

白须白发、满脸红光、一身布衣的秦越人身后跟着打扮朴实的佚妹和子舆，向人头攒动伸脖张望的众人拱手笑着说：“在下秦越人，携徒游医来到贵地，望各位乡亲多多关照哇！”

有一穿得破衣烂衫名叫顺子的十五六岁半大小子，扶着年迈爷爷问：“神医，您治老人耳聋眼花病，真的不要钱吗？”

秦越人点点头说：“国有一老君有靠，家有一老是个宝。天下老人抚儿育女，辛勤耕耘，是我们当儿女的福气呀！越人虽不才，愿散尽行医所积，救治患耳聋眼花的老人之疾！”

众人闻言，纷纷说：“这下各家患耳目病的老人们可有救了！”“感谢上天，派神医扁鹊来到咱李店村！”“神医看病不要钱，这真是亘古未见的逸闻善举呀！”

顺子扶着年迈的爷爷挤到众人前，“扑通”一声给秦越人跪下磕头说：“俺爷爷耳聋眼花已经七年，求神医给治治吧！”

秦越人让顺子爷爷坐下，翻看顺子爷爷的眼帘、耳朵，从耳中取出一块块结成硬块的耳屎，又观瞧老人的舌苔，诊脉寸口后说：“这位大伯，因肾水枯涸，不能上荣于目，而致双目昏花生翳，日久成内障；又因风寒所袭，沙土灌耳迷目，造成心气不足而耳聋。”

顺子焦急地问：“神医，俺爷爷的耳目病还能治好吗？”

秦越人点点头说：“小伙子，我问你，你爷爷晚上睡觉时是否常做噩梦？”

顺子点点头说：“是啊，他常做噩梦！”

秦越人又问：“是否身上少汗，时常有轻生之举？”

顺子睁大眼睛说：“对、对，您咋知道的？”

秦越人笑笑说：“因肾虚而使寒邪滞经，阴盛阳衰噩梦附；积瘀不能排汗出，伤肝脏，经脉不调，而生燥厌世才轻生。”

众人听着秦越人对顺子爷爷病因的分析，纷纷点头，目露钦佩。

秦越人又接说：“小伙子，你曾求医给你爷爷看过，让老人吃过败毒凉药，每日以酒浇愁，对不对？”

顺子闻言惊得张口结舌说：“神医，您咋啥都知道哇？”

秦越人沉脸说：“庸医治标不治本。让患目疾者服败毒凉药，那是致虚弱元气更加疲惫而死之路哇！让耳聋者多酒，那是给燥气之人火上加油！凡患耳目痹病者，疾虽在表，实则在肾在胃在肝脏。我给你开两种药，一是治眼病的‘还睛丹’，每日三十粒，连服一月，半月内会出现目热上攻，以手掌轻揉之，一月内便会使双目生光复明；二是治耳聋的‘延寿丹’，每日五十粒，用滚酒送下，然后再服‘一醉膏’，二十日内，保你爷爷恢复听力！”

顺子不解地问：“神医，您刚才不是说耳聋不能喝酒吗？为啥又让俺爷爷用滚酒服药丸呢？”

秦越人笑笑说：“此酒非彼酒！无药喝酒是火上加油，伴药喝滚酒，那就使酒药互溶加大了药力！”

顺子听了连连点头，接过子阳递上的药，连说：“谢神医、谢神医！”扶着爷爷走了。

其他患者争相上前让秦越人、佚妹、子舆为家中老人诊病。子阳跑前跑后，给诊过的患者取药、送行。

一天时光在忙碌中过去了。晚饭后点亮灯，秦越人师徒又进入另一种繁忙。他让子舆、子仪将车上的药袋搬进屋内打开，摆到地下和炕上，思忖着，从这袋药中取一把，又从那袋药中取两把，放到跟在身后佚妹端的簸箕中。佚妹将装满的簸箕交给坐在地上用双脚蹬石轮在药碾中粉碎药材的子舆。子舆将粉碎好的药材粉交给子阳。子阳坐在一个方桌前，对碎药过箩，加蜂蜜将药粉制作成一个个药丸，放在陶盆中。陶盆中的药丸由少到多，不一会儿就堆成一座小山；室内飞扬着药尘，充满刺鼻的药味……

夜深了，林店主端着一个条盘，条盘上放着冒热气的四个大碗，“吱呀”一声推开屋门，被药尘、药味呛得后退一步说：“神医，俺给你们做了四碗羊肉泡馍，快趁热垫补垫补吧！”

佚妹感激地接住条盘说：“谢谢林店主。”然后举目四寻想找个地方让店主坐下，但到处都是药材，尴尬地抱歉说：“真是对不起呀，连个坐的地方也没有！”

店主望着浑身药尘、满脸汗水的秦越人和徒弟们，感动地说：“神医啊，为了治一方老人的病，您和几个弟子忙了一天，还连夜配药制药，让乡亲们怎么过意呀？”

秦越人拍拍手上的药尘，笑着说：“药是治病所需之物。那么多老人等着服用，我们不能辜负了大家的厚望啊！”

店主热泪盈眶说：“为了病人，你们也不能不顾自己的身体和休息呀？快趁热吃碗羊肉泡馍补补吧！”

秦越人感激地说："谢谢林店主，深夜还惦记我们师徒！"

林店主抹把泪水说："人心都是肉长的。您与那些得病的老人们无亲无故，从千里之外来到俺这穷乡僻壤，自己掏钱购药，无偿给众人治病，还这样辛苦，让谁见了能不感动、能不敬佩呀？"

秦越人说："店主过誉了！医家见到病患，就像战士上了战场。病患不除，怎能心安而寝啊？"

店主激动地颤动着嘴唇说："事是这个理儿。可世上去哪儿找您这样的医家呀？"说完，掩面而涕。

秦越人拍拍林店主肩头笑着说："别掉泪了，你不是也没睡吗？"然后指指子舆、子阳说："你看我那两弟子，吃你做的羊肉泡馍多带劲儿！"

林店主破涕为笑说："你们喜欢吃，我天天晚上给你们做！"

秦越人往嘴里送着羊肉和馍块说："这可不成。你天天让我们吃羊肉泡馍，还不把我们都吃成大胖子？"

林店主笑道："俺若能把神医养胖，那俺也就远近闻名啦！"

治顽症不同于治急症，可以立竿见影，需要时光和耐心。药给了患者了，患者也吃了，效果如何是秦越人最关注的。十天后烈日下，秦越人身后跟着背着药箱的子阳，挨门串户走访服药后的老人们。他们串东走西最后来到一座残破茅屋前，子阳喊道："顺子在家吗？"

"在，谁呀？"顺子应声从屋里迎出来，吃惊地说，"啊，秦神医，您咋来了？"

秦越人笑着摸摸顺子满头杂乱的长发说："我来看看你爷爷。"

闻言从炕上坐起的顺子爷爷问："顺子，你和谁说话呢？"

顺子兴奋地跑回屋内，指着身后相跟的秦越人和子阳说："爷爷，秦神医带着弟子，来咱家看您来啦！"

"啊、啊。"老人伸着手向前摸，想下炕迎接。

秦越人上前扶住摁在炕上说："老人家，您别动。我来想问问，您吃了药有啥感觉？"

"嗅、嗅。"老人点点头说，"俺觉得浑身热，往上拱，不做梦了，心气神比过去足了！"

秦越人摸着老人寸口脉又问顺子："你爷爷吃药今天是第几天了？"

顺子用手指数着日子说："今天是第十一天了。"

秦越人点点头，对顺子说："这就对了。脉象不错，但每天还要按时吃药，注意不要吃辛辣之物。"然后转身对子阳说："你给大伯灸灸脐下五百壮，扶肾驱虚。"他自己则取出针，灸耳尖、脑空二穴，面骨二瞳子、上目明二穴。

顺子疑惑地问："神医，俺爷爷吃了您的药，真能眼睛复明、耳朵听见说话吗？”

秦越人笑着点点头说：“如果不出意外，你爷爷八日内将恢复听力，十五日之内会恢复眼明！”

顺子闻言，眼涌泪花说：“俺没东西谢您，给您磕个头吧！”说毕下跪。

秦越人动情拉起顺子说：“你是个孝顺孩子！你爷爷一定会好的。”

秦越人从顺子家出来，回到李店大街上，刚才骄阳如火的天空已阴云密布。他与子阳想再串几家，但没走几步，天空就响起连声炸雷，接着便下起瓢泼大雨来。久旱盼雨的人们兴奋地从家中跑到街上，在大雨中跳着、笑着、呼喊着。

他们看见被淋成落汤鸡一样的秦越人和子阳，有的将自己头上的草帽摘下给他们戴上，有的将自己的蓑衣给他们披上，然后围住他们欢呼天降甘霖。

秦越人兴奋地跟众乡亲一块笑着跳着说：“有了这场大雨，今年乡亲们就有粮吃啦！”

林店主抹把满脸雨水说：“秦神医，是您的义举感动了天地，老天爷才降甘霖哪！”众乡亲们听了也跟着喊叫：“对，是秦神医给我们带来甘霖！”于是，兴奋的人群便围住秦越人和子阳欢笑呼叫跳闹，直到大家尽兴才各自回家。

大雨下透了干旱的土地，也滋润了盼雨人的心田。晚庄稼种上了，吃了秦越人药的老人们耳目痹病也日渐好转。中秋节上午，那些曾在阳旮旯里聊天的患耳目痹病的老人们眉开眼笑，在顺子爷爷的带领下提着装满各种食品、瓜果、蛋、肉等的篮子拥向林家客栈。

林店主看见兴奋地冲院内喊：“秦神医，乡亲们来看您来啦！”

秦越人闻声带着佚妹、子舆、子阳出门拱手相迎说：“各位父老乡亲，你们怎么相聚而来？快到店堂坐、快到店堂坐！”

顺子爷和众人却一齐跪地说：“秦神医，今天是中秋节呀！您使俺们这么多老人重见光明、再闻世声，俺们感谢您来啦！”

秦越人上前把大家扶起说：“救人治病乃医家本分，乡亲们太客气了！”

林店主跑里跑外招呼店伙计说：“你们还愣什么，还不快给大伙搬座倒水！”

佚妹、子舆和子阳也帮着照护老人们。他们看着恢复健康老人们喜泪横流的幸福感人场面，小声交谈着。街道上还络绎不绝地拥来行人和患者。

顺子爷扯扯身后背行李的顺子，再次跪到秦越人面前说：“神医，俺是个穷人，家中没有值钱的东西相报，把孙子顺子送给您，让他伺候您吧！”说完就让孙子叩头认秦越人为干爹。

秦越人慌忙拦住说：“老人家，这可不行、这可不行！您让孙子跟了我，谁来照顾您的生活呀？”

顺子爷爷抹一把满脸泪水说：“不瞒神医说，俺家只有俺爷俩。他奶奶和娘去世早，爹被抓去打仗死了，俺七年前眼花耳聋，全靠这个孙子照料。他今年十六岁了，俺也眼明耳灵了，神医若不带走他，也会被官府抓去当兵打仗战死。您救了俺，俺要让他跟您去学医，救治天下苦难人！”

秦越人迟疑难答，众人却齐声说：“秦神医，您就收下这个孩子吧！他尊老孝敬、吃苦耐劳，若被官府抓去当兵，他爷爷也难再活在世上了，这一家人就断了根啦！”

佚妹、子舆、子阳听了，热切望着秦越人。秦越人闪闪眼帘思忖了一会儿说：“既然大家都说顺子是个好孩子，我就收下他给我当个徒弟吧！”

顺子闻言兴奋地说：“师父在上，请受徒儿三拜！”说着连磕三个响头。

众人鼓掌欢呼祝贺。

店主摆手制止大家的欢笑说：“按照规矩，师父收徒要给弟子赐个新名。秦神医，您给顺子也赐个名吧？”

众人齐声说：“对、对，师父赐了名，弟子才名正言顺哪！”

秦越人笑着沉思说：“大家说得有道理。我的弟子都是以‘子’字打头的，我游医到此，有缘结识众乡亲，那就让顺子更名为子游吧！”

李店村的众乡亲说：“好、好！这个名字有纪念意义。”

顺子爷爷含泪拉住孙子的手说：“顺子，一定好好跟着秦神医学医，将来也当个像你师父一样的好郎中！”

顺子说：“爷爷，您放心吧。孙儿一定不让您失望！”

林店主兴奋地对秦越人说：“秦神医，您到俺李店村几个月，天天忙着给老人们治耳目病，从来没吃过一顿像样的饭。今天是中秋节，您又喜收新徒，俺摆几桌，让乡亲们和您一块乐和乐和吧？”

秦越人笑着说：“好主意。但咱得先说好，你做饭菜我掏钱！”

林店主说：“那哪成？您治好这么多乡亲们，不收一分钱，大伙吃饭咋还能让您掏钱呢？”

众乡亲们说：“你们谁也不用破费，俺们拿得这些东西足够大伙吃了！林店主，你快拿去叫伙计们张罗吧！”

中午，林家客栈院内摆着几排几案，案周围坐着曾患耳目痹病的老人们，兴奋地交谈着。秦越人手端酒碗说：“各位父老乡亲！今天是中秋节，中秋节是庆地丰月圆的日子。我在这里祝大家耳聪目明、永远健康，粮丰子孝、阖家幸福！”

众人举碗说：“俺们祝秦神医德行天下、术誉四方，永远健康！”

秦越人满面笑容说：“来！咱们共祝同干！”

欢乐的笑声此起彼伏，围观的人群兴奋异常，将秦越人治愈老人耳目痹病的消息传往四方。闻讯而至的患者和来看稀罕的人络绎不绝，天天都挤满林家客栈。

在李店一带欢庆秦越人治愈老人耳目痹病的同时，雒阳城内的毛太宰却为母亲得了一种奇怪的病上愁。她天天哭闹不止，搅得府内上下惊慌不安。毛太宰是个孝子，为此既无法上朝理事，也无可奈何，夜夜和衣睡在府内书房。这一日夜晚，他伺候母亲吃下太医开的药，又和衣伏案而眠，刚入梦乡，侍从官杞侗又进门禀告："禀相爷，太夫人吃了太医的药只睡了两个时辰，现在又哭闹起来了，夫人让您过去看看。"

毛太宰揉眼起身，愁眉苦脸地自语："到处求医问卜，家母之病仍不见好，这可让我咋办呢？"

杞侗进言说："在下听说，神医扁鹊现在城外七十里的李店村行医，是否把他请来给太夫人瞧瞧呢？"

毛丞相转转眼珠说："真是家事国事忙昏了头，我咋没想到去请神医扁鹊，来给老夫人瞧病呢？"说毕，吩咐杞侗，"你多带银两，速去套马车到李店村去请神医扁鹊！"

杞侗闻言，转身飞跑而去。

住在李店村林家客栈的秦越人，忙了一上午，师徒们正在洗脸，林店主和伙计便用条盘端着饭菜摆到迎门的案几上。秦越人抽抽鼻子，转身边擦脸边瞧着桌上丰盛的饭菜和散发着酒香的酒壶说："林店主，你怎么上了这么多酒菜呀？"

林店主笑着说："神医休怪，这都是中秋节那天，乡亲们给您送来的东西！你们不吃，俺咋处理啊？"

秦越人说："那些东西，不是中秋节都让大伙吃了吗？"

林店主笑着说："是吃啦，但没吃完。这两天又有人送，俺实在拦不住哇！"

秦越人皱眉说："大伙的心意我领了。这荒年饥月的，乡亲们连肚子还填不饱，我们师徒哪能随便动酒肉哇？你还是代我，将大家送来的东西送还给大家吧！"

林店主为难地说："大家送东西，放下就走，又没写名姓，您让俺咋送咋还哪？"

秦越人皱眉思索了一会儿说："我有一个馊主意。"

林店主紧问："啥主意？"

秦越人笑着说："你在门口挂块牌子，上面写一句话：'凡送礼者，本医概不治！'准能治住送礼风。"

林店主兴奋地说："这个主意高！也解除了俺担心东西放坏的愁。"

子舆、子阳和子游嘻嘻笑着说："师父这招，准灵！"

佚妹插话说："让子游站在门口把着，凡送礼的不让他们进门。"

子游苦脸说："师娘，干这事得让俺师兄们干。当地人都认得俺，告到俺爷爷那儿，还不来揍俺！"

秦越人哈哈笑着学当地话说："快叨、快叨，饭菜都凉了！"

林店主见师徒几个狼吞虎咽吃起来，忙拉着伙计离去。但刚走一会儿，又慌慌回来进门，指着身后一身鲜亮官衣的杞侗禀告："神医，这是毛太宰府侍官杞桐，他奉命来请您进城哩！"

杞侗上前施礼说："在下是毛太宰府侍从官杞侗，奉太宰之命，特来请神医去给老夫人诊病！"说着奉上五十两医资。

秦越人看了，放下手中正吃的馍站起说："医资你先收起，待治好病后再说！"然后对子阳说："你快去收拾药箱吧！咱们马上走。"

子游说："师父，您还没吃完饭呢？"

秦越人瞪一眼子游说："医家以患者为本，少吃一顿饭算什么？"

子游红着脸不敢再言，佚妹递上路途御寒和换洗的衣衫说："天凉了，夫君注意早晚加衣。"

秦越人点点头，对佚妹、子舆、子游说："这里的事，就交给你们仨了。要注意观察已治好的老人耳目病，看有没有反复再犯的现象？找出原因，做好医案！"说毕随着林店主和杞侗出门，与子阳一同登上停在门口的马车。

子舆、子游说："师父放心，俺一定细心诊治患者！"

秦越人从车上向站在门口送行的佚妹、子舆、子游和林店主挥手说："你们快回吧，我诊过太夫人的病，很快就回来！"

太宰，是周天子众臣中仅次于丞相的朝廷要臣，太宰府自然气派非凡。秦越人和子阳在杞桐引领下，进府见过毛太宰，便直奔府内太夫人卧房。西斜日光中，陈设豪华的卧室内，秦越人坐在床前一个圆凳上，翻看躺在床上呻吟不止的太夫人眼帘、观察舌苔，然后凝神诊脉寸口，片刻后对躬身站在旁边的毛太宰和夫人说："此病为'着恼病'，因医籍无记载，常为医家所难辨。"

毛太宰皱着眉问："啥叫着恼病，因何而生呢？"

秦越人眨眨眼说："得这种病的人，有两种情况：一是先富后贫或先贵后贱；二是先贫后富或先贱后贵。先富先贵者因骤贫骤贱生活不适，而生怨气暴忧暴怒，伤及五脏寝卧难安；先贫先贱者因骤富骤贵而不安，担心失去而多思，产生暴忧暴怒，伤及五脏久积成病患。"

秦越人停了一会儿，用眼睛盯着毛太宰审视一会儿说："如果我没猜错，太夫人之症属于后者。"他不待毛太宰接言，继续说，"太夫人久处贫寒之境，突入相府不适，闻听官场险恶，担心儿孙安危而积忧成患。"

毛太宰听了眉惊神暗，默然不语，妻妾儿女交头耳语。

秦越人接着说：“多思伤脾，多忧伤肺，多怒则伤肝，忧时多食又伤胃，因此暴怒无常、喜泣不能自抑。久拖不愈，将昏迷不省人事，咳血吐痰而终。”

毛太宰长叹一口气，眼涌热泪连连点头拱手说：“神医真是断病如神哪！家母原在故乡山村，体壮神盛，自接到府中，先是惊讶，后是忧心，不到一年就精神失常、饮食时多时少了，夜里时哭时笑，半夜常惊悸大叫。恳请神医施妙术，救救吾母哇！”说着，弯膝而跪。

众妻妾子孙也跪地求道：“神医救救我婆母（奶奶）吧！”

秦越人慌忙起身扶起毛太宰和众人说：“太宰大人不必担忧，在下一定使太夫人康复如初！”说毕转身对子阳吩咐：“先煎服‘姜附汤’以散邪，后服金液丹以保脾胃，再服延寿丹补元气。”

子阳遵师嘱去配药、煎药。秦越人则挽袖灸治脾虚的中府穴各二百壮，灸肾虚的关元穴三百壮。做过针灸按摩后，子阳将煎好的药一一喂服，不一会儿老夫人便安然睡去。

老夫人安静了，毛府上下也安静了。这一夜，毛太宰也脱衣睡了个安稳觉。

三天后清晨，侍从官杞侗兴冲冲走进正在住屋内翻看医简的秦越人近前说：“禀神医，太夫人自吃了您的药和按摩针灸后，天天夜里安睡，现在已经起床。太宰大人叫您过去，一块吃饭哩。”

秦越人听了笑笑，放下医简说：“子阳，咱们先去看看太夫人吧。”

初阳照窗，太夫人坐在床沿上，在两个侍女伺候下正在吃粥。秦越人带着子阳进门拱手施礼说：“村野游医秦越人，给太夫人请安！”

太夫人闻言高兴地放下碗站起迎上说：“啊，您就是神医扁鹊呀？您的药真管用，这三天，俺天天晚上睡得都挺香！”

秦越人笑着说：“让太夫人见笑了。我再给您号号脉吧？”

太夫人兴奋地说：“好、好！”便挽起袖口坐到床上，将手臂放在侍女垫好的枕头上。

秦越人坐到近前按住太夫人的寸口，凝神诊脉。

太夫人瞧着白发白须、慈眉善目、满脸红光的秦越人，笑着说：“秦神医，俺在老家的时候就知道您的大名。乡亲们把您都传神啦！”

秦越人一边给太夫人号脉一边问：“乡亲们都说我啥话？”

太夫人眉飞色舞说：“有的说您是一只仙鸟，有的说您是人头鸟身子，看病用嘴叼着针扎人。这回俺可知道了，您原来是个白胡子老头！哈哈哈……”开心地笑着。

秦越人诊过寸口之脉后，笑着说：“我若是人头鸟身，用嘴叼着针扎人，那不成怪物啦？”

太夫人嘎嘎笑得前仰后合说：“是哩，俺就觉得怪，人头鸟身咋给人号脉开药呢？今天看到你这真人，才知道那都是人们瞎猜乱编派哩！”

这时毛太宰进门，用手拽一下母亲的衣角说：“娘，别乱说！”

太夫人瞅一眼儿子说：“神医还不嫌娘说的话哩，你乱拽啥？”

秦越人哈哈笑道：“太夫人，世人给我瞎编派，您见了乡亲们，可得给我正正名啊！你亲眼见了，我不是鸟，也不是人头鸟身子，是个跟大家一样的大活人哪！”

屋内人听了，都被逗得跟着大笑。

太夫人笑着擦泪花说：“你这神医真逗，不光给人看病，还会说笑话哩！”

秦越人笑着说：“俗话讲，笑一笑十年少。太夫人天天这么乐，啥病也得被您乐跑了！”

太夫人止住笑说：“神医，您告诉俺实话，俺这病还有治呗？”

秦越人笑笑说：“太夫人，我说句敞亮话，您没啥大病，是住在这太宰府里憋屈的。吃几服药，再养几天身子骨，回老家住上一阵子，我保你比谁都结实！”

太夫人一拍手说：“对、对！您这话可说到俺心里了！”然后扭头对毛太宰说：“儿啊，你听到没有？娘没病，是娘住不惯你这太宰府，出来进去一群人跟着，像看罪犯似的！等娘吃神医的药好了，你就把娘送回老家吧！行不行？”

毛太宰笑着连连点头说：“好、好，我听娘的。等娘好利落了，我再不让您在这儿受憋屈了！”

秦越人听了说：“太宰大人，在下真羡慕您有这样朴实善良的娘啊！”

毛太宰动情地说：“俺娘生俺兄弟姊妹八个，受尽了人间苦难。俺现在有权有位，想让娘来享享清福，没想到反把老人家害了！”

秦越人说：“不能这样说，您也是好意！但人都有自己喜欢的生活环境，太夫人一辈子在苦难中挣扎，与周围的山河草木、乡邻亲友已有了无法割舍的情感。这就像长在荒野的大树，在原地长着年年枝繁叶茂，若将它移到窄小庭院，就会枯萎死亡。”

太夫人呵呵笑着说：“儿啊，你听这神医讲得多在理儿，你咋还不如神医了解娘呢？”

毛太宰红脸说：“娘，您就别挤对我了。以后您咋说，我就咋做行不行？”

太夫人得意地说：“这就对了！孝顺孝顺，顺着娘的意，你就是个大孝子！”

在场的人听了，乐得哈哈笑。

又一个清晨，秦越人在毛太宰陪同下，边向餐厅走边说：“太宰大人，我观太夫人的病已好六七了，再吃三天药就会痊愈了。吃过早饭，在下就想带弟子回李店了。”

毛太宰吃惊地说："这可不行！您刚来五天，哪能走呢？怎么也得等家母康复后再离开呀。"

秦越人笑着解释说："不是在下不想待在贵府，而是李店那一带，还有不少患耳目病的老人等着去医治呢！"

毛太宰为难地说："我若让您离去，家母得知肯定又会闹个不休？"

秦越人理解地点点头说："那在下就再住两天，等太夫人病情稳定了，再走！"

毛太宰转忧为喜说："我听杞桐说，秦神医和子阳是第一次到京都。吃过饭，我让他陪您师徒到城内各处去转转吧？"

秦越人拱手谢道："恭敬不如从命。"

繁华的周天子都城内，店铺林立，楼阁相衔，街上人来人往。周天子虽然日渐衰败，京城的繁华却胜过诸侯之都。

秦越人在杞侗陪同下，看了这处看那处，子阳兴奋地东张西望。

他们走到城内南街一座气派的楼前，发现人们正在兴奋地观看要猴，就挤上前去观看。难得休闲的秦越人，被猴子们做得各种滑稽动作逗得前仰后合。

满头大汗骑马奔进城内的子术，在马上发现人群中站着白发白须的师父，跳下马挤进人群，拽住秦越人就向外拉。

秦越人扭头发现是子术，惊奇地问："啊，子术，你怎么也到这里来啦？"

将秦越人拉出人群后，子术擦把汗说："师父，大事不好了！"

秦越人迅速地转着眼珠，焦急地问："你在虢国出了什么事？"

子术泪流满面哽咽着说："不是虢国！是艾、艾仙爷爷，师娘的爹去世了——"

秦越人闻言，顿时犹如五雷轰顶，长泣一声倒进子术怀中。

第三十章
祭艾仙帝丘街头斗恶巫

阴云密布的秋空下，汤邑夏家庄村北田野中，一座插着被风吹雨淋变得哀凄的哭丧棒和引魂幡的新坟前，立着一幢字迹鲜艳的石碑，上书“艾仙夏子济之墓”七个大字，墓碑前摆着丰盛的祭果和祭食。

身穿孝衣、满脸泪水的佚妹一边插着祭香一边拉着长声悲切泣哭：“俺可怜的爹呀，咋不等见闺女一面就走了呀——”“您含辛茹苦把俺拉扯大，没沾闺女一点儿光啊——”“您救人无数，为啥不知道心疼自己呢——”身后跪着身穿孝衣的子舆和子游。

秋生、榆树二位老人和众乡亲围在周围，有的劝，有的拽，但佚妹固执地用头叩地，用手扒土。众人看到佚妹哭得撕心裂肺、痛不欲生的样子，纷纷擦眼抹泪。

榆树着急地跺着脚说：“这可咋办哪？秦神医不在，桃花都在坟上哭了三天三夜了，一点儿东西不进，万一有个好歹，咱们咋交代呀？”

秋生老汉急得搓手在地上转圈，猛抬头发现大路上奔来三个疾飞的骑马人，回头拽拽陪师母痛哭的子舆说：“子舆快去看看，路上有三个骑马的人，是不是你师父？”

子舆抹着泪水刚刚穿过人群，满脸泪水横流的秦越人已带着弟子子术、子阳骑马奔到近前，口中喊着：“恩师义父——”就滚下马扑到墓碑前号啕大哭起来。

子术、子阳也相随跪地哭叫：“师爷，俺们来迟了！”

众乡亲在秋生、榆树指挥下，七手八脚将备好的孝衣孝帽孝鞋给他们三人穿上，凄悲之声哭成一片。

阴云密布的天空好像被孝子孝女们的哭声感动，突然下起连线雨珠。众乡亲上前拉秦越人、佚妹和众弟子回家，他们却哭得更痛更惨。

秋生榆树眼见人人成了落汤鸡，找夏氏族长夏牛圈和几个老人商量了一下，大声喊道：“乡亲们，咱们已经失去艾仙，再不能让艾姑和恩人秦神医被雨淋坏了！大家动手，快把他们抬回村里去！”

众人一拥而上将秦越人和佚妹抬起，不管如何挣扎哭喊，在雨中向村内奔跑。身后的墓碑和新坟在雨雾中变得模糊与冷清。

回到艾仙院内，众人将秦越人和佚妹放到堂屋炕上，给他们脱下淋湿的衣裳，换上干净衣裳，二人又哭成一团。悲凄的乡亲们有的择菜、洗菜，有的和面蒸馍，有的挑水、抱柴烧火，有的洗盘子洗碗，一派忙碌。

艾家堂屋内陈设依旧，换上干净衣服戴孝布的子术等弟子恭立地上流泪。夏氏族长牛圈和秋生、榆树等几个长者，有的坐在地上蒲团，有的坐在炕边，有的圪蹴在门旁墙角，不时望望炕上哭得声嘶力竭的佚妹和秦越人发出哀叹。

坐在炕边的夏族长对哽咽的佚妹说："闺女，你可不能再哭了。你爹不在了，你就是家里当家人。你要有个三长两短，俺们咋对得起艾仙大哥呀？"

榆树流着泪说："桃花，你不吃不喝，一句话不说，让俺们可咋办哪？"

桃花长泣一声坐起，边哭边问："夏叔，俺爹从没得过病，咋会突然就死了呢？"说着又抱头大哭。

"唉——"夏族长长叹一声说，"天有不测风云啊！"然后轻咳一声说，"闺女，你爹他是在睡梦中去世的呀！"说着泪流满面。

桃花抹把满脸泪水问："当时，谁守在他身旁？"

夏族长擦着泪说："没人在身旁。头天晚上俺们还在一块聊天，谁知道第二天天明有人来找他看病，竟发现他已撒手走了！事先没一点儿征兆，若有一点儿不寻常，大伯也会派人去叫你回来呀！"

佚妹哽咽着又问："俺爹他，可给俺留下什么话？"

夏族长长长出一口气说："要说留话了，他合眼的时候大叔没在身边；要说没留话，他去世前几天，可没少念叨你和秦神医呀！"

佚妹擦把红肿眼睛上如泉的泪水，急切地问："夏叔，俺爹都念叨俺们啥了？"

夏族长干咳一声，颤抖着说："他说，他说他这一生有两件出心事，两件遗憾事。"

佚妹一怔，哽咽着再问："哪两件出心事，哪两件遗憾事？"

夏族长说："两件出心事，一是他一生行医出心，二是让你跟了秦神医出心。"

佚妹脸红了一下又问："那两件遗憾事呢？"

夏族长望一眼秋生、榆树说："你爹说两件遗憾事的时候，你秋生叔和榆树叔也在场，让他们说说吧！"

众人把目光都投向秋生和榆树，秋生用衣襟擦去眼中的泪，"咳、咳"着清清嗓子说："一是他一生忙着行医，没照顾好你娘，后悔；二是没给你和秦神医办个像样的婚礼，觉得对不起你们！"

"爹呀——疼俺惦俺的可怜的爹呀——"佚妹一声长涕，晕倒炕上。

“爱妻——”秦越人惊叫一声翻身而起，将佚妹紧紧抱在怀中。

子术、子阳慌忙上前，有的掐人中，有的按脚心……

夜幕降临了，雨仍在下。灯光下，坐在炕上的秦越人一手揽着佚妹，一手用木勺向佚妹口中喂药。佚妹慢慢睁开眼，用感激和爱昵的目光望着秦越人的白发白须和消瘦脸庞上红肿泪汪汪的眼睛说：“夫君，俺没事了，你也歇会儿吧。”

秦越人摇摇头说：“爱妻，是越人让义父留下人生憾事啊！”说着泪如雨下。

佚妹一边落泪一边伸手给秦越人擦着泪说：“夫君不必过责，俺理解你的难处。”

秦越人紧紧将佚妹抱住说：“知我者莫如妻妹。只是越人觉得，愧对义父艾仙在天之灵和你呀！”

佚妹哽咽着抱紧秦越人说：“爹听了这句话，也该在地下瞑目了！只要你我长相守，岂在乎人世繁礼俗仪。”

秦越人感动地说：“你能如此想，我心轻矣。”然后话锋一转说，“义父已仙逝安葬，咱们往下该做哪些祭事呢？”

佚妹流泪坐起说：“俺爹只有俺这一个女儿，去世也未守在身边。按照乡俗，俺要在坟前守孝三年！”

秦越人点点头说：“我陪你守孝。”

佚妹感激地说：“夫君能陪俺守孝，说明俺爹生前没有看错人！”

秦越人说：“你说哪里话？义父待我，如亲生，不仅把《艾经》传给我，还将你许配给越人。我若不为义父‘依庐泣血’守孝，还怎么立世为人哪？”

佚妹动情地再次抱紧秦越人说：“夫君，有你这番话，为妻终生足矣！”

秦越人望着佚妹的泪眼说：“明天我想让子术先走。”

佚妹说：“夫君说得对，为人臣子不能在外久留。虢君暴虐，更要让他早点回国复命。”

秦越人皱眉慢语说：“子术，他不想再回虢国了。”

佚妹吃惊地问：“为什么呢？”

秦越人说：“他离开虢都时，郑国大军已陈兵城外了。虢国上下正在备战。”

佚妹关心地问：“他不回虢国，那他的妻子咋办哪？”

秦越人思忖着说：“子术看着憨木，遇事还是很有主见的。他接到义父去世的消息，就借口给你我送信辞别了虢君。离开前，已暗中嘱咐妻子秋枝化装出城，前往蓬山了！”

佚妹松口气说：“子术妻子人生地不熟，又是一个年轻弱女子，在兵荒马乱中独自前往蓬山，路上万一出了事咋办？那就快点让他回蓬山吧！”

秦越人说：“我也是这么想的。咱们俩守孝，也用不着这么多弟子相随，明天让子术带子游也回蓬山，留下子舆、子阳帮助照应内外。你说行不？”

佚妹点点头说：“一切都听夫君安排。”

清晨，艾家院内树叶发黄的榕花树下，站着夏族长和秋生、榆树等几位愁苦的老人。秋生问：“夏哥，你让俺领着年轻人去坟上搭草屋，是啥意思？这事，与桃花和秦神医商量过没有？”

夏族长摇摇头叹气说：“商量了，他们要‘依庐泣血’！”

榆树吃惊地说：“夏族长，这事你可不能答应啊？”

夏族长愁苦说：“我是不答应，可秦神医和桃花坚持要‘依庐泣血’呀？”

秋生不解地说：“自古没这个理呀！周礼只规定孝子‘依庐泣血’，哪有闺女女婿‘依庐泣血’之说呀？”

夏族长说：“这理，俺也给秦神医和桃花讲啦。桃花说她爹没儿子，她就是儿子；秦神医说艾仙生前待他如子，他也要代子‘依庐泣血’！”

站在夏族长身后的子舆听了，问：“夏爷爷，啥叫‘依庐泣血’呀？”

夏族长说：“‘依庐泣血’是周天子颁布的丧礼。父母去世后，孝子要在父母坟旁搭个柴屋住下，夜枕土坯或石块而眠，天天上香献祭，哭泣守孝三年，非丧事不说话，表达对逝者的怀念和孝敬。”

子舆吃惊地说：“俺那里只戴孝三年，守孝‘七七’，没听说有这理呀？”

秋生气愤地说：“这周天子也太混蛋了！用死人治活人。咱种地人若守在坟前三年，地还不荒了，一家老小吃啥喝啥呀？”

子舆忧心地说：“天下那么多有病的人等着俺师父去医治哩，若让他守在这里三年，不知世上要多死多少人哪？”

夏族长说：“我昨晚好说歹说磨破嘴，桃花才松口说，至少要‘依庐泣血’守孝百日！”

榆树担忧地说：“秋深地光了，天说凉就凉，守在坟前一百天，那就是要熬过这个冬天哪！”

秋生不安地说：“夏族长，你再叫几个族人去劝劝桃花，让她和秦神医在家里守孝百日行不行？那漫天地里若刮起西北风、下起大雪，还不把守孝人冻死啊！”

夏族长无奈地摇头说：“你们都知道，桃花是个性刚有主见的人。再劝下去，她若反悔，坚持‘依庐泣血’守孝三年，让我这个当族长的可咋办呢？你们还是赶快叫人去搭庐屋吧！”

秋生、榆树等老人听了，悻悻离去。

草屋好搭，不到半天就落成。秦越人和佚妹知道了，就让子舆子阳抱着被褥移到艾仙坟前去守孝了，任谁劝也不听。事已至此，众人叮咛子舆子阳好好照护佚妹、秦越人衣食，也就各自回家了。

初冬阳光下，艾仙坟旁在用木棍和柴草搭起的一个小屋内，坐着身穿孝衣的佚妹和秦越人。小屋外的艾仙墓碑前摆着丰盛的供果，燃着祭香。头扎孝带的子阳坐在焚香前，望着袅袅的烟雾出神。

五日后，红日又照当头。子舆提着饭食来到墓旁小屋内，佚妹亲手盛好饭菜，与秦越人一起走到墓前，双手举祭后跪地放到墓碑前叩头说："爹（义父），请叨（用）饭吧。"说毕泪如泉涌。

子舆、子阳拉起师父师娘，扶进柴屋内。秦越人和佚妹又坐回到原处垂泪。子舆、子阳将盛好的饭菜双手送到师父、师娘面前说："师父、师娘，吃点东西吧。老这样悲伤，会把身体拖垮的。"

秦越人擦把泪对佚妹说："他们说得对，你吃点吧！"

神情恍惚的佚妹摇摇头说："俺不饿。"又流泪。

秦越人见状，放下手中的碗和馍，陪着佚妹落泪。

天黑了，子舆和子阳回到师娘家中。点亮灯，子舆愁眉苦脸坐到炕沿上，子阳靠门蹲在地上，也无心吃饭休息，望着案几上已放凉的饭菜和馍发呆。

子阳说："师兄，师父师娘天天不肯吃饭，咱们可咋办哪？"

子舆睨一眼子阳说："你平时能说会道的，咋到这时候也没话劝了？"

子阳说："俺看见师父师娘不停地流泪，俺老想哭。"

子舆说："俺本来就嘴笨，心里一难受，就更说不出话啦！"

这时，夏族长和秋生、榆树三个老人进门，子舆、子阳慌忙站起迎住。秋生望了望案几上发干的馍和发坨的饭菜说："怎么，你师父师娘今天还是不肯叨（吃）饭？"

子阳点点头说："他们只喝了几口粥，菜和馍一点儿没动。"

"唉——"榆树长叹一声说，"说话就立冬了，漫天地里那么凉，肚里没物哪受得了呀？"

秋生忧心地说："哪有他们这么居忧（即居家服丧）的，天天'依庐泣血'，连饭也不肯吃呢？"

夏族长一跺脚说："咳！明天咱们再到坟上去劝劝，说啥也得让他们俩吃东西呀！"

夏族长和秋生老人坐了一会儿走了，子舆和子阳互相望望，只好上炕睡觉。

老天爷不同情守坟人疾苦，该刮风刮风，该下雪下雪。刚过半夜，天上就飘起雪花，到黎明，西北风卷着漫天飞雪，发出"呜呜"的吼叫声，在艾仙坟头打旋，将坟旁用木棍和秸草搭建的庐屋掀掉刮飞，地上只剩下四根木柱。蒙被而卧睡的佚妹："啊呀——"一声惊叫坐起，死死拽住被刮得飞舞的被子。

秦越人惊慌抱住浑身发抖的佚妹说："别怕，有我呢！"

佚妹偎到秦越人怀里，上下牙齿打战说："夫、夫君，我、我冷！"

秦越人用两床被子将佚妹和自己裹住说："你把手伸进我衣服里暖暖！"

佚妹用手摸着丈夫的胸膛，浑身抖成一团。

秦越人用下颌抵住佚妹的头，打着冷战问："你的头好热，是否发烧了？"

佚妹颤声说："没、没，就、就是冷！"

秦越人望着狂风和飞雪说："你别动，我给你按摩按摩头。"

当他的手触到佚妹的额头时吃惊地说："你的头这么烫，还说不发烧？真的是冻感冒了！"说毕，一边抱紧佚妹一边焦急地望着通往村口的路，远远看到子舆和子阳正顶风冒雪跑来，便喊道："子舆、子阳——"

子舆子阳听到喊声，大喊着："师父、师娘！"奔了过来。走到近前他们才发现，厚雪覆盖的坟旁已无了庐屋，只有几根柱子和柱子中间一堆雪，顿时吓出一身冷汗，凄声喊道："师父、师娘——你们在哪里呀？"

秦越人从雪堆中抬起头说："子舆、子阳，快来救你师娘！"

子舆子阳看见了，立时泪流满面扑了过去问："师娘呢？"

秦越人说："在我怀里。你们快点把雪扒开，被子被冻住了，我动弹不了！"

子舆子阳清开积雪发现厚厚的被子像一个鼓起的硬壳，已与地冻结在一起。他们掀起硬壳，看到被师父双手抱着的佚妹满脸通红已昏迷不醒。

秦越人有气无力地说："子舆，你师娘被冻病了，快抱她回家吧！"

子舆点点头，从地上抽出一条被子将佚妹裹住，抱起就向家中跑去。

子阳给秦越人搓着麻木僵硬的手脚，将师父扶起问："师父，这么大的风雪，您咋不与师娘回家避避呢？"

秦越人说："你师娘守孝心挚，只要神清志醒断不肯回家。待她发烧昏迷，狂风暴雪中我也无力再抱她回家了！"

子阳说："那咱们快走吧，回去救治师娘！"

秦越人活动了一下手脚，走到艾仙墓碑前跪到雪地上哽咽说："义父恩师，桃花已冻病而昏，儿子要回家救治，不能再守在您身边了，万望乞谅！"说毕连叩三个响头，方在子阳搀扶下向村中走去。

子舆抱着师娘，一溜小跑奔回家中，桃花已人事不省。他将师娘放在炕上，便从门外端来雪，用雪搓着她的手脚。

闻讯而至的众乡亲挤满了堂屋，大家望着炕上昏迷不醒的桃花不知所措。

夏族长在地上转着圈说："担心啥事，偏出啥事！桃花病成这样，万一有个好歹，俺咋向她死去的爹娘交代呀？"

秋生着急地问："子舆，你师父咋样，咋还不回来呢？"

冷雪将手冻得红肿的子舆用衣袖擦把脸上的汗，边搓着师娘僵硬的脚边说："他跟子阳在后面哪！"

榆树对屋里的年轻人说："你们别愣着看了，快去接秦神医呀！"

几个青年刚奔出屋门，子阳扶着拄着一根棍子的秦越人进门。

夏族长迎上前着急地说："秦神医，桃花不省人事了，这可咋整啊？"

秦越人喘着粗气望一眼炕上的佚妹和正为佚妹搓脚的子舆，对子阳说："你快去熬一碗姜汤来！"说毕脱鞋上炕，双手从陶盆中抓起雪就搓佚妹的双手。

夏族长纳闷地说："秦神医，桃花手脚冻僵了，你们不用火烤热被焐，咋还用冰雪搓，这不越搓越冷吗？"

秦越人边搓边说："夏叔，这您就不懂了。人冻僵后，用火烤热被焐，由骤冷变骤热，身上气血不通，只有死路一条；用冻雪搓冻手冻脚，这是让她凝固的血脉慢慢变热变软，才能渐渐苏醒！"

秋生听了，对屋内几个年轻妇女说："你们还愣啥？大伙快上炕用雪搓桃花吧！让秦神医和子舆歇会儿。"

几个妇女闻声上炕，替下秦越人和子舆，有的用雪搓桃花的手，有的搓桃花的脸，有的搓桃花的脚。

子阳端来姜汤，妇女们接过一勺一勺喂进桃花口中。

半个多时辰后，桃花轻轻"唷——"了一声，慢慢醒来。她望了望周围的众乡亲，将目光停在守在身边的秦越人脸上，泪如泉涌说："夫君，为妻连累你和乡亲们——"说毕又晕了过去。

秦越人对大伙说："不用再搓了，她缓过来了。"

夏族长着急地说："秦神医，她又昏过去了呀？"

秦越人苦笑一下说："无妨。二十多天了，她每天只吃几口粥，身体太虚弱了，需要慢慢调养。"

子舆端走炕上盛雪的陶盆，收拾干净融化在炕上的雪水，子阳给师娘盖上被子。秦越人下炕拱手说："越人和佚妹，谢谢众乡亲啦！"

大家边向外走边说："不用客气，秦神医有事随时让弟子们叫俺们！"

屋内只剩下秦越人和子舆、子阳了，秦越人动情地说："子舆、子阳，多亏你们及时赶到哇，否则你师娘命危矣！"

子舆子阳自责说："是俺俩夜里睡得死，快天明才发现下大雪。去迟了，让师父师娘受惊受罪了！"

秦越人疲惫地说："子舆多抱点柴来，把炕烧热点；子阳去备好'渗湿汤'，待你师娘醒来让她喝下。我太累太困了，躺下睡会儿。"说着倒在炕上睡去。

子舆帮师父脱掉鞋，将师父移到炕内，盖上被子，蹑手蹑脚关上门离去。

佚妹虽被救活，却连烧不退、虚弱无力，再不能下炕上坟前去守孝了。妻子病重，秦越人不敢离开寸步，日夜照护在身旁，按摩、针灸、喂药。子舆子阳跑进跑出，做饭打水煎药，帮着师父照护师娘，每天上艾仙坟前替师父师娘上祭香送祭食。转眼过了三个月，初春的阳光使大地脱去寒衣，到处暖融融，流散着万物即将复苏的气息。打扫院落的子阳见子舆挑水进院，忙放下手中的扫帚，帮着往水缸里倒水。

子舆说："俺刚才在村里看见，人们开始往地里运粪了。"

子阳说："再有十天，师父师娘就守孝百日期满了，咱们是回蓬山呢，还是再到其他地方去游医？"

子舆忧心地说："师娘大病一场，到现在还没完全恢复，这几天每天又到坟上哭一场，俺看还得将养一阵子才能走。"

子阳瞧瞧静无一人的院落，问："师兄，你把夏族长说的事，告诉师父了没有？"

子舆小声说："那哪能告诉？师父知道了，准得带咱们走，留下师娘一个人，病歪歪的咋生活呀？"

这时秦越人从堂屋出来，盯着聚在一起小声说话的子舆和子阳看了一会儿问："你们俩嘀嘀咕咕说啥呢？"

子舆扭头看到师父，红脸说："没说啥。"

秦越人闪闪眼帘，走到子舆子阳近前问："你们俩有事瞒着我？"

子舆抬起头，慌乱地说："没、没有。"

秦越人沉下脸说："快告诉我，是村里发生了什么事，还是蓬山医坊出了事？"

子舆连连摇头说："没、真没事！"

秦越人又问子阳："你说，出了什么事？"

子阳慌乱地说："俺不知道，没事！"

秦越人生气地说："我的弟子都不会说谎。啥事也没有，你们俩咋这样语不成句？"

走出堂屋的佚妹扶着门框，盯着子舆和子阳说："有啥事，你们俩就快告诉师父吧，免得让他着急。"

子舆低头迟疑了一会儿，才抬头说："夏爷爷和秋生爷爷，不让俺们告诉您和师娘。"

秦越人一愣，问："我说这些天咋不见夏族长和村里人登门了，到底发生了什么事？"

子阳推推子舆说："师兄，要不咱们就告诉师父吧，省得他亲自去找夏爷爷问了？"

子舆涨红着脸思忖说："离咱这儿一百多里的帝丘（今河南濮阳），闹黑死病了。来了几班人找师父，都被夏爷爷和秋生爷爷挡走了。他们说，师父和师娘正守孝，不让外人打搅。"

秦越人一怔问："黑死病？什么症状？"

子舆愁苦着脸说："听来的老乡讲，黑死病是田里一种背上有黑线的田鼠传的病。因为人一摸它就生病，得病后不到几天就死，老百姓们就叫它‘黑死病’，已经死了好多人……”

秦越人闻言，双眉紧锁，背着手在地上踱来踱去。

子舆埋怨子阳说：“你让俺告诉师父，这下可好，又让师父神情不安了！”

子阳想解释，佚妹用眼神止住说：“你师父这个人，你们还不知道，一听说哪里有了灾病，就把他的魂勾走了！”

秦越人张口欲辩，佚妹接着说：“你甭说，俺知道医家以治病救人为本，永远立身于民。你若想去，就去，能陪俺给爹守孝三个月，爹在地下也知足了！”说着，又抹泪哭起来。

秦越人安慰佚妹说：“你别哭。你一哭，我该去也不能去了！”

佚妹哭着说：“俺知道，治病救人在你心里比天都大。为妻不是不愿意你去救人，只是、只是可怜俺那临死也没有见上一面的爹呀——”说着泣不成声，又晕倒在地。

在调治和照护佚妹中，又迎来夜幕降临。灯下，秦越人抱着泪流满面的佚妹说：“不是我不愿陪你为义父守孝，自古忠孝不能双全。我去救治病难民众，就是对义父在天之灵最大的孝敬、最好的告慰呀！”

佚妹理解地点点头，挣扎着坐起擦把泪说：“你说得都对，是俺拖累了你。只恨俺这身子骨不争气，不能陪你一块去治病患了。”

秦越人闻言感动得眼涌热泪，声音哽咽地说：“爱妻病未痊愈，为夫本该在家相守啊！”

佚妹泪水如河，扑进秦越人怀里说：“你不用担心俺，俺能自己照顾自己。你明天，就带着两个弟子走吧！”

秦越人忍泪用力攥住佚妹的手说：“不行。留下子舆陪你，我与子阳快去快回！”然后歉意地说，“只是这样，就不能实现我守孝百日的诺言了？”

佚妹望着秦越人恋恋不舍的目光说：“夫君，你放心去吧！俺每天上坟献祭时，替你给爹多上炷香，只盼你早日归来！”

秦越人低头吻着佚妹说：“好妻子，为夫记下了。”

佚妹幸福地享受着丈夫的亲吻说：“明天，让子阳把家里存的艾香、艾丸多带些，有驱瘟杀毒疗效。”

帝丘，是卫国都城。一日下午，秦越人与弟子子阳牵马来到帝丘城外三里屯街头。发现家家闭门，人迹稀少，哭声此起彼伏。

一个妇女抱着用布巾包裹的孩子迎面走来，子阳上前施礼问道：“大嫂，你是去求医吗？”

那妇女惊疑地上下打量了一眼陌生的子阳说：“你才去求医呢！”说毕，仓皇而去。

秦越人笑笑说：“子阳，你怎么连话也不会说了，哪有见人就问人家求医呢？”

子阳明白自己的话犯了忌，红着脸说：“俺只想着快点救人了，却让这位大嫂呛了脸。咱在这里又没认识的人，咋开诊呢？”

秦越人回头拍拍马背上的医幌说：“到十字街头，挂上咱们的招牌，师父就和你摆摊开诊了！”

子阳说：“那哪行，师父这么大的名气，哪有摆地摊行医的？”

秦越人呵呵笑着说：“咱们本来就是游医，哪来那么多臭讲究？”

子阳争辩道：“不是讲究，把您累坏了，俺回去咋向师娘和师兄们交代呀？”

秦越人捋着胡子说：“师父没那么娇贵。快点去摆摊开诊吧！”

子阳不敢再争辩，牵马走到十字街，就卸下东西，找根棍子挑起医幌，摆起药摊。

秦越人从马上拽下行李坐下，子阳站着扬手向路过的客人喊道：“过往乡亲们，蓬山神医扁鹊到此行医，专治黑死病。哪位家里有病人，快送来让俺师父给瞧瞧！”

往来行客驻足观看。有的说：“快看，这个小伙子说那个白胡子老头是神医扁鹊！”有的说：“模样长得倒挺慈善，是不是神医扁鹊谁知道哇？”有的说：“五天前，也有几个在这儿摆摊行医的，说是蓬山神医扁鹊，结果卖的药不治病还把人给治死了！”有的说：“这乱世道，用啥法骗钱的人都有，连郎中也有冒充的了！快走吧。”

秦越人听了笑笑不语，子阳却沉不住气了，红着脸说：“谁说俺们是冒充骗钱的，说出根据来让大家听听！”

语音刚落，从人群背后冲进一个手拿棍棒身穿孝衣的青年，怒眉圆瞪指着子阳怒斥道：“咋着，今天你们换换人，就以为乡亲们又来上当受骗啦？”

子阳赔笑上前说：“这位兄弟，说话咋能这样伤人？俺们刚从汤邑来到贵地，咋能说是换人来骗人呢？”

那青年用棍子指着子阳身后的招幌说：“五天前你们在这儿摆摊卖药，也是打得这面幌子。乡亲们以为真是神医扁鹊来卖药，争相购买，哪知吃了你们药的人，不到两天就死了十几口啊！”说着，怒火难耐，举棍子打掉医幌，又向地上的布单上摆的各种药粉、药末、药丹、药丸怒打起来。

众人见状纷纷退后躲闪，子阳不顾棍打，跨步用身体紧紧护住师父。

这时慌慌跑来一个老汉，用双手死死抱住那青年说：“冬瓜！你咋不问青红皂白，就乱打人哪？”

那青年哭喊着挣扎说："叔，你别管俺！俺娘，就是吃了他们这伙人卖的药死的，打死他们俺偿命！"

秦越人推开护着自己的子阳，走上前说："小伙子且息怒，你听我说几句话，再打行不行？"

冬瓜嚎着长声说："你说吧！今天给俺说不清道不明，俺就打死你们俩给俺娘偿命！"

子阳上前欲与那青年争论，被秦越人拽开说："小伙子，你给我说说，五天前在这儿摆摊行医的几个人，都长什么模样？"

冬瓜拧着脖子说："四个人，一男一女、俩小伙子。那个岁数大的男人，也留着和你一样的长白胡子，说是蓬山神医扁鹊！"

秦越人一怔，眨眨眼说："他们卖给你的是什么药，能拿来让在下看看吗？"

冬瓜伸手从兜里抓出一把药丸，扔在地上说："看吧！这就是他们卖给俺的药。还说连吃三天，黑死病就好，俺娘只吃了一天，夜里就归天了呀——"说着蹲在地上大哭。

秦越人从地上捡起几个黑药粒，认真看了看，用手碾碎，放在鼻子下闻闻，又伸出舌头舔了一点儿在口中回味一番，伸手送到众人面前，神色严肃地说："这确实不是药！这是用烟筒灰、面粉加蜂蜜搅拌，搓成的黑蛋蛋，咋能治病呢？"然后又弯腰从地上捡起几颗被冬瓜棍子打得散滚地上的自己带来的药丸，也送到众人面前说："大家闻闻，我这药名叫'草神丹'。由川附子、吴茱萸、肉桂、琥珀、辰砂、麝香六味药配成，专治阴毒伤寒、脾泄暴注、发烧呕吐、便血尿血症。"

众人有的接过秦越人送的药丸观看，有的从地上捡起冬瓜扔的药丸比较观看了一会儿，顿时议论纷纷。有的说："真药假药，就是不一样。"有的说："冬瓜这回可冤枉好人啦！"有的说："也难怪冬瓜这孩子发怒，谁娘被治死了，不气不急呀？"……

秦越人听着众人议论说："乡亲们若不信，把我的药拿回去，给发烧呕吐、便血尿血的病人，吃下去试试？"

冬瓜梗着脖子说："乡亲们，千万不能信他们的话！你买了他们的药，他们跑了，吃药出了事，咱们找谁去？！"

秦越人笑笑说："本人既来贵地行医，就住在这儿了。谁家有病人，不用掏钱买，本医奉送。如果吃了我的药病情不见好转，在下甘愿受罚，是送官是赔命任凭众乡亲发落！"

冬瓜叔叔上前抓住秦越人的手赔礼道歉说："愚侄鲁莽，打碎药物，小老儿情愿照价赔偿！还望医家海涵哪。"

秦越人笑着望一眼低头哽咽的冬瓜，摆手说："丧母悲愤，情有可原。现在鼠疫肆虐，众乡亲还是救人要紧哪！”

众人听了，纷纷上前索药。秦越人和子阳从马背卸下药袋，一一分送给大家。

蹲在地上的冬瓜抬起泪脸望望众人，挤到秦越人面前问：“您真是神医扁鹊吗？”

秦越人点点头说：“我和子阳从汤邑赶来，就是帮乡亲们治黑死病的。”

子阳剜一眼冬瓜说：“兄弟你好凶啊！俺要不挡着，你叔不抱住你，俺师父和俺今天就要挨棍打了！”

冬瓜抹一把脸上的泪，拿起地上的棍，红着脸送到秦越人面前说：“神医，俺冤枉您和这位兄弟了，您就打俺一顿吧！”

秦越人哈哈笑着将冬瓜扶起说：“俗话说，不打不相识。你这一打，咱们就成朋友了！”

众人听了齐声哄笑说：“冬瓜，你小子因祸得福，竟成了神医扁鹊的朋友啦！”

冬瓜羞得脸红脖子粗地说：“神医，您既然称俺是朋友，你们就搬到俺家去行医吧？”

众人随声附和说：“对！神医就到冬瓜家去吧，他家只剩他一个人了。”

秦越人难违众意，点点头说：“好，我们就住到冬瓜家里接患开诊！”

冬瓜家内，偌大院内只有三间土墙茅顶北屋。秦越人和子阳、冬瓜一块动手，将屋内打扫干净后，点起两支艾香，就从马上搬进了行囊和药品。东间住秦越人，西间为子阳和冬瓜住室，中间一间为诊室，浓烈的艾烟在屋内弥漫，使失去娘亲沉寂多日的家中又充满生气。

夜深了，秦越人毫无睡意。灯下，他一会儿翻看医简，一会儿望着鸟笼中冬瓜捕来的姬线鼠。这只姬线鼠已被子阳喂过药物，在秦越人凝眉沉思盯视中，趴在笼子里一动不动。

子阳悄然将一碗水放到师父面前，问：“师父，从灌过药后，这老鼠又跑了多大工夫？”

秦越人望一眼子阳说：“他跑了约半个时辰，就趴在那里不动了。”说着用一根柴棍捅捅那只姬线鼠接着说，“你看，它只睁眼，不跑动！”

子阳兴奋地说：“这说明咱们配的药管用！”

秦越人说：“效果是有，但还不理想。要想彻底根除黑鼠疫，必须找一种让姬线黑鼠吃了就毙命的药！”

子阳转着眼珠想了一会儿说：“师父，俺想起一种药材。”

秦越人问：“什么药材？”

子阳说：“咱们蓬山山坡上，长得‘老鼠愁’！”

秦越人恍然大悟说：“对呀，我咋把这种天然治鼠绝药忘了呢？”接着又说，“还有蓬山的黄芪！那也是治鼠疫急需的良药呀。”

子阳不解地问：“黄芪也能毒死姬线鼠吗？”

秦越人摇头说：“老鼠愁是将带鼠疫的老鼠毒死！而黄芪可以将感染鼠疫的人体中的毒症治住！”

子阳惊奇地问：“黄芪真能有这种疗效吗？”

秦越人笑笑说：“凡感染鼠疫的人，本不固，表不稳。黄芪有固本强表的奇效。”接着又说，“你快去叫醒冬瓜，让他骑马星夜去蓬山，让子术送两车老鼠愁和黄芪来！”

冬瓜自母亲去世，已无心生活多日。秦越人师徒到来，给他燃起了生的希望。他听了秦越人的吩咐，接过秦越人写的信，便兴高采烈骑上马连夜奔往蓬山……

蓬山医坊内，忙碌了一上午的子术、子仪、子豹、子游正在吃午饭，焦大媳妇秀谷大呼小叫进门：“子术、子仪，快来接客，你师父派人来啦！”

子术等闻声而出，望着浑身尘土汗水、疲惫牵着马的陌生人冬瓜问：“你是——”

冬瓜从怀中掏出一块汗水浸湿的布巾递给子术，张着干渴的嘴唇说：“信、神医的信。”说完瘫软在地上。

子仪和子游急忙将冬瓜架到厨房门口，给他按摩喂水。

子术打开湿布，只见师父在上面亲笔写道：“子术，帝丘一带发生鼠疫，见信速送两车老鼠愁和黄芪来！秦越人。”

子仪将照护送信人的事交给子游，慌忙围上子术问：“师父在信上说什么？”

子术将信交给子仪说：“帝丘发生鼠疫，师父让速送两车老鼠愁和黄芪去！”

子仪吃惊地说：“咱库里可没有那么多老鼠愁哇！”

子豹着急地说：“这青黄不接的季节，山上的老鼠愁都被乡亲们当柴砍了烧了，咱们去哪儿弄两车老鼠愁呢？”

子术皱眉在地上踱步，师弟们都望着子术发愁。

冬瓜如老牛饮水，“咕咚咕咚”一口气将一碗水喝完，长出一口气说：“真舒服呀——”接着又说，“能给俺拿点吃头吗？”

子游递上一个馍。冬瓜狼吞虎咽，几口就进肚了。

子游说：“慢点吃、慢点吃，有的是。”又递上一个。

冬瓜连吃三个馍后，从地上站起来火急地说：“你们别傻站着了！快点准备‘老鼠愁’装车吧，秦神医叫俺快去快回哩！”

子游说：“你先歇会儿，俺师兄们正想办法呢！”

秀谷看着脸色越来越阴沉的子术问：“大侄子，你师父信上写的啥？看把你愁的。”

子术停住步对秀谷说：“大娘，您快回去告诉俺焦伯，让他帮俺到各家各户去收购老鼠愁，有多少要多少！”

秀谷吃惊地瞪着眼说：“那都是毒药哇，买那么多老鼠愁干啥？”

子术说：“俺知道是毒药。卫国帝丘那一带发生了鼠疫，师父让速送两大车去，毒死传病的老鼠！”

秀谷惊慌地点头说：“哎呀，这大事啊！俺明白了，这就回家，叫你焦伯立马挨家收去！”说完一溜小跑离去。

子仪问：“师兄，咱们现在干什么？”

子术说：“你带子游去库里装黄芪，子豹去村里雇两辆车！”

子仪向库房走了几步，又回来说：“师兄，黄芪好办，咱们库房里有的是，关键是老鼠愁呀！这种药材遍地都是，平时没在意，咱们库里没多存，乡亲们家里也不会有多少，地里现在又没长，这可咋办哪？”

子术思忖了一会儿说：“这样吧，你和子游去村里找几个年轻人，通知蓬山各村各庄，搜集老鼠愁！咱们高价收买。到药库装黄芪的事，让你嫂子秋枝（子术妻）干！我去村里找焦爷爷帮着想想办法。”

子仪媳妇小娥听了，着急地问：“师兄，大家有活干，让俺干啥呀？”

子术笑着说：“你留下看家。”

小娥不服气地说：“师兄，为啥只把俺留下看家？”

子术笑笑说：“你问子仪吧。”

子仪红脸说：“这还不明白，你怀有身孕，师兄怕把你累着呗！”

小娥嘟着嘴瞅一眼子仪说：“都是你惹的祸！”

正在炭窑烧焦炭的焦大，听了妻子讲述秦越人的来信和子术吩咐，立即停下手中活，回家拿出一个木梆子，走上街边敲边大声喊道：“乡亲们注意了！谁家有老鼠愁，赶快送到山神庙前。卫国帝丘发生了鼠疫，秦神医派人来拉老鼠愁！越快越好！”

这焦子村狼家庄的村民们，对秦神医的要求如同圣旨。各家各户听到焦大的喊声，手提盛着老鼠愁的篮子纷纷走出家门。阳光下，山神庙前，秀谷和女儿小梅站在铺在地上的几个大布单前，看着众人向布单上倒老鼠愁。

秀谷发现有不少小孩来看热闹，张着手大声喊道：“各位乡亲们，一定看好自己的孩子，别让他们玩老鼠愁！”

焦老汉拄着拐杖也来到庙前，望着送老鼠愁的众乡亲自语：“秦神医让送两大车，帝丘那地方准是遇到大难了呀！”

站在焦老汉后的韩大山感叹道：“这老鼠传的病最难治，不知又要死多少人哪！”

光棍汉郎小牛边将筐中的老鼠愁倒到布单上边说：“秀谷嫂子，咱们的医生咱们的药，帝丘人将来咋谢咱们哪？”

秀谷生气地说：“好你个小牛！送这么一筐底老鼠愁，就想着让人家报答哩！秦神医治好咱村那么多人的瘟病，让你们谁报答了？”

郎小牛不服气地说：“知恩图报，这是公理。俺说说还不行吗？”

走到庙前的焦大听了，开玩笑说：“小牛，你若能献一大车老鼠愁，俺求秦老弟从帝丘给你带个媳妇回来！”

众人听了，哈哈大笑。小牛红着脸低下头，再不说话了。

子术走来，看到众乡亲往地上单子上倒老鼠愁，一怔问秀谷：“大娘，您怎么不计数就让大家倒呢，俺咋给大家付钱哪？”

秀谷瞅一眼子术说：“付啥钱？这遍地长随便摘的东西，咋还能给钱呢？”

子术着急地说：“大娘，俺不是说了嘛，要高价收购哇！”

焦大一沉脸说：“这蓬山地上长的东西，都是你师父的，你付给谁钱？”

子术涨红脸说：“大家不要钱，师父回来又要训俺啦！”

焦老汉说：“子术，你别怕。你师父回来若为这事训你，俺替你顶着！”

子术感激地望着众人，拱手说：“那俺就替师父，谢谢各位父老乡亲啦！”

师父所要的药备齐了，子术还不放心，叫上子豹一同跟着冬瓜押车前往。

清晨起来，秦越人正在冬瓜家院内活动手脚，子阳从屋里拿着几个空药袋出来，苦着脸说：“师父，咱们没药啦？”

秦越人一怔，停住手脚问：“昨天不是还有不少吗？”

子阳说：“昨天是还有不少，可一天您看了二百多人哪！”

秦越人皱眉思索了一会儿，问：“冬瓜走了几天了？”

子阳眨眨眼说：“今天是第七天了。”

秦越人抬头望着天上的飞云自语：“都七天了，按说他也该回来了呀？”

子阳上愁地说：“那今天没药，咱们咋接患呀？”

秦越人在地上踱了几步说：“这样吧，你现在就到城里去，先采购点药材回来应急。我在这儿继续接诊。”

子阳转愁为喜说：“行！”就拿着空口袋拉起在院角吃草的马向门外走去。

秦越人叮咛说：“子阳，你要快去快回呀！”

子阳点点头，牵马边向门外走边说：“师父，饭在锅里，您先吃吧！”

秦越人望着远去的子阳身影自语：“子阳长大了，能独当一面了。再过两年，让他也独自到外面闯闯去！”

秦越人转身走进灶间，揭开锅盖盛上饭刚要吃，冬瓜领着子术和子豹进门。

子术和子豹喊一声：“师父！”奔到秦越人面前跪倒说，“弟子将您要的

‘老鼠愁’和黄芪送来了！还有一些其他药材。”

秦越人闻声急忙放下手中碗，惊喜地上前扶起子术、子豹，松快地出口长气说：“子术、子豹，你们真是雪中送炭哪！今天师父开诊，已经没药了。”

子术扭头看看四周说：“子阳师弟呢？”

秦越人说：“我担心你们今天来不了，已派他进城去采购药材应急，刚走不久。”

春阳下，冬瓜家门口突然停了两辆装满大小布袋和筐篓的马车，街坊邻居从四面八方聚来观看。冬瓜兴奋地指着车上的药袋子说：“这些药材，都是从蓬山运来的！蓬山人真是热情实在呀，见到秦神医的信，家家户户争相献老鼠愁！不到半天，就装了满满两大车。秦神医的弟子子术、子豹亲自押车，星夜往回赶！”

汉子甲问：“冬瓜，那蓬山山有多高，漂亮吗？”

冬瓜得意地摇头晃脑说：“哎呀，别提多美啦！那山有齐天高，一个连一个，满山遍野都是几搂粗的大树，花呀遍地开，鸟呀到处飞，真是个神仙待的地方啊！”

汉子乙问：“他们那里的人长得啥样，住的吃的和咱们一样呗？”

冬瓜笑眯着眼说：“女人那叫个俊，个个像天仙；男人那叫个壮，个个结实得像犍牛！吃的是山珍细粮，住的是一码到顶的石头房！”

从门里走出来的子术看着比手画脚说蓬山的冬瓜，笑着说：“冬瓜，快招呼乡亲们，帮着卸车往院里搬药材吧。”

冬瓜扭头看见子术，不好意思地涨红着脸说：“他就是跟俺一块来的，神医徒弟子术。大伙来帮把手，帮着卸车吧！”

众人一拥而上，有的扛袋，有的抱筐，向院内搬运药材。

有了药，又增添了郎中，流云遮空下，来自四面八方的诊病人拥满院内。

摆在屋门之外的两张地桌后分别坐着秦越人和子术，给坐到桌前的患者诊脉说病，身后靠墙堆着成堆成垛的药材。冬瓜跑前跑后帮助子豹根据秦越人和子术的吩咐给诊后的患者取药，院内墙头拥满来争相观瞧的人群。

这时，满脸血迹的子阳穿过人群，突然跪倒秦越人面前，喊声：“师父！”泪涌如注。

秦越人停止诊脉，站起绕桌将子阳扶起，打量浑身尘土和满脸血迹的子阳问：“子阳，发生了什么事，谁把你打成这样了？”

子术、子豹、冬瓜也停下手中事围向子阳，院内患者观众惊奇地将子阳团团围住。子阳擦把泪水说：“弟子进城买药，碰到一伙骗子打着师父的招牌在那里骗钱，上去理论。他们不容分说，对众人说俺是个骗子，大家不明真相，就一拥而上抢走了咱的马匹和买的药材，将俺摁倒痛打……”

秦越人闻言紧紧将子阳抱进怀里，眼含泪珠说：“子阳为给众乡亲采购药材，连早饭都没吃就进城。这骗子也太猖狂野蛮了！”

众人闻言，个个义愤填膺。有的说：“这是什么世道，骗子横行，官府怎么不管呢？”有的说：“打着人家的招牌骗钱，还打人家徒弟，真是无法无天了！”有的说：“骗子恶，都是官府宠的！从殷商到现在，他们只信巫不信医！”有的说：“今天咱们大伙就一块进城，找那伙骗子讨个公道去！”

众人的议论勾起了冬瓜对打着秦越人牌子卖假药骗子们的怒火，他气愤地一挥手说：“对！俺娘就是吃了这伙骗子的药死的。乡亲们快回家抄家伙，咱们进城找他们算账去！”

众人听了齐声叫“好”，转身就要回家取棍棒，秦越人神色严肃地上前拦住说：“既然大伙要为在下弟子子阳讨公道，请听越人说几句话！”

冬瓜蹿到凳子上，用手止住众人愤怒声说：“大伙别嚷嚷了，听秦神医说话！”

秦越人拱手向众人转了一圈说：“乡亲们多年受骗子的害和骗，愤怒我理解，更感激众乡亲为徒弟子阳被打抱不平。但拿家伙进城的事，我不同意！那样不仅讨不回公道，还会把事情闹大，给骗子们到官府诬告大家提供口实！现在鼠疫肆虐，几乎家家都有病人，当紧的是治好亲人们的病啊！骗子要惩罚，但决不能为一时冲动，再遭官府的缉拿和问责呀！”

冬瓜不服气地说：“秦神医，照您这么说，那俺娘白死了，子阳兄弟就白挨打啦？”

秦越人意坚声高地说：“不！”

冬瓜说：“不打他们，咋算讨回公道？”

秦越人说：“我带着弟子进城，找那伙骗子当众论医理去！揭穿他们骗人的鬼把戏！”

众人听了又议论蜂起，冬瓜叔挥手说：“乡亲们别嚷嚷！秦神医说得有道理呀，咱们不能只顾一时痛快，叫那些贪官污吏借机罚钱抓人！”

一位扶着老人看病的壮汉说：“冬瓜叔说得对！那咱们就跟着神医师徒，一块进城去！”

于是，众人便蜂拥着秦越人和弟子们浩浩荡荡奔往帝丘城。

春日当空，帝丘城内十字街头的城隍庙前，一根木杆上挂着一面长条杏黄旗，上书“蓬山神医扁鹊秦越人”九个黑色大字；旗下放一供桌，桌上摆一写着“天地十方各界神灵之位”的神牌和供品；桌前放一香鼎，鼎内插着燃烧的祭香。四个巫婆腰扎响铃、手拿扇鼓围着香鼎又跳又唱又舞。

供桌左侧摆一长桌，桌后坐着一位五十多岁白发白须巫师打扮的老者，给排队应诊的患者翻眼、瞧舌、诊脉，还不时翻看一下摆在桌上的木简《黄帝内经》，然后让坐在旁边的黑发黑须同伴收费发药。二人身后站着几个年轻力壮、打扮成弟子的信徒。

围观者人山人海，待诊者排着长龙。

跳舞的巫婆们口中唱道："黑鼠成精祸横行，十方神灵救苍生。天遣神医来消难，扁鹊之药玉帝赠。舍不得花钱病难消，阎王小鬼勾尔命！"

站在人群中护着师父的子术指着给人诊病的巫师打扮的人说："师父，那个给人诊病的家伙，好像在哪儿见过？"

秦越人仔细观瞧了一会儿说："是见过。他就是在狼家庄山神庙里，装神弄鬼的铁磨头！"

子术气愤地说："师父，俺上去把他戳穿吧？"

秦越人拦住子术说："再等等，看他还有啥新花样？"

这时，只听冬瓜用手指着前面喊："乡亲们快看，那个收费发药的家伙，就是在咱们村卖假药骗钱的混蛋！"说着就带着三里屯众乡亲穿过人群上前抓住那黑须黑发的男巫胸襟，挥拳就打。

那男巫吓得簌簌发抖，连声说："好汉饶命、好汉饶命！"

正在狂舞乱唱的四个女巫见了，连忙向人群里躲。

接诊的五十多岁白发白须巫师见了，"啪"的一声拍桌站起，怒目圆睁盯着众人大喝："神医扁鹊在此！何方狂徒敢搅扰神坛？影响越人救人行医？！"

冬瓜将手中抓的男巫交给乡亲们，上前盯住白发白须的老巫师上下打量了一番，哈哈笑着问道："你是神医扁鹊？谁能证明？"

白发白须老巫汉手捋胡须，神情自若地说："我扁鹊奇诊赵简子，救活虢太子，天下妇孺皆知，何须证明？你是何方村夫，胆敢搅扰本神医治黑鼠病？"

冬瓜嘿嘿笑着指着被三里屯众乡亲抓住的黑发黑须巫汉说："狗屁！你与他一样，都是个骗子！"然后气愤地揪住他的衣襟回头对众乡亲们大声说，"把这个大骗子也抓起来，别让他跑啰！"

三里屯众乡亲闻声一拥而上，团团将白须白发老巫师围住。

老巫师不屑地笑笑，镇定地捋捋胸前的胡须说："你这个野小子既出狂言，今天就当着众人面，给本神医说清楚！你有什么根据说我不是神医扁鹊？否则你休想离开！"

站在他身后的徒弟打扮的壮汉们听了，立时挽袖做好抓打冬瓜的架势。

"嘿嘿！"冬瓜冷笑着上下打量老巫师说："老骗子还敢嘴硬！今天你想叫老子走，老子也不走啦！你敢把俺咋着？！"

那老巫师冷笑一声，向身后一挥手说："众弟子们，给我打！"

老巫师话音刚落，秦越人高喊一声："慢！"运气拔地而起跃上空中，越过众人飞步落在老巫师面前，用身体挡住冬瓜，笑着说："不用这个小伙子说根据，我能证明你不是神医扁鹊，而是在蓬山狼家庄山神庙里，装神弄鬼骗人钱财的骗子铁磨头！"

子术等弟子分开众人，快步站到师父身后，怒目盯视着铁磨头。

常言道，骗人者心虚，作假者自乱。铁磨头自那次在蓬山山神庙被秦越人揭穿骗人伎俩，连夜逃出狼家庄后，再不敢在蓬山一带骗人，就打着神医扁鹊的旗号四处招摇撞骗，万没想到在这几百里外的卫国都城帝丘又会逢上真神医扁鹊，顿时头冒惊汗、目瞪口呆，连连后退说："你、你怎么也来到这里？"

秦越人笑笑捋着胡须说："医家以四海为家。难道只许你们这些巫汉巫婆们在这里冒名骗人钱财，就不许我真秦越人来这里治病救人吗？"

铁磨头听了，强言狡辩道："自古医巫一家。你治的不过是人的肌肤之痛，而我巫家治的才是人们的灵魂！"

秦越人怒气填膺指着铁磨头说："一派胡说八道！没有肌肤，哪来灵魂？"

他顺手从桌上抓起一把铁磨头卖的黑色药丸用手碾碎，对瑟瑟发抖的铁磨头说："你真是坏了良心！睁开眼看看，这是药吗？这是用烟筒灰、面粉加蜂蜜搓成的黑蛋蛋！你让患病的众乡亲吃这种假药，能治人的病和灵魂吗？你知道有多少人吃了你这种假药，而贻误抢救生机毙命吗？"

众人听了如惊雷轰顶，愤怒的目光如剑一齐射向铁磨头。

铁磨头万没想到秦越人已掌握他四处骗人的奥秘，顿时脸色蜡黄瘫软在地，跟在他身后的所谓弟子见状立即仓皇而逃。

冬瓜跳到桌子上，指着秦越人大声说："各位父老乡亲们，这位才是真的从蓬山来的神医扁鹊！他听说咱们帝丘一带闹黑死病，带着几个徒弟和药材来救大家，就住在三里屯俺家里！许多患鼠疫的乡亲们，吃了秦神医的药都好啦！"

群情激昂的人们听了，有的去砸神案扯幌旗，有的挤上前抓打铁磨头和被三里屯乡亲们揪着的另一个黑须黑发巫汉，向他们唾骂索要被骗的钱，有的将巫汉们装在袋子里的假药倒出来四扬、用脚踩碎……

被打得鼻青脸肿的铁磨头从地上爬起来，抱头鼠窜。

秦越人被冬瓜等众乡亲抬起，人群中爆发"神医扁鹊、神医扁鹊！"的欢呼声。

子术、子阳、子豹望着激情澎湃的人群，开心地笑着。

骗子跑了，秦越人的名声更大了，来找他看病的人更多了。在秦越人师徒的日夜辛劳下，两个月后，帝丘一带鼠疫平息了。一日清晨，秦越人和弟子们正在收拾行装回蓬山，门口拥进一伙又一伙送行的人群。一个拄着拐杖的王老婆婆用布巾兜着几个鸡蛋，在儿子、媳妇搀扶下擦着泪水对秦越人说："神医呀，您救了俺全家人的命，俺没啥好东西谢您，带上这几个煮鸡蛋，路上垫补垫补吧！"

秦越人感动地推回说："王婆婆，您老身体刚好，留着自个补补吧。"

王老婆婆生气地说："神医是否嫌俺的礼少，这可是俺一家人的心意呀！"

秦越人激动地点点头接住，扭头唤子阳说："子阳，快把桌上那篮子馍拿来！"

子阳把一篮子蒸馍送到秦越人手中，秦越人双手送给王老婆婆，笑着说：

“老人家，您的心意我收下了，我的心意您也得收下呀！”

王老婆婆坚决拒绝，拧着身子向后躲。

冬瓜叔叔哈哈笑着说：“大嫂子，秦神医给你的，你就收下吧。不然，他还得让俺给你送过去哩！”

王老婆婆眼中泪水成串，哽咽着说：“天下哪有这样的郎中啊？治病吃药不收俺钱，还给俺送东西！”

秦越人满脸堆笑扶住王老婆婆说：“老人家，我也是穷苦人出身，知道咱们穷人的难处。”

王老婆婆说：“您到处治病送药不收钱，家里咋生活呀？”

秦越人笑笑说：“赵简子送我四万亩地，我就用那些山林中长的药材，给咱穷人们除患治病！”

冬瓜叔叔抓住秦越人的手说：“神医要走了，有个事俺得问问您？”

秦越人闪闪眼帘说：“老哥请讲。”

冬瓜叔叔说：“您送给各家各户的‘老鼠愁’，为啥老鼠们见了就吃，吃了就死了呢？”

秦越人呵呵笑着指一下子术说：“这事让他给大家讲讲！”

子术清清嗓子说：“老鼠愁，是蓬山人的俗称，正名叫苍棵子，是一种天生毒药。它开得花花甜，结的籽籽香，老鼠闻到香甜味就贪吃，吃了就中毒死了。所以，哪里长了这种药材，哪里就没有鼠疫鼠害了！”

冬瓜叔叔听了兴奋地点点头，对众人说：“大家都听清了吧，明年咱们也在房前屋后地头上，多种些苍棵子！”

众人高兴地说：“对，咱们也种苍棵子！让老鼠们都断子绝孙！”

子术闻言一怔，用手止住众人的兴奋说：“在房前屋后种苍棵子，这是好事。但有一条，大家一定要千万记住哇！”

冬瓜叔叔不解地问：“啥事这么重要？”

子术严肃地说：“那就是，千万别让小孩子们把老鼠愁当球玩和吃里面的籽！也别让他们摘花吸那里面的甜水，还要管住家禽牲口的嘴，那可是要命的毒药呀！”

众人听了面面相觑，七嘴八舌地议论着。

秦越人补充说：“大家也别怕。凡毒药有利就有弊，关键是管理好使用好！”然后向众人拱手说，“乡亲们，在下和弟子们在贵地叨扰了两个多月，现在鼠疫已除，我们就此告别了！”说着带领众弟子向门外走去。

子阳扯下紧跟师父身后的子术问：“师兄，咋不见冬瓜呢？”

子术用眼在人群里扫了一圈说：“少说话，快扶师父上车。”

第三十一章
兴医业破宗规连收五徒

离开帝丘，秦越人师徒一行四人绕道汤邑夏家庄，接上已康复的佚妹和子舆，便日行夜宿回到蓬山医坊。佚妹经过丧父和守孝之痛，虽说康复，但仍然体衰神弱；秦越人在近两年的游医中，积累了许多疑难案例和从民间搜集的偏方需要梳理和甄别。夏日炎热，子术、子仪众弟子劝师父师娘静心休养一段，秦越人便带着妻子佚妹离开医坊，上山住进了仙人洞……

秋日清晨，蓬山一座座奇峰峻岭在一团团浮云托扶中，犹如大海中的琼楼仙阁，有的青翠典雅，有的狰狞雄伟，有的婀娜多娇，有的舒袖而舞。秦越人走出仙人洞，面对冉冉升起的红日和山谷中飘绕翻滚的云海，伸开双臂连连呼出胸中的浊气，醉心吸着山野中的清新。一条小狗快乐地在他周围跳来蹦去。

佚妹端着一碗热水走到他身后，笑盈盈地说："夫君，喝碗醒神水吧。"

秦越人爱昵地接过碗说："有劳爱妻了。"然后一口一口地品尝着说，"这蓬山泉水，真是天下难找的琼浆玉液呀！"

佚妹惊奇地望着眼前那群峰在云雾中的变化说："这蓬山太神奇了，简直就是天庭仙境啊！"

秦越人笑笑说："更好看的，还在后边！"

话音刚落，云海在太阳照射下渐渐散去，披雾挂纱的山峰又变成满山遍野的红叶、黄叶、绿叶和硕果，峰峰相连，五彩斑斓。

佚妹兴奋地问："夫君，当年你是如何发现这片仙境的呢？"

秦越人将碗中的最后一口水倒进嘴中，用手捋着被微风吹得飘拂的白须，沉思着说："这件事说来话长。家中连死四人后，又连遭旱灾和洪灾，行医无药，购药无钱，我便带着子术、子仪离家，一路乞讨游医去寻药源。本意是到尧山一带采挖和购买些药材回鄚邑，哪知却意外遇到义父恩师的师兄伊祁真人——"

游览阳邑街头的秦越人，向路过的伊祁真人请教街中"谏木"来历；

伊祁真人讲出他与长桑君、秦福寿关系，秦越人当街跪拜认师伯；

伊祁真人将秦越人师徒三人带回道观，在道观茅屋中开导秦越人；

秦越人遵照伊祁真人指点，带弟子遍游尧山拜瞻尧帝和先贤们的圣迹；

伊祁真人觉得他是个可造之人，在外出云游前，打开修道洞中的石柜让他攻读诸子百家著作；

云游归来的伊祁真人，深夜在修身洞中点拨秦越人立志游医天下、著书传后人，并告诉他蓬山是一座天然药库；

离开尧山时，伊祁真人赠他“攻术在专，求精在痴”一句话和一个桃木雕小葫芦，然后飘然而去……

佚妹听得热泪涟涟说：“那伊祁真人，真是指点夫君人生之路的难忘恩师啊！”

秦越人点点头，动情地说：“可惜我做得不好，至今还没完成《难经》书稿啊！”

佚妹依偎到秦越人肩头说：“夫君已经游医齐、燕、中山、晋、代、虢、卫等七国，救了那么多患者重生，誉满四方，也该知足了。”

秦越人摇摇头，一手拦住佚妹一手指着蓬山起伏的山峦说：“你看那山峰，一个比一个高，一个比一个雄伟壮美。越人虽不才，一定要攀到高山之巅！”

佚妹转身面对秦越人，双眼吃惊地盯着他的眼睛问：“夫君，你还要外出游医呀？”

秦越人郑重地点点头说：“天下之大，要想走遍是不可能的。但有三个地方必须去看看！”

佚妹不错眼珠地盯问：“哪三个地方？”

秦越人一字一顿地说：“一个是当今霸主齐国之都临淄，一个是当今大儒孔子的故乡鲁国之都曲阜，一个是列强之雄秦国之都咸阳。”

佚妹不解地问：“你觉得不到这三个地方，《难经》写不成吗？”

秦越人摇摇头说：“不是写不成，而是一部医著问世必须千推万敲、综合梳理天下同一医理的不同症状啊！”他思忖了一会儿继续说，“齐国是我的故乡，那里经济发达百业兴盛，齐桓公设稷下学宫集天下学子于临淄，其中不乏医学高人；当今大儒孔丘生活的鲁国与齐国相邻，首创金针，必然医术发达有奇人！”

佚妹问：“那为啥还要去秦国呢？”

秦越人说：“秦国虽然地处西陲，但自商鞅变法以来，广揽天下人才，图志思强，大胆改革时弊，早晚会成为天下霸主。那样的地方，也一定是各种人才济济呀！如果《难经》中缺少了对这三个地方疑难杂症的总结记述，那将是个很大的缺憾啊！”

佚妹点点头说：“夫君讲得极是。只是你已五十大几，诸侯之间又攻伐不止，为妻担心——”

秦越人哈哈笑着说：“爱妻放心，有你和弟子们陪在身边，”然后他盯着佚妹脖上挂的桃木小葫芦又说，“有伊祁真人赠的宝葫护佑你我，一切都会顺利如愿的！”

佚妹潮红着脸说：“这宝葫芦是伊祁真人送你的护身符，俺还是还给你吧，让它护佑你健康平安！”说毕欲摘桃木小葫芦。

秦越人摁住佚妹的手，深情地说：“说什么傻话！护佑你，不就是护佑我吗？”

佚妹突然嗅嗅鼻子，挣脱秦越人的手说：“哎呀，咱们光顾说话了，锅里煮的稀饭煳了！”说着转身向仙人洞跑去。

秦越人望着佚妹的背影，醉心地笑着……

师父师娘不在，子术成了当家人。他天天早起晚睡，领着师弟们应诊接患、采药制药。一日曦阳初照，子术与众弟子正围在院内一张长条地桌前吃早饭，一群喜鹊“喳喳”叫着飞落在院内的皂角树上。

挺着大肚子的小娥手拿馒头仰脸惊喜望着树上欢叫的喜鹊说：“大伙快看，那么多喜鹊叫，咱们蓬山又该来喜事啦！”

子游笑着说：“俺知道是啥喜事。”

子豹问：“啥喜事？”

子游指指仰脸望喜鹊的小娥说：“准是小娥嫂子要生小宝宝了！”

众人听了跟着嬉笑。

小娥红着脸用眼瞪着子游说：“嘎小子，再嘴碎，小心将来说不上媳妇！”

子术说：“别闹了，快吃饭吧！”

子阳说：“是不是师父师母今天要下山啦？”

众人没人再敢搭话。

子术将碗筷放在桌上站起，心事重重走了两步，抬头望了望晴空太阳和远飞的喜鹊群，转身对众师弟说：“今天子仪、子豹应诊，子阳、子游制药。”又指指妻子秋枝说：“你跟着子舆喂牲口、晾晒药材吧。”

一直坐在一旁埋头吃饭的冬瓜端着碗站起问：“让俺干啥？”

这冬瓜，就是秦越人在帝丘三里屯治鼠疫时住的房东。他敬慕秦越人的医术和人品，喜欢游医生活，在秦越人师徒离开时就舍家一个人步行来到蓬山，要拜秦越人为师学医，可秦越人不在，只好住在医坊内等候。子术怔了一下说：“你听子舆安排吧。”

他转身背上手刚要迈腿，从大门外走进两个背着包袱的年轻人问：“神医扁鹊在吗？”

子术放下背手上前问道：“你们从哪里来，找俺师父有啥事？”

一个说：“俺叫越子，邢邑人，是秦神医救的俺娘和俺。俺娘叫俺来找神医扁鹊，拜师学医哩。”

子游“哧哧”笑问：“你咋叫月子？听了像女人生孩子。”

越子红脸解释道：“不是女人坐月子的月子，是秦越人的越字。”

子阳一怔说：“你咋随便叫俺师父的越字呢？”

越子羞涩地说：“俺娘被葬的路上，被秦神医拦下，又把俺接生到人世。俺娘为让俺记住秦神医的恩德，就给俺起名叫越子。意思是说，俺是秦越人接生的孩子，永远不忘秦神医的救命恩情。”

子舆闻言吃惊地上前打量说：“你就是在下葬路上，被俺师父拦住棺材，生在村口牲口棚里的那个孩子？”

越子点点头，不好意思地垂头用脚拧着地。

子舆走上前问：“那你今年多大了？”

越子抬头望一眼子舆，小声说：“十二岁半。”

子阳掐着手指算算，高兴地说：“子舆师兄，师父拦棺救那个妇女，恰好是十二年半了！”

子术听了感到惊喜，又问另一个小伙子：“你叫啥？哪里人？为啥来找俺师父学医？”

另一个小伙子指指从厨房出来的子仪说：“他认识我。我是晋国绛邑城外人，叫柳玄。”

子仪上前打量了一下柳玄说：“柳玄，怎么是你呀？你咋跑这儿来了？”

柳玄眼里含着泪说：“我大（爹）过世了，我守孝三年，按照大临终的嘱咐，来找秦神医拜师学医哩。”

子术瞧一眼子仪，问：“怎么，你们认识？”

子仪点头说：“认识。他爹是个乡医，俺陪师父在晋国绛邑行医时，去过他家好几次呢。”

子术笑着说：“既然这两个小伙子都是熟人，那就先住下。至于拜师学医之事，你们得等俺师父回来再说。”

二青年齐声问：“秦神医不在？”

子术点点头说：“师父外出了。”

二青年又关切地问：“他何时才能回来啊？”

子术淡淡一笑说：“师父何时回来，俺们这些当弟子的也说不准。也许十天半月，也许一月两个月。”

两个小伙子互相瞧瞧说：“那俺们咋办哪？”

子仪笑着说：“刚才师兄不是说了吗，你们先住下，等师父回来再说。”

越子和柳玄垂下头小声说：“俺没钱住店了。”

子术听了说：“你们既来蓬山，又是与俺师父有缘的人，就是俺们的客人。

吃住在医坊，不用你们付钱。”

二人惊喜地问：“真的？”

子仪说：“师兄发话了，还能有假？”转头对子游说：“子游，快领这俩人到客房住下，叫你嫂子给他们做点饭吃。”子游听了，忙招呼二人向客房走去。

骄阳当空，天过半晌，医坊后院地上铺的一张张苇席上摊晒着枣仁、红参、黄芪、五灵脂、天麻、枸杞、白芷、黄精等名贵药材。子术头上浸汗蹲在地上，伸手拿起一棵红参，放在鼻子下面闻闻，又掰下一小块送进嘴里嚼嚼，又挪到另一个席前去翻动查看，然后抬头对蹲在另一席前翻动查看的子舆说：“子舆，这些药别急着入库，让它再晒两天。”

子舆抬头笑道：“师哥放心吧，嫂子比你把关还细还严呢！不光晒透晒干，还要晾透去尘后才装袋入库哩！有一丁点不合格的，她都要挑出来。”

子术听了扭头瞧眼正在另一席上翻动查看药材的妻子秋枝，秋枝也正抬头看他，二人顿时红了脸。

这一幕正好被悄步走进后院的子仪看见，哈哈笑着说：“嫂子，你们俩夜里没亲够，白天还飞媚眼呀？”

子术脖红脸涨地站起说：“瞎掰啥！又有啥事了，快说？”

子仪收住笑说：“子容师兄，从鄚邑老家派来拉药的车到了……”

子术为掩饰窘色，不待子仪把话讲完就说：“这还问啥，那就赶快叫人去搬药材装车吧！”

子仪将手中拿的布巾信交给子术，认真地说：“这是子容师兄给你我的信。他说鄚邑的乡亲们想念师父，让咱们劝说师父回老家一趟，明年是爷爷奶奶去世30周年。他还推荐了一个叫菜于的小伙子，让师父收他为徒，也跟着车来了。”

子术看过子容的来信，皱着眉自语：“今天这是咋啦，早晨来了俩找师父拜师学医的，现在又来一个，咱们咋办呢？”

低头翻晒药材的秋枝听了高兴地说：“早晨那么多喜鹊落在咱们院里树上叫，俺就觉得今天要有事，原来喜鹊是给这些来学医的人报信儿哩。”

子术瞪一眼妻子，怒声斥道：“你少废话！快干你的活吧。”

子仪瞅一眼委屈不语的秋枝说：“师兄，你今天是咋啦，说话就带火星儿？”

子术苦笑一下说：“俺也不知道是咋了，这心里老沉甸甸的。”

子仪关切地说：“是这几天事情多，累得吧？”

子术摇头说：“那倒不是。师父师娘不在，遇事总觉得没主心骨。”

子仪点点头说：“师父师娘上山已一个多月啦，咱们也该上山去看看了。一来向师父禀报这几个人的事，二来再送点干粮和菜到山上去。”

子术为难地说：“你当我不想上山？可师父走的时候再三叮咛，他不往回捎信儿，谁也不能上山去打搅，他要集中精力修著《难经》哩！”

子仪说：“话是这么说，可师父已经是五十八岁的人了，师娘对山上地形不熟悉，万一有点啥事，咱们做弟子咋担得起呀？”

子阳也凑过来说：“还有，冬瓜已来二十几天了，天天嚷着要见师父，还说他自己要上山去找呢！”

子术沉下脸说：“子阳，你听好了，一定要看住冬瓜，千万不能让他乱跑！他没上过山，不知道登山的危险。”

子阳嘟着嘴说：“他长着腿哩，已经跟俺闹好几回脾气了。你让子豹看着他吧，万一他跑了俺可担不起！”

子术生气地说：“你少废话，现在都当师兄了，咋还净说孩子话呢？”

子阳刚转身，从外院惶惶跑进子豹说：“师兄，门外来了个浑身风尘的骑马小伙子，腰里挎着宝剑，非要进来见师父！”

子术、子仪闻言，急忙跟着子豹奔向大门。

大门外骄阳下，站着一位身穿农家衣衫，满身灰尘、满脸汗水、俊雅而落魄的虢太子。他一手牵着马，一手按着腰中的宝剑，见子术等众人从门内出来，顿时泪如泉涌，拱手上前下跪说：“子术太医，你让小王找得好苦哇！”说完泣不成声。

子术上下打量辨认后，“啊”的一声惊叫，奔上前双手把哭成泪人儿的虢太子扶起说：“太子殿下，您咋这身打扮，来到此地呀？”

虢太子擦把泪眼说：“小王已成了丧家之犬啊——”说着扑进子术怀里。

子术抱住太子，惊睁双目问：“太子怎讲此话呀，虢国发生什么事？”

虢太子泪如泉涌说：“我虢国，已被郑国灭了呀——”

子术惊愣，眼前立时闪现他离开虢国前，郑国三十万大军团团围住虢国都城日夜挑战；虢军出城与郑军惨烈厮杀的情景……

他待虢太子止住悲声后，面带凄色地问：“大王和王后，现在在哪里呢？”

虢太子长泣一声，愤怒地说：“全都被郑军杀死了！”

子术大惊失色问：“那殿下，是如何逃出来的呢？”

虢太子哭着说：“城破之后，众侍卫拼命护我杀出重围。郑军发现后紧追不放，众侍卫为使我逃离虎口，强行与我更换服装，将敌军引开，我才幸免于难呀——”说着便“呜呜”地大哭起来。

子仪、子豹等从小伙子哭诉中明白了他是师父救活、师兄子术当太医的虢国太子，大家七手八脚将他搀进医坊。

吃过饭，净过手脸的虢太子精神好多了。子术将他领进自己住屋内，送上一碗水问：“太子殿下，今后你有什么打算呢？”

虢太子眼涌热泪说：“国破家亡，小王已没有立锥之地了呀！”

子术说："你的父王是周天子的嫡亲，何不到雒阳去诉说冤屈，求天子发兵向郑国问罪，重新复国呢？"

虢太子摇摇头，流着泪说："当今天下，弱肉强食。周天子自身还难保，哪还肯管我这丧国失地、辱没宗亲的不肖子孙哪！"

子术说："太子殿下仁厚聪明，又有一身好武艺，难道就甘心沦落为一个流浪人吗？"

虢太子擦擦泪水说："逃过郑国兵将追杀后，小王也思考再三，复国之事绝无希望了！即使复国，不被郑国再灭，也会被其他诸侯侵吞！所以，踟蹰多日后，我将身上所带之物全部变卖，购得平民服装换上，多方打听才来到蓬山，找你和秦神医呀。"

子术惊愕地说："师父是个行医之人，向来不参与世上政事。这里山高地偏，我们恐怕也爱莫能助哇！"

虢太子盯着子术，认真地说："不瞒太医，丧国之痛已让我厌倦世间的攻伐和争夺。小王决定弃政从医，从今往后跟着太医和秦神医学医，当一个普救众生的游医！"

子术惊讶地张大嘴，思忖一会儿说："这学医游医之事，可不是你想干就能干的事啊？"

虢太子不解地问："为什么？本太子决定的事还不行吗？"

子术点点头说："是。"

虢太子不解地问："为什么？"

子术说："这第一，你要学医，需征得师父同意，方能收你为徒。"

虢太子说："他是我的救命恩人，咋会不同意收我这落魄之人为徒呢？"

子术摇头说："救命是救命，收徒是收徒，这是两码事。这第二……"

虢太子不待子术讲完就截话问："还有第二？"

子术点头说："这第二最关键。学医行医是人世间最苦的一件差事，居无定所，食无选择，责任重大，容不得半点疏忽。你自幼生活在王宫，衣来伸手、饭来张口，咋能受得行医人之苦哇？"

虢太子眼涌泪说："既已决定，小王就不怕吃苦！"

子术笑笑说："说着容易，真到苦临头，太子殿下恐怕就后悔这个选择了！"

虢太子志坚情挚地说："太医不要阻拦，我要当面向秦神医跪拜恳求！"

子术正欲劝说，子阳慌慌推门而进说："禀师兄，冬瓜偷跑出门，钻进山林里去了！"

子术大惊站起说："快叫上子豹去追，绝不能让他上山去打搅师父！"

子阳转身叫上子豹，一块奔出医坊大门，跑向攀山之路去追冬瓜……

午饭后，阳光透过石窗将秋日的清爽亮丽带到仙人洞内秦越人住的石室内。石室地上、石炕上到处堆满医简。秦越人蹲在地上拿起这个看看放下，又拿起那个看看放下，烦乱地在地上翻来翻去。

佚妹提着用沙壶煮的参汤攀进石室，向石桌上的碗内注满汤，又捞了一根小参放在汤内，将沙壶放在桌上说："夫君，快趁热喝吧。喝了参汤，睡会儿午觉。"

秦越人好像没听见，继续翻医简。

佚妹蹲到他身边问："上午改《难经》，又遇上啥难解之题了？"

秦越人摇摇头说："从吃过早饭开始，我的左眼就跳动不止，心烦意乱，子术、子仪他们在山下是否又遇到什么难事啦？"

佚妹瞅一眼丈夫说："子术、子仪又不是小孩子，遇到难事早来找你了！"然后蹲下边整理散乱的医简边抱怨说，"你天天熬夜整理医案写《难经》，别说五十大几的人了，就是年轻人也会被累得眼跳心烦哩！"

秦越人说："昨天晚上，我不是睡了嘛！"

佚妹嘟着嘴不满地说："你那也叫睡？还没等俺睡着，你就又披衣起来了，你以为俺不知道？"说着指指石室的屋顶和四壁说，"你看看，刚刚一个多月，弟子们清扫得清清爽爽的墙壁，又被你熬夜的灯烟熏成黑布了。"

秦越人不好意思笑着说："哪有你说得那么严重。"说着他顺手摸了一下身边的墙壁，果然指头上沾满黑灰。

佚妹好像抓住了把柄，趁机进攻说："啥也别说了，赶快喝了这碗参汤，好好睡一觉，保管你起来后就再不眼跳心烦了！"

秦越人赔着笑脸说："中、中，我听夫人的。"说完站起将参汤喝完，躺到石炕上的医简堆中去睡了。

佚妹笑着给他身上搭了条被子掖好，乐滋滋悄然离去。

灿烂的阳光下，佚妹坐在仙人洞前台地上一个树荫下的石头上，身边卧着一条小狗。一个多月的调整休养，她脸色红润、精神焕发，已完全摆脱了丧父的悲痛和伤心，膝上放着一件有破洞的衣衫，双手穿针引线，一边缝补衣衫一边愉快地哼着家乡一带民间流行的小曲："采桑小河畔，锄禾自家田。日落盼夫归，天黑起炊烟。马儿进了棚，恩爱在夜间……"

突然，蹲在佚妹身边的小洵惊然站起，冲着左前方的荒草荆丛"汪汪"乱叫。佚妹一惊，立即放下手中衣衫，抄起身边的木棍紧张地寻觅，果然发现左前方荒草荆丛中一块嶙石后有一个忽隐忽现的人脑袋，便举棍大声喝道："什么人鬼鬼祟祟的，再不出来俺就放狗咬你啦！"

"汪汪汪……"小狗由主人撑腰叫得更凶。

荆棘丛中，冬瓜窘迫地慢慢从嶙石后站起，盯着佚妹上下打量了一会儿问："大嫂，俺打听个事儿，你知道仙人洞在哪里吗？"

佚妹转转眼珠说："你是什么人，找仙人洞干什么？"

冬瓜用手摸着脑袋，吞吞吐吐地说："俺叫冬瓜，来找秦神医拜师学医哩。"

佚妹吃惊地问："你是哪里人，谁让你找他学医的？"

冬瓜走出荒草荆丛，上到仙人洞前的台地上说："俺是帝丘城外三里屯人。没人让俺找，是俺自个儿要找他拜师学医哩。"

佚妹还要再问，子阳、子豹满脸汗水跑到近前跪下说："弟子拜见师娘！"然后立即起身将冬瓜抓住说："你咋偷跑到这儿来了？"

冬瓜梗着脑袋说："你们不让俺见秦神医，俺就自个儿找！"

佚妹沉下脸问子阳子豹："这是咋回事？"

子阳擦把汗说："在帝丘治鼠疫时，师父和俺曾住在他家里。师父离开后，他就自个跑来了，非要找师父拜师学医不可！"

佚妹一惊说："你们咋不让他住在医坊等着呢？"

子豹说："俺们让他住下了。他等不及，好几次偷着上山，都被俺们拦回去了。这次他又跑，子术师兄知道了，让俺俩来追他。"

冬瓜着急地眼含泪花申辩说："俺不偷着上山找行吗？你们天天像盯犯人那样看着俺，不让俺干活又不让走出大门。现在又来了四个找秦神医拜师学医的，特别是上午来了那个骑马的俊小子，你们都围着他转，谁还顾上管俺的事呢？"

佚妹纳闷地问："来了四个，还有个骑马的？"

子阳说："是。一个是从邢邑来的，叫越子，是十二年前师父拦棺救的那个妇人生的孩子；一个是从晋国绛邑来的，叫柳玄，他爹是个郎中，师父曾到他家去切磋过医技；一个是从鄚邑老家来的，叫菜于，子容师兄推荐来的。"

佚妹又问："那个骑马的呢？"

子阳说："是虢太子。"

佚妹吃惊地问："他怎么来啦？"

子阳说："他国破家亡，来投奔师父……"

子阳话未讲完，冬瓜惊喜地大叫一声："秦神医！"挣脱子豹的手，跑向从仙人洞内走出的秦越人，跪下说："俺要跟您学医救人！"

子阳、子豹也急忙上前拱手跪拜说："弟子子阳（子豹）拜见师父！"

小狗也跟着跑过去亲昵地围着秦越人又跳又闻。

秦越人将三人扶起，笑着对冬瓜说："你不在家好好种地，跑到蓬山来干什么？"

冬瓜流泪说："俺孤苦一人，不种地了，要拜您为师学医给人治病。"

秦越人不置可否地说：“你刚到蓬山就不听话，四处乱跑，哪能受得医家严规？”

冬瓜红着脸擦把泪说：“神医，俺就这一次，以后再不敢了！您叫俺干啥就干啥，绝无二话！”

子阳欲言，秦越人用手止住说：“你刚才对师娘说的话，我都听到了。”然后笑着对佚妹说：“刚才我说，山下可能发生了什么事，你说是夜里没睡好。原来眼跳心烦，是让这几个来蓬山的年轻人给搅闹的！”

佚妹叹服地说：“这下可好啦，你想再在山上待着，也待不成了。”

秦越人说：“既然五客临门，就让子豹留下看家，咱们下山去见见这几个年轻人吧！”

收徒拜师是大事。秦越人和佚妹回到山下医坊，见过五个小伙子，听他们讲了要学医的志向和理由，连夜与子术、子仪商量。第二天，他又请来焦大伯和韩叔征求意见，才下了一块收五个弟子的决心。

几天后上午，宽敞整洁的住室客厅内，打扫得一尘不染。一张迎门的方案上，摆着写有“义父恩师长桑君之灵位”的灵牌，桌上燃着焚香的香炉前摆满各种精致的供品和水果。秦越人满面红光、慈眉善眼地捋着胡须，穿着干净新衣端坐在桌子左侧的蒲团上，打扮得庄重秀气的佚妹潮红着脸坐在秦越人身旁的蒲团上。

子术担任主持，站在桌子右前方。子仪、子舆、子阳、子游一字站在秦越人和佚妹身后。

门外一字站着冬瓜、越子、柳玄、莱于、虢太子五人。

焦子村、狼家庄的众乡亲拥满屋内屋外欢声笑语观看。

子术清清嗓子高唱：“吉时良辰已到，拜师仪式开始！”

众人闻言马上屏声静息，冬瓜、越子、柳玄、莱于、虢太子闻声立即肃立平望屋内。

子术又唱道：“茫茫环宇兮，百业兴。医源岐黄兮，留《内经》。拜师学术兮，奉终生。今有帝丘冬瓜……”

众人闻言哄笑，打断子术的话七嘴八舌。有的说：“咋还有叫这孬名的？”有的说：“他家准种冬瓜多！”……

冬瓜听着众人议论，羞得脸红低头。

子术正色说：“大家肃静！”然后又接着唱念，“邢邑越子，绛邑柳玄，鄚邑莱于，莸邑虢太子，五人立志，誓愿拜神医秦越人为师！决心献身医业，不畏生死，刻苦修术，尊师守规，悬壶济世，普救众生。现在，请冬瓜、越子、柳玄、莱于、虢太子进门，跪拜师祖长桑君灵位！”

五人依次而进，站成一字，面对案上的“义父恩师长桑君之灵位”灵牌拱手作揖，然后下跪。子术喊道："一拜三叩首，二拜三叩首，三拜三叩首……"五人行三拜九叩大礼。

子术一声："礼毕！"冬瓜等五人站起。

子术又喊道："向祖师爷长桑君在天之灵宣誓！"

冬瓜等五人举起右手齐声说："弟子冬瓜（越子/柳玄/莱于/虢太子）发誓，甘愿拜神医秦越人为师！听从教诲，敬师如父，刻苦修术，不畏生死，严守医德医规，永远立身于民，悬壶济世，普救众生！若违此誓，任凭师父惩治处罚！"

子术待五人宣誓完毕后又喊道："宣誓弟子拜叩师父师娘！"

冬瓜等五人转身上前一步，齐齐跪在秦越人和佚妹面前连叩三次首说："弟子冬瓜（越子/柳玄/莱于/虢太子），拜叩师父师娘！"

秦越人与佚妹站起将冬瓜等五人扶起，郑重地说："你们既然拜我为师，那我讲三件事。"

冬瓜等五人拱手弯腰齐声说："弟子恭听师父训示！"

秦越人面露笑容说："古人讲，名不正则言不顺。第一件事，给你们每人赐一个学名！"

冬瓜兴奋地拍手说："好，俺早就想改冬瓜这个孬名了！"

众人哄笑。

秦越人沉下脸说："名字，不仅是一个人的号和称呼，也是对一个人行为的约束和鞭策！冬瓜，赐名子越，是让你时刻注意不要做越礼越规之事；越子，赐名子明，是让你从今日起当一个明医明德的好医生；柳玄，赐名子同，是让你牢记父亲临终之言在医术上有所成就；莱于，赐名子信，是让你不要辜负子容对你的推荐和期望。"

他思忖片刻，望着虢太子说："至于虢太子嘛，还叫虢太子！师父不给你再赐名，是让你在学医中时刻不要忘国破家亡的切肤之痛，化悲痛和愤恨为力量，用医术开创新的人生！"

佚妹待秦越人讲完后说："第二件事，你们师父让俺说。他让俺连夜给你们每人做了一个医袋，内装黄帝《内经》和十支骨针，愿你们刻苦攻读圣贤医籍，认真修术，当一名像你们师父一样的游医！"然后扭头对子仪、子舆说："子仪、子舆，你们去取来医袋，现在就发给他们！"

子仪、子舆取来医袋，当众将五个缝制精美的医袋送到五个新弟子手中。

五个新弟子兴奋地打开医袋，观瞧袋内放的黄帝《内经》和骨针。

围观民众争相伸脖探身观看，称赞："秦神医想得真周到！""这佚妹的针线活真漂亮！""师父师娘给他们每人发一个医袋，那是叫弟子们比着学哩！"

秦越人待众人平静，笑着说："第三件事，我收徒是我的喜事，也是咱们狼家庄和焦子村众乡亲们的喜事！这些年，蓬山乡亲们把我们当亲人待，我走到谁家在谁家吃。今天凡来的都不能走，给我秦越人捧个场，一块到前院去吃拜师收徒喜宴！”说毕秦越人站起，招呼焦大庆、韩大山等老人说：“你们是咱焦子村狼家庄的长辈，带个头吧！”

韩大山一脸喜色扶住焦大庆说：“老哥，秦神医一下子收了五个徒弟，这可是大喜事啊！咱们得祝贺祝贺！”

焦大庆颤抖着胡子竖起大拇指对秦越人说：“大侄子，你连收五徒，这不仅是发达医学的盛举，也是破规创矩之举啊！”

秦越人笑着摇头说：“焦伯过誉，焦伯过誉！”

焦大庆郑重地说：“不是过誉，是亘古以来第一人！大家说对不对？”

众人齐声说：“对，秦神医就是亘古以来第一人！”

秦越人摆手说：“大家如此说，让越人汗颜了！”

焦大庆正色说：“汗颜什么？自古至今，凡有绝技之人，都是轻易不示人。坊间说，‘教会徒弟，饿死师父’。可你秦越人却心系天下，唯恐技传不广，后世乏承，收徒不计门第，授业不弃贫贱，这就是先贤唐尧之德啊！”

秦越人摇头摆手说：“唐尧之德不敢当！越人本是贫贱之子、贫贱之人，何敢居术忘祖忘民哪！”

焦大庆指着众弟子严肃地说：“你们听到了吧？你师父誉满天下，被称为神医扁鹊，还这样谦虚自律，你们可得跟他好好学哇！”

众弟子拱手说：“请焦爷爷放心，俺们一定做一个像师父一样的医家！”

焦大庆说：“不光是学医术，还要学他的品德和人格！”

众弟子再次拱手说：“俺们记下了！”

秦越人笑着说：“焦伯，不讲了，咱们快入席喝酒去吧！”

众乡亲兴高采烈，蜂拥着秦越人和佚妹向门外走去。

蓬山医坊前院，午阳下，一张张摆放整齐的长条地桌上，摆着丰盛的热腾腾的美食。桌子四周坐满狼家庄、焦子村吃喝谈笑的众乡亲。子术、子仪等众弟子喜气洋洋地抱着酒坛，挨桌给人斟酒。

焦老汉端着酒杯站起说：“乡亲们！先听俺说几句话。”他扫视一圈众人说，“秦神医带着子术、子仪来到咱们蓬山时，刚三十多岁，现在已变成了白胡子白头发的老头了。”

众人听了哈哈大笑。

焦大爷用手止住笑声继续说：“我算了算，到今天，已是二十六个年头挂零了。他用咱们蓬山的药材，医遍天下！救了赵简子，又救了虢太子，在邯郸治妇人带下病，在雒阳治老人的耳目病，在帝丘治鼠疫，使无数病人康复，也使咱们蓬山的名字和蓬山的药材名扬天下！”

众人齐声说：“说得好！”

焦大庆笑着举起杯说："这种功劳，咱们该不该敬秦神医一杯？"

众人齐声说："该！"

秦越人端杯站起说："谢谢众乡亲的帮助和支持！干！"说毕一饮而尽。

焦大庆又说："乡亲们都为秦神医能住在咱们蓬山，高兴自豪！可有多少人知道，他为探药、治病吃的苦受的罪呀？就说那一年咱们这一带闹瘟病吧，他为了查病症病因，深夜带着众弟子，冒死去村北沟里查死猫死鸡死狗死孩子呀！"

众人听了大惊说："啊！还有这事啊？俺咋没听说过呀？"

焦大站起说："俺爹说得一点儿不假！那天夜里，俺偷偷跟在他们身后，亲眼看见，他们打着灯笼，趴在地上翻看一个个死鸡死狗死孩子的情景啊！"

秦越人摆手说："焦伯焦哥，这都是过去的事了，不要再提了！"

焦大庆一本正经地说："不！俺要说，要让大伙知道，医生查病因配药是多么难！得病的人是怎么活下来的？那时，家家被铁磨头编的鬼话吓住，不敢找秦神医看病。他夜里带着弟子将配好的药，扔到各家院里！大伙还是不肯吃，急得他嘴上起泡，坐卧不安，才想出把药放在烧饼里的绝招！大伙都说，是吃了俺焦家送的烧饼，病好了。其实，那都是秦神医的主意！连面和油，也是他用老家弟子捎来的钱，从山外买来的呀！"

众人听了恍然大悟，一齐端碗站起说："俺们谢秦神医救命之恩！"

秦越人激动地举碗说："蓬山乡亲们养育了越人和我的弟子，这是应该的呀！我感谢众乡亲！"说毕一饮而尽。

焦大庆动情地说："秦神医能有今天，咱们蓬山能有今天，全是他和弟子们用生命和医术挣来的呀！为了探药性，他冒死尝寒号鸟的粪，老鼠愁的毒性……"

秦越人拦住焦老汉说："焦伯，今天是收徒宴，咱不说这些了！"

焦老汉笑着说："好、好，俺不说这些了。说收徒行吧？"

秦越人无奈，只好让焦老汉继续说。

焦老汉望着大伙期待的目光，无限感慨地说："越人这次连收五个徒弟，这可是亘古至今未闻的奇事啊！加上原来的弟子，越人已有了十三个弟子，该不该祝贺呀？"

众人齐声说："该祝贺！"

焦老汉端起杯说："大伙举杯，干！"

韩大山拦住说："别、别。焦哥，俺咋觉得，你说错了呢？"

焦老汉一怔说："哪说错了？"

韩大山伸出指头数着说："子容、子术、子仪、子舆、子阳、子豹、子游、子越、子明、子同、子信、虢太子，明明十二个人，你咋说成十三个弟子呢？"

焦老汉笑笑说："还有佚妹呢！"

韩大山说："那是越人媳妇，咋能算到徒弟堆里呢？"

焦老汉笑着问佚妹："佚妹，俺说你是越人媳妇也是越人徒弟，你说俺说的对不对？"

佚妹红脸笑着说："对、对，俺就是他徒弟！"

秦越人一手举杯一手摆着说："十二个弟子不算什么，鲁国有个叫孔丘的，收了七十二个弟子呢！"

韩大山接话说："俺也听人讲过这件事，那姓孔的是个学问人。按照今天这架势，你秦神医还得收徒弟，绝不能比他孔丘少！"

秦越人哈哈笑着说："谢韩叔鼓励。但学医不同做学问，学问错了，可修可改；诊病错了，可是事关人命啊！"

焦老汉说："俺赞同秦神医说的，宁精勿滥！医家的徒弟不在多少，收一个就得将他教成个人物！"

这时，背后房中突然传出"啊、啊——"的连声惨叫。

众人停止欢笑，一齐将目光射向发出惨叫声的房门。

秦越人扭头不见佚妹，问站在身后的子术："你师娘呢？"

子术弯腰伏耳说："小娥快生了，师娘去照顾她了。"

话音刚落，那房中又传出一阵"啊！啊——"的惨叫声，接着便听到婴儿坠地的"哇哇"啼哭声。

众人提着的心刚落地，佚妹兴奋地从房门内走出来说："告诉大家一个好消息！俺蓬山医坊又添新人啦！子仪媳妇小娥，生了个大胖小子！"

焦老汉闻言高兴地站起说："乡亲们，添人进口这又是一喜呀！大伙都站起来，咱们祝贺秦神医，业兴徒多、喜得徒孙，双喜临门哪！"

众人站起举杯齐声高赞："祝贺秦神医双喜临门！"

秦越人笑得眉开眼眯、乐得合不上嘴，端杯痛饮。

连收五徒和小娥生子的喜悦，整天都使医坊内充满欢乐和笑声。子越、子明、子同、子信、虢太子五人终于实现了拜秦越人为师学医的愿望，更是笑声朗朗、兴奋异常。秦越人与子术、子仪等安排好五个新弟子的学习计划，夜已深了。灯下，他走进卧房，边脱衣服边兴奋地对佚妹说："今天过得真高兴啊！"

佚妹笑着说："你一下收了五个新徒弟，俺想到一个问题。"

秦越人躺进被窝说："啥问题？"

佚妹边脱衣边说："咱蓬山医坊现在已有十几个人啦，再叫医坊是否名字有点小气了？"

秦越人惊喜地问："你想给咱们医坊改个名？"

佚妹点点头说："孔丘收了七十二个弟子，叫学馆；齐桓公集天下学子的地方，叫稷下学宫。你有了这么多弟子，又有秋枝、小娥和小娥的孩子，为啥还叫医坊呢？”

秦越人思忖着说：“你说得有道理。那叫什么名字好呢？”

佚妹钻进被窝，面对秦越人说：“俺觉得，应该把‘蓬山医坊’改成‘蓬山医馆’！这不仅区别于民间郎中们个人开的医坊，也有益于集天下医家来磋商医术哇！”

秦越人兴奋地学着佚妹的家乡话说：“中、中，这个主意好！明天我就写块‘蓬山医馆’匾，让子术把‘蓬山医坊’那块门匾，换下来！”

佚妹亲昵地抚摸着秦越人的脸说：“夫君，俺没看错你，你真是个了不起的人哪！”

秦越人伸手挑开被子，将佚妹揽住拉进自己被窝内说：“啥了不起，我就是你丈夫。你还想到啥了，都告诉我！”

佚妹将头拱进秦越人怀里，羞涩地小声说：“俺、俺也想给你生个孩子。”

秦越人笑着抚摸佚妹光滑颤抖的后背说：“你看见小娥生了儿子，羡慕了？”

佚妹点点头，一边用嘴吻着秦越人的胸膛一边将身体贴上去，紧紧抱住丈夫。

秦越人吹灭灯，兴奋地将佚妹压在身下……

第三十二章
回故里七间房更名祖业庄

时光如梭，转眼又到了春天。春日中午，在七间房秦家老宅堂屋内，子容吃过饭背起医袋走向院门，子术牵马突然走进院内。

子容一怔，两眼放光惊喜地说："啊，子术师弟，你怎么来啦？"

子术拱手上前说："师兄，俺好想你呀！"说着眼涌热泪伸开双臂将子容紧紧抱住。

子容眼圈发红动情地拍着子术的肩头说："俺也想你和师父哇！"

子术松开手上下打量肩背医袋的子容问："师兄，您咋有白头发了？这大中午的要去哪里呀？"

子容擦把泪水，笑笑说："俺今年都四十五岁了，能没白头发吗？"然后话锋一转说，"快告诉俺，你咋突然来了？还没吃午饭吧？"

子术点点头说："快叫嫂子给俺做饭吧，咱们边吃边说。"

子容转身向屋内喊："四妹，赶快出来烙饼炒鸡蛋，子术弟从蓬山来了！"

四妹是子容的妻子，闻声跑出屋，望着陌生的子术，红着脸不知说啥好，身后跟着二男一女惊奇张望的孩子。子容说："还愣啥，快来见过咱子术弟呀！"

子术不待四妹张口，拱手上前说："弟弟子术，见过嫂子！"

四妹羞得低头说："兄弟快屋里坐，俺去给你做饭。"

子容对三个挤在一起的孩子说："扭捏啥，还不快喊叔叔！"

三个孩子怯怯地小声喊："叔叔。"

子术应着兴奋上前拉住三个孩子，从马背拽下一个包裹说："这是叔叔从咱蓬山带来的柿饼和干果，拿去吃吧！"

孩子们接过包裹，兴高采烈地跑了，子术跟着子容进屋。

秦家堂屋内，格局陈设还是秦越人在时的模样。子术子容还没说几句话，四妹已端着做好的饭菜进屋了。子术坐在放着饭菜的地桌前，一边拿起大饼卷鸡蛋、虾酱吃，一边对坐在对面望着他吃饭的子容和笑眯眯揽着三个孩子靠在炕沿的子容妻子四妹说："俺这回来，给你们带来一个好消息！"

子容兴奋地眨眨眼问："啥好消息，是不是俺干爹要回来啦？"

子术咽下口中的食物，惊奇地盯着子容反问："你咋会猜到是师父要回来呢？"

子容笑笑说："你现在是蓬山医馆的大管家，师父又收了五个新徒弟，若不是干爹有大动静，你哪有时间回家来看俺哪？"

子术不好意思地说："师哥，你可不能挤对小弟呀？俺是替你给师父分忧哇。"

子容急迫地说："那你说，是不是俺干爹要回来了？"

子术点点头说："是。不光师父回来，还有师娘和子舆、子阳、子豹。俺是打前站，来告诉你早做准备的！"

子容闻言，兴奋得两眼放光说："盼星星盼月亮，二十七年了，俺总算把干爹盼回来啦！"但很快愁容上脸说，"你看看咱这个家，还是老样子，咋接待干爹干娘和师弟们哪？"

子术笑着说："师哥你别上愁。俺出来时，师父再三吩咐了，这次哪里也不住，所有人全住在家里，好好与你一家和亲友们团聚团聚！"

子容说："话是这样说，可干爹干娘和子阳子豹都是第一次回老家呀！特别是干爹都是快六十岁的老人了，干娘又是头次见面，俺也不能寒酸得不成样子吧？"

子术说："要说住，师父王宫、太宰府、相卿府都住过。但他这次回来，就是要找当年在家的感觉。如果你准备过分了，他老人家会不高兴的！"

子容点点头，又问子术："你估计，干爹干娘和师弟们，几天能到？"

子术计算着说："最多三天吧。"

子容听了，急火烧眉地从地上站起冲妻子四妹说："你还愣啥，快带着孩子们去打扫准备吧！"

妻子四妹一怔，赶紧带着仨孩子惶惶离去。

俗话说：好事像风，瞬间传四方。不到半天，秦越人带着续妻佚妹和徒弟们要回七间房老家的消息，就像春风一样吹遍鄚邑城内外的家家户户，来打听询问的人络绎不绝拥进秦家门。子容满脸笑容给大家解释，寂寞多年的秦家院内人进人出，就像办喜事。

三天后清晨，天刚亮，七间房村南口大道旁就聚满了迎接和观看秦越人归来的人群。在熙熙攘攘的人群中，站着董财主、烧鸡张、烧饼刘、酥鱼赵和林儿、墩子等七间房的众乡亲。

二十七年前生龙活虎的青年小伙子们都变成了白发老人了，昔日壮年的董财主也腰弯拄杖。他手搭凉棚焦急地远眺着大路，焦躁不安地问站在身旁的子容子术："大侄子，这天都快半晌了，咋还看不见越人的影儿呢？"

子术扶住董财主安抚说："董爷爷别着急，俺师父他们今天上午准到！"

子容也扶住董财主说："董爷爷，您先到村口墩子家坐会儿吧，等俺干爹到了，俺再叫您！”

董财主摇着头说：“不、不，二十七年不见了，我要第一个看到他！”然后又问子术：“你师父，是骑马呢还是坐车呀？”

子术答道：“坐车。”

董财主忧心地说：“这老牛破车的，走几百里路，路上不会出啥事吧？”

子术笑着说：“董爷爷您放心吧！俺师父坐的车，是虢国国君赠的双马拉的铜御车，绝不会出问题的！”

董财主眨眨眼问：“啥叫铜御车？”

子术说：“就是虢国国君坐的车。车轴是铜的，全身包铜皮，车轮钉铜钉，既结实又轻快！”

董财主放心地点点头说：“噢——你师父这个人了不起呀，都坐上侯王的铜御车了！”

子术解释说：“那是师父救活虢太子后，虢国国君赏赐的。”

这时爬到树上观望的子容儿子铭恩兴奋地指着远方喊：“爹，快看！俺神医爷爷来了！”

众人闻言踮脚望向远方，果然有一团尘烟向这里滚来。

子容急忙招手喊：“铭恩快下来！回家让你娘多准备开水和洗脸水！”

子阳在马上望见村口聚集的人群，转身对车内的师父师娘说：“禀师父师娘，村口聚满人群相迎！”

秦越人听了急忙说：“子舆快停车！我要下车步行进村。”

子舆说：“师父，还有二里多路呢，到村口再下车吧！”

秦越人生气地说：“不行！现在就下车！”

子舆勒住马，子阳上前劝阻要下车的师父说：“师父，您一路颠簸劳累，还是到村口再下车吧？”

秦越人瞪一眼子阳说：“混账！七间房是生我养我的故乡，乡亲们是看着我长大的长辈，我咋能坐车招摇进村呢？你想让师父成为被人唾骂的不礼不义之人吗？”

子阳、子舆听了再不敢多言，急忙搀扶师父师娘下车。

村口众人见马车停住，从车上下来一个白发白须的老人和一位年轻妇人，立即奔跑着拥了上去。

秦越人见了，眼涌热泪双手打拱跪地说：“游子秦越人，拜见各位父老乡亲啦！”佚妹、子舆、子阳、子豹见了，也慌忙跪在身后。

众人见秦越人带领弟子给大家磕头，顿时愣住停步。董财主满脸泪水颤抖着双手上前将秦越人扶起说：“越人，你想折杀老叔和众乡亲哪！”

秦越人上下打量弯腰背驼的董财主说：“董叔，您咋老成这样了呀？”

董财主擦着泪水说：“你都白发白胡子了，叔能不老吗？”

子容、子术上前跪下说：“儿子（弟子）子容（子术），拜见义父（师父）干娘（师娘）！”

秦越人拉起泪如泉涌的子容，动情地说：“子容，干爹想你呀！”说着泪流成串、泣不成声。

子容扑进秦越人怀里说：“干爹，儿子盼您盼了二十七年啊！”说毕哽咽流涕不能自抑。

秦越人拍着子容的脊背点头说：“干爹知道、干爹知道！”然后拉住子容，指着佚妹说，“快见过你干娘。”

子容一怔，大礼三叩首说：“不孝儿子容，拜叩干娘！”

佚妹湿眼红脸拉起子容说：“子容快起，你干爹天天念叨你，今天总算见面了！”

众人将目光射向年轻漂亮的佚妹，顿时大惊，议论蜂起。

董财主惊眼端详佚妹说：“啊，越人，这不是菱花吗？她咋又活了呢？”

秦越人用衣襟擦把泪水，笑着对众人说：“董叔，她不是菱花，是我现在的妻子佚妹！”

董财主惊奇地说：“她长得咋与菱花一模一样呀？”

秦越人说：“您老说得对，我第一次见到她时，也以为是菱花转世了呢！”

佚妹听了羞得脸通红，对董财主施礼说：“佚妹见过董叔。”

董财主上下仔细打量佚妹自语：“好、好，奇事啊奇事！天下竟有长得一模一样的人！”然后扯着秦越人转身指着身后的烧饼刘、烧鸡张、酥鱼赵、林儿、墩子说：“你还认得出他们几个人吗？”

秦越人仔细打量五个变成老人的青少年时的伙伴好友，惊喜地说：“啊！这不是林儿弟、墩子哥、烧饼刘、烧鸡张、酥鱼赵吗？你们咋都变成老头了呢？”

五个人一齐上前激动地抓住秦越人的手。林儿眼圈发红说：“越哥，你一走就是二十七年，俺们咋还能年轻啊？”

烧饼刘抹着泪说：“越人哥，你还能认出俺们这些穷哥们，俺们高兴啊！”

秦越人开心地笑着说：“咱们是患难弟兄，没有你们帮衬支持，越人哪有今天哪？”转身对子容说：“子容，你让董叔和他们几个都回咱们家，我今天要和他们好好聊一个晚上！”

子容说：“干爹，俺都安排好了，您快回家吧。”

秦越人拱手转圈说：“乡亲们，有空都到家里来坐坐呀？越人感谢你们，对子容的多年照护啊！”

众乡亲们说：“秦神医，您快回家吧，子容媳妇早把饭做好了，等着您去吃哩！”

秦越人搀住董财主，招呼林儿、墩子、烧饼刘、烧鸡张、酥鱼赵等，笑着说：“走，咱们回家吃饭去！”

众人蜂拥着秦越人向村内走去。

欢聚时光短，在谈笑中不知不觉天便黑了。夜晚，陈设布局依旧的秦家堂屋内灯火明亮。董财主、秦越人、佚妹坐在炕上，林儿、墩子、烧饼刘、烧鸡张、酥鱼赵等坐满屋内各处，气氛热烈，笑声朗朗。子舆、子阳、子豹三人给人们倒水，送柿饼、杏干、黑枣等山区特有干果。

董财主边吃边说：“越人侄子，听说你把死了七天七夜的赵简子救活了，又救活穿好丧衣的虢太子，还在邢邑拦住一个下葬的棺材，救了一个孕妇，当场生下一个大胖小子，是真的吗？”

秦越人笑笑说：“是有这事儿，但没人们传得那么邪乎！”

烧饼刘说：“越人哥，人们还说，你在帝丘斗恶巫时，一纵身就端坐云头，吹口气，就将那帮巫婆巫汉变成了满地滚的粪蛋蛋？”

秦越人笑着说：“这都是瞎说！我一纵身就坐到云头上，那不成神仙啦？”

众人听了哈哈笑。

烧饼刘认真地说：“你就是神仙！俺还听说，你在蓬山住在仙人洞里，几百丈高的山，上来下去都是坐着云走哪！”

众弟子听了笑得前仰后合，子阳说：“刘叔，您说错了！不是坐着云，是带着云！”

烧饼刘不解地问：“咋错了？带着云还不是坐着云？”

子术笑得捧着肚子说：“刘叔，带着云可不是坐着云！”

烧饼刘固执地说：“带着云不坐着，那带它干啥？”

子术说：“蓬山山高，夏秋云雾多，你不带它它也满山飘！”

烧饼刘好像明白了，又说：“那蓬山那么高，狼虫虎豹又多，你们上来下去害怕呗？”

子术说：“刚开始有点怕，见惯了也跟在咱们七间房差不多。”

一直跟着众人哄笑的林儿接话说：“越哥，俺前几天还听人讲，你在缭城（今河北南宫市一带）龙岗村行医时，曾给一个叫齐婴、一个叫公扈的两个病人换了心。他们病好了，齐婴跑到了人家公扈家里，公扈回到了人家齐婴家里，两家老婆见了都不认丈夫，让乡邻们揪着送到官衙里打官司。这事是真的呗？”

秦越人、佚妹听了哈哈大笑，乐得直流眼泪。

酥鱼赵认真地说：“大哥别笑，这事俺也听说啦！还说两班告状人在大堂上见了，妻子跑上去认丈夫，丈夫不认妻子；丈夫走过去拉妻子，妻子不让拉，还骂他耍流氓呢！当官的断不清这桩案，把你从蓬山请过去，才平息了这场官司哩。”

秦越人嘎嘎笑着说：“这都是谁给我瞎编派的呀？说得还有鼻子有眼的！”

林儿说：“越哥，别管谁编的，你就说有没有这回事吧？”

秦越人摇摇头说：“真是乱弹琴！这事让子术给你们说说吧。”

子术笑着说：“师父在蓬山，确实治好两个从缭城来的患心智病的人。一个叫赵齐婴，面色黑红、四肢健壮，却六神无力、智迷言僵；一个叫鲁公扈，面色苍白、肌瘦体衰，却双目闪光、弱不禁风。师父给他们检查诊脉后断定，这两人的病都是从娘胎里带来的，因为腑脏天生缺陷而致。鲁公扈心智虽强硬，而体质衰弱，是因为智多而多虑，才形成性弱少决现象，积忧成疾；赵齐婴虽心智衰弱，却体质强壮，是因为多年遇事缺乏深谋远虑、瞻前顾后，才造成不能独立掌握自己现象，积恨成疾。于是师父就根据他们的病状，给他们做了腑脏修复手术，才使他们都恢复了正常人情况。病好后他们回到家里，鲁公扈妻子看到多年肌瘦体衰的丈夫成了壮汉不敢认，赵齐婴的妻子看到丈夫心智、说话与正常人一样了也不敢相信。赵齐婴就找鲁公扈，让他到家里为他作证；鲁公扈就叫赵齐婴到家里，向妻子解释。这事惊动了邻里，他们就向乡亲们和亲友讲了到蓬山找师父治病的经过，乡亲们就当作奇事，到处哄传开了。根本没有什么为二人换心的事啊！”

林儿释然地笑道：“原来是这么回事啊！俺听了就觉得玄乎，成天琢磨，这越哥治病也太没谱了，咋敢把两个大活人的心随便换了呢？”

秦越人笑笑说：“林弟，当医生的都是依理依药治病，以后可不要再相信人们瞎编乱传我的话了！”

林儿点着头说：“对、对！以后再听到谁编派俺哥，非得跟他理论理论不可！”

子术接话说：“林叔，您别光说俺师父，也给俺们说说咱七间房村里的新鲜事呗？”

林儿不屑地说：“咱这里有啥事好说的，就是吃饭种地呗！”

秦越人眨眨眼说：“说了一晚上，你们还没人告诉我孟伯和赵叔哩，他们身子骨结实不？”

林儿垂下头说：“俺爹和赵叔，十年前就去世了。”

秦越人吃惊地问子容：“子容，这么大的事，你咋不在信上告诉我呢？”

子容红脸说：“您那么忙，儿子怕您知道了，着急分心。”

董财主摆手止住大家说：“天不早了，越人两口子赶了几百里路也累了。今天咱们就到这里吧，剩下的话明天再说，大伙都去睡吧！”

众人听了站起向外走，秦越人和佚妹急忙下炕送行。

月下，秦越人恋恋望着一群离去的乡亲和儿时亲友，感慨地对佚妹说：“孟伯和赵叔可是我们秦家的恩人哪！明天咱们给义父恩师和爹娘上过坟，也要到他们坟上去祭祭。”

佚妹点点头说：“俺还要去祭祭菱花姐！”

秦越人听了，动情地握住佚妹的手。

第二天吃过早饭，秦越人和佚妹便在子容夫妻儿女陪伴下，带着众弟子出门去祭祖坟。七间房村外，春光明媚，秦家祖坟已被子容整修一新，新添的黄土散发着泥土的芳香，使墓冢显得更加高大和肃穆。

子容搀扶着义父先到长桑君坟前。秦越人恭立在长桑君墓碑前，身旁站着佚妹，身后站着子术、子舆、子阳、子豹四个弟子及子容妻子四妹和三个儿女。

秦越人拱手鞠躬后，泪流满面插上祭香，跪地叩首，众弟子相随而跪叩首。

秦越人哽咽着说：“义父恩师，徒儿遵照您临终嘱言，永远立身于民，以治患救人为本。在外游医二十七年，收弟子十二人，安家于蓬山。今回故里，携众徒拜祭义父恩师在天之灵！”说毕泣不成声伏地拜祭。

众弟子也跟着涕泣出声叩首。

子容擦着泪说：“干爹，俺年年春秋领着妻儿代您给师爷上坟，禀报您在各地游医情况和咱家里各项事项。”

秦越人抱住子容说：“儿啊，干爹离家二十七年，难为你代父行孝哇！”

子容哽咽着说：“儿尽父责，天经地义。没有干爹恩师救儿和教养，世上哪还有子容啊？”说着长声而泣。

秦越人疼爱地拍着子容说：“别哭了，有你守护着祖茔家业，干爹放心了！咱们去给你爷爷奶奶上香吧。”

子容扶着秦越人走到秦福寿夫妻墓前说：“爷爷奶奶，干爹回家来给你们上香来了！”

秦越人眼涌热泪踉跄扑上前，抱住墓碑扑通一声跪下说：“不孝之子越人，偕妻佚妹和弟子，拜见爹娘啊！”说毕号啕大哭。

佚妹泪流满面跪在秦越人身旁说：“儿媳佚妹，拜祭二老爹娘！”说毕掩面而涕。

泪如泉涌的子容和子术点燃祭香、摆好祭品，带着子舆、子阳、子豹与子容妻子儿女喊着：“爷爷奶奶，俺们陪师父师娘来看您来啦！”行过三拜九叩大礼，也跪在地上陪着师父师娘哭泣。

闻讯从村中赶来的林儿劝说秦越人和佚妹：“越哥、嫂子，你们别哭了，大叔大婶都去世三十年了，你们哭坏自己，二老会在地下不安的呀！”

秦越人流着泪说：“林儿弟，俺爹娘惨死三十载，至今没有抓住凶手丁二，我这做儿子的，每想起就心疼如绞哇！”

林儿眼涌热泪说：“俺听董叔说，前几年，有人在临淄街头发现丁二摆卦摊，老得已不成样子了。”

秦越人听了一震，气愤地说：“他就是跑到天涯海角，我也要找到他！为冤死的爹娘报仇雪恨！”

林儿说：“临淄离咱们这儿几百里路，你就是找到他又能如何呢？”

秦越人愤慨说：“我要杀了他！用他的头，来祭奠爹娘的冤死亡灵！”

子术接话说："师父，俺现在就带着师弟们去临淄找丁二！"

林儿和子容吃惊地问："越哥（干爹），你（您）真要去临淄吗？"

秦越人擦着泪说："齐都临淄，是天下诸子百家聚集之地。我多年就想到那里去看看，拜访医家名流磋商医技，正好顺便寻找丁二这个恶棍算账！"

林儿趁机劝道："既这样，越哥你就不能过分悲伤，更要保重身体呀！"

秦越人点点头站起说："林弟说得对！思念爹娘之痛和杀父杀母之恨，待抓住丁二再告祭。你带我到孟伯坟上去看看吧？"

林儿点头说："好。"然后扶起秦越人，转身欲移步另一片坟地。

佚妹扯住秦越人的衣衫说："夫君，咱们还没给菱花姐烧祭香呢！"

秦越人一怔说："林弟，你先到孟伯坟上等我，祭过亡妻我就赶过去。"

林儿点点头，走了。

按照古俗，暴毙之妻在丈夫未入土之前不能进祖坟，需选地另葬。菱花之墓选在白洋淀堤岸旁，一是在这里可以让菱花亡灵遥望故乡，二是她自幼生在水乡喜欢水景。秦越人带着佚妹和众弟子在前往菱花坟的路上，昔日夫妻的恩爱便一幕幕闪在眼前——

秦越人在柴老大屋内炕上为中暑昏迷的菱花诊脉，验证寸口脉穴可知三部九候之果；

菱花将一篮咸鸭蛋放在炕上，拿起一个羞涩送到秦越人面前说："你尝尝，这是俺爹用家传秘方腌的。"

新婚之夜，菱花含泪将自己脖子上的菱角饰件亲昵地挂到秦越人脖子上；

鄚邑城内医坊，五庸医登门挑衅滋事，菱花挺身护住秦越人；

风雪之夜，菱花挺着孕身依门望夫归；

傍晚白洋淀堤岸上，菱花点着抱住自己的秦越人额头嗔责说："你还是郎中呢！俺天天跟你睡一个炕上，你咋连俺有了也不知道？"

秦家堂屋，菱花抱着因父母惨死而悲昏的秦越人一勺一勺向嘴中喂水；

腊祭之夜，秦越人抚摸着菱花的大肚子听胎儿踢动；

躲匪兵，菱花在白洋淀渐渐下沉的木筏上摁住惊慌的秦越人说："你别动，俺会水！"毅然跳进初春波涛中……

扶着秦越人的子容说："干爹，别往前走了，咱们到了！"

秦越人一怔站住脚问："到哪里了？"

子容含泪说："到干娘的坟上了。"

秦越人从回忆中清醒，看见子术等已在爱妻菱花坟前摆好祭品、点燃祭香，就踉踉跄跄奔了过去。

子容紧步追着说："干爹，您慢点！"

秦越人泪如泉涌说："二十七年了，她等了我二十七年了！我对不起她呀！”说着扑上去跪在坟前说声，“爱妻菱花，为夫向你赔罪磕头，看你来了呀——”便泣不成声。

佚妹跪在秦越人身旁拱手垂泪说：“姐姐，俺叫桃花，现在替你照看越人。他守誓终身不娶，时刻惦念姐姐。俺爹给俺改名佚妹，让俺伺候他终生，已跟他十三年了。你若同意，就当着他和众弟子的面显显灵吧！俺会像你一样爱他敬他，照护他一生的！”说着泣不成声连连叩首拜祭。

众弟子也跪拜流涕。

子术泪流满面连连用头叩地说：“师娘啊！俺新师娘像您一样贤惠，疼爱师父，热爱弟子，您就显灵答应吧？”

这时，只见平地刮起一股尘浪，那尘浪在滚动中形成旋风，直扑坟前。它绕着众人打旋连转三圈，然后聚于坟头渐渐落散。

子阳惊奇地望着落散的旋风惊叫：“师娘显灵了，同意新师娘是咱们师娘啦！”

子容子术拉着哭成泪人的秦越人说：“干爹（师父），俺师娘已答应新师娘是俺们师娘了。您和师娘，给俺去世师娘亡灵行个拜谢礼吧！”

秦越人站起擦把泪水，拉着佚妹说：“佚妹，我委屈了你十三年，虽然我们天天同床共枕，并没举行婚礼。今天得到爱妻在天之灵的恩准和宽恕，我们一块给她行个礼，既是感谢她对你我的厚爱，也是补我们夫妻结合的大礼！”说毕二人挽手而跪。

佚妹泪流满面说：“菱花姐你放心吧，你把越人交给俺，俺一定像你一样照顾好他，一辈子恩爱不弃！”说毕扑进秦越人怀里号啕大哭。

秦越人抱住泪水成串的佚妹说：“爱妻，越人也会像爱菱花一样，疼你爱你的！”

从菱花坟前走到孟伯坟前，已时近正午。春阳下，秦越人和佚妹率众弟子拜祭后说：“子容子术，你们陪你师娘先回去吧。我和林儿弟，坐在这儿说会儿话。”

林儿望着离去的佚妹和子容等人的背影说：“越哥，乡亲们说，俺这新嫂子不光长得跟菱花嫂子一模一样，连走路说话也跟菱花嫂子一个样儿，你是咋逢上的呢？”

秦越人叹口气说：“世上事，无巧不成书。十三年前我到殷墟去看古，逢上劫匪打劫，逃命中夜里落进汤邑夏家庄村外一口枯井里，摔崴脚踝骨昏迷，被当地名医艾仙父女搭救到家中治疗。当我从昏迷中醒来，第一眼看到佚妹，也以为她是菱花转世呢，差点没闹出笑话来！我在她家养伤两个多月，临别时艾仙不光将祖传的《艾经》赠予我，还将女儿佚妹许配给我。我心里虽然喜欢佚妹，但我不能违背在你嫂子坟前发过的‘终身不娶’誓言，艾仙就让桃花改名佚妹相随。今天你嫂子显灵应允，我们才算成了正式夫妻。”

林儿感佩地说："你能有佚妹这么贤惠漂亮的新嫂子相伴，俺菱花嫂子在地下也安心啦！"

秦越人扭头望着孟伯的墓碑说："林儿，咱别光说我了，说说孟伯吧！"

林儿抬头看着秦越人发红的眼睛说："自你带着子术子仪离开家后，俺爹他是常惦记念叨你呀！咽气前还问你啥时候能回来？他心里有话想对你说。"

秦越人听了，泪流成河说："你知道他要给俺说啥话吗？"

林儿哽咽着说："他惦记你孤身一人没人照应，乱世中到处游医的安危，盼着你功成名就后落叶归根！"

秦越人擦着泪说："我虽非孟伯亲儿，他关爱我却超过你。每遇灾难，都是他站出来抵挡。越人能有今天，皆是孟伯赵叔和众乡亲苦心教诲帮衬的结果呀！"

林儿涕泣着面向爹的坟说："爹，您在地下听到了吧？俺越哥没有忘记您，没有忘记咱七间房的众乡亲们啊！"

秦越人说："孟伯，您放心吧！越人永远记着您的教诲，记着众乡亲在苦难中帮助我的恩情！"

林儿忽然想起什么，抹把泪说："越哥，俺爹死前还说了一件大事，让俺务必要告诉你哪！"

秦越人吃惊地望着林儿问："什么大事？快告诉哥！"

林儿说："俺爹和赵叔生前几次商量，想等你回来给咱七间房改个村名。"

秦越人不解地问："为啥要改村名呢？"

林儿说："俺爹和赵叔说，越人现在是闻名天下的名医了，七间房这个村名太土气也没啥讲头，想让世世代代的后人都记住秦越人这个名字，激励他们立志成才！"

秦越人思忖着说："这两位老人用心很深，他们不仅是激励后人，也是鼓励和鞭策我珍惜荣誉呀！"然后望着林儿问，"他们说要改叫什么名字了吗？"

林儿摇摇头说："他们只是议论，说让你回来定。"

秦越人问："那他们都议论到什么名字了？"

林儿说："一会儿说叫越人庄，一会儿说叫扁鹊村，一会儿说叫神医村，一会儿又说叫秦家庄。谁也拿不准，说要等你回来商量，由你定！"

秦越人沉思着说："这改村名之事是件大事，你回村里再找乡亲们议议，也容我细细考虑考虑。"

林儿说："乡亲们都盼着改村名哩！这几天不少人找俺，让俺向你提哩。你回来一趟不容易，可别凉了大家的心。"

秦越人点点头说："我知道。"

一天之内，祭了多年牵挂思念之灵，秦越人心中轻松多了，但却添了一件难推之事。夜灯下，秦越人躺在炕上被窝里，望着房梁发呆。

脱衣钻进被窝的佚妹望着秦越人问：“夫君，累了一天了你还不睡，又琢磨啥事哩？”

秦越人侧转身望着佚妹说：“林儿在孟伯坟上给我出了一个难题。”

佚妹吃惊地问：“啥难题？”

秦越人说：“他说孟伯赵叔生前留下话，让我回来后给村子改个名字。”

佚妹说：“村子改名可是大事！让乡亲们议论定吧，你可不能独断啊？”

秦越人说：“我知道。可大家议论的名字都跟我有关，怎么办呢？”

佚妹一怔问：“大家都说改啥名了？”

秦越人说：“一说改成越人庄，二说改成扁鹊村，三说改成神医村，四说改成秦家庄。”

佚妹思忖着说：“这些名字都太显眼了。夫君一生谨慎反感张扬，万不可同意这样的名字！”

秦越人说：“我也是这样想，可乡亲们的一片好意也不能置之不理呀？”

佚妹眨眨眼说：“俺觉得七间房这名字就挺好听的，多亲切呀。”

秦越人说：“叫这个名字，是因为先祖立村之初，只有七间草房。现在村里已有一百五十多户人家了，房子近千间。人们觉得村名太小气了，也想用我的名字来激励后人成才。”

佚妹说：“大家都是好意，可俺觉得决不能用你的名字当村名！”

秦越人说：“正因为如此，我才上愁呢。你帮我想想，起个啥名，既能激励村人又有意义呢？”

佚妹笑着说：“俺可没这本事，你自己想吧！”

秦越人伸手推推佚妹说：“好妻子，蓬山医馆的名就是你想出来的，你再帮我想想村名吧！”

佚妹转着眼珠思索了一会儿说：“既不能露你的名姓，又要让村里人听了都高兴，还要鞭策后人，那、那就叫祖——业——庄吧！行不行？”

“祖、业、庄，祖业庄？”秦越人出神地品味“祖业庄”三个字，兴奋抱住佚妹亲一口说，“好名字、好名字！七间房不仅是我们秦家的祖业庄，也是村中各家各户的祖业庄呀！你这脑瓜是咋想出来的呢？”

佚妹红着脸嗔道：“看把你高兴的，像个孩子似的！”

秦越人不好意思地说：“治病救人我还凑合，对这起名之类的事，还真是个外行！你不帮我，真的想不出一个好词来。”

佚妹若有所思地说：“这个名字先别说出去，多听听村里乡亲们的议论，到咱们离开时再告诉大家。”

秦越人点点头，心中涌起一股股对佚妹聪明、贤惠、体贴、大度、周密的感动，幸福地抱住她进入梦乡。

和煦的春阳给房舍又披上了金光，院内的皂角树爆出嫩绿的叶芽。秦越人起床洗盥后，在皂角树下踢腿拉臂运气做着自编的健身拳。子术、子舆、子阳、子豹也各自做着健身练气运动。

子容走到子术身边问："师弟，俺干爹练的是什么拳哪？"

子术收住架势笑着说："是师父自己编的。"

子容关切问："他每天都练吗？"

子术说："每天都练，风雨无阻。"

子容赞慕地说："你看他那手脚轻的，像个武术高人！"

子术小声说："他一运气，能跳一丈多高，攀山登岩轻盈如猿，连我也赶不上呢！"

秦越人收住架势笑着问："谁又在背后说我坏话呀？"

子术说："师父，师兄羡慕您的拳术。"

秦越人瞧一眼子容说："子容，你怎么不练拳脚呢？"

子容红脸说："我一天忙忙叨叨，把您教俺的那些拳脚都忘了。"

秦越人正色说："再忙也要练拳。行医之人首先要自己身体好，才能给人治病啊！"

子容说："儿子记下了，今后坚持每天练拳！"

这时，董财主笑吟吟领着烧饼刘、烧鸡张、酥鱼赵进门，看一眼在院内练拳的众弟子说："越人，你们过得好热闹哇！"

秦越人笑着迎上说："董叔，您怎么又来了？我正打算明天带着弟子们去鄚邑城里，看你们去呢！"

董财主指指烧饼刘、烧鸡张、酥鱼赵手中提的东西说："他们把自己拿手的吃头都拿来了，要让你和夫人、弟子们尝尝咱鄚邑的特产风味！"

秦越人嗔怪说："弟兄们都这么大年纪了，还拿东西来，这不是让我难堪吗？"

烧饼刘笑着说："越哥，俺们仨拿的东西，都是清晨起来自己亲手做的，还热乎着呐，快让家里人来尝尝吧！"

秦越人扭头冲屋内喊："佚妹，叫四妹和孩子们快出来！董叔和烧饼刘几个给咱们送好吃的来啦！"

佚妹闻声和四妹及孩子们走出屋，笑着说："啊呀，是董叔和弟兄们来了啊！快坐、快坐！"

子阳、子豹等急忙给董财主等搬来小凳和蒲团，大家一块坐在皂角树下。

秦越人对佚妹、众弟子和四妹及孩子们说："你们傻站着干吗？快动手吃呀！"说着率先拿起一个烧饼。

烧鸡张撕了一个鸡翅送到秦越人手中说："就着鸡肉吃，尝尝还是不是当年你吃的那个味儿？"

酥鱼赵用筷子夹起一块酥鱼放到秦越人手中的烧饼上说："尝尝俺这鱼，跟当年一样不？"

佚妹和众弟子、四妹及孩子们一齐下手拿烧饼、鸡肉和酥鱼。

秦越人兴奋地吃着说："没错！就是这个味！比当年的还好吃呢！"

佚妹品尝着说："这烧饼外焦内软，真香！"

子豹大口嚼着说："这鱼连骨头都是酥的，俺再不怕鱼刺扎嗓子了！"

子舆几口将一个烧鸡腿进肚，说："张叔，您这烧鸡都放了啥作料，咋这好吃呢？"

子阳乐着说："这鄚邑美食，比赵简子相府和虢君王宫里宴席上的饭菜都好吃！"

董财主和烧饼刘、烧鸡张、酥鱼赵听着众人的议论，望着秦越人和众弟子的香甜吃相，乐得哈哈笑。

董财主说："你们喜欢吃，子容再去蓬山拉药材的时候，让车给你们带些去！"

烧饼刘、烧鸡张、酥鱼赵说："这个办法好！每年保证让你们解几回馋。"

秦越人一个烧饼一个鸡翅一块酥鱼进肚，接过子容送上的布巾擦过手问："董叔，你们咋结伴来了，准是有什么事要告诉越人吧？"

董叔笑着说："啥事也瞒不过你这神医的眼！"停了一下接着说，"俺们一块来，是有一个重要消息要告诉你。"

秦越人一怔说："啥消息？"

众弟子听了也都停止吃，把目光投向董财主。烧鸡张抢话说："俺们听说，鄚邑令把您回家的消息用快马报给齐王了，让齐王召见您哪！"

秦越人皱皱眉说："我一个乡野游医，让齐王召见我干什么？"

董财主笑笑说："这还不明摆着，你现在名震天下，又是齐国人。鄚邑令想借让齐王召见你，抬高自己的地位，利用你彰显齐国在诸侯中的威望呗！"

秦越人说："我这次回故里，是打算去齐都临淄一趟。听说那里建了个稷下学宫，集天下诸子百家名流，其中不乏医家高人，我想去学习请教。若让鄚邑令挟持利用，岂不成了政客们手中的玩物？"

董财主正色说："正因如此，我才邀了烧饼刘他们三个一块来，一是来给你报个信儿，早作打算；二是若真让官府把你请走，咱们也再难相聚了。今日相聚，也权当俺们给你送行了！"

秦越人听了，凝神沉思了一会儿说："董叔所虑极是。越人遵师命永远立身于民，以治病救人为本，向来厌恶官场政客们那种趋炎附势、尔虞我诈、勾心斗角的行为，岂能让鄚邑令之流利用？"他扫视一圈众弟子，对子术说："子术，你们几个抓紧准备，明天一早我们便离开这里！”

子术拱手说：“遵命！”招呼子舆、子阳、子豹离去。

佚妹着急地说：“夫君，那为村子更名之事咋办呢？”

秦越人站起对子容说：“你傍晚时将林儿、墩子和村中长辈们叫来，一块吃顿饭，说我有事与众乡亲商量。但我离开之事，万不可泄露！”

子容眼涌泪说：“干爹，您二十七年才回一回家，悄悄离开，儿咋向众乡亲交代呀？”

秦越人拍拍子容肩头说：“为父这次回来，该见的人都见了，该办的事也都办了，实不忍临别之时再叨扰众乡亲涌门相送。即使没有董叔所说之事，为父也会悄然离开的！”

子容擦泪说：“我们父子相聚还不到十天，孩儿实不愿让干爹干娘和师弟们离去呀？”子容三个孩子闻言，急忙扑向秦越人和佚妹，抱住腿齐声说：“爷爷奶奶，俺们不让你们走！”

秦越人闻言眼圈发红，一手将子容揽住，一手揽住用乞求目光望着自己的天真可爱的孙子、孙女，泪如雨下。佚妹更是热泪涟涟。

众人见了纷纷站起，董财主拉住子容的手说：“子容，不要难过了，你舍不得你干爹走，俺们也舍不得呀！他也想在故乡多住几天，可世事多变，咱们不能让你干爹被官府挟持啊？你老流泪，会让你干爹干娘心里更难受的。”

子容点点头，擦去泪水强作笑颜说：“干爹干娘，你们放心走吧，儿会照看好咱们这个家的！”

秦越人点点头对众人说：“明年是我六十岁生日，到时让子容雇两辆车，拉上董叔、刘弟、张弟、赵哥和林儿弟、墩子哥、四妹和孩子们，一块到咱们蓬山那个家去聚几天！”

子容儿子铭恩兴奋地说：“爷爷，到了那里让俺们爬山吗？”

佚妹泪眼含笑抚摸着铭恩的头说：“不光爬山，爷爷奶奶还要带你们上山摘野果抓山鸡呢！”

子容女儿小芳抱住佚妹胳膊说：“奶奶，俺要去看爷爷奶奶住的仙人洞。”

秦越人抱起五岁的小芳疼爱地亲一口说：“好孙女，到了那里，你想去哪儿就去哪儿！”小芳听了兴奋地连亲秦越人几口说：“谢谢爷爷、谢谢爷爷！”

董财主笑眯着眼说：“越人，你好幸福哇！子容四妹给你生了俩孙一孙女呀！”

秦越人满脸笑成一朵花说：“董叔，天不灭秦氏啊！”

烧鸡刘说：“这话讲得好！天不灭秦氏！”

众人听了，个个开心地笑着。

傍晚，秦家堂屋的炕上和地下摆着几张地桌，子术带着子舆、子阳、子豹向地桌上端放着各种美食佳肴。

林儿领着二十几个老汉进门，秦越人佚妹站在堂屋门口拱手笑道："乡亲们请屋里坐！"

子容、子术等弟子笑脸上前将老人们扶进屋内坐下。

林儿望着桌上丰盛的食品问："越哥，你这是干啥呀？不过节不遇事的，你咋又请起俺们来啦？"

秦越人笑着坐到炕上说："不过节不遇事，咱们这些老头子们就不能聚在一起吃顿饭了？"

墩子说："俺觉得你太客气了，有事说事，吃饭多破费呀？"

众人说："是啊、是啊，从你爹在世到现在，乡亲们有病到你家看病拿药，从没收过钱，得你秦家的救济大啦！要说请，也该俺们大伙请请您，您可给咱七间房挣了大脸啦！"

秦越人摇头摆手说："老哥老弟们，你们把理儿说反啦！我越人在家时，哪一回遇到灾难，不是靠众乡亲们帮衬过的坎？我离家时，子容才十七岁，他能撑起这个门户，哪一件事不是众乡亲们照护的？连他成家娶媳妇都是你们帮着办的呢！"

众人听了哈哈笑说："这都是乡邻们应尽的义务，不值一提！"

秦越人继续说："讲心里话，我们父子能有今天，都是乡亲们的功劳呀！大家有了病来找我们看，拿点药，那是应当应分的！容儿，你说对不对？"

子容笑着说："俺干爹说得对，乡亲们都是俺秦家的恩人哪！"

墩子说："要说恩人，越人弟和子容才是咱全村人的恩人哪！那年闹瘟疫，四乡的郎中都吓跑啦，连鄚邑城都关门不让进了，你不戴孝行医，哪还有俺墩子和众乡亲们呀？咱们这片地方的人能活下来，多亏你在院里支锅熬的那'救生汤'啊！"

林儿接话说："哥，你知道不，城里说书的都把你那年戴孝行医、用'救生汤'除瘟的事编成段子唱啦！"

秦越人惊奇地问："还有这事？他们都编唱啥了？"

墩子说："唧了会唱，让他唱唱吧！"

众人把目光射向唧了，说："唧了，你站起来唱两句，叫越人听听呗！"

唧了红着脸说："俺唱不好，是在城里卖菜时听人唱，跟着瞎哼哼的。"

秦越人笑着说："唧了，都是自家人，唱几句让我听听！"

唧了站起来清清嗓子说："那俺唱了，你们可别笑话俺！"

众人说："不笑、不笑，快唱吧！"

唧了两手一舞学着说书的架势唱道：

"话说鄚邑城外，有个小村叫七间房！村里人不多，却出了个神医姓秦名越人。他十二岁拜师长桑君，学得浑身医术，还创造了脉取寸口。但好人多难，闹兵乱秦越人死了恩师，双亲又被恶徒丁二放火烧死！那一日，他身披孝衣正守亡灵，这老天‘嘎炸炸’一声响，就把瘟病洒向人间！眼看着病人死了一个又一个，众乡亲急得束手无策、抓耳挠腮！郎中跑，官府逃，这天下眼看乱成一团，就要惨绝人寰了！长桑君亡灵在天上坐卧不安，气愤之下，深夜偷落坟头，指着秦越人大骂道：‘好你个小兔崽子！我把浑身绝技都传给你了，你为啥不去救人？守着我这个死人坟哭啥呢？’说毕“嗖”的一声，举棍便打！秦越人在地上滚来滚去，连声惊叫求饶，长桑君这才息怒停棍，然后从怀里掏出一个药方，扔在地上说：‘你要是我徒弟，快去用这个方子配药救众乡亲！否则，咱们师徒情谊从此一刀两断！’秦越人听了，不敢怠慢，连夜回到家中熬出‘救生汤’，咱鄚邑这片地方才化险为夷，保住了生灵！这就是秦越人戴孝行医一小段，要想知道他如何奇诊赵简子、救活虢太子，且听下回分解！”

秦越人听得热泪涟涟，众人和众弟子齐声叫：“说得好！说得好！”

唧了说：“越人哥，鄚邑城说书的编你的段子有十几个呢！你想听，哪天俺去把他请来，专给你唱两天！”

秦越人擦泪笑着说：“算了、算了，让说书人瞎编去吧！大家快吃桌上的东西，再不吃就凉了。”

林儿边吃边说：“哥，那天在坟上，俺让你给咱村改名的事，你想得咋样了？”

秦越人望一眼佚妹笑笑说：“林弟，我让你找乡亲们议议，大家又有啥新名没有？”

林儿说：“乡亲们想来议去，还是那四个名，一个是越人庄，一个是扁鹊村，一个是神医村，一个是秦家庄，再想不出新名了。大伙说，你走南闯北阅历广，你就给定一个吧。没有新词，这四个名字，叫哪个都成！”

秦越人笑着说：“这事儿，自林儿告诉我，我还真认真想了。琢磨了几天，也没琢磨出更合适的名字来。”

众人说：“那您就从四个名字中定一个吧！”

秦越人笑笑说：“我觉得这四个名字，都不大合适。”

众人停住嘴和筷，一齐望着秦越人问：“咋不合适？”

秦越人一本正经地说：“这四个名字都与我有关，咱们得起个跟每家每户都有关的名字。”

墩子说：“连你都琢磨不出新词儿，俺们这些高粱花子，就更想不出来新道道啦！”

秦越人笑着说：“你们别着急呀，我没辙了，还有高人哪！”

众人互相观望着问：“谁？”

秦越人笑眯着眼，指指佚妹说：“她！”

众人闻言，吃惊地一齐将目光投向佚妹。佚妹羞怯地脸红脖粗说：“大伙别听他瞎说，他光想让俺出丑！”

众人哈哈笑着说：“佚妹，越人哥（弟）都点你的将了，您就给咱村改个名吧！”

佚妹勾下头羞得不语，秦越人说：“大伙别难为她了。她不说，我替她说，她给咱村起了个新名，叫‘祖、业、庄’！”

众人听了都愣啦。唧了说：“越人哥，为啥叫祖业庄啊，给俺们讲讲呗？”

秦越人喝口水说：“祖业庄，就是咱们七间房村各家各户，创业的村庄！”

林儿眨眨眼说：“哥，俺咋觉得这个名，没大伙说得那四个名字响亮呢？”

秦越人笑笑说：“林弟，你仔细品品‘祖业庄’三个字，它的内涵和分量，比你说得那四个名字都大都更有意义呀！它不仅包含了俺秦家创业，也包含了各家各户的创业呀！对外出的人是个鞭策，对生活在村里的人是个鼓励，对去世的人是个纪念，对后人是村史家史和祖德的弘扬啊！”

众人思忖嘀咕了一会儿齐声说：“好，这个名字好！咱们七间房，就改名叫‘祖业庄’吧！”

墩子兴奋地说：“越弟，乡亲们见你一回也不容易，就麻烦你把‘祖业庄’三个字写成牌子，挂到咱们村口，俺们看到这块牌子，就当看见你啦！”

秦越人笑着说：“行！今天晚上我就写，明天就让子容去找人做牌子！”

众人高兴地站起说：“佚妹，俺们代表全村老少，谢谢你和越人啦！”

佚妹红着脸瞅一眼秦越人说：“你们谢就谢他吧，都是他想的主意！”

众人听了齐声哄笑。

心满意足的众乡亲离去了，秦家院内却进入紧张的打包装车出行准备。夜深人静，秦家门口停着子舆驾的马车，子术、子阳、子豹牵马站在车后。秦越人和佚妹走出大门，又返身回到门洞里。

佚妹动情抱住子容妻子四妹替她擦着泪说：“别哭了，你干爹和我看到你们过得恩爱幸福，都挺高兴的！”

秦越人含泪抱住子容说：“儿啊，你的孝心干爹知道，这个家就全托付给你了！”

子容哽咽着说：“干爹放心，有儿在就有咱秦家在！您岁数大了，路上一定保重啊！”

秦越人松开手，头也不回和佚妹登上车离去。

子容快步上前，拉住就要上马的子术手叮咛说：“师弟，干爹和干娘的安危，俺全交给你和师弟们了！你们一定要照护好他和干娘的衣食住行啊！”

子术点点头，抱住子容说：“师哥放心，你和嫂子保重！”说毕跨马扬鞭向秦越人的马车追去。

第三十三章
访临淄四望齐桓侯（上）

闻名天下的齐国稷下学宫，坐落在齐都临淄西门（稷门）外大道之北，坐北面南，规模宏伟，建筑壮观。气派的宫门内，迎门是一座高大的大殿，大殿两侧是一座座由回廊相连的诸子百家名流讲学论道的别馆，大殿之后为一座座供天下名士著书住宿的驿舍。

灿烂春阳下，秦越人与佚妹、子阳、子豹站在稷下学宫门前，兴奋地观瞻着这片宏大的建筑群和衣冠整洁人进人出的大门。

子阳惊讶地说："师父，这稷下学宫，咋比虢国的王宫还大还气派呢？"

秦越人笑笑说："东虢只是个依靠周天子亲缘而封的三等小侯国，齐国是当今天下经济最发达、军事最强盛、文化最繁荣、地域最广大的群雄中霸主，二者咋能相提并论呢！"

子豹第一次见到这么宏伟的建筑，吃惊地说："师父，那齐王的王宫，一定比这稷下学宫还高大宏伟吧？"

秦越人笑着说："齐王的宫殿是啥样，师父也没见过，等串到那里你们就知道了。"

佚妹若有不解地问："夫君，这学宫的名字为啥叫'稷下'呢？"

秦越人眨眨眼，指着稷下学宫旁边高大威严的城门说："你们看，那城门叫稷门，这学宫建在稷门之下。如果我没猜错，这稷下学宫之名，大概就是由此而来吧！"

子阳问："师父，这稷字是啥意思呢？"

秦越人捋着白须说："稷，由四个字组成，一是'禾'，二是'田'，三是'人'，四是'文'，意思是说，有本事的人在田地耕种五谷收获庄稼。它的原义是一种粮食作物的名字，由于被先祖发现早，被奉为百谷之长，以神敬之。民以食为天，谷物丰收就天下安宁，否则便乱。帝王们为永保江山，就祈求谷神保佑年年五谷丰登，于是'稷'字就成了社稷的代称。"

子豹问："师父，这齐王咋把稷字刻在城门上呢？"

秦越人说："齐王将都城的西门命名为'稷门'，也是期望齐国世代富裕繁荣不缺吃穿哪！"

子阳惊奇地观瞧着说："这门口人进人出的，像赶集似的，也没人管。师父，咱们也进去看看吧？"

秦越人点头说："这稷下学宫，是天下诸子百家云集的地方，堪称高人云集之处。你们进去后，遇到盘问和交谈，万不可妄言，只说我们是过路学子，更不能说出我的名字。咱们在这里好好学习几天，听听诸子百家们的各种高论！"

子阳、子豹兴奋地说："弟子记下了！"便跟随秦越人进入稷下学宫。

他们一行走进稷下学宫大门，来到大殿南侧一座别馆前，正好从门内走出甲子、乙子二位年过四十热切交谈的学士。子阳便上前拱手施礼道："先生请留步，请问这别馆之间如何区分呢？"

那二学士一怔，站住回礼说："年轻人，你称呼差矣。我们不是先生，而是邹衍先生门下的学士。你是何方学子，要找何人哪？"

子阳赔礼说："在下初到临淄，不懂学宫规矩，想问诸家先生各聚哪里？请学士海涵指点！"

学士甲子说："不必客气。这稷下学宫是天下学子会聚之地，一座座别馆也因学派而异，大殿右侧分别为道、儒、法、名、墨，左侧分别为阴阳、小说、纵横、兵、农、医。"

学士乙子望一眼子阳身后之人，问："你们从哪里来？是哪家学子？"

子阳说："俺们是山野之人，路过临淄，前来观瞻和听各家先生讲学。"

学士甲子说："这稷下学宫先生多达千余人，学士数以千计，你们打算听哪位先生讲学呢？"

子阳眨眨眼说："俺们都想听听。"

学士甲子笑笑说："这就难了。各别馆和大殿每天都有先生讲学，你们没有明确学派，我们怎么指引位置呢？"

子阳说："二位学士，能告诉俺在大殿讲学和在别馆讲学的区别吗？"

学士乙子说："在别馆讲学，是相同学派的先生们在一起切磋交流商榷，而在大殿讲学的，都是当今各学派的名流议论天下大事！"

这时从宫门之外进来一顶亮轿，亮轿上坐着一位头扎纶巾、身穿宽袖长衫、五十多岁的富态长者，轿后蜂拥着几十名学子，直奔大殿而去。

学士甲子见了，慌忙说："这位学子，对不起。你有什么问题去学宫'祭酒'处问吧，我们要去听邹大夫讲学了。"

子阳追着问："祭酒处是做什么的，邹大夫又是何人哪？"

学士乙子说："祭酒是学宫的主持，祭酒处就是祭酒侍从们接待来访学子的地方。邹大夫就是当今阴阳名家，邹衍先生啊！"说毕慌慌向大殿跑去。

子阳还要追着二位学士去询问，秦越人上前扯一把子阳说："别追了，咱们也去听听邹衍先生讲学吧！"

稷下学宫大殿内宽敞宏大，能盛二三百人，座无虚席，讲台上一张巨大几案后坐着挥手演讲的邹衍，他背后的墙上挂着一幅巨大的阴阳八卦图。秦越人与佚妹、子阳、子豹找一个空当坐下，望着台上。

邹衍挥手说："天下大事，皆由阴阳二字所定。阴阳失调则乱，阴阳相谐而兴。明主以谐统万民、服天下，称为王道；昏主以暴以恶骇天下惮万民，称为霸道。岂不知，天行有常，不为尧存，不为桀亡；地行有规，不为舜存，不为纣亡。智者循天理，顺民意；庸者悖天理逆民心，自然寿短而多难！"

听讲学子中一位站起说："请问邹衍先生，你是赞成王道呢，还是赞成霸道？"

邹衍笑笑说："王道以德治天下，重人才轻珠宝，以求天道人道合一为终极；霸道以暴虐和杀戮图权谋位，以万民之不幸图个人之兴荣。我当然支持王道而反对霸道了！"

话音一落，大殿内顿时响起叫好声和鼓掌声。

另一学士站起问："邹衍先生，西秦自商鞅变法以来由弱国变强国，你们齐国为什么不效仿西秦实施变法呢？"

邹衍笑笑说："变法有各种形式。西秦实施商鞅变法，意在称霸天下。我齐国自周天子开国，就是诸侯中的大国。当今国主，上应天命，下受民拥，励农桑倡礼仪，百业兴盛。现在我大齐地方两千里，带甲数十万，百姓乐业，粟如丘山，远胜西秦商鞅变法之果！特别是桓公以旷古之胸怀，无先之气魄，创立稷下学宫，集天下诸子百家之士于齐都，广开言路，尊贤纳谏，已成浩然之气！这种治国胸怀和方略，岂是西秦商鞅变法能比的吗？虽然我国大王不以攻伐杀戮惮天下，却更胜西秦的八十万虎狼之师啊！"

演讲结束，数百学子掀起狂热的叫好声，有的大喊："讲得好！"有的大喊："王道必胜，霸道必败！"拥出大殿恭送邹衍。

秦越人拉着佚妹，招呼子阳、子豹跟着沸腾的人群离开大殿，又逢上学士甲子和学士乙子。

学士甲子兴奋地说："啊，原来你们也是来听邹先生讲演的？"

秦越人笑着点点头说："这邹先生很精通阴阳之术哇！"

学士乙子说："那当然！他是当今的阴阳大家，现任齐国上大夫，门下学子五百余人。"

子阳惊讶地问："啊，他哪来那么多徒弟呀？"

学士乙子更正说："不是徒弟，是学子。"

学士甲子问："你们是哪国人，怎么也到稷下学宫来听讲学呢？"

秦越人笑笑说："我们是鄚邑人，到临淄来访友。"

学士乙子一怔说："听说鄚邑有个神医扁鹊，姓秦名越人，你们见过吗？"

秦越人眨眨眼笑道："怎么，你们认识他？"

学士乙子摇头说："不认识，只是听人说。那可是个神仙一样的当代名医呀！我们学宫祭酒慎到先生，常在讲演中提到他。"

秦越人闪闪眉问："慎到祭酒都说他些什么呢？"

学士甲子说："慎先生说他是当今医圣，齐国的骄傲！"

学士乙子说："慎到先生还说，神医扁鹊若到稷下学宫来讲学，四方学子非把这大殿挤塌不可！"

秦越人神色庄重地说："为什么呢？"

学士甲子说："他奇诊赵简子，使虢太子起死复生，拦棺救葬妇，治愈邯郸花柳病，在雒阳医老人耳目病，在帝丘治鼠疫斗恶巫，在缭城巧换二人心，哪一件不是天下奇迹呀？"

学士乙子说："还有他创诊脉独取寸口，这可是前无古人的重大发现哪！"

佚妹、子阳、子豹听了个个兴奋，秦越人笑笑说："二位学士光问我们了，你们都是哪里人啊？"

学士甲子说："俺是燕国人。"

学士乙子说："我是西秦人。"

秦越人说："我们第一次来临淄，你们能给我们讲讲这齐都风情吗？"

学士乙子说："这齐都临淄的繁华，超过周天子的镐京雒阳，素有'三里之城，七里之郭'之誉！"

子阳好奇地问："啥叫'三里之城，七里之郭'呀？"

学士甲子说："所谓'三里之城，七里之郭'，是说齐都内城周长三里，外城周长七里，共有城门十三座。内城为王宫和文武大臣住地，外城为五行八作和庶民百姓生活之地，共有七万余户人家，商贸发达，百业繁荣！"

子豹说："俺在城内街上看到不少人在斗鸡斗狗，那是咋回事啊？"

学士乙子笑着说："那是齐都独有的市井风情景观！齐人不仅喜欢斗鸡斗狗，还喜欢吹竽鼓瑟、弹琴击筑、六博蹴鞠呐。"

子阳吃惊地说："他们不种地，一天到晚地玩乐，吃啥喝啥呢？"

学士甲子笑笑说："齐人家殷富足，民性仗义好玩！"

秦越人问："诸子百家们都以何种方式，到稷下学宫来讲学求学呢？"

学士乙子说："稷下学宫是天下学子游学的地方。在这里讲学的学者，被称为'稷下先生'，跟随先生的门徒被称为'稷下学士'。无门无派的听讲者，被称为'稷下学子'。"

秦越人问："都有哪些人到这里来讲学呢？"

学士甲子说："这可多啦。有孟子、淳于髡、慎到、田骈、邹衍、申不害、接子、季真、环渊、彭蒙、尹文、田巴、儿说、鲁仲连、邹爽、荀子等，各学派名流可以说都争相而来！”

秦越人问：“讲学的先生们是想讲什么就讲什么呢，还是有题而论哪？”

学士甲子说：“学宫倡导百家争鸣。无官府，无言责，不任职而论国事。”

学士乙子说：“每位先生讲学，齐王都派人来听，集中众人谋略智慧，修订齐国弊政。其中不少人，像慎到、邹衍等先生，都被齐王委以重任，位列上大夫！”

秦越人感慨自语：“人君之欲平治天下而垂容者，必尊贤而下士啊！”

学士甲子说：“老先生，您是攻读哪一学派呀？”

秦越人笑着说：“在下不懂学派，只是一位游医，随便到稷下学宫来看看。”

学士乙子吃惊地上下打量秦越人说：“游医？您是不是就是人们传说的，神医扁鹊秦越人哪？”

秦越人哈哈笑着说：“年轻人，你怎么觉得我像秦越人呢？”

学士乙子说：“传说秦越人也是白发白须、仙风道骨哇！”

佚妹推推秦越人说：“夫君，咱们快回客栈吧，天色不早啦。”

秦越人向二位学士拱手说：“谢二位学士指点迷津，我们告辞了！”说毕转身带着佚妹、子阳、子豹离去。

学士乙子望着秦越人一行人的背影对学士甲子说：“我咋觉得，这位老先生不是一位凡人呢？咱们赶快去把这件事报告邹先生吧！”

学士甲子兴奋地说：“他要真是神医扁鹊，咱们可是大功一件哪！”

繁华的临淄街头，店铺楼阁林立，街上人群熙熙攘攘，叫买叫卖之声此起彼伏，斗鸡斗狗、吹竽六博之景随处可见，吹竽鼓瑟、弹琴击筑之声不时从街道两厢楼阁和深院中传出。奉师命寻找丁二的子术和子舆穿梭在人群中，向左右观瞧着。他们从一条大街走到另一条大街，从一个街巷走到另一个街巷。

子舆抬头望望西斜的太阳，擦把汗说：“师哥，咱们都把这临淄城串了两遍了，怎么还不见丁二那王八蛋呢？”

子术黑着脸说：“说话干净点！就是把这临淄城翻个个儿，咱们也要找到杀害爷爷奶奶的凶手！”

子舆疲惫地说：“不是俺丧气，这临淄城也太大了，这么多人，这么多大小巷子，咱们到哪儿去找哇？”

子术思忖着说：“咱们不能只串大街了，要挨街挨巷排查！凡是看见摆摊算卦的，就去打听，总会找到的！”

子舆揉着酸腿说：“咱们都问了几十个算卦的了，他们都说不认识丁二。”

子术指着前面一个小巷口，精神振奋说：“子舆你看，那里有个算卦的老头，咱们再过去问问！”

二人走到卦摊前，坐在小凳子上的老人抬起头问：“二位客官，你们是算卦还是测字？”

子术拱手施礼说：“老人家，俺们不是来算卦测字的，向您打听一个人？”

那老头转着眼珠打量站在面前的两个年轻人问：“你们打听什么人？”

子术和颜悦色说：“有个叫丁二的算卦先生，您认识吗？”

算卦先生惊目盯着子术、子舆看了一会儿，问：“你们是他什么人？找他什么事？”

子术听了兴奋地说：“俺们是他老乡，到临淄来办事，顺便来看看他。”

“唉——”算卦老人长叹一口气说，“你们来晚啦，他已经过世了！”

子舆急切地问：“他死了？什么时候死的？”

算卦老人摇摇头说：“半年多了。那人死得可怜呀，连口棺材也没有，用席卷巴卷巴就扔到城西乱葬岗上了！”

子术听了，蹲下追问：“他媳妇乖女呢？”

算卦老头摆摆手说：“别提他那媳妇了！跟他过了没几年，就带着家里积蓄，跟一个外乡商人跑啦！”

子术吃惊地问：“那他家里还有什么人呢？”

算卦老头长叹一口气说：“没有了，就他一个孤寡光棍老头。”

子术转转眼珠问：“他既然落魄成这样，怎么不回鄚邑老家呢？”

算卦老头用眼盯着子术和子舆又审视了一会儿说：“咋，你们不知道？”

子术、子舆假装茫然摇摇头。

算卦老头说：“唉，他在老家作了孽呀，有命案在身呐！”

子术大惊问：“您咋知道？”

算卦老头回头扯过一个布包，推给子术说：“我们俩天天在这儿一块摆卦摊，直到临死前几天，他才告诉了我实话！这是他留下的东西，让我交给鄚邑来这儿找他的人，你们自己看吧！”

子术打开布包，里面有一块刻着一男一女肖像的木板、几两碎银和一块用指血写满字的布巾。

子术展开布巾，只见上面写着：

罪犯丁二叩拜秦福寿、秦刘氏夫妻和鄚邑众乡亲：秦家夫妻是我买通惯匪豁子、苋草纵火焚死。自逃离鄚邑后日夜不安，秦家夫妇冤魂常在梦中来索命。我刻形供奉，天天祭拜求恕了三十年。恶有恶报，在我将死之时托友人转交追拿我的人，伏法认罪！并拜请将秦家夫妻像板和认罪血书昭示众乡邻，焚于冤死秦福寿、秦刘氏坟前。来生做牛做马，任其驱使！罪犯丁二叩首绝笔。

子术边看边泪流满面，看到最后他将木板抱到胸前跪地痛哭大喊：“爷爷奶奶，凶手丁二他死有余辜哇！”

算卦老头和周围行人听了大惊，围住子术、子舆问原因……

秦越人与佚妹、子阳、子豹离开稷下学宫后，漫步在临淄街头。他们观赏繁华的街景，游走于市井人群中，中午找一个小店吃过饭又接着转，直到天色发暗才回到下榻的云鹤客栈。这时，寻找丁二踪迹的子术、子舆早回到店中等候，他们随师父师娘进屋点亮灯，就将算卦老头所讲的丁二惨死情况学说一遍，并把丁二留下的遗书遗物交给师父。秦越人坐在客房炕上，一手拿着刻有父母肖像的木板一手抓着丁二留下的遗信，悲泪横流，哽咽不语。

坐在身旁眼含泪珠的佚妹劝道："夫君，凶手已死，咱们可以告慰冤死的爹娘了！"

秦越人擦把泪说："丁二落此下场，这是报应啊！"

子术流涕说："便宜了这个恶徒！师父，俺想去找他的尸骨，运回鄚邑焚于爷爷奶奶坟前，祭奠爷爷奶奶的冤魂！"

秦越人摆手说："算了。已死半年的人，在乱葬岗上如何还能找到？"说毕抬头望着子豹说："子豹，你将这块刻像木板和遗信收好。待返回时，你到祖业庄将它交给子容，向众乡亲展示后，焚于你爷爷奶奶坟前！"

子豹跪地双手接住说："弟子记下了！"

秦越人用布巾擦着泪水说："找到杀害您爷爷奶奶的凶手，多年压在我心上的石头，总算搬掉了！"

子术为驱散师父的悲情，止住哽咽问："师父，您今天和师娘到稷下学宫，可见到医家同仁？"

秦越人从悲伤中回到现实说："虽未见到同仁，却收获颇丰。"

子术面呈笑容说："能给俺们讲讲吗？"

秦越人无心说话，望着佚妹、子阳、子豹苦笑说："让他们讲吧。"

佚妹擦着泪水说："这齐都稷下学宫确实不凡。招贤纳士论国事不分贵贱，集天下百家学子于一堂，真是开亘古之先河呀！"

子阳说："今天正是阴阳名师邹衍先生坐台讲演，他论天下事以阴阳变化而定，以王道和霸道析古今。"

子豹说："听讲的人挤满大殿，叫好声不断！"

子术感慨地说："齐国这样尊崇天下学子，必迎来霸主永存的盛世啊！"

佚妹说："邹衍说，齐国早在姜氏主齐时就采纳法家管仲建议，废除'公田制'，分全国为二十一乡，六乡专工商，十五乡专农桑，平时务农，战时为军。现任祭酒慎到，继管仲之志继续治理国务。"

子阳补充说："邹衍还说，齐国现在民富国强，各诸侯小国争相归附，已兼并三十五个国家了！"

秦越人听着妻子和众弟子议论，面露笑说："我一向厌恶诸侯间攻伐争斗。

看了稷下学宫，听了邹衍讲演，观察了齐都繁华街景，倒真想一睹雄才大略、治国有方的齐桓公风采呀！”

子阳说：“师父，您没听那两位学士讲，学宫祭酒慎到早就仰慕您了。只要您报出大名，那齐王一定会召见您的！”

秦越人摆摆手说：“我只是顺口说一句，你们别当真！我们来临淄，是找同行磋商医技的，不是来拜会齐王的。你们说话办事，都不要讲出我是谁！”

子术等弟子说：“师父放心，俺们记下了。”

齐王宫大殿，宏伟气派。上午，年近五十的齐桓公田午满面春风坐在王案之后，宴请各诸侯使者。大殿两侧的乐队敲击着编钟、石磬、悬鼓，弹奏着瑟、琴、竽等乐器，美妙、飘逸、高雅的乐声伴随着谈笑声在大殿内飘绕回荡。

一群浓艳柔美的盛装舞女犹如天仙，随着乐声从门外踏着莲步飘进殿内，一边翩翩起舞一边唱道：“南有嘉鱼，跃然清波。君子有酒，嘉宾宴乐。南山有桑，北山有杨。快乐君子，邦家之光。君子快乐，万寿无疆。……”

齐桓公喜气洋洋高举酒斛说：“各位使节，为了邦交友谊，你们不远千里来到齐国，寡人敬大家一斛！”

众使者举斛说：“祝大王康寿，齐国兴旺！”

齐桓公放下酒斛，问坐在近旁的上大夫慎到：“慎爱卿，前几天鄚邑令奏报说，神医扁鹊已回到边城鄚邑。寡人让你派人去请，怎么还没消息呀？”

慎到拱手说：“禀大王，下臣已派门人黎子带车去请，估计这两天就该回来了。”

齐桓公满脸豪气说：“神医扁鹊声动诸侯，是我们齐国的骄傲哇！一旦请来，要立即报知寡人。寡人要亲自出宫相迎，听他讲述游医各国的奇闻，请教医术医理，劝他留在齐国。”

慎到拱手道：“下臣记下了。大王要劝他留下，下臣还想请他到稷下学宫去讲学呢。”齐桓公听了乐得哈哈大笑说：“咱们君臣是不谋而合啊！”

这时，慎到门徒黎子进殿走到慎到身旁拱手说：“禀上大夫，学生带人星夜赶到鄚邑祖业庄，秦越人已于两天前夜里离开了！”

慎到闻言一愣，吃惊地问：“可知他到哪里去了吗？”

黎子苦着脸说：“秦氏宅院只有一个叫子容的秦越人义子，他说义父外出游医向来行踪不定，不知去往何方了！”

慎到惋惜叹道：“唉——天赐良机咋就这样失了呢？”

坐在慎到下首的邹衍听了，倾身询问：“上大夫，又为何事叹气呀？”

慎到说：“据鄚邑令奏报，神医扁鹊回到故乡鄚邑。大王命我派人去请，哪知请的人还未到，他又外出游医去了！”

邹衍闪闪眉回忆着说：“昨天有两个门生向我讲，他们遇到一个白发白须、仙风道骨的老人，带着一女二男观游学宫，打听学宫事宜，言行举止、穿衣打扮，好像世人传说的神医扁鹊。”

慎到听了大惊，着急地说：“邹大夫既有此消息，为何不早点告诉我呢？”

邹衍歉言说：“当时听了并没多想，现在看来，很可能是神医扁鹊带着弟子们来到临淄了！”

慎到点点头，慌忙站起向齐桓公拱手说：“禀大王，学宫来了新客，下臣与邹大夫去迎迎！”说毕就去扯邹衍同行。

齐桓公笑着叮咛说：“若是神医扁鹊来访，你们立马领进宫来相见！”

慎到回身拱手弯腰说：“下臣领命！”

邹衍晕怔跟着慎到走出大殿说：“慎祭酒，你拉我出来干什么，我也不认识神医扁鹊呀？”

慎到笑笑道：“你不认识神医扁鹊，还不认识告诉你消息的那两个门徒吗？咱们得一块去找那两个学士，让他们带人去城内各处找哇！”

邹衍恍然明白，又顾虑重重住步说：“咱们兴师动众，满城去找那个白须白发的老人，万一他不是神医扁鹊，传出去岂不成了众学子耻笑的话柄？”

慎到坦然一笑说：“既为人臣，就应尽臣子之责。大王急切想见神医扁鹊这位当今名医，就是落个笑柄又有何妨？快走吧！”说毕二人招呼轿夫和随从，匆匆走出齐王宫宫门，直奔稷下学宫。

稷下学宫大殿东侧别馆内，陈列着一排排书简的书房中，一群学子正在伏案读书。祭酒慎到和邹衍突然推门而进，众学子惊愕而起拱手说：“学生恭迎慎祭酒和邹先生！”

慎到和邹衍挥挥手并不答话，两双眼睛四处寻觅后，直奔学士甲子和学士乙子。

学士甲子、乙子是好朋友，吃住学形影相伴。他们发现一脸肃色的学宫祭酒慎到和阴阳名家邹衍急匆匆向自己走来，紧张地拱手恭站说：“慎祭酒邹先生，找学生有何吩咐？”

邹衍站住脚问：“你们昨天告诉我的那个白须白发老人，今日可曾再见到？”

学士乙子一怔说：“上午我们看到他们到医家别馆去了！”

学士甲子补充说：“午饭时，我们看到他们又离开了学宫！”

邹衍着急地问：“你们可知他们去了哪里？”

甲子、乙子二学士茫然摇头说：“不知道。”

慎到思忖片刻说：“你们现在马上带人，到城内各处去寻找！务必恭敬请回学宫。”

甲子、乙子二学士拱手说：“学生遵命！”转身就向门外走去。

众学子吃惊地问：“你们要去找什么人哪？”

学士乙子边走边答：“神医扁鹊。”

众学子先惊愣后兴奋说：“啊，你俩看见神医扁鹊了？”然后一齐拱手祈求说：“慎祭酒、邹先生，让我们也跟着他们去帮忙寻找吧？”

慎到点点头。众学子犹如炸窝的蜂，相拥着去追学士甲子、学士乙子……

秦越人师徒下榻的云鹤客栈，距稷下学宫并不远，是一个地处农贸集市的小店。店中住的大多是进城买卖的小商小贩，出门便是喝买叫卖的农人。昨晚听子术、子舆讲述杀害父母的凶手丁二已死，多年压在秦越人心头的复仇之火也熄灭了，清晨吃过早饭便带着佚妹和众弟子又去稷下学宫拜寻医家同仁。他这样做，一是让众弟子与齐国医家交流开阔眼界，二是借此驱散悲伤余愤和探寻齐国名医行踪。日挂中天，他们走出稷下学宫仍沉浸在与同仁交流切磋的兴奋中，在穿街过巷中兴致勃勃谈笑着。快走到云鹤客栈店前时，子阳突然站住，指着街旁门右侧三个蹲着交换食品吃的农人说：“师父快看，他们用大葱蘸蜂蜜吃！”

秦越人一惊说：“快去制止！大葱与蜂蜜是相克的食物，会中毒伤眼，吃多了会失明的！”

子阳跑过去劝道：“老乡，大葱可不能蘸着蜂蜜吃呀，吃了会中毒的！”

三个农人听了哈哈大笑。一个嚼着大葱蜂蜜的中年汉子说：“小伙子，你是不是嘴馋了呀？馋了，就过来蹲下，跟俺们一块吃！”

紧跟子阳之后的子豹说：“这大葱和蜂蜜是相克的食物，真不能一块吃啊！”

另一个年轻胖农人不屑地说：“笑话！谁不知道大葱蘸酱越吃越壮！”

子阳着急地说：“可蜂蜜不是酱啊！”

另一个瘦农人笑着说：“俺知道不是酱。可它比酱更好吃，又脆又甜又辣，不信你俩来尝尝？”

子舆上前严肃地说：“老乡，俺这俩师弟说的是实话！这大葱和蜂蜜，绝不能一块吃！吃了会得病的！”

中年农人生气地说：“你们是啥人，凭吗管这么宽？”

子阳说：“俺们是郎中！《百物相克经》上明确记载，这两种东西不能同时食用。”

胖农人嘎嘎笑着嘲笑道：“少诈唬人！像你们这种冒牌郎中，俺见多啦！”

子豹生气地说：“俺们好心劝你们，你咋说话这样难听呢？”

瘦农人满不在乎地说：“你们说这两种东西一块吃会中毒，俺都吃两根大葱两坨蜂蜜了，咋不见病啊？”

子阳、子豹正欲再劝，秦越人走到近前正色说：“不听路人劝，吃亏在眼前！你们互相瞧瞧，脸色都发黑发紫了，还说不见病？再吃下去，就要双目失明了！”

三人望着白发白须、仙风道骨的秦越人，又互相瞧瞧脸色，顿时目瞪口呆。

中年农人急忙扔掉手中蘸满蜂蜜的大葱说：“老人家，这、这真会中毒吗？”

胆小的瘦农人惊慌地说：“俺说咋觉得头昏眼花呢，原来是中毒了呀！”说着就歪倒在地上。

胖农人见了，“扑通”一声跪下说：“老人家，快救救俺们吧！”

秦越人对弟子们挥手说：“快把他们扶进客栈，各灌黄污半碗！让他们吐出毒物，再服‘洗肝散’和‘拨云散’！”

在云鹤客栈附近做买卖的人见子术等架着三人进客栈，蜂拥跟进瞧热闹。三个农人刚才还嘴硬神美，到了这时候都瘫倒地上哼叫起来。子术让子舆、子阳、子豹三人快去取“黄污”。所谓“黄污”，就是人排泄在厕所里的屎尿污水。众人见子舆等三人用碗端来黄污，纷纷掩鼻后退。子舆等用筷子撬开三个农人嘴，强行将黄污灌进他们口中。

那三个农人被灌了黄污后，呕吐不止，很快吐出腹中的大葱和蜂蜜。子术指挥三个师弟清除污秽，又给他们服了“洗肝散”和“拨云散”。他们很快恢复气色，望一眼捋须笑坐一旁的秦越人，一齐跪下说：“谢老神医救治之恩！”

秦越人笑着说：“今后千万记住，大葱蘸酱健脾清肺是美食，大葱蘸蜂蜜，可是毒药一剂呀！”

三个农人连说：“记住了、记住了！”说着从衣兜掏出刀币送上说，“请老人家收下吧。”

秦越人摆摆手说：“本医治病不收钱，你们拿回家去孝敬父母吧！”

中年农人吃惊地说：“这当今世上，只有神医扁鹊治病不收钱。在临淄，俺们还是第一次逢到治病救人不收钱的郎中啊！”

秦越人正欲解释，愁眉苦脸的店主杜六上前拉住秦越人说：“客官呀，您既是郎中，快去救救住在俺店内的另一位客人吧！”

秦越人闪闪眉问：“客人得了什么急症？”

店主杜六焦急地说：“不知道是什么急病，他中午归来就嚷嚷肚子疼，又吐又泻，现在已昏迷过去了！”

秦越人闻言说：“子舆、子阳陪你师娘去吃饭休息，子术、子豹跟我去看看！”

众人尾随店主和秦越人师徒奔往店内西侧一座平房。这平房内只有一个土炕，炕上躺着一位昏迷人。秦越人翻看了他的眼帘，又闻了他口鼻中的气息，诊脉寸口后又用棍扒着看了他的吐泻之物说：“他的病因与刚才看过的那三个人一样，只是三位农人是吃了大葱蘸蜂蜜中毒，而这位客人是吃了柿饼又吃螃蟹中毒！”

店主杜六吃惊地问：“老人家，您看这个病人还有救吗？”

秦越人闪闪眉，沉思着说：“救是可以救，但他中毒时间已超过两个时辰，需要现制一种特殊药物来治疗！”

店主杜六带着哭音说：“老人家一定要将他救活！不然，他死在俺这小店里，俺就是跳到河里也洗不清啦！”

秦越人对子术、子豹说：“子术先用点穴法让他的肠胃停止运动，子豹去买九节藕来，用地浆水煮熬后灌服！”

店主杜六从没听说过“地浆水”这个词，吃惊地问：“老先生，何谓地浆水呀？”

子术接话解释说：“在院内掘地挖个三尺左右深的坑，向黄土层中注入新汲水，搅浑，待浑水澄清，即为地浆水。”

店主听了对子术说：“这挖坑制地浆水和买九节藕的事，俺叫伙计们去办吧！你们守住他，只要他不死，所有事俺全应承！”说毕惶惶向门外跑去……

自派出学士甲子、乙子带着众学士去临淄城内寻找秦越人师徒，慎到便焦躁地坐在学宫祭酒室内等候，不时举目向门外张望。眼看红日西斜，还不见众学士回来，邹衍也六神不安地在地上走来走去。

慎到不耐烦地说：“邹大夫，你别走了行不行？你越走我这心中越烦躁！”

邹衍瞅一眼门外西斜的太阳说：“这日光都到下半晌了，这甲子、乙子咋还不回来呢？”

慎到说：“偌大的都城，找遍每处客栈，也不是一件易事啊！”

邹衍忧心自语：“若找不到神医扁鹊，咱们咋向大王交代呢？”

慎到苦笑说：“告辞大王时，我只说外地有先生来访，并没说我们出宫去找神医扁鹊，就是防着万一呀！”

邹衍说：“慎祭酒思谋周细，在下敬佩！”

这时学士甲子、乙子满头大汗带着众人进门说：“禀慎祭酒和邹先生，我们带人查遍全城所有知名客栈，没有找到那个白发白须老人一伙人！”

邹衍闻言丧气地坐到一个绣团上说：“真是狗咬尿泡，空欢喜一场啊！”

慎到皱眉转转眼珠问：“那些不知名的小客栈，你们查了吗？”

学士乙子摇头说：“没有。神医扁鹊是名震天下的当今医圣，岂能住在那些贫寒无名的民间小店呢？”

慎到解释道：“神医扁鹊之所以名震天下，就因为他有不同寻常人之举呀！我听说，他游医中不讲衣食随遇而安，治患不计贵贱还常常舍药于贫寒，在蓬山以山洞为居，林果禽肉泉水为食。那白须白发老人到学宫不说姓名，不下榻学宫驿舍，也一定不会住进显店贵栈的！”

邹衍兴奋地从座上站起说：“慎祭酒说得对呀！你们快快再去找！挨街挨巷排查，不可漏掉一家小客栈！”

学士乙子说：“是！学生马上带人再去查寻！”

擦着汗的学士甲子突然想起什么，伸手拦住学士乙子说：“慢！刚才在回来路上，我听人说，学宫斜对面的农家市场上有一个云鹤客栈，来了一伙行医人，连救三个病倒农人，城内百姓轰动，争相前往观看和求治呢！”

慎到闻言眼睛一亮，吃惊地说：“那农家市场距学宫不过二里之遥，竟有这等奇事？邹先生，咱们看看去！”说毕率先走出屋门。

邹衍及众学子紧紧相随，不一会儿便来到云鹤客栈前。他们举目观看，西斜阳光中，小小云鹤客栈内外人山人海。

在云鹤客栈院内西侧房中，这时喝过地浆水熬九节藕的患者已止住吐泻，从昏迷中慢慢醒来坐起。他望着站在眼前的白须白发秦越人和子术等众多陌生面孔，问店主杜六：“店家，哪来这么多人，盯着俺看啥呀？”

杜六眼闪亮光兴奋地说：“客官，你可醒来了，吓死俺了呀！”然后指着秦越人说，“是这位住店老先生救了你呀，快谢谢人家救命之恩吧！”

那患者听了急忙起身下地跪下说：“吴人鳝鱼，叩谢老人家救命之恩！”

秦越人手捋白须笑道：“年轻人，你为何吃了螃蟹又吃柿饼呀？”

鳝鱼红脸说：“俺生在太湖岸边，自幼喜欢水产，在临淄街上看到又大又肥的海蟹，就多吃了两个。”

秦越人追问道：“吃过海蟹后，为什么又去吃柿饼呢？”

鳝鱼红脸说：“俺那里没有这种山货，俺尝了尝觉得又甜又香，就买了几个吃了。”

秦越人严肃地说：“这柿饼与螃蟹虽然都是人间美食，却是相克的食物。同时服用就成了毒物，才造成你腹胀肚疼、吐泻不止、脱水昏迷的病症。以后可千万记住，这两种美食不能同时食用哦！”

鳝鱼吃惊地说：“啊！原来是这样啊，俺今后再不会同吃这两种东西了！”

这时围观议论的人群突然被几个官差打开一条通道，慎到、邹衍在众学子蜂拥下走到近前，上下打量秦越人后拱手施礼说：“秦神医，在下找得您好苦啊！”

秦越人闻言一怔，转身打量两个拱手人，认出在稷下学宫讲学的邹衍，便知站在邹衍之前的施礼人一定是齐国的显贵，便拱手回礼说：“二位大人，我们素不相识，不知找乡野游医有何事？”

邹衍抬头用手指着慎到说：“这是齐国上大夫慎到、稷下学宫祭酒，在下邹衍，慕名前来拜请秦神医到学宫下榻！”

慎到直身说：“您是我齐国的骄傲！大王久慕您的英名，特遣我等来诚请，到王宫相见！”

秦越人笑笑说：“越人只是一位游医，只会看病救人，向来不问政事，实不敢惊扰大王和各位要臣啊！”

慎到情真意切地说：“神医名震诸侯，誉满四方，我家大王求贤若渴，已摆驾在宫门恭候了！万望成全赏光。”

秦越人闪闪眉感动地说：“我本齐国人，大王如此厚爱，在下只有从命了！”

慎到兴奋地说：“在下带路，陪同神医前往！”

秦越人走出屋门，云鹤客栈内外已是人头攒动，争相观瞧秦越人风采的人们兴奋呼喊："神医扁鹊！神医扁鹊！"欢声雷动。

秦越人带着佚妹、子术、子舆、子阳、子豹在慎到、邹衍陪同下，边向欢呼的人们挥手致意边向大街走去。

店主杜六后悔不迭地望着离去的人群，连连跺脚说："唉——我真是有眼无珠哇！咋没想到他就是神医扁鹊呢？"

齐桓公得到慎到派人奏报，率领文武百官摆驾在王宫大门前迎接秦越人。宏大壮丽的宫门前犹如迎接国宾，锦旗招展仪仗森严，侍卫军戟明枪亮列队护卫。齐桓公眉开眼笑对伴驾的王妃梨女说："我齐国有了神医扁鹊，诸侯们会更加刮目相看了！"

王妃梨女媚笑说："大王志大胸广，四方奇才争相投奔，统一天下非大王莫属了！"

齐桓公哈哈笑道："寡人若当了天子，你就是天子贵妃了！"

梨女亲昵地将头靠在齐桓公身上说："妾妃谢大王恩封。"

这时慎到、邹衍骑马陪伴秦越人所乘之车已到近前，下马引领下车的秦越人及弟子步行走向宫门。恭迎的众人看见白须白发、满面红光的秦越人带着众弟子飘然而至，顿时鼓乐大作，欢声四起。

慎到上前跪奏："禀大王，下臣奉命请来神医扁鹊秦越人！"

秦越人拱手下跪说："鄚邑游医秦越人，拜见大王神威！"

齐桓公一边兴奋地上下打量一身布衣的秦越人一边上前将他扶起说："秦神医仙风道骨，果然气貌非凡哪！"

秦越人抬头望见齐桓公白净虚胖的笑脸一怔，连忙回话说："在下一介乡野游医，承蒙大王召见，不胜荣幸！"

齐桓公抓起秦越人的手热情地说："久闻神医大名，如雷贯耳！快随寡人进宫，讲讲你游医列国的奇闻！"

众人惊喜羡慕地望着白须白发、满脸红光、神采如仙的秦越人，议论纷纷。

秦越人却无心听众人的赞颂之词，不时观察着志得意满的齐桓公气色和举止。

宏大豪华的宫殿内，齐桓公笑吟吟坐到王案之后，身旁坐着不错眼珠盯瞧秦越人的爱妃梨女。齐桓公吩咐一声赐座，宫侍们便引导秦越人坐到王案右前的贵客位上，他身后站着佚妹和子术等众弟子。

众大臣左文右武排坐在王案前方两侧。

齐桓公扫视一圈众文武，眯眼笑问："秦神医，你这次到临淄有何打算哪？"

秦越人拱手实言相告说："在下想拜访齐国名医，磋商学习医技。"

齐桓公不解地说："你是当今天下医圣，还有何技可学呀？"

秦越人一边仔细端详齐桓公的气色一边说："俗话讲，山外有山，天外有天。大王聚天下之奇士，揽百家之伟说，哪能没有可学之人可商之术呢？"

齐桓公一笑说："若论诸子百家，稷下学宫可谓群贤云集。可天下纵有成千上万行医人，怎抵你一个秦越人哪？"

秦越人谦逊地说："大王过誉了！越人只是一个走乡串村的游医，岂敢妄自尊大？"

齐桓公充满豪气地说："兵不在多，精即胜；将不在广，能即强。你这次回到故国，寡人拟赐封你为上大夫，统领全国医务，还要在稷下学宫为你建一座医馆，召请天下名医会聚齐国！"

秦越人听了急忙摆手说："大王，此事万万不可！在下游医惯了，不习惯坐地行医。"

齐桓公笑道："我齐国自废除'公田制'，实施'相地而衰征'制度以来，民富国强，各国争相归附。疆土东至大海，南接吴越，西与弱卫相衔，北至戎燕，还不够你游医吗？"

秦越人闪闪眉，忧心地说："大王纵有全天下的财富和疆土，可知贵体已有病吗？"

齐桓公听了一愣，然后哈哈大笑道："秦神医真会开玩笑！寡人身宽体胖，日日锦衣美食，天天饮酒三升，何来病患啊？哈哈哈……"大笑不止。

众文武见了也跟着哈哈大笑。坐在秦越人下首的慎到急忙扯一下秦越人说："先生，您怎么能说大王有病呢？"

秦越人甩开慎到的手，站起正色说："众大夫不要笑了！大王确实已有病在身了！"

齐桓公收住笑不悦地说："秦神医，你说寡人有病，病在哪里？寡人怎不觉得呢？"说着扬了扬粗壮有力的胳膊。

秦越人诚恳地说："大王，行医之人从不妄言。你虽不觉，却确实有病在肌肤了！"

齐桓公不屑地说："寡人气壮如虎，健康得很，哪里会有病呢？"

秦越人诚挚解释说："大王，你虽脸色白胖却阴冷无光，双唇有力却红肿泛青，说话气壮却吐字欠清，此病只在肌肤所以尚无知觉呀！"

齐桓公听了一愣，问坐在身边的爱妃梨女："爱妃瞧瞧，寡人气色是他说得那样吗？"

梨女娇滴滴媚笑着俯耳小声说："你壮得像头牛，一夜宠妾三次，哪会有什么病呢？"

齐桓公听了再次哈哈大笑。

太医蔡云想借机讨大王欢心，站起说："秦越人，你休要用江湖术士那套把戏来唬我家大王！你进殿连脉也未把，话也没问，怎敢妄断我家大王有病呢？"

秦越人笑笑，望着蔡云说："看来你也是个医家了？"

太医蔡云自豪地挺胸说：“本人行医三十余年，现为大齐太医！”

秦越人冷笑道：“你枉为太医！连大王有病也看不出，还有脸在大庭广众之下鼓唇弄舌？”

太医蔡云闻言顿时恼羞成怒，气愤地指着秦越人说：“大胆乡野草医，竟敢目无王尊在朝堂撒野！”

齐桓公见二人相掐，笑着挥手说：“算了、算了！寡人还有要事与群臣相商。慎爱卿，你快领秦神医到梧台国宾馆休息去吧！”

慎到站起向齐桓公拱手说：“下臣遵命！”然后转身对秦越人说：“请吧！”

秦越人无奈地摇摇头，在众人侧目中跟着慎到离去，佚妹、子术、子舆、子阳、子豹相随。

宠妃梨女望着秦越人一行离去的背影，娇媚地嘟嘴说：“大王，这神医扁鹊也太放肆了！竟敢当着你的面，训斥你的太医！”

齐桓公摇摇头，惋惜地说：“大凡医家都好利。寡人已许他上大夫之职，在稷下学宫修建医馆，他竟还不满足，想从我这个无病的人身上获得更多好处！真是欲心无度啊！”

红日西沉中，带领众弟子走出王宫大门的秦越人，边走边恋恋回首望着高大宏伟的王宫。陪伴的慎到不解地望着秦越人说：“秦神医，太阳快落山了，咱们快上车去国宾馆吧！”

秦越人忧心地叹口气说：“唉！我真不忍心，这么英明能干的一代英主因病而误国呀？”

慎到抱怨道：“秦神医，您说话太直太不讲方式了。即使大王真的有病，您也不该当着群臣而言哪？”

秦越人苦笑说：“越人是个医家，有一说一，有二说二，只想让有疾者早日康复，哪懂得这官场的忌讳和处世之术哪？”

慎到疑惑地问：“秦神医，依你看来，我家大王真的是有病在身吗？”

秦越人拉住慎到的手，情真意切地说：“越人绝非虚言！大王这种病初在肌肤，进而脏腑，再进则入骨髓。初时不治，一旦暴发，将成大疾矣！”

慎到闻言吃惊地问道：“真有那么严重吗？”

秦越人忧心地望着齐王宫殿，无限感慨地说：“越人自到临淄以来，目睹齐国的兴盛繁荣，敬佩大王治国有方，才格外关注这位英主的安康而直言相告啊！本意是想用所学之术，使他防患于未然，未想到他竟图虚荣而忌医呀？”

慎到劝慰说：“神医不要灰心，明日上朝，在下一定转告你对大王的一片赤诚之心，劝他再次召见你，你再与大王细谈！快上车吧。”

秦越人宽心地拱手说：“如此最好，那越人先谢过慎祭酒了！”然后在子阳扶持下上车前往梧台国宾馆。

第三十四章
访临淄四望齐桓侯（下）

春夜，陈设豪华的齐王寝宫中灯火辉煌，熏香炉中冒着缕缕香气扑鼻的淡淡青烟。身穿晚服的宠妃梨女在三个侍女的伺侍下，正面对铜镜精心地搽脂抹粉打扮着，等候齐桓公到来共度恩爱销魂之夜。

处理完一天政事的齐桓公，在几个宫侍的陪同下来到寝宫门前，打盹的守护宫门侍女见了急忙跪倒说："奴婢该死，这就去禀报王妃迎接大王！"

齐桓公笑吟吟用手止住小声说："不要声张，寡人自己进去。"说着一个人悄步进门，轻撩寝宫竹帘，无声地站到梨女之后观看她描眉施粉。

梨女在铜镜中发现齐桓公的笑脸，吓得扔掉铜镜转身跪下说："妾妃不知大王驾到，万望恕罪！"

齐桓公哈哈笑着上前搀扶说："爱妃快起，是寡人不让守门宫女禀报，想看看你照镜打扮的美姿！"

梨女媚笑着扑进桓公怀里，用手轻轻捶着说："你真坏，吓死妾妃了！"

众侍女见了笑着离去，轻轻关上宫门。

齐桓公捧起梨女的俏脸仔细打量说："你这一打扮，真是比仙女还美呀！"

梨女撒娇说："再美，妾妃也拴不住你的心。"

齐桓公委屈地说："爱妃，天地良心。自你进宫，寡人就再没进过王后和众妃的门，你还不知足吗？"

梨女亲昵地抱住桓公点着头说："知足、知足，妾妃是怕你再选新妃而忘了妾妃呀！"

齐桓公亲一口梨女说："有了你这样的美人日夜相伴，寡人哪还有心再选新妃呢？"

梨女感动得眼涌泪花羞涩地说："妾妃知道大王疼我，我要让大王夜夜春宵，日日快活如神仙！"

齐桓公听了兴奋地一拥梨女说："春宵一刻值千金哪，爱妃还不快为寡人卸衣上床？"

梨女闻言顿时脸如红布、两眼放光，迫不及待地将齐桓公拉到床前宽衣解带剥个精光，惊讶地望着桓公的下身说：“大王，你、你今天怎么又大又粗呀？”

齐桓公搂住梨女滚进帐内床上笑着说：“神医扁鹊说我有病，我要让你尝尝我的雄风！”……

度过醉人春夜的齐都清晨，晴空万里。早饭后，秦越人和佚妹、子术、子舆、子阳、子豹在齐国上大夫邹衍和学士甲子、乙子陪同下，来到南门外齐桓公曾会盟诸侯的会盟坛。

高大、宏伟、壮丽的会盟坛上锦旗招展，一杆写着巨大“齐”字的锦旗在空中迎风飘荡，会盟诸侯的亮殿背墙雕刻着两条硕大的前脚相合的龙图案（春秋战国时龙形象似狮马、不分爪）；雕壁之前是一张巨大几案，案后摆着一个制作精美的坐圈椅，几案前两厢则是会盟时各诸侯的坐席；亮殿之前有一个巨大铜鼎，各种雕饰和附建气派非凡，处处彰显着齐国的强大和鼎盛。

邹衍自豪地指着巨大雕壁前的几案和坐圈椅对秦越人一行说：“当年诸侯会盟时，我国大王桓公就坐在那里。”又指着巨大几案两侧成排的小几案说，“三晋的韩、魏、赵，宋、陈、卫、鲁、郑、许、曹、燕等国侯王，就坐在大王之下的那两排座位上。四方百姓前来观瞻这一盛况的，那真是人山人海呀！”然后又指着那只巨大铜鼎说，“这只铜鼎，是齐国一百多名匠人花了三个月时间铸成的。当大王带领诸侯们举酒祭天，向鼎内插上第一炷香时，在场军民欢声雷动，真是大长了齐国的威风！”

秦越人感叹地说：“大王创办稷下学宫，纳贤集能，重用邹先生和慎祭酒等一批奇才，几十年致力于革弊图新，堪称当今诸侯中英明有为之主哇！”

邹衍说：“先生是齐国人，大王提出留你在齐国，就是要让你为齐国的霸业永兴助力呀！”

秦越人笑笑说：“哪个人不希望自己的家乡好、国家强？可惜我只是个游医，没有先生的治国兴邦之才啊！”

邹衍摇头说：“先生声震诸侯，誉播天下，怎能说没有治国兴邦之才呢？”

秦越人忧苦地说：“那天在大王殿上的事，你都看到了。我想为大王除疾，却遭到大王和众人的耻笑！”

邹衍认真地说：“在下正想请教，你觉得大王真的有病吗？”

秦越人诚挚说：“人的病有两种，一是潜伏于内，表象无形；二是暴发于外，苦心苦神。大王之疾，正是前者！”

邹衍一怔说：“散朝后我问过蔡太医，他说大王绝对无病，是你故弄玄虚，恐吓大王。”

秦越人苦笑说：“我与大王无怨无恨，充满崇敬之情，哪来恐吓之心呢？”

邹衍说：“看来蔡太医是以一己之心，误度了你的一片赤诚！”

秦越人说："庸医与良医之别，就在于庸医只知以形断病施治，而不懂防患于未然哪！"

邹衍说："道理是这个道理。可你刚见到大王不久，既没诊脉又没问询，突然讲出他有病，不要说大王和群臣接受不了，连我也怀疑你是言过其实呢！"

秦越人笑笑说："医家看病，采用望、闻、问、切四诊法，意在谨慎和互相佐证。良医凭着多年经验，只要观瞧一下你的气色和举止，就能断定你有病没病，病在何处、轻重程度！"

邹衍一怔问："那大王得的是何病呢？"

秦越人说："阴盛阳衰、酒食性欲无度，而使五脏失调、潜病于身！"

邹衍笑着说："性，人之欲也。不要说妻妾成群的侯王，就是常人也在所难免哪？"

秦越人神色庄重地说："常人性欲过度，只伤一人之身。作为一国之君，若沉湎于性，伤得可是整个国家呀！"

邹衍闻言一惊，却面露难色说："作为臣子，议国事可以直言相谏，但涉及大王宫内私密生活之事，岂敢妄言啊？"

秦越人严肃地说："你和慎大夫的苦衷我能理解。但作为一个医家和齐国人，在下还是想再见大王，当面劝说他早日服药，戒酒戒欲！"

邹衍听了点点头说："好！那在下明日早朝，就在宫门恭候神医。"

男女床第之事犹如抽大烟，越多越使人沉醉和迷恋。齐桓公与宠妃梨女风流一夜，第二天连朝事也懒得理了，一觉睡到日近午，吃过午宴又在梨女的媚言和纠缠下来到王宫后花园。园内桃花盛开、春梅争艳、百花爆蕾。齐桓公在宠妃梨女等陪伴下游览于假山花丛中，兴奋地这儿嗅嗅那儿瞧瞧。

梨女从一棵米兰上折下一小枝开满黄色小花的枝条，送到齐桓公眼前说："大王快闻闻，这米兰真是香死人了！"

齐桓公笑眯着眼边闻边说："真香、真香。"说着突然伸出手将梨女拉进怀里醉心地嗅着她的乌发小声说，"再香，也没你的玉体香啊！"

梨女闻言羞得满脸通红，娇嗔地轻捶一下桓公的胸口说："大王，你又拿妾妃开心？"

齐桓公哈哈笑道："我说的是实话，你把寡人迷醉了，一日不见胜似三秋哇！"

这时宫侍淳于走近弯腰奏道："禀大王，太医蔡云求见！"

齐桓公听了只好放开梨女说："传他到便殿候见吧。"梨女紧紧拽住齐桓公衣袖，媚眼撒娇说："大王，你可要早点回来呀！"齐桓公笑着点点头，亲一口梨女，随宫侍向偏殿走去。

齐王宫花园便殿，坐落在王宫花园一角。三间便殿中虽然陈设简单，却典雅温馨，是齐王游园时与嫔妃们小憩欢宴和接见臣子的场所。太医蔡云望见齐桓公进门，急忙跪地相迎说："下臣蔡云，拜见大王！"

齐桓公笑嘻嘻挥手说："起来吧。爱卿又为寡人带来啥仙药了？"

蔡云站起说："大王，在下三日前送与大王的药，可曾服用过？"

齐桓公坐到便殿的王座上点点头说："服用了。"

蔡云转着眼珠笑问："可有效果吗？"

齐桓公嬉笑说："效果不错，寡人昨夜连幸梨妃四次！"

蔡云从袖中掏出一个锦包，媚笑着呈到桓公面前说："下臣又得一绝世秘方，连夜配成了药丸，请大王验查！"

齐桓公接过哈哈笑道："你小子就会讨寡人欢心！"

蔡云媚笑说："大王快乐就是下臣的快乐。我大齐繁荣昌盛，臣盼大王多子多孙哪！"

齐桓公站起说："寡人若再添公子，一定重赏你！"

蔡云兴奋地跪下说："谢大王隆恩！"

齐桓公顾不上答话，急匆匆离开，又奔往花园鲜花绿树丛中去寻找爱妃梨女。蔡云站起，望着齐桓公那渐去渐远的背影，美滋滋地笑着……

秦越人盼着齐王再次召见，一天不敢离开梧台宾馆，但等来等去，直到日落方得到邹衍派人送来"大王今日不上朝"的信。如同嚼蜡一样吃过晚饭，秦越人回到住室，夜灯下，心事重重在陈设豪华的国宾住室内走来踱去，脑海中不断闪现着齐桓公苍白无光的面孔、红肿泛青的双唇、说话中偶尔含混的字音……

佚妹望着丈夫说："夫君，你不必为齐王忌医之事再烦恼了，邹大夫信上不是说，这几天一定想法让你再进宫去晋见齐王吗？"

秦越人站住望着妻子说："我是在考虑，用什么方法说动齐王，让他接受我的治疗。"

佚妹宽慰道："慎祭酒和邹衍大夫都理解了你的忧心，他们定会劝说大王的。"

秦越人闪闪眉说："慎、邹二人都是齐国政坛显赫权贵，我担心他们不敢将我的话，如实禀告给大王啊？"

佚妹说："当官的人有当官人的难处，你也不必为此焦虑。天不早了，快点睡吧！"秦越人点点头，无奈地脱衣上炕。

邹衍大夫自听了秦越人对齐桓公病状病理的分析，也真重视秦越人再见齐桓公的要求，两日后得到齐桓公要上朝的信，立即派人告诉了秦越人。秦越人第二天天不明就起床，带着子术、子豹早早就等候在齐王宫门前。

清晨，齐桓公在众侍从的蜂拥下走进王宫大殿，接受众臣朝拜后高坐宝座上，刚要与群臣商议国事，邹衍便出班奏道："禀大王，神医扁鹊在宫门求见！”

齐桓公一怔说：“寡人不是让你陪他到各处参观嘛，怎么这么快就回来啦？”

邹衍说：“下臣昨日陪他参观了都城的各处街景，在瞻仰诸侯会盟坛时，他感慨良多，说想与大王再见上一面，再到各地去参观。”

齐桓公笑问：“参观中他都说了些什么？”

邹衍说：“他赞佩大王革弊图新，堪称当今诸侯中英明有为之主！作为齐国人，他也要为齐国霸业永兴助力献策。”

齐桓公哈哈笑道：“这秦越人终于开窍了，快宣他上殿来！”

站在齐桓公案旁的宣诏官淳于立即高喊：“大王宣神医扁鹊进殿！”

在一声接一声的传唤中，秦越人带着子术、子豹整衣正冠，进殿跪拜道：“乡野游医秦越人，叩见大王！”

齐桓公笑吟吟说：“秦神医请起，快快赐座！”

秦越人坐下说：“感谢大王佳肴美酒款待，派邹大夫相陪参观都城盛景。”

齐桓公志得意满地说：“区区小事，不值一提。寡人想让你留在齐国，共谋千秋霸业之事，考虑如何了？”

秦越人双目如灯仔细盯着齐桓公看了一会儿说：“留齐之事在下正在考虑。不过有一事，在下还是想再次提醒大王。”

齐桓公一怔说：“寡人一向纳谏如渴。秦神医有何话，直说无妨。”

秦越人闪闪眉，诚挚地说：“在下仔细观察您的气色举止和声音，大王确实有病了，而且比三日前更重了！”

齐桓公听了立时沉脸露愠色说：“秦越人，寡人敬你，因你是当代名医！你为何见了寡人话不过三句，就又说寡人有病呢？”

秦越人恳切地说：“病与不病，不是说不说的问题，而是客观存在呀！”

齐桓公生气地说：“你既没为寡人诊脉，又没询问寡人的感受，怎能就一口咬定寡人有病呢？”

秦越人耐心解释说：“人体外部表象与五脏密切相关，肺主皮毛，肝主筋，脾主肌肉，心主血脉，肾主骨。五官亦与五脏相连，鼻为肺之窍，目为肝之窍，口为脾之窍，舌为心之窍，耳为肾之窍。因此，五脏的任何变化都会反映在人的神、色、形、态、气等表象上，而表象的任何变化又预示着五脏的盛与衰。所以通过望诊，即知人是否有病、病的程度如何！大王之疾正在由表象进入血脉，只要吃几服药、做几次针灸，就可以康复如初了！”

齐桓公疑惑地说：“你说的这些，寡人怎么一点儿感觉也没有呢？”

秦越人说：“病在肌肤或初入血脉，当然不知，因为这是病在潜伏期和初发期。这个时期服药针灸，是治疗的最佳时间，所谓防患于未然！”

太医蔡云听了压抑不住心中的怒气，站出班说：“大王，休听秦越人危言蛊惑！大王康健如虎，他却咒说大王有疾，分明是以此要挟更多封赏啊！”

秦越人苦笑说：“蔡太医，大王提出封我为上大夫太医，越人尚且不受，何来要挟要更多封赏之嫌呀？”

蔡云说：“你诊赵简子，并没用一针一药，却诈骗他四万亩封地；你诊虢太子，胁迫虢君赠你侯王御车才肯离开，是不是这样？”

秦越人闻言愤然站起，指着蔡云吼道：“无耻小人！我愿大王康健，是因他是大齐英主！岂有尔这等鼠辈龌龊心理？！”

齐桓公烦躁地摆手说：“算了、算了，你们这些同行人，向来互不相容、见面就掐！”然后对邹衍说：“邹爱卿，你快陪秦神医下殿继续参观去吧！”

邹衍起身拱手说：“下臣遵命！”转身对秦越人说：“秦神医请！”

秦越人走了两步后又转身关切地说：“大王，您可不能不把在下肺腑之言，不当回事啊？”

齐桓公挥挥手说：“去吧、去吧。另择时间，待寡人请你诊脉后再谈！”

秦越人长叹一声：“唉——”只好跟着邹衍下殿，身后跟着子术、子豹。

话分两支。秦越人带着子术、子豹去王宫晋见齐桓公，梧台宾馆内只剩下佚妹、子舆和子阳。佚妹不肯浪费时光，将子舆、子阳叫到秦越人住室内一块抄写从稷下学宫借来的医简。子阳手握笔对子舆说：“师兄，师父这次见齐王，若能劝他服药治疾，那可又是一件旷世大功啊！”

子舆说：“有慎祭酒、邹大夫帮着劝说，齐王一定会对师父言听计从的！”

佚妹笑着接话说：“俺看不一定。”

子舆不解地说：“师娘，您觉得齐王不会让师父给他治病？”

佚妹说：“大凡功成业就之人，大多刚愎自用、骄横跋扈，喜欢听赞歌，而烦逆耳之言啊！”

子阳说：“师父不图名不图利，为他消除未发之疾，保他健康长寿、霸业永兴，他若讳疾忌医，那还算什么一代英主哇？”

子舆说：“齐桓公有胸怀开办稷下学宫，集天下诸子百家于齐都，纳贤举士、革弊图新，不应该在自己得病这件事上小心眼吧？”

佚妹苦笑说：“话是这样说，理是这个理儿，可让一个颐指山河的霸主承认自己有病，也实在是一件难事啊！”

子阳说：“师娘，那您咋不劝师父不去见齐王呢？”

佚妹说：“你师父是齐国人，谁不希望自己家乡的君主太平安康呢？再说了，你们跟了他这么多年还不知道他的脾性？看到有病之人，他就像丢了魂儿，治不好就坐卧不安。何况这齐桓公是一代英主，他想保他健康长寿的心情就更迫切了！”

佚妹话声刚落，门外走进闷闷不乐的秦越人。佚妹慌忙起身迎上说：“夫君，见到齐王了吗？他肯吃药治疗吗？”

秦越人垂头丧气地坐到炕沿上说：“让子术、子豹给你们说吧！”

子术愤愤不平地说：“经过师父好言劝说和解释，那齐王本来已有点动心，全让太医蔡云给搅了！”

子阳一惊说：“他搅什么？”

子豹气愤地说：“他说师父给齐王诊病，是贪图富贵和封赏！还举例说，师父未用一针一药骗了赵简子四万亩地，治虢太子是为了得到虢君的御车！”

子舆气得大骂道：“放他娘的狗臭屁！赵简子、虢君上赶着请师父当太医师父都不干，硬赠的地和车，咋成了骗的了？”

子阳生气地说：“师父，既然齐王不领您的情，不理解您的一片爱国爱家之心，又分不出忠与奸，咱们赶快离开这里回蓬山吧？”

秦越人凝思着说：“大家别埋怨也别丧气！还有机会。”

佚妹不理解丈夫的固执，问：“还有啥机会？”

秦越人叹口气说：“临别时，大王说另择时间，让我进宫给他诊脉后，再谈病。”

佚妹睨一眼丈夫说：“你呀，就是一根筋！还把人家应付你的一句话当真了？”

秦越人红脸辩白说：“堂堂一国之主，哪能说话不算呢？”然后又说，“我是齐国人，真不忍心看到一代英主因病而败了几十年奋斗来的霸业盛世啊！”

子术转移话题说：“师父，那等待齐王召见的这些日子里，咱们干啥呢？”

秦越人闪闪眉说：“邹衍大夫天天陪我们，我们就向他请教和学习阴阳五行之说吧。”

子舆不解地问：“师父，咱们是治病救人的医家，学那阴阳五行之说有啥用呢？”

秦越人笑着说：“这几天，我一直在琢磨邹大夫所讲的阴阳五行之说。用这种理念，解开了我写《难经》和阅读《黄帝内经》的许多不解之谜。他讲的阴阳五行之说，虽然说的是人生和事业成败之道，其实也是我们医家立世诊患的重要理念哪！”

众弟子听了，惊愕地望着秦越人。

邹衍目睹秦越人在朝堂不畏嘲讽和诋毁，苦口婆心劝齐桓公治疾经过，既感动又失落。感动，是敬佩秦越人的赤胆忠心和精湛医理阐述；失落，是大王讳疾忌医，自己也无可奈何。他紧跟秦越人之后离开朝堂，追到宾馆，邀请秦越人师徒去遄台赛马场观看赛马，以消解胸中不快。

遄台是齐国的又一处别馆，也是王公贵族赛马之地。丽阳下，亭台楼阁围就的偌大赛马场上，数十匹赛马正在角逐奔驰，围观者惊叫助威。邹衍兴奋地指着热闹的场面对秦越人师徒说：“齐人好马，除了一年一度的赛马会，这里几乎天天都有比赛！”

秦越人说：“赛马虽能强兵，却也助长了世人奢华享乐之风呀！”

邹衍一怔，望着秦越人远眺遄台顶上一片树林的目光说：“怎么，先生不喜欢热闹，想登台观景色？”

秦越人说：“我想找个僻静的地方，听你再讲讲阴阳五行之说。”

邹衍惊喜地问：“怎么，先生也对阴阳五行之说有兴趣？”

秦越人心诚地笑道：“那日在稷下学宫听你讲学，越人受益匪浅哪！”

邹衍不好意思地说：“那日在下不知先生在台下，若知绝不敢放肆而言啊。”

秦越人笑笑说：“先生此话差矣！孔子说三人行必有吾师，越人是诚心诚意想向先生请教呀！”说着拉住邹衍的手说，“走，咱们去山上那片树林亭中坐下谈吧！”

佚妹、子术等紧随拾级上台，直到遄台顶上林中凉亭方止步落座。森森绿荫中，邹衍坐在亭中一石鼓上对围坐周围的秦越人师徒侃侃而谈：“所谓阴阳，是指把世间一切事物比喻为两个相互作用的统一体。比如天为阳，地为阴；外为阳，内为阴；热为阳，寒为阴；气为阳，血为阴，等等。所谓五行，是说世间的一切物象，都是由金木水火土五种物质相克相辅而生。阴阳五行之说，就是说五行是依附阴阳而存在，阴阳因五行的作用而变化，阴与阳或阴阳之间所呈现的任何物象，都是由金木水火土五种物质相克相辅变化而出现的！”

秦越人说：“《黄帝内经》中，也讲到这些理念。先生是如何将这些理念，引申到人事、国事和自然界了呢？”

邹衍说：“人事、国事、自然界，虽不是阴阳事，却理同啊！用阴阳五行之说解析古今兴衰事，皆可析筋露骨！”

秦越人思忖着说：“医家常用风、寒、暑、湿、燥、火来解人之疾因，由此看来，先贤所讲医理也是治世之学呀？”

邹衍说：“医家所讲风、寒、暑、湿、燥、火六种病因，在阴阳五行说中被称为‘六气’，是由地支与风、寒、暑、湿、燥、火六种事象相配而成。”

子阳疑惑地说：“邹大夫，照这样说，俺们医家与阴阳五行家不成一家了吗？”

邹衍说：“不仅医家与阴阳五行家是一家，连道家、儒家，从根上讲也是一家。”

子舆吃惊地问：“为什么呢？”

邹衍说：“道家信奉《易经》。《易经》讲的，就是阴阳与五行相合而成的各种爻象。儒家信奉天人感应、倡导天人合一，其实质，不也是阴阳与五行相生相克之说吗？”

子舆眼睛一亮说：“俺明白了，老子说‘道生一，一生二，二生三，三生万物，万物负阴而抱阳，冲气以为和。’原来也是从《黄帝内经》中趸来的呀？”

秦越人剜一眼子舆说："不要乱讲！"然后对邹衍说："听了先生对阴阳五行之说的解析，越人对《黄帝内经》中所讲：'阴阳者，天地之道也，万物之纲纪，变化之父母，生杀之本始，神明之府也。'这句话，理解更深刻了！"

邹衍笑道："秦神医，你太谦虚了。其实，你才是真正的阴阳五行之说大家呀！在下不过是鹦鹉学舌罢了。"

秦越人摆手说："先生言重了！"然后说，"越人有个要求，不知当讲不当讲？"

邹衍说："你是大王的贵客，有何要求尽管讲，在下一定尽力成全！"

秦越人说："从今天开始，咱们不去各地参观了，就在驿馆里探讨阴阳五行之说，行不行？"

邹衍兴奋地说："行、行啊！我再给你请两位齐国名医，咱们一块谈！"

秦越人惊喜地问："谁？"

邹衍说："一位是淄川里公孙光，一位是临淄城内的公乘阳庆。"

秦越人激动地上前握住邹衍的手说："公乘阳庆和公孙光先生，都是名播四方的医学名家呀！在下早就有心去登门拜访请教，但自被大王召见，就身不由己了。先生若能将他们请来相聚，那真是一件人生难得的幸事啊！"

邹衍笑着说："秦神医放心，他们都是我的好友，得知你在临淄，一定会来的！"

秦越人激动地拱手弯腰说："那在下就谢谢邹大夫了！"

太医蔡云被秦越人当着满朝文武大臣骂为"无耻小人"、"鼠辈龌龊心理"，下朝后几天还心中恨潮起伏。下午，在摆满药柜和医简的太医房内，他闷闷不乐地坐在几案前望着窗外树冠上啾叫的小鸟发呆，思索着如何报这被羞辱之仇……

太医辛四和柯子相互会意笑笑，走近蔡云说："蔡太医，都过去三天了，你还为秦越人的事生气呀？"

蔡云收回目光，望着二位同事说："你们说，当着大王和文武百官，秦越人这个野民草医，竟骂我是无耻小人和鼠辈，还说我心里龌龊！搁你们，能受得了吗？"

太医辛四讨好说："这秦越人也太目中无人了！我当时也气得义愤填膺！"

太医柯子笑笑说："这事都过去了，大王不是也没听他鼓噪让他诊病吗？"

蔡云余怒未消地说："大王若真让他诊病，我们三个恐怕就要卷铺盖滚蛋了！"

太医柯子吃惊地问："咋，蔡太医，难道大王真的有病了？"

蔡云说："大王一夜御梨妃四次，体壮如虎，何病之有哇？"

太医辛四说："那秦越人为啥两次见了大王，都说大王有病在肌肤呢？"

太医柯子说：“自从秦越人说了，这几天我每次上朝都仔细观察大王气色，好像真的需要调理调理了。”

蔡云不屑地说：“我在宫中当太医二十多年了，大王若真有病还能看不出来吗？那野民草医用心险恶，是想在众文武面前博大王之宠，置我们于死地呀！”

太医柯子一惊说：“你这一说，我明白了！秦越人是想让大王把我们这些人赶出王宫，他和他的徒弟们好独霸我大齐医权！”

太医辛四紧张地说：“那、那咱们可咋办哪？”

蔡云恶狠狠地说：“咱们联手与他斗！”

太医辛四忧心地说：“咋斗？秦越人誉满天下，大王若听他的话，咱们就死定了！谁能挡得住？”

太医柯子不服地说：“那不一定！咱们在王宫这么多年，找群臣和梨妃帮助咱们说话呗。”

蔡云思忖了一会儿，招手说：“我有一计。你们过来，听我说！”

太医柯子、辛四坐到蔡云面前，把头伸过去，听蔡云如此这般讲述计谋……

秦越人二见齐桓公的不快和郁闷，被邹衍的阴阳五行学说和邹衍请来的齐国名医公乘阳庆、公孙光相聚冲淡了，不知不觉就又过了几天。初夏清晨，秦越人与佚妹、子术、子舆、子阳、子豹在驿馆院内绿树花丛中正打拳健身，学士甲子走近拱手说：“秦神医，饭已备好，请您和各位用饭。”

秦越人收势，笑吟吟用布巾擦着额头的热汗对众人说：“走，咱们快去吃饭，吃过饭还要与邹大夫、公乘先生、公孙先生，一块探讨阴阳五行学说呢！”

子阳笑着说：“师父，您这几天真精神！”

秦越人说：“阴阳五行之说是个大学问，我们在这里能听邹大夫这样的阴阳五行大家阐述其真谛，与名医公孙光、公乘阳庆先生一块探讨医理，能不高兴吗？”

子术赞叹说：“公孙先生用阴阳五行说来解释腑脏、经络、气血、津液的变化，很有见地呀！”

子舆说：“公乘先生所讲，对每一个患者都要记病历的事，正好与师父对我们的要求一样。”

佚妹说：“依照阴阳五行之说，人的五脏也可称为‘五行’，每一脏器都可单成一个系统。”

子豹不解地说：“师娘，五脏咋能分开呀？”

佚妹笑笑说：“我说将五脏称为五行，不是说将五脏分开，而是按照阴阳五行的理念，将心称为心系统、肝称肝系统、脾称脾系统、肺称肺系统、肾称肾系统，观察研究他们互相影响制约的作用。”

子豹恍然道：“俺明白了。《素问·至真要大论》中说：‘夫百病之生也，皆生于风寒暑湿燥火。'其意就是说，人的六种病因，都与五脏变化密切相关！"

佚妹点点头，还欲说，秦越人笑着说："看来你们收获都不小哇？"

子阳兴奋说："俺们几个天天晚上都讨论，有时还争得睡不着觉呢！"

秦越人说："这就对了！吃过饭，接着讨论！"

早饭是小米粥、酱菜、虾酱、大葱、馒头、大饼。子舆拿起一张大饼，抹上一层虾酱，又卷上一根大葱，递给师父说："师父，这回您可解馋了，天天都能吃到您喜欢的大饼卷虾酱大葱。"

秦越人笑着咬一口说："真香、真好吃啊！"

佚妹却撕一块饼夹着酱菜吃，皱眉望着丈夫说："臭烘烘的虾酱，还说香和好吃呢？"

秦越人笑笑说："闻着臭，吃着香！不信，你咬一口？"

佚妹红脸扭头说："俺才不吃这玩意呢，闻见就想吐！"

子阳望着大饼问："师父，都是吃白面，为啥晋国人喜欢吃面条，齐国人喜欢吃烙饼呢？"

秦越人嚼着大饼卷虾酱大葱说："我老家鄚邑有句民谚说：'饺子费，面条省，要想不过吃烙饼'！"

子舆不解地说："饺子咋能费呢，它里面有馅呀？"

佚妹笑着说："看来你在家里做饭少，不懂这句话的含义！"

子阳说："他家里有他娘他妹做饭，跟着师父天天赶车，哪做过饭哪！"

子舆笑着说："师娘，那您就给俺讲讲，师父说的这句民谚意思呗？"

佚妹说："饺子是有馅，可它香，谁见了都想多吃点，那还不是费？"

子舆问："面条咋就省了呢？"

子豹接话说："面条用水煮，一煮就涨粗了，吃一碗肚子就饱了，那还不是省？"

子舆眨眨眼又问："那为啥说吃烙饼，就是不想过了呢？"

子阳笑着说："烙饼多瓷实，一张大饼能煮好几碗面，天天吃大饼，还不把家给吃穷啰？"

子舆纳闷自语："这么说就怪了，难道齐国人家家都不想过啦？"

子术笑着说："净说傻话！不是齐国人不想过了，而是齐国人比晋国人富！所以才有条件天天吃烙饼哩。"

子舆听了红脸说："这下俺明白了，邹大夫为啥爱说'齐地方两千里，带甲数十万，百业兴盛，粟如丘山'这句话了。"

子阳有意追问说："师兄你说，是啥意思？"

子舆瞧一眼等着自己回答的众人说："富呗！"

众人听了乐得大笑。

这时，邹衍笑嘻嘻进门问：“秦神医，你们说啥事呢，这么高兴？”

秦越人放下手中大饼站起问：“邹大夫，今天怎么来得这么早？快坐下一块吃！”

邹衍笑着说：“我吃过了。我来是告诉你，今天咱们不能再探讨阴阳五行学说了。”

秦越人一怔问：“怎么，先生有紧急公务？”

邹衍满脸堆笑说：“我家大王，今天要在稷下学宫宴请各国来齐国讲学的先生，特邀请你作为贵宾赴宴！”

秦越人听了兴奋地说：“我正想让你问问大王，啥时候再召见呢？这下好了，省了你的烦劳之苦！”

参加国宴不同于召见，秦越人只能带一个弟子相随。吃过饭，佚妹帮助丈夫精心打扮一番，秦越人就带着子术，随邹衍大夫一块前往稷下学宫。

举行国宴的稷下学宫，到处锦旗招展、喜气洋洋。秦越人和子术在邹衍引领下走进大殿，一排排酒食丰满的几案之后已坐满应邀而至的来自各国诸子百家的名流、使者和齐国的文武大臣。秦越人坐在距齐桓公最近的贵宾案后，子术坐在其身后。熟悉的人们互相客气地打着招呼。

高坐台上的齐桓公满脸喜气挥手说：“诸位先生，你们都是天下各学派的精英，不远百里千里会聚到稷下学宫，为我齐国带来百家争鸣的文化盛世。寡人特备七鼎之宴，感谢大家光临！”

众人惊喜齐赞：“谢大王赐宴！祝大王万安！”

齐桓公满面喜色高举酒杯说：“齐国能有今日盛世，多赖诸位支持。来，干！”

众人举杯齐声说：“祝齐国霸业永兴，干！”

坐在齐桓公一侧的祭酒慎到，待众人放下杯，站起高声喊道：“上七鼎国宴！”

一队队抬着七鼎的侍者进门，将散发着佳肴浓美香气的七鼎分送到各位案上。

坐客们惊讶地望着七鼎议论纷纷，有的说：“这可是仅次于周天子九鼎之宴的霸侯之宴哪！”有的说：“我只在《周礼》文简看到过七鼎之宴记载，今日可是亲眼目睹其美其盛啊！”有的说：“人生能参加一次这种规格的国宴，死而无憾了！”有的说：“大王将我们诸子百家视为国宾，表达了他思贤若渴、敬学如师啊！”……

秦越人无心参加众人的议论，一双如灯的亮眼却翻来覆去在齐桓公脸上和上下扫来扫去，步入宴会时的兴奋和欣喜渐渐退去，脸色顿时变得凝重而焦急。

子术看到师父神色异常，关切地问：“师父，您不舒服吗？”

秦越人摇摇头说：“没有。齐王的病，已进入脏腑了！”

子术听了，盯着齐桓公仔细看了一会儿说：“是！再不治恐怕就危险啦。师父，您想马上告诉他吗？”

秦越人郁闷地说："再等一会儿，寻机再说！"

坐在秦越人斜对面后排的太医蔡云、辛四、柯子从人缝中注视着秦越人的一举一动，将头聚在一起小声嘀咕着贼笑。

齐桓公见七鼎宴上齐，满脸豪气挥手说："各位学派先生，这七鼎宴，是周天子赐寡人享用和招待国宾的重器，今天拿出来与众位共同享用，请大家品尝器中之美肴！"

众人闻言拿起筷子纷纷品尝，祭酒慎到又站起高喊道："奏乐，歌舞开始！"于是摆在大殿两厢的编钟、石磬、竽、鼓、瑟、琴等齐鸣，一队美如天仙的齐女如脚踏浮云飞入殿中，翩翩起舞。

来宾们在欣赏歌舞美妙中，纷纷端杯起身到齐桓公面前去表达感谢和祝贺。

齐桓公志得意满频频与感谢祝贺赞颂的人碰杯畅饮。

秦越人按捺不住心中的焦虑和担忧，穿过众人走到齐桓公面前，心急如焚盯着齐桓公，不知劝说之话从何说起好。

醉眼迷离的齐桓公没看站到面前的是谁，举杯说："爱、爱卿平身，喝！"

秦越人强压怒气说："大王！不能再喝啦！您的病已发展到脏腑了！"

齐桓公一怔，睁开眼端详着秦越人，用手指指着说："秦、秦越人，你咋一见到寡人，就说寡人有病呢？蔡、蔡太医说，寡人壮如虎！根、根本，无、无病！"

秦越人着急地说："大王啊！越人绝非虚言，大王确实需治疗了。否则……"

齐桓公硬着舌头说："否、否则，怎、怎么样？"

秦越人神严色厉地说："否则就危险了呀！"

从人后挤到前面的太医蔡云大声说："大王，休听这个乡野草医胡说！您体健如虎，他是想在天下众学派先生面前，灭大王的威风，败坏大王的名声啊！"

太医辛四、柯子也跟着说："秦越人居心不良，想让天下人都知道大王有病，齐国要衰呀！"

齐桓公闻言怒瞪双眼指着秦越人说："秦、秦越人！寡人以贵宾待你，你、你怎敢有如此狼子野心？来、来人，给我拿、拿下！"

参加国宴的来宾听了，顿时惊慌一片，议论蜂起，争相观瞧神医秦越人风采和齐桓公如何处理秦越人。子术飞步上前，用身体护住师父，双臂一架做出格斗姿势，怒瞪双目斥道："谁敢上前？"

秦越人坦然笑笑，推开子术，对围上前的武士们伸手阻止说："且慢！"然后转身面对齐桓公说："大王，在下再问您三句话，您再抓再杀我不迟！"

太医蔡云恶狠狠火上浇油说："大王，决不能让这个乡野草医再放厥词了！快抓起来杀了他吧！"

齐桓公目露凶光正欲说话，祭酒慎到上前拱手说：“大王，秦越人乃盖世名医，誉满诸侯，绝不可轻易处置呀？”

慌忙上前的邹衍也跪下附言道：“慎祭酒所言极是，请大王三思啊？”

齐桓公转着眼珠沉思了一会儿说：“好吧！秦越人，你、你不是还要问寡人三句话吗？请、请讲吧！”

秦越人盯着齐桓公问：“大王，您近日是否时常多汗、心烦头晕？”

齐桓公一怔，避开秦越人目光不语。

秦越人又问：“大王是否常服春药，房事后气短头疼？”

齐桓公脸色通红，惊愕不语。

秦越人再问：“大王看奏折和走路，是否时常出现双目突然模糊不清，一会儿又恢复的现象？”

齐桓公神色慌乱，瞠目结舌无语。

秦越人语重心长地说：“在下说大王有病，这就是征兆和症状啊！您现在的病已漫延到脏腑中了，虽然病情已很危险，但还可治。若是再拖下去，发展到骨髓中，那就是病入膏肓啊！就是司命的神仙来了，也无能为力了呀！”

太医蔡云听了冷笑道：“秦越人，你真是个江湖骗子！把诈骗恐吓之言，说得天衣无缝！我家大王英名盖世，岂能被你这巧言花语之徒蒙蔽呢？”

秦越人怒火中烧欲言，齐桓公挥挥手说：“都、都别说了！慎爱卿、邹爱卿，寡人有点累，先回宫休息，你们、你们来主持宴会吧！”说着便在众侍从搀扶下走下高台。

太医蔡云着急地追上齐桓公说：“大王，下臣替您把秦越人抓起来吧？”

齐桓公回头怒斥说：“你、你，滚一边去！少、少给寡人添乱！”

蔡云吓得连连后退……

齐桓公第三次拒医，使秦越人入齐以来在心中树起的齐桓公是一代英主的形象颓然倒塌。晚上回到梧台宾馆住室，他躺在炕上唉声叹气不能入眠。佚妹劝解说：“夫君，齐王讳疾忌医，三次不听你忠告，不值得再为他劳神烦恼了！”

秦越人说:“子术、子豹也这样劝我。可我真不忍心，一代英主就这样陨落而逝呀？”

佚妹说：“齐王虽然功业盖世，但自民富国强当了霸主后，两耳只喜欢听赞歌，骄横跋扈过着花天酒地的奢侈生活。连慎到、邹衍这样的权臣，都不敢直言相谏了，他哪会把你一个医家的逆耳忠言听进去呢？”

秦越人叹息道：“齐国自田氏取代姜氏主国，历时三代方有了今日的繁荣昌盛。若因齐王去世而衰败，那真是太可惜了呀！”

佚妹说：“兴衰之事，自有定数。你三次当面忠言相劝，作为一个医家和齐国人，也算尽职尽责了！”

秦越人说："眼看一个可治之人而不得治，总是于心不甘、于德不忍哪！"

佚妹劝道："早点睡吧，等明天邹衍大夫和公乘先生、公孙先生来了，大家再商议良策吧。"

秦越人无奈地合上眼，用薄被蒙住头却久久不能入眠……

一心想讨取齐桓公欢心并想借齐桓公之手除掉秦越人的太医蔡云，献计举行国宴的本意是让性格耿直的秦越人当众激怒齐桓公而遭惩处。他万没想到在国宴盛会上，愤怒的齐桓公不仅没杀秦越人，反而当着各国诸子百家名流、使者和齐国文武众臣，怒斥自己"滚一边去"，丢尽脸面！回到家中，越想越羞愤难当，就称病不起。第二天上午日过三竿，太医辛四、柯子还不见蔡云踪影，六神无主地在太医房内踱来踱去。柯子说："辛老弟，天都过半晌了，蔡太医咋还不来呢？"

辛四说："你问我，我问谁去？"

柯子说："他献计让大王宴请各国来讲学的先生，本想当众羞辱秦越人，激怒大王杀秦越人，结果计谋不成反差点害了自己！"

辛四吃惊地问："此话从何说起呢？"

柯子说："你没见大王临走时，骂他'滚一边去'吗？"

辛四转转眼珠说："老哥，就你观察，大王是否真的有病了呢？"

柯子思忖着说："秦越人不讲那三句话，我倒没多想。他讲了那三句话，我仔细观察大王的气色举止和声音，很可能真的有病了！"

辛四惊悸地说："这可咋办哪？大王若真有病，我们这些当太医的没尽到职责，群臣们还不把咱们吃了！"

柯子惊愣了一会儿说："就是大王真病了，你我也不用担心害怕。"

辛四不安地说："为什么？咱们可是王宫太医呀！咋能脱了干系呢？"

柯子转着眼珠说："蔡云多年独霸医权，向来不让咱俩接近大王。大王的衣食住行药全由他一人照料，与咱们有啥关系呢？"

辛四忧心地说："我担心，他将咱俩帮他制'春药'的事说出去？"

柯子认真地说："老弟，这事咱们俩可得一口咬死！根本没听说，也不知道有此事！"

辛四点点头说："但愿此事不牵连咱俩呀？"

这时宫侍淳于进门说："大王宣蔡太医晋见！"

太医柯子、辛四惊慌地拱手说："禀淳侍官，蔡太医尚未到。"

淳于生气地说："快去找！大王在寝宫等着他呢！"

太医柯子、辛四听了，惶惶奔出医房，出宫去找蔡云……

秦越人虽说叹惜齐桓公已病入骨髓，心中还存一丝他能幡然悔悟的侥幸，清晨起来后仍然心神不宁。进门来拜访相聚的医友公孙光、公乘阳庆听了秦越人讲说他看到的齐桓公病状，也无奈地叹气摇头。他们为驱散秦越人的忧心愁绪，提出到街上去看蹴鞠。距梧台宾馆不远，就有一个蹴鞠场，公孙光、公乘阳庆便陪同秦越人、佚妹、子术、子舆、子阳、子豹站在高处观看。

蹴鞠，是春秋时齐国盛行的一项体育运动。十几个蹴鞠者，分成两队、各着不同颜色服饰，在场内进行着激烈的角逐，围观者不断爆发喝彩和惋惜的惊叹声。公乘阳庆指着场内说："越人兄，这蹴鞠是齐国一项朝野皆喜的活动，以将球打进那高杆上悬挂的圈内为赢！"

秦越人笑笑说："我走过不少侯国，还是第一次看到这种游戏。"

公孙光说："我年轻时也喜欢蹴鞠，既健身又娱人。但要蹴出花样和命中杆上圈，还真要苦练和技巧哩！"

子阳兴奋地问："公孙伯伯，他们蹴的球是用啥做的？"

公孙光说："球皮是用牛或马、驴之皮缝制的，中间塞的是鸡毛或鸟毛。"

子豹问："公孙伯伯，您现在还蹴呗？"

公孙光哈哈笑着说："这种游戏是你们年轻小伙子的嗜好，像我这年过花甲之人，只有看的福分了！"

佚妹见丈夫人虽站在场上，眼和心却另有所思，就用手推推他说："夫君，你又想啥呢？"

秦越人一怔说："我这心里总觉得空落落、沉甸甸的。"

佚妹笑着说："又在想齐王的病了吧？"

秦越人苦笑一下说："知夫者莫如妻。"

佚妹帮丈夫抻抻衣服，安慰说："别想了。用不了几天，那病发的齐王，准会派人来请你的！"

秦越人忧心地说："若等他来请，恐怕就病入膏肓了！"

佚妹吃惊地说："那咋办？你还想进宫再去见齐王？"

秦越人说："我倒不是想再见他，而是想看看得这种病的病入膏肓之人，最后的气色和症状！"

佚妹瞧瞧左右，小声附耳说："既如此，我们可要早做离开的准备呀！"

秦越人点点头说："我已暗中吩咐子术做准备了。"

公乘阳庆扭头发现秦越人和佚妹在小声说话，笑着靠近说："越人兄，你们夫妻不看蹴鞠，说什么悄悄话呢？"

佚妹红脸，秦越人笑着说："都老夫老妻了，还有啥悄悄话可说呀？"

公乘阳庆说："你我相聚，终有一别。在下有一请求，不知当讲不当讲？"

秦越人说："贤弟不必客气，直讲无妨。"佚妹看到丈夫与好友商谈事，就离开站到另一处看蹴鞠。

公乘阳庆说："我虽行医多年，尚有许多难解之惑。听说贤兄已写成了《难经》，能否赐我拜读呢？”

秦越人抱歉地说：“不瞒贤弟，在下确已完成《难经》初稿，但尚有多处需斟酌修订。待定稿之后，一定奉送教正。”

公乘阳庆说：“那在下就先行谢过了。”

公孙光听了也凑近说：“越人弟，那你著的《扁鹊内经》《扁鹊外经》《扁鹊针经》《扁鹊脉经》等大作，能否留一部，让我们二人开开眼呢？”

秦越人不好意思地说：“真是对不起。越人外出游医，可惜没把这些拙作带在身边。”

公乘阳庆摇头叹息说：“太遗憾了、太遗憾了！见了你的人，而没看到你的大作，真是终生憾事啊！”

秦越人闪闪眉思索了一会儿说：“如果二位不嫌拙作浅陋，在下倒有一个馊主意，可以留下一部赝品供斧正。”

公乘阳庆不解地问：“贤兄，你在临淄发现了贵著的传抄本？”

秦越人摇头说：“没有。”

公孙光说：“没有传抄本，你哪来的赝品呢？”

秦越人笑着说：“我让四个弟子，每人给你们背抄两部医著留下。不是我的亲笔手迹，还不是赝品吗？”

公孙光、公乘阳庆听了哈哈大笑道：“贤弟（兄），你真会开玩笑哇！你弟子背抄你的医著，还不是你的真作吗？”

公孙阳庆补充说：“此事估计多长时间能完成？”

秦越人说：“少则三日，多则五日。”

公孙光兴奋地说：“公乘弟，那还等什么，你现在还不赶快去买竹简和笔墨？”

公乘阳庆拱手说：“越人兄，那小弟现在就先走一步了！”

秦越人说：“慢！那么多竹简，你哪抱得动？让子阳、子豹跟你一块去！”然后转身对子阳、子豹说：“子阳、子豹，你俩跟公乘先生去买竹简；子术、子舆，叫上你师娘，咱们现在就与公孙先生回宾馆！”

子阳、子豹跟着公乘阳庆离去，前往商贸繁华之街去买笔、墨、竹简。秦越人和公孙光便带着佚妹、子术、子舆走向梧台宾馆方向。

秦越人和公孙光先生等回到梧台宾馆住房，刚喝了一碗茶，公乘阳庆先生和子阳、子豹已抱着买来的笔墨竹简进门。秦越人让弟子们将几案搬到自己住的三间大房内，子术、子舆、子阳、子豹便伏案背抄起师父医著来。

太阳从清晨到正午，又从西斜到日落，再从灯火初掌到夜深人静，子术、子舆、子阳、子豹如学堂考生埋头背抄秦越人医著。

三日后上午，秦越人住室几案上堆着十几捆抄好的秦越人医著。公孙光和公乘阳庆进门，兴奋地抚摸着一捆捆医著说：“越人弟，你不简单哪！写出这么多医著，令为兄惭愧汗颜哪！”

公乘阳庆满脸堆笑看着恭站一旁的子术、子舆、子阳、子豹说：“辛苦你们了！三天就背抄出这么多医著，真是高师手下无弱徒哇！”

公孙光拿起一块串成片的竹简，啧啧连声说：“字字工整，句句排列有序，学业扎实，令人叹服！”

公乘阳庆就近拿起一块医简片，惊奇地说：“这字写得好秀气！像个女子的笔迹？”

子阳解释说：“这是俺师娘抄的。”

佚妹红脸说：“让公乘先生见笑了！”

秦越人笑着说：“公孙兄、公乘弟，不用再夸他们啦。越人这些拙著就赠送二位了。你们看后，一定多多指点斧正啊！”

公孙光说：“贤弟，你把这些大作送给我们俩，我们要让它光耀齐国大地！”

秦越人谦虚地说：“不敢、不敢。这些拙作，只是越人对先贤医家圣籍的感悟和自己行医的一些体会，很可能有许多见解是偏见和错误的。今天厚颜赠送二位医家名辈，实为祈求指点赐教哇！”

公孙光说：“客气话我不说，有生之年能与你秦越人相会相交十几日，是我终生之幸事啊！”

公乘阳庆说：“小弟一定认真拜读你的大作，并把它传至后世！让齐国世代医家，不！让天下世代医家，永铭神医扁鹊之学之德！”

秦越人摆手说：“行医之人不图虚名，以救人济世为本，只要不枉度一生，越人已足矣！”

公孙光打开一个随身带来的木匣，一股香气顿时四溢飘满屋内。

子术等闻着，惊奇争相上前观瞧。那盒中放着一块约有三指宽、二指厚、两拃长的土色泛黄的奇木，散发着浓郁香味。不待众人询问，公孙光指着匣内木块说：“越人贤弟，这是我游医越国时，一位道家高人送我的一块檀香木。今天我送与你，权当赤诚谢心和留念！”

秦越人连连摇手说：“这万万不可，小弟绝不敢受此贵重之礼！”

公孙光抓住秦越人的手说：“贤弟你听我说！这檀香木并非金贵之品，在越国朝野庶民皆用之。我送给你，是因为你著书立说常年伏案写作，将此木放在屋内，可驱蚊驱蝇免遭干扰和叮咬之苦，也可防医简不被虫蛀。”

佚妹惊喜地说：“啊！这檀香木会有这么神奇的效能？”

公孙光点点头。

秦越人笑着说：“既如此，那小弟就谢过，收下了！”

子阳兴奋地合上木盒说：“这下可好了，俺师父夏天写书，再不用点蒿草绳、让师娘打扇了！”

这时邹衍惶惶进门说："秦神医，大事不好了！"

公孙光吃惊地问："发生了什么事，邹弟这样慌张？"

邹衍擦着脸上热汗说："大王果如秦神医所料，突然慌汗不止，晕倒在殿上！慎祭酒让我请你速去诊治！"

秦越人苦笑着叹气说："唉，晚了！"

邹衍急得惊汗淋漓说："秦神医，看在慎祭酒和我与你多日相交分上，你还是速去看看吧！不然，我回去无法交差呀？"

秦越人思忖着点点头说："好吧，你先走，我随后就到！"

邹衍慌慌离去。秦越人转身对众弟子眨眨眼说："子舆快去备车！子术子阳收拾行装！夫人、子豹与我同往齐王宫！"

公孙光、公乘阳庆惊讶地问："贤弟（兄），你这是要离开临淄啊？"

秦越人哀凄地说："不是在下不愿与仁兄仁弟多聚，而是大王已病入膏肓，越人不能再待在这齐都了！"

公乘阳庆闻言，着急地说："既如此，你为何还答应去见大王，那不是飞蛾扑火吗？"

秦越人眼涌热泪说："自到齐都以来，越人已三次面劝大王医疾，但他讳疾忌医、不听苦劝。今日越人之所以答应邹大夫再去见大王，一是因为难推乡情友谊，二是因为想当面观察病入膏肓之人的神色症状……"

公孙光理解地说："那就快去吧！确实无救，你万不可久留，要立刻远走高飞，免遭杀身之祸呀！"

秦越人动情地抱抱公孙光，又抱抱公乘阳庆，哽咽一声奔出门去。

公孙光长叹一声坐到地上说："天作孽犹可救，自作孽不可活啊——"

齐王宫宏伟大殿内，晕倒在王座上的齐桓公大汗淋漓、昏迷不醒。太医蔡云汗流满面地掐人中、灌药丸。慎到等众文武惊慌地呼喊："大王醒来、大王醒来！"

太医辛四、柯子看到大势不好，在慌乱中悄悄溜出殿门逃遁。

宠妃梨女在众宫女追拥下，哭喊着："大王、大王！"奔进殿内，扑到齐桓公身上涕泣说："大王，你可不能不管妾妃，就走了呀——"

慎到急得不断向殿外张望，搓手自语："这秦神医咋还不到呢？"

邹衍气喘吁吁奔进殿门，慎到惶惶迎上问："秦神医呢？"

邹衍喘着说："随、随后，就、就到！"

这时齐桓公长嘘一声渐渐醒来，有气无力地说："慎、慎爱卿，快、快去请神医扁鹊！"

慎到急忙上前禀道："大王放心，已经请了，马上就到！"

蔡云不屑地说："不用请那个乡野草医，我就能治好大王的病！"

梨女不满群臣的惊慌纷乱，扶起齐桓公对慎到等众臣说："你们慌什么！这蔡太医，不是将大王救醒了吗？"

众臣不语，齐桓公气色逐渐复常说："慎爱卿，你和邹爱卿、蔡太医留下，让、让众人散去吧！"

众文武听了纷纷出殿，恰好逢到秦越人带着子豹进门。

齐桓公急慌招手说："秦神医，快来给寡人诊脉，看看究竟有了什么病？"

秦越人上下打量齐桓公的气色后大惊，挽袖诊脉后说："大王，您不听越人再三劝告，现在已病入骨髓了呀！"

齐桓公闻言如五雷轰顶，立时瘫软在地说："秦、秦神医，救、救救我！"

秦越人疼惜地摇头说："大王，越人已无力回天了哇！"

太医蔡云大怒说："简直一派胡言！有本太医在，怎能说无力回天了呢？"

秦越人痛惜地苦笑一下，斥道："庸医！大王之疾，全让尔辈贻误了啊！"

齐桓公痛苦地摇头说："不、不要争了，快、快想法，救、救我！"说毕又昏了过去。

太医蔡云急忙再去为齐桓公喂药和掐捏按摩。

秦越人见了，一扯子豹扬长而去。

慎到、邹衍一愣，紧步追赶。

红日高照的齐宫门外，子舆手抓驾车的二马缰绳，焦急地张望着宫门之内。

佚妹掀开车上布帘，心急如焚地说："你师父咋还不出来呢？"

子舆伸脖踮脚张望说："千万别让齐王给扣住哇？"

这时只见子豹扶着秦越人从戒备森严的宫门中疾步奔出，身后不远跟着追赶的慎到和邹衍。

子舆提提马缰，二马做好奔驰准备，佚妹面露惊喜。

秦越人走到车前，子舆和子豹急忙扶师父上车。快步而至车前的慎到、邹衍拉住秦越人衣襟哀求说："秦神医，你不能走哇，你得救救大王啊！"

秦越人转身眼涌热泪说："不是越人不救大王，而是大王已病入膏肓了，无药可救了呀！"

邹衍哭着说："大王安危，关系齐国兴衰。望神医不要与蔡云之流一般见识，施奇术挽危难于生机呀？"

秦越人哽咽一声说："实不相瞒，据越人诊断，大王五日之内必亡！越人感谢慎祭酒、邹大夫多日关照，容日后再报！"说毕登车。

子舆扬鞭叭地一抽两匹驾马，马车便飞驰而去。

慎到、邹衍惊愕地望着奔驰的马车，目瞪口呆，汗如雨下……

齐王宫大殿中，再次恢复清醒的齐桓公头晕目眩，他指着大殿门外对急慌进门的慎到、邹衍说："慎、慎爱卿，快、快派兵，追、追回神医扁鹊！让他救、救救寡人啊！"说毕再次晕倒在地。

慎到慌张地说："邹大夫，我守着大王，你快带护卫军去追赶！无论如何也要请回神医扁鹊！"

邹衍拱手答应一声："遵命！"转身对守护王宫的将军盖力命令："盖将军，快备马点兵，追！"一起奔向殿外。

夏日的阳光照耀着生机勃勃的田野。驶出临淄城的秦越人马车如飞箭一样在大路上疾驰。牵马等候在城外的子术、子阳远远看见师父师娘乘坐的双马铜车，立即跨上马与子豹会合，紧跟车后，在路上蹚起一股股尘烟。

佚妹紧张地依偎到丈夫的肩头说："夫君，我担心齐王会派兵来追咱们回去。"

秦越人拍拍妻子的手安慰说："我想到了！咱们到前面岔路口，就转向奔往岱山（即泰山）方向！"

佚妹惊讶地坐直身，望着丈夫说："你、你还想去鲁国？"

秦越人点点头说："我们出北门，一直往北往西，意在迷惑追兵！"

子术回头望望临淄城，发现北门外突然冒起尘浪，打马走到秦越人车的近前说："师父，北门外突然尘烟滚起，好像是追兵！"

秦越人神色镇定地说："按咱们昨晚商定，到前面三岔口，你带子阳、子豹继续北行！我与你师娘、子舆转向南下！"

子术忧心地说："师父，让子阳也跟您走吧，子舆一人太少了？"

秦越人说："不用！有子舆一人足矣。我在鲁国不会久留，也会尽快回蓬山的！"

烈阳下，秦越人师徒的车马来到三岔路口。三条大道，一条通往鄚邑，一条通往德邑（今德州市），一条通往岱山。子术、子阳、子豹目送子舆驾的载着师父师娘的双马铜车转向奔往南行岱山之路，不见踪影了，清理了车辙马蹄印，又折了一些树枝绑在马尾上，才勒转马头继续向北奔驰。子术边扬鞭打马边说："子豹，咱们再同行一段，你带丁二遗书和板像去鄚邑找子容师兄，我与子阳回蓬山！"

子豹说："师兄放心，俺一定照你吩咐办！"三匹马你追我赶，在蹚尘路上腾起尘浪滚烟。

邹衍带着王宫护卫军追至三岔路口勒住马缰，辨认着马迹车辙自语："他们会走哪条道呢？"

护卫军将军盖力站在马上张望着通往鄚邑大道上的尘烟说："邹大夫您看，他们往鄚邑方向去了！"

邹衍一挥手说："追！"

于是护卫军数十匹战马在通往鄚邑的大道上，掀起更大的尘烟。

第三十五章
走鲁国岱山脚下访针医

逃出齐都临淄、摆脱追兵，秦越人与佚妹、子舆的心情轻松多了。他们晓行夜宿，驶进连接齐鲁两国的鲁山山脉中。初夏清晨，子舆手握长鞭驱车行进在鲁山沟壑弯曲的山路中，他望着路旁越来越矮的山丘说："师父，按照昨夜店家讲的，出了这条沟，咱们大概就进入鲁国境内了。"

秦越人松心地说："只要离开齐国，咱们就算安全了！"

山风吹着佚妹的满头黑发，她惬意地观瞧着山丘上的葱郁树木和山坡条地上黄灿灿的油菜花说："这鲁山，跟咱们蓬山一点也不一样。"

秦越人笑着说："咋不一样？"

佚妹说："咱蓬山高耸入云、大树成林，这里的山低树矮，都是乱石岗子，就是油菜花长得喜人！"

子舆说："师娘，你说他们这山上，咋就没成片大树呢？"

佚妹说："这里人稠村多，都把大树砍了呗！"

秦越人指着路旁一山丘说："谁说没大树？你们看，左前方那座山上，就大树成林！"

子舆兴奋地望着说："哎，那山上真是一片大树林！"然后吃惊地用手指着说，"师父您看，那山崖的树上好像挂着一个人呢！"

佚妹顺着子舆指的方向看了一会儿说："不是挂着，是吊着一个人！好像还是个女的哩！"

秦越人闪闪眉说："子舆快停车！咱们去看看，还活着没有？"说着手抓宝剑，就从车上腾空跳往路边山崖，向上攀去。

子舆把缰绳和马鞭交给佚妹说："师娘您看着车，俺跟师父去救那个人！"说毕大步快跑去追秦越人。

二人攀上悬崖，子舆惊叫说："师父，果然是个女的，还是个年轻姑娘！"

秦越人说："子舆，你抱住她的双腿，我把绳子割断！"说着抽剑跃身而起，割断悬挂在姑娘脖子上的布带。

子舆检查姑娘的眼帘、鼻息、寸脉后说："师父，她已经断气了！"

秦越人闪闪眉，抓起姑娘手腕，在寸口诊了一会儿脉说："还有一息希望。子舆，快给她做压腹呼吸！"

子舆红脸说："师父，男女授受不亲，俺哪敢给她做压腹呼吸呀？"

秦越人生气地说："救人要紧，顾不了那么多了！"

子舆闻言跪地，双手按住姑娘的胸口，连做几次压挤，姑娘仍无反应，无可奈何地望着师父。

秦越人厉声说："让我来！你捏住她的鼻子，与她嘴对嘴呼吸，配合我的挤压！"

子舆惊讶地红脸扭捏说："这、这哪行啊？"

秦越人说："少废话，快点！"

子舆不敢怠慢，羞红着脸捏住姑娘鼻子，将嘴对准姑娘的嘴。秦越人一压，子舆一吸；秦越人一松，子舆一呼。连续做了五次，那吊死的姑娘果然恢复呼吸，慢慢醒来。子舆见了，连忙站起红脸背转身。

秦越人望着睁开眼的俊俏姑娘问："姑娘，你叫什么，何方人士，为何身穿寿衣，吊在这荒野树上啊？"

姑娘瞧一眼面前白发白须的陌生老人，又瞧一眼年轻力壮的陌生子舆，泪流满面说："俺叫春，山下丕庄人。老人家，你们不该救俺哪，俺不想活在这人世上啦！"说着"呜呜"地痛哭起来。

秦越人和颜悦色说："姑娘，人的命只有一次，纵有百般不顺也不能轻生啊！你若撒手而去，你的爹娘谁管哪？"

姑娘哽咽一声说："俺爹逼俺跳井自尽，俺还有啥脸活在这世上呀？"

秦越人吃惊地问："你爹逼你跳井？为啥？"

姑娘捂脸流涕说："谎嘴婆编派俺与人通奸，俺爹不问青红皂白就骂俺败坏门风，硬逼俺跳井自尽！"

秦越人转转眼珠问："真有此事？"

姑娘哭着说："真有此事，俺就不冤了！俺到谎嘴婆家里送簸箕，撞见她与光棍丑四干不正经的事，她怕俺说出去，就栽赃给俺，满村败坏俺的名声……"

秦越人不平地说："你爹真是个糊涂人哪！我们送你回去，给你爹讲清楚。"

姑娘摇着头说："俺谢谢您的好心。您把俺送回去，俺爹也不会认俺这个女儿了！"

秦越人一愣问："为啥呢？"

姑娘瞧瞧身上的寿衣哭着说："俺跳井后，俺爹以为俺死了，就让人把俺给埋啦！"

站在一旁的子舆闻言，转身惊愕地问："啊！世上还有这事呀？"然后不解地问，“你爹把你埋了，那你咋会从坟里出来上吊呢？”

姑娘擦着泪说：“昨天夜里有人盗坟，他摘俺手上的镯子，俺睁开眼坐起，把他吓跑了。俺在这山上转了大半夜，冤洗不清，家不能回，天明时就撕破盖单，在这棵树上上吊了！”说着又“呜呜”哭起来了。

秦越人听了笑笑说：“姑娘不要哭了。我们既把你救活，就不能让你再死！”

姑娘悲声说：“您不让俺死，俺往哪里去呀？”

秦越人慈眉善眼地说：“我们送你回家！”

姑娘失声大哭说：“俺爹不会要俺啦！他已把俺埋啦呀——”

秦越人安慰姑娘说：“你爹他若不认你，我就收你当干闺女！”

姑娘一惊问：“您、您是哪里人？为啥肯收留俺这个死过两回的人呀？”

秦越人笑着说：“我是个游医，以治病救人为业。”

姑娘听了，停止哭泣低头不语。

秦越人说：“子舆，快扶姑娘起来，下山吧！”

子舆涨红着脸伸手将姑娘从地上拉起。姑娘不好意思地说：“大哥，谢谢你。”

秦越人望一眼羞得不敢抬头的子舆，笑笑说：“你是该谢他。要不是他发现树上吊了个人，你今天就没命啦！”

姑娘抬眼瞅一下子舆红脸说：“你们咋看见俺上吊了，为啥要救俺呢？”

秦越人望着窘迫得额头冒汗的子舆，意味深长地说：“让他告诉你吧。”说毕，一纵身跳下山涧。

子舆手扶着身虚无力的姑娘，脸红得像红布，勾下头恨不得钻到地缝里去。

姑娘不解地望着神色慌张低头不语的子舆问：“大哥，你咋手发抖呀？是不是刚才从树上救俺累的？”

子舆平生第一次与年轻姑娘手肤相接，听了更不敢抬头，浑身像着火一样，头上直冒热汗说：“不、不。”……

天近正午，在丕村村口由石基土墙茅顶搭就的丕家院内，烟囱里冒着袅袅炊烟，窗前一棵红花绽放的石榴树上蜂蝶飞舞。年过五十的丕刘氏在灶房里边拉风箱边呜呜哭着说：“俺那冤死的闺女呀，百年后，谁为娘穿孝上坟哪……”

满脸悔色的老汉丕直从房内走出，将手中的碎米扔到石榴树下几只卧着的鸡群中，心烦地吼一声：“别号了！再号她也死啦！”

丕刘氏停住手拉的风箱转身说：“都怨你！不问青红皂白就打自己闺女，硬逼着她去跳井死！”

丕老汉强辩说：“她不办丢人败兴事，我就舍得打她逼她啦？”

丕刘氏哭着说：“她办啥丢人败兴事了？你有啥证据？就凭谎嘴婆传的几句话，你就逼着自己的亲闺女去跳井死了，你还是个人吗？”

丕老汉自知理屈，却不肯认输说：“周礼规定，未婚者有奸——死！这是咱鲁国的法令啊，俺敢不遵吗？”

丕刘氏气愤地说：“现在可好，谎嘴婆与丑四通奸，被乡亲们抓住啦！他们在祖堂交代，谎嘴婆在村里编派咱闺女那些事，都是假的，是故意栽赃陷害哩，你咋不去让俺闺女活回来呢？！”

丕老汉脸红脖粗，张嘴结舌说：“这、这不是——”话未讲完，突然发现门口停下一辆双马铜车，一位漂亮的中年妇人扶着身穿寿衣的丕春姑娘从车上下来，接着下来一个满脸红光、白须白发的老人。

丕老汉看到这一幕顿时吓傻了，张着嘴愣住再也说不出话来。

坐在街头吃饭的人们见了惊叫：“啊！被埋的丕春咋又活啦？”有的说：“那不是活人，是冤死的丕春鬼魂回家找她爹索命来了！”有的指着说：“你们看，丕春后面，还跟着一个仙姑和一个白发白胡子的神仙哪！”

秦越人听到议论，望一眼惊慌的人们笑笑，与佚妹拥着丕春姑娘走进丕家门。

众人见了，相跟着拥向丕家门口。

丕老汉看见白须白发老人和一个漂亮中年妇女扶着自己身穿寿衣的女儿丕春进门，吓得惊目圆瞪、浑身打战，连连后退说：“春她娘，鬼、鬼来了！”

丕刘氏奔出灶房，看到身穿葬衣的闺女丕春，惊瞪双目扑通一声跪地，连连叩头作揖说：“冤死的闺女呀！娘给你磕头啦！不是你爹狠心逼你跳井，是谎嘴婆给你栽赃，你、你饶过你知错后悔的爹吧！”

丕春泪如泉涌，挣脱佚妹喊一声：“娘——”就扑上前去。

丕刘氏惊悸地浑身颤抖缩成一团，口中语不成声哭喊道：“闺、闺女啊，你是人是鬼呀——”话未讲完就瘫软在地上。

丕春跪地抱住娘哭喊：“娘，俺是春！俺没死，俺又活了呀！”

丕刘氏闻言睁开眼，上下打量丕春后，紧紧将丕春抱住说：“闺女、娘的亲闺女！这是真是假呀？你、你可别骗娘啊——”

丕春连连亲着娘的脸说：“是真的、是真的，俺又活了！”

丕刘氏不相信地摸着女儿的脸问：“你、你被埋了，咋还能再活过来呀？”

丕春替娘擦着泪说：“是这位秦大伯和子舆大哥，将俺又救活了！”

丕老汉疑惑地打量秦越人和佚妹说：“你们是谁？为啥挖俺闺女的坟？”

秦越人手捋白须说：“我们是过路人，没有挖坟，在山林树上救下这个上吊的姑娘！”

丕老汉不相信地说：“俺亲自看着将闺女埋进坟里，她咋会出来上吊呢？”

佚妹笑笑说：“这事，你得问问你闺女丕春！”

满脸喜泪的丕刘氏从地上站起紧紧攥着女儿的手问：“闺女，这到底是咋回事啊，快给你爹和娘说说呀？”

丕春用衣袖擦擦泪水，望一眼将院子拥满的众乡亲说：“秦伯伯说得对！俺是被他和子舆大哥，从上吊树上救下来的。”

丕刘氏惊疑地问：“闺女，你被埋了，咋会挂到树上上吊呢？”

丕春泪如泉涌说：“俺是被埋了，可夜里有人又把俺挖出来了。他摘俺手上的镯子，把俺拽醒了。”

众人听得头发直发奓，有人问：“那人长得啥模样？”

丕春用衣袖擦着泪说：“天黑俺没看清。他见俺活啦，吓得怪叫着跑了！”

丕刘氏惊喜地抱住女儿，心疼地说：“娘的宝贝！你活了，咋还不赶快回家呀？为啥又去上吊寻死呢？”

丕春剜一眼爹，哭着诉说：“俺怕爹再逼俺跳井，就想远走他乡。可俺从小到大没出过咱们村，不知道到哪里去呀？走投无路，就又上了吊，呜呜呜……”哭得撕心裂肺。

众人听了一片唏嘘哽咽声。

丕老汉听了女儿哭诉所经苦难，羞愧地蹲到地上捂脸流泪说：“闺女，是爹错怪你了呀！爹对不住你啊！”

秦越人看到丕春冤情尽释，笑笑说：“丕春的事说清了！你们一家三口也团聚了，我们也该赶路啦！”

丕老汉闻言站起，“扑通”一声跪到秦越人和佚妹面前说：“恩人哪，您千万不能走哇！”丕刘氏也跪下说：“您救活俺闺女，水没喝一口、饭没吃一顿就走，俺们就无脸出门了呀！”

丕春泪流满面也跪下哀求说：“秦伯伯，您和子舆大哥救了俺，俺就是你们的人了。你们走，俺也跟着走！”

众乡亲被秦越人师徒救人不图报和丕家三口人的感人挽留激动，也齐声劝道：“老人家，您就在俺这村里住几天吧，俺全村人都要感谢您对丕春的救命之恩啊！”说着众人也相继跪下。

秦越人连忙扶起众人说：“好、好，大家快起来！那我们就在丕春家里住两天，再走！”

众乡邻兴奋地谈论着丕春死而复生的奇事四散。

两天时光，在丕家女儿重生、一家人团聚欢乐中度过了。第三天，秦越人夫妻和子舆就要走了，丕家准备的送行晚饭丰盛又吃得情意绵绵，女儿丕春望着明天即将离去的恩人坐卧不安。吃过饭，她见佚妹回屋，就跟了过去。夜灯下，佚妹忙着收拾东西，丕春不帮忙不说话却流泪垂头坐在炕沿上抽泣。

佚妹婉言劝道：“丕春，别哭了。你爹娘就你一个闺女，不同意你跟俺们走，你就别违老人的意啦。”

丕春抬起头，两眼含泪坚定地说：“不，俺就要跟着你们走！”

佚妹说：“俺们是行医人，住无定所。你跟俺们走，路上不方便哪？”

丕春红脸说：“方便。”

佚妹说：“你一个闺女家，咋方便？”

丕春勾头小声说：“俺、俺让子舆大哥照顾俺……”话未讲完捂住脸，呜呜呜小声哭起来。

佚妹笑着说：“你们俩，一个未婚，一个未嫁，咋照顾？”

丕春勾着头说：“俺就让他照顾！”

佚妹盯着丕春笑问：“为啥呢？你总得说个理由吧？”

丕春脸红脖粗地说：“他、他抱过俺，拉、拉过俺的手。”

佚妹吃惊地问：“什么时候？”

丕春忸怩着小声说：“那天在山上救俺……”

佚妹听了松口气说：“哎，那是救人！他不抱你，吊的绳子断了，还不把你摔下山崖呀？”

丕春瞧一眼佚妹，不好意思地说：“那他下山时还拉着俺的手呢。”

佚妹苦笑说：“你那时身虚体弱，他不拉着你，你能从山崖上走下来吗？”

丕春拧着脚尖垂泪说：“俺不管，他拉了俺，抱了俺，俺就是他的人了！”

佚妹闻言一惊说：“这事你爹娘知道吗？”

丕春红脸摇头说：“不知道。”

佚妹反问道：“你爹娘要不同意呢？”

丕春盯着佚妹的眼睛说：“他们不同意，俺就偷着去追你们！”

佚妹无奈地说：“你呀，真是个犟闺女！”

丕春红脸抓住佚妹的手摇着说：“佚妹姨，俺求求你，去给俺爹娘说说吧？”

佚妹嗔怪着说：“我真拿你没办法！”

丕春羞笑着向门外推佚妹。

丕家堂屋内灯下，放着冒热气茶水的地桌前坐着秦越人和丕直，丕刘氏坐在炕沿上喜眉笑眼望着两个谈话的男人。丕老汉说：“秦大哥，你们再住几天吧，俺是真舍不得你们走哇！”

秦越人笑笑说：“我们到曲阜邑（今曲阜市东北部）还有事呢，打扰这两天，就很过意不去了。”

丕老汉抬头深情地说：“大哥说哪里话，你是俺们丕家的恩人哪！”

这时佚妹进门，丕刘氏赶紧迎上前拉住佚妹的手说：“大妹子，快炕上坐。”

丕老汉不见女儿身影，问丕刘氏：“秦大哥明天走，咋不见春呢？她到哪儿去啦？”

佚妹不等丕刘氏答，便笑着说：“她在厢房里，让我过来给你们二老商量个事儿。”

丕刘氏不解地问：“啥事？”

佚妹瞧一眼秦越人说：“丕春她，坚决要跟我们走。”

丕老汉一惊说：“为啥？”

佚妹平静地说：“她爱上了子舆。”

丕刘氏惊愕地说：“他们俩刚认识两天，咋就爱上了呢？”

佚妹说：“她说子舆抱过她，拉过她的手，她就是子舆的人了。”

丕老汉和丕刘氏闻言大惊说：“啥时候发生了这样的事？”

秦越人笑笑说：“她吊在山崖树上，子舆不抱住她双腿，我怎么断绳救她呀？”

丕老汉问：“那咋还有拉手的事呢？”

秦越人说：“丕春被救活后身虚力弱，子舆不拉着她，她怎么从山崖上下来呀？”

春秋战国时代，未婚男女是不允许有肌肤接触的。丕老汉和丕刘氏听了，互相瞧瞧惊慌地说：“这、这可咋办哪？”

秦越人眯眼思索了一会儿说：“不光这些。丕春从上吊树上被救下来，已气绝神迷了，是子舆口对口帮她恢复呼吸，才从死神手中把她拉回人间呀！”

丕老汉羞得一跺脚：“嘿！咋还有这种不能讲出口的事啊？”

丕刘氏涨红着脸说：“这死妮子！这么大的事，她咋一句也没告诉俺呢？”

秦越人笑着说：“子舆帮助丕春恢复呼吸之事，连丕春自己也不知道，抢救她时只有我与子舆两人在场。”

丕老汉长叹一声说：“唉，这还有啥可说的！连嘴都亲了，俺丕春只有跟他成亲啦！”

丕刘氏恍然而明地说：“俺说那小伙子为啥一天到晚总低着头，除了吃饭，连门也不进，夜里睡在车上，原来是为这些事害羞呀？”

秦越人点点头郑重说：“子舆怕丕春知道救她的经过，只催我们快点走。”

丕老汉听了着急地说：“秦大哥，你可不能让他走哇！他与俺闺女都那样了，他若走了，俺闺女非再寻死不可呀！”

秦越人思忖说：“这两天，我也正为这事上愁作难呢？”

丕刘氏直眼盯着丈夫说：“老头子，你快拿个主意吧，咱们咋办哪？”

丕老汉思忖一会儿说：“还能咋办，叫他们赶快成亲吧！若让乡邻们知道了丕春和子舆这些事，俺这一家人就没法在这村里混了啊！”

丕刘氏用祈求的声音说：“秦大哥，你救人救到底，你和你媳妇就当俺闺女的媒人吧！”

秦越人笑着瞧一眼佚妹说：“佚妹，你去把子舆叫来吧。”

丕刘氏立马下炕说：“俺去叫春来。”

子舆进门望一眼师父，低下头问：“师父，叫俺啥事？”

秦越人说："你先坐下。"

子舆不知道师父给他说啥事，坐下勾头看着地。

这时丕刘氏领着丕春进门，丕春瞧一眼子舆，坐到炕沿上的佚妹身边，也垂头不语。

秦越人轻咳一声问："丕春，你爹娘同意将你嫁给子舆，你同意不？"

丕春红着脸点点头。

秦越人又问："子舆，丕家二老要将丕春许配给你，你同意不？"

子舆红脸小声说："俺听师父师娘的。"

秦越人笑道："既然你们都同意，我与你师娘就当你们的证婚人。你们现在就拜天地，给二老磕头吧！"

佚妹扶着子舆，丕刘氏扶着闺女丕春，二人拜过天地，就给丕老汉、丕刘氏磕头。丕老汉眼涌泪花扶起一对新人说："子舆，俺们老俩就这么一个宝贝闺女，你可不能亏待俺春哪！"

子舆抬头望着丕老汉和丕刘氏发誓说："请二老放心！俺一定好好待她一辈子！"

丕刘氏擦着泪哽咽说："春、子舆，你们明天就要走了，可要记着，常回来看看你爹和娘啊！"

子舆和丕春说："女儿（儿子）记下了。"

望着一对羞涩幸福的新人，秦越人呵呵笑道："天不早了。佚妹，快领他们两个到咱们住的屋，入洞房吧，明天还要赶路呢！"

丕老汉挥手制止说："那怎么成，你们老俩住哪儿呀？"

秦越人笑笑说："叫春她娘和佚妹睡炕上，我和你就在地上打地铺，凑合一晚吧！"

丕春娘听了急眼说："这可不行！哪有叫恩人睡地铺的理儿？你们夫妻在俺炕上睡，俺与春他爹到邻居家住一宿。"

秦越人摆手说："这决不成！子舆是我的徒弟，他与你家春结为夫妻，咱们就是亲家了，亲家之间哪还能客气？你们再客气，就外道让人笑话啦！"

丕老汉和丕刘氏互望一眼说："那就听秦大哥的。反正夏天也不冷，明天你就走了，咱们坐着多说会儿话吧！"于是秦越人、佚妹与丕老汉、丕刘氏说说笑笑，一直到天明……

曲阜邑，是鲁国之都。夏日上午，秦越人一行到达曲阜邑城中后，入住金桥客栈，洗盥后便与佚妹、子舆、丕春一块外出去游览曲阜邑街景。

鲁都不同于齐都临淄，繁华而不热闹，文雅而少戏耍，来往行人衣帽整洁，相遇彬彬有礼。新婚后的子舆心情格外好，他指着行人和街景说："师父，这鲁都城内，咋没斗鸡遛狗、蹴踘六博的呢？”

秦越人望望周围的行人和店铺说：“鲁国是周礼的典范，咋会允许那些奢靡玩乐之风泛滥街头呢！”

佚妹笑着说：“这两个相邻的国家真有意思，一个以百家争鸣誉世，一个以倡周礼奉儒学而闻名。”

秦越人说：“正是这两种不同的繁荣，才形成了不同的世情民风啊！”

子舆不解地问：“这鲁国距齐国这么近，又是个小国，咋能保持住自己不同的世风呢？”

秦越人说：“这鲁国，是周天子开国后周公姬旦的封地。其长子伯禽赴鲁就国时，带来了其父为周王朝制定的所有典章，世代严格遵循。因此，周礼虽在帝都日益败坏，在鲁国却依然昌盛受崇。现在各诸侯学习周礼，都以鲁国为师为楷，齐国畏于诸侯对周礼之望，方不敢犯众怒而用兵灭鲁！”

子舆又问：“既然鲁国尊崇周礼，为啥又支持孔丘的儒学呢？”

秦越人惊喜地说：“子舆，没想到你这个赶车的郎中，现在也很会动脑子提问题了？”

子舆瞧一眼一句不言的丕春，不好意思地摸着脖子说：“师父，俺是否又说错话了？”

秦越人笑着说：“不是。你提的问题很好！”然后闪闪眉说，“人遇事就要多想、多问为什么？行医是如此，看世事也是如此！”

子舆点点头又问：“师父，那啥叫儒学？它与周礼相克呗？”

秦越人笑笑说：“儒，是指读书人。信奉孔子所著《论语》的学派，称为儒学。它与周礼不仅不相克，还有相辅相成的关系呢！”

子舆疑惑地说：“这是为何呢？”

秦越人说：“所谓‘周礼’，是周天子开国后制定的约束天下人，生、老、病、死、迎、送、喜、乐、宴、学等各种礼仪。儒家倡导仁、义、礼、智、信，主张‘非礼勿视，非礼勿听，非礼勿言，非礼勿动’，虽不同于‘周礼’，但在客观上却固化了‘周礼’的许多规矩。”

子舆思索了一会儿，又问：“礼与俗有什么区别呢？”

秦越人说：“礼，是天子规定的治理人的行为准则，既包括人言行的仪节，也包括仪节所蕴含的理念。俗，不过是现行或过去的‘礼’，经世人世代传承而形成的一种习风。”

子舆又问：“礼与俗是什么关系呢？”

秦越人说：“礼是俗之源，俗是礼传沿所结之果！”

佚妹突然指着前方一个人进人出的街巷说：“夫君快看，那里就是孔丘家所在的阙里街了！”

秦越人举目望着街口横木牌坊上的“阙里街”三个字，兴奋地说：“佚妹，你领着丕春在街上转转，早点回客栈。我与子舆去拜访拜访孔丘先生的故居和弟子们。”

佚妹依恋地望着丈夫说：“俺也想到这个当今大儒的家里去看看。”

秦越人严肃地说：“这里不同于临淄，极忌妇人参与拜会之事。你和丕春还是回避为好。”

佚妹笑笑，拉着丕春向另一个方向走去。

孔丘的祖籍为鲁国的陬邑（今曲阜东南南辛镇鲁源村），成名后移居都城曲阜。其宅院坐落在阙里街北尽头，一座很普通的大门口一左一右各站一位学士，门楣上写着“孔宅”二字。秦越人上前拱手说：“二位学士，在下蓬山秦越人，想拜瞻孔丘先生府第和弟子，望能通报。”

二位学士闻言，惊喜地打量白须白发的秦越人问：“啊，您、您就是蓬山神医扁鹊？”

秦越人笑道：“正是在下。”

学士甲兴奋地说：“到这里求学和拜访的先生们常提到您，可惜众弟子们都游学去了！”

秦越人闻言一怔，问：“他们何时能回来呢？”

学士乙说：“大概得半年左右吧。”

秦越人遗憾地说：“看来我们无缘相会了？”

学士甲说：“先生可先在驿馆住下，待众弟子回来，我们立即禀报！”

秦越人笑笑说：“真是遗憾。那我们就到府中看看，行吗？”

学士甲和学士乙听了，立即做出请的姿势说：“请！”

秦越人和子舆在学士甲、学士乙的陪同下，进府观瞻了孔丘生前的居室和讲学处，又看了孔丘留下的过著遗物等方恋恋不舍离开孔府。

学士甲望着飘然而去的秦越人背影感叹道：“这秦越人仙风道骨、气度非凡，果然名不虚传啊！”

学士乙说：“众弟子若在，定会隆重相待！”

子舆回头望望二位学士说：“师父，孔丘先生的众弟子不在，我们是住下等呢，还是回蓬山？”

秦越人说：“既到此地，我们去会会当地名医再说吧。”

为寻访当地医家，秦越人带着子舆在曲阜城内奔波了一天，直到夜幕降临才开始走向返回金桥客栈的路。

按常理，女人相聚应该话多，但丕春和佚妹之间话却很少。一是丕春新婚羞涩，二是与佚妹才接触几天还不够熟识，加之辈分相隔，总是佚妹问一句丕春答一句，而且语短话少。佚妹谈不上兴趣，就看医简，丕春无事可做，坐在一旁盯着佚妹看。好不容易挨到天黑点亮灯，丕春拘束不安地望着佚妹问：“师娘，师父他们咋还不回来呢？”

佚妹笑笑说：“咋，想子舆了？”

丕春羞红脸说：“师娘，俺是担心他们有啥事儿？”

佚妹甜笑道：“俺给你开玩笑呢，看把你紧张的！”然后说，“他们很可能是与孔丘先生的弟子们谈得高兴，忘记了时间吧？”

丕春说：“那咱们，还给他们留饭吗？”

佚妹说：“不用。既然天晚了，孔丘先生弟子们一定会留他们吃饭的。你累了，就早点回屋休息去吧。”

丕春惊慌地说：“俺可不敢！这人生地不熟的地方，咋敢一个人睡呀？”

佚妹笑着说：“你没住过客栈？”

丕春红脸点头说：“俺第一次离开家门，看到这么大的城、这么多的人，心里直发慌。”

佚妹咯咯笑着说：“这曲阜邑不算大城，齐国临淄那才叫大城呢！住户七万多，满街筒子都是人头攒动！”

丕春惊讶地睁大眼问：“世上还有比这地方，还大的城、还多的人哪？”

佚妹点头说：“鲁国只是个小国。”

丕春惊疑不消地问：“师娘，走在那么多人群中，您不害怕吗？”

佚妹笑笑说：“各走各的路，有啥害怕的？”

丕春一怔，又问：“那么多人都在街里逛，不种地，不干活，他们吃啥呀？”

佚妹“哧”地一笑说：“做买卖、耍手艺挣钱呗。”

这时秦越人和子舆进门，秦越人扫一眼二人说：“你们谈得这么热闹，说啥呢？”

佚妹迎上帮着掸土卸衫说：“俺们瞎聊。你们与孔丘先生弟子们咋谈了这么久，都说些啥呢？”说着斟了一碗水送上。

秦越人接碗喝一口，摇头说：“孔丘先生弟子们都外出游学去了。”

佚妹纳闷地问：“没见着孔丘弟子，你们咋这么晚才回来？”

秦越人说：“我们去拜访城中名医了。”

佚妹兴奋地问：“都见哪些名医了？找到针医句子伯了吗？”

秦越人笑道：“句子伯没见到，但打听到他的住地了。”

佚妹关切地问：“他住在哪里呀？”

秦越人说：“他不在曲阜城里，住在岱山脚下一个叫玄庄的村里。”

佚妹惊喜地说：“那咱们什么时候去拜访他？”

秦越人说：“我在回来路上，与子舆商量了，想明天就去岱山玄庄！”

第二天清晨吃过早饭，秦越人一行便乘车离开曲阜城。几天后上午，他们来到岱山脚下，远望玄庄，坐落在绿树掩映的山丘中。勤劳的村民们，有的在田间劳作，有的在路上行走，一群牧羊在山坡上吃草不时发出“咩咩”的叫声。子舆挥鞭驱马，铜车在山路上轻快奔跑。

佚妹望着生机勃勃的山河田野说：“这真是个美丽如画的地方啊！”

秦越人若有所思地说：“奇人自然居奇地。”

丕春目不暇接地观瞧着陌生地，惊喜的脸上堆着开心的笑容。

路上行人和田野劳作的人们，看到在阳光下奔驰的双马铜车，好奇地注目观望。子舆看了，自豪地甩着响鞭，抖缰驱马驶进玄庄村中。

句子伯家，坐落在村后一片小树林中，泥墙草顶独自立院。院内凉棚下，一座土坯垒的冶炼炉中蹿着熊熊烈火。句子伯妻子句容氏拉着风箱，年过六旬的句子伯只穿件护胸的围裙，手端一个铜制的坩埚在火上熔化着金水。他的身旁放着沙土制的模道和木砧子、木槌等。

秦越人在门口驻足向四周观瞧一番，便领着佚妹、子舆、丕春进门，拱手鞠躬说：“在下秦越人，拜见子伯先生！”

句子伯闻言一怔，放下手中的坩埚，吃惊地问：“您说您是谁？”

秦越人说：“乡野游医，蓬山秦越人。”

句子伯惊喜地说：“啊！您是神医扁鹊？”

秦越人笑着点点头。

句子伯兴奋地上前抓住秦越人的手说：“久仰大名啊！您怎么会到我这鄙村寒舍呀？”

秦越人说：“在下仰慕您的针术，特带弟子来登门请教！”

句子伯上下打量白须白发、红光满面的秦越人说：“果然是传说中人物啊，气貌非凡！”然后扭头对妻子吩咐：“别拉风箱了，快备茶招待秦神医！”

秦越人摇手说：“不、不，先生还是炼金造针，让越人开开眼界吧？”

句子伯哈哈笑道：“既如此，在下就在神医面前献丑了！待倒出这锅金水，咱们再进屋交谈。”

子舆上前对句容氏说：“大娘，让俺来拉风箱吧？”

句容氏笑着婉拒说：“哪能让客人拉风箱？快坐下休息吧。”

秦越人上前劝句容氏说：“大嫂别客气！把这事交给年轻人干，您歇会儿。”

句容氏瞅一眼丈夫句子伯，句子伯说：“还愣啥？快去烧水泡茶呀！”

句容氏笑着站起进屋，子舆坐下拉起了风箱。

句子伯手端坩埚，在熊熊烈火上熔化金块，然后将熔水慢慢倒进模道。不一会儿打开模道，取出三根长约二尺的细长金丝，用铜刀剁成一段段的金丝段，一手捏住金段一端一手用木槌轻轻捶打，接着又在金段另一端挽成一个椭圆形把儿，金丝段就在句子伯手下变成了一根根金针。

秦越人接过金针惊奇仔细观瞧说：“神技、神技呀！您是咋想到用金子做针的呢？”

句子伯笑道：“在曲阜城中，我看到金银匠们给贵夫人们打金簪银簪受到启发，就摸索着制金针银针！神医如何知道在下会做金针哪？”

秦越人说：“当年我诊治赵简子，他送了我一盒鲁国大王所赠您制的金针银针，就一直想来拜访您这个奇人哪！近日在曲阜城经同仁指点，才得知您隐居在玄庄。”

句子伯收拾好做针用具说：“快到屋内坐。我在行医中遇到许多难解之疾，正好向您这位当今神医请教啊？”

秦越人摇手说：“请教不敢当，咱们一块探讨吧。”然后招呼佚妹、子舆、丕春说：“佚妹、子舆、丕春，快来拜见子伯先生！”

佚妹、子舆、丕春上前行礼说：“佚妹（子舆/丕春）拜见子伯先生！”

句子伯还礼说：“都是行医人，不必客气。”然后问秦越人：“秦神医，您还收女弟子啊？”

秦越人笑指说：“这佚妹乃是在下拙荆，丕春是弟子子舆刚结婚的妻子。”

句子伯高兴地说：“既然夫人同来，您一定要多住几天哪！我陪你们去登登岱山。”

秦越人谦恭地说：“那在下就多打扰了！”然后便跟随句子伯向堂屋走去。

清洁明亮的堂屋内，靠墙摆着一排木架，木架上一边摆着各种药材，一边摆着各种医籍竹简和一个个装着金针银针的小木盒。

秦越人兴奋地观瞧着说：“子伯兄，你这里真是针的世界呀！”

句子伯笑着说：“这都是我制的灸针和在各地行医中搜集的医籍，让您见笑了。”

秦越人拿起一部写着《句氏针经》的医简说：“子伯兄，能将这部大作赐越人一读吗？”

句子伯不好意思地说：“这是我记述先祖和自己行医的一些针灸感悟，只怕污了神医的慧目哇！”

秦越人说：“你句家三代为医，致力针灸探究，在下倾心已久。今日能拜读真迹，当面聆听您的教诲，乃越人之幸啊！”

句子伯说：“这针灸之术，本由伏羲‘尝百药而制九针’始，在《内经》中已有十二经脉、十五络脉、十二经筋、十二经别的记述，其中的《灵枢》篇就是对这一奇术的系统阐述。”

秦越人说：“《黄帝内经》虽记述了‘九刺’、‘十二刺’、‘五刺’等技法，并提到‘徐疾补泻’、‘呼吸补泻’、‘捻转补泻’、‘迎随补泻’、‘提插补泻’等术窍，但看到先生制的针有长、中、短三个型号，且粗细不一，遇到不同症状该如何选用呢？”

句子伯闪闪眉说：“针刺是通过腧穴作用于经络和脏腑，以调节人体的营卫气血，达到扶正祛邪的疗疾效果。但人疾有重有轻、有急有缓，长针、粗针用于急和重，短针、细针用于缓和轻。”

子舆插话问：“句前辈，先贤医籍对人的腧穴数，为何记述不一呢？”

句子伯一怔，笑道：“腧穴是人体的对外通道，几乎遍布所有位置。有人说是二百个穴位，也有人说是三百个穴位。按照《黄帝内经》‘天地人相应’理念推断，人体应该有三百六十个穴位。因为天一年有三百六十个昼，地一年有三百六十个夜。但我现在还找不够这个数哇？”

子舆又问：“句前辈，针灸疗病的医理是什么呢？”

句子伯沉思着说：“所谓针法，由砭石（即石针）刺之而生；所谓灸法，由‘热而熨之’而生，合在一起称针灸，是治人疾的外疗之法。针灸是通过刺激相应的穴位，达到通经脉、调气血，使阴阳归于平衡，使腑脏调和，而除疾！”

佚妹接话问：“子伯先生，您觉得针灸之术有什么规律可循吗？”

句子伯毫不犹豫地说：“有。我总结了四句话，叫‘肚腹三里留，腰背委中求，头项寻列缺，面口合谷收。’”

秦越人兴奋地一拍腿说：“好！这四句话，可称得上是针术之指南哪！”

句子伯羞涩摆手说：“过誉了！过誉了！”

秦越人语挚意诚地说：“越人非吹捧。子伯兄一番话，不仅使越人茅塞大开，堪称为师呀！”

句子伯连连摇头道：“你秦越人威名播天下，在下哪敢让您称师啊？”

秦越人感慨地说：“孔丘说，三人行必有吾师。此话在子伯兄这里，让我体会更深了！”

句子伯充满敬佩地说：“要说师，在下应当拜您为师才对呀！”

秦越人摇头说：“听了句兄的讲述，我对针字感悟更深了。”

句子伯一怔说：“您有何感悟，快说来让在下听听？”

秦越人说：“这‘针’（鍼）字，有两个字组成，一曰金，二曰咸，金是金、银、铜的代称，咸字的蕴意为酸涩。金、银、铜由石中炼出，用它做的针刺病穴而产生酸涩之感觉，古人创字真是奇绝了呀！”

句子伯两眼放光拍着腿说：“哎呀，我天天炼石制针，用针给人治疾，咋就没想到这一层呢？”心中由衷对秦越人的精辟见解充满敬佩。

这时句容氏笑嘻嘻进门说：“你们别谈了。饭做好了，快到院里来吃饭吧！”

句子伯站起亲昵说：“越人兄，走，咱们去吃饭，吃过饭再接着谈！”年长的句子伯突然对小于自己的秦越人称兄，那是由敬慕和尊崇之情而生。

秦越一怔站起刚要辞尊称，句容氏笑着说：“秦神医，你们可得多住几天！

俺这老头子，好久没这么高兴啦！”

秦越人笑着说：“他高兴，我们更高兴啊！”便与佚妹、子舆一块向门外走去。

夏日正午，在句子伯家院内吃过午饭，句子伯与秦越人、佚妹、子舆继续谈针灸之术，从门外进来一徐姓患者双手抱头、龇牙咧嘴说：“句先生，俺头痛欲裂，快给俺扎扎针吧！”

句子伯观瞧患者气色后，翻看眼帘、观瞧舌苔，诊脉后又抚压头的各部位后说：“你这头痛，属于内伤头痛。”

患者徐问：“啥叫内伤头痛？”

句子伯说：“内伤头痛有多种，有的因肝阳上亢而痛，有的因痰浊而痛，有的因瘀血而痛，有的因血虚头痛，有的因肾虚头痛。”

患者徐问：“俺是属于哪一种呢？”

句子伯说：“你属于肾虚和肝阳上亢两种。”

患者徐迷惑不解地问：“俺为啥是这两种头痛呢？”

句子伯笑笑说：“肾虚，因房事多；肝阳上亢，因性暴而多怒。”

患者徐闻言低头不语，句子伯取针刺主穴百会、足三里、风池，又加刺肾俞、太溪、悬钟、太冲、侠溪五穴。待句子伯拔出最后一支针，患者徐向左右扭扭头眉开眼笑说：“句先生，您这针真神，俺头不痛啦！”

句子伯笑着说：“现在是不痛了，但你要注意两件事，不然还会犯！”

患者徐吃惊地问：“哪两件事？”

句子伯说：“节欲房事、少发怒。”

患者徐红脸低头说：“俺记下了、俺记下了。”羞惶惶离去。

佚妹、子舆目睹句子伯针疗全过程，眼中充满了钦佩。

秦越人拱手感叹说：“子伯兄，真是百闻不如一见哪！在下叹服、叹服！”

句子伯不好意思笑着说：“越人兄不要笑话我，让您见丑了！”

子舆接话问：“句前辈，刚才您说这个患者是内伤头痛，还有外伤头痛吗？”

句子伯点头说：“对，还有外伤头痛。”

子舆好奇请教说：“内伤头疼有五种，外伤头痛有几种呢？”

句子伯很赞赏年轻人好学多问，回答说：“外伤头痛分风寒头痛、风热头痛和风湿头痛三类，病因各异。”

秦越人竖起大拇指称赞说：“精辟、精辟！”

句子伯谦逊地说：“越人兄乃当今神医，千万不要笑在下浅陋呀？”

秦越人正欲再言，门外又进来一男一女两位患者，女患者脸流热汗手捂小臂说：“句先生，俺被火烫着了，快给俺扎扎针吧！”

句子伯观瞧女患者手臂上那片被火烫浸血的伤口后说：“我是个针医，只能止痛活筋疏血，哪能治疗火烫伤啊？”然后扭头对秦越人说：“越人兄，您给出个方子吧？”

秦越人观瞧烫伤后说：“子伯兄，你这里有獾油没有，涂之即可。”

句子伯摇头说：“没有。”

秦越人思忖片刻后又问：“有醋没有？”

句子伯惊奇说：“有。醋也能治火烫伤吗？”

秦越人说：“用醋和蹚土敷之，亦可止痛止血而愈。”

句容氏闻言赶快提来醋罐，子舆到门外大道上捧来蹚土，佚妹用醋将蹚土和成稀泥涂敷于患者手臂伤口。片刻后，女患者惊喜地说：“凉凉的，痛劲小了，血不浸了！”

等在一旁的男患者说：“句先生，俺这眼前像有一面小镜子，看东西时迷时清的，您快给俺也扎扎针吧！”

句子伯观瞧气色、眼帘、舌苔，诊脉后纳闷地说：“你不像有病啊，咋会眼看不清呢？”然后抬头对秦越人说：“越人兄，你来看看这症状，是咋回事？”

秦越人观气色、眼帘、舌苔，诊脉后闻着患者的口鼻气味，问男患者：“你是否吃带鳞的鱼啦？”

男患者不好意思地说：“昨天下午俺逮住几条小鱼，晚上炖的时候灯黑，没刮鳞就炖着吃了。”

秦越人笑笑说：“这就是你的病因。”

男患者不解地问：“吃带鳞的小鱼也会得病？”

秦越人说：“少吃，一般不会有问题。你吃多了，胃里消化不了，就成病了！”

男患者惊讶地说：“那咋办呀？俺的眼是不是会瞎呀？句先生，您可得让这位老先生救救俺哪！”

秦越人笑着说：“不必惊慌，只喝一样东西，就能好。”

男患者疑惑地问：“啥东西？贵呗？”

秦越人说：“醋！”

男患者不相信地说：“您可别哄俺，醋咋能治住鱼鳞呀？”

秦越人淡淡一笑说：“鱼鳞、鱼骨，被醋一泡就发软！”

男患者惊奇地问：“真的？”

句子伯笑着指着秦越人说：“他可是当今的名医，神医扁鹊啊，听他的话准没错！”说着提过醋罐子递给男患者说：“别犹豫了，快喝醋吧！”

男患者手捧醋罐子看看众人说：“喝多少？”

子舆接话说：“喝两大碗！”

男患者“咕咚、咕咚”喝了一气，放下醋罐子抬头向左右望望说：“俺咋觉得还有小镜子呢？”

秦越人说："你坐下闭上眼，待半个时辰就没了。"

男患者听了疑惑地闭眼坐下。

句子伯目睹秦越人用醋连治二疾，好奇地问："越人兄，你从哪学得这些用醋治病的绝招呢？"

秦越人笑笑说："这叫什么绝招？是我和弟子们在晋国行医时，从民间搜集来的偏方。"

句子伯恍然大悟说："晋人喜醋，没想到他们还发现醋的药用之妙！"

秦越人说："子伯兄行医多年，也一定有不少民间偏方吧？"

句子伯摇摇头，感慨道："不瞒贤兄，为避开乱世诸侯之争和权贵们勒索，我躲在这齐鲁两国交界的小山庄，已经二十余年了，哪还有机会去搜集民间验方啊？"

秦越人正要答话，男患者高兴地站起说："秦神医、句先生，俺眼前没小镜子啦，啥都看得清清的了！"

句子伯笑着说："咋样，我说听秦神医的话没错，应验了吧？"

男患者点点头，高兴地离去。

落日霞光中，秦越人望着离去的身影说："子伯兄偏居一隅，致力于制针和针经研究，堪称是术有专攻啊！"

句子伯看见妻子和子舆媳妇丕春端出饭菜，说："咱们不谈了，该吃晚饭了！吃过饭，你们早点休息，明天我陪你们登岱山，咱们到山顶上谈去！"

秦越人点点头，接过句容氏和丕春递上的饭菜，便原地不动围在院内地桌前吃起来……

岱山，就是今日的泰山；岱山之顶，就是今日人们常说的玉皇顶。清晨，句子伯陪同秦越人、佚妹、子舆、丕春站在岱山之巅，兴奋地观瞧着从茫茫雾海中蓬勃而出冉冉升起的东方红日。

丕春望着巨浪一样扑到脚下的雾团，惊讶地大叫："哎呀，俺啥也看不见啦，要被大雾淹迷眼啦！"

子舆扶住妻子的肩小声说："别乱叫！山上的雾都是一团一团的，一会儿就飘走啦。"

话音刚落，果然雾团飞过，眼前又呈现红日从雾海中升起的壮丽景观。

秦越人兴奋地捋着胡须对妻子说："岱山日出，我曾听伊祁真人师伯说过。今日亲眼目睹，真是壮美奇观哪！"

佚妹笑问："夫君，咱们蓬山比岱山还高，为啥日出没这里神奇呢？"

句子伯不等秦越人答话就说："这岱山四周皆是河泽平原，地气潮湿，雾大多变，自然壮观！"

当太阳跳出地平线，升到碧空，山周围的雾像魔幻一样突然消失了。

秦越人望着山下星罗棋布披上金色阳光的村庄、河流、湖泊和农田说："正是因为这种神奇，历代帝王都喜欢到岱山来封禅，当作一件盛事宣扬。"

子舆好奇地问："师父，啥叫封禅啊？"

句子伯接话说："所谓封禅，是指在山顶祭天，在山下祭地。祭天叫封，祭地叫禅，合起来叫封禅！"

子舆望着裸石起伏的山顶说："这山顶上，到处都是石头，光秃秃的，连棵大树也没有，咋封呢？"

句子伯笑着说："帝王们让兵将侍从们，从山下运来土，在山上堆一个土台为坛，举行祭天神仪式，祈求上天保佑风调雨顺、国泰民安，称为封！"

子舆又问："那禅呢？"

句子伯说："在泰山脚下选一块平整净地，除掉杂树乱草，在那块地上祭地神，感谢地神对生活在地上的子民和国家眷顾恩泽，就叫禅！"

子舆不解地说："在这种地方封禅，那不是劳民伤财吗？"

秦越人笑道："你说得一点儿不错。帝王们封禅，口中讲的是感天谢地，实际是借此宣扬自己的功绩、树立自己的威望！"

句子伯好像忽然想起什么，望着秦越人问："越人兄，我听说，齐桓公也想上岱山举行封禅大典，被慎到给劝住了，有这事吗？"

秦越人神色凄楚地说："他，恐怕上不了岱山啦！"

句子伯一怔说："齐王革弊图新、创办稷下学宫，广聚天下诸子百家，开齐国霸主盛世，堪称当今诸侯中的英主，为啥上不了岱山呢？"

秦越人神暗语哀地说："他居功骄奢，讳疾忌医，导致病入膏肓，可能已不在人世了？"

句子伯惊讶又惋惜地说："太可惜，太可惜了呀！"

秦越人自语说："很多人妄自尊大。如果站在这岱山顶上，鸟瞰天下反思，恐怕就知道自己的渺小，不敢狂妄了！"

句子伯吃惊地问："越人兄为何发出如此感慨呀？"

秦越人长叹一声说："子伯兄带我登岱山，使我对人生之事，更清醒了！"

句子伯纳闷说："您是誉满天下的神医，还有什么不清醒的呢？"

秦越人笑笑说："人称我是神医，那是恭维。其实，我就是一个乡野郎中，走百村串万户的游医呀！"

句子伯敬佩地说："越人兄有如此成就，尚这样谦虚，令在下惭愧啊！"

秦越人挽住句子伯的胳膊，指着茫茫原野说："人说会当凌绝顶，一览众山小。子伯兄，我却觉得，站在这绝顶之上，方知天下之大，自己之小哇！"

句子伯动情地拥住秦越人说："兄之话，真乃至理名言哪！"

第三十六章
庆花甲讲医道立规“六不治”

观过岱山日出，下山后又盘桓几日，秦越人即与句子伯告别，踏上了回蓬山之路。岱山日出的壮丽与奇幻，句子伯的针术与制针，给秦越人、佚妹、子舆、丕春留下了谈不尽的回味和话题。他们坐在车上边走边谈，住住停停，初冬一天便来到大陆泽畔的柏人城。

柏人城，是尧帝自阳邑（今河北唐县）出山后统领治国大任建立的第一座都城。此城坐落在史书所载的大禹治水的大陆泽畔西岸的通衢大道上，即今河北隆尧县境内，占地四平方里，周长八千余米，有九门九关，虽说皆是土木建筑，却宏伟高大、气势非凡。从尧帝在此坐镇天下，到春秋诸侯纷争，历史虽走过一千多个岁月，古迹破败，但柏人城当时仍是名震天下的名城和繁华之地。这里距蓬山只有一百里左右路程了，秦越人一行走进城内天色已暗，也心松神怠了，便寻找了一家客栈住下，决定在这里休整两天，看看市井人风再回蓬山。

也许是多日车马颠簸累了，也许是即将到家的安全和舒心，秦越人和佚妹吃过晚饭，就上炕睡了。但住在厢房的子舆和丕春，又迎来一个难眠之夜。子舆躺在炕上翻来覆去睡不着，让躺在身边的妻子丕春也时惊时醒不得安眠。时过半夜，丕春刚进入梦乡，子舆又悚然坐起，双手捂脸泪水奔流哭泣起来。

睡梦中的丕春听到哭声，急忙睁开眼，一边帮子舆擦泪一边说：“别哭了，你一哭，俺也想哭！”

子舆哽咽着揽住丕春说：“俺也不想哭，可俺控制不住自己啊——呜、呜、呜……”说着哭声更大。

丕春见了，扑进子舆怀里也“嘤嘤”地哭起来……

黎明，秦越人正在炕上鼾睡，佚妹一怔睁眼坐起，静神听听，推推秦越人说：“夫君，你醒醒！”

秦越人睁开眼问：“啥事？”

佚妹说：“你听，子舆住的屋里，好像有哭声？”

秦越人侧耳听听说：“是有哭声，好像子舆和丕春都在哭？”

佚妹担心地说："小两口夜里是否生气了，咱们起来去看看吧。"

秦越人几下穿上衣裳，下地出门，佚妹也相跟出门。

冬夜黑暗中，秦越人沉脸走到子舆住室前，"啪啪"敲门说："子舆，开开门！"

紧跟身后的佚妹扯下秦越人的衣裳说："你小声点，别吓着他们。"

室内正在相拥哭泣的子舆和丕春闻声，立即停止哭泣擦泪。丕春紧张地一边穿衣一边埋怨说："看你哭的，把师父惊醒了？"

子舆一边穿衣一边擦泪说："师父，啥事？"

秦越人说："你开开门再说。"

子舆惊慌地点亮灯拉开门，看到师父师娘站在门外，不好意思低头说："俺把师父师娘惊醒了！"

秦越人神色严肃地进门，扫一眼二人泪汪汪红肿的眼睛问："黑更半夜的，你们俩哭啥？"

佚妹上前拉住神色紧张的丕春问："子舆是否欺负你了？"

丕春摇着头说："没有。他夜里做噩梦，醒了就哭。"

秦越人一怔问："做噩梦，做什么噩梦？"

子舆小声说："俺梦见俺爷爷来叫俺，呜呜呜……"说着又哭起来。

丕春补充说："连闹两夜了，俺咋劝，也劝不住他。"

子舆哽咽说："俺这两天左眼老跳，心里惶惶的。"

秦越人一怔，闪闪眉说："你咋不早说呢？赶快套车往家赶！"

子舆一惊说："师父，天还没亮呢？"

秦越人神色严肃地说："不等了！丕春收拾东西，你马上套车去！"

子舆闻命，直奔院内牲口棚。

佚妹疑惑地望着丈夫不容商量的神色，急忙转身奔向住室去拿东西。

日出、日升、日当头，原野大道上双马铜车马蹄嗒嗒，车轮滚滚向前疾驶。丕春惊讶地望着陌生起伏的冬日原野。秦越人闭目任车摇晃，一句话也不说。佚妹纳闷地不时望一眼丈夫，心里惴惴不安……

落日余晖给焦子村罩上一片金霞，街道上狗卧门口、鸡在归家。几只狗远远望见熟悉的车影，汪汪叫着向村口窜去，然后追着车进村。

双马铜车停在焦家门口，小梅从家里跑出来扑到浑身尘土的子舆怀里哭着说："哥，你咋才回来呀？呜呜呜……"大哭起来。

子舆惊慌地问："家里出了什么事？"

小梅哽咽一声说："咱爷爷、咱爷爷，他、他去世啦！"

子舆闻言大喊一声："爷爷——"慌忙向家中奔去。

闻声而出的子术、子仪、子阳等照料师父师娘和丕春下车。

秦越人脸色沉痛地问众弟子：“这是什么时候的事？”

子术眼涌泪珠说：“前天夜里，今天上午刚下葬！”

秦越人嗓中一哽，眼泪奔流向大门内奔去。

佚妹望一眼丈夫凄悲的神色，好像刚明白他为何一路不语和天不亮就让子舆驱车向回赶的原因了，拉着丕春紧随其后奔向焦家大门。

子舆奔进堂屋，扑跪在爷爷灵牌前痛哭说：“爷爷，孙儿来迟了，孙儿不孝哇，孙儿给您磕头认罪了！”说着叩首如捣蒜。

身穿重孝泪水汪汪的焦大拍拍儿子的背，哽咽着说：“狗蛋，你爷爷闭眼前，一直在念叨你呀！”

悲泪满脸的秀谷手拿孝衣往起扯着子舆说：“儿啊，快穿上孝衣，明天到坟上去，给你爷爷磕头吧！”

子舆站起，抹把泪说：“不！俺现在就去！”

丕春听了两眼流泪说：“俺也去！”

泪眼汪汪的秀谷望着年轻漂亮的丕春，疑惑地问秦越人：“秦老弟，她是谁？为啥要去给俺爹上坟啊？”

秦越人瞅一眼惊愕的焦大，泪如泉涌说：“大哥大嫂，她是子舆的媳妇丕春！”

丕春听了急忙跪地说：“不孝儿媳，拜见二老爹娘！”说着泣不成声。

秀谷慌忙上前拉起丕春抱进怀里，哭着说：“孩子，你咋不早来两天呀，让你爷爷见上你一面啊？”

佚妹拍拍秀谷说：“嫂子别哭了，让丕春跟子舆到他爷爷坟上，去拜祭吧！”

不待焦大问话，秦越人擦把泪说：“子阳，你陪子舆、丕春上坟。子术料理家务，子仪回医馆张罗晚饭送来，今夜我和你师娘要陪焦大哥、秀谷嫂子，给焦伯伯守灵！”

焦大一怔，擦着泪说：“子仪回来！家里啥都是现成的，不要回医馆再做了！”

秦越人拉住焦大说：“不是有没有，是越人对大伯的一点儿心意啊！”

子仪听了跑步离去，焦大抱住秦越人呜呜大哭起来。

时光不管世人高兴还是悲伤，按时将夜幕罩向人间。夜灯下，焦家堂屋迎门几案上竖着焦大庆的灵牌，焦大坐在摆着祭品的灵牌前，秦越人和子舆陪坐在一旁。炕上坐着秀谷和佚妹。

秦越人问焦大：“大哥，大伯去世前患得是什么病？”

焦大擦擦泪，抬头望着秦越人声音嘶哑地说：“没病，是老死的。”

秦越人又问：“他咽气前都讲了些什么话？”

焦大哽咽一声，泪流满面说：

“两日前晚上，刚掌灯，俺爹安详地盖被躺在炕上，对守在他身边宽慰他的俺说：‘傻儿子，人哪有不死的？爹活了七十八岁，是村里顶尖的寿数了，知足了。你娘一个人在地下，我得去与她做伴啊！’

“俺媳妇听了，流涕说：‘俺娘刚走半年，您若走了，俺们咋过呀？’

“俺哭着说：‘爹，您一定要挺住！俺估计，越人兄弟这几天就该回来了！’

“小梅哭着扑到她爷爷身上说：‘爷爷，俺不让您走哇！’

“俺爹苦笑一下眼里涌出两行清泪，伸手抚摸着小梅的头说：‘都出嫁当娘的人了，咋说话还像个孩子呢？’

“小梅用手为爷爷擦去泪水说：‘秦叔叔连死了的赵简子、虢太子都能救活，也一定会治好您的病的！’

“俺爹笑着摇头说：‘爷爷没病。爷爷就像那瓜蔓上的瓜，熟透了，该落蔓了！你秦叔叔回来，也没办法。’”

灯下，秦越人听着焦大的讲述感叹说：“好清楚明白的老人哪！”

焦大擦擦泪继续说：

“快半夜了，俺爹还不睡，他望一圈守护在身边的人，对俺说：‘爹这一辈子，没办过亏心事。我死了，你们要当喜事办！’

“俺泪流满面说：‘爹，您咋说这话呀？’

“俺爹笑笑说：‘人活七十古来稀。爹都活了七十八岁了，还不是喜事呀？’停了一会儿他又说：‘要说有啥心事，我就是想再见秦神医和狗蛋一面呀！’

“俺听了泣不成声说：‘爹，您一定要挺住！秦兄弟和狗蛋马上就会回来的！’

“俺爹清泪如泉，苦笑着摇摇头说：‘他跟着越人我放心。你们一定给他找个好媳妇，别误了孩子的前程啊！’说毕合眼而去。”

秦越人听了此话，涕泪喷涌，自责地哽咽：“是我让大伯留下遗憾呀！”

焦大擦着泪劝道：“兄弟不用自责，在外行医哪能由自己呢？”然后转话问，“秦老弟，你和弟妹，从哪儿给子舆找了这么俊的一个媳妇哇？”

秦越人闪闪眉，擦去泪水说：“从鲁国。”

秀谷惊讶地问：“鲁国，鲁国是哪里呀？”

佚妹解释说：“鲁国在东南方，离咱们这儿有一千多里地吧。”

焦大吃惊地说：“咋那么远？人家闺女到咱这儿能过惯吗？”

秦越人长出一口气说：“天下的姻缘都是缘分，这闺女非子舆不嫁呀！”

秀谷奇怪地问：“她和咱们又不是一国，咋认识的俺儿呢？”

佚妹说："子舆救了她的命，她就非跟子舆成婚不可。越人和俺看着这闺女正派勤快，就答应了。"

焦大面露难色说："儿子成家这是一件大事。可遇到他爷爷去世，俺要守孝，咋为他们举行婚礼呀？"

佚妹面露笑容说："婚礼已经举行啦，他们已成夫妻了！"然后讲了他们成亲经过。

秀谷听了吃惊地说："世上，咋、咋还有这种奇事？在俺焦子村狼家庄还是头回听说啊，俺们咋向乡亲们说呢？"

秦越人说："如实说。就说是我和佚妹做主，给他成的家！"

佚妹说："大哥大嫂放心吧，丕春这个儿媳妇，保准让你们满意！"

秀谷自语："模样长得倒挺俊，就是不知道，能不能吃咱这庄户人家的苦？"

佚妹说："这闺女也是个庄户人出身。俺们在她家住了三天，亲眼看了她的人品，村里人没有不夸这闺女好的！"

焦大一颗忧心落地，轻松地说："古人说，下地七日命运自知。俺看这闺女进家的表现，是一家人，准错不了！"

秀谷抱憾地说："啥都好，就是晚来了几天。若早来几天，能让他爷爷看上一眼，那该多好哇！呜呜呜……"说着又哭起来。

佚妹陪着落泪说："嫂子别哭了，你现在都当婆婆了，啥事都要挺住哇！"

秀谷用衣襟擦擦泪说："俺公公这一辈子不容易，临死也没看上孙子的媳妇，俺想起来心里就觉得亏欠老人啊！"

秦越人动情地说："要说亏欠，所有儿女都亏欠老人的。我自离开家，二十七年没回过家，没给冤死的爹娘上过坟。这次回去，想见的孟伯伯和赵叔也都不在人世了，当年一块玩的小伙伴们，也都变成了弯腰驼背、满脸皱纹的白发老人了！"

这时小梅带着一个十六七岁头扎孝布的姑娘进门送水。姑娘双手捧碗说："秦爷爷，您喝水吧！"

秦越人一怔，接过碗问焦大："焦哥，这是谁家的闺女，咋长得跟小梅年轻时候一样呢？"

焦大说："不认识了吧？这是俺的外甥女，小梅的大闺女！"

秦越人面露笑容说："你叫啥？哪村的？"

姑娘红着脸低头说："俺叫霞霞，山下柳林庄的。"说着转身跑去。

小梅歉意说："俺闺女没见过生人，说话就害羞，秦叔别笑话她。"

秦越人自责地说："我一天到晚忙着行医，把子舆的婚事都耽搁了，没想到他妹妹的闺女都这么大了？"

焦大宽慰道："只要子舆能跟你学到真本事，孩子早晚是小事。"……

亲人相聚时光短，黎明在不知不觉中将夜幕收起。第二天清晨，初阳东照，焦大庆坟前摆满丰盛的祭品，祭香冒着袅袅烟缕在空中消散。秦越人、佚妹带领子术、子仪等众弟子拱手站于焦大庆坟前跪拜祭祀焦老汉。焦大、秀谷、子舆、丕春、小梅等相陪。

秦越人站起后拱手说："焦大伯，您安心走吧！子舆是个好郎中，孙媳丕春是个好姑娘。您临终前讲的话，我会永远记着，一定让子舆成为一名良医！"

焦大带着家人回礼跪下说："秦兄弟、佚妹，俺代俺爹谢你和众位弟子啦！"

秦越人和佚妹上前扶起焦大、秀谷等人说："大哥大嫂，节哀保重！"

焦大说："你外出十个月了，快回医馆歇息吧！"

焦大望着离去的秦越人一伙后影，对全家人说："这真是个天下少有的仁义之人啊！有他带着狗蛋学医行医，咱爹在地下也该宽心了。"

一夜不眠守灵和冬夜赶路回蓬山，真的将秦越人累病了，他走进医馆后便倒在炕上睡去了。太阳西斜，盖被躺在炕上的秦越人才慢慢睁开眼。围坐在炕前的子术、子仪见了，惊喜地站起说："师父，您醒啦？"

秦越人望望坐在身旁的佚妹和站在炕前的子术、子仪问："你们怎么都在这里呀？"

佚妹笑着说："你睡了整整一天，子术、子仪不放心，从下午一直守在这里。"

秦越人掀开被子欲起，挣扎了一下又躺下了。佚妹用手摸摸丈夫的头说："你怎么了？哪儿不舒服？"

秦越人来回扭扭脖子说："我觉得浑身没劲，筋骨酸痛。"

佚妹紧张地用手抚摸丈夫的额头，问："是否病啦？"

子术子仪见状，慌忙说："师父，俺给您做做按摩吧？"

秦越人摇头说："不用，看看再说吧。"

子术关切地说："师父，您可不能硬挺啊？"

子仪说："要不，我让小娥给您做碗姜汤鸡蛋面吃，发发汗吧？"

秦越人笑笑说："我哪有那么娇贵？师父这是多日在外奔波劳累，昨夜又守了一夜灵，累的，歇几天就好了！"然后话锋一转说，"我正有事找你俩呢。"

子术、子仪一惊，问："啥事？"

秦越人说："我外出这些日子，这几个年轻人学习咋样？"

子仪说："学医倒挺用心。由于子游、子越、子明三个不识字，边学字边读医书，理解程度没有子同、子信、虢太子好。"

秦越人又问："辨药识药呢？"

子仪说："医房的药材已经认识差不多了，还没到山上去采药识药哩。"

秦越人转转眼珠说："学医，采药识药是硬功夫。这个本领终生有用，决不能马虎放松！"

子术、子仪说："弟子记下了。"

秦越人思忖着说："冬天患者少，从现在到明年春天，让他们集中识字背读《黄帝内经》。一天检查一次，三天考问一次，不懂的要讲明白，不用心的该罚就罚！屡教不改的，要赶出师门！"

子术、子仪点头说："弟子遵命！"

秦越人又望着子术说："让子阳、子豹外出游医历练历练吧。你除了应诊和监督制药，还要把我们在齐国听到的阴阳五行学说，整理出来。"

子术说："弟子知道了。"

秦越人说："还有，我身体不适之事不要讲出去，惊动乡亲们来探望。焦伯伯去世了，子舆要在家守孝，就不要让他外出了。"

子术、子仪说："弟子记住了，师父放心吧！"说毕离去。

佚妹看到子术、子仪出门，转身关切地问："夫君，你真的觉得没事吗？"

秦越人不愿让佚妹为自己的病情忧心，故装轻松地长出一口气说："夫人，你去给我做一碗姜汤鸡蛋面吧，我饿了。"

秦越人和佚妹安全归来，众弟子都很欣喜，但师父卧病在床却使他们揪心不安。白天，子游、子越、子同、子明、子信、虢太子虽然照常伏案练字、听子仪讲述《黄帝内经》；夜晚，众弟子仍然坚持互相切脉，讨论争执感悟，但人人心里都在惦念师父早日康复。这种状况一直持续了半年，直到又一个夏日来临，秦越人才走出屋门。

众弟子看到师父康复了，都很高兴，细心的子术子仪却发现师父神色和体质都大不如从前了。他们劝师父说："师父，酷暑就要来了，您和师娘到山上仙人洞里去将养一段吧？"

秦越人本不同意，但拗不住众弟子和佚妹劝说，只好答应说："去也行。子术，你把在齐国记述的阴阳五行学说，整理出来，让我带上。"

子术遵命，连夜在夏日灯下，汗流浃背地翻看诸子百家书简；回忆记录邹衍等讲述的阴阳五行学说。当时的条件，没有即时记录的设备和环境，靠回忆整理很吃力。

妻子秋枝从沉睡中睁开眼说："天都快亮了，你咋还不睡呀？"

子术擦把脸上的汗水说："再过两天，师父师娘要上山了，要带这些文章走，我得赶着整理出来！"

秋枝埋怨说："这么热的天，你也不能不要命啊？"

子术不耐烦地说："少废话！睡你的。"……

盛夏的仙人洞，是避暑胜地。秦越人和佚妹被子术、子仪等送到仙人洞后，感到格外舒畅惬意。夏日晚霞中，秦越人站在仙人洞前台地上，在习习山风中一会儿望着远处的山峰茂林凝思，一会儿又在地上踱来踱去。

佚妹手拿一件布衫走出仙人洞，悄步走到秦越人身边给他披上说："你又想啥事哩？"

秦越人望一眼佚妹说："再有两个多月，就是我六十岁生日了。弟子们给我拜寿，我送给他们点什么呢？"

佚妹笑着说："不是说好，要把你著的九部医书，每人送他们一套吗？"

秦越人沉思着说："医书当然要送。总觉得还有些话，要对大家说说。"

佚妹一怔问："你想说啥话呢？"

秦越人说："现在天下，文有文道，武有武规，而我们医家虽善行四海，自古至今尚无自己的门规啊？"

佚妹不解地问："夫君怎么突然想到这些呢？"

秦越人说："天下医家数以千计，贫贵皆不可离，但由于没有儒家、道家和阴阳五行家那样的严格门规，而被达官显贵们瞧不起，受到无数的欺辱和鄙视！究其因，皆因'道法'不明、处世无规呀！"

佚妹惊奇地问："夫君想给天下医家，也立门规定法章吗？"

秦越人点点头说："这些年咱们到各地游医，我心里总憋着一口气。特别是在帝丘治鼠疫和到齐国四望齐桓公后，这口气更沉更重了！"

佚妹一震问："啥气？"

秦越人深有感触地说："有的人信巫不信医，有的人讳疾忌医，任你说破口，他们却我行我素、居位而骄，将忠言当诈欺，将医心当儿戏！明明吃几服药就能好的病，却丢了性命，真是令人痛心疾首哇！"

佚妹气愤地说："叫俺说，这样的人死了活该！你痛啥心？"

秦越人说："医家以治病救人为本，可慈善之心不得好报，还惹一肚子气生！每想起，我就愤愤不平！"

佚妹说："这好办，今后凡遇到这样的病人，咱们就不给他治！"

秦越人眼睛一亮说："我也是这样想的，可怎么给弟子们说呢？这是不是，与义父恩师留下的以治病救人为本的训言矛盾呢？"

佚妹说："义父恩师讲的是指一般病人，那信巫不信医、讳疾忌医之人，不是特殊吗？"

秦越人忧心地说："当今世道，是巫术横行的时代。更朝换代、移主兴兵、禳灾祈福，无不问计于巫卜。我若提出信巫不信医者不治，必会招来朝野的谩骂和指责声！"

佚妹心坦气壮地说："你一不图官，二不图财，只要自己行得正，管他外人说什么呢！"

秦越人说："理是这个理儿。可人在世俗中，也不能不顾及诡言可畏呀？"

佚妹思忖了一会儿说："话又说回来，给医家立规矩，这可不是一件平常事，夫君定要三思而后行啊！"

秦越人点头说："我之所以同意上山，就是因为想在这里静静思考一段时间，把压在胸中的气变成一种理念，讲给弟子们听！"

佚妹忧心说："你一天到晚想着天下病人和弟子，也该注意珍重自己身体了。"

秦越人抻抻双臂说："你看，我这不是很好吗？"

佚妹瞅一眼说："还不服老呢？自从齐鲁两国回来，你这大半年都没精气神了！连看俺一眼也懒得看了。"

秦越人抱住佚妹歉意地说："对不起夫人了。"

佚妹红脸说："过了寿诞，你要好好在家调养几年，再不能出远门啦！"

秦越人亲一口佚妹说："我听夫人的。"

盛暑很快过去了，金色秋天向人们绽露笑脸。八月初一上午，一群喳喳叫的喜鹊在医馆院子上空盘旋，有的落在院内树上蹦来跳去鸣叫。正在打扫院子的子游惊喜地仰脸看着，对做饭的秋枝和小娥说："嫂子们快看，这么多喜鹊！"

秋枝兴奋地观看说："是不是师父师娘要下山了？"

小娥笑着说："俺听蓬蓬爹说，那年师父从邯郸回来时，咱蓬山满天都是喜鹊！"

正在牲口棚喂马的子舆说："嫂子，俺可是亲眼看见的！那扁鹊群成千上万，真是像云团一样遮天蔽日啊！俺焦子村狼家庄的人，扶老携幼都跑到街上站到房上观看！结果迎来的是咱们师父！"子舆是蓬山人，虽然师弟和嫂子们称扁鹊为喜鹊，他仍然称扁鹊。

子游兴奋地问："师兄，那这回要迎谁呢？"

子舆笑着故意反问："你觉得呢？"

子游说："刚才秋枝嫂子说，师父师娘要下山了？"

子舆摇摇头说："不对！"

子游又说："子阳、子豹师兄游医该回来啦？"

子舆再摇头说："也不对！"

子游着急地说："那是啥事？快告诉俺呗？"

子舆呵呵笑着说："我猜，准是子容大师兄一家子，带着师父老家的朋友们快来了！"

子游不相信地说："俺不信，你咋知道的？"

子舆神秘地眨眨眼说："不告诉你！"

小娥笑着说："俺告诉你吧，他们是来给师父过六十大寿哩！"

子游转转眼珠说："师父不是八月十八生日吗？还有半个多月哩。"

这时小娥大儿子蓬蓬跑进门说："娘，大路上来了三车人！"

小娥闻言一惊说："子游，快去后院告诉子术师兄！"子游扔下扫帚向后院跑去。

子术、子仪闻讯刚走出后院门，焦大笑哈哈领着一群人走进医馆大门喊："子术、子仪，你师父老家来贵客了！"

子术、子仪看见是董财主、子容等鄚邑老家的人来了，兴奋地扑上前抱住说："董爷爷、大师兄，俺们可把你们盼来了呀！"

子容眼涌热泪说："俺总算看到咱们蓬山的家啦！俺干爹干娘住哪屋呢？"

董财主也说："越人和他媳妇呢？快领我去看看！"

烧鸡张、烧饼刘、酥鱼赵、墩子、林儿等也一齐问："俺哥（弟）俺嫂子（弟妹）呢？"

子术笑着解释说："师父师娘在山上仙人洞里，明天俺去将他们接下来！"

子容惊喜地打量着青山绿树下宽敞明亮蓬山医馆的一栋栋石屋石房说："哎呀，咱蓬山这家，可真大真漂亮啊！"

子仪招呼小娥说："蓬蓬娘，快领四妹嫂子和孩子们到咱们屋里喝水歇着去，我陪师兄和董爷爷他们先参观参观。"

小娥闻声拉着四妹向自己住屋走去，蓬蓬、山山和铭恩姊妹仨高兴地拉起手玩起来。

子术扶着董财主，向子容和众人介绍说："咱们医馆分前后两个院。前院南房七间，东边是接患的诊房，西边是药房和读书辨药的地方；东厢房五间，三间是药库，两间是厨房，西厢房五间是牲口棚和杂物间；北房东侧我住，西侧子仪住。"然后领着众人走进后院，指着后院正房接着介绍说："这后院正房，是师父师娘的住室、客堂和书房，东厢房三间住着子阳、子豹等众弟子，西厢房三间全是客房。"

董财主兴奋地捋着胡子说："这越人不简单啊，普天下恐怕也没这么大的医馆了！"

子容激动地说："俺想的咱们医馆就够大了。这一看，比俺想得可大得多啦！"

烧饼刘转着圈看房又远望房后的连绵大山说："这蓬山的山，真大真美呀！"

墩子迫不及待地问："子术侄子，快告诉俺！俺越弟的四万亩地，都是哪几座山？"

子术乐着说：“墩子伯伯，几座山？你能看到的山，都是咱们的！”

林儿惊讶说：“啊！四万亩地这么大呀？”

子仪补充说：“这蓬山上大树遮天，百鸟争鸣、百兽群聚，到处都是药材。”

董财主目不暇接向四周观瞧着自语：“这真是个神仙待的地方啊！赵简子真是昏了头，咋舍得将这么大的地方送给越人呢？”

子仪笑笑说：“对咱们医家来说，这是块宝地。在赵简子眼里，这儿只是一片人少地荒的野山！”

董财主哈哈笑着说：“越人瞌睡了，赵简子不光给个枕头，还给了一床大被窝哩！真是歪打正着啊！哈！哈！哈！”

子术说：“董爷爷，师兄，你们走几天路了，也累了，赶快进客房洗洗休息会儿，一会儿让师弟们把饭送屋里吃！”

子容兴致不减地说：“不用送。俺们得到厨房与师弟、弟妹、孩子们一块吃，顺便认识认识大伙儿。”

子术笑着说：“那也好。饭做好了，俺来叫你们！快进客房吧。”

快乐时光如箭，吃过午饭不知不觉又日光西斜。落日余晖中，医馆前院内摆着五张地桌，桌上摆着猪肉炖粉条冬瓜菜和馒头。董财主坐在首桌上位，子容、子术、子仪相陪。董财主用筷子夹一块猪肉放进嘴里嚼着说：“子术，俺咋觉得你们这里的猪肉，比咱老家里的猪肉，又耐嚼又香呢？”

子术笑着说：“董爷爷，这不是家猪肉，是山里打的野猪肉！”

墩子惊讶地说：“啊！原来是野猪肉哇！俺可是第一回吃这东西，得多吃两碗！”

子仪笑着说：“墩子伯伯，您放开吃，想吃多少吃多少！咱蓬山的野猪有的是，明天俺再让狼家庄的猎户们帮咱们打两只！”

林儿好奇地问：“子仪，买只野猪得用多少银子啊？”

子越在另一桌上嘻嘻笑着抢说：“山是咱们的山，山上的野猪也是咱们的猪，不用花钱！”

子术瞪一眼子越说：“多嘴！”

子越伸伸舌头，低头吃饭。

子术给董财主和子容解释说：“凡是住在封地上的各家各户，师父把捐税全免了。他们过意不去，就常送一些猎物来，师父就把在各地游医带回来的布啊、盐啊、蜜啊什么的，送给乡亲们酬谢！”

董财主说：“这好。庶民们生活不容易，可不能白沾人家的光啊。”

子术说：“师父为这事，立过死规矩！”

子容笑着说：“师弟，吃饭前俺们大伙商量了，想明天上山看看仙人洞。”

子术高兴地说："好哇，俺一会儿就派人上山，先给师父师娘报个信儿去！"

董财主笑眯着眼摆手说："不用告诉，俺大伙要给他一个惊喜！"

清晨，秦越人在仙人洞石室内石桌前伏案疾书。佚妹提着用砂壶炖的参汤走进石室笑问："夫君，你对门规之事有章法了？"

秦越人笑笑说："我已经写出五条，你来看看。"

佚妹拿起竹简读道："骄恣不伦于理，不治；轻身重财，不治；衣食不能适，不治；阴阳并，藏气不定，不治；形羸不能服药，不治。"

秦越人望着佚妹问："你觉得怎么样？"

佚妹兴奋地说："好，五不治。你咋不把信巫不信医，也写上呢？"

秦越人思忖着说："这最后一条，我想再思考几天，等董叔他们到蓬山来了，听听他们的意见。"

这时，子术、子仪领着董财主等进洞，子术喊："师父师娘，你们快看，谁来了？"

秦越人佚妹闻声，急忙走出石室，兴奋地大喊："哎呀！董叔、子容、烧饼刘、烧鸡张、酥鱼赵、墩子哥、林儿弟，你们咋也不提前来个信儿，就跑到我这山洞里来了啊？"

子术笑着说："董爷爷不让送信儿，说要给您和师娘一个惊喜！"

子容上前跪倒拜叩说："儿子子容，拜见干爹干娘！"

秦越人和佚妹急忙扶起子容说："快起来、快起来！"接着问，"四妹和孩子们来了吗？"

子容说："都来了，俺怕他们上山乱跑，没让上来。"

秦越人点点头刚要再问，佚妹瞧着大家四处张望的目光，不好意思地说："俺们这洞里乱糟糟的，让你们见笑了？"

林儿边看边好奇地问："哥，这就是仙人洞啊？"

墩子观察着洞壁上凹凸不平的石头说："俺还以为是用木头搭得呢，原来就是半山腰里一个大山洞啊？"

秦越人拍拍林儿的肩头说："林弟，你哥和子术、子仪，在这洞里住了十六年啦！"

烧鸡张惊讶地说："乖乖，夜里狼来了，还不把你们吃啰！"

子仪笑着说："洞里点着火，狼不敢进来！"

董财主指着石室问："刚才，你在上面那个洞里干什么呢？"

秦越人脸一红说："看书、写点东西。"

董财主说："走，让我上去看看去！"

秦越人说："上面洞小，你们只能两个两个上去。"

林儿兴奋地说："董叔，俺扶您先上去。"

董财主上洞后望着堆满竹简的石桌、石凳、石炕和炕上简单的被褥，激动地眼涌泪花问："越人，你就是天天在这里睡觉写书哇？"

秦越人笑着点点头说："这里冬暖夏凉，神静气清。"

董财主抱住秦越人流涕说："侄儿，神人，你真是个神人哪！"

秦越人帮董财主擦去泪说："董叔，这些年每遇大事，我都到这里住一阵子。"

董财主拿起石桌上没有写完的简片问："你又在写什么呢？"

秦越人说："现在天下，文有文道，武有武规，我想给弟子们也立个行医之规。您看看，行不行？"

董财主读过"五不治"后说："好、好！国有国法，家有家规，天下医家也应有自己的规矩呀！"

秦越人闪闪眉说："我想再加一条，一直拿不准。"

董财主惊奇地问："你想加什么？"

秦越人神色庄重地说："信巫不信医，不治！"

董财主两眼放光说："这一条好哇！现在巫术横行，到处坑人害命，该有人治治他们了！"

秦越人认真地问："董叔，您真的觉得行？"

董财主神坚意切地说："行！"

秦越人闻言，立即坐下挥笔在"五不治"之后立即添加上"信巫不信医，不治"七个字。

董财主兴奋地说："这六不治说出去，一定会让天下医家叫好！"

秦越人正色说："我先从我的弟子们做起，外出行医必须严格遵守'六不治'医规！"

董财主惊喜地打量秦越人，激动地抱住说："越人，老叔没看错你呀！你果然不负众望，成了领军天下的神医啊！"

秦越人不好意思地说："董叔过誉了，侄儿只是个住山洞的乡野游医。"

站在石窗口向外观看的林儿突然指着窗外说："董叔快看，山下沟里起雾了，像天上的云一样飞腾！"

秦越人听了说："董叔，蓬山雾海是一绝景，咱们赶快到洞外台地上去看吧，壮观极啦！"

洞内的人听说洞外有绝景，鱼贯而出。秦越人、佚妹、子术、子仪陪董财主、子容、墩子、林儿、烧饼刘、烧鸡张、酥鱼赵等站在仙人洞外台地上，举目四望，观看蓬山雾海奇观：那飞腾的雾团犹如奔腾的海潮和天上云团，在脚下山谷中时涌时散、时升时降，一会儿扑到脚下，一会儿又似落潮一样云开雾散，周围群山似变幻的仙景，美妙、壮观、神奇。

林儿惊喜地左顾右盼说："哎呀！这大雾一涌，咱们简直像驾云上天了！"

烧饼刘兴奋地说："俺这辈子可是开了大眼啦！这地方，简直是神仙待的地方啊！怨不得越人哥来了，就不再回咱鄚邑了呢！"

董财主笑着观瞧雾景说："天不假年哪！再年轻二十岁，我也要跟着越人侄子，在这里安家创业呀！"

子仪指着雾气渐渐消散的山峰说："董爷爷您看，那山崖上的树叶，有的已经变黄变红了！再过一个月，就是满山红叶黄叶呀，更美更好看！"

林儿贪恋地说："子仪，你别夸了。再夸，俺们和董叔就不走啦！"

佚妹笑着说："不走更好，省得俺们想家想你们！"

董财主眺望群山感叹说："越人这一辈子不容易啊！他虽远在蓬山，却时刻惦念着故乡和我们这些人，以悲歌当泣，远望当归啊！"

秦越人闻言双眼涌泪说："知我者，董叔也！"佚妹见了赶紧上前扶住丈夫。

烧饼刘担心往事勾起秦越人悲伤和酸楚，上前拉住他的手亲切地说："越哥，为给你庆寿，董叔和子容把你喜欢吃的东西，都带来了，整整装了一车呢！"

秦越人擦泪笑问："真的？都有啥好吃的，快给我说说？"

烧饼刘张嘴欲言，董财主笑笑拦住说："子容是个孝顺儿子，把想到的都拉来了。下山后，你自己看吧！"

秦越人亲昵地望一眼默默站在一旁深情盯着自己看的子容，伸手将他拉到近前说："我知道，容儿天天都在惦挂着我呀！"

子容哽咽一声扑进秦越人怀里说："干爹，儿子只恨不能天天尽孝哇！"

秦越人拍慰子容说："你守住咱祖业庄的家，就是对干爹的最大告慰啊！"

子术担心师父再生悲情，说："师父，董爷爷他们上山来了，四妹嫂子和孩子们还在山下盼见您哪。您和师娘今天是否下山去？"

秦越人高兴地说："下山！子仪留下，把洞里的医简整理一下。"

子仪拱手说："弟子遵命！"

于是，秦越人、佚妹、子术便陪着董财主、子容等一行人，边走边观看边说笑着，慢慢向山下走去。

董财主一行和子容一家到来，使蓬山医馆天天沉浸在亲人相聚的欢乐中。秦越人精神矍铄，领着故乡亲朋好友们看了这山奇景看那山奇水，天天都在新鲜快乐中度过，忙得不亦乐乎。

八月十八日，是秦越人的生日。六十岁是人生的一个大限，秦越人奔波辛苦几十年，从没过过一个像样的生日，众弟子和焦子村狼家庄的乡亲们把为秦越人过六十大寿当作一件大事办。清晨，风和日丽，吃过早饭子术、子仪便指挥众弟子在打扫一新、清水喷洒过的蓬山医馆前院内摆起一张张地桌和坐凳，四妹、秋枝、小娥、丕春和烧饼刘、烧鸡张、酥鱼赵在厨房里忙着蒸、炸、炖、炒，一片忙碌。

这时黑山寨首领刘枣棍领着几个挑着整猪、整羊和酒坛的汉子进门高喊：“子术、子仪，俺来给秦神医祝寿来啦！”

子术惊喜地迎上问：“啊，刘大王，您咋知道俺师父过寿哇？”

刘枣棍嘿嘿笑着说：“俺手下的弟兄，打听的呗！”

子仪笑着说：“你来就来，咋还带这么多东西呀？”

刘枣棍说：“给救命恩人祝寿，哪能空着手呢？”然后指着身后一个提布兜的汉子说：“俺不光带来酒肉，还带来一个厨子呢！”

子术不解地说：“俺这里做饭的人够多了，你还怕俺做的饭不够你们吃？”

刘枣棍笑笑说：“不是怕你们做的饭不够吃，而是俺带的厨子有绝活！”

子仪笑问：“啥绝活？”

刘枣棍得意地说：“不告诉你们。你们赶快领他到厨房吧，吃的时候就知道了！俺去看看神医大哥。”说着向后院跑去。

住室内，秦越人正向董财主介绍墙上挂的蓬山药源分布图，刘枣棍进屋跪下说：“小弟刘枣棍，给恩人大哥拜寿！”

秦越人转身笑着搀起刘枣棍问：“枣棍，你咋也来凑热闹啦？”

刘枣棍憨笑着站起说：“您不告诉俺，俺就自己找上门！”

秦越人向董财主介绍说：“董叔，这就是我给您讲的救活的那位好汉，叫刘枣棍，现在占山为王！”又向刘枣棍介绍说：“这是我老家来的董叔。”

刘枣棍马上跪下说：“晚辈拜见董叔！”

董财主扶起刘枣棍笑着说：“你这文质彬彬的样子，不像个山大王啊？”

刘枣棍羞涩地笑说：“俺是啥大王？都是穷弟兄们瞎喊哩。”

秦越人说：“枣棍是个流浪儿，因不甘官欺霸凌、保护一方庶民安宁，才占山为王的。”

董财主称赞说：“乱世中百姓，能有你这样一位英豪保护，难得呀！”

刘枣棍不好意思地说：“人，但有一分能耐，谁愿意落草为寇啊？俺是被逼无奈，不忍心众乡亲受难，才聚穷兄弟们自保的。”

这时子术进门说：“师父，焦伯伯带着蓬山众乡亲，给您祝寿来了！”

秦越人说：“你赶快去招呼大家坐，我马上就出去！”然后扶住董财主说：“董叔，走，咱们到前院去见见蓬山众乡亲！”

佚妹手拿一条红腰带和一件新长衫从卧室内走出来笑着说：“慢着！你今天

是寿星，快把旧衣服脱下，换上这件新的，扎上红腰带！”

众人七手八脚帮助秦越人换衣裳，秦越人上下打量自己说：“这一打扮，咋又成新郎官了呢？”

佚妹红脸嗔怪道：“你，你咋又说这话？”

董财主、刘枣棍等听了，不明白佚妹为啥在乎秦越人说“新郎官”这三个字。秦越人也不解释，瞅一眼佚妹，哈哈笑着向门外走去。

安排好前院宴席的十二名弟子，艳阳下在子容、子术、子仪带领下，一字排开站在后院院中，看到秦越人走出房门，子容高喊一声：“给师父拜寿！给师娘请安！”

众弟子一齐跪下叩首说：“给干爹（师父）拜寿！给干娘（师娘）请安！祝干爹（师父）寿如松柏，干娘（师娘）康如泰山！”

秦越人笑着将弟子们一一扶起说：“愿你们个个学有所成，术比师精！”然后说，“你们今天都是跑堂的，快去照顾客人吧！”

蓬山医馆前院，红日高照，坐在一张张地桌周围兴奋交谈的众人，见秦越人和佚妹在子容、子术相伴下走出后院，高兴地一齐站起拱手说：“祝秦神医福如东海，寿比南山！”

秦越人笑着拱手长揖说：“越人谢众乡亲和朋友抬爱啦！大家快坐下，喝酒用饭吧！”

焦大兴奋站着说：“越人兄弟，今天是你六十大寿，这么多人聚在一起，你给俺们大伙讲几句呗？”

众人附和说：“对！秦神医给俺们讲几句吧！”

秦越人笑着说：“我和弟子们在蓬山二十八年，你们待我像兄弟亲人一样，我感激大家啦！”说着弯腰鞠躬。

猎户韩三站起说：“秦神医，您说错啦！不是您感谢俺们，是俺们应该感谢您呀！”

秦越人笑道：“韩老弟差矣，众乡亲是我们行医人的衣食父母，才应该感谢啊！”

韩三辩白说：“俺们种地不纳粮，打猎不上税，看病吃药不掏钱，您才是俺们的衣食父母哇！”

众人齐声附和说：“说得对！”

秦越人神色严肃摆手说：“大家都说错了！地是你们世代先人开的，猎物是在山上自然生成的，药是咱蓬山山上长的，咱们都是兄弟姐妹，我凭啥让你们纳粮上税、吃药拿钱哪？”然后一笑道，“酒菜都凉了，大家快吃吧！”

众弟子上菜倒酒，热闹成一片。

董财主望着兴奋热闹的人群，又将目光停在秦越人开心的笑脸上，两眼流出欣慰钦佩的泪花。

刘枣棍用筷子指着子阳刚放到桌上的一个盆子说：“董叔、神医大哥，你们快尝尝！这是俺带的厨子，做的新鲜菜！”

董财主抄一筷子放进嘴里品尝后说：“好吃！香甜滑溜，又鲜又嫩，这是什么菜呀？”

秦越人也吃一口嚼着说：“是好吃！这里是啥肉，咋做的？”

刘枣棍笑眯着眼说：“是用精猪肉大葱姜末，加团粉香油做的！”

董财主好奇地问：“这菜叫啥名字呢？”

刘枣棍笑着说：“叫炒肉挂汁！”

这时候，子阳又端上一荆筐黄灿灿炸成一个个扁圆形带把的食品。

刘枣棍兴奋地指着说：“快尝尝这个！粗粮细作，外焦内软、香甜可口！”

大家用筷子夹一个放进嘴里，边嚼边齐声叫好说：“真好吃！枣棍，你从哪找来这么好的一个厨子呢？”

刘枣棍自豪地说：“俺黑山城！”

秦越人吃惊地问：“黑山城不大，还有这样的奇人？”

刘枣棍笑着说：“黑山城里人，差不多家家都会做这两种吃头！”

秦越人疑惑地说：“那地方山多地薄人穷，吃饭咋还这样讲究呢？”

刘枣棍哈哈笑着说：“正是因为穷，地里多种谷子黍子，才这样吃哩！”

董财主不解地问：“为啥呢？”

刘枣棍说：“麦子少吃肉少，过节待客和红白喜事又想体面，人们就生了这么个土法儿！”

董财主转转眼珠说：“我明白了。用团粉和肉丁，再加上大葱姜末，一块肉可以做好几碗；小米面发起来再炸，好看好吃又装口，是不是？”

刘枣棍佩服地点头说：“姜还是老的辣呀！董叔一听，就明白其中的奥妙原委了。”

秦越人思忖着说：“这不仅是好看好吃体面的问题，还真是健身壮体的好食品呢！”

刘枣棍迷惑地说：“神医大哥，穷人吃这东西为填饱肚子，咋又与健身壮体联上了呢？”

秦越人笑笑说：“大葱和姜，都是顺气补阳驱邪之物；小米面发了炸，可暖胃健脾！还不是健身壮体食品吗？”

刘枣棍惊喜地说：“让神医大哥这一说，这两种东西都成宝贝啦？”

秦越人点头说：“黑山人真聪明啊！你一定让厨子把做这两种东西的方法，教给子阳他们！”

刘枣棍说：“放心吧大哥，俺让他留在这儿住几天，教不会，不让他走！”

佚妹问："刘大王，你讲了一大通，这炸面蛋蛋叫啥名呢？"

刘枣棍说："叫炸鸡头。"然后又红脸说，"嫂子，你咋又喊俺大王啊？"

佚妹笑着赔礼说："兄弟，嫂子说溜嘴了！"然后又问，"为啥叫炸鸡头呢？"

刘枣棍用筷子夹起一个指着说："你看，它形状扁圆又多出一提溜把，多像一个带嘴的鸡头哇？"

董财主对刘枣棍说："我得让烧饼刘他们，也跟你的厨子好好学学，把这两种好吃的东西也传到鄚邑去！"

刘枣棍高兴地说："行、行！谁学也行。俺们这东西不保密！"

众人听了哈哈乐……

寿宴是快乐的，但吃过寿宴，秦越人整个下午心神恍惚。晚饭后，明亮的灯光将屋内照得亮堂堂。佚妹望着秦越人凝重的脸色说："夫君，你是否因为董叔和子容他们明天要走，心里不高兴啊？"

秦越人说："我这心里说不上是啥滋味？"

佚妹关切地说："如果你舍不得，就让他们再住几天呗！"

秦越人苦笑说："聚散终有头。十里长棚，哪有不散的宴席呀？走就走吧！"

佚妹劝道："那你就高兴点儿，一会儿弟子们进来，别让他们看出你心情不好。"

秦越人点头说："我知道。"

时间不长，子容、子术进门问："干爹（师父），现在就叫大家进来吗？"

秦越人说："进来吧。"

众弟子闻声从门外走进屋内，坐到平时听讲课的座位上。

秦越人笑着捋捋胡子说："今天把大家叫在一起，想讲两件事。第一，今天是我六十岁的生日，我要送给你们每人一份礼物。"

爱多嘴的子越听了，兴奋地问："师父，您要给俺们啥礼物哇？"

秦越人笑笑说："行医人不能没有医籍。你们是我的弟子，我决定将这些年著的《内经》《外经》《脉经》等九部书，每人送你们一套，作为为师对你们的期望！"

子阳等兴奋地说："太好啦！"

秦越人说："子容、子术、子仪，你们去搬出来，现在就发给大家。"

子容、子术、子仪从书房抱出一捆捆木简，送到大家手中。众人高兴地抚摸观瞧。

秦越人扫视一圈众人，正色说："第二件事，我要立几条医规！"

众人闻言惊愕地望着秦越人问："啥医规？"

秦越人神色严肃地说："从黄帝著《内经》，我们行医人就以普救众生为本，善行四海。虽然世间无贵贱皆需医，却世代受鄙视和欺辱，用时捧为上宾，过后弃之如敝屣！究其因，皆因道不明、规不严，而被小觑呀！"

子术插话说："师父说得对！那齐王虽将师父奉为上宾，却对师父要救他的一片赤诚之心，视如寇仇！骄恣而不听忠劝。"

子阳说："在帝丘，巫医横行受官护，我们遭难无人管！"

子仪说："在晋国，赵公子毋恤和权臣们，将咱们当人质一样关在别馆中！"

子舆说："蓬山闹瘟疫，师父急得坐卧不安，可人们只信巫不信医。为找病因，师父师兄们只好夜里去野外查死孩子，配的药扔进院里又给扔出来！"

子容说："庸医嫉恨干爹的医技，夜里纵火烧死爷爷奶奶，官府至今无人问津！"

秦越人摆手止住大家议论，神色严肃地说："当今天下诸侯纷争，百家并起。文有文道，武有武规。巫卜虽然猖獗害人，他们却仍有一席之地，受到应有尊重。而我们医家，却因事事时时讲善讲慈，少道少规，不仅被那些达官显贵们瞧不起，还视为可欺可弃之人！在几十年行医中，我对此感触颇深！尤其四望齐王后，常常愤慨不已，夜不能寐！"

子术迫不及待地问："师父，您说咱们今后咋办吧？"

秦越人沉思了一会儿，语重心长地说："我思索多年，治天下要使圣人预知微；治疾患，要使良医得蚤从事。作为医家，若只讲善和慈，不讲医道医规，不仅不能使疾者得治，还会影响医业发展和弘扬。为了改善这种情势，使众医家活得有尊严，得到应有尊重，我决定提出'六不治'！"

子游、子越等吃惊地问："师父，啥叫'六不治'啊？"

秦越人闪闪眉说："骄恣不论于理，一不治也；轻身重财，二不治也；衣食不能适，三不治也；阴阳并，藏气不定，四不治也；形羸不能服药，五不治也；信巫不信医，六不治也！！"

子术子仪等众弟子听了，兴奋地拍手说："好！好！有了这'六不治'，咱们行医人，再不低三下四受人气、受人欺了！"

子容忧心地说："干爹，这'六不治'可是开天辟地之举呀！天下医家能接受吗？"

秦越人望一眼子容和众弟子说："我不求天下医家都赞成，只愿此门规，从我和你们师兄弟做起！"

子术意坚情肃地说："师父放心，今后行医，我们保证做到'六不治'！"

众弟子附和说："对！我们保证做到'六不治'！"

秦越人欣慰地笑道："地上本无路，走的人多了便成通途呀！"

第三十七章
惩迷徒语重心长点人生

董财主、墩子、林儿、烧饼刘、烧鸡张、酥鱼赵、刘枣棍和子容一家子离开蓬山了，医馆又恢复了日常诊患、采药、制药的忙碌生活。

深秋上午，日丽风狂。子阳、子豹领着子游、子越、子同、子明、子信、虢太子，身背荆篓手拿镢锄行进在黄叶凋零、百树脱衣的攀山路上，狂风卷着沙尘枯叶摔打在他们的头脸上。

登上一个山冈，子阳站住回身对众人说："今天风大，采药时两人一组，尽量少攀悬崖，小心别掉下山谷！中午赶到仙人洞吃饭。"

子豹望着离去的众人问子阳："师哥，今天上午，咱俩到哪圪垯去采药呢？"

子阳说："师父过完生日后，一直忙着修改《难经》。我想去南圪梁找两棵老山参，让师父炖汤补补。"

子豹说："那南圪梁又高又险，俺与你一块去吧？"

子阳说："不用。你就在仙人洞附近采药吧，中午还得给大伙做饭哩。"

子豹说："那你可得小心点！"

子阳笑着说："南圪梁咱们也不是去一次两次了，俺知道。"

子阳走了几步又回头说："师弟，你带着罐子呗？"

子豹一怔说："没带，干啥用？"

子阳说："你若带着罐子，我就顺便捉点蝎子回来，晚上给师父师娘炸盘菜，健身强体驱百病！"

子豹笑着说："这事交给俺吧！"

子阳问："你没带罐子，咋捉蝎子？"

子豹说："俺身上没带着，咱仙人洞里还没有吗？你放心走吧！"

子阳笑笑，疾步攀上了另一个山峰，消失在山荆野树丛中。

秋阳下，虢太子身背荆篓手拿镢锄在擀杖山南坡山崖上挖着黄芪。他发现在一片荒草乱荆山窝中长着几棵硕大的黄芪，兴奋地奔了过去，但高举的镢锄还没落下，从乱荆丛中蹿出一条高仰着头口吐芯子的毒蛇，惊慌地连忙后退，一脚踩空，“啊呀”一声大叫，滚下山崖。

距虢太子不远的子游看到，急忙追下山崖。

虢太子悬挂在一棵山崖树上，手脸被荆棘扎挂得鲜血淋淋、衣衫扯成了破条，凄苦号叫：“快来人救我呀！快来人救我呀！”

子游手攀悬崖移近虢太子说：“师弟，你千万别动！俺来救你！”说着一手抓牢一棵树一手伸了过去说：“快抓住俺的手！”

虢太子小心翼翼伸过一只手。子游牢牢抓住，用力将虢太子拽到自己身边，然后扶上崖坎。虢太子泪流满面瘫倒地上哼叫不止。

子游小心拔出他手脸和身上的一根根荆棘问：“你怎么不小心脚下，掉下山崖了？”

虢太子哭泣着：“我去采崖坎上的黄芪，一条毒蛇扑来，一脚踩空就掉下去了！呜呜呜……”伤心地痛哭着。

子游笑笑说：“你咋被一条蛇吓成这样？子术师兄不是教给咱们抓蛇的办法了吗？”

虢太子擦着泪说：“看见蛇，我啥都忘了。”

子游哈哈笑道：“亏我来得快。不然，蛇咬不死你，也得掉下山崖摔个半死！”

虢太子望望山崖上挂住自己的那棵只有胳膊粗的歪脖树，惊悸地打个冷战说：“真是吓死我了呀！”说着勾下头又流起泪来。

子游劝道：“别哭了。堂堂男子汉，又没断胳膊断腿，哭啥？”

虢太子抽泣说：“事没出在你身上，你当然不害怕！”

子游嘻嘻笑着说：“还当过太子呢，看你这尿胆？”

虢太子哽咽说：“这学医采药，咋这么苦这么难哪？”

子游笑着说：“世上哪有不难的事？师父师兄们受的苦遇的难，比咱们现在多多了！他们到蓬山时吃住在山洞里，连个房子也没有。”

虢太子苦着脸说：“师父师兄不是让我们背医书，就是让我们上山采药辨药，啥时候是个头哇？”

子游说：“这是让咱们掌握行医的最基本知识哩。不识药不懂药性，将来咋为人看病啊？”

虢太子哭道：“子游兄，这一年多来，我一直咬着牙坚持。再这样下去，恐怕真受不了啦！”

子游一怔说：“咋，你想打退堂鼓？普天下，你到哪儿去找咱师父这样的神医当师父哇？”

虢太子愁眉苦脸说：“师父领着师兄们满天下转，游了齐国逛鲁国，为啥不让咱们跟着呢？”

子游一震问：“你说为啥？”

虢太子说："他们口说咱们是弟子，实际把咱们当苦力，只有上山采药、在医馆干活和给人端饭洗碗的分，没有出去风光的分！"

子游吃惊地说："这话你可说错了。师兄们跟着师父出去，能帮忙治病，照料师父。咱们啥也不懂，带咱们去干啥？"

虢太子叹口气说："虎落平阳遭犬欺。我看，咱们在师父师兄眼里，都是任人摆布的下人和仆从！"

子游生气地说："你越说越不像话了！师父能收咱们为徒，那是三生有幸啊！咋能污蔑师父把咱们当下人和仆从呢？"

虢太子不屑地说："你一个种地的庶人，当然觉得不冤。可我是一国的太子啊，哪能受这种窝囊气呢？"

子游沉脸说："你狗屁太子！连国和家都亡了，还太子呢？叫俺说，师父能留下你这样的人在蓬山，就算大恩大德了！换了俺是师父，立马将你这个丧家犬赶出门去！"

虢太子气愤地站起指着子游说："你、你敢骂本太子？"

子游一捋胳膊说："就骂你了，你说咋办吧？"

负伤的虢太子自知不是身强力壮的子游对手，又蹲在地上呜呜哭起来……

中午，子阳、子豹、子游、子越、子同、子明、子信聚集在仙人洞内，围着一锅热腾腾的饭菜吃着。子阳望一圈众人问："子游，虢太子咋没跟你一块回来呢？"

子游边吃边生气地说："他不高兴了，坐在山坡上哭哩！"

子阳问："为啥？"

子游说："他不小心掉到山崖上的一棵树上了，俺把他救下来，他又哭又骂，说师父师兄们把他当下人和仆从使唤，受不了这个罪！俺说了他几句，他就坐在地上哭起来没头啦。"

子阳一惊问："回来的时候你没叫他？"

子游余气未消地说："叫了，他让俺少管闲事！"

子阳闻言，放下碗站起说："你们在哪个山头上采药？我去看看。"

子游说："杆杖山南坡。"

子阳站起要向洞外走，子豹拉住说："师兄，你跑一上午累了，让俺去吧！"说着跑出山洞去。

红日当头，子豹跑到擀杖山南坡，站在一块突石上，双手作喇叭状放在嘴上喊道："虢师弟——你在哪里？虢师弟——快回仙人洞吃饭咯！"然而空旷山野毫无回声。

他焦急地在山崖上奔跑张望、四处呼叫。在一块山坳前突然停步，那里放着虢太子采药的背篓和镢锄，药篓内只有少许药材。子豹四下张望呼喊："虢师弟——你在哪里？快回仙人洞吃饭啦——”然而仍无声息，只好背起药篓手拿镢锄急匆匆往回走。

午阳下，子阳焦急地站在仙人洞前台地上，向远方张望着，看见子豹身影立即迎了上去问：“师弟，找到虢太子了吗？”

子豹摇头喘气擦着汗说：“没有。俺把那片山坡都跑遍了，也没他的人影！这是他扔在山上的药篓和镢锄。”

子阳瞧着药篓和镢锄一怔说：“他是不是想不开，跳崖啦？”

子豹惊慌地睁大眼睛说：“那、那咋办哪？”

子阳转转眼珠说：“下午不采药了，大家都去找！”说毕转身冲仙人洞内喊道：“子游，叫师弟们全出来！”

子游、子越、子同、子明、子信闻声跑出仙人洞。子游问：“师兄，啥事？”

子阳严肃地说：“虢太子不见了，你领着大伙到你上午和他采药的擀杖山南坡去找！活要见人，死要见尸！”

大伙闻言立即奔向擀杖山南坡。子豹也要去，子阳拉住说：“你快回去吃点东西，我先跟大伙去！”

子豹望着远去的身影，生气地一跺脚自语：“嗨！真是添乱！少一个人，回去咋向师父师兄交代呀？”

逃离擀杖山的虢太子像一只惊慌的奔兔，不时回头张望一眼在丛林中急驰，很快从蓬山转向另一片山林的茂密树丛中。

丢了虢太子，子阳、子豹只好叫师弟们早点收工下山，一块去向师兄子术、子仪禀报。子术听了大惊，让子仪留下照顾医馆和师父师娘，立即带着众人又分头去寻找虢太子……

秦越人自将医馆事务交给子术子仪打理，就一心忙于研究阴阳五行与医术的关系和修改《难经》，并不过问医馆杂事。落日余晖中，他走出住室，在门前院内打着自编的健身拳。子仪和小娥端着饭菜走到近前说：“师父，该吃饭啦。”

秦越人收住架势笑着说：“好香啊！今天做了什么好吃的？”

子仪笑着说：“子阳从山上采了一棵老山参，小娥给您炖了一锅老参仔鸡汤。”

小娥说：“子豹从山上捉了一罐蝎子，俺炸了一盘让您当菜吃。”

秦越人笑着说：“都是好东西呀！”

佚妹笑吟吟打开竹帘说：“快放屋内地桌上吧，别烫着！”

秦越人跟进屋，边接过佚妹送上的布巾擦脸上的汗边说：“子阳、子豹这些日子，带着子游他们几个上山采药辨药进展顺利吗？”

子仪一怔说：“挺好、挺好！几个年轻人都很勤奋用心的。”

秦越人笑着说：“年轻人不经苦中苦，不知行医难哪！我就担心虢太子，受不了这份罪。”

子仪尴尬地笑笑，将话锋一转问：“师父，修订《难经》顺利吗？”

秦越人点头说：“顺利。在齐鲁两国的游医，收获很大，修订《难经》，我都吸收进去了。”

子仪说：“师父师娘，你们快趁热吃饭吧，一会儿就凉了。”

秦越人说：“吃过饭，我想把修改《难经》的一些新观念，给你们大伙谈谈，让大家讨论讨论。”

子仪神色慌乱地说：“子、子术师兄，带着子阳、子豹他们几个出去了。”

秦越人一怔，放下手中的筷子问：“发生了什么事？”

子仪头冒惊汗说：“虢、虢太子不见了，师兄带着师弟们去找他。”

秦越人长出一口气说：“我担心的事，终于还是发生了呀！”

佚妹神色紧张地说：“这是什么时候的事？知道他去哪里了吗？”

子仪垂头说：“他是今天在山上采药时不见的，不知道去了哪里。”

佚妹着急地说：“这么大的事，你怎么现在才说呀？”

子仪擦着汗说：“子阳、子豹他们，下半晌才从山上回来。师兄不让告诉师父师娘，怕影响师父修订《难经》。”

秦越人笑笑说：“你们不用紧张，也不用自责。该发生的事，早晚要发生！这是虢太子命中的定数，你去叫子术他们回来，不用找他了！”

子仪惊愕地问：“师父，您不想要虢太子这个弟子了？”

秦越人沉脸说：“不是要不要，是他自己会回来的！”

子仪疑惑地点点头，扯一下妻子小娥惶惶离去。

冬日下午，飞雪，茫茫山野林海披上银装。满身落雪在山野丛林中奔逃的虢太子迷路了。他饥饿地在雪中扒寻落埋的野果充饥，捧雪为水解渴，形容落魄，精神疲惫，然而找到的落果不是冻成硬疙瘩就是腐烂发臭。他丧气地站起，手拄一根木棍，像一个讨饭花子一样四处寻觅，手脸冻得红紫发青，在林海雪山中艰难跋涉。一步踩错，从悬崖上滑进山谷，坐在雪中号啕痛哭：“苍天哪！为啥不佑我虢太子脱离苦海呀？茫茫天地，难道就没有我堂堂太子生存之地了吗？呜呜呜……”哭得撕心裂肺。

一只苍鹰在上空盘旋注视着林中痛哭的虢太子；一只野兔蹦跳着从他身旁经过。饥饿的虢太子看见野兔，停止哭泣，站起身拿着棍子向野兔追去。

那野兔像一只精灵，在雪中跑跑停停，停停再跑。

虢太子像一个红眼的赌徒紧追不舍。

野兔从一个山崖跑到另一个山崖，虢太子也跟着前往。

野兔在一片荆棘前停住，虢太子跃身扑了过去。

野兔蹦起跑了，虢太子却“啊呀”一声惊叫，落进一个诱捕猎物的陷坑。

坑内一根尖利木桩扎进虢太子的后臀，他惨叫一声：“父王、母后，儿此生休已！”便昏了过去。

埋伏在周围的两个手拿刀枪的寨丁闻声从雪中跃起，将虢太子从陷坑中拽出来，放到雪地上。虢太子犹如死尸，一动不动。

寨丁甲摸摸虢太子的鼻子说：“还活着呢！”

寨丁乙说：“咱们把他抬回山寨吧，救活了咱们又多一个弟兄！”

二人急忙抬起负伤人，向山下跑去。

下半晌，雪停了。清除落雪的黑山寨院内，刘枣棍正带领着弟兄们在院内习练刀枪。寨丁甲、乙抬着昏迷的虢太子进门，刘枣棍停住舞动的枣棍，吃惊地问：“俺让你们去抓猎物，咋抬回来一个昏死的人呢？”

寨丁甲说：“大王，他落进俺们的陷坑了，还活着呢！”

刘枣棍一怔说：“快抬进屋里，叫赵郎中来抢救！”

赵郎中闻声而至，看过虢太子的伤口，翻看了他的眼帘，给虢太子清理了伤口，涂上药包扎后说：“大王，猎桩没扎到这个人内脏，就是手脚都冻烂了，还能救活！”

刘枣棍说：“灌它一碗姜汤水，等他醒了问他是哪里人？大雪天到这野树林干啥来了？是不是官府派的奸细？”说毕又去院内耍枣棍了。

赵郎中给虢太子灌过姜汤水，虢太子缓缓醒来。

赵郎中问：“你是哪里人？怎么落到俺们抓猎物的陷坑里了？”

虢太子瞧瞧陌生人和陌生地，眼涌热泪哽咽着说：“我是虢太子，”然后一怔转言说，“我是蓬山秦神医的徒弟，这是什么地方啊？”

赵郎中闻言吃惊地问：“你是秦神医的徒弟？咋大雪天在野树林里转呢？”

虢太子转转眼珠红脸说：“我在山里采药迷了路，找不到回蓬山的路了。”

在门口耍枣棍的刘枣棍听了，进屋上下打量说：“你是秦神医的徒弟？叫什么名字，俺咋没见过你呢？”

虢太子不好意思地低头说：“我叫虢太子，是去年夏天到蓬山，拜师学医的。”

刘枣棍疑惑地问：“虢太子？你是太子，咋还出来学医呢？”

虢太子泪流满面说：“我虢国被郑国吞灭，我走投无路，才到蓬山找救命恩人秦神医拜师学医的。”

刘枣棍听了一惊说：“你就是死了又被秦神医救活的那个虢国太子？”

虢太子点点头说：“正是小王。”

刘枣棍闻言哈哈大笑说：“小兄弟，你这回可是到自己家了！俺也是秦神医救活的人！”

虢太子惊讶地问："你、你是？"

刘枣棍说："俺大名叫刘孝天，绰号刘枣棍，现在黑山占山为王！"

虢太子惊喜地说："我听子仪师兄讲过，您在仙人洞养伤二十天。师父过寿那天，你带的厨子做了炒肉挂汁、炸鸡头。"

刘枣棍兴奋地说："对、对！是秦神医把俺从死人堆里拉回来的，给了俺第二条命！你就放心在咱黑山寨养伤吧，好了再送你回去！"

虢太子喜泪纵流拱手道："小王谢过大王救命之恩！"

刘枣棍哈哈笑着说："啥谢不谢的！这里就是你的家，不用客气！"

虢太子虽说有了安身养伤之地，心中却惴惴不安。两日后夜，趴在炕上的虢太子因伤口疼痛而呻吟难眠。院内巡夜的寨丁甲手提风灯、寨丁乙手拿刀，他们将脖子缩进兔皮围脖中来回游走着。寨丁乙望一眼还亮着灯光的虢太子住室窗口说："兄弟，你听说呗，前两天咱们从陷坑里救的那个人，是个太子！"

寨丁甲吃惊地说："啊，哪国太子？咋跑到咱黑山的野树林里来了呢？"

寨丁乙凑上前小声说："俺听赵郎中说，是那个被郑国灭掉的虢国太子！"

寨丁甲惊愕地愣住，睁大眼问："真的？"

寨丁乙点点头说："是真的。他国破家亡走投无路，跑到蓬山找他的救命恩人神医扁鹊拜师学医，因受不了学医的苦，偷跑出来迷了路，才落进咱们陷坑里的。"

寨丁甲感叹说："他幸亏落在咱们陷坑里，他若跑出山林，小命准完蛋啦！"

寨丁乙一惊问："为啥？"

寨丁甲瞧瞧左右说："我听去邢邑买盐的弟兄们说，城里挂着图影布告，郑国悬赏千两黄金，让各国帮着擒拿虢太子呢！"

寨丁乙惊讶地说："啊，还有这好事？咱们若早知道，把他送到官府去，那可是发大财了呀！"

寨丁甲怒声说："大王若知道你有这种想法，准把你剁吧剁吧吃啰！"

常言道，说者无意，听者有心。冬夜，正在炕上因伤口疼痛呻吟的虢太子听到院内巡夜寨丁的议论，顿时停住呻吟，惊愕不知所措。他想爬起趁着夜深人静逃走，但挣扎了几下却站不起来，便呜呜凄哀地哭起来。巡夜寨丁听到屋内传出悲伤的哭声，马上报给了大王刘枣棍。

刘枣棍手提枣木棍，在寨丁甲、乙带领下推开门一脸严肃问："虢太子，你深更半夜不睡，哭叫啥？"

虢太子看到发急的刘枣棍手握一根枣木棍和提灯拿刀的寨丁进屋问话，吓得浑身打战头冒惊汗爬起，双手打拱连连作揖说："刘、刘大王，俺错了！您千万别杀俺、别把俺送到官府哇！"

刘枣棍迷惑地问："虢兄弟，你这话从何说起？俺把你当兄弟看待，给你治伤，好吃好喝好待你，你咋说俺要杀你、把你送官府呢？"

虢太子满脸涕泪说："俺是郑国悬赏缉拿的要犯。"

刘枣棍笑笑说："原来是为这事哭呀！什么郑国不郑国的，俺刘枣棍只认你是秦神医的徒弟！"

虢太子哽咽说："俺背誓弃师，私跑下山……"

刘枣棍闻言不待虢太子的话讲完，就怒声斥问："什么？你敢背着秦神医，私跑下山？"

虢太子号啕大哭说："俺知道错了！你把俺杀了吧！"

刘枣棍听了一跺脚说："嘿！你咋干出这种混账事啊？"

虢太子抹着鼻涕泪说："俺后悔死了！想着回去给师父请罪。"

刘枣棍思忖着在地上转了一圈说："你先养伤吧，等伤好了再说吧！"然后便摔门走了。虢太子惊愕望着离去的身影，颓然倒炕嘤嘤哭泣……

寒冬在煎熬中被越来越强的春风融化了。春暖花开，丽阳灿烂的上午，秦越人笑容满面走出住室，伸举双臂畅快地呼吸着春日的清新。

子术进院到近前说："师父，这样轻松，一定是《难经》修订完了吧？"

秦越人笑着说："完了。今天除了应诊的，大伙都帮我誊写《难经》吧。"

子术兴奋地说："俺们早就盼这一天啦！"

秦越人说："誊写好了，我送你们每人一部！"

子术笑眯眼说："大伙知道了，准高兴得跳起来！"

秦越人说："虽说书稿已成，并不完美。你们誊读过程中，还要多提问题，以便外出游医时进行探索再修改！"

子术吃惊地说："师父，您都过了六十岁了，还要出去游医呀？"

秦越人点头说："俗话说，术无止境，业无尽头。人要活到老学到老哇！"

子术思忖着问："师父再外出，打算到哪一国去呢？"

秦越人说："西秦。我访问过齐国后，去西秦的愿望更强烈了。"

子术不解地问："为什么一定要去西秦呢？那里太远了。"

秦越人笑笑说："当今世上有三大强国。西秦虽后起于偏地，却是各种人才聚集之地，其中不乏医家高人。《难经》作为一部医著问世，应该汲取天下医术之精髓！缺了西秦医家之精妙，岂不是人生之憾事啊？"

子术敬佩地说："师父思虑深远，弟子明白了。"

这时子阳惶惶进院拱手说："禀师父，刘大王把虢太子送回来啦！"

秦越人一怔问："哪个刘大王？"

子阳说："黑山寨大王，刘枣棍啊！"

秦越人哈哈笑道："原来是他呀，快让他进来吧！"

刘枣棍闻声而至，进院抱拳而跪说："黑山刘枣棍，拜见神医大哥！"

虢太子也跪地叩首说："罪徒虢太子，拜见恩师！"

秦越人笑着上前拉起刘枣棍说："几个月不见了，你更精神了！快屋里坐吧。"理也不理虢太子，就拉着刘枣棍向屋内走去。

刘枣棍回首说："神医大哥，虢、虢太子还跪着呢？"

秦越人淡淡一笑说："不用理他。"

虢太子见师父不理，哭着向子术哀求说："师兄，我知道自己错了！你给师父讲讲好话，千万别赶我走哇！"

子术气愤地说："你背誓弃师，不辞而别，好好反思吧！"说毕招呼子阳一块离去。

虢太子听了伏地"呜呜"痛哭。

自参加秦越人六十大寿，刘枣棍已半年多没见恩人秦越人了。他进门惊奇地四下张望着屋内一尘不染的几案摆设、墙上的"蓬山药源分布图"、一摞摞一堆堆书简说："哎呀，神医大哥，您这里简直成了书馆啦？"

秦越人还未来得及答话，佚妹笑端茶碗从书房走出放到案上说："刘大王，请坐用茶！"

刘枣棍红脸说："大嫂，您咋又拿俺开心哪？"

佚妹咯咯笑着说："嫂子逗你玩呢。"

刘枣棍眼圈发红、声音发涩说："俺没爹没娘，自神医大哥救了俺的命，俺就把你们当成最亲的人了。嫂子再喊俺大王，俺以后就不敢来啦！"

佚妹笑着说："那俺叫你啥？"

刘枣棍不好意思说："像神医大哥一样，叫俺枣棍呗。"

佚妹咯咯笑道："那俺就叫你枣棍兄弟！"

刘枣棍兴奋应道："哎！嫂子好！"

秦越人笑着说："好了，你俩别逗了！"然后沉脸说，"枣棍，我问你，虢太子怎么跑到你那里去了？"

"唉，别提了！"刘枣棍一拍大腿说，"去年冬天下大雪，他掉进弟兄们抓猎物的陷坑里了，被刺桩扎得昏死过去，抬回寨中才救活。一个月前方能下地走路，就天天嚷着要回蓬山向您请罪认罚。俺怕他再迷路，也想来看看您，就等到春暖花开，与他一块来了。"

秦越人问："他可给你讲了离开蓬山的原因？"

刘枣棍说："讲了。他后悔死了，天天骂自己昏了头、背誓弃师不是人！"

秦越人闪闪眉说："我可怜他丧国丧家无处可归，方收他为徒。可他实在不争气呀，难受当个医人之苦！"

刘枣棍脸色凝重地说："您听他哭得多痛心！经过这件事，他已刻骨铭心了。年轻人难免一时糊涂，您就再给他一次机会吧，就当又救了一个刘枣棍！不然，他非自绝人生不可呀！”

秦越人点点头说：“他自幼住在王宫锦衣玉食，行有侍随、卧有仆伴。这样的人要想成才，必须经受常人难受之苦啊！”

刘枣棍听了说：“您若原谅他，俺去把他叫进来吧？”

秦越人摆摆手说：“不。敲响鼓必用重槌，化腐朽必须恩威并施！”

刘枣棍点点头站起说：“那小弟就告辞了。”

秦越人笑着说：“你既然来了，就住两天嘛！”

刘枣棍说：“山寨还有不少事，小弟改日再来拜访吧！”

秦越人冲门外喊：“子术，送刘大王！”

子术应声而至，陪着刘枣棍从秦越人屋内出来，路过伏地痛哭的虢太子身边时，虢太子慌忙抱住刘枣棍的腿哭求说：“刘大王，您帮俺给师父讲讲情吧！俺再也不敢偷跑出山了！”

刘枣棍一跺脚，推开虢太子说：“唉！你干出这种傻事，是应该好好反省反省啊！”说毕离去。

虢太子双手打拱长声泣道：“师父，我真的知道自己错了！再也不敢背誓弃师了！您就原谅了弟子吧！”说着磕头如捣蒜。

夜幕降临，明月升起。医馆前院灶房油灯下，围桌坐着众弟子吃饭。听着虢太子在后院跪着哭泣忏悔声，人们少了往日的欢笑，空气沉闷而压抑。子游、子越、子同、子明、子信慌乱地互相观瞧一眼，又勾头吃饭。

子游用脚踢踢子阳的脚小声说：“师兄，你给二师兄说说，给虢师弟送点吃的吧，他已经跪在那里哭一天了。”

子术斜一眼子游说：“谁也不能给他送吃的，让他跪着！”

子术媳妇秋枝吃惊地说：“他还是个孩子，知道错就行了呗，还能不让他吃饭哪？”

子术瞪眼说：“少废话！吃你的饭。”

子仪五岁的二儿子山山从凳子上站起来，伸手从桌上筐里拿了一个馒头说：“俺去给虢叔叔送去！”

小娥一把拽回来说：“你敢！”

小山山“哇”地哭起来。

子仪怒声说：“别哭！再哭就让你也去跪着去！”

小山山害怕地拱进小娥怀里，紧紧抓着母亲的衣襟含泪撇嘴望着瞪眼的子仪说：“爹，俺不送了。”

小娥瞅一眼丈夫说：“不送就不送呗，你吓唬孩子干啥？”

子仪低头不语，众人捂嘴而笑。

夜深了，秦越人脱衣上炕。佚妹跪在炕上隔窗向外看着在月下跪地流泪的虢太子，转身说："夫君，你真让他跪一夜呀？"

秦越人点点头说："对！"

佚妹劝说："他已经知错了，何必这么严厉惩罚呢？"

秦越人沉脸说："小树不科不长，没有规矩不成方圆。我同情他的遭遇，可以收他为徒，但不能容忍他的背誓弃师行为！"

佚妹担忧地说："如果他坚持不住，夜里再跑了呢？"

秦越人说："那我就没他这个徒弟，从此一刀两断！"

佚妹凄色说："如果他不跑，夜里着凉病了呢？"

秦越人说："我给治！给他讲怎样做一个有责任有道德的医家！"

佚妹无奈地躺下说："你们男人的心，真狠。"

秦越人说："不是为夫心狠。做一个扶危救患的医家，就要恪守医德、严明医规呀！"

佚妹嘟囔道："他还是个十六七岁的孩子，教育也得慢慢来呀！"

秦越人神色严肃地说："他自小在王宫娇生惯养，若不经几件刻骨铭心的教训，咋会脱胎换骨、甘心悬壶济世、一心为民哪？"

女人心慈，佚妹不忍让虢太子受饥饿和寒夜跪哭之苦，反驳说："儒家讲以宽仁为本，忠义治天下。俺觉得你是否有点霸道了？"

秦越人听了一笑说："王道与霸道，是相对而言。只讲宽仁、忠义，无威；只讲霸道，少仁缺义。只有王道、霸道兼而有之，方可造就修身、齐家、治国之才！"

佚妹不服地说："俺说的是教育弟子，你咋给俺说起修身、齐家、治国啦？"

秦越人说："事不同而理同。行医虽非治国平天下，可是关乎万千人的痛苦和性命啊！学徒时不养成好品格，将来咋能成为一个良医呀？"

佚妹笑笑说："俺说不过你，快睡吧！俺看你咋把虢太子教成一个良医？"

秦越人没说话，却瞪眼望着屋顶沉思……

黎明朦胧中，被困、乏、饥、渴、悔缠绕的虢太子终于支持不住，昏倒在地上。早起的子术看到，急忙将虢太子抱起奔向自己屋中。妻子秋枝听到门响急忙睁开眼，吃惊地说："俺还没穿衣裳呢，你咋抱进来一个人？"

子术将虢太子放到炕上说："快起来，虢太子昏过去了！"

秋枝急忙穿着衣裳问："师父知道吗？"

子术一边给虢太子盖上被子、搓着冰凉的手脚一边说："不知道。你快去熬一碗姜汤来！"

秋枝惊慌地说："师父知道了，不怪罪咱们吗？"

子术说："师父惩罚他，是因为他办了错事！咋会见危不救呢？"

秋枝一边扣着衣扣，一边快步向屋外走去。

天色渐亮，睡在后院东厢房的子阳打着哈欠走出屋门，发现院里没了虢太子，急忙奔往前院师兄子术住室敲门说："师兄，虢太子不见啦？"

子术打开门，子阳看见子术妻子秋枝正给虢太子喂姜汤，立时打住话头说："他咋跑到你屋里啦？"

子术小声说："子阳，快去告诉大家，谁也不要声张，不要惊动师父师娘！"

子阳点点头慌忙转身出门，正与子仪撞了个满怀。子仪小声问："虢太子在师兄屋里？"

子阳点点头说："他昏过去了，师兄和嫂子正给他喂姜汤呢。"

子仪说："你告诉大伙，起床扫院都要轻声轻脚！"

子阳说："俺知道了。"

子仪见子阳进了后院，走进子术屋内，望着正给虢太子按摩手脚的子术问："师兄，他怎么样了？"

子术说："无大碍。哭跪时间长了，一天没吃东西，夜里着了凉。"

子仪上前说："师兄，你歇会儿，让俺来！"说着上炕给虢太子按摩。

虢太子渐渐醒来，望着子术、子仪泪流如河说："师兄，我错了！千万不要让师父把我赶走哇！呜呜呜……"

子术沉脸说："赶不赶你走，全看你悔过的表现了！"

虢太子哭着说："我一定汲取这次教训，重新做人！"

子仪抱怨说："你也太不像话啦！师父能收你这样的人为徒，已经是破例了。你不感恩好好学医，反干出这种背誓弃师的丑事来！"

虢太子痛哭流涕挣扎着起身说："我现在就去院里再跪着，师父不饶恕，我宁愿跪死！"

这时秦越人和佚妹推开门，子术、子仪惊愕地问："师父师娘，您咋这早就起来啦？"

虢太子慌忙下炕跪地磕头哭泣说："师父师娘，弟子错了，您就饶了弟子这一回吧？"

佚妹眼圈发红说："你师父一夜没睡，虢太子的哭诉，子术将他抱回屋，他都看到了！师父狠心让你虢太子跪在院里，那是让你永远记住这次教训！他的心，比你还要痛啊！"说着泪水潸然而下。

子术、子仪忙说："师父师娘，都是俺们没带好师弟，惹你们劳神伤心了！"

虢太子哽咽着说："谁也不怨，怨俺还把自己当太子，不愿与师兄弟们一块吃苦受罪学医呀！"说毕泣不成声、涕泪成串。

秦越人眼涌泪珠神色严肃地对虢太子说："十二个弟子中，我唯没给你赐名，就是担心你吃不了这学医之苦，半途而废啊！没想到，事情果然如我所料！"

虢太子闻言叩首如捣蒜说："师父，弟子知错了，今生今世绝不会再做背誓弃师的傻事了！"

秦越人语重心长地说："当初我不给你赐名，是想让你时刻牢记家仇国恨，把心中怨愤全化为力量用在学医上，成为一代名医，扬名天下，告慰你亡父亡母，和那些为掩护你逃出而死的虢国将士在天之灵！谁知你贪图富贵权势之心不死，仍在幻想着过王宫那种醉生梦死的奢华生活！"

虢太子额头流着鲜血继续叩首说："师父，您再给弟子一次重新做人的机会吧？如若再犯，您不赶我走，弟子也自绝人生！"

秦越人听了，闪闪眉伸手扶起虢太子说："错有一，不能有二。今天当着子术、子仪你又发了誓，可不能好了疮疤再忘了痛啊！"

虢太子扑进秦越人怀里说："弟子永远铭记，决不再犯！"

秦越人面露笑容对子术子仪说："领他到药房，给伤口涂点药，让他好好休息两天。"

子术、子仪领着泪人一样的虢太子走了。佚妹望着他们的背影伤心地擦着泪说："堂堂一国太子，落到这种地步也真让人可怜啊！"

秦越人意味深长地说："将他教成一个名医，还有很多事要做呀！"

一个月后下午，初夏的阳光照耀着大地。秦越人正在医馆诊房为患者诊脉，挺着大肚子的丕春急匆匆进门说："秦叔叔，俺娘这几天夜里老闹鬼拧腿。中午睡着睡着，又闹起来啦，俺爹让俺请您过去给看看。"

秦越人抬起头问："子舆呢？"

丕春说："他去鄚邑给大师兄送药了，还没回来呢！"

秦越人站起说："子仪，你来给这位患者诊脉，子信跟我去看看。"

于是，子信便背起医包跟着秦越人、丕春出门。

走到焦子村街上，秦越人笑着问："丕春，快生了吧？"

丕春红脸说："还有两个月呢。"

秦越人又问："你到这里快两年了吧，生活习惯吗？"

丕春笑眯眼说："这地方太美了，比俺丕家庄好多了！俺婆婆公公待俺像亲闺女一样。"

秦越人又问："想家吗？"

丕春红脸说："想。俺给子舆商量了，等生了孩子、收完秋，一块回一趟老家，把俺爹娘也接过来住！"

秦越人一笑再问：“子舆欺负你吗？”

丕春羞涩说：“他敢，有爹娘管着他呢！”

秦越人呵呵笑着说：“不是你公公婆婆管着他，是你管着他吧？”

丕春涨红脸说：“秦叔叔，您咋瞎说俺呢！”便快步向前走去。

自焦大庆去世后，焦大和妻子秀谷已搬进堂屋，东厢房成了子舆和丕春的新房。秀谷躺在炕上“哼哎”不止，焦大迎住秦越人说：“秦老弟，快来给你嫂子看看吧，她一睡就闹鬼拧腿！”

秦越人坐到炕沿上，翻看眼帘、舌苔。

焦大站在一旁看着说：“真是怪事！平时不痛不痒，也能吃能喝的，夜里一睡着就闹，特别是天快明的时候。痛起来龇牙咧嘴还怪叫，小腿肚子拱起来一个包，过后啥事也没有了？”

秦越人诊脉后说：“不是什么大病，岁数大了活动少，骨头松了。”

焦大吃惊地说：“骨头松了，那可咋治啊？”

秦越人笑笑说：“不用紧张。你看谁家宰猪宰牛杀羊了，弄一筐大骨头来，洗净砸碎，切几个白萝卜放进去，用大锅熬汤喝，三五天准好！”

焦大不相信地说：“骨头汤能治这种病？还有其他方子吗？”

秦越人站起说：“有。我回去配几服药，让子信送来！”说毕就要向外走。

焦大站起说：“俺去送送你。”

秦越人扭头笑道：“你客气啥？我又不是外人，好好在家照顾嫂子吧！”然后又对丕春嘱咐说：“丕春，这段时间注意，别让你婆婆拿重东西、摔跟头，容易骨折！”

丕春响声说：“俺记住了！”

秀谷在炕上笑着说：“俺这儿媳妇，可是个孝顺闺女。俺一闹病，她把家里的事全揽啦！”

秦越人笑着说：“嫂子，你们娶了这么好的儿媳妇，孩子都快生了，到现在还没请我这个媒人吃饭呢？”

秀谷嘎嘎笑着说：“请、请！等俺这病好了，好好摆几桌，把你们医馆和全村人都请来，好好吃一顿！”

秦越人哈哈笑着说：“逗你乐呢，还当真了？”

秀谷认真说：“君子一言，驷马难追！你焦大哥早把喜酒都买来了！”

秦越人笑眯眼说：“那就等丕春生了孩子，一块请吧！”

丕春红脸乐着说：“秦叔叔，您咋又拿俺开心？”

秦越人说：“笑一笑，十年少。你娘高兴啰，病就好大半了！”说着迈步离去。

走出焦家大门后，子信望着夏阳下满面笑容的秦越人问：“师父，秀谷大娘这病，咱鄚邑叫小腿肚子转筋，医家叫骨松，他们这儿咋叫鬼拧腿呢？”

秦越人闪闪眉说："这种病多在夜里睡觉时发生，平时不红不肿也不痛，庄户人不知道其中的道理，加上巫婆神汉们宣扬鬼神，就认为这是鬼与人开玩笑，所以叫鬼拧腿！"

子信正要再问，被急步赶来的焦二庆拦住说："秦神医，俺孙子被一个大黑蜘蛛咬了，您快去看看吧？"

秦越人一怔说："子信，快回医馆取雄黄粉来！"就跟着焦二庆往家里走。

焦二庆的孙子胳膊紫红发胀哭叫连声，一家人围着急得手忙脚乱。

秦越人观瞧后，从医袋里取出骨刀在滚水中涮了涮，割开蜘蛛咬伤处，挤出几滴黑血，将子信取来的雄黄粉倒在伤口上，用白布条缠住说："好啦！夜里睡一觉，天明就消肿无事了！"

焦二庆不相信地问："这就完事啦？"

秦越人笑着说："咋，你还想让我把孩子的胳膊卸下来呀？"

焦二庆张着没牙的嘴哈哈笑着说："俺还以为要吃几服药呢！"

秦越人呵呵乐着说："凡药三分毒，能不吃药救治好的伤病，决不吃药！"

秦越人师徒走出焦二庆家大门，已红日西沉。落日余晖照在焦子村狼家庄之间的襄河淙淙流水上，与远处高山茂林相映，好像一幅雄静相宜的山水画。秦越人注目散去患者的医馆门前，清静无声，发现虢太子手捧医简坐在河畔南岸山坡上的巨大药石上，正在潜心阅读医简，脸上顿时浮出开心的笑容。他对子信说："你先回去，我与虢太子聊会儿天。"

子信走向医馆，秦越人悄步移近药石，站在虢太子身后，听他背诵《黄帝内经》。虢太子背到难处翻看医简，发现师父站在身后慌忙站起说："师父，弟子不知道您来了！"

秦越人扶住虢太子肩头亲切地问："有不懂的地方吗？"

虢太子红脸说："有。弟子刚请教过子术师兄，正在复习哩。"

秦越人深情观瞧着眼前的巨石说："你为什么要坐在这儿背医书呢？"

虢太子说："子术、子仪师兄说，这块石头是师父刚来蓬山时，经常晒药做药的地方。我要用师父和师兄们创业的精神，来鞭策激励自己！"

秦越人用手按住虢太子肩头说："坐下，咱们聊聊。"

虢太子紧张地说："师父坐，俺站着听。"

秦越人扯他一块坐下说："这些日子，都想些啥？"

虢太子又红脸说："弟子荒废了四个多月，想把丢掉的时间都追回来。"

秦越人拉着虢太子的手，软声细语说："学医术就像吃饭一样，要一口一口地吃，不能急于求成，那样会累出毛病来的。"

虢太子点点头说："弟子记下了。"

秦越人深情地说："你的人生刚刚起步，每一步都要迈扎实。虽说走过一段弯路，但你眼界开阔，有文化有知识，学起来会比其他师兄们更快。”

虢太子谦虚地说：“师兄们都比我强，弟子不如他们刻苦勤奋。”

秦越人笑道：“你能认识到这一点，就是进步哇！”

虢太子悔恨地说：“弟子背誓弃师，错不可恕！”

秦越人闪闪眉说：“人哪，不管遇到什么事，都要往前看！过去的事就过去了，不要成为负担，要成为激励向前的动力！”

虢太子眼睛发红说：“每想起自己办的蠢事，就痛心疾首，夜难以眠！”

秦越人拍拍虢太子肩头说：“古人讲，浪子回头金不换，就是这个道理呀！人的一生不管干啥，都要像农人种地一样认真，付出多少汗水就有多少收获。”

虢太子点头说：“弟子一定当一个不怕流血流汗的好医人！”

秦越人眼扫四周田野说：“所谓种地，看似是种与收，实际是种自己啊！行医也是如此，看似给人治患，实际也是治自己！治自己的无知，治自己的贪心，治自己的品格，治自己的医术。”

虢太子惊奇地望着师父说：“师父，您讲得这些话，都是至理名言啊！”

秦越人笑笑说：“做一个以治病救人为本的医家，一生要甘于清贫和寂寞，不求高官权势出人头地，也不图富贵家财万贯，只求世人安康家家欢！”

虢太子发誓说：“弟子一定要当一个，像师父一样一心为民的良医！”

秦越人若有所思地望着远方说：“一个人要当良医，就要常修从医之德，常思为医之道，常钻为医之术，常循为医之行啊！”

虢太子动情地问：“师父，弟子如何才能做到这些呢？”

秦越人闪闪眉，盯着虢太子的眼睛说：“淡泊名利，扶危济患，恪守医道，恪尽职守，不以物喜，不以己悲，心系患者，将每一位求诊患者视为自己的父母和兄弟！”

虢太子闻言激动地说：“师父，您让弟子茅塞顿开，懂得如何行医为人了呀！”

秦越人揽住虢太子肩头说：“师父无子无女，要把你们像自己的孩子一样培养成才！期望你们的成就，将来都超过我，成为名播天下的名医！”

虢太子抱住师父流涕说：“师父，您就是弟子的再生父母哇！”

这时子阳站在医馆门口喊：“师父、师弟，快回来吃饭吧！”

秦越人闻言站起，拉着擦泪的虢太子深情说道：“你聪明又有文化，师父对你抱有厚望！”

虢太子点点头说：“弟子记下了！”跟着秦越人向医馆大门走去。

日子过得真快，转眼又是两个多月。夏末夜，佚妹站在窗前望着仍亮着灯光的虢太子住室说：“夫君，你给虢太子吃什么仙药了，他近来像变了一个人似的？”

秦越人笑着说："你也看出来他变了？"

佚妹指指亮灯的虢太子窗口说："他天天读书到深夜，早晨也是第一个起床，劈柴挑水喂牲口，重活抢着干，样样走在前。"

秦越人笑笑说："这就是浪子回头金不换哪！"

佚妹忧心地说："他还年轻，别让他累出毛病来？"

秦越人开心赞赏道："人活得就是一个精神头！压在他心里那些不切实际的幻想丢掉了，干啥都有用不完的劲儿。"

佚妹说："话是这么说，他毕竟从小没受过这么多苦难啊？"

秦越人笑道："你没看见，他近来个头长高了，身体也胖了，满面红光？"

佚妹赞成地点头说："说话也老诚谦虚多了，像个大人了。"

秦越人望着妻子那发自内心的欣喜，说："一个国破家亡的太子能变成这样，也出乎我的预料哇？"

佚妹说："一个人有才而不恃才傲物，出富贵而不畏艰辛困苦，将来必有大成！"

秦越人点点头说："你这当师娘的，以后要在生活方面多关心他点。"

佚妹面露难色说："咋关心？这么多弟子，俺只关心他，其他弟子不说俺偏心眼呀？"

秦越人睨一眼妻子，笑着说："我说的生活，不是洗洗涮涮。"

佚妹不解地问："那是啥？"

秦越人一笑说："他没家没亲人，一个人很孤单，你得帮他张罗一个媳妇。"

佚妹吃惊地说："咱这医馆里也没闺女，俺去哪儿给他找媳妇啊？"

秦越人笑着说："你就光想着咱医馆了，就不能从附近村子里找找？"

佚妹一怔兴奋说："对呀，俺咋没往这一层想呢，你说谁家闺女合适吧？"

秦越人笑笑说："还用我说，你这么聪明的人，一想就能想出来了！"

佚妹转着眼珠思索了一会儿，一拍秦越人胳膊说："有了，俺把咱焦大哥的外甥女、小梅闺女霞霞，给他说说！你说行呗？"

秦越人点头说："先别声张，你暗中先摸摸小梅和霞霞的心思。有意思了咱们再慢慢说，反正他俩都不算大。"

佚妹闻言，高兴得像喝醉了酒，抱住丈夫说："俺明天就去找小梅问问去！"

第三十八章
救弟子破腹施术传千古

对虢太子脱胎换骨的变化，不仅秦越人和佚妹欣喜，众师兄也对他刮目相看。人们在他身上再也找不到贵为一国太子的影子了，而成了一位勤奋朴实、刻苦勇担、英武俊美、人见人爱的山区汉子。他天天都生活在快乐和对医术的无尽追求中。

两年后六月骄阳的上午，虢太子和子游送师父师娘上山归来，二人惬意地穿行在山路丛林中，边走边聊。望着满山的翠绿、鲜花和飞鸟，感受着习习山风的凉意，虢太子兴奋地唱起来："敲起鼓来咚咚响，万舞演出就开场。太阳高高正中央，舞师排在最前行。身材高大又魁梧，公庭前面演万舞。扮成武士力如虎，手拿缰绳赛丝组。……"

子游笑着说："你唱的是啥呀！俺给你唱几句吧！"说着清清嗓子吼道，"山顶大树多枝丫，低洼地里开荷花。不见子都美男子，遇见个疯癫大傻瓜！"这首民谣是劳苦民众对五谷不分、锦衣贵族公子的讽刺。

虢太子听了一怔，笑道："好哇，你当师哥的敢要笑我，看我不揍你！"说着扑向子游。

子游嘎嘎笑着向山下跑，虢太子紧步追赶。

这时只听旁边荆丛中有人"啊呀"一声尖叫。虢太子一愣，纵步跳向山涧荆丛，只见一姑娘弯腰抱腿尖叫："蛇咬俺腿了，快来救救俺吧！"

虢太子急忙奔上前，左手抓起正向荆丛钻的一条黑白花蛇尾巴向上一提，右手顺势一捋，那蛇就像一根棍子一样僵躺在地上，然后蹲身抱住那姑娘被蛇咬伤的腿看看，便双手掐腿用嘴对着伤口吸起来，片刻工夫放开，吐出几滴黑色毒血说："没大事了。"

那姑娘皱着眉咧嘴含泪说："痛死俺啦！"说毕抱腿蹲坐地上。

后赶到的子游见了，急忙从山崖上拔了两棵"蚤休"草，用嘴将根叶嚼碎涂在姑娘伤口上说："你坐着别动，待这药糊干了再回家！"然后又问，"你是谁家闺女，在这荆丛里找啥呢？"

姑娘咧嘴流泪说："俺叫霞霞，子舆是俺舅。俺看到那里有一堆蘑菇去采，没注意脚下就被蛇咬了！你们是谁呀？"

虢太子说："我叫虢太子，他叫子游，都是你舅的师弟。"

霞霞听了抹把泪，上下打量虢太子惊奇地说："你就是虢太子啊？"

虢太子红脸点点头说："对。"

霞霞转眼红脸说："俺不敢一个人在这山里待了，你俩把俺架下山吧。"

虢太子与子游互相瞧瞧，为难地说："这、这……"

霞霞羞红脸说："这啥？你们不架俺，俺就爬着下山！"

子游说："俺给你折根树棍拄着走，行吧？"

霞霞故意为难他俩说："不行。"

他们只好一人架霞霞一只胳膊向山下走。

霞霞故意叫疼，将身子歪向虢太子，虢太子不好开口指责，无奈红脸用力扶着霞霞。

眼看快到山脚了，子仪儿子蓬蓬气喘吁吁跑上来说："虢叔、子游叔，你们快回医馆吧！来了一帮劫匪，子术伯伯让俺来叫你们，快点回去！"

虢太子闻言将霞霞交给蓬蓬说："蓬蓬，你扶着霞霞姑娘慢慢走，俺俩先走了！"说着健步如飞跳崖蹿涧，奔向山下医馆。

霞霞望着虢太子矫健背影，在怅然若失中从嘴角露出得意的微笑……

烈日夏阳下，蓬山医馆大门外，大气凛然的子术手握宝剑站在大门之外，子仪、子舆、子阳、子豹、子越、子同、子明、子信各个手握木棍，怒目站在子术身后。

二十多个拿刀提枪骑马的匪贼，勒马站在回生桥上与子术等众人对峙着。

走下山路的虢太子见了，扯一下子游说："别出声！咱们从旁边绕进医馆，取家伙！"

说毕，二人穿林越沟向医馆后面跑去。

贼首钩子气势汹汹在马上喊道："哪个叫秦越人？快快出来答话！"

子术冷笑斥问："尔是何方野徒？胆敢直呼吾师大名？"

钩子转转贼眼笑道："老子坐不更名，行不改姓，乃蝎子沟大王钩子！近来手头紧，找你们要点银子花花。识相的赶快送上，老子马上就走！否则，杀你们个鸡犬不留！"

子术怒声说："银子没有，宝剑倒有一把！不怕死的，你就上来试试！"

钩子一怔，身旁一个悍匪拍马挥刀而出说："大王甭给他们废话，俺去杀了这个鸟人！"说着舞刀直奔子术杀去。

子术挥剑欲迎，虢太子从背后一个箭步跳起，在空中喊道："师兄看我的！"就挺剑与那悍匪杀在一起。

子术没想到武艺高强的虢太子这么快就赶到，大声叮咛："虢师弟小心！"

虢太子一边与悍匪厮杀一边说："师兄放心！"

几个招式下来，虢太子一剑将那凶悍匪徒刺下马来。众师兄见了齐声助威喊道："刺得好！"

匪首钩子见了大怒，向身后众匪一挥手说："弟兄们！给俺上、杀！"一马当先杀向虢太子。

虢太子闻言转身迎上，将一把宝剑要成一团白光，在匪群中左冲右突，又连刺三人落马倒地，然后一招黑虎掏心刺中匪首钩子右臂。众匪见了怒叫连声，团团将虢太子围住，妄图靠人多势众擒杀虢太子泄愤。

子术招呼一声说："师弟们，上！"众弟子呐喊着一齐杀向匪群。于是，医馆门前刀光剑影、棍棒撞击，喊杀喊打之声乱成一片。

这时焦子村、狼家庄的众乡亲在焦大、韩三带领下，手拿猎叉、弓箭、棍棒和农具从背后围向众匪徒。

焦大手拿一根大棍喊："乡亲们！打他们这帮狗日的！"说着就将手中大棍扫向一个匪徒的马腿。

那马惨叫一声倒地，落马匪徒吓得慌忙跪地磕头说："大爷饶命、大爷饶命啊！"众乡亲棍棒相加，落马匪徒抱头在地上打滚求饶。

众匪徒被连伤数人，匪首伤口流血不止不能再战，又受到前后夹攻，眼看寡不敌众，顿时慌作一团，有的下马求饶，有的弃马而逃。

匪首钩子满身鲜血被子术揪下马来扔到地上，子游一棍打在他背上，痛得钩子打滚哀号："神医饶命啊！神医饶命啊！"

子游踢他一脚说："你不是要杀俺们一个鸡犬不留吗？起来，打啊杀啊！"

钩子在地上打躬作揖说："疼死俺了！俺有眼不识泰山，再不敢来惹神医爷爷啦！求求您，饶俺一条狗命吧？"负伤倒地和扔下兵器的十几个匪徒也跪地跟着作揖磕头说："神医爷爷，饶俺们一条狗命吧！"

愤怒的众乡亲齐声说："不能饶他们，杀了他们！"

众人怒冲冲举起手中家伙正要打，子术用手止住大家，怒声问钩子："钩子，你为何带人来残害俺们行医治病救人之人哪？"

钩子流涕说："俺瞎了狗眼！听人说秦神医金银财宝堆成山，就鬼迷心窍生了歹心！"

众人七嘴八舌说："秦神医看病送药，从没收过乡亲们的钱，哪来的金银财宝堆成山呀？""秦神医誉满天下，你来抢劫这样的好人，良心让狗吃了！"

钩子趴在地上连连作揖说："俺不是人！俺知道错了，再也不敢啦！"

韩三怒愤难消说："这种盗匪，贼性难改！今天不杀了你们，不能平民愤！"

钩子泪流满面说："俺也是穷人啊！被逼得没法活，才干上这营生的！"

焦大瞪眼骂道："你狗屁穷人！秦神医带着弟子到处治病救人，你是穷人，咋能干出这种伤天害理之事呢？"

钩子哭着说："俺没撒谎，您问问俺这些弟兄们，俺们真都是家里揭不开锅的穷人哪！为了养活一家老小，才出来杀富济贫的！"

韩三气愤地说："你们杀富济贫，咋杀到秦神医门上来了？天下人知道了，非得把你们千刀万剐不可！"

钩子痛哭流涕作揖说："俺知道错啦！俺情愿留下给秦神医做牛做马，你们放了俺这些穷弟兄们吧，他们家里都有老有小，等着回去照顾啊！"

子术得知众匪为生活所迫，顿时生出几分同情说："钩子，既然你们也是穷人，又把话说到这份上，今天我们就放你们一马，给你们一次改邪归正的机会！今后若再干这种伤天害理之事，休怪我剑下无情！你们滚吧！"

众匪徒听了站起，抬上钩子惶惶欲逃。

子仪一伸手拦住，喊道："等等！"

众匪徒吓得转身又跪下。

子仪说："带上你们的马和兵器，俺们医馆是治病救人的，不需要这些东西！"

焦大、韩三不解地说："子术、子仪，咱们把他们放了就够便宜了，咋还能让他们带走马和兵器呢？他们若再聚人来抢医馆，咋办呢？"

众匪徒闻言，慌忙冲众人磕头说："俺们再也不敢了，谢谢神医不杀之恩！"站起拿刀牵马仓皇而逃。

子术望着离去的众匪徒，对焦大、韩三说："焦伯韩叔，世上冤家，宜解不宜结呀！我相信，他们这些人，今后再不敢来咱们这里为非作歹了！"

焦大点头说："还是大侄子想得长远周到，得饶人处且饶人哪！乡亲们，大家散了吧！"

子术、子仪拱手说："俺们代师父，谢谢众位乡亲啦！"

众人说："谢啥，都是自家人！"人们兴奋地议论着这次保卫医馆之战四散。

众乡亲离去了，子游对转身回医馆的子术、子仪说："师兄，你们教俺的武功，今天真都用上啦！"

子术笑着说："明白师父为啥叫大家天天坚持习武练功了吧？行医人吃百家饭，走万里路，啥情况都会遇上呀！"

子仪补充说："师父常自称乡野游医，就是提醒我们行医人困难重重，不光要有好医术，还要有好武功啊！"

子豹仍沉浸在与众匪激战的畅快，说："虢师弟的剑术真厉害，只几招就把那个黑大汉刺下马啦！"

子游眉飞色舞地说："虢师弟的剑舞成一团白光，匪徒们还没明白咋回事，仨人就被刺伤落马了！匪首钩子胳膊上还被捅了个大窟窿！"

子术瞅一眼虢太子，赞佩说："虢师弟的剑术和武功，那是自幼练的。你们以后，可要好好向他请教学习呀！"

子越、子信挤到虢太子身旁说："虢师弟，俺们明天就跟你学剑术吧？"

虢太子自豪地说："行！谁学我都教。"

打败贼匪后，焦子村狼家庄都在谈论这场大快人心的战斗。中午餐桌上，焦大兴奋地对妻子秀谷和儿媳丕春说："这秦老弟的弟子们，不光医术好，武功也个个是高手！那虢太子，一把宝剑耍得一团白光，连刺四个贼匪落马！"

捂腿坐在炕上的霞霞笑着说："俺都看见了，吓得匪徒们跪在地上作揖磕头，直喊'神医爷爷饶命、神医爷爷饶命'呢！"

秀谷吃惊地瞪大眼说："我的小祖宗，你咋也跑去看热闹啦？"

霞霞红脸笑着说："俺不光看见虢太子把四个贼匪刺下马，俺还看见俺姥爷，一棍打断了一个马腿呢！"

丕春惊讶地问："霞霞，你藏哪儿看的，咋看得这么清啊？"

霞霞羞红着脸低头说："俺不告诉你们。"

焦大沉脸说："一个闺女家，今后再遇这种事，赶快躲远点！贼匪们啥坏事都能干出来，看见你这样的年轻俊闺女，非抓走不可！"

秀谷吓得瞪着眼说："啊，霞霞，你明天可得赶快回柳林庄！出了啥事，你姥姥可是担不起呀？"

霞霞抬头红脸说："俺不走！俺还有重要事没办哩。"

秀谷疑惑地说："你娘让你来伺候你嫂子坐月子，现在孩子都快两岁了，你还有啥事？"

霞霞低头小声说："你们问俺娘吧，她知道。"

焦大、秀谷互相瞧瞧，望着羞涩不语的霞霞，一片茫然……

议论够与贼匪交战细节和今后学武计划的秦越人众弟子，晚饭后很快各自归屋睡去了。虢太子躺在炕上望着夏夜窗外明亮的月亮和空中繁星，却翻来覆去睡不着，便起来披衣向门外走去。同炕的子游听到门响，睁开眼问："虢师弟，你咋不睡？这么早就起来练功啊？"

虢太子说："天热，我到院里凉快会儿，回来再睡。"说着掩门而出。

月光下，虢太子坐在医馆后院内的石凳上，仰望天上的繁星与圆月，白天在山路上救霞霞和扶霞霞下山的情景又浮现眼前——

虢太子在追逐子游中，忽听旁边荆丛中"哎哟"一声尖叫；

霞霞抱腿咧嘴哀叫"蛇咬俺腿了，快来救救俺呀！"；

虢太子掐住霞霞白嫩光滑的小腿抱起，用嘴吸着蛇毒；

霞霞不叫了，小腿抖动着，虢太子松开霞霞小腿，吐出嘴里吸出的黑血；

霞霞两眼放光盯着虢太子问："你就是虢太子啊？"虢太子红着脸点头；

下山路上，霞霞将身体倚在虢太子身上，龇牙咧嘴一点儿也不用力，全靠虢太子双手扶着向前移步……

自到蓬山学医，虢太子从没接触过年轻女子。被回忆陷入甜蜜的他笑着摇摇头，无声地自语："这、这姑娘，咋那样呢？莫非她……"霞霞一双水灵灵充满深意的大眼和白脂一样的俏脸在虢太子眼前闪来闪去……

悄悄走近的子术盯着虢太子看了一会儿，问："虢师弟，这么晚了你咋不睡，坐在这里想啥呢？"

虢太子慌乱站起说："啊，师兄，找俺有事？"

子术笑着打量神色不自然的虢太子说："没有。你望着月亮笑啥呢，有心事？"

虢太子神色惶惶摇头说："没有。天热，俺睡不着，出来凉快会儿。"说着低下头。

子术笑笑说："没事就好。歇会儿早点睡，明天还上山采药呢。"

虢太子红脸点头说："俺知道。"望着子术离去的身影，急忙进屋。

青年人不睡是因为心中有事，老年人起得早是因为觉少。住在仙人洞中的秦越人和佚妹，清晨早早就起床了。吃过早饭，秦越人又钻进石室内研读医书和药方，佚妹将脏衣泡进水里洗起来。日过半晌，她端着洗好的衣裳走出仙人洞，正在向堆在台地边沿的柴垛上摊晾，小梅和女儿霞霞走上台地。

佚妹惊奇地望着发喘的小梅迎上笑问："啊，哪阵风把你娘俩吹来啦？"

小梅甜笑着说："还不是您吹的那阵风！"

佚妹一怔，接着咯咯笑着说："咋，你们同意了？"

小梅扭头望一眼低头红脸站在身后的霞霞说："你问她吧。"

佚妹满脸堆笑上前拉住霞霞的手说："霞霞，你娘说的事，你同意啦？"

霞霞羞得侧转身用脚拧着碎石点点头。

佚妹兴奋地对小梅说："那好。俺这就跟你们下山，安排虢太子与霞霞见个面！"

小梅一拍佚妹小声说："婶子，不用啦！他们俩已经见过面了！"

佚妹吃惊地问："啥时候，俺咋不知道？"

小梅嘎嘎笑着说："俺也是刚听这死妮子说的。前些日子她上山采蘑菇，被蛇咬了，是虢太子救的她！回去就让俺爹把俺叫来了，天天催俺来给您回话哩！"

佚妹高兴地说："这真是天配良缘哪！"

小梅把嘴附到佚妹耳上小声说："那虢太子吸蛇毒时，都用嘴亲过俺霞霞的腿啦！"

霞霞听了瞅一眼母亲，双手捂住羞脸说："娘，您咋啥都说呀！"

佚妹哈哈笑着说："这羞啥，成了亲还要同床共枕呢！"

霞霞听了，羞得转身说："俺不跟你们说了，俺走啦！"说着向山下跑去。

佚妹望着霞霞快乐的身影说："小梅，俺和你秦叔叔，就等着喝你们的喜酒了！"

小梅满脸笑成一朵花说："您是大媒人，秦叔是虢太子的师父，还能少了你俩的酒！"说毕去追闺女。

佚妹送走小梅，快乐做好午饭，采药的众弟子便陆续归来了。午饭后，众弟子背起药篓拿起工具又要上山去采药，秦越人对子阳说："子阳，让虢太子留下，我有事让他做。"

子阳冲走出洞口的虢太子喊道："虢师弟留下，师父有事。"

虢太子闻声转回洞内拱手问："师父，何事，请吩咐？"

秦越人打量身背药篓、手拿镢锄、脸色黑红英俊一副虎背熊腰模样的虢太子，笑着说："真是一位英俊壮汉啊！你把药篓镢锄放下，你师娘有话给你说。"

虢太子疑惑地放下背篓镢锄，神色紧张地说："请师娘训示！"

佚妹笑笑说："你紧张啥？是好事，坐下聊。"

虢太子拘谨地说："弟子站着聆听吧。"

佚妹咯咯笑着扯一把虢太子说："放松点，叫你坐下就坐下！"

虢太子闻言更加纳闷，小心地坐在平时吃饭的一块石头上，双眼望望师父又望望师娘。

佚妹满脸堆笑问："太子，你今年多大啦？"

虢太子转转眼珠说："十九岁。"

佚妹笑着说："俺和你师父商量，想给你介绍一门亲事。"

虢太子闻言脸色羞红站起说："禀师父师娘，弟子尚小，学医未成，没想过成亲之事。"

秦越人笑笑说："这些我都知道。但男大当婚，女大当嫁，也是古训哪？"

虢太子听了低头不语。

佚妹笑盯虢太子说："有个漂亮姑娘，看上你了。"

虢太子神情一震问："谁？"

佚妹说："你焦伯伯家的外甥女——霞霞。"

虢太子红脸说："弟子与她没来往。"

秦越人笑着说："你都救过人家了，还说没来往？"

虢太子紧张地额冒汗珠说："她被蛇咬，是俺与子游一块救的！"

佚妹笑着说："她看上你了，想嫁给你，你同意不同意呀？"

虢太子用手擦着额头汗珠低头说："弟子只救她，没想过别的。"

秦越人呵呵笑着说："你用嘴吸过她腿上的蛇毒了，她非你不嫁啦！"

虢太子吃惊睁大眼，抬头望着师父师娘说："这、这……"

佚妹哈哈笑着说："你别这了，你说你喜欢不喜欢霞霞吧？"

虢太子脸红脖粗低头不语。

秦越人笑眯眼说："霞霞可是个百里挑一的好姑娘啊，错过这个村可没这个店啦！"

佚妹温语劝道："你现在无家无国、孤身一人，你师父时刻惦念你的未来。你若同意就点点头，师父师娘给你当媒人。"

秦越人情切地说："你虽是我弟子，我却把你当儿子一样待。虢国在乱世中被灭，你不能再让虢氏后继无人哪？"

虢太子闻言泪如泉涌，双膝跪地大哭道："弟子不才，蒙师父师娘惦念厚爱，一切都听师父师娘安排！呜呜呜……"哭得涕泪横流。

秦越人上前扶起虢太子说："这是喜事，哭啥！你现在就下山，到你焦伯伯家去吧，霞霞和他们一家人在等着你呢。"

虢太子扑进秦越人怀里抽泣说："师父师娘乃我再生父母，大恩大德弟子如何报答呀？"

佚妹拍拍虢太子后背说："有啥话，咱们以后再说。你快去吧，别让他们等久了！"

虢太子跪地给秦越人佚妹三叩首说："弟子谢过师父师娘再造之恩！"说毕起身向洞外走去。

佚妹追到洞口喊："太子，别忘回医馆换身干净衣裳！"

虢太子回头不好意思地说："师娘，俺知道了！"

站在佚妹身后的秦越人捋着白须说："虢太子能结下这门亲，我又了却一桩心事啊！"

傍晚，焦大家堂屋内地桌上摆满丰盛食品，焦大秀谷上坐，左坐子舆丕春，右坐小梅夫妻，下坐虢太子和霞霞。

焦大满脸喜色举杯说："从今天开始，虢太子也算咱们家中一员了。你和子舆，一定好好跟着秦兄弟学医，别给咱焦家丢脸！"

子舆和虢太子同时举杯说："爹（姥爷），您放心吧！俺们一定当一个像师父一样的良医。"说毕一饮而尽。

秀谷笑着说："咱们家出了俩郎中，也该算郎中世家了吧？"

小梅惬意地说："那当然。"

焦大兴奋地望着众家人说："子舆媳妇进门，就添了一对孙子，虢太子又和霞霞定了亲。这两年，咱们焦家连着添人进口，真是喜事连连哪！来，干！"

众人一饮而尽。

子舆放下杯笑着说："爹，俺有一个为难事，您得给俺说说咋办？"

焦大笑着说："你小子进门吃饭，出门拿衣，有啥为难事？"

子舆望一眼虢太子，皱着眉说：“俺和虢太子，在医馆里是师兄师弟；在家里，俺是霞霞的舅舅。这以后，俺与太子这辈分，咋排、咋称呼哇？”

焦大听了哈哈大笑说：“臭小子！你到充起大来啦？”

子舆认真地说：“爹，不是俺充大，这真是个难事哩！虢师弟，你说是不是？”

虢太子红脸思索了一会说：“那俺以后，叫你舅吧。”

秀谷笑说：“不行。哪有舅和外甥同拜一人为师的？”

焦大笑笑说：“叫俺说，还像现在这样。在家叫舅，在医馆称师兄！”

秀谷一怔说：“外人知道了，还不笑话咱们家呀？”

焦大说：“笑话啥？秦兄弟的徒弟，大徒弟和小徒弟相差三十多岁，能不串蔓吗？再说了，又不是同姓同宗亲，有啥笑话的。乡亲们就是知道了，也能理解！”

霞霞与虢太子听了互瞧一眼，甜蜜地笑了……

盛暑七月，酷日当头，热浪似蒸笼。蓬山瓮山山野一棵大树下，坐着采药归来小憩的子游、子越、虢太子，他们用草帽扇着风歇息，旁边放着三篓冒尖的药材。子越用手抹把脸上的热汗说：“今年这夏天真热，简直要把人蒸熟了！”

虢太子笑着说：“把你蒸熟了，咱们省得回去吃饭了，俺俩就在这树凉里，把你折巴折巴吃啰！”

子游笑说：“吃哪儿都行，俺可不吃他的脚丫子！”

虢太子说：“你没吃过猪的脚丫子，又筋道又耐嚼，为啥不吃？”

子游一撇嘴说：“他老不爱洗脚，臭呗！”

子越哈哈笑着说：“你们想吃也没门儿，俺还留着它登山走路呢！”

这时子豹挑着一担柴汗流浃背从山上下来，虢太子迎上说：“师兄快坐下歇歇，让俺挑下山！”说着接过担子往山下走去。

子豹望着虢太子轻松矫健的背影，边擦汗边羡慕地说：“这虢师弟文武双全，将来必有大成啊！”

子越笑道：“自从找上霞霞那么漂亮的媳妇，他现在浑身都有用不完的劲儿！”

闲聊中，靠在树上目送虢太子远去的子游突然一惊，站起说：“不好！虢师弟栽倒啦！”说着大步跑过去。

子豹、子越闻言也惊慌相跟前往。

山坡上，一担柴滚落山涧，虢太子手捂下腹倒在地上，满头大汗打滚。

子游惊慌上前抱住虢太子问：“师弟，你怎么啦？”

虢太子痛得龇牙咧嘴说：“俺也不知道，突然就腹痛如绞倒下了。”

子豹惊瞪双眼问：“你觉得是哪个部位痛？”

虢太子抽着冷气说：“右、右下、下腹！”说着身体蜷曲、脸色苍白、汗珠如泉涌。

子豹慌忙站起说："子游，你快去医馆叫二师兄、三师兄；子越，你快上山禀告师父！俺在这儿守着，你们一定要快跑！"

子游、子越飞步离去，子豹从地上抱起虢太子移到路旁的一棵大树荫凉下，揽在怀里焦急地向山下山上张望着。

闻讯而至的子术、子仪，观察抚摸被子豹抱着的虢太子右腹下侧后，又翻看虢太子眼帘、诊脉寸口。子术说："这可能是绞肠痧！需要动手术。"

子仪望着已昏迷不省人事、直挺挺躺在子豹怀里的虢太子说："这漫天荒地的，咋动手术哇？"

子术着急地说："再不动手术，他恐怕就有性命危险了？"

子仪紧张地观望着山路旁的山石树木说："师兄，在荒野里开膛破肚，亘古未有啊！俺实在是没有把握呀？"

话音刚落，秦越人像空中降人一样飞落在众人面前。

子术、子仪大惊说："师父，您咋来这快？虢师弟得了绞肠痧！"

子豹惊愕地问："师父，子越呢？"

秦越人一回头说："在后面呢。"便给虢太子检查诊脉后说，"是绞肠痧，需要马上动手术！"

子仪为难地说："这、这山坡上无遮无挡的，哪敢破腹开刀哇？"

子术焦急地额流惊汗说："那就快抬到医馆去吧！"

秦越人闪闪眉沉脸说："他现在命系一线，来不及了！"说毕向四下望一圈，用手一指不远处阳光下一块巨大光滑平石说，"快抬到那块石头上，就在那里手术！"

众弟子闻言惊愣一下，便慌忙抬起虢太子向那块巨大光滑平石走去。

巨大光滑的平石（即后人传颂的手术石）周围长满荒草，旁边有一条淙淙小溪。众弟子将虢太子放在平石上，解衣松带，捧出溪内清水洗净虢太子腹上的泥污汗水。

站在一旁盯着的秦越人看到一切就绪说："灌麻醉散！扎麻醉针！"

子豹就从子游从医馆拿来的医袋中取出一包黑色粉末，用酒溶化，撬开虢太子的嘴灌了进去。子术针刺进麻醉穴，秦越人已挽袖接过子仪送上的铜刀，在清水里洗了又洗，然后用左手比画了一下绞肠痧的部位按住，右手紧握的铜刀就不慌不忙向虢太子右下腹割去。顿时，虢太子右下腹划开一条一拃长的口子，鲜血四溢奔流染红了巨石。

众弟子屏声静息围成一圈观看师父手术。

秦越人扒开割口，取出虢太子已经化脓的盲肠和与盲肠相连的一段发青发胀的肠子说："你们谁也不要走动！这段肠子需要切除化脓绞肠，洗净后再缝接到腑内！”说着手抓肠子奔向溪水。

哗哗溪水中，秦越人切除绞肠，仔细地清洗着发青发胀的病肠，一不小心，那光滑的肠子像蛇一样落进水里，顺着溪水飞快漂流而下。

秦越人大惊失色，急忙快步追赶，远远看见霞霞正顺溪而上，便大喊：“霞霞，快抓住溪水冲下的肠子！”

霞霞听了立即跳进溪中，在溪水拐弯处抓住漂流的肠子举起说：“秦爷爷，抓住了！”

秦越人厉声说：“注意脚下！千万别松手掉在地上！”

霞霞双手紧紧抓着肠子，高举着边瞧着脚下边说：“俺知道！”

秦越人迎上接过霞霞手中的肠子，再次在溪水中清洗后说：“好险哪！差点要了一个人的命。”

霞霞吃惊地问：“谁的命？”

秦越人沉脸喝道：“你别动！好好站这儿待着！”

霞霞从没受过秦越人训斥，好心帮忙遭怒斥，委屈地流泪说：“秦爷爷，俺帮您捞肠子您还训俺，俺咋惹您啦？”说着坐在地上掉起泪来。

秦越人瞪她一眼，不理不睬，抱着肠子回到大平石前，轻轻掀开虢太子的刀口，仔细将肠子接好缝好，再清洗缝好刀口，撒上止血生肌药粉，看着子术、子仪用白布将刀口部位精心缠好，拔去扎麻醉穴的针，才长出一口气坐在地上招呼霞霞说：“丫头，别生气掉泪了，过来吧！”

霞霞一拧身撇嘴说：“不！俺才不理你呢！”

子术笑着说：“你过来看看，这石头上躺的是谁？”

霞霞一震，慌忙跑过来，看到石头上躺着腰缠白布、昏迷不醒的虢太子，惊慌大叫：“啊！太子，你咋成这样了呀？”哭着就要扑上去。

秦越人伸手死死拽住霞霞说：“你别动他！他刚刚做完手术，还没醒！”子术等众弟子也上前相劝。

霞霞哭着问：“秦爷爷，你刚才让俺捞的那肠子，就是他的呀？”

秦越人笑着点点头。

霞霞惊愕哽咽说：“那您为啥不告诉俺呀？呜呜呜……”哭得泪人儿一般。

秦越人拍拍霞霞肩头说：“我告诉你，你看见了又哭又闹，我还能静心为他接肠子缝伤口吗？”

霞霞转悲为喜说：“俺错了，俺给您磕头赔礼了！”说着就要下跪。

秦越人扶住她，假装生气说：“哼，你刚才还说不理我了呢？”

霞霞红脸跪在地上说：“大人不记小人过，俺都认错了，您还不饶俺？”

这时子越气喘吁吁来到近前，往地一歪躺下说：“师父，累死俺了呀！”

子豹见了，生气地走到子越面前说：“子越起来！俺让你去请师父，师父都到半天了，你咋这时候才回来？”

子越喘着气站起说：“你以为俺不想早点回来呀？咱师父走路像飞，蹿崖越脊，俺哪能追得上啊？”

子游不相信地问：“真的？”

子越擦着汗说：“俺骗你们干吗？”说着两手比画，“俺把虢师弟的病状一说，师父一纵身，就从仙人洞的台地上跳下山去。一运气又跳上另一个山崖，从一个山头跳往另一个山头，犹如一支飞箭，直奔山下……”

子豹、子游等听得瞠目结舌，用神奇的目光望着静静坐在一旁瞭望远方的秦越人。霞霞惊讶地走上前说：“秦爷爷，您还会蹿房越脊呀？”

秦越人笑笑不语。

子术解释说：“那是师父跟长桑君师爷学的轻功！”

秦越人摆摆手不让子术再说，对众弟子说：“你们以后也要练练轻功，不然遇到紧急病患，会误事的。”

子越说：“师父，您啥时候教教俺们练轻功啊？”

子游说：“俺也想学！”

秦越人笑笑说：“你们想学，就先跟着子术、子仪练吧！”

子术不好意思地笑着说：“俺那是三脚猫功夫，跟师父可没法比。”

这时坐在巨石上观察虢太子的子仪说：“师父，虢师弟的眼在动，麻药劲快过去了！”众人听了一齐拥往巨石前，霞霞惊叫着扑上去流涕说：“太子，你可把俺吓死了呀！”

虢太子缓缓睁开眼，看一圈众人，眼涌热泪声微力弱说：“谢谢师父，谢谢众师兄！”

霞霞擦着泪水说：“你还得谢俺呢，你的肠子是俺捞回来的！”

秦越人笑笑说：“他刚做过手术，不能激动不能多说话，赶快抬回医馆养着吧！”然后又对霞霞说：“霞霞，伺候他吃喝的事，就靠给你了。”

霞霞紧紧抓着心上人虢太子的手，红着脸点头。

一月后秋日上午，蓬山医馆后院内花池中盛开着牵牛花，蝴蝶蜜蜂在花间飞舞。子仪的二儿子山山和子术五岁的女儿云云在花池前追逐玩耍。霞霞扶着虢太子走出房门，山山兴奋地跑上前问：“虢叔叔，您好啦？”

云云仰着小脸说：“虢叔叔，您帮俺捉蝴蝶吧？”

虢太子笑着说：“好、好！”说着伸手去捕落在牵牛花上的一只漂亮蝴蝶，然而没捕着自己却摔倒在地上。

霞霞心疼地扶起虢太子说：“你还没好利落，不能猫腰！”然后笑着对山山、云云说：“虢叔叔笨，让姨帮你们抓吧！”说着双手一捂抓住落在同一花上的两只蝴蝶，给山山、云云一人一只说，“你们玩去吧。”

山山手捏蝴蝶，欢叫着：“娘，霞姨一下抓了俩蝴蝶！”拉着云云向前院跑去。霞霞望着两个孩子说：“这俩孩子真可爱！”

虢太子笑眯眯地盯着霞霞说：“将来咱们也会有的。”

霞霞红脸瞅一眼虢太子说：“讨厌！你再说这话，俺可走啦。”

虢太子拽住霞霞的衣裳羞红着脸说：“你别走，我错了！”

霞霞转身用手指点一下虢太子额头，温情地说：“你可记住了，今后再不许说这话！”说着拉住虢太子的手在院里转悠。

这时秀谷和小梅挎着一个篮子进院，看到这一幕慌忙转身。

虢太子瞧见，神色慌张甩开霞霞的手说：“快松开，姥姥和娘来啦！”

霞霞听了如惊兔，扭头发现果然是姥姥和娘站在院门口，羞得捂脸跑进屋里。

虢太子红脸上前说：“姥姥、娘，您咋来了，快屋里坐！”

秀谷不自然地说：“俺们来看看你，顺便给你送点吃的东西。”

虢太子不好意思地说：“不用，俺医馆的饭挺好的。”

秀谷从小梅挎的篮子里拿起一个南瓜丝合子说：“俺知道，这是姥姥亲手做的南瓜丝合子，你尝尝？”

虢太子接过咬一口说：“真好吃！”

小梅打量空落落的院内说：“怎么不见秋枝、小娥嫂子和孩子们呢？”

在房上翻晒药材的子越把院里发生的一切全看在眼里，不待虢太子答话就嘻嘻笑着说：“小梅姑姑，别找啦！她们都跟着子术、子仪师兄，到西边山坡上看稀罕去啦。”

秀谷一惊，抬头问：“子越在呀！他们去看啥稀罕啦？”

子越兴奋地站起说：“咋，你们还不知道？”

秀谷疑惑地说：“不知道哇，西边山坡上能有啥稀罕物？”

子越神秘地说：“俺师父给虢师弟开膛的那块大石头，变颜色啦！”

秀谷吃惊地说：“有这事？那你咋不去看呢？”

子越得意地说：“是俺发现告诉师兄的，他让俺留下看家翻晒药材哩！”

小梅惊喜地说：“娘，有这稀罕事，咱们也去看看吧？”

秀谷点头说：“虢太子你歇着，俺们先去看看，回来再说话！”

霞霞闻声从屋里跑出来说：“姥姥等等，俺和太子也跟你们去！”说着扶起太子向外追去。

子越站在房上哈哈笑着说：“霞霞，今天俺可看见你和虢师弟拉着手说悄悄话啦！”

霞霞闻言俊脸顿时成了红布，回头剜一眼子越说：“俺们可是叫你师兄哩！当大哥的看弟弟和弟媳妇拉手说悄悄话，你羞不羞？”

一向爱多言多语说俏皮话的子越听了，瞠目结舌怔住，一时竟无话可答了。

瓮山坡上秋日阳光下，虢太子动手术割绞肠痧躺过的那块硕大光滑巨石上，一片片一道道血迹在阳光下泛着亮光，周围围满焦子村狼家庄惊奇观看的人群。子术围着巨石转一圈后，用手摸摸那些血迹，放在鼻下闻闻，纳闷地对子仪说："还真有血味呢！子仪，过去咱们常跟师父在这块石头上晒药，没记得有这一道道一片片血迹呀？咋会出现这怪事呢？"

子仪皱眉回忆着说："那天师父在这块石头上为虢师弟割绞肠痧时，我注意观察了，上面干干净净的，没发现有这些片片道道血迹呀？咋会突然变成这样了呢？"

猎户韩三忧心说："子术、子仪，这是不是上天，给咱们蓬山的啥征兆吧？"

焦大剜一眼韩三说："韩三，你咋一遇事就往歪处想呢？"

韩三不服地瞪大眼说："俺咋往歪处想啦？这多少辈子躺在山坡上的大石头，没点神鬼道风，咋会说变就变呢？"

秋子赞同地接话说："对呀，俺从小就在这块石头上玩，向来没见过它出现这些血道子啊？"

焦大望一眼乱哄哄惊奇议论的众人问："乡亲们，你们谁最近在这块石头上，宰杀过猎物哇？"

众人听了互相瞧瞧，瞪眼摇头。

闷语沉思的子术眼前突然一亮说："焦伯伯，别问啦！俺知道这是咋回事了。"

众人闻言一齐把目光射向子术。

焦大望着子术说："子术，你快给大伙说说，这到底是咋回事呀？"

子术笑笑说："十有八九，是俺师父在这块石头上给虢师弟破腹割绞肠痧时，虢师弟流出的血染的？"

韩三一梗脖子说："不可能！俺多次在这块石头上宰过猎物，流的血咋没留下印痕呢？"

这时霞霞扶着虢太子和秀谷、小梅一块赶到，他们看到巨石上的片片道道血痕，也惊愕地睁大眼。

子仪在人群中发现虢太子，转转眼珠挥手说："咱大伙谁也别争了，俺有个办法，能确定这上面的血迹，是不是虢师弟的血染的？"

韩三不解地问："你有啥办法证明？"

子仪笑着上前拉住虢太子的手说："这不俺虢师弟来了吗，咱们让他躺在那天破腹割绞肠痧的地方。如果石头上的血痕，与他躺的位置吻合了，就证明这石头上的血痕是他的！如果与他躺的位置不合，那这些血痕就是另有原因了！"

焦大兴奋地说："有道理！虢太子，你快躺上去，让大伙看看？"

虢太子在霞霞和子游等搀扶帮助下走到巨石前，按照子仪指点的位置躺下。

子术惊喜地说："没错！这血迹，就是俺虢师弟的血留下的！那天他就是这样躺着的！”

韩三不同意子仪的断言，走近巨石说：“俺也往石头上滴一滴血，看能不能留下？”说着用牙咬破手指，向巨石上滴血。

围观的众人见了，争相伸头观瞧。那血滴落上去后，有的滚下，有的晒干后成了一个血痂，用手一捅就落地，并没留下任何痕迹。

韩三惊疑自语：“为啥虢太子的血，能在石头上能留下痕迹，而俺的血就留不下呢？”

秋子转转眼珠说：“人家虢太子是谁？是一国的太子！你是谁？是个钻山打野物的猎人！能跟人家比吗？”

众人听了齐声哄笑。韩三虽不服秋子之言，可也找不出理由反驳。其实，任何特殊现象形成都有其特定条件和环境。虢太子的手术是在盛暑烈日下，高温蒸烤使巨石颗粒孔隙增大，方使血渗入石中，而韩三滴指血是在不冷不热的秋季，自然无法渗入石中。但古人还不掌握这种科学知识，才认为奇，并由此留下千古佳话。

焦大当时虽然也没办法解疑，但为了平息众人胡猜乱议，摆手说：“大家别起哄乱嚷了！不管咋说，虢太子的血留在这块石头上，是个奇事！咱们得让后人记住，秦神医曾在这里为他割绞肠痧这件事。”

秋子问：“咋记住？”

焦大说：“咱们给这块石头起个名字，一提这个名字就能想起这件事来！”

韩三嘎笑道：“那就叫破肚石吧！”

秋子说：“太难听了，名字怪瘆人的。不行、不行！”

一直在一旁默默听众人议论的子豹插话说：“叫手术石行不行？”

焦大思忖一会说：“行！咱们就叫它手术石吧！”

霞霞说：“姥爷，开膛流血的地方有名了，那俺捞肠子的地方就白捞了？”

众人哄笑说：“那就叫捞肠沟呗！”

子游说：“没俺师父洗肠子，霞霞你哪有肠子捞？”

焦大笑着说：“我看这样吧，霞霞捞肠子的地方呢，叫捞肠沟；秦神医洗肠子的地方呢，就叫洗肠沟！行不行？”

众人齐声欢笑说：“行！”

子术望着兴奋散去的人们对子仪说：“没想到虢师弟流出的一摊血，还惹出这么有意思的事来？”

子仪说：“这石头真神奇，不仅给蓬山留下茶余饭后的故事，也让世代人铭记着师父超凡的医技！”

虢太子抚摸着巨石上的一道道一片片血迹，深情地说：“这是我再次重生之石，也是我永铭师恩之证啊！”

第三十九章
论医理回生桥前励众徒

教徒授业是一项精细而漫长的历程。为使十二名弟子成为良医名医，秦越人在著述诊患的同时，将大量精力用于众弟子对医术的进取和探究中。俗话说，时光和心血不负苦心人。在秦越人言传身教和精心指导下，十二名弟子不仅个个医术精湛，而且品学兼优。教育弟子让他呕心沥血，弟子成才了同样让他操心。

八年后春日清晨，众弟子在院内打拳习武。虢太子将一把剑耍得呼呼生风，子阳将一根棍耍得神出鬼没，子舆耍一条绳鞭像一团旋风，子豹、子越用刀枪对打，子术、子仪在打坐运气，子游、子同、子明、子信在练轻功。

站在一旁观看的佚妹兴奋地对秦越人说："夫君，这几年，他们不仅医术学有所成，武功也大有长进哪！"

秦越人笑捋着胡子说："都长大成才啦，该独闯天下了！"

佚妹一怔问："你想让他们都外出游医？"

秦越人点头说："小鸟的羽毛丰满了，不让他们远走高飞，永远也长不大！"

佚妹吃惊地说："他们都走了，咱们这么大的医馆咋办哪？"

秦越人说："乱世之中，到处都需良医。"然后笑笑指着在前院练习拳脚的铭恩、蓬蓬、山山、云云等一群大小不一的男女孩子们说："襄水后浪推前浪。有他们这伙孩子们在，你还怕医馆不热闹吗？"

佚妹笑道："俺不是怕寂寞，俺是说弟子们都走了，你太累。"

秦越人胸有成竹地说："我想了很长时间，决定把医馆交给无家可归的子术……"

话未讲完，蓬蓬走进后院对秦越人和佚妹说："爷爷奶奶，门外又来了十几个找您拜师学医的人！"

秦越人一怔说："叫你子术伯伯和你爹去接待吧。"

佚妹望着离去的蓬蓬，问秦越人："现在天天有人来找你拜师学医，怎么办呢？"

秦越人手捋白须自语："该让子术、子仪他们挑重担了！"

佚妹惊愕说：“夫君，你真不打算再收弟子了？”

秦越人说：“俗话说，水满则溢，月满则亏。我有十二个弟子，已足矣！”

佚妹不解地说：“孔丘收了七十二个弟子，夫君咋就不能再收弟子呢？”

秦越人说：“十二个弟子，上应十二天时，下应十二地支，已是满数了。”

佚妹纳闷问：“那孔丘为啥收那么多弟子呢？”

秦越人认真说：“学医不同于学文，收徒不在多，而在精。若将前来拜师之人都揽在自己名下，既有误人沽名之嫌，又不利医术传扬发展。”

佚妹说：“有你在，子术子仪他们怎好意思收徒哇？”

秦越人笑笑说：“这也正是我想让众弟子独立门户的原因之一呀！”

佚妹理解地说：“俺明白了，你这是创造机会，让众弟子担起授徒传业之责啊？”

秦越人笑着点点头……

早饭后，众弟子按照子术的吩咐，有的到诊房接患应诊，有的到药房配药制作丹、丸、散，有的晒药材清整药材，一片繁忙。这时，蓬山医馆大门外拥聚了几十名身背行囊前来蓬山找秦越人拜师学医的人。子术闻知，放下手中活计，叫上子仪，一块前往接待。明媚阳光下，几十名学医人看到门内走出子术、子仪，纷纷围向前申述拜秦越人为师学医的愿望。

学子甲说：“子术总管，俺从代国跋山涉水来到蓬山，您得让俺见见秦神医呀？”

学子乙说：“子仪师父，俺从鲁国不远千里来拜师学医，您无论如何也得让秦神医收下俺呀！”

学子丙含泪说：“我从绛邑来，受众乡亲之托来学医。秦神医不收我这个徒弟，我哪还有脸再回去呀？”说着竟“呜呜”哭起来。

学子丁说：“为了来蓬山找秦神医拜师学医，俺把房屋田产都卖了，您就替俺讲讲情，让他收下俺吧！”……

口干舌燥的子术、子仪被众人要拜师父学医的激情感动，子术嘶哑着嗓子拱手说：“各位兄弟，大家听我说！你们的心情俺理解，可拜师学医也不是一句话的事呀！大伙得等俺给师父禀报过，再回话！”

学子乙说：“俺在焦子村都住五天了，啥时候能有准信儿呀？”

学子丁说：“俺不怕等，就是在这里再住一个月，秦神医能收下俺，也行！”

子仪挥手说：“众位学子别再说了，刚才俺师兄已讲了，大家先住下。俺们尽快向师父禀报，行不行？”

众人听了无奈地悻悻离去。

上午大晴的天，午饭后却下起沥沥春雨。下雨天没有病人来诊，秦越人就在书房几案前翻看医籍，佚妹坐在一旁做针线活。

子术戴着草帽进门说：“师父，上午俺给您说的那些来找您拜师的人，咱们怎么答复哇？”

秦越人笑笑放下手中医简说：“我不是让你和子仪商量吗？”

子术为难地说：“俺俩商量了，让师父拿意见。”

秦越人咯咯笑着说：“我不是说过了吗，不收徒了，要收你们收。”

子术吃惊地说：“师父，那可不成，俺们都还是弟子呐，哪能收徒哇？”

秦越人闪闪眉，挥挥手说：“不说这事了，还有什么事？”

子术说：“师父，今天下雨没病人，师弟们想听您再讲讲医理。”

秦越人笑着说：“前几天我给大家讲了‘阴阳五行与医学’，你们讨论过没有？”

子术兴奋地说：“讨论了，挺热闹，还有不少争论哪！”

秦越人笑着说：“你说说看？”

子术说：“主要是对‘四时五行’与人四肢五脏感应关系争论不休。”

秦越人笑笑说：“你去把大家叫来吧，今天就给大家讲这个问题！”

子术躬身离去。片刻工夫，众弟子就齐聚秦越人客堂内。大家望着端坐几案之后的秦越人，等待师父讲医理。

秦越人扫视一圈众弟子说：“世上人常问：名医愈疾，其道何也？善言天者必质于人，善言人者必质于天。其实，皆因天人相互感应而生，亦因天人相互感应而愈！”

子仪接话问：“师父，天人这种感应互动现象，有什么规律吗？”

秦越人说：“天有四时五行，日月相推，其转运也！和而为雨，怒而为风，散而为露，乱而为雾，凝之为霜雪，张之为虹霓，此天之常数也！”

虢太子扑闪着眼帘问：“师父，天的这种变化，与人有何关系呢？”

秦越人望着众弟子求知若渴的神情说：“人有四肢五脏，一觉一寐，呼吸吐纳，精气往来。流而为荣卫，彰而为气色，发而为声音，此人之常数也！阳用其精，阴用其形，天人之所同也！”

子越问：“师父，天人的这种感应，反映在人身上的病状是啥样呢？”

秦越人说：“蒸则为热，否则生寒，结而为瘤赘，隔而为痈疽，奔而为喘乏，竭而为焦枯。诊发乎面，变动乎于形，推此理，人可知天地也！”

子游凝思着问：“师父，天人的这种感应，反映在天地变化外形上呢？”

秦越人说：“五纬盈缩，星辰错行，日月薄蚀，彗孛流飞，即天地之危诊！寒暑不时，因天地之蒸否；石立土踊，因天地之瘤赘；山崩地陷，因天地之痈疽；奔风暴雨，因天地之喘乏；雨泽不降，川泽枯竭，因天地之焦枯！”

子术说：“师父，面对天地人这种感应变化，我们医家该怎么做呢？”

秦越人说："良医导之以药石，救之以针灸，病体可消之疾；圣人和之以至德，辅之以人事，天地可消灾于未然！"

子仪兴奋地问："在天地感应世界中，我们该如何做人呢？"

秦越人闪闪眉说："胆欲大而心欲小，智欲圆而行欲方。"

子阳眨眨眼问："师父，这句话怎么理解呢？"

秦越人很赞赏弟子们这种好学多思精神，笑着说："这是古人对人事成败经验的形象总结。例如心为五脏之君，君以恭顺为主，因此当了君王的人处事要处处小心、三思而后行；胆为五脏之将，将以果决为务，所以当将的行事要胆大、坚决，不然落实不好使命！智者考虑问题，都顺民心天象而行，因此在处事中要讲究圆满；仁者处事意在使天下平静安宁，实现这一目的就要有规矩可循，即欲方。"

子游喜欢由事推理，恳求说："师父，您能给俺们举几个例子吗？"

秦越人说："圣贤常讲如临深渊、如履薄冰这两个词，就是他们处事格外小心的写照！将是赳赳武夫，争侯夺城，不胆大能成吗？史籍所讲，不为利回，不为义疚，就是仁者以法制治国的记载。《易经》说，见机而作，应时而变，不要终日固守往昔经验，就是智者处事讲究圆的原因。"

子术被师父对古今世事和医事的精辟解析激动，情切地问："师父，养性之道最重要的是什么呢？"

秦越人闪眉思考了一会儿说："天道有盈缺，人事多屯厄，人稍不自慎便陷于厄途的事时有发生。所以养性之士，首先要自慎。自慎者，应持之以恒树立忧患意识，即忧畏为本。"

子仪接着问："师父，《诗经》上说，人不畏威，天威至矣，是否就是您讲的意思呢？"

秦越人点点头，情动神感地说："忧畏二字，对于人来说，是生死之门，存亡之由，祸福之本，吉凶之源！"

子越吃惊地说："啊，这忧畏二字这么重要哇？"

秦越人神严语重道："自古至今，士无忧畏之虑则仁义不立，农人无忧畏之思则稼穑不能保丰收，工匠无忧畏之忌则规矩不设，商贾无忧畏之虑做买卖就很难挣到钱，作为儿女无忧畏之心则孝敬二字不存，作为长辈无忧畏之念则慈爱难彰显。臣无忧畏勋庸难分，君无忧畏则社稷不安哪！"

子术敬佩地点着头说："看来，人的一生要时时不忘'忧畏'二字啊！"

秦越人点头说："所以，不管从事何业者，不管成功与失败，讲究养性之人，首先要牢固树立忧畏意识。医家尤其要如此！失去忧畏意识，则心乱而不理，形躁而不宁，神散而气越，志荡而意昏。应生者死，应存者亡，应成者败，应吉者凶！"

众弟子听得个个眼睛放光，兴奋得连连拍手。

子阳感慨自语：“师父之言，如醍醐灌顶啊！”

虢太子激动得眼圈发湿说：“师父，您不仅医术如神，治国治世修身之论，也精妙绝伦啊！”

秦越人笑着摆摆手，睐一眼坐在弟子群中两眼如灯醉望自己的佚妹，谦逊地说：“我只是个医人，哪有你们说的那么好哇？”

子仪动情地说：“师父，师弟们讲的都是肺腑之言啊！连俺跟您几十年的人，也眼界大开了！”

秦越人语重心长地说：“这些话，都是我多年在行医中，对人事世事国事医事的感悟，讲出来让你们讨论品评。”

子术站起倒碗水，送到秦越人面前说：“师父，您喝口水，再接着讲会儿！”

秦越人喝过水后，瞧一眼门外还在下的春雨说：“忧畏，犹如我们天天离不开的水和火，你们要时刻铭记于心怀！”他停顿了一会儿接着说，“纵观人世百态，人若无忧畏，子弟会为勍敌，妻妾会为寇仇。所以，太上畏道，其次畏天，再其次畏物，再其次畏人，再再其次才畏自身。忧于身者，不拘于人；畏于己者，不制于彼；慎于小者，不惧于大；戒于近者，不惧于远。能明白和掌握这个道理的人，水行蛟龙不能害，陆行虎兕不能伤，五兵不能及，疫疠不能染，谗贼不能谤，毒螫不加害！”

子术钦佩叹服说：“一个人活在世上，修身养性能做到这些，就会胜不骄败不馁，宠辱不惊，淡定人生啊！”

秦越人深情地望着众弟子说：“我，就想让你们成为这样的人啊！”说毕泪水潸然而下。

子术、子仪等见了，惊慌地喊：“师父，您怎么啦？”

秦越人笑着摇摇头说：“没事，你们吃饭去吧。”说毕站起一个人向卧室走去。佚妹惊慌跟进。众弟子不知所以然，互相瞧瞧，悻悻离去。

天黑了，灶房亮起了灯。灯下餐桌前，陆续坐下的众弟子没了往日的谈笑，一个个闷头吃饭。饭菜也好像没了往日的香甜，吃着吃着他们就将碗筷放下了。

秋枝、小娥惊奇地望望众人，又纳闷地相互瞧着。小娥将目光落在丈夫子仪身上问：“你们这是咋了？师父训你们啦？”

子仪愁苦地摇摇头说：“没有。”

小娥说：“没训你们，咋只吃两口饭就都不吃了？”

子仪烦恼地说：“你别问了！”

秋枝走到满脸苦色低头看着脚下的丈夫子术跟前问：“他爹，这究竟是咋回事啊？是否嫌俺和小娥做的饭菜不好吃啊？”

子术抬头瞪一眼妻子说："少废话！忙你的去。"

子越实在憋不住了，抬头望着子术说："师兄，你得去问问师父呀？"

子术茫然说："问啥？"

子越咧嘴带着哭音说："师父讲得好好的，为啥突然就流泪了呢？"

小娥听了大惊说："啊，你师父哭了？为啥呀？"

子阳哭脸凄惶说："俺们也不知道为啥？"

小娥瞪着惊愕大眼问："平白无故，那么大岁数的人，他能哭吗？"

虢太子说："师父半天都挺高兴，二师兄说了句'一个人活在世上，修身养性能做到这些，就会胜不骄败不馁，宠辱不惊、淡定人生'，师父就掉泪了！"

秋枝虽不懂丈夫讲的话是啥意思，却紧张地说："云云爹，你咋讲这话呀？"

子术眼涌泪水抬头说："俺这话，没错呀！"

子仪拍拍子术肩头说："师兄不必自责，你这话没错！俺觉得，师父掉泪，一定另有原因？"

子术和众人望着子仪问："师弟（师兄），你觉得，会是啥原因呢？"

子仪皱着眉思忖说："俺也说不好，总觉得师父心里一定遇上为难的大事了！不然，像师父这样久历大难的人，决不会轻易当着咱弟子们流泪的！"

虢太子着急地说："既然这样，咱们去找师父师娘问问吧？"

子阳和众人附和说："对呀！咱们一块去问问。有啥难事，咱们一块替师父师娘担着！"

子仪摇头说："一块去不合适。"

性直的子越说："为啥不合适？"

子仪思索着说："你们想想，师父没有当着大伙的面明讲，一定是不愿意让我们知道哇！"

虢太子和子阳满脸忧色说："哪咋办呢？"

子仪思考了一会儿说："你们该干啥干啥。等师父师娘吃过饭，俺和子术师兄先去探听探听！"

子术听了舒开皱眉，一攥拳说："就这样，大伙都散吧！"

众弟子在前院灶房不平静，秦越人在卧房中也不平静。灯下，炕上小方桌上放着已凉的饭菜。秦越人两眼汪泪躺在炕上呆望房梁，佚妹坐在身旁劝道："你都六十大几的人了，咋跟一个孩子似的，还闹脾气掉泪不吃饭啦？"

秦越人难过地说："一想到这些弟子们要离开，我这心里就酸酸的，想哭哇。"说着泪水又潸然奔流不止。

佚妹也眼圈发红说："那好说，咱们不让他们走了还不行吗？"

秦越人摇头说："不走不行！天下需要良医，不走不能弘扬医业！"

佚妹抹着泪说："不走又不行，走了你又舍不得，这不是自已给自已过不去吗？"

秦越人哽咽道："子术、子仪跟我四十年了，患难相处、朝夕不离，形同父子啊！子越、虢太子五人也相随十五年了。真要离开，就像挖心割肉一样啊，难弃难舍，疼痛难忍哪！"

佚妹刚想说话，子术子仪敲门。

佚妹闻声擦干泪下炕站起说："进来吧。"

子术、子仪进屋看到炕桌上未动的饭菜和躺在炕上流泪的秦越人，眼涌热泪说："师父，您遇到啥难事了？咋连饭也不吃了呢？"

秦越人从炕上坐起，眼含泪珠一手抓住子术的手、一手抓住子仪的手，动情地说："子术、子仪，师父真是说不出口啊！"说着双眼流下成串泪水。

子术、子仪大惊问："师父，究竟发生了什么事？让您这样为难啊？"

秦越人紧紧攥着子术、子仪的手，哽咽垂头不出声。

子术、子仪扭头望着泪流满面的佚妹说："师娘，俺师父这到底是咋啦？"

佚妹擦把泪，哽咽说："你师父，你师父要让你们离开蓬山，到各地去立户行医！"

子术、子仪闻言，惊愕地扑通一声跪地哭着说："师父，弟子哪儿错了？您为啥不要俺们了呀？"

秦越人长泣一声，下地抱住子术、子仪的头哭着说："子术、子仪，你们是我的爱徒和儿子，为师咋舍得不要你们哪？"

子术流涕着抱住秦越人的腿说："师父，您要俺们，为啥要赶俺们走哇？"

子仪也流涕拽着秦越人的手，仰脸问："师父，您是否要赶走俺们，另收新徒啊？"

秦越人流涕说："我秦越人一生，只收你们十二个弟子！决不再收新徒！"

子术哽咽不解地问："师父，那究竟是为什么呀？"……

自师兄子术、子仪走进师父房中后，子舆、子阳、子豹、子游、子越、子同、子明、子信、虢太子都聚到距秦越人住室最近的虢太子、子越住房中。灯下，他们聚到窗口，侧耳听着秦越人房中的动静。

子阳说："你们听，师父师娘和师兄们都哭起来了？"

子舆吃惊地说："俺怎么听着，师父要赶子术、子仪师兄走呢？"

虢太子说："别说话，再听听！"

子越着急说："还听啥，咱们快进去跪着向师父替师兄求情吧？"

子阳说："不行，没闹清是啥事前，咱们不能动！"

子越急得眼冒火星说："为啥不能去？"

子阳凄苦地说："如果师父师娘真要赶二师兄三师兄走，咱们去了只能添乱！”

虢太子说：“子阳师兄说得对。师父师娘与师兄们商量大事，咱们不能去打搅！”

专心聆听师父房中声音的子舆突然一怔说：“你们快听，好像哭声小了，正说话呢！”

几个弟子闻言又把头聚到窗口，平息静听……

卧室内，秦越人揽着子术、子仪的头流涕了一会儿，站直身，扶起子术、子仪说：“我正是舍不得你们离开，才寝食难安啊！”

子术、子仪明白了师父悲涕难食的原因，泪流满面望着秦越人的泪脸恳切说：“师父，俺们是您救活的弃儿，要终生守护孝敬您和师娘！”

秦越人点头拍着子术、子仪肩说：“我知道。可天下不安，群雄相残，人间疾病多，世上需要良医呀！师父怎能为一己之私而忘掉天下患者呢？”

子仪流涕说：“俺们住在蓬山，天天不都在治病救患吗？”

秦越人止住泪水说：“我含辛茹苦把你们培养成良医，绝不是让你们日夜守护在我身边！而是要让你们游医天下，做一个你师爷长桑君临终讲的那种人，永远立身于民，普救众生！”

子术擦着泪祈求：“俺们轮流去各地游医行不行？”

秦越人苦笑说：“我下决心让你们到各地去立门行医，还有一个意思。”

子术、子仪四目盯着师父，迷惑地齐声问：“什么意思？”

从情感中挣出的秦越人，郑重地一字一顿说：“收徒弘扬医业！”

子术、子仪吃惊地说：“师父，俺们还有好多医理没学好，咋能收徒哇？”

秦越人泪眼含笑说：“你们俩的医术，现在都不在师父之下，怎么不能收徒哇？”停了一会儿又说，“就是子越、虢太子他们，也跟我学医十五年了。我当年收你们俩为徒时，才二十八岁。你们现在都是年过五十岁的人了，咋不能单立门户收徒授业呢？”

子术明白了师父的苦心，说：“您说得对。但必须让子仪留下！”

子仪说：“不行，必须让子术师兄留下！”

秦越人笑着说：“我身体壮实，又有你师娘照护，你们留下干啥？”

子术、子仪哭着说：“师父，这么大的医馆，每天来看病的人那么多，光剩您和师娘，俺们实在不放心哪！”

秦越人思忖着说：“好、好，就听你们的，你们两个留一个。行不行？”

子仪急忙说：“让师兄留下！”

子术推辞说：“不！留下师弟！”

秦越人笑笑说：“你们俩别争了！留下谁，你们自己去商量。”然后闪闪眉说，“但其他弟子的工作，你们要去做！”

子术为难地说："做工作行，但他们坚决不走咋办呢？"

秦越人说："有家可归的，都让他们回故乡去立门开业！"

子仪忧心地说："子豹连自己是哪里人、姓啥叫啥都不知道，恐怕没地方可去呀？"

子术说："还有虢太子，国亡家灭，也没地方可去呀？"

佚妹插话说："他与霞霞成了夫妻。去哪里？就让他与霞霞商量吧。"

子术、子仪的思想做通了，秦越人心里轻松多了，神色严肃地说："此事你们先不要给大伙讲。待明天早饭后，我亲自给大伙说！"

子术、子仪无奈地离去。月光下，他们走出师父住室刚几步，就被子舆、子阳冲出门拦住，拉进虢太子屋内。子术望一眼聚在屋内的子豹、子游、子越、子同、子明、子信、虢太子，吃惊地问："咋，你们都没睡？"

子越着急地说："师兄，你们在师父屋里又哭又说，这么长时间，商量啥大事呢？"

子术一愣望着子仪，子仪强打笑脸说："商量外出游医呢！"

子越说："俺不信！商量游医你俩还哭，还用这么长时间？"

大伙齐声说："对呀，有啥大事你们先给俺们透透呗？"

子术沉脸说："有啥大事，到时候师父会给你们讲的！"说毕转身，一个人惶惶走了。

子仪望眼师兄离去的身影，对众师弟说："天不早了，大伙快去睡吧。"说完也要走。

子舆拦住说："师兄，究竟有啥事了？俺们几个都等你俩一晚上了，稍给俺们透个风呗？"

子仪为难地说："游医，到远地方，长时间游医！"说毕也惶惶走了。

子舆松心地说："到哪儿游医，师父也离不开俺这个车夫！"说毕也走了。

虢太子转着眼珠自语："俺觉着，事情恐怕没咱们师兄说得这么简单吧？"

子阳失落地说："咱们别瞎猜了！师父有啥决定也得让咱们大伙知道，都睡觉去吧！"

众人听了，无趣地散开各自回屋。

子术离开众师弟，立时又泪水盈眶、忧聚心头。他无家无亲，实在不敢想离开师父师娘后到哪里去，怎么过？站在院里哽咽几声，赶紧擦干泪，推开自己住室门。炕上灯下，坐着打盹的秋枝身边酣睡着两个儿女，听到门响一激灵，望着推门进屋的丈夫问："他爹，师父给你们商量啥大事了，这么晚才回来？"

子术黑脸垂头心烦地说："没事，睡吧！"说毕连衣服也不脱，扯过被子蒙头倒在炕上。

秋枝惊目看着丈夫，不敢多言，吹灭灯悄声躺下望着窗外的月光……

与此同时，子仪与妻子小娥却在哀凄争执。灯下，小娥坐在炕上正在做针线，听到门响一震，手中的针扎在指头上，一边用嘴嘬着流血的手指一边用眼盯着丈夫询问："出啥大事了？你们在师父师娘屋里待这么长时间？"

子仪愁苦着脸坐到妻子身边垂头说："师父想让我们这些弟子，回故乡立门行医。"

小娥闻听惊讶大叫："啊，为啥？"接着说，"你连自己是哪儿的人都不知道，咱们去哪里行医呀？"

子仪伸手捂住妻子的嘴，瞧一眼对面炕上睡的儿女说："小声点！别惊醒孩子们和后院师弟们！"

小娥打开丈夫的手，关切地问："师父真让你们这些弟子们都走哇？"

子仪点点头，叹口气说："我和师兄留一个。"

小娥听了惊得大张着嘴说："你师父是否疯了？都走了，谁伺候他和师娘吃喝呀？"

子仪瞪眼站起，愤怒攥拳指着妻子说："胡说！你再敢胡说，俺揍你！"

小娥委屈地眼噙泪花说："俺没恶意，俺是担心师父师娘没人照管呀？"

子仪收起怒容说："师父是好意，他是想让俺们收徒传业！"说着泪如雨下，哽咽抽泣。

小娥偎到丈夫身上安慰道："别难过啦！你姓秦，咱们孩子们也姓秦，师父师娘不会让咱们离开蓬山的。"

子仪流泪说："咱们孩子姓秦，师兄和孩子们也都姓秦。"

小娥惊愕地离开丈夫身子，望着子仪的泪眼说："咋，你想离开蓬山？让子术师兄一家子留下？"

子仪点点头抱住妻子说："子术师兄与俺一样，都是没名没姓不知道是哪里人的讨饭花子。没有师父相救相教，俺俩可能早就不在人间了！"

小娥流泪说："他是兄，你是弟，为啥他不让你留下，自己去收徒传业呢？"

子仪哽咽着说："师兄是坚决要让我留下，也对师父说了，是俺自己觉得应当让师兄留下！"

小娥擦着泪问："为啥？师父不想让你留下？"

子仪流涕说："不是，师父让俺俩自己商定。俺觉得，师兄稳重心细，这些年一直主持医馆有经验，留下比俺更合适。"

小娥不服气地说："俺觉得，师父若让你主持医馆，不一定比师兄差！"

子仪若有所思地说："还有一条，师兄若离开，他没有立足之地呀？"

小娥一嘟脸说："你有？你和他不都是没名没姓，不知道是哪里人的讨饭花子吗？"

子仪望着小娥的眼睛说："我有。"

小娥吃惊地抬起头问："你知道你是哪里人啦？"

子仪摇摇头流泪说："你的家，就是我的家呀！"

小娥听了由不解变理解，亲昵地抱住子仪说："俺猜你就要说这话！"然后上愁说，"回到俺方家庄，咱们一家五口人，吃啥住哪呢？"

子仪思忖着说："这事我琢磨了。回去后咱们去邯郸，找商财主和虞生先生，在邯郸开个诊坊。"

小娥得知丈夫的计划，激动地说："那俺，就能常见到哥和嫂了！"

子仪正色叮嘱说："这事，你对谁也不能说，包括子阳！"

小娥说："俺知道。"然后又愁苦地说，"那子阳咋办呢？"

子仪皱眉思考了一会儿说："子阳的事，俺去求师父，让他留在蓬山，给师兄当个助手，照护师父师娘。"说毕躺到炕上捂脸"呜呜"哭起来。

小娥抱住丈夫盖上被子，也跟着哭起来……

不管你是愁还是笑，睡多睡少，太阳还是按时从东方升起。清晨，阳光初照，蓬山医馆又拉开繁忙的幕布。众弟子有的在诊房备诊，有的在药房备药，有的打扫院落，有的在摊晒药材，有的在挑水，有的在喂牲口。子术到各处检查一圈后，高声对众人说："大家抓紧收拾！吃过早饭后，都到师父屋里去！"

众弟子听了一愣，扫地的子越对摊晒药材的子阳说："师兄，看来咱医馆真有大事啦？"

子阳说："虢师弟说昨晚的事没那么简单，还真猜中了！"

喂马的子舆兴奋地接话说："不管啥大事，也少不了俺这个赶车的！"

在一旁帮着子舆擦洗双马铜车的子豹说："师兄，师父再出去，让俺跟着赶几天车行呗？"

子舆得意笑着说："俺没说的，就看师父同意不同意？"

收拾好诊房出来的子仪见二人说笑不止，怒声斥道："别瞎议论了，没事干了就吃饭去！"

众人发现二位师兄今天说话语音气色异常，干完手中活慌忙向灶房跑去。这顿饭，吃得格外快，谁也不说话，三下五除二就起身去做见师父的准备。

秦越人对这次召集众弟子到屋内开会极其重视，不仅净手洗面、精心梳理发须，而且换上一身新洗的衣裳，并让妻子佚妹也打扮得整整齐齐。众弟子进门时，秦越人已坐在常坐的蒲团上。他神色欢悦地看一圈落座望着自己的众弟子，笑着说："今天把你们都叫来，是师父有个重要决定要告诉大家。"然后再巡视一圈众弟子紧张期待的目光，深情地接着说，"你们都跟我多年了，现在已业成术精，都成了诊患治疾的良医。俗话说，十里长棚没有不散的筵席。我这些年能有你们相随相伴，度过了无数难忘的日日夜夜，这是我们师徒前生的缘分哪！"

讲完上述话，也许是心情激动，也许是思索下面的话怎么讲，他停顿了一会儿，方声调郑重地说，“但你们学医，不是为我秦越人，而是为天下患者！现在诸侯混战，民无宁日，到处疾病蔓延，世间需要良医，医术需要发展弘扬啊！我思虑多日，昨夜又与子术子仪商量，决定让你们离开蓬山，到各地去立户收徒传业！”

众弟子听了大惊，慌忙站起跪下说：“师父，我们决不离开您和师娘！”

秦越人示意佚妹劝大家站起入座，然大家固跪不起。他动情地说：“我们虽然以师徒相称，你们却侍我如亲如父，我也把你们当作异姓亲骨肉哇！”

众弟子闻言流涕说：“师父，您就是俺们的父亲啊！”

秦越人眼涌泪水说：“父亲千辛万苦把儿养大，不是盼他留在身边，而是盼他勇闯天下，建功立业，光宗耀祖哇！”

子阳哭着说：“师父，俺们到各地去游医，光大咱们医业不行吗？”

秦越人擦把泪说：“师父就是一棵树，在你们成长和学医阶段，我罩着你们，教你们如何做人和治病医术；现在你们都长大成才了，能独立授徒传业了。如果我再罩着你们，你们啥时候才能成为参天大树啊？”

虢太子哭着说：“俺们刚入医家之门，哪有资格授徒传业呀？”

秦越人闪闪眉说：“我收子术、子仪为徒时，才二十八岁，那是边学边教哇！子术、子仪，你们说是不是？”

子术、子仪神色凝重地点头说：“是这样。”

秦越人说：“虢太子、子越、子同、子明、子信你们五个，跟我时间虽短，也有十五年了。你们现在都三十岁左右了，怎么不能回故乡开诊坊收徒弟弘扬医业呢？”

子豹哽咽说：“师父，俺不知道故乡在哪里呀？”

虢太子流涕说：“师父，我国破家亡，无家无地可归呀？”

秦越人点点头说：“我知道。你们俩情况特殊，其他人都回故乡开诊传业！”

子越大声号啕说：“师父您知道，俺爹娘都死了，帝丘那地方正打仗，回去就得成了刀下鬼呀！”……

众弟子各自哭述不能离开蓬山和师父师娘的理由，如泣如诉，秦越人和佚妹在众人哭诉中也泪水满面、劝说词穷。这时蓬蓬惊慌跑进门说：“爷爷奶奶，那些来找您拜师学医的人，拥进咱们院里来啦，比前几天的人还多呢！”

秦越人闻言一震，闪闪眉急忙站起，擦干泪对众弟子说：“走，咱们一块去见见这些人！他们想学医，我就让他们拜你们为师！”

子越吃惊说：“师父，他们是来找您拜师学医的呀？”

秦越人神严语坚地说：“我有你们十二个弟子，足矣！决不再收新徒！”说毕拉住佚妹率先走出屋门。十二弟子到了这种时候，只好擦干泪站起，紧步去追师父师娘。

在蓬山医馆后院通往前院的门洞口，山山、云云等一群年轻人死死把着过门。几十个来拜师学医的人拥在院内，有的说：“让俺们进去吧！”有的说：“俺在蓬山已等了十几天了，咋还不让俺见秦神医呢？”

惶惶跑回的蓬蓬，站在过门台阶上挥着手说：“大家安静、大家安静！俺爷爷奶奶，一会儿就来见大家啦！”

蓬蓬话音刚落，众人看见白须白发、满脸红光、一身仙风道骨的秦越人在妻子佚妹和子术、子仪陪伴下，带着众弟子走过来，一齐跪下说：“齐国（代国、魏国、韩国、鲁国、燕国、绛邑、邢邑……）学子，拜见秦神医！”

秦越人笑着双手往起一抬说：“大家请起、大家请起！”

众学子齐说：“秦神医，俺们要拜您为师学医术！”

秦越人摆摆手慈祥地笑着说：“你们不远百里千里，从各地到蓬山来找我学医术，我理解！”

代国学子符岳说：“秦神医，俺都来蓬山半个多月了！”

鲁国学子甘贡说：“俺来七天了！”

韩国学子令狐涛说：“俺来九天了！”众人争相报述之声此伏彼起。

秦越人再次摆手说：“学医是好事！但也是一件难事，要吃尽人间苦哇！”

众人齐声说：“俺们（我们）既来学医，就不怕吃苦！”

秦越人望着激情涌动的众学子，兴奋地提高声调说：“只要大家不怕苦，我给你们推荐几位师父！”

众人一怔，连忙说：“不！俺们要拜神医您为师啊！”

秦越人闪闪眉，笑着用手指指自己的白发，又捋着白须声诚语挚地说：“我老了，已无力再带徒弟了。”然后笑眯眯推心置腹地说，“我给你们推荐的人，医术不在我之下！”

众人惊奇地议论着问：“谁呀？世上哪还有比您医术更高的人哪？”

秦越人向旁边跨一步，神色庄重地指着子术、子仪等众弟子说：“我的弟子们！”然后一一介绍说，“这是子术、子仪、子舆、子阳、子豹、子游、子越、子同、子明、子信、虢太子，还有一个大弟子叫子容，现在鄚邑祖业庄行医。他们跟随我多年，尽得医学之真谛，都是当世之良医呀！近日，他们都要到各地去立门开诊、收徒传业！你们愿学我医术者，就拜他们为师吧！”说毕把众弟子推向前，拉起佚妹在人们呼喊中快步离去。

众学子知道拜秦越人为师无望，纷纷围上子术、子仪等众弟子。

拜师之风平息，蓬山医馆又涌现众弟子教徒授业的新景观。一日晚霞中，子仪领着两个新收的弟子和儿子蓬蓬、山山，在医馆前襄河南岸山坡上那块曾经常与师父晒药、碎药、做药的巨石上，含泪写下“药石”二字，便挥锤扶凿凿刻起来。

蓬蓬望着满脸汗水的父亲说：“爹，俺替你凿会儿吧？”

子仪抬头望一眼儿子说：“不用，这两个字，爹必须亲自凿刻！”

弟子甲不解地问：“师父，这在石上刻字，是石匠们干的活，您何必亲自动手呢？”

子仪闻言停住锤凿，瞧一眼两个新收的弟子，动情地说：“这是我与你师爷、子术师伯第一次到焦子村狼家庄时，晒药、碎药、制药的地方。这上面凝结着我与师父师兄三十多年的情谊和汗水啊！我要让后人永远记住师父创业的艰难！”说着泪水成串奔流。

弟子乙惊慌地说：“师父您歇会儿，让俺凿会儿吧！”

子仪擦把泪水，摇头说：“你们谁也不用替我凿！我让你们来看，就是让你们永远记住：蓬山是我们的家，是养育师父的地方，你师爷就是在这块大石头上，把师父从一个无知的讨饭儿培养成一个行医人的！”说毕又挥锤扶凿凿刻起来。

蓬蓬、山山和两个弟子，无法劝替子仪停手，有的精心清扫凿落的石粉渣，有的给子仪擦着汗和泪。

众弟子各自忙着教徒授业，秦越人和佚妹清闲了，在太阳西斜中走出医馆大门。他们看到子仪带着新收的徒弟和儿子围着药石凿刻这一幕，便信步走了过去。蓬蓬见了说：“爹，爷爷奶奶来了！”

子仪闻言，慌忙放下锤凿带着儿子和徒弟迎上下跪说：“弟子子仪，拜见师父师娘！”

秦越人笑着扶起说：“天天相见，哪来这么多客气！”然后走近巨石说，“你这是凿什么呢？”

子仪红脸说：“我在这块石头上凿了两个字。”

佚妹惊奇地问：“什么字？”

蓬蓬、山山抢答说：“药石！”

秦越人笑着端详巨大的“药石”二字，看了一会儿后问：“子仪，你怎么想起刻这两个字呢？”

子仪眼涌热泪说：“弟子跟师父在蓬山生活了三十五年，这块石头铭记着师恩、师情、师亲。弟子要让后人知道，师父创业的艰难和坎坷！”说毕哽咽不成声。

秦越人动情地上前抱住子仪，拍着肩头说：“你、你决定离开了？”

子仪点点头，擦泪说：“师兄和嫂子无亲可投，无地可去。弟子可以随小娥回家，在邯郸开个医坊。可弟子实实不愿离开您和师娘，不愿离开蓬山啊！”说毕又扑进秦越人怀里啼哭。

秦越人眼涌泪珠说："我知道。不管你落脚哪里，这里永远都是你的家！"

子仪流涕说："弟子愿天天侍奉在师父师娘身边哪！"

秦越人抑住心中涌动的情感说："在众弟子中，你对医理的研究是最精透的。师父不仅盼你成为一名盖世良医，还盼你有医著问世呀！"

子仪擦擦泪说："弟子记下了！"俗话说，圣人无虚言。谁也没想到师徒二人在山坡上这两句对话，竟成为谶语，子仪不仅医术名播一方，而且还著有《子仪本草》等医书问世。此为后话，本书不提。

佚妹望着师徒二人那种难舍难弃之情也忍不住心中的悲伤，泪水涟涟对子仪说："你师父昨夜一夜未眠，他决定让你们把孩子都留在蓬山，轻松去创业。过一段，他还准备到你们立门开诊的地方去看看，一块应诊接患。"

蓬蓬、山山听了跳着跑向医馆喊："哦！哦！俺们不走了，俺去告诉娘！"

子仪紧紧抱住秦越人哭道："师父，您为弟子啥都想到了哇！"……

弟子带弟子，蓬山医馆内生机勃勃、热闹异常。按照秦越人对众弟子五日内离开蓬山医馆回故乡立门诊患、授徒传业的要求，各位弟子都在紧张地做着准备工作。五日后清晨，旭日东升，春风和暖。襄河两岸的绿树生机盎然，回生桥下清澈的流水欢快地喧闹着。得知秦越人的众弟子今日要离开蓬山，到各地去立门传业，焦子村狼家庄的众乡亲欢聚在桥头等着欢送话别。

秦越人拉着子仪的手，带着佚妹、子术、子豹及秋枝小娥等，将身背行囊的子舆、子阳、子游、子越、子同、子明、子信、虢太子及其弟子们送出医馆大门，众乡亲一片欢腾。

秋子惊喜地对站在身旁的焦大说："焦哥你看，秦神医带着子术、子仪来蓬山时，只有仨人！现在他们弟子带弟子，有一百多人了！"

焦大兴奋地说："这真是桃李满天下呀！"

韩三补充说："这还不算子容在秦神医老家祖业庄收的徒弟们，和他们的孩子们呢！"

焦大笑道："这些人就像那风吹的蒲公英，落到哪里哪里就是春光一片呀！"

秋子由衷赞佩说："这秦神医的招数就是高！他不收徒弟了，让徒弟们收徒弟，就像咱们地里种的那串蔓瓜，一嘟噜一串的，遍撒天下啦！"

韩三自豪说："秦神医是啥人，那是从仙人洞里走出来的活神仙啊！"

众弟子走到桥头，子仪带着众弟子转身拦住送行众人说："师父师娘，师兄嫂子，你们不能再送了，就到这里吧！"说毕带领大家跪地三叩首泪如泉涌说，"师父师娘保重！弟子们就此告辞了！"众弟子的弟子们则称"师爷师奶"跪别。

秦越人佚妹眼涌热泪上前扶起大家说：“大家不要哭！天下事，合久必分，分久必合。你们今日离开蓬山，是去立门创业、悬壶济世，有什么可难过的呢？”说着竟自己泣不能语。

子仪急忙上前扶住师父说：“师父别难过！您还有啥话要叮咛嘱咐的，就给俺们众弟子说说吧！”

秦越人抑住激情说：“你们是我越人的弟子，也是我的异姓骨肉和儿子啊！我们行医人，要吃百家饭、走千村路，不管遇到什么困难，都要义无反顾去救治！利剑之锋由磨来，良医之术出解难！千言万语一句话，患者是我们的衣食父母；医家虽以医为本，待人处事都要以德字当先哪！”说毕拉起佚妹，掩面转身快步离去。

众弟子流涕跪喊：“师父师娘，一定要保重啊！”

子仪站起拉住泪流满面的子术手说：“师兄，师父师娘安危，俺们可都托付给你了呀！”

子术抱住子仪哽咽点头说：“师弟，小萝卜，你、你走吧！”泣不成声。

子阳、子游等上前安慰子术说：“师兄放心，俺们一定不会给师父丢脸的！”

子术点头擦泪，拉住子阳叮嘱说：“子阳师弟，你一定早点回来！师父师娘还等你回来，陪他们外出游医呢！”

子阳说：“俺知道！”

焦大走上前又严肃地叮咛：“子阳，这可是大事，你千万别忘了呀！”

子阳跪下说：“焦伯伯，您放心！俺回去看过爹娘就回来了！”

控制住离别之情的子仪这时大喊：“师弟和弟子们，跪谢蓬山众乡亲！”

众弟子闻声一齐跪下说：“谢众乡亲多年关照！”

焦大、韩三、秋子等眼含热泪拉起众弟子说：“你们是秦神医的弟子，就是蓬山的儿子，蓬山永远是你们的家！”然后回头说：“众乡亲，把备好的干粮给他们带上！”

蓬山众乡亲纷纷向众弟子及弟子们的弟子怀中送鸡蛋、馒头、烧饼、柿饼等。大家难分难舍，好像亲人离别一样，送了一程又一程。悄悄登上医馆房顶、透过树枝观瞧离去众弟子的秦越人和佚妹，激动地望着这一幕……

众弟子走了，蓬山医馆霎时变得清静许多。秦越人为让子术静心应诊授徒，入夏后便带着佚妹又搬到山上仙人洞中住。盛夏一天上午，秦越人手拿医简坐在洞外台地边的一棵树下阴凉里，遥望着西方茫茫山河凝思。

佚妹一手提着沙壶一手拿碗笑眯眯走出仙人洞，悄步来到秦越人身边坐下说：“夫君，你又琢磨啥呢？”

秦越人回头一笑说：“没琢磨啥。”

佚妹瞅一眼丈夫，一边向碗里倒水一边说：“自从众弟子们走后，三个多月了，没见你开心笑过。”

秦越人说：“我这心里空落落的，吃饭不香，睡觉不甜，一看书一合眼，眼前闪的都是子仪、子舆、子游他们那些弟子们的身影。”

佚妹笑着说：“十指连心，儿女们外出，哪个当老人的不牵肠挂肚呢？他们跟了你那么多年，能不惦念嘛！”

秦越人凝思说：“也不知他们回到故乡后，顺利不顺利，也不捎个信儿来？”

佚妹劝慰道：“这些人都多年不回家了，回去后走亲拜友、修房备诊，怎么也得等半年后才能有信来。再说了，咱蓬山地偏路遥，来往人也少，哪有那么快回信的呢？”

秦越人仰天长叹一声，眼圈发红说：“我心里真是牵挂惦念他们哪！”

佚妹偎到秦越人身上柔声说：“你别瞎想了，俺给你唱个谣吧！”

秦越人点点头深情地揽住佚妹，佚妹清清嗓子唱道：“采集女萝去哪方？在那卫国朝歌乡。猜猜我心中在想谁？漂亮大姊本姓姜。约我等待在桑林中，邀我相会在上宫，淇水口上远相送……”

秦越人听后笑道：“我也给你唱一个吧。”

佚妹惊喜地问：“你也会唱谣？”

秦越人笑笑说：“我不会唱谣，唱个山歌。”然后轻咳一声唱道，“你走那个山梁俺走沟，咱二人定计呀摆摆手。阳坡里高粱背坡里莜，因为想你野地里哭。山雀落在葛针上，扎痛你来俺也跟着抖。万里蓝天遮乌云，啥时能让俺再见你的人？”

佚妹听了笑眯着眼说：“这个山歌真好听，你从哪儿学来的？”

秦越人回忆着说：“这是我带着子术、子仪，从尧山来蓬山的路上，听一个放羊的山民唱的。”

这时一只抓住兔子的苍鹰从山涧腾空而起，在蓝天上盘旋着向西飞去。

秦越人望着越飞越远的山鹰自语：“人要能长两只翅膀多好哇！想去哪里，展翅就飞过万水千山了。”

佚妹一怔问：“咋，你还想外出游医？”

秦越人点头说：“过了夏天，我想到各地去看看立门传业授徒的弟子们！”

佚妹吃惊地说：“他们分散在好几个诸侯国，这可不是一年半载就能走完的，你身体能顶住吗？”

秦越人思忖着笑道：“没问题，咱们慢慢走，每到一地就住上一阵子。医馆有子术打理，也用不着你我操心了。”

佚妹闪闪眼帘，突然神有所思说：“那你，得答应俺一件事？”

秦越人一愣问："啥事？"

佚妹娇笑着说："路过卫国，你得陪俺在老家夏家庄住俩月！"

秦越人哈哈笑着说："好！"然后话锋一转说，"你也得答应我一件事。"

佚妹纳闷地猜着问："啥事？"

秦越人笑着说："咱们到雒阳李店看过子游后，去一趟西秦。"

佚妹闻言惊愕地尖叫："啊！天下人都知道，西秦是虎狼之地，你怎么老想着去西秦呢？"

秦越人庄重地说："我知道那是个危险的地方，可那里有两位旷世名医呀！"

佚妹吃惊地问："谁？"

秦越人慢声细语说："一个叫医和，一个叫医缓，人称'和缓'二祖，有很多独到之术！"

佚妹后悔自己提要求回老家，引来丈夫多年想去秦国游医的愿望为条件，瞅一眼得意的丈夫说："你心中定下的事，俺八头牛也拉不回！"

秦越人兴奋地抱住佚妹亲一口说："爱妻，谢谢你！"

佚妹红脸指着正踏上台地口的蓬蓬说："快放开，蓬蓬来啦！"

蓬蓬哈哈笑着说："爷爷奶奶，俺啥也没看见！"

秦越人站起不好意思地说："小鬼头，啥事？说！"

蓬蓬说："子阳叔叔和子越叔叔回来啦！子术伯伯让俺来禀告爷爷奶奶，问问啥时候下山？"

佚妹一惊，望着丈夫说："子越怎么也回来了呢？"

秦越人笑笑说："回来好，人多热闹！快回洞收拾东西，咱们现在就跟蓬蓬下山吧。"

回到蓬山医馆，秦越人与佚妹，便在子阳、子豹、子越帮助下，做着去巡视回各国的弟子立门开诊、授徒传业情况的准备。初秋清晨，擦洗得锃光闪亮的双马铜车停在医馆门前。兴奋的子豹一手握鞭一手给马整理着红缨铜铃。闻讯赶来送行的子舆，眼含热泪抚摸着铜车的各个部位，又爱恋地抚摸两匹驾马。两匹马好像通人性，伸头吐舌舔着子舆的手，难分难舍地相恋相依。

子舆抱住马头，泪水泉涌，用脸蹭着马脸说："老伙计，俺不能跟着你们走了，路上一定好好驾车，听子豹师弟的话。他比俺待你们还要好！"

两匹马听了，仰天发出"咴儿咴儿"的叫声。

站在旁边惊奇观看这一动人情景的子豹，突然被泪流满面的子舆伸手上前抓住胸襟说："师弟，俺把这车和马可都交给你了，你一定要善待它们哪！不管多累，停车就要检查有没有坏的地方，给马喂饱草料后，要先遛马再饮水！"

子豹连连点头说："师兄放心吧，俺会像爱自己的命一样，爱护车和马！"

子舆流涕叮咛说："遇到山路、下坡，要慢行！遇到上坡、过河，要加鞭快行！遇到泥路、陷坑，要给车轮下垫草垫石块！遇到拐弯和人稠的地方，要下车牵马走！你可要记牢了呀？"

子豹郑重承诺说："俺都牢记心里了！"

子舆哽咽着继续说："赶车不能只管马和车，还要照顾好师父师娘的衣食住行，精心侍奉。师父不仅是咱们的师父和恩人，还是普天下都尊敬爱戴的人。他走到哪里，就给那里的人带去安康和福音！俺不能留在师父身边了，就全拜托你了！"说着屈腿要下跪。

子豹两眼泪成串抱住子舆说："师哥，俺都照你说得做，你不能这样啊！"

这时秦越人佚妹在子术、焦大、韩三、秋子等众人陪伴下走出医馆大门，子阳、子越牵马随后。

焦大挽住秦越人的胳膊问："秦老弟，你这次和弟妹外出游医，打算多长时间回来呀？"

秦越人笑笑说："少则三年，多则五载。"

韩三惊奇地问："秦大哥，咋去这么长时间啊？"

秦越人笑着说："我们要去看看在各地立门传业的每个弟子，还想去西秦拜访两位医家前辈。"

焦大不放心地说："这么多地方，这么远的路，你岁数大了，悠着劲走，别赶急了！"

秦越人说："我信马由缰，每走一个地方就住一阵子。"

秋子说："秦神医，咱蓬山人可都盼您早日回来呀！"

秦越人瞧着众人不忍分离的神色，拱手说："各位老兄老弟，都放心吧！"然后慈祥地笑着说，"再回来，我哪儿也不去啦，天天陪着你们老哥几个聊天玩！"

子舆哭着上前跪下说："弟子子舆，给师父师娘送行！"

秦越人笑着扶起说："都立门传业收仨徒弟了，咋还像个孩子呢？"

子舆流涕说："在师父师娘面前，弟子永远是个孩子！"

秦越人哈哈笑着对焦大说："焦哥，你看我教的这个赶车的郎中咋样？过去三棍子打不出个屁来，现在也能说会道了！"

焦大呵呵乐着说："老弟，这还不都是你调教得好呀？"

众人听了哈哈乐，子术拱手说："师父师娘，请上车吧！"

佚妹被秋枝、丕春扶上车，秦越人仍在举目看着蓬山的青山绿水，恋恋不舍地说："这蓬山真是个好地方啊！永远看不够待不烦。"

子术再次拱手催促说："师父，太阳上三竿了，该上车了！"

秦越人依依不舍地感慨地说："这次外出要好几年呀，让我再多看几眼蓬山吧。”看得心满意足后拉住子术笑着小声说：“子术，师父百年后，你一定要把我安葬在这里呀！”

站在秦越人身旁的焦大闻言一惊，说：“秦老弟，出门前咋说这不吉利话呢？”

秦越人满不在乎地哈哈笑道：“天有不测风云，人有旦夕祸福。说说何妨？”说毕登车向众人挥手说：“你们都回吧！”

子术、子舆率徒弟和众弟子子女们跪送说：“祝师父师娘（师爷师奶/爷爷奶奶）一路平安、早日归来！”

佚妹撩开车上罩帐，扭头扬手叮咛子术秋枝说：“子术秋枝，你们一定管好孩子们，别荒废了他们学业！”

蓬蓬、山山、云云等摇着手说：“爷爷奶奶，俺们等着你们回来！”

秋日艳阳下，子豹扬鞭打马，载着秦越人、佚妹的铜马车驶出焦子村狼家庄，在丘陵连绵的大路上疾驰。子阳、子越骑马紧紧相随。

第四十章
除儿瘟名震咸阳城

离开蓬山，秦越人、佚妹一行，第一站到达邢邑看望了子明，第二站到邯郸看望子仪夫妻和拜访尚丁、虞生等旧识，第三站到绛邑看望了子同，第四站到佚妹故乡夏家庄住了三个多月，第五站重访帝丘三里屯，第六站到雒阳李店村看望了子游。他们每到一地，就在弟子诊坊应诊接治患者，或串乡走村去游医，日子过得充实又愉快，不知不觉过去几年。秦越人看到众弟子都已成为乡邻称赞的良医，且成家立业、和美幸福，那种在弟子们离开蓬山后的忧心惦绪也烟消云散了。因此，他在雒阳子游那里住了一阵子后，便在初春由雒阳踏上了前往多年魂牵梦萦的当时诸侯中的雄国西秦之路。

公元前310年二月初，秦国正在儿瘟泛滥，可以说处处有新坟，村村有哭声。地处京畿咸阳近郊、渭水之畔的金山（即今骊山）、临潼一带，瘟情尤其猖獗。下午阳光下，金山山脚下的姜寨村外田野中，一座新坟前坐着一对悲声哭泣的老人——姜丁老汉和妻子姜宋氏。

站在一旁拄着木铲垂泪的儿子高粱擦着泪说："大、婆，别哭啦。黑豆死球了，再哭他也活不过来了！"

母亲姜宋氏撇嘴哽咽说："俺可怜的孙子啊！两天前还活蹦乱跳的，咋说死就死了呀？"

父亲姜丁长叹一口气说："儿啊，你先回去照顾绿豆和他娘吧，俺与你婆再在黑豆坟前坐会儿。"

高粱忧愁地说："寨里的娃一个接一个的死，俺真担心……"

姜丁不待儿子将话讲完，就瞪眼说："少说不吉利话！快回去看好绿豆，再不能让他出门，与街里的孩子们玩了！"

高粱点点头，擦泪扛起木铲离去……

晚霞中，子豹赶着双马铜车，子阳、子越骑马相随，行进在金山下大路上。子豹望着青山原野说："师父师娘，一年之计在于春，这草泛绿树发芽的季节，咋没人在地里干活呢？"

佚妹说："一个地方一个风俗，也许西秦这地方的人，上午下地干活，下午歇着吧？"子越惊奇地观瞧着田野自语说："这西秦人就是怪，不耕不种吧，还往这地里堆了这么多小土堆堆？这是干啥呢？"

秦越人仔细观瞧着田野的荒凉景色，突然耸耸鼻子说："好像有一股死人味？"

子阳一怔，勒马闻闻说："师父，是有死人味！"

秦越人说："停车！咱们到路旁地里和山脚沟里转转，看看这气味是从哪儿发出来的？"于是下车后，便与子阳、子越向金山脚下绿树掩映的山沟走去。

跑在前面的子越跳进沟里，回头喊："师父、师兄，这里有两个死孩子！"

子阳扶着师父下到沟里，上前仔细观察两个被破席卷裹的刚死不久的幼童死尸说："师父，这是儿瘟！"

秦越人闪闪眉，蹲下翻看儿尸说："是儿瘟，而且是急性儿瘟！地里那些小土堆，很可能也是埋儿尸堆的。"

子越闻言说："师父，俺去看看吧？"

秦越人点点头，仔细翻看着幼童弃尸对子阳说："这种病也叫肺伤寒！发时脚趾冷、口干、头疼，发热恶寒、咳嗽脉紧、肢节痛，肤生赤黑靥、时发噫气，急灸关元三百壮可生，不灸必死，服凉药亦死！"

子阳说："师父所言极是。突然死这么多孩童，大概就是庸医们不懂此中奥秘，用凉药驱热而丧生的！"

秦越人点头望着空旷原野说："田野无人耕种，说明此病已成大灾了。"

子阳揪心地拧眉问："师父，咱们是否就在这里找个村庄住下？"

秦越人说："民疾即医家之火。遇到这种肆虐伤寒，咱们岂能过而不管！"

这时子越从田野观察归来说："师父，您猜得一点儿不错，那地里的小土堆中，果然埋的是病死的儿尸！"

秦越人一惊说："病因已清，咱们赶快走，就近找个村庄住下！"

说毕三人急忙向大路上停的马车跑去。上车后，他们直奔就近的村庄。

傍晚，坐落在姜寨村村头的一座土墙茅顶的农家院中，传出阵阵悲凄扯心的哭声。秦越人让子豹将马车停住，命子越上前敲门。子越跳下马，伸手"当当当、当当当"敲着门板。

木门突然打开，从门内走出红肿着眼的高粱，气愤地望着陌生的子越说："敲什么敲？"

子越笑着说："大哥，俺听到院内有哭声，是否有人病啦？"

高粱上下打量素不相识的子越说："病不病关你屁事！滚！"说着"咣当"的一声将门关上。

子越摇摇头回到车前说："师父，这家人不开门，让俺滚。"

秦越人笑笑说："再敲。"

子越不情愿地说："他都让俺滚了，还咋敲呀？"

子阳笑着说："你得有耐心。他家里有病人搅心，又不知道咱们是来看病救人的郎中，当然让你滚！"

子越闹脾气说："救人看病还得让俺求他，俺干不了！"

子阳不高兴地说："俺跟师父到你们三里屯治鼠疫，你还用棍子打俺们哪！这点委屈都受不了，还咋立身为民呢？"

子越红脸说："好、好！俺再去敲。"说毕再次走到门前又"啪啪"敲门。

高粱怒冲冲打开门说："你是不是身上痒痒了，想找揍？"

子越满脸堆笑说："大哥别误会，俺们是过路郎中，如果家中有人病了，就给俺瞧瞧。"

高粱闻言怒目双瞪，挥手叭地扇了子越一耳光说："狗屁郎中！你们治死了我大儿子，还没找你们算账呢！又想来骗钱？"

子阳上前扶住被打得踉跄倒退的子越说："大哥你认错人了，俺们是刚刚来到这里的游医。"

高粱怒火难平指着子阳、子越说："你们滚不滚？不滚，我就喊全寨人来打你们！"

秦越人闻听，从车上下来走上前说："年轻人，你消消火，怎么能不问青红皂白就出手打人呢？"

高粱吃惊地望着白须白发、慈眉善眼、仙风道骨的秦越人，上下打量说："你、你们是什么人？为啥老敲我家的门呀？"

秦越人笑着说："我是蓬山游医秦越人，听到家中有哭声，推断一定有孩子病了，才让弟子敲门的。"

高粱听了，惊得瞠目结舌说："你、你刚才说，你是谁？"

秦越人笑笑说："蓬山秦越人。"

高粱由惊转喜问："您就是救活赵简子、虢太子的神医扁鹊？"

秦越人点点头。高粱兴奋转身边向家里跑边大喊："大、婆，咱绿豆有救了！神医扁鹊来啦！"秦越人、佚妹、子阳、子豹、子越望着高粱的背影笑了，急步跟着进门入屋。

傍晚灯下，炕上躺着时冷时热、肤生赤黑靥叫疼不止的八岁绿豆。奶奶姜宋氏和母亲姜胥氏焦急地围坐在绿豆身旁悲声抽泣。坐在炕沿上愁眉苦脸的姜丁见儿子高粱跑进屋，怒声喝道："孩子病成这样，你大呼小叫的，瞎嚷啥？"

高粱回头指着跟在身后的秦越人等说："大，您常给俺讲的蓬山秦神医，来救咱们绿豆啦！"

姜丁惊喜站起，上下打量白须白发的秦越人后，泪如泉涌扑通一声跪下说："秦神医，快救救我孙子绿豆吧！"

秦越人扶起姜丁说：“老人家别着急，快让我看看孩子病情！”

姜丁冲炕上惊愕的妻子和儿媳说：“你们快去烧水做饭，让秦神医看看绿豆！”

秦越人仔细观瞧绿豆病相，翻眼帘、看舌苔、摸脚趾，诊脉后说：“这是肺伤寒！”然后对子阳说：“灸关元三百壮。”

姜丁老泪纵横问：“秦神医，我有两个孙子，上午刚死一个，这个还有救吗？”

秦越人说：“有救。三天之内，我让他康复！”

姜丁闻言喜泪涕流说：“谢谢秦神医！老天有眼，让您来到我们姜家呀！”

秦越人闪闪眼帘问：“村中孩子们，有多少得这种病的？”

姜丁擦着泪说：“现在还有五十多个。”

秦越人闻言一震，又问：“这病从何时开始，已有多少孩子去世？”

姜丁流泪说：“从入春开始，已死了三十多个了。”

秦越人拧眉再问：“发现这种病的，一共有几个村子？”

姜丁长叹一声，擦着泪说：“这方圆几十里，几乎村村都有。吓得人心惶惶，连地也无心耕种了！”

秦越人急切地说：“那附近的郎中们，为何不救治呢？”

姜丁摇头说：“别提那些郎中！得病的孩子不吃他们的药，还能多活几天；吃了他们开的药，死得更快！郎中们怕冤主找他们算账，都跑得无影无踪了！”

这时被灸过关元的绿豆从昏迷中醒来说：“爷爷，我想喝汤（即吃饭）。”

姜丁兴奋地抓住绿豆的手说：“好孙子，你终于醒了，吓死爷爷了呀！”然后转身对高粱说：“快去拿汤！”

高粱欲走，被秦越人拽住说：“且慢。孩子刚刚醒来，不能吃东西，先服金液丹、姜附汤，两个时辰后再吃饭。”

子越取来金液丹、姜附汤交给秦越人，绿豆扭头躲着说：“我不吃药，我要喝汤！”

姜丁沉脸说：“好孙子听话！吃了神医爷爷这些药丸和汤，你的病就好了！”

绿豆转着眼珠望着秦越人问：“真的？”

秦越人笑着伸出手说：“真的，爷爷给你拉钩打赌！”

绿豆伸手勾住秦越人伸出的一个小指头说：“拉钩上吊，输了让我小鸡尿！”

秦越人哈哈笑着将手中药送进绿豆嘴里，子越用木勺送姜附汤让绿豆将药服下，绿豆说了没几句话又安静睡去。

孩子不哭不叫了，一家人的肝火和焦急也小了。姜丁老汉领秦越人师徒到堂屋落座，灯下地桌上已摆好刚捞出的一碗碗捞面，一盘萝卜咸菜、一盘油泼辣椒。一天赶路饿了，子阳、子豹、子越接过高粱递上的盛满冒尖捞面的碗，大口吃起来，但没吃半碗便满头大汗，辣得嘴直哈气。秦越人和佚妹见了，不敢吃油泼辣椒，各吃半碗面条就咸菜，就放下了。

姜丁笑劝道："秦神医，您再多吃点！尝尝这油泼辣子，它是俺们这儿待贵客的菜。"

秦越人笑着说："吃饱了、吃饱了，你们这油泼辣子，可真辣呀！"

子越说："吃到肚里，像着了火！"

高粱笑着说："吃油泼辣子，要多嚼，越嚼越香！"

子豹惊奇地说："还敢嚼？不嚼都辣得喘不上气啦。"

佚妹坐在秦越人身边咯咯笑着说："看你们仨那吃相，龇牙咧嘴的，难看死了！"

姜丁乐着说："这就是世人常说的，过了潼关吃碗油泼辣子面，一辈子难忘临潼和金山！"

子阳问："姜大叔，金山和临潼距咱们这村，还有多远哪？"

姜丁笑着说："咱们这里就是金山和临潼啊！咋，你们想去逛景？"

秦越人说："不是。早在潼关，我们就听说这一带闹儿瘟。我们想在这里住下来，给传染肺伤寒的孩子们治病。"

姜丁兴奋地说："这太好了，乡亲们被娃们闹的病快愁死啦！知道秦神医来了，非得挤破门不可！"

子阳说："姜大叔，那您帮俺们找个客栈吧？"

姜丁一怔说："找什么客栈？你们就吃住在我家里！"

秦越人说："这不行。来得都是患者，肺伤寒这种病传染性很强。绿豆刚好，不能再被传染！"

姜丁转转眼珠说："不住家里也行。我墙外还有一个空宅，你们就住那里吧！我让高粱每顿给你们把饭送过去。"

秦越人感激地说："那就谢谢姜大哥啦！"

姜丁尴尬地说："秦神医，您咋称我大哥？按岁数，我该称您为大哥才对呀！"

秦越人笑笑说："好，那我就称你老弟。但你得帮我办件事儿！"

姜丁一怔说："啥事，您说吧？"

秦越人说："你让高粱现在去告诉有病娃的人家，赶快送来治！"

姜丁吃惊地问："现在？"

秦越人正色说："对！病不能拖，拖一夜，不知又有多少孩子会丧命啊？"

姜丁感动得眼涌泪花说："秦神医，您果然名不虚传，是救苦救难的活神仙哪！"

秦越人笑着说："记住，我的名字你们全家知道就行了，不要向外讲！"

姜丁不解地问："为啥？"

秦越人思忖着说："我刚到秦国，想着多走几个地方。若被官府知道，就不能在乡下给穷百姓们看病啦！"

姜丁点点头说：“神医放心吧，谁来问，俺也不说！”

有病儿病女的家庭，听高粱说来了专治儿瘟的神医扁鹊，立即抱上病娃奔向姜家外宅内。不到一顿饭工夫，抱着病孩子的人们就拥满屋内屋外。

灯下，秦越人、佚妹、子阳、子豹给患者诊脉、灸关元，子越、高粱给患者分发药丸和姜附汤，直到夜近三更，才送走最后一位患者。秦越人打着哈欠说：“大家快去睡吧，明天来的病人会更多！”

佚妹在炕上铺着行李说：“明天，你可不能再这样拼命了！”

秦越人笑笑，舒展手脚说：“没事，我能顶得住。”

佚妹瞅一眼秦越人说：“你都七十三岁了，咋还不听劝呢？”

秦越人爬上炕，和衣躺下说：“我知——道。”说毕，已发出甜睡鼾声。

佚妹拽拽秦越人说：“你咋不脱衣裳，就躺下睡啦？”她无可奈何地叹口气，疼爱地给丈夫边盖上被子边自语，“俺拿你这个犟人，真没办法！”

儿瘟蔓延，不仅平民百姓家家不安，秦王和群臣也惊慌不安。上午，宏伟的秦国王宫大殿上，左文右武站满低语交谈的文武百官。宣诏官杜虔高喊一声：“大王上殿啰！”

英武年壮的秦武王在众侍从陪伴下从屏后走出，登上大王宝座。

众文武一齐跪倒高呼：“下臣参见大王，祝大王万安！”

秦武王笑容满面挥手说：“众卿平身！”然后说，“众爱卿有何奏章，请讲！”

左庶长胡歧站出说：“禀大王，据临潼令报奏，入春以来，金山一带儿瘟猖獗，病娃已死二三。农人无心耕种，至今田园荒芜！”

秦武王神情一怔，问：“此事李太医令知晓吗？”

胡歧说：“臣已告知李太医令了。”

秦武王忧心地说：“我大秦自商鞅变法以来，民富国强，已成为诸侯霸主。征服天下，最急需的就是人丁！小儿乃我秦国未来，此事定要全力以赴！”

这时年迈太医令李醯惶惶上殿跪下说：“下臣上朝来迟，望大王恕罪！”

秦武王望着李醯说：“太医令，刚才左庶长奏报，金山一带儿瘟猖獗，你可治住了吗？”

李醯惊慌叩首说：“禀大王，下官已从京城选派百名郎中，前往诊治！”

秦武王关切地问：“效果如何？”

李醯擦着惊汗说：“至今尚无找出病因。”

秦武王一惊说：“既如此，这么大的事，你为何不早日奏报哇？”

李醯慌乱地说：“下臣想，有那百名郎中，定会治住儿瘟。哪知，那些患儿不吃药还好，吃了药，病更重，死得更多了！”

秦武王惊愕地问：“这是为何？”

李醯口吃地说："查、查不出病因，找、找不到对症的良药啊？"

秦武王气愤地说："那你为何不宣召全国医家，去会诊呢？"

李醯汗流如注说："臣、臣选调了。他们、他们听说咸阳去的郎中都吓跑了，没、没人敢再去了？"

秦武王一拍几案愤然站起说："大胆李醯！你、你隐瞒疫瘟不报，致使小儿死之二三，误我大秦征讨天下的大业了呀！"

李醯磕头如捣蒜说："罪臣该死！罪臣该死！"

秦武王怒指李醯说："寡人限你五日内查出病因、配出良药，否则抄斩全家！"说毕颓然倒在座上。

众文武一齐惊呼："大王！"

秦武王在宫侍搀扶下站起，一手捂脸一手挥着说："寡人脸疾又发了，散朝吧！"

太医令李醯在朝堂被秦武王当众训斥，怒限五日内查出病因、配出良药，否则抄斩全家，使他胆战心惊、坐卧不安。回到设施豪华的太医令府客堂内，在灯下他像热锅上的蚂蚁一样在地上走来走去。

儿子李严风尘仆仆推开门说："爹，俺娘捎信说，您上朝回来就关在这屋里，不吃不喝的，究竟发生了什么事啊？"

李醯一怔，慌忙上前抓住儿子李严的手说："儿啊，你可回来了！快告诉我，你们在金山一带找到儿瘟的病因了吗？"

李严忧愁地说："病因找到了。可不知为啥，按照病因配药，患病的孩子们一吃药，症状就更重了！"

李醯急切地问："这是什么病？症状啥样？"

李严说："是肺伤寒。症状发热发寒，咳嗽脉紧脚趾冷，口干、头痛、肢节痛，肤生赤黑靥、时发噫气。"

李醯问："你们都用什么药？"

李严望着父亲紧张的神色说："用退热的凉药哇。"

李醯转着眼珠自语："没错啊！按照《黄帝内经》，对发热口干之症，是应该用寒凉之药哇？"

李严神色沮丧地说："过去遇到类似病症，都是这么治，没有一次不见效的。为啥这回吃下药后，对病症就无效了呢？"

李醯眉头拧成一个疙瘩，又焦躁地在屋里来回走起来。

李严不解地说："爹，您就是为这事上愁，不吃不喝啊？"

李醯站住摇摇头，眼涌热泪再次拉住儿子李严的手说："儿啊，你赶快收拾东西，带着你娘和媳妇孩子，连夜远走高飞吧！"

李严吃惊地望着父亲说："爹，咱们一家人在这里住得好好的，你为啥要让俺带着娘和孩子们远走高飞呢？”

李醯泪如泉涌说：“我的好儿子，你再不走，恐怕我们李家就要断子绝孙了呀！”

李严惊愕地问：“为什么？这从何说起呢？”

李醯老泪纵横说：“大王得知金山一带儿瘟蔓延无治，大怒！他命我五日之内找出病因、配出良药，否则要抄斩咱们全家呀！”

李严大惊失色问：“真的？”

李醯哽咽不成声说：“君无戏言，爹哪能骗你呀？”

李严动情地抱住父亲说：“爹不要着急！也许五天中，我们就能找出治愈儿瘟的良方！”

李醯抽泣说：“五天配出良方，谈何容易？这是老天对秦王多年暴政的惩罚啊！你我父子哪有回天之力呀？”

李严安慰父亲说：“纵使天谴，孩儿也愿替父亲一搏！”

李醯流涕说：“大王令出如山倒，杀人如麻。我不能让你陪父丧命异乡黄泉啊？”

李严泪如泉涌说：“鄚邑老家咱们已无亲人。就是死，孩儿也要陪伴在父亲身边！”

李醯号啕大哭说：“可怜我李家，几十年侍奉秦国三代大王，竟落得满门抄斩的下场啊？”

李严替父亲擦着泪说：“爹爹不要太伤心！既然病因已清，凭您多年的经验，一定会配出驱瘟良方的！”

李醯哽咽说：“儿啊，你还是带着你娘和媳妇孩子们走吧，是吉是凶留下我一人承担！”

李严悲壮地说：“不！孩儿一定要与父亲，同生死共患难！”

李醯激动地说：“既如此，咱们父子就星夜去金山观病配良方吧！”

李醯父子骑马来到儿瘟最猖獗的咸阳附近临潼邑，在邑令戴彤等人陪同下，挨村排查瘟情。但所到之地，到处是新坟，村村是哭声，三天中他绞尽脑汁、用尽招数配出的药，全然没有效果，愁得唉声叹气、坐卧不定，连饭也无心吃了。眼看五日只剩两日，仍然找不出儿瘟死因、配不出良药，李醯父子已心灰意冷，已在暗中准备接受被秦王严惩斩杀全家的恶果了！第四日上午，他们哀哀凄凄来到金山脚下的姜寨村，原计划看过这个村就回咸阳太医令府，让全家人服毒自尽，但进村后发现，这个村中没有哭声没有病娃，大人欢小儿笑，明媚的春阳下，一群男女儿童有的在街上欢快地奔跑，有的游戏。几个正在玩“跳方”的小儿边跳边唱：“赳赳大秦，雄起西方；头枕秦岭，都坐咸阳；渴有渭河水，饥有关中粮；北进是大漠，东进是天堂。……”

李醯李严父子被眼前的景象惊住了。他们惊奇地望着街上欢蹦乱跳的儿童们，问戴彤："戴邑令，咱们走了十几个村庄，村村闭户放悲声，为何这村里的娃们活蹦乱跳，大人欢笑，没有染瘟病呢？"

戴彤拱手说："禀太医令，几日前，这个村里也是家家闭户人人愁。不知何方来了一个白发白须的老游医，才治好这村里娃们的病！"

李醯闻言大惊问："此人现在何处？"

戴彤说："他住在村东口的一个破院里，身边还跟着几个年轻徒弟。"

李醯听了，顿时由愁苦悲凄转为惊喜，兴奋地说："快领我们去看看！"于是，一行人便在戴彤带领下顺街寻去。

春阳下，老汉姜丁手拿扫帚正在打扫秦越人师徒住过的院内药渣等弃物，临潼邑令戴彤领着李醯、李严父子等急匆匆拥进门。戴彤望一眼静悄悄的院落，对扫地的姜老汉大声说："姜老头，住在这院里那个白发白须的老游医呢？快叫他和他的徒弟们出来，参见李太医令！"

姜丁直起腰，手拄扫帚打量李醯一群人后说："你们找他们干啥？"

戴彤生气地说："少废话！快让他们出来！"

姜丁笑笑说："他们走了。"

李严急切地上前问："他们走了？到哪里去了？"

戴彤附言说："说实话！不然，我就抓你儿子去服役！"

姜丁一震苦脸说："戴邑令，你可不能无辜抓丁啊？"

戴彤瞪着眼说："那你快说，他们到底去哪里了？"

姜丁低下头说："他们去哪里，咋会告诉我呀？"

戴彤气愤地说："你们这些刁民！不打不会说实话！"说着上前欲抓打姜丁，被李醯拦住，然后和颜悦色上前说："老人家，你知道那白发白须的老游医姓什名谁吗？"

姜丁惊悸地摇摇头。

李醯又问："你知道他的徒弟叫什么名字吗？"

姜丁仍茫然摇头。

戴彤怒冲冲说："按照大秦律'连坐法'，你私自留宿不知姓名身份的人，应治你包庇罪！"

姜丁吓得连连摇手说："戴邑令，你这可是冤枉好人啦！这宅院是一绝户遗产，并非我姜家所有，为何治我包庇罪呀？"

李醯扯一下戴彤说："戴邑令，别在这儿耽搁时间了，咱们快到附近村里去找吧！"

戴彤心不甘地扭头说："老东西你等着，待我腾出工夫，再找你算账！"说毕跟着李太医令父子离去。

但李醯父子在戴彤陪伴下连找几个村子，直到日落西山也没找到戴彤和姜老汉说的白发白须老游医踪影。儿子李严很丧气，父亲李醯却感到在黑暗中看到光明，他决定不回咸阳，在临潼继续寻找白发白须老游医。回到临潼邑驿馆住室，李严无心吃饭，在灯下伏案翻看《黄帝内经》，李醯推门而进说："严儿，距五日期限只剩一天了，你还有心翻看医书？"

李严满面愁容站起说："爹爹，孩儿翻看《黄帝内经》，正是寻谋治愈儿瘟的良方啊？"

李醯笑笑说："不用再翻医籍了，良方已有了！"

李严听了立时愁云尽散，兴奋地问："爹爹想出良方啦？"

李醯摇头说："爹没想出来，可是有人想出来了。"

李严一惊问："谁？"

李醯胸有成竹地说："那个在姜寨治愈儿瘟的老游医！"

李严泄气地说："纵然他有绝方，咱们找不到他，也是枉然啊？"

李醯贼笑说："你还记得，孙子兵法上有一计，叫'顺手牵羊'吗？"

李严迷惑地说："咱们依医理配药方，这与顺手牵羊之计，有啥关系呢？"

李醯老谋深算地笑着说："找到老游医，就等于咱们父子找到治愈儿瘟的良方了！"

李严忧心地说："游医们居无定所，行踪不定，咱们到哪里去找哇？"

李醯笑笑说："我已与戴邑令商量好，明天派出全部差役，挨村去找！"

李严高兴地说："如果找到那位老游医，孩儿一定向他认真请教！"

李醯呵呵笑着说："不仅是请教！我们还要将他请到府中，好吃好喝，让他留下行医治疾的绝招！"

李严惊喜说："爹，您这招数，真高！"

李醯笑眯着眼说："年幼时，你爷爷让我跟长桑君学医，就是用的这招数，强行将他留在咱家客栈里，爹才成了一位名医的！"

李严听了父亲李醯的话，对父亲更加敬服，这一夜睡得特别香。

其实，秦越人师徒离开姜寨村后并没走远。他知道自己在姜寨治愈儿瘟的事，随着众乡邻向四方传播已无法再隐姓埋名了，就带着佚妹和众弟子走进患儿众多的临潼，住进临潼城内金山客栈。早饭后，他便让子阳在金山客栈门首挂出了"蓬山秦越人"的医幌，并用大字书写了一块"专治儿瘟"的招牌挂在店门口墙上。患儿家人听说蓬山神医秦越人来临潼治儿瘟，抱儿抱女争相拥往金山客栈。店主葛玄满眼笑容走里跑外，招呼前来诊病患者。

上午，秦越人师徒正忙得恨不得多生几双手，姜丁满头大汗跑进店门，冲正为人诊脉的秦越人招手说："秦大哥，您快出来，俺有急事相告！"

秦越人笑着走出问："姜老弟，啥事跑得满头大汗哪？"

姜丁将秦越人拉到一个墙角，喘着粗气着急地说："秦大哥，您咋挂出写着名字的招牌呢？”

秦越人一怔问：“怎么，有人说什么怪话啦？”

姜丁惊悸地说：“昨天上午，临潼邑令戴彤，领着李太医令一群人，到你们住过的宅子里，去找你们啦！”

秦越人闻言一惊，问：“李太医令？他长得什么样？叫什么名字？”

姜丁擦着汗说：“名字俺记不清了，岁数跟您差不多，也是白发白须，说话口音也有点像您。”

秦越人闪闪眉，眼睛一亮问：“他们都说些什么呢？”

姜丁说：“他们打听您的名和姓，问您到哪里去了？俺说不知道，他们就走啦。您可得当心哪！”

秦越人笑笑说：“谢谢姜老弟关心！越人既不是奸细，也不是坏人，只是个救人治病的游医，不会有什么事的。”

姜丁忧虑地说：“秦国律条严苛，稍不留心就会被官府抓入狱呀？”

秦越人淡淡一笑说：“我知道，你放心吧！”

这时子越走来说：“师父，又送来两个病危孩子，师娘叫您快去看看！”

秦越人闻言说：“姜老弟，我不能送你了，你自己走吧！”

姜丁望着秦越人背影喊：“秦大哥，有事千万叫人传个信儿，我领乡亲们来救你！”

秦越人回头笑笑，跟着子越急忙进屋……

清晨，李醯起床后督促临潼邑邑令戴彤派出所有衙役到四乡去寻找白须白发老游医后，就与儿子李严稳坐在驿馆住室内等待佳音。他们从上午等到中午，又从中午等到日移后半晌，手拿《黄帝内经》对坐几案前不时焦急互望一眼。手拿医书，那是做给外人看的，让外人知道他们父子对治愈儿瘟已胸有成竹。其实，他们心中如坐没底儿的轿，时刻都在针刺火燎。

李严终于坐不住，不安地向门外张望说：“爹，下午都过半晌了，派出的差役们，咋还不回来呢？”

李醯假装镇静地说：“沉住气！我估计快回来啦。”

这时临潼邑令戴彤神色慌张急火火进门说：“禀太医令，到四乡打探老游医的差役们都回来了，还是没有找到他们的踪影？”

李醯闻言惊愕而起，两眼瞪得如铃说：“这怎么可能，难道他们已离开了秦国？”

李严惶恐说：“我觉得不会吧？他们既然治好姜寨的儿瘟，一定会继续在这一带，救治其他村庄里的病娃们！”

这时一差役慌慌进门禀报：“禀戴邑令，我们在城内东街金山客栈，发现一伙游医，求治者人山人海，把街道都堵塞了！”

戴邑令一拍额头说："哎呀！我咋只想去城外各村找老游医了，忘了派人在城内查找呢？"

李醯眼睛一亮说："戴邑令，快带我们去金山客栈！"

戴邑令听了，马上对报信儿的差役吩咐说："快去叫众邑丁，保护李太医令父子去金山客栈！"于是，众人蜂拥李醯父子离开驿馆，快步向临潼邑城内东大街上的金山客栈奔去。

太阳西斜中，金山客栈门首挑杆上，一面书写着"蓬山秦越人"的医幌在春风中飘荡，抱着求治病儿的人群拥满客栈内外。

一位老人捋着胡须说："这秦越人是当今的活神仙。有他在，咱们大秦的儿瘟不愁无治了！"站在旁边的另一老汉笑着说："这秦神医也真神了！他只用手按了会儿我孙子的肚子，吃了十粒药丸，我孙子就睁开眼说话啦！"

抱着孩子往前挤的一位汉子听了说："天助咱大秦哪！这娃病闹得人慌民乱的时候，派来个救苦救难的活神仙来！"

求治的人们看到邑令戴彤陪着太医令李醯等在众差役蜂拥下到来，纷纷躲避让路。李醯望着客栈门首高插飘荡的医幌，兴奋地指着对儿子李严说："严儿，秦越人，就是当年在咱家客栈做杂活的小伙计！他跟为父，一块拜长桑君为师学医！"

李严惊喜说："啊！原来治好姜寨儿瘟的人，是神医扁鹊呀！"

李醯笑着点点头说："万没想到，在我们李家的危难时刻，他会来到咱们秦国相助啊！"

李严激动地说："有他在，咱们李家可免灭门之灾了！"

李醯点头说："这叫恩恩相报哇！"

李严一怔说："爹爹怎讲此话？"

李醯笑笑说："当年齐燕交战大乱中，为父与你爷爷奶奶连夜逃离家门，将客栈和家产全留给秦越人了！如今你我父子在异乡遇难，他来相救，还不是恩恩相报吗？"

对于父亲逃离故乡之事，李严曾多次听父亲讲述，并没说过将家产留给秦越人之事，当众不好反驳，只好低头不语。

店主葛玄远远望见戴邑令带人到来，急忙笑脸迎出说："小人葛玄，不知邑令大人到来，有失远迎，万望恕罪！"

戴彤站住，蛮横问："你是何人，敢拦本邑令之路？"

葛玄揖手打拱说："禀大人，小人乃本店店主葛玄。"

戴彤转转眼珠，威严地说："快传老游医秦越人来见！"

葛玄慌忙恭称："是！"转身欲走，却被李醯伸手拦住说："慢！本太医令要亲自拜望秦越人。"

戴彤一怔说："您是我大秦堂堂太医令，岂能屈尊去看一位老游医呀？"

李醯沉脸说："你懂个屁！秦越人乃当今名扬天下的医圣，不要说我这个太医令，就是大王得知也会摆驾相迎的！"说毕甩袖向店内走去。

戴彤望着发怒的李醯背影，吓得瞠目结舌，急忙快步相随。

在窗外照进的西射阳光中，秦越人坐在客栈客堂，正在闭目为一病儿诊脉，李醯进门打揖拱手大礼弯腰说："秦国太医令李醯，拜见神医秦越人兄！"

秦越人一怔，睁开眼上下打量七十余岁、白发白须的李醯后，惊喜地站起说："啊，原来是李醯弟呀！你咋老成这样了？"说着激动地上前拉住李醯上下仔细观瞧。

李醯哈哈笑着说："我都七十一岁了，胡子头发都白了，能不老吗？"然后话锋一转说，"越人兄，鄚邑一别已五十余载了，你咋来到我们秦国呀？"

秦越人诚挚说："我久慕大秦医家辈出，特带弟子们来拜访学习！"

李醯翻翻笑眼说："越人兄威名震诸侯，我秦国地处西陲，哪有值得你学习之人哪？"

秦越人说："此话差矣！秦国名医医和、医缓，被医家尊为'和缓'二祖，哪会没有绝术可学呢？"

李醯不屑地说："医和、医缓虽被尊为医家二祖，可惜他们已经谢世多年了！"

秦越人一怔，笑着拍拍李醯的肩头说："当今，不还有你这个太医令李醯吗？"

李醯红脸又自豪地说："越人兄过奖了。有小弟在，你在秦国的一切费用，我全包啦！"然后又说，"听说老兄带来几个高徒，快给我介绍介绍吧？"

秦越人回头招呼众弟子说："你们都过来，认识一下秦国太医令、我的兄弟李醯！"然后一一介绍说，"这是内人佚妹。"

李醯惊喜笑望打扮朴实却风采照人的佚妹说："好漂亮年轻的嫂子啊！"

佚妹红脸说："佚妹见过李太医令。"

秦越人又指着众弟子说："这是子阳，这是子豹，这是子越。"

三弟子拱手说："在下见过李太医令！"

李醯打量个个精神抖擞、精明强干的三个弟子，满脸笑成一朵花说："三个弟子，个个一表人才呀！"然后转身拉过李严说："越人兄，这是犬子李严。"

李严揖手相拱说："侄儿拜见神医伯伯、大娘和各位兄弟！"

李醯不待秦越人讲话，便不容推辞说："秦兄，从现在开始，你们在秦国的活动，就让犬子李严相陪吧！"

秦越人高兴地说："这太好了！省得我们人生地不熟，到处瞎闯。"

李醯得意笑笑，扭头沉脸对戴彤说："戴邑令，我秦兄一行，在临潼的吃住行诊，全由你照应。若有不周之处，小心尔的狗头！"

戴彤打拱连连点头说："太医令放心，下官一定全力照护！"

李醯环视一圈简陋的店堂说："这种脏破庶人小店，哪能让当今神医在此行医呢？戴邑令，速将驿馆打扫干净，帮秦神医搬到那里诊病！"

戴彤说："下官这就招呼众差役，帮着搬东西！"

秦越人伸手制住说："慢！众多患儿聚在这里等诊，要搬也得等晚上搬，今天就在这里诊患吧！"

众患者家属听了齐声说："好！秦神医说得好！快点看病吧，我们都等半天啦！"

李醯正要发火训斥众庶民，宣诏官杜虔急匆匆进门说："李太医令，大王脸疾加重，宣你速回咸阳进宫诊治！"

李醯一惊，嘱咐李严和戴彤说："你们一定照顾好秦神医一行，治愈儿瘟一事，就靠给你们俩了！"说毕扬长而去。

临潼邑令戴彤遵照太医令李醯吩咐，打扫好驿馆、准备好美食美酒，在傍晚秦越人诊完最后一位患儿后，将秦越人师徒接进临潼邑驿馆。夜灯下，一张大几案上摆着丰盛的晚餐，几案周围坐着秦越人、佚妹、李严、子阳、子豹、子越。李严用筷子夹着一块羊排送到秦越人碗中说："秦伯伯，这一天把您忙坏了，快吃点羊肉补补吧！"

秦越人笑着说："贤侄不必客气，我自己来。"

忙得连午饭也没吃的子阳、子豹、子越顾不上说客气话，狼吞虎咽地吃着。

李严动情地说："看到你们诊过的娃，一个个又精神起来，我这心也一块石头落地了！"

子阳口中嚼着肉说："李严兄，得肺伤寒的孩子死了那么多，你们咋不早点派人来治呢？"

李严惭愧地红脸说："不是不治，前后派来一百多郎中，也没找出病因和良方。"

子越一惊抬头问："你爹是太医令，又是秦国的名医，还没有良方啊？"

李严羞涩地说："家父年事已高，整日忙于王宫中医事，就把这事靠给我了。可不知为何，配出的药不吃还好，一吃，娃们的病却更重了？"

子阳停止咀嚼，惊奇问："李兄，你们都配的是什么药？"

李严凄苦地说："患娃高烧不退，咳嗽脉紧，头肢疼痛，发热又恶寒，按照《内经》医理，应服凉药降热，但服药后，轻者重、重者死！吓得医不敢出方，患不敢服药！"

子阳闻言，皱着眉头说："错了，这种病绝不能用凉药！用凉药那是雪上加霜，只有死路一条哇！"

李严惊愕地说："啊，原来错在这里了？子阳弟，能告诉在下，是何医理吗？"

子阳瞧一眼放下饭碗的秦越人说："这事让俺师父说吧，其中奥秘是他发现的！"

秦越人闪闪眉说："李严侄儿，按照先贤医籍，降热确有服凉药之说，那是因发热多由少阳、厥阴二经起。但据我多年探究，肺伤寒之症却与少阳、厥阴二经无关。因此，凉药对肺伤寒之症是大忌呀！"

李严疑惑地问："这是为何呢？"

秦越人说："凡伤寒者，皆由太阳、阳明、太阴、少阴四经不调引起。太阳主皮毛，寒邪之药先克此经；阳明主胃，凡形寒饮冷则伤之；太阴主脾，过食寒物也必伤之；少阴主肾，寒水喜归本经。由此可知，凉药对儿童肺伤寒，是推波助澜、病上加霜的大敌呀！"

李严闻言恍然大悟，额冒惊汗又问："侄儿观伯伯和众师兄治娃瘟，服药前必先灸关元，这又是为何呢？"

秦越人笑笑说："关元，乃人之命门，系四经又通七窍。先灸关元，意在切断病脉，激活胃、脾、肾的功能！"

李严钦佩地望着秦越人，两眼放光说："伯伯不愧神医扁鹊之誉啊！几句话让侄儿这只井底之蛙，茅塞顿开呀！"

秦越人说："谈医论道，咱们有的是时间。现在儿瘟猖獗，家家如坐冰火。你赶快连夜召集当地郎中，奔赶各村照此救治，十日内瘟疾可平矣！"

李严兴奋地站起说："伯伯放心，侄儿这就找戴邑令派人召集附近郎中！"说毕向门外跑去……

神医秦越人带着弟子在临潼邑治儿瘟的消息，就像春风很快由临潼邑传往各地，轰动咸阳城内外。上午，旗招戟亮、戒备森严的咸阳北门下涌动着抱儿出城到临潼找秦越人诊病的人群。奉命出城巡视儿瘟的左庶长胡歧见了大惊，急忙拦住一对年轻夫妻问："庶民们为何抱儿北逃啊？"

青年夫妻说："金山来了一位神医，在临潼城内诊治儿瘟，大家前往就诊。"

胡歧一怔说："太医令不是在城内设了救治诊坊吗？"

青年忧苦说："他那药不顶用，病儿吃了死得更快！"说毕仓皇前行。

胡歧闻言惊出一身冷汗，招呼随从说："咱们先去临潼邑！"便打马跟着人群北去。

灿烂春阳中，临潼邑驿馆内外人稠如赶集，抱着病儿的人急匆匆向门内奔去，抱着被诊治过并服药的儿童家长们兴冲冲从门内走出。

姜丁老汉领着几个亲友笑着从门内走出说："咋样，我说秦神医手到病除，没骗你们吧？"

满脸笑成花的一个老太太说：“真神了！那神医用手在俺孙女肚子上按一会儿，我娃就醒了！吃十粒药，娃就会说话了！”

挤在人群中的胡歧拦住姜丁问：“老人家，何人在里面行诊治病啊？”

姜丁打量一身官衣的胡歧说：“你是谁，问这干啥？”

胡歧谦恭施礼说：“我是奉大王之令，来巡查瘟情的。”

姜丁不耐烦说：“不用查了，有秦神医在，娃们的病不用愁啦！”

胡歧一怔问：“秦神医，哪个秦神医？”

抱着孙女的老太太笑着说：“您这么大的官，咋连秦神医都不知道？就是救活赵简子、虢太子的神医扁鹊呀！”

胡歧闻言惊愕地扑闪着眼睛问：“不是李太医令吗？”

姜丁一愣说：“李太医令是谁？我不认识！”

胡歧顿时怔住，好像突然明白什么，站在街旁观瞧了一会儿，悄悄转身离开临潼邑……

五天后上午，宏大豪华的秦王寝宫内，秦武王手捂左脸，斜躺在巨大卧床上呻吟不止，十几名宫女侍从惊悸地站在周围。王后雍嫣泪流满面坐在秦武王身边流涕说：“大王吃了太医令的药，脸上的疙瘩越肿越大，这可怎么办哪？”

秦武王心烦地挥手说：“去、去！哎哟，疼死我了！”

王后哭着扑上前说：“我的夫君！你若有个好歹，我和孩子们可咋过呀？”

燥火缠心的秦武王闻言惊然而起，一脚蹬开王后，一手捂脸瞪眼一手指着倒地痛哭的王后怒喝：“贱人！你敢咒寡人死？”

王后委屈地捂脸号啕说：“大王你好无情啊！我给你生了一儿一女，你竟不念夫妻情意，将我一脚踢倒！我这个王后还有啥脸活在世上啊？我、我不如碰死算了！”说着起身向殿内柱子撞去。

众宫女侍从急忙奔跑上去抱住说：“王后息怒、王后息怒！”

王后挣扎跳脚说：“你们让我死、你们让我死！我死了，好让昏王另娶新欢！”

王子王女从殿外奔进门，哭着高喊：“母后——”上前抱住母亲劝道，“父王病成这样，母后咋还让父王生气着急呀？”

宣诏官杜虔进殿看到这一幕，战战兢兢上前奏道：“禀大王，左庶长胡歧巡视归来！”

秦武王手捂着左脸从床上坐起，余气未消地说：“哎哟，将王后扶到后宫去！宣左庶长进见！”

王后被众人扶走，左庶长胡歧进殿跪下说：“下臣给大王请安！”

秦武王摆摆手说：“我让你去巡视儿瘟，你咋回来了？啥事，快说！哎呀，疼死我啦！”

左庶长胡歧站起惊慌地望着秦武王说：“大王，您的脸都肿成这样了，咋不宣李太医令来治呢？”

秦武王捂脸气愤说：“哎哟，他的药毫无效果！疼死我了呀！”

胡歧惊愕地说：“大王，既如此，为何不宣召天下名医呀？”

秦武王摇头叹息说：“唉，连李太医令都治不了的病，我大秦哪还有比他医术更高的人哪？”

胡歧转转眼珠说：“在下在临潼邑看到，神医扁鹊正在那里行医，何不请他来诊治呢？”

秦武王丧气地说：“我问过李太医令，他说他不是秦国人，忧心他趁机害寡人的性命。”

胡歧一跺脚说：“简直一派胡言！神医扁鹊在临潼金山一带，治愈数以千计的染瘟娃子，咋会害大王啊？”

秦武王一怔说：“那儿瘟不是李太医令父子治愈的吗，你怎么说是神医扁鹊治的呢？”

胡歧气愤地说：“大王，李太医令没讲实话！下臣亲眼所见，那儿瘟是神医扁鹊带着弟子在治愈啊！”

秦武王恍然明白什么，转着眼珠说：“看来，李太医令不仅冒领治儿瘟之功，还有意不让寡人见神医扁鹊呀！”

胡歧进言说：“神医扁鹊声动诸侯，每到一地就除疾安民，不仅万民争睹其风采，各国侯王也以国礼相迎相待啊！”

秦武王皱眉咧嘴说：“哎哟——爱卿你说，那李太医令，为何要阻止神医扁鹊来给寡人医脸疾呢？”

胡歧思忖一会儿说：“李太医令一向恃才自傲、心窄妒能。下臣猜，一定是怕大王见了神医扁鹊，会冷落小觑他吧？”

秦武王听了沉思片刻，眼露冷光说：“好个奸佞小人，竟敢欺弄寡人！宣诏官，立即派人捉拿！”

杜虔欲走，被胡歧拦住说：“大王，依下臣之见，李太医令之事容后再说，当务之急是立即下诏，宣神医扁鹊进宫为您诊治脸疾。千万不可错过治疾良机呀！”

秦武王点点头说：“那好！待寡人疾好后，再拿李醯算账。”然后又说，“寡人命你带着御车和侍卫，前去盛请神医扁鹊入宫！”

胡歧拱手说：“下臣遵命，告退！”

当胡歧奉秦王之命带着御车和侍护赶到临潼邑时，已是下午时光。他们穿过街上熙熙攘攘的人群，好不容易走到驿馆门前，竟被一个连做梦也不会想到的震人发聩的场面感动得热泪涕流：数以千计的庶民百姓携儿带女，提篮拿着各种土特产，争相拥进驿馆，将驿馆院内变成人的海洋，感谢秦越人师徒救治儿瘟之功德。秦越人站在住屋台阶上，拱手向众百姓致谢说：“各位父老乡亲们！治病救人乃医家之本，解民疾苦是我师徒之宿愿！大家的心意越人领了，但东西实不能收哇！”

庶民甲声挚情切说：“神医救苦救难，不收一分钱，我们众人过意不去呀！”

庶民乙说：“您连水都没喝我一碗，您不收俺送的馍，我大我婆不让我回家呀！”

庶民丙眼涌热泪说：“秦神医，您救了我一双儿女，我带全家人来给您磕头谢恩了！”说着一家老小跪地抽泣。

众人见了，犹如割倒的庄稼一样，也一齐跪下发出由衷之声高喊：“谢秦神医救命之恩哪！”然后额头碰地三叩首。

站在秦越人师徒身后观看的李严、戴彤，从没见过数以千计的庶民以这样的方式表达对一个医人的爱戴和感恩，惶不知所措。

秦越人被众庶民的这种行为所激动，手拉妻子佚妹，眼含泪水给众人下跪说：“众乡亲，越人不敢当啊！携妻徒叩谢众乡亲的情意啦！”

子阳、子豹、子越也紧随师父之后向众人跪谢：“谢众乡亲抬爱！”

带领车马和侍卫站在驿馆门前的左庶长胡歧，看到这一幕顿时激泪泉涌，哽咽高喊：“神医扁鹊！在下奉大王之命，特来请您进宫相见！”

众人闻言，慌忙闪开一条路。胡歧擦着泪水走向秦越人，大礼跪拜说：“下官左庶长胡歧，奉王命特来恭迎神医大驾进宫！”

秦越人一怔站起迎上说：“在下乡野游医秦越人，岂敢受大人如此大礼，快快请起！”说着扶起胡歧。

胡歧激动地抓住秦越人的手说：“您治愈大秦儿瘟，大王要召见您哪！”

秦越人为难地犹豫说：“现在儿瘟尚未痊愈，能否再拖几日，在下再进宫拜见大王呢？”

左庶长感动得泪水成串说：“神医大人，大王有要事相商，望神医能赏光即行啊！”

秦越人思忖片刻说：“既如此，恭敬不如从命。”然后转身对佚妹说：“夫人，你与子豹、子越留下，继续治儿瘟。让子阳随我进宫，去拜见大王！”说毕跟随胡歧向门外走去。

众人见白须白发、满脸红光、仙风道骨的秦越人被左庶长胡歧恭敬搀扶而行，激动地高喊：“神医扁鹊！神医扁鹊！”

秦越人慈祥地笑着拱手，谦逊地向众人点头致意。

一辆四马御车停在驿馆门外，周围站着牵马执戟的护卫，子阳和左庶长胡歧扶秦越人上车。紧随其后的李严对戴彤说：“快去备车！咱们一块陪秦神医进宫。”

胡歧回首瞟一眼二人说：“大王召见秦神医，你们去干什么？”

李严、戴彤一愣，失望地望着护卫打马拥着四马御车远去……

第四十一章
割痼疾太医令嫉能生歹心

太医令李醯在儿瘟蔓延的焦头烂额中，秦越人师徒突然出现在临潼金山一带，不仅使儿瘟病情得到扼制，解除被斩杀全家之忧，而且还受到秦王的赏赐和嘉奖，心情格外畅快。下午，他笑容满面坐在太医令府客堂堆满医籍的几案后，精心翻阅医籍，感悟秦越人治儿瘟的医理。儿子李严惶惶推门而进，李醯吃惊地抬头问："严儿，你怎么不在临潼陪秦越人，回来干啥？"

李严喘着说："秦伯伯被大王用御车接进宫里了！"

李醯惊愕地站起问："什么时候？"

李严说："两个时辰前。送他们上车后，我快马赶回向您禀报！"

李醯紧张地问："谁去接的？"

李严说："左庶长胡歧。"

李醯惶色问："胡歧讲些什么？"

李严说："只说秦伯伯治愈大秦儿瘟，大王要召见他。"

李醯盯着李严问："还有呢？"

李严说："秦伯伯一开始不肯去，说儿瘟尚未痊愈。但胡大人说大王有要事相商，秦伯伯无法推辞，就带着弟子子阳上车了。"

李醯听完一跺脚说："糟了！这回我父子是在劫难逃啦！"

李严不解地望着父亲问："大王召见秦伯伯，咱们咋会在劫难逃呢？"

李醯脸色一红额冒慌汗说："为父向大王禀报，儿瘟是你我父子所治。秦越人见了大王说明真相，我们父子岂不成了冒功骗王之罪吗？"

李严闻言大惊，生气地说："爹呀，那治儿瘟的医方，明明是秦伯伯所出，人人皆知。您咋能说是咱们父子所为呀？"

李醯长叹一声说："唉——爹不是想着借此邀功，让大王早日封你为太医令，接替爹的职位嘛！"

李严抱怨说："您真是聪明一世糊涂一时啊！此事传出，就是大王不怪罪，你我还有何脸面再登朝门再见众臣哪？"

李醯垂头丧气说：“爹当时想，秦越人只是一个外来游医，治愈儿瘟即走，哪会想到他竟会被大王召见啊？”

李严哭丧着脸说：“这下可好，您几十年兢兢业业侍奉三代大王的功绩和地位，全被自己说的假话砸了！我李家，恐怕再难躲此难了！！”

李醯慌乱地转着眼珠，在屋内走了一会儿说：“也许，我们还有翻转的机会？”

李严一怔说：“左庶长和王宫侍卫们亲眼看到万民对秦伯伯的感恩戴德之情，我们还有什么翻转机会呀？叫我说，不如咱们父子马上负荆进宫请罪，也许大王会念在您多年侍奉之恩，饶我们李家性命。”

李醯奸笑说：“大王召秦越人进宫，看似对你我不利，但也许是他丧命秦国之时啊！”

李严惊得神色大变说：“都到这时候了，爹咋还说这种咒人之话呀？”

李醯笑笑说：“我儿不知。大王脸疾近日突变，已经长到拳头大小。据为父多年行医经验判断，那是一颗毒瘤！疼痛难忍，百药无效。秦越人自小性犟偏执，如今誉播天下以神医自居，见了大王定会逞能显才施治的！”

李严惊愕地说：“爹，您可千万要阻止秦伯伯，别让他冒此风险啊？”

李醯思忖说：“他已进宫面见大王，为父哪还有机会阻拦哪？再说了，大王若让他治，为父能阻止得了吗？”

李严闻言顿时瞠目结舌，额冒惊汗说：“我、我现在就去找秦伯伯！”

李醯一把抓住儿子胳膊，转着眼珠盯问：“你找他干什么？”

李严火急地说：“我要告诉秦伯伯，千万不能答应医大王的脸疾！”

李醯生气地甩开儿子胳膊说：“你疯了！这等事，岂是你我可以左右的？”

李严焦急地说：“爹！秦伯伯对我们李家有救命之恩，咱不能眼看着他这样一代名医，遭大王的杀戮呀？”

李醯冷笑一声说：“人的命，自由天定！”然后黑脸说，“从现在开始，你不许离开府门半步！否则，我就打断你双腿！”

李严听了，像不认识一样盯望着父亲……

秦越人带着子阳乘坐秦王派来的御车，在左庶长胡歧陪同和众多王宫侍卫护送下抵达秦王宫，胡歧立即让宫侍奏报秦王。秦王脸疾疼痛难支，不能到正殿接见，就宣诏让胡歧带秦越人师徒到寝殿旁的偏殿相见。偏殿内站着大庶长嬴思、右庶长韦弘等众臣。秦武王强打精神在众侍从搀扶下走进偏殿，左庶长胡歧跪迎说：“禀大王，下臣已将神医扁鹊请来，现在殿外候旨！”

秦武王捂脸坐到王座上说：“哎哟，快宣他进殿吧！”

宣诏官杜虔喊一声：“大王有旨，宣神医扁鹊进见！”

秦越人带着子阳进门拱手跪下说：“乡野游医秦越人，携弟子子阳，拜见大王！”

秦武王打量白须白发、仙风道骨、一身朴实灰布长衫的秦越人，惊喜地咧嘴说：“神医请起、神医请起！你用奇术治愈大秦儿瘟，寡人谢你了！哎哟——”

秦越人站起，闪眉打量四十多岁、英武豪壮、手捂左脸的秦武王后说：“大王急召在下进宫，是要治脸疾吗？”

秦武王没有想到秦越人进殿第一句话就谈到自己脸上的痼疾，尴尬地苦笑说：“让神医见笑了！寡人久闻你的威名，脸疾久治不愈，特请神医来面诊。”

秦越人说：“大王既请在下面诊，请放下手，让越人细瞧。”

宣诏官杜虔怒喝道：“大胆游医，休得放肆！”

秦武王瞪一眼杜虔说：“退下！”然后放下捂左脸的手，对秦越人说：“请神医上前观诊。”

秦越人仔细观瞧后，又用手按了按肿块周围说：“此症为胎带毒斑所生。原为一小红点，因急忧缠心而发，现已形成毒瘤，肿极将使毒素扩散，危及性命！”

秦武王闻言一怔，惊慌点头说：“神医所言极是，寡人正是因儿瘟肆虐无治而急忧。现在脸疾越肿越大，昼夜疼痛不止，如何医治啊？”

秦越人闪闪眉说：“若是此病初发，可用药和针灸令其消退。今已大如紫茄，肿胀坚硬，已将极致，只有开刀割除一条路了！”

秦武王惊惧地头冒汗珠问：“如、如果，不割除呢？”

秦越人神色严肃地说：“三天后，瘤中毒素将扩散至全身！”

左庶长胡歧惊愕地问：“秦神医，开刀割瘤，您有把握万无一失吗？”

秦越人笑笑说：“若无其他病变，不会有危险的。”

右庶长韦弘急忙接话说：“大王，在脸上开刀，这是关乎性命的大事啊，断不可取！”

大庶长嬴思说：“大王乃一国之主，性命关系我大秦安危，万不可听信游医的狂言啊！下臣以为，还是快宣李太医令来诊治为好。”

秦武王摇头说：“寡人之疾正是由他而起！吃了他配的药，才肿胀如此，岂能再让他治？”

右庶长韦弘说：“臣听人说，凡疾在耳前眼下者，若除之，会使耳不聪目不明啊！”

秦武王听了，惊悸地用手捂住脸呻吟：“哎哟，疼杀我了——胡爱卿，快领秦神医到驿馆休息去吧，容寡人再思之！”

秦越人和子阳在左庶长胡歧陪同下住进王宫驿馆，吃过饭，已是夜幕降临。他们走进住室点亮灯，送走左庶长胡歧，秦越人烦躁地在住屋内走来走去。

子阳望着师父说：“这天下侯王们，都犯一个通病！”

秦越人一怔站住说：“什么病？”

子阳愤愤不平说：“忌医怕死！”

秦越人笑笑说：“他们手握生杀大权，动则颐指气使，行则前呼后拥，整日过着骄奢淫逸、花天酒地的生活，能不怕死吗？”

子阳说：“师父您提的‘六不治’医规，太对了！像秦武王这样骄恣不论于理之人，咱们就该不给他治！”

秦越人说：“我观秦武王，虽骄恣并非不伦于理，而是听了众臣之议担心害怕、犹豫不决而已。”

子阳忧心说：“他再耽搁下去，恐怕又会成了第二个齐桓公了！”

秦越人闪闪眉说：“明天再召见，你带着手术用具。他若再犹豫不决，咱们就告辞，日夜兼程离开秦国！”

子阳点点头，给师父打水洗脚，安排睡下后，自己也到侧室休息。

太医令李醯自得知秦越人被秦王请进宫，又陷入坐卧不宁。他写了一封密信，派亲信黄蚰立即送给好友、秦庭宣诏官杜虔，晚饭后就支开闲杂人，一个人坐在客堂等待杜虔到来。深夜了，门首左右各挂一盏写着“李”字灯笼的太医令府大门前静悄悄。换成便服的宣诏官杜虔，犹如一个贼人，东张西望中走近大门，用手轻轻拍响门板。李醯听到敲门声，三步并作两步奔出客堂，打开大门，一把将杜虔拉进门内，急切地说：“杜大人，您怎么这么晚才来呀？”

杜虔扭头看看门外，关住门说：“大王刚刚睡着，我就跑出宫门了。”

李醯拉着杜虔走进客堂，顾不上让座端茶，就焦急地问：“那老游医在大王面前，都说我什么坏话啦？”

杜虔摇摇头自己坐下说：“什么也没说。”

李醯一怔，又问：“大王的脸疾怎么样啦？”

杜虔忧愁地说：“比昨天更重了！姓秦的游医说，是毒瘤，三天后毒素就要扩散了！”

李醯闻言，面露笑容，一边提壶倒茶水一边说：“你快喝口茶，给我详细说说！”……

秦武王害怕让秦越人割脸疾留下后遗症，回到寝殿却因疾痛不止不能入睡。黎明灯下，他躺在床上呻吟不止，不时发出：“哎哟，疼死寡人了！”痛苦哀叫。王后雍嫣眼含泪水从弯腰站在床前宫女端的托盘中，拿过一个包冰块的布巾，小心翼翼敷在秦武王左脸鼓起的大泡上。

秦武王眼涌泪珠用手抓住王后的手说：“王后，上午是寡人错了！瘤子疼得寡人心烦神躁，才踢了你呀——哎哟，真疼死我啦！”

王后泪流满面说：“妾不该当着众人哭闹，惹大王着急生气。”

秦武王摇摇头说：“这个瘤子越长越大，众臣议论不一，寡人现在是六神无主了！”

王后给武王擦着泪说：“妾听左庶长说，神医扁鹊要给你开刀割疾？”

秦武王泪如泉涌说：“在脸上开刀，性命攸关，寡人担心再也见不到王后和孩子们了呀！”

王后哭着说：“病虽在王身，却痛在妾心。妾与儿女们天天跪在祖灵堂，祷告上天和祖灵，保佑大王早日康复！”

秦武王悲泣说：“寡人登位才一年多，真不想就此扔下祖业，离开爱妃你和儿女们，告别人世啊！”

王后雍嫣抱住秦武王哽咽说：“既如此，大王就应该让神医扁鹊割疾！”

秦武王一惊捂脸，哀凄说：“一想到那刀子割在脸上，寡人就惊惧担心浑身冒冷汗！”

王后鼻泪涕流说：“妾何尝不惊惧担心？那刀子虽割在大王脸上，就像割在妾心上一样啊，恨不得替你去受刀锋之苦！但除此，哪还有其他生路呀？”

秦武王流着泪说：“明天我想颁诏天下，广征各国名医来诊！”

王后哭着说：“天下名医，哪有超过神医扁鹊之人？再说了，神医扁鹊断你脸疾之毒，三天后扩散，哪还来得及呀？”

秦武王惊目望着哭成泪人儿的王后说：“依爱妃之意，寡人应答应让秦神医割疾？”

王后泪流满面点点头，抱紧秦武王说：“大王有个好歹，还有别人当大王。妾妃只有你一个夫君，儿女只有你一个父亲啊！”说着“呜呜”痛哭。

秦武王泪流如河，手抚着王后起伏颤抖的肩头思忖了一会儿，冲门外喊：“宣左庶长胡歧，请神医扁鹊进殿！”

守卫寝宫的守将答应一声“遵命！”快步离去。

晨光曙曦中，初升的霞光照在殿角上，殿门外站满挎刀持枪的侍卫。宽大寝殿内众宫女侍从肃立无声，秦武王坐在铺整一新的床上呻吟不止。

秦越人带着子阳在左庶长胡歧陪同下走进殿门，笑着走近秦武王说：“大王，您决定割疾了？”

秦武王点点头，躺下说：“请神医动手吧！”

秦越人接过子阳递上的医袋，从中抽一把半尺多长的闪光铜刀，屋内众人顿时发出惊讶的“啊”声。

这时大庶长嬴思带着右庶长韦弘急匆匆进殿，举手高喊：“慢！大王之脸，岂容尔等用刀割划？！”

秦越人一怔，秦武王闻声而坐起说：“寡人已决定割疾，爱卿休得无理！”

嬴思严肃地说：“大王之事即国事！割不割疾，需朝议而定！”

韦弘附言说：“在脸上开刀，关系大王性命，下臣决不同意大王割疾！”

秦武王哀叹犹豫说："这不行，那不行，你们让寡人如何忍受，这昼夜难熬的疼痛之苦哇？难道要让这脸疾痛死寡人吗？"

嬴思胆怯赔礼说："臣已悬赏重金召天下良医！"

秦越人听后将手中刀子气愤地往地上一抛说："子阳，咱们走！"说着向殿门走去。

秦武王见了，急忙从床上站起说："胡爱卿，快、快拦住秦神医！"

胡歧快步抓住秦越人说："神医息怒，神医留步！"

秦越人转身沉脸指着秦武王说："大王作为当今诸侯霸主，理应志高意坚，与有知识的人一起谋事。当断不断，轻信无知谗言，将误已误国矣！割一疾尚且如此，秦国之政可想而知！既然大王犹豫不决，还留越人何用？"

大庶长嬴思、右庶长韦弘等被秦越人箴言铁骨惊得瞠目，秦武王羞愤中怒喝："众侍卫！"

门外立即拥进四个腰挎刀的武士拱手说："末将在！"

秦武王指着嬴思、韦弘说："将他们押出去！再敢多言，立斩不饶！"

众将闻言，两个抓一个，将嬴思、韦弘推向门外。嬴思、韦弘欲争辩再劝，看到秦武王那怒容满面的神色，唯恐再激王怒遭杀身之祸，只好无奈离去。

秦越人见嬴思、韦弘等人被押出殿，从地上捡起手术刀对子阳说："给大王服麻醉散，口咬固齿木！"

子阳给秦武王喂服麻醉散，口中放好固齿木，秦越人已在床前炭火中烧好消毒铜刀。他用手试试温热，又用布擦了擦，边一手按住秦武王的左脸面颊一手挥刀割了下去。

片刻间，一个拳头大的毒瘤从秦武王的脸上取下，秦越人举瘤让众人观瞧说："这就是折磨大王，日夜不安的毒瘤哇！"

众人见了一片惊叹欢腾说："神术、神术哇！"

秦越人和子阳给秦武王伤口敷上生肌消炎药粉，缝好包扎好后长出一口气，对一直守候在旁的胡歧说："左庶长，再晚割两天，此毒瘤将害大王命矣！"

左庶长胡歧和闻讯进殿的王后、公子、公主一齐跪下说："感谢神医救大王（父王）之命啊！"

秦越人将王后等扶起说："大王刚做完手术，麻药未过。你们只能看，不能哭笑，也不能说话！"

众人听了，点头围坐秦武王卧榻旁，静静望着一动不动的秦武王。

两个时辰过去，缓缓睁开眼的秦武王看到围坐身旁的王后、儿女及众臣和秦越人，眼涌热泪说："重赏神医扁鹊！"……

太医令李醯自从好友杜虔口中得知秦越人对秦王脸疾的诊断与自己诊断结果

一模一样，一颗悬心又落地了。他盼秦越人为秦王开刀割疾，那样秦王病危就与自己没关系了；他盼秦王疾发而死，或割疾不成而死，那样他又成了朝野巴结的红人。所以，他一举一动又恢复了昔日的蛮横和威风。上午，在宽敞的太医令府药房中，李醯背手巡视观瞧师旷、韩皋、马邕、阮孜等太医在粉碎药材、制作丹、丸、散。

家仆黄蚰溜进门说："禀太医令，杜大人到。"

李醯一怔说："你们抓紧碎药制药，我去会见杜虔大人。"

满头汗水脚蹬药碾的阮孜望着离去的李醯背影，立即停止碾药，轻松地说："阎王走了，小鬼们歇会儿吧！"众太医们不满李醯平日的蛮横霸道，背后称他为"阎王"。

韩皋将手中正揉制的药泥往案上一摔说："我们这叫什么太医，天天被关在屋里制药，成了李阎王的苦力奴工了！"

马邕满脸怒色说："我们只有干活的分，领功请赏都是他一人的！"

年长多思的太医师旷说："你们听说呗，神医扁鹊到咱大秦了！正在金山临潼治儿瘟呢。"

阮孜双眼放光说："我听说，昨天下午，神医扁鹊已被左庶长大人用大王四马御车，接进大王宫里了！"

马邕冷笑说："这下李阎王可有好果子吃了！"

阮孜吃惊地睁大眼问："咋，大王又要赏李阎王？"

马邕不屑地扫一眼阮孜，小声说："赏？赏个屁！神医扁鹊一见大王，就把李阎王谎称治好儿瘟的事揭穿了！"

韩皋兴奋地说："好！这回看他再咋编假话骗大王吧？"

师旷思忖着用手指指隔壁太医令府客堂说："宣诏官杜虔是李阎王的好友，这时候来找他，准是王宫里又发生了什么大事？"

阮孜转转眼珠说："咱们到墙根听听去，听他们又在密谋啥？"

几个人互相瞧一眼，心领神会悄声聚往由木板做成的隔墙前，侧耳而听……

在太医令府客堂内，一张几案两边对坐着伏身接头交谈的李醯与杜虔。杜虔说："那秦越人果然医术非凡，只一刀就取下大王脸上的毒瘤！"

李醯听了抱怨说："你怎么不阻拦呢？"

杜虔说："阻拦了。我昨晚离开贵府，就去找了大庶长嬴思和右庶长韦弘，他们一早就赶到大王寝宫，坚决不同意秦越人给大王割毒瘤！"

李醯不解地问："那怎么又让老游医得逞了呢？"

杜虔说："大王听了大庶长和右庶长的劝阻，也犹豫了，但被秦越人一番话激怒了，让侍卫强行将大庶长和右庶长推出宫门了！"

李醯吃惊地问："老游医讲了什么话？"

杜虔喝口水说："秦越人说，大王作为当今诸侯霸主，理应志高意坚，与有知识的人一起谋事。当断不断，轻信无知谗言，将误己误国矣！割一疾尚且如此，秦国之政可想而知！"

李醯闻言，气愤地叭地一拍桌子说："大胆狂徒，竟敢如此羞辱大王和大秦重臣们！"

杜虔望眼关上的门，压低声音说："问题还不止此！秦越人割除大王毒疾后，众人欢呼他是'神医'，不少文武大臣进言大王，奏请封他为太医令！"

李醯惊愕而怒说："岂有此理！怎能让东齐老游医压倒我呢？"

杜虔忧心地说："我特意跑来告诉你，就是让老兄早想对策呀！"……

在一墙之隔的药房内，师旷、韩皋、马邕、阮孜等听着隔壁的议论，喜形于色。韩皋高兴地从地上站起说："我们这些苦力奴工，终于快熬出头了！"

阮孜跟着站起，笑着说："大王若撸了李阎王太医令，我马上去投靠神医扁鹊，拜他为师学医！"

师旷小声提醒说："你们小声点，别让李阎王听见！"

但众人只顾高兴议论，没人留心其他。这时李醯黑着脸突然用脚踢开门，望着站在一起议论的几个部下怒喝："你们几个不干活制药，又聚在一起嘀咕什么呢？"

几个人闻言吓得面面相觑，呆若木鸡，惊慌跪倒说："太医令，我们没、没说什么！"

李醯狐疑地盯着众人审视说："没说什么，为什么聚在一起不干活？"

胆小的阮孜惶惶叩头说："我们以后再不敢了……"

"不敢什么？"李醯怒气未消地斥问，"说！"

阮孜望望低头不语的众人说："我们——"欲言又止。

李醯见了顿时大怒，冲门外喊："来人！"

家仆黄蚰立时带着几个手持棍棒和绳索的家丁进门。

李醯盯住浑身发抖的阮孜说："阮孜，你说不说？不说，立即将你绑到门外，重打五十棍！"

阮孜额冒惊汗说："太医令饶命！小人说、小人说！"

李醯冷笑说："今天不讲清楚，你们谁也休想走出这药房半步！"

阮孜眼涌泪水说："我们议论神医扁鹊了。"

李醯一惊，怒火更大地追问："议论他什么？"

阮孜擦着泪水刚想张口，太医马邕抢着答："禀太医令，我们议论他不是东西！他来咸阳沽名钓誉，医技比您差远啦！"

李醯转转眼珠说："哼！我谅你们也不敢吃里扒外！"

众人听了互相瞧瞧，低头不语。

李醯将怒容变成笑脸说："起来，都起来吧！"然后拍拍阮孜等人的肩头说，"我掌管一国之医权，你们都是我身边的人。我对你们要求严格，是遵照严师出高徒的古训。只要你们听话尽力，本太医令决不亏待你们！继续干活吧。"说毕转身离去。

众人望着李醯的背影，露出得意的微笑。阮孜感激地对马邕说："感谢马太医相救！"

马邕不屑地溜一眼阮孜说："软骨头！"悠然向药案走去。

在药房发过火，回到客堂的李醯又惶惶不安起来。他没想到秦越人能为秦王割疾成功，更没想到朝中竟有那么多趋炎附势之徒，要弹劾他李醯，进言大王封秦越人为太医令，不由自语："老游医别高兴太早，想弹劾我李醯，没那么容易！我要动员各种关系，将你赶出秦国！"

端着饭菜进屋的夫人李夏氏听到丈夫这些话说："严儿他爹，那秦越人治瘟救了咱全家，你可不能恩将仇报哇！"

李醯听了一惊，看到屋内只有夫人，笑笑说："我瞎说，你妇人家可别乱讲啊！"李夏氏点点头，放下饭菜走了。

夜来了，灯下，只剩下李醯一人的客堂内，他思忖着在室内踱步，灯光将他的身影映在窗户上。神色慌张的李严推门进来说："爹，我听娘说，您要用计把秦伯伯赶出秦国？"

李醯一怔说："胡说，老娘们乱嚼舌头！"

李严认真地说："秦伯伯帮咱们治愈儿瘟，挽救了咱全家性命，咱们应该感谢他才对呀？"

李醯奸笑着说："呵呵，爹也是这么想的。快坐下，正想叫你来商量这事呢！"

李严高兴地坐下说："爹想怎样感谢秦伯伯？"

李醯转转眼珠说："你秦伯伯是为父童年时的好友，五十多年才在异乡相见，又救了咱们一家人性命，真是恩重如山哪！"

李严赞同说："知恩不报非君子！"

李醯点头笑道："爹也是这意思。你秦伯伯常年游医四方，受尽人间之苦，爹想将他请进府中，一来叙旧，二来尽尽地主之谊，让他们师徒享几天清福。你看如何？"

李严两眼放光说："好哇，孩儿正有许多疑难之症，要向秦伯伯请教呢！"

李醯笑着说："那明天，你就代父去驿馆请你秦伯伯怎么样？"

李严兴奋站起说："爹，您放心。这事就包在孩儿身上吧！"

天黑天亮只是一瞬间。上午，秦越人坐在秦王宫驿馆房内，正听佚妹、子豹、子越讲述离开金山临潼时众乡亲送别的感人情景，李严满脸笑容进门跪拜说："侄儿李严，拜见秦伯伯和大娘！"

秦越人笑着起身扶起李严说：“快起来说话，你怎么来了？”

李严站起说：“侄儿奉家父之命，特来请伯父伯母和众弟子到家中去住！”

秦越人一怔说：“大王在这里将我们奉为上宾，怎好擅自离开，再去麻烦贵府啊？”

李严诚心劝道：“宫中驿馆虽好，终不是家。您与家父五十多年不见，家父想与您叙叙旧，让您感受家的温暖。”

秦越人思忖说：“此议甚好，但得报禀胡大人知道。”

李严兴奋地站起说：“我去找胡大人！”

这时胡歧笑着进门说：“不用找，我来啦。”

李严迎上拱手说：“禀胡大人，家父让在下来请秦伯伯和徒弟们，到家中住几日叙旧。”

胡歧一怔，惊疑问：“李严，你怎么称秦神医为秦伯伯呀？你李家久住秦国，咋与秦神医有旧可叙呢？”

李严说：“我李家虽在秦国几十年，故乡却是齐国鄚邑。家父年幼时，与秦伯伯一块学医于长桑君。他们二人分别五十余年，咋能没旧可叙呢？”

胡歧吃惊地问秦越人：“秦神医，真有此事？”

秦越人笑着点头说：“确有此事。”

胡歧转问李严：“那你父咋跑到秦国了呢？”

李严说：“因齐燕两国开战，家父逃离故乡，流落到大秦。”

胡歧思忖说：“异乡逢故友，按理应该答应秦神医去贵府。但大王刚做过割疾手术，现在仍在观察治疗中，下官哪敢擅自让秦神医离开王宫啊？”

李严着急地说：“家父家母已备好宴席，若不让秦伯伯去，我回家可咋交代呀？”

胡歧思索了一会儿说：“这样吧，我做主，让秦神医师徒去赴宴，但要速去速回，决不可留宿！”

李严瞠目说：“家父定不会让秦伯伯吃过饭就离开的！”

胡歧瞪眼说：“你父敢置大王之疾不顾吗？”

李严惊愕欲再申辩，秦越人用手止住，笑着说：“贤侄别争了！咱们还是按左庶长胡大人的吩咐办吧。”

时近正午，李醯率领师旷、韩皋、马邕、阮孜等太医站在太医令府门前，拱手迎接秦越人、佚妹、子阳、子豹、子越说：“小弟李醯，率门徒恭迎秦兄秦嫂和众弟子，光临寒舍！”

秦越人快步上前说：“自家兄弟，哪用这么郑重客气呀？”

李醯挽住秦越人的手说：“秦兄秦嫂肯屈尊驾来弟府，我这里可是蓬荜生辉呀！”

秦越人笑笑说："什么尊驾？越人只不过是一乡野游医而已！"

李醯一怔，尴尬笑道："秦兄以神医名冠天下，还这样谦虚，令小弟惭愧汗颜哪！"

秦越人指着跟在李醯身后的众人说："太医令，你也不把这些大秦医家才俊，给越人介绍介绍吗？"

李醯红脸说："这都是小弟的部下，他叫师旷，他叫韩皋，他叫马邕，他叫阮孜……"

秦越人笑着一一紧握众人的手说："多多指教！多多指教！"

众人激动地握着慈祥可亲神采奕奕的秦越人手说："秦神医好、秦神医好！"

秦越人兴奋地说："天下都说大秦人才济济，李老弟手下有这么多医家精英，可喜可贺呀！"

李醯不屑地说："这些人虽说相貌堂堂，在医术上却是丝瓜瓤子，可看不中用！哪敢与您的弟子们相比呀？"

秦越人瞅一眼李醯说："老弟此话差矣！俗话说，大江后浪推前浪。弘扬医业，还是要靠这些年富力强的后生们哪！"

李醯不好意思地说："可惜我这些部下……"

秦越人不待李醯将话讲完，就笑着说："年轻人是一切事业的希望。有太医令这样的名医指点调教，他们一定会成为医家栋梁之才的！"

李醯讪笑着说："秦兄过奖，快到客堂入座，酒菜都摆上了！"

太医令府客堂内，摆着几张放满精美佳肴和酒杯的几案，首案坐着李醯和夫人李夏氏，贵客案坐着秦越人和佚妹，其他案上坐着李严和子阳、子豹、子越。李醯高举酒杯说："谢秦兄帮秦国治愈儿瘟！"

秦越人举杯说："感谢李醯弟盛情款待！"他们边吃边谈，说古讲今，谈儿时趣闻轶事，也讲各地不同风俗人情，犹如老友相聚，又犹异乡逢知己，引得佚妹、李夏氏和众弟子、李严等笑声不断。

隔壁笑声不时传到太医令府药房内，师旷、韩皋、马邕、阮孜等人也兴奋地交谈着。马邕说："这神医扁鹊仙风道骨，果然气度非凡哪！"

师旷说："我原以为，秦神医的派头一定比李阎王还要大，没想到那么大名气的神医，一点儿架子也没有，就像一位慈祥谦逊的老寿翁！"

韩皋说："你们发现没有，他虽然比李阎王岁数还大，手脚轻盈、面色红润，浑身好像有一个神秘的气团包着！"

阮孜说："他握住我的手，激动得我直想哭。"

马邕说："秦神医说咱们是大秦的才俊和精英，李阎王却骂咱们是丝瓜瓤子，可看不中用！"

师旷钦佩地说："你看人家那三个徒弟，个个气宇轩昂、精神抖擞！"

韩皋感叹说："名师手下无弱徒啊！哪像咱们这些，整日被关在药房里做苦力的奴工呢？"

马邕气不平地说："如果放我出太医令府，我马上去拜神医扁鹊为师！"

师旷思索着说："老弟，恐怕秦神医不会收你为徒的？"

马邕不解地问："为啥？"

师旷笑笑说："李阎王和秦神医以兄弟相称，哪有当哥哥的收弟弟手下人为徒弟的理儿呢？"

马邕哀叹说："唉，你说得也对！咱们投在李阎王门下，这辈子恐怕再难有翻身出头之日了！"

韩皋不服地说："未必。"

师旷一怔说："咋的，韩老弟有门路攀上秦神医？"

韩皋说："不是我有门路。我觉得，李阎王虽然张口闭口称秦神医为兄，可从秦神医在门口讲的那番话来看，他们俩好像不是一路人！"

马邕点头赞同，又忧心说："李阎王突然摆宴请秦神医，我总觉得这里面，藏着什么不可告人的目的？"

师旷一惊说："对呀。这李阎王向来以医技为傲，都是吃别人的请，啥时候见他这么隆重请过人呢？"

韩皋转转眼珠，思忖着说："咱们这几天得经点心，千万别让心狠手毒的李阎王，把秦神医这样闻名天下的人算计啰！"

阮孜惊愕睁大眼说："不会吧？他们可是自幼相交的老乡，又是同一个师父教的师兄弟呀？"

马邕讥讽说："就你心眼好！要不，李阎王为啥总拿你出气呢？"

师旷沉思了一会儿说："李阎王真要算计治愈大秦儿瘟的秦神医，那可是头顶长疮脚底流脓的天下一号大坏蛋了！"

马邕愤慨地说："李阎王胆敢陷害秦神医，我就放把火，把这太医令府给他烧啰！"

师旷用手指嘴，抬头观瞧窗外说："小点声，小心隔墙有耳！"……

药房中的众太医还在谈得津津有味，太医令府客堂的午宴早结束了。李醯酒醉，被夫人李夏氏和家仆黄蚰搀往后院卧房休息，屋内只剩下李严和秦越人师徒。秦越人浏览着屋内靠墙的一个个书架说："这些医简，都是难得的医家圣籍呀！"

李严紧随身后说："这些都是家父几十年行医中，搜集积攒的历代医籍。"

秦越人指着木架上一个精美的木盒问："这里面是什么医籍呢？"

李严不好意思地笑笑说："这是愚侄近年整理的大秦'和缓'二祖的一部书

稿，请秦伯伯指教。”说着打开木盒，请秦越人观看。

秦越人拿起盒内木简，看到木简上用小篆写着《和缓医踪》四个字，顿时兴奋地翻阅起来。

子阳拿起师父看过的医简，看了一会儿惊喜地说：“师父，和缓二祖对阴阳的论述，与您在《难经》中的论述，有不少相同之处哇！”

秦越人笑笑说：“凡历百病的医家，探出相同的医理，这叫异曲同工！”

李严吃惊地问：“秦伯伯，天下久传您在写《难经》，已经写成了吗？”

子阳不待秦越人回话便说：“师父历时四十余年著《难经》，五年前已定稿誊抄，送各地医家了。”

李严兴奋地说：“秦伯伯，侄儿虽整理‘和缓’二祖医踪，对阴阳五行之说并不甚解。您能给侄儿讲讲吗？”

秦越人笑笑，放下手中医简问：“你父亲看过，你整理的这部《和缓医踪》书稿吗？”

李严说：“看过。他说‘和缓’二祖是故弄玄虚，没有什么价值。”

秦越人闪闪眉说：“你整理的《和缓医踪》，虽然记述不完整，不失为一部好医籍。看来‘和缓’二祖，生前也在致力探索阴阳五行与医术的关系啊！”

李严吃惊地说：“秦伯伯，这阴阳五行之说，真的与我们医家有关系吗？”

秦越人点点头说：“阴阳之说，始于《易经》。阴阳五行，因地之性，生起六气。天有六气，淫生六疾，故医家自岐黄起，便有六气六疾之说。”

李严惊愕地自语：“啊，原来是这样啊？”

秦越人说：“六气，就是阴、阳、风、雨、晦、明；六疾，即阴淫寒疾，阳淫热疾，风淫末疾，雨淫腹疾，晦淫惑疾，明淫心疾。医者用这些理念去推断病症生成原因，没有不通不明的！”

李严连连点头后又问：“秦国有位医家，按阴阳五行对病进行分类，这是否有道理呢？”

秦越人闪闪眉说：“没有道理。病因和病症是两码事！”

李严又问：“秦伯伯，您觉得人病应分为几类呢？”

秦越人说：“两类！”

李严惊奇地两眼发直再问：“哪两类呢？”

秦越人说：“一类是从外发生的，一类是从内发生的。从外发生的叫六淫，即风、寒、暑、湿、燥、火；从内发生的叫七情，就是喜、怒、哀、乐、爱、恶、欲。民间称为‘七情六欲’。”

李严兴奋地转着眼珠说：“我明白了、我明白了！多年结在我心中的疙瘩，终于解开了！”然后又问，“为啥要用《易经》解释病理呢？”

子阳接话说：“因为阴阳之说，源于《易经》。所谓阴阳五行，即指金、木、水、火、土，相生相克循环而并生的道理。因地之性，生其六气，故用五行之说来释医理！”

李严恍然大悟说：“秦伯伯和子阳兄一番话，让愚侄茅塞大开呀！”

秦越人淡淡一笑说：“世人在没有解开阴阳五行之奥妙的时候，无法解释大自然出现的天灾人祸，就误以为是神鬼作祟，便用祈祷和占卜来求告命运，从而造成医巫不分、巫术横行的现象，欺骗善良人，使许多可治之症死于非命！”

李严赞同说：“在秦国，现在各种巫事仍然遍及城乡，不仅国之大事问巫求卜，民间禳灾祈安求康更是猖獗！这次儿瘟死那么多娃，就是刚病发时，人们信巫不信医所致。”

秦越人仰望窗外苍天感慨地说：“人之所病，疾病多；而医之所病，病道少！良医得蚤从事，方疾可已，身可活啊！”

李严哀叹说：“可惜这世上，至今尚无张医威医尊之道哇？”

子阳自豪地说：“有了。俺师父已给我们众弟子，规定了‘六不治’！”

李严惊愕地问：“哪六不治？”

子阳说：“一骄恣不论于理不治；二轻身重财不治；三衣食不能适不治；四阴阳并，藏气不定不治；五形羸不能服药不治；六信巫不信医者不治！”

李严兴奋得两眼放光说：“好、好！这‘六不治’，真是说出了世代医人，想说而不敢说的心里话呀！”

这时左庶长胡歧进门说：“秦神医，大王召您带众弟子进宫！”

秦越人闻言说：“李严侄儿，我不能面辞你父了。请代为感谢他的盛情招待！”说毕跟着胡歧离去。

李严望着秦越人飘然而去的背影钦佩自语：“神人哪，真乃当世活神仙！”

下午，割去脸疾八天的秦武王恢复了原有的英武和神采。他坐在王位上扫视一圈站立左右的文武百官说：“伐蜀之事，就照大庶长嬴思所奏，由右庶长韦弘统领大军。众卿还有何事要奏？”

右庶长韦弘出列奏道：“大王，臣领兵出征前，还有一事要说。”

秦武王满脸笑容说：“爱卿请讲！”

韦弘说：“臣前天到金山校场阅兵，看到万民夹道欢送治愈儿瘟的神医扁鹊弟子们，感触良多。秦神医在殿堂敢力排众议，割治大王脸疾，堪称赤胆忠心，千古医术奇迹！我大秦旭日东升，志在平定天下，大王应将神医扁鹊及其弟子，留在秦国啊！”

秦武王一怔说：“韦爱卿，前几天你不是说他们是乡野游医，反对秦神医为寡人割疾吗？怎么又劝寡人将他们留在秦国呢？”

右庶长韦弘红着脸说：“臣错了。像神医扁鹊这样誉播四方的名医，大王决不能让他再到他国去了！”

宣诏官杜虔说：“大王，名医各诸侯国都有。我大秦已有李太医令父子，下官以为，没必要再留秦越人师徒了！”

韦弘反驳说：“李太医令虽然医术高明，哪能与神医扁鹊可比呢？儿瘟猖獗，李太医令不仅束手无策，还骗哄大王儿瘟是他所治愈。这样之人，大王决不可再重用啊！”

杜虔争辩说：“自儿瘟暴发，李太医令父子一直奔波于城乡，怎能说都是秦越人师徒的功劳呢？”

秦武王转转眼珠，目光盯向赢思问：“大庶长如何看待此事？”

赢思拱手说：“李醯父子虽说几十年效忠我大秦，但治愈儿瘟之事，他有骗王冒功之罪。现在咸阳城内外已众口皆碑，儿瘟确为神医扁鹊师徒所治愈！”

秦武王笑笑刚要讲话，左庶长胡歧领秦越人及佚妹和众弟子进殿，跪奏说：“禀大王，神医扁鹊和弟子奉召进宫！”

秦越人率众弟子跪下拱手说：“乡野游医秦越人，率弟子拜见大王！”

秦武王高兴地站起挥手说：“秦神医和弟子们快请起！”

众文武看到白须白发、仙风道骨、满面红光的秦越人和众弟子发出一片惊叹：“啧啧，这简直是天上神仙啊！”“这众弟子个个英俊、气貌非凡！”“那女子是他媳妇，咋长得这么年轻漂亮呢？”……

秦武王听着众人议论，笑眯着眼说：“秦神医，寡人和众臣商议，想让您和弟子们留在我大秦，你意下如何呀？”

秦越人一怔拱手说：“禀大王，越人只是个乡野游医，不习惯安居一处。”

秦武王一震，转转眼珠笑着说：“寡人拟让你担任我大秦太医令，众弟子当太医。你意下如何？”

秦越人摇头，情真意切地说：“越人感谢大王和众大臣厚爱。秦国已有李太医令，已足矣！”

右庶长韦弘说：“秦神医，大王可是诚心要留您和众弟子在秦国啊！”

左庶长胡歧说：“秦神医，您就应了大王的盛情美意吧！”

秦越人笑笑说：“我带弟子到秦国游医，是想学习大秦的医术。我治儿瘟、医大王脸疾，是医家之责，从没想过要留在秦国担任什么职务之事。此事太唐突了，望大王容越人再思之！”

秦武王诚挚说：“寡人和众臣诚意相请，还望神医早做决断哪！”

尽管秦越人坚辞秦王诚意相留之意，宣诏官杜虔却恨不得朝会早点散，好把这一消息告诉多年好友李醯。所以，秦武王一离位，杜虔就从王宫直奔李太医令府。酒足饭饱后，夜灯下，李醯拉着杜虔又走进客堂，与杜虔近坐几案前又继续趋身密语。

杜虔着急地说："李兄，此事已火烧眉毛，你再不可犹豫了！"

李醯额冒惊汗说："我现在就去找王后！"

杜虔说："你找王后也没用！自秦越人治好大王脸疾后，她也给大王说秦越人的好话！"

李醯愁眉拧成一个疙瘩，凄楚流泪说："可怜我李醯侍奉三代大王，竟落得如此下场啊？"

杜虔说："哭没用！俗话说，无毒不丈夫！事到如今，你若想保住太医令之位，只有一条路可走了。"

李醯一惊说："什么路？"

杜虔用手做了个杀的姿势说："只有这样，才能永消后患！"

李醯惊愕地说："老游医虽可憎，可他并没在大王面前说我坏话呀？"

杜虔不屑地说："你真是迂腐！俗话讲，胜者王侯败者贼。在生与死面前，还顾及什么他讲不讲好话呀？"

李醯犹豫难决说："他毕竟是我学医于同师的老乡啊？"

杜虔冷笑说："你就是被这种俗气蒙住了眼！岂不知，那秦越人在大王面前讲你好话这招，比讲坏话更阴险更狠毒吗？"

李醯瞠目问："你这话是什么意思？"

杜虔狞笑说："这还不明摆着！他若在大庭广众之下讲你坏话，大王会对他产生疑心；讲你好话，既蒙住大王和众臣的眼睛，还落个仗义谦逊的好名声，更促使大王废你用他之心呀！"

李醯惊愕张大嘴，愣了一会儿说："照你这么说，老游医推辞大王封赐是假，害我之心却是精心谋划？"

杜虔点头贼笑着说："李太医令，你终于醒过味了呀！"

李醯咬牙切齿说："既然他不仁在先，就休怪我李醯无情无义了！"然后话锋一转说，"杜大人，你这样为我两肋插刀，让我如何感谢呢？"

杜虔笑笑说："实不相瞒，那秦越人也是我一个故交的仇人！"

李醯吃惊地问："你的故人姓什名谁？"

杜虔说："齐国卯兮城姜侯府管家黑狗儿。"

李醯思忖一会儿说："可是因脸涂槐花汁，被老游医拒治而死的那个姜公子的管家吗？"

杜虔点头说："正是。我当时也在姜侯府当差。"

李醯不解地问："那姜公子死后，用黑狗儿之头祭灵，谁还会记得这些陈年旧账呀？"

杜虔说："黑狗儿之子黑虎，现在就在咸阳城内。他得知秦越人来了，想报杀父之仇，只愁秦越人住在重兵守护的王宫内驿馆，无从下手！"

李醯疑惑地说：“你把此事告诉我，是想让我把老游医诓出王宫？”

杜虔点点头说：“对，这件事只有你能做到！你只要……”

俗话说，要想人莫知，除非己莫为。李醯与杜虔不同寻常的密切接触，早已引起府中众太医的怀疑。黑暗中，李醯与杜虔在客堂密谋之话，已被暗中潜进药房的师旷、马邕、韩皋三人听得八九不离十。听到李醯送杜虔出门后，他们三人悄悄溜出药房，在夜色掩护中回到后院寝室，便聚在一起紧张地小声商议起来。

韩皋气愤地说：“这李阎王果然不出所料，要和杜虔联手杀害秦神医呀！”

师旷焦急地说：“事不宜迟，咱们得赶快把这个消息告诉秦神医去！”

马邕忧愤地说：“那王宫戒备森严，我们没有令牌，如何进得去呢？”

师旷思忖说：“我下午听黄蚰说，李严明天要去给秦神医送他刚从民间找来的‘和缓’二祖遗简，我们以帮他搬运医简为名，随他去见秦神医行不行？”

马邕愁苦地说：“那李严虽然善良好说话，也不会同意带我们三个去呀？”

韩皋听了说：“你们俩都上有老下有小，不能冒此风险！我光棍一条，把这事交给我吧！”

师旷、马邕拱手忧心说：“韩老弟，李阎王心狠手毒，又有宣诏官杜虔暗中相助，一定要小心从事，千万别露出马脚哇！”

韩皋听了点点头。

第四十二章
遭暗杀神医惨死天地悲

不知不觉秦越人师徒住进秦王宫驿馆，已有十几天。秦王脸疾已基本痊愈，秦越人日夜思谋着如何辞去秦王挽留封官之意和早日离开返回蓬山的良策。阳春二月末夜，躺在驿馆炕上安睡的秦越人突然“哦”的一声惊叫从炕上坐起。佚妹惊然而醒坐起询问：“夫君，你怎么啦？”

秦越人摇摇头说：“我做了一个噩梦。”

佚妹紧张地问：“什么梦？”

秦越人说：“我梦见在荒野上有一伙贼人追我，奔跑中突然落进一个黑不见底的大坑里！”

佚妹抱住丈夫说：“梦为白日思。你是不是担心秦王不放咱们出宫，不让咱们离开秦国呀？”

秦越人说：“是啊，大王要留下我当太医令，那不是砸了李醯兄弟的饭碗了吗？”

佚妹深情地抚摸着丈夫嶙峋的脊骨，忧心地说：“这秦国素有虎狼之称，大王若真扣住咱们不放，就再也回不了咱们蓬山了？”

秦越人思忖着说：“我想不会。秦国现在已是当今天下的霸主，志在威播天下。他若扣住咱们不放，岂不被天下诸侯耻笑、有损于大国之尊吗？”

佚妹点头说：“咱们已出来五六年了，俺真想咱蓬山啊！”

秦越人一手抱住佚妹，一手抚摸着佚妹的头脸说：“这些年，让爱妻跟着我到处奔波游医，想起来真是亏待了你呀！”

佚妹亲吻着秦越人的额头说：“俺愿意，既学医术又看风景。”

秦越人疼爱地揽住妻子说：“佚妹，说心里话，你找我这么个丈夫，后悔吗？”

佚妹用脸贴住丈夫的脸说：“不后悔。”

秦越人盯着佚妹的眼睛问：“一点儿遗憾也没有？”

佚妹嘟着嘴说：“要说有，就一点儿。”

秦越人认真地问："哪一点？快告诉我，我今后要给你补上！"

佚妹羞笑着指指自己肚子说："你补不上了。"

秦越人哈哈笑着说："这点是补不上了。可你别忘了，我有十二个弟子，弟子又有子和女，他们都是你的孩子啊！"

佚妹不好意思地说："他们一喊奶奶，俺就脸红。"

秦越人说："脸红什么，我理直气壮当爷爷，你就该理直气壮当奶奶嘛！"

佚妹笑着说："天刚过半夜，咱们再躺下睡会儿吧？"

秦越人说："我睡不着了，你睡吧。我做会儿健身三招。"说着放下佚妹，给她盖上被子，自己仰躺炕上做起踢小腿、甩双臂、揪耳朵的健身三招。

佚妹看着看着，自己也蹬掉被子做起健身三招来……

清晨，李严走出房门，发现黄蚰陪着一位行武打扮的四十多岁黑脸壮汉站在院内，上前问道："黄蚰，这是何人，怎么擅自领到内院来啦？"

黄蚰满脸堆笑说："禀公子，此人名叫黑虎，奉杜虔大人之命，来拜会李太医令。"

李严说："黑壮士，家父尚未起床，有何事你就告诉本公子吧？"

黑虎上下打量李严说："此事甚密，须当面与李太医令商议。"

李严不高兴地说："你说不说？不说，就马上离开本府！"

黑虎把眼一瞪说："好大口气！不是有要事在身，本壮士今天与你没完！"

睡在屋内的李醯闻言厉声问："严儿，何人在院内喧哗？"

李严说："禀父亲，有一自称黑虎的人来找您！"

李醯听了立即吩咐："严儿，快领黑壮士到客堂招待，为父马上就到！"

李严不快无语，黄蚰答应一声："知道了！大人。"转身赔笑对黑虎弯腰伸手说："黑壮士，请到客堂坐！"

李严望着傲气昂然的黑虎背影自语："何方野人，横到太医令府里来了？"

走出卧房的李醯见儿子呆立院内问："严儿，不是让你去库房找医简送给秦越人嘛，怎么还站在院里？"

李严不高兴地说："爹，您咋对黑虎这种狂徒这么客气呢？"

李醯笑笑说："他是你杜叔叔的朋友呀。"

李严不屑地说："杜叔叔日夜守在大王身边，咋会结交这种一脸杀气的人哪？"

李醯说："世事坎坷，这样的人有这样人的用处。"

李严说："爹，咱们是治病救人的医家，我劝您还是少与这样的人来往好！"

李醯笑着说："爹知道，你快去给你秦伯伯找医简去吧！"

李严不耐烦说："库房里那么多医简，你让我送哪堆呢？"

李醯转转眼珠说："送各地交来的偏方吧。你从药房叫俩人帮忙。"

上午，秦越人与佚妹、子阳、子豹、子越坐在屋内论医道。子豹不平地说："师父，现在这世上的医家良莠不齐，良医得蚤从事，庸医们却到处败坏我们医家名声！"

秦越人说："十指不能一般齐。要正人，先从正己做起。"

子阳问："师父，您觉得良医与庸医如何划分呢？"

秦越人闪闪眉说："良医常修从医之德，常思为医之道，常钻为医之术，常循大医之行；庸医妄自尊大、术劣少德，见利忘义，贪财图贵！"

子越问："师父，如果把世上的医家分分，可分为几类人呢？"

秦越人思考片刻说："巫医、郎中、良医和大医四类人。"

子豹翻翻眼问："划分这四类人的标准，是什么呢？"

秦越人笑道："巫医是打着医家的幌子，骗人图财害命；郎中是就病论病，脚疼医脚、头疼医头；良医既懂医道医理，又有使患者康复的本领；大医是防病于未然，救治于危难，探求于先知。"

这时李严兴冲冲带着抱偏方医简的马邕和韩皋进门说："秦伯伯，俺爹让我把府中从各地征集的偏方送来了，请您参阅。"

秦越人兴奋地站起说："这么多呀！子阳、子豹快接过来！"

子豹去接马邕抱的医简，子阳去接韩皋抱的医简。

子阳在接过韩皋怀中医简的一刹那，韩皋将手中的一个布条用力塞进子阳手中，眼盯着子阳说："一定收好！"

子阳一震，将布条紧攥手中，疑惑望着韩皋说："放心！谢韩太医。"

秦越人惊喜地抚摸着堆放在屋内几案上的医简说："谢侄儿和李太医令了！"

李严笑着说："秦伯伯不用客气，还想看什么医籍请吩咐？"

秦越人说："这就够我看几天了，有事再找你吧。"

李严兴奋地说："那侄儿就告辞了。"说着向门外走去。

秦越人一直送到门外说："向你父母问好，待我读过这些医简再登门拜望！"然后边转身进屋边笑着说："这李严侄儿还真是个有心人，那天我只顺口说了句话，他倒当真事办了。"

子阳回身瞧瞧门外，将屋门关上，一脸严肃把手中攥的布条送到师父面前说："师父，这是韩太医递给我医简时，暗中塞到弟子手中的一个布条！"

佚妹一惊说："快打开看看，上面写些什么？"

秦越人展开布条，只见一块白布上用墨笔写着："小心，李阎王要害你！"八个字。佚妹惊愕地问："李阎王是谁？"

子阳说："那天在太医令府，弟子听到马邕太医骂李太医令是李阎王！"

秦越人气愤地往几案上一摔布条说："无稽之谈！李醯视我为兄，自幼相携，盛宴相待，又派儿子送来多年搜集的秦国偏方，怎么会害我呢？"

子阳严肃地说："师父，韩太医向弟子手中塞布条时，一脸严肃，还特意嘱咐'一定收好'四个字！"

子豹回忆说："师父，那天咱们到太医令府赴宴，俺就觉得李太医令神色有点不对！"

子越补充说："李太医令那天并没喝多少酒，却说醉了。俺发现，他离开时有意回头看了师父一眼呢！"

秦越人坦荡地说："即使这样，也构不成他要害我的理由哇？我不相信！"

佚妹思忖着说："夫君，俗话说，害人之心不可有，防人之心不可无。俺觉得，那韩太医决不会无缘无故冒险送这个布条的！"

秦越人茫然望着众人凝思……

下午，秦武王端坐在大殿宝座上，扫一眼站在殿内的众文武，问左庶长胡歧："胡爱卿，秦神医这两天在干什么呢？"

胡歧拱手说："禀大王，秦神医在阅读李太医令送去的医简。"

秦武王笑着说："他对留他在秦国当太医令之事，考虑如何了？"

胡歧说："臣没问，他也没讲。"

杜虔趁机进言说："大王，下臣觉得留秦越人当太医令之事，还应慎重三思！"

秦武王一惊问："杜爱卿，此话怎讲？"

杜虔一脸严肃说："当今天下，诸侯相争，奸人遍野。那扁鹊虽然医技超群、举世无双，但他在游医中与多国大王交往甚密，其弟子又散居齐、鲁、赵、卫、魏、韩等国，尤其他长期栖居我大秦的劲敌赵国，大王不能不防啊？"

朝班中立即有人附和说："杜大人所奏极是，愿大王明鉴！"

左庶长胡歧气愤地说："简直一派胡言！秦神医除儿瘟、医大王疾，辞重赏不受，又拒封太医令，实为世间罕见磊落德高之人！岂能容人随意怀疑和诽谤呀？"

秦武王看到众臣窃语争执，挥挥手说："好啦、好啦！此事不再议，寡人自有主张！"

众人听了，悻悻散去。

秦武王再次提起让秦越人留在秦国当太医令，引起朝堂争议，使宣诏官杜虔心急火燎。散朝后回家吃过晚饭，在夜深人静后又急匆匆赶往李太医令府，与李醯商量对策。灯下，坐在客堂的杜虔问李醯："李兄，黑虎可来拜访过你？"

李醯愁苦地说："见过了。杜大人，王宫驿馆戒备森严，我思索了两天，真想不出用啥法，可以诱使老游医出宫啊？"

杜虔说："此事不可再拖了！再拖，你就家破人亡、永无翻身之日了！"

李醯慌乱地说："怎么，大王又提让老游医当太医令之事了？"

杜虔点点头说："我用无中生有之计，刚把大王说得心动，又被那胡歧之言给拉回去了！"

李醯额冒惊汗说："这、这可怎么办哪？"

杜虔转着眼珠思忖一会儿说："如今，只有用调虎离山之计这一招了！"

李醯惊愕地问："调虎离山？如何调？"

杜虔成竹在胸说："你明日深夜子时进宫，谎称金山儿瘟又泛滥，恳请大王速派秦越人同往医治！"

李醯惧怕地打战说："因谎报治儿瘟之功，我已多日称病在家，不敢上朝，突然深夜去见大王，还不被当场擒拿正法吗？"

杜虔奸笑说："大王最在意之事，就是大秦人丁兴旺。若是你奏报儿瘟又起，大王哪还顾得上再问罪于你呀？"

李醯思索着流泪说："就是大王当场不问罪于我，事后知道又是谎词，岂不罪上加罪呀？"

杜虔不满地说："作为朋友，我能帮之事都帮了。你若瞻前顾后，畏首畏尾，只有等大王脸疾痊愈后，革职法办，满门抄斩吧！"

李醯闻言双膝跪地涕泪横流说："杜大人，你千万要救救本官哪！"

杜虔狞笑说："救你，咋救你？你连诓骗秦越人出宫的胆量都没有，让我如何救你呀？"

李醯哽咽说："我、我一切听从大人安排！"

杜虔扶起李醯说："堂堂大秦太医令，你也太没出息了！又不是让你亲自去杀人，你怕个什么呢？"

李醯哀凄说："我李家十余口的性命，全系此事上了啊！"

杜虔笑笑说："你能跑到秦国安家立业，为何不能再带全家远走他乡，另谋新途呢？"

李醯一怔，破涕为笑说："李醯请杜大人指点迷津？"

杜虔拉过李醯，小声在耳边说着什么。李醯脸色一会儿惊，一会儿笑，一会儿发抖，一会儿两眼放光……

鼓起李醯的仇恨和杀心，杜虔回府后一夜安睡。清晨，他正在家中客堂穿戴朝服准备进宫，黑虎进门拱手说："杜叔叔好！"

杜虔放下手中的头冠笑着说："你来得正好，省得我派人找你了！"

黑虎一怔说："怎么，那李阎王已同意骗出秦越人了？"

杜虔点点头说："我已与他定计，今夜子时骗秦越人出宫！"

黑虎兴奋地搓手说："侄儿就等这一天了！"

杜虔沉脸问："杀手找好了吗？"

黑虎说："找好了。一个叫七寸蝎子，一个叫铜牙蛄蝼，都是武功非凡的盗贼高手！"

杜虔转转眼珠说："怎么叫这种乱七八糟的名字呢？"

黑虎笑说："这俩人都是多年打家劫舍的亡命之徒！铜牙蛄蝼以敢吃死人头颅闻名，七寸蝎子以用七寸毒镖令闻者丧胆！"

杜虔顾虑重重说："我听说，那秦越人师徒，不仅医术高超，而且武功也非等闲之人可比呀！"

黑虎充满自信地说："杜叔叔放心，侄儿已试过七寸蝎子和铜牙蛄蝼的武功，其技不在侄儿之下！"

杜虔忧心地说："刺杀秦越人不比常人，成与不成都是惊动天下的大事！不仅秦王要下令追杀，诸侯各国也会布告天下擒拿的！"

黑虎穷凶极恶地说："只要能报杀父之仇，纵使碎尸万段侄儿也认了！"

杜虔说："你把命豁上了，那七寸蝎子和铜牙蛄蝼也肯豁上命吗？"

黑虎说："重赏之下必有勇夫！侄儿已将所有家产变卖，赠与二人了！"

杜虔不放心地问："如果他们临阵脱逃呢？"

黑虎咬牙切齿地说："那我就先杀了他们，再杀秦越人！"

杜虔点点头说："既如此，今日天黑后你带他们俩，去见李太医令！他会告诉你们刺杀地点和时间。"

黑虎兴奋地拱手说："请杜叔叔静候佳音！"说毕踌躇满志离去。

按照与杜虔的商定，李醯在会见刺杀秦越人的杀手黑虎等人前，必须做好逃离秦国的准备。太阳西斜的下午，李夏氏在屋内边打理行装边对不安站在一旁观看检查的李醯嘟囔："你想起啥，就是刮大风！去金山看个景，带这么多金银财宝干啥？"

李醯不耐烦地说："叫你拿啥就拿，少废话！"

李夏氏刚想反驳儿子李严进门，打量屋内地上堆的包裹箱子说："爹，怎么带这么多东西呀？"

李醯笑着说："这些都是准备让你秦伯伯走时，捎给老家亲戚朋友们的礼物。"

李严疑惑地问："秦伯伯真同意与咱们一块去金山游玩吗？"

李醯说："金山是咸阳附近风光最秀丽的地方，也是大王休养避暑的行宫。你秦伯伯一生漂泊四方，我要陪他在金山好好休养一段时间。"

李严高兴地说："我有好多行医疑难，正要向他请教呢，这真是个好机会呀！"

李醯说："你别光顾自己，媳妇和孩子们都准备好了吗？"

李严说："我不想让他们跟着去添乱了！"

李醯一怔说："胡说！不让孩子们去怎么热闹？不让你媳妇去，谁伺候一家老小？"

李严不解地说："都走了，谁看家呀？"

李醯强打笑颜说："你秦伯伯无儿无女，孤身一人。我让你媳妇和孩子们一块去，就是想让他感受儿孙之乐和家的温暖哪！"

李严不情愿地说："太阳都快落山了，明天我们与秦伯伯一块走，不成吗？"

李醯神色严肃地说："不行！今晚赶到金山驿馆，是为明天迎接你秦伯伯做准备，这是杜大人传达的大王之命，你小子敢抗王命啊？"

李严听了，无奈离去，去找妻子儿女一块收拾东西准备去金山驿馆。

落日余晖中，院内停着三辆装满行装箱包和坐着李夏氏、李严媳妇及儿女的马车。李醯扶着儿子李严的肩头动情地说："这一家人就交给你了！你要照顾好你娘和孩子们，明天上午，我就陪你秦伯伯前往。"

李严望着父亲发潮的双眼说："爹，只分开一夜，您有啥不放心的？"

李醯慌忙擦一下眼中的泪珠，恢复平静说："唉，人老了，见不得一家人分离啊！"

李严说："要不，让娘和孩子们先走，我留下陪您？"

李醯慌忙摆手说："不用、不用！有黄蚰伺候为父就行了，你快上车走吧！"

李严纳闷儿地上车后回望父亲，三个孙儿、孙女挥手喊："爷爷，您快点来！"

李醯眼圈发红，强作笑颜挥手说："好、好，路上慢点！"

太医令府药房内，挤在窗口向外观看的太医师旷看到三辆马车驶出府门，转身不安地说："咱太医令府恐怕要出大事啦？"

太医阮孜惊慌地问："出啥大事？"

太医马邕说："李阎王老婆孩子都走了。没有大事，这么晚了拉那么多东西离开家干啥去？"

师旷轻声说："你们看见呗，刚才李阎王还擦泪呢！"

马邕走近闷坐一旁的韩皋身边小声问："那布条你真塞给子阳了？"

韩皋点点头说："你在旁边，没听到我说'一定收好'四个字吗？"

马邕转着眼珠疑惑不安说："既然收到了，还会出什么事呢？"

韩皋突然一怔，惊慌说："是否秦神医把字条交给了大王？李阎王听到什么凶信儿，要带着全家连夜出逃呢？"

马邕摇摇头，思忖着说："要是那样，李阎王自己怎么留下还不走呢？"

这时李醯带着黄蚰推门走进药房，沉脸质问马邕和韩皋说："你们俩不做药，又嘀咕啥呀？"

马邕慌忙拱手躬身说："没说啥，我婆姨给韩太医说了个媳妇，我问他同意呗？"

李醯转转眼珠问韩皋："韩太医，是这事吗？"

韩皋神色坦然点头说："是这事！"

李醯脸上挤出一丝笑容说："为王宫制药，是一件细活，容不得半点马虎！今后在制药时，绝不可再交头接耳谈私事分心！"

马邕和韩皋对望一眼说："卑职记下了！"

李醯威严地扫视一圈众人说："大王有旨，让本太医令编纂《大秦医要》。为了广聚各地医经，从明天开始，除我留在府内坐诊外，你们都到各郡、邑去，搜集散落民间的医籍！"

众太医闻言一惊，然后拱手说："卑职遵命！"

李醯说毕离去。马邕望着李醯的背影对韩皋说："不知这老阎王肚子里，又要生啥蛆呢？"

韩皋说："管他生啥蛆，咱们先自由几天再说！"

阮孜皱眉说："他光说叫咱们去民间搜集医籍，也没说盘缠咋办啊？"

马邕冷笑说："你还想要盘缠呀，李阎王不让你进贡就算烧高香了！"

师旷思忖着说："我觉得，这事来得蹊跷，恐怕没你们说得那么轻巧简单！"

阮孜惊慌地说："师太医，您想到啥啦？"

师旷笑笑望一圈众人说："不告诉你！"

夜深人静，太医令府除了客堂和府门亮着灯光，院内黑得伸手不见五指。黑暗中，在侧房的墙角蹲着三个黑影。他们看到黄蚰提着灯笼向大门走去，犹如三只黑猫悄步潜到药房后窗下一簇夹竹桃丛中，然后轻轻推开窗扇，从窗口跳入药房中。进房后，三个黑影聚到药房前窗下，紧紧盯着院内挂灯的府门。

大约两个时辰后，"叭、叭、叭"，夜幕中传来三声敲府门声。蹲在药房窗前向外张望的太医师旷小声说："快看，好戏开始啦！"

太医马邕、韩皋顿时睁大眼睛看到，随着府门"吱呀——"一声响，从门外进来三个身穿夜行服、背插刀剑的侠客样人。

黄蚰提灯赔笑说："黑壮士，太医令已在客堂等候多时了！"

黑虎说："关上门，前头带路！"

黄蚰关上门，上好门栓后，讨好地点头伸手，提灯引路向客堂走去。

师旷用手指指西墙说："咱们快移到隔墙去，小心脚下！"三个黑影无言，悄步移到由木板相隔的客堂墙下，侧耳贴墙板细听……

灯火明亮的太医令府客堂内，地上一张几案上摆着丰盛的美食酒菜。李醯笑迎三个穿着夜行衣进门的人说："黑壮士，赶快入座！"

黑虎拱手说："李太医令，几时动手？请吩咐吧！"

李醯摆手示意说："先吃先喝，吃饱喝足后再说！"

黑虎坐下介绍说："这位壮士是七寸蝎子，这位是铜牙蛄蝼！"

七寸蝎子、铜牙蛄蝼笑笑，拱手说："在下七寸蝎子（铜牙蛄蝼），参见李太医令！"

李醯笑着回礼说："久闻二位壮士大名，今日相见，果然气貌非凡哪！二位快请坐。"

铜牙蛄蝼满脸横肉，七寸蝎子一身尖骨，二人坐在李醯招待贵客的绣花软座上，观瞧着房内豪华的陈设和面前的丰盛美酒佳肴，得意地挤眉弄眼说："太医令，你想杀谁，说吧？三个时辰内，保准将人头送到你面前！"

李醯说："不忙，三位壮士先品尝本府窖藏的美酒和名厨的佳肴！"

黑虎等三人也不客气，大口吃肉，大碗喝酒。

李醯观三人酒足饭饱后说："你们可知今天要杀之人是谁吗？"

铜牙蛄蝼说："知道，东齐野人秦越人！"

李醯又说："你们可知他的相貌容颜？"

七寸蝎子望一眼黑虎说："黑壮士说，他是个老头儿。"

李醯说："他七十多岁，白须白发，身材与本太医令差不多！"

铜牙蛄蝼说："他住在哪里？何时动手？"

李醯一脸冰霜说："你们埋伏在咸阳到金山路上丛林中的那座木桥下，今夜五更左右，看到一辆双马铜车路过，就杀死车上人！"说着从身后扯过一包裹说，"这包中是三百两黄金，你们一人一百两，现在就去那丛林中埋伏吧！"

三人接过黄金，兴奋离去。

黑暗中，躲在药房听到李醯与三个刺客谈话的韩皋，抄起药案上一把铜刀，气愤地说："李阎王要杀死神医扁鹊，我先宰了他！"

师旷伸手紧紧抓住说："贤弟息怒！当务之急是如何把这个消息告诉秦神医，免得他遭杀身之祸呀？"

马邕说："对！我们得让李阎王的阴谋落空！"

韩皋着急地说："我们没有令牌，如何进得王宫驿馆哪？"

师旷思索着说："我们三人分成两班，韩皋弟守在王宫门外拦截秦神医，我和马邕弟到咸阳城外大路口拦截！"说毕三人在夜色中飞离太医令府……

脸疾伤口已愈合的秦武王，吃饭睡觉完全恢复成一个健康人。深夜宫灯下，他香甜地酣睡着，躺在他身边睡醒一觉的王后雍嫣，温情地抚摸着丈夫英俊的脸颊醉心观看着。

秦武王被王后的爱抚惊醒，睁开眼笑着说："爱妃，你怎么不睡了？"

王后笑眯眯地说："妾妃看到你脸上的伤疤，想到你几天前那痛不欲生的样儿……"

秦武王伸臂将王后揽进怀里说："我脸上多了个疤，是不是难看啦？"

王后用脸拱着秦武王强健的胸膛说："不，更英俊更英武了！"

秦武王抚摸着王后光滑丰腴的后背，身上涌起一阵燥热问："寡人多日没临幸你了，是否想啦？"

王后羞涩地用媚眼望着秦武王说："是大王想了吧？"

秦武王兴奋地翻身将王后压在身下……

这时宣诏官杜虔在殿外说："禀大王，太医令李醯有要事奏报！"

秦武王一怔，停住说："他、他深夜来干什么？"

杜虔焦急地说："他说，金山一带的儿瘟又暴发了！"

秦武王一惊，瘫爬在王后身上喘息着说："让、让他，到、到偏殿等候！"

王后意犹未尽地紧紧抱着秦武王娇喘不放说："大王，妾还想要——"

秦武王亲一口王后，慌忙起身穿衣说："你等会儿，我去打发了那个老东西，回来再接着！"

灯火辉煌的秦王宫偏殿中，宫女侍从肃立周围，李醯不安地搓着手在地上走动。杜虔走近小声呵斥："镇定！一定要声泪俱下！"

神色惊慌的秦武王从侧门进殿，李醯泪流满面迎上跪下奏道："罪臣李醯，拜见大王！"

秦武王扫一眼李醯，边向王座走边说："你不是病了吗，怎么又深夜进宫来啦？"

李醯紧追秦武王，跪移到落座的秦武王面前，声泪俱下说："罪臣刚接临潼邑令戴彤急报，金山一带儿瘟又发，便抱病进宫来奏报大王！"

秦武王不悦地说："儿瘟又发，你不去治儿瘟，跑到宫内来啰嗦什么？"

李醯流涕说："罪臣已派众太医前往，自知医术浅陋，特恳请大王降旨，让神医扁鹊与弟子们同往！"

杜虔趁机进言说："大王，小儿是我大秦未来。瘟情急如火，神医扁鹊医术非凡，前些日子的儿瘟就是他用绝术治愈的，大王应该让他再展神术哇！"

秦武王转转眼珠说："杜爱卿，速宣旨神医扁鹊，让他带着弟子们，马上前往金山临潼邑！"

杜虔瞧一眼李醯拱手说："下臣遵命！"说毕向殿外跑去。

秦武王沉脸望着李醯怒喝道："李醯，你可知罪？"

李醯连连叩首说："罪臣知罪、罪臣知罪！"

秦武王怒气稍平说："你编造谎言，冒领治愈儿瘟之功，寡人本应治你骗王冒功之罪！念你多年侍奉王室之劳，允你戴罪立功！这次若再有不规，一定旧罪新罪并惩！”

李醯磕头如捣蒜说：“罪臣不敢、罪臣不敢！”

秦武王挥手说：“快下殿，陪秦神医师徒到临潼治儿瘟去吧！”

李醯慌忙站起，如惊兔惶惶逃出殿门……

黎明黑暗中，太医韩皋焦急地躲在王宫门外的一棵大树身后，紧紧盯着重兵把守的宫门张望。他看到李醯从宫门中快步奔出，跨上黄蚰牵的马加鞭而去，不由自语：“秦神医，子阳先生，你们快出来吧！再晚，就危险啦！”

夜幕中两个王宫侍卫从背后悄悄接近全神贯注望着王宫大门的韩皋，突然扑上前将他抓住，按倒呵斥：“何方奸细，胆敢夜窥王宫？”

韩皋挣扎着说：“我不是奸细！我是太医令府太医韩皋，有急事要禀告神医扁鹊！”

侍卫甲怒喝道：“狗屁太医！刚才李太医令出宫，你咋躲在暗处不迎接？”

侍卫乙说：“他不老实，打！”

二侍卫拳打脚踢，韩皋抱头在地上翻滚着喊：“你们抓错了！我真是太医令府的太医呀！”

这时，一辆双马铜车突然从宫门疾驶而出，车后跟着骑马相随的子阳和子越。韩皋不顾踢打的拳脚，伸手高喊：“秦神医快停车，危险哪——”

侍卫甲气得一脚踢在韩皋头上，韩皋立即昏了过去。

骑在马上的子阳加鞭追上师父的马车说：“师父，地上那个被打的人，好像在喊您的名字？”

秦越人闪闪眉说：“顾不了那么多了，抢救儿瘟要紧！”说毕对驭车的子豹说：“打马快跑！早一点儿赶到临潼，就多救一个病娃呀！”

子豹挥鞭“叭叭”抽马，马车像一团黑云在夜幕中飞快疾驶……

黎明黑暗中，躲在咸阳城外大路岔口旁的一片乱荆杂草丛中的师旷和马邕，紧张地盯着从咸阳城伸出的宽阔大道。

马邕焦急地说：“师兄，咋还不见秦神医他们的影子呢？”

师旷说：“别着急，估计他们很快就该来了！”

马邕说：“你能断定他们准出东门？”

师旷说：“东门距金山临潼最近，不会有错的！”

这时，大路上出现两个飞奔的骑马人身影。马邕欲站起呼喊拦截，被师旷拽住。待那两个骑马人近了，方发现是李醯和黄蚰骑马走到岔路前，黄蚰勒住马缰问：“太医令，咱们走哪条路哇？”

李醯在马上望着一条通往金山一条通往临潼的两条路，转转眼珠，将手中马鞭一指说："去临潼！"说毕扬鞭打马而去。

马邕见了一惊，疑惑地说："师兄，李阎王让那三个刺客，埋伏在咸阳到金山的路上刺杀秦神医，他咋带着黄蚰往临潼方向跑了呢？"

师旷紧张地转眼思忖着说："坏了！这老东西把咱们都骗啦！准是刺杀地点变了。"

马邕惊慌说："你咋断定地点变了？"

师旷说："你想，那仨杀手并不认识秦神医，李阎王带着黄蚰提前出城，准是先去给杀手们报信儿做准备！"

马邕惊愕地说："对呀！那咱们咋给秦神医说呢？"

师旷松心地说："这倒好了，咱们截住秦神医，让他们从金山这条路上走，让李阎王枉费心机！"

说时迟，那时快。这时载着秦越人和佚妹的双马铜车已来到路口，师旷、马邕跳出荆草丛站在路中高喊："秦神医停车！秦神医停车！"

子阳、子越闻言抽出背上宝剑，打马抢在车前喝道："何人拦路？"

师旷、马邕拱手跪下说："在下太医师旷（马邕），李太医令收买了三个杀手，埋伏在路上，等着刺杀秦神医呢！"

子阳一惊，跳下马扶起二人说："二位太医请起，你们怎么知道，李太医令要刺杀俺师父呢？"

师旷流泪说："昨日深夜，李阎王在家中宴请三个杀手，被我和马太医、韩太医三人听见。韩太医到宫门外等候报信儿，子阳先生没有见到他吗？"

子阳一震说："我们出宫门时，确实看到一个被侍卫按倒在地上的人，在呼喊。"

马邕惊愕说："那就是韩皋太医，那天暗中给你送布条的就是他呀！"

秦越人闻言从车上下来问："李醯为何要刺杀我？你们有何根据？"

师旷说："他嫉贤妒能，听说大王要封你为太医令，就暗生恶心！"

马邕说："他害怕大王追究他骗王冒功之罪，就暗雇刺客杀您！"

秦越人不解地问："什么是骗王冒功之罪？"

师旷说："治愈儿瘟本是您和弟子们所为，李阎王却奏报大王是他和儿子李严研制的秘方平息儿瘟，得到奖赏。大王听了左庶长胡歧大人奏报实情，大骂他骗王冒功，他就装病不上朝了！"

秦越人笑笑说："区区此事，也不致生出杀我之心哪？"

师旷神严声重地说："想杀你之人不仅李阎王，还有宣诏官杜虔！"

秦越人疑惑地说："我与杜大人无冤无仇，他为何要杀我呢？"

马邕补充说："那杜虔今日虽为大王宣诏官，昔日却是东齐卯兮姜侯府的一个家丁！"

秦越人吃惊地问：“此事当真？”

师旷说：“千真万确！他们经常聚在一起密谋，还勾结了一个叫黑虎的江湖浪人！”

秦越人迷惑地问：“这黑虎又是何方人氏呢？”

马邕说：“据李阎王亲信黄蚰讲，黑虎是东齐姜侯府管家黑狗儿之子，现在是杜虔大人门下的剑客！”

秦越人吃惊地瞪着双眼，沉思一会儿说：“你们为何要告诉我这些呢？”

师旷动情地说：“我们三人敬仰神医的医术和人品，素有拜师学医之愿。不忍心旷世名医惨遭毒手，才冒死深夜拦车相告！”

秦越人感动地抓紧二人的手说：“谢谢二位太医忠告。待我治愈新发的儿瘟，一定禀告大王惩除这些奸佞！”

马邕惊讶地说：“哪有儿瘟？这是李阎王和杜虔编造的又一个谎言，欺哄大王下旨，骗您出宫的毒计呀！”

秦越人惊愕地问：“真无儿瘟？”

师旷气愤地说：“真无儿瘟！黑虎等三个杀手无法潜进王宫杀你，李阎王和杜虔才生出此计诱你深夜出宫啊！”

马邕急切地说：“一个时辰前，李阎王和黄蚰已骑马奔往临潼邑方向，秦神医你们再不能走那条路了！”

子阳紧张地说：“师父，既如此，我们就走金山这条路，连夜离开秦国吧？”

秦越人点点头，紧紧握住师旷、马邕之手摇着说：“二位太医，越人谢你们冒死相救之恩！想学医，就到蓬山去找我吧！”

师旷、马邕拱手下跪说：“弟子祝神医和众师兄，一路安康！”

秦越人上车，子豹打马向金山方向疾驶。

咸阳至金山途中丛林中有一小桥。黎明夜色中，躲在桥畔树丛中的黑虎伸脖张望着大道远方。七寸蝎子从桥下探出头问：“黑壮士，看见车影没有？”

黑虎说：“老实待着！看见车影，会马上告诉你们的。”

七寸蝎子说：“都坐了几个时辰了，这石头硌得我屁股疼！”

铜牙蛄蝼嘻嘻笑道：“谁让你屁股上的肉那么少，我就坐得挺舒服！”

七寸蝎子凑近铜牙蛄蝼说：“蛄蝼老弟，这笔买卖咱们挣这么多钱，事完了你想干啥呢？”

铜牙蛄蝼笑说：“啥也不干，我先买俩漂亮婆姨，一个陪我睡觉，一个给我生娃做饭！你呢？”

七寸蝎子躺靠在桥墩石上说：“我也啥也不干，天天去咸阳城里的春花院，一天换一个姑娘玩！”

黑虎听到嗒嗒的马蹄声和远处迅速移近的一团黑影，怒声呵斥说："别说话了，来啦！"

铜牙蛄蝼手握钢刀，捅捅七寸蝎子说："记住了，我杀赶车的，你杀车上的人！"

七寸蝎子亮亮手中的毒镖说："放心吧，管叫他一镖丧命！"

二人犹如两个伏击猎物的野狼，眼中冒着凶狠的恶光，伏在桥头两侧的荒草中。

子阳抖缰走到师父师娘乘坐的马车一侧说："子豹，前面就要过桥了。天黑林密道路模糊，你一定要驾稳车！我在车前带路，子越在车后相护！"说着打马向前上桥。

子豹说："放心吧师哥，俺两眼盯着路呢！"

话音刚落，从路旁树丛中蹿出黑虎，挥剑刺向车后骑马的子越。

子越一闪身躲过寒光大喊道："师哥小心，有刺客！"

与此同时，铜牙蛄蝼从桥头右侧蹿出，挥刀刺向一手握缰一手拿鞭全神盯着木桥路面的子豹。子豹"啊呀"一声大叫，从车帮上栽倒地上喊："师兄，快保护师父师娘！"

从桥左侧跳出的七寸蝎子扬手将毒镖射向车上白须白发的秦越人。

秦越人看到一道白光射来，侧头躲过，将佚妹按在车内说："趴下别动！"

但失去驭手的马车在惊奔中翻倒在河中。

佚妹惊叫说："夫君别管我，快逃！"

秦越人双手抱住落水的佚妹说："有越人在，就有夫人在！"

七寸蝎子一镖不中，又扬手飞出第二镖。

抱着佚妹站在泥水中的秦越人来不及转身躲避，被射中后背，"啊呀"一声惊叫，呆立在河水中。

掉转马头的子阳见子豹落车倒地，挥剑杀向铜牙蛄蝼，只三招就将铜牙蛄蝼刺倒在地，又挥剑刺向七寸蝎子。七寸蝎子负伤惊叫着向树林深处逃窜。

佚妹慌忙挣脱秦越人紧抱的双手，扶住呆愣的丈夫哭喊："子阳，快来救你师父啊！"

子阳大喊一声："师父——"从马上飞身跳往河中。

秦越人仰望发白晨空大喊："天哪！越人无愧于人间啊！"

话音一落，晴空"嘎、嘎、嘎"响了三声炸雷，顿时风声大作，乌云翻滚。黑虎听到炸雷响一愣，被子越刺伤，仓皇逃往丛林中。

子阳一手抱起师父一手拉着师娘上河岸，从师父背上拔出毒镖，借着晨光观看说："这是毒镖！子越快取药来！"

佚妹听了惊慌哭道："夫君，你千万要挺住哇！"

子越跳进河里，从翻倒的车内拿来被河水浸湿的药袋，翻找着排毒疗伤的药粉，然而药粉全成湿块了。

子阳用嘴吸着镖毒，然后涂上药泥。

秦越人慢慢睁开眼，苦笑望着急得泪流满面的佚妹、子阳、子越说："这是命中劫数！你们不要悲伤，快抱我上车回蓬山！"

佚妹抱住秦越人的头流涕说："夫君，为妻和弟子们不能没有你呀！"

子阳将自己的干衣服脱下，哭着披在秦越人身上说："师父，师兄师弟和蓬山人，还等着您回去过七十三岁大寿哇！"

子越哽咽说："师父，没有保护好您是弟子之过呀！"

秦越人摆摆手指指乌云翻滚的天空说："天要下雨了！快把马车从河里赶上来，我们先到姜寨村！"

子阳、子越跳下河去，打马推车上岸，刚将秦越人和子豹尸体抬到车上，大雨如注而下，双马铜车在风雨中疾驶……

姜寨村姜丁家中，清晨，姜丁望着院内涌动的积水和瓢泼大雨说："这老天爷真怪！晴朗朗的阳春天空，突然响了三声炸雷，就黑云翻滚大雨如注了？"

儿子高粱说："这雨下得吓人，我这心里慌慌的。"

孙子绿豆笑道："爷爷俺知道，咱村要来贵人了！"

姜丁瞅一眼孙子说："小孩子家家的，净瞎说！"

这时门外传来"叭、叭、叭"的急促敲门声。

儿子高粱一惊说："下这么大雨，谁来敲门啊？我去看看！"说着戴上草帽冲进雨幕中。

他打开门，惊讶大叫："啊，子阳兄弟！下这么大雨，您咋来了？"

子阳脸色铁青地说："师父遭人暗算了，快帮我们抬进屋去！"

高粱大惊，慌忙动手从车上抬起昏迷的秦越人向屋内跑去。姜丁一家人见了，急忙腾炕烧水。

姜丁惊慌追问："是谁暗算秦神医呀？"

子越黑脸沉痛说："太医令李醯！"

姜丁惊愕地说："他为啥要害秦神医这么好的人哪？"

子阳擦着泪说："他嫉贤妒能，害怕秦王让俺师父当太医令，就雇了杀手在半路刺杀！"

姜丁老泪纵横跪地冲天大喊："老天爷呀！你为啥不劈死那些坏蛋哪？！"

话音一落，天上又"嘎、嘎、嘎"连响三声炸雷。全家人听了，连忙跪下向门外磕头作揖。

在惊雷中从昏迷中醒来的秦越人拉住守在身边的佚妹和子阳的手，用微弱的声音说："夫人、子阳，让你们跟我受惊受苦了！"

佚妹泪水成串说："夫君，为妻盼你早日康复哇！"

子阳子越流泪说："师父，师兄师弟盼着您回蓬山哪！"

姜丁擦着泪说："秦神医，您刚才听到那三声雷响了吧，老天爷在保佑您哪！害您的人会遭天谴的！"

秦越人笑着摇摇头说："我的伤，我知道。镖毒进水，如起子发面，我的命恐怕拖不过今天了。"

佚妹闻言泣不成声说："夫君，没了你，为妻还咋活呀？"

子阳涕泣说："镖毒我已吸出，师父不要担忧！"

秦越人再次摇头后说："我觉得，这镖上是蛇毒所浸，江湖上称为七步封喉。我能挺这么长时间，皆因内功和多年试药所抗。"

佚妹泣不成声抱住秦越人号啕大哭，子阳哽咽说："师父，您有啥话要说，就告诉弟子吧！"

秦越人流泪说："李醯、杜虔见不到我的尸首，必然继续追杀！你和子越带你师娘，要马上离开这虎狼之地，回蓬山！"

子阳流涕说："不！俺要把师父拉回蓬山！"

秦越人哽咽说："为师真想回蓬山哪！但夏日盛暑，你们如何能载尸而行啊？那样不仅运不回我，你们三人也性命难保哇！"

佚妹紧紧抱住丈夫，泪水横流说："就是死，俺也要与你死在一起！"

子越捶胸发誓说："师父，俺们不怕死！俺要与他们拼命！"

秦越人再次拉住子阳的手说："在这里，你就是大师兄了，要千方百计带你师娘和子越回蓬山哪！"

子阳点点头哭着紧紧攥住师父的手说："师父，俺们不能走！俺们走了谁来伺候照护您啊？"

秦越人摇头说："用不着啦。师父活不过今天了！"

子阳涕泣说："不！天下不能没有您这样的神医！弟子不能没有您这样的师父啊！"

秦越人流泪说："净说傻话。师父不在了，还有你们十二个弟子和你师娘呢！"

佚妹泣不成声搂住丈夫说："俺不让你死！"

秦越人平静地说："你们不要管我了，快逃吧！"

子阳发誓说："不！就是死，俺们也要和您在一起！"

秦越人连连摇头对子阳说："你要听师父的话，快走！"说毕推开子阳的手。

子越哀叫道："师父，俺们不能走，俺们走了，谁来葬您哪？"

姜丁流泪拉着儿子高粱和孙子绿豆往前一站，跪下说："我们一家披麻戴孝埋葬恩人！”

秦越人感激地望着姜丁一家人说：“姜老弟，给你们一家添麻烦了，越人谢了！但不能让任何人知道此事啊！”

姜丁带全家跪下点头说：“恩人放心！姜丁以全家性命担保！”

秦越人转脸对子阳肃声说：“你们快走！要趁着大雨逃出秦国！”说毕合眼而去。

霎时，屋外天空炸雷连串，大雨似瓢泼。

佚妹哭着扑到秦越人身上呼喊：“夫君，为妻随你去了！”说着用头向墙上撞去。

子阳眼疾手快紧紧拽住佚妹哭着说：“师娘，您不能让弟子当个背师遗训之人啊！”说着点了佚妹昏穴。

然后跪地连给师父磕了三个响头，与子越抬起佚妹奔往门外大雨中。姜丁和儿子高粱紧相随，追到门外送行。

子阳、子越将师娘放到车上后，又抬下子豹尸体送进姜家中，转身扑通跪在水中说：“姜叔、高粱弟，埋葬恩师和师弟子豹之事，俺们就拜托你们了！”说毕连连叩首。

姜丁转身摘下跟在身后的孙子绿豆脖子上的一把小木锁，往子阳手中一塞说：“快走吧！你若不能再来，让来人拿此小木锁来相认！”

高粱流着泪水上前搀起子阳、子越，挥手说：“走吧，你们快走吧！”

子阳将小木锁装进胸前兜中，与子越跳上马车，挥鞭驶向雨幕中的村外原野……

第四十三章

葬蓬山圣庙翠峰颂医祖

初夏清晨，蓬山医馆院内的皂角树上落了两只乌鸦，“啊、啊”地叫着。躺在炕上眼跳不止的子术心烦地对妻子说：“这几天乌鸦老在院里树上叫，你叫孩子们去把它们赶走！”

妻子秋枝冲隔壁女儿屋内喊道：“云云，领你弟弟去把院里树上叫的乌鸦赶跑，你爹心烦！”

云云答应一声“知道了”，开门领着弟弟奔向院内。

秋枝疼爱地瞧着用手指揉鬓角的丈夫子术说：“你这几天夜里都没睡好，再睡会儿吧。”

子术烦躁地说：“我这眼跳好几天了，按摩针灸都无效，咋回事呢？”

秋枝笑着说：“你是想你师父师娘了吧？”

子术揉着鬓角说：“十指连心。师父今年七十三岁了，与师娘出去游医五年多了，也没个信儿回来，能不惦念吗？”

秋枝娇嗔说：“你对你师父的心，比对俺还亲。”

子术动情地说：“俺没爹没娘，连个名姓也没有，是和子仪结伴讨饭的弃儿。那年冬天，鄚邑大雪下了一尺多厚，三天没要到一口东西吃，冻得手脚流脓、四肢无力，眼看要倒下了，傍黑碰到师父和子容师兄行医归来，给俺和子仪每人买了俩烧饼，才活了下来呀！俺俩觉得他是好人，就偷偷跟着躲在他家柴房里，哪想到夜里睡着后冻昏了，是师父师娘把俺俩救活收留在身边……”说着哽咽不成声。

秋枝眼涌泪水说：“你都五十多岁的人了，咋还像个孩子呢？说起这些往事就啼哭流泪？”

子术长出一口气说：“唉，这些事，刻骨铭心哪！我这辈子能有今天，全是师父给的呀！哪能忘呢？”

秋枝说：“要说你们这些弟子们，个个苦得叫人掉泪。”

子术擦擦泪说：“在现在这个乱世中，能逢上像师父这样的人，把孤儿弃儿们当亲人一样待，实在太少了呀！”

秋枝说：“刚到蓬山时，俺看到你们把师父师娘当亲爹娘一样敬着，还觉得不理解，现在在俺心里他们也是亲爹娘哩！”

子术说：“这就对了！吃水不忘挖井人啊！”

秋枝说：“你师父这一辈子，也真苦！为了教养你们，他自己年轻的时候不成家，连个亲儿亲女也没有一个。”

子术说：“我们这十二个弟子，就是他的儿子。师兄弟们早就暗中商定，不管谁成了家生了孩子，都让他姓秦！”

秋枝感动地说：“像你们这种师有情徒有义的事，世上真是难找哩！”

子术忧心地说：“你说，这样的师父师娘在外不归，我这个当儿子的，能不魂牵梦萦、坐卧不安吗？”

秋枝用衣襟擦着泪说：“师父师娘这回回来，不管他们俩再咋说身体好，咱们也不能让他们再出去游医了！”

子术感慨地说：“话是这么说，可师父是天下的扁鹊，他心里只装着患者啊！”

这时女儿云云急火火奔进屋兴奋地说：“爹、娘，俺爷爷奶奶回来啦！”

子术一惊从炕上坐起，一边穿衣服一边问：“你听谁说的？”

云云说：“俺赶乌鸦到门外，看见爷爷奶奶坐的马车进村了！”

子术对妻子秋枝说：“你快去烧水做饭，云云去叫蓬蓬他们，一块跟我去门口迎接爷爷奶奶！”说毕慌忙向门外跑去。

艳阳高照，子术带领铭恩、蓬蓬、山山、云云等和自己收的五个弟子，欢颜笑语站在门口望着街道上越来越近的双马铜车和骑马相随的子阳。

子阳远远望见子术师兄领着众人站在门口迎接，顿时泪如泉涌对子越说：“你照护好师娘，我去禀告师兄！”说着打马前行。

子阳马过回生桥，跳下飞步跪扑到子术身前哭着说：“师兄——师父被人害了哇——”说毕泣不成声，抱住子术腿放声号啕大哭。

众人闻言大惊，子术头晕目眩向后倒去。

铭恩、蓬蓬等急忙扶住子术说：“叔叔（大伯），您咋啦？”

子术睁开眼用力挺住身子，恶声问：“谁，是谁害死了咱们师父哇？！”

子阳哽咽说：“西秦李醯和杜虔！他们暗雇杀手，埋伏在路上用毒镖害死师父！呜呜呜……”哭得泣不成声。

子术稳住神问：“师娘和子豹呢？”

子阳流涕说：“子豹赶夜车无防，被杀手刺死！师娘多日不吃不喝，在车上！”

子术听了三步并作两步扑向驶上回生桥的双马铜车，哭喊一声：“师娘——”泪流满面跪地。

晕躺车上的佚妹被哭喊声和惊叫声惊醒，睁眼望望围住车的众人，有气无力地问：“子越，这是到了哪里呀？”

子越泪流满面扶住佚妹说：“师娘，到咱们蓬山了！子术师兄带着众人来接您。”

佚妹转转眼珠，疑惑地瞧着周围的人问：“子术？子术是谁？”

子术闻言跪地哀涕道：“师娘，俺是师父的弟子，您的儿子——子术啊！”

佚妹挣扎着被众人扶下车，观瞧着周围的青山流水和蓬山医馆大门，努力回忆寻觅着记忆，然后仰天流涕说：“夫君，俺回到咱家了，你在哪里呀？呜呜呜……”说毕捂脸号啕大哭。

桥头撕心裂肺的哭声惊动了焦子村狼家庄众乡亲，人们扶老携幼拥往蓬山医馆前的回生桥。

焦大拄杖拨开众人走到车前问子术：“子术，你师父呢？发生了什么事？”

子术哽咽说：“焦伯伯，俺师父，他、他被坏人杀了呀——”

众人闻言如五雷轰顶，顿时哭声一片，焦大瞠目倒地。

秀谷和丕春扑上去哭喊道：“老头子（爹）——”

焦大老泪横流挣扎着从地上站起说：“子术，快搀你师娘进家！挂牌停业，搭棚设灵堂！”

话音一落，晴空中突然阴云涌起遮住了太阳。

下午，阴云变成沥沥细雨。佚妹侧卧在她与秦越人同床共枕二十六年的炕上，手攥桃木小葫芦，抱着秦越人的枕头落泪，身边坐着秀谷、秋枝、丕春等妇女相陪。秀谷对站在炕前垂泪的子术、子阳、子越说：“你们忙去吧，俺们陪着你师娘。”

子术哭着说：“大娘，您千万劝俺师娘吃点东西呀。俺们没了师父，师娘再不能有好歹了啊！”

秀谷擦泪说：“我知道。”然后又说，“上午你大伯说的事，你都安排了吗？”

子术点头说：“都安排了。焦大伯、韩三叔领着众乡亲在门前搭祭棚，铭恩、蓬蓬、山山和几个弟子等年轻人，已往各地去叫众师兄师弟了。”

秀谷说：“蓬山乡亲们都要来吊唁。你们仨徒弟从今夜开始，都要吃睡在祭棚里。其他事，你们就靠给你焦大伯和韩三叔张罗吧！”

子术拱手说：“侄儿知道了！”说毕与子阳、子越向门外走去。

清晨晨仪中，蓬山医馆门前广场上，一座坐西面东庄严肃穆的祭棚矗立在蓬山山脚下。棚内用松枝环绕的黑色灵牌上用白漆写着：“义父恩师神医秦越人亡灵之位”，摆在陈满各种祭品的巨大祭案上，案前用青石凿就的祭鼎内祭香缭绕；灵牌之后放着一口装有秦越人遗物的黑棺，黑棺之后的棚墙上是个巨大的“奠”字；棚楣横梁下悬挂着七个白布扎的绣球花，棚楣上横书“旷世神医”，左联写着：“创四诊足踏春秋十二国”，右联写着：“著难经名播四海誉扁鹊”。

子术、子阳、子越一身重孝满脸泪水跪在祭案之侧，焦子村狼家庄众乡亲扶老携幼前往吊唁。秀谷和臭妮泣不成声捶地哭喊：“秦老弟（大哥）啊，你死得冤哪！老天爷呀，你为啥不让好人长寿哇！”

秋子伏在地上泣涕：“我的老哥哥，俺们还等着给你过七十三岁大寿哪！你咋说走就走了哇？”

子舆、丕春浑身重孝领着两儿一女奔到灵牌前，跪伏于地哀号：“我的恩师（恩人）啊！弟子后悔没跟去赶车（丕春给您做好的寿衣还没穿）呀！”

众人见了，个个涕泪满面、泣不成声……

五日后，接信后陆续到达的子容、子仪、子游、子同、子明、子信、虢太子与子术、子阳、子舆、子越等聚在秦越人灵堂，哭成一团。

在秦越人卧室中，手握桃木小葫芦从昏睡中醒来的佚妹看见四妹、秋枝、小娥、丕春、霞霞等坐在身边，眼涌泪水说：“你师父在秦国，被人杀了……”

众人泪水涟涟说：“师娘，俺们都知道了。”

佚妹看着手中的桃木小葫芦说：“他死得惨哪，是为救我，被坏人李醯、杜虔雇的杀手，用毒镖杀死的！”

众人点头说：“子阳都给俺们讲了。师娘保重！”

四妹接过丕春送上的参汤说：“干娘，您喝口汤吧？”

佚妹摇头垂泪说：“我不想喝。没你们师父了，俺活着还有啥意思啊？”

秋枝小娥擦着泪劝道：“师娘，咱这个家全靠您了。您不吃不喝，让俺们可咋办哪？”

四妹哽咽说：“干娘，您是大伙的主心骨啊！您要挺住，才能支撑住咱这个家呀！”

佚妹点点头，攥紧桃木小葫芦，接过碗喝了半碗汤说：“你师父把生留给了我，我要好好活下去！”

四妹说：“干娘，您想吃点啥，俺去做。”

佚妹摇摇头说：“不。”然后沉思了一会儿，抬头对丕春和霞霞说：“你们去把焦伯伯、韩叔和子容子术子仪他们叫来吧，俺有话要说。”

丕春、霞霞领命而出。

佚妹擦擦泪将桃木小葫芦挂在脖子上说：“四妹，扶我到客堂。”

四妹、秋枝、小娥将佚妹扶起，帮助梳理头发、穿上鞋说：“干娘（师娘），您慢点走！”佚妹在众人搀扶下，一步一步向外间客堂移去。

客堂内清净明亮，佚妹在四妹、秋枝、小娥搀扶下刚刚坐下，子容、子术带着众弟子进门，齐齐跪下说："儿子（弟子）拜见干（师）娘！"

佚妹挥挥手说："俺没力气了，你们都起来坐下吧！"

这时焦大、韩三进门，佚妹挣扎着要站起相迎。

焦大、韩三说："弟妹（大嫂）别动！你身体虚弱，咱们不讲那些俗理，有啥话就对大家说吧！"

佚妹望一圈众人眼涌泪水说："夫君到明天就是七七了。"说着泣不成声。

众弟子及妻子望着佚妹，也流涕哭泣。

眼圈红肿的焦大说："弟妹，你现在是一家之主，要忍住悲痛啊！"

佚妹点点头，擦着泪说："夫君生前一切以患者为重。大家不能天天为他守灵，还得治病医患哪！"

子容哽咽说："干娘，俺要为干爹守孝三年！"

佚妹摇头说："不。你干爹为治鄚邑瘟疫，为义父恩师长桑君只守了几天灵，就挂牌开诊了！"

子术、子仪说："师娘，俺要为师父守孝百日！"

佚妹流泪说："孝与不孝，不在守孝时间长短。你们只要心里时刻记着他，他就地下有知了！"语噎片刻接着说，"我今天叫你们来，商量三件事。"

众人一齐望着佚妹，佚妹思忖一会儿说："第一件事，明天七七举行一次大祭，撤掉灵堂，改为月祭。"

子仪吃惊地说："师娘，灵堂撤了，师父的灵牌往哪里摆呀？"

焦大说："这件事，也是你师娘要说的第二件事。俺跟你师娘商量过了，盖一个祠堂摆放！"

子仪又说："祠堂没盖好前呢？"

佚妹说："就摆在你师父生前，常在的这个客堂里！"

佚妹望一圈众人没提异议，又说："第三件事，你师父生前一直渴望回蓬山，死前还说'想回蓬山'。我思考多日，准备带你们去秦国，运回他的尸骨，安葬在蓬山啊——呜呜呜。"泣不成声。

子术泪流满面说："师娘，这件事在守灵中，俺们众弟子已商量好了。决定让子阳、子越领着子游、子同、虢太子，去秦国运回师父尸骨！师兄子容领着我们剩下的人，为师父建祭祠修陵墓！"

佚妹听了泪水如注，往地上一跪说："俺替你师父，谢谢你们啦！"

众弟子齐齐跪下说："干娘（师娘），这是俺当儿子（弟子）的应尽之责啊！"顿时又哭成一团。

焦大含泪上前扶起佚妹说："都起来、都起来！"然后流泪对众弟子说："你师娘今天给你们下跪，她是爱越人超过己命，把你师父当作她心中的天哪！"

众弟子和家人们闻言，一齐跪倒佚妹面前号啕大哭，劝慰师娘保重。

大祭撤灵堂是丧葬礼仪中最隆重的悼念祭祀活动之一。清晨，蓬山医馆门前来自四面八方的吊唁人群如蚁，有的抬着猪羊，有的挎着篮子，扶老携幼拥往秦越人祭棚前。其中有邯郸布商尚丁、名儒虞生，方家庄脚夫柱子、碾子，邢邑公孙刘，鄚邑烧饼刘、烧鸡张，祖业庄林儿、墩子等众乡亲，来自晋国绛邑、卫国帝丘、夏家庄等地代表。

这时大路上突然来了一队身穿孝衣手拿刀枪的人，用担架抬着一个浑身重孝的老人，他在担架上仰天痛楚凄呼："神医大哥啊！小弟刘枣棍，来给恩人您送行来啦！"

在村口迎接吊唁人群的秋子，认出躺在担架上的人是黑山大王刘枣棍，急忙招呼："众乡亲们让让路，秦神医的兄弟来了！"

身穿孝衣的一队人抬着刘枣棍穿过人群来到祭棚前，一身重孝的刘枣棍从落地担架上爬起，伸手哭喊："我惨死的大哥呀！是哪个王八蛋、狼心狗肺的害死您了呀？"踉跄几步摔倒在地，跟随的人要去扶，被他一把推开，伏地爬着一步一喊移向祭棚。

焦大上前搀扶说："刘老弟节哀吧！"

刘枣棍仰天大哭道："老天不公啊！咋不保护俺神医大哥呀？"说着再次跪倒碰地叩首，磕得额头鲜血染面，地面浸红。

众人见了无不掩面而涕。焦大韩三等将刘枣棍强行扶起，刘枣棍夺过身旁寨丁扛的枣棍，往空中一举说："众乡亲，谁跟我去秦国追杀凶手？！"

悲愤压胸的众人齐声举手说："刘大王，俺跟你去！"

焦大举手制止大家说："刘大王和乡亲们的心意，俺替秦神医领了！但我们绝不能兴师动众去秦国！"

刘枣棍瞪着喷火的血眼说："为啥不能去？只许他们杀俺大哥，就不许俺去杀死那些坏蛋吗？！"

焦大擦着泪说："那秦国远在千里之外，路上各国诸侯均有雄兵把守险关要隘，如何能让我们通过呢？再说了，你刘老弟都老成这样了，还咋领大伙去攻关闯隘呀？"

刘枣棍跺脚长泣道说："焦大哥，俺枣棍实在咽不下这口恶气呀？！"

焦大拍拍刘枣棍肩头说："今天是秦神医的大祭。刘老弟，其他的事等举行大祭后，咱们再细商量。行吧？"

刘枣棍还要再争执，红日高照中身穿重孝泪流满面的子容、子术一人一边搀扶着悲泪横流的佚妹走出蓬山医馆大门。他们身后跟着子仪、子舆、子阳、子游、子越、子同、子明、子信、虢太子众弟子，众弟子之后跟着妻子儿女和众弟子的徒弟们。孝衣队伍如河，哀悲之声震天。

吊唁人群见了迅速闪开一条路，悲望佚妹和众弟子缓步走向祭棚。在祭棚前佚妹停住脚步，众弟子在她身后站成一排。

焦大、韩三眼含悲泪上前对佚妹说：“弟妹（嫂子），今日大祭，您是一家之主，应站在灵案之侧。”

佚妹哽咽涕泣说：“我虽是越人之妻，也是他的弟子。今日，俺要给夫君他，行恩师之礼呀！”

焦大闻言泣不成声说：“贤弟妹，俺兄弟黄泉有知，也当泪流成河啊！”

佚妹哀泣一声说：“焦兄，开始吧！”

焦大擦把泪水后站到祭案一侧，凄声高喊：“贤妹上祭香！”

佚妹被子容、子术扶着扑向祭鼎，深鞠一躬后颤抖着将手中三炷香插进祭鼎内，哀号道：“夫君，我那惨死的夫君啊！为妻率众弟子给你送行！”说毕泪涌如泉跪地三叩首。

子容、子术泣不成声架起师娘。焦大又喊：“众弟子依次上祭香！”

子容、子术、子仪、子舆、子阳、子游、子越、子同、子明、子信、虢太子个个泪流满面鞠躬上祭香，磕头叩首。

子容手扒祭鼎泣涕不起哭喊道：“俺冤死的爹呀，您走了让儿子如何过呀？”泣不成声晕倒在地。众弟子见了惊叫着：“师哥——”慌忙抢救架起。

焦大擦把泪再喊：“众亲友上祭香！”

墩子、林儿、烧饼刘、烧鸡张、尚丁、虞生、柱子、碾子、公孙刘、刘枣棍等涕泪横流，依次鞠躬上香。

焦大再喊：“蓬山众乡亲和四方吊客代表上祭香！”

众乡亲和吊客流涕号啕依次鞠躬上香。

然后焦大大喊：“向神医秦越人亡灵，三鞠躬！”

佚妹和众弟子闻声跪地大号，满山遍野的众人像被风吹倒的庄稼跪地哀号，悲声惊天动地。

此时忽听天空“轰隆隆”发出一声地动山摇的巨响，仙人洞所在的蓬山最高峰腾起一团巨大的尘烟和亮光，直冲云霄、照亮四方。

众人惊惧慌乱抬头观看，那响声和尘烟亮光散去后，绿树掩映的蓬山最高峰山腰突然出现一条巨大的白色宽带，与此同时襄河流水也掀起罕见的滚滚浪涛。

人们惊悸不安互相观瞧，不知是福是祸。

名儒虞生惊愕站起，耳听襄河涛吼，目望蓬山山腰的巨大白色宽带，激动地大喊：“青山戴孝，襄河呜咽！这是天地对秦神医举哀呀！”

众人听了惊喜地从地上跳起大叫：“秦神医英灵与天地同在！秦神医英灵与天地同在！”

举行过秦越人“七七”大祭，众弟子便做起到秦国去运师父和子豹尸骨的准备。三日后，夜幕降临，子阳、子越、子游、子同、虢太子五人分别打扮成商人、游医、道人、讨饭花子等样子，身上暗藏兵刃牵马走出蓬山医馆大门。子容、子术、子仪三人将他们送到回生桥头，子术依依不舍拉住子阳的手说："子阳师弟，这次去秦国寻运师父和子豹尸骨，路遥多凶，你们一定要小心从事啊！"

子容眼睛一酸抱住子阳说："义父恩师之棺，就等尸骨安葬。不管多难多险，一定要将义父恩师遗骨和子豹尸骨，从异乡运回蓬山！"

子阳涌泪发誓："师兄们放心，就是豁上性命，俺们也要运回师父和子豹尸骨！"

子越信心十足说："虢师弟熟知兵法，武艺高强，西秦官兵绝不是我们的对手！"

子仪叮咛说："西秦乃虎狼之地，遇事不要以武以蛮相拼，要以智以忍实现目的！"

子容忧心说："子阳，那李醯、杜虔凶残无比，敢雇杀手害死师父，也不会对我们这些弟子手软。你们潜入秦国后，遇事一定要多商量！师娘和俺们，祈盼着你们顺利归来呀！"

子阳等五人拱手而跪说："师兄们请回！俺们一定不负众望！"说毕跨马扬鞭在暮色中远去……

子阳带着四个师弟前往秦国寻运师父和子豹尸骨了，蓬山医馆仍沉浸在大祭之后的悲痛中。上午，秦越人生前住室内，迎门条案上摆着秦越人灵牌，牌位前摆着祭肴，一盏长明灯燃着明亮的火焰。在条案一侧放着尚未合盖的秦越人灵棺。佚妹边向长明灯添油边念叨："夫君，子阳带着子越、子游、子同、虢太子四人，昨晚已出发前往秦国运您的尸骨，你要保佑他们快去快回啊！"

这时子术进门说："师娘，有两件事俺们拿不准，焦伯伯让叫您去商量。"

佚妹放下油罐问："啥事？"

子术说："一是师父的祠堂盖在哪儿，二是师父的墓穴选在哪儿？"

佚妹眼涌泪水说："我不懂这些事，你和子容、子仪与焦大哥、韩三弟商量着定吧。"

子术凄声说："焦伯和韩叔，让听听您的意愿？"

佚妹思忖着说："你师父一生不给乡亲们添麻烦，蓬山山多地少，祠堂就盖在咱们医馆前院里吧！"

子术又问："那墓穴地点呢？"

佚妹擦泪说："墓穴就选在咱医馆西墙外的山坡上，好让他与俺日夜相伴。"

子术拱手说："遵命！"然后转身离去。佚妹望着子术的背影，泪水泉涌而流……

初秋落霞中，子阳、子越、子游、子同、虢太子汗流浃背打着坐骑，会聚在秦国金山脚下姜寨村外丘陵中的一片树林前。子阳勒住马缰用手指着前方说："过了这座山丘，就是姜寨村了。"

虢太子说："师兄，天色还亮，咱们断不能贸然闯进。惊动官府，运回师父和子豹师兄之事，就麻烦了！"

子越对子阳说："虢师弟说得对。咱们离开这里已三个多月了，应先去打探打探情况，天黑后再进村！"

子阳转转眼珠说："好！子越你领大家到山沟树林里休息，我先去姜叔叔家打探情况。"说着打马欲走。

虢太子上前抓住马缰说："师兄，你不能去！这事得让我去！"

子阳不解地问："为什么？"

虢太子说："你在这里行医多日，村里人都认识你。"

子阳一怔说："认识才方便哪！"

虢太子摇头说："错！秦国实行'连坐法'，五户为伍，十户为什，一户犯法，十户受牵。姜家私葬师父和师兄，按秦律应是全家抄斩哪！"

子阳吃惊地问："那为啥你能去呢？"

虢太子看看自己身上的讨饭花子打扮说："一、我是讨饭花子，没人认识；二、我会讲这片地方的土话，不会引人注意；三……"

子越不待虢太子讲完接话说："虢师弟武艺好！"

子游、子同对子阳说："师兄，虢师弟说得有道理，就让他去吧！"

子阳深情地握住虢太子的手说："虢师弟，我知道你是怕我遭凶险。姜丁叔叔的家，就在村东口，他儿子叫高粱，孙子叫绿豆，你一定要小心谨慎啊！"说完从兜里拿出一个木雕小锁，交给虢太子说，"你若找到姜叔叔一家，就把这小木锁交给他，他就知道你是自己人了。走吧，俺们在这里等你！"

虢太子点点头，接过木雕锁藏好，将马和兵器交给子越看管，眼圈发红拄着讨饭棍子向姜寨村走去。

初秋傍晚，劳作一天的姜丁正在院里坐着修整农具，孙子绿豆从门外跑进院内说："爷爷，来了个要饭的，挨家唱莲花落呢！"

姜丁抬头望一眼门外说："插上门，快躲到屋里去！"

绿豆听话地插上街门跑进屋内，姜丁继续修整农具。

时间不长，门口响起打着骨板唱莲花落子声："打骨板，往前行，这家又吃闭门羹！你关门来我不怪，谁家也不愿招惹生！不是生人找麻烦，肚子里无食实在空！你家大门我不进，给口剩饭剩馍我继续往前行！剩饭剩馍你不给，今晚就在你家门口扎下营……"

身强力壮的高粱气呼呼打开门，望一眼一身破衣烂衫的虢太子说：“走、走！这灾年乱月的，我家还上愁吃啥呢！”

虢太子笑笑，放低声音唱道：“高粱大哥你别赶，我知道你家里正烙饼！”

高粱闻言一怔说：“哦，你这讨饭的，咋还知道我的名呢？”

虢太子近前一步小声说：“姜大哥，能让我进门细说吗？”

高粱瞧瞧街上没人，一把将虢太子拉进门内，惊奇问：“你是谁？从哪儿来？咋知道我叫高粱？”

虢太子回头关住门，“扑通”一声跪下，双眼热泪奔流说：“我是秦神医的弟子，千里来寻师父尸骨啊——”说着泣不成声。

姜丁听了慌忙站起，上下打量一身讨饭花子打扮的虢太子，不相信地问：“你是秦神医的徒弟，咋这副装扮呢？”

虢太子哽咽说：“为了不引人注意，我才装成讨饭花子的。”

姜丁疑惑地再次上下打量虢太子说：“你叫啥？我咋没见过你？”

虢太子流涕说：“我叫虢太子，是师父最小的徒弟。”说着从身上摸出山木小雕锁双手呈给姜丁说，“姜叔叔，这是您送给俺子阳师兄的小木锁。”

姜丁接过小木锁仔细看后，上前拉起虢太子说：“快屋里坐！”然后对儿子高粱说：“你把门插上，在院里守着！不管谁叫，也不能开！”说毕拉住虢太子奔向堂屋。

黑暗中，姜丁点亮灯，惊喜地望着虢太子问：“你就是人们传说的，秦神医救活的那个虢国太子？”

虢太子擦着泪说：“是师父让我死而复生，又是师父让我成为一名郎中。”

姜丁惊喜中又问：“子阳、子越怎么没来呢？”

虢太子望着姜老汉的眼睛，诚实地说：“他们也来了，我们一共来了五个人。因担心惊动官府和众乡亲，在村外等候，让我先来找您！”

姜丁听了疑心尽释，眼圈发红哀叹说：“秦神医被杀后，举国震惊，万民拥往咸阳要求捉拿凶手严惩。秦王派出官兵四处搜寻，斩首了刺杀神医的凶手黑虎、七寸蝎子和铜牙蛄蝼！”

虢太子问：“太医令李醯呢？”

姜丁余恨未消说：“也死了！”

虢太子吃惊问：“他咋死的？”

姜丁长叹一声说：“恶有恶报！他将秦神医从王宫骗出后，跑往金山驿馆，想杀死秦神医后带全家逃出秦国。他儿子李严和妻子李夏氏知道原委后，跳崖自杀，他也当场毙命！”

虢太子流涕说：“罪该如此，死有余辜啊！”

姜丁擦擦眼中老泪说：“你们这次来秦国，有何打算哪？”

虢太子止住泪说："我们要运回师父和子豹师兄的尸骨，到蓬山安葬！"

姜丁一怔说："秦神医是俺们的恩人，众乡亲已将他和子豹秘密安葬，哪会同意让你们掘坟运走哇？"

虢太子说："俺师娘和众弟子，已为师父打造好棺和墓，现在正空棺待尸，蓬山几万人期待师父尸骨回蓬山。不运回师父和子豹师兄尸骨，俺们五个弟子，咋回蓬山向师娘和众乡亲交代呀？"

姜丁忧心地说："秦神医和子豹，已去世三个多月，恐怕尸腐难动了。再说，路遥天热，你们带着两具尸体，如何能闯过路上道道雄关，和官兵们的盘查呢？"

虢太子凝思一会儿说："姜叔叔，此事重大，您还是随我一块到村外，与子阳师兄商量吧？"

姜丁望望门外伸手不见五指的夜幕，站起说："好！我跟你去！"然后冲站在院里的儿子高粱说："高粱，你带上锨，跟我出村！"

夜幕中，三人拉开家门，向左右瞧瞧，便匆匆向村外走去。

星光闪烁的夜色中，站在树林外向村子方向张望的子越突然回头说："子阳师兄，从村里出来三个黑影！"

子阳惊然站起，对子游、子同说："掏家伙，准备！如果不是虢师弟，立即将他们放倒，抓进树林里！"

那三个黑影越走越近，躲身乱树丛中的子阳低声厉问："谁？"

虢太子说："子阳师兄，姜叔和高粱来了！"

子阳闻言，急忙走出树丛，迎上去下跪说："子阳拜见姜叔！"

姜丁激动又亲切地将子阳扶起问："你们吃饭了没有？"

子阳说："我们带着干粮，吃了。姜叔，俺师父和子豹埋在哪里，快带我们去吧？"

姜丁为难地说："子阳，你们想运回秦神医和子豹尸骨安葬，我理解，就怕惊动众乡亲和官府，你们走不脱呀？"

子阳声挚意坚地说："不管千难万险，我们也要将师父和子豹师弟的尸骨，运回蓬山！"

姜丁哀凄说："秦神医和子豹已入土三个多月，尸腐肉软，哪还能再搬动啊？"

子阳说："我们带着两匹白布，裹住而行！姜叔叔，您快领我们去师父和子豹墓地吧！"

姜丁见拗不过子阳众弟子，只好带他们去墓地。

埋葬秦越人和子豹的墓地，在姜寨村外另一山沟里。夜幕中，在姜丁父子引领下，他们穿过一片又一片庄稼地，终于找到了姜家父子和众乡亲秘密埋葬秦越人和子豹的坟墓。星光下，子阳、子游、子越、子同、虢太子看到师父和子豹的坟墓，顿时泪如泉涌。他们一字站在秦越人墓前，含泪行过祭拜告慰大礼后，子阳哭着说："师父，弟子子阳和子游、子越、子同、虢太子五人，奉师娘和子容、子术、子仪师兄之命，受蓬山众乡亲之托，前来请您回蓬山！望您原谅弟子，惊动您在地下安息！"说毕众人一齐动手挖墓。

子越点燃一个火把，亮光下一口薄木棺材中躺着白须白发秦越人。

子阳和虢太子泪流满面上前抱住师父啼哭道："师父，弟子要用布裹住您回家啊！"

但腐尸已难从垫被和盖被中扶起。子阳一用力，秦越人的头颅却脱尸而掉，惊慌跪地祷告说："弟子罪过、弟子罪过！弟子不该用力啊！"说着赶紧弯腰抱起秦越人的头颅要放回尸上，但那头颅上的黏液却粘住他的手。他害怕撕破师父的头和脸皮，再不敢用力，惊愕得不知所措地说："这、这，这可咋办哪？"

众弟子见了，也都惊得瞠目无语，不知如何是好。

久经世事的姜丁老汉见了，惊慌跪下说："子阳，这是你师父，要让你们把他的头带回蓬山呀！"语音一落，那粘着子阳手的秦越人头颅竟"扑嗒"一下落地了。

虢太子见了，慌忙伸手再次将师父的头颅从地上抱起。

这时距墓地不远的大路上，突然出现一伙举着火把骑马挥刀扬鞭奔跑的秦兵高喊："快！捉住他们！"

姜丁和子阳等众人听了大惊。姜丁说："子阳，你们快带着你师父的头，顺沟跑吧！官兵来了，你们和我们全家一个也活不成啊！"

在这种紧急情况下，子阳再不敢犹豫，转身对众师弟说："灭掉火把！"又说："虢师弟，你用白布包住师父的头，背在身上，顺沟快跑！俺们断后掩护！"

虢太子从子同手中扯过一匹白布，裹好师父头颅，斜背身上，死死在胸前打结系牢，跨马顺沟飞奔而去。

子阳带着子游、子越、子同再次跪在秦越人尸体前哭着跪拜道："师父，弟子无法将您尸体运回蓬山，只有带着您的头颅走了！请您原谅弟子们无礼吧！"连叩三个响头。

姜丁望着大道上越来越近的高举火把叫喊的官兵说："子阳，别哭别磕头了！快走吧，再不走，你们就走不脱啦！"

子阳从地上站起擦把泪说："姜叔，俺们还没挖子豹的坟呢？"

姜丁焦急地跺脚说："来不及了！你们快走吧！！"

子阳和子游、子越、子同听了，"扑通"给姜丁、高粱跪下哭着说："姜叔、高粱弟，师父没了头，你们可咋再埋呀？"

姜丁流泪说："我回家刻个木头，给秦神医安好再封坟，你们快上马逃吧！"

子阳给姜丁叩首说："姜叔，安葬师父尸骨之事，俺就拜托您和高粱兄弟了！"

姜丁流涕着拉起子阳说："快带着你师弟们快跑！秦神医是俺们的恩人，俺们不会亏待他的！"

子阳说："姜叔，俺师娘和十一个弟子，永不忘您一家人的恩德！"说毕站起招手说："师弟们，咱们走！"跨上马顺沟去追虢太子……

秋日午阳中，蓬山医馆前院内，一座新落成的三间"神医扁鹊祠"坐北面南正对回生桥矗立在院中。焦大兴奋地拍着两手泥土端详着祠堂，对站在身边的韩三、子容、子术说："今后来拜祭秦神医，乡亲们有地方献香了！"

韩三问："焦哥，咱们啥时候向祠里移秦神医的灵牌呢？"

焦大眨眨眼说："等子阳他们从秦国回来。下了棺葬，再移灵牌！"然后扭头问子容、子术："子阳他们有信儿吗？"

子容摇头说："还没有。"

子术说："他们已经走了二十多天了，按说该回来了。"

这时子仪慌慌跑来说："焦伯、师兄，师父墓前出怪事啦？"

子术急慌迎上说："啥怪事？砌墓石不够了？"

子仪擦着汗说："上午俺正带着人砌墓，来了一个白胡子老头，领着两个抬着一截大木头的年轻人。俺问他们干啥？他们说，给咱们送急需之物来了。俺说砌墓不用木料，他们笑笑，扔下东西就走啦！刚才歇工吃饭，俺去看那截木头，一看吓坏啦！"

子容吃惊地问："咋，不是木头？"

子仪说："是木头，可他变成一个没头的木头人了！"

焦大听后脸色大变说："还有这种怪事？咱们快去看看！"

在场的人听了，匆匆跟着焦大、子容、子术、子仪向医馆外秦越人墓地奔去。

正在修砌的秦越人墓穴，坐落在蓬山医馆西墙外山坡前，一群人正围在墓前那个没头的木头人议论纷纷。有的说："真神了！咱们明明看到他们抬来的是一个圆木，咋就变成没头人了呢？"有的说："那仨人真怪！刻人，为啥要刻个没头的呢？"有的说："咱们找找，他们是否把刻好的人头，藏在另外地方了？"

人们正在四处寻找，子仪带着焦大、韩三、子容、子术等赶到，他们惊奇地围着无头木头人观看，百思不得其解。

子术仔细端详木头上刻的衣饰花纹，疑惑地说："这木人的穿衣打扮，咋像俺师父生前穿的衣衫呢？"

子容摸着雕的手说："这手和手指的姿势，也像俺干爹常摆的样子啊！"

子仪纳闷说："这腰里扎的腰带结，也像师父常挽的那样！"

焦大听着众人议论，惊愕不安地自语："这、这谁也不认识的白胡子老头，突然送来一个没头的木头人，是啥意思呢？"

这时蓬蓬兴奋跑来说：“焦爷爷、子容子术大伯，俺子阳叔叔他们，从秦国回来啦！”

众人听了一震，急忙拥向蓬山医馆。焦大回身喊：“秋子、蓬蓬，别走！你们俩留下，看着木头人！谁也不能靠近！”

秋子一惊愣住，蓬蓬响亮回答：“焦爷爷放心吧！”

焦大、韩三和子容、子术、子仪等赶到秦越人生前客堂前，子阳、子游、子越、子同、虢太子五人正跪在地上向师娘佚妹禀报到秦国寻找师父和子豹尸骨经过。虢太子打开放在地上的白布包裹，秦越人的头颅赫然出现在众人面前。

佚妹惊叫一声：“夫君——”扑上去紧紧将秦越人的头颅抱在怀里号啕说：“天呐——我的亲人夫君，您咋只有头哇？”

浑身尘土的子阳哭着说：“师娘，俺们挖开师父的坟，师父的尸骨已经腐烂不能动！师父的头紧紧粘在弟子手上不掉，姜丁叔叔说这是师父想让带头回蓬山，头才落地。这时秦兵从路上拥来，俺们才只抱回头哇！”说毕泣不成声。

佚妹哽咽说：“你师父身首分离，咋在地下安息呀？呜呜呜……”哭得死去活来。

焦大领着众人进门，子容、子术、子仪见了扑地跪下大哭：“我的干爹（师父），您咋只有头回蓬山哪？”

子仪悲泣着愤然站起，一脚踢倒子阳骂道：“子阳，你个混账东西！师娘、师兄和蓬山众乡亲，天天盼着你们消息，你们咋只带回来师父的头哇？”说着又要打。

焦大上前拽住子仪，望着佚妹怀中抱的秦越人头颅眼睛突然一亮说：“子仪，这是天意呀！你不能怪子阳！”

众人闻言一齐把目光射向焦大，焦大眼涌悲泪说：“子仪、子舆，你们快去墓前，把那个无头木头人抬来！”

佚妹吃惊地望着焦大说：“焦大哥，什么无头木头人？哪来的无头木头人呀？”

焦大擦把泪说：“弟妹，今天上午有一个白胡子老头，带着两个年轻人抬着一截木头送到墓穴前，说是给咱们送急需之物来了。他们走了子仪才发现，那截圆木是一个雕好的无头木头人啊！”

佚妹惊愕得大睁双眼，不相信地问：“世上还有这奇事？”

焦大神色严肃说：“千真万确！刚才俺领韩三、子容、子术去看了，那木雕人身上的衣饰，与秦大哥生前的打扮一模一样。进屋看到你怀中抱的秦大哥头颅，俺突然明白了，那是神仙在帮咱们全身安葬秦大哥呀！”

佚妹疑惑又望着子容、子术问：“真是这样吗？”

子容、子术还未来得及张口回话，子仪、子舆已抬着木头人进屋。众人见了，急忙让出空地，让子仪、子舆将无头木头人放在地上。

焦大走上前对佚妹说："弟妹，你把怀中秦大哥的头，放到木人颈上试试，看合适不合适？"

佚妹迟疑地双手捧着秦越人的头颅，慢慢向地上的木头人颈上放去，竟然严丝合缝不差分毫，顿时扑到木头人身上大哭起来："夫君，神仙助你全尸回蓬山哪！"

众人听了一齐跪地望天而拜："感谢上天，保佑干爹（师父、秦神医）全尸回蓬山！"

享祠建好，墓穴砌就，秦越人的头颅与无头木头人合尸，剩下最重要的事就是葬仪中选择良辰吉日入棺安葬和移灵牌到享祠了。十月初一上午，晴空如洗、艳阳东照，送葬的人群遍布蓬山山野。

哭得鼻泪横流一身重孝的子容，手拿灵幡在众乡亲搀扶下走出蓬山医馆大门，他的身后跟着重孝的子术、子仪搀扶着佚妹。重孝裹身的子舆、子阳、子游、子越、子同、子明、子信、虢太子众弟子，抬着秦越人的灵棺跟在佚妹之后，缓缓走出蓬山医馆大门。灵棺之后，跟着戴重孝的四妹、秋枝、小娥、丕春等众弟子家眷子女和众弟子的徒弟们。蓬山和从各地来送葬的人扶老携幼跪地哀号，迎送秦越人灵棺到墓地。

灵棺抬到蓬山医馆西侧依山而砌的秦越人墓前。焦大高喊："入穴封墓！"

子舆、子阳等弟子将秦越人灵棺稳稳抬放墓中，然后回到墓前与佚妹、子容、子术、子仪站成一排跪泣拜祭。

韩三、秋子指挥众工匠，用石块封砌着墓穴。在墓穴的最后一块石头砌上的一刹那，蓬山上空出现七彩虹霞，成千上万只喜鹊聚集墓穴上空飞翔盘旋。

送葬人群惊奇地仰望蓝天、彩虹、喜鹊群，多日压抑胸中的悲愤化为喜泪。焦大激动地大声说："乡亲们！大家都看到了，秦神医英灵感天动地呀！蓬山为他戴孝，襄河水为他咆哮哭泣，上天为他披彩虹，扁鹊为他聚飞悲鸣！他永远与蓬山同在，与天地同辉！"

众人齐声呼喊："秦神医与蓬山同在，与天地同辉！"

激昂的焦大又说："为了让世代后人永远铭记秦神医的英名和功绩，俺和焦子村狼家庄众乡亲商定，决定把蓬山改名为'鹊山'！把焦子村狼家庄改名为'神头村'！每年在秦神医遇难的三月一日和下葬的十月初一，举行祭典大会！"

人群顿时爆发出"鹊山、神头，神头、鹊山！"的欢呼声。

佚妹被众人对秦越人的感念和敬崇所激动，带领子容、子术、子仪、子舆、子阳、子游、子越、子同、子明、子信、虢太子众弟子在墓前转身，拱手向欢呼的人群跪下说："俺和众弟子谢蓬山众乡亲啦！夫君虽是天下扁鹊，蓬山永远是他的享堂和故乡！"

后　记

将中华伟大医祖秦越人充满传奇的一生和事迹创作成长篇历史小说，是我多年的宿愿。

我出生在河北内丘县西部茫茫太行山脉的古蓬山脚下。这里是秦越人的封地和成名建业之地，也是全国最古老、规模最宏大的扁鹊享堂和陵墓所在地。我自幼就在种种关于神医扁鹊各种神奇传说沐浴中成长。我的故乡西庞村，就有一座“鹊王庙”。据不完全统计，仅有787平方千米面积的内丘县，纪念祭祀神医扁鹊的庙宇就多达三十余座，可见他在当地民众中影响之大之深。所以，当我步入文学创作和民族文化研究之路后，撰写的第一部专著就是《神医扁鹊的故事》（新华出版社1984年出版）。为此，当时在省文物局工作的我，利用考察学习文物保护和展览工作之便，遍访了散布在全国各地的有关神医扁鹊的遗迹；而后，在国家开展的中国民间文学三套集成工程中和全国实施的民间文化遗产抢救保护工程中，又从各地搜集到许多鲜为人知的珍贵史料和口传资料。因此，当时光跨入2012年，就产生了创作冲动；省政协副主席赵文鹤提议让我创作电视连续剧《神医扁鹊》，更坚定了我的创作意念，所以在提笔撰写《神医扁鹊》一书时，便一气呵成这部近80万字的长篇小说。

关于扁鹊的事迹，散见于《史记》《战国策》《资治通鉴》

《古今医统》《说苑》《韩非子》《汉书》《搜神记》《太平广记》等典籍和各地方志、碑文等记载中，及广流各地民间的众多传说故事中。虽然史书记述混乱且有矛盾和争议，但他足迹所到之处，人民群众纷纷为他建陵墓、立碑石、修庙宇，世代以神奉祀至今，确是不争的史实。在我的心目中，扁鹊不仅是一位伟大的医学家、医祖、医圣和中华医学的开拓者、奠基者、先驱，还是一位教育家、政治家、阴阳家、慈善家和武术家。他是人，也是神；是医生，也是一位胸怀天下、志向高远的先哲。“神”字，不仅是世代人民对他医术超凡的崇赞，也是对他高尚品德、勇于探索、甘于奉献精神的讴歌！面对这样一位两袖清风、一身正气、矢志不渝、攻取不懈、解疑释难、精益求精、授徒弘业，为中华医学进步做出巨大贡献的伟人和楷模，我真是由衷敬佩、高山仰止啊！其大慈、大悲、大爱、大恨、大贤、大德，不仅受到历代医家敬仰、赞颂和尊崇，也使许多政治家、教育家汗颜和惭愧。将凝聚和承载着中华民族各种优秀品德的人称为“神”，是人民的心声，是历史史实的写照，是激励人类和科学进步的力量源泉。不然，你无法解释神头村在2300多年岁月中一代又一代呵护秦越人遗迹、祭祠、陵墓至今不衰的文化事象，无法解释社会进入21世纪后为啥每年在他遇害日农历三月一日和下葬日农历十月初一还有来自全国各地数以万计的香客扶老携幼到扁鹊祠来祭祀纪念这位医祖的文化奇观！一个没有英雄的民族是悲哀的，英雄众多、尊崇英雄的人众多，是民族繁荣昌盛的标志。这，就是我要将秦越人充满传奇的人生创作成长篇历史小说，奉献给社会和读者的原因和动力。

老实讲，驾驭这种历史题材进行文学创作，是有许多困难的。一、史籍记载资料匮乏，零乱且矛盾；二、扁鹊生活的春秋战国时期，生产力低下，无砖无瓦，文字还没统一，器乐单调；三、时代久远，地名更易大，古风古俗资料破碎；四、传说众多、精糟混杂，需辨伪取真，剥去后世敷衍之说；五、扁鹊的事迹，涉及医学、政治、教育、阴阳五行等学说，对于作者来说，需要翻阅大量专业史书进行再学习；六、特别是各种史书、碑文、方志、野史对故事发生年代的矛盾记载，若按历史纪元年表推算，扁鹊当是一位一百五十岁以上的老人，这显然是荒唐的。在处理这些问题中，我的原则，例如地名、建筑、器乐、风俗等，皆以可考史料记载为准绳；而对史书记载的事件发生的时间矛盾进行压缩处理，遵照古语“人活七十古来稀”的民谚，将所有事件置放于秦越人73岁年限内。当前史学界有人将秦越人的生卒年龄定为公元前401年至公元前310年，卒年有史书记载为证，生年却令人生疑，因为无法想象一位91岁的老人如何远奔西秦去游医？面对这种硬伤，我不能怪古人没留下科学准确的时间和事件详实记载，只有以自己对史实的理解和参悟来梳理成序了。好在这是文学创作而不是人物传记。我这样做，是觉得一部文学作品能不能激励世人，主要在故事在业绩，至于历史原因造成的事件和人物混乱让史学家们去探究吧。

还有，司马迁在《史记·扁鹊仓公列传》中记述秦越人成为名医经过时说：“乃出其怀中药予扁鹊：‘饮是以上池之水，三十日当知物矣。’乃悉取其禁方书尽与扁鹊，忽然不见，殆非人也。扁鹊以其言饮药三十日，视见垣一方人。从此视病，尽见五藏症结。”显然是溢美神化之词。在笔者看来，秦越人是个有血有肉之人，他医技高超、炉火纯青，是刻苦探索、勇于开拓之果，绝非吃神“药”饮“上池之水”而来。所以在本书中以较多笔墨描写他久经磨难而不屈的品质和事迹，这样更令人信服和敬佩。

关于扁鹊弟子，据《古今医统》《说苑》《史记》等史书记载，有子容、子术、子仪、子阳、子豹、子同、子明、子游、子越等九人。本书为12人，增加了子舆、子信、虢太子三人，这是从众多民间口头传说和现存遗迹、古碑文中筛定的。佚妹作为扁鹊的续妻，也由民间传说故事而出，且有今日依然繁茂存于河北内丘县扁鹊祠前的佚妹柏为佐证。总之，故事中的主要人物，都是事出有源有因的，不是作者凭空杜撰。

关于《史记·扁鹊仓公列传》中所载“四望齐桓侯”，学界对此多有争议。一说，为春秋早期的齐桓公（前685～前643），姓姜，氏吕，名小白；一说为春秋末至战国初的齐桓公（前400～前357），姓田，名午，是田氏代齐后的第三位齐国国君，民间传说和杂史也有将其称为“蔡桓公”的。本书采信于齐桓公田午，理由有二：第一，姜小白在世时秦越人尚未出生；第二，秦越人医术只有到中老年时方能炉火纯青。按此计算，书中让秦越人59岁时“四望齐桓侯”，虽然在纪年上稍有差异，从全书故事发展安排上看，似乎更合理更可信。

从1984年出版《神医扁鹊的故事》，到2012年创作长篇历史小说《神医扁鹊》，时间相隔二十八年，当年是38岁的青年，今日已是66岁的老人了。在这个岁数还敢研墨挥笔，源于赵文鹤副主席的鞭策和鼓励。他是一位学中医的领导干部，以高瞻远瞩的目光看到中华中医药在世界的影响和在中华民族伟大复兴中的地位，将创作《神医扁鹊》长篇小说和电视连续剧视为使命与职责，于是就将任务交给了我这个省政协委员。中华中医是中华民族对人类进步的一项伟大贡献，是值得在世界上引以为豪的科学成就。而彰显这种价值和影响，需要由历代中医大家的文化形象和业绩来支撑。于是我便抱着对历史和后人负责的态度，创作出《神医扁鹊》这部书，是否成功，请读者和评论家们去评判吧。花山文艺出版社总编辑张采鑫同志看到书稿后，放下手头众多编务，与责任编辑卢水淹编审加班加点编校审稿，在此一并表示衷心的感谢和敬意！

郑一民

2013年5月